Wolfram zu Mondfeld   Barbara zu Wertheim

DIE SCHULE DER GLADIATOREN

BASTEI LÜBBE

Von Wolfram zu Mondfeld
sind als Bastei-Lübbe Taschenbücher erschienen:

12586 (mit Johannes K. Soyener) Der Meister des Siebten Siegels (Schuberausgabe)

14406 (mit Johannes K. Soyener) Der Meister des Siebten Siegels

14631 Mose – Sohn der Verheißung (Schuberausgabe)

Über die Autoren:

WOLFRAM ZU MONDFELD und BARBARA ZU WERTHEIM (Prinz und Prinzessin zu Löwenstein) wohnen in der Nähe von Augsburg, dem antiken Augusta Vindelicum – jener Gegend, die den Ausgangspunkt ihres ersten gemeinsamen Romans bildet. Wolfram zu Mondfeld hat sich vor allem als Verfasser von Büchern zur Geschichte der Seefahrt und einem Standardwerk zu historischen Schiffsmodellen einen Namen gemacht. Bekannt als Autor historischer Romane wurde er durch den Bestseller DER MEISTER DES SIEBTEN SIEGELS. Seine Frau Barbara ist eine namhafte Hellseherin. Sie hat bereits an dem Roman MOSE – SOHN DER VERHEISSUNG beratend mitgewirkt und hat nun an der Entstehung der »Gladiatoren-Familie« von Felix Felix maßgeblichen Anteil.

Wolfram zu Mondfeld
Barbara zu *Wertheim*

DIE SCHULE DER GLADIATOREN

ROMAN

BASTEI LÜBBE

BASTEI LÜBBE TASCHENBUCH
Band 15 424

1. Auflage: Dezember 2005

Vollständige Taschenbuchausgabe

Bastei Lübbe Taschenbücher in der Verlagsgruppe Lübbe

Originalausgabe

Titelillustration:
Lektorat: Helmut W. Pesch
Mit Illustrationen von Wolfram zu Mondfeld und Jan Balaz
sowie einer Kartenzeichnung von Helmut W. Pesch
Kapitelillustrationen: Jan Balaz
Umschlaggestaltung: Johannes Wiebel, HildenDesign, München
Satz und Typografie: Kremerdruck GmbH, Lindlar
Druck und Verarbeitung: GGP Media GmbH, Pößneck
Printed in Germany
ISBN: 3-404-15424-x

Sie finden uns im Internet unter
www.luebbe.de

Der Preis dieses Bandes versteht sich einschließlich
der gesetzlichen Mehrwertsteuer.

Für Frau *Anastasia* Eder,
ohne die wir dieses Buch wohl nie geschrieben hätten,
auch wenn sie mit seinem blutigen Inhalt Probleme hat.

Für *Wolfram* Michael
Prinz zu Löwenstein-Wertheim-Freudenberg,
den »Tribun« in einer neuen *Armee*.

Sowie für Felix, den großen Katzenherrn,
der über zwanzig Jahre lang unerschütterlich treu
unser Leben begleitet hat und dem wir in diesem Buch
ein kleines Denkmal setzen durften.

INHALT

EPISTULA

6. September im Jahr 832 *ab urbe condita.**
Im ersten Regierungsjahr
des erhabenen Caesars Flavius Titus.
(79 n. Chr.)

Scorpio Sempronius Felixianus
grüßt den edlen Herrn Gaius Plinius Caecilius Secundus.

Auch eine gute Woche nach Eurem Besuch nach der Katastrophe – der Ihr selbst ja nur knapp entkommen seid und die Euren allerhöchst edlen Onkel, Herrn Gaius Plinius Caecilius Primus, das Leben kostete – habe ich nichts mehr von Eurem – unserem – Freund Tarquinius Sempronius Felixianus und seiner edlen Gemahlin Lucia Aurelia Prisca gehört, geschweige denn gesehen. Auch aus all ihren anderen Gütern und Häusern, die ich entsprechend benachrichtigt habe, wurde nichts anderes berichtet.

Meine Nachforschungen ergaben, wie ich Euch bereits berichtet habe, dass die beiden zuletzt gesehen wurden, als sie in die Via Theatri zwischen dem Großen Forum und dem Dreieckigen Forum eilten, um die alte und nahezu blinde Paulina Aurelia Gallina, die Tante der edlen Lucia Aurelia Prisca, zu retten. Ihr, edler Herr, mögt es wohl *Fatum* – »Schicksal« – nennen, denn die Dame war zu diesem Zeitpunkt bereits von ihren getreuen Freigelassenen zum Strand gebracht worden, hatte sich, trotz des heftigen Wellengangs aufs Meer hinaus gewagt und war von einem der Schiffe Eures verblichenen Vaters aufgenommen worden.

---

* *ab urbe condita* – »nach Gründung der Stadt [Roma]«, der Legende entsprechend auf das Jahr 753 v. Chr. festgelegt.

Die Vermutung, dass Euer – unser – Freund Tarquinius Sempronius Felixianus und seine edle Gemahlin Lucia Aurelia Prisca nicht mehr am Leben sind, ist wohl – so schmerzlich dies nicht nur für Euch, sondern insbesondere auch für mich persönlich ist – eine Tatsache.

Umso mehr ist mir Eure Bitte, edler Herr, die Lebensgeschichte des Tarquinius Sempronius Felixianus aufzuzeichnen, nicht nur Bitte, sondern auch persönlicher Auftrag.

LIBER PRIMUS

Die Jahre 808 bis 814 *ab urbe condita.*
Vom 13. Regierungsjahr des Erhabenen Caesars Claudius
bis zum 6. Regierungsjahr des erhabenen Caesars Nero.
(55 *bis* 61 n. Chr.)

PROLUSIO

Der Raufbold

Summa Rudis

Im Mai des Jahres 808 *ab urbe condita.*
Im 13. Regierungsjahr
des Erhabenen Caesars Claudius.
(55 n. Chr.)

Vergebt, edler Herr, wenn ich zunächst von mir zu sprechen wage, aber die Schicksale von Tarquinius Sempronius Felixianus *Dimachaerus* und seiner edlen Gemahlin Lucia Aurelia Prisca, sind mit dem meinen so eng verwoben, dass ich das Leben meines Freundes nicht zu erzählen im Stande bin, ohne auch mein persönliches Leben zu erwähnen …

Mein Name war damals ›Eppor‹.

Ich war der zweite Sohn des älteren Cimiar und stamme aus dem kleinen Weiler Cimiacum, oben auf dem Steilufer des Licias, nahe Abodiacum.

Abodiacum ist die römische Station im Bogen des Licias, der von den Hängen der Alpen nordwärts durch das Land der Vindelicier und Augusta Vindelicum dem Danuvius zufließt. Augusta Vindelicum, etwa eine Tagereise nördlich, war das Zentrum unserer Provinz Raetia.

Abodiacum ist strategisch günstig gelegen an der Kreuzung der Via Claudia von Süd nach Nord, von Verona nach Augusta Vindelicum und der Via Salina, die von Juvavum in der östlich gelegenen Provinz Noricum her über den Fluss Licias durch Abodiacum und weiter über Carbodunum nach Westen führt.

Die Besatzer – ich meine natürlich die *Römer*; vergebt edler Herr, wenn ich bei den Gedanken an meine alte Heimat leicht wieder in alte Denkmuster verfalle – hatten, als sie kamen, zunächst auf einem kleinen, fast völlig vom Fluss eingeschlossenen Hügel, ein befestigtes Militärlager errichtet. Dann hatten sie ihre wahrlich hervorragenden Straßen gebaut und eine Brücke über den Licias geschlagen, die einzige südlich von Augusta Vindelicum.

Der Straßenkreuzung und der Brücke verdankt Abodiacum, vorher ebenfalls nichts anderes als ein winziges Bauernkaff, seinen bemerkenswerten Aufstieg: Handwerker, vor allem Schmiede, Stellmacher, Sattler, Bronzegießer und Lederer, aber auch Tierärzte, also alle, die irgendwie mit dem Transport von Waren und deren Fährnissen unterwegs zu tun hatten, siedelten sich an. Wirtshäuser und Herbergen schossen förmlich wie Pilze aus dem Boden. Und auch etliche Händler versuchten hier zwar nicht das große Geld, doch zumindest ihr persönliches Glück zu machen. Da in der Umgebung reichlich Holz, Stein und Lehm für Ziegel vorhanden war, wurden der rege einsetzenden Bautätigkeit keine Grenzen auferlegt.

Das Abodiacum meiner Kindheit war ein schmucker Marktflecken, der sogar über eine eigene Therme verfügte – nicht groß, aber gemütlich, und mit allem versehen, was man von solch einer Einrichtung erwarten konnte.

Es gab im Ort nicht nur eine sorgsam ummauerte Opferstätte mit einem Altar, es existierte sogar ein winziger Tempel, in dem vor allem die römischen, aber auch unsre einheimischen Götter – darin waren die Besatzer großzügig – verehrt werden durften.

Da zu meiner Zeit das Land bereits als »befriedet« galt, war die Mehrzahl der Legionäre mittlerweile abgezogen worden. Das befestigte Militärlager wurde schließlich sogar aufgelöst. Nur noch knapp zwanzig Mann – eigentlich auch schon mehr Polizisten als Soldaten – sorgten für Ruhe und Ordnung und bewachten die Brücke.

Und da von nirgendwo mehr Gefahr drohte, waren etwas außerhalb des Ortes auch drei größere Villen entstanden, Landhäuser mit prachtvollen Säulenhöfen in der Mitte. Die eine gehörte Septimius Vacus, dem Wirt der größten Herberge, die zweite Marius Callo, einem wohlhabenden Händler, und die dritte Herrn Quintus Fabricius.

Centurio Quintus Fabricius war der Kommandant des Stützpunktes.

Centurio war eigentlich fast schon ein Höflichkeitstitel, denn der kleine Trupp hätte auch von einem schlichten *Decurio* kommandiert werden können. Tatsächlich war es ein Abschiebe-Titel. Quintus Fabricius war ein überalterter Offizier, der seinen weiteren Aufstieg nicht geschafft und nur dank einiger familiärer Beziehungen den Posten in Abodiacum ergattert hatte.

Seit zwei Jahre zuvor unser Vater beim Fällen einer Eiche von dem Baum erschlagen worden war – man fällt keine Eichen, auch wenn die neuen Herren dies verlangen –, hatte zwangsläufig mein älterer Bruder, Cimiar der Jüngere, die Familiengeschicke in seine großen Pratzen genommen.

Wir wohnten und bewirtschafteten unsere Felder oben auf dem südlichen Steilabbruch des Licias und sahen von unserer Höhe stolz und auch ein wenig verächtlich hinab ins Römertal. Im Vergleich zu anderen Bauern der Umgebung waren wir reich, denn wir lieferten Feldfrüchte und Zuchtvieh an die Besatzer. Cimiar der Jüngere stieg – in der Regel jedoch fuhr er mit dem Ochsengespann – hinunter nach Abodiacum, um unsere Erzeugnisse zu verkaufen.

Und wir fuhren fast immer mit. Wir, das waren: ich, damals dreizehn Sommer alt, meine beiden größeren Schwestern, beide bereits mit ordentlichen, fleißigen Männern aus der Umgebung verheiratet und die ältere bereits mit einem kleinem Buben gesegnet, sowie meine drei jüngeren Brüder.

Und, fast unvermeidlich, kamen immer einmal wir »Licatier-Buben« in Konflikt mit den »Römer-Buben«. Ein paar blaue Flecken, der eine oder andere zerrissene Kittel. Das war normal und üblich, und kein Mensch machte großes Aufhebens davon.

Als Anlass für eine Rauferei reichte es durchaus, wenn man uns als »Vindelicer« bezeichnete.

Gewiss, die meisten Einheimischen zwischen Foetibus und Augusta Vindelicum, Carbodunum und Bratananium waren Vindelicer. Wir aber in unserer Enklave etwa zehn Meilen* rund um Abodiacum, waren »Licatier«! Wir waren ein zwar

* 1 altrömische Meile (*milia passuum*) = 1000 Doppelschritte = 1479 m.

kleiner, aber eigener Stamm mit eigenen Traditionen, vermutlich verwandt mit den Raetern und vielleicht sogar den Galliern im Westen. Und eben nicht mit den Barbaren im Norden und Osten, jenseits des Flusses Danuvius, woher die Vindelicer mutmaßlich einst ins Land gekommen waren. Zumindest stammte auch unsere höchste Gottheit, die Pferdegöttin Epona – gleichermaßen verehrt von Kriegern wie Bauern – ursprünglich aus Gallien.

Wir waren, wie gesagt, nur wenige.

Dafür waren wir umso stolzer!

Die Hänseleien und anschließenden Raufereien blieben jedoch in dem dafür üblichen Rahmen, bis zu dem Tag, als mich ein aufgeplustertes Römer-Bürschlein als »lächerlichen Pferde-Sklaven« bezeichnete.

Ich war kein »Sklave«! Und mit dem »Pferde-Sklaven« hatte er zudem gar die hochheilige Epona beleidigt.

Ich verprügelte ihn nach Strich und Faden.

Zwei Tage später standen ein halbes Dutzend Legionäre vor unserm Hof.

Eintausend Sesterzen* wollten sie als Bußzahlung haben, weil der Sohn des Centurio Quintus Fabricius in übelster Form zu Schaden gekommen wäre.

Mein Bruder zahlte die Strafe – und verdrosch mich anschließend so gründlich, dass ich mich fast eine Woche lang nicht mehr ohne Schmerzen rühren konnte.

Damit wäre eigentlich alles in Ordnung gewesen.

Wenn – wenn nicht vier Wochen später eben jenes Bürschlein, eingewickelt in eine patrizische Toga, uns erneut über den Weg gelaufen wäre und uns als »dreckige Vindelicer-Pferde-Sklaven«, welche »wimmernd ihre Buße zahlen« würden, verhöhnt hätte.

Mir kochte das Blut. Doch vielleicht wäre doch noch alles gutgegangen …

---

* Es ist nahezu unmöglich, die römische Währung mit heutigen Währungen zu konvergieren. Als ungefährer Anhaltspunkt, gemessen an der Kaufkraft, mag gelten: Betrag in Sesterzen (*sestertii*) dividiert durch fünf ergibt in etwa den Betrag in Euro; also 1000 Sesterzen = ca. € 200.

Aber knapp vor seinen Füßen war da dieser wunderschöne, frische, feuchte, wundervoll stinkende Kuhfladen!

Zunächst habe ich meine kleineren Brüder weggeschickt.

Und als mich die groben Fäuste von zwei Legionären an den Armen wieder hochzerrten, war das Centurio-Toga-Bürschlein noch keineswegs in der Kuhscheiße erstickt, auch wenn sein Aussehen zugegebenermaßen etwas gelitten hatte.

Ich wurde ins Gefängnis gesteckt. Des versuchten Mordes angeklagt. Und die Strafe lautete diesmal auf dreißigtausend Sesterzen.

Mein Bruder Cimiar kam.

Er versprach, mich so windelweich zu prügeln, dass ich mindestens einen ganzen Monat nicht mehr sitzen oder liegen könne.

Und er versprach, die Strafe für mich zu zahlen. Dreißigtausend Sesterzen!

Das wäre das Ende für meine Familie gewesen, für meine Mutter, für meine kleinen Brüder, für unseren Hof, für alles …

»Nein!«

Cimiar ist ganz gewiss kein dummer Mensch. Aber sein Gesicht, das ich damals sah, war ohne jeden Zweifel eines der dümmsten, die ich je gesehen habe.

»Nein? – Was soll das heißen: ›Nein‹? Es heißt, dass dich diese Scheißrömer als Gefangenen behalten werden, dass sie dich als Sklaven verkaufen werden …«

Ich schnaufte tief durch.

»Ja, das wird es wohl heißen«, gab ich zu, fuhr dann aber fort: »Ich habe meinen Spaß gehabt, und ich bereue nichts! Was immer jetzt mit mir geschieht – du, Mutter und unsere Familie haben damit nichts zu tun! Ich ganz allein habe damit zu tun – und ich bin bereit, den Preis dafür zu zahlen!«

Nach einem Augenblick fügte ich noch hinzu:

»Wenn ich dabei irgendetwas bedauere, dann nur, dass dieses kleine Toga-Schwein nicht in der Kuhscheiße erstickt ist!«

Mein großer Bruder Cimiar der Jüngere, seit zwei Jahren Clanchef unserer Familie, starrte mich entgeistert an. Und dann verzog sich sein Gesicht zu einem breiten Grinsen während er mich in seine Arme schloß und es – nie hätte er dergleichen offiziell zugegeben – feucht in seinen Augenwinkeln glitzerte.

»Die Götter mögen dich schützen, Brüderchen! Falls es dir möglich ist, lass von dir hören. Und solltest du je wieder in meine Reichweite kommen, werde ich dich so sehr verdreschen, dass du es in deinem ganzen Leben nie wieder vergessen wirst!«

»Ich würde es genießen!«

Das Letzte, was ich von meinem großen Bruder sah, war sein schon wieder ein bisschen verblüfft-dümmliches Gesicht.

Ich war der Schlaukopf der Familie. Cimiar, so lieb ich ihn hatte, würde er mich nie so ganz verstehen …

Dann fiel die Kerkertür zu. Sie schnitt mich ab von Mutter, von meinen Geschwistern, dem Hof hoch über dem Licias, von meinem bisherigen Leben.

Noch war ich ein Freier.

Gerade eben noch …

Also konnte mich der erhabene Centurio Quintus Fabricius nicht einfach foltern oder hinrichten lassen.

Was er freilich konnte, das war, mich wegen der Schulden meiner Familie als Sklaven verkaufen zu lassen. Doch auch dazu brauchte er die offizielle Genehmigung des Quaestors in Augusta Vindelicum, der nächstgelegenen großen römischen Stadt und Garnison, etwa sechsunddreißig Meilen nördlich von Abodiacum.

Der Name Clemens, »der Milde«, war ein schlichter Hohn für das blutdürstige Mannsbild, das mich und einige andere Delinquenten eine Woche später an seinen Krämerkarren gebunden nach Norden schleppte.

Vor allem Digna, eine kleine, feingliedrige, alte – sie war damals mindestens schon siebzehn –, restlos verstörte Sklavin aus dem Haus des Centurio Quintus Fabricius mit dunkelblonden Haaren und übergroßen, grauen Augen hatte es ihm angetan. Genüsslich schilderte er ihr, dass man sie zunächst nicht allzu hart geißeln würde – man wolle ja nicht, dass sie allzu schnell starb. Danach würde man sie durch Handwurzelknochen und Fersenbeine nackt an ein Kreuz nageln und dort zum Vergnügen des Pöbels hängen lassen, bis sie elendiglich unter grausamsten Qualen verreckte.

»Wenn du an den Armen hängst«, verkündete er fachmännisch, »dann zerrt es dir die Rippen und vor allem das Zwerchfell auseinander. Du bekommst keine Luft mehr. Du erstickst. Und dann tun unwillkürlich deine Beine ihre Arbeit: Sie stemmen deinen Körper hoch. Du bekommst wieder Luft. Aber dann rasen Krämpfe in deine Beine. Hast du schon jemals nachts einen Wadenkrampf bekommen? Ja? Dann weißt du, wie sich das anfühlt. Also entlastest du deine verkrampften Beine, hängst wieder an den Armen – und das Spiel beginnt von vorne ...«

Nachdem er sich gründlich am Entsetzen der Armen geweidet hatte, fügte er feixend hinzu:

»Wenn du Glück hast, zerschlägt man dir vielleicht die Beinknochen. Du erstickst dann, weil du dich nicht mehr hochstemmen kannst. Und wenn du ganz, ganz viel Glück hast, schneidet man dir irgendwann die Kehle durch.

Und wenn du kein solches Glück hast? Nun es hat nicht nur Männer, sondern auch Frauen und sogar kleine Mädchen gegeben, die dieses Spiel drei bis sogar fünf Tage ausgehalten haben«, schloss er.

Und dann warf er einen wissenden Blick auf mich und meinte:

»Auch du wirst dieses Vergnügen demnächst, wenn es nach unserem ehrenwerten Centurio geht, am eigenen Leib ausprobieren können!«

Wenn Clemens nach solch aufmunternden Schilderungen wieder nach vorne stapfte, um das kleine, magere Pferdchen, das seinen Karren zog, mit der Peitsche anzutreiben, dann versuchte ich Digna zu trösten:

»So schlimm wird es nicht kommen! Bete zu unseren Göttern, und sie werden dir bestimmt helfen. Du bist eine ausgebildete Haarkünstlerin und damit viel Geld wert! So schnell wird das doch Quintus Fabricius nicht wegwerfen, oder?«

Digna sah mich dann mit ihren großen grauen Augen an, während ihr Tränen über die Wangen liefen. Manchmal berührte sie auch mit der Hand leicht meinen Arm:

»Du hast keine Ahnung, was es bedeutet, Sklave zu sein!«, flüsterte sie mir dann zu. »Aber, du bist lieb, Eppor!«

Augusta Vindelicum war ohne jeden Zweifel seit ihrer Gründung durch Caesar Augustus um das Jahr 760 *ab urbe condita* eine höchst wichtige Militärgarnison.

Angelegt mit Doppelgraben und schweren Befestigungsmauern nebst Türmen und Toren, war es dennoch kein *Castrum*, keines der wirklich großen, regulären Lager der römischen Legionen – es sah nur so aus.

Der Grund war einfach: Roma setzte traditionell auf seine schwer gerüstete Infanterie. Diese Truppen waren mit Kettenhemden oder neuerdings auch mit Spangenpanzern aus sich übereinander schiebenden Stahllamellen und einem massiven Helm gepanzert. Dazu schützten sich die Legionäre mit dem *Scutum*, einem fast mannshohen, in der Länge halbrund geformten Schild. Als Angriffswaffen trugen sie das *Pilum*, einen zu Wurf wie Stoß gleichermaßen geeigneten Kurzspeer mit langer Eisenspitze, und das *Gladius*, das breite, halblange und, obwohl beidseitig geschliffen, mehr zum Stich als Hieb geeignete Schwert, sowie als letztes Mittel den *Pugio*, einen Dolch.

Einzig wer dieserart ausgerüstet war, durfte sich »Legionär« nennen und wurde von der römischen Militärführung wirklich ernst genommen.

Alle anderen Truppen galten hingegen als *Auxiliares*, Hilfstruppen zweiten Ranges, ob sie nun Bogenschützen, leichte Plänkler, Speerwerfer, Schleuderer oder Reiter waren.

Das Militärlager in Augusta Vindelicum hatte Platz für rund dreitausend Mann – eine halbe Legion! Doch neben zwei Wach-Centurien und einer Pionier-Centurie »echter« Legionäre waren hier ausschließlich Reiter stationiert. Es war die *Ala Secunda Claudia*. Sie wurde später in *Ala Secunda Flavia* umbenannt – zu diesem Zeitpunkt war sie jedoch schon weiter nach Norden und Westen verlegt worden.

Obwohl so ohne jeden Zweifel die wesentlichste Streitmacht in der Provinz Raetia, war die *Ala Secunda Claudia* nach offizieller Lesart eben nur eine Hilfstruppe, und entsprechend wurde ihr Standort, Augusta Vindelicum, gesehen und behandelt.

Selbstverständlich hatten sich rund um das Militärlager Handwerker und Händler, Schankwirte und Bordelle in Scharen angesiedelt: ehrliche Leute wie zweifelhafte Gestalten; die braven Ehefrauen der Reiter nebst ihren Kindern; aber auch all jene, die an den Soldaten nur gewinnen wollten!

Obwohl nur zwei Tagereisen den Licias abwärts gelegen, war ich nie dort gewesen.

Unser Vater hatte einmal beschlossen, eine Woche mit uns größeren Kindern nach Augusta zu reisen, um uns die Stadt zu zeigen. Er wollte mit uns auch nach Carbodunum fahren, jener tatsächlichen Stadt mit Regierungsgebäuden, Tempeln und großen Thermen, wo damals der *Procurator Consularis*, der Statthalter des Caesars und des Senats in Roma, samt dem Stab seiner Beamten und Unterbeamten residierte.

Doch der Tod unseres Vaters war dazwischengekommen, und danach hatten wir für derlei Ausflüge keine Zeit mehr gehabt.

Auch in jenem Mai des Jahres 808 *ab urbe condita* sah ich von Augusta Vindelicum einzig den Sklavenmarkt.

Als ich, außer meinen Ketten um Hände und Arme, Hüfte und Fußgelenke splitternackt auf dem Auktionspodest stand, war ich den meisten potenziellen Käufern noch nicht einmal einen Blick wert: ein mageres, wenn auch sehniges, dreizehnjähriges Bürschlein barbarischer Herkunft.

Zudem hatte Centurio Quintus Fabricius einen Preis von dreißigtausend Sesterzen vorgegeben – das war es ihm wert, mich als seinen Sklaven, mit dem er rechtlich machen konnte, was er wollte, am Kreuz hängen zu sehen.

Die Götter, das Schicksal, oder wer und was auch immer, wollten es freilich anders.

Er war nicht zu übersehen: ein Neger, der die umgebenden Menschen um mindestens eineinhalb Köpfe überragte und dessen Muskeln so aussahen, als ob er mühelos dem stärksten Auerochsen das Genick brechen könne. Natürlich wusste ich – ich war schließlich kein Barbar –, dass es Menschen mit dunklerer Hautfarbe gab, auch wenn ich damals zum ersten Mal so jemanden zu Gesicht bekam. Aber *so* schwarz – und *so* groß?

Und dann sah ich neben dem schwarzen Riesen den Herrn!

Mittelgroß und eher untersetzt. In seiner knielangen Tunika aus grobem, weißem Wollstoff und dem darüber geworfenen, ochsenblutroten Mantel sah er zunächst wie ein ganz gewöhnlicher Bürger aus.

Wer nicht genau hinsah, dem wären auch die prallen Muskelstränge an seinen Armen und Beinen kaum aufgefallen.

Seine dichten Haare, die sich am Hinterkopf etwas zu lichten begannen, zeigten über großen, abstehenden Ohren eine Mischung aus Dunkelbraun und Grau, und auch sein dicker Schnauzbart war von grauen Fäden durchwoben, auf den sich wie ein Adlerschnabel die Nase hinunterbog.

Dann fixierten mich seine Augen. Stahlblaue, intensive Augen unter schweren, schwarzen Brauen – Augen von einem Blau, wie ich es nie wieder gesehen habe, und ein Blick von einer Intensität, der wohl auch im gesamten Imperium Seltenheit hat.

In diesem Augenblick war er keineswegs mehr »ein Mann aus dem Volk«. Er war, wie Ihr selber wisst, hochedler Herr Plinius, eine Persönlichkeit, wie es nur wenige auf dieser Welt gibt.

Der Mann deutete mit seinem Kinn nach mir:

»Warum? Wie viel?«

»Ein unverbesserlicher Raufbold. Hat versucht, den Sohn unseres hochedlen Centurio in einem Kuhfladen zu ersticken«, gab Clemens ehrlich Auskunft. »Dem Centurio ist es dreißigtausend Sesterzen wert, ihn als Sklaven ans Kreuz nageln zu können.«

Das Grinsen, das über das Gesicht des Mannes ging, war so kurz, dass es nur der alleraufmerksamste Beobachter hätte registrieren können.

»Dreißigtausend?«, vergewisserte er sich.

»So ist es«, beeilte sich Clemens zu versichern.

»Für ein Barbarenbürschlein von rund dreizehn Jahren! Dem edlen Centurio und seinem Söhnchen muss ihre Rache in der Tat gewaltig wertvoll sein …«

Clemens buckelte höflich.

Der Mann umrundete mich unterdessen. Er kniff mich in die Arme, in die Pobacken, schaute in meinem Mund nach meinen Zähnen wie einer Zuchtstute, schlug mir schließlich die Faust in die Magengrube.

»Hast du Angst vor dem Tod?«

»Ja. Vor dem Kreuz«, gab ich ehrlich zu.

»Ich meine nicht das Kreuz. Ich meine den Tod durch das Schwert in der Arena.«

»Der Tod ist immer zu fürchten. Aber der Tod durch das Schwert, auf dem Schlachtfeld oder wo auch immer, ist ehrenvoll – so hat es mich zumindest mein Vater gelehrt.«

»Und wenn du einem schwerbewaffneten *Murmillo* oder *Thraex* …«, meinte der riesige Neger.

»… eher einem *Secutor* …«, warf der Mann ein.

»… gegenüberstehst?«, fuhr der Schwarze fort. »Das ist etwas anderes, als wenn du einen Centurionensohn in einem Kuhfladen zu ersticken versuchst. Wenn du besiegt auf dem Boden kniest, deine Hände hinter dem Rücken verschränkst und deine Kehle dem Todesstoß darbieten musst – wirst du dann immer noch so denken?«

»Hast du eigentlich schon einmal eine *Gladiatura* gesehen?«, fragte der Mann dazwischen.

»O ja!«, beeilte ich mich zu versichern. »Vor gut einem Jahr hat der Centurio Quintus Fabricius zum Geburtstag seiner Gemahlin Lulla solche Spiele veranstaltet. Drei Gladiatorenpaare sind dabei aufgetreten. Einer wurde sogar am Bein verletzt …«

»Und keiner davon wurde getötet?«, fragte der Mann.

»Keiner, Herr.«

»Was für ein jämmerlicher Geizkragen!«, grölte der riesige Neger und zeigte dabei zwei Reihen blendend weißer Zähne in seinem schwarzen Gesicht.

Der Mann atmete tief durch:

»Ich bin Gladius Sempronius Felixianus – kurz Gladius Felixianus genannt«, sagte er. »Ich war Sklave, Gladiator, Freigelassener und schließlich sogar Adoptivsohn meines Herrn Gaius Sempronius Felix.

Vor allem aber bin ich *Lanista*, Besitzer und Chef einer *Familia Gladiatoria*, einer Gladiatorenschule, bei Puteoli. Es ist keine der großen Schulen …«

»… aber die beste im ganzen Imperium!«, warf der Schwarze grinsend ein.

»Wie auch immer«, fuhr der Mann – Gladius Sempronius Felixianus, so hieß er mit vollem Namen – fort. »Ich bin stets auf der Suche, von Zeit zu Zeit auch in der Provinz, nach neuen Talenten, mutigen jungen Männern und gelegentlich sogar Knaben mit Geschick und Herz …«

»… und Ihr glaubt, Herr …«

»Ich glaube schon lange nichts mehr. Glauben ist etwas für Weiber und Spinner«, wies mich der Mann zurecht. »Ein Großschild, ein *Murmillo*, ein *Secutor*, ein *Provocator* oder auch nur *Essedarius* wird, so wie deine Statur ist, aus dir nie. Auch kein schwerer Kleinschild-*Thraex*. Vielleicht ein *Hoplomachus*, vermutlich aber ein *Retiarius*.«

Murmillo, Provocator, Thraex, Retiarius – Begriffe aus einer mir unbekannten Welt.

»Du bist tot«, schaltete sich der riesige Neger erneut ein. »Du bist *tot!*«, betonte er nochmals. »Aber in der Schule von Puteoli hast du zumindest eine Chance!«

Ich war verrückt, und trotzdem musste ich fragen: »Versucht Ihr mich von etwas zu überzeugen, das Ihr eigentlich besser wisst?«

Der Schwarze brüllte vor Lachen.

»Was geben wir uns eigentlich ab mit diesem kleinen Barbarenarsch? Er ist ein Sklave, ein Niemand, ein Nichts! Kaufen oder nicht kaufen ...«

Der Herr Sempronius Gaius Felixianus nickte langsam: »Kaufen oder nicht kaufen. Du hast recht, Amaranthus.«

Amaranthus hieß also das schwarze Ungeheuer.

»Ich denke, ich werde ihn kaufen«, schloss Herr Gladius Felixianus, wie er selber wohl wünschte genannt zu werden, ab. »Er ist gesund, offenbar intelligent, noch formbar, zäh, ein ›Raufbold‹ ohne Achtung vor den angeblich Höhergestellten.«

»Zehntausend Sesterzen und keinen As mehr!«, verkündete er.

Clemens schluckte sichtlich.

»Zehntausend Sesterzen offiziell – und zweitausend für Euch privat ...«

Das Funkeln in Clemens' Augen war deutlicher als jede Antwort.

Eine Minute später waren sie unterwegs in Richtung des löchrigen Vorhangs, der die Bude von Clemens hinter dem Verkaufspodest abschloss.

Vorher hatte noch Gladius Felixianus, mein vermutlicher nunmehriger Herr und Gebieter, befohlen: »Nehmt dem Jungen das blödsinnige Eisenzeug ab!«

Ich weiß nicht, was in mich gefahren war, doch ehe die beiden Männer endgültig hinter dem Vorhang verschwanden, schrie ich: »Herr!«

Gladius Felixianus drehte sich langsam nach mir um. Amaranthus ließ ein höchst ärgerliches Grunzen hören.

Doch ich konnte nicht anders: »Kauft nicht mich, Herr! Kauft *Digna!*«

»Wer ist Digna?«

Sie stand neben mir auf dem Verkaufspodest. Ebenso nackt wie ich, doch nur mit einer Fußkette an das Podium gefesselt.

»Sklavin?«

»Seit ihrer Geburt, erhabener Herr«, versicherte Clemens eilig.

»Quintus Fabricius hat sie nach Augusta geschickt, um sie kreuzigen zu lassen!«, schrie ich dazwischen.

»Was hat sie ausgefressen?«, wollte Amaranthus wissen.

»Die Frisur der Herrin Lulla, der Gemahlin von Centurio Quintus Fabricius, übelst versaut!«, gab Clemens Auskunft.

»Mit einem Mittel«, ließ sich Digna plötzlich hören, »das sie von einem angeblich ägyptischen Händler gekauft hatte, das aber so teuer war, dass ich es nicht vorher ausprobieren durfte ...«

»Rammelst du sie?«, fragte mich Amaranthus dazwischen.

»Ra...«, stotterte ich.

»Rammeln, vögeln, stoßen, ficken«, half der riesige Neger nach, »eben das tun, was alle Zwei- und Vierbeiner tun, wenn sie Spaß haben wollen – und wobei öfter sogar Kinderchen entstehen.«

Ich bin auf einem Bauernhof aufgewachsen, trotzdem spürte ich, wie ich dunkelrot anlief.

»Nein, edler Herr!«, stammelte ich schließlich.

»Edler Herr! Edler Herr, so hat er mich genannt!«, grölte das schwarze Ungeheuer vergnügt.

Doch ich ließ mich nicht beirren: »Ich kenne Digna erst, seit uns Herr Clemens in Abodiacum vor einer knappen Woche zum Weg nach Augusta an seinen Karren gekettet hat.«

»Wenn Centurio Quintus Fabricius seine Sklavin Digna hätte kreuzigen wollen, dann hätte er sie nicht erst nach Augusta Vindelicum zu schicken brauchen – das hätte er auch sofort in Abodiacum tun dürfen«, stellte Amaranthus grimmig fest.

»Natürlich hat der hochedle Centurio sie nur nach Augusta geschickt, um sie verkaufen zu lassen, weil ihr seine Gemahlin die Schuld gab ...«, beeilte sich Clemens zu versichern.

»Und das Kreuz?«, schrie ich dazwischen.

»Ein Scherz, nichts als ein Scherz!«, wiegelte Clemens ab.

»Dann habe ich kein Interesse an ihr«, stellte Herr Gladius Felixianus trocken fest.

Ehe mein wohl künftiger Herr und Clemens endgültig hinter dem Vorhang verschwanden, knurrte der riesige Neger dem Händler nach:

»Bete zu allen Göttern, dass ich niemals Gelegenheit habe, mit dir zu scherzen – du Arschloch!«

Ich weiß nicht, wie viel Zeit vergangen war. Nach meinem Gefühl waren es Stunden – vermutlich waren es nicht mehr als fünfzehn Minuten. Die Ketten und Eisen hatte man mir inzwischen abgenommen.

Herr Gladius Felixianus und Clemens schienen sich über den Preis einig geworden zu sein, doch mein zukünftiger Herr war offensichtlich noch nicht ganz zufrieden:

»Ehe du ein Mitglied der *Familia Gladiatoria* Felix Felix werden kannst, musst du einen heiligsten Eid auf die Gebote der *Familia* ablegen!«, erklärte mir Amaranthus sehr ernst.

»Ich werde ihn ablegen!«, beeilte ich mich zu versichern.

Doch Herr Gladius Felixianus wie auch Amaranthus hoben abwehrend die Hände:

»Höre sie dir erst einmal an ...«

Und dann zählte Herr Gladius Sempronius Felixianus die Gebote auf, kommentiert von Amaranthus.

»*Erstens: Du nimmst nie den Namen einer Gottheit unehrerbietig in den Mund!*«

»Mein Vater«, warf ich ein, »hat mich bereits gelehrt, dass Götter Götter sind, egal wie wir sie nennen, und dass Fluchen eine Schande ist, welchen ihrer Namen wir auch gebrauchen mögen.«

Herr Gladius Felixianus nickte sehr zufrieden.

»*Zweitens: Die Ehre deiner* Familia *ist höchstes Ziel.*«

Dazu hatte ich nichts zu sagen.

»*Drittens: Du kennst keine Feigheit.*«

»Du magst noch so sehr Angst haben«, ergänzte Amaranthus, »du magst innerlich schlottern, wenn du vor deinem Sieger kniest und auf das Urteil des Pöbels wartest. Du wirst nicht auf die *Missio* hoffen. Du wirst, wenn sich die Daumen nach unten drehen, stolz dein Kinn emporrecken, um den Todesstoß in die Kehle zu empfangen.«

Ich holte tief Luft. Und nickte.

»*Viertens: Meine Gemahlin Agatha* ist sakrosankt – *unberührbar, unantastbar –, unbezweifelbar. Ihr Wort ist Gesetz!*«

Das klang schlimm! Zänkische, rechthaberische, ja bösartige Frauen hatte ich im Lauf meines jungen Lebens bereits einige kennen gelernt. Dass dieses Gebot das strengste, wenn real auch mildeste aller Gebote war, ahnte ich damals natürlich nicht; denn Agatha war die sanfteste, freundlichste, liebevollste Frau, der ich je begegnet bin – solange man nicht ungebührlich an ihren Glauben rührte.

»*Fünftens: Einem Befehl von mir oder einem dafür von mir Beauftragten ist ohne jeden Widerspruch Folge zu leisten.*«

Amaranthus grinste:

»Solange wir über eine Sache sprechen, solange wir darüber diskutieren, kannst du nicht nur, du sollst und du musst sogar deine Meinung sagen. Aber ein *Befehl* ist etwas anderes, eben ein Befehl! Und dem hast du dann nachzukommen, was immer das für dich persönlich bedeuten mag«

»*Sechstens: Du wirst nie gegen einen Mann aus unserer* Familia *kämpfen, es sei denn, beide haben ausdrücklich zugestimmt.*«

»Viele Gladiatoren leben in ihren Schulen und Kasernen jahrelang zusammen«, ergänzte Amaranthus diesmal sehr ernst. »Sie kennen sich. Sie sind Waffenbrüder, Schicksalsgenossen, manchmal auch echte Freunde. Und dann stehen sie sich in der Arena gegenüber und sind gezwungen, sich gegenseitig umzubringen, gar den Todesstoß in die Kehle eben jenes Menschen zu setzen, der vielleicht seit Jahren der einzige Vertraute war, den ihm ein launisches Schicksal noch gelassen hatte.«

Wenn ich in jenem Augenblick einem der Gesetze von ganzem Herzen zustimmen konnte, dann ganz gewiss diesem.

»*Siebtens: Du wirst nie eine Frau oder einen Knaben innerhalb oder außerhalb der* Familia *auch nur berühren, ohne ihr oder sein ausdrückliches* Einverständnis.«

Der riesige Neger verzog zu dieser Bestimmung meines zukünftigen Herrn die wulstigen Lippen so breit, dass sie fast bis zu den Ohren reichten:

»Du wirst es auch nicht nötig haben, Kleiner! Die höchstgestellten und schönsten Weiber des Imperiums können es gar nicht erwarten, einen erfolgreichen Gladiator zwischen ihre Beine zu bekommen!

Und für die, die noch nicht ganz erfolgreich sind, die Neulinge, hält unser ehrfurchtgebietender Lanista, Herr Gladius Felixianus, ausreichend hübsche Sklavinnen in der Schule bereit, sodass wir ungehemmt der Göttin Venus opfern können. Andererseits«, versicherte er mir, »wirst du deinen kleinen Arsch nie irgendwelchen Typen hinhalten müssen, wenn du es nicht willst. Herr Gladius Felixianus toleriert die ›Griechen‹ –, sonderlich mögen tut er sie freilich nicht.«

Ob der frivolen Rede runzelte Herr Gladius Felixianus zwar leicht die Stirn, musste andererseits grinsen und fuhr fort:

»Achtens: Du wirst mich niemals anlügen – und wenn es dich dein Leben kosten sollte!«

Amaranthus, eben noch verschwörerisch lustig, war plötzlich todernst:

»Nimm dieses Gebot absolut wörtlich, Kleiner! Herr Gladius Felixianus ist ein großer, manchmal sogar auch ein großzügiger Mann. Aber was er absolut nicht verträgt ist Unehrlichkeit! Gestehe ihm, dass du hundert Sesterzen gestohlen hast: Er wird dich windelweich prügeln – oder aber auch, unter gewissen Umständen, sogar verstehen, weshalb du es getan hast. Lügst du ihn aber an, dann wird er dich unbarmherzig ans Kreuz nageln und dort verrecken lassen!«

Ich dachte einen Augenblick nach:

Diese Gesetze waren unmissverständlich – das war gut. In manchen Punkten mochten sie hart, sogar *sehr* hart sein – aber schließlich war ich nun Sklave. Die Gesetze schienen den Umständen entsprechend gerecht zu sein – das war noch besser. Und Herr Gladius Felixianus, ebenso wie Amaranthus, nahm sie offenbar tatsächlich ernst – und das war wohl das Beste, was ich in meiner Situation erhoffen konnte!

»Ihr Götter«, betete ich in meinem Herzen, »steht mir bei!«, als ich zustimmte und meine rechte Hand zum Himmel hob:

»Ich schwöre! Ich schwöre diesen Eid bei allen Euren, bei all meinen und selbst bei den mir unbekannten Göttern!

Ich schwöre aus ganzem Herzen!

Ich schwöre, bei allem, was mir und Euch heilig sein mag!«

Herr Gladius Felixianus und der Händler Clemens befanden sich erneut hinter dem löchrigen Vorhang, und Amaranthus war mit den Worten »Du kannst dich inzwischen von deiner kleinen Freundin verabschieden« im Gewühl der Marktbesucher verschwunden.

Ich saß ein wenig verloren auf dem Rand des Podestes, als eine sanfte Hand meine Wange streifte.

Digna hatte sich zu mir niedergekauert: »Wirst du nun in der Arena sterben müssen?«

»Vermutlich«, gab ich leise zurück.

»Ich werde jeden Tag zu unseren Göttern beten, dass sie dies verhindern mögen!«, flüsterte sie mir zu.

»Und du?«, fragte ich ebenso leise zurück.

»Eine Sklavin, die kunstvoll die Haare hoher Damen frisieren und färben kann, wird wohl doch nicht ganz so schnell ans Kreuz geschlagen – auch wenn sie einmal eine Farbmischung verpfuscht …«, kicherte sie.

Dann war Amaranthus zurück, zog erstaunt die Augenbrauen hoch:

»Du hast nicht versucht, abzuhauen, Kleiner?«

»Abzuhauen?«, echote ich verständnislos.

»›Leine zu ziehen‹, ›dich vom Acker zu machen‹. Kurz: zu verschwinden, zu fliehen …«

»Und wie weit wäre ich dabei gekommen?«

»Möglicherweise sogar zwei Straßen weit«, grinste der riesige Neger.

»Und dann hätte mir Herr Gladius Felixianus die Haut von den Rippen peitschen lassen, wenn nicht Schlimmeres«, stellte ich trocken fest.

Amaranthus schüttelte den Kopf:

»In unserer *Familia* wird niemand jemals ausgepeitscht. Herr Gladius Felixianus hätte dich nur verkauft – in einen Steinbruch, ein Bergwerk oder auch nur auf die Felder eines Großgrundbesitzers, wo es genug Peitschenhiebe gibt und wo du in Ketten nach zwei oder drei Jahren kläglich eingegangen wärest.«

Dann warf er mir ein Bündel zu, das er offensichtlich eben auf dem Markt erstanden hatte: Unterzeug aus weicher Baumwolle. Eine rostrote Tunika. An den Sohlen genagelte, feste Sandalen, wie sie die Legionäre tragen. Einen langen, gallischen Mantel mit Kapuze aus wasserfestem Loden für schlechtes Wetter. Einen prächtigen, gut handbreiten Ledergürtel mit bronzener Schließe. Und ein über handlanges, scharfes Messer in lederner Scheide, das ich an diesen Gürtel hängen konnte.

Ich starrte Amaranthus verblüfft an.

»Du bist ab jetzt Gladiator der *Familia Gladiatoria* Felix Felix und kein Bettler«, meinte er. »Wenn du Herrn Gladius Felixianus oder mich etwa mit dem Messer umbringen willst, dann versuche es ruhig – wir leben schließlich von und mit dem Tod.«

Gut drei Monate später kamen wir in Puteoli an.

Wir waren von Augusta Vindelicum über Mogontiacum, Colonia Agrippina, Lutetia und Lugudunum gereist.

In Massilia hatte ich zum ersten Mal das Meer gesehen.

Unsere Truppe an Neugladiatoren war unterdessen auf zwölf angewachsen – elf junge Männer und eine Frau aus der Provincia Lugdunensis, dem äußersten Nordwesten Galliens, ein kurzbeiniges, untersetztes Ungeheuer mit einer riesigen Mähne aus feuerroten Haaren, dessen unersättlicher Liebeshunger selbst unserem Amaranthus zu schaffen machte.

INTERLUSIO

Die Schule
»Felix Felix«

Crupellarius

Ihr, hochedler Herr Gaius Plinius Caecilius, kennt das Anwesen »Felix Felix« des Herrn Gladius Sempronius Felixianus seit vielen Jahren. Trotzdem möchte ich es schildern, wie es sich meinen staunenden Barbarenaugen damals darbot:

Gut zwei Meilen nordwestlich der Stadt Puteoli liegt es inmitten von reichen Feldern und noch reicheren Weinbergen.

Die unvergleichliche Aussicht habt Ihr oftmals selber gerühmt.

Zwar versperrt die Halbinsel Misenum mit dem reichen – nennen wir es ruhig beim Namen: protzigen – Kur- und Badeort Baiae und am Ende der Halbinsel dem Flottenhafen die Sicht nach Westen auf die Inseln Prochyta und Aenaria. Doch der Anblick der prachtvollen Villen und der heilkräftigen, vulkanisch-heißen Thermen von Baiae entschädigt dafür gewiss!

Und dann schweift der Blick ungehindert nach Süden über den Sinus Cumanus, den Cumaeischen Meerbusen.

Im Norden und Nordwesten, nach dem uralten und geheimnisvollen Cumae hinüber, dampfen und rauchen in etwa drei bis vier Meilen Entfernung die vulkanischen Campi Phlegraei, der – wie es die römische Sage will – Eingang zum Orcus, der Unterwelt.

Im Osten sieht man das Gewimmel der Dächer der Stadt Neapolis, jener Gründung der athenischen Griechen aus der Zeit lange vor der Gründung der Stadt Roma.

Und hinter Neapolis erhebt sich der mächtige Kegel des Mons Vesuvius, während im Süden die kaiserliche Insel Capreae und die Küste von Surrentum in den Grauschleiern des Dunstes verschwimmen.

Wenn man von Puteoli die Straße heraufkommt auf die Hügel, liegt linker Hand die Villa, das weiträumig angelegte Haus des Herren Gladius Felixianus.

Damals war es freilich noch weit schlichter, als es heute ist: Das großzügige Atrium; die luftigen Säulengänge hinaus zu dem mit abertausend Blumen, Büschen und Blütenbäumen angelegten Ziergarten samt seinen freundlich murmelnden Springbrunnen; die prächtigen Fresken in den Zimmern und die zierlichen Grotesken mit luftigen Girlanden und geflügelten Amoretten auf rotem Grund innerhalb des Hauses; die kostbaren Statuen aus Marmor und Bronze in Haus und Park, exakte Kopien von Originalen, einige sogar Originale der großen Bildhauer Polyklet und Praxiteles aus der Blütezeit Griechenlands; vor allem aber auch die Kopien und Originale von Statuen und Malereien aus der Zeit der Etrusker – all dies gab es damals noch nicht. Diese geschmackvollen Details wurden erst angebracht und aufgestellt, als Herr Tarquinius Sempronius Felixianus *Dimachaerus* und seine Gemahlin das Landgut übernahmen.

Damals, als ich sie kennen lernte, war die Villa ein eher schmuckloser zweistöckiger Bau mit sauber gekalkten Wänden und einem roten Ziegeldach – geradlinig, schlicht und freundlich wie Agatha, die Gemahlin des Herrn Gladius Felixianus.

Damals, im Spätsommer des Jahres 808, sah ich die Villa freilich nur von der Weite – ehe ich sie erstmals betreten durfte, verging wohl noch fast ein Jahr.

Und etwa tausend Schritt weiter rechts liegt der *Ludus*, die Gladiatorenschule, von der Villa durch einen uralten Olivenhain getrennt. Auch sie kennt Ihr, edler Herr Plinius Caecilius, und so, wie sie bis zu diesem Tag geführt wurde, werdet Ihr gewiss verstehen, dass ich sie konsequent als »Schule« und nicht als »Kaserne« bezeichne, wie das viele Leute zu tun pflegen.

Ich verwende den Ausdruck »Schule« auch deshalb lieber, da unter *Ludus* ja vor allem die Arenaspiele insgesamt verstanden werden, von denen die *Gladiaturae*, die eigentlichen Gladiatorenkämpfe, meist nur ein Teil sind, während der alte Ausdruck *Munus* – Pflicht, Geschenk –, wie die kultischen Kämpfe bei Totenfeiern einst genannt wurden, heute fast ausgestorben ist.

Die Schule bildet ein weiträumiges Quadrat aus Gebäuden mit dem großen Trainingshof in der Mitte.

Im Nordosten, von den übrigen Gebäuden deutlich abgetrennt, steht ein Tempel, der natürlich zunächst dem Kriegs- und Schwertgott Mars, aber auch dem Götterherrscher Jupiter, seiner Gemahlin Juno, schließlich seiner klugen Tochter Minerva, seinem schönen Sohn Apollo, dem Waffenschmied Vulcanus und dessen liebreizender Gemahlin Venus geweiht ist.

Doch auch andere, fremde Götter hatten hier Eingang gefunden, wurden vor ihren Statuen verehrt. Ehrfürchtig blickte ich empor zu dem Standbild von Epona, der Pferdegöttin, die meine Familie und ich verehrten.

Da standen in den Nischen auch andere Götterbilder, die mir damals noch unbekannt waren: die Ägypter Isis, Osiris und Serapis. Der babylonisch-karthagische Baal samt seiner Liebesgöttin Astarte, die ihren Anbetern sowohl allerhöchste Lust als auch extastische Qual in ihrer mit reißenden Zähnen bewehrten Vagina versprach, und auch manche Gottheit, die ich noch heute nicht recht einzuordnen weiß.

Und schließlich auch Mithras, der Stier-tötende Sonnengott aus dem Osten, zu dem viele der römischen Legionäre beten und den auch Herr Tarquinius Felixianus verehrte, dessen *Pater* – »Vater«, Hochgeweihter – er war.

In dieser Weihestätte hätten Herr Gladius Felixianus und Herr Tarquinius auch das Kreuz und die Statuen des Christengottes, sogar des jüdischen Jehova-Gottes, durchaus bereitwillig aufgestellt, wenn diese nur bereit gewesen wären, andere Götter neben sich anzuerkennen!

Im Norden des Gevierts der Schule liegen das Waffenarsenal und die Werkstätten der Handwerker, die uns Gladiatoren mit ihrer Kunst beliefern: Schmiede, Bronzegießer, Tauscheure, Schreiner, Weber, Lederer, Schildmacher und viele andere – damals in der Mehrzahl Sklaven, die freilich ob ihres Könnens große Freiheiten genossen, heute ausschließlich freie Handwerker.

Im Westen schließt sich der Versorgungsblock an: zunächst die große Gemeinschaftsküche, die uns alle mit Nahrung beliefert. Der damalige Chefkoch, Pamenius, ebenso wie der heutige,

Constantinos, waren Freigeborene und auf ihrem Gebiet Genies: Täglich an die zweihundert verträgliche, bekömmliche, abwechslungsreiche und wohlschmeckende, auf die körperlichen Bedürfnisse von Gladiatoren abgestimmte Mahlzeiten zu zaubern ist gewiss schon schwierig genug.

Auch wenn die Herrn Gladius Felixianus und Euer Freund Tarquinius Felixianus, wie er sich kurz nannte, noch so sehr betonen mochten, dass es hier ausschließlich schlichte »altrömische« Kost gäbe, die Ansprüche, welche die feinen und vor allem zahlungskräftigen Kunden in der Villa stellten, ließen sich nicht völlig ignorieren – auch wenn es niemals die Zungen von Pfauen und Nachtigallen, gebratene Papageien oder ähnlichen kulinarischen Unsinn gab, wie bei manchen protzigen Gelagen in Roma. Andererseits hielt Herr Gladius Felixianus überhaupt nichts davon, seine Männer, wie in manchen Schulen üblich, mit Bohnen und Hülsenfrüchten vollzustopfen, um sie regelrecht zu mästen. Für einen schwerbewaffneten *Murmillo* oder *Thraex* mag Körpergewicht gelegentlich von Vorteil sein, doch in Felix Felix gab man durchtrainierten, beweglichen Kämpfern stets den Vorzug.

Unmittelbar neben der Küche liegt der gemeinschaftliche Speisesaal mit seinen langen Tischen und stabilen Bänken, daran anschließend das kleine, gemütliche *Triclinium* mit seinen bequemen Polsterliegen, wo die fröhlichen Trinkgelage stattfinden.

Hier waren auch die Unterkünfte der unprivilegierten Sklaven – seinerzeit etwa zwei Dutzend Männer, die in den Werkstätten und auch sonst Handlangerdienste leisteten, und gewiss drei Dutzend Mädchen, junge Frauen und auch Knaben, die beispielsweise tagsüber putzten oder in der Küche halfen, vor allem jedoch nachts – oder auch zwischendurch – die sexuellen Bedürfnisse der Gladiatoren zu befriedigen bereit waren.

Heute ist dieser Teil beträchtlich umgebaut:

Sklaven gibt es in Felix Felix nicht mehr. Die Unterkünfte wurden erweitert und ausgebaut. Heute finden sich dort zwar kleine und bescheidene, jedoch abschließbare Wohnungen, in denen freigelassene und freie Menschen leben, die zweifellos die gleichen Dienste leisten, jedoch ungezwungen und entsprechend bezahlt.

Im Süden der Schule finden sich die Unterkünfte der Gladiatoren, ein langgestreckter, zweistöckiger Bau.

Massenunterkünfte, wie in den meisten Gladiatorenkasernen – selbst in dem einst von Gaius Julius Caesar begründeten und längst schon legendären »Ludus Julianus« in Capua –, gab und gibt es hier nicht. Jeder, selbst der kleinste und dümmste Anfänger, wie ich es damals war, hatte seinen eigenen Raum. Das Zimmer, das man mir zuwies, war zweifellos höchst schlicht eingerichtet mit Bett, Tisch, Stuhl und einer Möglichkeit, sein Zeug aufzuhängen. Aber es gab und gibt auch da in jeder Kammer ein in die Wand eingemauertes, mit einem Schlüssel verschließbares Fach, in dem jeder seine ureigensten, persönlichen Dinge einschließen und vor den neugierigen Blicken anderer Menschen verbergen kann. Als ich damals nach Felix Felix kam, konnte ich damit nichts anfangen. Später, als sich Erinnerungsstücke und auch Geld ansammelten, wusste ich es durchaus zu schätzen!

Auf der Seite des Hofes zieht sich im ersten Stock des Gebäudes über seine ganze Länge eine auf Säulen ruhende Galerie hin, auf welche die Türen zu den einzelnen Wohnräumen hinausführen, während die Türen im Erdgeschoss direkt auf den Hof münden. Im Obergeschoss sind es etwa zwanzig Türen, im Untergeschoss doppelt so viele. Das hängt damit zusammen, dass unten die Neulinge untergebracht sind, während oben, in doppelt so großen Räumen, die bereits fertig ausgebildeten Gladiatoren wohnen, die schon in der Arena gekämpft haben.

Im Osten wird das Geviert durch die große Trainingshalle abgeschlossen, wo man im Winter und bei schlechtem Wetter im Trockenen üben kann.

Im Südosten, zwischen den Unterkünften der Gladiatoren und der Trainingshalle, liegen die Thermen mit ihren Schwitzbädern, den warmen und kalten Schwimmbecken, den Ruhe- und Massageräumen, wo sich Gladiatoren und Trainer ebenso wie Rekruten allabendlich entspannen, ihre verkrampften Muskeln lockern und ihre zahllosen blauen Flecken pflegen können – eine herrliche Einrichtung!

Hier ist auch die Krankenstation, wo die beiden ägyptischen

Ärzte wirken – denn Herr Gladius Felixianus wie auch Tarquinius Felixianus waren und sind auch hier die Besten gerade gut genug: Amenophis – inzwischen muss er gewiss an die neunzig Jahre zählen, ist halb blind, aber immer noch ein Spitzenkönner seines Faches – und Mykerinos behandeln dort samt ihren Helfern berufsbedingte Blessuren, aber auch solch unheroische Leiden wie Erkältungen, Durchfall und Ähnliches fachgerecht und in der Regel höchst erfolgreich.

Unmittelbar östlich der Trainingshalle, jedoch außerhalb des Gebäudequadrats schließt sich das *Gymnasium* an. Mit entsprechenden Stätten der sportbegeisterten Griechen hat dieses Areal nur teilweise zu tun, und es war und ist unter den Mitgliedern der *Familia* Felix Felix nach wie vor wenig beliebt, auch wenn seine Notwendigkeit unbestritten ist. Fünf oder sogar zehn Meilen Dauerlauf, unzählige Liegestütze und Klimmzüge an den aufgestellten Stangen, noch unzähligere Kniebeugen oder auch Seilhüpfen – Amaranthus war trotz seiner riesigen Größe hierin ein unübertroffener Meister – und zahllose andere derartige Übungen haben mit dem eigentlichen Kampf nichts zu tun, dienen einzig und allen dazu, uns körperlich in Bestform zu bringen und zu erhalten.

Was mir damals sofort beim Anblick der Schule auffiel, war die Tatsache, dass es um den Gebäudekomplex keine Mauern gab.

Ich habe inzwischen zahlreiche andere Gladiatorenschulen und -kasernen gesehen: Felix Felix ist da absolut einmalig!

Ob Sklaven, die ausschließlich zum Töten und Sterben ausgebildet werden, nicht ohne entsprechende Sicherheitseinrichtungen in Scharen fliehen würden, hatte ich verwundert gefragt.

Amaranthus hatte wieder einmal seine Lippen zu einem breiten Grinsen verzogen und seine weißen Zähne blitzen lassen:

»Ja«, gab er zu, »ab und zu haut tatsächlich einer ab. Aber«, fügte er hinzu, »ein Gladiator, der davonläuft, um etwa in Roma Kanalreiniger zu werden, hätte in der Arena ohnehin nichts getaugt.«

Er müsse ja nicht unbedingt Kanalreiniger werden, wandte ich ein.

»Was sonst?«, fragte der riesige Neger zurück. »Der Mann ist zwar in der Regel kräftig, gesund und gut durchtrainiert, aber was hat er gelernt, außer mit Schwert und Schild, vielleicht auch mit der Lanze oder auch mit Netz und Dreizack umzugehen? Leibwächter irgendeiner hochgestellten Persönlichkeit, wo ihm seine Waffenkenntnisse etwas nützen – viele ehemalige Gladiatoren nehmen nach ihrer Zeit in der Arena solche Dienste an –, kann er nicht werden, denn dort könnte ihn Herr Gladius Felixianus allzu leicht finden. Er muss also irgendwo bei einem Handwerker, Händler oder auf einem Landgut Hilfsarbeiten leisten, und selbst wenn es ihm gelingen sollte, seine gestohlene Freiheit zu bewahren, lebt er dabei nicht besser als einer der mindersten Sklaven. Oder er kann sich noch bei den Legionen anwerben lassen, aber dieser Beruf ist nicht weniger gefährlich, nur bei erheblich schlechterer Versorgung und Bezahlung.«

»Bezahlung?«, fragte ich verblüfft. »Es sind doch Sklaven!«

»Die Arenaspiele werden von irgendwelchen hochgestellten Persönlichkeiten ausgerichtet, um den Mob zu erfreuen und für die nächsten Wahlen deren Stimmen zu ergattern«, klärte mich Amaranthus auf. »Dafür zahlen sie dem *Lanista* hohe Mieten für seine Gladiatoren. Und von diesem Geld, so ist es Brauch, erhält ein Gladiator ein Zehntel, wenn er erfahrener und erfolgreich ist, sogar ein Fünftel der Summe.

Tatsache ist, dass sich, wenn sie mit ihrem Geld einigermaßen vernünftig umgehen, die Mehrzahl der Gladiatoren bereits nach fünf oder sechs Kämpfen freikaufen können. Und wenn einer ganz besonders gut und tapfer gekämpft hat, dann kann es geschehen, dass er sogar vorher schon vom Pöbel freigebrüllt wird.«

»Freigebrüllt?«

»Das *Pöblikum* ...«

Amaranthus und, wie ich bald feststellte, fast alle in der Schule bezeichneten das Publikum in der Arena grundsätzlich als Mob, Geschmeiß, Gesindel, Abschaum, Pöbel oder, davon abgeleitet, bestenfalls als »Pöblikum«.

»... es brüllt, wenn einer besonders gut gekämpft hat, dem Gladiator auf der Stelle das hölzerne Stockschwert, das Zeichen seiner Freilassung, zu überreichen. Will der Editor, der Veranstalter, nicht als übler Geizkragen dastehen, was seine nächsten Wahlaussichten beträchtlich schmälern würde, muss er also dem Lanista die volle Kaufsumme auszahlen und den Gladiator in die Freiheit entlassen.

Manchmal«, fuhr Amaranthus grinsend fort, »macht das der Pöbel auch aus purer Bosheit, wenn es den Editor nicht mag. Vor fünf oder sechs Jahren veranstaltete in Verona irgendein – freilich äußerst unbeliebter, als geizig und habgierig verschriener – Stadthäuptling Spiele mit vierzig Fechterpaaren, also achtzig Gladiatoren – Felix Felix war damals mit elf Mann dabei. Vier Gladiatoren verloren im unmittelbaren Kampf ihr Leben. Alle anderen, also nicht nur die vierzig Sieger, wurden freigebrüllt, sondern auch die sechsunddreißig Verlierer erhielten nicht nur ihre *Missio* ...«

»*Missio?*«

»... Begnadigung! Auch diese wurden freigebrüllt – insgesamt also sechsundsiebzig Mann! Jener Editor hat nie wieder Spiele veranstaltet. Er konnte es nicht, denn er war schlichtweg ruiniert.« Amaranthus schüttelte langsam den Kopf. »Für Felix Felix war das freilich auch ein schwerer Schlag.«

Als er mein verwundertes Gesicht sah, erklärte er:

»Felix Felix ist eine höchst elitäre Schule, aber auch eine kleine Schule. Wir haben hier in der Regel um die sechzig Sklaven-Gladiatoren, wovon rund die Hälfte noch in Ausbildung ist – und ohne optimal abgeschlossene Ausbildung lässt Herr Gladius Felixianus niemanden in die Arena. Dazu kommen zwischen vierzig und sechzig freie Gladiatoren, Männer, die ihr Stockschwert bekommen haben oder die sich selber freikaufen konnten, die aber um des Geldes willen noch eine Weile weitermachen. Herr Gladius Felixianus arbeitet für fünf Anteile an den Einkünften als ihr Manager. Elf Mann auf einen Schlag zu verlieren war also ein schlimmer Aderlass für unsere *Familia*. Zum Glück machten vier zunächst weiter, sonst wäre unsere Personaldecke dünn geworden, und deshalb sind wir auch beständig auf der Suche nach Nachwuchs!«

Amaranthus legte seine sehnige Pranke auf meine Schulter:

»Ich habe damals auf dem Sklavenmarkt in Augusta Vindelicum zu dir gesagt: ›Du bist tot!‹ Davon rücke ich auch nicht ab. Aber: Die *Familia Gladiatoria* Felix Felix verliert weitaus mehr Männer durch Stockschwert und Freikauf als durch den Tod in der Arena!«

Die Schule Felix Felix hat nicht einmal ein Tor!

Das heißt, sie hat schon ein Tor: einen prächtig aus weißem Marmor erbauten Torbogen im Südwesten der Anlage zwischen Triclinium und den Gladiatorenunterkünften – freilich ohne verschließbare Torflügel, welche die Männer hätten einsperren können.

Der Bogen ist mit eleganten Säulen und den bemalten Reliefs geschmückt, welche die verschiedenen Gladiatorengattungen zeigen: Ganz oben die klassische Paarung *Murmillo* und *Thraex*. Darunter findet man den *Provocator*, den *Essedarius* und den *Hoplomachus* sowie die erst in den letzten Jahrzehnten populär gewordenen Typen des *Retiarius* und des *Secutor*; sogar ein *Eques* ist dargestellt, obwohl unsere Schule keine dieser berittenen Kämpfer ausbildet.

Und ganz oben auf dem Tor saß Er: Felix Felix.

Aus Marmor bis in die letzte Fellspitze exakt-liebevoll gemeißelt und naturgetreu bemalt: in pechschwarzem Fell mit einem schneeweißen Brustlatz. Die spitzen Ohren hoch aufgestellt. Den Blick seiner grünen Augen mit den schmalen Pupillen intensiv auf den Eintretenden gerichtet. Den schwarzen Schwanz artig um die milchweißen Pfötchen geringelt.

Mein Vater, Cimiar der Ältere, hatte die römischen »Besatzer«, wie er sie stets nannte, nicht ausstehen können. Er hatte aber auch – sie waren nun einmal da – darauf bestanden, dass seine Kinder deren Sprache, das Latein, bestmöglich lernen sollten.

Felix heißt »der Glückliche«. Felix Felix demnach der »glückliche Glückliche«; so hatte ich es mir bislang übersetzt.

Aber, so wurde mir damals bei diesem Anblick klar, *Felix* bedeutete auch »Katze« oder »Kater«.

Felix Felix, das war der glückhafte Kater, der uns allen Glück bringen sollte!

Felix Felix – der schwarze Kater mit der weißen Kehle, den weißen Pfoten und grünen Augen – war und ist nicht nur der Name der Schule. Es war und ist auch das Wappen unserer Schule, das auf den Bannern, die wir stolz bei der *Pompa*, dem glanzvollen Aufmarsch vor den *Ludi*, vor uns hertragen lassen, abgebildet ist.

Ich selber hatte nicht mehr die Ehre, Felix Felix Magnus, den ersten großen Katzenherrn, der unserer Schule den Namen gab, persönlich kennen zu lernen. Er starb vor etlichen Jahren, mehr als zweiundzwanzig Jahre alt, wobei man bedenken muss, dass ein Katzenjahr etwa sieben Menschenjahre zählt. Sein Grabmonument steht unmittelbar neben dem des Gründers unserer *Familia*, Herrn Gaius Sempronius Felix, im Totenhain.

In der Schule, in der Villa und im Dorf wimmelt es von Katzen, großen und kleinen, schlanken und dicken, mit glattem oder puscheligem Fell, grünen, gelben oder bernsteinfarbenen Augen, in allen erdenklichen Farben von schneeweiß bis kohlschwarz, gefleckt, getigert, dreifarbig, sanfte Schnurrkätzchen und wilde Raufbolde.

Doch beherrscht werden sie alle nach wie vor von einem unmittelbaren Nachkommen des legendären Felix Felix Magnus, einem schwarzen Kater mit weißer Brust, weißen Pfoten und grünen Augen.

»Es ist fast so«, meinte Amaranthus, als er mich einige Tage nach meiner Ankunft dem seinerzeit regierenden Felix Felix III. vorstellte, »als habe sich die Seele des großen Katzenherrn nur einen jüngeren Körper gesucht.«

Auch Ihr, edler Herr Plinius, habt Felix Felix III. und seinen Sohn und Nachfolger Felix Felix IV. kennen gelernt, und wie Ihr sagtet, ward auch Ihr, ebenso wie ich damals, überrascht: Der unumschränkte Katzenherrscher ist keineswegs einer jener massigen, schweren Kater mit dickem Kopf und zerfledderten Ohren, dem man gemeinhin solch eine Rolle zutrauen würde, sondern von schlankem, fast zartem Körperbau, freilich mit keinem Gramm überflüssigem Fett unter seinem glatten Fell, sondern nur perfekt durchtrainierten Muskeln. Felix Felix ist auch kein Raufer, trotzdem erweisen ihm auch die bulligsten anderen Kater höchsten Respekt, überlassen ihm gewöhnlich kampflos die Damen und sogar ihre Mäuse-Beute. Denn wenn es zu einer der höchst seltenen Auseinandersetzungen kommt, ist er von einer solch blitzartigen Schnelligkeit und Wendigkeit, dass die Mehrzahl aller Katzen davon nur träumen kann.

»Felix Felix Magnus und seine Nachfolger sind echte Gladiatoren, echte Vorbilder für uns«, versicherte mir Amaranthus damals. »Wenn es zu Auseinandersetzungen kommt, sind sie nicht tollkühn, sondern bleiben beherrscht, klug, sind absolut unerschrocken und unübertreffliche Kämpfer. Wenn ein anderer Kater nicht rechtzeitig den *linken Zeigefinger hebt* – das Zeichen eines Gladiators in der Arena, dass er aufgibt – oder eben das, was bei Katzen dafür gilt, dann ist er tot. Zwar nicht durch einen Stich mit dem Schwert, aber durch einen Biss in den Nacken.«

Rund um das Geviert der Schule liegt der *Vicus*, das Dorf:

Es waren und sind durchweg sauber weiß gekalkte, schmucke Häuser und Häuschen, die inmitten kleinerer und größerer Gärten stehen.

Vor allem wohnen dort die freien Gladiatoren mit ihren Familien – fast alles ehemalige Sklaven der Schule und heute immer noch Mitglieder der *Familia Gladiatoria* Felix Felix.

Und dort wohnen auch die freien Handwerker und anderen Männer, die in den Werkstätten der Schule arbeiten oder dort sonstige Dienste leisten wie etwa die beiden ägyptischen Ärzte mit ihren Helfern.

Auch Amaranthus, der riesenhafte Neger, bewohnt hier zusammen mit seiner Gemahlin Freia ein in jedem Sinne stattliches Haus in einem von Blumen überquellenden Garten. Freia ist eine germanische Ex-Sklavin, deren Haut ebenso weiß ist wie die seine schwarz. Mit ihnen leben in dem zweistöckigen Haus mindestens ein Dutzend Katzen und sieben mehr oder minder braune Kinder.

Ihr Drittgeborener, Nigeralbus – er setzte seinen Arena-Namen aus *niger* »schwarz« und *albus* »weiß« zusammen –, war damals knapp fünfzehn Jahre alt und ein aufstrebender *Thraex* mit bereits einem Sieg in der Arena. Er sollte für einige – zu wenige – Jahre mein bester Freund werden.

In den Gassen toben Kinder, mehrheitlich ungeklärter Abstammung, und garantiert rasselose Hunde.

Auf langen Leinen, manchmal von Haus zu Haus gespannt, wedelt trocknende Wäsche.

Aus den Kaminen der Häuser wirbeln täglich am späten Vormittag und gegen Abend die Rauchwölkchen der Kochherde, und es duftet durch die Gassen nach Fisch und gebratenem Fleisch.

In vielen Fenstern und auch an allen sonstigen möglichen und unmöglichen Stellen ruhen irgendwelche der unzähligen Katzen, die erklärten Lieblinge des Dorfes.

Am Brunnen schwatzen Frauen, die, das war und ist ihnen gemeinsam, ausgesprochen hübsch sind oder zumindest immer noch Anzeichen einstiger Hübschheit zeigen. Viele davon sind an ihrer Kleidung als Witwen zu erkennen – unser Beruf ist schließlich nicht ganz ungefährlich. Fast mehr noch als die Sklavinnen im Versorgungsblock der Schule sind nicht wenige von ihnen durchaus bereit, erneut eine kürzer- oder längerfristige Beziehung mit einem Gladiator einzugehen.

Viele der Frauen des Dorfes leben von den Einkünften ihrer Männer oder deren Erspartem, wenn sie Witwen sind, kümmern sich um Kinder, Haus und Garten. Etliche freilich haben aber auch kleine Geschäfte eröffnet oder arbeiten etwa als Näherinnen, Stickerinnen, Färberinnen oder Lederarbeiterinnen für die Schule.

Eine, Drusilla, ist sogar eine hochbegabte Kunstschmiedin, um deren mit prachtvollen Treibarbeiten geschmückte Helme, Beinschienen und Schulterschirme sich die Stargladiatoren unserer Schule förmlich prügelten. Drusilla war es auch, die mich in meinem zweiten Jahr in Felix Felix in die Kunst der Liebe einführte. Unsere Verbindung hielt zwar nur kurz, doch bis heute sind wir wahrhaft gute Freunde.

Auch eine Reihe von kleinen Händlern und Handwerkern hat sich im Dorf angesiedelt: ein Metzger, zwei Bäcker, ein Fischhändler, drei Schneider, eine Putzmacherin mit ihren Gehilfinnen, ein großmäuliger Apotheker, ein Schreiber, der so kurzsichtig ist, dass sogar seine Nase Tintenflecke abbekommen hatte, ein halbes Dutzend Tavernenwirte und mindestens zwei Dutzend Hellseherinnen, Wahrsagerinnen und Pythien.

Gladiatoren, die wieder und wieder ihr Leben in der Arena aufs Spiel setzen, sind in der Regel abergläubisch – mitunter extrem, vielleicht sogar geradezu lächerlich, wenn es ihnen damit nicht so ernst wäre. Die Hexen und Pythien, so wenig sie tatsächlich können mögen, machen mit ihnen ein gutes Geschäft.

Die Star-»Pythia« war damals eine gewisse Haica.

Als ich zwei Jahre nach meiner Ankunft in Felix Felix ein paar Sesterzen zusammengekratzt hatte, suchte ich sie auf.

In ihrem mit roten und schwarzen Tüchern verhängten Empfangsraum, angetan mit einer wallenden, dunkelroten Robe, auf der allerlei geheimnisvolle Zeichen angeblich ägyptischen und chaldäischen Ursprungs aufgestickt waren, sah sie in meine Zukunft:

»Schreckliche und blutige Kämpfe«, sagte sie mir voraus – für einen Gladiator ist dies Alltag. »Zahllose Siegerpalmen und Lorbeerkränze« – ein paar davon habe ich tatsächlich errungen, auch wenn sie nicht »zahllos« waren. »Eine liebende Gemahlin und mindestens sechs Kinder« – die liebende Gemahlin habe ich ebenfalls bekommen, von den Kindern nur zwei. Und »ein gesundes, geruhsames Alter in Wohlstand« – was die eine Hälfte der Aussage anbelangt, stimmt sie zweifellos, doch was die andere Hälfte angeht …

Damals, als ich, ein kleiner, halbbarbarischer Gladiatorenschüler, Haica zum ersten Mal aufsuchte, hatte sie zweifellos noch einen Teil ihrer angeborenen Gabe, die mir teils Wahrheit, teils freilich von ihr und mir erträumten Unsinn erzählte. Ein paar Jahre später, ich war inzwischen ein erfolgreicher *Retiarius*, versuchte ich sie nochmals zu befragen, doch offenkundig hatte sie ihre Gabe durch mittlerweile allzu viel Schwindel und Zaubertheater endgültig verloren. Als sie schließlich zum Ausgleich ihre bestickte Robe vor mir fallen ließ und sich mir splitternackt und, wie sie offenbar meinte, verführerisch stöhnend und grunzend präsentierte, ergriff ich die Flucht – gewiss nicht vor der Frau, aber ganz gewiss vor einer Person, die in dem inzwischen einigermaßen erfolgreichen Jüngling eine Chance gesehen haben mag, sich noch einen dummen Ehemann zu angeln. Wie ich etwas später erfuhr, war ich nicht der Einzige. Ein paar Wochen danach war sie aus dem Dorf verschwunden.

Es gibt noch ein zweites Dorf, das zum Anwesen Felix Felix gehört, etwa eineinhalb Meilen nördlich gelegen. Auch dies ist ein sauberes, schmuckes Dorf, damals bewohnt von den Sklaven, heute von den Freigelassenen, welche die Äcker, die Weinberge und das Vieh betreuen, die zu dem Anwesen gehören und Villa und Schule mit dem Notwendigen an Korn, Gemüse, Obst, Wein und Fleisch beliefern.

Heute habe ich vermutlich mehr mit diesem Dorf zu tun als mit der Schule. Damals jedoch war dies eine andere Welt.

Und da ist auch noch der Totenhain, gelegen auf einer sanften Hügelkuppe etwa fünfhundert Schritt nordöstlich der Schule in einem Zypressenwäldchen.

»Nur wer vergessen ist, der ist wirklich tot«, sagen die Römer.

Der Gedanke ist keinesfalls abwegig. Und so ist es ihre Gewohnheit, Grabmäler dorthin zu bauen, wo man sie unweigerlich sehen muss, vorzugsweise an den wichtigen Straßen, die aus und nach einer Stadt führen. An der großen Ausfallstraße von Roma nach Süden, der Via Appia, ziehen sich die Grabdenkmäler seitlich der Straße auf fast fünfzehn Meilen hin – kleine bis riesige, niedrigere und bis zu sechzig Fuß* hohe. Sie konkurrie-

* Ein alt-römischer Fuß (*pes*) als Maßeinheit entspricht 29,6 cm.

ren erbarmungslos durch ihre Maße, durch ausgefallene Formen oder grellbunte Bemalungen darum, den Blick der Reisenden auf sich zu lenken und die Verstorbenen so in wacher Erinnerung zu halten.

Herr Gaius Sempronius Felix, der Gründer unserer Schule, hatte seinerzeit freilich mit der Anlage des Totenhains bewusst einen anderen Weg gewählt.

Wir Gladiatoren leben mit dem Tod. Eine Gräberallee entlang der Zufahrtsstraße zu unserer Schule hätte bei vielen von uns nur allzu leicht schmerzliche Erinnerungen an die in den Arenen umgekommenen Kameraden wachgerufen, hätte uns allzu deutlich gemacht, an welch dünnem Faden unser eigenes Leben hing – und das wäre letztlich der Moral unserer Kämpfer kaum zuträglich gewesen. Deshalb sind unsere Toten aber keineswegs vergessen! Denn selbst jene, die nicht regelmäßig die Gräber ihnen nahestehender Menschen aufsuchen, müssen sich nur allzu oft im Totenhain versammeln, um gefallenen, verdienten Mitgliedern unserer *Familia Gladiatoria* die letzte Ehre zu erweisen.

Auf der Spitze der Kuppe steht das aus Marmor erbaute Mausoleum des Gründers und ersten Herrn der Schule, Gaius Sempronius Felix, und seiner Gemahlin.

Rechter Hand davon erhebt sich das ebenfalls aus schneeweißem Marmor gestaltete Grabmal von Kater Felix Felix Magnus.

Zu seiner Linken ruhen inzwischen auch Herr Gladius Sempronius Felixianus und seine Gattin Agatha.

Und nun muss ich wohl auch ein Mausoleum für Tarquinius Sempronius Felixianus *Dimachaerus* und seine Gemahlin Lucia Aurelia Prisca erbauen lassen, auch wenn die Urnen mit ihrer Asche dort wohl niemals beigesetzt werden können.

Ob sich der auf Alleinherrschaft pochende Christengott der Dame Lucia Aurelia Prisca mit seinen Symbolen Fisch und Kreuz mit dem etruskischen Gott Aplu, von uns »Apollo« genannt, und Mithras, dessen geweihter Priester Euer Freund, Herr Tarquinius Felixianus, war, verträgt? Ich weiß es nicht. Aber ich werde versuchen, beiden gerecht zu werden – mehr kann ich wohl nicht tun …

Ein wenig unterhalb der Hügelspitze mit den großen Monumenten reihen sich die Gräber und kleineren Monumente jener, die unserer *Familia Gladiatoria* wirklich nahe gestanden haben – Gladiatoren, Katzen, vertrauteste Mitarbeiter. Hier ruhen nun auch Amaranthus und sein Sohn Nigeralbus. Ebenso Felix Felix II. und III., der Chefkoch Pamenius, der Arzt Mykerinos, das britonische Ungeheuer Fulmina und so mancher andere besonders tapfere Gladiator, dessen Aschenurne wir hierher haben überführen lassen.

Irgendwann – wenn es nach den Ärzten geht, sogar bald – werde auch ich hier in Ruhe einem vielleicht neuen Leben entgegenschlafen. Wenn es so weit ist: Baut mir kein großartiges Mausoleum! Setzt mir nur eine kleine Stele, jedoch bitte nahe bei jenen, die ich wirklich geliebt habe: meinem wahrsten und besten Freund Tarquinius Felixianus, meinem Lehrer Amaranthus und seinem Sohn Nigeralbus – und meinem besonderen Freund Felix Felix IV., der jetzt schnurrend auf meinen Knien liegt, die ich seit so vielen Jahren nicht mehr zu spüren vermag.

LUDUS I

Der Etrusker

Retiarius

1. Juni des Jahres 812 *ab urbe condita.*
Im 4. Regierungsjahr
des erhabenen Caesars Nero.
(59 n. Chr.)

Dieser erste Tag des Juni im Jahr 812 hat sich unauslöschlich in mein Gedächtnis eingegraben:

Es war der Tag, als ich erstmals als Gladiator in einer Arena stand. Und, einen Tag später, als Tarquinius der Etrusker – Euch vertrauter als Tarquinius Sempronius Felixianus *Dimachaerus* – in mein und unser Leben trat.

Die dreitägigen Spiele in Perusia hatte ein gewisser Aulus Vitellius, ein hochvermögender Augustale und angeblich enger Freund unseres Caesars Nero, ausgerichtet.

Perusia war schon eine reiche und mächtige Stadt der Etrusker gewesen, als dort, wo das berühmte Forum Romanum, das Herz der Stadt Roma und des Imperiums entstehen würde, noch die Frösche quakten. Der Landbesitz Perusias reichte seinerzeit vom Arno bis in das Tal der Chiana.

Mit dem Aufstieg Romas und dem gleichzeitigen Niedergang der Etrusker sank auch die Bedeutung von Perusia. Von der einstigen Herrlichkeit zeugt heute kaum mehr als ein mächtiges Stadttor im Südwesten der Stadt. Die drei dunklen, in den Bogen eingemauerten Steinköpfe werden heute als Jupiter, Juno und Minerva gedeutet – zweifellos gehören sie weit älteren, heute kaum noch bekannten Gottheiten. Dies sollte freilich nicht zu dem Gedanken verleiten, Perusia sei nur noch ein unbedeutendes Provinznest! Herr Aulus Vitellius hatte sich Perusia gewiss nicht für seine Spiele ausgesucht, weil er ein Dummkopf war!

Herr Aulus Vitellius selbst war ein unglaublich fetter Fettwanst mit Spiegelglatze, Schweinsäuglein und einem winzigen Mund, in den er unentwegt Essbares einschob. In seiner mit

Purpurstreifen verzierten Toga sah er aus wie – aber lassen wir das lieber …

Er stammte zweifellos aus einer guten Familie, und sein Vater hatte unter Caesar Claudius dreimal das Amt eines Consuls bekleidet. In seiner Jugend muss Herr Aulus Vitellius sogar gut ausgesehen haben, denn er war einer der bevorzugen Lustknaben des Caesars Tiberius in dessen Palast auf der Insel Capreae gewesen. Er muss sogar so gut gewesen sein, dass man ihm den Spitznamen *Spintria* – »Schließmuskel-Künstler« – anhängte, der ihm bis zu seinem Tod geblieben ist, auch wenn ich mir kaum vorstellen kann, dass auch der perverseste »Grieche« an seinem zu jener Zeit längst übergewaltigen Hintern noch irgendetwas Aufreizendes gefunden haben könnte. Später schleimte er sich durch die Regierungszeiten von Caesar Gaius Caligula und Caesar Claudius und war jetzt also ein Intimus des Caesars Nero.

Als *Editor*, als Ausrichter von Spielen, war Herr Aulus Vitellius freilich unbestreitbar ein großzügiger Mann, der zielsicher den Mob zu begeistern wusste.

Für die Tierhetzen hatte er eine Menge Geld ausgegeben. Dabei wurden »exotische« Tiere aus Nord und Süd, aus Ost und West und oftmals bis weit über die Grenzen des Reiches hinaus, von Peitschen und fast immer tagelangem Hunger fast bis zum Wahnsinn aufgestachelt, aufeinander gehetzt – grimmige germanische Bären gegen gefleckte afrikanische Leoparden, gestreifte Hyänen gegen Wölfe, ein verzweifelt trompetender Elefant gegen nubische Löwen oder hispanische Kampfstiere. Herr Vitellius hatte gut acht Dutzend Tiere aufgeboten.

Ich habe dieses »Volksvergnügen«, das gewöhnlich an den Vormittagen der *Ludi* abgehalten wird, seit ich es einmal mit ansehen musste, nie verstanden. Ich fand es einfach nur widerwärtig!

Auch wenn dann die *Venatores*, die Jäger mit ihren Bogen, und die *Bestiarii* mit ihren Schwertern, Spießen und Schilden gegen die überlebenden Tiere antraten, fand ich dies um kein Haar erfreulicher.

Mein Herr Gladius Felixianus und auch Amaranthus und später ebenso Herr Tarquinius Felixianus waren einhellig meiner Meinung! Damals sagte Herr Gladius Felixianus, als er mich zwang, das gesamte Programm solcher Spiele mit anzusehen, um zu wissen, in welcher Welt ich mich fortan bewegen müsse:

»Mensch gegen Mensch, mit wenn auch ungleicher, so doch ebenbürtiger Bewaffnung, das mag ein Spiel mit dem Tod sein – aber es ist ein gleichberechtigtes Spiel. Löwe, Leopard oder Wolf gegen ein Tier zu hetzen, das es bislang noch nie gesehen hat, ist unsinnig. Und ein Tier, mag es noch so wild sein, gegen einen gut bewaffneten Menschen – das ist schlicht zum Kotzen!«

Ich gab ihnen wortwörtlich Recht: Als ich dieses Schauspiel zum ersten und einzigen Mal sah, floh ich aus dem Circusrund und musste mich so heftig und so dauerhaft übergeben, dass mich erst Amenophis, unser Arzt, mit seinen Tränken wieder einigermaßen ins Lot brachte.

Auch von den »Mittagsvergnügen« der *Ludi* hielt ich wenig:

Da schlachteten sich zunächst irgendwelche hoffnungslos unausgebildete verurteilte Verbrecher in Gladiatorenrüstungen gegenseitig ab – ein Hohn für jede echte *Gladiatura*!

Und dann wurden Verbrecher öffentlich hingerichtet.

Und weil es dem Pöbel nicht reichte, dass da ein paar Kehlen durchschnitten oder auch ein paar Männer oder Frauen ans Kreuz genagelt wurden, ersann man immer neue Inszenierungen, oft aus den Götter- und Sagenwelten entliehen.

An jenem zweiten Tag der Spiele zu Perusia war der Höhepunkt der Mittagsveranstaltungen das »Ende der Niobe und ihrer Kinder«:

Niobe – Tochter des Tantalus und Gattin des Amphion, König von Theben – hatte der Sage nach die Jupiter-Buhle Latona verhöhnt, dass sie nur zwei Kinder, Apollo und Artemis, geboren hatte, während sie, Niobe, deren zwölf habe.

Um das Ganze dramaturgisch optimal darzustellen, hatte man in der Arena sechs Säulen aufgerichtet – stellvertretend für den Palast des Amphion. »Niobe« war an eine Art Altar inmitten der Säulen gekettet, damit sie nicht den Versuch machen könne davonzulaufen.

Ihre »Kinder« – gut drei Dutzend, und damit weit mehr als in der Sage – gutaussehende Knaben und teilweise wirklich hübsche junge Mädchen, wurden in die Arena getrieben.

Dann erschienen »Artemis« und »Apollo« in goldglitzernde Kostüme gehüllt, Goldmasken vor den Gesichtern, und begannen mit ihren Bogen Pfeil um Pfeil auf die »Kinder der Niobe« zu schießen. Je mehr Pfeile die »Götter« zum Erlegen eines ihrer Opfer brauchten – den ersten beispielsweise durch die Wade, den zweiten durch den Arm und den fünften, sechsten oder gar zehnten Pfeil erst in Brust, Bauch oder Kopf –, umso begeisterter brüllte der Mob.

Als schließlich »Niobe« – dass einige ihrer »Kinder« tatsächlich ihre Kinder waren, hatte sich mittlerweile herumgesprochen und erhöhte noch das Vergnügen des Gesindels – mit nicht weniger als sechzehn Pfeilen umgebracht wurde, grölte der Pöbel vor Begeisterung.

Zwischen den einzelnen Hauptteilen der Veranstaltung, etwa wenn Kulissen auf- und abgebaut wurden, man die Leichen fortschaffte und der Sand frisch geharkt werden musste, wurde die Menge mit Akrobaten und Jongleuren unterhalten, die beim Pöbel freilich nur selten Entzücken auslösten.

Besser kamen die Spaßmacher an mit ihren fast immer ordinären und zotigen Darbietungen.

Sportliche Wettkämpfe, wie sie bei den Griechen so hoch im Kurs stehen, ernteten dagegen meist laute Missfallenskundgebungen.

Lediglich zwei griechische Faustkämpfer, die sich mit ihren von bleibesetzten Lederriemen umwickelten Fäusten Gesichter und Körper grün und blau schlugen, mochten ein mäßiges Interesse zu erwecken. Dass der Verlierer freilich nicht getötet, sondern wankend von Helfern aus der Arena geschafft wurde, erboste die Menge.

Als anschließend noch ein Mann und eine Frau nackt an X-förmige Balken gefesselt und langsam, Glied um Glied, in Stücke gehackt wurden, löste das, trotz des vielen Blutes, zwar auch keinen Jubel aus, aber immerhin hatte der Pöbel bei den jämmerlichen Schreien der Gemarterten etwas zu lachen.

Diese Einlagen sind zur Überbrückung der notwendigen Pausen unvermeidlich, wie Ihr ja selber wisst, edler Herr Gaius Plinius Caecilius, und nur dazu gedacht, den Augen des Mobs ein bisschen etwas zu bieten, während dieser sich bei den fliegenden Händlern mit Essen und Trinken eindeckt oder mitgebrachte Brote und Würstchen verzehrt. Lediglich als Caesar Nero in späteren Jahren während solch technisch bedingter Pausen Dutzende, oftmals sogar Hunderte von Christiani mehr oder minder fantasievoll umbringen ließ, fand das Geschmeiß ein gewisses Gefallen an diesen Zwischenspielen. Sie hatten freilich den Nachteil, dass anschließend in der Regel größere Aufräumaktionen in der Arena fällig wurden, womit das eigentliche Problem nicht wirklich gelöst war.

Am Nachmittag kam dann endlich der Höhepunkt der *Ludi* – die Stunden der Gladiatoren!

Und ich verhehle nicht, dass mir damals an jenem zweiten Tag der Spiele zu Perusia das Herz bis zum Hals schlug!

Genau gesagt, schlug es mir in jenen Tagen zum zweiten Mal bis zum Hals …

Das erste Mal war es während der *Pompa*, dem feierlichen Aufzug der Gladiatoren auf dem Forum von Perusia, zwei Tage zuvor:

Allen voran marschierten die Liktoren, die *Fasces*, die Rutenbündel mit dem Beil in der Mitte, geschultert – Zeichen des hohen Ranges des Stifters und seiner Amtsgewalt.

Ihnen folgte ein kleiner, tragbarer Altar auf den Schultern von vier Männern, geschmückt mit den Statuetten von Mars und Vulcanus, dem Gott der Kämpfer und dem Gott der Schmiede.

Hinter dem Tragaltar schritt – watschelte ist wohl korrekter – Herr Aulus Vitellius, der Editor.

Eine flotte Märsche intonierende Gruppe von Tuba- und Cornubläsern sowie Flötenspielern folgte.

Dann kam der *Summa Rudis*, der oberste Schiedsrichter, seinen Stab in den Händen, und sein Gehilfe, der *Secunda Rudis*, der noch nicht das Recht hat, jenen Stab zu führen, mit dessen Heben oder Dazwischenhalten der Kampf jederzeit unterbrochen werden kann. Beide waren in ihre Amtstracht, eine Tunika mit zwei dunklen Längsstreifen, gekleidet.

Und dann kamen wir, die Gladiatoren, geordnet nach Schulen:

Voran jeweils der Lanista, in meinem Fall also Herr Gladius Felixianus, und der *Doctor*, wie der Trainer genannt wird, Amaranthus. Dann die Fahne der jeweiligen Schule oder Kaserne, die unsere geschmückt von Felix Felix Magnus, dem schwarzen Kater. Dahinter die jeweiligen Kämpfer, die Lendentücher von den traditionellen breiten, mit allerlei Bronzezierrat beschlagenen Ledergürteln gehalten und mit angelegtem Arm- und Beinschutz, aufgeputzt mit über unseren Schultern kunstvoll drapierten Mänteln. Helm und Schild wurden jedem Gladiator von zwei *Arenarii*, Arenahelfern, vorangetragen. Ich kam mir ein wenig minderwertig vor, denn da ich als *Retiarius* weder Helm noch Schild benützte, hatte ich nur einen *Arenarius*, der mein Netz in Händen hielt.

Den Abschluss bildeten die von *Arenarii* an der Trense geführten Pferde der *Eques*, der Kämpfer zu Pferd.

Auf dem Forum, dem Hauptplatz der Stadt, angekommen, begann ein Herold uns einen nach dem anderen aufzurufen, in der Paarung, wie wir in die Arena treten würden. Wir stiegen ein hölzernes Podest hinauf, wurden mit unserer Waffengattung, unseren Siegen und den mit einer *Missio* begnadigten Niederlagen vorgestellt. Dies gab dem Pöblikum die Möglichkeit, uns zu begutachten und entsprechende Wetten auf uns abzuschließen.

Wir waren gerade einmal dreißig Fechterpaare, jeweils zehn Paare für jeden Tag der Spiele.

Sechzig Gladiatoren war mengenmäßig in der Tat nicht viel, eher sogar recht bescheiden – bei caesarischen Spielen in Roma werden Hunderte von Gladiatoren in die Arena geschickt. Doch der Editor, Herr Aulus Vitellius, war offenkundig ein Kenner und wusste, wie man auch mit relativ geringen Ausgaben den Pöbel trotzdem begeistern konnte, denn die Gladiatoren in Perusia waren das Beste vom Besten im Reich und versprachen wahrhaft spannende Kämpfe.

Aus dem legendären, von Gaius Julius Caesar gegründeten »Ludus Julianus« in Capua waren es allein siebzehn Kämpfer. Aus einer weiteren kaiserlichen Kaserne zu Roma dreizehn. Felix Felix war mit sieben Gladiatoren vertreten, darunter Nigeralbus, dem Sohn des Amaranthus – er würde bereits am ersten Tag auftreten –, dem britonischen Ungeheuer Fulmina am dritten Tag, und eben auch mir, der ich am zweiten Tag auftreten sollte. Auch die anderen Schulen und Kasernen, von denen Gladiatoren angemietet worden waren, hatten einen hervorragenden Namen.

Die nunmehr vom Herold aufgerufenen Namen, ihre Siege, ihre errungenen »Palmen« und »Kränze«, das alles rauschte an mir vorbei.

Erst als mich Amaranthus in die Rippen stieß, wurde ich wieder aufmerksam auf das Geschehen auf dem Podium.

»Hirennius! *Secutor*! Aus dem Ludus Julianus in Capua!«, brüllte der Herold. »Fünf Kämpfe! Fünf Siege! Drei Palmen! Zwei Lorbeerkränze!«

Hirennius war ein etwa mittelgroßes, vierschrötiges, mit Muskeln bepacktes Mannsbild. Er hatte winzige Augen, olivfarbene Haut und einen fast lippenlosen Mund.

»Scorpio! *Retiarius*! Aus dem Ludus Felix Felix in Puteoli!«

Das war ich …

Mit Knien, so weich wie überlang gekochte Nudeln, kletterte ich auf das Podium.

»*Tiro*!« – der Herold spuckte das Wort förmlich aus.

»*Tiro*« – Anfänger, Neuling …

Der *Secutor* Hirennius aus dem Ludus Julianus warf mir einen Blick zu, dessen Verächtlichkeit nichts zu wünschen übrig ließ.

Wenn er sich nicht einen sechsten, bequemen Sieg ausgerechnet hätte, dann hätte er möglicherweise sogar gegen diese Paarung protestiert.

Ich hieß ursprünglich Eppor, wie berichtet.

Ihr, edler Herr Plinius Caecilius kennt mich unter dem Namen Scorpio Sempronius Felixianus.

Den Namen »Sempronius Felixianus«, erhielt ich durch Adoption. Ihr wisst, dass ich stets versucht habe, diesen Namen in Ehren zu halten!

Doch mein *eigentlicher* Name ist »Scorpio« – der Skorpion, das Tier mit dem Stachel – in meinem Fall: dem Dreizack …

Tatsächlich ist kaum einer von uns Gladiatoren je unter seinem echten Geburtsnamen aufgetreten.

»Der Name ist ein Teil deines Geschäfts«, hatte mich seinerzeit Herr Gladius Felixianus aufgeklärt und gemeint: »Wer kann hierzulande schon einen Namen wie beispielsweise Dârajawahusch oder Chschajarscha auch nur ansatzweise fehlerfrei aussprechen, geschweige denn sich merken? ›Darius‹ und vor allem ›Xerxes‹ klingen immer noch exotisch, lassen unsere Zungen jedoch nicht hoffnungslos ins Stolpern geraten.«

Ich hatte, ergeben in mein von welchen auch immer Göttern bestimmtes Schicksal den Kopf geneigt, obwohl mir nun offenbar auch noch mein Name geraubt werden sollte.

Zwei Finger, härter als irgendein Schraubstock, hatten mein Kinn gepackt, zwangen mich empor zu schauen in ein schwarzes Gesicht mit tiefdunklen Augen, breiter Nase und mächtigen, wulstigen Lippen:

»Glaubst du, ich sei mit dem Namen Amaranthus auf die Welt gekommen? Aber wer hätte schon »N'g…« aussprechen können? Also wurde ich Amaranthus. Und heute bin ich tatsächlich ›Amaranthus‹ – und meinen Geburtsnamen habe selbst ich längst vergessen.«

Der riesige Neger klopfte mir freundlich, ja wirklich liebevoll auf die Schulter:

»Deinen Geburtsnamen hast du dir schließlich auch nicht selber herausgesucht. Wer bist du also? Bist *du* das wirklich?

Du, wirklich *du*, das bist du vielleicht mit dem Namen, den dir deine Eltern gegeben haben oder den du dir vielleicht auch selber ausgesucht hast – oder auch der, den du von deinem Lanista bekamst. Auf jeden Fall ist dies nun der Name, unter dem du lebst, der Name, unter dem du etwas leistest!«

So wurde ich also »Scorpio«, der stachelbewehrte Skorpion – und dieser Name wurde tatsächlich *ich*!

Am Abend jenes Tages nach der Pompa saß wir in einem Nebenraum des Wirtshauses, wo wir Unterkunft gefunden hatten:

Herrn Gladius Felixianus – wie wichtig diese Spiele des Herrn Aulus Vitellius waren, bewies schon die Tatsache, dass unser Herr persönlich mit nach Perusia gekommen war –, ferner Amaranthus, unser Cheftrainer, und der ägyptische Arzt Amenophis.

Dazu wir sieben Gladiatoren:

Nigeralbus, der Sohn des Amaranthus, ein glanzvoll aufstrebender *Thraex*, inzwischen neunzehn Jahre alt, vierfacher Arenasieger und mein Freund.

Fulmina, das britonische Ungeheuer mit der roten Haarmähne, die bereits sieben Siege ohne eine einzige Niederlage als *Provocator* für sich verbuchen konnte. Sie hätte sich wohl schon seit einer Weile freikaufen können, wenn sie ihr Geld nicht mit so leichter Hand für kostbare Kleider und glitzernden Putz ausgegeben hätte, in denen sie mit ihrer kurzen, stämmigen Gestalt freilich nicht ungemein würdig oder weiblich begehrenswert aussah, wie sie selber meinte, sondern eher komisch – aber das sagte ihr natürlich niemand.

Serapis, ein freier *Murmillo*, aus Ägypten stammend, ein ruhiger, ernsthafter, zuverlässiger Mann, der neben seinen fünf Siegen wegen seiner unbestreitbaren Tapferkeit zweimal die *Missio* erhalten hatte.

Telemachos, ein Grieche, *Hoplomachus* – »nur die Lanze ist eine würdige Waffe für einen Hellenen« –, der sich nach diesem sechsten Arena-Auftritt wohl die Freiheit würde erkaufen können. Er war ein lautstarker, fröhlicher Mann mit einem offenbar unbegrenzten Repertoire an wüsten Beschimpfungen und Beleidigungen vorzugsweise obszöner Art, mit denen er seine Gegner zu überschütten pflegte – ich habe Telemachos schon eine halbe Stunde so fluchen hören, ohne dass er sich dabei ein einziges Mal wiederholt hätte! »Gegner wirklich gekonnt zu beschimpfen und zu beleidigen ist eine Kunst«, hatte er mir erklärt, »die nur ein Hellene wirklich beherrscht, da sie von uns seit Jahrhunderten sorgsam gepflegt wird – lies das nur einmal in der ›Ilias‹ unseres großen Dichters Homer nach!«

Eros, unser zweiter *Murmillo*, war ein großer, unglaublich gutaussehender junger Mann mit einem Profil und einem Körper wie eine klassische, griechische Statue. Obwohl er seit drei Jahren zur *Familia* gehörte, hatte er erst einmal in der Arena gestanden, hatte sich ordentlich geschlagen und gesiegt. Die beiden nächsten Male, als ihn Herr Gladius Felixianus erneut einsetzen wollte, hatte er sich zunächst eine schwere Darmgrippe zugezogen und dann zwei Finger der rechten Hand gebrochen, sodass er sein Schwert nicht hätte halten können.

Schließlich ich, *Retiarius* und *Tiro*, Neuling, inzwischen siebzehn Jahre alt und im Augenblick extrem aufgeregt und nervös. Herr Gladius Felixianus und Amaranthus versuchten mich zu beruhigen:

»Wir haben dich vier Jahre ausgebildet, länger als jeden anderen Gladiator mit Ausnahme von Nigeralbus, aber der fuchtelt ja schon, seit er kaum laufen kann, mit irgendwelchen Holzwaffen herum!«

Und mein Freund Nigeralbus klopfte mir beruhigend auf den Arm:

»Geh auf diesen Hirennius los, wie du auf mich und all deine anderen Übungspartner losgegangen bist! Im allerschlimmsten Fall wirst du, darauf wette ich meinen Hals, deine *Missio* bekommen. Aber du wirst siegen! Ich garantiere es dir bei allen Göttern, die dir oder mir heilig sind!«

Und Herr Gladius Felixianus fügte noch, unter heftigem Nicken von Amaranthus, Fulmina, Telemachos und sogar Serapis, hinzu:

»Wir würden dich niemals in die Arena schicken, wenn wir von deinem Können, deinem Mut und damit von deinem Sieg nicht überzeugt wären!«

Ich sah meinen Herrn, meinen Trainer, meine Mitkämpfer an. Ich war immer noch nervös, fühlte mich aber doch einigermaßen seelisch gestärkt. Ich wusste ja – eigentlich –, dass sie Recht hatten.

Das schwache Mitglied in unserer Truppe war Blastus, freier *Secutor*, mit achtunddreißig Jahren aber eigentlich viel zu alt, unbestreitbar tapfer und mit gewiss bereits über vierzig siegreichen oder zumindest überlebten Kämpfen erfahren wie kein anderer. Sein Problem war das Spiel. Er hatte Herrn Gladius Felixianus buchstäblich auf Knien angefleht, ihn nach Perusia mitzunehmen, da er das Geld unbedingt brauche, um wenigstens einen Teil seiner immensen Spielschulden bezahlen zu können.

Da saßen wir also und tranken kaum verdünnten Wein – ich eindeutig zu viel, dafür Nigeralbus, der schon morgen in die Arena musste, nur Wasser. Telemachos, Blastus und ich würden erst am zweiten Tag kämpfen. Fulmina, Eros und Serapis am dritten.

Kampf für Kampf arbeiteten wir uns durch das Programm, versuchten unsere Gegner einzuschätzen, zu analysieren, unsere Taktik zu bestimmen.

Der Erste war Nigeralbus:

Sein Gegner, ein *Murmillo*, nannte sich hochfahrend Invictus und gehörte zum Ludus Julianus in Capua.

Murmillo gegen *Thraex*, die klassische Paarung.

Der *Murmillo* ist der älteste Gladiatorentyp überhaupt. Er schützt sich mit dem *Scutum*, einem großen, viereckigen, gewölbten Schild, wie ihn auch die römischen Legionäre tragen, der seinen Körper von über der Schulter bis zu den Knien abdeckt. Sein Helm hat eine breite, geschwungene Krempe, die auch den Nacken schützt, mit einem hohen, eckigen Kamm, der in der Regel mit einem noch höheren, bunt gefärbten Rosshaarkamm und einem langen Rossschweif geschmückt ist. Das Visier, das sein

Gesicht verhüllt, ist in der oberen Hälfte vielfach durchbrochen und schützt zwar wirkungsvoll die Augen, gestattet dem *Murmillo* aber trotzdem eine gute Sicht. Den rechten Arm umschließt die *Manica*, ein aus gesteppten, dicken Leinenschichten und mit Lederbändern verstärkter und befestigter Armschutz, der weniger der Abwehr einer gegnerischen Waffe dient, als den unvermeidlichen und ohne solchen Schutz höchst schmerzhaften Aufprall des Armes am gegnerischen Schildrand abfangen soll. Vervollständigt wird die Rüstung durch eine kurze metallene, zumeist gepolsterte Beinschiene am linken Bein, die von der Unterkante des Knies bis über die Knöchel reicht. Brust und Rücken des *Murmillo* sind wie bei allen Gladiatorentypen außer den Eques, den Reitern, nackt und entsprechend verletzlich. Der Unterbauch wird vom einem breiten, mit Bronzeplatten und ähnlichem Zierrat beschlagenen Ledergürtel geschützt, der das bunte, vielfach auch mit dekorativen Fransen und Troddeln geschmückte Lendentuch hält – Schläge und Stiche in die Genitalien sind zwar nicht unmittelbar regelwidrig, werden aber von den Zuschauern gnadenlos mit der *Jugulatio*, dem Todesstich in die Kehle, geahndet, sollte der Frevler den Kampf verlieren. Der *Murmillo* führt das Gladius, das gerade, mittellange, mehr zum Stich als zum Schlag gedachte Schwert der Legionäre.

Der *Murmillo* ist die am schwersten gerüstete Klasse der Gladiatoren. Und er ist der »Römer«, schlechthin – Scutum, Gladius, Rosshaarbusch auf dem Helm. Er ist der »Gute«. Wenn ein *Murmillo* nicht allzu schlecht kämpft, kann er im Fall der Niederlage mit Sicherheit auf die *Missio*, die Begnadigung, rechnen.

Sein klassischer Gegner ist der *Thraex*, der »Thraker«. Dieser Gladiatorentyp entstand vor knapp zweihundert Jahren während der Feldzüge gegen König Mithridates aus dem kleinasiatischen Pontus, der den Krieg gegen Roma bis in die Provinzen Thracia, Moesia und den Norden von Macedonia getragen hatte, ehe er zurückgeschlagen werden konnte. Zu dieser Zeit waren zahlreiche thrakische Gefangene nach Rom gelangt, und da sie kampferfahren und tapfer waren, wurden sie gern bei Munera, den Kampfspielen bei Leichenbegängnissen bedeutender Persönlichkeiten, als Kämpfer eingesetzt. Selbstverständlich kämpfen heute nicht nur gebürtige Thraker in der Ausrüstung eines Thraex, sondern Männer aus allen Ländern des Imperiums.

Der Helm des *Thraex* gleicht dem des *Murmillo*, nur hat er keinen eckigen, sondern einen rund geschwungenen, oft mit Federn geschmückten Kamm, der vorne traditionell in einem Greifenkopf ausläuft. Der *Parmula* genannte viereckige Schild ist wesentlich kleiner als der des *Murmillo*, dafür ist der Kämpfer mit zwei sehr hohen Beinschienen ausgerüstet, die noch den größten Teil der Oberschenkel schützen. Die sonstige Ausrüstung ist mit dem *Murmillo* identisch, nur dass der *Thraex* ein gekrümmtes, manchmal auch im oberen Drittel geknicktes, *Falx* oder *Sica* genanntes Schwert führt – ideal, um hinter den großen Schild des *Murmillo* zu stechen.

»Aufwachen, Kleiner!«, dröhnte mir Fulmina ins Ohr, die neben mir saß. »Du bist dran!«

Ich zuckte hoch, war ganz Auge, Ohr und Aufmerksamkeit.

»Die erste Paarung am zweiten Tag sind der *Secutor* Hirennius des Ludus Julianus in Capua und unser *Retiarius* Scorpio«, verkündete Amaranthus soeben.

Ein *Retiarius*, genannt nach seinem Netz, ist im Gegensatz zu allen anderen Gladiatorentypen praktisch bis auf Lendenschurz und Gürtel nackt. Kein Helm, kein Schild, keine Beinschiene schützen seinen Körper. Die *Manica* am linken Arm, aus Textilien, Kettengeflecht oder auch Bronzeschuppen, samt dem drüber angeschnallten *Galerus*, einem zumeist üppig geschmückten Schulter-Hals-Schirm, haben mehr Showeffekt als realen Nutzen. Der *Retiarius* lebt von seiner durch Ausrüstung ungehinderten Beweglichkeit und Schnelligkeit! Und davon, dass er nicht eine, sondern drei Waffen führt: das runde, drei bis vier Schritt durchmessende, grobmaschige, an seinen Kanten mit Bleigewichten beschwerte Netz; den Dreizack, dessen manchmal mit Widerhaken versehene Spitzen schreckliche Wunden reißen können; und einen Dolch mit etwa handlanger Klinge, der freilich nur als »ultima ratio« gelten darf.

Meine Gladiatorengattung ist jung, auch wenn sie sich zunehmend großer Beliebtheit beim Pöblikum erfreut, noch nicht einmal hundert Jahre.

Nach etlichen höchst spektakulären Siegen gegen *Murmillones* und *Thraeces* – in den prächtig geschmückten Helmkämmen verfingen sich die geworfenen Netze geradezu ideal – reagierte die Gegenseite prompt: Es entstand der Typ des *Secutor*.

Ausgerüstet und bewaffnet ist der *Secutor* wie ein *Murmillo* – tatsächlich kämpfen viele *Murmillones* wahlweise auch als *Secutores* und umgekehrt –, nur dass sie einen völlig anderen Helm tragen. Dieser ist glatt, eiförmig, ohne Krempe und trägt als einzigen Schmuck einen hohen, sichelförmigen Kamm, an dem sich kein Netz zu verhängen vermag. Das Metallgitter vor den Augen eines *Murmillo* oder *Thraex*, das zwar einem Schwertstoß gut standhält, nicht aber dem wuchtig geführten Stoß eines beidhändig geführten Dreizacks, wurde ersetzt durch ein glattes Visier mit nur zwei kleinen Augenlöchern. Dies ist der Vor- aber auch Nachteil eines *Secutor*: Gesicht und Kopf sind zwar optimal geschützt, doch durch die kleinen Augenlöcher des Visiers hat er Mühe, den schnellen Bewegungen des durch keinerlei Rüstung behinderten *Retiarius* zu folgen. Zudem leidet er in dem kaum belüfteten Helm schnell an Atemnot.

»Hast du irgendwelche Verletzungen an diesem Hirennius gesehen?«, fragte Amaranthus als Erstes. Alte Verletzungen und Narben sind oft ein Anzeichen, wo ein Kämpfer schlecht deckt, also neuerdings verwundbar ist.

»Nein«, musste ich zugeben. »Am rechten Oberschenkel hat er zwar eine Narbe, die mag aber gewiss fünf oder sechs Jahre alt sein.«

»Was ist dir sonst aufgefallen?«

»Er hat einen ganz schönen Wanst – nun ja vielleicht keinen Fettwanst, aber er trägt eine gute Menge Fleisch mit sich herum.«

»Wie war sein Atem, als er auf das Podest stieg?«

»Normal.«

»Keine Hoffnung, dass ihm unter seinem Helm rasch die Luft ausgeht?«

»Ich fürchte: nein.«

»Hat er sonst irgendwelche Schwächen gezeigt – auch nur ein minimales Hinken beispielsweise?«

»Nein. Nichts. Absolut nichts!«

»Ist dir sonst etwas – irgendetwas – aufgefallen? Denk nach?«

»Er hat ziemlich kurze Beine …«

»Großartig, Kleiner!«, brüllte Fulmina und drosch ihren Weinbecher so heftig auf den Tisch, dass der Becher in Scherben ging und die unseren in die Höhe hüpften. »Ein ›Kurzbein‹ kann nicht rennen« – gerade Fulmina musste dies ja aus eigenster Erfahrung wissen –, »und damit kannst du ihn auf jeden Fall auf Abstand halten!«

Abstand, das ist das Schlüsselwort für jeden ungepanzerten *Retiarius*. Im Gegensatz zu den schwer gerüsteten, jedoch mit recht kurzen Waffen ausgestatteten *Murmillones* und *Thraeces*. Gerät ein *Retiarius* in die Reichweite des Gladius eines *Secutor*, ist er meist verloren. Also versucht dieser ihn durch Schnelligkeit auf Abstand zu halten und gleichzeitig mit dem Dreizack zu bekämpfen.

Mehr war im Augenblick nicht zu sagen, und die Runde wandte sich Telemachos zu, der nach mir in die Arena gehen sollte.

Müde von Aufregung und Wein entschuldigte ich mich bald und kroch in mein Bett. Ich konnte trotzdem lange nicht einschlafen.

Der Auftakt der *Gladiatura* am Nachmittag begann mit der *Prolusio*, dem Vorspiel, einem mehr spielerischen Geplänkel mit stumpfen oder Holzwaffen. Sie dient dazu, dass sich die Kämpfer etwas aufwärmen können, vor allem aber dazu, dem Pöbel die auftretenden Kämpfer nochmals vorzustellen und ihm letzte Begutachtungen zu ermöglichen, ehe sie ihre Wetten platzierten.

Bei der *Prolusio* gibt es keine strengen Regeln und Paarungen. Manche führen tatsächlich kleine Kämpfe auf, mitunter in Paarungen, die sonst in der Arena völlig unüblich sind, etwa ein *Provocator* gegen einen *Retiarius* oder ein *Thraex* gegen einen *Eques*.

Andere, wie unser *Murmillo* Eros, sind reine Selbstdarsteller, die sich vor dem Pöblikum drehen und wenden, ihre Muskeln spielen lassen und möglichst viel Eindruck zu schinden versuchen, ohne sich jedoch auf mehr einzulassen.

Paegniarii genannte, oft noch nicht voll ausgebildete Junggladiatoren, einen schmalen Schild an den linken Arm gebunden, versuchen sich mit Stöcken und Peitschen gegenseitig zu besiegen.

Telemachos ließ sich natürlich die Gelegenheit nicht entgehen, seinen zukünftigen Gegner zum Gaudium der Menge mit einer Sturzflut übelster Beleidigungen zu überschütten.

Mein Gegner, Hirennius, drosch einem *Thraex* sein Holzschwert so wuchtig gegen den Helm, dass dieser zu Boden taumelte.

Ich warf spaßeshalber mein Netz einem schwergewichtigen *Murmillo* über den Kopf, wo es sich – natürlich – in dem mächtigen Helmkamm verhedderte. Der Mann verwünschte mich in allen Tonarten, wenn auch in einer mir unbekannten Sprache, als er feststellen musste, dass, nachdem ihn die *Arenarii* aus dem Netz befreit hatten, der prächtige Rosshaarbusch auf seinem Helm arg zerzaust war.

Bei diesem Vorspiel ist mit Ausnahme einer ernsten, geschweige denn tödlichen Attacke auf einen zukünftigen Gegner nahezu alles erlaubt. Ich habe sogar erlebt, dass Gladiatoren ihren Lendenschurz hoben, ihr steifes Glied im Arenarund herumzeigten, um vor allem den Frauen auf den Rängen zu demonstrieren, was sie verlören, wenn sie im Zweifelsfall nicht für die *Missio* stimmen würden – die kurzen, mitunter sogar mit Metallteilen verstärkten Lederhosen, die wir eigentlich alle unter dem Lendentuch tragen, legten sie erst vor dem eigentlichen Kampf an. Ein Mann, der sich Nubius nannte, entging bei vier Kämpfen und vier eindeutigen Niederlagen so dem Tod, ehe er von einer ältlichen Patrizierwitwe aufgekauft wurde …

Anschließend wurden unsere echten Waffen vom *Summa Rudis*, dem Oberschiedsrichter, seinem Assistenten, dem *Secunda Rudis*, sowie einigen anderen Offiziellen sorgsam begutachtet, ob sie tatsächlich auch scharf geschliffen waren.

Ich stand inzwischen in einem Gang, der unter den Tribünen zur Arena führte, nahe dem großen Tor, das ich bald würde durchschreiten müssen, um mich in meinem ersten echten Kampf zu bewähren.

Herr Gladius Felixianus, Amaranthus, Nigeralbus, Telemachos und Fulmina waren bei mir.

»Deine Wetten stehen eins zu fünf«, informierte mich Amaranthus. »Das heißt, wenn du siegst, bekommt der Wetter fünf Sesterzen für eine, die er eingesetzt hat.«. Wenn es nach dem Pöblikum ging, war ich also ein krasser Außenseiter, und ich mochte im Fall meiner Niederlage nur hoffen, dass es dem *Tiro* seine Unerfahrenheit anrechnete und ihm die *Missio* schenkte.

»Herr Gladius Felixianus hat dreißigtausend Sesterzen auf dich gewettet«, flüsterte mir Nigeralbus zu, der gestern seinen unumstrittenen fünften Sieg hatte feiern können. »Mein Vater hat zehntausend auf dich gesetzt und ich fast mein gesamtes Barvermögen!«

Das waren, wenn es stimmte, durchaus beachtliche Summen! Oder sagte das Nigeralbus nur, um mich irgendwie zu beruhigen?

»Wenn du willst, dann leihe ich dir zehntausend Sesterzen, damit du auf dich selber wetten kannst. Du kannst so das Fünffache verdienen – erheblich mehr, als dir Herr Gladius Felixianus als deinen Anteil auszahlen wird. Willst du?«

Wenn ich verlor, dann war ich – allen anderslautenden Versicherungen meiner Freunde – vermutlich tot, und irgendwelche Schulden brauchten mich nicht mehr zu kümmern. Und wenn ich siegte …

»Ja, ich will!«, flüsterte ich zurück, und Nigeralbus verschwand eiligst, um einen Buchmacher aufzusuchen.

Inzwischen hatten die echten Kämpfe begonnen, wie immer mit den *Eques*, den Reitern. Sie trugen einen Visierhelm, ähnlich dem der *Murmillones* und *Thraeces*, doch ohne Kamm, und als einzige Gladiatorengattung eine Tunika, dazu einen Rundschild, Lanzen, mit denen sie sich gegenseitig aus dem Sattel zu stoßen versuchten, dazu das Gladius, das Schwert, mit dem sie dann zu Fuß weiterkämpfend die Entscheidung suchten. Wie früher schon gesagt, bildet die Schule Felix Felix keine *Eques* aus, der Kampf war uns also egal.

Auch mit dem nächsten Kampf in der traditionellen Paarung *Murmillo* gegen *Thraex* hatten wir nichts zu tun.

Dann war ich an der Reihe:

»*Secutor* Hirennius aus dem Ludus Julianus in Capua gegen den *Retiarius* Scorpio aus dem Ludus Felix Felix in Puteoli!«, brüllte der Ansager. Die gleiche Botschaft wurde auf Schrifttafeln von *Arenarii* durch das Rund getragen.

Herr Gladius Felixianus und Amaranthus gaben mir fast gleichzeitig einen freundlichen Klaps auf die Schulter:

»Du schaffst es!«

Dann trat ich hinaus in das weite Oval der Arena.

Die inzwischen tiefer stehende Sonne stach mir grell in die Augen – wenn irgend möglich, musste ich versuchen, meinen Gegner in diese Richtung zu drehen, sodass die Sonne ihm in die Augen stach und ihn blendete, schoss es mir unwillkürlich durch den Kopf.

Der Lärm, der mich empfing, war unbeschreiblich. Das Pöblikum brüllte und schrie. Das Arena-Orchester, das die Kämpfe musikalisch untermalt – vier Trompeten- und zwei Cornuspieler, acht Flöten- und Oboenbläser und die von einer Frau bediente blökende Wasserorgel –, versuchte gegen den Krach anzukämpfen.

Der *Summa Rudis* winkte mich und meinen Gegner rechts und links von sich in die Mitte der Arena.

Das Orchester spielte unsere Schul-Hymnen.

Wir grüßten mit erhobenen Waffen den Editor Aulus Vitellius, und dann die Zuschauer.

Der *Summa Rudis* trat zurück, schwenkte die *Mappa*, ein Tuch, das er über dem Arm hängen hatte, die Trompeten schmetterten, die Corni dröhnten.

Der Kampf hatte begonnen.

Von den eher getragenen Klängen des Orchesters begleitet, versuchten wir uns zunächst abzutasten.

Ich sprang nach rechts und links, begleitet von schrillen Flötenquieksern, und zwang Hirennius, sich hin und her zu drehen, um mich durch die kleinen Augenlöcher seines Helms nicht aus dem Blick zu verlieren. Immer wieder stieß ich mit dem Dreizack in meiner Rechten nach seinem Helm, um seinen Blick zu irritieren. Oder nach seinen Füßen, was er kaum sehen konnte und was ihn damit umso nervöser machte.

Der Stoß mit dem nur einhändig geführten Dreizack ist nicht allzu kräftig, aber in dieser Phase des Kampfes erfüllte er durchaus seine Aufgabe.

Endlich, von einem langen Jaulen der Wasserorgel untermalt, startete Hirennius einen Angriff und stürmte mit geschwungenem Schwert wild auf mich los.

Ich rannte davon, gewiss durch das halbe Arenaoval. Er, der *Secutor*, der »Verfolger«, hinterher.

Als wir wieder zum Stehen kamen, hörte ich, sogar durch den allgemeinen Lärm, sein Keuchen unter dem geschlossenen Helm.

Gut so!

Natürlich wartete Hirennius darauf, dass ich endlich mein Netz warf.

Etwa neunzig Prozent der Menschen sind Rechtshänder. Und so werfen auch gut neunzig Prozent der *Retiarii* ihr Netz mit der rechten Hand. Auch ich bin eindeutig Rechtshänder – Hirennius hatte mich zweifellos bei der Pompa und der Prolusio genauso scharf beobachtet wie ich ihn.

Nun lauerte er offenkundig darauf, dass ich irgendwann Dreizack und Dolch, die ich im Augenblick rechts führte, mit dem Netz in meiner Linken vertauschen würde.

Und da unterlag er einem bösen Irrtum!

Ich habe Amaranthus verwünscht, als er mich zwang das Netz mit der *linken* Hand zu werfen – Abertausende von Malen über irgendwelche Holzpflöcke, später über die Köpfe meiner Übungspartner.

Als ich jetzt aus nächster Nähe – ich hatte ihn herankommen lassen, um ja zu treffen – das Netz schleuderte, es sich über seinen Helm und Teile seines Schildes und Körpers legte, war er völlig überrascht. Hirennius versuchte sich nicht einmal aus den Maschen des Netzes zu befreien. Das war der ideale Zeitpunkt für einen *Retiarius*, dem *Secutor* mit dem Dreizack einen entscheidenden Stoß zu versetzen!

Hirennius stand einfach regungslos da. Senkte sein Schwert und sogar seinen Schild ein Stück weit.

Ergab er sich seinem Schicksal?

Der *Summa Rudis* hob halb seinen Stab.

Pause? Ende des Kampfes?

Er blickte nach dem Editor Aulus Vitellius.

Und ich blickte nach dem *Summa Rudis*.

Doch Hirennius hatte keineswegs aufgegeben. Hatte nicht den Finger gezeigt. Hatte nicht seine Waffen niedergelegt.

Und der halbherzig gehobene Stab des *Summa Rudis* befahl auch keineswegs zwingend eine Kampfpause.

Der scheinbar erstarrte Hirennius machte plötzlich einen weiten Ausfallschritt und stieß mir sein Schwert tief in meinen linken Oberschenkel – den Göttern sei Dank, dass ihn das Netz so weit behinderte, dass er wenigstens nicht meinen Bauch traf!

Ich sprang unwillkürlich zurück aus der Reichweite seines Schwertes.

Die Wunde war tief.

Zum Glück hatte der Stahl wenigstens den Knochen verfehlt. Aber das Blut sprudelte hervor wie aus einer Quelle, färbte binnen Augenblicken mein linkes Bein rot.

Das Arena-Orchester heulte in Todesqual.

Ich sah den Stich. Ich sah das sprudelnde Blut. Doch ich spürte – nichts! Noch nichts …

Viele Gladiatoren hatten es mir beschrieben, und nun erlebte ich es selber: Bei derartigen Verletzungen spürt man in den ersten Sekunden, gar in den ersten Minuten – gar nichts! Unser Arzt Amenophis nannte das »Schock«.

Ich hatte also noch eine Chance!

Der Blutverlust würde mich schnell schwächen. Dann würden die Schmerzen eintreten, und anschließend würde ich aller Wahrscheinlichkeit nach das Bewusstsein verlieren …

Doch noch war es nicht ganz so weit.

Ich wollte siegen!

Und wenn schon nicht anders, dann wenigstens ehrenvoll sterben.

»Felix Felix Magnus!«, betete ich in diesem Augenblick zu unserem großen Wappenherrn. »Lass nicht zu, dass ich Schande bringe über dich und deine Schule!«

Ich hatte ein paar Sekunden, im besten Fall ein oder zwei Minuten Zeit, ehe mich der Blutverlust und der kommende Schmerz außer Gefecht setzten.

»Steche nie mit deinem Dreizack in dein Netz! Er wird sich aller Wahrscheinlichkeit nach darin hoffnungslos verhängen«, hatte mir Amaranthus immer wieder eingeschärft.

Doch genau das war nun meine Absicht.

Mit beiden Händen rammte ich meinen Dreizack gegen das Visier des *Secutors* Hirennius und ließ die Waffe los, als ich merkte, dass sich die Gabeln in den über seinem Helm hängenden Netzmaschen verfingen. Seinen Kopf zur Seite zerrten. Ihm den Blick raubten.

Dann sprang ich.

Mit meiner Rechten bekam ich seinen Schwertarm zu fassen, rammte ihn nach oben.

Und mit meiner Linken stieß ich ihm den Dolch in seine ungeschützte Flanke.

Alles andere verliert sich in meiner Erinnerung in einem Nebel.

»*Habet!* – *Hoc habet!* – Der hat's?«, brüllte der Mob begeistert.

Zwei *Arenarii* halfen mir von dem stöhnenden Hirennius herunter, stellten mich wieder auf die Beine.

Der *Summa Rudis* hielt diesmal unzweifelhaft seinen Stab zwischen uns, um den Abbruch des Kampfes zu signalisieren, während sein *Secunda-Rudis*-Assistent mich an der Schulter festhielt, um mich an weiteren Attacken zu hindern.

Die düsteren Todesmelodien, die das Arena-Orchester bereits für mich angestimmt hatte, gingen über in schmetternde Siegesfanfaren.

Hirennius, der ja zweifellos tapfer gekämpft hatte, erhielt seine *Missio* und wurde auf einer Trage von *Arenarii* aus der Arena geschafft.

Amenophis hastete herbei, wickelte einen provisorischen Verband um meine Schenkelwunde.

Dann hinkte ich – die Schmerzen hatten inzwischen eingesetzt und wurden Sekunde um Sekunde schlimmer – zur Loge des Editor Aulus Vitellius, nahm dankend nicht nur den Palmzweig des Siegers, sondern für meine besondere Leistung, schwer verwundet doch noch gesiegt zu haben, einen Lorbeerkranz entgegen.

Die traditionelle Siegerrunde durch die Arena unter dem begeisterten Gebrüll der Zuschauer und den dröhnenden Klängen eines Siegesmarsches des Orchesters schaffte ich freilich nicht mehr. Nach knapp einem Viertel der Strecke strauchelte ich und wäre gestürzt, wenn mir nicht zwei *Arenarii* unter die Arme gegriffen und mich den Rest praktisch getragen hätten.

Als ich endlich die *Porta Sanavivaria*, das »Tor der Gesundheit und des Lebens«, passierte, wurde mir schwarz vor Augen.

Allzu lange kann ich freilich nicht ohnmächtig gewesen sein, denn ich erwachte bereits wieder, als ich von drei *Arenarii* vorsichtig auf einen Tisch gehoben wurde. Es war, wie ich erkannte, aber nicht im *Valetudinarium*, dem allgemeinen Lazarett, sondern in jenen Räumen unter den Zuschauerrängen, die man unserer Schule als Warte- und Aufenthaltsräume zur Verfügung gestellt hatte.

Amenophis tauchte in meinem Blickfeld auf, hielt mir einen Becher an die Lippen. Ich schluckte. Das Zeug schmeckte abscheulich, aber aus den Händen dieses erfahrenen Arztes hätte ich auch bedenkenlos Schierling oder pures Schlangengift getrunken.

Dann umdrängten sie mich alle, Herr Gladius Felixianus, der breit grinsende Amaranthus, die, wenn möglich noch breiter grinsende Fulmina, mein Freund Nigeralbus, Telemachos, Serapis, Blastus und sogar Eros, den ich eigentlich nicht mochte.

»Du warst fantastisch!« – »Großartig!« – »Mit solch einer Wunde weiterkämpfen und siegen!« Sie klopften mir begeistert auf die Schultern und Arme. »Im ersten Kampf nicht nur eine Palme, sondern einen Lorbeerkranz!« – »Das muss dir erst einmal einer nachmachen!«

Herr Gladius Felixianus meinte schließlich:

»Du warst mehr als ein würdiger Vertreter von Felix Felix! Ich bin wahrhaft stolz auf dich!«

Dann schob Amenophis die Freunde energisch zur Seite:

»Und jetzt lasst mich meine Arbeit machen, sonst feiert unser Scorpio im Orcus weiter!«, knurrte er. Und da ein *Arenarius* meldete, Telemachos sei gleich an der Reihe, wimmelten sie zur Tür hinaus und ließen mich mit dem Arzt allein.

Noch immer vom eben Geschehenen halb betäubt, vom Schmerzmittel des Ägypters zusätzlich benebelt, bekam ich nur zum Teil mit, wie Amenophis den provisorischen Verband löste, die Verletzung reinigte, mit Nadel und Faden und ein paar Stichen die Ränder der klaffenden Wunde zusammennähte wie den Riss in einer Tunika, irgendwelche Salben darauf schmierte und das Ganze mit sauberem Leinen bandagierte.

»Es ist ein glatter, sauberer Stich«, erklärte er mir dabei. »Das blutet zwar abscheulich, aber weder der Knochen ist verletzt, noch sind irgendwelche wichtigen Muskelfasern durchtrennt. In ein paar Wochen wirst du nichts mehr davon merken. Zurückbleiben wird nur eine etwa fingerlange Narbe – aber die macht dich vermutlich nur noch attraktiver für die Weiber!«

Schließlich schob er mir ein Kissen unter den Kopf und breitete eine leichte Decke über mich:

»So, und jetzt bleib einfach ruhig liegen und ruhe dich erst einmal aus.«

Da lag ich also und starrte die Decke an, während nochmals die verschiedenen Bilder der letzten halben Stunde durch meinen Kopf zogen. Der scheußliche Schmerz in meinem Bein war zu einem dumpfen Rumoren und Pochen abgeklungen.

Heute frage ich mich natürlich, ob dies ein Wink, eine Warnung des Schicksals war. Doch selbst wenn ich es damals so aufgefasst, so erkannt hätte – was ich natürlich nicht tat –, hätte ich deshalb irgendetwas, nur eine Winzigkeit in meinem Leben geändert? Gewiss, ich hätte etwas – sogar vieles – ändern können; Herr Gladius Felixianus hat es mir in der Folgezeit mehrfach angeboten.

Aber hätte ich etwas ändern *wollen?*

Meine Antwort wäre eindeutig gewesen: »Nein!«

Und so ist heute diese Frage mehr als müßig.

Ich weiß nicht, wie lange ich so dagelegen habe, während Amenophis irgendwo herumkramte und von oben das Schreien und Stampfen des Mobs herunterdröhnte.

Dann wurde es wieder laut auf dem Gang zu unserem Aufenthaltsraum. Das erste und alles Übertönende war das Schimpfen und Fluchen des Telemachos. Wir waren in dieser Beziehung ja einiges gewöhnt, aber selbst den geduldigsten Göttern muss bei dem, was er sie diesmal alles nannte, jedes einzelne Haar zu Berge gestanden haben!

Als ihn zwei *Arenarii*, Herr Gladius Felixianus, Amaranthus und die anderen hereinbrachten, konnte ich das unflätige Toben des Griechen sogar verstehen:

Seine Schulter sah entsetzlich aus! Sie war nicht nur voller Blut. Vor allem hing sein Arm seltsam verdreht nach hinten. Sein Gegner, ein *Murmillo*, hatte einen gewaltigen Stoß mit seinem Schild gegen ihn geführt. Der Rand des Schildes hatte voll seine Schulter getroffen, den Arm ausgekugelt, das Schlüsselbein zerschmettert und möglicherweise den Oberarmknochen gebrochen. Die stark blutende Schürf- und Risswunde, die der Schildrand hinterlassen hatte, war dabei die geringste Verletzung.

Unter diesen Umständen unfähig weiterzukämpfen, hatte er den linken Zeigefinger heben müssen zum Zeichen, dass er aufgab. Mehr noch als seine reale Verletzung hatte ihn dies bis aufs Blut geschmerzt und erbost! Da er bis zu diesem Augenblick nicht nur höchst tapfer gekämpft – Telemachos war ein hervorragender Gladiator –, sondern seine Beleidigungstiraden auch den Pöbel amüsiert hatten, forderte dieser unverzüglich seine *Missio*, die er daraufhin auch anstandslos erhielt.

Amenophis flößte ihm schleunigst seinen widerwärtig schmeckenden Betäubungstrank ein, der zweifellos die Schmerzen in seiner Schulter, nicht jedoch seine lästerliche Zunge dämpfte.

Sein wüstes Fluchen erreichte einen absoluten Höhepunkt, als ihm, von Amaranthus, Fulmina und Nigeralbus festgehalten, Amenophis zunächst den ausgerenkten Arm wieder einkugelte. Dann schiente und versorgte der Arzt unter wüstesten Beschimpfungen den zerschlagenen Knochen und legte den Patienten schließlich neben mir auf einen zweiten Tisch.

Und dann brach Telemachos plötzlich in schallendes Gelächter aus, griff mit seiner gesunden Hand zu mir herüber und tätschelte meinen Arm:

»Bei den blonden Fotzenhaaren der Aphrodite, was für eine grün gekackte Scheiße! Da plärren die Arschlöcher da droben so einem windigen *Tiro* nicht nur die Palme, sondern gleich auch noch solch einen Arschloch-Kranz zu! Und ein alter Hase wie ich muss dem Dauerficker Zeuss dafür noch dankbar sein, dass er ohne durchschnittene Kehle aus der Arena kriechen darf! – Junge, ich bin stolz auf dich!«

Das war das größte Lob, das ich an jenem Tag, vielleicht sogar in meiner ganzen Laufbahn als Gladiator bekommen habe!

Telemachos lebt mit seiner Familie noch immer im Dorf von Felix Felix. Er hat sich längst aus dem Arenageschäft zurückgezogen und betreibt eine Taverne – Ihr kennt sie, edler Herr Plinius Caecilius –, wo man die besten Bifteki und Oktapodi zwischen Roma und Sicilia bekommen kann.

Und wenn er jetzt mitunter seine Gäste unflätig beschimpft, dann lachen diese – und ich bin mir immer noch nicht sicher, ob Telemachos nicht innerlich mitlacht, auch wenn er noch so ein grimmiges Gesicht schneidet.

Es mag eine Stunde vergangen sein, als unsere Leute, diesmal wirklich deprimiert, zurückkamen.

Blastus, der Spieler, war tot.

War es sein Alter, oder hatte er sich selbst aufgegeben? Er hatte schlecht gekämpft. Wirklich zaghaft und schlecht.

Der Mob hatte seine *Jugulatio*, seinen Tod mit einem Stich in die Kehle, gefordert. Der Editor, Herr Aulus Vitellius, hatte mit nach unten gedrehtem Daumen zugestimmt.

Immerhin hatte er uns keine Schande gemacht, hatte seinen Kopf hochgereckt und seine Kehle tapfer dem tödlichen Eisen dargeboten.

Jetzt lag er drüben im *Spoliarium*, der Totenkammer der Arena, mit nochmals von *Arenarii* durchschnittenem Hals, um sicherzustellen, dass er wirklich tot war. Herr Gladius Felixianus würde ihm eine ordentliche Bestattung in Perusia bezahlen.

»Scheiß-Tag und Scheiß-Ludi!«

Es war nicht Telemachos, der so schimpfte – er hätte zweifellos weit drastischere Ausdrücke gefunden –, sondern Amaranthus.

Wir hockten, mit Ausnahme von Eros, wieder um den Tisch im Nebenraum unserer Herberge. Herr Gladius Felixianus hatte Telemachos und mich in einer Sänfte hierherschaffen lassen, obwohl wir beide erklärt hatten – ich auf eine Krücke gestützt –, auch laufen zu können.

»Ein Toter und eine *Missio* mit zwei Schwerverletzten bei vier Kämpfen!«, polterte Amaranthus.

»Gewiss zwei Niederlagen, zwei Verletzte, aber auch zwei Siege, einer davon sogar mit Lorbeerkranz!«, korrigierte Herr Gladius Felixianus und blinzelte mir beim letzten Wort freundlich zu. »Und an der Verwundung von Scorpio war eigentlich nur dieser unfähige *Summa Rudis* schuld. Wozu ist er Schiedsrichter? Um klare Entscheidungen zu treffen, anstatt halbherzig und missverständlich mit seinem Stecken herumzufuchteln! Ich werde mich bei Herrn Vitellius noch gründlich über diesen Kerl beschweren!«

»So weit, so *nicht* gut«, murrte Amaranthus. »Ich denke aber vor allem an Felix Felix. Wir haben uns den Ruf einer zwar kleinen, aber absolut elitären Schule aufgebaut. Das Ergebnis aber bis jetzt ist nicht besser als das von Ludus Julianus, immerhin auch einer so genannten ›Spitzenschule‹!«

»Warte doch erst einmal den morgigen Tag ab!«, versuchte Herr Gladius Felixianus unseren Cheftrainer zu beruhigen.

»Ich werde meinen Gegner zu Brei hauen!«, schrie Fulmina.

»Und ich kenne meinen Gegner«, fügte Serapis ruhig an. »Ich habe zwar nie gegen ihn gekämpft, aber ich habe ihn zweimal in der Arena beobachtet. Er deckt mit dem Schild vor allem sein Gesicht, was eigentlich dank des Visiers blödsinnig ist, und lässt dabei seine Oberschenkel ungeschützt – dort werde ich ihn treffen.«

Wenn es, nach dem Wortschatz von Telemachos, einen »von allen arschverfickten Göttern absolut beschissenen Scheißtag« gab, dann war es wohl dieser.

Der Wirt eilte mit allen Anzeichen der Verwirrung an unseren Tisch:

»Vergebt mir, hochedle Herren, aber der hochedle Herr Gladiator Eros …«

»… ist doch nicht schon wieder *indisponiert?*«, vollendete Fulmina grimmig den Satz.

»Er ist die Treppe heruntergestürzt und hat sich vermutlich den Arm gebrochen«, stotterte der Wirt.

»Einmal hat er die Scheißerei, dann sind seine Finger kaputt, dann bricht er sich den Arm …«, wütete Fulmina.

»Ich werde ihn morgen verkaufen.« Herr Gladius Felixianus hob beruhigend die Hand. »Vergebt, Freunde, es war *mein* Fehler! Ich sah einst, als ich ihn kaufte, nur seinen wahrhaft prachtvollen Körper. Was ich *nicht* sah, war seine feige Seele, die lieber zur Selbstverstümmelung greift, als einer gestellten Aufgabe entgegenzugehen.«

»Und was machen wir morgen?«, fragte Amaranthus trocken, »sagen wir den Kampf ab oder …«

»*Ich* mache das!«, schaltete sich Nigeralbus ein.

»Du warst gestern schon …«

»Vergönnt ihr mir nicht meine sechste Palme, geschweige einen Kranz wie unserem Scorpio?«

Wenigstens war dieses Problem gelöst.

Am dritten Tag der Spiele zu Perusia siegten Serapis, Fulmina und Nigeralbus überlegen. Alle drei erhielten nicht nur den Palmzweig des Siegers, sondern auch den Lorbeerkranz und stellten damit den niemals wirklich angekratzten Ruf der Schule Felix Felix glanzvoll wieder her.

Am Vormittag jenes dritten Tages der Ludi zu Perusia schlenderten wir am Vormittag, während in der Arena erneut die widerwärtigen Tierhetzen stattfanden, über den provisorischen Markt nahe der Arena: Herr Gladius Felixianus, Amaranthus, Telemachos mit dick verbundener Schulter und ich, auf Krücken gestützt.

Arenaspiele ziehen immer eine Menge Menschen aus der näheren und weiteren Umgebung an. Mit ihnen kommen Händler aller Art, die auf irgendeinem freien Platz ihre Buden aufbauen oder direkt von ihren Karren herunter alles anbieten, was man brauchen oder nicht brauchen kann: Obst, Gemüse, Getränke, lebende Hühner, Gänse, Schafe und Ziegen, Stoffe und Bänder, Lederwaren, billigen Schmuck, Sklaven, geheimnisvolle Amulette und Tränke, Brot, Käse – und mancher Verkäufer oder Verkäuferin lässt keinen Zweifel, dass auch sie selber zu günstigem Preis stundenweise zu haben sind.

Herr Gladius Felixianus hatte zunächst sein Versprechen wahr gemacht und den Feigling Eros an einen Großbauern verkauft. Da mochte er nun Erdschollen umstechen und Ziegenställe ausmisten – und sein neuer Herr sah ganz so aus, als würde er, wenn ein Knecht sich vor seinen Pflichten zu drücken versuchte, schnell mit der Peitsche bei der Hand sein.

Wir ließen uns mit der Menge treiben, hielten freilich unsere Geldbörsen gut fest; denn der Tross dieser Wandermärkte zieht natürlich auch jede Menge an Taschendieben und Beutelschneidern, Falschspielern, Trickbetrügern und sonstigem zwielichtigen Gesindel an.

Ich war überrascht, wie viele Menschen mich erkannten, mir gratulierten, mich bejubelten, mir die eine oder andere Kleinigkeit schenken wollten – etliche Frauen und auch junge Männer vor allem auch sich selbst für eine oder mehr Nächte. Nicht nur junge, teilweise tatsächlich appetitliche Dinger, sondern sogar äußerst würdige, vermutlich ordentliche, verheiratete Matronen bestanden darauf, mich innigst zu küssen. Ein Mädchen, so um die sechzehn schätzte ich sie, riss gar ihre Tunika auseinander, um mir ihre – freilich recht unbedeutenden – Brüste als Anreiz zu zeigen. Eine vielleicht vierzigjährige, reichlich korpulente Frau hob gar ihren Rock, um ihren »Venustempel« darzubieten oder, sich umdrehend, falls ich daran kein Gefallen fände, ihren ausladenden Hintern.

»Du wirst dich daran gewöhnen«, grinste Amaranthus, »und dir das Beste davon herauspicken!«

Und Telemachos meinte in seiner unverblümten Art:

»Wenn ich alle Fotzen und Arschlöcher gefickt hätte, die sich mir angeboten haben, dann müsste ich an meinem Schwanz eine mindestens so dicke Bandage tragen wie jetzt an meiner Schulter, so wundgescheuert wäre er!«

Unvermittelt blieb Herr Gladius Felixianus wie angewurzelt stehen:

»Der Apoll von Veio?«

Vor ein oder zwei Jahren hatten wir auf einer Reise die uralte Etruskerstadt Veio besichtigt. Auch mir waren die wunderbaren Götterstatuen auf dem Giebel eines der Tempel unvergesslich geblieben. Die schönste und vielleicht auch geheimnisvollste davon war der Apollo – »Aplu«, wie er etruskisch hieß.

Und da stand er nun in Fleisch und Blut, mit einem Fußeisen angekettet auf dem Podest eines Sklavenhändlers:

Groß, schlank, mit breiten Schultern und schmalen Hüften. Kein Athlet mit quellenden Muskeln, aber kräftig und durchtrainiert. Die klare Stirn, die gerade Nase, das feste Kinn, die geraden, an den Enden leicht nach oben gezogenen Brauen – es *war* der »Aplu von Veio«! Die tiefdunklen, fast schwarz wirkenden, leicht mandelförmig geschnittenen Augen blickten in weite Ferne. Die Winkel des ein wenig zu breiten, festen Mundes waren zur Andeutung eines geheimnisvollen Lächelns emporgezogen. Nur seine schwarzen Haare, so schwarz, dass sie fast bläulich schimmerten, fielen nicht in langen, gedrehten Etruskerlocken über seine Schultern, sondern waren bürstenartig kurz abgeschnitten.

Wir starrten den Mann gewiss eine Minute lang an, ehe sich Herr Gladius Felixianus in Bewegung setzte und den Sklavenhändler ansprach:

»Wer ist das? Woher kommt er?«

Der Händler zuckte mit den Schultern. »Ich weiß es nicht. Fragt ihn selbst. Vielleicht werdet *Ihr* aus ihm schlau, edler Herr.«

Gladius Felixianus wandte sich also an den Sklaven: »Wer bist du?«

»Aplu« richtete seine schwarzen Augen auf unseren Herrn, das Lächeln um seine Mundwinkel verstärkte sich um eine Spur:

»Ich denke: ein Mensch.«

»Wo bist du geboren?«

»Hier, auf dem Markt vor der Arena zu Perusia.«

»Wann?«

»Heute – vor vielleicht ein oder zwei Stunden.«

»Beim Darmausgang des Hephaistos, für einen neugeborenen Säugling ganz schön groß!«, ließ sich Telemachos vernehmen.

Die bisherige Andeutung eines Lächeln »Aplus« wurde für einen Augenblick zu einem echten Lächeln.

»Du willst über deine Vergangenheit nicht sprechen«, stellte Herr Gladius Felixianus fest, »und nicht darüber, wie du auf dieses Sklavenpodium geraten bist.«

»Aplu« neigte leicht den Kopf: »So ist es, Herr.« Und dann gab er uns die allereinzige Information über seine Vergangenheit, die je aus seinem Mund kommen sollte: »Es war nichts Ehrenrühriges!«

Herr Felix Gladius überlegte einen Augenblick, dann fragte er: »Hast du je eine Waffe in der Hand gehabt?«

»Aplu« hob leicht die Schultern. »Ich könnte es ja einmal damit versuchen …«

Und dann kam die Kernfrage: »Hast du Angst vor dem Tod?«

»Nein!« Das kam ohne Zögern, ohne das winzigste Zucken einer Wimper.

»Das Leben …«, versuchte Herr Gladius Felixianus einzuwerfen, doch »Aplu«, schüttelte leise den Kopf:

»Der Tod ist Realität, Herr. Das Leben – vielleicht nur der Traum eines Toten …«

Herr Gladius Felixianus wandte sich wieder an den Sklavenhändler:

»Was soll er kosten?«

»Eine halbe Million Sesterzen.«

Ein geradezu wahnwitziger Preis!

Doch ehe Herr Gladius Felixianus mit dem üblichen Handeln und Feilschen beginnen konnte, fügte der Händler hinzu:

»Vergebt, edler Herr, aber das ist der Preis, der mir genannt wurde – dieser und keinen As weniger.«

Irgendetwas an dem Händler überzeugte unseren Herrn von der Wahrheit dieser Aussage. Wortlos zog er seine Geldbörse hervor, kippte ihren Inhalt auf den Tisch des Händlers. Dann tat es ihm Amaranthus gleich, schließlich sogar Telemachos und ich. Wir bekamen den Preis mit Ach und Krach zusammen, und auch das nur, weil der Händler zusätzlich eine entsprechende Verschreibung des Herrn Gladius Felixianus, ausgestellt an einen bekannten Bankier, akzeptierte. Wenn sich jetzt irgendwelche Beutelschneider unserer Börsen bemächtigen sollten, würden sie eine böse Überraschung erleben!

Inzwischen war es früher Nachmittag geworden, und wir mussten in die Arena, wo demnächst Nigeralbus, Fulmina und Serapis ihren Auftritt hatten.

»Aplu«, jetzt der Gewohnheit des Herrn Gladius Felixianus entsprechend ohne Kette und Fessel, folgte uns wie ein braves Hündchen, offenbar ohne auch nur einen Gedanken an Flucht zu verschwenden, die ihm hier in dem Gewühl der Menschen vermutlich sogar geglückt wäre.

Das Nebenzimmer in der Taverne, wo wir Unterkunft gefunden hatten, war inzwischen so etwas wie eine kurzfristige Ersatzheimat geworden, wo wir zusammen saßen und an diesem Abend ausgelassen die glanzvollen Siege unserer Freunde feierten.

Fulmina tanzte schließlich zu den Klängen eines angestellten Flötenbläsers und ließ ihr gar nichts verbergendes Röckchen fliegen.

Gegen Mitternacht – wir waren alle inzwischen mehr oder minder betrunken – bemerkten wir überhaupt unseren neuen Gladiator-Sklaven wieder, der in einer Ecke gesessen und uns mit seinen schwarzen Augen interessiert beobachtet hatte.

Herr Gladius Felixianus hob seine Trinkschale: »Wir haben einen Neuling unter uns …«

»Keinen Neuling, einen frisch geborenen Säugling!«, grölte Telemachos dazwischen.

»… dem wir wohl nun einen Namen geben müssen.«

»Es sieht aus wie der Apollo von Veio …«, setzte ich an, doch sofort fuhr mir Fulmina über den Mund:

»›Apollo‹ nennen sich mindestens fünf Dutzend mittelmäßiger Gladiatoren im Reich!«

»Seinem Aussehen und auch seinem ›Geburtsort‹ nach ist er Etrusker«, meldete sich Amaranthus zu Wort. »Einer jenes bei den Römern so verrufenen, geheimnisvollen, ja unheimlichen, stolzen, lange Zeit fast übermächtigen Volkes. Roma hat von den Etruskern seine Wahrsager, die Auguren und Haruspices, geerbt. Den Titel seines Oberpriesters, *Pontifex Maximus*, »größter Brückenbauer«, wie immer man diesen Titel interpretieren mag. Sie haben von den Etruskern gelernt, Brücken und Aquädukte zu konstruieren, Straßen anzulegen und vieles mehr.

Romulus und Remus, die von einer Wölfin gesäugten Gründer Romas, waren ohne jeden Zweifel Etrusker. Die ersten Könige der Stadt ebenso.

Dann hat Roma Jahrhunderte lang gegen die Etrusker gekämpft. Hat versucht, sich gegen ihre militärische und noch mehr geistige Übermacht zur Wehr zu setzen. Hat schließlich gesiegt. Und hat mit dem Sieg seine eigenen Wurzeln zerstört.«

Der riesige Neger, der aus einem völlig anderen Kulturkreis stammte und dessen Worte über die römische Geschichte darum umso mehr überraschten, trank seinen Weinbecher aus. Füllte ihn erneut bis zum Rand. Trank auch diesen aus.

»Nicht ›Aplu‹«, meinte er schließlich, »den Namen kennt kaum mehr jemand. Aber ein etruskischer Name … Der Pöbel wird ihn hassen! Oder abergläubisch bewundern!« Dann wandte er sich direkt an »Aplu«: »Könntest du mit solch einem Namen leben?«

Dieser neigte leicht seinen Kopf: »Ich denke, gut. Sehr gut sogar!«

»›Aplu‹ ist, wie gesagt, zu unbekannt«, überlegte Herr Gladius Felixianus. »Aber wie wäre es mit ›Tarquinius‹ – die legendären frühen römischen Könige, die wohl tatsächlich Etrusker waren, stammten aus diesem Geschlecht. Und eine der bedeutensten Etruskerstädte heißt immer noch Tarquinia.«

Wieder umspielte jenes merkwürdige Lächeln die Mundwinkel unseres geheimnisvollen neuen Mitkämpfers:

»Dann sei es so! Ab diesem Augenblick bin ich ›Tarquinius‹ – *Tarquinius der Etrusker*.«

LUDUS II

Der Dimachaerus

Dimachaerus

Juli des Jahres 812 bis April des Jahrs 813 *ab urbe condita*.
Im 4. bis 5. Regierungsjahr
des erhabenen Caesars Nero.
(59 *bis* 60 *n. Chr.*)

Zwei Wochen nach den Ludi des Aulus Vitellius zu Perusia waren wir zurück in Puteoli.

Die Gläubiger des toten Blastus jammerten und schimpften, was das Zeug hielt. Mit den Ausdrücken, mit denen Telemachos um sich warf, dessen Schulter wohl noch etliche Wochen, wenn nicht Monate, geschient und bandagiert werden musste, konnten sie freilich nicht im Entferntesten mithalten.

Ich humpelte noch auf Krücken herum, auch wenn die Stichwunde gut heilte.

Aber wahrlich fast jeden Tag in Erstaunen setzte uns Tarquinius, wie unser »Apollo von Veio« inzwischen hieß:

Er selber bewahrte über seine Vergangenheit absolutes Stillschweigen. Er hat es immer bewahrt, und ich bezweifle, ob er selbst seiner über alles geliebten Gemahlin Lucia Aurelia Prisca jemals alles erzählt hat. Er war ähnlich dem Volk seiner angenommenen – oder tatsächlichen – Herkunft verschwiegen, ein wenig geheimnisvoll, ein wenig unheimlich, ein wenig todessehnsüchtig und ungemein stolz, tapfer und ehrenhaft.

Als ihm Amaranthus erstmals ein hölzernes Übungsschwert, wie wir alle es benutzen, in die Hand drückte, legte es Tarquinius höflich, aber bestimmt beiseite:

»Was soll ich damit?«, fragte er. »Wenn ich ein Schwert beurteilen soll, ob ich mit ihm kämpfen kann oder nicht, dann muss ich sein tatsächliches Gewicht, seine Ausgewogenheit in der Hand spüren!«

Amaranthus, das machte ihn wohl zu so einem exzellenten Trainer, ließ alles an Schwertern, die wir in unserem Arsenal hatten, herbeibringen und Tarquinius vorlegen.

Dieser nahm Schwert für Schwert in die Hand, prüfte, wog, vollführte einige komplizierte Luftschläge …

Es dauerte fast einen vollen Tag, ehe sich Tarquinius entschied:

»Das ist es! Vielleicht eine Spur mehr Gegengewicht im Knauf wäre optimal …«

Und dann warf er plötzlich das Schwert aus der rechten Hand in seine linke, vollführte damit die gleichen komplizierten, blitzschnellen Schattengefecht-Bewegungen.

»Du bist *Scaeva*, Linkshänder«, fragt Amaranthus interessiert.

»So wurde ich geboren«, gab Tarquinius zu, »doch dann musste ich lernen, alles und jedes mit der rechten Hand zu tun.«

»Und jetzt bist du perfekter Beidhänder?«, fragte der Neger.

»So könnte man es ausdrücken«, gab Tarquinius zu.

Amaranthus schnalzte mit den Fingern, um mich zum Mitkommen zu bewegen. Eifrig hinkte ich ihm hinterdrein zur Villa.

Amaranthus stürmte durch das Atrium und die Wohnräume hinaus in den Garten, wo Herr Gladius Felixianus soeben die neuen, aus Ägypten und Syrien importierten, nunmehr wunderbar angewachsenen Blumen seiner Frau Agatha bewunderte.

»Wir haben offenbar einen *Dimachaerus*!«, brüllte er begeistert.

»Einen Mann, der tatsächlich ein Schwert ebenso gut mit der rechten wie mit der linken Hand zu führen weiß?«

»Ja!«

Ein *Dimachaerus*, ein »Zwei-Schwerter-Mann«, ist eine reguläre, jedoch extrem seltene Gladiatorengattung – irgendwo im östlichen Teil des Reiches sollte es angeblich einen geben und einen in den nordafrikanischen Provinzen. Wenn es gelang, Tarquinius tatsächlich zu einem echten *Dimachaerus* auszubilden, dann war er ein Juwel für Felix Felix.

Fast im Laufschritt hasteten Herr Gladius Felixianus und Amaranthus zurück in die Schule. Ich hüpfte hastig hinterdrein.

»Zeig's uns!«, forderte Herr Gladius Felixianus.

Und Tarquinius zeigte es uns: Die beiden Schwerter in seinen Händen wirbelten durch die Luft, stießen vor, blockten ab, schienen jedes ein unabhängiges Eigenleben zu haben und webten trotzdem ein kompliziertes, harmonisches Muster, während sich der Körper des Mannes wie in einem Tanz drehte und bog.

Wir waren tief beeindruckt, und auch die anderen, im Hof übenden Gladiatoren ließen ihre Waffen sinken, kamen heran und umstanden uns staunend in einem weiten Kreis. Sogar die Küchensklaven und Helfer eilten hinzu, glotzten den Mann mit großen Augen an.

Doch dann kam die bittere Enttäuschung.

Amaranthus bat den Etrusker die scharfen Schwerter beiseite zu legen und reichte ihm hölzerne Übungsschwerter. Dann stülpte er sich selbst einen Übungshelm auf den Kopf, ergriff einen Schild und ebenfalls ein Holzschwert.

»Greif mich an!«, forderte er Tarquinius auf.

Es war eine Katastrophe! Binnen kaum mehr als zwei Minuten traf Amaranthus sein Gegenüber drei Mal, während Tarquinius schnell und elegant, aber völlig wirkungslos mit seinen zwei Schwertern herumfuchtelte. So grandios er in seinem »Tanz« agierte, so offenkundig hatte der Mann seine Kunst nie in einem echten Kampf erprobt!

Amaranthus trat schließlich zurück, zog sich den Helm vom Kopf.

Wir alle waren am Boden zerstört.

Alle bis auf Herrn Gladius Felixianus:

»Du bist gut! Wirklich gut!«, stellte er ruhig fest. »Du kannst wahrhaftig mit zwei Schwertern umgehen! Und das richtige Kämpfen werden wir dir schon beibringen … wenn du bereit bist, es in dieser Form zu lernen und so in die Arena zu treten.«

Das war typisch für unseren Lanista. Er zwang nie jemanden, in dieser oder jener Form zu kämpfen, wenn dieser es nicht selbst so wollte. Er schickte niemals einen Mann gegen dessen Willen in die Arena. Wenn einer zu viel Angst davor hatte, wurde auch er nicht bestraft. Er wurde dann eben auf die Landgüter geschickt, wo er als Arbeitssklave ein schweres, aber ungefährdetes Leben führen konnte – freilich auch ohne die Möglichkeit, sich irgendwann einmal freikaufen zu können.

»Da ein *Dimachaerus* ja keinen Schild benützen kann, ist er äußerst leicht verwundbar«, erklärte Herr Gladius Felixianus ruhig. »Er ist allein auf seine Schnelligkeit und Geschicklichkeit angewiesen und auf seine zwei Schwerter, um sich zu schützen und zu siegen!«

»Ich fürchte den Tod nicht!«, versicherte Tarquinius ernsthaft. »Ich habe es Euch schon gesagt.«

Doch Herr Gladius Felixianus schüttelte ärgerlich den Kopf:

»Ich sagte: *siegen!* Ich brauche keine toten Gladiatoren. Ich brauche erfolgreiche!«

So begann die Arbeit mit Tarquinius.

Nigeralbus, Fulmina und ich – als ich mich wieder ordentlich bewegen konnte – hatten uns bereit erklärt, unter den strengen Blicken von Amaranthus als besondere Betreuer mit unserem Etrusker zu arbeiten.

Der Tag in der Schule begann bei Morgengrauen mit einem Dauerlauf von mindestens fünf Meilen, an dem alle teilzunehmen hatten, um sich aufzuwärmen und die nötige Ausdauer zu erlangen.

War Amaranthus mit den Leistungen des Vortags unzufrieden oder hatte er einfach nur schlechte Laune, dann mussten wir dabei Beinschienen und Manica anlegen und einen der schweren Schilde mitschleppen, dazu einen der schmucklosen Übungshelme tragen. Im schlimmsten Fall, wenn der riesige Neger wirklich verärgert war, mussten wir uns sogar einen der so gut wie völlig geschlossenen *Secutor*-Helme überstülpen, unter denen man kaum Luft bekam und dessen begrenzter Blick einen in jedes Schlagloch des Weges treten, über jede Wurzel stolpern ließ.

Anschließend gab es Frühstück im Speisesaal des Versorgungsblocks – den Göttern sei gedankt nicht nur »altrömischen« Haferbrei, sondern auch frisches, zumeist noch warmes Brot, Butter, verschiedenste Marmeladen und Konfitüren, kalten Braten, Schinken, Käse und geräucherten Fisch. Dazu zum Trinken Milch, diverse Kräutertees und Fruchtsäfte – wir sollten ja schließlich bei Kräften bleiben!

Am Vormittag gehörten wir Perikles. Er war ein ehemaliger *Hoplomachus* – die Lanze scheint wie bei Telemachos in der Tat die Lieblingswaffe aller Griechen zu sein …

Perikles, ein kleiner, stämmiger Mann mit grauem Haar, verfügte über ein beinahe so umfangreiches Repertoire an Beschimpfungen und Beleidigungen wie Telemachos – irgendwie scheint auch dies neben Laufen, Springen oder Speer- und Diskuswurf ein Nationalsport der Griechen zu sein.

Im Gymnasium östlich der großen Trainingshalle ließ er uns, assistiert von seinen beiden Hilfstrainern Orestes und Pylades, unter freiem Himmel und bei jedem Wetter zunächst ausführlich Dehn- und Streckübungen absolvieren, um unsere Muskeln geschmeidig zu machen. Dann folgten ungezählte Liegestütze, Kniebeugen und Klimmzüge oder Übungen mit Gewichten, um eben diese Muskeln zu kräftigen. Dazwischen gab es immer wieder mehr oder minder ausgedehnte Dauerläufe, um uns warm zu halten.

Waren diese Übungen der Mehrzahl der Schüler noch irgendwie verständlich, so waren die typisch griechischen Sportarten ausgesprochen unbeliebt, da nur wenige ihren Sinn verstanden. Speer- und Diskuswurf, gar auch noch mit der linken Hand ausgeführt – »Hervorragend für Arm- und Schulter-, Rücken-, Brust- und Bauchmuskeln!« –, Weitsprung – »Ideal zur Entwicklung der Beine!« – und wie diese Sportarten sonst noch heißen mochten.

Aber auch auf den ersten Blick recht unsportliche Sportarten hatte er sich ausgedacht, Seilspringen etwa, auch auf nur einem Bein – »Fördert die Beweglichkeit!«

Dann wieder kam der Befehl: »Rechtes Bein anziehen und auf dem linken Bein drei Runden um den Platz hüpfen! Anschließend umgekehrt! Wer mit dem hochgezogenen Bein den Boden berührt, der darf gleich noch mal drei Runden anhängen!«

Vor allem Fulmina mit ihren kurzen Beinen und ihrem wuchtigen Torso hasste diese Übung aus tiefster Seele. Ihr Rekord an Strafrunden lag, soweit ich mich erinnere bei vierundzwanzig …

Oder auch: »Hoch auf die Zehenspitzen und drei Runden trippeln!«

Dann: »Anlauf! Sprung! Über die rechte Schulter abrollen und sofort wieder stehen! – Anlauf! Sprung! Über die linke Schulter abrollen und sofort wieder stehen! – Rechts – links – rechts – links …«

Nach einer halben Stunde dieser Übung waren unsere Oberarme und Schultern oft grün und blau, aber den Sinn der Übung begriffen wir.

Schließlich gab es die »drei Bretter des Perikles«: Alle drei waren etwa acht Schritt lang, knapp handbreit und etwa drei Finger dick.

Das erste lang ganz einfach auf dem Boden.

»Lauf darüber!« – Kein Problem.

Das zweite lag mit seinen Enden auf knapp zwei Fuß hohen Holzklötzen – auch kein allzu ernsthaftes Problem, auch wenn das Brett, wenn man in seine Mitte kam, höchst unangenehm durchfederte und schwankte. Vorsichtiges Balancieren war nur bei den ersten Versuchen gestattet, dann hieß es gnadenlos: »Tempo! Tempo! Ihr wollt doch Gladiatoren sein und keine verschüchterten Jungfrauen!« Und tatsächlich, wenn man erst einmal den Schrittrhythmus dem federnden Brett anzupassen verstand, war der Lauf kein Problem mehr.

Wer dieses Brett gemeistert hatte, der musste auf das dritte, das in guter Mannshöhe auf Böcken montiert war und zu dem man auf einer Leiter hinaufklettern musste. Es ist verrückt, aber was auf dem Boden überhaupt keine Schwierigkeit darstellte, auch noch nicht wirklich in zwei Fuß Abstand vom Boden, das wurde in dieser Höhe plötzlich zum Problem. Zu einem echten!

Wie oft wir rechts und links von diesem Brett in den aufgeschütteten Sand herunterpurzelten, vermag ich heute gar nicht mehr zu sagen …

»Balance! Balance! In der Arena kann sie euch das Leben retten und den Sieg bedeuten!«, schrie Perikles immer wieder dazu.

Einzig Tarquinius schlenderte oder rannte, je nach Anweisung, über die Bretter, als seien diese eine breite, gutgepflasterte Straße.

Persönlich hasste ich am meisten den »Turm«, auch eine Erfindung des Perikles. Er war aus starken Brettern und Balken gezimmert und gut sechzig Fuß hoch. An seinen Seiten steckten im Abstand von zwei Handbreit unterarmdicke und handlange Holzpflöcke. Oben befand sich eine Art Kran, durch den ein Seil geschoren war, das an einem breiten Ledergürtel eingehängt wurde und, unten von drei Mann stets straff gehalten, der Sicherung diente – »Ihr wart zu teuer, als dass man euch erlauben dürfte, wochenlang mit gebrochenen Knochen in der Krankenstation zu faulenzen!«, kommentierte Perikles dazu.

Dann hieß es. »Hochklettern!«

Ich bin nicht schwindelfrei. Als Matrose auf einem Schiff wäre ich eine blanke Katastrophe gewesen. Doch als ich seinerzeit tatsächlich erstmals die Spitze des Turms erreichte, die Arme jubelnd hochreckte, von meinen Kameraden gehalten anschießlend an dem Seil wie ein Vogel wieder zur Erde schwebte, war dies ein Gefühl des Triumphes, wie man es kaum beschreiben kann. Ich hatte meine Höhenangst, ich hatte mich selbst überwunden!

Später fragte ich Perikles, was es mit dem »Turm« auf sich habe – schließlich muss nie ein Gladiator in solchen Höhen kämpfen.

»Wie hast du dich gefühlt, als du die Spitze erstmals erreicht hast?«, fragte er zurück.

Ich schilderte ihm meine Gefühle.

»Deshalb«, grinste er, »genau deshalb gibt es diesen Turm!«

Ist es nötig anzumerken, dass Tarquinius den Turm ebenso mühelos meisterte wie die Bretter?

Wenn wir »artig« waren, dann durften wir in der letzten Stunde im Gymnasium vor dem Mittagessen »raufen«.

Um uns nicht gegenseitig zu verletzen, wurden unsere Hände und Unterarme in weich gepolsterte Leinenärmel, ähnlich der Manica, gesteckt. Ebenso wurden die Beine vom Knöchel bis zum Knie geschützt.

Was dann folgte, hatte mit klassischem Ringen oder Faustkampf nur zum Teil etwas gemein. Denn hier war alles erlaubt, um den Gegner auszuschalten: boxen, schlagen, mit dem Kopf stoßen, klammern, Beine stellen oder treten.

»Es kommt immer wieder einmal vor, dass ein Gladiator seine Waffe verliert, und dann hilft nur noch der volle Körpereinsatz, wie es erst wieder Scorpio in Perusia gezeigt hat! Im Übrigen gefällt dem Pöbel dergleichen, und selbst im Fall der Niederlage hat der Kämpfer beste Aussichten auf seine *Missio*.«

Das leuchtete uns allen nicht nur ein, das »Raufen« machte einfach Spaß – im wirklichen Ernstfall in der Arena waren Sand in die Augen des Gegners zu werfen, Würgen, sogar Kratzen, Beißen und Spucken erlaubt. Oder auch Schläge mit der bloßen Handkante, die uns Perikles an mit Sand gefüllten Ledersäcken üben ließ. »Richtig eingesetzt kann die Handkante eine Waffe sein, gefährlicher als ein Schwert!«

Auch hier zählte Tarquinius bald zu den unbestrittenen Meistern.

Zur Ehre von Perikles muss gesagt werden, dass er jede dieser Übungen selber mitmachte, nie etwas von uns verlangte, was nicht auch er selber zu leisten bereit war. Wir hassten Perikles aus ganzem Herzen und bewunderten ihn zugleich. Sein dröhnender Bass hallt noch heute über das Feld des Gymnasiums, und obwohl er mittlerweile gewiss sechzig Jahre zählt, hat sich an seinen Methoden nichts geändert – er läuft und springt und stemmt und rauft mit seinen Schülern wie einst. Und übertrifft sie dabei manchmal noch immer!

Nachdem wir uns dann in der Therme kurz von Sand und Dreck und Schweiß gereinigt hatten, gab es ein leichtes Mittagessen, gewöhnlich Geflügel oder Fisch und Gemüse.

Und wir mussten trinken, trinken, trinken, auch während des Trainings: schlichtes Wasser, kalten Kräutertee, Säfte. »Eine Muschel* täglich sind das Minimum! Durch das Schwitzen verliert euer Körper ständig Wasser, das muss ersetzt werden!«

---

* 1 Muschel (*congius*) = 3,26 Liter.

Nach dem Essen gab es eine zweistündige Ruhepause. Manche legten sich in ihren Kammern aufs Bett, andere ruhten unter den schattenspendenden Bäumen. Man plauderte ein wenig, schlief oder döste vor sich hin.

Auch das war eine unumstößliche Pflichtübung.

Und dann ging es schließlich weiter mit dem eigentlichen Kampftraining.

Wir halfen uns gegenseitig, unsere Übungsrüstungen anzulegen – schlichte Zweckstücke ohne jeden Zierrat oder alte, mehr oder minder verkratzte, gar verbeulte Teile, die für die Arena zu unansehnlich geworden waren.

Wir übten natürlich mit Holzwaffen, um Verletzungen möglichst zu vermeiden. Die Spitzen meines Dreizacks oder der Lanzen der *Hoplomachi* waren zusätzlich mit runden Lederpolstern überzogen.

Blaue Flecke, Schürfwunden und schon auch mal eine Gehirnerschütterung gab es trotzdem regelmäßig.

Dann stellte uns Amaranthus in Paarungen auf, wie sie auch in der Arena üblich waren: *Murmillo* gegen *Thraex*, *Secutor* gegen *Retiarius* und so weiter.

Amaranthus hielt nichts von Co-Trainern oder Assistenten. Nur wenn er auf Reisen war, übernahm Pamponius, ein älterer, äußerst erfahrener, mittlerweile im Ruhestand lebender und schwergewichtiger Mann, der hinter einem barschen Auftreten eine verblüffend sanfte Seele verbarg, das Kommando.

Amaranthus hielt auch nicht sonderlich viel vom *Palus*. Das war ein in den Boden gerammter Holzpfahl, gegen den man seine Schläge und Stiche führte. In den allermeisten Gladiatorenschulen und -kasernen ist der Palus das Übungsmittel schlechthin, und so dürfen erfahrenere Gladiatoren den Ehrentitel *Secundus Palus*, »Zweiter Pfahl«, wirklich erfahrene und erprobte gar den Titel *Primus Palus*, »Erster Pfahl«, führen. Um bestimmte Schrittfolgen, Attacken und Bewegungsabläufe wieder und wieder und wieder und wieder zu üben, benützte auch unser *Doctor* den Palus. Ansonsten aber gab er unbedingt der Übung am lebenden Objekt den Vorzug.

Der riesige Neger hatte die Methode der gemischten Gruppen entwickelt. Es waren Gruppen von drei oder vier Fechterpaaren, darunter ein paar alte Hasen, welche dann die wirkliche Ausbildung der Neulinge übernahmen.

Unsere Gruppe war für diese Methode geradezu typisch.

Da war also in erster Linie unsere Zukunftshoffnung Tarquinius, der »Schwerttänzer«, ein absoluter Neuling im ernsthaften Kampf. Weil ein *Dimachaerus* keinen traditionellen Gegner hat, sondern gegen fast jeden Gladiatorentyp eingesetzt werden kann, war unsere weitere Gruppe entsprechend bunt:

Da war Serapis, der ruhige, ernsthafte Ägypter als *Murmillo*. Wenn dieser schwerstbewaffnete »Großschild«, ausgerüstet mit Helm, dem von Schulter bis Knie reichenden großen Scutum und kurzer, linker Beinschiene als Schutz und dem Schwert als Angriffswaffe, sich hinter seinem Schild verschanzte, dann war er so unangreifbar wie eine Schildkröte in ihrem Panzer.

Da war Fulmina, unser britonisches Ungeheuer. Sie kämpfte als *Provocator*. Sie war generell ausgerüstet wie ein *Murmillo*, nur dass ihr Helm keinen Kamm besaß, sondern lediglich die Tüllen für zwei hochragende Federn. Auch sie war ein »Großschild«. Die Besonderheit ihrer Gattung war eine metallene Brustplatte, das *Pectorale*, welche mit Riemen auf den Rücken verschnallt wurde. Im speziellen Fall deckte diese Platte ihre mächtigen Brüste. Editores lassen die seltenen weiblichen Gladiatoren nur zu gerne mit bloßen Brüsten auftreten, um dem Geschmeiß einen zusätzlichen Reiz zu bieten. Doch die wabbelnden Massen an Fulminas Vorderseite, lediglich durch ein leinenes Brustband gebändigt, verboten dies nicht nur in ästhetischer, sondern vor allem auch in praktischer Hinsicht.

Da war Vercingetorix, ein überraschend stiller, bescheidener, vom Körperbau hünenhafter Mann keltischen Ursprungs. Er kämpfte als *Essedarius*, ein Gladiatorentyp, der in der Tat wohl nach einem gallischen, von einem Streitwagen aus kämpfenden Krieger benannt ist – *Essedarii* lieben es noch immer, mit solch einem Gefährt in die Arena zu rumpeln. Kämpfen tut der *Essedarius* freilich zu Fuß, trägt einen bis auf die Augenlöcher geschlossenen *Secutor*-Helm mit Tüllen für zwei lange Federn, die Manica und einen ovalen Schild, der von der Schulter bis manchmal fast zu den Knöcheln reicht. Ansonsten ist der *Essedarius* bis auf Gürtel und Lendentuch nackt. Ein *Essedarius* ist somit eine verrückte Mischung aus ganz schwerem und ganz leichtem Kämpfer. Als Waffe führt er die *Spatha*, ein Langschwert mit abgerundeter, zum Stich ungeeigneter Spitze, also ein ausgesprochenes Hauschwert. Fulmina, obwohl eigentlich *Provocator*, doch als Frau ohnehin »Exote«, bevorzugte seit einer Weile ebenfalls diese Waffe, da sie ihrem persönlichen Kampfstil besser entsprach.

Da war Nigeralbus, der *Thraex*. Zwar gehört der *Thraex* mit seinem *Parmula* genannten, weitaus kleineren Körperschutz zu den »Kleinschilden«. Aber mit Helm und zwei oberschenkelhohen Beinschienen ist er fast ebenso unangreifbar wie ein *Murmillo*. Und mit seinem gebogenen Schwert, der *Sica*, vermag er mühelos um ein großes Scutum herumzustoßen.

Da war Telemachos, der pausenlos und fantasievoll fluchende *Hoplomachus*. In seinem Visierhelm mit gerundetem Kamm, Manica, hohen Beinschienen und langen, gesteppten Hosen ähnelte er stark einem *Thraex*. Doch seine Bewaffnung ist völlig verschieden: Sie erinnert stark an die der altgriechischen Hopliten, des schweren Fußvolks von Athen und Sparta aus der Zeit der Perserkriege. Mit der Rechten führt er den Speer – die Stoßlanze. Der große, runde Hoplitenschild klassischer Zeit ist freilich zu einem kaum eine Elle durchmessenden, runden und gewölbten Metallschildchen in der linken Hand verkommen, mit der der *Hoplomachus* auch seinen Langdolch – eine ähnliche Waffe, wie wir *Retiarii* sie führen – hält. Und, ehe wir *Retiarii* aufkamen, war der *Hoplomachus* zweifellos der am leichtesten bewaffnete, schnellste und beweglichste Kämpfer.

Und da war schließlich ich, der *Retiarius*, fast völlig ungepanzert, beweglich, flink.

Es war eine anstrengende, irgendwie aber auch schöne Zeit, die bis ins Frühjahr hinein dauerte, als wir Tarquinius zum echten Kämpfer ausbildeten.

Eigentlich war es bei den gemischten Gruppen unseres Cheftrainers Amaranthus üblich, dass erfahrene und unerfahrene Kämpfer etwa Halbe-Halbe gemischt wurden. Unsere Gruppe stellte da eine Ausnahme dar: sechs voll ausgebildete, teilweise höchst erfahrene Kämpfer um einen einzigen Neuling!

Doch Herr Gladius Felixianus und Amaranthus waren sich einig: »Ein *Dimachaerus* ist eine absolute Seltenheit. Wenn Felix Felix so jemanden in die Arena schickt, dann muss er brillant sein, sonst blamiert sich unsere Schule bis auf die Knochen!«

Und Tarquinius zeigte alle Anzeichen, brillant zu werden!

Seine fast unglaubliche Gewandtheit und Körperbeherrschung bildeten die Grundlage. Gewiss gab es kräftigere Männer als ihn, sogar eine ganze Reihe, aber seine Zähigkeit ließ uns immer wieder staunen. Wenn wir nach zehn Minuten oder einer Viertelstunde intensiven Kampftrainings oder auch Sport wie die Schweine schwitzten und keuchend nach Luft rangen, ging sein Atem immer noch so ruhig, als hätte er lediglich einen Spaziergang gemacht, und nur ein feiner Film auf seiner Haut zeugte von der Anstrengung.

Und er lernte schnell, geradezu unheimlich schnell! Nie unterlief ihm der gleiche Fehler zweimal.

Vor allem aber hatte er Fantasie!

Das ist bei der großen Mehrheit der Gladiatoren keine herausragende Eigenschaft: Sie kämpfen in der Regel mit ihren eingeübten Attacken und Paraden, den erlernten Schrittfolgen und Tricks, bleiben im geübten Rhythmus ihres mehr oder minder persönlichen Kampfstils. Wirkliche Überraschungen erlebt man da selten.

Tarquinius hingegen steckte immer voller Überraschungen! Das hat sich auch in den vielen Jahren, in denen er immer wieder in die Arena schritt oder nur zu einem Übungskampf antrat, nie geändert. Wenn er etwa Serapis, Nigeralbus und Fulmina, den Schwerbewaffneten, gegenübertrat, dann glänzte er durch Schnelligkeit und Beweglichkeit, legte sogar mitunter einen seiner funkelnden »Schwertertänze« ein, um sie zu verwirren, wurde dann freilich doch von seinen heftigen Aktionen offenbar müde, langsamer – und überrumpelte sie mit erneuten blitzartigen Attacken.

Und wenn er gegen Vercingetorix und Telemachos, die leichter Bewaffneten, oder gar gegen mich, den ganz Leichten, antrat, dann hielt er unser Tempo mühelos mit – verfiel jedoch ebenfalls mitunter in langsame, schleifende, erschöpfte Bewegungen, um uns zu reizen, zu einer unbedachtsamen Aktion herauszufordern.

In der Regel tauschte Amaranthus die Mitglieder seiner Gruppen in regelmäßigen Abständen aus, denn wer den Kampfstil seines Partners erst einmal kannte, der konnte kaum noch Neues lernen.

Und lernen, sich auf Neues, Unbekanntes einzustellen, war eines der Leitmotive unseres Trainers. Niemals gab er starre Anweisungen: »Mach es so!« Sein Motto war: »Probier es aus! Scheiterst du, dann vergiss es. Gelingt es, merke es dir!«

Zwar war der riesige Neger stets, wenn erwünscht oder benötigt, mit Ratschlägen, Tipps und Tricks zur Stelle, doch bestand er darauf, dass jeder von uns seinen ganz eigenen, ihm persönlich angepassten Kampfstil entwickelte – und das war ohne jeden Zweifel eine der größten Stärken der Schule Felix Felix!

Erst Jahre später begriff ich, weshalb Felix Felix in eine derart nahezu unverhältnismäßig lange und damit höchst kostspielige Ausbildungszeit investierte.

Auch etwa Ludus Julianus in Capua vermeidet es, anders als so manch andere Schule, halbausgebildete Kämpfer in die Arena zu schicken.

Aber Felix Felix trieb die Ausbildung fast ins Extrem! Doch Herr Gladius Felixianus war da unerbittlich:

»Wir sind nur eine kleine Schule, deshalb leben wir von unserem hervorragenden Ruf! Daran lasse ich nicht rühren, mag es mich noch so viel kosten!«

Und der Erfolg gab ihm Recht.

Natürlich paarte uns Amaranthus immer wieder auch einmal mit anderen Übungsgegnern, damit wir nicht in Routine verfielen, doch unsere Gruppe blieb letztlich fest zusammen. »Die unbezwingbaren Sieben« nannte man uns schließlich, halb spöttisch, halb bewundernd in der Schule.

Am Abend, nach überstandenem Training, suchten wir zunächst die Thermen auf, spülten den Schweiß von unseren Körpern, schwitzen ihn im Dampfbad aus unseren Poren, ließen uns von den kundigen Händen der Sklavinnen die Verhärtungen aus den Muskeln massieren, unsere grünen und blauen Flecken mit allerlei Salben der Ärzte Amenophis und Mykerinos einschmieren und schwammen ein paar Runden in dem großen Wasserbecken.

Die Abende waren frei, und jedermann konnte tun und lassen, was ihm eben beliebte.

Unsere Köche, Pamenius, und später Constantinos samt ihren Gehilfen bauten zur Cena, der Hauptmahlzeit des Tages, regelmäßig ein riesiges Büffet auf: in hauchdünne, luftgetrocknete Schinkenscheiben gewickelte Melonenstücke, mindestens zwei Dutzend Salate, in pikanten Saucen eingelegte Krebse und Garnelen, leckere Pasteten, scharf gewürzte Würstchen oder gefüllte Weinblätter als Vorspeise. Danach als Hauptgericht Rind-, Schweine-, Hammel-, Lamm- oder Zickleinfleisch und jede Art von Geflügel, Tag für Tag anders, aber stets höchst wohlschmeckend zubereitet. Dazu selbstverständlich auch jede Menge an verschiedenartigstem Gemüse. Und vor allem Fisch, gegrillt, gebraten, gekocht, gedünstet, gebacken, auf jeden Fall aber frisch aus dem Meer. Und riesige Platten mit sonstigen Meeresfrüchten, warm und kalt, mit rot gesottenen Langusten, Austern, Kamm-, Klaff- und Jakobsmuscheln, Meeresspinnen, grauen und rosa Garnelen, Meeresmandeln, Miesmuscheln, den orangenen Keimdrüsen von Seeigeln, Tintenfischen und was sonst das Meer an Köstlichkeiten bot.

Auch zu Hause, am Hochufer des Licias, hatte es ebenfalls ab und an Fisch gegeben: Forellen, Hechte, Karpfen oder Schleien. Meine kleineren Brüder und auch meine Schwestern hatten über das »Grätenfutter« gemault, ich hatte es eigentlich durchaus gemocht, hatte es auch in Felix Felix ganz gern gegessen.

Doch wirklich auf den Geschmack gebracht hat mich erst Tarquinius, der Fisch und Meeresfrüchte vor allen anderen Speisen den Vorzug gab. Mitunter stellte er sich sogar selber in die Küche, zunächst von Pamenius misstrauisch beäugt, freilich bald mit größter Neugier beobachtet, um ein besonders erlesenes Stück persönlich zuzubereiten und seinen Freunden zu servieren – wieder eine seiner überraschenden Fähigkeiten!

Natürlich gab es unvermeidlich auch die altehrwürdige römische *Puls* – Suppen oder besser Eintöpfe auf einer Grundlage von Gerstengraupen, Linsen oder Erbsen. Diese Töpfe blieben in der Regel freilich ziemlich voll zurück und wurden anschließend in die Sklavenquartiere geschickt. Doch um kein falsches Bild aufkommen zu lassen: Auch die niedrigsten Sklaven in Felix Felix konnten und können nach Herzenslust schlemmen, auch wenn ihnen nur die Reste zustehen. Doch die Massen an kulinarischen Genüssen, die Pamenius und später Constantinos tagtäglich zubereiteten, könnten auch über hundert ausgehungerte Gladiatoren unmöglich in sich hineinschlingen!

Zum Nachtisch gab es Obst, Puddings, Kuchen, in Honig oder Sirup eingelegte Früchte und auch sonst allerlei sehr süße, manchmal klebrige, vor allem aber höchst wohlschmeckende Kleinigkeiten.

Die unfreien Gladiatoren aßen im Speisesaal der Schule. Die freien kehrten teilweise in ihre Häuser im Dorf zu Frau und Kindern zurück, teilweise kamen aber auch diese Frauen und Kinder in die Schule, um mit ihren Männern im Speisesaal zu essen.

Aber auch die verschiedenen Tavernenwirte machten gute Umsätze.

Später dann saßen wir noch im Speisesaal oder auch in einer der gemütlichen Tavernen im Dorf bei einem Becher Wein zusammen, plauderten, fachsimpelten, philosophierten. Vor Fest- und Ruhetagen reservierten sich unsere »unüberwindbaren Sieben« gerne das Triclinium, wo wir dann, zunehmend häufig auch von Herrn Gladius Felixianus und Amaranthus mit ihrer Anwesenheit beehrt, gemütlich auf Polsterbänke gebettet, mit Weinlaub oder

Efeu bekränzt, uns unterhielten und tüchtig dem Wein zusprachen.

Andere, vor allem die Freien, verbrachten die späteren Abende mit ihren Familien. Andere machten Spaziergänge, mitunter bis zum Meer hinunter. Und wieder andere hielten Ausschau für ein Liebchen für die Nacht.

Manche suchten auch noch unseren Tempel auf, um zu beten und den Göttern zu opfern. Oder sie trafen sich in kleinen Zirkeln, die einer weniger bekannten, meist aus dem Osten kommenden Gottheit huldigten.

Natürlich war es Tarquinius, der mich zum »Lesen« brachte.

Oh, ich konnte lesen. Mein Vater Cimiar der Ältere hatte, wie schon berichtet, streng darauf geachtet, dass seine Kinder fehlerfrei die »Besatzersprache« beherrschten. Er hatte dazu sogar Decimus Apulleus eine Menge Geld bezahlt. Decimus war ein liebenswertes Original: Er war ein echter Römer, nahe des Quirinalhügels in der Stadt Roma geboren, und Kanzleischreiber in Carbodunum gewesen. Dann hatte er die um gut zwanzig Jahre jüngere, bildhübsche Tochter eines Bauern aus unserer unmittelbaren Nachbarschaft kennen und lieben gelernt, hatte Papyrus und Tintenfass aufgegeben und war in unser Dorf gezogen. Mit einem dicken Holzprügel bewaffnet – wenn er ihn je benützt hätte, dann hätte er uns damit leicht erschlagen können – korrigierte er brummend und knurrend unsere Aussprache und Grammatik oder unsere unbeholfenen Schreibversuche, brachte uns jedoch ein tadelloses Latein und sogar ein paar Brocken Griechisch bei. Und wenn wir wieder einmal einen Streich ausgeheckt hatten, dann schwor er bei allen Göttern der »ewigen Roma«, dass wir uns exakt zu diesem Zeitpunkt in seinem Unterricht befunden hätten. Dass ich ihn vor einigen Jahren, steifknochig und immer noch brummend und knurrend, auf der Bank vor seinem Haus, neben sich seine immer noch bildhübsche Gemahlin, antreffen durfte, hat mich von Herzen gefreut!

Doch für Tarquinius war lesen, also Buchstaben zu erkennen

und sie in vernünftige Wörter umsetzen zu können, die eine Sache. Und »Lesen« etwas ganz anderes!

Echtes »Lesen«, das war für ihn in Worte gefasster Geist! Und der reicht vom politischen oder religiösen Traktat bis zur höchsten Philosophie eines Platon oder Aristoteles. Das reichte etwa im Theater von den seichten Späßchen eines Plautus über die kritische Ironie eines Aristophanes bis zu den großen, klassischen Tragödienautoren wie Aischylos und Euripides. Er bewunderte Epen wie die »Ilias« des Homer oder die »Aeneis« des Vergilius Maro und zuckte bei hingeschlampten Liebesgeschichten nachsichtig die Schultern. Die Memoiren irgendwelcher zeitgenössischer Möchtegern-Größen übergoss er mit beißendem Hohn und studierte mit großem Ernst die Schriften des Lucius Annaeus Seneca. Er verschlang die geistreichen Satiren des Herrn Petronius Arbiter und später die Schriften des jungen Cornelius Tacitus. Lyrische Gedichte waren weniger sein Fall, auch wenn er die Verse eines Ovidius Naso durchaus zu würdigen wusste.

Zurück nach Felix Felix:

Eines Abends im Frühsommer erschien Tarquinius in meiner Kammer – die lag inzwischen im ersten, privilegierten Stock des Wohngebäudes – und legte mir eine dicke Schriftrolle in den Schoß.

»Lies!«

Woher er die Rolle hatte, ahnte ich damals noch nicht. Aber ich las.

Es war die »Aeneis«.

Ich war fasziniert.

An jenem Abend schlang ich nur noch schnell mein Essen in mich hinein, um möglichst rasch zu meiner Lektüre zurückkehren zu können. Dafür ließ ich sogar an manchem Abend und in mancher Nacht Urbana allein.

Und seither lese ich alles, was mir zwischen die Finger gerät …

Urbana: Sie war mit noch nicht einmal zwanzig Jahren zweifache Witwe.

Ihr erster Mann war *Provocator* gewesen, ihr zweiter *Essedarius*. Der erste, ein gutes Stück älter und freier Gladiator, war in der Arena umgekommen und hatte ihr das gemütliche Häuschen im Dorf vererbt. Der zweite hatte nur ein paar Dachziegel richten wollen, war von der Leiter gefallen und hatte sich das Genick gebrochen.

Wir kannten und mochten uns weit über ein Jahr, ehe sie mich erstmals schüchtern fragte, ob ich die Nacht bei ihr bleiben wolle.

Urbana war nicht sonderlich gescheit. Ehe ihr erster Mann, der *Provocator*, sie freikaufte und heiratete, war sie Putz-Sklavin in einer herrschaftlichen Villa gewesen – entsprechend blitzblank war ihr Häuschen. Als Köchin war sie eine Katastrophe. Als sie mitbekam, dass ich Fisch mochte, versuchte sie ihn mir zuzubereiten – das Ergebnis war freilich entweder verkohlt oder halb roh. Danach aßen wir gewöhnlich im Speisesaal der Schule. Natürlich konnte sie nicht lesen, geschweige schreiben, und alles außerhalb von Frauentratsch am Brunnen begriff sie nicht. Sie war nicht einmal wirklich hübsch mit ihrer zu langen Nase, ihrem zu breiten Mund, ihren mausbraunen, ungekonnt frisierten Haaren.

Und trotzdem liebte ich sie von Herzen!

Wenn ich ihre Bemühungen sah, mir zu gefallen – wenn ich die bei einem fliegenden Händler viel zu teuer bezahlten Kleiderstoffe und Bänder, welche ihr nicht standen, sah, oder wenn ich das mindestens seit Mittag vorbereitete, rettungslos ausgetrocknete Schwertfisch-Filet, das sie am Vormittag im gut drei Meilen entfernten Fischerhafen eigens für mich besorgt hatte, in einer grauenvollen Sauce hinunterwürgte –, dann liebte ich Urbana!

Und wenn ich sie dann nachts in den Armen hielt, sie sich an mich drängte, sich mir ohne jeden Rückhalt öffnete, mir unsinniges Zeug, »wie es die Großen und Reichen wohl trieben«, ins Ohr brabbelte, dann liebte ich sie umso mehr!

Als sie mir im September jenes Jahres eröffnete, dass sie unser Kind erwarte, war ich außer mir vor Glück.

Im Oktober heirateten wir.

Unsere Trauzeugen waren Herr Gladius Felixianus, Amaranthus und Perikles, meine Freunde Serapis und Nigeralbus, Fulmina – zu dem Anlass in eine besonders geschmacklose Robe gehüllt –, Vercingetorix, Telemachos und selbstverständlich auch Tarquinius, der mir zuraunte:

»Die Götter seien dir gnädig mit dieser Frau, die niemals zu dir passt!«

Tarquinius, Tarquinius, Tarquinius!

Ihr, edler Herr Gaius Plinius Caecilius, merkt es bereits längst – ich merkte es damals noch lange nicht –, wie ich immer mehr in den Bann dieses Mannes geriet.

Ich habe dies jedoch, in aller Wahrhaftigkeit, niemals bereut!

Er hat mich, im allerbesten Sinne, zu dem Menschen gemacht, der ich heute bin und auch sein will!

Er sah aus wie der etruskische Aplu – der Apollo von Veio. Viele Männer und ungezählte Frauen waren davon überzeugt, dass er es tatsächlich *war*.

Ich kannte ihn besser als jeder andere Mensch – nur von seiner über alles geliebten Gemahlin Lucia Aurelia Prisca abgesehen.

War er wirklich ein fleischgewordener Gott? Oder war er doch nur ein Mensch mit überragender Ausstrahlung?

Seit er damals auf dem provisorischen Arena-Markt zu Perusia »geboren« wurde, haben wir an ihm herumgerätselt. Im Grunde rätseln wir – selbst seine engsten Vertrauten, denen er wirklich fast alles aus seinem Leben nach diesem Tag anvertraut hat – noch immer.

Auch wenn er niemals etwas von seiner Vergangenheit preisgegeben hat, scheinen, damals wie heute, ein paar Dinge klar – oder letztlich eben doch unklar – zu sein:

»Ehe der auf dem Podest in Perusia stand, kann er auf keinen Fall Sklave gewesen sein!«

Darin waren wir uns alle einig. Menschen, die als Sklaven geboren wurden oder lange Sklaven waren, haben, selbst wenn sie freigelassen werden, ein Problem damit, einem gerade ins Gesicht zu sehen, neigen dazu, den Blick zu Boden zu richten. Das hat nichts mit Charakter zu tun; es ist eine Gewohnheit, denn viele Herren mögen es nicht, wenn sie von ihren Sklaven »angestarrt« werden.

Tarquinius fixierte mit seinen tiefdunklen Augen sein Gegenüber stets so genau, dass es vielen geradezu unheimlich wurde. Nur manchmal, besonders wenn es ihm langweilig wurde, schweifte sein Blick in unergründliche Fernen.

»Er muss aus einer guten, sogar einer *sehr* guten Familie stammen!«

Auch darin waren wir uns einig. Seine brillante Körperbeherrschung samt seinem »Schwerttanz« setzten jahrelange Übung voraus, und ein Mann aus einfachen oder auch nur mittelständischen Verhältnissen hat für derlei Dinge einfach keine Zeit.

Dazu kamen, wie sich nach und nach herausstellte, seine überragende Bildung, sein sicherer Geschmack und seine Liebe zu schönen Dingen. Aber wenn er aus einer guten Familie stammte, weshalb erkannte ihn in all den Jahren nie jemand? Er war schließlich eine Erscheinung, die man nicht so leicht vergisst, zumal er auch nicht zu altern schien.

»Woher kam er?«

Da konnten wir wirklich nur rätseln. Er sprach, wie Ihr wisst, edler Herr Plinius, ein geschliffenes Latein ohne irgendeinen lokalen Akzent. Und später entdeckten wir, dass er ein ebenso geschliffenes Griechisch sprach, ebenfalls ohne jede lokale Klangfarbe – Cicero und Demosthenes hätten ihre helle Freude an ihm gehabt!

Wenn wir, was durchaus vorkam, in seiner Gegenwart derlei Überlegungen nachgingen, dann lag auf seinen Lippen jenes seltsame Lächeln des Aplu von Veio, seine dunklen Augen sahen uns leicht spöttisch an – und er gab uns nicht den Hauch eines Hinweises!

Kein Geheimnis machte er hingegen daraus, wo er seit dem Spätsommer einen Gutteil seiner Nächte verbrachte. Spätestens als er eines Morgens auf einem prächtigen Rappen in der Schule einritt, wusste jeder, dass eine unglaublich reiche, noch relativ junge Witwe, die in dem benachbarten Luxusbadeort Baiae eine prachtvolle Villa besaß, seine Geliebte geworden war.

Damals begann er auch zu sammeln: schöne und kostbare Dinge, etwa wertvollste Schmuckstücke, herrlich gearbeitete Bronzen, seltene Manuskripte, erlesene altgriechische und vor allem etruskische Keramiken.

Dass er dabei offenkundig das Geld seiner Geliebten mit vollen Händen ausgab, kümmerte ihn keinen Deut. Er war kein Verschwender! Aber Geld war etwas, zu dem er einfach kein Verhältnis hatte. Ich habe ihn nie handeln, gar feilschen sehen. Wenn er etwas wollte, dann zahlte er den geforderten Preis, auch wenn dieser noch so überhöht war. Wenn man dann vorsichtig andeutete, dass er bei dem Geschäft ordentlich übers Ohr gehauen worden war, dann lächelte er, zuckte mit den Schultern und meinte:

»Geld ist kein Wert an sich. Geld ist allein dazu da, um das Leben angenehmer und schöner zu machen – wozu sollte ich es also horten?«

Drei Mal in jenem Sommer und Frühherbst begleiteten wir Herrn Gladius Felixianus zu Spielen in Perusia, Agrigentum und dem nahe gelegenen Pompeii. Ein paar von uns kämpften dort – ich errang dabei eine Palme und zwei weitere Lorbeerkränze. Vor allem aber war es Herrn Gladius Felixianus wichtig, dass Tarquinius dabei die Gelegenheit bekam, den Fechtstil anderer Schulen zu studieren.

Ansonsten trainierten wir: am Vormittag im Gymnasium, am Nachmittag bei einigermaßen gutem Wetter im großen Innenhof, bei schlechtem Wetter in der großen Halle. Gegen Abend entspannten wir uns in den Thermen und ließen uns von Amenophis und seinem Assistent Mykerinos verarzten.

Tarquinius allerdings brauchte Amenophis nie. In all den Jahren, die ich ihn kannte, ist er nie krank gewesen, hatte nicht einmal einen Husten oder Schnupfen. Und Waffen, hölzerne zum Üben wie stählerne in der Arena, schienen ihn nicht berühren zu können. Gewiss, auch er bekam seinen redlichen Anteil an blauen und grünen Flecken ab. Aber er hatte nie eine wirkliche Verletzung, eine stärkere Prellung oder Verstauchung, gar einen Knochenbruch oder auch nur einen ernsthafteren Kratzer. War er vielleicht eben doch ein Gott, der sich als Mensch ausgab?

INTERLUSIO

Pompeii

Murmillo und Thraex

Pompeii war eine alte Stadt.

Vor Jahrtausenden hatten sich bei einem Ausbruch des Mons Vesuvius zwei Lavazungen nahe dem Flüsschen Sarnus bis zum Meer vorgeschoben, ehe sie dort abbrachen, erkalteten und einen etliche Klafter hohen Wall bildeten. Über der Bruchkante jenes Walles entstand Pompeii.

Als der Vesuv dann für viele Jahrhunderte erlosch, siedelten sich zunächst einheimische Oscer in dem überaus fruchtbaren Landbogen zwischen Missenum und Surrentum an, bedeckten die Hänge des Berges mehr und mehr mit Weinreben und Olivenhainen, nutzten den Fischreichtum des Meeres und gründeten die erste befestigte kleine Stadt auf der strategisch günstig gelegenen Lavaspitze südlich des Berges. Wie sie jene Stadt nannten, wissen wir nicht, doch in dem Namen *Pompeii*, dessen Bedeutung heute niemand mehr weiß, mag durchaus jener alte Name anklingen.

Als das Forum Romanum der heutigen Weltmetropole noch ein Sumpfloch war, kamen über das Meer griechische Aeoler und Jonier, denen es in der alten, eher kargen Heimat zu eng geworden war. Nordwestlich der heute noch unruhigen Campi Phlegraei, der »brennenden Felder«, an deren Rand Felix Felix liegt, gründeten sie zunächst Cumae und wenig später die Stadt Parthenopeia, das heutige Neapolis. Die einheimischen Oscer hatten der Waffentechnik und dem überlegenen Wissen der Hellenen wenig entgegenzusetzen, und so fiel auch bald die Siedlung auf der Lavazunge mehr oder minder gewaltsam in deren Hand. Doch die Neuankömmlinge waren klug genug, sich rasch mit der einheimischen Bevölkerung zu arrangieren und zu vermischen.

Auf der äußersten Spitze jener Lavazunge wurde ein für damalige Verhältnisse überaus prachtvoller Tempel im dorischen Stil errichtet, vor den man wenig später noch eine Eingangshalle, getragen von acht ionischen Säulen, setzte.

Das umliegende Areal – das »dreieckige Forum« – wurde das religiöse und politische Zentrum einer sich nach Norden und Nordosten ausbreitenden blühenden Stadt, die sich alsbald auch mit einer trutzigen, türmebewehrten, mehrfach erneuerten und ausgeweiteten Mauer vor Angriffen zu schützen wusste.

Das große Forum, westlich des »dreieckigen«, war ursprünglich nur ein Marktplatz für die Stände, Buden und Karren der bäuerlichen Umgebung, der Fischer und durchfahrenden Händler gewesen, entwickelte sich jedoch schnell mit Tempeln und Amtsgebäuden zum eigentlichen Mittelpunkt.

In den folgenden Jahrhunderten rannten das kriegerische Bergvolk der Samniten und vermutlich sogar die Etrusker, deren ebenso mächtiges wie durch seine Zersplitterung in Stadtstaaten anfälliges Reich sich vom Fluss Padus bis in die Gegend von Neapolis erstreckte, gegen die Mauern von Pompeii an. Überlieferungen aus jener Zeit gibt es kaum, doch so viel mag gesagt sein: Wer als Krieger kam, holte sich eine blutige Nase. Wer als Händler kam, wurde hingegen durchaus freundlich aufgenommen.

Die größte Gefahr für Pompeii ging damals freilich von Roma aus.

Natürlich müssen wir heute Roma als Inbegriff aller Segnungen der Zivilisation, von Recht und Ordnung feiern – teilweise, zugegeben, nicht einmal völlig zu Unrecht. Seinerzeit, um der Wahrheit die Ehre zu geben, war Roma allerdings kaum etwas anderes als ein macht- und habgieriger Kleinstaat, der sich dank seiner überlegenen Militär- und Verwaltungstechnik immer breiter durchzusetzen vermochte.

Noch im Jahre 451 *ab urbe condita* war im so genannten »zweiten Samnitenkrieg« Herr Publius Cornelius, der raubend und plündernd in die Region eingefallen war, übelst verprügelt nach Roma zurückgekrochen. Selbst als 463 die Samniten endgültig geschlagen und »eingegliedert« wurden, vermochte Pompeii seine Freiheit zu bewahren.

Der Druck aus Roma wurde seither freilich für Pompeii immer

stärker. Zweifellos politisch, vor allem aber auch kulturell, besser gesagt zivilisatorisch, wie etwa der Bau »römischer« Thermen am Nordrand des großen Forums belegt – einer für die »badesüchtigen« Römer unumgängliche Einrichtung.

Das politische Ende kam schließlich 673 *ab urbe condita*, also vor etwa einhundertvierzig Jahren, als der Diktator Cornelius Sulla Pompeii zunächst belagerte, es schließlich jedoch einigermaßen friedlich einnahm und Hunderte seiner verdienten Veteranen dort ansiedelte. Nach anfänglichen Querelen wurde dies die Zeit höchster Blüte für die Stadt.

Pompeii war eine reiche Stadt.

Das Land rund um den Sinus Cumanus ist seit Urzeiten von den Göttern besonders gesegnet:

Hier gedeihen dank der fruchtbaren vulkanischen Erde nicht nur Weizen, Hirse, Gerste und Gemüse aller Art, das herrliche Klima ermöglicht mindestens zwei, oftmals gar drei Ernten im Jahr. Auch Äpfel und Birnen, Kirschen und Feigen, Melonen, Mandeln, Quitten, Granatäpfel, Kastanien und Oliven werden hier besonders groß und saftig.

Die Weine, zumal jene von den Hängen des Mons Vesuvius und von den Campi Phlegraei, sind süß und vollmundig. So ist beispielsweise ein Roter aus einem der Weingüter von Felix Felix so dunkel, dass er als »schwarz« bezeichnet wird, und die wenigen Amphoren, die jährlich davon hergestellt werden, erzielen bei Kennern von Hispania bis Arabia Höchstpreise.

Geradezu legendär ist der Viehreichtum des Landes. Die oft riesigen Rinder-, aber auch Schaf- und Ziegenherden liefern sowohl Fleisch wie Milch und Käse in Fülle. Das alte oscische Wort *viteliú*, »Kalb«, wurde im Lateinischen zu *vitulus*, und davon leitete sich schließlich der Name unserer ganzen »kälberreichen« Halbinsel *(V)Italia* ab.

Dazu kommt der Reichtum an Fischen und köstlichen Meeresfrüchten, welche die Fischer tagtäglich aus dem Sinus Cumanus ziehen. Von der Eigenversorgung abgesehen wird hier eine delikate, würzige, aus Fischen zubereitete Sauce hergestellt, welche weithin Absatz findet.

Ein weiteres Produkt, das bis nach Gallia Lugdunensis auf der einen und Syria auf der anderen Seite der Welt gehandelt wird, ist der hier massenhaft vorhandene Bimsstein als Schleif- und Reinigungsmittel. Und da er sich schnell abnützt, ist die Nachfrage wohl noch auf viele zukünftige Jahrhunderte ungebrochen.

Derartige Prosperität lenkt unwillkürlich auch die Handelsströme aus nah und fern auf sich:

Die von uns oft benützte und erwähnte Via Antimana, die Straße um den Cumaeischen Meerbusen, ist eigentlich nur eine lokale Abzweigung der Via Appia und Via Latina, die von Roma nach Süden über die Verlängerung der Via Appia nach Tarentum und Brundisium führt oder aber über die Via Popilia nach Cosentia und Rhegium nach Sicilia – neben Aegyptus die »zweite Kornkammer« des Reiches.

Fast noch wichtiger als alle Landverbindungen freilich war der große, gegen Unwetter ideal geschützte Hafen unmittelbar vor der Stadt. Als Ostia, Romas Hafen von der Mündung des Tiberis, noch eine Wunschvision einiger »verrückter« Senatoren war, legten in Pompeii bereits Schiffe aus allen Ländern des *Mare Internum* an.

Mancher Nachkomme aus den alteingesessenen oscisch-hellenischen Familien bejammerte die »Eroberung« der Stadt durch die Römer vor einhundertvierzig Jahren – aus seiner Sicht mochte er sogar im Recht sein. In wirtschaftlicher Hinsicht jedoch war die »Romanisierung« für Pompeii ausschließlich zum Vorteil, war die Stadt doch jetzt angebunden an ein sich in alle Himmelsrichtungen ausbreitendes Imperium, dessen Wirtschaftsstränge in den Häfen zwischen Pisae im Norden und Pompeii im Süden zusammenflossen.

Die anfänglichen Reibereien zwischen den Einheimischen und den neu angesiedelten Veteranen des Diktators Sulla waren relativ schnell abgeklungen, wozu staatlich geförderte und finanziell subventionierte »Mischehen« einen nicht zu unterschätzenden Beitrag leisteten.

Als die Gegend um den Cumaeischen Meerbusen für Roma nicht mehr als Feindes- oder auch nur Rebellenland eingestuft wurde, verlegte eine ganze Reihe großer und wohlhabender römischer Familien – herauszuheben der astronomisch reiche Clan der Vettii – seinen Wohnsitz aus dem immer lauteren, immer stinkigeren, immer unsicheren Roma nach Pompeii. Große Bankiers, Wirtschaftsbosse und hochrangige Politiker zogen nach. Viele von ihnen hielt ihr Beruf zunächst zwar zwangsläufig in Roma fest, doch ein Zweit- oder Alterssitz in Pompeii wurde für viele davon beinahe zum gesellschaftlichen Muss.

Und jeder davon mehrte den Reichtum und den Glanz der Stadt.

Pompeii war eine leise Stadt.

Ich erinnere mich noch an früher: Wer von den Höhen über dem Licias ins »Römerland« hinabstieg, der musste sich auf jeden Fall umstellen.

Dort oben gab es nur das Muhen einer Kuh, das Blöken von Schafen, das Meckern von Ziegen, das Zwitschern von Vögeln, den Schrei eines Falken oder das gelegentliche Quaken von Fröschen. Oder im allerschlimmsten Fall das lautstarke Schimpfen eines Bauern.

Dort unten, etwa in Abodiacum, ratterten und rumpelten die Räder der Kaufmannswagen über die Holzbrücke und durch die Hauptstraße, Fuhrleute fluchten, Kinder plärrten, Frauen keiften, schon vormittags grölten Besoffene, Hunde kläfften, Hausierer priesen lautstark ihre Waren an, und dazwischen brüllte der Decurio der Polizei-Soldaten seine Männer herum, und sogar zwei Prostituierte pfiffen hinter den Männern her.

Damals erschreckte mich dies als der Trubel einer Stadt – und ich bewunderte diesen zugleich insgeheim.

Hochverehrter Herr Plinius, bitte lacht nicht über mich! Das heißt: Lacht bitte nur über den kleinen »Barbarenarsch«, der ich damals war!

Längst habe ich echte Städte, gar Roma, die »Stadt der Städte«, kennen – und mitunter hassen – gelernt.

Je weiter ich seinerzeit nach Süden kam, umso deutlicher wurde mir klar, dass Lautstärke hier einfach zum ganz normalen

Lebensgefühl gehört, in dem sich das angeborene Temperament der Menschen Luft macht und keineswegs böse gemeint ist:

Wenn sich hier zwei Männer mit der Linken gegenseitig an der Tunika gepackt halten und mit der zur Faust geballten Rechten vor der Nase herumfuchteln, dann geht es in der Regel nur um die Wetteraussichten von morgen. Wenn sie sich mit überschnappender Stimme anbrüllen, gar Messer oder Dolche zücken, dann sind allerdings gewiss so essenzielle Fragen im Spiel wie die Siegeschancen des *Murmillo* Servandus übermorgen in der örtlichen Arena – geschweige gar, ob der »Grüne« Achilles gegen den »Blauen« Kalendio beim nächsten Wagenrennen im Circus Maximus in Roma siegen oder verlieren werde. Fragen freilich, die ob ihrer Wetteinsätze mitunter tatsächlich *lebensentscheidend* sein können!

Und wie die Männer, so die Frauen:

Wenn eine so laut kreischt, als sei mindestens ihre halbe Familie Räubern und Mördern zum Opfer gefallen, dann meint sie in der Regel lediglich, dass ihr jüngster Sprössling endlich zum Essen heimkommen solle.

Markthändler, störrische Esel und spielende Kinder haben sowieso ihre eigene Lautstärke, woher sie auch immer stammen mögen.

Trotzdem war Pompeii, vom ganz normalen Geräuschpegel abgesehen, eine »leise« Stadt:

Hauptursache dafür war ohne jeden Zweifel, dass Pompeii in den ärmeren Vierteln – die keineswegs im Wortsinne »arm« waren – von Rentnern und in den »reichen« Vierteln von höchst wohlhabenden Leuten bewohnt wurde.

Leider haben auch wohlhabende oder gar reiche Leute keineswegs immer wohlgeratene Kinder. Doch Gruppen angetrunkener Jugendlicher, selbst solcher aus besserem Hause, wurden von der Polizei schnell zur Ruhe gebracht.

Größere und kleinere Händler und Schiffsleute aus dem gesamten Imperium waren ebenfalls nicht immer, zumal wenn sie die einheimischen Weine in den Tavernen allzu großzügig verkostet hatten, ein Musterbeispiel für Ordnung und Ruhe. Auch sie zog die Stadtpolizei umgehend aus dem Verkehr, nüchterte sie in vergitterten Zellen aus und verdonnerte sie zu empfindlichen Strafen.

Musikgruppen, die auf dem Forum oder sonstigen öffentlichen Plätzen auftreten wollten, wurden vom Stadtrat scharf geprüft. Spielten sie nette, herkömmliche Weisen, bekamen sie anstandslos eine Auftrittsgenehmigung. Waren sie allerdings zu laut, zu schrill und modernistisch, wurden sie gnadenlos aus der Stadt hinausgeworfen.

Irgendwie hatte man den Eindruck, dass in Pompeii sogar die Säuglinge ein wenig verhaltener schrien und die Hunde etwas leiser bellten …

Ohne jede Frage war Pompeii erzkonservativ!

Um so schlimmer fiel der Krawall von 812 auf.

Pompeii war eine schöne Stadt.

Im Zentrum des Landbogens von Missenum bis Surrentum am Meer gelegen wurde Pompeii oft »die Perle des Sinus Cumanus« genannt.

Das war nicht einmal übertrieben, denn wie eine nahezu formvollendete ovale Perle schmiegte sich die Stadt zwischen den Südhang des Mons Vesuvius und die Küste des Meeres.

Der geradlinig oscische, vor allem aber der edle hellenische Stil haben die Stadt geprägt – gewisse neureich-römische Elemente blieben die Ausnahme. Erst nach dem großen Erdbeben von 815 vermochte sich zumindest teilweise imperiales Protzentum durchzusetzen.

Breite, durchgehende Straßen teilten die Stadt in fünf Bezirke ein.

Das beste Viertel war zweifellos der Südteil der Stadt, der von der Via Stabiana im Nordosten und der Via Nolana im Nordwesten begrenzt wurde. Hier befanden sich die meisten öffentlichen Gebäude. Nahe der Porta Stabiana befand sich das alte »dreieckige« Forum und daneben das große »offene« und das kleine »gedeckte« Theater. Nur wenige Straßen weiter öffnete sich dann das große Forum, eingerahmt von doppelstöckigen Umgängen, zwischen deren schlanken Säulen Dutzende von Götter-, Heroen- und Verdienstreiche-Bürger-Statuen aufgestellt waren. An der nordwestlichen Schmalseite des Forums erhob sich das *Capitolium* mit seinem prachtvollen Jupitertempel. An der nordöstlichen Längsseite reihten sich die große Markthalle, zwei Tempel für den Caesarenkult und das Gebäude der *Eumachia* auf, alle mit prachtvollen Skulpturen, Malereien und Mosaiken geschmückt. An der südöstlichen Schmalseite des Forums lagen die Magistratsgebäude. Die südwestliche Langseite wurde beherrscht von dem mächtigen Tempel des Stadtgottes Apollo und der Basilika, wo die Ratsversammlungen und das Gericht tagten. Und an deren Südseite erhob sich auf der Spitze der Lavazunge der herrliche Venustempel, der wie ein Wahrzeichen der Stadt auf das Meer hinausblickte.

Südlich der Via Stabiana und westlich der Via Nolana befand sich zweifellos das beste und reichste Wohnviertel der Stadt, wo manche Einzelhäuser die komplette Fläche eines Wohnblocks einnahmen. Hier war auch das unbestritten beste Bordell der Stadt, geführt von der Dame Pollia Procula, untergebracht.

Nigeralbus hat mich einmal dorthin mitgeschleppt und gemeint, auch wenn ich mir aus käuflichem Sex nichts mache, müsse ich es einfach einmal gesehen haben! Ich war in der Tat beeindruckt: Das nach außen recht schlichte Haus war innen mit erotischen Malereien – Männer und Frauen in den verschiedensten, mitunter fast akrobatischen Stellungen beim Liebesspiel – ausgeschmückt, die freilich so gut gemacht waren, dass sie bei aller Eindeutigkeit nie ins Pornographische abglitten. Essen und Weine waren exquisit und die Mädchen nicht nur bildhübsch, sondern auch überraschend gebildet.

Doch auch die übrigen Viertel von Pompeii waren sauber, gepflegt und im besten Sinne gutbürgerlich.

An allen Straßenecken und in vielen Häusern gab es Brunnen mit fließendem Wasser, das vom großen Wasserturm nahe der Porta Vesuviana durch unterirdisch verlegte Bleiröhren herangeführt wurde. Geschäfte, Handwerksbetriebe, Garküchen und schmucke Tavernen gab es überall. Dazwischen die großen Kontore der reichen Kaufherren.

Armenviertel oder gar Slums existierten ganz einfach nicht. Auch keine *Insulae*, jene grauenvollen sechs-, acht- und nochmehr-stöckigen, mit bejammernswerten Menschen vollgestopften Mietskasernen, wie wir sie aus Roma kennen. Dergleichen verhinderte die städtische Bauordnung, welche private Bauten mit mehr als einem Obergeschoss generell untersagte.

Gewiss gab es trotzdem auch Arme in Pompeii. Zwar forderte die Stadtverwaltung von jedem, der sich in den Mauern der Stadt ansiedeln wollte, einen Nachweis, dass er über ein solides Vermögen oder Einkommen verfüge. Doch niemand ist letztlich gegen die Launen des Schicksals gefeit. Jene Unglücklichen freilich duckten sich, versuchten ja nicht aufzufallen. Und wurden, so ihr Missgeschick unverschuldet war, mitunter von der Stadtkasse unauffällig unterstützt. Doch wenn sie es wirklich nicht schafften, wieder auf die Füße zu kommen, wurden sie ebenso unauffällig aus der Stadt hinausgedrängt.

Betteln und Hausieren waren auf jeden Fall strikt verboten.

Pompeii war unbedingt eine ehrliche Stadt.

Darauf legten die Bewohner Pompeiis besonderen Wert. Natürlich setzten die Händler ihre Preise hoch genug an, dass man ein wenig feilschen und handeln konnte – das machte schließlich Spaß –, aber keinem wäre eingefallen, auf tatsächlich überhöhten Preisen zu bestehen.

Betrüger, Diebe und andere Kleinkriminelle waren so gut wie unbekannt. Wurde trotzdem einmal einer erwischt, so griffen Polizei und Richter gnadenlos durch.

»Weshalb verschließt du nachts oder wenn du fortgehst deine Haustür, wenn es ohnehin keine Diebe gibt?«, war ein geflügeltes Wort in Pompeii.

Wer in Pompeii wirklich betrügen wollte, tat dies allenfalls im großen Stil, nannte sich »Handelsherr« und saß in einer sorgsam von Sklavenhänden im Faltenwurf modellierten Toga in einem der großen Kontore …

Doch trotz allem war Pompeii keine glückhafte Stadt.

LUDUS III

Der Krawall

Essedarius und Provocator

April des Jahrs 813 *ab urbe condita.*
Im 5. Regierungsjahr
des erhabenen Caesars Nero.
(60 n. Chr.)

»Zwanzig Paare von Gladiatoren, die Lucretius Satrius Valens, auf Lebzeiten zum Priester des göttlichen Caesars Nero ernannt, stellt, und zehn Paare, die sein Sohn bereit hält, werden am 4. April in Pompeii gegeneinander antreten.

Es wird auch einen Kampf zwischen Menschen und wilden Tieren geben, und man wird das linnene Schutzdach aufziehen, damit man nicht in der Sonne röste.«

Dieser Text stand seit Anfang März überall in Pompeii in großen Lettern angeschrieben. Auch im benachbarten Herculaneum, in Stabiae, Surrentum, Neapolis, Puteoli, Baiae und Nuceria wurde mit entsprechenden Anschriften zu den Spielen eingeladen. Stabiae und vor allem Nuceria waren dabei nicht ganz unproblematisch; denn seit das glanzvoll aufsteigende Pompeii jenen Städten eindeutig den Rang abgelaufen, sie nicht nur ins zweite, sondern gar ins dritte Glied zurückgedrängt hatte, waren zumal die Nucerianer mehr als schlecht auf die Pompeiianer zu sprechen. Hin und wieder war es in Tavernen oder auf den Märkten sogar zu Handgreiflichkeiten gekommen.

Aber Spiele waren Spiele.

Und so strömten die Massen aus allen Orten rings um den Meerbusen von Cumae in den ersten Apriltagen nach Pompeii und in das herrliche Amphitheater.

Dieses war in der Tat eine Pracht: ein mit Marmor verkleideter Steinbau mit einem Fassungsvermögen von sechzehntausend Menschen, wovon nicht weniger als dreizehntausend auch sitzen konnten, und einer leicht im Boden versenkten Arena. Im Jahre 673 *ab urbe condita* hatten sich Gaius Quinctius Balbus und Maurus Porcius nach ihrer Wahl in die höchsten Ämter der Stadt entschlossen, im Südosten der Stadt diesen Prachtbau zu errichten, der mehr Menschen zu fassen vermochte, als Pompeii damals überhaupt Einwohner zählte. In jenen Tagen von Sullas Kampf um die Macht in Rom, als unzählige Familien verbannt oder gar vernichtet wurden, hatten die beiden durch spektakuläre Ankäufe von Gütern dieser Unglücklichen ein unermessliches Vermögen erworben – und einen wohl nur kleinen Teil davon in den Bau des Amphitheaters investiert, um sich ein »ewiges und ehrenvolles« Denkmal zu setzen.

Der Zuschauerraum rund um die eigentliche Arena besaß fünf Ränge – die drei unteren für die Bürger, der vierte Rang, entsprechend den Gesetzen des Caesars Octavianus Augustus, für die Frauen, der oberste mit den Stehplätzen für die Sklaven. Höchst sinnvoll konstruierte Zu- und Abgänge zwischen den Blöcken der Sitze waren so angelegt, dass sie ein schnelles Füllen und Leeren des Zuschauerraums gestatteten. Nicht genug damit, konnten über den Tribünen riesige leinene Zelttücher aufgespannt werden, welche die Zuschauer vor den Strahlen der Sonne oder auch vor Regen schützen – dergleichen gab es damals selbst nicht einmal in Roma!

Wir eigentlichen Akteure der Spiele hatten unsere Bereitschaftsräume unter den Zuschauerrängen, wo auch die wilden Tiere untergebracht waren – wegen des Gestanks freilich am anderen Ende.

Seinerzeit waren die Behausungen der Gladiatoren wohl eher ein Provisorium, inzwischen wurde mangels Interesse an »griechischem« Sport die angegliederte *Palaestra* zur Gladiatorenkaserne umgebaut. Diese streng abgesperrte und gesicherte Einrichtung war, wie auch in Roma, zweifellos notwendig, wenn es sich bei den Kämpfern weitgehend um gezwungene Männer und Sklaven handelte.

Wir benutzten sie nie, gemäß der Maxime der Schule Felix Felix, dass nur ein Gladiator, der letztlich freiwillig in die Arena geht, auch ein guter Kämpfer sein kann.

Wir wohnten in einem Haus nicht weit der Porta Stabiana, das Herrn Gladius Felixianus gehörte. Es war kein großes Haus, doch gemütlich eingerichtet und mit einer gewohnt exzellenten Küche. Es bot im ersten Stock Platz für bis zu zwanzig Gladiatoren und wurde unter dem Kommando von Maurus, einem ehemaligen *Hoplomachus*, von einem halben Dutzend Sklaven bewirtschaftet.

Der Haupt-Editor, Herr Lucretius Satrius Valens, war Senator und trotz seines klingenden Titels »als auf Lebenszeit bestellten Priesters des göttlichen Caesars Nero« am Hof in Roma in irgendein politisches Fettnäpfchen getreten. Daraufhin hatte man ihn in die – freilich höchst milde – Verbannung nach Pompeii geschickt. Hier versuchte er sich nun durch diese Ludi mit Hilfe seines Sohnes und der *Duumviri*, der beiden in diesem Jahr gewählten Stadtoberhäupter, ein neues Stimmvolk aufzubauen.

Am letzten Tag des März waren wir nach Pompeii gekommen und hatten in dem Haus bei der Porta Stabiana Quartier bezogen.

Herr Lucretius Satrius Valens und sein Sohn hatten Wert darauf gelegt, vor allem Gladiatoren aus nahe gelegenen, allen bekannten Schulen antreten zu lassen. So war der Ludus Julianus in Capua mit dreiundzwanzig Mann vertreten, wir mit zwölf. Um das Ganze für das Pöblikum entsprechend spannend zu gestalten, hatte der Editor außerdem aus Schulen in Nordafrika, Hispania und Syria Kämpfer angemietet. Die Spiele sollten wiederum drei Tage dauern.

Der unumstrittene Star der Kämpfe war ein gewisser Pugnax, *Murmillo* seines Zeichens, der von sich behauptete, aus Nuceria zu stammen. Die Nucerianer hielten ihn deshalb für einen Halbgott, die Pompeiianer für ein ausgemachtes Arschloch.

Er sollte, um die Stimmung nicht von vornherein aufzuheizen, erst am dritten Tag der Spiele gegen unseren fluchenden Telemachos antreten.

Die Spannungen zwischen Nuceria und Pompeii waren uns damals herzlich egal. Auch dass es an den ersten beiden Tagen der Ludi bereits mehrfach zu Schlägereien zwischen Bürgern der verfeindeten Städte gekommen war, derlei gehörte zum Alltag von Spielen. Ein paar Hitzköpfe, die sich nach allzu vielen Bechern Wein gegenseitig die Fresse polierten – wen kümmerte das schon?

Wir waren im Geiste damit beschäftigt, dass Tarquinius, unser *Dimachaerus*, am dritten Tag der Ludi zu Pompeii erstmals in die Arena treten sollte!

Sein Gegner würde ein *Thraex* sein, der sich herausfordernd Felicissimus nannte, vom Ludus Julianus in Capua, den Intimfeinden von Felix Felix.

Wie sehr uns allen dieser Kampf am Herzen lag, mag man schon den hitzigen Diskussionen um seine Ausrüstung ermessen, die Wochen zuvor ausgebrochen waren und in die sich sogar Herr Gladius Felixianus einmischte. Einzig Tarquinius lächelte dazu geheimnisvoll, schüttelte verneinend den Kopf, nickte zustimmend oder machte dann und wann höchst vernünftige Vorschläge:

Der altgriechisch-altetruskische Helm ohne Visier und mit hohem Rosshaarkamm geschmückt, wie Tarquinius ihn forderte, wurde heute in der Arena kaum noch akzeptiert. Wir einigten uns schließlich auf einen *Thraex*-Helm, dessen gerundeter Kamm mit hohen Federn besteckt war. Das Vorderende war freilich nicht wie üblich mit einem Greifen-, sondern mit einem Wolfskopf verziert worden – wenigstens darin blieb Tarquinius unnachgiebig.

Außer uns *Retiarii* tragen alle Gladiatoren die Manica am rechten Arm, um diesen bei einem Aufprall am Schildrand des Gegners abzupolstern; der linke Arm wird ohnehin vom mehr oder minder großen Schild geschützt.

Ein *Dimachaerus* hat aber keinen Schild.

Nach langem Hin und Her einigen wir uns: Tarquinius sollte am linken Arm, gewöhnlich dem Schildarm, eine Manica aus Metallschuppen tragen, die am Unterarm in eine massive Armschiene überging. Damit würde er zumindest unbeschadet Schläge abfangen können. Der rechte Arm sollte mit der Manica aus gestepptem Leinen mit ledernen Verstärkungen und Verschnürungen geschützt werden.

Auch bei den Beinschienen gab es Streit. Dass er nicht nur eine brauchte wie ein *Murmillo* oder *Provocator*, war klar. Die weit auf die Oberschenkel reichenden Beinschienen eines *Thraex* lehnte Tarquinius entschieden ab, weil sie ihn zu unbeweglich machten, und die kurzen, von Knie bis Knöchel reichenden Schienen, wie sie etwa ein *Murmillo* trug, schützten nicht seine Knie vor Schlägen und Stößen eines gegnerischen Schildes. Wir einigten uns schließlich auf jene Form, wie sie griechische und etruskische Krieger einst trugen: halblang, das Knie noch schützend, jedoch nicht weiter nach oben reichend.

Bei seinen Erkennungs- oder Wappenfarben setzte sich Tarquinius voll durch: Schwarz und Gold!

Lendenschurz, die Federn auf seinem Helm, Gürtel und sonstige Lederteile, sogar das gesteppte Leinen seiner rechtsarmigen Manica hatten tiefschwarz zu sein.

Probleme hatten wir mit dem »Gold«, das nicht nur unsere finanziellen Mittel überstieg, vor allem jedoch einfach als Schutzmetall viel zu weich war. Wir einigten uns schließlich auf Messing, eine Kupfer-Zink-Legierung, wie sie neuerdings öfter an Stelle der traditionellen Bronze aus Kupfer und Zinn verwendet wird und die, entsprechend poliert, tatsächlich wie Gold glänzen kann. Dass diese Teile kunstvoll getrieben und mit etruskischen Gestalten und Ornamenten verziert waren, versteht sich von selbst.

Wirklich unzufrieden war Tarquinius mit seinen Schwertern. Sie waren zwar inzwischen nach seinen Wünschen optimal ausgewogen und aus bestem Stahl gefertigt. Doch das reichte ihm bei weitem nicht. Erst als er später Klingen aus dem hispanischen Titulcia, nach Damascus der nahezu legendären und besten Klingenschmiede der Welt, in Händen hielt, konnten diese ihm ein wohlwollendes Kopfnicken abringen.

Damals, am dritten Tag der Ludi in Pompeii, war die Stimmung des Pöblikums eindeutig aufgeheizt, doch noch dachte niemand an etwas Schlimmes.

Die Tierhetzen am Vormittag hatten den heftigsten Blutdurst des Mobs einigermaßen gestillt.

Das Mittagsprogramm hatte ebenfalls halbwegs gefallen: Man hatte zunächst zwei Dutzend verurteilte Verbrecher nackt an Pfähle gebunden und sie von abgerichteten Kampfhunden zerfleischen lassen, ehe man ihnen schließlich die Kehlen durchschnitt. Die wie üblich primitiven, jedoch wirkungsvollen Späße der

Clowns wurden freundlich aufgenommen. Ebenso das Verbrennen von acht Sklaven bei lebendigem Leib mit dem dazugehörigen Wehgeheul der Unglücklichen. Schließlich hatte der Auftritt eines Balletts von ausgesprochen hübschen und jungen Mädchen in extrem kurzen Tuniken vor allem den Männern gefallen.

Dann waren endlich wir an der Reihe, die Gladiatoren, die wahren Meister und Helden der Arena.

Die Prolusio verlief wie üblich langweilig und ohne irgendwelche Höhepunkte. Anzumerken wäre allenfalls, dass Herr Gladius Felixianus unseren *Dimachaerus* Tarquinius dazu nicht in die Arena schickte. Dieser hätte dort zweifellos einen seiner brillanten Schwerttänze aufgeführt, doch unser Herr wollte die Wettquoten nicht verderben.

Für diesen letzten Tag waren zehn Paare vorgesehen. Vier von uns waren mit dabei: Fulmina gegen einen anderen *Provocator*, dessen Namen ich vergessen habe, aus einer Schule im nordafrikanischen Nova Carthago im sechsten Gefecht des Tages.

Ich gegen einen Kleinasiaten aus Ancyra in der Provinz Galatia im siebten Gefecht – ein, wie dort wohl üblich, mit Bohnen und ähnlichem zur extremen Fettleibigkeit aufgefüttertes Fleischmonster, das mich allein mit seinem Körpergewicht mühelos »überrollen« konnte.

Tarquinius, wie schon erwähnt, gegen den *Thraex* Felicissimus aus Capua, im vorletzten Gefecht.

Und schließlich Telemachos gegen den *Murmillo* Pugnax, den Halbgott der Leute aus Nuceria, der für eine Schule in Tarentum kämpfte.

Die Editores, der hochedle Senator Lucretius Satrius Valens und sein Sohn, hatten mit Hilfe der beteiligten Lanistae das Programm geschickt zusammengestellt. Natürlich würden die letzten Gefechte den Massen am besten im Gedächtnis bleiben, also legte man Wert darauf, sie optimal zu besetzen.

Die Nordafrikaner aus Nova Carthago galten als technisch versierte, temperamentvolle Männer, und Fulmina war ohnehin eine Klasse für sich. Der Kampf würde mit Sicherheit spannend werden.

In meiner ja noch recht jungen Gladiatorengattung zählte man mich, in aller Bescheidenheit gesagt, zu den vielversprechendsten Talenten. Dafür war mein kleinasiatischer, übergewichtiger Gegner eine völlig unbekannte Größe. Der Kampf konnte alles zwischen einer Sensation und einem hoffnungslosen Reinfall werden.

Der achte Kampf in der klassischen Paarung *Murmillo* gegen *Thraex* würde auf jeden Fall solide Gladiatorenkunst zeigen. Beide kamen aus Capua, und wenn der riesige kaiserliche Ludus Julianus auch unserer Überzeugung nach manchmal ein wenig überschätzt wurde, gute Leute lieferte er allemal.

Der unbedingte Höhepunkt der Spiele würde natürlich der Kampf zwischen dem mit größter Spannung erwarteten *Dimachaerus* Tarquinius und dem *Thraex* Felicissimus werden. Die Hoffnung unserer Intimfeinde in Capua, Felix Felix einen gründlichen Denkzettel mit unserem »Exoten« zu verpassen, war offenkundig. Felicissimus – mit seinen bislang fünf Palmen und sechs Kränzen ohne Niederlage – schien denn auch genau der richtige Mann zu sein, diese Hoffnungen zu erfüllen. Das Gesprächsthema der Menge in den Straßen von Pompeii und allen umliegenden Ortschaften seit Wochen war, ob der Zwei-Schwerter-Mann es schaffen könne, die perfekte Deckung eines trotz seines kleineren Schildes bestens gepanzerten *Thraex* – noch dazu eines wirklichen Könners – zu durchbrechen oder eben auch nicht. Die Wettsummen für dieses Gefecht stiegen mittlerweile in geradezu schwindelnde Höhen! Die Quoten standen eindeutig zu Gunsten von Felicissimus, doch waren sie keineswegs wiederum so günstig, dass jemand mit ein paar Sesterzen Einsatz zum reichen Mann hätte werden können, wenn er auf den Sieg von Tarquinius setzte.

Eine diplomatische Meisterleistung war der letzte Kampf:

Allen Beteiligten waren die Spannungen zwischen den Leuten aus Pompeii und Nuceria bewusst. Der von den Nucerianern als Halbgott gefeierte *Murmillo* Pugnax war zweifellos ein solider, erfahrener Gladiator. Vier Palmen und sogar zwei Kränze hatte er errungen. Dem standen freilich auch vier Niederlagen gegenüber, bei denen er allerdings seine *Missio* erhalten hatte.

Herr Gladius Felixianus, der ihn erst im letzten Monat in Agrigentum beobachtet und zudem in Erfahrung gebracht hatte, dass Pugnax ein ausgesprochener »Klassiker« – *Murmillo* gegen *Thraex* – war, hatte ihm deshalb nicht den brillanten *Thraex* Nigeralbus gegenübergestellt, sondern Telemachos, den *Hoplomachus*.

Das Geniale an dieser Paarung war, dass sie auf jeden Fall den Abschluss der Spiele, den offiziellen Höhepunkt darstellte. Damit war den Nucerianern zweifellos geschmeichelt. Und ebenso den Pompeiianern; denn seit bekannt geworden war, dass Telemachos der Gegner jenes Halbgottes sein sollte, galten wir von Felix Felix den Leuten aus Nuceria alle als »Scheiß-Pompeiianer«, was jene wiederum mit Jubelgesängen auf unsere Schule quittierten – davon abgesehen, dass Herr Gladius Felixianus in der Tat das Bürgerrecht von Pompeii besaß.

Wirklich wichtig war etwas ganz anderes: Wie immer dieser Kampf ausgehen mochte, er bildete das Ende der Ludi. Die Arena würde sich dank der optimal angelegten Ausgänge danach rasch leeren. Die Leute aus Nuceria würden entweder mit eingezogenen Schwänzen oder siegestrunken durch die nur knapp dreihundert Schritt entfernte Porta Nuceria verschwinden. Notfalls würden die Ordnungskräfte sie durch das Tor hinausbefördern. Und wenn draußen, auf freiem Feld, ein paar Hitzköpfe glaubten, sich gegenseitig die Nasen verbeulen zu müssen, ging das schließlich die Stadt und ihre Oberen nichts mehr an.

So dachten es sich zumindest der hochedle Senator Lucretius Satrius Valens, sein Sohn und die Duumviri, die beiden für dieses Jahr gewählten regierenden Stadtoberhäupter.

Der dritte Tag der Spiele in Pompeii verlief zunächst ganz nach Plan. Der Senator, sein Sohn und die Duumviri räkelten sich in ihrer Ehrenloge und drehten den Daumen nicht nach unten, sondern gaben das Zeichen zur *Missio* für den jeweils Unterlegenen.

Während Herr Gladius Felixianus und Amaranthus das Geschehen in der Arena aufmerksam beobachteten – einer der Kämpfer mochte ja auch einmal ein Gegner von morgen sein –, kümmerte sich der Rest unserer Gruppe um jene, die gleich in die Arena würden gehen müssen. Wir prüften wieder und wieder den exakten Sitz von Beinschienen, Manica und Helm, zogen da und dort nochmals die Verschnürungen strammer. Wir versuchten unsere Freunde ruhig zu halten, gaben ihnen nochmals völlig überflüssige Tipps. Wir bemühten uns, so gut wie wir es eben konnten, ihre hektischen Ausbrüche zwischen Übermut und Selbstzweifeln abzufangen – selbst Fulmina war in dieser Phase, höflich ausgedrückt, unerträglich. Die Flüche und Beleidigungen von Telemachos erreichten einen ersten Höhepunkt.

Wenn einer dann aber endlich von den *Arenarii* aufgerufen wird, dann fallen bei einem wirklich guten Gladiator schlagartig all diese Nervositäten ab. Er schreitet stolz und kaltblütig hinaus in die Arena, wo nur noch sein Mut und sein Können über Sieg oder Niederlage, über Leben und Tod entscheiden werden.

Und wir waren alle wirklich gute Gladiatoren!

Fulmina erledigte ihre Aufgabe im sechsten Kampf des Tages wie üblich und drosch den ihre kurze, stämmige Gestalt um gut eineinhalb Kopf überragenden Gegner gnadenlos zusammen. Der Mann aus Nova Carthago wehrte sich tapfer, wenn auch erfolglos. So erhielt er völlig berechtigt seine *Missio* und Fulmina einen weiteren Lorbeerkranz und als Zusatzpreis ein goldenes Armband, auch wenn ich vermute, dass ein wahrhaft überpotenter Mann ihr lieber gewesen wäre. Doch derlei wird in einer Arena nun einmal nicht vergeben.

Mein Gegner, der Fleischberg aus Ancyra in der Provinz Galatia, der Zentralprovinz Kleinasiens, im siebten Kampf des Tages, war schlichtweg eine Beleidigung für jede *Gladiatura*! Ob er jemals vorher bereits als *Secutor* gekämpft hatte, entzieht sich meiner Kenntnis. Als er nach noch nicht einmal fünf Minuten Kampfzeit, ehe ich auch nur versucht hatte mein Netz zu werfen, völlig ungedeckt mit seinem fetten Bauch in die Spitzen meines

Dreizacks stolperte und sich beim Befreiungsversuch buchstäblich selbst die Gedärme herausriss, war alles entschieden. Ich hatte das Glück, die *Jugulatio*, den fast hinrichtungsmäßigen Stich in seine Kehle – das war für mich und viele meiner Freunde das Schlimmste an der *Gladiatura* –, nicht durchführen zu müssen. Ehe sich der Mob und die Editores endgültig entschieden hatten, was mit ihm geschehen sollte, lag er bereits leblos im Sand.

Ich bekam, eigentlich nicht wahrhaft verdient, einen weiteren Lorbeerkranz.

Ich bemerkte auch nicht bei meiner üblichen Ehrenrunde, wie aufgeheizt jetzt die Stimmung zwischen den Pompeiianern in der Südkurve der Arena und den Leuten aus Nuceria samt ihren Anhängern in der Nordkurve war.

Gewiss, da flogen Beschimpfungen und Beleidigungen lautstark hin und her, doch an derlei war mein Ohr inzwischen gewöhnt. Da flogen auch leere Tonflaschen und Beutel mit Hundedreck. Aber die landeten ohnehin nur im Sand der Arena und mussten von den *Arenarii* schleunigst eingesammelt oder weggekehrt werden.

Das »klassische« achte Gefecht des Tages zwischen dem *Murmillo* und dem *Thraex* aus Capua war einwandfrei. Es beruhigte auch jene Gemüter etwas, die sich mit Recht über den stümperhaften Kampf meines Gegners erbost hatten.

Der *Thraex* gewann und erhielt eine Palme. Dem *Murmillo* wurde die *Missio* zugestanden. Beides ging absolut in Ordnung. Der Kampf war vielleicht ein wenig farblos, aber gut und ohne Tadel gewesen.

Und dann war der große Augenblick gekommen.

Der Arena-Ausrufer schrie sich bei der Ankündigung schier die Lunge aus dem Leib – *Arenarii* trugen entsprechende riesige Schrifttafeln durch das Oval:

»Der edle Gladiator Felicissimus! Unbesiegt und ausgezeichnet mit fünf Palmen und sechs Lorbeerkränzen! *Thraex* aus dem kaiserlichen, vom göttlichen Gaius Julius Caesar gegründeten, von seinen göttlichen Nachfolgern weitergeführten und höchst geförderten Ludus Julianus zu Capua. Er gibt sich die Ehre, nunmehr gegen Tarquinius, welcher sich als Etrusker bezeichnet, einen *Dimachaerus* aus der Schule Felix Felix in Puteoli anzutreten.«

Die Ankündigung war reichlich einseitig gefärbt, doch dies war der Preis, den Herr Gladius Felixianus sozusagen hatte zahlen müssen, dass Tarquinius wenigstens nicht als *Tiro*, als Neuling, bezeichnet wurde.

Der Arena-Ausrufer schloss:

»Der Kampf wird geführt *sine Missio*!«

Das gefiel dem Pöbel ganz besonders, denn *»sine Missio«* heißt nichts anderes, als dass es für den Unterlegenen keine Begnadigung geben würde. Nur einer der Kontrahenten würde am Ende also die Arena durch die *Porta Sanavivaria*, das Tor des Lebens, wieder verlassen, während der andere durch die gegenüber liegende *Porta Libitinensis*, das Tor des Todes, hinausgetragen würde. Tarquinius hatte auf dieser sonst eher seltenen Zusatzregel bestanden!

Unter donnerndem Applaus marschierte Felicissimus, ein großer, athletischer, schwerer Mann mit mächtigen Muskeln, die Federn auf seinem Helm, der Schild und das Lendentuch in flammendem Rot gehalten, in die Arena, winkte lässig dem Pöblikum zu und stellte sich in der Mitte des Ovals neben den *Summa Rudis*, einen kleinen, energischen Mann, der die bisherigen Kämpfe tadellos geleitet hatte.

Als Tarquinius in seiner schwarz-goldenen Aufmachung die Kampfstätte betrat, empfingen ihn die Pompeiianer mit stürmischem Applaus und aufmunternden Zurufen, die Leute aus Nuceria folglich mit einem schrillen Pfeifkonzert. Ohne sichtbare Gemütsregung schritt auch er in die Mitte und stellte sich auf die andere Seite des *Summa Rudis*.

Das übliche Zeremoniell lief ab, die Schul-Hymnen wurden gespielt, die Kämpfer grüßten die Editores und die Zuschauer mit hoch emporgereckten Waffen. Der *Summa Rudis* trat zwei Schritte zurück und gab den Kampf frei.

Gleich zu Beginn versuchte Felicissimus überraschend den zwar ebenso großen, jedoch weitaus schlanker und leichter wirkenden Tarquinius mit vorgehaltenem Schild, geschwungener Sica und vor allem seiner Masse zu überrennen. Tarquinius wich mühelos aus.

Es folgte die übliche Phase des Abtastens. Tarquinius umtänzelte leichtfüßig den schwergewichtigen *Thraex*, der sich natürlich keinerlei Blöße gab. Unvermutet vorgetragene Attacken und Finten, abgewehrt durch entsprechenden Paraden von beiden Seiten. Gelegentlich knallte das Rechthandschwert des *Dimachaerus* auf den Schild des *Thraex*, ein anderes Mal klirrte sein Linkhandschwert gegen dessen Sica.

Nach und nach wurde das Tempo schneller, die gegenseitigen Attacken heftiger, ernsthafter. In der Deckung des *Thraex* war freilich keine Lücke zu finden. Und dessen Angriffen verstand Tarquinius elegant auszuweichen, fand hin und wieder sogar Zeit zu kurzen Schwerttanz-Einlagen, welche sogar die Nucerianer mit Beifall belohnten. Einmal freilich knallte die Sica des *Thraex* auf den gepanzerten Unterarm unseres Etruskers, allerdings ohne irgendeinen Schaden anzurichten.

Es waren nun fast achtzehn Minuten gekämpft.

Das war nicht lang, aber auch nicht kurz. Die Mehrzahl der Kämpfe war freilich in der Regel etwas schneller entschieden – Herumtrödeln und Zeitschinden erregt schnell den Unmut der Zuschauer.

Aber dies war zweifellos ein guter, ungewöhnlicher und wirklich hochklassiger Kampf, was sogar die Leute aus Nuceria und ihre Verbündeten mehr und mehr durch Applaus und aufmunternde Rufe, auch für Tarquinius, anerkannten. Es war auch ein sauberer Kampf, der den zwar strengen, jedoch ausgesprochen gerechten und unparteiischen *Summa Rudis* bislang nicht ein einziges Mal zum Eingreifen gezwungen hatte.

Und beide Kämpfer zeigten noch keinerlei sichtbare Ermüdungserscheinungen – dass Tarquinius mühelos noch eine Stunde so weitermachen konnte, wussten wir.

Es war jedoch auch immer noch völlig offen, wer schließlich lebend als Sieger aus dem Gefecht hervorgehen würde!

Da entschloss sich Felicissimus erneut, seinen Kontrahenten mit Kraft und Masse einfach zu überrennen, um so eine Entscheidung zu erzwingen. Mit weit vorgehaltenem Schild und geschwungener Sica stürmte er auf Tarquinius los wie ein wild gewordener Stier.

Tarquinius wich nicht nur aus, er rannte, floh unter dem bewusst misstönenden Quengeln der Oboen des Orchesters durch die halbe Arena, ehe Felicissimus in seiner schweren Ausrüstung schnaufend stehen blieb. Er hatte den Etrusker zwar noch nicht erwischt, ihn jedoch endgültig in die ungünstige Position gegen die inzwischen tief stehende Sonne gedrängt!

Tarquinius vollführte wieder einmal einen seiner Schwerttänze – und spiegelte das Sonnenlicht plötzlich mit seiner linken Klinge direkt in die Augen seines Gegners.

Felicissimus riss unwillkürlich seinen Schild hoch, entblößte dabei sein linkes Bein bis zum Lendenschurz hinauf.

Tarquinius machte einen weiten Ausfall. Sein rechtes Schwert fuhr tief in den Oberschenkel, knapp oberhalb der hohen Beinschiene seines Gegners.

Felicissimus hielt sich trotzdem immer noch wacker, doch sein Schicksal war besiegelt. Gut fünf Minuten dauerte der Kampf noch, ehe, von Blutverlust und aufkommendem Schmerz halb betäubt, Felicissimus einen zweiten Stich in seine rechte Schulter hinnehmen musste und zusammenbrach.

»Sine Missio«!

Tarquinius stieß ihm sein Schwert durch den Rücken direkt ins Herz.

Später meinte Tarquinius – er kämpfte auch später grundsätzlich *»sine Missio«* –, Felicissimus sei sein einziger Gegner gewesen, bei dem es ihm leid getan habe, den Todesstich setzen zu müssen.

Der Mob, Pompeiianer wie Nucerianer, tobte vor Begeisterung. Tarquinius erhielt zu seinem ersten Sieg gleich auch seinen ersten Lorbeerkranz.

Dass er anschließend an die mit Tüchern verhängte, von *Arenarii* getragene und von einer als Grabesgöttin Libitina maskierten

Frau begleitete Bahre seines Gegners trat, ihm sanft, fast wie segnend, die Hand auf die Brust legte, begriffen die Allerwenigsten in dem weiten Oval der Arena.

Jetzt stand also nur noch der letzte Kampf der Spiele bevor: Das Gefecht zwischen unserem Telemachos und Pugnax, dem Halbgott der Nucerianer.

Waren sich Pompeiianer und Nucerianer eben doch noch einig gewesen in ihrer Begeisterung für den großartigen Kampf zwischen Tarquinius und Felicissimus, so brach nun die Arena umso heftiger in zwei wild verfeindete Parteien auseinander: die Leute aus Pompeii im südlichen Bogen der Zuschauerränge, die Leute aus Nuceria und ihre Freunde aus Stabiae und einigen anderen Gemeinden im Nordbogen. Wieder flogen nicht nur Beschimpfungen und Schmähungen hin und her, sondern erneut auch leere Tongefäße, faule Früchte, Beutel mit Hundekot und sogar etliche Steine.

Die beiden Editores und auch die Duumviri, die Stadtobersten, schnitten zwar höchst besorgte Gesichter, schienen aber nicht recht zu wissen, was gegen den Tumult zu tun sei.

Da trat der *Summa Rudis* in die Mitte der Arena, hob gebieterisch seinen Stab und donnerte: Wenn die Zuschauer nicht unverzüglich damit aufhörten, irgendwelchen Müll in die Arena zu werfen, dann werde er den Kampf absagen und die Spiele sofort beenden!

Natürlich drang seine Stimme kaum durch den Tumult, hätte selbst bei völliger Stille kaum die oberen Ränge erreicht. Aber sein entschiedenes Auftreten, seine begleitenden, unmissverständlichen Gesten waren so eindeutig, dass auch der Dümmste im höchsten Zuschauerrund begriff, um was es ging.

Das wütende Gebrüll von beiden Seiten blieb zwar, doch das Werfen mit Dreck und harten Gegenständen wurde tatsächlich eingestellt.

Endlich konnte nach dem üblichen Zeremoniell der Kampf beginnen.

Pugnax war ein vierschrötiger, stämmig untersetzter, kräftiger Mann, ideal für die Gattung des schwerbewaffneten *Murmillo*. Rein körperlich war er unserem eher kleinen, wenn auch muskulösen und trotzdem beweglichen Griechen eindeutig überlegen. Mit dessen leichter *Hoplomachus*-Bewaffnung, den Speer in der Rechten, den kleinen runden Bronzeschild samt Langdolch in der Linken, schien Pugnax allerdings weniger gut zurecht zu kommen.

Natürlich überschüttete Telemachos seinen Gegner sofort nach Kampfbeginn seiner Gewohnheit gemäß mit einer wahren Sturzflut an übelsten und fantasievollsten Beleidigungen, sparte dabei auch dessen Heimatstadt Nuceria keineswegs aus.

Das Wutgebrüll der Nucerianer war ohrenbetäubend, und was diesmal an Fäkalien und harten Gegenständen flog, war eindeutig gegen Telemachos gerichtet, auch wenn ihn keines der Geschosse traf.

Der *Summa Rudis* griff sofort ein, trennte die Gegner, riss dann seinen Stab hoch: noch ein einziger Zwischenfall dieser Art, und der Kampf werde sofort abgebrochen! Allerdings ermahnte er auch Telemachos nachdrücklich, auf derlei Provokationen zu verzichten, anderenfalls er ihn gnadenlos zum Verlierer erklären würde! Telemachos muss sich in den nächsten Minuten des Kampfes fast die Zunge abgebissen haben, um dem unmissverständlichen Gebot des Schiedsrichters zu folgen.

Das Gefecht ging schließlich weiter, wogte unentschieden hin und her, bis es Telemachos gelang, seinem Gegner den Speer durch den nur von einer Ledermanschette geschützten Fuß bis tief in den Arenasand zu rammen.

Pugnax brüllte auf! In diesem Augenblick zweifellos weniger wegen des Schmerzes als aus Wut.

Und ehe sich der *Murmillo* von seinem Schreck erholen konnte, versetzte ihm Telemachos auch noch mit seinem Dolch einen langen, heftig blutenden, freilich keineswegs lebensgefährlichen Kratzer in die Seite.

Der *Summa Rudis* ging sofort mit seinem Stab dazwischen, unterbrach den Kampf, sah Pugnax fragend an.

Doch der heulte nur laut seinen Schmerz und Zorn hinaus.

Ein Blick auf die Editores, deren Sache es war, zu entscheiden, was nun weiter geschehen sollte.

Sie schienen ratlos.

Die pompeiianische Südkurve der Arena forderte vehement und mehr als lautstark die sofortige *Jugulatio*, die unverzügliche Tötung von Pugnax.

Die nucerianische Nordkurve die sofortige *Missio* ihres Halbgottes.

Die zwischen den beiden verfeindeten Parteien sitzenden Bürger aus Neapolis, Herculaneum, Surrentum oder Baiae wollten die Fortführung des Kampfes bis zu einer echten Entscheidung; denn Pugnax war schließlich keineswegs so angeschlagen, dass er nicht mehr hätte kämpfen können – ich selbst hatte in Perusia in ähnlichem Zustand schließlich nicht nur einen Palmzweig, sondern gar den Lorbeerkranz des Siegers gewonnen …

Ohne jeden Zweifel war es die Unentschlossenheit, das Zögern der Editores und der Duumviri, dic zur Katastrophe führten.

Der wahrlich gute und gerechte *Summa Rudis* war unter einem Hagel von mehr oder minder unappetitlichen Wurfgeschossen zurückgewichen. Er musste schließlich von zwei *Arenarii* unter erhobenen Schilden geborgen werden.

Weit schlimmer war jedoch:

Ehe man sich in der Prominentenloge zu einer Entscheidung durchringen konnte, sprang ein halbes Dutzend junger, mit Knüppeln und Messern bewaffneter Männer aus Nuceria über die Absperrung in die Arena.

Ihr unmissverständliches Ziel war Telemachos, der ihrer Meinung nach unberechtigte Sieger über ihren städtischen Halbgott.

Augenblicke später, als hätten sie derlei schon erwartet, waren auch ein gutes Dutzend pompeiianische Burschen über die Absperrung gesprungen und griffen die aus Nuceria an.

Ein wüstes Handgemenge folgte, schnell verstärkt durch Männer beider Fraktionen.

Während die »Neutralen« aus Herculaneum, Surrentum oder

Neapolis eiligst aus der Arena flohen, fielen auch etliche der übrigen Zuschauer aus Nuceria und Pompeii auf den Zuschauerrängen übereinander her, bekämpften sich mit Stöcken, Prügeln, Steinen und schließlich auch Messern und Dolchen. Sogar Frauen, bewaffnet mit langen Haarnadeln, warfen sich in den Tumult.

Die »Offiziellen« nahmen Reißaus.

In der Arena waren binnen weniger Minuten die Raufbolde, die Telemachos das Lebenslicht ausblasen oder ihn auch verteidigen wollten, inzwischen auf gut hundert angewachsen, als Herr Gladius Felixianus uns zubrüllte:

»Holt ihn raus!«

Mit einem *Thraex*-Schild in der Linken und dem Gladius, dem Schwert, dem er seinen Namen verdankte und das er immer noch exzellent zu führen wusste, in der Rechten stürmte er los.

Und wir alle von Felix Felix hinterdrein! Da mein Netz in diesem Fall nun wahrlich nichts nützen würde, hatte ich mir als Schutz wenigstens einen kleinen *Hoplomachus*-Schild gegriffen.

Wir hauten und stachen uns durch den Mob, rempelten gnadenlos beiseite, wer uns im Wege stand.

Wir erreichten Telemachos gerade noch rechtzeitig, nahmen ihn in unsere Mitte, zogen uns auf Befehl unseres Herrn Gladius Felixianus alle geordnet zurück, auch wenn es Fulmina noch so sehr gefreut hätte, auch einmal dem Geschmeiß klar zu machen, was es bedeutete, in einer Arena zu stehen und nicht nur von den Rängen herunter nach Blut und Tod zu kreischen.

Auch den tüchtigen *Summa Rudis* brachten wir in Sicherheit, ehe ihn der Mob totschlagen konnte. Ich bin ihm später noch zweimal als Schiedsrichter begegnet, und wenn es ihm auch die strenge Auffassung seines Berufes strikt verbot, irgendwen zu bevorzugen oder zu benachteiligen, eine gewisse Sympathie für die Kämpfer aus der Schule Felix Felix konnte er nicht völlig leugnen.

Ein Knüppelschlag hatte die ohnehin lädierte rechte Schulter von Telemachos erneut gebrochen.

Obwohl sie von unserem Arzt Amenophis ein zweites Mal

tadellos zusammengeflickt wurde, gab Telemachos seinen Beruf als Gladiator auf und wurde, wie berichtet, ein höchst beliebter Tavernenwirt. Seine »Bifteki«, ein mit Schafskäse gefülltes, pikant gewürztes, gegrilltes Hackfleisch, oder gar seine »Oktapodi«, zunächst weich geklopfte, dann in Olivenöl, Knoblauch und zahlreichen Kräutern marinierte und schließlich gebratene kleine Kraken oder Tintenfische, wurden im Dorf Legende.

Was dann in Pompeii geschah, ist Geschichte – eine ebenso blutig wie dumme Geschichte.

Die Vorstellung der Editores und der Duumviri, die verfeindeten Parteien notfalls schnell durch die großen Zu- und Abgänge der Arena wegschaffen zu können und Streitbolde aus der nahen Porta Nuceria hinauszudrängen, wo sie dann, außerhalb der Verantwortung der Stadt, ihre Streitigkeiten austragen mochten, erwies sich als Fehleinschätzung.

Die blutigen Auseinandersetzungen zwischen Pompeiianern und Nucerianern samt deren Anhängern zogen sich nicht nur durch jenen Abend, sondern noch die nächsten zwei Tage hin. Vor allem in der Nähe der Arena wurden zudem Geschäfte geplündert, Frauen vergewaltigt, Tavernen demoliert, Häuser ausgeraubt. Zweimal wurde gar Feuer gelegt, das aber jeweils rasch gelöscht werden konnte.

Obwohl uns Herr Gladius Felixianus gern in Sicherheit gesehen hätte, blieb unsere Truppe von Felix Felix noch eine gute Woche in seinem pompeiianischen Stadthaus, um es vor denkbaren Übergriffen der einen oder anderen Partei zu schützen. Erst dann kehrten wir nach Puteoli zurück.

Die Krawalle forderten über hundert Tote, mindestens doppelt so viele Schwerverletzte und weit über zweitausend leichter Verwundete.

Das prominenteste Opfer dieses kleinen Bürgerkriegs war Pugnax, der Halbgott der Leute aus Nuceria. Ein paar Burschen aus Pompeii hatten ihn noch in der Arena erwischt, hatten ihm die Rüstung vom Leib gerissen, ihn kastriert, totgeschlagen und die blutüberströmte Leiche mit einem Strick um die Füße kopfunter an die Ehrenloge gehängt.

Als man in Roma ein paar Tage später von dem Krawall erfuhr, reagierte man dort prompt und hart. Caesar Nero beauftragte den Senat, die Sache streng zu untersuchen und die Schuldigen zu bestrafen.

Ein kaiserlicher Kommissar wurde ernannt, der an der Spitze einiger Kohorten Soldaten nach Pompeii eilte, um zunächst die Ordnung wiederherzustellen.

Und dann ging ein wahres Donnerwetter über die Schuldigen nieder:

Die Haupträdelsführer, die den Tumult ausgelöst hatten, wurden nach Roma geschafft, dort abgeurteilt und in der Arena an Löwen und Leoparden, Bären, Wölfe und Hyänen verfüttert. Ihre wichtigeren Mitläufer schickte man in die Verbannung, während ihr Vermögen eingezogen und unter die unschuldig Geschädigten verteilt wurde.

Die Duumviri des laufenden Amtsjahres wurden wegen Unfähigkeit abgesetzt, mussten ebenfalls beträchtliche Entschädigungen zahlen, und Neuwahlen wurden angeordnet.

Den hochedlen Herr Senator Lucretius Satrius Valens, bestallten Priester des göttlichen Caesars Nero auf Lebenszeit, nebst Sohn erwischte man freilich nicht mehr. Beim Ausbruch der Krawalle aus ihrer Ehrenloge geflohen, waren Vater und Sohn, für ihre Person Schlimmstes ahnend, zu Lucius Caecilius Jucundus gehastet. Jucundus, der in der Nähe der Porta Vesuviana, des Vesuv-Tores, eine prächtige Villa bewohnte, war der mit Abstand reichste und gnadenloseste Bankier Pompeiis. Noch in der gleichen Nacht verscherbelten Lucretius Satrius Valens und Sohn alles, was sich irgendwie zu Geld machen ließ: Villen, Stadthäuser, Landgüter, Viehherden, Hausrat, Kunstgegenstände, Sklaven. Am nächsten Morgen verschwanden sie zu Schiff auf Nimmerwiedersehen und handelten damit klüger als manch anderer.

Natürlich hatte Herr Lucius Caecilius Jucundus bei dem überstürzten Verkauf die Preise in den tiefsten Keller gedrückt und ein paar Tage später gemeint, seinetwegen könnten jeden Monat solche für ihn rentablen Tumulte ausbrechen. Aber der Herr Senator und sein Sohn hatten so immerhin einen gewissen Teil ihres Vermögens retten können – wenn sie die Entschädigungen hätten bezahlen müssen, zu denen man sie später in Abwesenheit verurteilte, wäre ihnen kein Kupfer-As geblieben. Ihr Aufenthaltsort ist selbst heute noch unbekannt.

Nuceria und Stabiae, die bei den Tumulten zahlenmäßig Unterlegenen, hatten vor allem einen erschreckend hohen Blutzoll zahlen müssen.

Doch auch Pompeii kam nicht ungestraft davon, und es traf die Bewohner der Stadt an einer äußerst schmerzlichen Stelle: Für die Dauer von zehn Jahren war es ihnen verboten, Spiele irgendwelcher Art in ihrer prachtvollen Arena oder auch nur auf dem Forum zu veranstalten. Was das Vergnügen anbelangte, so lag, den Göttern sei Dank, Neapolis mit seiner Arena nicht weit entfernt. Aber die Demütigung war bitter.

In den folgenden Wochen, Monaten und Jahren beruhigte sich die Feindschaft zwischen Nuceria und Stabiae auf der einen und Pompeii auf der anderen Seite.

Zu Ausschreitungen kam es nie mehr, wenn man von ein paar blaugeschlagenen Augen und blutigen Nasen nach irgendwelchen Tavernenraufereien absah.

Und zwanzig Jahre später gab es dann in Pompeii ganz einfach nichts mehr, das man hätte anfeinden können.

LUDUS IV

Doppelte Freiheit

Hoplomachus und Hoplomacha

April bis Juni des Jahrs 813 *ab urbe condita*.
Im 5. Regierungsjahr
des erhabenen Caesars Nero.
(60 n. Chr.)

Als wir endlich Mitte April nach Puteoli, nach Felix Felix, zurückkehrten, glich unsre Ankunft dem Zug eines Triumphators in Roma, welcher irgendwelchen Barbarenstämmen unaussprechlichen Namens eine tüchtige Niederlage bereitet hatte.

Allen voran ritt der Signifer, der Standartenträger, mit unserem Banner, auf dem der erhabene Katzenherr Felix Felix Magnus in schwarzem Fell mit weißer Brust und weißen Pfötchen, den Schwanz korrekt um die Pfoten geschlungen, abgebildet ist.

Es folgte unser Anteil am Arena-Orchester, zwei Tuba- und zwei Cornubläser zusammen mit vier Flöten- und Oboenspielern, die tröteten, was ihre Lungen hergaben.

Dann kamen wir, die Könige der Arena, die Gladiatoren: Tarquinius auf seinem Rappen und auch wir anderen auf edelsten Rössern.

Junge Sklaven rannten mit unseren Trophäen, die Palmen und gar Siegeskränze auf lange Stangen aufgesteckt, vor uns her. Wir wurden bejubelt, gefeiert, und auch jene, die tapfer, wenn auch diesmal glücklos kämpfend ihre *Missio* erhalten hatten, wurden ausgiebig beklatscht.

Und endlich, gleichsam als Triumphator, Herr Gladius Sempronius Felixianus, auf einem Fuchshengst edelster arabischer Zucht.

Den Abschluss bildeten die Sklaven unseres Trosses auf schlichteren Pferden, welche am langen Zügel die mit unserem Gepäck beladenen Maultiere mitführten, denn Herr Gladius Felixianus hatte schon vor längerer Zeit beschlossen, auf schwerfällige Wagen und Karren, von langsamen Leuten zu Fuß ganz zu schweigen, zu verzichten und uns alle mit Pferden, im schlechtesten Fall mit Maultieren auszurüsten.

So wohl beritten hätten wir mühelos auf der gut ausgebauten

Via Antimana binnen eines Tages von Pompeii nach Puteoli gelangen können. Doch die begeisterten Empfänge, die man uns in Herculaneum und Neapolis, aber auch in fast allen kleineren Gemeinden an unserem Weg bereitete, hatten uns das Dreifache der Zeit gekostet. Es wäre schlichte Dummheit gewesen, derlei Wohlwollen und Ruhm für Felix Felix nicht auszunutzen, auch wenn dieses mit ermüdenden Reden irgendwelcher Stadthäuptlinge, nicht unbedingt tonsicheren, hastig einstudierten Chorgesängen, verschämten – und mitunter sogar ganz appetitlich anzuschauenden – Ehrenjungfrauen, stotternd Gedichtlein aufsagenden Kindern und umfangreichen Festmählern verbunden war. Und was Letztere betraf, so würden wir alle uns in der nächsten Zeit im Gymnasium etliche Pfunde wieder abtrainieren müssen …

Doch der schönste dieser Empfänge war eben doch in Felix Felix!

Keine langatmigen Reden, keine hastig zusammengereimte Gedichte, nicht einmal niedliche Ehrenjungfrauen …

Es waren unsere Frauen und Freundinnen, unsere Bluts- wie Geistesverwandten, Gladiatoren und Dorfbewohner, umwimmelt von kreischenden Kindern, kläffenden Hunden und die Arme schwenkenden Sklaven, die uns entgegeneilten und uns fast von den Pferden rissen, um uns endlich wieder in die Arme schließen zu können.

Urbana, jetzt in den letzten Tagen ihrer Schwangerschaft mit hoch aufgeschwollenem Leib und dadurch reichlich kurzatmig und schwerfällig geworden, watschelte auf mich zu, warf sich tränenüberströmt an meine Brust:

»Dass du da bist! Dass du wieder da bist! Zurück aus dieser schrecklichen Stadt Pompeii!«

Ich zog sie sanft an mich. Streichelte ihren Rücken, ihre wie immer unattraktiv gekämmten, mausfarbenen, lieben Haare.

»Es ist ja alles gut!«, raunte ich in ihr Ohr. »Ich bin ja wieder da. Bei dir! Nichts Böses ist mir in der Arena widerfahren …«

Urbana hob ihr tränennasses Gesicht, erklärte tapfer: »Du bist ein großer Kämpfer, mein Scorpio. Deshalb gehst du in die Arena. Gestern in Pompeii. Morgen in Roma. Vielleicht noch viel, viel weiter fort. Aber es ist nicht die Arena, die mir Angst macht …«

»Was denn dann?«, murmelte ich in ihr Haar, sie wieder an mich ziehend.

»Es ist diese Stadt!«, erwiderte sie. »Diese schöne, und trotzdem von den Göttern verfluchte Stadt, Pompeii!«

Am Abend saßen wir dann gemütlich in der Taverne des Telemachos, die er schon vor zwei Jahren als Alterssitz gekauft und nach seiner Heimatstadt »Delphi« genannt hatte. Nun würde er sich endgültig hier niederlassen.

Das »Delphi« ist ein gemütliches, weiß gekalktes, von wildem Wein fast völlig überwachsenes Haus. Unten liegen der große Gastraum und die Küche, in der Olympia, die dicke, stets freundliche, stets gut gelaunte Gemahlin des Telemachos – damals ebenfalls wieder einmal hochschwanger – zwischen Töpfen, Pfannen, Körben und Amphoren herumhantiert und die Sklaven, die in der Küche helfen oder die Gäste bedienen, auf Trab hält. Im ersten Stock sind die Wohn- und Schlafräume untergebracht und hinter dem Haus die blitzsauberen Sklavenquartiere und ein üppiger Kräutergarten.

Das Besondere am »Delphi« ist freilich eine riesige, mit schwarz-weißen Steinplatten belegte Terrasse, überdacht von einer Laube aus süß duftendem Geißblatt. Nach Süden ist diese Terrasse offen, und da das Haus ziemlich hoch an einem Hang liegt, hat man von dort einen unvergleichlichen Blick von Misenum und Baiae über Neapolis und den Mons Vesuvius bis zur Halbinsel von Surrentum und Capreae hinüber und über den gesamten Cumaeischen Meerbusen.

Telemachos hatte Haus, Gastraum und Terrasse mehr liebevoll als geschmacksicher mit größeren und kleineren griechischen Statuen geschmückt. Nun, griechisch waren sie eigentlich nicht, sondern teilweise sogar ziemlich elende Kopien aus Gips, die man zudem, wie Telemachos bissig zu bemerken pflegte, auch noch

»verrömert« hatte. Will sagen: Da vielen Römern die den Griechen so selbstverständliche Nacktheit immer noch höchst suspekt, gar ein Zeichen von Verderbtheit ist, hatte man den gipsernen Jünglingen und Männern ein verhüllendes Akanthusblatt auf ihr Geschlecht geklebt, während die Frauenfiguren mit irgendeinem Stückchen Stoff an den entscheidenden Stellen herumfummeln oder zumindest die Hände so halten, dass sie einigermaßen wohlanständig aussehen.

Da saßen wir also alle an einem langen Tisch, der sich unter der Vielzahl der Speisen bog, Herr Gladius Felixianus am einen, Telemachos mit wieder dick verbundener Schulter als Hausherr am anderen Ende, wir Übrigen samt Frauen und Freundinnen dazwischen.

Wir genossen die Wärme der Abendsonne, die von einem wolkenlosen Himmel den weiten Halbbogen des Landes in goldfarbenes Licht tauchte, in unzähligen Reflexen auf den sanften Wellen des Meeres glitzerte, atmeten den betäubend süßen Duft des Geißblatts ein und schnupperten das leckere Aroma von Lammkoteletts und Oktapodi, welche auf einem offenen Grill in der Ecke der Terrasse brutzelten. Dazu schlürften wir einen schweren, vollmundigen Rotwein, der unverdünnt – diese Gewohnheit des Tarquinius hatten wir inzwischen, außer unseren Frauen, nahezu alle übernommen – so seine ganze Blume entfalten konnte.

Natürlich drehte sich das Gespräch noch immer, mehr oder minder, um die Ereignisse in Pompeii.

Plötzlich brach Urbana erneut in Tränen aus:

»Ich fürchte diese Stadt! Ich hasse sie! Sie bringt Unglück!«

Erneut versuchte ich meine Frau zu beruhigen: Derlei Krawalle seien einmalig gewesen. Es sei uns ja nichts passiert. Und außerdem sei wohl mehr nötig, um einem trainierten, erprobten Gladiator gefährlich werden zu können, als ein paar mit Steinen und Knüppeln bewaffnete, vermutlich auch noch besoffene Stadtbürschlein.

Die Runde stimmte mir eifrig zu. Nur Tarquinius sah mit

leicht gerunzelter Stirn meine Frau mit seinen tiefdunklen Augen nachdenklich an.

»Vielleicht meine ich auch gar nicht die Stadt«, schniefte Urbana schließlich. »Vielleicht ist es ja eigentlich der Berg …«

»Der Mons Vesuvius?«, vergewisserte sich Amaranthus.

Urbana nickte eifrig:

»Man sagt, dass in seinem Inneren ein unheimliches, gewaltiges Feuer brennt. Es soll schon oft hervorgebrochen sein und schreckliches Unheil angerichtet, viele Menschen getötet haben!«

»Das ist Jahrhunderte, vermutlich sogar noch weit länger her!«, warf Perikles, der Trainer im Gymnasium, der natürlich auch bei uns war, nachdrücklich ein. »Die Sage erzählt: Einst als der neue Götterkönig Jupiter seinen Vater Uranus stürzte und entmannte, seien Blutstropfen des Uranus in den Schoß der Erdgöttin Gaea gefallen, und aus diesen wurden die schlangenfüßigen Giganten geboren. Um ihren Vater zu rächen, lehnten sich die Giganten gegen die neuen Götter auf, versuchten gar den Olymp zu stürmen. Die donner- und blitzbewehrten Götter des Himmels aber besiegten sie glorreich. Die Unterlegenen wurden in die Erde hinabgezwungen. Da liegen sie nun, hilflos unter der Last der Berge. Nur dann und wann«, fuhr Perikles fort, »schütteln sich die Giganten in dem wilden, jedoch vergeblichen Bestreben, sich aus ihren Gräbern zu befreien – wir Menschen fühlen das dann als Erdbeben.«

»Schau doch hinüber!«, mischte sich Nigeralbus ein. »Der Mons Vesuvius ist seit undenklichen Zeiten tot! An seinen Hängen stehen unzählige Villen, sogar blühende Dörfer! Glaubst du, all diese Menschen, die dort siedeln, seien so dumm, sich einer echten Gefahr auszusetzen? Glaubst du, man hätte Städte wie Herculaneum oder eben auch Pompeii direkt am Fuß des Berges erbaut, wenn von diesem noch irgendeine Bedrohung ausginge?«

Urbana war nicht überzeugt.

»Schau ihn dir doch an!«, fügte jetzt sogar Herr Gladius Felixianus hinzu. »Seine Hänge, ja sogar das Rund seines längst zugeschütteten und verschlossenen Kraters sind seit Jahrhunderten mit Weinstöcken bepflanzt. Glaube mir, das einzige Feuer, das dieser Berg noch hergibt, steckt in den Trauben, die auf ihm wachsen!«

Nigeralbus hielt Urbana, die mit Rücksicht auf das werdende Leben in ihrem Leib nur Wasser getrunken hatte, seinen Becher hin: »Da, nimm einen Schluck vom Feuer des Mons Vesuvius! Ein Schluck wird deinem Kind gewiss nicht schaden!«

Tatsächlich nippte Urbana an dem Becher, schien den Geschmack nicht unangenehm zu finden.

Alle versuchten meine Frau freundlich zu beruhigen, sie aufzumuntern, auch jene, die unserem Gespräch nur am Rande, wenn überhaupt, gefolgt waren:

Fulmina – zwar hemmungslos abergläubisch, was ihre heimatlichen, brytonischen Götter anbelangte, völlig gleichgültig jedoch gegenüber griechisch-römischen Göttern, Giganten oder sonstigen Gestalten – stopfte unterdessen Lammkoteletts und Oktapodi in sich hinein und spülte mit dem »roten Feuer des Mons Vesuvius« in ihrem Becher hinterher. Vercingetorix, der *Essedarius* unserer Gruppe, der noch immer kaum Latein sprach – es wohl auch nie mehr richtig lernen würde – und daher von unserer Unterhaltung kaum etwas verstand, tat es ihr gleich. Serapis, der ruhige, ernsthafte Ägypter schwieg dazu – auch wie üblich.

Urbana hatte, den Göttern sei Dank, wenigstens aufgehört zu schluchzen. Am leisen Zittern ihres Körpers fühlte ich freilich, dass sie noch keineswegs wirklich beruhigt war.

Von der anderen Seite legte ihr Freia, die Gemahlin des Amaranthus, ebenso hellhäutig und weißblond wie er schwarz, den Arm um die Schulter, raunte ihr mit ihrem harten, nordischen Akzent ins Ohr: »Hör auf, dich aufzuregen! Das schadet nur deinem Kind!«

»Sieh es einmal anders herum«, forderte nun auch unser ägyptischer Arzt Amenophis meine Urbana freundlich auf. »Du hast Angst vor dem Mons Vesuvius, der sich seit Menschengedenken nicht mehr gerührt hat?«

Urbana nickte.

»Aber du hast keine Angst, hier bei Puteoli zu leben?«

Urbana schüttelte deutlich den Kopf.

»Und doch«, fuhr der Arzt fort, »sitzt du hier unmittelbar auf einem Vulkan!«

Urbana sah ihn mit großen Augen an.

»Schau nach links, Mädchen«, forderte sie Amenophis auf. »Dort, kaum drei Meilen entfernt, ist auf einem flachen Hügel das kreisrunde Astroni-Loch. Ohne jeden Zweifel ein Vulkankrater, in dem es immer noch brodelt. Heiße Quellen heizen die Bäder in Baiae und auch unsere Thermen hier in Felix Felix. Mitunter ist es schwerer, kaltes als warmes Wasser aus den Brunnen zu bekommen. Überall hier findest du kochende, blubbernde Schlammlöcher, überall gibt es warme, ja ausgesprochen heiße Bodenstellen. Und je nachdem der Wind steht, stinkt es auch in Felix Felix nahezu unerträglich nach Schwefel.

Weshalb das alles? Weil das Land unter unseren Füßen aufgeheizt wird von unterirdischen Feuern! – Aber davor hast du keine Angst?«

Diesmal schüttelte Urbana sogar noch energischer den Kopf.

»Du lebst also ohne Sorgen auf einem durchaus noch unruhigen Vulkan!«, rief Nigeralbus. »Aber vor dem seit undenklichen Zeiten stillen Mons Vesuvius fürchtest du dich?«

»Und wenn in seinem Inneren doch noch ein Feuer brennt?«, fragte Urbana leise.

»Lass es brennen!«, lachte Nigeralbus unbekümmert. »Es wird niemandem schaden!«

»Aber wenn es brennt? Ich denke – es ist wie beim Kochen …«, raunte Urbana leise.

Ehe jemand aus der Runde Urbana beruhigend unterbrechen konnte, hob Herr Gladius Felixianus die Hand, gebot uns zu schweigen. »Wie meinst du das?«

Urbana druckste ein paar Sekunden herum, erklärte schließlich:

»Ich weiß, dass ich nicht die Klügste bin. Aber ich denke – also – ich meine – also: Wenn ich Wasser heiß mache … wenn ich es in einen offenen Topf schütte und auf das Feuer stelle, dann wird es nach einiger Zeit anfangen zu brodeln, Blasen zu schlagen, vielleicht sogar zu sprudeln und heftig Dampf zu verströmen …«

Herr Gladius Felixianus hatte sich vorgebeugt, tätschelte liebevoll beruhigend die Hand Urbanas:

»Aber sonst geschieht nichts?«

»Nein, Herr Felixianus.«

»Und so ein offener Topf über einem Feuer ist die Gegend hier? Sie sprudelt, schlägt Blasen, dampft, stinkt gelegentlich sogar – und ist aber eigentlich harmlos?«

Urbana nickte eifrig: »Genau so, Herr!«

»Und wie ist es mit dem anderen Kochtopf – es gibt doch einen anderen Kochtopf?«, fragte unser Herr sanft.

»Also, also – wenn ich das Wasser in einen Topf schütten und diesen dann ganz fest verschließen würde und aufs Feuer setzen … Ich tue das nie! Keine vernünftige Hausfrau würde das tun …!«

»Natürlich nicht!«, beruhigte sie Herr Gladius Felixianus jedoch weiter fragend. »Aber was würde dann geschehen?«

»Dann … dann …« Urbana war schon wieder den Tränen nah, »es würde bestimmt eine ganze Weile dauern! Aber wenn der fest verschlossene Topf keine Luft bekommt, die Dämpfe aus seinem Inneren nicht entweichen können … Ja, dann würde er irgendwann platzen. Nein, nicht platzen – er würde explodieren!«

»Und du vermutest, dass der Mons Vesuvius solch ein ›verschlossener Topf‹ ist?«, vergewisserte sich Herr Gladius Felixianus ernst.

Urbana nickte heftig.

Eine gute Weile später an jenem Abend, wir hatten die Frauen längst heim und ins Bett geschickt, wankten wir vollgefressen und mehr oder minder betrunken aus dem »Delphi«.

Da legte sich eine Hand auf meine Schulter und ich hörte die Stimme von Tarquinius in meinem Ohr:

»Vielleicht ist deine Frau weitaus klüger, als sie es selber ahnt!«

Als ich schließlich heimkam, hatte sich Urbana noch immer nicht wirklich beruhigt, auch wenn sie sich tapfer bemühte, mich dies nicht merken zu lassen.

Ich nahm sie sanft in meinen Arm, streichelte zunächst ihren Rücken, dann ihren hoch geschwollenen Bauch, versuchte ihr irgendwelchen liebevollen Unsinn ins Ohr zu gurren.

Schließlich entspannte sie sich, kuschelte sich eng an meinen Körper, flüsterte:

»Hab keine Angst, mein Liebling …«

Ich hatte doch gar keine Angst!

»… der Mons Vesuvius wird keinem von uns dreien …«

Drei! Urbana, unser noch ungeborenes Kind und ich!

»… schaden dürfen! … Aber …«

Das »Aber« erfuhr ich nicht mehr. Urbana war an meiner Brust eingeschlafen.

Zwei Tage später ließ ich mich drüben in der Villa anmelden, bat bei dem Sklaven an der Haustür höchst offiziell darum, den edlen Herrn Gaius Sempronius Gaius Felixianus sprechen zu dürfen.

»Weshalb so förmlich, Scorpio?«, empfing mich Gladius Felixianus, der in seiner »Kanzlei« hinter einem wuchtigen Tisch auf einem gepolsterten Stuhl thronte. Er forderte mich auf: »Setz dich doch!«, und wies auf einen ebenfalls gepolsterten Stuhl.

Ich blieb stehen. Legte einen Beutel wortlos auf den Tisch, in dem ein paar goldene, mehrheitlich freilich silberne Münzen klirrten.

»Der Preis für deine Freiheit?«, fragte der Herr.

Ich nickte, schluckte, brachte endlich heraus: »Mein Kind soll nicht als Halbsklave geboren werden! Ihr erster Mann hat Urbana die Freiheit erkauft und jetzt … Amaranthus, Serapis, Telemachos und ein paar andere meinten, dass es genügen müsste …«

»Phiops, die Urkunde!«, rief Herr Gladius Felixianus seinem *Prokurator* Phiops, dem obersten Finanzverwalter von allem, was mit Felix Felix zu tun hatte, zu, der im Nebenraum in irgendwelchen Papyri, Pergamenten und Wachstafeln herumwurstelte.

Den Beutel mit dem Geld rührte Herr Gladius Felixianus nicht an.

Phiops, auch er war ein Ägypter, hatte bereits dem Gründer der Schule, Herrn Gaius Sempronius Felix, als Schreiber, Kanzlist und Steuerfachmann gedient. Damals muss er ein hochgewachsener, wenn auch zaundürrer, möglicherweise sogar lockiger Jüngling gewesen sein. Heute war Phiops vom Alter gebeugt, ein von faltiger Haut überspanntes Knochengerüst. Von seinen Locken waren noch drei dünne, weiße Strähnen geblieben, die er sorgsam über seine Glatze verteilte. Geblieben war ihm allerdings der unbestechliche Blick, auch wenn er, extrem kurzsichtig, inzwischen fast mit der Nase las, für auch nur die winzigsten Fehler in irgendwelchen Abrechnungen.

Nach einigem Kramen schlurfte Phiops herüber, legte ein steifes, offenkundig schon seit längerem vorbereitetes Pergamentblatt auf den mächtigen Tisch, wo Herr Gladius Felixianus bereits eine Kerze, Siegelwachs und ein Petschaft bereitgestellt hatte.

Mit einem kurzen Blick überflog unser Herr das Schreiben, tropfte Wachs darauf und hieb energisch sein Siegel in das heiße Wachs, schob mir das Pergament über den Tisch zu:

»Du bist frei. Reiche das morgen zur offiziellen Registrierung beim Quaestor in Puteoli oder in Baiae ein.«

Den Beutel mit dem Geld hatte er immer noch nicht angerührt.

War es das? War es das wirklich?

Bedeutete dieses in ein bisschen Wachs geschlagene Siegel tatsächlich, dass ich wieder ein freier Mensch und kein Sklave mehr war?

Frei? – *Frei!* – FREI!

Frei wie einst auf den Höhen über dem Römertal am Licias?

Meine Knie waren noch viel weicher als damals, als ich erstmals zu Perusia in eine Arena zum Kampf auf Tod und Leben marschierte.

Herr Gladius Felixianus grinste mich breit an, winkte mit dem Finger:

»Setz dich endlich hin!«

Ich fiel so schwer in den Sessel, dass das Holz protestierend knackte.

»Und was wirst du jetzt tun? Als freier Mann?«, fragte Gladius Felixianus ruhig.

»Äähhh … ich … nun, ich denke … ich meine … ich …«, stotterte ich.

Die Freiheit war mir so wichtig gewesen, dass ich mir über das Nachher noch nie Gedanken gemacht hatte.

»Scorpio!«, drang die Stimme meines Herrn Gladius Felixianus in mein Bewusstsein – nun ja wohl nicht mehr meines *Herrn*, im Sklavensinne als meines Besitzers. Aber immer noch, und daran würde sich auch in Zukunft nichts ändern, als einer Person, der ich allerhöchsten Respekt zollte.

»Scorpio! Du bist ein hervorragender *Retiarius*, daran besteht kein Zweifel! Aber du bist anders als die anderen:

Telemachos mag nun einen guten Kneipenwirt abgeben, mehr aber auch nicht.

Fulmina ist nur an drei Dingen interessiert: Prügeln, Vögeln und Fressen – vermutlich ziemlich genau in dieser Reihenfolge.

Serapis hat in seinem Leben nie eine Chance bekommen, etwas anderes zu sein als das, was er eben ist: Gladiator.

Vercingetorix ist ein durchaus liebenswerter Trottel.

Nigeralbus wurde als Gladiator geboren, und«, fügte Herr Gladius Felixianus leiser hinzu, »so wird er eines Tages auch sterben.«

»Und Tarquinius?«, fragte ich.

Herr Gladius Felixianus zuckte mit den Schultern:

»Vielleicht ein Verrückter. Vielleicht ein Gott. Wer weiß schon, wer Tarquinius ist und was in ihm vorgeht?«

Dann nahm er mich mit seinen unglaublich blauen Augen wieder ins Visier, wiederholte:

»Du bist anders, Scorpio! Kein Trottel, kein Prügelmonster, nicht einmal ein geborener Gladiator, auch wenn du dir dies im Augenblick vielleicht einreden willst!

Hänge Dreizack, Netz und Dolch an eine Wand deines Hauses, und lass sie da für den Rest deines Lebens hängen!

Ich habe dir diesen Vorschlag schon einmal vor zwei Jahren gemacht. Ich mache ihn dir heute nochmals: Komme hier in meine Kanzlei! Phiops ist alt und braucht einen Nachfolger. Du beherrschst tadellos Latein, kannst lesen, schreiben und mit Zahlen umgehen. Dein Griechisch lässt zwar noch zu wünschen übrig, aber das wirst du mühelos lernen.

Scorpio«, drang er in mich, »du bist einfach zu gut für die Arena!«

»Wie wahr gesprochen!«, klang es in diesem Augenblick von der Tür her.

Tarquinius schlenderte in den Kanzleiraum, legte auf den mächtigen Tisch einen Beutel neben meinen, der freilich weitaus dicker gefüllt war und eindeutig mehr nach Gold als nach Silber klang.

Herr Gladius Felixianus berührte auch diesen Beutel nicht, zog nur leicht fragend die Augenbrauen nach oben.

Tarquinius lächelte sein geheimnisvolles Lächeln:

»Keine Sorge, ich habe nicht die Absicht, Tavernenwirt oder Schreiberling zu werden! Ich möchte hinfort nur das letzte Wort dazu haben, gegen wen ich in der Arena antrete.«

Herr Gladius Felixianus schüttelte zwar leise den Kopf, gab dann aber Phiops den Auftrag, eine entsprechende Urkunde auszustellen.

Während der Schreiber im Nebenraum mit seiner Feder auf einem Pergament kratzte und wir schwiegen, hatten wir Zeit, uns einige Dinge durch den Kopf gehen zu lassen:

Der Anteil am Kampfgeld in Pompeii – es war schließlich sein erster Kampf – konnte unmöglich diese Summe ausmachen, auch nicht das Preisgeld für seinen Sieg, nicht einmal, wenn er auf sich selber gewettet hatte. Das Geld konnte also nur, wieder einmal, von seiner Geliebten in Baiae stammen …

Phiops war fertig, legte das Pergament Herrn Gladius Felixianus vor. Der überflog es – und siegelte.

Damit war auch Tarquinius am gleichen Tag wie ich, fast zur gleichen Stunde, ein freier Mann.

Ehe er dem Etrusker allerdings das Schriftstück überreichte, warnte ihn Herr Gladius Felixianus: »Sei auf der Hut, dass du nicht von einer Sklaverei in eine andere, vielleicht sogar schlimmere, gerätst!«

Das Lächeln um die Mundwinkel von Tarquinius verstärkte sich: »Keine Sorge! Sklave war und bin ich nur dort, wo ich es selber will!«

Wenn man genau hinhörte, dann war dies der zweite, freilich auch allerletzte Hinweis auf die Vergangenheit unseres »Aplu von Veio«.

Damals in Perusia hatte er erklärt, dass »nichts Ehrenrühriges« ihn auf das Podest des Sklavenhändlers gebracht habe. Ihr, edler Herr Plinius, kanntet ihn gut. Ich kannte ihn mehr als gut. Dass diese Aussage der Wahrheit entsprach, steht außer jedem Zweifel!

Nun hatte er also erklärt, dass seine Sklaverei »freiwillig« gewesen sei. Auch daran kann es, so wie wir Herrn Tarquinius kannten, keinen Zweifel geben, auch wenn dies das Rätsel um seine Person letztlich nicht lüftet.

Es gibt immer wieder Fälle, wo einem verschuldeten Mann nur noch die Möglichkeit bleibt, um seine Familie zu retten, eines oder mehrere seiner Kinder, im Extremfall sogar sich selbst in die Sklaverei zu verkaufen. Dies war ja auch seinerzeit mein mehr oder weniger freiwillig auf mich genommenes Schicksal gewesen. Einen Bauer, einen Handwerker, einen einfachen Bürger mag dies durchaus vor dem Ruin retten. Doch keineswegs eine Familie besseren, ja hohen Standes, aus der Tarquinius allen Anzeichen nach stammen musste – mag sein Kaufpreis seinerzeit auch noch so hoch gewesen sein.

Und dann gibt es natürlich immer noch jene hoffnungslos verrückten Wetten unter jungen Männern aus guten Familien, bei denen der Verlierer in der Tat auf den Sklavenmarkt geraten kann. Doch in solchen Fällen kaufen die echten, mitunter sogar die vermeintlichen Freunde den Verlierer über kürzer oder länger frei. Sie erkennen ihn zumindest wieder, wenn er erneut zu gehobener gesellschaftlicher Position aufgestiegen ist. Doch bei Tarquinius habe ich in all den Jahren nicht ein einziges Mal erlebt, dass irgendwer »Du bist doch der …!« gerufen oder auch nur geflüstert hätte: »Bist du nicht der …?«.

So wurde das Rätsel um Tarquinius, trotz dieser Andeutung, nicht gelöst. Es wird zweifellos für immer sein Geheimnis bleiben.

Wir waren eben aus unseren Sesseln aufgestanden und hatten unsere Freilassungsurkunden an uns genommen – Herr Gladius Felixianus hatte unsere Geldbeutel noch immer nicht angerührt –, als eine junge Sklavin, kreideweiß im Gesicht, in den Raum gestürzt kam und kreischte:

»Scorpio! Scorpio! Komm! Schnell! Schnell! Urbana!«

Ich ließ das Blatt fallen, rannte zur Tür hinaus und, so schnell mich meine Füße trugen, zum Dorf.

Urbana!

Schon am Vormittag hatten ihre Wehen eingesetzt. Eurydike war einst Sklavin aus Hellas gewesen, freigekauft und verheiratet mit einem in der Arena umgekommenen *Essedarius*, kinderlos und deshalb wohl besonders Kindern zugetan. Schließlich war sie, ausgebildet von Amenophis, die allseits geachtete Hebamme des Dorfes geworden.

Sie hatte mir versichert, ich könne ruhig den Weg zu Herrn Gladius Felixianus antreten, um mein ganz besonderes Geschenk für Urbana zu diesem Anlass, meine Freiheit, dort abzuholen.

Jetzt hing Eurydike laut weinend in meinen Armen:

»Ihr Herz! Ihr Herz hat einfach aufgehört zu schlagen! Vergebt mir …«

Was sollte ich ihr vergeben? Was sollte ich irgendwem, außer vielleicht ein paar Göttern, vergeben?

Urbana war tot.

Meine so liebevolle, ein wenig dumme, mausfarbene Urbana war unwiederbringlich tot!

Ich ließ mich in das Zimmer führen.

Ich küsste eine marmorbleiche Stirn.

Ich sah kaum etwas durch die Schlieren meiner Tränen.

Irgendwer schaffte mich hinaus in den Garten, wo ich auf einen großen, runden Stein plumpste, den Urbana erst kürzlich hatte heranschaffen und aufstellen lassen.

Dann zupfte mich jemand am Ärmel.

Es war Amenophis, der Arzt unserer Schule:

»Man hat mich leider viel zu spät gerufen, als dass ich für Urbana noch etwas hätte tun können …«,

Bitte keine weiteren Entschuldigungen!

»… aber ich habe *das* für dich!«

Er drückte mir ein blitzsauberes, nicht einmal ellenlanges Bündelchen Leinen in den Arm. Und aus dem Bündelchen schaute mich ein winziges Gesichtchen an.

»Deine Tochter!«, erklärte mir der Ägypter. »Auch wenn ich sie aus dem Leib ihrer toten Mutter herausschneiden musste, ist sie absolut gesund, munter und ohne jeden Fehl und Tadel!«

Während mir immer noch die Tränen über die Wangen trieften, drückte ich lachend das winzige Bündelchen Mensch an mein Herz.

Ich nannte sie Felicitas.

Wenn der Name unserer Schule Felix Felix und der Name unsers großen, namensgebenden Katzenherrn Felix Felix Magnus durchklingt, so war dies kein Zufall.

Olympia, die ebenfalls kurz vor einer Entbindung stehende Gemahlin des Telemachos, erklärte sich sofort bereit, meinem kleinen Mädchen als Amme zu dienen.

Im Haus des braven Telemachos wuchs Felicitas neben schließlich fünfzehn »Geschwistern« auf. Sie entwickelte sich zwar zu keiner strahlenden Schönheit, aber zu einer durchaus hübschen jungen Frau. Dafür, dass sie offenbar meinen Verstand geerbt hat – sie spricht, liest und schreibt fließend Latein und Griechisch –, bin ich den Göttern mehr als dankbar. Nur die üblen Beschimpfungen und Beleidigungen, die sie von ihrem Ziehvater gelernt hat und die sie bei jeder passenden oder unpassenden Gelegenheit verwendet, sollte sie sich dringend abgewöhnen.

Als sie vor vier Jahren den mehr an Literatur als an Politik interessierten Senatorensohn Decimus Rufius Celestianus heiratete, wart Ihr, edler Herr Plinius, selbst dabei.

Natürlich stänkert die vornehme Familie ihres Mannes – vor knapp hundert Jahren waren sie selbst noch hochgekommene Freigelassene – gegen diese »unstandesgemäße« Verbindung. Decimus und Felicitas lassen sich, samt ihren inzwischen zwei Kindern, freilich deshalb nicht aus ihrem Glück vertreiben. Sie haben nur, absolut freiwillig und ohne jedweden politischen Zwang, ihren Wohnsitz von Roma nach Cartela am Südzipfel von Hispania verlegt. Dort kann Decimus sich ungestört in Homer oder Aischylos oder Aristoteles vertiefen, Felicitas sich um ihre Kinder kümmern oder in Aristophanes und Vergil versinken. Sie schreibt mir Briefe, aber es ist schade, dass ich sie nie mehr sehe.

Die Grablegung und das Totenmal für Urbana wurden mit allem erdenklichen Pomp inszeniert – das war ich schließlich nicht nur ihr, sondern auch unserer kleinen Tochter schuldig!

Die Gedenksäule war aus hellem Kalkstein, der weicher und wärmer wirkt als der weiße Marmor aus den Steinbrüchen bei Carrara. Das Relief in ihrer Mitte zeigte mich und Urbana, hintereinander gelagert, beim Mahl. Auch diese liebevolle Darstellung eines Ehepaares hatten die Römer einst von den Etruskern übernommen, erklärte mir Tarquinius. Felicitas saß zu unseren Füßen, auch wenn sie zu diesem Zeitpunkt noch gar nicht sitzen konnte. Neben unserem Lager kläffte ein Hündchen, obwohl es im Häuslein Urbanas nie einen Hund, nur ein halbes Dutzend Katzen gegeben hatte – immerhin eine davon war ebenfalls abgebildet. Aber der Hund war nun einmal ein Symbol des Totengottes.

Zum Scheiterhaufen Urbanas hatte wirklich jeder aus Schule und Dorf beigetragen: je nach finanziellen Verhältnissen schlichte Pinien- oder Buchenknüppel oder wertvollere Oliven- und Eichenscheite. Amenophis hatte gar ein kostbares, duftendes Stück des seltenen Sandelholzes obenauf gelegt.

Ich setzte selbst die Fackel an das zwischen die Scheite gestopfte Stroh.

Nachdem der Scheiterhaufen heruntergebrannt war, sammelten wir Asche und Knochen sorgsam ein, begossen sie mit Wein und Milch, legten sie zusammen mit wohlriechenden Spezereien in eine Urne und gossen nochmals Wasser, Wein und Öl darüber. Als Obolus für Charon, den Fährmann über den Fluss der Unterwelt, legte ich ihr meine letzte nach meinem Freikauf verbliebene Goldmünze in die Urne. Dann wurde das Gefäß verschlossen und in einer kleinen, gemauerten Gruft zu Füßen der Säule beigesetzt.

Das Totenmahl mit unseren Freunden in dem neben dem Totenhügel erbauten Triclinium verlief in weitgehend nachdenklicher Stille. Sie wurde nur unterbrochen von den traditionellen Gedenkreden auf die Verstorbene, beginnend mit Herrn Gladius Felixianus. Es waren kurze Reden, denn was gab es über Urbana schon viel zu sagen? Ihr kurzes Leben war geprägt gewesen von harter Arbeit, dem gewaltsamen Tod ihrer ersten beiden Ehemänner, allzu knappen Episoden des Glücks und ihrem Ende bei der Geburt unserer Tochter. Und doch waren all diese Reden durchzogen von einer herzlichen Zuneigung zu dieser sanften, stets freundlichen, ihren Ehegatten stets liebevoll zugetanen Frau, die sich nie über ihr Schicksal beschwert hatte.

Zwei Tage später ritten Tarquinius und ich noch Puteoli, um unsere Freilassungsurkunden beim dortigen Quaestor zu hinterlegen.

Das Leben in Felix Felix ging unterdessen seinen gewohnten Gang, und auch ich ging meiner täglichen Routine von Training, Ruhepausen, Essen und Schlafen nach.

Zunächst brannte das Leid über den Verlust von Urbana heftig in meiner Seele! Oft saß ich lange am Bettchen meiner kleinen Tochter, beobachtete sie im Schlaf oder wie sie mit ihren winzigen Händchen spielte, an ihrem Däumchen nuckelte und bald auch versuchte, sich ihre Zehchen in den Mund zu stecken. Nach einer Weile wandelte sich der erste, heftige Schmerz in eine stillere Trauer, nach wie vor vorhanden, doch mehr in den Kammern der Erinnerung als direkt in meinem Kopf gegenwärtig.

Ganz offensichtlich hatte Herr Gladius Felixianus diese Wandlung abgewartet, ehe er mich, etwa einen Monat später, darauf ansprach, wie ich denn nun zu seinem Vorschlag stehe, mich von Netz und Dreizack zu verabschieden und in die Kanzlei überzuwechseln, wo mich Phiops als seinen Nachfolger einarbeiten sollte.

»Weshalb ich?«, hatte ich gerade heraus gefragt. »Phiops gebietet über zahlreiche hervorragende, zuverlässige Unterverwalter, eine halbe Armee an versierten Kanzlisten, Finanzexperten und Schreibern, die alle zusammen von der Führung der Güter, Herden, Arbeitssklaven, Häusern und Geldgeschäften weitaus mehr verstehen als ich …«

»Weil sie alle zusammen, und Phiops an der Spitze«, antwortete Herr Gladius Felixianus, »von Gütern und Geldgeschäften etwas verstehen. Jedoch absolut *nichts* vom wahren Kern des Ganzen: der Schule Felix Felix.

Die Schule ist das Herz! Wenn das Herz nicht im richtigen Takt schlägt, wird auch alles andere kränkeln. Wenn es gar stehen bleiben sollte, dann stirbt auch der Rest!

Phiops samt seinen Unterverwaltern, Kanzlisten und Experten haben nie in ihrem Leben ein Schwert in der Hand gehabt. Sie sind großenteils kaum je auch nur in die Nähe einer Arena gekommen. Das Treiben der *Familia Gladiatoria* im Gymnasium, im

Trainingshof oder gar im Oval eines Zirkus ist ihnen rätselhaft, oft gar unheimlich. Phiops akzeptierte und bezahlte beispielsweise die in der Tat überaus kostspielige Ausrüstung unseres Tarquinius oder die wertvollen Pferde, mit denen unsere Gladiatoren reisen – aber nur, weil ich es so angeordnet habe! Weshalb derlei sinnvoll und notwendig ist, hat er nie begriffen und wird es auch nie begreifen …«

Herr Gladius Felixianus legte mir freundschaftlich die Hand auf die Schulter:

»Weshalb denkst du, hat der Gründer von Felix Felix, Herr Gaius Sempronius Felix, mich zu seinem Nachfolger, schließlich sogar zu seinem Adoptivsohn gemacht?

Ich war doch auch ›nur‹ ein Gladiator mit ebenso viel, um nicht zu sagen so wenig Ahnung von finanziellen und verwaltungstechnischen Dingen, wie du es heute bist.

Er hat es getan, weil ich das ›Herz‹ von Felix Felix kannte. Genau so, wie du es kennst. Deshalb hat *er* es getan. Deshalb will *ich* es tun!«

Mir schwindelte.

Hatte mir der – ja kinderlose – Herr Gladius Felixianus soeben indirekt angetragen, einst möglicherweise sein Nachfolger, der Herr von Felix Felix zu werden?

Ehe ich etwas sagen konnte, klopfte mir Herr Gladius Felixianus freundschaftlich auf den Rücken:

»Kleines Stacheltier«, in Anspielung auf meinen Arena-Namen »Scorpio«, den Skorpion, nannte er mich gelegentlich so, »du wirst das Notwendige über diesen verhassten Verwaltungskram ebenso lernen, wie ich es gelernt habe – vermutlich sogar schneller und besser als ich einst. Und du wirst auch deinen unbedingt zuverlässigen und treuen ›Phiops‹ haben, der dir die allzu lästigen Details abnimmt.«

Irgendwie stürmte das alles zu schnell, zu heftig auf mich ein. Um eine wirkliche Entscheidung zu treffen, versuchte ich Zeit zu gewinnen: Also gut, ich würde mich zunächst einmal, sagen wir für vier Stunden am Tag, in der Kanzlei von Phiops in die mannigfachen Aufgaben der Verwaltung einarbeiten lassen. Den Rest des Tages jedoch würde ich weiterhin in der Schule verbringen mit der Ausbildung der mir inzwischen anvertrauten jungen *Retiarii* und ihren Spezialgegnern, den *Secutores*, nebst eigenem Training.

»Dann verfettest du wenigstens nicht so schnell!«, lachte Herr Gladius Felixianus.

LUDUS V

Die Einladung Caesars

Secutor und Scissor

Juni des Jahres 813 bis April des Jahres 814 *ab urbe condita*.
Im 5. und 6. Regierungsjahr
des erhabenen Caesars Nero.
(60 *bis* 61 *n. Chr.*)

Der Aufzug von irgendwelchen Provinzgrößen, von ehrgeizigen Beamten und mehr oder minder bedeutenden Möchtegern-Machtmenschen vor der Villa war vertrauter Alltag.

Sie alle wollten und wollen das Gleiche: mehr oder minder viele unserer Gladiatoren anmieten, die dann in den von ihnen veranstalteten und bezahlten Spielen zur Ergötzung und Einstimmung des Wahlvolkes auftreten sollen.

Davon lebt Felix Felix.

Auch der Verlauf dieser Besuche war stets gleich: Herr Gladius Felixianus verlangt für seine Leute, allgemein gepriesen als die Besten der Besten, horrende Summen. Und die erhabenen Herren zogen – sie tun das immer noch – schließlich, nach reichlich Speis und Trank und zähen Verhandlungen, wieder ab – entweder mit stolzgeschwellter Brust, weil sie sich solch exquisite Kämpfer leisten konnten, oder mit eingezogenem Schwanz, weil sie sich diese eben *nicht* leisten konnten.

Der Zug jenes Herrn, der Anfang Juni seinen Weg von Puteoli herauf nach Felix Felix fand, war den sonst üblichen Auftritten dieser Art freilich um Welten überlegen:

Um zunächst einmal die politische Bedeutung ihres Herrn zu demonstrieren, rannten voran etliche Liktoren. Dann folgten ein paar Flöten- und Oboenspieler nebst zwei Tuba- und Cornubläsern. Dahinter endlich eine leichte, elegante, opulent vergoldete Reisekutsche und als Abschluss ein Trupp von gewiss dreißig berittenen Soldaten.

Aus der Kutsche wälzte sich ächzend und stöhnend ein Fleischberg, gewandet in eine weiße Toga mit breiten Purpurstreifen:

Der hochedle Herr Aulus Vitellius – der ehemalige »Schließmuskel-Künstler« des Caesars Tiberius, Arschkriecher der Caesaren Gaius Caligula und Claudius und mittlerweile intimer Speichellecker von Caesar Nero. Wir kannten ihn von den Spielen in Perusia, die er seinerzeit ausgerichtet hatte.

Herr Gladius Felixianus empfing Herr Aulus Vitellius am Eingang der Villa mit allen gebührenden Ehren, ehe sich die Herren, von eifrigen Sklaven mit Unmengen an Delikatessen für den hohen Gast versehen, in einen abgeschlossenen Raum der Villa zurückzogen.

So abgeschlossen war dieser Raum allerdings nicht, dass gespitzte Sklavenohren nicht erfahren hätten, was dort gesprochen wurde, und schnelle Sklavenzungen die Neuigkeiten in Dorf und Schule verbreitet hätten:

Zur 814. Wiederkehr der Gründung der Stadt Roma am 21. April kommenden Jahres – insbesondere jedoch zu seinen eigenen Ehren – gedachte der göttliche Caesar Nero das Volk von Roma und des Imperiums mit besonders prachtvollen Spielen zu beglücken, welche ganze vier Wochen dauern sollten.

Massenkämpfe mit Tausenden von Beteiligten sollten geboten werden.

In der Naumarchie, der Wasserarena, wollte man die Seeschlacht von Actium nachstellen.

Wagenrennen im Circus Maximus mit Teilnehmern aus allen Provinzen des Reiches und glanzvolle Umzüge, Götteropfer – insbesondere natürlich für den caesarischen Gott Nero selbst – mit Abertausenden von Mitwirkenden und Ballette mit Hunderten von Tänzern waren geplant.

Man würde mindestens tausend Verbrecher, zusammengeholt aus ganz Italia, höchst fantasievoll ums Leben bringen.

Für die Tierhetzen schaffte man schon heute mit Schiffen und Landtransporten ungezählte schreckliche Bestien aus allen Teilen des Reiches heran, von Germanien bis Afrika, von Hispania bis Syria und weit darüber hinaus.

Die besten Akrobaten und Spaßmacher des Imperiums waren bereits verpflichtet worden.

Natürlich würde es auch reichlich kostenloses Korn, Brot und Wein für das Volk geben …

Und den Herrn Senatoren und Augustalen, den Reichen und Mächtigen Romas würde es eine Ehre sein, diese Spiele zu finanzieren.

Einer der Höhepunkte dieser Spiele würden, selbstverständlich, die Gladiatorenkämpfe werden!

Fast an jedem Tag würden solche Kämpfe stattfinden, jedoch in der Mehrzahl »mit Gladiatoren zweiter Klasse« besetzt, wie der hochedle Herr Aulus Vitellius kichernd anfügte, »da das Viehvolk ohnehin die feinen Unterschiede kaum bemerkt!«

Bei vier Veranstaltungen, je eine pro Woche der Festlichkeiten, »die der göttliche Caesar Nero höchstpersönlich mit seiner Anwesenheit beehren wird«, sollten allerdings die »wahrhaften Helden der Arena« gegeneinander antreten.

Und so überbringe er, der alleredelste Herr Aulus Vitellius, uns, der Schule Felix Felix zu Puteoli, die Einladung des göttlichen Caesars Nero, uns mit vierzig Mann an diesen Kämpfen zu beteiligen!

»Ihren angeblichen *Dimachaerus* werdet Ihr uns dabei gewiss nicht vorenthalten!«, keckerte der ehemalige Schließmuskel-Künstler. »Derlei Besonderheiten liiiiiebt das Volk!«

Selbst wenn er es gewollt hätte, so hätte Herr Gladius Felixianus diese »Einladung« unmöglich ausschlagen können.

Zum einen konnte Felix Felix, wenn es seinen Ruf als eine der besten Gladiatorenschulen des Imperiums wahren wollte, solch eine Einladung gar nicht ausschlagen.

Zum anderen war solch eine Einladung, wenn auch höflich verbrämt, nichts weiter als ein klarer Befehl des göttlichen Caesars, dem niemand widersprechen durfte.

Und zum dritten stimmte die Kasse, denn Herr Aulus Vitellius hatte die wahrhaft horrende Geldforderung unseres Herrn, ohne mit der Wimper zu zucken, akzeptiert.

Jedoch, um es vorab zu sagen: Das Jahr 813 *ab urbe condita* war für Felix Felix das wohl schwierigste Jahr seiner Geschichte. Das Jahr 814 jedoch wäre durch die Einladung des göttlichen Caesars beinahe zur endgültigen Katastrophe geworden!

Kaum hatte am Spätnachmittag Herr Aulus Vitellius seine Fettmassen wieder in seine Kutsche gewälzt und war samt Tross in Richtung der eleganten Bäderstadt von Baiae verschwunden, als Herr Gladius Felixianus den Innersten Rat von Felix Felix zusammenrief – und dabei lauschte gewiss kein Sklavenohr, plapperte keine Sklavenzunge!

Dieser Innerste Rat bestand außer Herrn Gladius Felixianus selbst aus Amaranthus, dem Cheftrainer, Perikles, dem Herrn des Gymnasiums, Phiops, dem Prokurator, also dem Oberfinanzmann, und dem ägyptischen Arzt Amenophis.

Auch ich war erstmals dazu geladen.

Den Platz des *Summus Palus*, des »Höchsten Pfahls« – kürzer gesagt unseres Stargladiators –, der ebenfalls traditionell zum Innersten Rat gehörte, nahm diesmal Tarquinius ein.

Nigeralbus, der dritte Sohn des Amaranthus, hatte bislang diesen Platz besetzt. Seit jedoch Nigeralbus jedem weiblichen, mitunter auch jungen männlichen Wesen nachhetzte, kaum noch einen Abend in Felix Felix verbrachte und regelmäßig erheblich zum Training zu spät erschien, es stattdessen vorzog, mit seinen so genannten Freunden wilde Saufgelage zu feiern, nächtens mit Lärm und geschmacklosen Streichen harmlose Bürger zu erschrecken, um dann am nächsten Tag seinen Rausch auszuschlafen, waren die Sorgenfalten im Gesicht von Amaranthus immer tiefer geworden. Auch unsere Jugendfreundschaft hatte sich, da ich sein wildes Treiben nicht mitmachen wollte, nach und nach etwas abgekühlt. Zwar war es keineswegs so, dass Nigeralbus sein Training und seine Pflichten wirklich ernsthaft vernachlässigt hätte. Er war, nach wie vor, ein überragender *Thraex*. Und er war mir, nach wie vor, ein wahrer Freund!

Zwar hatte Tarquinius erst einen einzigen Kampf zu Pompeii

siegreich bestanden, doch war es gerade der unbestechliche Amaranthus gewesen, der ihn nun an die Stelle des *Summus Palus* gesetzt hatte.

Nigeralbus hatte zu seiner Degradierung nur schallend gelacht und Tarquinius von Herzen zu dessen Beförderung gratuliert.

So war Nigeralbus eben: Er war nie einem Menschen böse – und niemand konnte ihm je wirklich böse sein. Er suchte das Leben von dessen schönster Seite zu genießen – Mädchen und sogar verheiratete Frauen, Wein, klassisch-griechische Theateraufführungen, schwelgerische Gelage, hübsche Knaben, wilde Ausritte, ernsthafte philosophische Diskussionen, dumme Streiche, Jagden, Faulenzen in den Bädern. Selbst das anstrengende Training und die Kämpfe in der Arena schien er ausschließlich als Abwechslung und Spaß zu betrachten. Er grinste, wenn er das Visier seines Gladiatorenhelmes verschloss, ehe er selbstbewusst in die Arena marschierte. Er grinste noch breiter, falls das überhaupt möglich war, wenn er es wieder öffnete, um eine Siegespalme oder einen Lorbeerkranz entgegenzunehmen – und wusste dabei wohl selbst am besten, dass dies alles eines Tages durchaus ein gewaltsames, blutiges Ende nehmen konnte.

Da saßen wir also: Herr Gladius Felixianus, Amaranthus, Phiops, Amenophis, Perikles, Tarquinius und ich.

»Die Einladung des Caesars ist außerordentlich ehrenvoll«, begann Herr Gladius Felixianus,

»Und außerordentlich lukrativ!«, fügte Phiops hinzu.

»Mit vierzig Gladiatoren setzt sie freilich auch hohe personelle Ansprüche«, fügte Amaranthus sofort hinzu.

Herr Gladius Felixianus winkte ab und fragte: »Wen haben wir?«

Amaranthus fauchte: »Zu wenige. Viel zu wenige!«

»Wen?«

»Als *Summus Palus*: Tarquinius – davon abgesehen, dass der göttliche Caesar Nero ihn ausdrücklich angefordert hat.«

Phiops, der perfekte Buchhalter, kritzelte auf eine Wachstafel die Nummer »I« und dahinter »*Dimachaerus*« und den Namen »Tarquinius«.

»Nigeralbus!«, rief ich. »Mag sein ausschweifendes Leben ihn augenblicklich auch behindern – er ist immer noch der Beste der Schule!«

»II. *Thraex*, Nigeralbus«, kritzelte Phiops.

»Serapis, Vercingetorix und natürlich ganz besonders Fulmina!«, setzte ich nach.

»Serapis«, analysierte Amaranthus, »ist ein ruhiger, besonnenerer, zwar nicht brillanter, aber stets zuverlässiger Kämpfer: Als *Primus Palus* ist er einwandfrei!«

»III. *Murmillo*, Serapis«, notierte Phiops.

Doch dann wurde ich korrigiert:

»Vercingetorix ist unzweifelhaft technisch erstklassig und tapfer«, stellte Amaranthus fest. »Aber er ist ein Kind! Ein sehr großes, sehr starkes, durchaus williges Kind mit blauen Augen. Im Kampf gegen einen Standardgegner wird er zweifellos der Sieger bleiben. Aber wenn sein Gegenüber ein bisschen Schlauheit oder Fantasie entwickelt, ist er verloren! Trotzdem«, meinte der riesige Neger, »ist er einer der Besten, die wir in Felix Felix haben …«

»IV. *Essedarius*, Vercingetorix«, schrieb Phiops auf seine Tafel und versah die Eintragung mit einem Fragezeichen.

»Fulmina!«, rief ich.

»Könnt ihr auf jeden Fall für das nächste Dreivierteljahr vergessen«, mischte sich Amenophis trocken ein.

Auf unsere verblüfften Gesichter hin erklärte er:

»Sie ist schwanger!«

»Schwa…«, japste Phiops und glotzte den Arzt völlig verwirrt an.

Amenophis erklärte dies dem alten, zaundürren Prokurator in einfachsten Worten:

»Das Stängelchen eines Mannes macht im Bauch einer Frau nicht nur *Bums-bums*, es macht mitunter auch *Spritz-spritz*. Und daraus entstehen gelegentlich Kinderchen. Gewünschte und geliebte Kinderchen. Oder auch ungeliebte und unerwünschte Kinderchen. Auf jeden Fall ist Fulmina genau das passiert.«

Phiops schnaubte ärgerlich bei dieser Erklärung. Er war alt, ja, aber schließlich kein Eunuch …

»Wird sie bis Ende April nächsten Jahres wieder einsatzfähig sein?«, fragte Amaranthus nun mehr als besorgt.

»Medizinisch vermutlich ja«, meinte Amenophis. »Ob vom Training her, kann ich nicht beurteilen.«

»Falls sie nicht«, warf Tarquinius ein, »plötzlich ihr Mutterherz entdeckt und der Arena für immer den Rücken kehrt. Bei Fulmina weiß man schließlich nie genau, was sie tun wird.«

Phiops schrieb hinter ihren Namen drei große Fragezeichen, zögerte und meinte dann: »Auch wenn er jetzt andere Aufgaben hat, so stünde ja auch noch Scorpio im Rang eines *Primus Palus* …«

»Ich stehe der Schule zur Verfügung, wo immer sie mich braucht!«, erklärte ich sofort.

Herr Gladius Felixianus runzelte zwar die Stirn, gab aber notgedrungen seine Zustimmung. Dann fragte er: »Und wen haben wir in der zweiten Reihe, am Secundus Palus?«

Vierzehn Namen wurden genannt und notiert.

Phiops, der getreuliche Buchhalter, zählte schließlich zusammen:

»Ein *Summus Palus*, vier, vielleicht fünf im Rang *Primus Palus*, zwölf Männer *Secundus Palus* – das sind allenfalls zwanzig Kämpfer, keine vierzig!«

Also kratzten wir ein weiteres Dutzend Namen zusammen von Leuten, die zwar noch keinen Rang hatten, die man aber einigermaßen guten Gewissens in die Arena schicken konnte.

Aber es fehlten immer noch acht.

»Wie viele von den Jungen, den Rekruten, könnten wir bis dahin noch entsprechend aufbauen?«, fragte Herr Gladius Felixianus.

»Ich hätte da fünf: Drei *Murmillones*, einen *Thraex* und einen *Provocator*«, zählte Amaranthus zusammen. »Vielleicht auch noch einen *Essedarius*.«

»Und ich«, setzte ich hinzu, »einen wirklich begabten *Secutor*, Dardanus, der mit sechzehn freilich noch sehr jung ist. Und einen ebenfalls erstklassigen *Retiarius* namens Purpureus, den wir vor einigen Monaten einer kleinen Schule in Pompaelo aus dem nördlichen Hispania abgekauft haben.«

»Dieses fette, kleine, kurzbeinige rosa Schweinchen?«, rief Tarquinius überrascht. »Wie ist denn der überhaupt unter die *Retiarii* geraten?«

»Nun«, gab ich zurück, »Schweinchen sind zwar fett und haben kurze Beine, aber sie sind trotzdem nicht nur ungeheuer flink, sondern auch äußerst intelligent! Ein schwerbewaffneter *Murmillo* oder *Thraex* kann viel mit Kraft und Masse und Panzerung ausrichten. In der Regel stehen sie sich in der klassischen Paarung einfach gegenüber und versuchen mit dem Stoßen ihrer Schilde und dem Stechen ihrer Schwerter den Gegner zu überwinden. Ein Leichtbewaffneter, ein *Hoplomachus* oder gar *Retiarius*, kann so nicht kämpfen. Er muss neben einem beweglichen Körper auch einen beweglichen Verstand haben, der den kleinsten Fehler seines wohlgepanzerten Gegenübers auszunutzen versteht!«

Amaranthus nickte: »Genau so ein Typ ist Purpureus!«

»Wenn du von ihm überzeugt bist: Also gut«, stimmte mir Herr Gladius Felixianus zu.

»Und genau deshalb habe ich«, fuhr ich fort, »bei dem zweiten noch denkbaren *Retiarius*, Exochus, Bedenken. Er ist zwar tapfer und technisch gut, aber mit seinem Gehirn ist es nicht allzu weit her ...«

Doch auch er wurde schließlich notgedrungen in dic Liste aufgenommen.

»Damit hätten wir wenigstens die benötigten vierzig Mann«, rechnete Phiops zusammen.

Wohl war uns bei der Sache freilich keineswegs! Zumal Herr Gladius Felixianus hatte schwerste Bedenken: Schon normalerweise wären wir im Augenblick eher knapp an gut ausgebildeten Kämpfern gewesen, und jetzt sollten wir wirklich alles, was irgendwie eine Waffe mit einigermaßen Verstand zu führen wusste, nach Roma schicken!

»Und ausgerechnet nach Roma!«, stöhnte Herr Gladius Felixianus.

»Nun ja«, meinte ich, »Roma ist die Hauptstadt des Imperiums, und es sind die Spiele des göttlichen Caesars Nero, aber …«

»Nichts aber!«, schnitt mir Herr Gladius Felixianus das Wort ab. »Du kennst Roma nicht, und schon gar nicht seine Arenen! Sie sind das Inferno! Der römische Pöbel ist das gnadenloseste, blutrünstigste und bösartigste Geschmeiß, das du dir überhaupt vorstellen kannst! Die Krawalle in der Arena von Pompeii fielen auf, weil Pompeii normalerweise eine ruhige, freundliche Provinzstadt ist – in Roma würden sie als ganz normaler, eher langweiliger Tag gelten. Und in diesen Hexenkessel sollen wir mit Männern gehen, von denen die Hälfte noch wenig, etliche überhaupt noch keine Arena-Erfahrung haben!«

Dann fasste Herr Gladius Felixianus einen Entschluss:

»Wir werden nur mit den guten und erfahrenen zwanzig Mann in Roma antreten!«

»Das geht nicht«, widersprach Phiops sofort.

»Ich scheiße auf den Wunsch Caesars!«, polterte der Herr. »Wir betreiben zwar ein Geschäft, bei dem wir stets den Tod unserer Männer riskieren. Aber ich lasse nicht mindestens die Hälfte meiner Leute zum Gaudium des römischen Gesindels einfach massakrieren!«

»Es geht trotzdem nicht«, beharrte der ägyptische Prokurator.

»Caesar Nero kann mich mit seiner vergöttlichten Zunge mal kreuzweise …!«, brüllte Herr Gladius Felixianus aufgebracht.

»Es geht nicht um den göttlichen Caesar und seine Wünsche«, fiel ihm Phiops ins Wort. »Es geht um Geld!«

Geld?

»Wir brauchen das Geld mehr als dringend, wenn Felix Felix nicht demnächst in Konkurs gehen soll!«, fuhr Phiops ernst fort. »Die Einladung Caesars für die Spiele im nächsten April und Juni sind ein wahres Göttergeschenk, das uns rettet. Aber wir brauchen jeden einzelnen As, den wir dabei verdienen können – also auch jeden einzelnen der vierzig erwünschten Männer, und wenn auch jeder einzelne davon den Tod finden sollte!«

Das war brutal! Doch Phiops, der altgediente, treue Prokurator von Felix Felix war ein viel zu aufrichtiger Mann, als dass irgendwer an seinen Worten gezweifelt hätte.

»Aber …«, versuchte Herr Gladius Felixianus einzuwenden, doch Phiops ließ ihn gar nicht erst zu Wort kommen:

»Wir alle wissen, was die Schule Tag für Tag, Woche für Woche, Monat für Monat an immensen Geldern verschlingt, so wie dein verehrter Adoptivvater und du sie führen.«

»Und daran wird sich auch nichts ändern!«, erklärte Herr Gladius Felixianus kategorisch.

»Ich sage ja auch gar nichts dagegen«, brummte der Ägypter. »Ich stelle lediglich eine Tatsache fest.«

»Aber wir haben doch die Güter …«, versuchte Perikles den Prokurator zu beruhigen.

Doch Phiops schüttelte den Kopf: »Die Güter dienen vor allem der Versorgung der Schule mit Getreide, Fleisch, Gemüse und Wein. Gewinne außerhalb machen sie kaum. Dagegen ist auch nichts zu sagen, denn es ist ja eben die Schule, welche die Gewinne für Felix Felix hereinbringt.«

»Und weshalb sollte sie dies nicht weiter tun?«, fragte Herr Gladius Felixianus gereizt.

»Sie wird es schon wieder tun«, beruhigte ihn Phiops. »Aber ein Jahr mit so gut wie keinen Einnahmen …«

»So gut wie keinen Einnahmen?«, echote der Herr verblüfft.

»So ist es«, bestätigte der Prokurator. »In Pompeii haben unsere Gladiatoren zwar mit ihrem Können und ihren Siegen geglänzt, wie man mir berichtete, aber finanziell war es ein Fiasko! Der edle Senator Lucretius Satrius Valens nebst Sohn – mögen ihre Seelen im Orcus Sisyphos und Tantalos Gesellschaft leisten – hat wie üblich zunächst nur die Hälfte der vereinbarten Mietsumme für unsere Gladiatoren bezahlt. Der Rest sollte, ebenfalls wie üblich, am Ende der Spiele folgen. Als die Krawalle ausbrachen, haben der erhabene Senator und sein Sohn alles, aber auch alles, worauf man vielleicht hätte die Hand legen können, dem Gierschlund Lucius Caecilius Jucundus verkauft. Gegen Jucundus kann ich nicht vorgehen, denn die Landgüter, Häuser, Sklaven und der Rest sind sein unbestreitbar rechtmäßig erworbenes Eigentum – er schuldet uns keinen As. Und der Herr Senator mit Sohn sind unauffindbar verschwunden.

Dazu kam, dass du, lieber Gladius Felixianus, trotzdem angeordnet hast, den siegreichen Gladiatoren ihre Siegprämien in voller Höhe auszuzahlen, auch wenn du selbst von diesen nie einen Kupfer-As gesehen hast.«

»Und so werde ich es auch in Zukunft halten!«, fuhr unser Herr dazwischen. »Die Männer haben für Felix Felix gekämpft, ihr Leben riskiert und gesiegt – so sollen und müssen sie auch ihre Prämie bekommen!«

»Auch dagegen sage ich grundsätzlich ja gar nichts«, winkte Phiops ab. »Ich versuche ja nur zu erklären, dass die Spiele zu Pompeii unter dem Strich für Felix Felix eben einmal genau absolut lächerliche 44268 Sesterzen eingebracht haben, Wettgewinne eingeschlossen …«

Das war mehr als lächerlich!

Doch so leicht ließ sich Herr Gladius Felixianus nicht von seiner Linie abbringen.

»Also gut«, stellte er fest. »Pompeii war finanziell ein böser Reinfall. Aber so schlimm war der nun auch wieder nicht, dass er nicht durch die anderen Spiele, zu denen Kämpfer von Felix Felix angeworben wurden, ausgeglichen werden könnte – wir haben derlei schließlich schon öfter erlebt!«

»Welche Spiele?«, fragte Phiops trocken dagegen. »Nach den Krawallen in Pompeii wurden nahezu alle anderen Ludi im ganzen Süden Italias abgesagt aus Angst vor ähnlichen Vorfällen. Der Rest sind die Spiele in Neapolis Mitte September, und Spiele – Spiel*chen*, bei denen eben einmal vier unserer Leute auftreten können – Anfang Oktober in Brundisium. Das war es! Die Einnahmen aus diesen Spielen decken bestenfalls die Kosten der Schule für zwei Monate, aber ganz gewiss für keinen Tag länger.«

Das war nicht nur schlimm, das war in der Tat bedrohlich!

»Und was ist mit Spielen in den Provinzen?«, wagte sich Perikles vor.

Herr Gladius Felixianus zuckte resigniert mit den Schultern: »Im germanischen Colonia Agrippina, im lusitanischen Olisipo oder im syrischen Palmyra würde man uns die Füße küssen und Spitzengagen zahlen, wenn wir ein paar unserer Kämpfer dorthin zu irgendwelchen Spielen irgendwelcher besserer Beamter schicken würden. Gewiss! Aber die Reisen wären kaum ungefährlicher als ein Kampf in der Arena, und sie würden mindestens ein halbes Jahr dauern; nach den Nordprovinzen, wenn die Alpen im Winter kaum passierbar sind, vielleicht sogar noch länger.«

Zumindest Letzteres konnte ich aus eigener Erfahrung bestätigen.

»Dann müssen wir eben unsere Reserven angreifen. Sperre deine Geldtruhen auf, Phiops!«, wies Herr Gladius Felixianus den Prokurator an.

»Welche Geldtruhen?«, fragte Phiops hilflos. »Natürlich haben wir gewisse Geldreserven. Zwei oder drei Monate können wir mit ihnen überbrücken, wenn wir eisern sparen.«

»Ist das alles?« Herr Gladius Felixianus war nun wirklich erschrocken.

»Vergib mir!«, stammelte der Ägypter. »Es war immer das Geschäftsprinzip des verstorbenen Herrn Gaius Sempronius Felix gewesen, und du hast daran nie etwas geändert, dass Gewinne nicht gehortet, sondern investiert wurden: in neue Ländereien, Viehherden, Bauten, Sklaven, Gladiatoren. Das Geld sollte nicht irgendwo Staub ansetzen, sondern Felix Felix weitere Gewinne bringen. Das war die Meinung von Herrn Gaius Sempronius Felix und, so wie ich das bislang verstanden habe, auch deine. Dass die Schule, bis auf die Fische, heute vollständig in ihrer Versorgung autark ist, verdankt sie diesem Prinzip.«

»Und das ist auch in Ordnung so!«, bestätigte Herr Gladius Felixianus und fuhr dann fort: »Vier Monate können wir also vernünftig überleben. Wie finanzieren wir die fehlenden acht Monate, bis das caesarische Geld kommt?«

»Zunächst vor allem keine neuen Einkäufe von Nachwuchs-

Gladiatoren. Das ist einer der kostspieligsten Posten«, stellte Phiops fest.

»Kommt überhaupt nicht in Frage!«, rief Amaranthus dazwischen. »Wir waren da ohnehin in den letzten Jahren ein wenig nachlässig mit dem Resultat, dass wir jetzt mit Müh und Not die benötigten vierzig Kämpfer zusammenbekommen! Nein, nein, nein! Gerade jetzt brauchen wir dringend neue Leute, wenn wir nicht in zwei oder drei Jahren völlig ohne brauchbare Gladiatoren dastehen wollen!«

»Amaranthus hat Recht!«, bestätigte Herr Gladius Felixianus. »Zumal uns – und da dürfen wir uns nichts vormachen – Roma einen hohen Blutzoll kosten wird! Roma wird uns allerdings auch, so wir einigermaßen ordentlich abschneiden, endgültig unter den besten Schulen des Imperiums etablieren, samt entsprechend lukrativen Angeboten aus allen Teilen des Reiches. Wir müssen in junge Talente investieren! Dringender denn je!«

»Also noch mehr Geld ausgeben, das wir augenblicklich nicht haben«, seufzte Phiops und versuchte weitere Möglichkeiten zur Einsparung oder Geldbeschaffung darzulegen:

»Wenn wir beim Abendessen auf Fisch und Meeresfrüchte, die wir zukaufen müssen, verzichten …«

»Ich lasse meine Leute nicht hungern!«, fauchte der Herr dazwischen.

»… Wenn wir vorläufig keine neuen kostspieligen Rüstungsteile und Waffen anschaffen und die teuren Pferde verkaufen …«

»Wenn wir rechtzeitig aufbrechen, könnten wir ja auch zu Fuß nach Roma laufen und unsere Ausrüstung auf dem Rücken schleppen!«, brüllte Herr Gladius Felixianus ungehalten. »Wenn wir wie zerlumpte Bettler in die Arenen kriechen – was für ein glorreicher Anblick! Was für ein Ruhm für Felix Felix!

Und wenn du jetzt noch vorschlägst, Phiops, dass wir ja einige unserer besseren Gladiatoren an andere Schulen verkaufen könnten, weil das vermutlich das meiste Geld einbringt – die Besten könnten wir ohnehin nicht verkaufen, weil das freie Männer sind –, dann kündige ich dir unsere langjährige Freundschaft!«

Phiops hob nur abwehrend die Hände, musste dann aber doch

grinsen, als er erkannte, dass Herr Gladius Felixianus nie wirklich angenommen hatte, er könne solch einen irrwitzigen Vorschlag machen.

»Wenn wir ein paar Landgüter, Weinberge und Herden abstoßen«, versuchte Phiops immer noch tapfer vorzuschlagen.

»Weshalb nageln wir nicht gleich ein großes Schild über das Eingangstor von Felix Felix mit der Aufschrift: ›Wir suchen dringend Geld. Haben derzeit keines.‹?«, schimpfte der Herr.

»Und weshalb suchst du Rat, wenn du doch keinen annehmen willst?«, murrte der treue Prokurator.

Herr Gladius Felixianus legte dem alten Ägypter freundschaftlich den Arm um die Schulter:

»Verzeih! Ich bin Gladiator – ein wenig in die Jahre gekommen zwar, aber ich will und werde wohl auch nie etwas anderes sein. Wir werden diese Krise meistern! Und an ihrem Ende werden wir glänzender und größer dastehen als je zuvor!«

Wir hatten, es war inzwischen tief in der Nacht, den Innersten Rat ohne endgültige, greifbare Ergebnisse aufgelöst.

Eines stand allerdings fest: Wir würden mit vierzig Gladiatoren nach Roma gehen – gehen müssen.

Dann waren wir heimgekehrt und hatten, zumindest ich und vermutlich auch alle anderen, schlecht geschlafen.

Doch wie hatte Herr Gladius Felixianus gesagt?

Er sei immer noch ein Gladiator! Das hieß nichts anderes als: Er würde vielleicht an einer tödlichen Wunde, vielleicht sogar durch einen Stich in die Kehle untergehen. Niemals jedoch ohne Kampf!

Am nächsten Morgen forderte mich Herr Gladius Felixianus auf: »Begleite mich nach Pompeii.«

Am Abend trafen wir in dem Haus nahe der Porta Stabiana ein.

Der Verwalter des Hauses, Maurus, empfing uns überrascht, aber ohne jedes Zeichen von Nervosität. Auch Maurus, ursprünglich aus dem Norden Africas stammend, war einst *Hoplomachus* in der *Familia Gladiatoria* Felix Felix gewesen, ehe er sich freikaufen konnte und der Arena unverzüglich den Rücken gekehrt hatte. Da er seinerzeit, nach dem Bezahlen seiner eiligst zusammengesparten Freiheit, praktisch mittellos war, hatte er mit beiden Händen zugegriffen, als ihm Herr Gladius Felixianus den Posten als Verwalter des Hauses in Pompeii anbot. Damals muss der allenfalls mittelgroße Maurus durchaus drahtig gewesen sein, inzwischen zierte ein beachtlicher Speckgürtel seine Leibesmitte. Zusammen mit seiner Frau Afra, einer Freigelassenen aus Judaea, seinen beiden Töchtern und den beiden Schwiegersöhnen nebst sechs Sklaven hielt er das Stadthaus in Pompeii in Schuss.

Natürlich war Maurus überzeugt, Herr Gladius Felixianus sei zu einer überraschenden Kontrolle erschienen, und ohne das geringste Zögern war er bereit, dem Herrn auch die letzte und hinterste Vorratskammer und das bescheidenste Sklavenzimmer des vorbildlich geführten Hauses zur Inspektion zu öffnen.

Doch Herr Gladius Felixianus hatte ganz andere Dinge im Kopf.

So hastete Maurus am nächsten Morgen nach einer kurzen Besprechung mit dem Herrn und angetan mit seiner besten Tunika in die Stadt, kehrte nach etwa zwei Stunden zurück, erhielt neue Anweisungen und verschwand wieder.

Kurz nach Mittag, nachdem Maurus erneut zurückgekehrt war und Bericht erstattet hatte, teilte mir Herr Gladius Felixianus mit, dass wir zur vierten Nachmittagsstunde von Herrn Lucius Caecilius Jucundus in dessen Haus nahe der Porta Vesuviana, dem Vesuv-Tor, erwartet würden.

Mir war schlagartig klar, was das bedeutete: Herr Gladius Felixianus wollte versuchen, einen Kredit aufzutreiben, mit dem wir Felix Felix bis zu den Spielen in Roma über Wasser halten konnten.

Gleichzeitig fuhr mir ein eisiger Schreck in die Glieder.

»Muss es denn ausgerechnet Lucius Caecilius Jucundus sein? Der schlimmste Wucherer, Geizkragen und Halsabschneider in ganz Pompeii?«, fragte ich entsetzt.

Herr Gladius Felixianus nickte langsam:

»Gewiss ist Caecilius Jucundus ein Wucherer, Geizkragen und Halsabschneider, wie du sagst, und du darfst ruhig auch noch die Bezeichnung ›Gierschlund‹ anfügen. Aber er ist eben auch nicht nur der größte und reichste Bankier in weitem Umkreis, sondern auch vertrauenswürdig und zuverlässig. Er wird zwar, ohne mit der Wimper zu zucken, einen Kunden ruinieren, ihn sogar samt Frau und Kindern in die Sklaverei verkaufen, auch wenn seine Familie noch so vornehm sein mag, falls dieser Kunde seinen Verpflichtungen nicht nachkommt. Aber er wird ihn niemals betrügen!«

Als er meine zweifelnde Miene sah, fügte Herr Gladius Felixianus hinzu:

»Caecilius Jucundus ist nicht durch Zufall so groß geworden – und geblieben! Ein Gauner mag schnell und glanzvoll aufsteigen, aber er wird ebenso schnell und elend wieder abstürzen, wenn sich erst herumspricht, dass er nicht vertrauenswürdig ist. Caecilius Jucundus gilt ohne jede Frage als hemmungslos brutal und hemmungslos geldgierig. Aber er gilt auch als ebenso solide wie der capitolinische Hügel in Roma!«

So marschierten wir denn kurz vor der vierten Nachmittagsstunde über die breite Via Stabiana quer durch die Stadt der Porta Vesuviana zu.

Wir hatten gebadet, uns tadellos gekleidet, eine Kleinigkeit gegessen – Gladius Felixianus hatte darauf bestanden, auch wenn vor Aufregung mein Magen zwickte –, uns anlässlich des wichtigen Besuches sogar in Togen wickeln lassen, jene riesigen, unbequemen, kunstvoll drapierten Tücher, welche die Römer bei jedem ernsthafteren Anlass zu tragen pflegen. Entsprechend wohlhabende und bedeutende Herrn halten sich sogar eigene

Sklaven oder Sklavinnen, die den kunstvollen Faltenwurf ihrer Toga gestalten. Wir hatten uns mit der Kunst Afras, der Gemahlin des Maurus, zufrieden geben müssen.

»Die Toga ist nun einmal das Zeichen des freien römischen Bürgers«, hatte Herr Gladius Felixianus geseufzt, der dieses Kleidungsstück, das jede vernünftige Bewegung behindert, nicht ausstehen konnte.

Auch ich fand das Teil eindeutig grässlich! Vorsichtig fragte ich also, ob ich es denn wirklich tragen müsse. Herr Gladius Felixianus war nicht nur offizieller Bürger der Stadt Pompeii, sein Adoptivvater, Herr Gaius Sempronius Felix, hatte dafür gesorgt, dass ihm auch die Würde eines »römischen Bürgers« zuerkannt worden war. Er trug die Toga also voll zu Recht, wenn auch nicht die ›weiße‹ hoher Staatsdiener, sondern, nach seinem Geschmack, eine rostrote, freilich aus bestem Material gewebte. Ich hingegen war zwar ein freier Mann, aber keineswegs römischer Bürger und somit genau genommen gar nicht berechtigt, dieses überdimensionierte Betttuch zu tragen. Herr Gladius Felixianus hatte abgewunken. Die Vorschriften seien da recht fließend, meinte er. Solange ich nicht gerade in einer weißen Toga, möglichst noch mit den senatorischen Purpurstreifen herumlief, würde sich kein Mensch daran stoßen. Ihm hingegen sei es wichtig, keinerlei Zweifel daran aufkommen zu lassen, dass der künftige Prokurator von Felix Felix kein Sklave, sondern ein freier Mann sei, berechtigt, ernst zu nehmende und weitreichende Entscheidungen aus eigener Macht zu fällen.

Das Haus des Bankiers Lucius Caecilius Jucundus war groß, prächtig und zeugte unübersehbar von Reichtum – unser Haus an der Porta Stabiana war daran gemessen eine klägliche Hütte. Angenehm überraschte mich der sichere, keinesfalls protzig-neureiche Geschmack, mit dem es eingerichtet war, wie Gegenstände, Möbel und Wandmalereien bewiesen. Nur eine Herme, eine schmale, vierkantige, mannshohe Steinsäule, geschmückt oben mit dem lebensechten Portrait des Bankiers und in der Mitte mit dessen sorgsam aus dem Stein gemeißelten Geschlechtsteil, nötigte mich, mir ein Schmunzeln zu verkneifen.

Herr Lucius Caecilius Jucundus war ein kleiner, untersetzter Mann mit rundem Kopf, einer Knollennase, verkniffenem, schmalen Mund, kleinen stechenden Augen und bemerkenswerten Segelohren.

»Welch ein außerordentliches Vergnügen, Euch in meinem bescheidenen Heim begrüßen zu dürfen, edler Herr Sempronius Gaius Felixianus!«, rief der Bankier, als er uns im Atrium entgegen kam.

Dann fiel sein Blick auf mich.

»Der zukünftige Prokurator von Felix Felix: Herr Scorpio Felixianus«, stellte mich Gladius Felixianus vor.

Das »Felixianus« im Namen zu führen hatte mir der Herr erlaubt, seit ich zugestimmt hatte, mich als Nachfolger des Ägypters Phiops anlernen zu lassen. Das »Herr« hatte er spontan hinzugefügt. Dass dieser Name trotzdem mit der Toga eines römischen Bürgers nicht ganz zusammenpasste, übersah Herr Caecilius Jucundus höflich.

Wir wurden in einen fensterlosen, leicht stickigen Raum mit einem mächtigen Schreibtisch, einem Sessel dahinter und zwei Stühlen davor geleitet. Zunächst freilich waren Herrn Lucius Caecilius Jucundus unsere vorsichtigen, misstrauischen Blicke durch den Raum aufgefallen.

»Seid versichert, edle Herren, hier lauscht kein Sklavenohr, schwätzt keine Sklavenzunge! Kein Sklave würde es wagen, sich weniger als zehn große Schritte dem Besprechungsraum zu nähern, es sei denn, dass ich riefe«, erklärte der Bankier und winkte uns dabei nochmals hinaus ins Atrium.

»Die Götter«, fuhr er fort, »haben nach ihrem unerforschlichen Willen diese Sklavenwesen in der Tat menschenähnlich erschaffen. Sie haben ihnen sogar eine gewisse Merkfähigkeit, vor allem jedoch, dafür sei den Himmlischen gedankt, *Schmerz*fähigkeit mitgegeben. Seht Ihr Herren dort die herrliche ionische Säule, die den Balken zwischen Atrium und der Säulenhalle des Peristyls abstützt? Die Säulen stammen übrigens alle original aus alten, griechischen Tempeln …«

Also doch ein neureicher Protz, der lediglich einen hervorragenden Innenarchitekten zur Ausschmückung seines Heims beauftragt hatte, schoss es mir unwillkürlich durch den Kopf.

»... Und seht Ihr dort die Holzbalken im Eck, gut einen Klafter lang und handbreit auf handbreit im Geviert dick? Das Körbchen, aus dem der Griff eines Werkzeuges hervorragt?«

Wir sahen sie.

»Jedes jener Sklavenwesen, das sich während einer Besprechung mehr als zehn Schritt dem Besprechungsraum nähern sollte – und selbstverständlich auch jedes Wesen, das mir dies nicht unverzüglich meldet –, wird nackt ausgezogen, an jene wunderbare ionische Säule gefesselt und so gegeißelt, dass die Fetzen fliegen. Dann wird das Wesen zu Boden geworfen, seine Arme werden ausgestreckt und mit den Händen an einen dieser vorrätigen Balken genagelt – der Werkzeuggriff in dem Körbchen ist ein Hammer, sein Inhalt entsprechende Nägel. Anschließend wird das Ganze wieder auf die Beine gestellt und zur Porta Vesuviana hinausgetrieben, der Balken wird auf einem der dort wartenden Pfähle aufgesteckt und die Füße am Pfahl sinnvoll befestigt. Sorgsam bewacht dauert es, wie Ihr edlen Herren wisst, in der Regel nicht nur Stunden, sondern mitunter Tage, bis der Delinquent verendet.«

Herr Lucius Caecilius Jucundus zog die Winkel seines kleinen Mundes nach oben, was wohl ein Lächeln, zumindest ein Grinsen darstellen sollte.

»Den Göttern sei gedankt«, meinte er, »dass Sklaven wenigstens einigermaßen gelehrig sind! Somit genügt eine derartige Demonstration – nebst den Balken und dem Körbchen im Atrium – etwa einmal im Jahr, um ihr Merkvermögen wach zu halten. Mehr wäre ja auch finanziell unerträglich, denn Sklaven kosten schließlich Geld!

Also keine Sorge, edle Herren: Euer Geheimnis wird auch zukünftig allein mein Geheimnis sein!«

Während dieser Belehrung lernte ich den neureichen Herrn Lucius Caecilius Jucundus aus ganzem Herzen zu hassen!

Ich war als freier Mensch geboren worden, war es bis zu meinem vierzehnten Lebensjahr gewesen. Und auch nun war ich wieder ein freier Mann!

Aber war ich tatsächlich in den Jahren dazwischen nur ein halbmenschliches Sklavenwesen mit einer gewissen Merkfähigkeit und, den Göttern sei gedankt, einem nützlichen Schmerzempfinden – kurz gesagt ein seelenloses »Ding« – gewesen?

Mein tief sitzender Hass hat mich freilich nicht davon abgehalten, in den folgenden Jahren etliche, für beide Teile vorteilhafte Geschäfte mit Caecilius Jucundus abzuschließen. Dass auch er zu den noch Vermissten der großen Katastrophe zählt, erfüllt mich, hochedler Herr Plinius, weit weniger mit Schadenfreude als, zu meiner eigenen Überraschung, mit leisem Bedauern und Mitleid.

Dann saßen wir endgültig im Besprechungsraum Herr Lucius Caecilius Jucundus hinter seinem großen Schreibtisch gegenüber.

Zunächst stellte eine junge Sklavin zwei aus massivem Silber getriebene Becher nebst Krügen mit Wein, Wasser und Fruchtsaft, ein Körbchen mit frisch gebackenen Brötchen, Schälchen mit winzigen Wachteleiern, marinierten zarten Krebschen, kandierten exotischen Früchten, eingelegten Pfauenzungen, schon aufgebrochenen, frisch von der gallischen Atlantikküste in Spezialbehältern importierten Austern und einem kleinen Berg von schwarzen, saftigen aussehenden Kügelchen – »der Rogen einer seltenen Fischart aus den nördlichen Zuflüssen des Pontus Euxinus, des Schwarzen Meeres. Einfach köstlich! Ihr müsst sie unbedingt probieren!« – noch auf ein Tischchen zwischen unseren Stühlen, ehe sie geradezu fluchtartig den Raum verließ.

Der Bankier war sichtlich bestrebt, uns die Sache leicht zu machen:

»Ich bin mir klar darüber«, begann er, »dass die Spiele in Pompeii Anfang des Monats für Euch eine Katastrophe waren. Selbstverständlich nicht für Eure Gladiatoren, hochedle Herren, die mit Ruhm bedeckt die Arena verließen! Aber in finanzieller Hinsicht – der Gewinn dürfte fünfzigtausend Sesterzen wohl keinesfalls übersteigen …

Dann brachen Euch nahezu alle weiteren Spiele im Süden Italias und der Provinz Sicilia weg, weil die Editores Angst vor ähnlichen Krawallen haben – welch armselige Tröpfe!

Im Nordteil unserer Halbinsel und in der Provinz Gallia Cisalpina am Padus wurden dieses Jahr keine Eurer Gladiatoren gebucht, weil Eure Auftragsbücher bereits überfüllt waren und die Zahl Eurer wahrlich guten Kämpfer im Augenblick ohnehin ein bisschen niedrig ist – hier kann man Euch den Vorwurf einer gewissen Kurzsichtigkeit nicht restlos ersparen.

Doch nun winken im nächsten Spätfrühjahr ja die Spiele unseres göttlichen Caesars in Roma, und sie werden Euch zweifellos wieder glanzvoll finanziell rehabilitieren!«

Woher wusste der Mensch das alles so genau?

Gab es doch ein Plappermaul in Felix Felix?

Nein, entschied ich. Der Mann uns gegenüber war ganz einfach ein brillanter, gerissener und bestinformierter Bankier. Ein schneller Seitenblick auf Herrn Gladius Felixianus bestätigte mir, dass auch dieser zu dem gleichen Schluss gekommen war.

»Und nun seid Ihr«, fuhr Herr Caecilius Jucundus unverdrossen fort, »augenblicklich in einem geringfügigen finanziellen Engpass …«

Geringfügig war zumindest die Untertreibung des Monats!

Doch auch Herr Gladius Felixianus war ein harter Verhandler und schlürfte laut schmatzend zunächst seine dritte Auster in den Mund.

Auf seinen blitzartigen Seitenblick stecke ich mir einen Löffel des schwarzen Fischrogens in den Mund und erklärte ehrlich:

»Exzellent! Eine Delikatesse wahrhaft würdig sogar der Tafel des göttlichen Caesars!«

»… auf der sie mangels entsprechender Beziehungen immer noch fehlt!«, meinte Herr Caecilius Jucundus und verzog seine Mundwinkel wieder zu dem, was er als Lächeln oder auch nur Grinsen verstand.

»Ich könnte ad hoc eine halbe Million Sesterzen für Euch bereitstellen, ab nächstem Monat auf Wunsch bis zu zehn Millionen«, fuhr der Bankier fort und fügte hinzu: »Da ich Euch wahrlich schätze und mir Eure Gladiatoren so manche vergnügliche Stunde bereitet haben, würde ich Euch – aber verratet dies ja keinem meiner anderen Schuldner – im ersten Jahr läppische fünfzig Prozent Zins anrechnen. Und selbstverständlich werde ich nur jene Summe berechnen, die Ihr tatsächlich abruft …

Solltet Ihr mit der Abzahlung ein wenig länger brauchen – aber nach den Spielen in Roma werdet Ihr das ohnehin nicht nötig haben –, so ist dies ebenfalls nicht das mindeste Problem: In diesem Fall wäre ich nur leider gezwungen, meine sonst auch üblichen Jahreszinsen von einhundertfünfzig Prozent zu verlangen.«

Das war nicht nur Wucher, das war eine übelste Erpressung!

Herr Gladius Felixianus schlabberte freilich erst einmal seine vierte Auster. Trank dann einen Schluck unverwässerten Weins, was bei Herrn Jucundus ein altrömisch-missbilligendes Stirnrunzeln hervorrief. Fand eine in Honig eingelegte Kirsche eindeutig zu süß. Versuchte dann die Pfauenzungen und war, trotz des immensen Preises, nicht überzeugt. Knabberte an einem Brötchen. Trank noch einen Schluck Wein. Schaufelte dann probeweise einen hochgehäuften Löffel des schwarzen Fischrogens in seinen Mund und fand das Ergebnis offenkundig akzeptabel.

Mit leisem, innerem Vergnügen beobachtete ich, dass Herr Caecilius Jucundus während dieser kulinarischen Einlage zwar keineswegs äußerlich, doch eindeutig innerlich unruhig wurde. Hatte er da seine sündteuren Delikatessen an einen letztlich unwilligen Geschäftspartner verschwendet?

Endlich neigte Herr Gladius Felixianus langsam sein Haupt: »Einverstanden.«

Sofort hatte der Bankier wieder Oberwasser und schob seinen nächsten Vorschlag nach:

»Keine Zurückzahlung, geschweige Zinsen, falls Ihr mir einen noch auszuhandelnden Anteil von Felix Felix überschreibt …«

Herr Gladius Felixianus lachte brüllend über diesen gelungenen Scherz und schob noch ein paar weitere vollgehäufte Löffel des Fischrogens nach, an dem er Gefallen gefunden hatte. Schließlich schlug er, immer noch lachend, vor:

»Das müssen wir beide in der Arena auskämpfen! Stellt Euch vor: Ihr und ich als *Thraex* und *Murmillo*, Schild gegen Schild, Schwert gegen Schwert – und dem Sieger gehört Felix Felix!«

Herr Lucius Caecilius Jucundus zerrte die Winkel seines dünnen Mundes nach oben, um Heiterkeit zu signalisieren.

Dann riss er vehement an einer Schnur, die offenbar ein Signal an seine Sklaven auslöste.

Wenige Augenblicke später streckte ein grauhäutiges Individuum seinen Kopf durch die Tür. Es wurde angewiesen, die offenkundig bereits vorbereiteten Dokumente – Caecilius Jucundus war eben wahrhaft unbestreitbar ein erstklassiger, bestens informierter Bankier – zur Stelle zu schaffen.

Herr Gladius Felixianus las das Pergament sorgfältig durch, ohne eine zu beanstandende Stelle zu finden.

Er tropfte Siegelwachs auf das Schriftstück, drückte seinen Wappenring hinein, unterschrieb und schob mir dann das Pergament herüber, damit auch ich meine Unterschrift leisten konnte – ich tat es, wenn auch ein wenig zittrig.

Felix Felix war also, wenn auch zu extrem – um nicht zu sagen: unanständig – hohem Zins, vorläufig gerettet.

Die in unserem Kalender verbliebenen Ludi in Neapolis im September und die eigentlich lächerlichen Spielchen in Brundisium Anfang Oktober, waren – welchen Göttern auch immer sei Dank – optimal verlaufen. Wir hatten fast ausschließlich unsere noch wenig erfahrenen Kämpfer, gar unsere Neulinge in die Arena geschickt, damit sie sich an grölendes Pöblikum, heißen, schon blutgetränkten Sand unter ihren Füßen, ernsthafte Gegner und mitunter keineswegs gerechte Schiedsrichter gewöhnen sollten. Jene, die nicht siegten, hatten ihre *Missio* erhalten, teils weil sie wirklich wacker gekämpft hatten, teils freilich auch, weil die Editores zu geizig waren, ihren Tod zu bezahlen.

Und dann hetzte ein Reiter Mitte Oktober nach Felix Felix:

Herr Paulus Histicus Verus, der Proconsul der Provinz Gallia Cisalpina, des Landes zwischen den Apenninen im Süden und den Alpen im Norden und dem mächtigen Strom Padus in der Mitte, mit Sitz in Verona, war ein Kenner exzellenter Gladiatorenspiele, an denen er auch sein Wahlvolk teilhaben lassen wollte. So hatte er ausschließlich Kämpfer aus den caesarischen Kasernen zu Capua, Roma und Bononia angeworben.

Doch Anfang des Monats, knapp vor den Spielen, war in der Kaserne zu Bononia eine Krankheit mit Erbrechen, Durchfall und Schwindel aufgetreten – ein Leiden, das Herr Paulus Histicus Verus auf gar keinen irgendwie gearteten Fall nach Verona einschleppen wollte.

So jagten seine Sendboten durch das Land, um entsprechenden Ersatz zu suchen, und gerieten so unweigerlich auch nach Felix Felix: Wenn man dem Herrn Proconsul seine Spiele rettete, so war er bereit, unbesehen Höchstpreise zu bezahlen. Nur schnell, schnell, ganz schnell müssten die Gladiatoren bereit sein, in seiner Arena anzutreten, denn bereits am 21. Oktober sollten und mussten seine Ludi beginnen.

Wir hetzten die gut ausgebaute Via Appia nach Roma, umgingen die Stadt, und weiter über die Via Cassia nach Norden. Allen voran der Signifer mit dem flatternden Banner unseres großen Katzenherren Felix Felix Magnus. Dahinter Herr Gladius Felixianus, Amaranthus, Tarquinius, ich und elf Gladiatoren – wiederum hauptsächlich noch frische Leute, die Erfahrungen für ihren Auftritt in Roma sammeln sollten – und endlich unser Arzt Amenophis und einige Sklaven, die auf Packpferden unsere Ausrüstung mitführten. Weder Tarquinius noch ich sollten in Verona kämpfen, aber unser Etrusker sollte sich mit den Kampfstilen der verschiedenen caesarischen Gladiatorenschulen vertraut machen, denn aus jeder dieser Schulen mochte sein Gegner in Roma kommen.

Zu einem zumindest vorübergehenden Problem entwickelte sich Mykerinos, unser zweiter Arzt: An derartiges Reisen auf dem Rücken eines Pferdes anstatt in einer gemütlichen Kutsche nicht gewohnt, jammerte er unablässig ob der Unbequemlichkeit. Jeden Abend verbrauchte er dann Unmengen an Salben und Tinkturen, die er eigentlich zur Pflege verletzter Kämpfer mitführte, um die Qualen seines wundgescheuerten Hinterns und seiner Oberschenkel zu lindern. Tarquinius gab ihm schließlich den Rat, seine Hose mit den weichen Baumwolltüchern und -binden, die er als Verbände dabei hatte, auszustopfen. Wir grölten natürlich vor Vergnügen beim Anblick seiner unterhalb des Gürtels gewaltig aufgequollenen Hinterseite, doch als sich herausstellte, dass diese Polsterung tatsächlich half, ertrug der Arzt unseren Spott mit Gelassenheit.

Erst als wir die Via Aurelia, die gut ausgebaute Fernstraße, verließen und die erheblich kürzere Strecke über Faesulae und quer durch die zerklüfteten Berge des Apennin wählten, begann er wieder zu quengeln; nicht nur über die Beschwerlichkeit des Weges durch enge Täler, düstere Wälder und enge Serpentinensteigungen, sondern dass dort auch noch Wölfe und Bären, gar Räuber, Wegelagerer und Mörder hausten.

»Her mit ihnen!«, schrie Dardanus, der blutjunge *Secutor*. »Ein bisschen Aufwärmen vor den Ludi in Verona ist genau das, was wir brauchen!«

Tatsächlich bekamen wir keinen Wolf, keinen Bären, geschweige einen Strauchdieb zu Gesicht. Nur der Weg war unbestreitbar beschwerlich und anstrengend und manchmal so schlecht, dass wir zu Fuß gehen und unsere Pferde am Zügel führen mussten.

Aber Eile war nun einmal geboten, wenn wir noch rechtzeitig vor den Spielen in Verona eintreffen wollten!

Bei Bononia stießen wir wieder auf die gut ausgebaute Via Aemilia, überquerten bei Hostilia mit einer Fähre den Padus, der seine lehmigen Wassermassen durch ausgedehnte Sumpfgebiete wälzte, und erreichten Verona tatsächlich drei Tage vor Beginn der Spiele.

Verona ist ein wichtiger Verkehrsknotenpunkt.

Von West nach Ost verläuft die Via Postumia von Gallia Transalpina und Mediolanum über Verona und weiter über Aquileia nach Dalmatia oder Noricum.

Von Süd nach Nord kommt hier die Via Aemilia von Roma

herauf und zieht sich unter dem Namen Via Claudia entlang des Flusses Atesis in die Berge hinauf, erreicht schließlich auf der anderen Seite der Alpen über Foetibus und Abodiacum die Stadt Augusta Vindelicum.

Verona selbst ist eine hübsche, betriebsame und höchst wohlhabende Stadt, beinahe ein kleines Pompeii des Nordens. Die Stadt lebt vom Handel und fast mehr noch von den Händlern. Sie lebt gut damit!

Fast jedes Haus beherbergt Kontore oder die Handwerksbetriebe von hauptsächlich Schmieden, Zeltmachern, Sattlern, Lederern, Stellmachern, Waffenhändlern, Hufschmieden und Pelzhändlern, die jedermann lautstark schildern, wie man in den Alpen und den nördlichen Provinzen, wohin niemals ein Strahl der Sonne dringe, sommers wie winters unfehlbar erfrieren würde, so man denn nicht durch ihre preiswerten, dichten und warmen Felle geschützt würde, welche auch die dort lebenden Eingeborenen als einzige Bekleidung trügen. Auch sei es dringend ratsam, sich zum Schutz gegen die unberechenbaren Barbaren dort gründlich mit Waffen zu versehen! Unbedingt notwendig seien kühne und erfahrene Führer, in Verona mühelos anzumieten, so man sich in den finsteren Wäldern der Alpen und Raetias nicht rettungslos verirren wolle. Zudem brauche man dringend entsprechende Mengen an magenfreundlichen Lebensmittelvorräten, wenn man nicht riskieren wolle, sich von Bären- und Wolfsfleisch, gar nur von Beeren und Wurzeln ernähren zu müssen – entsprechende zusätzliche Trosswagen nebst Maultier- oder Ochsengespannen könne man selbstverständlich ebenfalls durchaus kostengünstig hier erstehen! Und am allerliebsten hätten die Händler Veronas den verunsicherten Reisenden auch noch Wasser, Brennholz und Luft verkauft, um diese vor den grässlichsten Schrecken und Fährnissen jener Gegenden zu beschützen …

Veronas Händler logen, dass sich die Balken bogen, aber sie logen mit so viel Fantasie und Überzeugungskraft, dass ich mir manchmal auf die Zunge beißen musste, um nicht laut loszulachen.

Gut jedes dritte Haus der Stadt war eine Herberge – von der höchsten Luxusklasse, wo sich erschöpfte Reiche und Prominente auf seidenen Pfühlen erholen konnten, über eine solide Mittelklasse, wie wir sie bevorzugten, bis zu armseligen Unterkünften mit Massenschlafsälen, in denen man dankbar sein musste, wenn einen die Wanzen, Flöhe und Läuse in den muffigen Strohsäcken, die als Matratze dienten, nicht vollständig auffraßen oder aussaugten.

Überall gab es Tavernen, Garküchen, Wirtshäuser und auch etliche Speiselokale der besten Klasse, sodass der Durchreisende jede seiner Geldbörse angemessene Auswahl an Speisen hatte: angefangen beim »altrömischen« Puls-Brei-Fraß über leckere Lammkoteletts, duftenden Hammeleintopf mit grünen Bohnen und frisch gefangene oder geräucherte Forellen bis zu eingelegten Lärchen- oder Flamingozungen und exotischem, mit Eilkurieren herbeigeschafftem Meeresgetier.

An redlichen bemühten Ärzten, an oftmals sich geheimnisvoll gebenden Kräuterheilern für Mensch und Tier und an schlichten Scharlatanen und Schwindlern ihrer Zunft war kein Mangel. Auch Hellseher, Wahrsagerinnen, Magier, Hexen und Pythien hatten regen Zulauf von all jenen Fernreisenden, deren Zukunft naturgemäß so unbestimmt war. Einige wenige waren wirklich hervorragend, so man ihre Adressen kannte. Der erheblich größere Rest schwamm einfach schwindelnd auf der Welle der Nachfrage mit – für einen Augenblick vermeinte ich gar, auch Haica, die ehemalige Pythia von Felix Felix, erkannt zu haben …

Natürlich gab es auch Bordelle und Prostituierte aller Preisklassen, von der Nobelhetäre griechischen Stils bis zu jämmerlichen Nutten, die schon für ein paar Asse einen Mann ranließen.

Und natürlich gab es jede Menge Tempel und Weihestätten, in denen der Reisende zu den verschiedensten Göttern beten und der jeweiligen Priesterschaft seine Opfergaben überreichen konnte, die dann versprach, sich für die guten Geschäfte, das Wohlergehen der fernen Familie und die glückliche Heimkehr des Opfernden bei den jeweils zuständigen Himmlischen einzusetzen.

Und es gab selbstverständlich auch jede Menge Bettler, die winselnd erhofften, einen Brosamen von der oft abergläubischen Großzügigkeit der Durchreisenden zu erhaschen. Auch sie lebten nicht schlecht davon.

Außerdem verfügte Verona über großzügige Thermen, wo man sich den Staub, Dreck und Schweiß der Reise abwaschen und sich angemessen erholen konnte.

Und es verfügte über eine höchst ansehnliche Arena!

Der Proconsul der Provinz Gallia Cisalpina und Duumvir dieser Stadt, Herr Paulus Histicus Verus, war demnach politisch erheblich schwergewichtiger, als es sein offizielles Amt zu sein schien. Wozu noch kam, dass er als anderen Duumvir – nach dem Vorbild der Konsuln in Roma gab es stets zwei Männer im höchsten Amt, die sich gegenseitig beaufsichtigen und kontrollieren sollten – offensichtlich einen Trottel in das Amt gehievt hatte, was ihm weitgehende Freiheiten ließ. Mit Herrn Paulus Histicus Verus würde auf der politischen Bühne zweifellos noch zu rechnen sein …

Mit leiser Wehmut sah ich die Via Claudia sich entlang der Atesis nach Norden in die Alpen hineinschlängeln.

Dort auf der anderen Seite der Berge lebte meine Familie.

Wie es ihr wohl ging? Ob ich sie jemals wiedersehen würde? Ob ich ihr wenigstens eine Nachricht könnte zukommen lassen?

Bei den Spielen in Verona schlugen sich unsere Gladiatoren tadellos! Keiner wurde ernsthaft verletzt. Es gab etliche Palmen und sogar einen Kranz für den jungen *Secutor* Dardanus.

Herrn Paulus Histicus Verus, der Editor der Ludi, beglückwünschte uns überschwänglich zu unserer glänzenden Mannschaft! Ob er auch so voll des Lobes gewesen wäre, hätte er gewusst, dass wir praktisch ausschließlich mit Kämpfern angetreten waren, die kaum oder gar keine Arena-Erfahrung hatten? Vermutlich sogar ja, denn an deren Leistungen war nun wirklich nichts zu beanstanden.

Herr Gladius Felixianus war seit den Spielen in Neapolis, Brundisium und nun in Verona wieder einigermaßen guter Laune.

Auch die Stimmung unseres Cheftrainers, Amaranthus, hatte sich sichtlich gebessert!

Die ungewöhnlich lange und gründliche Ausbildung unserer Leute in Felix Felix trug deutliche Früchte und ließ die Aussichten bei den Spielen in Roma in nicht mehr ganz so düsterem Licht erscheinen.

Ein wirklicher Lichtblick war jedoch unser »rosa Schweinchen« Purpureus aus Pompaelo in Hispania.

Sein Gegner, ein athletisch gebauter *Secutor* aus der römischen Gladiatorenkaserne des Caesars, hatte in dem kleinen und vor allem unbestreitbar dicken Mann von Anfang an ein leichtes Opfer gesehen, dem mit seiner für einen *Retiarius* absolut unmöglichen Figur wohl rasch die Luft ausgehen würde.

Doch unser Schweinchen verfügte über die Flinkheit eben eines Schweinchens und jene Grazie, die manchen Dicken eigen ist. Er trippelte nach rechts, er trippelte nach links, duckte sich plötzlich, sodass der *Secutor* größte Mühe hatte, durch die kleinen Augenlöcher seines Visiers überhaupt den Bewegungen seines Gegners zu folgen.

Vor allem jedoch provozierte Purpureus den *Secutor* immer wieder zu heftigen Angriffen und kurzen Verfolgungsjagden – der kleine, fette Kerl musste doch zu erwischen sein! Doch das flinke Schweinchen war nicht zu kriegen, und so war es nach etwa zehn Minuten Kampf der Mann aus Roma, der unter seinem dicht geschlossenen Helm deutlich nach Luft rang.

Schweinchens Netzwurf – ich trainierte ihn darauf, wie ich selber mit der linken Hand zu werfen – ging zwar übel daneben. Doch dann gelang es ihm, wieder einmal aus dem Blickfeld des *Secutors* blitzartig abgetaucht, den rechten Fuß seines Gegners zu erwischen. Ein Stoß des Dreizacks von vorne gegen die Beinschiene des Mannes hätte diesen kaum zu erschüttern vermocht. Doch Purpureus hakelte das Quereisen, auf dem die drei Spitzen seiner Waffe sitzen, hinter die Ferse seines Gegners.

Schweinchen Purpureus stieß nicht zu. Er zog ruckartig an!

Der Fuß des *Secutors* flog nach vorne, der Mann krachte in den Sand der Arena, und Augenblicke später war auch seine Schwerthand zwischen den Zinken des Dreizacks am Boden festgenagelt. Der *Summa Rudis* ging mit seinem Stab dazwischen und brach den eindeutig entschiedenen Kampf ab.

Der Römer bekam seine *Missio* und Schweinchen Purpureus eine Palme – hätte er den Netzwurf nicht verpatzt, hätte daraus auch ein Lorbeerkranz werden können.

Herr Gladius Felixianus, Amaranthus, Tarquinius und ich waren begeistert!

Wir würden zwar, zumal ich als sein spezieller Trainer, über den Winter noch tüchtig mit ihm arbeiten müssen – sowohl an seiner persönlichen Taktik wie besonders auch mit dem Netz. Aber in unserem Hispanier steckte, da waren wir uns alle einig, eindeutig das Talent zu einem absoluten Spitzengladiator!

»Eppor?«

Herr Gladius Felixianus, Amaranthus, Tarquinius und ich waren während der uns widerwärtigen, vormittäglichen Tierhetzen und den mittäglichen, eher zweifelhaften Belustigungen auf dem zusätzlichen, provisorischen, bei Spielen üblichen Markt rund um die Arena von Verona unterwegs

Wir hielten nach jungen Sklaven Ausschau, die sich vielleicht als zukünftige Gladiatoren eignen könnten.

In den letzten Monaten hatten wir gut zwanzig davon mit dem geliehenen, unanständig hoch verzinsten Geld des Caecilius Jucundus eingekauft – Einkäufe, die freilich hoffentlich das Überleben von Felix Felix in der Zukunft zu sichern vermochten!

»Eppor!«

Ich benötigte etliche Sekunden, um zu begreifen, dass ich mit diesem hellen Ruf gemeint sein könnte – ich hörte nicht nur seit Jahren auf »Scorpio«, ich *war* »Scorpio«, der Skorpion mit dem dreifachen Stachel.

Als ich mich umdrehte, erblickte ich auf dem Podest eines Sklavenhändlers Digna!

Digna, jenes umso unendliche vier Jahre ältere Mädchen, das einst mit mir an den Karren des Clemens gekettet von Abodiacum nach Augusta Vindelicum geschleppt worden war. Der Haarkünstlerin, die hilflos geweint und gezittert hatte, dass man sie dort ans Kreuz schlagen würde, weil sie die Frisur Lullas, der Gemahlin des Centurio Quintus Fabricius, schuldlos verpfuscht hatte. Die junge Frau, die mich in den Minuten, nachdem ich verkauft worden war und meiner Fesseln schon ledig noch auf dem Sklavenpodest gehockt hatte, getröstet und beruhigt hatte, ehe Amaranthus mir damals meine neuen Kleider zuwarf und ich in ein neues Leben schritt.

Ich rempelte mich rücksichtslos durch die Menschenmenge, sprang hinauf auf das Podest, schloss sie in meine Arme.

Ihre übergroßen, grauen Augen waren damals, so erinnerte ich mich, fast ständig von Tränen verschleiert. Jetzt waren sie klar, und es lag sogar der Schimmer eines gewissen Trotzes darin, ehe eben doch wieder Tränen aufstiegen.

»Aufhören!«, sagte ich energisch.

Digna starrte mich an, und die Tränen versiegten.

»Eppor, wo hast du gesteckt? Was hast du erlebt? Bist du doch nicht in der Arena gestorben?«, raunte sie.

Mit kurzen Worten schilderte ich mein wohl zweifelsfrei glückhaftes Schicksal. Dann fragte ich: »Und du? Wie kommst du auf dieses Podest? Hast du schon wieder einmal die Farbmischung für die Haare deiner Herrin verpfuscht?«

Digna lachte herzlich. Es war das erste Mal, dass ich sie lachen hörte! Dann berichtete sie:

Von Augusta Vindelicum war sie an einen wohlhabenden Mann nach Carbodunum, der Hauptstadt Raetias, als Lustsklavin verkauft worden. »Allerdings war der Herr«, kicherte Digna, »rettungslos impotent. Selbst die erfahrenste Venus-Priesterin hätte seinen Schwengel nicht mehr beleben können!« Trotzdem hatte er versucht, sein Bestes zu geben. Daran war er wohl auch gestorben, und Digna war weit weg nach Virunum verkauft worden.

Die Käufer waren »Lotusblümchen« und sein geliebtes »Spätzlein« gewesen, dessen von Natur strähniges Haar sie zu kunstvollen Locken kringeln sollte, was ihr mehr oder minder sogar gelang. Als freilich in »Lotusblümchen« der Verdacht aufkeimte, dass »Spätzlein« möglicherweise nicht ausschließlich an seinem eigenen Geschlecht interessiert war, wurde Digna schleunigst wieder verkauft.

Der Gattin ihres nächsten Besitzers in Emona – eine ewig kränklich Frau, ewig jammernd, ewig klagend, ewig leidend, ewig geplagt von Kopf-, Hals-, Brust-, Rücken-, Bauch-, Lenden-, Bein- und sonstigen Schmerzen, von den jahrelangen Nachwirkungen der Geburt ihres einzigen Sprösslings ganz zu schweigen – war die junge, gesunde Digna ungeheuerlich gewesen. So wurde sie erneut verkauft. Diesmal nach Aquileia. »Und damit rückte ich Station um Station weiter nach Süden.«

Der Sklavenhändler hatte schon seit einer Weile unser leises, vertrauliches, eigentlich unzulässiges Geplauder beobachtet und warf uns finstere Blicke zu. Doch meine Toga, ochsenblutfarben und damit etliche Schattierungen dunkler als die von Herrn Gladius Felixianus, hielt ihn von energischeren Maßnahmen ab. Vielleicht war ich ja ein zahlungskräftiger Kunde …

»Der Herr in Aquileia, der leicht schmierige Besitzer einer gehobenen Herberge, betrachtete mich offenkundig ebenfalls als Lustsklavin, bis ich ihm mein Knie zwischen die Beine rammte. Den Anblick, als er sich wimmernd und kotzend, die Hände auf seine misshandelten Hoden gepresst auf dem Boden wälzte, werde ich so bald nicht vergessen«, lachte sie.

Als der Mann einigermaßen wieder auf den Beinen stehen konnte, hatte er Digna unverzüglich wieder verkauft.

»Das alte, kinderlose, durchaus wohlhabende Ehepaar, bei dem ich dann über zwei Jahre bleiben durfte, lebte in Verona«, berichtete Digna weiter. Sie waren offenbar freundliche, hilfsbereite, gütige Menschen, die einer religiösen Gruppe anhingen, die sich »Christiani« nannte. Der Gründer ihrer Gemeinschaft stammte offenbar aus Palästina und war wohl ein jüdischer *Rabbi*, ein Gesetzeslehrer, ein in den Überlieferungen und der Geschichte dieses Volkes bewanderter Mann. Er wurde vor etwa dreißig Jahren unter dem Statthalter von Judaea, Herrn Pontius Pilatus, von seinen eigenen Leuten als Unruhestifter und Gotteslästerer an die römischen Behörden ausgeliefert und gekreuzigt.

Digna hatte diese Lehre nicht angenommen, welche die Liebe zu allen Mitmenschen, Verzicht auf jede Form der Gewalt, Gleichheit aller Menschen – ob hochmögender Patrizier oder rechtloser Sklave –, aber auch Verzicht auf irdische Güter und Freuden predigte.

Digna gab offen zu, dass sie dieser Lehre durchaus einiges abgewinnen könne. In vielen Punkten konnte sogar ich dies, auch wenn ich, auch später, diese Lehre nie angenommen habe. Vielleicht – nicht vielleicht, sondern gewiss – hat mich da auch unser verehrter Freund Tarquinius beeinflusst, der in seinen späteren Lebenstagen zweifellos, dank seiner Gattin Lucia Aurelia Prisca, unstreitbar mehr Christianus als sonst irgendetwas war, sich jedoch beharrlich weigerte, sich zu ihrem Glauben zu bekennen.

Digna pflegte die alte Dame bis zu ihrem Tod. Den alten Herren, der seine Gemahlin zeitlebens über alles geliebt hatte, bis zu dessen Tod nur zwei Monate später.

Die beiden alten Herrschaften hatten sie freigelassen, ihr das nicht unbeträchtliche Vermögen vererbt, sie offiziell als Tochter adoptiert.

Einige der weiter verwandten Nichten und Neffen der alten Leutchen – manche davon hatten die beiden nie in ihrem Leben gesehen – fochten freilich energisch die Rechtmäßigkeit der entsprechenden Urkunden an. Und da jene reich, mächtig und von politischen Einfluss waren, stimmten ihnen die Richter zu.

Nicht einmal die in Verona hinterlegte Freilassungsurkunde half Digna, um sich vor dem Verkaufspodest des Sklavenhändlers zu retten.

»Wie viel?«, fragte ich den Sklavenhändler.

»Sie ist eine ausgebildete Haarkünstlerin, eine …«, begann der Händler zu salbadern.

»Wie viel?«

»Ääähm … Hunderttausend Sesterzen als Freundschaftspreis …«

Ich wusste bis zu diesem Moment nicht, dass mich irgendeine

Art von »Freundschaft« mit dem Händler verband, aber ich hätte vermutlich unter diesen Umständen zu jedem Preis ja gesagt.

Herr Gladius Felixianus, Amaranthus und Tarquinius waren inzwischen herangekommen.

»Immer noch deine Geliebte?«, fragte Amaranthus.

»Sie war nie ...«, brauste ich auf, und der riesige Neger winkte begütigend ab.

»Wie viel?«, fragte nun Herr Gladius Felixianus hart den Händler.

Der Preis sank schlagartig um fast die Hälfte auf sechzigtausend Sesterzen.

Doch der Herr erklärte unmissverständlich:

»Zu teuer. Viel zu teuer!«

»Wenn Ihr mir das Geld leiht, dann werde ich ...«, stieß ich hervor.

»Halt den Mund!«, stopfte mir Herr Gladius Felixianus den Rest des Satzes in den Mund. »Der zukünftige *Prokurator* von Felix Felix hat bei mir unbegrenzten Kredit. Aber ich leihe niemals einem *Gladiator* auch nur einen As, den er nicht vor den nächsten Spielen zurückzahlen kann, wie du weißt! Eine Unachtsamkeit in der Arena, und ich sehe mein Geld nie wieder ...« Das war ein ungeschriebenes, jedoch eisernes Gesetz in Felix Felix, und es war ohne Zweifel ein vernünftiges Gesetz.

Dann fragte der Herr ruhig:

»Was kann sie mir, einem Lanista und Besitzer einer hochgerühmten Gladiatorenschule, bieten, was ich noch nicht habe?«

Er wandte sich direkt an Digna:

»Wenn Scorpio einen vernünftigen Wunsch äußert, dann bin ich durchaus bereit, ihn zu erfüllen. Mädchen, nenne mir einen einzigen vernünftigen Grund, um dich zu kaufen, und ich werde es tun ...«

Digna starrte mich, Herrn Gladius Felixianus und Amaranthus hilflos an.

Dann fiel ihr Blick auf Tarquinius, der seine Haare inzwischen lang hatte nachwachsen lassen und über den Schultern versucht hatte, sie in »etruskische« Zöpfe zu drehen.

»Eure Frisur beispielsweise ist grausig – vergebt, edler

Herr –, sie ist allenfalls gut gemeint, jedoch rettungslos ungekonnt!«, stieß Digna atemlos hervor. »Man müsste zunächst das Haupthaar in winzige Zöpfchen flechten, ganz eng eines neben dem anderen. Und dann drei, besser sogar vier dieser Zöpfchen im Nacken öffnen und zu einer gut handlangen Locke zusammendrehen, die über die Schulter fällt – ganz so wie bei Eurem Original in Veio!« Digna hatte also offenbar irgendwo eine Kopie des Apollo von Veio gesehen.

Dann nahm sie Amaranthus ins Visier:

»Ihr solltet keine braune Tunika tragen, Herr! Kein Braun und kein Schwarz – sie passen nicht zu Eurer Hautfarbe.«

Der riesige Neger ließ vergnügt seine weißen Zähne blitzen.

»Und bei Eurer Haarfarbe solltet Ihr Euch entscheiden, ob sie nun schwarz oder grau sein soll«, fuhr Digna fort. »Wenn Ihr sie schwarz nachfärbt, so seht Ihr jünger und dynamischer aus, färbt Ihr sie völlig grau, so wirkt Ihr zwar älter, aber auch würdevoller. Aber dieser Mischmasch auf Eurem Kopf sieht nach gar nichts aus …«

Amaranthus lachte dröhnend los.

Während Digna mir immer wieder schnelle, flehende, hoffnungsvolle Blicke zuwarf, wandte sie sich Herrn Gladius Felixianus zu:

»Und Ihr, hochedler Herr …«

Tarquinius hatte unterdessen seinen Geldbeutel vom Gürtel gelöst, einen kurzen Blick hineingeworfen, ihn mit der Lederschnur wieder zugezogen und warf ihn jetzt dem wartenden Sklavenhändler zu:

»Gekauft! Schaff die nötigen Unterlagen zur Stelle!«

Der Sklavenhändler wieselte zu seinem Wagen, während wir Tarquinius verblüfft anstarrten.

Augenblicke später war der Händler zurück, überreichte Tarquinius ein Pergament. Der warf nicht einmal einen Blick darauf, sondern reichte es mir weiter:

»Sie gehört dir.«

Ich glotzte Tarquinius fassungslos an, der mir leicht die Hand auf die Schulter legte:

»Was sollte *ich* denn mit deiner Freundin anfangen, Stacheltier?«

In dieser Nacht in Verona hielt ich Digna zum ersten Mal in meinen Armen. Es war wie die Erfüllung eines Traumes, den man nie zu träumen gewagt hatte.

Der Altersunterschied zwischen dreizehn und siebzehn Jahren ist schier unüberbrückbar. Der zwischen achtzehn und zweiundzwanzig ist deutlich geschrumpft – und zehn Jahre später war er einfach nicht mehr vorhanden.

Die Rückreise nach Puteoli ließen wir ruhiger angehen, ritten über die tadellos ausgebauten Straßen über Parma und Pisae wieder nach Süden – für Digna hatten wir ein sanftes Maultier beschafft –, nahmen uns sogar die Zeit, in Veio das Original unseres Etruskers auf dem Tempelgiebel zu besichtigen. Nur um Roma machten wir einen Bogen, denn Herr Gladius Felixianus meinte: »In dieses Höllenloch werden wir noch früh genug kommen.«

Ganz eindeutig mochte er die Stadt nicht.

Und ich mag sie immer noch nicht, unabhängig davon, was dort geschehen sollte.

Zu Hause angekommen, wurden wir wie üblich stürmisch begrüßt und gefeiert.

Dann kehrte der Alltag wieder ein, und damit die Notwendigkeit, unsere Leute so optimal als möglich auf die Spiele in Roma vorzubereiten. Wir trainierten im Gymnasium und in der stinkenden Halle, bis uns der Schweiß in Bächen über den Körper floss. Schweinchen Purpureus schleuderte sein Netz Tausende von Malen linkshändig über einen Pfahl, später über eine Holzpuppe, die mit Schild und Helm grob einem *Secutor* nachgebildet war, und wurde zusehends treffsicherer. Serapis holte sich eine leichte Gehirnerschütterung, als ihm Nigeralbus allzu vehement sein hölzernes Übungsschwert auf den Helm drosch. Vercingetorix zog sich eine höchst schmerzhafte Muskelzerrung am linken Oberschenkel zu, die Amenophis erst nach sechs Wochen völlig auskuriert hatte, humpelte aber trotzdem tapfer während dieser Zeit Tag um Tag zum Training. Sogar Telemachos erschien wieder regelmäßig. Er würde zwar nie mehr eine Arena betreten, aber jungen Schwerbewaffneten Dutzende von Tricks im Kampf mit einem leichten *Hoplomachus* und diesen die Gegentricks beizubringen, sei er immer noch gut genug. Übungshelme wurden verbeult und in den Werkstätten wieder ausgebeult. Aberdutzende von Schilden zerdroschen, Hunderte von Holzschwertern zersplittert. Amaranthus, selbst Herr Gladius Felixianus stellten sich regelmäßig als Übungspartner unseren jungen Kämpfern zur Verfügung, brachten ihnen die letzten Feinheiten einer hochklassigen *Gladiatura* bei.

Sofort nach unserer Rückkehr war ich nach Puteoli geritten und hatte beim Quaestor die Freilassungsurkunde für Digna hinterlegt.

Im Dezember heirateten wir.

Angesichts der Tatsache, dass Urbana erst vor nicht allzu langer Zeit gestorben war, hatten wir ein eher stilles Fest beschlossen, nur im Kreis unserer engsten Freunde. Schule und Dorf machten uns da freilich einen dicken Strich durch die Rechnung: Alle wollten uns beglückwünschen, mit uns feiern, und so wurde es eben doch eine »große« Hochzeit, wenn auch nicht ganz so lautstark und ausgelassen wie sonst bei solchen Anlässen üblich.

Im Januar bekam Fulmina ihr Kind: Ein putzmunteres Büblein mit karottenrotem Flaum auf seinem Köpfchen.

Fulmina nannte das Kind Fulmen, »Blitz«, entdeckte, den Göttern sei dafür gedankt, jedoch nicht ihr Mutterherz, sondern stürzte sich kopfüber wieder in ihr altes Leben, dessen Angelpunkte Prügeln, Vögeln und Fressen waren.

Das Büblein Fulmen wurde von Olympia, der Gattin des Telemachos, herzlichst aufgenommen und wuchs somit als kleinerer Ziehbruder meiner Tochter Felicitas auf.

Natürlich wollte Digna die kleine Felicitas sofort zu uns nehmen, doch ein Kind, das Olympia einmal in den Arm genommen und an ihren gewaltigen, mütterlichen Busen gedrückt hatte, gab sie nicht wieder her. Also beließen wir es so, wie es war – eine richtige Entscheidung, denn wenige Monate später war Digna so sehr mit mir beschäftigt, dass sie kaum Zeit für das Kind gefunden hätte. Außerdem lagen unsere Häuser ja nur wenige Schritte auseinander, sodass Felicitas nie den Kontakt zu uns verlor und wir nicht zu ihr.

Digna selbst wurde schnell zu einer unentbehrlichen Beraterin der *Familia Gladiatoria* von Felix Felix.

Nachdem sie die Haare von Tarquinius in die rechte Form gebracht – er sah nun endgültig aus wie der Apollo von Veio –, die Haare von Amaranthus in würdevolles Grau gefärbt und sogar Herrn Gladius Felixianus dazu gebracht hatte, seinen üppigen Schnurrbart etwas zu kürzen und sich dafür einen kurz geschnittenen Vollbart zuzulegen, welcher seine Persönlichkeit noch mehr unterstrich, machte sie sich über unsere Kleidung und unsere Arena-Farben her:

In Puteoli, Neapolis und Pompeii hatte sie sich mehrere Büschel verschiedenfarbiger Tücher, abgestimmt in den feinsten Farbnuancen beschafft. Dann mussten wir uns auf einen Stuhl setzen, und Digna legte Tuch für Tuch um unseren Hals, begutachtete, erwog, verwarf oder stimmte zu.

»Jeder Mensch hat seine ganz bestimmten, ganz persönlichen Farben«, erklärte sie dazu. »Er wird mit ihnen geboren, und er stirbt mit ihnen. Diese Farben sind der Spiegel seiner Seele, seines Ichs! Trägt er sie, so unterstreicht er seine ganz eigene Persönlichkeit, bringt sie optimal ans Licht! Diese Farbpalette ist bei keinen zwei Menschen gleich. Manche Farben davon kann er großflächig tragen, andere nur als kleinen, akzentuierenden Farbtupfer.«

Herr Gladius Felixianus etwa hatte das von ihm bevorzugte Rostrot gut gewählt. Alle Rottöne von strahlendem Orange bis dunkel Rostbraun konnte er großflächig tragen – jedoch nie ein Rot mit Blaustich –, dazu ein tiefes Dunkelgrün oder auch Mitternachtsblau, die freilich niemals mehr als ein Drittel seiner Kleidung ausmachen sollten. Metallteile dürften niemals aus Silber oder Weißgold sein, denn Rotgold und, ja, auch Kupfer wären seine Farben.

Nigeralbus hatte stets seine Farben in Schwarz und Weiß gewählt. Gut so! Ein paar Tupfer, wirklich nur »Tupfer«, in Feuerrot würden dies noch besser hervorheben.

Mit Tarquinius gab es einen harten Kampf. Schwarz war ohne Zweifel seine persönliche Farbe. »Aber *kein* Gold!«, erklärte Digna bestimmt. Gold sei eindeutig zu weich, zu freundlich.

»Nimm stattdessen Silber! Wenn du ausschließlich in Schwarz und Silber in die Arena schreitest, dann wirkst du wahrlich wie die Personifizierung eines gnadenlosen Totengottes!«, rief sie.

Tarquinius wand sich wie ein Aal, brachte unzählige Gegenargumente vor, doch Digna blieb unerbittlich.

Und Tarquinius gab, schließlich überzeugt, nach. Allerdings verlangte er ungestüm, seine metallenen Rüstungsteile dürften nicht nur aus gut poliertem, silbrig glänzenden Stahl, sie müssten in der Tat echt versilbert sein!

Herr Gladius Felixianus schrie verzweifelt:

»Wenn ich das Phiops unterbreite, dann rauft er sich endgültig seine letzten drei Haarstränen aus!«

Natürlich bekam Tarquinius trotzdem seine echt versilberte Ausrüstung. Seine Geliebte in Baiae hatte eben einmal wieder aus ihrer offenbar unerschöpflichen Finanzquelle schöpfen müssen.

Ich habe einmal Tarquinius gefragt, ob es ihm nicht unangenehm sei, sich derart aushalten zu lassen. Doch der hatte nur verständnislos den Kopf geschüttelt:

»Ich gebe ihr, was sie in eineinhalb Jahrzehnten freudloser Ehe mit einem ältlichen, impotenten Geldsack nicht hatte. Das fällt mir nicht schwer, da sie immer noch jung und ausgesprochen hübsch ist. Und sie gibt mir das, was sie von jenem Geldsack im Übermaß geerbt hat und ich derzeit noch nicht habe, eben Geld. Wir beide wissen«, fuhr er fort, »dass dies keine Verbindung für die Ewigkeit ist. Doch so lange sie dauern mag zu gegenseitiger Lust und gegenseitigem Gewinn – was ist dagegen einzuwenden?«

Die wohl größte Leistung vollbrachte Digna freilich mit dem hispanischen Schweinchen Purpureus:

In seinem ganz persönlichen Farbfächer waren zwar auch eine Menge heller Farben, doch Digna riet ihm eher zu den dunklen, die seine Figur »strecken« würden.

»Nein!«, quietschte Purpureus, dessen Stimme ebenfalls irgendwie an ein Schweinchen erinnerte. »Mein wichtigster taktischer Vorteil besteht darin, dass mich jedermann unterschätzt! Je dicker, plumper und unbeholfener ich aussehe, umso besser!«

Das Resultat, das die beiden daraufhin erarbeiteten, war, schlicht gesagt, genial! Es begann beim Kopf und endete bei den Füßen.

»Beklage dich nie, wenn du in Zukunft wie ein Halbidiot aussiehst!«, warnte Digna nachdrücklich.

Purpureus schrie begeistert: »Lass mich, lieber noch, wie ein *Voll*idiot aussehen!«

Seine von Natur aus dunkelbraunen Haare wurden blond gefärbt, im Nacken und an den Schläfen hochrasiert und so geschnitten, dass sie wie ein struppiges Dach albern über seinem Kopf lagen. Seine Augenbrauen verschwanden bis auf zwei Büschelchen nahe der Nasenwurzel, und seine Augenwinkel wurden mit geschickten Schminkstrichen ein wenig abwärts gezogen, was ihm wahrlich einen reichlich dümmlichen Ausdruck verlieh.

Als *Retiarius* trug er keine Beinschienen, sondern nur Ledergamaschen. An ihrem oberen Ende stopfte diese Digna kräftig aus, sodass seine Füße noch kleiner, wirklich wie Schweinsfüßchen, wirkten.

Seine ohnehin recht rundliche Leibesmitte hatte sie mit einer dicken Schicht Baumwollbinden umwickelt, die Purpureus in seiner Beweglichkeit nicht behinderte, ihr jedoch zusätzliches Volumen gaben.

Über der harten, ledernen Leibhose, die bei uns allen unsere Geschlechtsteile schützen soll, hing wie eine Girlande ein extrem knappes Lendentuch, in den Farben Zartgelb und helles Sandfarben quergestreift.

»Längsstreifen und dunkle Farben strecken, Querstreifen und helle Farben machen breit«, erklärte Digna dazu. »In diesen hellen, farblich ausdrucksschwachen Querstreifen wirst du förmlich zerfließen!«

Gehalten wurde das Ganze von einem extrem breiten Gürtel, beschlagen mit hochpoliertem Messing, der seine Dicke zusätzlich noch hervorhob.

Als Purpureus sich erstmals komplett in diesem Aufzug sah, sich vor dem großen, blankpolierten Bronzespiegel hin und her drehte, jubelte er:

»Wenn ich solch einem Gegner in der Arena gegenübertreten müsste, ich würde ihn keinen Augenblick ernst nehmen! Ich würde mich, ehe der *Summa Rudis* eingreifen kann, schlicht totlachen!«

Dann nahm er Digna begeistert in die Arme, bedeckte sie mit schmatzenden, nassen Küssen, wobei er sich allerdings auf die Zehen stellen musste, denn sogar Digna war fast einen Kopf größer als er.

So ging der Winter eigentlich viel zu schnell vorüber.

Es wurde April.

Und damit war unerbittlich der Zeitpunkt für die Reise nach Roma zu den Spielen des göttlichen Caesars Nero gekommen.

INTERLUSIO

Roma

Summa Rudis

Roma ist zweifellos das genaue Gegenteil von Pompeii.

Die Stadt ist laut, schmutzig, stinkend, heruntergekommen, schrill und ausgesprochen bösartig.

Roma ist ein Moloch mit geschätzt – zählen kann man sie nicht – einer Million Einwohnern, von denen ein Gutteil an der Armutsgrenze oder gar darunter lebt und sich von öffentlichen Getreide- und anderen Staatsspenden mehr schlecht als recht durchbringt.

Diese Leute hausen zusammengepfercht in den *Insulae*, »Inseln«, genannten, oft mehr als zehnstöckigen Wohnblocks, die weite Teile der Stadt bedecken. Die fast immer überhöhten Mieten zahlen sie, so sie dies überhaupt können und nicht erneut der Staat einspringen muss, an Baulöwen, welche in aller Regel jene Insulae so schlampig und jämmerlich zusammengeschustert haben, dass nahezu jede Woche ein oder zwei davon zusammenbrechen und etliche ihrer Bewohner unter sich begraben.

Dabei habe ich, offen zugegeben, die wirklich schlimmen Insulae-Viertel etwa in der Subura niemals gesehen – in deren Gassen, geschweige die Häuser, wagte sich nicht einmal mehr die städtische Polizei, der man manches, aber gewiss nicht Feigheit vorwerfen kann!

Und mangels anderer, vernünftiger Beschäftigung betätigen sich diese Menschen als kreischender, blutrünstiger Mob, welcher die Zuschauerränge der Arenen füllt.

Krawalle mit Toten und Schwerverletzten sind in Roma so üblich, dass sie kaum bemerkt werden – nur im braven Pompeii waren sie so sehr eine Ausnahme, dass Caesar Nero ein zehnjähriges Spieleverbot über die Stadt verhängte.

Über Bettler stolpert man bei nahezu jedem Schritt, und ihre »Zunft« gehört zu den mächtigsten und reichsten der Stadt.

Kriminalität ist nahezu normal. Dass sich in jenen Mietskasernen, eng auf eng gepackt, Menschen gegenseitig totschlagen, dass sich dort regelmäßig die entsetzlichsten Familientragödien ereignen, ist irgendwie sogar verständlich. Die Polizei steht übelsten Schlägereien, gar Mord und Totschlag weitgehend hilflos gegenüber. Was sollte sie auch tun, wenn Frau Livia erklärt, nicht ihr Mann habe sie verprügelt, sondern sie sei nur die Treppe heruntergefallen; oder ihr Säugling sei im Schlaf erstickt, auch wenn dessen Köpfchen deutliche Schlagspuren aufweist?

Um normalen Diebstahl und Betrug oder auch Bedrohung und Erpressung kümmern sich in der Regel weder Polizei noch Richter. Sie entlassen Straftäter – so man sie denn überhaupt erwischt und ihnen ihr Vergehen nachweisen kann – meist mit einen freundlichen »Du solltest das aber wirklich nicht noch mal machen!«. Nur wenn es den Arenen an hinrichtungsfähigen Personen für die Mittagspause mangelt, werden schleunigst drastische, auf ihre Weise wohl ebenso ungerechte Strafen verhängt.

Einbrüche und Raubüberfälle, keineswegs nur bei Nacht, sondern oft am helllichten Tag begangen, sind in Roma an der Tagesordnung und werden nur in den seltensten Fällen geahndet. Wenn Banden – Jugendliche oder auch wohlorganisierte Ältere – durch die Straßen und Gassen ziehen, harmlose Passanten zusammenschlagen und ausrauben, ziehen es in den meisten Fällen Anwohner und Polizei vor, nichts gesehen und gehört zu haben.

Der Tiberis ist längst zweifellos der blutgetränkteste und am meisten Leichen führende Fluss der Welt: Hier werden nicht nur die Überreste der bei den Mittagsveranstaltungen in der Arena getöteten »Verbrecher« und die Leichen gefallener Gladiatoren, die keiner haben will, entsorgt, nebst den Kadavern der bei den Tierkämpfen erschlagenen »Bestien«, denen man nur vorher das kostbare Fell abgezogen hat. Jene immer noch verbissenen Flussfischer, die ihr Gewerbe einfach nicht aufgeben wollen, ziehen mittlerweile Tag für Tag mehr Ermordete als Fische aus dem trüben, von den Abwasserkanälen der Stadt verunreinigten, vergifteten Wasser – ihre gefangenen Fische essen sie selber schon lange nicht mehr …

Ihr, hochedler Herr Plinius Caecilius, mögt mir jetzt ankreiden, dass ich ausschließlich die negativen Seiten von Roma sehe oder sehen will.

Ganz so ist dies selbstverständlich nicht! Ich konnte nur nicht anders, als zunächst jene Seiten der Stadt zu erwähnen, die mir persönlich als erste aufgefallen sind …

Natürlich gibt es da auch das »andere« Roma! Das »strahlende« Roma! Das »marmorne« Roma, wie es die Besucher aus aller Welt sehen – es sehen wollen und sollen!

Müsste ich hier zuallererst den Mons Capitolinus beschreiben mit seinen prunkenden Tempeln, die der staatlichen Götterdreiheit Jupiter, Juno und Minerva geweiht sind? Die Tempel des Saturnus und Janus? Das Gehege der Wölfin – ja vielleicht tatsächlich eben dieses, denn die Urahnin jener heute dort lebenden Wölfin war, wie es heißt, die vergöttlichte Ziehmutter der Stadtgründer Romulus und Remus. Wer bin ich, daran zu zweifeln, wo doch der Katzenherr Felix Felix Magnus der Patron unserer Schule in Puteoli ist?

Soll ich das Forum beschreiben mit dem uralten Tempel der Vesta, wo heute noch das »Heilige Herdfeuer« des Reiches gehütet wird samt dem Kloster ihrer Dienerinnen, den sich auf dreißig Jahre zur unbedingten Keuschheit verpflichtenden Vestalinnen? Die prachtvollen Tempel und Basiliken? Die von bronzenen, in den Punierkriegen erbeuteten Schiffsschnäbeln geschmückte und nach diesen benannte »Rostra«, die öffentliche Rednerbühne? Oder die heilige Quelle der Nymphe Juturna und die Curia, wo der Senat tagt?

Soll ich sagen, dass dies immer noch das wahre Herz des Imperiums ist? Ein mittlerweile eher schwach schlagendes Herz, doch immer noch und trotzdem eben *das* Herz?

Soll ich von den riesigen Caesarenpalästen erzählen, die mittlerweile den Mons Palatinus überziehen?

Von den reichen und gepflegten Vierteln auf dem Mons Caelius und Mons Quirinalis oder jenseits des Tiberis auf dem Osthang des Mons Janiculus? Von der Insula Tiberiana im Fluss mit ihren uralten Gebäuden, wo einst der höchste Wissende des winzigen Stadtstaates Roma, der »Pontifex Maximus«, die Brücken über den Tiberis schlug und damit eine so unumgängliche Verkehrsader schuf? Der Brücken sind es inzwischen etliche, die jüngste der Pons Neronianus – doch keine davon kommt auch nur annähernd den Insula-Brücken an Bedeutung gleich.

Oder soll ich berichten vom Circus Maximus, jenem langgestreckten Riesenoval in der Senke zwischen dem Mons Palatinus und dem südlicher gelegenen Mons Aventinus, wo die von mir geliebten Wagenrennen ausgefochten werden?

Damals war der Circus noch ein Holzbau; denn die politisch Verantwortlichen hatten klugerweise einst bestimmt, dass derartige Stätten der Volksbelustigung nur von Fall zu Fall aufgebaut und danach wieder niedergelegt werden müssten. Mittlerweile hielt man sich freilich nicht mehr an diese Anordnung. Die Arena in Pompeii und auch jene in vielen anderen Städten, gar die großen Arenen, die Caesar Nero auf den Campi Vaticanii, den vaticanischen Feldern im Nordwesten der Stadt jenseits des Flusses Tiberis, errichten ließ, waren dauerhaft aus solidem Stein erbaut. Der Spiele waren es mittlerweile allzu viele, als dass jener gesetzlich vorgeschriebene Auf- und Abbau der Arenen noch irgendeinen Sinn gemacht hätte – zudem waren so viele dieser provisorischen Bauten unter den Besuchermassen zusammengebrochen, mit der Folge von Verletzten oder gar Toten, als dass man hätte auf der alten Regelung bestehen können.

Der Circus Maximus war zwar durchaus stabil, jedoch, wie gesagt, immer noch aus Holz gefertigt, und er stellte einen der Magnetpunkte für das Volk dar, das irgendwie noch ein paar Sesterzen ausgeben zu dürfen wähnte. Im Unterbau des Circus reihten sich Geschäft an Geschäft, Wahrsagerin an Wahrsagerin, Taverne an Taverne, wo Bier und billiger Wein ausgeschenkt wurden.

Muss ich sagen – doch auch dies wäre ja schon wieder »negativ« – dass dort unter dem Circus auch die jämmerlichsten Huren hausten, die schon für den Gegenwert von zwei Bechern dieses Weines bereit waren, die Schenkel zu spreizen?

Wie soll man eine Stadt beschreiben, die nicht zu beschreiben ist?

Roma, das ist höchster – mitunter höchst geschmackloser – Pomp und tatsächliche Kultur auf der einen, größte Armut und Verkommenheit auf der anderen Seite – vielfach nur durch die Breite einer Gasse voneinander getrennt.

Roma, das ist die rauschende Blütenpracht zumal im Frühling in den Gärten und Parks der Reichen und auch rund um die öffentlichen Gebäude. Und das sind die lichtlosen Schluchten zwischen den Insulae.

Roma, das sind die kristallklaren Wasser des Tiberis, die von den Albaner Bergen im Norden in die Stadt hereinfließen und sie als stinkende Kloake im Süden wieder verlassen.

Roma, das ist Stein gewordene Geschichte, genau so glanzvoll und elend, wie Geschichte eben zu sein pflegt.

Roma, das ist die Buntheit des Imperiums in jedem seiner Aspekte vom Größten bis zum Kleinsten, vom Schönsten bis zum Hässlichsten.

Was mir seinerzeit, als ich Roma erstmals betrat, jedoch am deutlichsten im Gedächtnis geblieben ist, waren die Geräusche der Stadt:

Tagsüber war es das ohrenbetäubende Rufen und Schreien von Händlern und Käufern, von Trägern und Handwerkern, den Flussschiffern auf dem Tiberis, von widerspenstigen Kindern und aufgebrachten Müttern, die ihre Familienmitglieder im Griff zu halten versuchten. Untermischt wurde dies vom Brüllen öffentlicher Ausrufer und dem Schimpfen überforderter Polizisten. Dazwischen gelegentlich die Stimmen von Rednern, die sich um irgendein öffentliches Amt bewarben, das Brüllen der »Bestien« für die kommenden Spiele, die weihevollen Gesänge aus den Tempeln oder das bösartige Kläffen magerer Hunde, die sich um einen Brocken Anfall stritten.

Gegen Abend erklangen dann oftmals fröhliche Lieder und das Pfeifen von Flöten, das rhythmische Klirren von Tamburinen und das Knattern von Kastagnetten aus den Tavernen, aber auch das Grölen und Randalieren von Besoffenen.

Und nachts das Poltern und Rumpeln ungezählter Wagen und Karren, hochbeladen mit Korn, Wein und Früchten aller Art, das Blöken und Meckern ganzer Rinder-, Schaf und Ziegenherden zur Versorgung der Bevölkerung, denen es tagsüber verboten war, die Stadt zu betreten, weil sie den Verkehr rettungslos zum Erliegen gebracht hätten.

Das erbarmungslos blutrünstige Kreischen und Heulen der Römer in den Arenen gellt mir noch heute in den Ohren.

Fast mehr noch als die Geräusche sind mir die Gerüche der Stadt in Erinnerung geblieben:

Damals im Frühling beziehungsweise Frühsommer schwebte ein unbeschreiblicher Duft nach Jasmin und Myrrhe und tausend Blüten aus den Gärten, Parks und öffentlichen Grünanlagen über der Stadt!

Am Tiberis wurde er gnadenlos verdrängt vom Aasgestank verfaulender Fische und verwesender Kadaver tierischer und menschlicher Herkunft.

Quer durch die ganze Stadt roch es lecker nach frischem Brot aus den Bäckereien und brutzelndem Fleisch und Fisch aus den unzähligen Garküchen, die es an nahezu jeder Straßenecke gab.

Die ärmeren Viertel rochen zunächst einmal einheitlich nach gekochtem Kohl – ich mag Kohl, doch seinen Geruch, zumal wenn er seit Jahrzehnten in den Hausmauern sitzt, schätze ich weniger.

Süße, schwere Weihrauchwolken aus den unzähligen Tempeln und Tempelchen zogen einem um die Nase, und die verstäubten exotischen Wohlgerüche aus den Läden der Parfümhändler ließen einen schier schwindlig werden.

Doch in den engen Gassen zwischen den Insulae, wo man den rinnenden Urinbächen und den Bergen von verfaulten Speiseresten keinesfalls, den überall verteilten Kothaufen allenfalls mit Mühe ausweichen kann, wo man schon froh sein durfte, nicht in die halbverwesten Kadaver menschlicher und tierischer Herkunft zu treten, verwunderte es niemanden, wenn man auch sich selbst ob des bestialischen Gestanks in eine der ebenfalls zahlreichen Pfützen von Erbrochenem übergab …

Edler Herr Gaius Plinius Caecilius, wir beide kennen Roma viel zu gut, um uns etwas vorzumachen.

Es ist auch keineswegs meine Absicht, die Stadt »schlecht zu reden«, denn sie hat ohne jeden Zweifel ihre schönen, ihre prachtvollen, ja sogar ihre ausgesprochen guten Seiten.

Und sie ist nun einmal das Zentrum des Imperiums!

Wenn ich Roma so schildere, wie ich es eben getan habe, so war das der Eindruck, den ich seinerzeit von ihr hatte – woran sich freilich in dem zurückliegenden guten Jahrzehnt kaum etwas geändert hat …

Schon Gaius Julius Caesar und nach ihm Caesar Augustus haben Ansätze gemacht, etwas zu verbessern. Vergebens!

Caesar Nero hat es schließlich mit seinem großangelegten »warmen Abbruch« versucht – auch er letztlich ohne wirklichen Erfolg.

Caesar Flavius Vespasianus und nun sein Sohn Caesar Titus bemühen sich heutzutage redlich. Doch, so vermute ich, werden sie ebenso wenig Erfolg haben wie ihre Vorgänger …

Vergebt, edler Herr Plinius, dem licatischen Bauernbuben, der ich war und irgendwie in meinem Herzen wohl immer sein werde!

Vielleicht verdirbt der Blick von den freien Höhen über dem Licias für immer die Einschätzung des »Römertals«, samt dessen Treiben nah und fern. Vielleicht sehe ich dies alles aus einem viel zu kleinlichen und begrenzten Blickwinkel.

Möglicherweise empfinde ich dies alles jedoch, gerade deshalb, aus einer ferneren und damit vielleicht eben doch objektiveren Sicht …

Eine wirklich objektive Beschreibung, geschweige eine ernsthafte Einschätzung oder gar ein Urteil über Roma steht mir nicht zu – kann mir gar nicht zustehen!

Was ich hier eben schrieb, sind also einzig und allein meine ganz persönlichen Eindrücke.

Und wie mag Herr Tarquinius Sempronius Felixianus *Dimachaerus*, unser Freund, um den es ja eigentlich in diesen Aufzeichnungen geht, dies alles gesehen haben?

In Roma hat er sein ganz persönliches Glück gefunden. Damit stand er wohl Roma zweifellos gefühlsmäßig näher als ich. Doch ansonsten teilte wohl auch er meine Sicht dieser Stadt – zumindest glaube ich dies aus vielfachen Bemerkungen seinerseits schließen zu dürfen.

Es ist eine unabänderliche Gepflogenheit des Volkes in Italia, die Wände der Häuser für öffentliche oder auch recht private Mitteilungen zu benutzen, und gerade aus diesen Inschriften lässt sich meiner Meinung nach sehr gut der »Geist« einer Stadt ablesen:

Ganz unten sind die Wände bedeckt von Kinderkritzeleien, mit Blümchen und Männchen in Gladiatorenrüstung; einer Strahlesonne; Tieren, bei denen man oftmals Schwierigkeiten hat herauszufinden, welches Wesen sie eigentlich darstellen sollen; Kindern, manchmal ganzen Familien, mit großen Köpfen, noch größeren Ohren, struppigen Haaren und dünnen Strichkörperchen, unter denen in ungelenker Schrift steht »*Mama, Papa, Pupilus und Lainia*«, und stolz darunter »*Pupilus fexit*«, was bedeuten soll: *Publius fecit*, »Publius hat dieses Kunstwerk geschaffen«. Dieses Kinderband vom Boden bis etwa zur Gürtelhöhe eines Erwachsenen zieht sich um fast alle Häuser in allen Städten. Doch eigentlich nur in Roma waren öfter diese Zeichnungen, offenkundig von Erwachsenenhand, mit Farbe überschmiert oder mit Inschriften versehen wie: »*Verrecken sollen sie alle, diese kleinen Wanzen!*«

Ganz oben, dort wo man die Erlaubnis des Hausbesitzers und eine Leiter brauchte, waren die öffentlichen Bekanntmachungen in großen schwarzen oder rotbraunen Lettern angeschrieben. In der Hauptsache waren es Vorschläge für die nächsten Wahlen, etwa »*Paquinius erbittet den Lucius Popidius Ampliatus zum Ädilen!*« oder »*Wählt Mucius Gallus Titius zum Quaestor! Er wird herrliche Spiele geben und für gutes Brot sorgen!*« oder »*O Trebius Valens, raffe dich auf und mache den von der Göttin Venus geliebten jungen Lolloius Fuscus zum Ädilen!*« Da nicht nur Einzelpersonen, sondern auch ganze Zünfte wie Badheizer, Tuchwalker, Filzmacher, Färber, Goldschmiede, Maultiertreiber, Barbiere, Winzer, Kuchenbäcker, Isisverehrer, ja Ballspieler geschlossen für bestimmte Kandidaten warben, fanden sich dann die entsprechenden Inschriften auf fast allen Häusern der jeweiligen Innung.

Aus manchen dieser Inschriften waren auch leise Drohungen herauszulesen: »*Wenn einer dem Quinctius seine Stimme versagt, so möge er unter Spott auf einem Esel durch die Stadt reiten!*«, und auch sanfte Spinner durften durchaus auf den Wänden ihrer Häuser für sich werben: »*Teilt die Gemeindegelder einfach auf, dafür trete ich ein, denn unsere Gemeindekasse hat gewaltig viel Geld!*«

In Pompeii blieben in aller Regel derlei Inschriften säuberlich bis zu den jeweiligen Wahlen stehen und wurden danach von Gemeindearbeitern übertüncht, um Platz für die Vorschläge des nächsten Jahres zu schaffen – traditionell nachts bei Mond- oder im Laternenschein. In Roma waren sie oft schon wenige Stunden nach ihrer Anbringung mit Straßenkot beworfen oder mit in breiten Pinselstrichen darüber gemalten Kommentaren wie »*korrupter Idiot*« oder schlicht »*Arschloch*«, »*Sau*« und »*Mutterficker*« versehen.

Auf diesen Flächen werden natürlich auch öffentliche Spiele und andere Ereignisse pompös angekündigt – diese bleiben selbst in Roma unbeschädigt, da sie schließlich für jedermann als tatsächlich wichtig erachtet werden.

Zwischen den Kindern unten und den Offiziellen oben liegt das breite Band privater Mitteilungen:

Natürlich zunächst einmal die Mitteilungen und Reklamen der Händler und Handwerker, die ihre Erzeugnisse anpreisen. Oder auch die Speisekarte der Tavernen- und Garküchenwirte mit den Kosten für das derzeitig günstige Mittagsmenü und den jeweiligen Preisen für einen Becher mäßigen oder tatsächlich guten Weines. Selbst im braven Pompeii wurden derlei Reklameinschriften mitunter überschrieben: »*Mögest du einmal deinen bösen Schlichen erliegen! Du verkaufst uns fast Wasser und trinkst selber den puren Wein.*« Doch das waren eher die Ausnahmen. In Roma hingegen ist dies nahezu die Regel, und viele Wirte aber auch Handwerker finanzieren gar Jugendbanden, welche die Aufschriften der Konkurrenz entsprechend verschandeln und unkenntlich machen sollen.

Weitgehend unberührt bleiben hier wie dort die Selbstanpreisungen nebst entsprechenden Preisangaben der weiblichen und männlichen Prostituierten an Bordellen oder auch privat – hier liegt schließlich ebenfalls ein »allgemeines Interesse«, vor. Neben einem Normalfick von für hundert Sesterzen – in den schlechten Vierteln Romas noch erheblich billiger – ist da zu lesen: »*Laetitia macht es dir mit dem Mund*« oder »*Casca lässt dich in ihren Hintern stoßen*«. In Roma geht man auch hier ganz öffentlich noch einige Schritte weiter. Das ist dann allerdings um einiges teurer als eine schnelle Normalnummer: »*Ich schlage dich, bis Blut kommt! Frage nach Victoria!*« oder aber auch »*Fessle und demütige mich! Tullia tausend Sesterzen!*«

Selbst die teuersten und kunstfertigsten Edelprostituierten – sie geben sich selber gerne als »Priesterinnen« des Venuskultes aus –, bei denen eine Nacht von fünftausend Sesterzen aufwärts kostet, haben keine Scheu, sich an Hauswänden anzupreisen und um wohlhabende Kunden zu werben.

Doch es sind nicht nur geschäftliche Werbungen, welcher Art auch immer, die den Mittelteil der Hauswände bedecken. Hier werden ganz persönliche Meinungen, Scherze, Grußbotschaften, Witze, philosophische Ergüsse, Beschimpfungen und Beleidigungen ebenso wie Liebesseufzer samt deren Annahme oder Ablehnung ausgetauscht.

Im Pompeii klang das dann etwa so:

Freundlich: »*Gruß dir, Bruder Emilius Fortunatius zu deinem Geburtstag!*«

Ermahnend: »*Das kleinste Übel wird zum größten, wenn man es vernachlässigt!*«

Süß: »*Ach fühltest du doch auch, wie Liebe brennt, viel schneller brächtest du mich zu meiner Liebsten! Jetzt vorwärts, bitte, treibe die Tiere an, trinke aus, mache schnell, ergreife die Zügel, peitsche! Fahre nach Pompeii, denn dort wohnt mein Schatz*« oder: »*Wer die Venus nicht sah, die Apelles gemalt, der sehe hin auf mein Mädchen, es ist so reizend wie jene!*« oder gar: »*Ach, ich möchte lieber sterben, als selbst ein Gott sein ohne dich!*«

Ablehnend: »*Virgula an ihren Freund Tertius: Mein Lieber, du bist mir zu hässlich.*«

Philosophisch: »*Der eine liebt, der andere wird geliebt. Ich aber pfeife darauf!*« Eine andere Hand schrieb darunter: »*Wer darauf pfeift, der liebt!*«

Oder sogar poetisch wie auf der Hauswand des Gaius Julius Polybius:

»*Nichts kann für ewige Zeiten dauern!*
Wie golden auch die Sonne erglänzt,
In den Ozean muss sie zurücktauchen.
Verschwunden ist auch der Mond,
Der eben noch so hell erstrahlt;
Wenn eines Tages deine Schönheit
In wildem Zorne wütet
Bleib fest, denn dieser Sturm
Wird bald dem sanften Zephir weichen.«

Derlei Inschriften waren überall auf den Hauswänden von Pompeii zu lesen – und da blieben sie auch unbehelligt stehen, bis sie Regen oder Hausbesitzer schließlich abwaschen oder, so eingeritzt, zuspachteln ließen.

In Roma werden derartige Inschriften jedoch meist binnen Stunden mit dümmlichen Kommentaren, mit spritzenden Phalli und primitivst dargestellten, auch noch schlecht gezeichneten Vaginae – kurz Pornographie albernster Art – überkleistert.

Was in Pompeii und anderen Städten durchaus mitunter amüsant sein kann, das ist in Roma, da es die Hausbesitzer längst aufgegeben haben, ihre Außenwände neu streichen zu lassen, bis in die Höhe, in die der ausgestreckte Arm eines Mannes reicht, ein oft mehrere Schichten dicker Schmutz aus Farbe und Gemeinheiten.

Der Versuch, sich an Tempelsäulen oder den Fundamenten wichtiger Gebäude zu »verewigen«, scheint ein unausrottbarer Wunsch vieler Leute zu sein. Doch die vielfach tief eingekratzten Namen, bestenfalls einfach nur entstellende Schmierereien, mehrheitlich jedoch Zeilen mit heftigen und gern obszönen, hasstriefenden Flüchen und Verwünschungen selbst an den heiligsten Tempeln und berühmtesten öffentlichen Gebäuden in Roma sind so zahlreich, dass die amtlichen Übertüncher kaum noch ihrer Arbeit hinterherkommen. Kaum haben sie ein Gebäude mühsam gereinigt und ziehen zum nächsten weiter, sind die eben gesäuberten Flächen binnen Stunden erneut mit Bosheit und Unflat übersät.

Doch auch dies kann, soll und muss ich anfügen:

Trotz allem Dreck, aller Verkommenheit und allen Schlägen der Geschichte, die es hinnehmen musste, ist Roma im Gegensatz zu dem ach so ordentlichen Pompeii letztlich eine »glückhafte« Stadt!

LUDUS VI

Caesar Neros Spiele

Crupellarius

April des Jahres 814 *ab urbe condita*.
Im 6. Regierungsjahr
des erhabenen Caesars Nero.
(61 n. Chr.)

Der 814. Geburtstag der Stadt Roma am 21. April wurde mit einem geradezu unfassbaren Pomp zelebriert!

Ganz Roma schien auf den Beinen zu sein, um den meilenlangen Festzug zu begaffen und zu bejubeln.

Voran marschierte ein mehr als hundertköpfiges Blasorchester, das tutete und flötete, was die Lungen hergaben.

Gut hundert mit Blütenkränzen geschmückte Knaben und Mädchen in schneeweißen Tuniken folgten. Sie trugen mit frischem Laub, Blüten und bunten Bändern umwundene Stangen oder schwere Blumengirlanden in ihren kleinen Händen.

Ihnen folgten die Feldzeichen und Adler von zwei in Italia stationierten Legionen. Dahinter deren Cornu- und Tubabläser. Dann, zu Ross, die hohen Offiziere mit wippenden Federbüschen und Rosskämmen auf den reich mit Treibarbeiten geschmückten Helmen. In schwerem Gleichschritt klirrten sodann die Legionäre heran, geführt von ihren Centurionen und Decurionen, den Offizieren und Unteroffizieren, in Kettenhemd oder Spangenpanzer, den großen, halbrunden Schild, das Scutum, in der Linken, das Schwert an der Seite, in der rechten Faust das Pilum, die gefürchtete Stoß- und Wurfwaffe der römischen Truppen. Kohorte auf Kohorte stampfen sie daher, dass der Boden unter ihren Tritten bebte. Es war eine unmissverständliche Demonstration dessen, worauf Roma seine Macht gründete! Es war auch eine unmissverständliche Warnung an den Mob, es zu keinen allzu wüsten Krawallen kommen zu lassen. Die Soldaten waren eine Orgie an demonstrativer Disziplin, in Rot und blank geputztem Metall. Nur dann und wann wurde sie aufgelockert durch die Schwadronen der Reiterei. Ihre Offiziere trugen fantasievoll aus Bronze getriebene Helme und Maskenvisiere, ihre Pferde ebenso kunstvoll gearbeitete Rossstirnen. Insgesamt waren es ihrer gewiss über dreitausend Mann.

Erneut Scharen Jugendlicher und Kinder in weißen Tuniken mit Blumen, Kränzen und Girlanden.

Darauf weitere Musikgruppen, von denen jede offenbar nur ein Ziel kannte: alle anderen an Lautstärke zu übertreffen! Ihr Dröhnen verschmolz zusammen mit dem teils pflichtschuldigen, teils überzeugten Jubelgeschrei des Volkes zu einer ohrenbetäubenden Kakophonie!

Oft bis zu fünfhundert Personen umfassende Tanzgruppen versuchten in dem Radau einigermaßen ihren Rhythmus zu halten. Ihr wahres Können würden sie in den nächsten vier Wochen mittags in den Arenen zeigen können.

Die Gaukler, Akrobaten, Sportler und grell geschminkten Spaßmacher versuchten erste Eindrücke ihres Könnens zu bieten.

In würdigem Ernst schritten die klassischen Mimen, mit den tragischen oder heiteren Masken vor ihren Gesichtern, auf ihren hohen Kotturnschuhen einher, welche auf den Theaterbühnen ihre Kunst präsentieren würden.

Die Verbrecher, alle mit schweren Ketten gefesselt und nach vielen Hunderten zählend, die bei den Mittagsspielen zum Gaudium des Pöbels auf unterschiedlichste Arten ums Leben gebracht werden sollten, wurden streng bewacht.

Schon der Aufzug all dieser Gruppen, die irgendwie zum Glanz der Spiele des göttlichen Caesars beitragen sollten, war schien endlos. Und war dennoch erst eine Art Vorhut!

Die Schlange der aktiven Teilnehmer wälzte sich inzwischen von der Porta Labicana im Osten, in deren Nähe auch die römische Gladiatorenkaserne liegt, durch die Senke zwischen Esquilinus und Caelius, dann über das Forum, unter dem Mons Capitolinus vorbei, bog nach Nordwesten, vorbei am Campus Martius zur Porta Neronis hinaus und über den Pons Neronis, die neue Brücke, die dort den Tiberis überspannt, zum Campus Vaticanus, wo Caesar Nero seine neuen Arenen hatte erbauen lassen und wo man für die Leute, so sie nicht eine andere Bleibe hatten, provisorische Unterkünfte errichtet hatte.

Und überall entlang ihres Weges stauten sich rechts und links die Massen des zuschauenden Pöbels – kreischend, applaudierend, aber auch keineswegs mit Pfiffen und Missfallenskundgebungen sparend, wenn eine Gruppe nicht den hochgesteckten Erwartungen entsprach.

Es war schon gegen Mittag, als der erste Höhepunkt des Umzuges endlich in Sicht kam.

Nun, zugegeben, es war zweifellos *der* Höhepunkt!

Vergebt einem alternden Krüppel, hochedler Herr Gaius Plinius Caecilius, wenn ich immer wieder einmal in den Fehler verfalle, uns überzubewerten: Die Gladiatoren – womit ich nicht jenes armselige Lumpenpack, das schlecht ausgebildet in den Arenen in Massen verheizt wird, meine –, sondern uns, die wahren Herren aller Spiele …

Natürlich war Caesar und sein Gefolge, die nun die Mitte des Festzuges ausmachten, ohne jede Frage in der Tat der absolute Höhepunkt!

Voran wimmelten gewiss an die hundert weiß gewandete Lictoren mit ihren, in Rutenbündeln eingeschnürten Beilen auf der Schulter, Zeichen der höchsten Herrschaft, der Macht über Körperstrafe, Leben und Tod.

Dann zunächst einmal mehr ein lautstarkes Orchester.

Es folgte die Heerschar der hohen, höheren und höchsten Beamten der Stadt Roma und des Reiches, die Ädilen, Quaestoren, Censoren und Prokuratoren.

Anschließend die Senatoren, die – zumindest immer noch nominell – die Staatsmacht des Imperiums ausüben, in ihren weißen, mit breiten Purpurstreifen versehenen Togen und den roten Stiefeln. Angeführt wurden sie von den beiden für dieses Jahr gewählten Konsuln. Zur Zeit der Republik waren die beiden Konsuln wahrhaft mächtige Männern gewesen, deren Amt mittlerweile freilich zu einem machtlosen, wenngleich extrem teuren Ehrentitel verkommen ist.

Dann folgten die Priester nebst ihren Ober- und Oberoberpriestern, den Hoch-, Höher-, Höchst- und Allerhöchstgeweihten sämtlicher in Roma verehrten Götter mit ihren speziell zu diesem Anlass auserkorenen Opfertieren – von der Taube über das Lamm bis zum Stier, dessen Hörner man zu diesem besonderen Tag vergoldet hatte – als Blutopfer für die Himmlischen.

Verzeiht, hochedler Herr Plinius, wenn ich dies hier so ketzerisch frage: Aber sind wir Gladiatoren nicht eigentlich ebensolche Blutopfer?

Ich habe mich seit vielen Jahren mit der Vergangenheit und der Geschichte der *Gladiatura* beschäftigt:

Ob die *Gladiatura* von den Sabinern, den Umbriern, den Samniten, den Oscern oder auch den Etruskern stammt, ist letztlich gleichgültig. Tatsache ist, dass sie früher einzigartig in Italia vorkam. Sie wurde erstmals schriftlich belegt, als vor rund dreihundert Jahren die Söhne des verstorbenen Junius Brutus Pera drei Fechterpaare zu seinem Leichenbegängnis gegeneinander antreten ließen – also ohne jeden Zweifel eine Art von Blutopfer!

Noch bis in den Anfang des letzten Jahrhunderts hinein waren Gladiatorenkämpfe ein Teil von Begräbniszeremonien.

Erst seitdem wurde die *Gladiatura* mehr und mehr profaniert, wurde Teil eines anderen Rituals, zu dem längst auch die qualvolle Hinrichtung angeblicher und tatsächlicher Verbrecher gehört.

Und seit längerem gehört zu diesem Blutritual auch das Abschlachten von schuldlosen Tieren.

Ich habe mich über derlei Barbarei schon früher geäußert, doch ich kann mich darüber ganz einfach nicht beruhigen … Vergebt, edler Herr und Freund, aber ich kann einfach nichts Erregendes darin finden, wenn ein seit Tagen ausgehungerter Wolf – nach Roma oder sonst wohin im Reich geschleppt – eine Gazelle, ein Zebra oder gar eine Giraffe reißt, die er in seinem natürlichen Lebensraum nie gesehen hätte. Irgendeine Art von Spannung mag es dem Pöbel noch bieten, wenn *Bestiarii* gegen wehrhafte Löwen, Panter oder Bären antreten. Unbegreiflich ist mir jedoch das Vergnügen des Dreckshaufens daran, wenn *Venatores* sanfte, friedliche Tiere wie Gazellen oder Giraffen mit ihren Pfeilen in der Arena abschießen, nur damit möglichst viel Blut fließt!

Es liegt mir fern, uns, die Gladiatoren, romantisieren zu wollen! Wir sind längst Teil eines hochdotierten Geschäftes – eines Geschäftes mit dem Tod.

Aber sind wir vielleicht nicht trotzdem auch Opfer?

Nicht Opfer an die Götter. Opfer, die in immer gewaltigeren Zahlen dem gnadenlosen Blutdurst des Pöbels dargebracht werden!

Doch zurück zum Höhepunkt jenes Festumzugs:

Den Abschluss der Priesterschaften bildeten die Vestalinnen in ihren weißen Gewändern. In ihrem Klostertempel auf dem Forum hüten sie seit Jahrhunderten das heilige Herdfeuer der Vesta. Die Mädchen und Frauen, die dort ihren heiligen Dienst versehen, stammen durchweg aus den besten Familien. So sind die Vestalinnen die unzweifelhaft angesehenste Priesterschaft Romas und des Reiches, die höchste Privilegien genießen, etwa in den Arenen eine Sonderloge unmittelbar neben der des Caesars.

Dann rollte mit würdigem Abstand der goldblitzende Streitwagen Caesars heran, gezogen von vier Schimmeln mit purpurnem, reich mit Gold beschlagenem Zaumzeug und hohen Federbüschen auf den Köpfen.

Und auf dem Wagen der göttliche Caesar Nero, gehüllt in eine Purpurtoga, den goldenen Lorbeerkranz auf dem Haupt, eine goldene Lyra im linken Arm, denn er liebte es zu betonen, dass er nicht nur der unumschränkte Herrscher über das Imperium und ein Gott, sondern auch ein hochbedeutender Künstler, ein Dichter, Sänger und Tänzer sei.

Das Begeisterungsgeschrei der Massen überschlug sich förmlich.

Ich sah ihn an jenem Tag nur für ein paar Augenblicke.

Ich weiß nicht, wie ich mir den göttlichen Herrscher über das römische Imperium vorgestellt hatte – vermutlich überhaupt nicht –, und so war ich verblüfft, dass Caesar Nero ein großer, gutaussehender, wenn auch ein wenig zu Dicklichkeit neigender, eleganter Mann von freilich nur wenig über zwanzig Jahren war!

Dem Caesar folgte zunächst wieder ein riesiges Orchester, dann seine jetzige Gemahlin, Poppaea Sabina, in einer vergoldeten Sänfte, getragen von sechzehn kohlschwarzen Nubiern. Um sie heiraten zu können, hatte Caesar Nero vorletztes Jahr nicht nur seine Mutter Agrippina – wahrhaftig wohl tatsächlich ein Ungeheuer von einem Weib – umbringen lassen, sondern auch seine damalige Gemahlin Octavia, deren einzige Schuld darin bestanden hatte, seiner Ehe mit Poppaea Sabina im Wege zu stehen.

Und dann kamen seine Augustalen, die Großen, Reichen und Mächtigen seines Hofes: die Herren hoch zu Ross, die Damen in eleganten Sänften. Es war ein glitzernder Strom von kostbarsten Stoffen und schimmernden Juwelen.

Trotz des durch ihren Glanz die Sinne verwirrenden Gewimmels der Augustalen fielen mir schon an jenem Tag zwei Herren sofort auf:

Der eine war ein älterer Mann mit leicht gebeugtem Rücken und eisgrauen Haaren, völlig ohne jeden Schmuck und Tand, der in dem ganzen Trubel eine Insel der Ruhe und inneren Würde bildete. »Der Philosoph und Lehrer Caesars«, wurde mir gesagt. »Der allerhöchst edle und angesehene Herr Lucius Annaeus Seneca.«

Der andere war wesentlich jünger und etwa mittelgroß. Der Araberhengst, den er ritt, der Sitz der schwarzen Locken, der kunstvolle Faltenwurf seiner Toga, der wenige, dafür umso kostbarere Schmuck waren absolut perfekt aufeinander abgestimmt und zeugten nicht nur von Reichtum, sondern außergewöhnlichem Geschmack. Auch er war die Ruhe selbst, und als er ganz knapp an mir vorbeiritt, meinte ich in seinen dunklen Augen einen Anflug von Spott über dieses ganze Getöse zu erkennen. »Herr Publius Petronius Niger«, erfuhr ich, »der *Arbiter Elegantiarum*, der künstlerische Berater Caesars und sein unentbehrlicher Zeremonienmeister – kurz Petronius Arbiter genannt.«

Den Abschluss dieses Teiles des Festzuges bildete mit sicherem

Gleichschritt die Prätorianergarde, die persönliche Leibwache Caesars Nero, in ihren prunkvollen Rüstungen.

Angeführt wurden sie von ihren beiden Präfekten:

Herrn Ofonius Tigellinus war ein Mann mit hartem, fast lippenlosen Mund und kalten, stechenden, gierigen Augen, der mir auf Anhieb unsympathisch war. Obwohl irgendwo in der Provinz in bescheidenen Verhältnissen aufgewachsen, war es ihm gelungen, die Tochter des Senators Cosutianus Capito zu heiraten und damit Einfluss bei Hof zu erlangen. Er war der geschworene Todfeind des Herrn Petronius Arbiter, der ihn trotz – oder gerade wegen – aller neureichen Protzerei regelmäßig demütigte. Manche Leute nannten ihn »den bösen Geist Caesar Neros«.

Der andere hieß Nymphidius Sabinus. Trotz seiner Stellung und seines neu erworbenen Reichtums war er nie imstande, die Abkunft seiner Mutter aus den jämmerlichsten Ecken der Subura zu verleugnen. Sein Vater war ein Gladiator namens Martianus gewesen. Er selber behauptete allerdings, ein illegitimer Sprössling des Caesars Gaius Caligula – auch nicht eben eine Empfehlung! – zu sein. Nymphidius Sabinus, rotgesichtig und grobknochig war geradezu die Karikatur eines »Proleten«.

Den dritten Teil des Aufzuges bildeten jene, denen in der Arena in den kommenden vier Wochen tatsächlich eine wesentliche Rolle zugedacht war – vom Pöblicum begeistert empfangen und bejubelt:

Zunächst die Männer und auch Frauen, die in den Massenkämpfen – der »Seeschlacht von Actium« in der Naumarchie und zwei vorgeblich bedeutenden »Landschlachten« von Römern gegen irgendwelche Barbarenstämme – in den großen Arenen eingesetzt werden sollten. Sie trugen zwar ihre prächtigen, teils höchst fantasievoll aufgeputzten Rüstungen und Schilde, jedoch keinerlei Waffen. Die Editores der Spiele trauten, vermutlich zu Recht, diesen armen, schlecht ausgebildeten Sklaven nicht und wollten trotz der im ersten Teil des Zuges so martialisch aufmarschierten Legionäre keinen bewaffneten Ausbruchsversuch riskieren. Es waren ihrer gut zehntausend.

Dann folgten fast hundert Quadrigae, Viergespanne, auch sie alle bunt herausgeputzt, welche die beliebten Wagenrennen im Circus Maximus bestreiten würden.

Dann ein schier endloser Zug an Tieren, die in den Arenen demnächst töten, vor allem jedoch getötet werden sollten. Einige liefen frei von ihren Wärtern getrieben oder an Leinen geführt, die Mehrzahl wurde auf Karren mit Gitterkäfigen vorgefahren.

Den Anfang machen Rehe, Gazellen, Hirsche, Zebras, Giraffen, Kamele und andere, die sich ängstlich mit ihren großen Augen umblickten und mit ihren Hufen verzweifelt scharrten. Zwölf riesige Elefanten wurden vorbeigetrieben. Vom Mob erhielten sie eher Pfiffe als Beifall.

Dann folgten die echten »Bestien«: Abgerichtete, kläffende, geifernde Kampfhunde an den Leinen ihrer Ausbilder. Wiederum in zahllosen, rollenden Käfigen stolze Löwen, geschmeidige Panter und Leoparden, gar drei indische Tiger, ruhelos in ihren Gefängnissen umherrennende Wölfe und Hyänen, an Nasenringen geführte riesige Bären, eigens für Spiele gezüchtete Kampfstiere. Ihnen folgten die menschlichen »Bestien«, die *Venatores* und *Bestiarii*, die Jäger und Tierkämpfer.

Caesar, die Priester und die Augustalen hatten unterhalb des Capitols Halt gemacht und waren den Hügel hinaufgestiegen, um in den verschiedenen Staatstempeln ihre Opfer darzubringen.

Es war inzwischen später Nachmittag, als endlich wir, die Gladiatoren, an der Reihe waren, den Weg durch Roma und über das Forum zu ziehen.

Wie immer marschierten wir Schule hinter Schule, angeführt von unseren Bannern, Lanistae und Orchestern. Und dann wir Kämpfer in voller Ausrüstung und Bewaffnung – insgesamt wohl auch über tausend Mann.

Allen voran natürlich die *Summae Rudis* mit den Stäben, dann die *Secundae Rudis*, ihre Assistenten, die unsere Kämpfe leiten sollten, alle in der knielangen, weißen Tunika mit den breiten Längsstreifen. Beim höchsten Schiedsrichter – einem kleinen Mann mittleren Alters, mit unsteten Augen und einem fliehenden Kinn, das fast übergangslos in seinem Hals verschwand –, welcher die ganz besonders hervorragenden vier *Gladiaturae* leiten würde, strahlten diese Streifen gar in leuchtendem Purpur.

Eigentlich hatte sich das Geschmeiß längst müdegebrüllt, doch einzelne Gruppen oder besondere, berühmte Kämpfer riefen immer noch Begeisterungsstürme hervor.

Die *Familia Gladiatoria* Felix Felix aus Puteoli wurde wohlwollend, wenn auch nicht überschwänglich begrüßt. Tarquinius in seiner neuen schwarz-silbernen Ausrüstung erregte eindeutig breite Aufmerksamkeit, zumal er als *Dimachaerus* zu den interessanten »Exoten« gezählt werden musste, welche dem Pöbel den Arena-Alltag versüßten. Schweinchen Purpureus wurde mit brüllendem Hohngelächter bedacht, das stille Grinsen unseres Hispaniers bemerkt offenbar niemand. Die Wettquoten würden schwindelnde Höhen erreichen und jeden zum wahrlich reichen Mann machen, der es wagte, auf ihn zu setzen – wir alle von Felix Felix setzten auf ihn, oft unseren letzten As!

Zu Abschluss der ersten Woche der Spiele sollte die erste große *Gladiatura* stattfinden, bei der auch die ersten elf unserer Kämpfer auftreten sollten.

Da es den Editores daran gelegen sein musste, die Darbietungen von Mal zu Mal zu steigern, um die Erwartungen des Pöbels nicht zu enttäuschen, hatte man uns nahegelegt, unsere besten Kämpfer für die dritte und vierte Woche aufzusparen. Die anderen Schulen würden ebenso verfahren. Das hieß natürlich nicht, dass wir in den ersten beiden Wochen lediglich unsere schwächsten Männer einsetzen durften, das hätte entschieden dem Ruf unserer Schule geschadet – ein paar Palmen und wenn irgend möglich Kränze mussten da auch her!

Also teilten wir unsere Truppe so auf, dass der zuverlässige *Murmillo* Serapis und der junge, hochtalentierte *Secutor* Dardanus in der ersten Woche unsere Spitzenleute sein sollten. Für die zweite Woche in dieser Position benannte Herr Gladius Felixianus den

Essedarius Vercingetorix und mich. In der dritten Woche war als *Provocator* Fulmina an der Reihe. In der vierten Woche, der abschließenden und krönenden Veranstaltung, würden Tarquinius und Nigeralbus, unsere zweifellos besten Männer auftreten, dazu Purpureus. Bei den übrigen, mehr oder minder erfahrenen Kämpfern wurde noch einiges hin und her geschoben, doch schließlich waren alle zufrieden …

Nein, sie waren es nicht.

Genauer gesagt, *ich* war es nicht!

»Tauscht Purpureus und mich aus!«, forderte ich. »In der vierten Woche werden auch die anderen Schulen ihre besten Männer in die Arena schicken. Purpureus mag ein geniales Talent sein, aber ihm fehlt ganz einfach noch die Erfahrung in der Arena, über die ich jedoch verfüge!«

»Nein!«, erklärte Herr Gladius Felixianus. »Die Arena birgt immer Risiken, wie erfahren einer auch sein mag. Ich sehe mich, sehr gegen meinen Willen, von den Umständen gezwungen, bei dir dieses Risiko einzugehen. Aber du bist einfach zu wertvoll für Felix Felix, als dass ich es auch noch sinnlos erhöhen werde!«, und ehe ich abermals protestieren konnte, fuhr er fort: »Du bist ein freier Mann, Scorpio, aber als Gladiator der *Familia Gladiatoria* Felix Felix bist du immer noch an den Eid gebunden, den du einst geschworen hast, und der unter anderem besagt, dass du einem Befehl unbedingt zu gehorchen hast. Und dies *ist* ein Befehl! Als freier Mann hast du das Recht, den ganzen Krempel hinzuschmeißen – aber dann gehst du unter dem Banner unseres großen Katzenherren nie wieder in eine Arena! Und du betrittst auch nie wieder unsere Schule!«

Ich war sprachlos: »… nie wieder …?« Tränen stiegen in meinen Augen hoch, als Herr Gladius Felixianus mir begütigend die Hand auf den Arm legte:

»Ich bin ein alter, erfahrener Lanista. Glaube mir, Scorpio, ich weiß, was ich tue! Ich weiß, was das Beste und Vernünftigste für unsere *Familia* ist!«

Es blieb mir, stumm zu nicken. Hätte Herr Gladius Felixianus geahnt, was bei dem zweiten dieser »großen« Gladiatorenkämpfe geschehen würde, er hätte vielleicht anders entschieden.

Vielleicht hätte er Purpureus, der das Zeug zum echten Star hatte, geopfert – vielleicht auch nicht. Doch Gladius Felixianus war kein Gott oder Seher, der in die Zukunft blicken konnte, und so ging alles jenen Gang, den das Schicksal vorausbestimmt hatte.

Auch während dieser Tage und Wochen hielten wir unser tägliches Training ab, das sich freilich ausschließlich auf Übungen zur Körperertüchtigung wie im heimischen Gymnasium beschränkte – Perikles hatte uns eigens zu diesem Zweck begleitet. Kampfübungen waren streng untersagt, um dem Gegner nur ja nichts von unserem jeweiligen Können und unserer Taktik zu verraten.

Ansonsten waren wir – außer jenen elf, die Ende dieser Woche in die Arena sollten – frei, uns in der Stadt umzusehen, eine der unzähligen Veranstaltungen, für die Herr Gladius Felixianus uns überall Logen oder Sitzplätze hatte reservieren lassen, zu besuchen.

Ich ließ mich von Nigeralbus überreden, den Massenkampf zwischen den »tapferen römischen Truppen« gegen die Barbarenhorden des Selasonius, wer immer dieses gewesen sein mochte, anzusehen:

Es war ein riesiges Spektakel mit über zweitausend Mitwirkenden, die teils als »Römer«, in klassischer Legionärsausrüstung, teils als »Barbaren« in fantasiereicher Aufmachung hergerichtet worden waren.

Die Parteien rückten in exakten, prachtvollen Formationen mit Spielleuten, flatternden Fahnen und glänzenden Feldzeichen in die Arena ein. Was dann folgte war, kurz gesagt, eine ziemlich widerliche Schlächterei! Ich wusste, dass kaum einer dieser armen Tröpfe auch nur ansatzweise über eine Kampfausbildung verfügte. Dass man aber sogar, um den Sieg der »Römer« zu sichern, den »Barbaren« offensichtlich auch noch stumpfe Waffen in die Hand gedrückt hatte, empörte mich ehrlich.

Dass hinter den Kämpfern *Arenarii* mit Peitschen und sogar glühenden Eisen standen, um Säumige, Feige oder nur Ängstliche vorwärts in den Kampf zu treiben, trug für meinen Geschmack auch nicht eben zum wohl eigentlich erwünschten »Realismus« solcher Veranstaltungen bei.

Auf die »Seeschlacht bei Actium« in der Naumarchie und die zweite »Landschlacht« verzichtete ich daraufhin gerne.

Den vormittäglichen Tierhetzen und Tierkämpfen blieb ich grundsätzlich fern, und es waren nur ganz Wenige aus unserer Schule, die dafür die reservierten Arenasitze einnahmen.

Den mittäglichen Zwischenspielen stand ich mit eindeutig gemischten Gefühlen gegenüber:

Da gab es einmal die Gaukler, Akrobaten, Sportler und Komiker. Die Gaukler vermochten mich gelegentlich zu amüsieren, die Akrobaten mitunter echt zu begeistern. Die Sportler langweilen mich eher, und den berufsmäßigen Komikern, welche in leichten Variationen stets die gleichen mehr oder minder obszönen Späße boten, konnte ich auch nicht allzu viel abgewinnen.

Und da waren die Hinrichtungen von echten und, so muss ich es heute ehrlich sagen, angeblichen Verbrechern. »Niobe« damals in Perusia war eigentlich typisch gewesen, war nur bei den Spielen in Roma ins Extrem aufgeblasen, und wie dort lieferten Stoffe aus den Mythen gerne die Szenarien:

»Prometheus«: Der klassischen Sage nach hatte er das Feuer vom Himmel zu uns Menschen herunter gebracht, unsere Zivilisation damit begründet. Die Götter straften ihn dafür, indem sie ihn an einen Felsen schmiedeten, wo ihm täglich ein Adler die ebenso täglich nachwachsende Leber aus dem Leib hackte. Dem an einen Kunstfelsen aus Holzstangen und bemalter Leinwand geschmiedeten Prometheus der Spiele riss freilich kein Adler die Leber heraus – einen entsprechenden Vogel dazu abzurichten hatte sich offenbar als hoffnungslos erwiesen –, sondern eine Hyäne. Doch auch die machte sich erst einmal über die Schenkel des Opfers her. Sie zerkaute diese höchst langsam und genüsslich, ehe sie auch nur einen Blick auf den Bauch des zunächst heulenden, dann offensichtlich bereits ohnmächtigen Opfers zu werfen bereit war.

»Prometheus« war ein voller Reinfall. Einzelhinrichtungen mit den sich in Schmerzen windenden Körpern, den qualvoll verzerrten Gesichtern, den jammervollen Schreien, so fantasievoll sie ausgeschmückt sein mochten, waren von den oberen Rängen kaum zu sehen, geschweige zu hören. Da kamen die Hinrichtungen von ganzen Gruppen schon besser an.

Jedoch, auch »die von Aktaion belauschte Diana« entsprach zumindest nur teilweise den Erwartungen.

Die Kulisse, die in die Arena geschoben wurde, war erstklassig, mit einem leichten Hügel und zu dessen Füßen ein mit echtem Wasser gefüllter Teich, samt einer ganzen Menge an Bäumchen und Büschen. Dass die Göttin Diana, neben dem Teich wirkungsvoll hingebreitet, und ihre begleitenden Nymphen, gewiss fünf Dutzend an der Zahl und natürlich splitternackt, nicht unbedingt den glücklichsten Eindruck machen – einige der Nymphen heulten und schluchzten sogar lauthals – war kaum anders zu erwarten. Dass Aktaion sich nicht lüstern spähend an die Gruppe anschlich, sondern mit einem um ein Baumstämmchen gelegten Seil dorthin gezerrt wurde, ging ebenso in Ordnung. Dass sich die von ihren Trainern losgelassenen, abgerichteten Kampfhunde auf Aktaion stürzten und ihn zerfetzten, entsprach der Sage. Dass die Hunde anschließend genauso bösartig beißend und reißend auf Diana und ihre Nymphen losgingen, hatte man erwartet. Dass allerdings, nachdem die Hunde wieder eingefangen waren, immer noch etlichen der Nymphen und sogar Diana lebten, stöhnten, wimmerten und jämmerlich nach Hilfe riefen, war nicht eingeplant. Mit Messern und Dolchen bewaffnete *Arenarii* mussten der Sache ein Ende machen.

Das »Opfer an Baal« hingegen schien zunächst ein voller Erfolg zu werden. Auf einem hohen, seitlich mit Tüchern verhängten Holzpodest hatte man über fünfzig als Babylonier kostümierte Menschen angekettet. Dann begann Rauch zwischen den Brettern des Podestes aufzusteigen, die verhüllenden Tücher flammten auf und zeigten einen mächtigen Scheiterhaufen, der unter dem Podest loderte. Wenig später brach das Podest zusammen und schleuderte die Unglücklichen in die prasselnden Flammen, wo sie jämmerlich bei lebendigem Leib verbrennen mussten.

Das Geschmeiß applaudierte, wurde freilich bald ungeduldig, weil der Holzstoß eine gewisse Weile brauchte, um völlig herunterzubrennen, schimpfte schließlich lautstark, als ihm der stinkende Qualm ins Gesicht trieb – und wurde ausgesprochen bösartig, als die *Arenarii* anschließend fast eine Stunde benötigten, um die ganze Schweinerei aus der Arena zu räumen und frischen Sand aufzuschütten.

Dafür waren die Ballette und Tanzgruppen teilweise ein wirklicher ästhetischer Genuss.

Als gewiss tausend junge Frauen und Männer, alle in weiße Tuniken gekleidet, mit exakt gleichen Bewegungen im genauen Takt der Musik durch die Arena tanzten, mit ihren Händen rhythmisch bunte Bänder schwangen und kunstvollste Figuren – die römische Wölfin etwa oder zum Abschluss den Wappenadler des Reiches – mit ihren Körpern formten, rief dies auch auch den Beifall der abgebrühtesten Arenabesucher hervor.

Auch eine Barbarengruppe aus Thracien, die um ein Feuer in der Mitte, begleitet von blökenden Trompeten, quengelnden Oboen und dröhnenden Trommeln, einen wilden Stammestanz aufführte, wobei sie ihre blinkenden Schwerter und Äxte wild durch die Luft schwang, fand nahezu allgemeine Zustimmung.

Ebenso eine Gruppe aus Ägypten, die vor einer riesigen Statue der Isis einen getragenen, geheimnisvollen, mystischen und äußerst exotisch anmutenden Kulttanz darbot, zumal aus ihren Schleiergewändern immer wieder Brüste und Pobacken, Oberschenkel und mehr herauslugten.

Echte Begeisterung entwickelte ich persönlich für die Wagenrennen, die in dem riesigen Oval des Circus Maximus angehalten wurden.

Diese Leidenschaft ist mir bis heute geblieben, und wenn ich einmal in Roma bin, so versäume ich keines der Rennen.

Wenn die prächtigen Pferdegespanne mit ihren bunten Wagen durch die langgestreckte Rennbahn donnern, die engen Kurven an beiden Enden umrunden, wenn nicht nur die Schnelligkeit der

Tiere, sondern auch das taktische Geschick der – oft fantasievoll kostümierten – Lenker über den Sieg entscheidet, dann schlägt mein Herz immer noch höher!

Gewiss, auch hier gibt es immer wieder Schwerverletzte und auch Tote, wenn Räder brechen, Fahrer aus ihren leichten Gefährten geschleudert werden, Wagen umstürzen oder Gespanne kollidieren. Ich habe im Lauf der Jahre zu Tode geschleifte Männer gesehen, von Pferdehufen zertrampelte, schlimme Massenkarambolagen, aber auch zahllose Rennen, bei denen keiner der Teilnehmer den geringsten Kratzer abbekam. Die Wagenlenker sind fast ausnahmslos freie, hochbezahlte Männer und wirkliche Könner! Sie wissen um das Risiko ihres Berufes und gehen es aus eigenem Willen ein.

Ich habe das Volk von Roma nie gemocht und mag es ob seiner offensichtlichen Blutgier immer noch nicht! Doch dass es auch zu diesen eher unblutigen Veranstaltungen in Massen strömt, den riesigen Circus Maximus stets bis zum letzten Platz füllt, lässt es für mich doch in einem etwas milderen Licht erscheinen.

Natürlich fanden jeden Tag auch Gladiatorenkämpfe statt, an denen auch wir mit etlichen unserer jungen, einigermaßen gut ausgebildeten Leute durchaus erfolgreich teilnahmen.

Der erste Tag der »großen« *Gladiaturae* war für uns freilich bitter.

Wir hatten dafür elf Männer einsetzen müssen, von denen schließlich nur vier heil zurückkamen.

Dardanus, der blutjunge *Secutor* hatte sich glänzend geschlagen und eine Palme erhalten.

Exochus, der *Retiarius*, schaffte es, eigentlich entgegen unserer Erwartung, ebenfalls. Er war zwar wirklich nicht der Schlaueste, aber Standardsituationen beherrschte er. Als er sein Netz geworfen hatte und sein Gegner noch versuchte sich aus den Maschen zu befreien, entdeckte er eine vom Schild des *Secutors* entblößte Stelle am Oberschenkel des Mannes und stieß dort, ohne zu zögern, seinen Dreizack hinein. Die anschließende *Jugulatio*, der

Todesstich in die Kehle des Mannes, schien ihm hingegen offensichtlich schwer zu fallen.

Überhaupt bemerkten wir, dass der Pöbel Romas nur äußerst selten einer *Missio*, mochte sie auch noch so berechtigt sein, zustimmte. Er wollte vor allem Blut sehen! Und möglichst viel davon!

Und er stand fast unerschütterlich auf der Seite der caesarischen Gladiatorenschulen, wie auch der göttliche Caesar Nero, was keineswegs ohne Wirkung auf den *Summa Rudis* blieb. Eigentlich sollten der Oberschiedsrichter und sein Assistent, der *Secunda Rudis*, nur darauf achten, dass der Kampf den Regeln entsprechend ablief. In Roma freilich standen die Schiedsrichter eindeutig auf der Seite der aus caesarischen Schulen stammenden Kämpfer. Sie pflegten deren Regelverstöße zu übersehen, schützten sie oftmals mit dem dazwischen gehaltenen Stab in prekären Situationen, waren sogar mitunter bereit, Fehlurteile zu fällen.

Dies mussten wir zu unserem tiefsten Entsetzen gleich am ersten Tag der »großen« *Gladiaturae* erleben:

Serapis, unser ägyptischer *Murmillo*, war kein brillanter Gladiator, aber ein äußerst erfahrener, zuverlässiger, konstanter Fechter und seinem Gegner, einem *Hoplomachus* aus der römischen Kaserne Caesars, zumindest für jeden Kenner sichtbar überlegen. In den ersten knapp fünfzehn Minuten des Kampfes unterbrach der *Summa Rudis* jedoch das Gefecht nicht weniger als sechsmal, teils wegen irgendwelcher, freilich nur ihm aufgefallener Regelverstöße, teils, um dem römischen *Hoplomachus* Luft zu verschaffen, vor allem jedoch offenkundig hauptsächlich, um unseren Ägypter aus dem Rhythmus zu bringen.

So einfach war Serapis allerdings nicht nervös zu machen. Er nahm den Kampf jedes Mal genau da wieder auf, wo er unterbrochen worden war, und brachte, nun auch für Laien sichtbar, den *Hoplomachus* mehr und mehr in Bedrängnis.

Doch dann geschah es: Der *Hoplomachus* stieß mit seiner Lanze nach dem Fuß des Ägypters, dieser senkte blitzartig seinen Schild und fing den Stoß ab.

Und wieder war der *Summa Rudis* mit seinem Stab dazwischen

und – erklärte den Römer zum Sieger! Serapis habe seinen Schild »abgesetzt« und damit seine Niederlage zugegeben.

Tatsächlich kann das in den Sand der Arena »Absetzen« des Schildes nebst Sinkenlassen der Waffe – neben dem Heben des linken Zeigefingers – die Kapitulation eines Kämpfers signalisieren. Doch Serapis hatte eindeutig seinen Schild nicht abgesetzt, hatte nur einen tiefen Stoß abgefangen. Auch hatte sein Schildrand weder den Arenasand berührt, geschweige, dass er seine Waffe gesenkt hätte. Es war eine ganz normale Kampfhandlung, wie sie jeden Tag vorkommt, ohne dass irgendein Mensch sie als etwas anderes beurteilen konnte als eben das, was sie war.

Doch der purpurgestreifte *Summa Rudis* beharrte auf seiner Entscheidung.

Und der römische Pöbel hatte an jenem Tag offenbar noch nicht genug Blut gesehen.

Serapis musste, nach einem Wink Caesar Neros auf Verlangen der Massen, durch *Jugulatio*, den Todesstich in die Kehle hinnehmen.

Wir waren fassungslos!

Serapis war ein erstklassiger, zuverlässiger Gladiator gewesen. Einer unserer besten. Und auf seine ruhige Art ein wahrer Freund.

Herr Gladius Felixianus hatte Tränen in den Augen, was bei ihm wahrlich nicht häufig vorkam.

Tarquinius gar raste vor Zorn über diese ungerechte Entscheidung!

In jener Nacht drangen vier Personen, durch die tief ins Gesicht gezogenen Kapuzen ihrer langen Mäntel unkenntlich gemacht, in das Haus jenes *Summa Rudis* ein. Sie zerrten den Hausherrn aus dem Bett, schlugen ihn zunächst mit groben Prügeln zusammen, brachen ihm etliche Knochen und schnitten ihm endlich mit einem Messer die Kehle durch.

Die Ädilen, die in den nächsten Tagen den Fall zu untersuchen hatte, erschienen selbstverständlich auch bei uns, denn wir hatten schließlich ein gutes Motiv.

Herr Gladius Felixianus, Amaranthus und Perikles konnten nachweisen, dass sie zum Zeitpunkt des Überfalls noch in der Stube eines benachbarten Wirtes beim Wein gesessen hatten. Unserm Arzt Amenophis traute ohnehin niemand solch eine Schandtat zu.

Tarquinius, Fulmina, Nigeralbus und ich hatten in unseren Betten gelegen und geschlafen.

Ob wir Zeugen dafür hätten?

»Wir sind hier in Roma, um zu kämpfen, und ausnahmsweise nicht, um zu ficken!«, blaffte Fulmina die Ädilen an.

Für den Rest unserer Truppe galt Ähnliches. Ein paar hatten in Kneipen der Umgebung noch einen oder zwei Becher Wein getrunken, das konnten die Wirte und andere Gäste bestätigen, doch wann dies genau gewesen sei, wussten sie nicht.

Die Ädilen kamen zu dem Schluss, dass ein so schlechtes Alibi eigentlich eben doch ein recht gutes, da glaubhaftes Alibi sei.

Der Mord an dem Oberschiedsrichter wurde trotz aller Bemühungen der zuständigen Behörden niemals aufgeklärt.

Der zweite Tag der »großen« Gladiatorenkämpfe in Anwesenheit Caesar Neros kam wie im Flug.

Von Felix Felix waren wir fünf, die daran teilnehmen sollten. War der erste Tag der »großen« *Gladiaturae* schon wahrlich schlimm genug, so sollte dieser Tag noch weit schlimmer werden.

Zwei unserer jungen Kämpfer starben in der Arena. Der dritte, ein *Thraex*, musste gegen einen »Barbaren« antreten, der als Waffe neben einem Dolch vor allem eine riesige, mit eisernen Stacheln bewehrte Keule schwang – eine nach dem Reglement der *Gladiatura* gar nicht zulässige Waffe, doch die Römer liebten nun einmal »Exoten«. Er schlug sich wacker, traf den »Barbaren« schließlich mit seiner Sica am Hals und erhielt eine Palme. Doch ein überaus wuchtiger Schlag des »Barbaren«, mit seiner Keule gegen den Schild unseres Mannes hatte dessen linken Arm mehrfach gebrochen, die Knochen förmlich zertrümmert. Amenophis tat sein Bestes, fürchtete freilich, dass der Junge nie wieder würde kämpfen können.

Dann focht Vercingetorix, der *Essedarius*, gegen einen *Murmillo* aus Capua. An Größe, Kraft und Erfahrung war der Gallier seinem Gegner zweifellos ebenbürtig. Doch den schlauen Tricks seines Gegenübers war der schlichte, fast kindliche Verstand von Vercingetorix nicht gewachsen – etwas, das Herr Gladius Felixianus schon lange befürchtet hatte. So starb er nach dem Willen des Pöbels durch *Jugulatio*, den Todesstich in die Kehle.

Vier Kämpfe also, drei Tote und ein schwerverletzter Sieger …

Die Stirn von Herrn Gladius Felixianus zeigte tiefe Sorgenfalten. Dass wir in Roma einen hohen Blutzoll würden zahlen müssen, war uns allen klar gewesen, zumal unter den jüngeren, noch nicht so erfahrenen Kämpfern. Dass wir aber in den ersten beiden »großen« *Gladiaturae*, die eigentlich noch als eher harmlos eingestuft worden waren, zwei unserer besten Männer verloren hatten, das war mehr als bitter!

Nach zwei weiteren Kämpfen, an denen nur Gladiatoren anderer Schulen beteiligt waren und die wir kaum wahrnahmen, war ich an der Reihe.

»Komm bitte heil zurück!«, raunte mir Herr Gladius Felixianus zu. Dann nahm er schnell ein Schutzamulett ab, das er seit seiner Zeit als aktiver Gladiator Tag und Nacht getragen hatte, und hängte es mir um den Hals.

Die Tubae riefen mich in die Arena.

Mein *Secutor*-Gegner war eine unangenehme Überraschung. Ich wusste zwar, dass Julius Valerianus ein stadtbekannter Männerliebhaber war, vor allem jedoch der Sohn eines Senators, der sich gelegentlich in der Rolle des Gladiators gefiel. Mit irgendeiner Nachsicht der Schiedsrichter konnte ich also nicht rechnen, eher mit dem Gegenteil. Aber er war auch noch ein *Tunicatus*, also ein Mann, der nicht mit bloßer Brust und Rücken in die Arena ging, sondern diese mit einer kurzärmligen Tunika bedeckte, was unter echten Gladiatoren als weibisch und verachtenswürdig gilt.

In der ersten Phase des Kampfes tänzelte er herum wie ein Leichtbewaffneter, war praktisch nicht zu treffen, ließ sich auch nicht unter seinem fast geschlossenen Helm zu atemraubenden Verfolgungen verleiten. Weibisch oder nicht und zweifellos mehr Amateur als Profi, war der Senatorensohn ein durchaus ernst zu nehmender Gegner.

Dann warf ich blitzschnell und unerwartet mein Netz, doch Julius Valerianus fing es geschickt mit seinem Schild auf.

Als er jedoch seinen Schild aus den Maschen löste, ließ er für einen Moment seine rechte Flanke ungedeckt. Ich stieß augenblicklich mit meinem Dreizack zu – und prallte ab, fetzte nur einen langen Riss in seine Tunika unter der es metallisch blinkte!

Das Arschloch hatte unter seiner Tunika einen Brustpanzer angelegt!

Diese grobe Regelwidrigkeit hätte unverzüglich zum Abbruch des Gefechtes führen müssen mit mir als eindeutigem Sieger und ihm als eindeutigen Verlierer! Doch die Schiedsrichter stellten sich blind!

Also packte ich meinen Dreizack mit beiden Händen und ließ eine Reihe von wuchtigen Stößen auf ihn los, von denen zwei seinen Helm trafen und den Mann deutlich ins Wanken brachten.

Der *Summa Rudis* war sichtlich versucht, zugunsten des Senatorensohnes einzuschreiten. Sein Stab zuckte. Doch eingedenk des Schicksals, das seinem Vorgänger widerfahren war, streckte er seinen Stab dann doch nicht zwischen uns.

Und dann gelang es mir, das Schwert meines Gegners zwischen die Zinken meines Dreizacks zu bekommen. Und mit einem tausendmal geübten Drehwurf flog die Klinge weit davon in den Sand der Arena.

Julius Valerianus ließ augenblicklich seinen Schild fallen, reckte den linken Zeigefinger in die Höhe.

Das Ergebnis war eindeutig. Trotz des gegenteiligen Gebrülls der Massen, welche seine Brustpanzerung unter der Tunika im Gegensatz zu den Schiedsrichtern sehr wohl bemerkt hatte, erhielt Julius Valerianus von Caesar Nero die *Missio*.

Der *Summa Rudis* präsentierte mich Caesar und dem Volk als Sieger.

Und dann fühlte ich nur noch einen schweren Schlag in den Rücken, ehe die Welt im Nichts versank.

Irgendwann tauchten verschwommene Gesichter aus diesem Nichts:

Das tief besorgte, aber auch zornige des Herrn Gladius Felixianus:

»Das Amulett hat dich wenigstens vor dem Tod gerettet!«

– Wieso vor dem Tod gerettet?

Das von Tränen überströmte Gesicht von Digna.

– Wie kam Digna in die Arena?

Das Gesicht jenes etruskischen Gottes Aplu, der, von seinem Tempelgiebel herabgestiegen, sich im Augenblick Tarquinius nannte:

»Nicht heute und vielleicht auch nicht morgen. Aber ich kriege ihn!«

– Wen? Der Summa Rudis erklärt mich doch zum Sieger …

Fulmina, die Ausdrücke verwendete, vor denen sogar Telemachos hätte erblassen müssen.

Das schwarze Gesicht des Amaranthus:

»Du warst fantastisch, Scorpio! Und was geschehen ist, war der übelste Fehler, den ich je in einer Arena gesehen habe!«

– Ja, ich war wirklich gut gewesen. Aber wieso Fehler?

»Ich mach die Sau fertig!«, schrie der junge Dardanus überlaut.

Schweinchen Purpureus schrie ebenso überlaut dagegen:

»Er ist *Secutor*. Ich mache ihn fertig!«

– Wen? Und wieso?

Nigeralbus:

»Du schaffst das! Stacheltier: Du schaffst das!«

– *Ich habe es doch geschafft!*

Dann wieder Nebel. Dunkelheit. Wieder Nichts …

Ich erwachte wie aus einem Traum.

Ich stand in der Arena, den Dreizack triumphierend in die Höhe gereckt, und der *Summa Rudis* neben mir würde gleich …

Doch da war kein *Summa Rudis.*

Und ich stand nicht. Ich lag.

Ich lag auf einem Bett.

Nicht auf meinem Bett daheim in Felix Felix.

Auf einem Bett, das ich nach einigen Momenten als eines in unserem Quartier in Roma erkannte: dem Wirtshaus »Zur säugenden Wölfin« auf dem Janiculus am rechten Ufer des Tiberis.

Ihr Götter, muss ich bei der Siegesfeier am Abend besoffen gewesen sein, obwohl das sonst nicht meine Art war, wenn mir gleich ein paar Stunden Erinnerung fehlten …

Der Arzt Amenophis beugte sich mit besorgtem Gesicht über mich:

»Hast du Schmerzen?«

Oder hatte ich bei der Feier vielleicht einen derben Schlag über die Rübe bekommen? Dabei konnten einem, wie behauptet wird, schon einmal ein paar Stunden verloren gehen. Aber ich habe schließlich einen harten licatischen Barbarenschädel, der einiges aushält. Jetzt auf jeden Fall spürte ich nichts mehr davon.

Das sagte ich Amenophis.

»Ich meine nicht den Kopf. Ich meine deinen Rücken!«, wollte der Arzt von mir wissen.

Nun, ja, das Letzte, woran ich mich erinnerte, war ein schwerer Schlag in den Rücken gewesen. Aber auch mein Rücken war in Ordnung.

»Tadellos!«, stellte ich fest.

Dann erschien Digna neben meinem Bett, mit leicht verquollenem Gesicht und vom Weinen geröteten Augen, und hinter ihr Tarquinius, der ohne sein leises, geheimnisvolles Lächeln in den Mundwinkeln sehr ernst aussah.

»Wie kommst du hierher?«, fragte ich Digna verblüfft.

Amenophis erklärte:

»Ich habe dich wegen der möglichen schlimmen Schmerzen fünf Tage unter Drogen gehalten. Digna kam sofort nach Roma, als sie die Nachricht von deinem Unfall erhielt.«

Das war eine Erklärung – und doch irgendwie keine …

Ich griff nach Dignas Hand, drückte sie beruhigend:

»Alles in Ordnung, Liebchen! Ich bin wieder da! Absolut keine Schmerzen!«

»Wie fühlen sich deine Beine an?«, fragte Amenophis.

Meine Beine?

Keine Schmerzen.

Nur: Ich fühlte sie nicht. Als ob sie nicht da wären …

Dann schoss mir eine schreckliche Vorstellung durch den Kopf:

»Ihr habt nach dem – Unfall? – doch nicht etwa eines meiner Beine ampu…?«

Ich wollte auffahren, nachsehen, doch der Ägypter hielt mich sanft an der Schulter zurück.

»Nein! Nein! Nein!«, beruhigte er mich. »An dir ist alles dran, was zu dir gehört!«

Und Tarquinius hob erst meinen rechten, dann meinen linken Fuß an, damit ich ihn sehen konnte, schlug sogar die Decke zurück, um mich endgültig zu überzeugen.

Na also! Wozu dann die ganze Aufregung?

Doch Amenophis wollte es trotzdem wissen:

»Wie fühlen sich deine Beine an?«

»Völlig taub vom langen Liegen«, stellte ich ihn zufrieden. »Im Augenblick wie nicht vorhanden. Um genau zu sein: Allgemein südlich der Gürtellinie bin ich derzeit überhaupt nicht vorhanden …«

Digna schluchzte laut auf. Amenophis stieß einen deftigen Fluch aus, was sonst überhaupt nicht seine Art war. Und Tarquinius sah jetzt nicht nur ernst, er sah ausgesprochen besorgt aus.

»Ihr führt euch auf, als stündet ihr an meinem Totenbett!«, herrschte ich die drei an. »Ich fühle mich prächtig! Also gut, ich hatte irgendeinen Unfall. Aber mit ein bisschen ärztlicher Kunst – so überhaupt nötig – und ein paar Wochen Training bei Perikles, und ich bin wieder wie neu! Der Angstgegner aller *Secutores* des Imperiums!«

»Und jetzt steht hier nicht herum wie professionelle Klageweiber, sondern setzt euch und erzählt mir, was das überhaupt für ein Unfall gewesen sein soll – ich kann mich nämlich an keinen erinnern!«, blaffte ich Digna, Tarquinius und Amenophis an.

»Und du, Digna, höre bitte zu weinen auf!«, fuhr ich milder fort, wobei ich nochmals kräftig und beruhigend ihre Hand drückte. »Du weißt, Tränen machen mich nervös – und wenn ich nervös bin, dann werde ich ungeduldig, mitunter sogar aufbrausend …«

Also versuchte sie tapfer ihre Tränen zu unterdrücken, sogar ein kleines Lächeln.

»Gut so!«, lobte ich. Dann zog ich kurz ihren Kopf zu mir herunter, küsste sie auf die Nasenspitze. »Ich bin Gladiator und du die Frau eines Gladiators. Was immer sein oder kommen mag, wir schaffen das – gemeinsam!«

Jetzt war ihr Lächeln echt. Und ich war glücklich!

»Möchtest du einen Becher Wein?«, fragte Amenophis.

»Aber gewiss! Ich fühle mich wie ein Kamel in der Wüste!«

Ich fühlte mich tatsächlich so, und wenn er mir Wein anbot, dann konnte es wahrlich nicht so schlecht um mich stehen!

Den ersten Becher kippte ich in einem Zug hinunter, und der Ägypter füllte unverzüglich nach.

Als dann die drei ihre Stühle herangerückt und sich gesetzt hatten, fragte mich Tarquinius:

»Was sind deine letzten Erinnerungen, Scorpio?«

»Ich habe mit diesem *Tunicatus* gekämpft. Er war nicht schlecht! Dann habe ich ihn, nach meinem abgefangenen Netzwurf, mit dem Dreizack in der Flanke erwischt und war abgeprallt, weil er heimlich einen unerlaubten Brustpanzer unter seiner Tunika trug. Der Pöbel hat es deutlich gesehen, nur die beiden Schiedsrichter stellten sich blind …«

»Bei einem Senatorensöhnchen in dieser Stadt kein Wunder«, knurrte Tarquinius.

»Dann habe ich mit dem beidhändig geführten Dreizack attackiert. Ich habe ein paar Mal nur seinen Schild, aber mindestens zweimal auch seinen Helm getroffen …«

»Er wackelte bedenklich«, bestätigte Tarquinius.

»Dann«, fuhr ich fort, »erwischte ich sein Schwert mit dem Dreizack, konnte es weit weg in den Sand der Arena schleudern. Er ließ sofort seinen Schild fallen, hob den Finger …«

Tarquinius nickte. Meine Erinnerung war also bis dahin tadellos.

Inzwischen waren Herr Gladius Felixianus und Amaranthus eingetreten, hatten mir zugenickt und sich still zu uns gesetzt.

Ich fuhr unterdessen fort:

»Der *Summa Rudis* ging mit seinem Stab dazwischen. Er erklärte unmissverständlich mich zum Sieger, den Tunicatus zum Verlierer – das Pöblikum war offenkundig seiner Meinung.«

Erneut nickte Tarquinius zustimmend.

»Der Tunicatus erhielt von Caesar die *Missio* – entgegen dem Gebrüll des Mobs, wenn ich mich recht erinnere.«

»Du erinnerst dich richtig«, bestätigte der Etrusker.

»Dann stand ich neben dem *Summa Rudis*, reckte als erklärter Sieger meinen Dreizack empor …«

»Und?«

»Dann war da ein schwerer Stoß, ein Schlag in meinem Rücken …«

»Und weiter?«

»Nichts! Manchmal Nebel. Mitunter die Gesichter von euch, die gelegentlich Begreifbares, meistens aber Unverständliches sagten. Und wieder Nichts und Nebel. Bis ich vorhin aufgewacht bin!«

Als keiner der Versammelten etwas sagen wollte, fuhr ich fort:

»Was ist also passiert? Ich habe keine Erinnerung daran. Habe ich mich bei der Feier meines Sieges so grausam besoffen? Oder habe ich dabei irgendwie einen derben Bums über die Birne bekommen? Oder …«

»Oder!«, betonte Herr Gladius Felixianus, und Tarquinius ergänzte:

»Du warst eindeutig als Sieger deklariert. Caesar hatte sogar schon nach einem, durchaus berechtigten, Lorbeerkranz gegriffen, als du in Siegerpose neben dem *Summa Rudis* standest.

Doch trotz seiner eindeutig ungerechtfertigten und nur seinem Vater zu verdankenden *Missio* konnte Julius Valerianus, das *Secutor*-Tunicatus-Senatorensöhnchen, die Niederlage nicht ertragen.

Sein Schwert lag irgendwo im Sand der Arena, viel zu weit weg, als dass er es ergreifen und dir damit hätte nochmals gefährlich werden können. Doch da lag zu seinen Füßen noch sein fallen gelassener Schild. Unbemerkt von den beiden Schiedsrichtern – in diesem Fall trifft sie wirklich keine Schuld – hob er ihn auf und schmetterte die Schildkante mit aller Wucht in deinen Rücken.

Du bist umgefallen wie ein Stein! Warst sofort bewusstlos.«

»Ein letzter, übelster, unverzeihlicher Regelverstoß!«, berichtete Tarquinius weiter. »Das römische Geschmeiß, so wenig wir es ausstehen können, forderte mit einem ohrenbetäubenden Geschrei die sofortige *Jugulatio* des Frevlers. Auch die oftmals nicht zu Unrecht als blutrünstig verschrienen Vestalinnen in der Loge unmittelbar neben der des Caesars stimmten ein. Doch der Caesar blieb, zweifellos aus Rücksicht auf den Senatorenvater, bei seinem Urteil der *Missio* für Julius Valerius.«

»Irgendwie freilich versuchte Caesar Nero sein offensichtliches Fehlerurteil der *Missio* für das Senatorensöhnchen wieder gut zu machen. Vielleicht wollte er auch nicht die Langmut der Massen allzu sehr strapazieren«, mischte sich Amaranthus ein, »denn schau einmal auf die rechte Wand dieses Zimmers …«

Da hingen an hastig eingeschlagenen Nägeln nicht nur ein buschiger Palmzweig, sondern auch drei Lorbeerkränze.

Drei?

»Angesichts deiner wahrhaft außerordentlichen Leistung verlieh dir Caesar nicht nur die Palme, sondern die allerhöchste aller Auszeichnungen überhaupt: den Dreifachen Lorbeerkranz«, erklärte Herr Gladius Felixianus.

»Und sei deiner Rache gewiss!«, raunte mir Tarquinius ins Ohr.

Rache!

Auch ich war wie jedermann mit diesem Begriff aufgewachsen und konnte, ja wollte ihn auch nicht aus meinem Bewusstsein löschen, so unsinnig mir Rache nach oft generationenlangen Blutfehden mitunter eigentlich erscheinen mochte: Weshalb musste ich eigentlich zwanghaft meinen Nachbarn erschlagen, weil dessen Urgroßvater einst meinen Urgroßvater getötet hatte, was zur Folge hatte, dass mein Großvater den Großvater des Nachbarn totschlug, dessen Vater folgerichtig meinen eigenen Vater und der Sohn des Nachbarn zukünftig meinen Sohn würde umbringen müssen und mein Enkel dessen Enkel und so fort bis in alle Ewigkeit …

Für Tarquinius hingegen war Rache offenbar eindeutig eine unabdingbare Götterpflicht.

»Jeder *Secutor* ist genau genommen nur ein spezialisierter *Murmillo* mit anderem Helm. Da werde ich ihn packen, so herausfordern, dass er sich mir als *Murmillo* stellen muss«, flüsterte er mir zu. »Ich werde ihm nicht die schnelle, gnädige *Jugulatio* gewähren! Ich werde ihm mit einem meiner Schwerter den Wanst aufschlitzen. Und wenn er dann heulend und seine Gedärme nachschleifend durch die Arena kriecht, dann werde ich ihm allenfalls gnädig seinen Kopf in den Sand treten und ihn so ersticken.«

Es dauerte fast vier Jahre, bis Julius Valerianus, der Tunicatus und Senatorensohn, zu Cumae, vor Qual heulend und um Gnade wimmernd, mit nachschleifenden Gedärmen unter dem Fuß von Tarquinius im Sand der Arena jämmerlich und würdelos verreckte.

»Und jetzt gehst du ins Bett und schläfst mindestens einen vollen Tag durch!«, befahl Herr Gladius Felixianus unserem Etrusker, erklärte mir dann:

»Seit fünf Tagen, seit du, Scorpio, in der Arena niedergeschlagen wurdest, hat er Tag und Nacht an deinem Bett gesessen. Er hat über dich gewacht, unerschütterlicher als eine Mutter über ihr krankes Kind wachen könnte! Tarquinius mag ein von seinem Tempeldach herabgestiegener Gott sein, aber auch Götter brauchen hin und wieder Schlaf! Insbesondere, wenn ich sie in wenigen Tagen siegreich in der Arena benötige!«

In den Mundwinkeln von Tarquinius hatte sich nach diesem Befehl wieder jenes eigentümliche Lächeln eingenistet. Mit einem winzigen Neigen seines Hauptes akzeptierte er grundsätzlich die Anordnung unseres Lanista. Trotzdem blieb er sitzen, ohne dass Herr Gladius Felixianus weiter auf seiner Weisung bestanden hätte.

»So, und jetzt will ich offen und ehrlich wissen, was los ist!«, bat ich energisch. »Was ist mit diesem Schlag in den Rücken? Was bedeutet es, dass ich meine Beine, meinen Unterleib nicht fühle? Denn irgendwas hat es doch damit auf sich? Werde ich sterben, obwohl ich mich tadellos fühle bis auf dieses Nichts unter meiner Gürtellinie?«

Ich wandte mich direkt an Herrn Gladius Felixianus:

»Ihr habt uns Gladiatoren nie angelogen. Ihr habt uns nie falsche Hoffnungen und Versprechungen gemacht. Ihr habt nie versucht, die Gefahren unseres Berufes zu verharmlosen. Deshalb bitte ich Euch, mir schonungslos die Wahrheit zu sagen – ich denke, ich habe ein Recht darauf! Werde ich sterben?«

Herr Gladius Felixianus sah mir direkt in die Augen:

»Ja, Scorpio, du wirst sterben! Du wirst sterben, wie jeder Mensch sterben muss. Ob morgen oder in fünfzig Jahren liegt in der Hand der Götter. Aber wenn du stirbst, wird deine Verletzung nicht der Grund dafür sein!«

»Ich gebe dir mein Wort«, mischte sich jetzt Amenophis ein, »mein Wort als Arzt, als Mitglied der *Familia Gladiatoria* wie als Freund: Du bist körperlich so gesund, wie du dich fühlst! Dein Kopf, deine Arme und Beine, deine Hände und Füße, dein Leib außen und innen, über und unter der Gürtellinie …«

»Außer?«, fragte ich. »Denn es gibt doch ein Außer!«

»Außer«, fuhr der Ägypter fort, »deinem Rückgrat. Julius Valerianus hat dir mit dem heimtückischen Schlag seiner Schildkante das Rückgrat gebrochen.«

»Was bedeutet?«

»Dass die Verbindung zwischen deinem Gehirn und der unteren Hälfte deines Körpers zerstört wurde. Deine Beine sind vorhanden und unversehrt, doch dein Gehirn kann sie nicht mehr steuern, und umgekehrt können sie keine Meldungen über ihr Befinden mehr an dein Gehirn zurückschicken.«

Ich wollte das genauer wissen. Was hatte mein Gehirn mit, beispielsweise, meinen Beinen zu tun?

»Balle deine Faust!«, befahl mir Amenophis.

Ich tat es.

»Und nun sage mir, weshalb sich deine Faust geballt hat.«

»Weil sich in meiner Hand eine ganze Menge unterschiedlicher Muskeln zusammengezogen hat, welche diese Bewegung bewirken – so hat es uns zumindest Perikles erklärt.«

»Zutreffend«, nickte Amenophis. »Doch woher wissen diese Muskeln, dass sie sich so fest zusammenziehen sollen, dass sie eine Faust bilden? Oder woher, dass sie sich nur so leicht zusammenziehen sollen, dass du eine Nadel ergreifen kannst? Muskeln können nur eins, sich mehr oder minder stark zusammenziehen oder entspannen. Ansonsten jedoch sind sie rettungslos dumm!«

Ich musste lachen, denn natürlich hatte Amenophis damit Recht.

»Woher also«, fragte der Arzt, »bekommen deine Muskeln den Befehl, sich genau so oder so stark oder schwach zusammenzuziehen oder sich zu entspannen?«

»Offensichtlich aus meinem Kopf«, gab ich zu.

Amenophis nickte bestätigend und befahl dann: »Schlag hier auf meine Hand – leicht!«

Ich tat es, und ein »Au!« entwischte mir. Ich hatte meinen Finger an einer Nadel gestochen, die der Ägypter unvermutet in der Hand hielt.

»Warum hast du »Au« gesagt?«, fragte Amenophis scheinheilig.

»Weil du eine Nadel in der Hand hattest, an der ich mich gestochen habe!«

»Und woher will dein Finger wissen, dass er gestochen wurde? Woher gar, dass ich es war, der eine Nadel in meiner Hand hatte?«

»Nun, ich dachte ...«

»Du dachtest!«, triumphierte der Ägypter. »Deine dummen Muskeln haben also nur ein Alarmsignal ausgesandt, und dein Gehirn war es, das dir sagte, dass dort am Finger eine Verletzungsgefahr besteht. Dein Gehirn hat auch sofort weitergearbeitet und aus der Schwäche des Signals geschlossen, dass es sich dabei allenfalls um eine Nadel handeln kann. Und schließlich hat es dir mitgeteilt, dass sich diese Nadel in meiner Hand befinden müsse, da du ja auf diese geschlagen hast ...«

»Du meinst also«, begann ich zu begreifen, »ich habe den Nadelstich gar nicht wirklich an meinem Finger gespürt, sondern in meinem Kopf, der mir gesagt hat, es sei eben mein Finger, der gestochen wurde, und er hat mir gleichzeitig auch noch die Erklärung für den Schmerz mitgeliefert?«

»Genau so ist es!«, bestätigte Amenophis.

»Wenn jetzt aber keine Verbindung mehr zwischen meinem Gehirn und meinen Beinen besteht ...«

»Kann dein Kopf den Beinmuskeln keinerlei Anweisungen mehr geben, wie sie sich zusammenziehen oder entspannen sollen.«

»Das bedeutet ...«

Was das bedeutete, wurde mir schlagartig mit Entsetzen klar, trotzdem musste ich weitersprechen:

»Das bedeutet: Meine Beine sind gelähmt?«

»Ja, das bedeutet es«, stimmte der Arzt leise zu.

»Für wie lange?«, schrie ich.

»Es soll Fälle gegeben haben, wo sich das nach Wochen oder Monaten etwas besserte«, versuchte mich Amenophis vorsichtig zu beruhigen, setzte dann allerdings ehrlich hinzu. »Aber diese

Fälle sind selten. Richte dich lieber darauf ein, dass sich für den Rest deines Lebens daran nichts mehr ändern wird.«

In mir brach eine Welt zusammen.

Ein Gelähmter! Ein jämmerlicher Krüppel!

Der elende Tunicatus Julius Valerianus hätte mich besser totgeschlagen!

Warum? Warum musste das ausgerechnet mir passieren?

Und wenn jetzt irgendjemand etwas »vom unerforschlichen Ratschluss der Götter« sagen würde, dann würde ich lauthals losbrüllen!

Doch keiner sagte etwas.

Meine Frau! Meine Freunde, Gladius Felixianus, Amaranthus, Tarquinius, Amenophis, waren nur einfach da! Waren bei mir!

Sie hätten mich sterben lassen sollen! Aber wie hätten sie das tun können, wenn ich außer meinem zerschmetterten Rückgrat völlig gesund war?

Ein leiser Schmerzensschrei Dignas riss mich in die Wirklichkeit zurück – ich hatte ihr fast die Hand zerquetscht.

»Sag mir den Rest!«, forderte ich schließlich von Amenophis.

Der erklärte:

»Da die Übermittlungsbahnen auch umgekehrt nicht mehr funktionieren, wirst du auch nie wieder südlich deiner Gürtellinie etwas spüren – keine Berührung, aber auch keinen Schmerz! Ich könnte dir den Fuß abhacken, und du würdest mir allenfalls interessiert zusehen …«

»Wenigstens *ein* Vorteil!«, seufzte ich.

»Ein Danaergeschenk«, korrigierte mich der Ägypter. »Schmerz ist ein Warnsignal des Körpers. Wenn, wie eben, dein Finger nicht dieses Signal ausgesandt hätte – hättest du ihn dann sofort von der Nadel zurückgerissen? Hättest du ihn nicht möglicherweise ruhig dort auf der Nadelspitze liegen lassen?«

Dann belehrte er mich:

»Du wirst in Zukunft deine Beine, deinen Hintern, deine Hüften sehr genau selber und von Digna mit Augen und Händen auf mögliche Verletzungen kontrollieren müssen! Die albernste Verletzung oder Hautabschürfung dort kann sich, weil du sie ja nicht spürst und daher nicht entsprechend versorgst, entzünden, zu eitern beginnen, schließlich deinen ganzen Körper vergiften, dich im schlimmsten Fall umbringen! Du wirst in Zukunft deine untere Hälfte sehr sorgsam in weiches Material einpacken müssen, um Verletzungen jeder Art zu vermeiden …«

»Und weshalb sollte ich das eigentlich tun?«, fuhr ich den Ägypter an. »Nur um ein paar Tage, Wochen, Monate oder gar Jahre länger hilflos auf dem Rücken zu liegen und die Decke anzustarren?«

»Wer hat denn das behauptet?«, fragte der Arzt freundlich. »Du kannst mit ein wenig Unterstützung im Rücken beispielsweise problemlos sitzen«, und ehe ich mich versah, hatte er mich an den Schultern in sitzende Position gezogen während mir Digna einige feste Kissen in den Rücken stopfte.

»Also gut, ich kann sitzen«, gab ich zu. »Aber ich kann nicht stehen, kann keinen Schritt laufen!«

»Dann wirst du eben«, stellte Tarquinius trocken lächelnd fest, »hinfort vier statt zwei Beine haben, um dich fortzubewegen – die vier Beine von zwei Sklaven, die dich in einer Sänfte tragen. Oder auch die acht Beine von zwei Pferden oder Maultieren, zwischen denen deine Sänfte auf längeren Reisen aufgehängt ist.«

»Dein Kopf ist völlig in Ordnung«, fuhr der Ägypter fort, »und so klar wie immer …«

»Falls er das überhaupt jemals war«, schob Amaranthus schnell grinsend dazwischen.

»… und du hast zwei absolut und uneingeschränkt funktionsfähige Arme und Hände!«

»Und was kann ich damit anfangen?«, maulte ich.

Herr Gladius Felixianus seufzte leise, ehe er mich fragte:

»Hattest du nicht bereits *vor* diesen verdammten Ludi in Roma zugesagt, als Nachfolger von Phiops der Prokurator von Felix Felix zu werden?«

Ja, das hatte ich. Und hatte damit in Zukunft sogar eine sinnvolle Beschäftigung! Trotzdem schien mir die Aussicht, für den

Rest meines Daseins in einem Kontor zwischen muffigen Pergamenten irgendwelche Verwaltungsabrechnungen addieren, subtrahieren und kontrollieren zu müssen, nicht gerade als der erstrebenswerteste aller Lebensinhalte.

Soeben war ich dabei, mich mit dieser Zukunft irgendwie abzufinden, da fuhr mir wie ein greller Blitz ein weiterer, abscheulicher, ganz absolut widerwärtiger Gedanke durch den Kopf:

»Du sagst«, wandte ich mich an Amenophis, »dass ich meinen Körper unterhalb der Gürtellinie wahrscheinlich nie mehr würde kontrollieren können?«

Der ägyptische Arzt nickte betrübt.

»Dann werde ich auch meine Ausscheidungsfunktionen nicht mehr kontrollieren können!«, schrie ich entsetzt. »Ich werde hilflos wie ein Säugling in die Hosen pinkeln und scheißen! Alle paar Stunden gewickelt werden müssen!«

Das war unerträglich!

Ich war bereit, mir als Gladiator in der Arena in den Oberschenkel stechen, mir das Rückgrat zertrümmern …

»Nein.«

… mich gegebenenfalls in die Kehle stechen zu lassen …

»Nein!«

… aber niemals würde ich solch eine klägliche Demütigung hinnehmen!

»NEIN!«, brüllte mir Amenophis ins Ohr.

… ?

»Du hast in deinem Unterleib keine Kontrolle mehr über die bewussten, vom Gehirn gesteuerten Vorgänge«, erklärte mir der Arzt.

Aber das wusste ich doch inzwischen – und eben deshalb …

Doch Amenophis fragte:

»Befiehlt dein Verstand eigentlich Tag für Tag, Minute für Minute deinem Herzen: ›Mach schön *Bum–Bum–Bum* …‹?«

»Natürlich nicht«, gab ich zu und musste trotz meines Entsetzens lächeln.

»Und musst du bewusst mit dem Kopf deinem Magen und deinem Darm erklären: ›Ich habe eben ein Dutzend Austern – du weißt schließlich, dass ich Meeresgetier mag – ein klitzekleines Tellerchen Garnelen und ein Schwertfisch-Steak, dann freilich auch noch ein mit ganz viel Oregano gegrilltes Lammkotelett samt einem Berg an Gemüse und Salat nebst zwei Portionen einer nicht unbedingt gesundheitsfördernden, jedoch äußerst leckeren Nachspeise gegessen‹, und ihn dann ausdrücklich anweisen: ›Also verdau das alles mal schön!‹?«

Jetzt musste ich, trotz allem, wirklich herzlich lachen.

»Es gibt«, fuhr der Ägypter fort, »in unserem Körper eine ganze Menge an Funktionen, die offenkundig nicht von unserem Willen gesteuert werden – gar nicht gesteuert werden *können*. Warum das so ist, wissen wir Mediziner noch nicht. Aber es *ist* so. Auch in deinem Körper laufen diese Funktionen weiterhin reibungslos ab. Wir wissen noch nicht, weshalb sie es tun. Aber sie *tun* es.«

»Wie beruhigend für mich«, knurrte ich. »Und was hat das damit zu tun, dass ich nicht wie ein bieselnder Säugling …«

»Eine ganze Menge«, erläuterte mir Amenophis, »denn nahezu das Einzige, was du dabei willentlich beeinflussen kannst, sind die Schließmuskeln zum Öffnen deines Darmendes und deiner Blase.«

»Du meinst«, fragte ich, im Augenblick weit weniger erschrocken als neugierig, »ich laufe nicht unkontrolliert aus oder kacke drauflos wie ein Säugling, sondern ich *kann* nicht mehr, weil mein *Gehirn* diese Vorgänge steuert?«

»Generell ist das richtig«, antwortete Amenophis, schlug die Decke über meinem Unterleib zurück und deutete auf eine deutlich sichtbare Beule unmittelbar über meinem Schambein:

»Deine Blase. Im Augenblick ist sie so prall gefüllt, dass du vor Schmerzen heulen würdest – wenn du sie fühlen könntest …«

»Und irgendwann wird sie platzen. Und was dann?«

»Sie wird schon nicht platzen!«, besänftigte mich der ägyptische Arzt. »Du kannst zwar willentlich ihren Schließmuskel nicht mehr öffnen, um das Wasser abfließen zu lassen, aber da gibt es ein paar Tricks, die ich dir zeigen werde, um jenen Muskel trotzdem zu veranlassen, das zu tun, was er soll.

Für dein hinteres Ende gilt Ähnliches …«

»Und dann habe ich sogar noch eine wirklich gute Nachricht für dich!«, grinste Amenophis. »Du wirst auch in Zukunft mit deiner Digna Sex haben können!«

Ich muss in diesem Moment den Ägypter ziemlich dumm angeschaut haben, denn noch breiter grinsend erklärte er mir:

»Die Erektion deines Penis hat eigentlich nur sehr wenig mit deinem Gehirn zu tun …«

Ich wollte protestieren, doch Amenophis zwang mich ihm zuzuhören:

»Wenn eine Erektion ausschließlich mit dem Willen zu tun hätte, weshalb gibt es dann so viele Männer, die *ihn* nicht mehr hochkriegen?«

Zugegeben, da hatte Amenophis Recht.

»Eine Erektion ist ein uns noch unerklärliches, noch rätselhaftes, jedoch in seiner Entstehung unzweifelhaftes Zusammenspiel: Da sind einmal bewusste Reize, die sicherlich aus unserm Gehirn kommen. Aber da sind auch solche, die aus jenen noch unerforschten Regionen unseres Körpers stammen.

Kurz gesagt: Du bekommst ihn hoch! Du kannst, selbst wenn du dort nie wieder etwas empfinden wirst, Digna genauso glücklich machen wie bisher – auch wenn sie nun wohl die aktivere Rolle übernehmen muss.

Du kannst sogar mit ihr zahllose absolut gesunde Kinder zeugen!«

Ich bat, mich wieder hinlegen zu dürfen.

Amenophis und Digna entsprachen meinem Wunsch.

All das, was in der letzten Stunde auf mich eingeprasselt war, verwirrte mir die Sinne. Und der allzu reichlich genossene Wein betäubte mich, machte mich müde. Auf jeden Fall musste ich jetzt mit mir allein sein!

Auf meine Bitte zogen sich Herr Gladius Felixianus, Amaranthus und Tarquinius zurück.

Vorher jedoch wollte ich Herrn Gladius Felixianus sein Amulett zurückgeben – wenn es mich tatsächlich vor dem Tod bewahrte, hatte es mir damit wirklich einen Dienst getan?

Doch unser Lanista verweigerte die Rücknahme:

»Ich habe seinerzeit als noch junger Gladiator das Amulett vom Gründer unserer *Familia Gladiatoria*, Herr Gaius Sempronius Felix, erhalten. Ich habe es seither immer getragen. Als er mich schließlich zu seinem Nachfolger machte, sagte er, ich solle es demjenigen weitergeben, der einst ein würdiger Herr unserer *Familia Gladiatoria* sein würde. Und dieser solle es irgendwann einmal wiederum seinem Nachfolger schenken.

Ich habe es dir gegeben, Scorpio«, sagte er. »Zurücknehmen kann und werde ich es nicht! Tu damit, was du für richtig hältst, und der Segen der Götter, der auf dem Amulett liegt, sei mit dir!«

Dann ging er.

Auch Digna wurde liebevoll auf ein provisorisches Bett neben meinem gepackt und sorgsam zugedeckt. Kurz hörte ich ihr unterdrücktes Schluchzen, dann übermannte sie der Schlaf der Erschöpfung.

Amenophis wurstelte eine Weile noch zwischen seinen medizinischen Phiolen und Tiegeln umher, machte es sich dann in einem Sessel bequem, und bald hörte ich an seinem leisen Schnarchen, dass auch er eingeschlafen war.

Ich war, genau wie ich es gefordert hatte, allein mit mir …

Ich war also gelähmt!

Daran führten auch die freundlichsten Sprüche von Amenophis und meinen Freunden nicht vorbei.

Ich setzte mich nunmehr und bis in alle Zukunft aus einem wie bisher zufriedenstellend funktionierenden Oberteil – und einem absolut nutzlosen Unterteil zusammen.

Ich war wirklich dankbar, dass mir Herr Gladius Felixianus den Posten eines zukünftigen Prokurators zwischen Pergamenten, Papyri und beschriebenen Tontafeln mit endlosem, zumeist überflüssigem Verwaltungskram immer noch offen hielt.

Aber war das *mein* Leben?

War das *überhaupt* ein Leben?

Konnte oder wollte ich das?

Ich befingerte das Amulett des Herrn Gaius Sempronius Felix, das also noch immer um meinen Hals hing. Er hatte es nicht wörtlich ausgesprochen, doch das Amulett war unmissverständlich die Zusage, dass mich Herr Gladius Felixianus, irgendwann, so ich mich bewährte, zu seinem Nachfolger in der Schule Felix Felix und sogar Adoptivsohn machen würde.

Mich?

Er hatte es mir gegeben, da ich als hoffnungsvoll aufstrebender Gladiator in die Arena geschritten war.

Aber jetzt war ich kein »aufstrebender« Gladiator – ich war überhaupt kein Gladiator mehr!

Ich war ein hilfloser Krüppel! Bestenfalls ein Federfuchser in einem Kontor, gefesselt an den Stuhl seines Schreibtisches …

Herr Gladius Felixianus hatte aus einem spontanen Gefühl heraus einen Fehler gemacht, da war ich mir sicher. Und da er das Amulett nicht zurücknehmen wollte oder konnte, würde ich es schleunigst an einen Würdigen weitergeben!

Doch weit schlimmer noch als mein persönliches Schicksal, die *Familia Gladiatoria* Felix Felix, Herr Gladius Felixianus und sein Amulett lag mir die Zukunft Dignas auf der Seele:

Einer Scheidung – eigentlich leicht, von einem Krüppel gar problemlos zu erreichen – würde sie aus Pflichtbewusstsein nie zustimmen.

Sie könne, so hatte mir Amenophis nachdrücklich versichert, am Geschlechtsverkehr mit mir immer noch ihren berechtigten Spaß haben, auch wenn ich selbst meinen Penis nicht mehr spürte. Sie würde sogar Kinder von mir empfangen können.

Aber war es ihr auf Dauer zuzumuten, mit einem »halben« Mann wie mir verheiratet zu sein?

War es ihr zuzumuten, auf jegliche Vergnügungen außerhalb

unserer hoffnungslos eingeengten Welt zu verzichten? Täglich meine gefühllosen Beine in weiche Stoffe zu wickeln? Meinen Arsch auf mögliche Verletzungen zu untersuchen?

Sie war so empfindsam, brach schnell in Tränen aus, konnte sich aber genauso über Kleinigkeiten freuen wie einen seltenen Schmetterling oder das erste, zarte Grün der Bäume im Frühling. Sie hatte mit tiefer Ehrfurcht vor dem Tempel in Veio gestanden und mit offenem Mund den Sonnenuntergang über dem Sinus Cumanus bewundert. Mit leisem Grauen und gleichzeitig neugierig staunend hatte sie die heißen Quellen und blubbernden Schlammlöcher der Campi Phlaegrei betrachtet. Sie hatte vor Vergnügen gequietscht, als wir das erste Mal im Meer badeten, und mit leuchtenden Augen die seltsamen Muscheln in der Hand gehalten, die dort am Strand lagen.

Gewiss, zwar würden Sklaven mich wie einen Mehlsack herumschleppen müssen. Aber Digna war es, die mich tags und, möglicherweise, auch nachts würde pflegen und betreuen, mir unter Umständen sogar beim Pinkeln oder Sch… würde helfen müssen!

Digna hatte in ihrem Leben schon genug Schweres mitgemacht, um jetzt auch dies noch aushalten zu sollen!

Konnte ich all dies von Digna erwarten? Geschweige fordern?

Ja, sie hat gesagt, sie liebe mich was und wie ich auch immer sei. Aber trotzdem …

Die folgenden Tage verbrachte ich in einem Dämmerzustand zwischen einem von Wein betäubtem Schlaf und einem Wachen voller dunkler Gedanken:

»Hätte ich – hätte ich – hätte ich vielleicht …« und »Sollte ich – sollte ich – nein, müsste ich – müsste ich nicht wirklich, wenn ich einen Rest an Selbstachtung bewahren wollte …«

Meine Freunde besuchten mich regelmäßig:

Herr Gladius Felixianus, der weiter jede Rücknahme seines Amuletts ganz entschieden ablehnte.

Nigeralbus, der gestern erst samt seinen Saufkumpanen einen

leibhaftigen Löwen aus seinem Käfig befreit und auf den Pöbel losgelassen hatte. Welcher mir von seinen neuesten Affären mit Damen der allerhöchsten römischen Gesellschaft erzählte.

Amaranthus, der mich mit einem fantastischen Gewinn aus einer Wette, die ich auf einen Außenseiter bei den Wagenrennen abgeschlossen hatte, aufzumuntern versuchte.

Amenophis, der außer Digna eigentlich stets um mich war, wenn ihn nicht seine Pflichten in die Gewölbe der Arenen riefen, wo er andere verletzte Männer unserer Schule zu versorgen hatte.

Purpureus, das mir die neuesten Witze der Stadt erzählte:

»Was machten die Leute, wenn Caesar singt? Sich die Ohren zuhalten und jubeln! Und was machen die Leute, wenn Caesar *nicht* singt? Die Ohren offen lassen – und jubeln!«

Oder:

»Was passiert, wenn Caesar ein größeres Häuslein als seinen Palast auf dem Palatin braucht? Er brennt Roma ab, um Platz zu gewinnen!«

Die Witze waren eher schal und abgedroschen – der letztere freilich fast prophetisch …

Erst als er sich empörte: »In dieser Stadt gibt es keine ordentlichen Handwerker! Ich habe im Suff gestern versucht auf einem Wirtshaustisch zu tanzen. Und was ist passiert? Der Tisch ist zusammengebrochen!«, musste ich herzhaft lachen.

Fulmina tauchte irgendwann in dem Zimmer auf, einen riesigen Lorbeerkranz schief auf dem Kopf, einen Palmzweig mit ihrer Linken und einen Weinkrug mit ihrer Rechten schwenkend, und grölte: »Ich habe ihm den Arsch versohlt wie ein Schulmeister seinem Schüler! Die Ehre von Felix Felix ist gerettet!«

Dass unser britonisches, rothaariges Ungeheuer gesiegt hatte, freute mich von Herzen! Der indirekte Vorwurf hingegen, dass die – in drei Fällen eindeutig ungerechten – Niederlagen von Serapis, Vercingetorix und einigen anderen die Ehre unserer Schule verletzt hätten, tat mir böse weh, selbst wenn dieser Vorwurf zweifellos nur im Suff geäußert war …

Wenig später berichtete mir Amaranthus über den dritten Tag der »großen« *Gladiaturae*:

Fulmina hatte gegen einen anderen *Provocator* aus unserer Intimfeind-Schule in Capua souverän gesiegt. »Sie hat ihn binnen kaum fünf Minuten in Grund und Boden geprügelt«.

Von den anderen acht Kämpfern aus unserer Schule hatte freilich nur einer gesiegt, einer hatte, schwerverletzt, seine *Missio* erlangt, die anderen sechs waren ums Leben gekommen. So sehr Fulmina schreien mochte, auch dies war ein schwarzer Tag für uns.

Herr Gladius Felixianus meinte, wenn nicht am vierten und letzten Tag der *Gladiaturae* ein Wunder geschähe, dann würde Felix Felix für Jahre in die hoffnungslose Zweitklassigkeit abrutschen!

Ich nahm selbst dies fast mit teilnahmsloser Gleichgültigkeit hin. Was ging mich eigentlich die Zukunft von Felix Felix noch an?

Ich versank mehr und mehr in meinen eigenen Problemen, meinem eigenen Seelenschmerz, in meinen düsteren Gedanken, die sich um die verzweifelte Zukunft Dignas – jämmerlich mit mir, zweifellos weit besser ohne mich – drehten.

Ich beschloss, dass ich vor allem Digna, aber auch meine Freunde und nicht zuletzt mich selber von der Unerträglichkeit, die ich jetzt darstellte, befreien musste.

Als Tarquinius wieder einmal an meinem Bett stand, bat ich ihn leise, damit es sonst keiner hören konnte:

»Ich brauche ein scharfes Messer oder einen … Gib mir eines deiner Schwerter!«

Alle, wirklich alle, die ich liebte und die mich liebten, wären in heftigsten Protest bei diesem Wunsch ausgebrochen, hätten versucht ihn mir wortreich auszureden. Tarquinius neigte nur leicht den Kopf:

»Meine Schwerter sind zwar aus dem bestem, zumindest dem besten hier erreichbaren, Stahl geschmiedet und nach landläufiger Meinung extrem scharf. Sie könnten ihre Pflicht tun. Und es wäre mir eine Ehre, wenn sie das tun würden …«

»Dann gib mir endlich eines deiner Schwerter!«, keuchte ich.

Tarquinius schüttelte energisch den Kopf:

»Meine Schwerter sind zu lang! Sie sind optimal, um sie gegen einen Widersacher zu verwenden. Doch um sie gegen sich selbst zu richten, eignen sie sich kaum …«

Ich runzelte zornig die Stirn, doch Tarquinius erklärte ruhig:

»Ich will nur, dass du bei dem klassisch gladiatorischen *Jugulatio*-Stich in die Kehle – an den denkst du doch – den erwünschten Erfolg hast und du keinen Pfusch baust!«

»Pfusch?«

»Du könntest beispielsweise«, führte Tarquinius aus, »nur deinen Kehlkopf treffen. Daran stirbst du natürlich nicht! Du bist dann allerdings fürderhin nicht nur lahm, sondern zudem auch noch stumm!

Oder du schneidest lediglich deine Speiseröhre an. Du müsstest dann die nächsten Jahrzehnte mit einem Rohr oder Schlauch, der von deinem Mund zu deinem Magen führt, hauptsächlich flüssig ernährt werden.«

»Das gibt es nicht!«, schrie ich aufgebracht.

»O doch!«, widersprach mir Tarquinius. »So etwas wurde schon gemacht – frag Amenophis.«

»Dann verschaffe mir ein geeignetes Gerät!«, fuhr ich ihn an.

Tarquinius neigte zustimmend den Kopf.

Zwei Tage später, wir waren wieder allein in meinem Zimmer, legte er mir einen Dolch auf die Bettdecke.

Es war ein herrliches Stück! Die Scheide war mit Schlangenleder überzogen und mit fein ziselierten Beschlägen aus massivem Gold geschmückt. Das Heft des Dolches war ebenfalls vergoldet, und der Knauf bestand aus einem wunderbar geschliffenen Karfunkel. Die Klinge war der beste, schärfte Stahl, den ich je gesehen hatte.

»Das Ding muss ja ein Vermögen gekostet haben!«, entfuhr es mir.

Der Etrusker zuckte mit den Schultern:

»Da es dich zum Ende deines Lebens begleiten soll, ist das wohl angemessen.«

Dann wandte er sich um, schritt zur Türe.

Doch ehe er sie öffnete, drehte er sich noch einmal zu mir:

»Ich verspreche dir, dass Digna diesen Raum nicht als Erste betreten wird! In der Arena saugt der Sand schnell viel von dem Blut auf – hier wird es jedoch eine ziemlich üble Schweinerei werden, die wir ihr ersparen sollten.«

Ich war Tarquinius zutiefst dankbar für diese Rücksicht.

Nach einem Augenblick des Zögerns fragte er noch:

»Würdest du einem Freund einen letzten Gefallen tun, Scorpio?«

»Gewiss! Welchen?«

»Erkläre mir: *Warum!*«

Ich erklärte es ihm, während meine Finger mit dem kostbaren Dolch spielten. Ich berichtete von all den Gedanken, Befürchtungen, Ängsten und Sorgen, die ich mir in den letzten Tagen und Nächten gemacht hatte. Ich sprach von der Last, die ich für meine Freunde sein würde, vor allem auch über die Unzumutbarkeit für Digna, mit jemandem wie mir ihr zukünftiges Leben zu verbringen.

Während ich redete, war Tarquinius wieder weiter ins Zimmer zurückgekommen, hatte sich schließlich auf meine Bettkante gesetzt, hörte mir schweigend mit ernstem Gesicht zu.

»Ich verstehe dich«, antwortete er ruhig, als ich geendet hatte. Dann sah er mich mit seinen tiefdunklen, leicht mandelförmig geschnittenen Augen an und fragte: »Verstehst du dich auch selbst?«

»Natürlich!«, wollte ich ihn anfahren, doch etwas in seinem Blick hielt mich zurück, ließ mich stattdessen fragen: »Wie meinst du das?«

»Ich habe all das, was du gesagt und erzählt hast, schon geahnt, teilweise sogar gewusst. In deiner Situation waren derlei Gedanken unumgänglich. Und wenn ich dein Vorhaben nicht akzeptieren könnte, dann hätte ich dir diesen Dolch nicht gebracht.«

»Dann sind wir uns ja einig!«

»*Fast* einig, denn du bist mit deinem Bericht ja noch nicht am Ende …«, entgegnete Tarquinius. »Erzähle mir bitte auch noch den Rest!«

»Welchen Rest?«, fragte ich. »Es gibt da keinen Rest!«

»O doch, den gibt es!«, widersprach mir mein Freund.

»Welchen?«

»Du hast jedes, aber auch wirklich jedes Argument vorgebracht, dass dafür spricht, dir diesen Dolch in die Kehle zu stoßen. Was fehlt, das sind die Argumente, es vielleicht doch nicht zu tun …«

»Es gibt keine!«, fuhr ich ihn an.

»Es gibt sie! Einige davon wären vielleicht sogar recht gut …«, meinte Tarquinius ruhig.

»Ich habe dich für einen wahren Freund gehalten!«, fauchte ich. »Und jetzt versuchst du mir die einzig akzeptable Beendigung meines würdelosen Zustandes, die Befreiung all der Menschen, die ich liebe, auszureden!«

Tarquinius hob abwehrend die Hände ob dieser Beschuldigung:

»Für wen oder was hältst du mich?«, rief er. »Zieh sofort den Dolch aus der Scheide und ramme ihn dir in die Kehle – ich werde dir gewiss nicht in den Arm fallen!«

Der Etrusker sprang von meiner Bettkante auf, zog sich so weit als irgend möglich in dem Raum zurück, verschränkte gar die Hände hinter seinem Rücken, um mir zu beweisen, dass er es aufrichtig meinte.

Noch zog ich den Dolch nicht, fragte stattdessen:

»Also, wenn es solche Argumente gäbe – es gibt sie nicht –, welche sollten das sein?«

»Deine Beine sind gelähmt. Gerade für einen *Retiarius*, der stets besonders schnell und beweglich auf den Füßen war, muss das die absolute Hölle sein!«, begann Tarquinius. »Aber dein Kopf, deine Arme und Hände sind uneingeschränkt gesund und einsatzfähig. Siehst du an dir nur deine Beine? Hast du früher auf längeren Strecken nicht auch lieber die Beine von Pferden für dich laufen lassen, anstatt die eigenen zu benützen? Ist der Gedanke, nun eben auch auf kurzen Strecken die Beine von Sänftenträgern für dich laufen zu lassen, wirklich so entsetzlich?«

»Drum geht es doch nur am Rande«, grummelte ich.

»Wenn du«, fuhr mein Freund fort, »dich wie ein Säugling beschmutzen würdest, ständig gewickelt werden müsstest – in diesem Fall würde ich dir eigenhändig die Klinge in die Kehle stoßen, wenn du es wünschtest. Aber das ist ja nicht der Fall!«

»Den Göttern sei tausendfacher Dank dafür!«, rief ich, musste dann aber doch anfügen: »Trotzdem bleibe ich eine unerträgliche Belastung für alle, die künftig mit mir zu tun haben!«

»Für die Sklaven, die Pferde oder Maultiere, die deine Sänfte tragen?«, lächelte Tarquinius spöttisch. »Es ist ihre Aufgabe, derlei zu tun!«

»Du weißt genau, wen ich meine!«, fuhr ich ihn an.

»Ach so ...«, meinte der Etrusker gedehnt. »Du meinst Herrn Gladius Felixianus, der dich schon vor diesen Spielen weit lieber als künftigen Prokurator unserer *Familia Gladiatoria* als in der Arena gesehen hätte?

Du meinst Amaranthus und Perikles, die dich jetzt nicht mehr trainieren müssen, sondern nur noch mit dir essen, trinken, feiern und reden können?

Fulmina, die sich von dir nicht mehr durchficken lassen kann – was du allerdings sowieso nie getan hast?

Telemachos, für den sich überhaupt nichts ändern wird?

Nigeralbus, für den sich ebenfalls nichts ändern wird, da du an seinen ausschweifenden Vergnügen ohnehin nie teilnahmst?

Für Purpureus und Dardanus, denen du jetzt nur noch theoretisch die Kniffe ihrer Kunst beibringen kannst? Den linkshändigen Netzwurf vermagst du übrigens sogar immer noch vorzuführen.

Deine Tochter Felicitas, die zwar über deine Behinderung betrübt sein wird, für deren Leben sich jedoch dadurch ebenfalls nicht das Mindeste ändert?

Amenophis, der nun vielleicht deinen wundgesessenen Hintern verpflastern muss statt einer Schramme an deinem Arm?

Für wen davon bist du also eine ›unerträgliche Belastung‹, wie du dich ausdrückst?

Allenfalls wirst du das für Phiops sein, aber das hat nicht das Mindeste mit deinen Beinen zu tun!«

»Wenn man es so sieht«, gab ich vorsichtig zu, »dann magst

du ja sogar Recht haben. Aber vor allem und ganz besonders geht es mir um Digna! Ich kann und will ihr nicht zumuten …«

»Was?«, unterbrach mich Tarquinius. »Ich hatte eigentlich nicht den Eindruck, dass sie sich ausschließlich in deine Beine verliebt hat – und der Rest von dir funktioniert doch tadellos! Wie Amenophis sagte, kannst du sogar immer noch mit ihr schlafen und Kinder zeugen, wenn ihr wollt!«

»Aber …«, versuchte ich einzuwenden.

Doch Tarquinius ließ mich auch diesmal nicht zu Wort kommen:

»Digna liebt dich aus ganzem Herzen, aus ganzer Seele! Bist du dir wirklich so sicher, dass ihr Schmerz, die Ströme an Tränen, die sie um dich vergießen wird, so viel leichter zu ertragen sind als ein paar zukünftige mögliche Unbequemlichkeiten?«

Bei den letzten Sätzen meines Freundes war ich sehr nachdenklich geworden.

»Arschloch!«, sagte ich leise. »Erst bringst du mir diesen Dolch – und dann redest du mir meinen Entschluss aus …«

»Ich rede dir überhaupt nicht aus!«, wehrte sich Tarquinius vehement. »Ich dachte nur, dass ich es meinem Freund schuldig sei, dass er vor diesem, schließlich nicht rückgängig zu machenden, Schritt wirklich alle Aspckte der Sache erkennt und abwägt.«

Es war keineswegs so, dass ich mein Vorhaben endgültig aufgegeben hätte. Gewiss nicht! Doch den Argumenten von Tarquinius war eine gewisse Vernunft nicht völlig abzusprechen – ich würde sie gründlich überdenken müssen! Das war ich wohl ihm, Digna und den Freunden meiner *Familia* schuldig.

Ich hielt ihm den Dolch hin:

»Nimm ihn vorläufig zurück!«

Tarquinius schüttelte so energisch seinen Kopf, dass die schweren Etruskerlocken flogen:

»Was soll ich damit? Ich brauche ihn nicht! Er gehört dir! Ganz wie du meinst zur späteren oder auch zur sofortigen Verwendung – je nachdem, ob du dein zukünftiges Leben zumindest wenigstens ausprobieren willst oder es sofort und grundsätzlich unerträglich findest …«

Der kostbare Dolch liegt heute, fast zwanzig Jahre später, noch immer unbenützt auf einem Tischchen neben meinem Bett. Da wird er auch bleiben, um mir einen Weg zu öffnen aus einer für mich – vor allem jedoch für die Menschen, die ich liebe – nicht mehr zumutbaren Existenz …

»Probiere es einfach!«, riet Tarquinius abschließend. »Und bis zu dem Zeitpunkt, wenn du dir das Eisen in die Kehle stichst, habe ich noch etwas für dich.«

Er öffnete die Tür und schob einen stabil gebauten Stuhl herein. Sitzfläche, Rückenlehne, Armlehnen und eine leicht hochgestellte Auflage für meine Beine waren dick und weich gepolstert. Drei breite, ebenfalls weich gepolsterte Gurte würden mir um das Becken, die Beine und die Brust den nötigen Halt verleihen. Außerdem hatte der Stuhl an seinen Füßen Rollen, sodass mich sogar nur eine Person mühelos herumfahren konnte. Eine Bremse, die ich selbst betätigen konnte, sollte verhindern, dass der Stuhl mit mir darin außer Kontrolle geriet. An seinen Seiten waren vier starke, eiserne Ringe angebracht, durch die Sänftenträger ihre Tragestangen stecken konnten. Und natürlich war dieser Stuhl, wie hätte es bei Tarquinius anders sein können, aus edelstem Holz gefertigt und mit kostbarstem Stoff bezogen.

»Du hast es gewusst?«, fragte ich leise.

»*Gewusst* nicht«, gab Tarquinius zu. »Aber ich habe auf deinen Verstand und dein Herz vertraut.«

Diesen Stuhl besitze ich noch, auch wenn er in der Praxis längst neueren, verbesserten Modellen weichen musste.

In jener Nacht schlief ich zum ersten Mal seit dem Unfall mit Digna.

Als ich sah, wie sich mein Penis, auch wenn ich nichts von ihm fühlte, unter ihren Händen tatsächlich aufrichtete, wie sie ihn sich einführte, bald vor Lust stöhnte, war ich glücklich.

Auch für mich war die Zärtlichkeit, mit der mich Digna förmlich überschüttete, wunderschön, selbst wenn ich mich an meine eher passive Rolle erst noch würde gewöhnen müssen.

Auf jeden Fall waren hier für die Zukunft keine Probleme zu erwarten …

So irgendwie, zumindest vorläufig, dem Leben neu geschenkt, hätte ich unter gar keinen Umständen den vierten und letzten Tag der *Gladiaturae*, bei dem Purpureus, Tarquinius und Nigeralbus auftreten sollten, versäumen mögen.

Zwei junge, muskulöse Sänftensklaven, die Herr Gladius Felixianus drei Tage zuvor gekauft hatte, trugen mich, sorgsam festgeschnallt in meinem Stuhl, zur Arena. Es waren Zwillingsbrüder aus Gallien – kurz Fix und Fax genannt –, und sie trugen mich mit ihren weich federnden, gleichmäßigen, trotzdem schnellen Schritten so sanft, dass ich glaubte zu schweben. Fix und Fax betrachten es auch heute noch als ihr eifersüchtig gehütetes Privileg, mich herumzuschleppen, nur dass sie längst keine Sklaven mehr sind, sondern freie Männer. Den Dialekt, mit dem sie sich untereinander verständigen, habe ich nie zu erlernen vermocht – und sie niemals auch nur ansatzweise ordentliches Latein. Aber wenn sie: »Du wollen Arena? Wir tragen« oder: »Du wollen Therme? Wir tragen« oder: »Du wollen zu Mampf-Mampf? Wir tragen«, radebrechen und ich nicke, dann gelange ich unfehlbar an den gewünschten Ort. Manchmal hatte ich schon damals den Verdacht, dass sie erheblich besser Latein verstanden, als sie zugaben, und ihre Primitivverständigung eigentlich nur ein persönlicher Spaß war.

Die letzten paar Dutzend Schritte zu unserer Loge schoben sie mich, nachdem sie die Tragestangen ausgehängt hatten, auf den quietschenden Rädern meines Stuhles. Sie sicherten ihn, obwohl ich die Bremse angezogen hatte, sogar noch mit kleinen Keilen unter den Rädern.

Als Erster unserer Leute musste Purpureus in die Arena – bei diesen abschließenden Spielen traten ausschließlich Spitzengladiatoren an.

Doch sein Gegner, der sich Myron nannte und aus der caesarischen Schule in Roma kam, war schon wieder eine unangenehme Überraschung: Ein *Scissor*, ein »Schlitzer«.

Immerhin war dies ein offiziell zugelassener, wenn auch seltener Gladiatorentyp, der anstelle eines *Secutor* eingesetzt werden konnte. Helm, Manica, Beinschienen und Schwert sind mit einem *Secutor* identisch. Doch anstelle des Schildes endet sein schwer gepanzerter linker Arm in einer Stahltülle, an deren Vorderende ein scharf geschliffenes, halbmondförmiges Wiegemesser befestigt ist – ideal geeignet um ein Netz zu zerfetzen, aber auch, um grauenhafte Wunden zu schlagen. Da der *Scissor* keinen Schild führt, darf er neben den Eques, der Reitern, als einziger regulärer Gladiatorentyp einen Schuppen- oder Kettenpanzer tragen, der seinen Oberkörper umhüllt und bis zu den Knien reicht.

Als Myron in die Arena stapfte wurde er mit reichlichem Applaus begrüßt. Schweinchen Purpureus, dank Digna noch dicker, plumper und unscheinbarer, wurde jedoch mit heftigen Zischen empfangen, das sich auch sehr schnell lautstark gegen Felix Felix richtete, da wir es wagten, solch eine Witzfigur überhaupt in einen ernsthaften Kampf zu schicken.

Nach zehn Minuten Gefecht waren die Zuschauer ruhiger geworden. Der Pöbel hatte erwartet, dass Myron den Hispanier im ersten Anlauf mit Schwert und Wiegemesser zerhacken würde, doch Purpureus war geschickt ausgewichen und hatte sich keineswegs fangen lassen.

Aber auch Purpureus schien andererseits kein Konzept gegen Myron zu finden. Seine versuchsweisen Dreizackstöße wurden abgefangen oder prallten am Panzer des *Scissors* wirkungslos ab.

Das geworfene Netz würde der Schlitzer mit Schwert und Wiegemesser sofort zerreißen. Der Dolch des *Retiarius* war gegen den Gepanzerten ohnehin fast wertlos.

Der Kampf ging weiter, ohne dass einer der Kontrahenten einen sichtbaren Vorteil für sich buchen konnte. Nur ich, vielleicht noch Herr Gladius Felixianus, aber nicht einmal Amaranthus, bemerkten, dass die Finger unseres Schweinchens aus der optimalen Wurfposition des Netzes in dessen Mitte langsam zu dessen Rand hinaus krabbelten.

Dort angekommen, ließ Purpureus das Netz, die Finger fest in seinen Rand gekrallt, fallen, schleifte es bei einem Fluchtversuch hinter sich drein.

Der *Scissor* eilte hinter ihm her, kam auf dem Netz zu stehen – und Purpureus riss mit aller Kraft an den Maschen.

Myron, dem so die Beine unvermutet weggezogen wurden, plumpste auf den Rücken.

Im nächsten Augenblick sprang Purpureus mit all seinem beachtlichen Lebendgewicht mit beiden Füßen dem *Scissor* auf die Brust. Da half auch kein Panzer. Myron fiel mit einem Keuchen sein Schwert aus der Hand. Den Arm mit dem Wiegemesser hatte Purpureus unmittelbar darauf mit seinem rechten Fuß unter Kontrolle.

Palme und Lorbeerkranz für Purpureus.

Der Mob, der ihn eben noch verlacht und verhöhnt hatte, brüllte vor Begeisterung!

Und Herr Gladius Felixianus, Amaranthus und ich stritten uns darum, wer den Ruhm für sich beanspruchen durfte, Purpureus der Schule in Pompaelo abgekauft zu haben …

Die folgenden Kämpfe zwischen Gladiatoren anderer Schulen beobachteten wir nur aus professionellem Interesse. Lediglich Fix und Fax, die derlei wohl zum ersten Mal erlebten, hingen über der Brüstung der Loge, wären wohl am liebsten in die Arena hinuntergesprungen, um sich nur ja nichts entgehen zu lassen.

Als Purpureus dann in unserer Loge auftauchte, meinte Digna, die mich nun auf Schritt und Tritt begleitete, obwohl sie sich eigentlich vor *Gladiaturae* ekelte:

»Du solltest immer so einen Lorbeerkranz tragen, er sieht auf deinem Kopf wundervoll lächerlich aus!«

Die tiefe, tragische Empörung, die sich daraufhin im Gesicht unseres hispanischen Schweinchens abzeichnete, wurde durch ein breites Grinsen hoffnungslos verdorben.

Der vorletzte Kampf des Tages und dieser caesarischen Spiele:

Tarquinius gegen Herkules aus einer Schule in Athen.

Herkules wurde offiziell als *Murmillo* geführt, in Wirklichkeit war auch er ein irregulärer *Exoticus*. Er trug zwar die normale Ausrüstung eines *Murmillo*, und dass er seinen Helm anstelle des Kammes mit Rossschweif, getreu seinem sagenhaften Vorbild, mit dem ausgestopften Kopf eines Löwen, dessen Fell bis über den Rücken herunterwehte, ausstaffiert hatte, war durchaus zulässig. Sein Schwert hielt er freilich in der Linken hinter dem Schild verborgen, und mit der Rechten führte er, ebenfalls getreu dem Sagenhelden, einen mächtigen Holzprügel, was keineswegs regelgetreu war.

Der Mob empfing ihn mit tosendem Beifall, zumal bekannt war, dass bei seinen bisherigen sechzehn Siegen noch nie ein Gegner lebend die Arena verlassen hatte. Tarquinius hasste solche »Schlächter«, obwohl ja auch er stets *sine Missio*, also bis zum Tod, kämpfte.

Der Etrusker schritt seinem Gegner mit ruhigen Schritten entgegen. In seiner schwarz-silbernen Ausrüstung sah er tatsächlich aus wie ein fleischgewordener Totengott.

Auch ihn begrüßte der Pöbel begeistert, denn dieser Kampf versprach aufregend zu werden!

So richtig spannend wurde der nicht einmal zehnminütige Kampf dann aber doch nicht:

Herkules drosch mit seiner Keule wild auf Tarquinius los, traf freilich stets nur Luft, weil ihm der bewegliche Etrusker jedes Mal elegant auswich. Dass Tarquinius zwischen den Angriffen seines

Gegners sogar immer wieder Zeit fand, einen seiner berühmten Schwerttänze aufzuführen, ließ den Mob ebenso jubeln, wie dies Herkules ärgerte.

Und dann war der Etrusker mit zwei geschmeidigen Sprüngen plötzlich hinter seinem Gegner, stieß ihm eines seiner Schwerter durch das Löwenfell in den Rücken.

Herkules fiel. Und ehe der *Summa Rudis* noch seinen Stab erheben konnte, bohrte ihm Tarquinius sein anderes Schwert knapp unterhalb der Schulterblätter ins Herz.

Der Mob applaudierte verhalten, und Caesar Nero schnitt gar ein leicht verärgertes Gesicht, als er Tarquinius Palme und Lorbeerkranz überreichte, da dieser Kampf so schnell vorübergegangen war.

Der letzte Kampf sollte dafür nach dem Willen der Editores der absolute Höhepunkt der *Gladiaturae* werden:

Unser *Thraex* Nigeralbus gegen den *Crupellarius* Pluto.

Was wir in den Vortagen in Erfahrung hatten bringen können, war:

Ein *Crupellarius* war ein ursprünglich aus Gallien stammender, seltener, jedoch ebenfalls durchaus regulärer, schwerstbewaffneter, wie ein *Thraex* mit einem relativ kleinen Schild ausgerüsteter Gladiatorentyp. Pluto persönlich war angeblich der derzeitige Liebhaber der Augusta Poppaea Sabina, der Gemahlin des Caesars Nero – vermutlich der Grund, weshalb er für den letzten Höhepunkt dieser Spiele ausgewählt worden war. Sein Sieg sollte zweifellos das vierwöchentliche Spektakel krönen.

Was dann freilich in die Arena geklirrt kam, das raubte uns vor Schreck buchstäblich den Atem.

Pluto war nicht nur ein Riese von Mensch – dergleichen hatten wir schon öfter erlebt. Es war vor allem seine Rüstung, die uns den Angstschweiß über den Rücken rinnen ließ: Sein rechter Arm und seine Beine bis zum Lendentuch hinauf waren mit stählernen Spangen nahtlos gepanzert. Weit schlimmer noch, dass seine Schultern und der halbe Rücken von solchen Stahlspangen umschlossen wurden. Zwar blieb damit ein schmaler Streifen Haut zwischen Panzerung und Gürtel entsprechend alter Gladiatorenregel nackt, doch dieser schmale Streifen wurde von dem Schild mehr als optimal abgedeckt.

Wie, um aller Götter willen, sollte man an diese wandelnde Festung herankommen, sie verletzen?

Nur einen einzigen Nachteil hatte der *Crupellarius*: Er sah schlecht!

Über seinen Schultern saß ein schwerer, topfähnlicher Helm. Vorne war zwar eine Nase aus dem Eisen herausgetrieben, doch offenbar saß der Helm fest auf dem Schulterpanzer, und der Kämpfer konnte zweifellos in ihm den Kopf bewegen und durch die zahlreichen winzigen Löcher rechts und links der »Nase«, freilich noch weit kleiner als die an einem *Secutor*-Helm, seinen Gegner einigermaßen beobachten. Und wie einem *Secutor* würde ihm zumindest bei schnellen Aktionen rasch die Luft ausgehen.

Für einen leichtfüßigen *Retiarius* wäre dies zweifellos von Vorteil gewesen. Aber für einen *Thraex*?

Als Waffe führte der *Crupellarius* ein vor allem zum Stich geeignetes halblanges Schwert wie *Murmillo*, *Secutor* und andere Gladiatorenklassen.

Pluto war, zugegeben, ein erstklassiger Kämpfer, der genau seine Stärken und Schwächen kannte. Er stand unerschütterlich und unverlockbar fest auf seinem Platz, drehte sich nur jeweils mit seinem Gegner, um diesem auch nicht die kleinste Blöße zu geben.

Nigeralbus rannte gegen diese menschliche Festung an – wieder und wieder und wieder. Zwanzig, dreißig, fast fünfundvierzig Minuten lang, ohne jedoch eine Lücke zu finden!

Langsam geriet nunmehr unser eigener Mann außer Atem, wofür niemand seine durchzechten Nächte verantwortlich machen wollte und konnte, denn damit hätten wir ihm wahrlich unrecht getan. Wie er sein persönliches Leben auch gestaltete, an seiner Leistungskraft als Gladiator hatte keiner von uns jemals etwas auszusetzen gefunden.

Der *Summa Rudis* hätte in dieser Phase den Kampf eigentlich längst unterbrechen, beiden Kämpfern einige Minuten der Entspannung, ein paar Schluck Wasser oder Wein gönnen müssen. Das war kein Gesetz, aber eine ungeschriebene Regel in der Arena. Doch dieser *Summa Rudis* ließ gnadenlos weitermachen, auch wenn das Pöblikum wegen der Unbeweglichkeit des *Crupellarius*, den immer müderen Attacken von Nigeralbus mehr als lautstark protestierte.

Und dann passierte es:

Der völlig erschöpfte Nigeralbus stolperte über seine eigenen Füße, berührte mit Sica und Schild den Arenasand. Er war zu diesem Augenblick weit außerhalb der Reichweite des Schwertes jenes *Crupellarius* Pluto. Und das war auch niemals ein Zeichen der Aufgabe gewesen – schließlich stolpern Gladiatoren fast täglich in der Arena ohne irgendwelche Konsequenzen.

Doch sofort war der *Summa Rudis* mit seinem Stab dazwischen, deklarierte Nigeralbus zu Verlierer und Pluto, den Ficker der Augusta Poppaea Sabina, zum wunschgemäßen Sieger.

Die Situation glich nur allzu fatal jener, bei der Serapis ums Leben gekommen war! Diesmal freilich signalisierte Caesar Nero sofort mit eingekniffenem, »gedrücktem« Daumen die *Missio* für Nigeralbus.

So weit, so einigermaßen gut, hätte der *Crupellarius* Pluto nicht trotz des ausgestreckten Stabes des *Summa Rudis* und dem unmissverständlichen Handzeichens Caesars mit seinem Schwert zugeschlagen, Nigeralbus damit beinahe gar den Kopf vom Hals getrennt.

Caesar Nero, wie verrückt er auch damals schon gewesen sein mag, erkannte, entgegen den wütenden Protesten seiner Gemahlin, daraufhin den Sieg Plutos nicht an und ließ Palme und Lorbeer auf die Totenbahre von Nigeralbus niederlegen.

Fulmina, Purpureus und die übrigen Kämpfer von Felix Felix waren schlicht fassungslos.

Herr Gladius Felixianus war wie versteinert.

Digna schluchzte hemmungslos an meiner Brust.

Aus dem schwarzen Gesicht von Amaranthus war seit jenem

Tag das breite Grinsen verschwunden. Er blieb zwar der *Doctor*, der Cheftrainer von Felix Felix, und er hatte genügend andere Kinder. Trotzdem schien an jenem Tag irgendetwas in ihm zerbrochen zu sein, ehe er nur knapp zwei Jahre später an einer eigentlich lächerlichen Erkältung starb.

Ein erneuter, glanzvoller Umzug Caesars nebst wiederum reichlichen Opfern an die capitolinischen Götter beschloss am nächsten Tag diese Spiele.

Freilich war der Aufmarsch nur noch ein bescheidener Abguss jenes Prunkzuges vor vier Wochen – die Mehrzahl der damaligen tierischen und menschlichen Teilnehmer war schließlich inzwischen im Tiberis schwimmende, verwesende Kadaver.

LIBER SECUNDUS

Die Jahre 814 bis 820 *ab urbe condita*.
Vom 6. bis zum 12. Regierungsjahr
des erhabenen Caesars Nero.
(61 *bis* 67 n. Chr.)

LUDUS VII

Im Ferienhäuslein Caesar Neros

Retiarius

Mai bis September des Jahres 814 *ab urbe condita.*
Im 6. Regierungsjahr
des erhabenen Caesars Nero.
(61 n. Chr.)

Unsere *Familia Gladiatoria* kehrte nicht als strahlende Sieger nach Puteoli zurück.

Aber wir krochen auch nicht als jammervolle Verlierer nach Hause.

Dass wir in Roma einen schweren Blutzoll würden zahlen müssen, hatten wir schon vorher gewusst: Von den vierzig Kämpfern, die nach Roma gezogen waren, kehrten nur vierzehn zurück, drei davon als Krüppel. Alle anderen waren tot.

Die bei den Spielen Caesar Neros errungenen Palmen und Siegeskränze wurden uns zwar vorangetragen und demonstrierten jedermann, dass Felix Felix unwiderruflich zu den Spitzenschulen des Imperiums gehörte, doch für uns konnten sie Schmerz und Bitterkeit nicht aufwiegen.

Zwar war fast immer solch eine Rückkehr von Spielen auch von Trauer überschattet, doch setzte sich gewöhnlich die Freude über die errungenen Siege in einem rauschenden Fest durch. Nicht so diesmal. Sogar Fulmina blieb still und in sich gekehrt.

Am Tag nach unserer Ankunft wurden die Urnen von Nigeralbus, geschmückt mit dem ihm postmortem von Caesar verliehenen Kranz, von Serapis, Vercingetorix und zwei anderen unserer Gefallenen, die sich besonders tapfer geschlagen hatten, im Totenhain beigesetzt.

Herr Gladius Felixianus gedachte bei dem anschließenden Totenmal aller, die ihr Leben in Roma gelassen hatten, auch jener einundzwanzig, die wir bereits in einem unterirdischen Columbarium an der Via Appia beigesetzt hatten. Mit bewegten Worten dankte er ihnen, dass sie bereit gewesen waren, für die Ehre unserer Schule zu kämpfen und zu sterben.

Ich sprach über unseren Kreis der »unbezwingbaren Sieben«, wie man uns genannt hatte, der nun unwiderruflich zerbrochen war: Nigeralbus, Serapis und Vercingetorix waren tot, ich war zeitlebens gelähmt, und Telemachos hatte sich schon vorher in seine Taverne zurückgezogen. So waren zwar noch vier von uns am Leben, doch nur zwei, Tarquinius und Fulmina, würden jemals wieder eine Arena betreten.

In einer anderen Beziehung freilich waren die Spiele in Roma noch weit erfolgreicher gewesen, als wir uns dies je hätten träumen lassen:

Herr Gladius Felixianus konnte nicht nur Herrn Caecilius Jucundus das Darlehen nebst Zinsen mühelos zurückzahlen. Dank der Siegesprämien und der Ablösesummen für die Toten, vermehrt durch höchst großzügige Geschenke Caesars, insbesondere jedoch auch durch die Wettgewinne – der auf Purpureus allein betrug über fünfhunderttausend Sesterzen – verfügte Felix Felix wieder über ein hervorragendes Finanzpolster.

Als er die Zahlen sah, humpelte Phiops, so schnell ihn seine Füße noch trugen, hinüber zu unserem Tempel und tauchte erst vier Stunden später wieder aus diesem auf, so innig hatte er allen denkbaren und undenkbaren Göttern für ihre einsichtige Hilfe gedankt.

Auch wurde beschlossen, dass diese Gelder nicht wie bisher in neue Äcker, Viehherden, Weinberge und Sklaven investiert, sondern bei Herrn Caecilius Jucundus gewinnbringend angelegt werden sollten – freilich so, dass wir jederzeit darauf zurückgreifen konnten.

So etwas wie letztes Jahr sollte Felix Felix nie wieder passieren!

Persönlich mochte ich mich ein bisschen damit trösten, dass mich Roma nicht nur zum Krüppel, sondern auch durch meine Prämie und zwei satte Wettgewinne bei den Wagenrennen, zumal aber durch meine private Wette auf Purpureus, zu einem durchaus wohlhabenden Mann gemacht hatte. Zumindest in dieser Beziehung würde sich Digna nie mehr Sorgen machen müssen.

Ein anderes Problem kam jetzt freilich auf unsere Schule zu.

Herr Gladius Felixianus erklärte es unmissverständlich, als der Innere Rat etwa drei Wochen nach unserer Rückkehr beisammen saß:

»Wir sind seit Roma endgültig unter den ersten Schulen des Imperiums etabliert, das steht fest! Aber wir müssen diesen Ruf auch verteidigen!«

Jeder in der Runde mit Ausnahme von Phiops ahnte, was nun kommen würde, und Herr Gladius Felixianus zögerte nicht es auszusprechen:

»Was uns fehlt, sind Gladiatoren, die dies könnten!

Wir haben mit Tarquinius einen *Summus Palus*. Mit Fulmina einen *Primus Palus*, und nach seinen Leistungen hat auch Purpureus eindeutigen Anspruch auf diesen Rang. Schließlich haben wir mit dem jungen Dardanus einen hervorragenden *Secundus Palus*. – Doch dann klafft eine ganz gewaltige Lücke!«

»Aber wir haben doch im letzten Herbst und Winter Unsummen des geliehenen Geldes für neue Gladiatoren ausgegeben!«, rief Phiops.

»Unbrauchbar!«, blaffte Amaranthus.

Der alte Prokurator wurde kreidebleich. »Das ganze Geld für untaugliche Leute zum Fenster hinausgeworfen?«, entsetzte er sich.

Früher wäre Amaranthus ob dieser Ahnungslosigkeit des Ägypters über Gladiatoren und *Gladiaturae* in schallendes Gelächter ausgebrochen, jetzt runzelte er nur ärgerlich die Stirn:

»Natürlich ist es *nicht* hinausgeworfen! Aber das sind junge, unausgebildete Leute, die wir unmöglich in eine Arena schicken können!«

»Aber manche davon sind doch schon fast ein Jahr bei uns«, widersprach Phiops. »Ich habe mir sagen lassen, dass in dem caesarischen Ludus Julianus zu Capua nach dieser Zeit die meisten bereits den *Secundus Palus*, einige gar den *Primus Palus* erreicht haben.«

»Capua!« Amaranthus spie den Namen förmlich aus. »Zu den Spielen in Roma hat Capua dreimal so viele Kämpfer geschickt wie wir – und zurückgekommen sind eben einmal achtzehn!«

Da Phiops offenbar überhaupt nicht begriff, was Amaranthus meinte, erklärte es ihm Herr Gladius Felixianus:

»Ludus Julianus ist eine caesarische Schule, in der regelmäßig mehr als eintausendfünfhundert Gladiatoren ausgebildet werden. Ihr Hauptzweck besteht darin, irgendwelche caesarischen Spiele mit Männern zu beliefern. Es sind unbestreitbar etliche hervorragende Kämpfer darunter! Aber die schnell ausgebildete Mehrzahl dient lediglich dem Blutdurst des Pöbels. Da man diese jedoch ungern als *Tiro*, als Neuling, in die Arena schicken will, weil dies den Mob verärgern würde, verleiht man ihnen bereits nach relativ kurzer Ausbildungszeit den Rang eines *Secundus* oder gar *Primus Palus* – mancher »Primus Palus« aus Capua hat noch nie eine Arena von innen gesehen …

Bei uns ist es genau umgekehrt: Felix Felix verfügt selbst in den besten Zeiten kaum über ein Zehntel der Leute von Ludus Julianus. Dafür sind unsere Männer zwar langwierig, dafür optimal ausgebildet und trainiert, ehe sie in die Arena gehen. Kein einziger *Secundus Palus* aus Capua, nicht einmal jeder *Primus Palus* könnte auch nur einem *Tiro* aus Felix Felix das Wasser reichen!

Simpel gesagt, Ludus Julianus und die anderen caesarischen Schulen setzen auf Quantität, Felix Felix jedoch ausschließlich auf Qualität! Wir sind keine Massen-, sondern eine Eliteschule. Und allein darauf gründet sich unser Ruf und unser Erfolg.«

Phiops schien langsam zu begreifen, und Herr Gladius Felixianus fuhr fort: »Wir haben zwangsläufig jeden, aber auch wirklich jeden Mann nach Roma geschickt, der wenigstens entfernt dem Standart von Felix Felix entsprach – und dafür einen schweren Tribut gezahlt!

Wir haben damit unsere Schule finanziell gerettet. Aber wir sind dabei, wortwörtlich, *ausgeblutet*!«

»Und nun?«, fragte Phiops leise.

»Wir brauchen mindestens ein halbes, ein dreiviertel, vielleicht sogar ein ganzes Jahr, bis wir unseren Nachwuchs so weit haben, dass er reif für ernsthafte Kämpfe ist, bis er fähig ist, dem speziellen Ruf unserer Schule in der Arena gerecht zu werden.«, erklärte Herr Gladius Felixianus und fragte dann: »Haben wir diese Zeit – finanziell?«

Phiops druckste verzweifelt herum, gestand dann aber:

»Ja, die haben wir, auch wenn dies einen erheblichen Teil der eben gewonnenen Mittel wieder abschmelzen wird.«

»Dann ist dies so beschlossen!«, erklärte Herr Gladius Felixianus bestimmt. »Keine Kämpfer für größere oder auch nur mittelgroße Spiele bis zum nächsten Frühjahr!«

Die Ohren unseres ägyptischen Prokurators mochten alt sein, aber sie waren immer noch scharf:

»Keine größeren oder auch mittleren Spiele«, wiederholte er. »Und was ist mit den – kleinen?«

Herr Gladius Felixianus musste lachen.

»Ja, kleine Spiele werden wir beschicken, wir werden sie sogar suchen, um unsere Junggladiatoren an Sand, Pöblikum und notfalls sogar Blut zu gewöhnen. Also«, bestimmte er, »keine Spiele in Neapolis oder Panormus! Keine weiteren Reisen als nach Verona! Spielchen jedoch in Herculaneum, Brundisium oder Faesulae sind durchaus erwünscht.«

Phiops war zwar keinesfalls begeistert. Aber immerhin hörte ich in seinem Kopf förmlich die Silberstücke klappern, die wenigstens auch jene kleinen Spiele einbringen mochten.

»Und«, so beruhigte sich Phiops endgültig, »es sind uns ja immer noch ein paar echte Stars geblieben, auf die wir zuverlässig bauen können! Von unten angefangen: der junge Dardanus, dann Purpureus und Fulmina, und ganz besonders natürlich Tarquinius!«

Die Runde löste sich auf.

Doch während Amaranthus, Amenophis, Phiops und Perikles den Heimweg antraten, hielt Tarquinius Herrn Gladius Felixianus und mich noch einen Moment zurück:

»Vertraut bitte nicht zu sehr darauf, dass ich bei jenen ›Spielchen‹ oder auch sonst regelmäßig auftreten werde!«

Als er sah, dass Herr Gladius Felixianus leicht die Stirn runzelte, wehrte Tarquinius sofort ab:

»Ich habe Euch schon einmal gesagt, dass ich keineswegs die

Absicht habe, Schankwirt oder Kanzleischreiber zu werden – zumal ich für solche Tätigkeiten die denkbar schlechtesten Voraussetzungen mitbringen würde …!

Ich bin, wer ich bin, und ich bleibe, was ich bin: freier Gladiator der Schule unseres großen Katzenherren Felix Felix Magnus!«

Tarquinius fuhr fort, wobei er kurz unsere Arme berührte – eine sonst übliche, beim ihm jedoch außerordentlich seltene vertrauliche Geste:

»In jenem Vertrag, den ich nach meinem Freikauf mit Euch schloss, steht unmissverständlich, dass ich stets *sine Missio*, also bis zum Tod eines der Kontrahenten, kämpfen werde.

Ich habe damals in Verona diesen Felicissimus *sine Missio* getötet. Seinetwegen schlafe ich immer noch in mancher Nacht schlecht, denn er war nur ein normaler, tüchtiger Gladiator, der sich nichts anderes hat zuschulden kommen lassen als das, was in unserem Beruf üblich ist. Ich möchte dergleichen nie wieder tun müssen!

Ich will in Zukunft sicher sein, dass meine Gegner auch den Tod verdient haben wie jener ›Schlächter‹ Herkules in Rom! Oder wie der *Tunicatus* Julius Valerianus, der Scorpio verkrüppelte, wie dieser *Crupellarius* Pluto, der Nigeralbus ermordet hat!«

»Der Rächer für die Toten von Felix Felix?«, fragte ich.

Tarquinius schüttelte den Kopf:

»Der Totengott für *Schlächter* und *Mörder*!«

Auf einen Wink von Herrn Gladius Felixianus hatten wir uns nochmals gesetzt.

»Der *Hoplomachus*, der Serapis töten musste«, erklärte uns Tarquinius, »hat nichts von mir zu befürchten. Es war jener *Summa Rudis*, der ungerecht den Tod unseres Freundes verschuldet hat – und er hat dafür ja auch bezahlt!«

»Jene vier Unbekannten, die ihn aus dem Bett zerrten, zusammenschlugen und die Kehle durchschnitten …?«, fragte unser Lanista leise.

Das geheimnisvolle Lächeln in den Mundwinkeln von Tarquinius vertiefte sich für einen Augenblick:

»Die Ehre, ihm ein Schwert durch den Kragen gezogen zu haben, beanspruche ich für mich! Für den Rest brauchte ich in diesem Fall freilich Helfer.«

»Scorpio?«, mutmaßte Herr Gladius Felixianus.

Ich nickte.

»Nigeralbus? Fulmina?«

»Wenn Ihr es wisst, weshalb fragt Ihr dann noch?«, setzte ich ebenso leise dagegen.

»Zunächst«, kam Tarquinius zum eigentlichen Thema zurück, »werde ich den zweifelhaften *Summa Rudis* des Kampfes Nigeralbus gegen Pluto, auch wenn er nicht unbedingt den Tod verdient hat, erwischen.«

Im Jahre 819 *ab urbe condita* wurde dieser tatsächlich wegen Vorteilsnahme angeklagt und lebenslang nach Melitene in der Provinz Cappadocia, dem hintersten Winkel des Imperiums, verbannt.

»Vor allem jedoch«, fuhr unser Etrusker fort, »stehen Julius Valerianus und Pluto ganz oben auf meiner Liste! Ich bekomme die beiden – in der größten Arena oder im windigsten Kaff des Imperiums – und werde sie gnadenlos zerquetschen, wie man Ungeziefer zerquetscht!«

»Bei Julius Valerianus mag dir das, so die Götter wollen, vielleicht sogar gelingen«, wandte Herr Gladius Felixianus ein. »Aber bei Pluto?«

»Solch ein übergepanzerter *Crupellarius* ist ohnehin eine Beleidigung für jede echte *Gladiatura*!«, fauchte Tarquinius. »Wenn sich derart wandelnde Festungen in den Arenen durchsetzen sollten, dann ist dies das Ende von jenem ehrlichen Kampf, der zwar höchst unterschiedliche Bewaffnungen gegeneinander stellt, trotzdem auf Chancengleichheit bedacht ist. Kein *Murmillo*, kein *Thraex* oder *Provocator*, auch kein *Essedarius*, *Hoplomachus* oder *Retiarius* hat bei solch einem Gegner eine reale Möglichkeit, ihn zu verletzen, geschweige zu besiegen! Sein Gegenüber wird sich, wie Nigeralbus an ihm erschöpfen – und letztendlich verlieren ...«

Das war die nackte, ungeschminkte Wahrheit. Herr Gladius Felixianus und ich wussten das.

»Und trotzdem traust du dir zu, ihn zu besiegen?«, fragte Herr Gladius Felixianus ruhig.

»Ihn zu besiegen und zu töten«, bestätigte ebenso ruhig Tarquinius.

Doch unser Lanista schränkte ein: »Falls du ihn jemals in der Arena vor deine Klingen bekommen solltest!«, und fuhr fort: »Die nächsten caesarischen Spiele finden im Spätherbst statt. Doch selbst wenn dieser Pluto dort als Kämpfer aufgestellt werden sollte, so ist es keineswegs sicher, dass es mir gelingt, dich als seinen Gegner durchzusetzen.

Vergiss bitte nicht: Pluto scheint der derzeitige Liebhaber der Augusta Poppaea Sabina zu sein. Selbst wenn er zu diesen Spielen in die Arena gehen sollte, so wird die Gemahlin Caesar Neros kaum erlauben, dass er sich ausgerechnet einem racheschnaubenden Gegner aus Felix Felix stellt. Dies gilt auch für alle weiteren Spiele in der Zukunft. Erst wenn die Augusta seiner überdrüssig werden sollte, wird er sterben – doch auch dann kaum von deiner Hand …«

«Ich weiß«, gab Tarquinius ruhig zu. »Aber wenn ihr mir helft, dann wird es der allerhöchst-göttliche Caesar Nero sein, der mir diesen Mörder vor die Schwerter treibt!«

Ich habe sie nur dieses einzige Mal gesehen: die Dame Aemilia Salsaria, Witwe des Rufus Methodius.

Sie war die Geliebte unseres Tarquinius in Baiae.

Aemilia Salsaria war eine zierliche, trotz ihrer gewiss dreißig Lebensjahre noch immer äußerlich fast kindlich wirkende Frau, in deren abgezehrten Gesicht mit den tief eingesunkenen Augen freilich die unverkennbaren Merkmale einer schweren, wohl tödlichen Krankheit standen.

Unser Etrusker Tarquinius brachte sie am übernächsten Tag mit zu Herrn Gladius Felixianus und mir.

»Ich kann euch nicht unmittelbar helfen«, erklärte sie offen. »Mein verstorbener Mann – möge er in der Unterwelt Sisyphos beim Steineschleppen helfen – war lediglich der Sohn eines Freigelassenen, dessen sexuelle Interessen sich ausschließlich auf kleine Mädchen zwischen sieben und maximal zwölf Jahren richteten.

Ich war Sklavin, zweifellos hübsch, aber schon alt – elf –, als er mir seine Aufmerksamkeit zuwandte. Dank der Klugheit meiner Eltern und den Kniffen, die mir eine befreundete Venus-Priesterin beibrachte, gelang es mir, Herrn Rufus Methodius so lange einerseits zu reizen, andererseits so lange hinzuhalten, bis er mich tatsächlich heiratete.

Nicht einmal vier Monate nach unserer Hochzeit verlor er, denn Göttern sei gedankt, jedes körperliche Interesse an mir, da auch die kühnsten, ausgefallensten Venus-Praktiken seinen widerlichen Schwanz nicht mehr zu versteifen vermochten.

Ich hielt trotzdem siebzehn Jahre an seiner Seite aus. Dann vererbte er mir ein Vermögen, gegen das sogar jenes des Lucius Caecilius Jucundus in Pompeii lächerlich ist.«

Das wunderschöne Lächeln auf ihrem Gesicht steckte uns alle an, selbst als sie vollkommen ruhig weitersprach:

»Ich weiß, dass ich nur noch kurz zu leben habe. Ein Untier, wie auch immer sein Name lauten mag, hat zunächst meine Brust zerfressen, dann meinen restlichen Körper. Ich war, trotz aller Sklaven, Diener und gar so genannter Freunde, die ohnehin nur erschienen, wenn es etwas zu feiern, zu fressen, zu saufen und zu huren gab, allein.

An neuen Ehebewerbern, starr mein Vermögen im Auge, hat es wahrhaft nicht gefehlt!

Und dann kam Tarquinius. Erst er hat mich gelehrt, dass ich über venerische Tricks und meine »Kindlichkeit« – gerade darüber hinaus – eine begehrenswerte Frau sein konnte.

Ich habe ihm seltene Bücher, originale Statuen, kostbarste Schmuckstücke, versilberte Helme, Arm- und Beinschienen, all den Luxus, den er offensichtlich braucht, bezahlt.

Na und?

All das sind doch Lappalien! Lappalien gemessen an dem, dass ich in seinen Armen wahrhaft Frau, nicht nur willenloses Kind sein durfte!«

Dann rannen plötzlich Tränen über ihre Wangen:

»Und als jenes, auch den besten Ärzten geheimnisvolle Untier über meinen Körper herfiel, ihn zerfraß und zunehmend unansehnlicher machte, wäre wohl jeder Ehemann oder Liebhaber unter tausend guten Entschuldigungen geflohen! Doch Tarquinius war immer noch da!«

Tarquinius drückte Aemilia Salsaria sanft an sich, fuhr mit seinen Fingern zerstörerisch durch ihre kunstvoll gestaltete Frisur:

»Ich werde immer da sein!«, flüsterte er.

Im nächsten Augenblick befreite sich allerdings Aemilia Salsaria aus den Armen von Tarquinius und richtete sich auf:

»Wie ich schon sagte, vermag ich Euch nicht unmittelbar zu helfen. Rufus Methodius war bei all seinem Reichtum ein viel zu grober Klotz, als dass er je Zugang zum Hof der Caesaren gefunden hätte. Und ich war an diesem Sumpf aus Lügen, Speichelleckerei, Intrigen und Mord nie interessiert.

Aber ich habe eine Freundin – die einzige, die ich habe –, Lucia Aurelia Prisca. Ihr Mann, Publius Servilius Balbus, war Senator und fiel seinerzeit der Mordgier des Caesars Gaius Caligula zum Opfer. Jetzt lebt sie zusammen mit ihrem sechzehnjährigen Sohn, Lucius, wieder bei ihrem Vater, Octavius Aurelius Priscus. Es ist eine äußerst angesehene Familie. Sie sind arm wie die Tempelmäuse, hochanständig, und ich vermute, dass zumindest Lucia dieser Christiani-Sekte nahe steht.

Wichtig für uns ist jedoch, dass ihr Vater Aurelius Priscus ebenfalls Senator ist. Auch er meidet den Hof, wo immer es möglich ist, aber er kennt die richtigen Leute dort, die euch weiterhelfen können.«

»Aber wie?«, fragte Herr Gladius Felixianus.

»Jeder vernünftige Mensch flieht in den Sommermonaten vor der Hitze und dem dann wahrlich unerträglichen Gestank aus Roma. Und so wird auch Caesar Nero bereits übernächste Woche samt seinem ganzen Anhang in seinen Palast nahe Baiae übersiedeln.«

»Dann hätten wir die ganze Bande in greifbarer Nachbarschaft«, stellte ich fest. »Das mag zweifellos von Vorteil sein …«

»Falls du an einen Überfall denken solltest …«, begann Herr Gladius Felixianus.

Doch Tarquinius wehrte sofort ab:

»Wäre ich bei all den Wachen, die zweifellos auch den Liebhaber der Augusta beschützen, ein Narr! Nein, die Sache wird völlig legal und vor den Augen Caesar Neros ablaufen!«

»Und wie?«

»Caesar Nero wird keinesfalls in Baiae auf seine blutigen Vergnügungen – fantasievolle Hinrichtungen, Tierhetzen und Gladiatorenspiele – verzichten. Nur finden diese nicht in einer Arena, sondern in den Gärten und Hallen seiner Sommerresidenz statt. Für ihn, die Augusta und seinen Hofstaat hat dies, so habe ich mir sagen lassen, sogar den besonderen Reiz, dass sie das Gemetzel aus unmittelbarster Nähe mitverfolgen, gelegentlich sogar selbst Hand anlegen können.«

»So braucht also nur«, ergänzte Aemilia Salsaria, »der richtige Mann oder die richtige Frau dem Caesar ins Ohr zu flüstern, was es für ein ungeheurer Spaß wäre, den Liebhaber seiner Gemahlin, den unbesiegbaren *Crupellarius* Pluto, gegen den berühmten *Dimachaerus* Tarquinius antreten zu lassen.«

»Und wenn Poppaea Sabina Einspruch dagegen erhebt?«, fragte ich.

»Wird Caesar Nero erst recht auf diesem Kampf bestehen«, antwortete Tarquinius. »Er mag Pluto nicht, sonst hätte er in Roma nicht den Siegeskranz dem toten Nigeralbus zugesprochen, sondern ihm. Er hat Pluto bislang zwar nicht umbringen lassen, vielleicht weil er den Zorn Poppaeas scheut, aber wenn das Ganze legal abläuft …«

»Und es ist nun einmal der Caesar, der das letzte Wort hat, mag die Augusta auch noch so sehr protestieren«, schloss Aemilia Salsaria.

»Also gut«, stimmte Herr Gladius Felixianus zu, »so mag es vielleicht gehen. Was mir jedoch völlig unklar ist: Welche Rolle ist dabei Scorpio und mir zugedacht?«

»Höchst einfach«, erklärte Aemilia Salsaria. »Herr Aurelius Priscus würde Tarquinius empfangen und anhören, wenn ich Lucia darum bitte. Aber da er ganz gewiss nicht das Ohr Caesar Neros hat, wird er ihn an jemand weiterleiten müssen, und dieser ihn vielleicht sogar noch an einen Dritten und dieser an einen Vierten, ehe jemand die entsprechenden Worte in Caesars Ohr flüstern kann.

Tarquinius ist ein freier Mann, aber er hat kein offizielles Amt, das ihn empfehlen würde, er ist nicht einmal römischer Bürger. Herr Aurelius Priscus wird ihn, wie gesagt, anhören und ihn weiterempfehlen. Doch je höher hinauf es in der Hofhierarchie geht, umso weniger wird man bereit sein, einen einfachen Gladiator, mag er auch noch so brillant sein, auch nur zu empfangen. Wird er jedoch von einem berühmten Lanista und dem Prokurator von Felix Felix unterstützt, so werden sich viele Türen öffnen, die sonst verschlossen blieben – und sei es nur deshalb, weil die Herren möglicherweise demnächst für irgendwelche Spiele zum eigenen Ruhm Gladiatoren aus eurer Schule zu einem ›vernünftigen‹ Preis anmieten möchten.«

Das Haus des Senators Octavius Aurelius Priscus, in dem er Herrn Gladius Felixianus, Tarquinius und mich eine gute Woche später empfing, war im altrömischen Stil erbaut: Vom Eingang aus betrat man das Atrium mit dem Wasserbecken in der Mitte, das durch eine Öffnung im Dach regelmäßig mit Regenwasser gefüllt wurde und von dem ein Großteil der Zimmer abging, wo auch die Treppe mündete, die zum ersten Stock mit den Privaträumen einerseits und den Sklavenquartieren andererseits führte. Durch einen Durchgang am anderen Ende des Atriums konnte man in das von gedeckten Säulenkolonnaden umschlossene Peristyl mit seinen Gartenanlagen in der Mitte hinaussehen.

Das ganze Haus atmete Ruhe, Gediegenheit, Geschmack und zweifellos ehemalige Wohlhabenheit aus. Der Garten war tadellos gepflegt, das Haus blitzsauber, allerdings zeugten die durchaus renovierungsbedürftigen Fresken an den Wänden von derzeitigem Geldmangel. Die Sklaven – wie uns ungefragt mitgeteilt wurde, keine Leibeigenen, sondern durchweg Freigelassene – waren ausgesprochen höflich und freundlich. Auffallend war das Fehlen jedweder Götterstatuen.

Herr Octavius Aurelius Priscus war ein schlanker, großer Mann mit schneeweißen Haaren über einem gebräunten, noch immer fast jugendlich wirkenden Gesicht. Obwohl er, das wussten wir von Aemilia Salsaria, unserem Beruf eher mit Widerwillen gegenüberstand, empfing er uns mit ungespielter Herzlichkeit, bat uns hinaus in den Garten, wo Diener Herrn Gladius Felixianus und Tarquinius die Sitzpolster zurechtrückten und uns einen etwas zu säuerlichen Wein sowie Obst und Gebäck anboten.

Dort im Garten erwartete uns auch seine Tochter, die Dame Lucia Aurelia Prisca. Sie war ebenso schlank und fast ebenso groß wie ihr Vater.

Sie trug ein schlichtes, dunkelblaues Gewand, das ihr besser stand als die raffiniertesten Kleider vielen anderen Frauen. Später meinte Herr Gladius Felixianus dazu:

»Selbst ein Getreidesack würde an ihr aussehen wie das Prunkgewand der Gemahlin Caesars, während die kostspieligsten Seiden, Brokate und Stickereien an anderen Frauen oft wie Lumpenbündel wirken.«

Auch die dunkelbraunen Haare waren schlicht, jedoch tadellos frisiert, die Haut ihres edel geschnittenen, ungeschminkten Gesichts ohne jeden Makel.

»Digna müsste sie sehen!«, schoss es mir durch den Kopf. »Sie würde begeistert sein!«

Das Auffallendste an der Dame Aurelia Prisca freilich waren ihre Augen. Groß, dunkel und ganz leicht mandelförmig geschnitten, glichen sie fast jenen von Tarquinius. Doch während seine geheimnisvoll, manchmal auch hart wirkten, strahlten die ihren eine Wärme und Herzlichkeit, ja Liebe aus, der sich niemand entziehen konnte.

Als mich Fix und Fax in meinem Stuhl ins Peristyl karrten, sprang sie sofort auf, um zu helfen, erkundigte sich mitfühlend nach dem Schicksal, das mich in diese Lage gebracht hätte. Normalerweise hasse ich solche Fragen! Doch die ihren waren so ehrlich mitfühlend, dass ich ihr sogar antwortete.

Doch so wahrhaft diese Fragen gemeint waren, entging mir nicht, dass ihre Augen immer wieder zu Tarquinius glitten, seinen Blick festzuhalten versuchten. Und dass auch unser Etrusker fasziniert diese Blicke erwiderte.

Nach etlichen höflichen Vorreden kamen wir zum Punkt unseres Anliegens.

Herr Aurelius Priscus, ebenso wie seine Tochter, waren eindeutig wenig begeistert von dem Rachezug, den Tarquinius anstrebte, auch wenn wir noch so verständig argumentieren mochten. »Rache« war etwas, das offenkundig in dem Sprachschatz der beiden nicht vorkam!

Erst als Tarquinius eindringlich schilderte, was übergepanzerte *Crupellarii*, sollte sich dieser Gladiatorentyp je durchsetzen, in den Arenen unter allen anderen Kämpfern anrichten würden, wurden sie zugänglicher.

Grundsätzlich lehnten Herr Aurelius Priscus und seine Tochter *Gladiaturae* ab, gingen auch nie zu solchen Spielen – doch immerhin die Begeisterung für Wagenrennen teilte Herr Aurelius Priscus mit mir.

Einem chancenlosen Schlachten und Morden durch *Crupellarii* in den Arenen mochten sie, bei aller grundsätzlichen Ablehnung, jedoch ebenfalls nicht zustimmen.

Und so versprach uns Herr Aurelius Priscus schließlich, seine »Beziehungen spielen zu lassen«.

Dank dieser Beziehungen ging dann alles weitaus leichter und schneller, als wir es uns in unseren kühnsten Träumen erhofft hatten.

Dass es zunächst über zwei Monte dauerte, bis wir unser

nächstes einschlägiges Gespräch führen konnten, lag weder an uns noch an dem Senator.

Zwei Tage nach unserem Zusammentreffen mit Aurelius Priscus war Tarquinius verschwunden, hatte nur einen Zettel hinterlassen, auf dem stand:

»Aemilia geht es schlecht.«

Zwei Wochen später erhielten wir die Meldung:

»Aemilia geht es sehr schlecht! Das Untier in ihrem Leib gewinnt offenkundig die Oberhand.«

Tarquinius hatte nach meiner Verletzung fünf Tage lang unerschütterlich an meinem Bett gesessen, hatte mich bewacht und gepflegt.

Ich hatte keinen Augenblick Zweifel daran, dass er nun ebenso Tag und Nacht am Bett seiner Geliebten ausharrte, für sie tat, was immer ein Mensch in dieser Situation noch tun konnte.

Drei Wochen später erreichte uns die Nachricht:

»Aemilia liegt im Sterben!«

Es war Anfang August, als Tarquinius unvermutet auf seinem wundervollen Rappenhengst wieder in Felix Felix einritt.

Wir waren entsetzt über sein Aussehen: fast bis zum Skelett abgemagert, mit struppiger, ungepflegter Frisur, schwarze Ringe unter den tief in die Höhlen eingesunkenen, glanzlosen Augen …

Als er in sein Haus wankte, drohte er: »Wage mir keiner nahe zu kommen, so ihm sein Leben lieb ist!«

Ich zögerte vielleicht einen Wimpernschlag lang, dann gab ich Fix und Fax den Wink, mich hinter Tarquinius her in das Haus zu rollen.

Als ich ihn fand, hatte er sich auf sein Bett geworfen. Seine beiden Schwerter lagen neben ihm.

Tarquinius starrte mich aus seinen tiefdunklen Augen grimmig an.

Ich starrte grimmig zurück.

»Hast du überhaupt keinen Respekt vor meinen Wünschen?«, fragte er schließlich.

»Hattest du Respekt vor *meinen* Wünschen?«, fragte ich dagegen.

Tarquinius schloss die Augen. Und ganz langsam kehrte das berühmte Lächeln in seine Mundwinkel zurück.

»Also gut«, gab er nach, »sag Amenophis, dass er sich mir ungefährdet nähern darf.«

»Nicht nötig, ich bin schon da«, kam es von der Tür her, und der Ägypter betrat mit einem Becher in der Hand das Zimmer und schritt zum Bett, gefolgt von Herrn Gladius Felixianus, Amaranthus, Telemachos, Fulmina, Purpureus und Digna, die sich ins Zimmer drängten.

Tarquinius schlug die Augen auf, sah uns an, wobei sich das Lächeln in seinen Mundwinkeln noch verstärkte:

»Freunde!«

»Natürlich, Freunde!«, bestätigte Herr Gladius Felixianus. »Irgendwer muss einem schließlich auf die Nerven gehen!«

Jetzt lächelten wir alle, das heißt, Fulmina und Purpureus lächelten nicht, sie grinsten breit, und Telemachos bestätigte das Ganze mit einem sorgsam ausgewählten Fluch, bei dem es irgendwie um die Hoden des Göttervaters Jupiter ging.

Drei Tage später betrat Tarquinius, er sah bereits wieder erheblich besser aus, die Kanzlei in der Villa, wo Herr Gladius Felixianus und ich gerade mit Phiops zusammensaßen.

Er warf uns ein Pergament auf den Tisch und bat: »Ihr wisst, dass ich mit Geld nicht umgehen kann. Wärt ihr also bitte so lieb, euch um das da mit allen Folgeerscheinungen zu kümmern?«

»Das da«, war das Testament der Dame Aemilia Salsaria, in dem sie ihr gesamtes, gigantisches Vermögen Tarquinius – »dem einzigen Menschen, der in mir niemals nur ein Spielzeug gesehen hat, und dem einzigen Menschen, dem mein Vermögen tatsächlich völlig gleichgültig war« – vermachte.

Als Phiops entsetzt erklärte, dass wir damit restlos überfordert wären, erklärte Tarquinius, dass Aemilia Salsaria über eine halbe Armee hervorragender und absolut zuverlässiger Verwalter und Prokuratoren verfüge, die auch weiterhin die Hauptlast der anstehenden Arbeit trügen. Uns würde er lediglich bitten, die Oberaufsicht zu führen. Natürlich sagten wir zu.

Dann fragte Herr Gladius Felixianus: »Und was sind nun deine Pläne für die Zukunft?«

»Ich werde die Statue des Apollo von Lysippos kaufen, sechs wahrlich exquisite Kopien der Götter auf dem Tempeldach von Veio und eine mindestens bereits sechshundert Jahre alte Abschrift der ›Ilias‹ des Homer, die mir kürzlich angeboten wurde …«

Dann bemerkte er, dass es offensichtlich nicht dies war, was Herr Gladius Felixianus hatte wissen wollen.

»Vielleicht«, fuhr er also fort, »kaufe ich auch Herrn Caecilius Jucundus auf, als Rache für seine unverschämten Zinsen – und verkaufe ihn selbst als Lustknaben, auch wenn der Preis dafür vermutlich äußerst jämmerlich ausfallen dürfte.«

Bei der Vorstellung des habgierigen, verkniffenen, segelohrigen Jucundus als Lustknaben mussten wir von Herzen lachen.

»Und Felix Felix«, warf Tarquinius gleichsam im Nebensatz hin, »braucht sich künftig natürlich nie mehr irgendwelche Gedanken um Geld zu machen.«

Doch auch dies war es nicht, was Herr Gladius Felixianus eigentlich hatte wissen wollen.

Tarquinius begriff, wurde wieder ernst und kam uns mit seiner Frage zuvor: »Habt ihr irgendetwas von Herrn Octavius Aurelius Priscus gehört?«

»Seit drei Wochen liegt uns sein Empfehlungsschreiben an Herrn Petronius Niger, den Arbiter Elegantiarum, vor.«

»Petronius Arbiter? Der unvergleichliche Kunstkenner und Zeremonienmeister Caesar Neros? Der angesehenste und einflussreichste aller Augustalen?«, fragte Tarquinius ehrlich überrascht.

»Eben jener!«, bestätigte ich. In seinem Begleitschreiben an uns habe ihn Herr Aurelius Priscus einen unbedingt aufrichtigen Mann genannt. Er schwimme derzeit zwar in dem Sumpf des caesarischen Hofes ganz obenauf – jedoch nicht, weil er ein Intrigant, Heuchler und Speichellecker sei, sondern weil Caesar Nero keinesfalls auf sein unfehlbares Urteil in allem, was Kunst und Kultur betrifft, verzichten wolle, was Caesar mindestens ebenso wichtig sei wie seine Macht!

Herr Aurelius Priscus hatte in seinem Begleitschreiben Herrn Publius Petronius Niger, den Arbiter Elegantiarum Caesars, einen »alten Freund« genannt, auch wenn man sich kaum größere Gegensätze vorstellen konnte – und trotzdem passten die beiden irgendwie zusammen:

Alles an Herrn Aurelius Priscus – sein Erscheinen, seine Tochter, sein Haus –, vollkommen unabhängig von dem derzeitig offenkundigen Geldmangel, waren von einer in sich ruhenden, schlichten Würde geprägt.

Äußerlich war Herr Petronius Arbiter, wie er kurz genannt wurde, samt seinem Umfeld genau das Gegenteil.

Mir war Herr Petronius seinerzeit bei der *Pompa*, dem festlichen Aufzug am Anfang der Spiele zu Roma, bereits aufgefallen als jener Mann mit dem Pferd exquisitester Zucht, der perfekt gelegten, wie in Marmor gemeißelten Toga, dem kostbarsten, dennoch dezenten Schmuck und dem leisen Spott für das allgemeine Getöse ringsum im Blick.

Dieser erste Eindruck hat sich bestätigt, auch als vor allem Tarquinius, aber auch ich im Lauf der nächsten Jahre seine echten Freunde wurden, ein Begriff, mit dem Herr Petronius Arbiter trotz unzähliger Bekannter äußerst sparsam umging! Letztlich hat er auch uns zu seinem Tod eingeladen, eine Ehre, die nicht vielen wiederfuhr …

Seine Villa in Baiae – sein »Ferien-Hüttchen«, wie er sie spöttisch nannte – war wie er: geprägt von raffiniertestem Luxus, ohne jemals auch nur im Ansatz protzig zu wirken.

Wohnräume und Gärten, Säulenhallen und Wasserbecken, Natur und Baulichkeiten vermischten sich nahtlos. Eine farbenprächtig gestaltete Blumeninsel im Garten spiegelte sich wieder im naturgetreu ausgeführten Fresco der abschließenden Gartenwand. Einer der Teiche fand ebenso auf einer Wand sein Widerbild mit höchst naturgetreu gemalten oder in Mosaikarbeiten ausgeführten Fischen.

Die Statuen, die Haus und Gärten schmückten, waren aus Marmor, Granit oder Bronze und stammten aus Hellas, Ägypten, Asia oder auch aus Italia – doch nicht eine einzige davon war eine Kopie! Ob der mindestens zweitausend Jahre alte ägyptische Pharao, der Heros aus Pamphylia, die vielarmige, in Bronze gegossene Gottheit aus dem fernen Indien oder der vor fünfhundert Jahren von einem Meister aus dem Marmor geschlagene hellenische Athlet, jedes davon war ein originales Einzelstück.

Und ohne jede Frage original, einzigartig und überwältigend schön war Eunike, die Sklavin, mit der Herr Petronius nicht nur derzeit schlief, die er sogar, zumindest den Gerüchten zufolge, aufrichtig zu lieben schien. In kunstvoll bemalten, attischen, gewiss dreihundert Jahre alten Schalen, welche allein schon ein kleines Vermögen wert waren, kredenzte sie uns den Begrüßungstrunk. Der Wein war süß, schwer und – unvermischt! Herr Petronius hatte sich offenbar sehr genau nach uns erkundigt …

Er hatte uns mit aller denkbaren Höflichkeit und Freundlichkeit in der Eingangshalle seines Hauses begrüßt, uns versichert, dass ihm ein Wunsch seines Freundes Aurelius Priscus Befehl sei. Dann hatte er uns persönlich in einen der Gärten geleitet, wo neben bequemen Polsterliegen ein Tisch mit köstlichsten Naschereien aufgebaut war. Meinen rollenden Stuhl hatte er mit sichtlichem Interesse begutachtet, jedoch mit keinem Wort dessen Notwendigkeit erwähnt. Ich war ihm dankbar dafür, denn nur allzu viele Leute glauben offenbar, den armseligen Krüppel in diesem Stuhl lautstark bedauern zu müssen …

In seine Polster hingebettet, Eunike zu seinen Füßen sitzend, lauschte er unseren Berichten und Wünschen.

»Rache?«, fragte Herr Petronius Arbiter, als wir geendet hatten.

»Ja und nein«, antwortete Tarquinius und erklärte, weshalb derart unangreifbar gepanzerte *Crupellarii* auch das Ende jeder ehrlichen *Gladiatura* sein müssten, so sie sich durchzusetzen vermochten und nicht bereits in ihren Anfängen gestoppt würden.

Herr Petronius mochte Gladiatorenkämpfe nicht sonderlich – keineswegs aus moralischen, sondern aus ästhetischen Gründen. Blut und Verstümmlung waren ihm schlicht zuwider! Die vormittäglichen Tierkämpfe in den Arenen besuchte er deshalb grundsätzlich nicht, mittags sah er sich durchaus Tanzgruppen, Akrobaten und sogar Spaßmacher an. Doch wenn die Hinrichtungen begannen, so verließ er seine Loge, so fantasievoll jene auch sein mochten.

So stieß unser Anliegen zunächst auch bei ihm wenn auch nicht auf taube, so doch eher schwerhörige Ohren.

Die schöne Eunike rettete uns schließlich:

»Stell dir das triumphierende Gesicht von Caesar Nero und das jammervoll belämmerte Gesicht von Poppaea vor, wenn dieser *Dimachaerus* den Stecher der Augusta sticht – absticht!«

So war es denn beschlossen, und das Gespräch wandte sich anderen Themen zu, und bald war eine leidenschaftliche Diskussion entbrannt, wie man den griechischen Sagenhelden Jason denn nun wirklich einschätzen müsse:

»An seinen Heldentaten ist ja wohl kaum zu rütteln«, meinte Herr Gladius Felixianus. »Der Fahrt mit der ›Argo‹, nach Kolchis, der Eroberung des Goldenen Vlieses, den Kämpfen mit Drachen und Ungeheuern …«

»Sofern er diese überhaupt bestanden hat«, warf Herr Petronius freundlich ein. »Denn die Mehrzahl dieser Taten haben spätere Dichter wohl weitgehend aus der Herakles-Sage abgeschrieben.«

»Und«, warf Tarquinius ein, »sein Benehmen der kolchischen Königstochter Medeia gegenüber war mehr als schäbig. Erst überredet er sie durch ein Heiratsversprechen mit ihm zu fliehen, und dann lässt er sie sitzen, als ihm König Creon in Korinth die Hand seiner Tochter Creusa anbietet.«

»Weshalb müsst ihr immer etwas an den größten Helden auszusetzen haben?«, schmollte Eunike. »Ob Achilles, Odysseus oder Jason, stets findet ihr etwas zu kritisieren!«

»Ich weiß, dass du in den strahlenden Heldenjüngling, wie ihn der Dichter Pindar schildert, verliebt bist!«, lachte Herr Petronius.

»Und trotzdem«, fiel Tarquinius wieder ein, »erscheint mir der kalte, habgierige Egoist, wie ihn Euripides in seiner Tragödie »Medeia« schildert, sehr viel glaubhafter zu sein.«

Da mir Tarquinius erst vor nicht allzu langer Zeit die Sage sowohl in der Fassung des Pindar wie in jener des Euripides zu lesen gegeben hatte, konnte auch ich mitreden:

»Wenn die Heldentaten in Kolchis von den Dichtern nur aus anderen Sagen übernommen wurden, wie Herr Petronius eben zutreffend bemerkte, dann war Jason nicht nur ein rücksichtsloser Opportunist, sondern auch ein ganz gewöhnlicher Dieb, denn das Goldene Vlies hätte er dann ja einfach nur nächtlicherweile geklaut!«

»Was wagt dieser licatische Barbar einen unserer berühmtesten Heroen einfach als ›gewöhnlichen Dieb‹ zu bezeichnen?«, prustete Herr Gladius Felixianus vor Vergnügen. »Etwas mehr Achtung vor einer alten, tausendjährigen Kultur bitte, junger Mann!«

»Was sind schon tausend Jahre Kultur?«, kam mir Tarquinius sofort zu Hilfe. »Fragt doch einmal unseren Ägypter Amenophis, was er unter einer wirklich *alten* Kultur versteht!«

Es wurde ein äußerst vergnüglicher Nachmittag.

Besonders an Tarquinius fand Herr Petronius Gefallen. Beide hochgebildet und mit einem tiefgründigen Humor gesegnet, beide Meister geistvoller, mitunter leicht ironischer Rede, brannten ein wahres Feuerwerk an Zitaten und Gegenzitaten und spitzfindigen Kommentaren ab und hatten ihr sichtliches Vergnügen daran.

Schließlich lud uns Herr Petronius zum Abendessen ein, zu dem noch zwei seiner Freunde mit ihren Frauen geladen waren – ebenfalls höchst sympathische, kultivierte Menschen, die es kaum zu glauben vermochten, dass derlei Talente »in einer Gladiatorenkaserne verrotteten«.

Als wir das »attische« Triclinium betraten, wo das Essen serviert werden sollte, blieb Tarquinius wie angewurzelt stehen, deutete mit ausgestreckter Hand vorwurfsvoll auf den Bronzekopf eines hellenischen Epheben:

»Ihr wart das also, der ihn mir letztlich weggeschnappt hat?«

»Und Ihr wart es also«, lachte Herr Petronius, »der seinen Preis in solch schwindelnde Höhen getrieben habt?«

Mit wenigen Schritten eilte Herr Petronius zu dem Bronzekopf, hob ihn von seinem Sockel und drückte ihn Tarquinius in den Arm:

»Ich habe das doch nur getan, um ihn Euch heute schenken zu können!«

Ich habe unseren Etrusker nur zwei- oder dreimal wirklich sprachlos gesehen – dies war einer jener wenigen Augenblicke.

Natürlich revanchierte sich Tarquinius bereits am nächsten Tag mit einem überaus seltenen Manuskript des Thales von Milet.

Herr Petronius schickte eine überaus kostbare Gemme mit dem Doppelportrait des Caesars Augustus und dessen Gattin Livia.

Tarquinius schickte eine Jadeschnitzerei zurück, die irgendwo weit östlich von Indien entstanden sein muss und über wer weiß welche Um- und Irrwege in seinen Besitz gelangt war.

Geschenke und Gegengeschenke, Bestechung und Gegenbestechung – je nach Rang des Senders und Empfängers massiv auffallend und protzig – sind im Imperium völlig normal und üblich.

Was diese beiden da freilich über Jahre hinweg trieben, hatte mit solchen Praktiken nicht das Mindeste zu tun: Sie waren zwei Sammler schöner und kostbarer Dinge – zweifellos ein wenig »verrückte« Sammler, wenn ich das so sagen darf –, die es wahrlich glücklich machte, den jeweils anderen mit erlesenen Kostbarkeiten zu erfreuen. Wenn der eine im Haus des anderen ein

Gemälde, eine Statue, ein Schmuckstück, einen bemalten Krateiron oder einen seltenen Papyrus entdeckte, die ihn erstaunt die Augenbrauen hochziehen ließen, so konnte er sicher sein, dass er sie unverzüglich geschenkt bekam.

Es gab nur eine einzige Ausnahme:

Auf einem Täfelchen schrieb Herr Petronius einmal nicht lang vor seinem Tod:

»Eunike bekommst du nicht!«

Tarquinius schrieb zurück:

»Keine Bange! Eunike ist zweifellos die zweitwunderbarste Frau, der ich je begegnet bin! Aber ich habe bereits die allerwunderbarste Frau der Welt. Und die bekommst du auch nicht!«

Mit Ausnahme von Tarquinius hörten wir von Herrn Petronius Arbiter über vier Wochen nichts mehr.

Es wurde September, und Caesar Nero samt seinem ganzen Anhang würde demnächst, frisch gestärkt, aus den Heilbädern zu Baiae wieder gen Roma entschwinden …

Da wälzte sich doch noch Herr Aulus Vitellius, treulich begleitet von seinem Lictoren, Leibsklaven und Reitern, vor Felix Felix aus seiner vergoldeten Kutsche.

Zunächst fraß er sich durch ein Menü, das als Tagesration leicht für vier hart trainierende Gladiatoren gereicht hätte, maulte jedoch ausgiebig über dessen fehlende kulinarische Raffinesse.

Trotz dieses eindeutigen Versäumnisses, begangen an seiner Person, überreichte er uns schließlich eine Einladung – genau gesagt war es ein unmissverständlicher Befehl – des erhabenen und göttlichen Caesars Nero, demgemäss zum Abschlussfest seines Aufenthalts in Baiae, am letzten Tag des Monats September, in seinem Ferienhäuslein der *Dimachaerus* Tarquinius gegen den *Crupellarius* Pluto anzutreten habe!

Wenn Herr Petronius, der Arbiter Elegantiarum, von seinem »Hüttchen« in Baiae sprach, dann troff dies von Ironie.

Wenn Caesar Nero von seinem »Häuslein« in Baiae – getreu seinem unerschütterlichen Vorbild in Sachen Stil und Geschmack – redete, dann meinte er es offenkundig bitterlich ernst. Sein Sommerpalast dort – einer von zahlreichen rings im Lande – umfasste freilich ja auch nur einige hundert, teilweise riesige Räume, doppelstöckige Säulenhallen, pompös ausgestattete Triclinien für ausufernde Fress- und Saufgelage, selbstverständlich eine eigene Therme, größer als die städtische in Pompeii, und weit ausgedehnte Gärten, bepflanzt mit den seltensten und kostbarsten Büschen, Bäumen und Blumen nebst Gehegen für die exotischsten Tiere.

Uns, Herrn Gladius Felixianus, mir und sogar Tarquinius, blieb beinahe der Mund offen stehen ob all dieser Pracht. Etliche der Räume, Hallen und Gärten zeigten deutlich die stilsichere Hand unseres Freundes Petronius. Andere, eher allerdings die Mehrzahl, zeugten mit schwer vergoldeten Möbeln, mit aus Halbedelsteinen und Perlen ausgeführten Mosaiken, mit griechischen und anderen Originalen bestückt, die weder Caesar noch sonst einer seiner Augustalen wirklich zu würdigen wusste, vor allem von einem maßlosen Reichtum, der sich aus dem ganzen römischen Imperium speiste.

Natürlich war all dies, so wurde uns schnell klar, einem leibhaftigen Gott und dessen göttlicher Gemahlin immer noch keineswegs angemessen …

Beflissene Sklaven brachten uns in einen Raum, lediglich halb so groß wie der gemeinsame Speisesaal in Felix Felix, der unmittelbar an die private Therme Caesar Neros anschloss. Dort konnte sich Tarquinius bis zu seinem Auftritt von ausgesucht hübschen Sklavinnen baden, salben, massieren und auch sonst tun lassen, wonach ihm sein Herz stand. Auch wir, Herr Gladius Felixianus und ich, waren davon nicht ausgeschlossen.

Als Tarquinius freilich einen Blick nach dem großen Schwimmbecken geworfen hatte, wo sich augenblicklich Pluto mit zwei willigen Gespielinnen tummelte, bemerkte er indigniert:

»Caesar Nero hat unbedingt Recht! Dies *ist* ein jämmerliches Häuslein! Soll ich vielleicht im Dreck meines Gegners baden? Wenn sich Caesar zu seinem persönlichen Vergnügen zwei Gladiatoren bestellt, dann sollte er auch wenigstens *zwei* Schwimmbecken für diese bereitstellen können!«

Dann lag Tarquinius auf einer der Massageliegen, ließ sich mit geschlossenen Augen und gelegentlich wohlig grunzend die Rücken-, Arm- und Beinmuskeln fachkundig durchkneten, seine Haut von einer hübschen, wenn auch etwas stämmigen Sklavin einölen.

Plötzlich schlug er die Augen auf, deutete auf die beiden Liegen neben sich:

»Weshalb gönnt ihr euch das nicht auch? Es tut wirklich gut! Und ich bezahle schließlich dafür – mit meinem Leben, viel wahrscheinlicher jedoch mit dem Plutos ...«

Herr Gladius Felixianus ließ sich also aus seiner offiziellen Toga und der Tunika schälen, auf die Liege packen und grunzte bald ebenso genüsslich wie Tarquinius.

Als er mir zuzwinkerte, konnte auch ich nicht mehr widerstehen. Sklavenhände hoben mich vorsichtig aus meinem Stuhl, entkleideten mich sanft, legten mich auf die Liege. Um die Muskeln »südlich meiner Gürtellinie«, wenigstens ein bisschen zu erhalten, hatte Amenophis tägliche Massagen meiner Beine und meines Hinterteils angeordnet. Daran war ich mittlerweile gewohnt. Und an meinem Rücken, dem Nacken und meinen Armen spürte ich sehr wohl, dass die Masseurinnen wahrlich ihr Handwerk verstanden. Nur als eine davon sich an meinem besten Stück zu schaffen machte, wehrte ich ab.

Die Kritik von Tarquinius in Sachen Schwimmbecken war an den aufmerksamen Sklavenohren nicht vorübergegangen. Sie lösten das Problem höchst elegant:

Kaum war Pluto mit seinen Gespielinnen verschwunden, wurde das Wasser schleunigst abgelassen, zwei Dutzend Sklaven stürzten sich hinein mit Eimern, Schrubbern, Lappen und Schwämmen bewaffnet, putzten das Becken blitzblank und füllten es erneut mit Wasser, das aus einem Dutzend marmorner Löwenköpfe brauste. Dann schnell noch eine fast mannshohe Amphore Parfüm ins Wasser geschüttet – und schon konnten auch wir einige entspannende Runden schwimmen.

Nebenbei bemerkt: Seit es mich mein Vater im eiskalten Licias lehrte, bin ich immer gerne geschwommen, in Seen, in Flüssen, im Meer und also auch im marmornen Becken Caesars. Ich tue es immer noch gern, denn obwohl ich mich seit meiner Verletzung nur noch langsam mit den Armen voranrudern kann, gibt mir das tragende Wasser irgendwie das Gefühl, wenigstens für kurze Zeit wieder »vollständig« zu sein.

Schließlich wurden wir mit weichen Tüchern abgetrocknet, erneut eingesalbt und eingeölt, sorgsam frisiert, wieder angekleidet und reichlich mit Parfüm übergossen.

Herr Gladius Felixianus schnupperte mit gekrauster Nase.

»Wir riechen wie ein ganzes Lupanarium!«, meinte er. Womit er nicht das Gehege der Wölfin in Roma, sondern ein Hurenhaus meinte.

Endlich, nach gut zwei Stunden, erschien ein Sklave, um zu melden, dass der göttliche Caesar Nero wohl demnächst das Zeichen für den Kampf gäbe.

Herr Gladius Felixianus schnallte Tarquinius eigenhändig in seine Ausrüstung, überprüfte dann sorgsam nochmals den korrekten Sitz jedes Riemens, schloss endlich das Visier des Helmes und reichte ihm seine Schwerter.

Dann begaben wir uns zu jenem Triclinium, in dem Caesar mit seiner Gemahlin und seinen vertrauten Augustalen heute das Essen einzunehmen und sich zu amüsieren geruhte.

Es waren gewiss über hundertfünfzig Personen, die sich rund um Caesar Nero, angetan mit golden bestickter, fliederfarbener Tunika und purpurner Toga, und Poppaea Sabina, deren Gewand mit Edelsteinen und Perlen geradezu überkrustet war, in der Mitte in dem Saal versammelt hatten. Sie ruhten auf weichen Polsterliegen, Blütenkränze auf den Köpfen, vor Tischen mit Bergen seltenster Delikatessen und ließen sich von den Sklaven immer wieder ihre Trinkschalen füllen. Gegen den ohrenbetäubenden, bereits reichlich trunkenen Lärm, immer wieder von brüllendem oder kreischendem Lachen übertönt, kämpfte ein gut dreißig Mann starkes Orchester vergeblich an. In den etwas dunkleren Ecken bemerkte ich einige kopulierende Paare. Über dem ganzen schwebte, mühsam überlagert von viel zu starkem Parfümduft, ein unangenehmer Geruch nach verschüttetem Wein, Schweiß, verwelkten Blumen, Essensgerüchen und, ja, auch frisch vergossenem Blut – Caesars einschlägige Vergnügungen an diesem Abend beschränkten sich offenkundig nicht nur auf unseren Gladiatorenauftritt. In den wirklich dunklen Ecken stank es nach Urin und Erbrochenem.

Als der *Crupellarius* Pluto auf die freie Fläche klirrte, die man vor den Tischen und Liegen freigehalten hatte, wurde er begeistert johlend empfangen.

Auch Tarquinius wurde mit lautem Kreischen begrüßt.

Die beiden Kontrahenten traten in die Mitte der freien Fläche, hoben grüßend ihre Waffen dem Caesar, seiner Gemahlin und den anderen Anwesenden entgegen.

Doch ehe der Kampf begann, hatte Tarquinius einen Befehl.

Er hatte schon seit ein paar Minuten mit seinen bloßen Fußsohlen den glattgeschliffenen Marmor, mit dem der Saal ausgelegt war, geprüft. Jeder vernünftige Gladiator kämpft barfuß, da seine Füße so im Sand der Arena besten Halt finden, während er mit Sandalen nur »Sand schaufeln«, würde. Doch hier gab es eben keinen Sand, sondern nur spiegelnden Marmor.

»Macht den Boden trocken, wenn wir nicht ausrutschen sollen!«, kommandierte Tarquinius. Eine kleine Heerschar von Sklaven folgte mit Lappen, Schwämmen und weichen Tüchern unverzüglich seinem Befehl. Mit einer beinahe freundlichen Geste quittierte sogar Pluto diese Anordnung.

Dann gab Caesar Nero, der offenbar von seiner Liege aus in eigener Person die Rolle des *Summa Rudis* zu übernehmen gedachte, das Zeichen zum Beginn des Kampfes.

Pluto blieb seinem bewährten Kampfstil treu: Er rührte sich kaum vom Fleck, drehte sich lediglich mit seinem ihn umtänzelnden Gegner, jenem immer seine linke, außer durch die massive Panzerung zudem durch den Schild geschützte Seite zudrehend.

Tarquinius umkreiste den *Crupellarius*, attackierte plötzlich, fand dazwischen auch Zeit für seine brillanten Schwerttänze, attackierte wieder – und scheiterte regelmäßig an der überschweren Panzerung und dem Schild seines Gegenübers.

Offenbar schien auch er kein Konzept zu finden, um Pluto zu überwinden, der, wie schon bei Nigeralbus, sichtlich auf Zeit spielte, wartete, bis sich sein Gegner schließlich erschöpft hatte, um ihm dann den Todesstoß zu versetzen.

Einige der Zuschauer begannen sich zu langweilen, pfiffen lautstark.

Allerdings bemerkte ich auch, dass Caesar Nero den Kampf nach wie vor mit äußerster Spannung verfolgte:

Tarquinius hatte sich so sehr, sogar über den Umweg einiger kleiner Intrigen zu diesem Kampf gedrängt, dass er ganz einfach ein Konzept gegen diesen stahlgepanzerten Riesen haben *musste* – wie immer dieses Konzept aussehen mochte.

Und er hatte eines: Das extrem schlechte Gesichtsfeld des *Crupellarius* unter seinem, nur von winzigen Sichtlöchern durchbrochenen, topfartigen Helm!

Außer einem wirklichen Kenner der *Gladiatura* wie Herrn Gladius Felixianus, der meine Hand umklammert hielt und zuversichtlich drückte, und mir, vielleicht auch noch in der Tat Caesar Nero, der durch einen speziell geschliffenen Beryll vor seinen kurzsichtigen Augen das Geschehen aufmerksam beobachtete, bemerkte niemand etwas von der Taktik unseres *Dimachaerus*:

Tarquinius griff an, scheiterte zunächst und sprang dann, sich beweglich aus dem unmittelbaren Gesichtsfeld des *Crupellarius* duckend, nach rechts, als ob er den gehobenen Schild seines Gegners zu umgehen versuche. Natürlich war das aussichtslos, denn Pluto musste sich nur einen Ruck auf dem Platz nach links drehen, um seinem Kontrahenten erneut seine absolut unangreifbare Seite darzubieten, stieß oder schlug zudem jedes Mal mit seinem langen Schwert nach seinem Gegner, auch wenn dieser ob seiner Gewandtheit den Streichen mühelos entging.

Fünfmal, sechsmal, siebenmal das gleiche Spiel. Unser Etrusker griff an, hatte keinen Erfolg und sprang nach rechts, um den Schild zu umgehen. Der schwergewichtige *Crupellarius* drehte nach und schlug in die Luft.

Kein Erfolg auf der einen wie auf der anderen Seite …

Dann attackierte Tarquinius erneut, traf wieder nur Schild und Panzer Plutos, duckte weg und – sprang in die Gegenrichtung nach links!

Pluto, der ja wusste, was sein Gegner nun tun würde, drehte sich augenblicklich ebenfalls nach links, hieb mit seinem Schwert zu und entblößte so den schmalen Streifen nackter Haut zwischen seinem Gürtel und seiner Schulter- und Brustpanzerung.

Ehe er begriff, geschweige sah, dass Tarquinius diesmal in die andere, die falsche Richtung gesprungen war, stieß ihm der Etrusker sein linkshändiges Schwert in die Seite.

Blut spritzte, sprudelte.

Mit einer wilden Serie von Hieben versuchte Pluto noch vergeblich seinen Gegner zu treffen, dann brach er in die Knie.

Die Augustalen – zumindest jene, die überhaupt mitbekommen hatten, was geschehen war – brüllten vor Begeisterung.

Caesar Nero strahlte.

Poppaea Sabina war wie versteinert.

Bei einem derart übergepanzerten *Crupellarius* kann man weder einen sauberen Todesstich durch den Rücken ins Herz setzen, geschweige seine Kehle treffen.

Tarquinius musste zunächst die Haken und Schnallen lösen, die den schweren Topfhelm auf dem Schulterpanzer festhielten, und dem Mann den Helm vom Kopf ziehen.

»Hilfe!«, heulte Pluto. »Rette mich, Augusta! Er will mich umbringen!«, und versuchte gar auf das Lager Poppaea Sabinas zuzukriechen.

»Wenn du schon nicht wie ein wahrhaft ehrenwerter Gladiator kämpfst, dann versuche wenigstens wie einer zu sterben!«, fuhr ihn Tarquinius an und riss seinen Kopf an den Haaren empor.

»Erbarm…!«

Der Rest des Schreies ging in einem Gurgeln unter, als ihm der Etrusker das Schwert in die Kehle stieß.

Caesar Nero war aufgesprungen, applaudierte stehend, und es war nicht klar, was ihn mehr freute, der Tod Plutos oder die Tatsache, dass er damit seine Gemahlin zwang, ebenfalls Tarquinius Beifall zu spenden, auch wenn ihr Blick vor Hass loderte.

Nachdem der Etrusker seine blutbeschmierten Klingen sorgsam abgewischt, sie Herrn Gladius Felixianus anvertraut und seinen Helm abgenommen hatte, winkte ihn Caesar Nero zu sich. »Für die höchste Leistung auch den höchsten Preis!«, rief er dabei.

Nachdem er den Etrusker einen Augenblick lang äußerst aufmerksam gemustert hatte, nahm er feierlich seinen goldenen Lorbeerkranz vom Kopf und setzte ihn Tarquinius aufs Haupt:

»Von Gott zu Gott! Von Caesar für Aplu!«

Caesar Nero war, verrückt oder nicht, ein gebildeter Mann und verwendete also nicht den lateinischen Namen »Apollo«, sondern den original etruskischen, »Aplu« …

Über das Kinn von Poppaea Sabina rann ein winziger Blutstropfen, so stark hatte sie sich auf die Unterlippe gebissen.

»Und da jeder Sieger das Anrecht auf einen Preis hat, werde ich dir den einzigen geben, der deiner wahrhaft würdig ist!«, verkündete Caesar. »Ich werde für dich singen! O nein, im Augenblick natürlich nichts Großartiges, nur eine kleine Melodie zu deinen Ehren – so aus dem Stegreif …«, fuhr er mit einem beinahe entschuldigenden Lächeln fort.

Dann winkte er nach seiner goldenen, mit Edelsteinen reich

geschmückten Lyra, während Herr Petronius, der ganz in der Nähe Caesars ruhte, Tarquinius auf seine Polsterliege zog.

Caesar Nero griff in die Saiten des Instruments, schlug leise einen Akkord an.

Fast schlagartig wurde es still in dem riesigen Triclinium. Sogar die kopulierenden Paare in den dunkleren Ecken hielten mit ihrer Beschäftigung inne, denn wer Caesar Nero bei der Ausübung seiner Kunst zu stören wagte, der hatte in der Regel nicht einmal mehr die Zeit, seinen letzten Willen aufzusetzen.

Ein zweiter Akkord: kräftig, klar, rein. Ein dritter höchst komplizierter, bei dem auch die Finger der linken Hand, die eigentlich die Lyra hielten, eingesetzt werden mussten: fehlerfrei!

Dann begann er zu singen.

Ich hatte schon manche Bosheiten über die künstlerischen Ambitionen Caesar Neros gehört. Um so mehr war ich überrascht!

Er verfügte über einen weichen, klaren Bariton, vielleicht nicht allzu kräftig, aber wenn er eben nicht Caesar gewesen wäre, hätte er in der Tat ein erfolgreicher Sänger werden können.

Natürlich war das Preislied auf den Sieger des Kampfes nicht aus dem Stegreif geboren, sondern wohleinstudiert. Da es ursprünglich zweifellos auf den Liebhaber seiner Gemahlin gedichtet war, »Pluto« aber nur zwei, »Tarquinius« jedoch vier Silben hatte, umging er das Problem geschickt, indem er den Sieger stets als »Aplu« bezeichnete. Selbst die letzten Zeilen – diesmal zweifellos improvisiert – stimmten in Rhythmus, Versmaß und Melodie.

Als Caesar schließlich die Lyra zum Ende seines Vortrags senkte, überbordete der Beifall. Auch Tarquinius und Herr Petronius klatschten, wenn auch langsamer und verhaltener.

»Es hat euch nicht gefallen?«, fragte Caesar sofort nach, halb zornig, halb unsicher.

Tarquinius, unterstützt von Herrn Petronius, versicherte:

»Wenn dies ein Lied aus dem Stegreif war, dann war es – göttlich! Dann können sich alle anderen römischen und hellenischen Dichter der Gegenwart und Vergangenheit nur noch beschämt die Toga übers Haupt ziehen und im Orkus verschwinden; denn wie müssen dann erst Eure vorbereiteten Gedichte und Lieder klingen!«

Caesar Nero wollte offenkundig nur den positiven Teil dieses zweischneidigen Kompliments hören und war aufrichtig glücklich.

Die allergöttlichste Erlaubnis, zu bleiben und zu genießen so lange wir wollten, legten Herr Gladius Felixianus, Tarquinius und ich dahingehend aus, schleunigst zu verschwinden.

LUDUS VIII

Das Zucken der Giganten

Dimachaerus

September des Jahres 814 bis Februar 815 *ab urbe condita.*
Im 6. bis 8. Regierungsjahr
des erhabenen Caesars Nero.
(61 *bis* 63 n. Chr.)

Am nächsten Morgen überbrachte ein atemloser Sklave ein Geschenk von Herrn Petronius Arbiter an Tarquinius: einen spinnenzart gewebten Schleier.

Wir begriffen.

Und Tarquinius verschwand für rund ein Jahr.

Wo er in dieser Zeit war, kann ich fast nur mutmaßen, denn nur vier seiner Stationen sind mir bekannt. Er war wohl über Aquileia durch die Provinz Dalmatia gereist, denn aus Aquileia schickte er uns fünf junge Männer und zwei Frauen, die er als brauchbaren Gladiatorennachwuchs betrachtete, aus Apollonia auf der östlichen Seite der Meerenge von Brundisium nochmals elf. Aus Philippi in Macedonia schrieb er, dass er das Schlachtfeld besucht habe, auf dem die Mörder des göttlichen Gaius Julius Caesar ihr Ende gefunden hätten. Und aus Pergamon erhielten wir eine Nachricht, dass er dort in Asia »nach den Wurzeln seines Volkes suche« und den großen Zeusaltar bewundert habe.

Wenn die Beamten Caesar Neros oder gar die Spitzel der Augusta Poppaea Sabina regelmäßig bei uns nach seinem Verbleib fragten, gaben wir ihnen bereitwillig Auskunft nach den Anschriften, woher uns seine letzte Lebensmeldung erreicht hatte, in der Gewissheit, dass ihn dort niemand mehr aufspüren oder gar antreffen würde.

Im Lauf der Monate wurden die Anfragen freilich seltener. Die Augusta war schwanger und gebar eine Tochter. Der befohlene Jubel im ganzen Imperium war überwältigend! Wenige Wochen später starb das kleine Mädchen. Die angeordnete Trauer überzog gleichermaßen das ganze Land von Hispania bis Syria, von Belgica bis Arabia.

Tarquinius, der mir gegenüber eigentlich niemals mit irgendwelchen wesentlichen Details über sein Leben – natürlich von seiner Vorgeschichte abgesehen – zurückhielt, winkte später diese Epoche seines Lebens mit einer Handbewegung ab. Sie sei interessant, manchmal lehrreich, manchmal gar aufregend gewesen, doch all dies seien letztlich nur Marginalien in seinem Leben gewesen.

Die längste Zeit jedoch hatte er sich offenbar in Roma aufgehalten – »in der Höhle des Löwen, wo mich gewiss niemand vermutet hätte!«

Im späten Oktober des Jahres 815 kehrte er endgültig nach Puteoli zurück.

In den ersten Dezembertagen reiste er zu Lokalspielen nach Panormus, um einen als »Schlächter« mittlerweile höchst übel berüchtigten *Thraex* totzuschlagen.

Mitte Januar ritt er dann in Felix Felix ein, gehüllt in eine prachtvolle Toga.

»Werft euch zu Boden, ihr jämmerlichen Kreaturen«, rief er, während er sich vom Pferd schwang, »und küsst den Staub vor den Füßen eines römischen Bürgers! Mein Name hängt in Bronze geritzt am Saturnus-Tempel auf dem römischen Capitol, wo alle Namen neuer Bürger ausgehängt werden!«

Natürlich warf sich niemand zu Boden, küsste gar den Staub. Wir umarmten und beglückwünschten Tarquinius zu dieser Würde. Und wenn wir vermuteten, dass sein Freund, Herr Petronius Arbiter dabei kräftig seine Finger im Spiel gehabt hatte, so lagen wir genau richtig.

In Felix Felix war unterdessen das Leben normal weitergegangen.

Die Schule erholte sich gut von dem schlimmen Aderlass in Roma. Der größte Teil der Junggladiatoren entsprach den in sie gesetzten Erwartungen, und so waren wir in der Lage, im Laufe des Jahres zunächst kleinere, dann auch größere Spiele quer durch Italia und den angrenzenden Provinzen wieder mit Kämpfern zu beschicken.

Da Tarquinius in dieser Zeit verschollen war, führten Fulmina und Purpureus unsere Truppe an, auch wenn niemand auch nur einen Augenblick daran zweifelte, dass allein unserem Etrusker der Rang des *Summus Palus* zustand. Auch der junge Dardanus war inzwischen als *Primus Palus* fest etabliert.

Exochus hingegen hatten wir aus dem Team genommen. Er war ein netter Bursche, hatte nach seinem überraschenden Sieg in Roma jedoch dreimal hintereinander bei relativ kleinen Spielen nur mit knapper Not seine *Missio* erhalten. Herr Gladius Felixianus bot ihm den Posten eines Verwalters auf einem Weingut unserer Schule an. Exochus mangelte es zwar eindeutig an Fantasie, er war aber immerhin intelligent genug, um zu wissen, dass es ihm entschieden mehr lag, Weinstöcken beim Wachsen zuzusehen und Amphoren zu zählen, als in einer Arena zu kämpfen.

Drei von den Neulingen, die uns Tarquinius aus Aquileia und Apollonia geschickt hatte, waren erfreuliche Überraschungen:

Leoparda war eine große, blonde, ausgesprochen hübsche Frau, deren Muskeln keineswegs ihre Weiblichkeit beeinträchtigten. Sie stammte aus Vindobona in der Provinz Pannonia, verfügte über das Herz eines Kämpfers und, wenn sie wollte, durchaus über Humor und Charme. Wir bildeten sie nun als *Hoplomachus* aus.

Außer bei irgendwelchen Massenkämpfen sind Frauen in der Arena zweifellos eine Ausnahme, doch als Ausnahmen von der Regel sind sie beim Pöbel umso beliebter. So waren wir durchaus erfreut über diesen Zuwachs.

Die beiden anderen waren Zwillinge. Wir nannten sie nach den griechischen Sagenzwillingen Kastor und Pullux. Sie waren klein, wendig, mit schwarzem Kraushaar und einander so ähnlich, dass man wirklich wissen musste, dass Kastor einen winzigen Leberfleck neben dem rechten Nasenflügel hatte, der seinem Bruder fehlte, um sie auseinander halten zu können. Sie kamen aus Dalmatia, wo ihr Vater als pensionierter Legionär, der es beim Heer bis zum Decurio gebracht hatte, nach seinem Abschied ein

Stück Land erhalten hatte. Da ihr Vater von Landwirtschaft nichts verstand, zudem von so genannten Freunden schlecht beraten wurde, geriet er so tief in die Schuldenfalle, dass ihm schließlich kein Ausweg mehr blieb, als seine beiden Söhne in die Sklaverei zu verkaufen. Von Kindesbeinen an mit Waffen aufgewachsen, waren sie geradezu prädestiniert für ihren neuen Beruf.

Wir trainierten sie als *Retiarii*. Ihr innigster Wunsch freilich war, gemeinsam kämpfen zu dürfen – Kastor mit Dolch und Dreizack, Pollux mit Dolch und Netz –, und da beim Mob »Exoten« jeder Art inzwischen große Mode waren, schien dieser Wunsch keineswegs unerfüllbar.

Ganz persönlich wuchs ich mehr und mehr in die Verwaltung von Felix Felix hinein.

Phiops nannte mich zwar regelmäßig einen »nicht Bein-, sondern Gehirnkrüppel«, und ich betitelte ihn daraufhin als einen »senilen Federfuchser« – die Beleidigungen, die wir uns gelegentlich an den Kopf warfen, wären durchaus eines Telemachos würdig gewesen. Doch im Prinzip verstanden wir uns bestens, auch wenn er mich als hoffnungslosen Verschwender betrachtete, sobald ich irgendwelche Gelder für die Schule, etwa für neue Rüstungen und Waffen, anforderte.

Als schließlich Mucius, einst ein jämmerlicher *Provocator*, jedoch seit Jahren ein überaus zuverlässiger Verwalter eines der Güter der Schule, uns zunehmend die lästigen Schreib- und Rechenarbeit abnahm, verstanden wir uns sogar noch viel besser.

Digna war unerschütterlich stets an meiner Seite.

Und jetzt erwartete sie sogar unser erstes gemeinsames Kind!

Als ihr Eunike, die Hebamme von Felix Felix, und dann sogar Amenophis versicherten, sie sei ohne jeden Zweifel schwanger, war unser privates Glück vollkommen!

Einzig einige Sorgen machte mir zu jener Zeit Herr Gladius Felixianus. Er war nicht krank – derlei hätte er sich nie erlaubt –, doch er kränkelte.

Agatha, seine Gemahlin, die sich still und leise um seinen

Haushalt gekümmert hatte, die nie ernsthaft in Erscheinung getreten war, die nie einen Befehl gemäß der Bestimmung Nummer vier meines Eides erteilt hatte, lag ohne Aussicht auf Besserung danieder. Wie erst kürzlich bei Aemilia Salsaria zerfraß auch bei ihr ein »Untier« ihren Körper.

Herr Gladius Felixianus klagte nie darüber – das war nicht seine Art –, doch je mehr sie dahinschwand, umso mehr litt auch er an Gebrechen, gegen die auch Amenophis kein Rezept wusste.

Ich habe Agatha nie wirklich kennen gelernt, obwohl ich schon so lange ein Mitglied der *Familia Gladiatoria* von Felix Felix war. Ein Gruß, ein freundliches Zuwinken – Vertraulicheres ließ sie nicht zu.

Als wir sie im Totenhain beisetzten, war Herr Gladius Felixianus beim nachfolgenden Totenmahl, als die Lobrede auf die Verstorbene gehalten werden sollte, einfach sprach- und wir, die wir sie ja kaum gekannt hatten, ratlos.

Ihr irgendwelche aufwändigen Grabmonumente zu setzen, hatte sich Agatha strikt verbeten.

Angesichts der prunkvollen Monumente nicht nur des Begründers unsrer Schule, sondern auch des »großen Katzenherren Felix Felix«, haderte unser Herr mit diesem Wunsch!

Wenn überhaupt, so sollten auf einer absolut schlichten Stele neben ihrem Namen nur ein Kreuz und ein stilisierter Fisch erscheinen. So hatte sie es bestimmt. Außerdem wünschte sie nicht wie üblich verbrannt, sondern ganz einfach in der Erde bestattet zu werden. Dies war ein durchaus ungewöhnlicher Wunsch, dem Herr Gladius Felixianus jedoch ohne jede Nachfrage nachkam.

In uns keimte eine Vermutung: Hatte die Dame Agatha möglicherweise den Glauben der Christiani jenes jüdischen Heilspropheten angenommen? Digna, die in Tridentum bereits Mitglieder dieser Glaubensgruppe kennen gelernt hatte, war sich dessen nahezu sicher.

Damals war mir diese Lehre mehr als fremd. Ich begriff sie

allenfalls als Variation des ohnehin schon mehr als bunten Götterhimmels des Imperiums, in dem sich mittlerweile mehr Orientalen als Griechen, geschweige denn Römer tummelten.

Ganz privat betete ich ohnehin nach wie vor zu unsrer licatischen, von Kriegern wie Bauern gleichermaßen verehrten Pferdegöttin Epona, mit der ich aufgewachsen war.

Antonia Vettia stammte aus dem in Pompeii zahlreich vertretenen, altehrwürdigen Geschlecht der Vettii. Sie war eine hochgewachsene, schlanke Dame mit inzwischen ergrautem Haar und dem würdevollen Auftreten einer altrömischen Matrone. Freilich bezweifelten viele Pompeiianer, dass ihr Äußeres so ganz mit ihrem Lebensstil zusammenpasste, denn Antonia Vettia war gleichzeitig die Hohepriesterin des Dionysos-Kultes, dessen Feste nicht selten in ausschweifende Wein- und Sexorgien zu münden pflegten. Sie selbst betonte freilich stets, dass die Mysterien ihres Gottes weitaus mehr beinhalteten als ausgelassene Feste!

Trotz dieser Versicherungen und der Unterstützung ihres Clans, der Vettii, die in Pompeii reichlichst über Geld, Macht und öffentliches Ansehen verfügten, hatten Antonia Vettia und ihr inzwischen verstorbener Gemahl ihre Prunkvilla außerhalb von Pompeii, draußen westlich vor der Porta Herculanaea, erbauen lassen – möglicherweise war ihnen jedoch auch nur der Platz innerhalb der Stadt zu eng gewesen.

Wie dem auch sei: Der quadratische, pro Seite von jeweils fast zwei Dutzend von innen vermauerten Rundbögen, welche nur schmale Fensterschlitze aufwiesen, getragene Unterbau, barg einen Weinkeller mit Tausenden von Amphoren der edelsten Tropfen zwischen Gallia, Hispania, Syria und Africa.

Und über diesem Unterbau erhob sich die eigentliche Villa mit ihren rund neunzig Räumen, angefangen von weiträumig angelegten Peristylen bis zu intimen Gemächern, und der weiten, halbrunden Terrasse, von der man einen traumhaften Blick über die Landschaft und das Meer genießen konnte. Bevölkert war die Villa von Verwandten und Freunden der Herrin des Hauses, Dauergästen, Klienten, jungen Priesterinnen des Dionysos und etlichen begabten oder auch arrivierten Künstlern und Philosophen, mit denen sich Antonia Vettia gerne umgab. Dazu mit einer mittleren Armee an dienstbaren Geistern.

Trotz ihrer Größe haftete nirgendwo der Villa etwas Pompöses oder gar Protziges an!

Die Räume, vom größten bis zum kleinsten, die Hallen und Höfe waren harmonisch proportioniert, die Wandmalereien mit ihrem zumeist leuchtend roten, trotzdem nicht aufdringlichen Untergrund zeugten vom Können ihrer Schöpfer. Die Säulen waren von schlichter Eleganz. Die Statuen überall Originale aus Hellas – und wo es sich möglicherweise doch um Kopien handelte, waren diese so hervorragend, dass nur der Kenner einen Unterschied bemerken konnte. Die überaus gepflegten Gärten waren ein Rausch in sprießendem Grün und abertausend Blüten.

Griechischer Lebensstil und griechischer Geschmack prägten dieses Haus bis in den letzten Winkel!

Der römische Gott Bacchus ist, offen gesagt, kaum mehr als ein primitiver Saufbold. Und falls ihn und seine Genossen der allzu reichlich genossene Wein daran nicht hindert, ein kaum weniger primitiver Rammler.

Sein griechisches Urbild, Dionysos, ist zwar auch ein Gott des Lebensgenusses. Doch sein Rausch dient, zumindest nach Aussage der Dame Antonia Vettia, vor allem dem ekstatischen Eintauchen in tiefere Mysterien und Erkenntnisse über das Sein der Menschen und Götter!

Wie tief und geheimnisvoll, das ahnten wir, als uns eines Tages die Dame erlaubte, das Zentrum des Hauses zu betreten, einen Saal, dessen Wände mit Fresken geschmückt waren, welche Szenen aus den Einweihungsriten einer jungen Dionysospriesterin zeigten: das Verlesen mythischer Texte durch ein junges, nacktes Mädchen; die Flagellation, die rituelle Auspeitschung, der Bewerberin durch eine Priesterin; die Enthüllung eines mächtigen Phallussymbols; schließlich der Gott selbst. Wir bestaunten die wunderbaren Malereien und verstanden von ihrem Inhalt natürlich kaum etwas. Was wir freilich deutlich fühlten, war, dass diesem Raum wahrhaft eine hohe Würde und Weihe innewohnte.

Die Villa vor der Porta Herculanaea war ohne jeden Zweifel eine für den Gott Dionysos würdige Stätte.

Und was hätte dazu besser gepasst als der Handel mit Wein, dem diesem Gott geweihten Getränk?

Auch wenn wir die »Mysterien-Villa«, wie sie im Volksmund gern genannt wurde, besuchten, so drehte sich das Gespräch fast ausschließlich eben um Wein.

Zunächst hatte der verstorbene Gatte der Dame Antonia Vettia das Geschäft betrieben. Nach seinem Tod führte es seine Witwe mit äußerst geschickter Hand fort.

Felix Felix verfügte seit Jahren über einige Weingüter in unmittelbarer Nachbarschaft der vulkanisch blubbernden Schlammlöcher auf den Campi Phlegraei. Aus ihren dunkelblauen Trauben ließ sich ein Saft keltern, welcher von unseren Kellermeistern in ungeschwefelten Eichenfässern oft über viele Jahre hinweg sorgsamst gepflegt wurde, bis der Wein eine fast ölige Konsistenz angenommen hatte.

Einige auserlesene Kellereien aus dem Süden Ägyptens vermochten annähernd derlei zu liefern. Doch auch diesen Weinen fehlte letztlich dieses ganz spezielle Feuer, von dem sogar das »Feuer des Mons Vesuvius« nur ein kläglicher Abklatsch war.

Dieses Getränk war keinesfalls etwas für den täglichen Gebrauch!

Tarquinius hätte einmal einen Sklaven vor Empörung beinahe geohrfeigt, als jener diesen Wein gewohnheitsgemäß mit Wasser vermischen wollte.

»Dergleichen Kostbarkeiten trinkt man pur, so man sein wahres Aroma genießen will!«, hatte er den Unglücklichen angefahren. »Oder man trinkt sie gar nicht, weil einen spätestens der zweite Becher ins Reich der Träume schickt!«, hatte er hinzugefügt.

Zwanzig bis maximal fünfzig Amphoren pflegten wir jährlich von diesem wahrhaften Dionysos-Getränk an die Dame Antonia Vettia zu verkaufen – ob sie diese letztlich weiterverkaufte oder bei ihren kultischen Riten einsetzte, entzieht sich meiner Kenntnis …

Der Preis für diesen unseren speziellen »schwarzen« Wein war schwindelerregend.

Doch als ich – Herr Gladius Felixianus hielt sich aus derlei Verhandlungen grundsätzlich heraus, und Phiops war selbst für diese kurze Reise inzwischen zu klapprig – am Mittag des 5. Februar des Jahres 816 in der »Mysterienvilla« saß, akzeptierte Antonia Vettia die geforderte Summe für die achtundzwanzig gebotenen Amphoren anstandslos wie üblich.

Wir saßen, wie immer bei solchen Gelegenheiten, in ihrem privaten Schreibzimmer, durch dessen offene Tür man einen wunderbaren Blick hinaus in den Garten des Peristyls mit der fröhlich plätschernden Fontäne in der Mitte hatte.

Ein Schreiber ihrer Kanzlei hatte soeben den fertigen Vertrag auf den Schreibtisch der Dame des Hauses gelegt. Diese griff nach Schreibrohr und Tinte, um ihn zu unterzeichnen, und ich war dabei …

Ein mächtiger Stoß schleuderte mich samt meinem Stuhl zunächst gegen die Tischkante.

Meine instinktiv vorgestreckten Hände fingen den Aufprall ab.

Dann raste mein Stuhl mit quietschenden Rädern trotz blockierender Bremse zurück.

Krachte gegen die Rückwand.

Der schwere Schreibtisch sprang hoch wie ein übermütiges Zicklein.

Die Dame Antonia Vettia wurde aus ihrem Sessel geworfen, landete mit einem schmerzhaften Aufschrei auf dem Boden.

Ein dumpfes, wütendes Grollen erfüllte die Luft.

Ich wurde erneut nach vorne geschleudert. Und wieder zurück gegen die Wand.

In dem Fresko mit der Darstellung einer bukolischen Landschaft hinter dem Schreibtisch klaffte plötzlich ein breiter, schräger Riss.

Von der Decke bröckelten Mörtel und Staub.

Ich hörte gellende Schreie im Haus.

Antonia Vettia versuchte auf die Beine zu kommen – wurde erneut umgeworfen.

Fix und Fax stürzten herein.

»Raus! *Raus!* RAUS!«, brüllten sie.

Rücksichtslos schleiften sie meinen Stuhl samt mir darin in den Garten des Peristyls.

Die Dame Antonia Vettia kroch auf allen vieren hinter uns drein.

Es kann in Wirklichkeit nur Sekunden gedauert haben. Doch noch heute sehe ich alles deutlich vor meinen Augen. Und es ist, als sei die Zeit damals langsam und zäh wie Sirup geworden:

Eine dritte – oder war es die vierte – Welle raste durch die »Mysterien-Villa«!

Es war tatsächlich wie eine einzelne, kurze, niedrige, aber ungeheuer starke Welle!

Sie hob die nordöstlichen Teile des Hauses an.

Dann den nordöstlichen Teil des Säulenumgangs des Peristyls.

Buckelte sich durch den Garten, während an ihrer Rückseite die angehobenen Gebäudeteile wieder auf ihre Fundamente zurückkrachten – riss dabei die seitlichen Arkaden hoch und ließ sie wieder fallen.

Schleuderte mich samt meinem Stuhl in ein Blumenbeet und fegte Fix und Fax von den Beinen.

Das dumpfe Donnern im Boden und das gellende Kreischen der Menschen wollten schier meine Trommelfelle zerreißen.

Die Welle stieß den südwestlichen Teil des Peristyls und die dahinter liegenden Baulichkeiten für einen Augenblick empor.

Ließ sie fallen …

Und war fort südwestlich in Richtung Meer.

Die Dame Antonia Vettia war endlich doch noch auf die Füße gekommen.

Sie hastete aus ihrem Schreibzimmer und war eben unter dem Dach des Säulenumgangs des Peristyls angekommen, als dieser mit wüstem Krachen, dem Splittern von Balken, dem Bersten von Säulen in einem Hagel aus Holz, Marmor und Ziegeln in sich zusammenbrach und die Dame des Hauses unter sich begrub.

Dann herrschte für einen Augenblick geradezu unheimliche Stille, nur durchbrochen von schrillen Schreien und dem polternden Aufprall von Ziegeln und Steinen auf dem Boden.

Ich habe in den Jahren, die ich nun in Felix Felix lebte, gewiss mehr als drei Dutzend Erdbeben erlebt – alles durchweg jedoch nur leichte Zitterer und Wackler.

In den Sommermonaten, wenn die Sonne gnadenlos auf die Erde brennt, wurde es, so sagen zumindest die Leute, den unter der Erde gefangenen Giganten allzu heiß, und sie versuchten, die auf ihren Gräbern lastenden Massen abzuschütteln. Und in all den letzten Jahren hatten sich die Giganten in der Tat immer nur im Sommer gerührt.

Tarquinius – witzigerweise lehnte unser etruskischer Gott solch mythische Erklärungen strikt ab – meinte allerdings, Erdbeben kämen zustande, wenn sich in vulkanischen Gebieten allzu viel »Feuer« unter der Erde gesammelt habe und sich derart einen Ausgang zu schaffen versuche. Der Vergleich meiner lieben, ein wenig einfältigen Urbana schoss mir durch den Kopf: Auch auf einem fest oder zumindest fast fest verschlossenen Topf würde der Deckel, wenn das Wasser darunter siedete und kochte, ebenfalls zu rütteln und zu schütteln anfangen …

Wir in Puteoli, zumal in Felix Felix, lebten auf einem Vulkan – freilich auf einem, wie es Urbana ausgedrückt hatte, »offenen Topf«.

Zumindest auf einem relativ »offenen Topf«.

Auch bei uns strampeln die Giganten. Sie tun es oft, allerdings kaum mit Nachdruck. Oder wenn man der Meinung von Tarquinius folgen will: Das Feuer und die angesammelten Gase finden bei uns letztlich doch immer einen entsprechenden Ausgang. Als Resultat wackeln die Häuser ein wenig, Weinbecher fallen wie von Geisterhand geschoben vom Tisch, die heißen Quellen in unserer Therme oder auch im benachbarten Badeort Baiae sprudeln wie wild, Schlammgeysire spritzen auf den Campi Phlegraei in den Himmel, Ziegen- und Schafherden rennen aufgeregt umher, in seltenen Fällen muss ein Riss im Verputz einer Mauer ausgebessert werden.

Dieser Stoß der Giganten war freilich ganz anderer Natur!

Dieser Stoß – diese Stöße – waren stark!

Sehr stark!

Unheimlich stark!

Und bösartig!

Sie hatten von Nordwest nach Südost wellend die »Mysterienvilla« förmlich überrollt, sie teilweise in Schutt gelegt …

Kaum war jene letzte »Welle« vorüber, hoben mich Fix und Fax, schneeweiß im Gesicht und mit leise klappenden Zähnen, tapfer samt meinem Rollenstuhl aus dem Blumenbeet und stellten mich wieder »auf die Füße«.

Noch war ich keiner Worte mächtig, konnte nur nach dem eingestürzten Dach des südwestlichen Peristyls deuten.

Die beiden Sänftenträger verstanden sofort.

Sie rannten los!

Mit bloßen Händen zerrten sie Balken weg. Bald auch von anderen Sklaven des Hauses unterstützt, schaufelten sie Steine und Ziegel beiseite.

Doch als es endlich gelang, die Dame Antonia Vettia aus dem Schutt zu ziehen, fand man sie tot, erschlagen vom stürzenden Gebälk.

Für kurze Zeit war mein Verstand durch das eben Geschehene wie betäubt. Doch dann klärte er sich umso schneller:

Wenn jener Stoß der Giganten die »Mysterienvilla« so gewaltig getroffen hatte, dann ohne jeden Zweifel auch die Stadt Pompeii!

Digna? Herrn Gladius Felixianus?

Zwar hatten beide mich nicht zu den Verhandlungen mit der Dame Antonia Vettia begleitet. Doch beide waren mit mir in die Stadt gekommen. Digna hatte, trotz ihrer Schwangerschaft, darauf bestanden, mich wie immer zu begleiten. Und Herr Gladius Felixianus wollte mit Caecilius Jucundus eine für beide Seiten lukrative Beteiligung an einem der Güter unseres Freundes Tarquinius aushandeln, die wir verwalteten.

Unser Haus nahe der Porta Stabiana – stand es überhaupt noch?

Lagen Digna und Herr Gladius Felixianus möglicherweise unter dessen Trümmern und bedurften dringend der Hilfe?

Waren sie vielleicht schwer verletzt?

Lebten sie überhaupt noch?

Bilder absoluten Grauens entstanden vor meinen Augen!

Und was war mit Maurus, dem Verwalter des Hauses, seiner Gattin Afra und ihren Kindern und Sklaven geschehen?

So sehr ich die Dame Antonia Vettia schätzen mochte: Hier hatte ich nichts mehr zu suchen!

Ich winkte Fix und Fax zu mir.

Die beiden begriffen augenblicklich, hakten ihre Tragestangen rechts und links an meinem Stuhl ein und rannten los Richtung Pompeii, so schnell sie ihre flinken Füße trugen.

Doch kaum versuchten wir die Via Antimana zu betreten, die große Straße, die hier am Meer entlang von Pompeii über Herculaneum weiter nach Neapolis führte, gab es kaum noch ein Durchkommen.

Hunderte von verschreckten Menschen quollen uns wirr entgegen, beladen mit jenem Hausrat, den sie in der Eile hatten ergreifen können. Unter Säcken, Matratzen und Körben keuchende Männer schimpften und fluchten. Kochtöpfe und Säuglinge schleppende Frauen weinten. Kinder plärrten. Mit Bündeln, Amphoren und Möbeln beladene Karren blockierten den Weg. Im Straßengraben lag eine reich verzierte, verlassene Sänfte. Dazwischen schrien hoch bepackte Eselchen. Ein offenbar wohlhabender Mann schleifte Schritt um Schritt eine massive, bronzebeschlagene Geldtruhe hinter sich drein. Hunde bellten und jaulten. Zwei Sklaven schleppten die Marmorstatue einer Venus, der nach dem Sturz von ihrem Sockel die Füße und ein Arm fehlten. Der Inhalt eines aufgeplatzten Säckchens mit Edelsteinen wurde achtlos in den Grund getreten ebenso wie die Scherben einer zerbrochenen Amphore.

Gemeinsam war allen Flüchtenden das Entsetzen in ihren Gesichtern. Und fast ebenso gemeinsam war ihr Schimpfen, Klagen, Fluchen und Jammern:

Gegen die Duumviri, die beiden gewählten höchsten Stadtoberhäupter, die gewiss nichts für das Unglück konnten. Die Polizei und das Militär, die in dem plötzlich ausbrechenden Chaos die Übersicht verloren hatten. Die verhassten Nucerianer, die möglicherweise ja selbst betroffen waren. Den Caesar, der zweifellos ebenfalls an der Naturkatastrophe unschuldig war. Und vor allem gegen die Götter, worüber man diskutieren mochte …

Und absolut gemeinsam war ihnen der eine Wunsch: nur heraus aus der Stadt! Heraus aus den engen Straßen zwischen Häusern, die einem im nächsten Augenblick auf den Kopf fallen mochten. Heraus und hinein ins freie Feld, wo wenigstens keine unmittelbare Gefahr mehr drohte!

Schritt um Schritt drängelten sich Fix und Fax gegen den Strom der Flüchtenden Richtung Pompeii durch.

Als wir den Straßenabschnitt vor der Porta Herculanaea erreichten, der beiderseits von den Grabmonumenten der Mächtigen und Reichen der Stadt geschmückt war, und zwischen denen jetzt ebenfalls Gruppen von jammernden Flüchtigen lagerten, gab es endgültig kein Durchkommen mehr.

»Herr vergeben. Kurz halten!«, entschuldigte sich Fax, als

meine beiden Träger den ruhigen Winkel zwischen zwei Grabmonumenten ansteuerten und meinen Stuhl samt mir etwas außerhalb des Gedränges absetzten.

Dann holten die beiden unter meinem Rollen- und Tragestuhl nicht nur zwei Peitschen nebst etlichen Riemen, sondern sogar zwei kurze Breitschwerter hervor – ich hatte wahrlich nicht geahnt, dass sich dergleichen dort verborgen halten könne!

Mit den Riemen schnallten sich die Brüder die Tragestangen meines Stuhles auf ihren Schultern fest, um die Hände frei zu haben. Dann ergriffen sie je eine Peitsche mit der Rechten, ein Schwert mit der Linken.

»Jetzt besser!«, grinste Fix.

Und in der Tat kamen wir jetzt besser vorwärts! Den grimmigen Gesichtern meiner Gallier, ihren knallenden Peitschen, dem Blinken der Klingen und den gelegentlich mit deren stumpfer Flachseite ausgeteilten Hieben zollte die Menge Respekt und gab den Weg frei.

Auch Euch, edler Herr Plinius, wird das Phänomen bekannt sein:

Wenn man einen Ort, eine Stadt gut kennt, dann sieht man sie im ersten Augenblick so, wie man sie immer gesehen hat – auch wenn sie sich unterdessen völlig verwandelte. Eine Art Geisterbild, das die Gewohnheit über die Realität projiziert …

So sah auch ich an jenem Tag eines der Wahrzeichen Pompeiis, den Venustempel in der Südecke der Stadt. Hoch aufragend blickte der Tempel dort mit seinen bunten Säulenkolonnaden und seinen prachtvollen Giebelfriesen, errichtet über dem Steilabbruch des Landes und erbaut über der alten, längst sinnlos gewordenen Stadtmauer, zum Meer hinaus.

Doch dann bohrte sich die Wahrheit unerbittlich in meine Augen: Die Cella, das Allerheiligste des Tempels stand noch. Der nördliche und östliche Teil der Säulen jedoch war samt dem Giebel mit seinem kostbaren Figurenschmuck zusammengebrochen; der südliche Giebel hing so schief, dass er jeden Augenblick dem Rest folgen mochte.

Apollo war seit alters der Stadtgott Pompeiis. Doch auch Venus, die aus dem Meer »schaumgeborene« Tochter des Jupiter, genoss in der Hafenstadt Pompeii höchste Verehrung – nur Isis, die ägyptische Wasser-Meer-Wiedergeburtsgöttin, mit ihren glanzvoll inszenierten Festen hatte ihr in jüngerer Zeit Konkurrenz machen können.

Persönlich glaubte – und glaube – ich weder an Isis noch an Venus. Doch deren Tempel in Trümmern zu sehen entsetzte mich!

Die Porta Herculanaea stand noch, allerdings schwer beschädigt.

Die Peitschen von Fix und Fax sowie mancher Hieb mit deren flacher Schwertklinge verschafften uns Einlass.

Vielleicht hätten wir die Stadt umgehen und durch die Porta Stabiana versuchen sollen, das Haus des Herrn Gladius Felixianus zu erreichen. Wir hätten uns damit zweifellos das Schlimmste für den Augenblick erspart. Freilich aber eben doch nur für den Augenblick!

Das Forum, das Zentrum der Stadt, war eine Trümmerwüste!

Die eleganten, teilweise sogar doppelstöckigen Säulenkolonnaden, die den Platz und die angrenzenden Tempel so einzigartig gemacht hatten, waren unter dem Tritt der Giganten zusammengebrochen.

Der zentrale Jupiter-Tempel mit seinem hochragenden Säulendach lag vollständig in Trümmern.

Die Marktstände und Tavernen rechts und links des Platzes waren unter den herabgebrochenen Dächern verschüttet. Auf den Trümmern hockte eine Frau, die um ihre darunter beim Spielen erschlagenen drei Kinder weinte. Andere Männer und Frauen versuchten verzweifelt, ihre Angehörigen aus dem Berg an Steinen und Ziegeln hervorzuwühlen.

Der wunderbare Tempel des Apollo, die große Markthalle und die Zentralthermen nördlich des Platzes waren nichts mehr als elende Schutthaufen.

Die Basilika war schwer beschädigt.

Das Kuppeldach des Tempels, in dem die göttlichen Ahnen Caesars, zumal des Caesars Augustus, verehrt wurden, war gesprungen, teilweise eingestürzt.

Die Mehrzahl der Bewohner von Pompeii war, wie ich erlebt habe, unverzüglich aus der Stadt hinaus ins freie Feld gerannt, um wenigstens das nackte Leben zu retten.

Andere allerdings, wie Diebe, Einbrecher und Plünderer, versuchten die Gunst der Stunde zu nutzen!

Zu ihrer Ehre sei gesagt, dass städtische Polizei und das unverzüglich eingesetzte Militär des Flottenstützpunkts Misenum dergleichen binnen weniger Stunden gnadenlos in den Griff bekamen.

Sehr viel weniger freilich bekamen die Ordnungskräfte jene Gotteslästerer und Unheilspropheten in den Griff, die Pompeii in der Folge leidenschaftlich überschwemmten.

Sie taten nichts Böses. Sie lästerten weder Caesar noch in unerträglichem Maß die Götter. Sie versuchten nur ihre ganz persönliche Sicht der Dinge an Mann oder Frau zu bringen …

Sie grölten lautstark wider jedwede bestehende Ordnung.

Da wir immer noch *de nome* – wenn auch keineswegs *realiter* – eine Republik sind, in der jeder seine wie auch immer geartete Meinung frei heraus sagen darf, war es fast unmöglich, ihnen den Mund zu verbieten.

Wir versuchten uns noch durch das hoffnungslos zerstörte Forum einen Weg in die Via Stabiana, die uns zum Haus des Herrn Gladius Felixianus führen würde, zu bahnen, als wir genau mit dieser Art Mensch konfrontiert wurden:

Ein hagerer Mann rannte auf mich zu. Er war eigentlich jung. Sein schmales Gesicht war umrahmt von einem viel zu schnell gewachsenen, deshalb allzu schütteren Bart. Seine Kleider waren eigentlich Lumpen – allerdings gewollte, »philosophische« Lumpen.

Er kreischte mich hysterisch an: Die Götter hätten sich endgültig gegen Pompeii gewandt! Die Stadt sei verflucht! Dies sei eine letzte Warnung, ehe Pompeii und mit ihm das gesamte Imperium in Schutt, Angst und Grauen versänke! Und daran sei ohne jeden Zweifel der lasterhafte Lebenswandel seiner Bewohner schuld! Wer in seinen Mauern die Reklame für Bordelle dulde, der müsse mit der härtesten Bestrafung durch die Götter rechnen! Selbst der eheliche Verkehr sei verabscheuungswürdig! Vielleicht und allenfalls sei dieser – allerdings ohne jedweden Lustgewinn – zulässig, so er dazu diene, legitime Nachkommen zu zeugen!

»Leichtsinn, Frohsinn, sogar Lachen werden von den Göttern unnachsichtig und unbarmherzig bestraft wie heute in Pompeii!«, kreischte er, wobei mir Tröpfchen seines Speichels ins Gesicht flogen.

Derlei Moralpropheten – zumal in Roma gab es sie haufenweise – habe ich stets verachtet, ihre angeblichen Heilslehren ignoriert. Und wenn sie mir allzu nahe rückten, notfalls höchst energisch abgewiesen.

Fix schien ähnlicher Meinung zu sein, als er dem »Propheten« mit der flachen Klinge seines Schwertes einen Klaps auf den Po versetzte, der jenen mit einem Bocksprung zur Seite hüpfen und uns den Weg freigeben ließ.

Als wir endlich unser Haus nahe der Porta Stabiana erreichten, durften wir erleichtert feststellen, dass dort nichts, aber auch wirklich gar nichts passiert war!

»Stachelchen« – welche Spitz- und Kosenamen muss ein Skorpion eigentlich noch ertragen? –, »wir haben uns hier ausschließlich Sorgen um *dich* gemacht!«, erklärte Herr Gladius Felixianus.

Gewohnt an das »Bibbern« der Giganten in Felix Felix hatte er das Haus in Pompeii mit doppelten Mauern und zusätzlich eingezogenen Stützbalken erdbebensicher gemacht. Es war diesmal ohne irgendwelche Schäden davon gekommen.

Meine sonst oft so übersensible Digna hatte ich im allerbesten Fall völlig in Tränen aufgelöst erwartet. Zwar war ihr deutlich anzusehen, wie erleichtert sie war, mich heil und gesund mit einem Jubelschrei in die Arme schließen zu können, doch aufgeregt hatte sie sich ansonsten keinen Augenblick.

»Das Kleine«, meinte sie dazu, wobei sie über ihren bereits deutlich gerundeten Bauch strich, »hat sich nicht erschreckt oder gefürchtet – weshalb also hätte *ich* es tun sollen?«

Das ganze Ausmaß der Katastrophe wurde uns erst in den nächsten Stunden und den drei Tagen, die wir noch in der Stadt blieben, um sicherzustellen, dass Polizei und Militär die Lage wenigstens äußerlich wieder im Griff hatten, voll bewusst.

Für unsere persönliche Sicherheit erhielten wir noch in der Nacht Verstärkung: einen Trupp von zwanzig unserer Gladiatoren, angeführt von Amaranthus, Telemachos, Fulmina und Purpureus. Und einen Tag später traf auch Tarquinius ein, der sich wieder einmal in Roma aufgehalten hatte – er war förmlich herbeigeflogen!

Da die Ordnungskräfte, anders als bei den Krawallen im Jahre 812 *ab urbe condita*, rücksichtslos gegen Diebe und Plünderer vorgingen, hatten unsere Männer Zeit auszuschwärmen, um uns Nachricht über das Ausmaß der Katastrophe zu besorgen.

Die Zerstörungen auf dem Forum hatte ich mit eigenen Augen gesehen.

Das große, offene Theater in unserer unmittelbaren Nachbarschaft war völlig zerstört und musste wegen akuter Einsturzgefahr gesperrt werden, ebenso der elegante Isistempel und der kleine, uralte Tempel auf dem dreieckigen Forum vor dem Theater. Bei dem kleinen, gedeckten Theater war zwar das Dach eingestürzt, grundsätzlich jedoch war es in erheblich besserem Zustand.

Die Stabianer Thermen an der Kreuzung der Hauptstraße zwischen Forum und dem Nordosttor und jener zwischen der Porta Stabiana und der Porta Vesuviana waren übel zugerichtet und unbenutzbar.

Die Arena hatte nur wenig gelitten, da sie weit in den Untergrund gebaut war. Die paar Risse in den massigen Gewölben ihres Unterbaus konnten wohl rasch geflickt werden – was freilich wenig nützte, da über Pompeii immer noch das kaiserliche Verbot hing, irgendwelche Spiele zu veranstalten.

Dafür waren die großen Sportstätten, die an die Arena grenzten, nur noch ein Trümmerhaufen.

Fast alle Privathäuser hatten mehr oder minder schwere Schäden davongetragen.

Soweit man dies bislang überschauen konnte, waren über tausend Menschen ums Leben gekommen, mindestens die dreifache Anzahl war teilweise schwer verletzt.

Obwohl unser Haus unbeschädigt war, stellte sich als höchst ärgerlich und lästig heraus, dass die allgemeine Wasserversorgung zusammengebrochen war! Der große Wasserturm bei der Porta Vesuviana hatte durch ein unterirdisch verlegtes System von Bleirohren die ganze Stadt, die Thermen, viele Privathäuser und die zahllosen öffentlichen Brunnen mit fließendem Wasser versorgt. Der Wasserturm war, ebenso wie die Porta Vesuviana, völlig zusammengebrochen. Die Bewohner der Stadt würden also wie früher, zumindest für einige Zeit, auf Tiefbrunnen und Zisternen angewiesen sein.

Fast gerührt waren wir, als am nächsten Vormittag Herr Caecilius Jucundus auftauchte, um nach uns zu sehen.

Sichtlich erschüttert erzählte er uns, dass er im Augenblick des Erdbebens geschäftlich auf dem Forum unterwegs gewesen sei. Mit knappster Not war er vor den stürzenden Säulen, Arkaden, Statuen und Tempeln in die offene Mitte des Platzes entkommen, hatte mit ansehen müssen, wie Geschäftspartner, Freunde und Verwandte von stürzenden Steinen erschlagen und unter den Trümmern lebendig begraben wurden.

In seiner Angst hatte er den Laren, seinen privaten Hausgöttern, ein kostbares Opfer versprochen, wenn sie ihn erretteten.

»Und sie haben mich gerettet!«, rief er. »Sie hatten schon vorher schützend ihre Hände über mich gehalten!« Denn so entsetzlich diese Augenblicke auf dem Forum gewesen seien, so hätten sie ihn doch genau dorthin geführt! Wäre er zu Hause geblieben, so läge er jetzt gewiss tot unter dem Schutt seines fast völlig zerstörten Hauses! Ein paar Sklavenwesen – wie konnte er als Freigelassener, also ebenfalls einst Sklave, Derartiges sagen? – waren erschlagen worden. Seine beiden Söhne waren freilich ebenfalls heil entkommen.

Und dann brach eben doch der Geldmensch bei ihm wieder durch:

»Die eisenbeschlagene Kiste, in der ich seit fast vierzig Jahren alle Quittungen und Abrechnungen aufbewahre, liegt zwar im Augenblick unter einem Berg von Balken und Ziegeln verschüttet, doch zweifellos wird sie kaum ernsthaft Schaden genommen haben! Und«, fügte er sich vergnügt die Hände reibend hinzu, »man wird zum Wiederaufbau der Stadt viel, viel Geld benötigen!«

Er neigte sich uns verschwörerisch flüsternd zu:

»Natürlich wird man zunächst darüber diskutieren, ob es überhaupt Sinn mache, die Stadt wieder aufzubauen. Aber man wird es tun. Man wird! Wenn ihr überschüssiges Geld habt: Investiert in Baukredite! Sie werden sich phänomenal verzinsen!«

In den nächsten Tagen kamen auch die Nachrichten aus der Umgebung herein:

Herculaneum, die Nachbarstadt, hatte es ebenso schwer getroffen wie Pompeii. Der Cybele-Tempel war eingestürzt, nahezu alle öffentlichen Gebäude schwer beschädigt.

Nuceria, Stabiae und Neapolis hatten weniger gelitten. Zwar hatte es auch hier Gebäudeschäden gegeben, aber kein Haus war eingestürzt. Die Nucerianer feierten diesen offensichtlichen Schutz ihrer Stadtgötter und deren »Strafe« für Pompeii überschwänglich.

In Puteoli und Baiae hatte man, wie unsere Leute berichteten, das Beben kaum gespürt.

Wirklich schlimm hatte es die Dörfer und Villen an den Hängen des Mons Vesuvius erwischt. Viele waren restlos zerstört und künftig unbewohnbar. Personenschäden hatte es dort freilich kaum gegeben, da die Einwohner mühelos hatten ins Freie fliehen können und nicht in engen Straßen und Gassen eingesperrt gewesen waren. Nur eine Herde von über sechshundert Schafen samt deren Hirten war von einer sich plötzlich auftuenden Erdspalte verschluckt worden.

Eingedenk der Worte Urbanas schielte ich in jenen Tagen immer wieder nach dem Mons Vesuvius.

Doch dieser stand unerschütterlich ruhig da mit seinen von Weinstöcken und Olivenhainen bedeckten Flanken.

Die Priesterschaften der verschiedensten Götter erklärten das Beben gewohnheitsgemäß mit dem Kampf der Götter gegen die unterirdischen Giganten oder Ähnlichem. Sie opferten auf den erhaltenen oder auch schnell und notdürftig neu errichteten Altären umso fleißiger und riefen vor allem in lodernden Ansprachen zu Spenden für den Wiederaufbau der zerstörten Kultstätten auf.

Wie sich in der Folgezeit freilich herausstellte, trauten trotzdem die Bewohner von Pompeii und Herculaneum Jupiter und Juno, Minerva, Apollo und Venus nicht mehr so recht – der Wiederaufbau ihrer Tempel, so überhaupt in Angriff genommen, ging recht schleppend voran.

Nur der Tempel der ägyptischen Isis in Pompeii – privat finanziert von Herrn Popidius Ampliatus – erstrahlte bald wieder in altem Glanz. Aus reiner Götterverehrung tat er dies freilich auch nicht: Da ihm als Freigelassenem solch eine Würde nicht zuerkannt werden konnte, ließ er seinen eben sechsjährigen Sohn in den Stadtrat wählen – ein Ehrenamt, das dieser allerdings erst in gut fünfundzwanzig Jahren real würde ausüben dürfen. Und bis dahin war noch viel Zeit. Oder nicht Zeit genug …

In den Folgejahren, so wurde immer deutlicher, vertrauten die Menschen in Pompeii und Herculaneum weit weniger den offiziellen Staatsgöttern als, wie Herr Jucundus, den Laren, ihren ganz privaten Hausgöttern. Doch auch diese ließen sie letztlich im Stich.

Mit Ausnahme von Herrn Gladius Felixianus, Amaranthus und Amenophis hatten seinerzeit fast alle in Felix Felix über den Vergleich meiner Urbana des Mons Vesuvius mit einem fest verschlossenen Kochtopf gelächelt. Wirklich ernst genommen hatte sie wohl einzig Tarquinius.

Inzwischen war auch ich beinahe völlig zu dieser Ansicht bekehrt:

Zwar trübte nicht das winzigste Rauchwölklein Gipfel oder Flanken des Berges – der »Deckel« saß offenbar immer noch fest! Aber die so verheerenden Bebenwellen waren genau von Nordosten, eben vom Mons Vesuvius her gekommen …

LUDUS IX

Caesar singt

Murmillo und Thraex

Februar 815 bis Juli 817 *ab urbe condita.*
Im 8. bis 9. Regierungsjahr
des erhabenen Caesars Nero.
(63 bis 64 n. Chr.)

Natürlich wurde zunächst ausgiebig darüber diskutiert, ob es überhaupt sinnvoll sei, Pompeii wieder aufzubauen, wie Herr Caecilius Jucundus vorausgesagt hatte.

Da dieser Wiederaufbau unmöglich allein aus den Kassen der Stadt zu finanzieren war, man also Gelder aus Roma benötigte, waren diese Verhandlungen erwartungsgemäß zäh und langwierig.

Und natürlich, ebenfalls wie Herr Jucundus prophezeit hatte, gaben die Behörden in Roma schließlich nach: Pompeii, das Schmuckkästlein am Sinus Cumanus, sollte in neuem Glanz erstehen. Immerhin, das musste man zugestehen, taten die Tintenkleckser und zweibeinigen Büroschemel in Roma, als der Beschluss erst einmal feststand, wirklich einiges, um der Stadt wieder auf die Beine zu helfen.

Allerdings taten sie es auf ihre eigene Art: Unbedingten Vorrang hatte alles, was dem unmittelbaren Wohl der Bürger – also dem Wahlvolk – diente und angenehm war.

Der Wasserturm bei der Porta Vesuviana wurde schleunigst wieder aufgerichtet. Die Versorgung mit fließendem frischen Wasser funktionierte danach trotzdem nur in einigen wenigen Stadtteilen wieder, denn die unterirdisch verlegten Bleirohre der Wasserversorgung waren bei dem Erdbeben erheblich in Mitleidenschaft gezogen worden, und niemand schien die Fehler finden zu können.

Die bisherigen Thermen nördlich des Forums sollten aus diesem Grund eigentlich aufgegeben werden, wurden dann schließlich trotzdem wieder instand gesetzt, auch wenn man sie nun mit dem Wasser aus Zisternen versorgen musste. Zudem wurden neue Zentralthermen nicht weit der Porta Vesuviana, wo die Wasserversorgung funktionierte, geplant und bautechnisch in Angriff genommen. Auch die knapp hundert Doppelschritt südöstlicher gelegenen Stabianer Thermen profitierten davon und sollten restauriert werden. Damit war einem der wichtigsten Anliegen der badesüchtigen Römer Genüge getan.

Das kleine, »überdachte« Theater wurde repariert, wenn auch vorläufig ohne Dach. Vor dem Erdbeben waren hier vor allem Theatertruppen aus Hellas mit den Stücken klassischer griechischer Autoren wie Aischylos, Sophokles, Euripides und Aristophanes vor einem elitären Publikum aufgetreten. Jetzt musste es sich die gröberen, lateinischen Darbietungen etwa eines Plautus gefallen lassen, die bislang im großen Theater dargeboten worden waren. Immerhin hatten auch die Intellektuellen Pompeiis wieder eine Stätte für ihren Spaß.

Der Wiederaufbau des Forums und der großen Tempel hingegen ging, wenn überhaupt, nur schleppend voran. Einzig am Tempel des Apollo, immerhin des göttlichen Schutzherrn der Stadt, wurde ernsthafter gearbeitet. Ein Privatstifter finanzierte, wie gesagt, den umgehenden Wiederaufbau des schmucken Isistempels. Ein anderer Privatstifter ließ einen der Tempel zur Verehrung der caesarischen Ahnen am Forum neu erstehen – zweifellos starr den Blick auf die entsprechende Anerkennung aus Roma gerichtet. Er war eine Fehlinvestition, denn kaum war der Bau beendet, da drehte sich in Roma der Wind so gründlich, dass er nicht nur die erhofften Vergünstigungen vergessen musste, sondern gar in Erklärungszwänge geriet.

Die Palaestra, das Sportstadion neben der großen Arena, war auch schon vor dem Beben nur mager besucht gewesen. Die Stadtherren verwandelten sie deshalb lieber endgültig in eine große Gladiatorenkaserne.

Ein paar ganz Schlaue im Stadtrat machten den Vorschlag, man solle Pompeii doch in »Neronia«, umbenennen – Caesar würde dann für »seine« Stadt die Gelder aus Roma sprudeln lassen wie einen Wasserfall.

Generell war dies gar nicht einmal so dumm gedacht, trotzdem wurde die Idee schleunigst abgewürgt.

Caesar Nero war zwar beim Volk, nicht zuletzt wegen der häufigen, überaus prachtvollen Spiele, die er ausrichten ließ, durchaus beliebt – und er blieb es lange Zeit über seinen Tod hinaus. Doch die etwas intimeren Kenner der Politik und des Hofes ahnten ein böses Ende des »Göttlichen« in nicht allzu ferner Zukunft.

– Noch war er, zumindest nach außen hin, nicht ganz so verrückt wie sein Vorvorgänger, der übel beleumundete Gaius Caligula.

– Noch hatte er sich keine Statue errichten lassen, der täglich das gleiche Gewand angezogen wurde, das er selbst an jenem Tag trug, und der Flamingos, Perlhühner und Fasane geopfert werden mussten.

– Noch badete er nicht in Parfüm wie Caligula, ließ Schiffe mit Perlintarsien am Heck bauen oder warf tagelang vom Dach der Basilica Julia Goldstücke auf das römische Stadtvolk herab und amüsierte sich köstlich, wenn sich die Menge um die Münzen balgte.

– Noch ließ er bei seinen Spielen nicht plötzlich etliche Dutzend Männer und Frauen, Senatoren ebenso wie einfache Leute, aus den Zuschauerrängen in die Arena zerren und dort gegeneinander kämpfen wie jener.

– Noch hatte er nicht sein Pferd zum Consul ernannt wie dieser.

Auch wenn sich Caesar Nero derartiger Verrücktheiten bislang nicht schuldig gemacht hatte und es auch in Zukunft nicht tun würde, so wurde doch immer häufiger sein Name zusammen mit dem Caligulas genannt.

Dass Caesar Nero seine Mutter Agrippina und seine erste Gemahlin Octavia nebst etlichen Senatoren und anderen hochgestellten Persönlichkeiten hatte ermorden lassen, stieß sogar auf ein gewisses Verständnis, da diese Form der Politikgestaltung bereits unter seinen Vorgängern durchaus Sitte geworden war.

Seine Verschwendungssucht, seine Bauwut und seine orgiastischen Feste waren nur allzu bekannt, doch noch unterschieden sie sich nicht allzu sehr von denen früherer Caesaren.

Seine Auftritte als Sänger und Tänzer wurden eher belächelt als verurteilt, als exzentrische Marotte hingenommen.

Bedenklicher war schon seine immer größere Lust an ausgeklügelten Grausamkeiten, an denen er sich immer öfter auch eigenhändig beteiligte, und man munkelte, dass er so manche Nacht vermummt mit ein paar Gleichgesinnten, etwa seinen Praetorianer-Präfekten Nymphidius Sabinus und Ofonius Tigellinus, durch Romas Gassen schleiche, um Passanten zu verprügeln oder gar umzubringen.

Als höchst bedenklich eingeschätzt wurde sein mehr und mehr völlig übersteigertes Selbstbewusstsein, auch wenn dieses vielleicht gar nicht so unverständlich war, wenn man bedachte, in welch jungen Jahren er zum »Gott« geworden war, dessen Willen sich nichts und niemand in den Weg zu stellen hatte.

Noch war Caesar Nero kein Gaius Caligula, doch er war unzweifelhaft auf dem besten Weg dazu, einer zu werden, wenn nicht Schlimmeres. Und wie bei Gaius Caligula mochte es auch mit ihm ein böses Ende nehmen …

Und wie würde dann eine Stadt dastehen, die sich freiwillig seinen Namen gegeben hatte? Die Idee, Pompeii in »Neronia« umzubenennen, verschwand so schnell und endgültig wieder in der Versenkung, wie sie aufgetaucht war.

Nahezu als erster öffentlicher Bau wurde das Amphitheater wieder instand gesetzt. Die Schäden waren ohnehin gering gewesen, und da Caesar Nero durchaus bereit war, der schwer geprüften Stadt wieder auf die Beine zu helfen, hob er auch das eigentlich auf zehn Jahre laufende Verdikt gegen Arenaspiele in Pompeii auf.

So kam es, dass einige unserer Junggladiatoren bei den endlich wieder zugelassenen Spielen im August des Jahres 816 in Pompeii erstmals in die Arena traten.

Kastor und Pollux, die Zwillinge, hatten durchgesetzt, gemeinsam kämpfen zu dürfen, der eine mit Dolch und Dreizack, der andere mit Dolch und Netz ausgerüstet.

Einen noch so erfahrenen *Secutor* gegen zwei unabhängig agierende, wenn auch nur halb bewaffnete *Retiarii* antreten zu lassen war bei keinem gegnerischen Lanista durchzubringen. Das war uns allen klar.

Doch dann hatten unsere Zwillinge einen Einfall: ein sechs Schritt langes Seil, das sie von Gürtel zu Gürtel verband. Dieser Strick hielt sie so eng zusammen, wie ein einzelner *Retiarius* maximal binnen Sekunden zu springen und zu rennen vermochte, machten sie also genau genommen eben doch fast zu »einem Mann«. Zudem würde auch nur ein einziger Fehltritt eines der Zwillinge den anderen unweigerlich ins Straucheln bringen und dem Schwert des *Secutors* hilflos ausliefern.

Die Lanistae der anderen an den Spielen beteiligten Schulen akzeptierten, versessen auf »Exoten«, das Arrangement anstandslos.

Und unsere Zwillinge standen, sprangen und kämpften so synchron, das ihr *Secutor*-Gegner aus dem Ludus Julianus zu Capua keine Chance hatte. Die Siegespalme trugen sie mit Recht stolz nach Hause.

Um die Ausrüstung von Leoparda, der *Hoplomacha*, hatte es im Vorfeld heftige Auseinandersetzungen gegeben:

Dass sie auf die bei dieser Gladiatorengattung gepolsterten Hosen verzichten wollte, um ihre unbestreitbar hübschen Beine ins rechte Licht zu setzen, verstanden wir alle. Auch die bis hoch über die Oberschenkel reichenden Beinschienen lehnte sie aus diesem Grund ab, wollte allenfalls solche, die das Knie deckten, wie sie Tarquinius trug. Zudem verfügte sie dafür über höchst vernünftige Gründe:

»An reiner Muskelkraft und Gewicht bin ich Männern nun einmal eindeutig unterlegen«, argumentierte sie. »Wenn ich also nicht *schnell* genug bin, dann bin ich *tot!*«

Der Rest ihrer mit Digna ausgeklügelten Bekleidung verstieß freilich ebenfalls gegen die Anstandsgefühle von Amaranthus und einigen anderen. Das schmale Streifchen Leopardenfell, das kaum mehr als ihre Brustwarzen verhüllte, wäre noch akzeptiert worden. Doch jenes winzige Fellstückchen, das unterhalb des breiten, bronzebeschlagenen Gürtels mühsam ihren Venushügel und ihre Schamlippen bedeckte, sich hinten nur noch als schmaler Streifen zwischen ihren wohlgerundeten Pobacken anstatt eines ordentlichen Lendentuches wieder zum Gürtel hochzog, erregte echten Protest.

»Wozu bin ich eine Frau?«, hielt Leoparda dagegen. »Wenn einem Gegner bei meinem Anblick die Augen herausquellen, was kann denn Besseres passieren? Wenn er Hemmungen hat, sein Schwert oder seine Sica in meine hübschen Formen zu pieksen, ist das ausschließlich *mein* Vorteil!«

Selbst die härtesten Kritiker konnten gegen diese Argumente nichts mehr vorbringen.

So stolzierte Leoparda an jenem Tag in ihrer aufreizenden Aufmachung in die Arena. Dass sie eine Siegespalme errang, verdankte sie unzweifelhaft ihrem kämpferischen Können – den zusätzlichen Lorbeerkranz, so gab zumindest Purpureus kund, allerdings ihrem Aussehen …

Weitere Spiele in Aquileia, Mediolanum und Ancona verliefen ähnlich. Fulmina und Purpureus, aber auch Dardanus, die Zwillinge Kastor und Pollux und Leoparda heimsten Palmen und Kränze ein. Und auch die anderen Kämpfer von Felix Felix schnitten gut ab – die Mehrzahl mit Siegen, einige mit *Missio*, keiner mit ernsthaften Verletzungen.

Es waren, soweit ich mich erinnere, die Spiele in Ancona, als es passierte:

Leoparda kämpfte gegen einen *Thraex* aus der caesarischen Schule in Bologna. Der Mann war zweifellos sehr guter Durchschnitt. Er griff freilich selber kaum an, was ihm etliche schrille Pfiffe aus dem Pöblikum eintrug. Er beschränkte sich vor allem darauf perfekt zu decken, ließ Leoparda anrennen und sich nach und nach erschöpfen, da sie einfach keine Lücke fand, in die sie ihre Lanze hätte stoßen können. Es war kein schöner, kein begeisternder Kampf, mehr einer von jener Sorte, den der *Thraex* mit der in den caesarischen Schulen vielfach eingeübten Routine führte.

Leoparda hatte bislang ihr Bestes gegeben, ohne Erfolg, und zeigte nun deutliche Ermüdungserscheinungen.

Da riss ihr schmales Brustband.

Ihre wohlgeformten Brüste wippten unverhüllt dem *Thraex* entgegen.

Für einen Augenblick war dieser fassungslos, vergaß seinen Schild hochzureißen.

Und Leoparda rammte ihm ihre Lanze durch das Helmvisier und das Auge dahinter ins Gehirn.

Der Mann war tot, ehe sein Körper im Sand der Arena aufschlug, und Leoparda um einen Siegeskranz reicher.

Wir werden wohl nie erfahren, ob dieser Vorfall in Ancona Zufall oder Absicht gewesen war – später setzte Leoparda auf jeden Fall diesen Trick, durchaus bewusst und stets mit Erfolg, in schwierigen Situationen ein.

So hübsch wie sie aussah, war Leoparda natürlich auch das Ziel der Begehrlichkeit für viele Männer aus unserer Schule.

Als sie freilich einem bei einem allzu stürmischen Annäherungsversuch mit dem Schlag ihrer Handkante das Schlüsselbein gebrochen, zwei weiteren ihr Knie in die Hoden gerammt und einem weiteren einen Zahn ausgeschlagen hatte, ließ man sie in dieser Beziehung in Ruhe, akzeptierte sie als das, was sie offenkundig sein wollte: ein zuverlässiger, oftmals zu Späßen aufgelegter *Kamerad* – aber mehr auch nicht!

Im August wurde unsere Tochter geboren.

Sie war wunderschön! Es war alles an ihr dran und »funktionierte«. Amenophis hatte mir zwar hundertmal erklärt, dass sich meine Verletzung niemals auf das Kind übertragen könne, trotzdem fiel mir ein wahrer Felsbrocken von der Seele, als ich dies feststellte.

Digna und ich nannten sie im Gedanken an Epona, die in unserer gemeinsamen Heimat jenseits der Alpen hochverehrte Pferdegöttin, *Philippa*, »Pferde-Freundin«.

Es muss dann wohl September oder Oktober jenes Jahres gewesen sein, als Leoparda die Kanzlei in der Villa betrat.

Sie trug ein bodenlanges Gewand aus rosafarbener Seide, so tief ausgeschnitten, dass ihr in der Arena getragenes Fellbändchen über den Brüsten als ausgesprochen züchtig bezeichnet werden muss. Das Diadem in ihren hochtoupierten Haaren, die Edelsteine um ihren Hals, die Spangen, Kettchen und Ringe an ihren Armen und Händen hatten vermutlich ein kleines Vermögen gekostet. Sie war exquisit geschminkt, und sie roch wie das vierte Weltwunder, die »hängenden Gärten der Semiramis« – wo immer diese im Orient liegen mochten.

Zugegeben, Leoparda sah in dieser Aufmachung umwerfend aus. Zu ihren naturblonden Haaren hätte ich, und ganz bestimmt Digna, freilich für das Kleid nicht ausgerechnet Rosa, sondern eher Mitternachtsblau gewählt.

Ich verdarb ihr den Auftritt, als sie sich mit schlängelnden Bewegungen meinem Schreibtisch näherte, indem ich trocken fragte:

»Zu welcher Dummheit willst du mich verführen?«

Leoparda klimperte scheinbar verwirrt mit den Augendeckeln.

»Mädchen«, grinste ich, »ich kenne deinen Körper halbnackt aus dem Gymnasium und dem Trainingshof, ziemlich nackt aus der Arena und völlig nackt aus den Thermen. Ich gebe dir allerdings mein Wort, dass du in diesem zumindest teilweise verhüllenden Kleid weitaus erotischer aussiehst als dort! Neben meiner Digna allerdings noch immer nicht verführerisch genug für meinen Geschmack …«

Leoparda starrte mich mit weit aufgerissenen Augen an.

»Also«, fragte ich, »was willst du von einem alten, armen Krüppel?«

»Spielverderber!«, seufzte Leoparda tief, ließ ihr Gehabe fallen und setzte sich mit der einen Pobacke auf meinen Schreibtisch und wollte wissen: »Was kostet eine Sklavin?«

»Eine in Felix Felix ausgebildete Gladiatora mit schon einigen Siegen kostet mehr, als du dir im Augenblick noch leisten kannst«, gab ich Bescheid. »Wenn ich allerdings diesen Schmuck sehe …«

»Gehört nicht mir«, raunzte Leoparda. »Hat mir Fulmina geliehen …«

»Dann«, musste ich sie enttäuschen, »wirst du für deine Freiheit noch ein paar Mal in die Arena müssen, ehe du die nötige Summe beisammen hast.«

»Darum geht es doch überhaupt nicht!«, wedelte sie meine Aussage wie eine lästige Fliege weg.

»Um was denn sonst?«

»Ich will wissen, was eine ganz normale Sklavin kostet – beispielsweise eine aus der Wäscherei in Felix Felix.«

»Ich war mir gar nicht bewusst, dass deine Textilien, zumal jene, die du in der Arena trägst, so umfangreich sind, dass du dafür eine eigene Wäscherin benötigst«, grinste ich.

Irgendwie war der Scherz danebengegangen, denn Leoparda fauchte wie eine ärgerliche Katze:

»Wie viel?«

»Schon gut«, versuchte ich Leoparda zu besänftigen. »Aber ehe ich einen Preis nennen kann, wirst du mir schon verraten müssen, um wen es sich genau handelt, warum und zu welchem Zweck.«

»Pia!«, blaffte die Gladiatora.

Ich kannte die junge Frau, wenn sie mir auch nie weiter aufgefallen war, eine eher kleine, etwas schüchterne, etwas pummelige Person mit von den Waschlaugen stets geröteten Armen und Händen.

»Warum?«, fuhr Leoparda fort. »Weil ich sie liebe! Und zu dem Zweck, um mit ihr zusammen zu leben.«

Irgendwie hatte ich dergleichen schon seit einiger Zeit geahnt.

»Was für eine Verschwendung …«, begann ich.

Leoparda holte aus, um mir zumindest das Nasenbein zu zertrümmern.

»… der Natur!«, fuhr ich schnell fort.

Leopardas erhobene Hand stockte eine Sekunde in der Luft.

»Da schafft sie«, vollendete ich den Gedanken, »einen vollendeten Frauenkörper – und die Männer haben nichts davon!«

Die Gladiatora brach in schallendes Gelächter aus, und statt nach mir zu schlagen, umarmte sie mich kräftig, gab mir gar einen kurzen Kuss.

Im Geist hatte ich unterdessen schnell überschlagen, wie viel sich Leoparda in etwa leisten konnte, ohne das Ersparte für ihren eigenen Freikauf allzu sehr strapazieren zu müssen. Phiops würde zwar meckern, aber der Preis für Pia, den ich errechnete, war für beide Seiten akzeptabel.

Ich sagte ihn ihr, und ohne zu handeln, zog sie einen Beutel aus ihrem Ausschnitt und zählte mir die Summe strahlend auf den Tisch.

»Komm heute Nachmittag noch mal vorbei, bis dahin ist die Kaufurkunde ausgestellt …«

»Und die Freilassungsurkunde für Pia!«, warf Leoparda hastig ein.

Ehe die Gladiatora den Raum verließ, musste ich trotzdem noch fragen: »Weshalb eigentlich dieser prächtige Aufzug mit Kleid und Schmuck, Schminke und Parfüm? Hattest du ernsthaft vor, mich notfalls zu verführen?«

Leoparda kicherte:

»Im äußersten Notfall vielleicht sogar … Wer kennt sich schon wirklich mit euch Männern aus?«

»Und wer kennt sich schon wirklich mit euch Frauen aus!«, musste ich anfügen.

Am Nachmittag erschienen Leoparda und Pia Hand in Hand.

Leoparda, ohne Kleid und Schmuck, war wieder so gekleidet, wie wir sie alle kannten: in einer knielangen, wollenen »Männer«-Tunika, die von einem breiten Gürtel zusammengehalten wurde; das Blondhaar kunstlos zu einem Pferdeschwanz am Hinterkopf zusammengefasst; an den Füßen wadenhoch geschnürte Stiefel, wie sie fast alle in Felix Felix trugen.

Pia hingegen überraschte mich. In dem knöchellangen, dunkelgrünen Kleid, sorgsam frisiert und dezent geschminkt, sah sie beinahe hübsch aus. Nur ein dünnes Goldkettchen, zweifellos ein Geschenk Leopardas, um ihr linkes Handgelenk lenkte im Augenblick noch ungünstig den Blick auf ihre vom Waschen roten Arme und Hände.

Glücklich strahlend nahmen die beiden Frauen die vorbereiteten Urkunden entgegen.

»Und jetzt willst du also tatsächlich, obwohl eine freie Frau, das brave Hausmuttchen einer Sklavin werden?«, fragte ich Pia spöttisch.

»Falls dies – möglicherweise – irgendwie denkbar sein könnte, vielleicht doch nicht ganz ausschließlich«, gab Pia schüchtern zurück. »Irgendwie würde ich schon noch ganz gerne etwas tun, das über Putzen und Kochen hinausgeht – wenn auch nicht gerade verdreckte Wäsche waschen …«

»Und was?«, fragte ich interessiert.

»Ich – ich habe – ich …«, geriet Pia ins Stottern, gab sich dann aber einen Ruck, »… ich habe immer davon geträumt, jene Wunden heilen zu dürfen, die andere geschlagen haben …«

Um es kurz zu machen:

Ich setzte mich bei Amenophis ein, dass er Pia eine Chance gab, bei ihm als Hilfspflegerin zu arbeiten.

Bald schon war der Ägypter von ihren Fähigkeiten mehr als überzeugt. Er lehrte sie Lesen und Schreiben, Griechisch und Ägyptisch, weihte sie schließlich in sein geheimstes Wissen ein.

Als vor vier Jahren Mykerinos, der zweite Arzt unserer Schule, überraschend starb, setzte er Pia an seine Stelle.

Und heute ist Pia – obwohl Amenophis noch immer zwischen seinen Fläschchen, Kästchen, Binden, Salbentiegeln und Döschen mit geheimem Inhalt herumkrustelt – als erste Nicht-Ägypterin seit Bestehen der Schule die von niemandem angezweifelte erste Ärztin von Felix Felix.

Doch Leoparda hatte an jenem Tag noch eine Frage:

»Glaubt Ihr, edler Herr ...«

Ihr, Herr Gaius Plinius Caecilius, habt mit dieser Anrede selbstverständlich kein Problem, denn Ihr seid mit ihr geboren. Damals – obwohl Freigelassener und inzwischen real Prokurator von Felix Felix – hatte ich es umso mehr! Selbst heute – längst offiziell »römischer Bürger« und Adoptivsohn des Herrn Gladius Felixianus – habe ich es irgendwie immer noch...

»Glaubt Ihr, edler Herr«, stammelte Leoparda damals, »dass es für mich eventuell eine Möglichkeit gäbe, Pia auch ganz offiziell zur Ehefrau zu nehmen? Sie vor den Göttern und Menschen zu *heiraten?*«

Diese Frage bereitete mir mehr schlaflose Nächte, als ich geahnt hatte: Die einschlägigen Gesetze der Imperium Romanum waren in dieser Beziehung unbestreitbar tolerant: So ein irgendwie anerkannter Priester eines noch so obskuren Kultes eine Verbindung absegnete – und sei es eine zwischen einer Frau und einem Ziegenbock –, so wurde diese als gültig anerkannt.

Doch diesen »Priester« zu finden erwies sich als Problem.

Herr Gladius Felixianus war nicht nur Lanista von Felix Felix, sondern kraft seiner Position auch Oberpriester jenes Tempels in der Nordostecke unserer Schule mit den Altären auch der seltensten Götter, die irgendwelche unserer Gladiatoren verehren mochten. Doch, zutiefst im altrömisch-moralischen Gedankengut eingebettet, weigerte er sich zwar nicht, solch eine gleichgeschlechtliche Verbindung zu akzeptieren, jedoch strikt, sie göttergefällig abzusegnen.

Digna oder auch ich hätten persönlich um der beiden Beteiligten willen gerne solch eine Zeremonie vollzogen. Doch die von uns verehrte Pferdegöttin Epona lehnte freilich wie all unsere keltischen Götter – geschweige denn die noch weiter im Norden beheimateten Götter der Germanen – derartige Beziehungen ohne jede Ausnahme und Gnade ab! Was hätte Leoparda und Pia unser Segen also nützen können?

Unsere Griechen waren da entschieden toleranter: Knabenliebe gehörte bei ihnen nahezu zum Erziehungsprinzip, wurde nur zwischen erwachsenen Männern mit Misstrauen beobachtet. Sappho, die unbestritten geniale Dichterin, Sängerin und Frauenliebhaberin von der Insel Lesbos, war nahezu eine Nationalheilige. Doch Telemachos und die übrigen Hellenen in unserer Schule versicherten glaubhaft, dass sie niemals in irgendwelche Mysterien eingeweiht worden waren, geschweige Priester zu sein.

Selbst unsere Ägypter, an die ich mich schließlich wandte, hatten in diesem Fall Schwierigkeiten. Ehen zwischen Geschwistern, zwischen Vater und Tochter, nicht einmal zwischen Mutter und Sohn machten ihnen ernsthafte Schwierigkeiten. Mykerinos, unser zweiter Arzt, kommentierte dazu: »Frage nie nach den Verwandtschaftsverhältnissen eines Ägypters, wenn du nicht als hoffungslos Verwirrter in eine entsprechende Pflegeanstalt geraten willst!« Doch selbst bei ihnen waren amtliche Ehen Mann-Mann oder Frau-Frau – von einigen, explizit als irr anerkannten Typen wie dem berüchtigten Pharao Echnaton abgesehen – unbekannt.

Tarquinius lieferte uns zumindest rechtlich eine halbe Antwort:

Caesar Nero hatte erst vor wenigen Monaten seinen Geliebten, einen Sklaven mit Namen Sporus offiziell *geheiratet* und behandelte ihn seither gleichberechtigt mit Poppaea Sabina als »Ehefrau«. Zuvor hatte er ihn freilich kastrieren lassen, sodass er nunmehr weder Mann noch Frau war ...

Vorab vermerkt: Jener Sporus muss Caesar Nero in der Tat geliebt haben. Ungeachtet dass jener ihn hatte entmannen lassen, dass er ihn als »Frau« benutzte, gehörte er zu den ganz wenigen Letzten, die Nero auch in seinem Fall treu blieben!

Tarquinius, der sich um rechtliche Finessen ohnehin nicht scherte, war es auch, der schließlich die Situation rettete.

Der Kult des Mithras, des aus dem fernen Osten stammenden, Stier-tötenden Lichtgottes, wurde vor allem bei den Soldaten der Legionen zunehmend immer beliebter.

Tarquinius war mittlerweile zum »*Pater*«, zum Hochgeweihten dieses Kultes, aufgestiegen.

Zu jenem Zeitpunkt wusste ich nur wenig über diese Religion, allenfalls, dass sie mit ihrer Ein-Gott-Ideologie, ihrem gottgesandten »Erlöser« Mithras, ihren »Liebesmählern« nach der Liturgie, ihrem selbstlosen Einsatz für sozial Vernachlässigte wie auch in manch anderem Aspekt ihrer Lehre und Überzeugung, durchaus den Christiani ähnelte. Was mir damals freilich bereits auffiel, war, dass die Anhänger des Mithras-Kultes so gut wie ausschließlich einer gehobenen, vor allem jedoch *kämpferischen* Männergemeinschaft entstammten, während sich die Gemeinde der Christiani vorzugsweise aus friedfertigen, überwiegend weiblichen Mitgliedern der mittleren, unteren oder gar Sklavenschicht der Bevölkerung rekrutierte.

Natürlich gab es hier wie dort Ausnahmen:

Die Dame Lucia Aurelia Prisca und ihr Senatoren-Vater einerseits zählten nun wahrhaft zur gesellschaftlich höchsten Schicht des Imperiums – und waren Christiani.

Leoparda andererseits war trotz ihrer persönlichen Neigungen unbestreitbar eine Frau – und erlangte trotzdem später den Rang eines *Heliodromos*, eines »Sonnenläufers«, im Mithras-Kult.

Vergebt mir, edler Herr Gaius Plinius Caecilius, dass ich wieder einmal vom Thema abgeschweift bin …

Knapp gesagt: Herr Tarquinius erklärte sich bereit, als geweihter Priester des Mithras die entsprechende Zeremonie »vor Menschen und Göttern« zu vollziehen.

Das Brautpaar erschien zu der Zeremonie in vollem Glanz – Pia in der wallenden orangefarbenen Robe einer Braut, Leoparda in die steife Prunktoga eines Mannes gewickelt.

Das anschließende Fest war keineswegs eines der prachtvollsten, aber ohne jeden Zweifel eines der herzlichsten, die Felix Felix je erlebt hat!

Im Januar starb Amaranthus.

Es begann als eigentlich völlig harmlose Erkältung, wie sie sich fast jeder von uns in dieser Jahreszeit einmal zuzog. Dazu kam freilich schnell eine schwere Lungenentzündung.

Amenophis und Mykerinos, unsere ägyptischen Ärzte, taten, was in ihrer Macht stand, doch gegen den fehlenden Lebenswillen des riesigen Negers hatten sie kein Mittel. Von seinen sieben Kindern war Nigeralbus der erklärte Liebling seines Vaters gewesen, so treu und liebevoll er sich auch um die anderen sechs kümmerte. Beim Tod von Nigeralbus war etwas in Amaranthus zerbrochen, was auch die besten Tränke und Salben der beiden Ägypter nicht zu heilen vermochten.

Knapp eine Woche nach dem ersten Hustenanfall war unser Cheftrainer tot.

Die gut acht Klafter hohe Gedenksäule im Totenhain zeigt ihn auf ihrer Vorderseite in der vollen Ausrüstung eines *Murmillo*, als der er einst gekämpft hatte, nebst all den Palmen und Kränzen, und deren waren es viele, die er in seiner aktiven Gladiatorenzeit errungen hatte. Auf der Rückseite war er in langer Tunika und Toga, umringt von seiner Gattin Freia und seinen sieben Kindern, abgebildet.

Zwei Tage nach der Beisetzung und dem Totenmahl erschienen seine beiden jüngsten Söhne, Aurius und Leo, vierzehn und dreizehn Jahre alt, in der Kanzlei der Villa, und baten in die Schule als Rekruten eintreten zu dürfen.

Ich hatte massive Hemmungen, diesem Wunsch nachzugeben.

Natürlich waren die beiden ebenso wie Nigeralbus mit Waffen aufgewachsen und hatten, seit sie laufen konnten, kein schöneres

Spiel als »Gladiator«, mit Stecken als Schwerter und Holzbrettchen als Schilden, gekannt. Zu ihrem sechsten beziehungsweise fünften Geburtstag hatte ihnen ihr Vater in unseren Werkstätten kleine Helme anfertigen lassen, nicht zuletzt aus Vorsicht, denn Leo hatte zu diesem Zeitpunkt bereits eine lange, kahle Narbenstelle auf dem Kopf, wo ihn sein Bruder allzu heftig getroffen hatte, und das Gesicht von Aurius zierte aus dem gleichen Grund eine Narbe, die von der Stirn bis zur linken Wange reichte – ein paar Tage hatten wir damals sogar um sein linkes Auge gebangt. Jahr um Jahr waren dann jeweils zum Geburtstag die Helme, Schilde, Holzschwerter und anderen Ausrüstungsgegenstände entsprechend »mitgewachsen«.

Doch als damals Nigeralbus in Roma ums Leben kam, hatte Amaranthus kategorisch erklärt: »Schluss mit dem Unsinn!«, und den kräftigeren Aurius bei der Kunstschmiedin Drusilla, den gewandteren Leo bei Perikles im Gymnasium in die Lehre geschickt. Und als er sie trotzdem bei einem ihrer inzwischen heimlichen Gefechte erwischte, hatte es solche Schläge gesetzt, dass die beiden eine Woche lang mit schmerzenden Hinterteilen herumliefen. Ihrer Leidenschaft frönten sie trotzdem weiter, nur waren sie auf der Hut, sich noch mal von ihrem Vater dabei ertappen zu lassen.

Objektiv gesehen brachten Aurius und Leo also Voraussetzungen mit, von denen ein Lanista nur träumen kann. Andererseits konnte ich unseren verstorbenen Freund Amaranthus nur zu gut verstehen, wenn er seine beiden Jüngsten unter allen Umständen vor einer Arena hatte bewahren wollen.

Ich wagte nicht, die Frage allein zu entscheiden.

So berief ich den Innersten Rat der Schule ein.

Auch hier hatte sich allerdings mittlerweile manches verändert:

Herr Gladius Felixianus war nach wie vor der »Herr«, auch wenn er zunehmend seine Aufgaben und Verantwortungen an mich delegierte.

Tarquinius war unanfechtbar unser *Summus Palus* und brachte damit eindeutig Ruhe und Kontinuität in die unvermeidlichen Wandlungen.

Amaranthus, der Cheftrainer, war tot. An seine Stelle rückte Pamponius, bislang sein Stellvertreter. Fraglos verfügte Pamponius nicht über die persönliche Souveränität des riesigen Negers, doch er war ein überaus zuverlässiger Arbeiter. Genies wie Fulmina oder Purpureus würden nicht ganz so schnell ihren Aufstieg schaffen, dafür würden wir mehr zuverlässige *Secundi Pali* und, so er diesen Rang vergab, wahrhaft hervorragende *Primi Pali* bekommen. Seine Wahl konnte gewiss niemand beanstanden!

Perikles war, denn Göttern sei Dank, nie irgendwie umstritten.

Eigentlich ebenso wenig wie Amenophis. *Eigentlich* – denn der Chefarzt von Felix Felix ging inzwischen auf die achtzig zu. Mykerinos, sein bisheriger Assistent, wuchs mittlerweile optimal in diese Aufgabe hinein. Jedoch fast mehr noch Pia, die »Gemahlin« Leopardas, auch wenn diese beiden vorläufig im Rat noch nicht Sitz und Stimme hatten.

Auch Phiops, unser zweiter Ägypter, hatte mittlerweile die siebzig überschritten, und nicht nur sein körperlicher, vor allem sein geistiger Zustand machte uns mehr und mehr Sorgen. An manchen Tagen war er ganz so, wie wir ihn immer kannten: ein wenig knurrig, ein wenig fisselig, aber ein überragender Verwalter. An anderen freilich beschwerte er sich plötzlich über die Kosten für die neue Ausrüstung von Nigeralbus, der seit nunmehr fast drei Jahren tot war, oder er verlangte die Abrechnungen irgendeines Weingutes aus dem Jahr 799 unverzüglich vorgelegt zu bekommen, oder er blaffte mich an, weshalb ich in der Kanzlei herumhinge – ich solle mich unverzüglich auf den Übungshof der Schule scheren, wo ich als Gladiator schließlich hingehöre! Seinen Sitz im Innersten Rat konnte man ihm nicht nehmen, das hätte er niemals verstanden, aber die wesentlichen Verwaltungsentscheidungen traf ich inzwischen ohne ihn, und da sich Mucius zu einem hervorragenden Mann für die Details entwickelte, hatte ich vorgeschlagen, auch ihn in den Rat aufzunehmen.

Die Entscheidung, wie wir mit dem Wunsch von Aurius und Leo umgehen sollten, machten wir uns wahrlich nicht leicht:

Die beiden Söhne des Amaranthus trugen nochmals ihren unbedingten Willen vor, in die Fußstapfen ihres Vaters und ihres Bruders Nigeralbus zu treten. Und die Argumente, die sie brachten, waren gewiss nicht von der Hand zu weisen. Im Gegenteil: Die beiden hatten in der Tat und in jeder Hinsicht das Zeug dazu, hervorragende Gladiatoren zu werden!

Auf der anderen Seite wog der dringende Wunsch unseres verstorbenen Freundes Amaranthus, seine jüngeren Söhne vor den Gefahren der Arena zu bewahren, natürlich mehr als schwer für uns!

Als die Brüder drohten, sogar notfalls auszureißen, um in Capua oder sonst wo in eine Gladiatorenschule einzutreten, baten wir Freia, ihre Mutter zu uns.

Nochmals wiederholten wir alle Argumente und Gegenargumente.

Schließlich schüttelte Freia langsam ihre weißblonden Locken: »Amaranthus konnte, wenn er etwas wirklich wollte, ein fürchterlicher Sturkopf sein – fast so schlimm wie ich. Nigeralbus war um kein Haar besser. Weshalb also sollten Aurius und Leo aus der Art schlagen?«

Dann wandte sie sich an ihre Söhne: »Ich wollte, bei Thor und Odin, ihr würdet euch einen anderen Lebensweg suchen! Aber wenn die Arena wirklich euer Leben ist, dann werde ich mich euch nicht in diesen Weg stellen.«

Damit war die Entscheidung gefallen. Aurius und Leo schworen den bekannten Eid und wurden in die *Familia Gladiatoria* von Felix Felix aufgenommen.

»Allerdings«, schränkte Herr Gladius Felixianus ein, »wird keiner von euch beiden vor dem vollendeten sechzehnten Lebensjahr eine Arena betreten! Bis dahin könnt ihr jederzeit Holzschwert, Schild und Übungshelm an den Nagel hängen. Und wer es wagen sollte, euch schief anzusehen, weil ihr dem dringenden Wunsch eurer Eltern folgt, den werfe ich eigenhändig aus Felix Felix hinaus! Außerdem werdet ihr bis dahin – in eurer Freizeit – eure begonnene Ausbildung bei der Kunstschmiedin

Drusilla beziehungsweise beim Gymnasium-Trainer Perikles erfolgreich abschließen.«

Als Aurius und Leo gegangen waren, meinte Freia, dass den Jungen mit dieser Doppelausbildung ja keine einzige freie Minute mehr bliebe.

»Genau das ist der Sinn der Sache«, meinte Herr Gladius Felixianus. »Jetzt können sie ja beweisen, ob sie wirklich solche Sturköpfe sind!«

Doch auch das Geschäft war nicht vergessen:

In jenen Monaten rückte der ehemalige »Schließmuskelkünstler«, Aulus Vitellius, dreimal bei uns an – Caesar Nero betrachtete ihn offenbar als *den* Organisator für blutrünstige Vergnügungen.

Und dreimal holte er sich eine Abfuhr.

Mit mehr oder minder geschickten Ausreden hielten wir uns von den großen caesarischen Spielen zumindest vorläufig fern. Mit treuherzigem Augenaufschlag erklärten wir, dass unsere Nachwuchskämpfer ganz einfach noch nicht den erlesenen Ansprüchen Caesars genügen würden.

»Wenn wir es wagen sollten, unter den Augen Caesars je wieder eine Arena zu betreten, so ausschließlich mit Gladiatoren, welche vielleicht nicht seine Aufmerksamkeit erregen – wer könnte solches erwarten? –, doch immerhin mit solchen, die wenigstens nicht sein ausgesprochenes Missfallen auslösen!«

Herr Gladius Felixianus – und auch alle wir anderen, die irgendwie Verantwortung für unsere Schule trugen – logen und wunderten uns allenfalls, dass sich die Balken immer noch nicht durchbogen ....

Der Aderlass bei den caesarischen Spielen zu Roma im Jahr 814 hatte Felix Felix an den Rand des Abgrunds gebracht.

Dergleichen wollten und durften wir nie, *nie*, NIE wieder zulassen!

Aulus Vitellius – offenkundig inzwischen der *Arbiter Ludi* Caesars – schluckte diese Erklärungen nebst Delikatessen im Wert von mindestens fünftausend Sesterzen.

Caesar Nero schluckte sie nicht!

Er bestellte uns, Herrn Gladius Felixianus, Tarquinius und mich, im Februar des Jahres 816 in seinen Palast zu Roma ein.

Tarquinius sei ein *Summus Palus*, dem er höchstpersönlich einst seinen eigenen goldenen Lorbeerkranz aufs Haupt gesetzt, für den er gar *gesungen* habe!

Fulmina, Purpureus und auch Dardanus, Leoparda und die Zwillinge Kastor und Pollux seien, wie man ihm berichtet habe, *Primi Pali* und somit zweifellos »würdig«, vor ihm aufzutreten.

Das war richtig. Aber auf der dünnen Klinge jener sechs wirklich erstklassigen Gladiatoren balancierte das Schicksal von Felix Felix.

Herr Gladius Felixianus und ich wanden uns wie Korkenzieher.

Noch ein Aderlass wie bei jenen caesarischen Spielen 814, und wir konnten unsere Schule zumachen!

Und wieder war es Tarquinius, der uns rettete:

»Von Gott zu Gott!«, erklärte er, und Caesar Nero hörte ihm aufmerksam zu.

Tarquinius hatte seine Augen geschlossen, sprach wie in Trance:

»Die *Gladiatura* wurde eingesetzt als Opferspiel für die Götter sowie lebende und verstorbene Menschen.

So war es nach dem Willen der Unsterblichen! Doch heute versuchen einige, das dabei fließende Blut zu profanieren, es für ihren eigenen Ruhm zu nutzen – zu nutzen wider das Gleichgewicht der Kämpfer und Götter!«

Tarquinius streckte seine Rechte zum Himmel empor, als ob

er von dort mit einem Blitzschlag Jupiters die Bestätigung seiner Worte erwartete:

»Jene vergießen das Lebensblut von wahrlich tapferen Männern, die nach dem Ratschluss der Götter die *Missio* verdient hätten! Sie vergießen Blut nicht einmal, weil es der Pöbel so will – nein, weil *jene* es so wollen!«

Langsam sank seine Hand herab:

»Ich hasse sie nicht. Ich will auch keine Vergeltung, keine Rache an jenen, die gegen das göttliche Gesetz der *Gladiatura* verstoßen …«

Seine Hand schnellte erneut gen Himmel:

»Ich will und muss sie nur austilgen, jene Frevler!«

Caesar Nero war tief beeindruckt.

Und Tarquinius nutzte die Gunst der Stunde, um Caesar sein eigentliches Anliegen nahezubringen: die von den Göttern gestiftete und so gewollte Chancengleichheit der Kämpfer in der Arena:

»Nehmt nur die klassische Paarung *Murmillo* gegen *Thraex*, Erhabener«, fuhr er fort. »Ihre Helme sind unterschiedlich gestaltet und geschmückt, im Grundprinzip jedoch identisch, der eine trägt den großen Schild und kurze Beinschienen, der andere einen kleinen Schild und hohe Beinschienen, der eine ein gerades, der andere ein gebogenes Schwert. Doch keiner ist dem anderen nur dank seiner Ausrüstung überlegen! Über Sieg und Niederlage entscheiden einzig Mut und kämpferisches Können!«

»Aber wenn wir nur noch diese klassische Paarung in der Arena erlaubten«, sann Caesar Nero nach, »wäre dies nicht höchst langweilig?«

»Es wäre unerträglich!«, rief Tarquinius sofort. »Nein, Erhabener, je bunter, je einfallsreicher die Ausrüstungen der Kämpfer und ihre Bewaffnung sind, umso gefälliger sind sie *Gott*«, hier neigte er leicht sein Haupt vor Caesar, »den Göttern und dem zuschauenden Volk!

Denkt an die Paarung *Retiarius* gegen *Secutor*: Auf den ersten Blick mag der fast nackte *Retiarius* dem von Helm, Schild und Beinschienen geschützten *Secutor* deutlich unterlegen erscheinen, doch dies vermag er durch seine unbehinderte Wendigkeit auszugleichen; mit seinem Netz hat er eine durchaus »verwirrende« Waffe; und sein Dreizack hat eine weit größere Reichweite als das Schwert des *Secutor* – die Chancengleichheit ist also durchaus gewahrt. Es ist gewiss kein Zufall, dass sich gerade diese Paarung, obwohl erst vor knapp fünfzig Jahren aufgekommen, immer größerer Beliebtheit erfreut!«

»Du meinst also nicht«, vergewisserte sich Caesar Nero, »dass wir bestimmte Gladiatorengattungen wieder abschaffen sollten?«

»Keineswegs!«, erklärte Tarquinius. »Sie alle sind in der Bewaffnung ihrer möglichen Paarungen sorgsam gegeneinander ausgewogen. Wir sollten nur sorgsam darauf achten, dass sich nicht neue Typen breit machen, die dieses Gleichgewicht einseitig verschieben!«

»Wie etwa die *Crupellarii*?«

»Beispielsweise die *Crupellarii*«, bestätigte Tarquinius, »diese wandelnden Festungen, gegen die kein anderer Gladiator ankommt.«

»Und doch hast du Pluto geschlagen und getötet«, widersprach Caesar Nero, fuhr dann allerdings nachdenklich fort. »Aber du bist ja auch kein normaler, sterblicher Mensch …«

Und dann fragte er: »Wie siehst du in diesem Licht den Typ des *Scissor*? Auch er ist von Kopf bis Fuß gepanzert …«

»Aber er ist schwerfällig, er sieht unter seinem *Secutor*-Helm schlecht und bekommt wenig Luft, er hat keinen Schild, und sein Kettenhemd hält dem beidhändig geführten Stoß des Dreizacks keineswegs immer stand. Purpureus und etliche *Retiarii* anderer Schulen haben längst bewiesen, dass ein *Scissor* keineswegs so unangreifbar ist, wie er aussehen mag.«

Der göttliche Caesar Nero hatte sich inzwischen für das Thema erwärmt. Zweifellos liebte er Blut und Tod in jeder denkbaren Form, doch gerade deshalb mochte er nicht auf die echte Spannung bei *Gladiaturae* zu verzichten.

Also fragte er nach: »Und was ist mit jenen »Exoten«, die in ungewöhnlicher Bewaffnung auftreten wie etwa jener Herakles, den du bei den Ludi 814 erschlagen hast?«

»Sein Löwenfell war eine rein äußerliche Marginalie – vergnüglich für den Pöbel anzuschauen und nicht mehr. Sein Prügel, den er zusätzlich zu seiner *Murmillo*-Ausrüstung trug, war zwar regelwidrig, machte ihn jedoch keinesfalls wirklich »überlegen«. Wenn Eure Göttlichkeit«, erneut eine winzige Verneigung in Richtung Caesars, »und der Mob an derlei Spaß haben, sollte man dies nicht zu eng und streng sehen ...«

»Trotzdem hast du ihn gnadenlos getötet!«

»Nicht, weil er ein wenig gegen die Bewaffnungsregeln verstieß«, korrigierte Tarquinius ruhig. »Ich tat es, weil er ein allbekannter Schlächter, war, der keinem unterlegenen Gegner die *Missio* gönnte, mochte sie noch so berechtigt sein. Jener Herkules war ein Mörder, der seinen Ruf als ›gnadenlos‹, wider den *Summa Rudis*, gegen das Volk und sogar gegen Euch, Erhabener, durchsetzen wollte – und deshalb habe ich ihn getötet.

Ich habe ihn«, fuhr Tarquinius sehr ernst fort, »getötet, weil er sich über die grundsätzlichen Regeln der *Gladiatura* hinwegsetzte – glaubte, sich seine eigenen, persönlichen Regeln machen zu können. Ich habe ihn getötet, wie ich jenen Julius Valerianus, der wider jede Regel meinen Freund Scorpio zum Krüppel geschlagen hat, irgendwann und irgendwo töten werde!

Genau so, wie ich jenem *Summa Rudis*, der am Tod unseres Freundes Serapis Schuld trug, die Kehle durchgeschnitten habe«, wir erschraken zutiefst bei diesem offenen Bekenntnis, doch Caesar lächelte verstehend, »so werde ich auch jeden ungerechten, parteiischen Schiedsrichter verfolgen, mag er sich auch noch so sehr darauf berufen ›die Wünsche Caesars‹ zu vollziehen. Denn der göttliche Caesar – dies weiß ich ganz gewiss – ist keineswegs ein Freund von Schiebungen und Manipulationen, da dies Machenschaften verbrecherischer Menschen sind, welche die göttlichen Gesetze mit Füßen treten.«

Damit hatte Tarquinius Caesar Nero erbarmungslos in der Falle!

Dass der »Göttliche« sich den Argumenten eines »Gottes«, widersetzte, war schlicht undenkbar, insbesondere wenn es um Verstöße gegen göttliche Gesetze ging.

Caesar Nero ernannte noch in dieser Stunde eine Kommission – Vorsitzender Herr Tarquinius Felix –, welche nicht nur jedweden Gladiator, so er sich in seiner Ausrüstung nicht absolut strikt an die vorgegebenen Klassen halten wollte, strengstens überprüfte. Auch die Schiedsrichter wurden dieser Kommission zur Prüfung unterstellt, um hinfort niemals mehr Schiebungen jedweder Art und zu wessen Gunsten auch immer zuzulassen.

Im Gegenzug hatte Tarquinius Caesar ein Versprechen gegeben:

»Verschafft Ihr mir die richtigen Gegner, und ich werde Euch die richtigen Kämpfe liefern!«

Auf dem Heimweg meinte er dann:

»Weshalb soll ich Mördern und Schlächtern oder allzu exotischen Exoten nachlaufen und irgendwelche Lanistae anbetteln oder sie gar bestechen, um jene erledigen zu dürfen? Ab jetzt wird der erhabene Göttliche in eigenster Person das Imperium nach solchen Typen durchsuchen lassen, um sie mir bequem in Roma vor die Klingen zu schicken!«

In den nächsten Jahren vollzog Tarquinius nicht weniger als vierzehn solcher »Hinrichtungen« – anders kann man dies wohl kaum bezeichnen. Caesar Nero hatte zweifellos seinen Spaß daran. Und im ganzen Reich wurden Gladiatoren höchst vorsichtig, gegen die geltenden Regeln allzu grob zu verstoßen …

Caesar Nero hat heute – außer beim gemeinen Volk – einen ausgesprochen schlechten Ruf.

Geschichtsschreiber übertrumpfen sich mittlerweile gegenseitig, ihn als grausames, blutrünstiges, absolut bösartiges Monster zu schildern – weit schlimmer noch als Caesar Gaius Caligula! Die Juden und die immer stärker aufblühende Sekte der Christiani, denen Caesar Nero, zugegeben, wahrhaft übel mitgespielt hatte, weil sie seine »Göttlichkeit« nicht anzuerkennen bereit waren, fördern dieses Bild nach Kräften …

Oder ist dies alles eben doch nur aktuelle, schlaue Politik eines neuen Caesarenhauses?

Schreiben hier die Sieger, wie so oft, die Geschichte des Besiegten?

Würdet Ihr mir, edler Herr Gaius Plinius Caecilius, heute, mit über fünfzehn Jahren Abstand zum damaligen Geschehen, diese Frage stellen, ich wüsste nicht, wie ich sie ehrlich beantworten sollte!

Caesar Nero war grausam, blutrünstig und in vieler Hinsicht sogar bösartig. Er hat seine Mutter, die wahrlich freilich alles andere als ein Unschuldsengel und selbst eine eiskalte Mörderin war, und seine in der Tat unschuldige erste Frau Octavia umbringen lassen. Er hat echte Verschwörer wie Herrn Calpurnius Piso und den Dichter Lucan hinrichten lassen. Ebenso hat er vermeintliche Verschwörer, etwa seinen Lehrer, Herrn Lucius Annaeus Seneca, und unseren Freund, Herrn Publius Petronius Niger, den Arbiter Elegantiarum, zum Selbstmord gezwungen. Er hat seine wieder schwangere Augusta, Poppaea Sabina, buchstäblich zu Tode getrampelt, nur weil sie ihn gerügt hatte, allzu spät von den Wagenrennen im Circus Maximus nach Hause gekommen zu sein. Er hat Juden und Christiani zu Abertausenden unter fadenscheinigen Vorwänden, nur weil sie sich seinem Personenkult nicht fügen wollten, in den Arenen und als »lebende Fackeln« in seinen Privatgärten umbringen lassen. Er hat mit an Sicherheit grenzender Wahrscheinlichkeit, Zehntausende von Opfern billigend in Kauf nehmend, Roma anzünden lassen, um Platz zu schaffen für seine gigantischen Bauvorhaben.

Also gut: Caesar Nero war nicht nur verrückt. Er war ohne jeden ernsthaften Zweifel *wahnsinnig*.

Aber war er deshalb schon verrückter und wahnsinniger als jene Männer, die »zum Wohle Romas« Bürgerkriege entfesselt haben? Männer, welche römischen Legionären befahlen, Tausende andere römische Legionäre und römische Bürger abzuschlachten, um an die Macht zu kommen? Welche beispielsweise Zehntausende opferten, um die Stadt Jerusalem – seit bald hundert Jahren, seit Gnaeus Pompeius, Teil des Reiches – dem Erdboden gleichzumachen, nur weil ihre Einwohner sich weigerten, Caesar als »Gott« anzuerkennen?

Um es klar zu sagen: Caesar Flavius Vespasianus und Caesar Flavius Titus sind das Beste, was Roma und dem Imperium überhaupt passieren konnte!

Und trotzdem muss ich die Frage stellen: War Caesar Nero tatsächlich jenes Ungeheuer, als das er heutzutage geschildert wird?

Ich kann wahrlich nicht behaupten, dass ich ihn »gekannt« hätte. Doch die Male, die ich ihm begegnet bin, haben auch ein anderes Bild hinterlassen:

Der erste Eindruck von Caesar Nero war der eines auffallend großen, rötlich-blonden, gutgewachsenen jungen Mannes, der seine eigentliche innere Unsicherheit – aus seiner Jugendgeschichte mehr als verständlich –, ja seine angeborene Schüchternheit hinter einem umso mehr pompösen Auftreten versteckte.

Dann war da der Künstler: der Dichter, Sänger und Tänzer.

Unser Freund Petronius Arbiter hat in seinem offiziellen Abschiedsbrief Caesar Nero in diesem Tun – verständlicherweise – ebenso genial wie boshaft niedergemacht!

Doch um der Wahrheit die Ehre zu geben: Caesar Nero war für einen wirklich guten Tänzer durch seine ungewöhnliche Größe vielleicht ein wenig zu schwerfällig. Als Sänger war sein harmonischer Bariton möglicherweise nicht ganz stark genug. Und als Dichter klammerte er sich wohl allzu sehr an die traditionellen, »klassischen« Vorbilder, um wahrhaft Eigenes, Großes schaffen zu können. Trotzdem, er ragte in allen drei Disziplinen weit über den Durchschnitt heraus!

Und gar nicht so selten bemühte er sich, ein wirklich guter Herrscher zu sein. In den ersten Jahren seiner Regierung hatten sich die Lobreden ob dieser Bemühungen – vom römischen Senat bis zum einfachsten Bauern – geradezu überschlagen. Und dies war keineswegs die übliche Schönrednerei und Lobhudelei gewesen! Beraten und geleitet von seinem Lehrer, dem Philosophen Herrn Annaeus Seneca, und dem Militär Herrn Africanus Burrus zählten diese Jahre zu den glücklichsten für das Imperium seit der Regierungszeit des vergöttlichten Caesar Augustus, und jedermann erwartete zu Recht von der Regierung Caesar Neros ein wahrhaft »goldenes Zeitalter«.

Ich weiß nicht, ob dies den Tatsachen entspricht oder nur eine Legende ist: Auf jeden Fall wird behauptet, anlässlich einer Reise nach Hellas habe Caesar Nero um die Einweihung in die Mysterien von Eleusis nachgesucht. Als die dortigen Priester dies ablehnten, da er noch nicht geistig entsprechend gereift sei, habe sich Nero kraft seines Amtes und seiner »Göttlichkeit« die Einweihung erzwungen – und sei dabei, wie die Priester befürchtet hatten, wahnsinnig geworden.

Wie auch immer, als im Jahr 814 Herr Africanus Burrus starb, verlor auch Herr Annaeus Seneca mehr und mehr an Einfluss, und der »andere« Caesar Nero trat immer mehr in den Vordergrund.

Mochte man ihn in den weiter entfernten Provinzen, denen er gewaltige Steuern abverlangte, auch verfluchen, zumindest für Roma, Italia und die unmittelbar angrenzenden Provinzen blieb er ein hervorragender und auch bemühter Herrscher. Seine unzähligen, gigantischen Bauvorhaben, seine prunkvolle Hofhaltung, seine überdimensionalen Spiele schufen eine durchaus wohlhabende, solide Mittelschicht an Handwerkern, Kunsthandwerkern und Händlern. Und dies, mehr noch als die Vergnügen bei seinen glanzvollen Spielen, hat ihm das Volk bis heute nicht vergessen!

Auch, dass er weit strenger auf Recht und Ordnung achtete als die meisten seiner Vorgänger, tatsächlich eine durchaus zuverlässige Rechtssicherheit zu schaffen versuchte – die Einsetzung der »Gladiatorenkommission« war nur ein winziges Beispiel dafür –, brachte ihm allgemeine Sympathien ein. Daran änderte auch nichts, dass er für sich persönlich selbstverständlich überhaupt kein Rechtsbewusstsein besaß. Das heißt, er besaß schon eines: nämlich das Bewusstsein, dass er als Caesar und Gott über allen Rechtsnormen stand, dass diese ihn schlicht nichts angingen, dass sein göttlicher Wille naturgemäß allen menschlichen Gesetzen unbedingt übergeordnet sein musste.

Wenn Ihr, edler Herr Plinius Caecilius, aus diesen Zeilen nun ein gewisses Verständnis, gar eine gewisse Sympathie für manche Züge und Taten Caesar Neros herauslesen wollt, so werde ich mich – so politisch unklug dies heute sein mag – nicht dagegen wehren.

Unser Freund Petronius Arbiter hatte es einmal so formuliert:

»Schlauheit, zumal politische, mag man den Lebenden verzeihen. Wahrhaftigkeit mag hingegen das Vorrecht jener sein, die bereits ihr Grabmonument in Auftrag gegeben haben.«

Und da mir bewusst ist, dass auch ich nicht mehr lange auf dieser Erde weilen werde, habe ich mich für die Wahrhaftigkeit entschieden …

Wie fast immer Ende April siedelte Caesar Nero samt seinem gesamten Hofstaat aus Roma in sein »Häuslein« nach Baiae um.

Kurz danach besuchte er höchstpersönlich Pompeii.

Ein gutes Jahr war seit jenem verheerenden Erdbeben vom 5. Februar des Jahres 816 vergangen.

Wie berichtet, war der große Zirkus wieder instand gesetzt, ebenso der Wasserturm an der Porta Vesuviana, auch wenn die städtische Wasserversorgung trotzdem immer noch erst teilweise wieder funktionierte. Die völlig zusammengebrochene Porta Vesuviana und die schwer beschädigte Porta Herculanaea waren neu aufgebaut. Die alten Thermen nördlich des Forums funktionierten wieder einigermaßen. Der Isistempel erstrahlte in neuem Glanz. Wenigstens einer der Tempel für die caesarischen Ahnen am Forum, der nicht allzu schlimm gelitten hatte, war wieder in Funktion. An den neuen Zentralthermen und an den Stabianer

Thermen wurde eifrig, am Tempel des Stadtgottes Apollo immerhin überhaupt gebaut. Dem kleinen, ursprünglich überdachten Theater fehlte zwar immer noch das Dach, aber es war zumindest bespielbar.

Beim Rest der öffentlichen Gebäude – allzumal auf dem Forum mit seinen ehemaligen prächtigen Säulenkolonnaden, dem Jupitertempel, bei der großen Basilika im Westen, den Tempeln im Osten und den Gebäuden der Stadtverwaltung im Süden, beim Venustempel oder auch dem großen Theater – hatte man freilich bislang allenfalls den Schutt weggeräumt, brauchbare Bauteile wie Marmorplatten und kunstvoll gearbeitete Säulenkapitelle geborgen und zur »Wiederverwertung« außerhalb der Stadt gelagert.

Genau besehen war das Problem recht einfach:

Als bekannt wurde, dass man Pompeii nebst Herculaneum und die anderen von der Erdbebenkatastrophe betroffenen Gemeinden nicht verlassen, sondern wieder aufbauen würde, hatte sich im Umkreis von mindestens hundert Meilen jeder, der eine Maurerkelle, ein Zimmermannsbeil oder einen Pinsel mit Vernunft zu schwingen wusste, herangedrängt. Trotzdem waren der willigen Handwerker bei weitem nicht genug. Und die, die verfügbar waren, gestalteten ihre Preise entsprechend der Nachfrage – also weit höher, als die *Communitas* im Gegensatz zu manchen Privatleuten zu zahlen im Stande war.

Und so sah Pompeii – nicht anders als andere betroffene Orte – nun aus: Beschädigte Privathäuser wurden geflickt, Villen wieder instand gesetzt, kostbare Mosaiken und Malereien restauriert. Für die erheblich schlechter bezahlten Arbeiten an öffentlichen Gebäuden, selbst wenn diese Tempel waren, blieb kaum jemand übrig.

Auch Tarquinius hatte zu dieser Entwicklung das Seine beigetragen:

Eigentlich hatte er die halbzerstörte »Mysterienvilla« kaufen und restaurieren wollen. Die beiden Söhne der Dame Antonia

Vettia, die sich als drittrangige Speichellecker am Hofe Caesars aufplusterten, hatten aber kurzerhand das riesige Anwesen an einen gewissen Rufus Rufius verschleudert.

Ich werde nie das »Porträt« des Herrn Rufus Rufius vergessen, das die Hand eines Sklaven – eher wohl sogar eines jener Künstler, welche die Dame Antonia Vettia um sich gesammelt und die von dem neuen Besitzer unverzüglich an die Luft befördert worden waren – an eine der Wände ritzte: ein Prolet mit einer Knollennase, gegen die jene des Herr Caecilius Jucundus noch ausgesprochen »hellenisch« wirkt, mit einem vorspringenden Kinn unter einem dürr-verklemmten Mündchen. Der eingezeichnete dünne Lorbeerkranz um seine Glatze ist ein einziger Hohn! Die elegante, geschmackvolle, »griechische« Ausstattung des Hauses ließ er zunächst teilweise mit neumodisch »römischem« Bombast überkleistern – nur an den »Mysteriensaal« wagte sich nicht einmal er. Doch dann verlor er offenkundig ganz schnell das Interesse an seiner Neuerwerbung, sah nur noch deren wirtschaftlichen Nutzen. Die »Mysterienvilla« wurde zu einem Gutshof mit gemästeten Enten und Gänsen, Legehühnern, schlachtbaren Schweinen, Milch produzierenden Kühen sowie Ochsen und Pferden, die Pflüge durch Ackerfurchen zerrten.

Tarquinius kaufte stattdessen also ein »Haus auf der Mauer«.

Nachdem 673 *ab urbe condita*, also vor etwa 140 Jahren, Pompeii endgültig durch den Diktator Sulla unter die Zentralmacht Romas geriet, hatte dieser einen geradezu genialen Einfall, um der Stadt für alle Zeiten die Wehrhaftigkeit zu nehmen. Zwar ließ er den Mauerring unangetastet, um den Stolz der Pompeiianer nicht zu verletzen, machte ihnen jedoch gleichzeitig klar, dass der Ausblick auf den Sinus Cumanus mit dem Landbogen von Missenum bis Surrentum und den vorgelagerten Inseln Capreae und Aenaria doch einfach viel zu schön sei, als dass man sich diesen durch eine Mauer verstellen sollte. So wurde die Südmauer zwischen dem dreieckigen Forum und der Porta Herculanaea zwar nicht abgerissen, sondern in ihrer Höhe lediglich dem dahinter liegenden Stadtgelände angeglichen. Auf diesen neuen Fundamenten entstanden in der Folgezeit etliche der schönsten, reichsten und elegantesten Häuser der Stadt, deren Räume, Gärten und weitläufige Terrassen sich eben dem Meer und jenem unvergleichlichen Ausblick zu öffneten. »Auf der Mauer« zu wohnen wurde für kultivierte und vor allem entsprechend reiche Pompeiianer fast zu einem Muss.

Nach dem großen Erdbeben war es Tarquinius gelungen, eines der halbzerstörten Häuser zu ergattern, und nun war eine kleine Armee an Maurern, Zimmerleuten und Kunsthandwerkern dabei, das Haus zu renovieren und im »griechischen« Stil, den wir einst in der Mysterienvilla so bewundert hatten, auszugestalten.

Übrigens baute Tarquinius auch in Felix Felix. Herr Gladius Felixianus hatte ihm in unmittelbarer Nachbarschaft der Villa einen großzügig bemessenen Baugrund geschenkt, und nun war auch dort eine kaum geringere Menge an Handwerkern dabei, ein Haus im »etruskischen Stil« zu errichten.

Caesar Nero war über das Wiedererblühen von Pompeii einerseits höchst erfreut, jedoch andererseits entsetzt, dass die öffentlichen Gebäude samt den Tempeln immer noch weitgehend in Schutt und Asche lagen.

So beschloss er spontan, den öffentlichen Kassen der Stadt unter die Arme zu greifen.

Und natürlich tat er das auf seine ganz eigene Art:

Nicht indem er einen entsprechend hohen Betrag aus den römischen Kassen flüssig machte, sondern in Form einer großen Benefizveranstaltung, bei der er in eigenster göttlicher Person als Sänger aufzutreten versprach – womit er also durchaus das Nützliche mit dem ihm Angenehmen zu verbinden wusste!

Ein gewisses Problem ergab sich bei der Wahl des Ortes, wo das Ereignis stattfinden sollte:

Die Arena von Pompeii wäre von der Größe her durchaus seinen Vorstellungen angemessen gewesen, doch Caesar Nero war klug genug zu wissen, dass nur ein nach griechischem Vorbild erbautes Theater über eine Akustik verfügte, die seinen Gesang auch zu Geltung zu bringen vermochte.

Wäre Caesar Nero nur der aufgeblasene Hanswurst gewesen, so hätte er zweifellos die Arena gewählt – das Volk hätte begeistert applaudiert, auch wenn es keinen Ton gehört hätte. Doch ihm lag tatsächlich an seiner Kunst, an der er jeden Besucher ehrlich teilhaben lassen wollte!

Das kleine, einst »gedeckte« Theater in Pompeii wurde allerdings nun wirklich als zu klein empfunden, und das große Theater lag in Trümmern und ließ sich keinesfalls schnell genug restaurieren.

So einigte man sich schließlich darauf, die Veranstaltung in dem großen »griechischen« Theater in Neapolis abzuhalten.

Wer immer rund um den Sinus Cumanus etwas auf sich hielt, der zahlte die geradezu Schwindel erregenden Eintrittspreise – und wenn er sich das Geld ausleihen musste –, welche durch Caesars Gesang dem Wiederaufbau Pompeiis zufließen sollten. Keiner, der irgendwie in den nächsten Jahren irgendeine Art von Bedeutung zu beanspruchen die Absicht hatte, konnte sich hier ausschließen!

Phiops wurde kreidebleich – bei seiner von Natur aus eher dunkeloliven Haut fast ein Naturwunder –, als er den Preis hörte, der da für Herrn Gladius Felixianus, Tarquinius und mich auf Felix Felix zukommen sollte.

Doch Tarquinius löste das Problem mit leichter Hand: Selbstverständlich wären Herr Gladius Felixianus, ich mit Digna, Perikles, Amenophis und sein Assistent Mykerinos, Phiops selbst und Mucius, der uns mittlerweile die Hauptarbeit der Verwaltung abnahm, von ihm eingeladen.

»Und dazu selbstverständlich die besten unserer Gladiatoren: An ihrer Spitze der altgediente, treue Telemachos. Dann selbstverständlich Purpureus, der junge Dardanus, Leoparda samt ihrer Pia, und Fulmina, auch wenn die von Kunst so viel versteht wie ein Ochse vom Harfespielen …«

»Willst du dich endgültig ruinieren?«, entsetzte sich Phiops.

»Bei dem Vermögen, das ich offenbar inzwischen besitze«, lächelte Tarquinius, »sind dies doch finanzielle Lappalien!

Auf der anderen Seite: Herr Caecilius Jucundus hat beispielsweise, wie mir meine Spione zugetragen haben, fünf Plätze – einen für sich und je zwei für seine Söhne und Schwiegertöchter – bestellt. Ludus Julianus gar nur vier! Wenn Felix Felix hingegen mit vierzehn Personen anrauscht, wer würde es wagen, bei derart offenkundigem Reichtum noch um die Preise für unsere Gladiatoren zu feilschen?«

Herr Tarquinius betonte zeitlebens, dass er von geschäftlichen Dingen keine Ahnung hätte. Dass er mit kleinkariertem Verwaltungskram nichts zu tun haben wollte, kann ich ihm irgendwie nachfühlen – auch ich setze mich damit eher widerwillig auseinander. Doch dass er von »Geschäft« in größerem Sinne nichts verstand, das hatte er spätestens an diesem Tag widerlegt …

Und Tarquinius ging sogar noch einen kräftigen Schritt weiter:

Er hatte Plätze in der ersten und allerteuersten Zuschauerreihe für den Senator, Herrn Octavius Aurelius Priscus, seine Tochter, die verwitwete Dame Lucia Aurelia und deren Sohn Lucius Gordianus Balbus reservieren lassen.

Einen derartigen Luxus hätte sich, so politisch klug es gewesen wäre, der Senator damals zweifellos niemals leisten können. Die drei hätten wohl nicht einmal die Reise von Roma nach Neapolis finanzieren können, geschweige die Nobelherberge, in der sie Tarquinius einquartierte, oder gar den Eintrittspreis für auch nur den simpelsten Stehplatz ganz oben im Theater.

So saßen wir denn am 3. Mai jenes Jahres 817 auf einigen der besten und teuersten Plätze im weiten Halbrund des Theaters zu Neapolis – Herr Gladius Felixianus und unsere Leute artig in der mit Sitzkissen ausgestatteten siebten Reihe, ich in meinem Stuhl im Treppenaufgang unmittelbar daneben.

Das Vorprogramm war eindeutig überdurchschnittlich gut gewesen:

Eine gut fünfzig Personen zählende Gruppe aus der umliegenden Landschaft Campania führten einen einheimischen Tanz auf. Die jungen Männer waren ob des großen Publikums ein wenig verkrampft, die Mädchen aber recht nett anzusehen. Der Beifall war erwartungsgemäß stürmisch.

Eine griechische Theatergruppe spielte die Kurzfassung einer Komödie des griechischen Klassikers Aristophanes. Auch wenn, außer den wirklich Gebildeten, kaum noch jemand die politischen und sozialen Anspielungen des Autors verstand, war der Beifall einmütig.

Eine Gruppe junger Leute aus Roma spielte lautstarke Musik, wie sie unter ihren Altersgenossen wohl gerne gehört wird. Die Zuhörer waren sich nicht einig, ob derlei tatsächlich noch Musik oder nur schlecht organisierter Krach sei, wenn der Hauptsänger jaulte, er wolle alle hübschen Mädchen vögeln, um so den Weltfrieden herbeizuführen …

Eine schwarze, äthiopische Tanzgruppe vermochte mit ihren ungewohnten Rhythmen zu begeistern.

Ein paar junge Dichter trugen selbstverfasste Verse vor. Man applaudierte höflich, wenn auch deutlich verhalten.

Und ein alternder, genau genommen weit *überalterter* Sänger mit inzwischen mehr als kratziger Stimme, dessen gefällige Melodien jedoch trotzdem immer noch jedem von uns gegenwärtig sind, feierte Triumphe!

Das Ballett einer »fortschrittlichen« Tanzgruppe, ebenfalls aus Roma, fiel hingegen gnadenlos durch. Hätten sie ihre künstlerisch-erotischen Verrenkungen wirklich in die Tat umgesetzt, das Urteil wäre zweifellos gnädiger gewesen.

Und natürlich gab ein Kinderchor eine Hymne auf den allererhabensten, allergöttlichsten Caesar zum besten. Der Beifall war frenetisch – obwohl ich mich immer frage, was den Leuten an solchen meist tonunsicheren Quäkestimmen nur gefallen mag …

Und dann trat schließlich *er* auf die Bühne:

Er – der göttliche Caesar Nero!

Er trug eine zyklamfarbene Tunika und darüber eine mattweiße Seidentoga, auf dem Haupt den goldenen Lorbeerkranz und in seinem Arm seine goldene, edelsteingeschmückte Leier.

Ehrerbietiges Schweigen breitete sich über das Halbrund des Theaters.

Caesar griff in die Saiten, schlug zwei, drei komplizierte, harmonische Akkorde an, begann mit seinem weicher, durch die Akustik des Theaters hervorragend getragenen Stimme zu singen.

Da wurde mein Stuhl kurz nach vorne gestoßen. Und zurückgerammt …

»Nein. Nein?«, schrie ich innerlich. »Nicht schon wieder!«

Etliche Zuschauer, zumal Leute aus Pompeii und Herculaneum, waren entsetzt aufgesprungen, kreischten.

Leibwächter Caesars versuchten die Bühne zu erklimmen, um ihren Herrn zu retten. Der Göttliche scheuchte sie mit einer unwirschen Handbewegung auf ihre Plätze zurück.

Einige lautere, härtere Akkorde der Lyra.

Die Leute erstarrten, blickten auf die Bühne, wo Caesar völlig ruhig und gelassen stand und einen weiteren Akkord anschlug.

Dann begann er erneut zu singen, als sei nichts geschehen.

Der Lärm verstummte fast augenblicklich, und die Leute setzten sich beschämt schleunigst wieder auf ihre Plätze.

Das Konzert war ohne jede Einschränkung hervorragend! Wie beflügelt durch die bestandene Mutprobe übertraf sich Caesar Nero selbst!

Auch wenn er gequakt hätte wie ein Frosch oder gemeckert wie eine Ziege, wäre ihm tosender Applaus sicher gewesen, doch dass die Zuhörer stürmisch Zugabe um Zugabe forderten – es waren deren schließlich sechs, die letzte eine Ode an Venus, die göttliche Ahnfrau des julischen Caesarenhauses –, ehe Caesar, offenbar wirklich erschöpft, die Bühne verließ, das verdankte er nicht nur dem Geschrei der Liebediener, sondern der echten Begeisterung eines teilweise durchaus fachkundigen Publikums für eine wahrlich überragende Leistung.

Die Menge hatte soeben das Theater verlassen – wir von Felix Felix gehörten zu den Letzten –, als ein bösartiges Knirschen und Krachen durch den Theaterbau ging.

Und dann brach donnernd in einer riesigen Staubwolke die linke Hälfte der Zuschauerränge zusammen, die statuengeschmückte Szenenwand kippte um, zerschmetterte und begrub in einer Lawine von Marmor und Ziegeln die Bühne, die Orchestra und die vorderen Zuschauerränge.

Als sich der wirbelnde Staub legte, bot sich uns ein Anblick, wie wir ihn nach dem verheerenden Erdbeben in Pompeii nur zu gut kannten: Das große Theater von Neapolis war eine jämmerliche Ruine!

Das »Wunder von Neapolis« erstickte auf lange Zeit auch nur den leisesten Ansatz jedweder Kritik an Caesar Nero im Keim.

Hatten die Götter, zumal Venus, die besondere Schutzherrin des Caesarenhauses, ihn nicht ganz offenkundig beschützt?

Der Erdstoß, der das Theater bis in seine Fundamente ruiniert hatte, war zu Anfang seines Vortrags erfolgt. Danach hatte er noch fast zwei Stunden auf der Bühne gestanden, ohne dass irgendwelche Folgen des Stoßes bemerkbar gewesen wären.

Alle Menschen hatten danach noch unbeschadet das Theater verlassen können.

Erst dann war der Bau in sich zusammengebrochen.

Es hatte keinen einzigen Verletzten, geschweige einen Toten gegeben!

Konnte man einen deutlicheren Wink der Himmlischen zugunsten ihres Lieblings erwarten? Gewiss nicht!

Anfang Juli dieses Jahres 817 war das »altetruskische« Haus neben der Villa in Felix Felix weitgehend fertig gestellt, auch wenn sich Tarquinius, der Bauherr, während dieser Zeit eindeutig mehr in Roma als in Puteoli aufgehalten hatte.

Am Rande vermerkt sei hierbei, dass Herr Gladius Felixianus auch mir solch einen Baugrund in der unmittelbaren Nachbarschaft der Villa angeboten hatte. Doch damals wohnte ich ganz einfach sehr viel lieber zusammen mit Digna und unserer kleinen Tochter Philippa in dem eher bescheidenen Haus im Dorf, das ich nach meiner Freilassung bezogen hatte, umringt von guten Freunden und Nachbarn und in der Nähe der Schule.

Als Digna und ich, ganz offiziell eingeladen, das Ertrusker-Haus betraten, erwartete uns eine doppelte Überraschung:

Wir hatten mit der wimmelnden Schar all unserer Freunde und guten Bekannten gerechnet, doch Tarquinius empfing uns, wenn man von den dienstbaren Geistern absah, völlig allein. Gehüllt in eine schwarze Tunika und eine leichte, ebenso schwarze Toga mit zarten Silberstickereien – inzwischen unerschütterlich »seinen« Farben – führte er uns herum.

Natürlich kannten Phiops und ich die Unsummen, die es gekostet hatte, doch dafür war das Haus überraschend schlicht: Nach einem kurzen Eingangsbereich kam das Atrium mit dem Becken für das Regenwasser in der Mitte, dessen Dachöffnung bei schlechtem, kaltem Wetter durch eine im Dach eingebaute Schiebeklappe verschlossen werden konnte. Von dort gingen die Mehrzahl der Zimmer ab, samt, wie üblich, der Treppe, die zum Obergeschoss führte, wo einerseits die Privaträume, andererseits die Sklavenzimmer lagen. Durch einen weiten Bogen trat man sodann hinaus in das Peristyl mit einem Springbrunnen in der Mitte, der, gespeist von einer der unzählig vulkanischen Quellen unter unseren Füßen, nicht nur seine Wasserfontäne in die Luft sprühte, sondern darüber wie einen Schleier heißen

Dampf schweben ließ. Das Dach des umgebenden offenen Ganges wurde von stämmigen, in Ocker, Schwarz und Rot bemalten Säulen getragen. Auf dem rückwärtigen Dach, also genau im Blickpunkt des Besuchers, wenn er das Peristyl betrat, standen die exquisit gefertigten Kopien der Götter des Aplu-Tempels zu Veio.

Natürlich waren die Gärten im Peristyl und rundum erst frisch angelegt, zeigten noch mehr Erde als Blüten. Sie würden erst im Laufe von Monaten oder sogar Jahren richtig »zusammenwachsen«.

Und natürlich war das Haus auch nicht wirklich »stilrein«! Es gab da ein »attisches« Triclinium mit jenem Ephebenkopf als Höhepunkt, den Herr Petronius Arbiter unserem Etrusker geschenkt hatte, umringt von originalen, teils uralten Keramiken aus Hellas in schützenden Vitrinen.

Die Mehrzahl der Räume war freilich tatsächlich »etruskisch« ausgestaltet. Allein dafür Künstler in alte Grabmäler eindringen zu lassen, um dort jene wunderbaren Fresken von Gastmählern, von Tänzern, Tieren und auch Kämpfern zu kopieren, die nun sein Haus schmückten, hatte Tarquinius Unsummen gekostet.

Am meisten beeindruckte mich freilich seine Bibliothek, welche die ganze rechte Seite neben dem Atrium einnahm. Was hier an Papyrusrollen, Pergamenten, Ton- und Wachstafeln, in Leder gebundenen Folianten in den Regalen aufgetürmt war, stellte zweifellos einen *centena milia Sestertium*, kurz einen Millionenbetrag, dar.

»Und das alles hast du wirklich auch gelesen?«, staunte Digna.

»Natürlich nicht!«, zuckte ein spöttisches Lächeln in den Mundwinkeln meines Freundes. »Das alte Akkadisch etwa dieser Tontafeln da, beherrsche ich nicht, geschweige, dass ich die Keilschrift, in der die Texte geschrieben sind, entziffern könnte.«

»Aber weshalb sammelst du dann dergleichen«, wunderte sich Digna, »wenn du es selber weder lesen noch verstehen kannst?«

Tarquinius hob leicht seine Schultern: »Vielleicht kommt eines Tages irgendein Mensch, der dies lesen, verstehen und mir erklären kann …!«

»Du sammelst Wissen?«, fragte Digna fast ehrfürchtig. »Mitunter zu horrenden Preisen, wie ich von Scorpio weiß, einzig und allein um des Wissens willen? Sogar Wissen, das du selbst nicht lesen, geschweige verstehen kannst?«

Der Etrusker zog die Augenbrauen hoch.

»Wer sagt dir, dass ich jenes Wissen, mit oder ohne Hilfe, nicht doch eines Tages entziffern kann? Dass nicht irgendwann jemand kommen wird, der dazu fähig ist? Darf ich einen Papyrus, ein Pergament, eine beschriftete Tontafel nur deshalb verrotten lassen, weil derjenige, der sie wahrhaft versteht, vielleicht erst in fünfzig oder fünfhundert Jahren geboren wird?«

Für einen winzigen Augenblick legte Tarquinius federleicht Digna den Arm um die Schulter.

»Ich weiß, dass all das, was ich hier sammle, vermutlich noch nicht einmal ein Jahrhundert überdauern wird. Habe ich deshalb schon das Recht, all dies jenem, der irgendwann kommen oder auch nicht kommen mag, sei es auch nur in der zehnten, zwanzigsten oder auch hundertsten Abschrift zu verweigern?«

Und in der Tat gab es in dem Haus ein eigenes Scriptorium neben der Bibliothek, wo ein Dutzend hochgebildeter Sklaven Tag um Tag nichts anderes tat, als Kopien all dieser Manuskripte herzustellen, die Tarquinius dann – fast immer als Spende – an die wichtigen Bibliotheken im ganzen Imperium zu versenden pflegte.

Den Abend verbrachten wir im »Sommer«-Triclinum, einem luftigen, zu dem Garten hin angelegten Raum, dessen Wände mit kultischen Tanzszenen geschmückt waren.

Das Essen – kaum Fleisch, dafür umso mehr exzellent zubereiteter Fisch und Meeresfrüchte nebst leckeren Gemüsen und Salaten – war ganz nach dem Geschmack des Hausherrn und schlicht gesagt köstlich! Die für Digna höflich mit Wasser vermischten, für uns Männer unvermischten Weine waren ebenfalls exquisit!

Wir plauderten angeregt über dies und das, verkosteten maßvoll die herrlichen Weine und amüsierten uns köstlich, wenn Tarquinius mit beißender Ironie über den neuesten Klatsch an Caesars Hof berichtete. Es war ein äußerst gelungener Abend, aber ich kannte unseren Etrusker mittlerweile viel zu gut, um nicht zu spüren, dass hinter all dem noch etwas anderes stand.

Also sprach ich ihn schließlich direkt darauf an.

Zunächst versuchte Tarquinius abzuwehren, doch dann rückte er heraus:

»Würdest du mir – ich meine – unter Umständen – vielleicht helfen?«

Ich brach in schallendes Gelächter aus:

»Selbst für den Fall, dass du meinen Beistand bei der Ermordung des göttlichen Caesars benötigen solltest, so ist dies die unbedingt dümmste Frage, die ich jemals von dir gehört habe! Ich bin dein *Freund*!«

Tarquinius schüttelte seine schweren, schwarzen Etruskerlocken. »Ich will niemanden umbringen! Weder Caesar Nero noch sonst jemanden. Es ist nur ganz einfach so, dass ich mich – unsterblich – verliebt habe ...«

»Dann hole die Glückliche in dein Bett oder, schlimmstenfalls, heirate sie!«, lachte ich noch immer.

»Aber da liegt doch das Problem!«, rief Tarquinius.

Er war so ehrlich verzweifelt, dass nun auch ich ernster wurde.

»Sie ist eine unerschütterlich tugendhafte Ehefrau?«, mutmaßte ich.

»Nein, sie ist Witwe...«

»Eine Sklavin, die ihr Herr nicht verkaufen will? Aber bei deinem Vermögen sollte es wahrlich ...«

»Sie ist eine freie Frau und war immer frei!«

»Hat ihre Familie etwas gegen dich? Weshalb? Du bist frei, römischer Bürger, siehst gut aus, bist angesehen, steinreich, möglicherweise ein Gott ...«

Tarquinius zuckte hilflos mit den Schultern.

»Also, wenn ich dir helfen soll«, sagte ich entschieden, »dann wirst du mir schon verraten müssen, wo die Schwierigkeiten liegen!«

Tarquinius gab sich sichtlich einen Ruck, als er gestand:

»Es ist Lucia Aurelia Prisca.«

»Die Dame Aemilia Salsaria«, erinnerte ich mich, »hat sie seinerzeit als ihre ›einzige Freundin‹ bezeichnet. Und ihr Vater, der Herr Senator Octavius Aurelius Priscus, ist seinerseits ein Freund oder zumindest guter Bekannter von Herrn Petronius Arbiter und hat dir damals diese Tür für deine Rache an dem *Crupellarius* Pluto geöffnet.

Wir haben die edle Dame Aurelia Prisca bei dem Besuch im Haus ihres Vaters kennen gelernt. Es war damals schon kaum zu übersehen, dass sie von dir fasziniert war!

Jetzt verstehe ich: Deshalb bist du seither fast ständig in Roma, um sie möglichst oft zu sehen!«

»Nun, oft war es nicht«, gestand Tarquinius ein. »Außer seinen Verpflichtungen im Senat sind Herr Aurelius Priscus und seine Tochter ausgesprochen häuslich, und an gesellschaftlichen Ereignissen nehmen sie so gut wie nie teil. Den Herrn Senator traf ich etwas öfter, auch im Haus des Herrn Petronius. Lucia hingegen kaum. Einmal konnte ich mit ihr im Haus des Senators, zu dem ich mir mit einer einigermaßen geschickten Erklärung und der Hilfe von Herrn Petronius Zugang verschafft hatte, etwas länger sprechen. Zweimal konnte ich sie, ebenfalls mit Hilfe von Herrn Petronius, ins griechische Theater locken. Und dann und wann trafen wir uns zufällig auf der Straße, aber das war nicht oft, denn die Dame Lucia verlässt nur selten das Haus ...«

»Was heißt ›zufällig‹?«, fragte Digna freundlich nach.

»Also gut«, seufzte unser Etrusker. »*Nicht* zufällig, weil ich wochenlang in der Nähe ihres Hauses herumgelungert bin, um dann und wann einen Blick auf sie zu erhaschen oder ihr gar zu begegnen und ein paar Worte mit ihr wechseln zu können. Ich gebe es ja zu!«, rief er. »Ich habe mich aufgeführt wie ein erstmals verliebter Sechzehnjähriger! Und wenn ihr jetzt lacht ...«

Ich wollte meinem Freund schon versichern, dass es uns niemals in den Sinn kommen würde, über ihn zu lachen, doch Digna kam mir zuvor:

»Und wie hat die Dame Aurelia Prisca darauf reagiert, dass du ihr so auffallend den Hof machst?«

»Von ›auffallend‹ kann überhaupt keine Rede sein!«, widersprach Tarquinius heftig. »Alle Begegnungen waren wirklich so arrangiert, dass niemand etwas anderes als Zufall dahinter vermuten konnte, und ...«

»Männer!«, kicherte Digna. »Als die Götter euch schufen, müssen sie irgendetwas in eurem Kopf vergessen haben! Glaubst du allen Ernstes, eine intelligente und feinfühlige Frau – und beides scheint, nach dem was ich von ihr weiß, die Dame Lucia Aurelia Prisca in hohem Maß zu sein – würde nicht bemerken, wenn ein männliches Wesen wie ein rolliger Kater maunzend und Duftmarken setzend um sie herumschleicht?«

»Ich habe weder ›gemaunzt‹ noch ›Duftmarken gesetzt‹!«, protestierte Tarquinius grimmig.

»O doch! Du hast! Sehr auffallend sogar!«, entgegnete ihm Digna energisch und fragte dann nochmals: »Wie hat also die Dame darauf reagiert?«

Tarquinius zuckte hilflos mit den Schultern. »Sie war ausgesprochen freundlich und liebenswürdig – das ist ihre Art.«

»Ich meine nicht die äußeren Umgangformen«, erklärte Digna geduldig. »Ich meine: Wie steht sie innerlich zu deinem Werben? Lehnt sie dich ab, oder ist sie durchaus bereit, dich zu erhören?«

»Woher soll *ich* das wissen? Woher soll vor allem *sie* das wissen, wenn sie mich doch gar nicht kennt?«, fragte Tarquinius dagegen.

»Ich bin mir sicher, sie weiß es!«, stellte Digna ruhig fest. »Die Frage ist, wie auch du an dieses Wissen gelangen kannst ...«

»Ich freue mich ehrlich, dass ihr beiden die ersten Gäste seid, die ich in meinem neuen Heim begrüßen und bewirten durfte«, holte Tarquinius aus.

»Und so nebenher hoffst du mich überreden zu können, dass ich – ja, was eigentlich?«, führte ich den Satz fort.

»Herauszufinden, wie die Dame Aurelia Prisca zu unserem etruskischen Gott steht«, vollendete Digna.

Tarquinius nickte.

Jetzt war es also ausgesprochen! Und es war überhaupt keine Frage, dass ich meinem Freund wo immer, wann immer, wie und in welcher Sache auch immer zur Seite stehen würde. Trotzdem musste ich einwenden:

»Wäre für diese Mission nicht Herr Petronius sehr viel geeigneter? Er ist mit dem Herrn Senator befreundet, kennt zweifellos auch seine Tochter entsprechend gut. Er ist auch dein Freund. Ich hingegen habe die beiden nur ein einziges Mal gesehen. Wäre nicht also Herr Petronius Arbiter …«

»Nein!«, fuhr Tarquinius dazwischen. »Wenn er je erführe, was ich euch beiden eben eingestanden habe, er würde sich totlachen!«

Da war ich mir freilich nicht so sicher. Herr Publius Petronius Niger, genannt Petronius Arbiter, verbarg meiner Überzeugung nach hinter seinem oftmaligen Zynismus eine sehr viel empfindsamere Seele, als man ahnte. Dennoch verstand ich die Bedenken meines Freundes und seufzte:

»Roma! Noch dazu im Juli! Von allen heißen, lauten, stinkenden und widerwärtigen Plätzen dieser Erde zu dieser Jahreszeit unzweifelhaft der heißeste, lauteste, stinkendste und widerwärtigste!«

»Ich erwarte doch gar nicht, dass du sofort losreist!«, wehrte Tarquinius heftig ab. »Ich habe jetzt so lange gewartet, gehofft und gebangt, dass es nun wahrlich auch nicht auf ein paar Monate mehr ankommen darf. Wenn du im Herbst oder auch im Winter …«

»Um dich bis dahin mit dem Blick eines Kalbes, das der Schlächter falsch getroffen hat, herumlaufen zu sehen? Das ertrage ich nicht! Dann lieber noch Roma in seiner übelsten Jahreszeit!

Ich reise morgen, ehe ich wieder zu Verstand komme und es mir anders überlege. Sag Fix und Fax Bescheid!«

LUDUS X

Roma in Flammen

Essedarius und Provocator

Juli 817 *ab urbe condita.*
Im 9. Regierungsjahr
des erhabenen Caesars Nero.
(64 n. Chr.)

Ich hatte neben meinem Trage-Rollenstuhl längst auch eine behagliche Reisesänfte:

Wie der Stuhl war auch die Sänfte überall, wo ich mich selbst nicht mehr spürte, mit weichsten Daunen ausgepolstert, überzogen mit kostbarsten Samt-, Brokat- und Seidenstoffen. An zwei langen Stangen wurde die Sänfte auf einem entsprechenden Geschirr zweier Maultiere oder Pferde eingehängt, welche Fix und Fax von ihren Reitpferden aus am langen Zügel führten. Die Sänfte verfügte vorn und hinten über stabile Holzwände und oben ein hölzernes Dach, das mich vor Regen und anderen Unbilden der Witterung schützen sollte. Die Seitenwände bestanden aus einer Reihe von Holzlamellen, die ich völlig zu Seite schieben, bei schlechtem Wetter gänzlich, bei mäßiger Witterung bis auf ein großzügiges Fenster je nach Wunsch verschließen konnte.

Tarquinius hatte dieses Transportgerät ausgeklügelt, und es war in der Tat so bequem und praktisch, dass ich in den Folgejahren mit ihm Reisen bis weit in den Osten des Reiches oder auch nach Norden in meine alte Heimat würde unternehmen können – und selbstverständlich wurde mein Rollen-Tragestuhl für die kürzeren Strecken im Gepäck der Truppe mitgeführt.

Am 14. Juli des Jahres 817 erreichten wir das gemütliche Gasthaus »Zur säugenden Wölfin« am Westufer des Tiberis auf dem Mons Janiculus, jenes Quartier, das die Mitglieder von Felix Felix seit Jahren bezogen, wenn sie denn unbedingt nach Roma mussten.

Der Janiculus zählte zu den durchaus »ordentlichen« Vierteln Romas. In der Nähe des Tiberis wohnten vor allem Flussschiffer, kleine Handwerker und einige der letzten Fischer, die ihren Fang bekanntlich längst nicht mehr selbst aßen, sondern nur noch verkauften. Die Bewohner in ihren allenfalls zweistöckigen Häusern waren stolz darauf, hier schon seit Jahrhunderten ansässig zu sein und vor allem wenig mit »jenen dort drüben«, den Leuten am anderen Ufer des Tiberis, gemein zu haben.

Caesar Augustus hatte den Bezirk bei seiner verwaltungstechnischen Neueinteilung Romas als »Trans Tiberim« in vielen Belangen unabhängig gemacht, worüber man nun eifersüchtig wachte. Und da die alteingesessenen Bürger damit ein verbürgtes Mitspracherecht besaßen, hatten die Anwohner des Janiculus scharf darauf geachtet, dass sie weder von Baulöwen noch von »Fremden« überschwemmt wurden. Nur am Ostrand des Bezirks hatte man einigen Reichen und Prominenten großzügige Grundstücke für ihre Villen, Gärten und Parks zugestanden, welche schließlich auch erhebliche Einnahmen in die Kassen des Bezirks schwemmten.

Im Zentrum des Viertels sah man dies eher noch ein wenig enger, doch hatte man hier nichts gegen »brave und tüchtige Ausländer« einzuwenden, so sie sich nur dem allgemeinen Lebensstil anzupassen bereit waren: Der Besitzer und Betreiber der »Säugenden Wölfin« stammte beispielsweise – samt der wimmelnden Schar seiner Nebenfrauen und Kinder, Brüder und Schwestern, Schwäger und Schwägerinnen nebst Onkeln, Tanten, Nichten und Neffen, welche sich alle in dem Gasthaus in irgendeiner Form nützlich zu machen verstanden – ursprünglich aus Emesa in der Provinz Syria, woran er mit seinem bis zum Gürtel wallenden, gelockten und gesalbten Patriarchenbart gerne erinnerte. Doch fleißig, tüchtig und redlich, wie er war, war er samt seiner Sippschaft längst ein »Janiculaner«.

Im Grunde war Trans Tiberim, von den Villen am Ostrand abgesehen, ein großes Dorf mit mehrheitlich netten Menschen und netten Häusern, an welche überall, ungehindert von irgendwelchen Bauordnungen, Schuppen, Ställe und Werkstätten, Warenlager, Taubenschläge oder kleine Tavernen angefügt waren. Die Häuser waren meist aus Ziegeln errichtet, der Rest fast durchweg aus Holz gezimmert. Die Gassen wanden sich krumm und winklig zwischen den Gebäuden und kleinen Gärtchen hindurch, wo man noch Raum gelassen hatte. Es gab sogar zwei kleine Tempel, einen oben auf dem Hügel und der Vesta, der Hüterin des heimischen Herdfeuers, geweiht, den anderen unten am Fluss für Neptun, den Beschützer der Fischer und Schiffer. Doch Marmor oder gar Statuen suchte man hier vergebens – wem hätte man solche auch errichten sollen außer vielleicht »dem braven Bürger«?

Im Laufe der Jahre ist mir aufgefallen, dass man einen Ort oder auch ein Stadtviertel hervorragend nach seiner Polizeistation beurteilen kann.

Die Polizeiwache in Pompeii beispielsweise war ein mittelgroßes, zweistöckiges Gebäude etwa in der Mitte der Via Stabiana gelegen, das sich kaum von den Häusern in der Nachbarschaft unterschied. Die rund zweihundert Beamten, die dort Dienst taten, waren ruhige, besonnene Männer und dem Normalbürger gegenüber durchaus höflich, auch wenn man ihnen ansah, dass sie irgendwelchen Übeltätern gegenüber recht unangenehm werden konnten. Wenn die Männer paarweise, ihre Schlagstöcke lässig schwingend, durch die Straßen patrouillierten, so wurden sie von den Leuten freundlich, wenn auch ohne große Herzlichkeit gegrüßt. Sie waren notwendig, um die Dinge am Laufen zu halten, waren weder beliebt noch unbeliebt.

Wie gänzlich anders die *Präfektura* im Zentrum Romas, knapp hinter dem Forum des göttlichen Gaius Julius Caesar: ein grauer Riesenklotz aus Quadern und Ziegeln von zeitloser Hässlichkeit; vermutlich sahen die entsprechenden Gebäude im altägyptischen Memphis, in Babylon oder Persepolis genau so aus. Und auch die Atmosphäre wird wohl die gleiche gewesen sein, sodass man schon beim Hereinkommen unwillkürlich beginnt, sich selbst zu verdächtigen, und es durchaus normal findet, wenn die herumlungernden Polizisten, ganz gleich was sie anhaben und welchen Gaunerjargon sie sprechen, einen misstrauisch anglotzen. Zudem sehen etliche von ihnen so aus, als bereite es ihnen durchaus Vergnügen, Gelenke auszurenken und Knochen zu brechen, so sie nur den geringsten Anlass zu solchem Tun fänden. Wenn ihre

Trupps – nie weniger als ein halbes Dutzend Mann stark – durch die Straßen der Innenstadt Romas trampeln, dann ziehen es die Bewohner vor, eiligst hinter ihren Türen zu verschwinden.

Und nochmals völlig anders die Polizeistation auf dem Janiculus: Der grauhaarige Decurio Septimus – seinen kompletten Namen hab ich nie erfahren – residierte nebst zwei sehr jungen und drei ziemlich alten Beamten in einem Haus oben auf dem Hügel. Wenn man sie brauchte, etwa um einen ausartenden Ehestreit zu schlichten oder Beschwerde gegen einen betrügerischen Flussschiffer zu führen, fand man die Tür freilich meist verschlossen – Decurio Septimus und seine Mannen waren trotzdem mühelos zu finden: in der Taverne auf der gegenüberliegenden Seite der Gasse bei einem Becher Wein. Wenn es allerdings wirklich einmal Ärger gab, dann wussten Decurio Septimus und seine Leute sehr wohl durchzugreifen – und wenn sie gar drohten, einen »Fall« an das Polizeihauptquartier hinter dem Forum Caesaris abzugeben, erbebte die Gemeinde …

Vergebt, edler Herr Plinius Caecilius, wenn ich schon wieder einmal abgeschweift bin!

Am 14. Juli 817 waren wir also in Roma angekommen, und bereits am frühen Abend des 19. Juli war der Herr Senator Octavius Aurelius Priscus bereit, mich zu empfangen.

Auf dem Weg zu seinem Haus auf dem Mons Caelius, am Vicus Capitis Africae hinter dem Tempel des vergöttlichten Caesars Claudius gelegen, überlegte ich hin und her, wie ich mein Anliegen – genauer das Anliegen meines Freundes Tarquinius, der in der »Säugenden Wölfin« zurückgeblieben war – anbringen könne.

So fielen mir auch der beizende Rauchgeruch und die finsteren Schwaden, die über der Stadtmitte lagen, nicht weiter auf – in Roma entlassen schließlich Tag für Tag unzählige Kamine ihre stinkenden Wolken in die Luft.

Der Senator und seine schöne Tochter empfingen mich mit ausgesuchter Liebenswürdigkeit.

Als mich Fix und Fax in das blühende Peristyl gekarrt hatten, lernte ich auch den Sohn der Dame Aurelia Prisca kennen: Lucius Gordianus Balbus, der Sohn ihres von Caesar Gaius Caligula ermordeten Gatten, war ein großer, schlanker, sehr ernsthafter junger Mann von nunmehr achtzehn Jahren. Mit seinen breiten Schultern und den schmalen Hüften, den hellen Augen unter den schweren, schwarzen Brauen, der kräftigen Nase und dem willensstarken Mund, zudem aus bester Familie geboren, musste er der Schwarm aller mehr und weniger standesgemäßen Mädchen sein.

Wie mir bereits nach wenigen Sätzen klar wurde, war Lucius Gordianus Balbus nicht nur »schön« – ein Prädikat, das ich eigentlich nur mit größter Vorsicht vergebe, denn es wird fast immer nur auf irgendwelche Hübschlinge angewandt –, er war offensichtlich auch klug und charakterfest.

Er erklärte mir, er werde in zwei Wochen nach Osten, in das unruhige Judaea abreisen, um in der X. Legion mit dem Beinamen »Fretensis« unter dem Kommando des Legaten Metellanus Cerealis, welche den Statthalter Gessius Florus unterstützte, als Centurio – »und hoffentlich bald mehr als nur Centurio« – zu dienen.

Auf meine Frage, ob ihn denn eine politische Karriere – die ihm durch seinen Senatorenvater und -großvater unzweifelhaft weit offen stand – nicht mehr reize, antwortete er ruhig:

»Selbstverständlich reizt mich eine derartige Karriere! Vielleicht werde ich diesen Weg eines Tages sogar einschlagen. Aber meint Ihr nicht, dass ein Mann, der vielleicht eines Tages Abertausende von Männern in den Kampf und sogar den Tod schicken muss, am eigenen Leib erfahren haben sollte, was es wirklich bedeutet, in Kampf und Tod geschickt zu werden?«

Was hätte ich dagegen sagen sollen? Ausgerechnet ich, der ich nunmehr selber Menschen in Kampf und vielleicht Tod schickte? Das Wissen, was es bedeutete, wenn man selber zum Kampf aufgerufen wurde, bei dem man Leben oder Gesundheit verlieren konnte, hatte mich nicht weicher gemacht, aber zweifellos verantwortungsbewusster, wenn es darum ging abzuwägen, ob ein Mann der gestellten Aufgabe gewachsen sei – oder eben nicht.

»Die Götter – an welche immer Ihr glaubt, junger Herr – mögen Euch beschützen und geleiten!«, sagte ich leise und fühlte, dass Lucius Gordianus Balbus diesen Segenswunsch bereitwillig annahm.

Ich war der »Schlaukopf«. Ich war es seinerzeit auf den Höhen über dem Licias, und ich war es offenbar immer noch in Felix Felix, sonst hätte mich Herr Tarquinius kaum zu seinem Fürsprecher ausgewählt.

Doch so »schlau« ich auch immer sein mochte, so sehr ich mir nach dem optimal-diplomatischen Weg die letzten Tage den Kopf zermartert hatte, um seine Frage anzubringen, mir fiel einfach nichts Brauchbares ein. Und so rumpelte ich schließlich mit der Tür ins Haus:

»Herr Tarquinius – ein freier römischer Bürger – verehrt Euch, edle Dame Aurelia Prisca! Er verehrt Euch nicht nur, er hat sich unsterblich in Euch verliebt – er *liebt* Euch!«

»Ich weiß!«, sagte Lucia Aurelia Prisca sanft.

»Und Ihr?«, brachte ich mühsam heraus.

»Welche Frau könnte einem Mann, der so lange wie Herr Tarquinius schmachtend um sie herumstreicht, widerstehen?«, kicherte sie. Doch dann wurde sie sofort wieder ernst:

»Ich habe Publius Gordianus Balbus wirklich geliebt! Er ist der Vater meines Sohnes, und ich werde ihn niemals, *niemals* vergessen! Kann Herr Tarquinius damit leben?«

»Ja. Das kann er. Ich weiß es«, antwortete ich aus vollstem Herzen überzeugt – und es gab niemals einen Anlass für mich, an diesem Wort zu zweifeln.

Die Dame Aurelia Prisca neigte leicht den Kopf:

»Wenn Ihr es sagt, Herr Scorpio Felix, dann werde ich Euch glauben.«

Auch der Herr Senator Aurelius Priscus und der junge Herr Lucius nickten überzeugt.

Wusste diese Familie eigentlich nicht, wie überzeugend manche Leute lügen können? War sie so dumm und naiv? Oder war sie nur so grundehrlich, dass Falschheit in ihrem Sprachschatz einfach nicht vorkam?

Nun, dumm oder naiv waren sie ganz zweifellos nicht!

Und so musste ich ein Thema zur Sprache bringen, das ich in nahezu jedem anderen ähnlich gearteten Fall tunlichst verschwiegen hätte:

»Herr Tarquinius ist ein freier römischer Bürger, er ist hochgebildet, mehr als großzügig und besitzt einen Charakter ohne Fehl und Tadel, aber …«

»Aber?«

»Niemand außer ihm selber weiß, wer er wirklich ist, woher er kommt, aus welcher Familie er stammt. Er hat nie ein Wort darüber verloren. Als wir ihn vor etlichen Jahren auf dem Sklavenmarkt in Perusia fanden, meinte er, dort ›geboren‹ worden zu sein. Er erklärte zwar nachdrücklich, dass ihn nichts Ehrenrühriges auf das Sklavenpodest gebracht habe – und ich glaube ihm dies rückhaltlos –, doch mehr konnten wir nie erfahren. Er bezeichnete sich als Etrusker, und so erhielt er den Namen ›Tarquinius‹, der fast mit Sicherheit nicht der Name ist, den ihm einst seine Eltern gaben. Wir in Felix Felix mutmaßen zwar aufgrund seiner Bildung, seines Auftretens, seiner Umgangsformen und seiner ganzen Art, dass er aus einer guten, vermutlich sogar *sehr* guten Familie stammen muss. Doch so lange er sich beharrlich über seine Herkunft ausschweigt, liegt sein Stand nun einmal weit unter dem Euren, edle Dame Aurelia Prisca …«

Doch diese lächelte nur:

»Was ist ›Stand‹? Mein Vater und mein Gatte waren von höchstem senatorischem Stand – und eine Laune Caesar Caligulas fegte sie in Tod, Flucht und Verbannung …«

»Offizieller Stand, auch öffentliche Stellung oder gar Reichtum bedeuten uns wenig«, mischte sich nun der Herr Senator Aurelius Priscus wieder ins Gespräch. »Wir bezweifeln auch nicht Eure Worte, dass Herr Tarquinius ein gebildeter, reicher und trotzdem großzügiger, in seinem Auftreten und Wesen vornehmer Mann ist mit einem im landläufigen Sinne wahrhaft edlen Charakter – ein Mann, wie ich ihn für meine Tochter eigentlich nur wünschen kann.«

Diesmal war ich es, der das »Aber?« aussprechen musste.

»Trotz seines Reichtums schreitet er noch immer von Zeit zu Zeit in eine Arena, um *sine Missio* einen anderen Gladiator zu erschlagen. Sein gnadenloser und blutiger, über mancherlei Intrigen bewirkter Rachefeldzug gegen jenen *Crupellarius* Pluto ...«

Ich redete fast eine halbe Stunde, um das wahre Anliegen meines Freundes hinter diesem Tun zu erklären: den Kampf gegen »Mörder« und »Schlächter« und überbewaffnete und übergerüstete Kämpfer, welche die gerechten, ausgeglichenen Chancen anderer Gladiatoren in den Arenen des Imperiums zu verzerren versuchten. Ich redete von parteiischen Schiedsrichtern und schließlich von der diesbezüglichen Kommission, die Caesar Nero auf Betreiben von Tarquinius eingerichtet hatte.

Der Herr Senator und seine Tochter hörten mir aufmerksam zu, doch allenfalls bei dem jungen Lucius schienen meine Argumente auf wenigstens halbwegs fruchtbaren Boden zu fallen.

»Es geht mir nicht um diese Details«, erklärte der Herr Senator schließlich. »Wir – und dabei schließe ich zumindest meine Tochter uneingeschränkt ein – sind grundsätzlich gegen jede Art von blutrünstigen ›Spielen‹, mögen diese nun gerecht oder ungerecht, fair oder unfair sein!

Menschen, ob gezwungene Sklaven oder Freiwillige, verurteilte Verbrecher oder auch nur Tiere in eine Arena zu treiben, um sie dort mehr oder minder kunstvoll töten zu lassen, widerspricht all unseren Überzeugungen.«

Das wäre eigentlich das unerbittliche Ende meiner Werbung für Tarquinius um die Dame Aurelia Prisca gewesen.

Doch genau diese verhinderte jenes Ende.

»Mein Vater und ich«, erklärte sie offen, »sind Christiani. Lucius – ich werde ihn niemals zu etwas zwingen – steht dieser Lehre des wahren Erlösers zumindest sehr nahe. Hass und Rache, auch nur blutige »Spiele« gibt es nicht in dieser Lehre ...«

Ich hatte dergleichen schon geahnt, trotzdem war ich über das klare Bekenntnis verblüfft und platzte heraus:

»Die Christiani sind doch eine Gemeinschaft von Sklaven, verarmten Kleinbürgern und unterdrückten Frauen, die sich nichts im Diesseits erhoffen können und daher all ihre Träume auf ein besseres Jenseits projizieren!«

Die drei brachen einfach ob dieser Meinung in herzliches Gelächter aus, und Lucius hängte spottend an:

»Außerdem beten sie einen Gott mit Eselskopf an, was bei der Vielzahl der in Roma inzwischen verehrten Götter freilich kaum noch ins Gewicht fiele. Allerdings, so wird behauptet, fressen sie bei ihren Ritualen auch kleine Kinder – Ihr könnt Euch, Herr Scorpio Felix, zweifellos meine Mutter und meinen Großvater mühelos vorstellen, wie die beiden an einem blutigen Säuglingsschenkelchen nagen! Und vor allem weigern sie sich gar, vor den Standbildern des allererhabensten und allerkünstlerischsten Caesars Nero in gebührend tiefer Gottesverehrung Weihrauch zu streuen!«

Jetzt musste auch ich herzlich mitlachen, auch wenn die letzte Bemerkung des jungen Mannes keineswegs nur von Spott, sondern von ehrlicher Besorgnis mitgetragen wurde.

Als wir wieder halbwegs ernst wurden, erklärte mir der Herr Senator Aurelius Priscus:

»Die Christiani setzen sich keineswegs ausschließlich aus Sklaven und anderen Benachteiligten zusammen – auch wenn, zugegeben, die Vorstellung eines von Geburt und Rang unabhängigen und einzig nach ethisch-moralischen Gesichtspunkten ausgerichteten Jenseits eine besondere Faszination auf viele von diesen hat. Ich könnte Euch mehr als ein Dutzend Namen von Senatoren, sogar die von drei ehemalig gewählten Konsuln nennen, desgleichen die Namen von fünfzig geborenen Patriziern und mehr als zweihundert Männer und Frauen aus dem Ritterstand, welche Christiani sind oder dieser Lehre zumindest nahe stehen …«

Doch dann wollte der Herr Senator Aurelius Priscus wissen:

»Herr Tarquinius Felix hängt, soweit ich weiß – natürlich habe auch ich mich längst über ihn erkundigt –, dem Kult des Mithras an?«

»Soweit *ich* weiß«, bestätigte ich, »zählt er sogar zu dessen höchsten Eingeweihten.«

»Würde Herr Tarquinius«, fragte der Senator nun gerade heraus, »eine Frau nicht nur akzeptieren, sondern bedingungslos tolerieren, die anderen Glaubens ist als er? Würde er ihre Meinung und Überzeugung ohne Einschränkungen achten und ehren? Keinen Druck auf sie ausüben, um ihm in seine Gemeinschaft zu folgen? Sie notfalls sogar schützen, selbst wenn es Probleme mit Caesar geben sollte?«

Eine Menge bedeutsamer Fragen, die ich nur in umgekehrter Reihenfolge beantworten konnte:

»Irgendwelche Meinungen und Befehle Caesars waren und sind Herrn Tarquinius egal! Wenn es ihm nützlich erscheint, so spielt er sich dem ›Göttlichen‹ gegenüber mitunter gerne selbst als jener etruskische ›Gott‹ Aplu auf, dem er äußerlich so sehr ähnelt. Doch ich bin gewiss, dass er diese Pose insgeheim belächelt, ebenso wie Caesars ›Göttlichkeit‹.

Dass der Kult des Mithras sich vor allem an wehrhafte Männer und kaum an Frauen richtet, sei im Augenblick dahingestellt.

Aber ich kenne Herrn Tarquinius viel zu gut – sofern ihn überhaupt jemand wirklich kennt –, um sagen zu können: Sosehr Herr Tarquinius von seinem Glauben und seinem Kult überzeugt sein mag, er ist der letzte Mensch, um irgendjemanden anderen zu dieser Überzeugung zu bekehren, geschweige *zwingen* zu wollen! Und schon auf gar keinen Fall jemanden, den er aufrichtig liebt!

Edler Herr Aurelius Priscus«, setzte ich nach, als ich sah, dass der Senator immer noch Bedenken hatte, »natürlich hat Herr Tarquinius versucht, mir, einem zumindest einst wehrhaften Mann, seine Religion nahe zu bringen, und ich will nicht ausschließen, dass ich mich dafür eines Tages näher interessieren könnte. Doch noch immer bete ich zur Pferdegöttin Epona meiner Kindheit und werde dies wohl auch bis zu meinem Lebensende tun.

Nein! Wenn es einen Mann in diesem Imperium gibt, der andere Auffassungen und Meinungen wirklich achtet, gar schützt, dann *er*!«

»Ihr wart uns gegenüber so aufrichtig, Herr Scorpio Felix«, erklärte der Herr Senator, »dass wir auch an dieser eurer Aussage nicht zweifeln wollen.«

Dann warf er einen langen Blick auf seine Tochter. Und rang sich durch zu sagen:

»Es ist letztendlich *deine* Entscheidung, Lucia!«

Die Dame Aurelia Prisca nickte langsam und ernst:

»Ihr habt Euch wahrlich wacker für Euren Freund eingesetzt, Herr Scorpio Felix. Nicht, dass Ihr alle Zweifel und Bedenken hättet ausräumen können – aber dies mag in den kommenden Jahren Herr Tarquinius selber tun!

Richtet ihm also aus: Ja! Ich nehme seine Werbung an und bin bereit, seine Frau zu werden! Und Christus möge unseren Bund segnen!«

Wenn ich es gekonnt hätte, dann wäre ich am liebsten aufgesprungen und ihr um den Hals gefallen. So freilich blieb mir nur, inbrünstig zu sagen:

»Ich schwöre Euch, dass Ihr diesen Entschluss nie bereuen werdet! Und Christus, Mithras, Epona, oder welch sonstige höhere Mächte über unser Leben wachen, werden Euch segnen und schützend ihre Hände über Euch halten, dessen bin ich mir gewiss!«

Vielleicht hatte ich mich für die Ohren von Christiani nicht unbedingt glücklich ausgedrückt, wie ich an einem winzigen Stirnrunzeln des Herrn Senators feststellte, doch die Aufrichtigkeit meiner Worte wurde trotzdem verstanden.

Und so kam ich doch noch zu einer herzlichen Umarmung durch Aurelia Prisca, einer ebenso herzlichen durch ihren Sohn Lucius und sogar zu einer ein wenig steifen – aber das lag mehr in seinem Naturell als an mangelnder Freundlichkeit – durch den Herrn Senator.

Schließlich meinte die Dame Aurelia Prisca:

»Da Ihr ein so treuer und redlicher Freund meines zukünftigen Gemahls seid, wäre ich glücklich, wenn Ihr bereit wärt, auch uns in wahrer Freundschaft verbunden zu sein, Herr Scorpio Felix!«

Ich verneigte mich leicht:

»Dies wäre ohne Zweifel auch mein drittwichtigster Wunsch!«

»Drittwichtigster?«, echote Herr Aurelius Priscus.

»Mein wichtigster Wunsch«, erklärte ich, »ist das Glück und das Wohlergehen meiner eigenen Gemahlin Digna! Und der zweitwichtigste gilt meinen Töchtern Felicitas und Philippa …«

»So sei es!«, rief Herr Aurelius Priscus.

»Aber habt Ihr dabei nicht Herr Tarquinius vergessen?«, fragte Lucius.

»Wie könnte ich?«, fragte ich zurück. »Doch wenn die edle Dame Aurelia Prisca und mein Freund Tarquinius vor Göttern« – wieder die leichte Wolke um die Stirn des Senators – »und Menschen ein Paar sind, wie sollte ich den einen vom anderen in meinen Wünschen trennen?«

»Dann sei es wahrlich so!«, erklärte Herr Aurelius Priscus bestimmt, der trotz seiner äußeren Steifheit durchaus ein Mann mit Gefühl und Herz war.

»Dann aber«, fiel die Dame Aurelia Prisca ein, wobei sie meinen Arm leicht mit ihrer Hand berührte, »nennt mich bitte auch ›Lucia‹. Nach den Traditionen Romas werden Frauen zwar nur nach Geschlechts- und Beinamen ihrer Väter benannt. Aber ›Lucia‹ ist der Name, den ich in der Taufe erhalten habe und der nun mein wahrer Name ist! Ich habe ihn, gegen die Tradition, sogar an meinen Sohn weitergegeben …«

»Taufe« war ein Ritual, das in vielen Kulten bei der Aufnahme eines Neulings praktiziert wurde, wie ich wusste. Wenn die edle Dame es also nunmehr so haben wollte …

»Und ich bin natürlich fortan einfach ›Lucius‹!«, platzte ihr Sohn heraus, und der Herr Senator Aurelius Priscus folgte ohne Zögern: »Und ich ›Octavius‹, edler Herr Scorpio Felix.«

»Dann aber wahrlich nur ›Scorpio‹!«, beeilte ich mich zu versichern. »Scorpio – auch als ›Stacheltier‹ oder gar ›Stachelchen‹ bezeichnet. Bei Kosenamen«, wandte ich mich an Aurelia Prisca – *Lucia* –, »wie ›Tarqui‹, ›Truski‹, ›Apolli‹ oder ›Apli‹ wäre ich allerdings bei Eurem zukünftigen Gemahl eher vorsichtig, er hält da sehr auf seine ›göttliche‹ Würde!«

Das wahrhaft herzliche Lachen war diesmal allgemein und ohne irgendwelche Untertöne.

Wir waren so sehr in unser Gespräch vertieft gewesen, dass wir keinen Augenblick auf unsere Umgebung geachtet hatten. Selbst ein Erdbeben, bei dem das halbe Haus zusammengebrochen wäre, hätten wir wohl nicht einmal bemerkt.

Herr Aurelius Priscus – *Octavianus* – hatte zwar ein paar Mal heftig gehustet, doch was um uns vorging, bemerkten wir erst jetzt wieder, als stürmisch an die Eingangstür gepocht wurde und ein freier dienstbarer Geist – Sklaven gab es in diesem Haus ja nicht – in das Peristyl gerannt kam, auf dem Fuß gefolgt von einem sichtlich aufgelösten dicklichen Mann mit Spiegelglatze in roten Senatorenstiefeln und einer reichlich beschmutzten purpurgesäumten Toga: Herr Corinnus Alveus.

»Er hat es getan!«, zeterte der Ankömmling los. »Er hat es wirklich getan! Oh, mein Haus! Meine Münzsammlung! Alles in Flammen! Rettet Euch mit Eurer Habe, ehe auch hier alles im Feuer untergeht!«

Herr Aurelius Priscus mochte ja Christianus sein, in diesem Augenblick war er allerdings nichts anderes als ein hochnäsig-vornehmer, altrömischer Senator aus bester Familie, der für derlei unwürdiges Benehmen nicht das mindeste Verständnis aufzubringen gewillt war!

»Wer hat was, wo und wann getan?«, blaffte er seinen Amtskollegen an.

»Ich bin nur gekommen«, zeterte Herr Corinnus Alveus, »um Euch und Eure Familie zu retten!«

»Wofür ich Euch Dank weiß«, erwiderte Herr Aurelius Priscus kühl. »Trotzdem wäre ich Euch ungemein verbunden, wenn Ihr mir den Grund Eurer Aufregung näher erklären würdet.«

»Es brennt!«, schrie Herr Corinnus mit überschnappender Stimme.

»In Roma brennt es alle paar Tage irgendwo«, winkte Herr Aurelius Priscus ab. »Die städtische Feuerwehr wird diesen Brand zweifellos, wie stets, in den Griff bekommen. Wenn es diesmal Euer Haus getroffen hat, so spreche ich Euch dafür mein persönlich empfundenes Beileid aus …«

»Mein Haus! Mein wunderschönes Haus! Meine Münzen!«, jammerte Herr Corinnus. »Aber es ist mehr als das!«

»Was?«, wurde Herr Aurelius Priscus endgültig ungeduldig.

»Der Circus Maximus und das ganze Viertel darum herum stehen in Flammen!«

»Dann wird es wohl in nächster Zeit – leider – keine Wagenrennen in Roma geben. Aber was den Rest anbelangt, so weine ich diesem Säufer- und Hurenviertel keine Träne nach«, erklärte Aurelius Priscus kalt.

Daher kamen also die schwarzen, stinkenden Rauchschwaden, die ich auf dem Herweg bemerkt, jedoch nicht weiter beachtet hatte …

»Bei dem derzeit herrschenden Nordwestwind«, zeterte Herr Corinnus, »greifen die Flammen rasend schnell auf die Bezirke XII und XIII über!«

Der augustaeische Bezirk XIII, Aventinus, und der XII., Piscina Publica, waren in ihrem Kern »gutbürgerlich«, in ihren weiteren, südlichen Teilen jedoch von jenen üblen Armleute-Insulae überwuchert. Selbst wenn diese bis zu den Grundmauern abbrannten, samt dem Bezirk I, Porta Capena, gleich daneben und fast ausschließlich mit Insulae bebaut, erschien dies Herrn Aurelius Priscus kein Verlust, eher ein Vorteil für die Stadt zu sein, auch wenn damit die Flammen dem Haus in Vicus Capitis Africae bedenklich nahe kamen.

»Die marmornen Wände der caesarischen Paläste auf dem Palatinus, nebst dem Porticus und Tempel des Claudius nebenan, werden uns vor dem Feuer beim Circus Maximus, allenfalls sogar auch im I. und XII. Bezirk schützen, zumal die städtische Feuerwehr gar nicht anders kann, als diese Gebäude vor Schaden zu bewahren!«, argumentierte Herr Aurelius Priscus gegenüber seinem Amtskollegen ruhig.

Der dicke, schwarze Qualm war unterdessen wahrhaft unangenehm!

An die regelmäßig auf Felix Felix zutreibenden, beizenden Schwefelwolken aus den Campi Phlegraei längst gewohnt, machte mir dies weniger aus. Erst einmal zur Kenntnis genommen, schien die Familie des Herrn Aurelius Priscus allerdings sichtlich darunter zu leiden, auch wenn sie versuchte, sich nichts anmerken zu lassen.

Der glatzköpfige, dickliche Senator hatte freilich noch schlechtere, in der Tat höchst bedenkliche Nachrichten im Gepäck:

»Aber es brennt nicht nur dort! Es sollen auch Feuer auf dem Caelius im II. Bezirk und in der Subura und den Carinae im VI. Bezirk ausgebrochen sein, die jetzt mit dem Wind auf Euch zutreiben!«

Der Mons Caelius war ein durchweg ordentliches, teilweise sogar ausgesprochen gutes Viertel. Die Subura hingegen das »Sumpfloch« der Stadt schlechthin. Und die Carinae waren eine Mischung aus beidem: Trotz extrem hochgezogener Umfassungsmauern starrten beispielsweise Neid und Hass aus den umliegenden Insulae auf das stilistisch traumhaft durchgestaltete Anwesen unseres Freundes Petronius Arbiter hinunter …

Mit dem Schrei »Rette sich war kann!« entschwand Herr Corinnus Alveus aus dem Haus.

Die verächtlichen Blicke, die Herr Aurelius Priscus und seine Familie ihm hinterdrein schickten, waren allenfalls mühsam mit der Lehre der Christiani, so wie ich sie inzwischen kenne, zu vereinbaren …

Kaum hatte sich freilich die Tür hinter jenem geschlossen, rannte Lucius hinauf auf die Dachterrasse. Verachtung für Feiglinge war eine Seite seines Wesens – Fürsorge für alle, die ihm nahe stehen, die andere.

Und was er dort erblickte, war in der Tat beunruhigend. So beunruhigend, dass er seinen Großvater und seine Mutter hinaufbat, und selbst ich wurde von Fix und Fax nach oben geschleppt.

Inzwischen war es fast Nacht geworden. So sah man die schweren Rauchwolken nicht mehr. Um so besser sah man die lodernden Flammen, welche den Mons Aventinus südlich des Circus Maximus fast taghell erleuchteten!

Vor ihnen würden uns jedoch die massiven, ehrwürdigen Bauten der letzten vier Caesarengenerationen auf dem Mons Palatinus zweifellos schützen.

Dass sich der vom Brand des Circus Maximus ausgelöste Feuerbogen sogar stellenweise bis in den Süden unseres Standpunktes zog, schien zweifellos bedrohlich. Doch Nordostwinde, wie derzeit, sind in unserer Region eindeutig die Ausnahme. Die zweifellos bald einsetzenden Westwinde würden die Flammen zurücktreiben, sie im verbrannten Gebiet ersticken lassen!

Wir blickten nach der anderen Seite, und tatsächlich, wie Herr Corinnus gesagt hatte, standen auch auf dem Mons Caelius mindestens zwei oder drei Straßenzüge in Flammen!

Am unheimlichsten freilich waren die Feuer im Norden. Noch waren sie weit weg und vereinzelt, noch brannten dort allenfalls vier oder fünf Insulae, doch wenn die Feuerwehren dies nicht unverzüglich in den Griff bekamen, dann würden bei der engen Bebauung und dem schäbigen Material, aus dem jene Insulae zusammengeflickt waren, binnen Stunden die ganze Subura und Carinae ein einziges Flammenmeer sein!

In Roma brachen immer wieder Brände aus – zufällige oder auch von skrupellosen Hausbesitzern bewusst gelegte. Dann sanken oft Dutzende von Häuserblocks in Schutt und Asche, waren Dutzende, manchmal Hunderte von Toten und Verletzten zu beklagen, ehe die Feuer eingedämmt und gelöscht werden konnten.

Doch dies hier war eindeutig etwas anderes!

Herr Aurelius Priscus sprach es als Erster aus:

»Das ist kein Zufall! Das *kann* kein Zufall sein!«

Lucius stimmte seinem Großvater sofort zu:

»Feuer in den Slums der Subura und Teilen der Carinae sind nicht ungewöhnlich. Dass irgendwann das seit Jahrzehnten ausgetrocknete Holz des Circus Maximus mit all seinen Tavernen, Bordellen und Kneipen im Unterbau eines Tages in Flammen aufgehen würde, war irgendwie zu erwarten. Aber zeitgleich noch ein Großbrand auf dem eher locker bebauten, ordentlichen Caelius – dafür gibt es nur eine Erklärung: Brandstiftung! Brandstiftung im großen Stil!«

»Caesar?«, fragte hinter uns eine Stimme, die Fix gehörte.

Und sein Bruder assistierte sofort: »Fressen Tragestange, wenn nicht Caesar!«

Fix und Fax, meine beiden Träger hielten sich stets, wie es ihrem Rang zukam, still im Hintergrund, und so vergaß ich nur zu leicht, dass sie ja überall dort waren, wo auch ich war – im Palast Caesars, bei Jucundus oder wo sonst immer –, und dass die beiden durchaus über Ohren und bewegliche Gehirne verfügten, zudem vermutlich weit besser Latein verstanden, als sie zugeben mochten.

»Ist es wirklich denkbar, dass Caesar Nero bewusst Roma in Brand stecken lässt?«, entsetzte sich Lucia.

»Ja, das ist es!«, musste ich sie belehren.

»Aber weshalb?«

»Um das zu erreichen, was weder Caesar Augustus noch einem seiner Nachfolger geglückt ist: die Armenviertel verschwinden zu lassen! Warum? Weil er freien Platz braucht für weitere Monumentalbauten? Weil der Gestank aus der Subura einmal in sein Schlafzimmer wehte? Weil ihm die Paläste auf dem Mons Palatinus zu klein und zu eng werden und er nach einem ihm würdigen ›Häuslein‹ in Roma lechzt? Weil er gerade an einer Ode auf den Brand von Troia dichtet und als Inspiration dafür den Anblick einer brennenden Stadt braucht? Oder ganz einfach nur aus einem spontanen Einfall heraus – wer mag schon sagen, was im Kopf von Caesar Nero vorgeht?«

»Ist er endgültig wahnsinnig geworden – wie Gaius Caligula?«, fragte Herr Aurelius Priscus tief besorgt.

»Auf jeden Fall«, antwortete ich, »hat er sich mit den richtigen Leuten umgeben, den Prätorianer-Präfekten Ofonius Tigellinus und Nymphidius Sabinus an der Spitze, die ihn in jedem Wahnsinn bestärken und durchaus in der Lage sind, diesen auch durchzuführen.«

»Aber was ist mit Herrn Annaeus Seneca und Herrn Petronius Arbiter?«, rief der Senator.

»Der strenge Herr Seneca«, musste ich ausführen, »ist schon

seit Jahren kaltgestellt. Und Herr Petronius bemüht sich zwar, Caesar von allergrößtem Irrsinn abzuhalten, aber das gelingt ihm keineswegs immer – mitunter ist es schon schwer genug für ihn, nicht selbst in Ungnade zu fallen und am Leben zu bleiben.«

Lucius riss uns aus diesen Überlegungen in die Wirklichkeit zurück indem er nach unten auf den Vicus Capitis Africae deutete und rief:

»Seht euch das an!«

Ein rasch zunehmender Strom von Menschen aller Altersgruppen und Stände wälzte sich mit ihrer hastig geretteten Habe von Norden die Straße herunter. Schon gab es Schlägereien. Halb betrunkene Sklaven randalierten, johlten nach ihrer Freiheit, fielen gar raubend da und dort über ihre bisherigen Herren her. Finstere Gestalten und wohlbewaffnete, offenbar ausgebrochene Gladiatoren der caesarischen Ludi versuchten die Türen einiger angrenzender Häuser aufzusprengen, um diese zu plündern …

»Hier können wir wahrlich nicht bleiben!«, entschied Herr Aurelius Priscus.

Doch wohin? In welche Richtung fliehen? Wenn Caesar Nero tatsächlich beschlossen hatte die Stadt niederzubrennen, dann waren wir wohl nirgendwo sicher!

»Woher kommen Hilfe?«, fragte Fix in diesem Augenblick, und Fax fügte an: »Hilfe von Herrn Tarquinius!«

Tarquinius war auf meine Bitte in der »Säugenden Wölfin« auf dem Janiculus zurückgeblieben. Wenn er die Gefahr erkannte, in der wir schwebten, so würde ihn keine Macht der Welt zurückhalten können, uns zu Hilfe zu eilen!

Und bei ihm waren einige unserer besten Leute, die mit uns nach Roma gereist waren: Leoparda, die ihrer »Ehefrau« Pia die Stadt zeigen wollte; Fulmina, die ein »paar Kleinigkeiten«, also noch mehr Schmuck und kostbare Stoffe, die ihr nicht standen, einkaufen wollte; das hispanische Schweinchen Purpureus und der junge Dardanus, die sich fernab des braven Pompeii und seiner Umgebung einmal »richtig austoben« wollten. Die Götter mochten jenen gnädig sein, die es wagen sollten, sich diesen fünf Spitzengladiatoren in den Weg zu stellen, wenn sie unterwegs waren, um uns zu retten!

Doch von wo würden sie kommen? Schließlich machte es keinen Sinn, wenn wir aneinander vorbeiliefen. Ich reichte die Frage an Lucius weiter.

Der war sofort der junge, künftige Feldherr:

»Keinesfalls von Süden!«, erklärte er bestimmt. »Von uns aus wäre es zwar über den Vicus Cyclopis und durch die Porta Metrovia der schnellste Weg aus der Stadt und in freie Feld hinaus – offenbar die Richtung all jener Flüchtenden dort unten auf der Straße. Dort wären wir zwar sicher vor den Flammen, keineswegs sicher jedoch vor dem Qualm, der uns ersticken könnte.

Herr Tarquinius jedoch müsste den Mons Aventinus an der Porta Ostiensis vorbei im Süden umgehen, dann wohl auch den brennenden I. Bezirk, vorüber an der Porta Appia und der Porta Latina, ehe er die Porta Metrovia erreichen könnte. Selbst wenn er Pferde benutzen würde, ist dieser Weg lang und ein Durchkommen mehr als unwahrscheinlich.

Nein«, entschied Lucius. »Herr Tarquinius wird den Weg über die Insula Tiberina wählen, dann den Vicus Jugatius südlich des Mons Capitolinus oder, falls dieser von den Feuern vom Circus Maximus her bereits versperrt ist, den Capitolinus nördlich umgehen. Dann weiter über das Forum, um hinter dessen östlichem Ende den Vicus Capitis zu erreichen – die Brände in der Subura und den Carinae werden bis dahin diesen Weg kaum schon erfasst haben.«

»Packt zusammen, was für euch von Wert ist!«, ordnete Herr Aurelius Priscus an. »Wir treffen uns im Atrium.«

»Das Gepäck auf den Rücken binden, damit die Hände frei bleiben«, kommandierte Lucius. »Jeder soll sich ein feuchtes

Tuch über Mund und Nase binden gegen den Rauch! Und jeder sollte eine Waffe führen! Gegen den Strom des kopflos flüchtenden Mobs da draußen, geschweige gegen Räuber und Plünderer, werden wir allein mit christlicher Friedfertigkeit kaum durchkommen!«

Lucia und ihr Vater runzelten zwar die Stirn, konnten aber unserem jungen Feldherrn nicht widersprechen. »Ich hoffe nur, dass entsprechende Drohgebärden ausreichen!«, seufzte Herr Aurelius Priscus.

»Und die Frauen sollen Männerkleidung anlegen!«, ergänzte ich.

Lucia starrte mich entgeistert an, doch ich ließ sie gar nicht zu Wort kommen:

»Dies ist wirklich nicht der Augenblick für Gedanken über altrömische Zucht! In einem Kleid, wie ihr es anhabt, könnt ihr nicht schnell laufen, über keine Hindernisse klettern …«

»Tut, was er sagt!«, befahl der Senator knapp.

Kaum zehn Minuten später waren wir im Atrium versammelt:

Materielle Reichtümer gab es in diesem Haus wohl wahrlich nicht, denn die auf den Rücken geschnürten Bündel waren klein und leicht.

Lucius hatte seine Offiziersrüstung angelegt – vermutlich ohnehin sein kostbarster Besitz. Die Dame Lucia sah in der kurzen Tunika mit einer Lederweste darüber, den Hosen und Halbstiefeln darunter und einem Kopftuch, das sie vernünftigerweise um ihre Haare geschlungen hatte, bezaubernd aus! Auch die drei anderen Dienerinnen hatten sich ihrem Beispiel angeschlossen. Sehr viel weniger gefiel mir Herr Aurelius Priscus, der sich in seine Senatorentoga gehüllt hatte.

»Ich weiß, dass das Ding unpraktisch ist«, gab er zu, »doch vielleicht verschafft es uns da oder dort eben doch gewaltlos Respekt.«

Immerhin war er mit einem Schwert bewaffnet, und wenn ich auch bezweifelte, dass er seine Schärfe benutzen würde, die flache Breitseite war für schmerzhafte Schläge durchaus geeignet.

Die vier Diener hatten sich mit Holzprügeln und Küchenmessern ausgerüstet, und ein sehniger Mauretanier hatte sich gar mit einer eisernen Bratpfanne bewaffnet, einem, wie sich rasch herausstellen sollte, sowohl als Schild wie auch als Schlaginstrument äußerst geeignetem Gerät. »Ob sich daraus eine neue Gladiatorengattung entwickeln ließe?«, schoss es mir höchst unpassend durch den Kopf.

Fix und Fax hatten sich, wie einst beim Erdbeben in Pompeii, meinen Rollenstuhl mit den Tragestangen auf die Schultern geschnallt, um die Hände für Schwert und Peitsche frei zu haben.

»Habt ihr für mich auch irgendetwas? Ich kann zwar nicht meine Beine, durchaus aber meine Arme und Hände benutzen …«

Als daraufhin Fix eine gebogene *Thraex*-Sica und einen kleinen, runden *Hoplomachus*-Schild unter dem Stuhl hervorzog und mir reichte, musste ich doch fragen:

»Was habt ihr da unten eigentlich noch versteckt?«

»Stuhl bauen Herr Tarquinius«, erklärte Fax, was gar keine oder eben doch die beste aller Erklärungen war.

Wir waren bereit und zogen unsere feuchten Tücher gegen den Rauch über Mund und Nase, als der Mauretanier vorsichtig anmerkte:

»Und wenn die Tücher austrocknen?«

»Dann wieder feucht machen«, meinte Fix.

Und Fax zog kurz unter meinem Stuhl einen kleinen Lederschlauch hervor:

»Ist Wein. Aber Wein auch feucht!«

Was, um aller Götter willen, steckte da noch alles unter meinem Hintern? Langsam hätte ich mich nicht einmal mehr gewundert, wenn meine beiden Gallier eine babylonische Tempeltänzerin von dort hervorgezaubert hätten …

Der Pförtner des Hauses, ein silberhaariger Cappadocier, öffnete die Haustür.

Wir marschierten hinaus, und der Pförtner verschloss und verriegelte die Tür sorgsam wieder hinter uns – nur ein harscher

Befehl des Herrn Aurelius Priscus hatte ihn überhaupt dazu bringen können, seinen Posten zu verlassen, der ihm doch gebot, das Haus zu bewachen und wider jegliche unerwünschte Besucher zu verteidigen.

Lucius formierte unseren Zug: Er selber und der Herr Senator an der Spitze. Dann folgten Fix und Fax mit mir auf den Schultern. Unmittelbar neben mir die Dame Lucia, die zu meiner Verblüffung jetzt ebenfalls ein langes Küchenmesser in der Hand hielt, auch wenn ich bezweifelte, ob sie dieses je einsetzen würde. Den Abschluss bildeten die drei weiblichen und vier männlichen freigelassenen Diener.

Kaum hatten wir den Fuß auf die Straße gesetzt, steckten wir in einem Chaos – zumindest empfand ich das in diesem Augenblick so, obwohl ich in den nächsten Tagen noch weit schlimmere Bilder zu sehen bekam:

Eine heulende, weinende, jammernde, kreischende, die Stadtverwaltung, die Feuerwehr, Caesar und alle Götter verfluchende Menschenmasse quoll uns entgegen. Kinder plärrten, Männer brüllten nach ihren Frauen, Frauen schrien nach ihren Kindern, die sie in dem Durcheinander aus den Augen verloren hatten. Fast alle waren hochbepackt mit dem geretteten Hausrat. Trotzdem war die Straße verstopft mit Bündeln und Matratzen und gar Möbelstücken, die zunächst mitgeschleppt und dann doch liegen gelassen worden waren. Umgestürzte Karren, bockende Esel, auskeilende Pferde, hilflos zurückgelassene Ochsen und fallen gelassene Sänften Reicher versperrten den Weg. Menschen stolperten, fielen, wurden rücksichtslos von den Nachdrängenden niedergetrampelt. Kläffende Hunde und fauchende Katzen zwängten sich in kopfloser Flucht zwischen den Beinen der Menschen durch.

All dies hatte ich schon einmal nach dem Erdbeben in Pompeii erlebt.

Nicht erlebt hatte ich dort jedoch den Hass, die Gier und die Rachsucht, die zugleich mit den flüchtenden Menschen durch die Straßen tobten!

In Roma gärten schon seit vielen Jahren die Spannungen: Sklaven hassten ihre Herren. Arbeiter ihre Arbeitgeber. Huren ihre Freier. Die Mieter der jämmerlichen Insulae ihre Hausbesitzer. Kleine Beamte ihre Vorgesetzten. Gefangene ihre Wärter. Politisch Fortschrittliche die Konservativen. Arme die Reichen. Säufer die Wirte, die nicht mehr anschreiben wollten. Köche die Fresser. Musikliebhaber die Krachmacher. Fleißige die Faulen. Kriminelle die Polizei. Bettler die Geizigen. Rechtsuchende ihre Anwälte. Dumme die Klugen. Dicke die Dünnen. Frauen die Männer und umgekehrt.

Jetzt, da das Feuer das Ordnungsgefüge auflöste und die sonstigen Unterschiede auslöschte, entluden sich diese Spannungen hemmungslos! Jeder, der irgendeine Rechnung mit irgendwem glaubte begleichen zu müssen, sah offenbar seine Stunde gekommen: Sklaven ermordeten ihre Herrschaften. Arbeiter ihre Auftraggeber. Handlanger die Gelernten. Angehörige der bunten Völkerfamilie, die das Imperium inzwischen darstellte, trugen oft uralte Rivalitäten untereinander aus. Mitglieder der traditionell verfeindeten Parteigänger der Grünen, Blauen und Roten bei den Wagenrennen fielen übereinander her. Die Bettlergilden der verschiedenen Stadtteile schlugen regelrechte Schlachten gegeneinander.

Angeheizt wurde das Ganze noch durch Plünderer und die organisierten Banden der Diebe, Straßenräuber und Einbrecher, die nun ohne jede Scheu Häuser, Geschäfte und Warenlager aufbrachen und an sich rafften, was immer ihnen zwischen die Finger kam. Barbaren aus den fernsten Ecken des Imperiums, bestimmt für den Sklavenmarkt, stemmten ihre Gehege auf und gingen auf alles los, was »römisch« wirkte. Die Sklaven-Gladiatoren des caesarischen Ludus im Osten des Mons Caelius hatten sich befreit, offenbar die Waffenkammer gestürmt, und tobten nun, teilweise betrunken, schwer bewaffnet und randalierend durch die Stadt. Zerlumpte Gestalten, die man sonst niemals zu Gesicht bekam, tauchten aus den finstersten Kellerlöchern und Cloacae auf, rissen von der buckligen Strohmatratze bis zum Perlenarmband an sich, was sie erwischten.

Brave Männer wurden um nichts erschlagen. Frauen und Mädchen brutal vergewaltigt. Reale Werte unter dummen Füßen in den Dreck getrampelt und zerstört.

Schritt um Schritt schoben wir uns – nur zu bald *schlugen* wir uns – durch dieses Inferno.

Herr Aurelius Priscus rief immer wieder: »Nach Norden! Zum Forum! Im Süden erstickt euch der Rauch!«

Seine Stimme drang nicht durch das allgemeine Geschrei. Seiner Senatorentoga zollte kaum jemand Respekt, eher schon der Offiziersrüstung des jungen Lucius. Knapp ein Dutzend Menschen war es schließlich, die uns folgten.

Wir alle schlugen und prügelten inzwischen um uns, um Raum für den nächsten Schritt zu schaffen – selbst Herr Aurelius Priscus und seine Christiani-Diener, auch wenn sie immer noch versuchten, niemanden ernsthaft zu verletzen. Fix und Fax waren da erheblich weniger rücksichtsvoll, zumal wenn es sich um Raubgesindel handelte.

Dann sprangen vier jener Banditen mit geschwungenen Waffen fast gleichzeitig meine Rollenstuhl-Sänfte an, wohl in der Meinung, ein nobler und reicher Herr ließe sich da samt seinen Schätzen wegschleppen. Fix und Fax, in dem Moment reichlich mit anderen, mehr oder minder harmlosen Leuten beschäftigt, konnten nicht eingreifen. Dem einen Angreifer rechts konnte ich mit meiner Sica die Kehle aufschlitzen. Einer auf der linken Seite taumelte zurück, als ich ihm meinen kleinen *Hoplomachus*-Schild ins Gesicht knallte. Der zweite auf dieser Seite ging unter einem wuchtigen Schlag auf den Kopf mit der Bratpfanne des Mauretaniers zu Boden. Dann brach auch der vierte, ein mit einem langen Schwert bewaffneter Mann, zweifellos ein ausgebrochener Gladiator, mit heulend auf den Bauch gepressten Händen in die Knie.

Lucia starrte fassungslos auf ihr jetzt blutbeschmiertes Küchenmesser.

Ich zog sie kurz zu mir heran. »Danke!«, flüsterte ich ihr ins Ohr. »Danke für mein Leben!«

Als ich die Tränen sah, die in ihre Augen traten, fügte ich hinzu:

»Dein Christus war ein heiliger Mann! Aber hätte selbst ihm das Leben eines Mordbrenners wirklich mehr gezählt als das Leben eines Freundes?«

Die Dame Lucia schien nicht wirklich beruhigt, geschweige überzeugt, doch die Tränen in ihren Augen versiegten.

Schritt um Schritt drängten und schlugen wir uns weiter den Vicus Capitis Africae hinauf.

Doch dann, am östlichen Eingang zum Forum, war kein Durchkommen mehr: Rivalisierende Banden, durchmischt mit ausgebrochenen Gladiatoren und dem übelsten Mob aus der Subura lieferten sich eine regelrechte Straßenschlacht darum, wer den Tempel Caesars und den Tempel der »Venus et Roma« plündern dürfe, während auf den Treppenstufen der Tempel kleine Trupps von Prätorianern versuchten, die Weihestätten zu schützen.

In diesem Augenblick entdeckte ich von meinem Sitz, der über die Köpfe der Kämpfenden hinausragte, die schwarze Tunika von Tarquinius am anderen Ende des Tumults an der Nordseite des Vesta-Tempels!

Ich schrie aus Leibeskräften – was natürlich unsinnig war.

Ich winkte mit den Armen – und das hatte Erfolg! Tarquinius entdeckte mich, winkte zurück.

Doch wie sollten wir durch die zwischen uns tobende Straßenschlacht zueinander kommen?

Was dann geschah, werde ich mein Lebtag lang nicht mehr vergessen:

Tarquinius stürmte mit wirbelnden Schwertern – auch wenn er privat unterwegs war, führte er mindestens ein Paar davon in seinem Gepäck mit – los, mitten hinein in das Gewühl. Und hinter ihm drein, einen Keil bildend, unsere Leute: Purpureus hatte sich neben seinem gewohnten *Retiarius*-Langdolch mit einem Prügel bewaffnet, Dardanus schwang ein Schwert und deckte seine Linke mit einem Prätorianerschild, den er irgendwo aufgesammelt hatte, Fulmina machte es sichtlich Spaß, mit ihrem Langschwert auf den Pöbel eindreschen zu dürfen, und Leoparda, ausgerüstet mit Schwert und einem kleinen *Hoplomachus*-Schild, focht wie eine Wildkatze. Den Abschluss bildeten drei Leute, die ich nicht kannte: ein grobschlächtiger Mann mit lang hängendem, schwarzen Schnauzbart, der eine mächtige Keule schwang; ein kleines, rattengesichtiges Individuum, das mit zwei Dolchen kämpfte; und ein sehniger Mensch dunkler Hautfarbe, der beidhändig einen gewaltigen Schmiedehammer schwang.

Gnadenlos niedermetzelnd, was ihnen vor die Klingen kam, pflügen sie sich einen blutigen Weg durch den kämpfenden Mob. Die Prätorianer auf den Tempeltreppen, sonst wahrlich nicht gerade unsere speziellen Freunde, jubelten ihnen zu, feuerten sie an – und die ausgebrochenen Gladiatoren wichen ihnen schleunigst aus, als sie erkannten, dass sie es hier mit besttrainierten Kämpfern zu tun hatten.

Dann waren sie tatsächlich durchgebrochen! Waren da! Umringten schützend unsere Gruppe.

Die Dame Lucia warf sich förmlich in die Arme des blutbespritzten Tarquinius. Küsste ihn leidenschaftlich. Flüsterte ihm ins Ohr: »Ja!«

Das Strahlen, das in diesem Augenblick über das Gesicht meines Freundes ging, lässt sich allenfalls mit dem Strahlen meiner Digna an ihrem Hochzeitstag vergleichen …

Der Rest unserer und seiner Gruppe grinste verstehend.

Nur Herr Aurelius Priscus runzelte für einen Augenblick die Stirn ob solch »undamenhaften« Betragens seiner Tochter, lächelte dann freilich doch, als auch ihn Tarquinius begeistert umarmte.

Lucius strahlte! Sehr viel später gestand er mir, dass er seinerzeit unseren Etrusker bereits zweimal in der Arena gesehen und ihn ob seiner Kampfeskunst hemmungslos bewundert habe.

Der Rückweg unserer Freunde, uns in ihrer Mitte bergend, zum Forum durch die bösartig ineinander verkeilten Gruppen der tobenden Straßenschlacht war einfacher als vermutet: dass es extrem ungesund war, sich mit dieser Gruppe erfahrener und im Zweifelsfall höchst rücksichtloser und aggressiver Kämpfer anzulegen, hatten die ausgebrochenen Gladiatoren sehr schnell begriffen. Und es war auch mittlerweile in die Köpfe der diversen Bandenmitglieder sowie des sonstigen Mobs eingesickert. So öffnete sich vor uns eine Gasse – ganz so, wie ich es später in einer Schriftrolle der Juden las, wie der Sinus Arabicus vor deren Anführer Moses –, um hinter uns in wütendem Chaos wieder zusammen zu schlagen.

Wir waren heilfroh, als wir über zwei Stunden später auf der anderen Seite des Flusses standen. Allein um die mit Menschen und Fahrzeugen restlos verstopfte Tiberisbrücke zu passieren, hatten wir weit mehr als eine Stunde benötigt.

Auch das Viertel Trans Tiberim rund um den Mons Janiculus war in heller Aufregung: Ein ununterbrochener Strom von Menschen drängelte sich die Via Aurelia hinauf und durch die Porta Aurelia aus der Stadt hinaus. Am Flussufer versuchten Händler mit ihren Sklaven in aller Eile Lagerhäuser und Schuppen zu räumen, die Waren auf Esel und Karren und Flussboote zu verladen. Überall wimmelte es von Bewohnern, die entsetzt schreiend und wild gestikulierend das Geschehen jenseits des Tiberis beobachteten, den Flüchtenden und Bergenden im Weg standen, mit ein paar Broten, Früchten oder auch nur einem Schluck Wasser schnell ein günstiges Geschäft zu machen versuchten.

Decurio Septimus bemühte sich redlich mit seinen fünf Beamten, irgendwie Ordnung zu halten, aber vergebens.

Was es in Trans Tiberim trotzdem nicht gab, das waren Randalierer, Plünderer oder Raub- und Mordbanden wie drüben in der Stadtmitte. Wer den Versuch wagte, sich an fremdem Eigentum zu vergreifen, der wurde von der Bevölkerung so gnadenlos verprügelt, dass er nur noch winselnd in eine dunkle Ecke kroch und sich nicht mehr rührte. Zwei Sklaven gar, die mit blanken Messern ihren Herrn angegriffen hatten, wurden von den Leuten kurzerhand mit einem Strick um den Hals an einem Baum aufgehängt.

Von den Flüchtlingen erhielten wir auch erste genauere Nachrichten über das Geschehen der letzten Stunden in der Stadt:

Das erste Feuer war in der Tat beim Circus Maximus ausgebrochen, und das ausgetrocknete Holz des Baues war wie Zunder in Flammen aufgegangen.

»Das war kein Zufall!«, schrie einer. »Ich habe selber gesehen, wie Männer Brandfackeln in die Tavernen, Wahrsagerbuden und Bordelle warfen!«

»Und wir durften nicht löschen!«, schrie ein anderer. »Männer mit blanken Schwertern haben uns daran gehindert! Sie haben gebrüllt: ›Tod jedem, der einen Wasserkübel anfasst!‹«

»Und sie haben weiter Brandfackeln geworfen!«, ergänzte ein Dritter. »In Lagerhäuser und Wohnungen hinein!«

»Eine der Fackeln hat Rheda getroffen!«, empörte sich ein Vierter, der eine schluchzende Frau stützte, lautstark. »Ich durfte sie nicht einmal verbinden! Erst hier in Trans Tiberim bekamen wir schließlich Hilfe …«

»Julius! Mein kleiner Julius!«, wimmerte eine Frau, die am Straßenrand hockte. »Sie haben ihn abgestochen wie ein Ferkel, nur weil er aus dem brennenden Haus lief …«

»Und ich sah«, wusste ein weierer zu berichten, »wie jene Banditen einen Feuerwehrhauptmann und dessen Stellvertreter umbrachten, nur weil sie ihren Männern befahlen, das zu tun, was ihre Aufgabe ist!«

Die Bewohner vom Mons Caelius hatten fast alle ihr Heil in der Flucht nach Osten durch die Portae Asinaria und Praenestina gesucht.

Doch so viel stand fest: Die Brandstifter waren vom Circus Maximus, dessen vom Nordwind angefachte Flammen blitzschnell den ganzen Mons Aventinus überzogen hatten, nach Osten geeilt und hatten die dortigen Häuser angezündet – und ebenso die Feuerwehr am Löschen gehindert.

Dann waren sie endlich in der Subura und den Carinae aufgetaucht – die Brände dort waren eindeutig erst zwei bis drei Stunden nach den ersten Flammen beim Circus Maximus emporgeschlagen –, um nach dem gleichen Muster vorzugehen.

Darüber, wer diese Brandstifter waren, herrscht ekein Zweifel: Irgendwelches Gelichter aus den finstersten Ecken Romas.

Daran, dass sie im Auftrag handelten, zweifelte ebenso niemand.

Doch in wessen Auftrag?

Selbst die am übelsten beleumundeten Insulae-Besitzer mochte niemand beschuldigen. »Ein *warmer* Abbruch hier. Ein *warmer* Abbruch da. Oft mit Dutzenden an Toten und Verletzten. Das ist denen durchaus zuzutrauen!«, erklärte eine dicke Matrone inbrünstig. »Aber das da? Die Kosten für die Brandbuben würden ja die jährlichen Mieteinnahmen von sechs Insulae binnen dreier Jahre übersteigen!«

Alle möglichen feindlichen Ausländer oder finsteren Geheimkulte wurden genannt. Doch niemand glaubte das wirklich.

Und immer wieder fiel der Name Caesar Neros.

»Niemals Caesar!«, wurde heftig widersprochen.

Aber, wenn schon von höchster Stelle angeordnet und organisiert, so viel eher von den Prätorianer-Präfekten Nymphidius oder gar Tigellinus, den man ohnehin gern den »bösen Geist« Caesars nannte. Ja, denen würde man dergleichen durchaus zutrauen!

Endlich waren wir in der »Säugenden Wölfin« auf dem Mons Janiculus angelangt. Von ein paar Kratzern abgesehen, waren wir alle lebendig und unversehrt!

Dort lernte ich auch die drei Männer näher kennen, die Tarquinius zur Unterstützung kurzfristig zu Extrempreisen angeworben hatte und welche den Abschluss seines »Kampfkeils« gebildet hatten:

Der schwarze Schnauzbart nannte sich Bato und war ein aus dem caesarischen Ludus in Roma ausgebrochener *Murmillo*, wie ich schon anhand seines Kampfstils geahnt hatte. Tarquinius hatte ihm versprochen, ihn freizukaufen, und er war durchaus interessiert daran, als freier Gladiator in die Schule Felix Felix einzutreten.

Das Rattengesicht mit den zwei Dolchen – wie sich herausstellte, ein gerade mal siebzehn Jahre alter Busche – war schon in der Straßenbande der Subura, der er fast so lange angehörte, wie er denken konnte, Rattus genannt worden. Auch er war nur zu bereit, in Felix Felix einen »ehrlichen« Beruf zu erlernen. Zwar klein, jedoch stämmig, kräftig und beidhändig geschickt bildeten wir ihn schließlich zum *Scissor* aus. Der Name *Rattus*, die »Ratte«, ist ihm geblieben, obwohl er, mittlerweile reichlich verfettet, vor bereits vier Jahren samt seiner gewiss nicht schlankeren Gemahlin und seinem mindestens ebenso dicken Sprössling nach Herculaneum gezogen ist, um dort ein durchaus erfolgreiches Geschäft mit Bändern und Schleifen und kostbaren Stoffen zu eröffnen.

Der dunkelhäutige Schmiedehammerschwinger war in der Tat der Besitzer einer Schmiede unweit der »Wölfin«. Mit dem von Tarquinius gebotenen Geld vermochte er Häuschen und Werkstatt von Schulden zu befreien – es reichte auch noch locker zum Wiederaufbau, nachdem diese abgebrannt waren. Mit einem knochenbrecherischen Handschlag verabschiedete er sich von uns und entschwand aus unserem Leben.

Nachdem wir uns Dreck und Blut abgewaschen, frische Kleidung angezogen und unseren ärgsten Durst und Hunger gestillt hatten, versammelten wir uns alle zum »Kriegsrat«, wie Lucius das nannte.

Von der »Säugenden Wölfin« aus hatten wir eine recht gute Aussicht hinüber auf den Rest der Stadt. Der Blick, der sich uns nun in der einsetzenden Morgendämmerung bot, war in der Tat erschreckend und beängstigend: Der ganze Süden der Stadt vom Circus Maximus über den Mons Aventinus bis zum Mons Testaceus ganz im Süden zwischen der Porta Ostiensis und dem Fluss, der XIII. Bezirk also, waren ein einziges Flammenmeer, dessen schwere Qualmwolken sich weiter nach Süden Richtung Meer wälzten. Und dahinter brannten zweifellos ebenso lichterloh der XII. und I. Bezirk bis zur Porta Appia hinunter und dahinter der II. Bezirk am Mons Caelius. Der Mons Capitolinus mit seinen prachtvollen Staatstempeln ragte als schwarze Silhouette vor dem roten Flammenschein aus der Subura und den Carinae auf, wo es offensichtlich nun auch heftig brannte, und von wo sich ebenfalls schwere Rauchschwaden nach Süden wälzten.

»Ob unser Haus noch steht?«, fragte Lucius leise.

Herr Aurelius Priscus zuckte mit den Schultern:

»Lass es stehen oder brennen – was ist schon irdischer Besitz?«

»Die armen Menschen, die gegen deinen Rat, Vater, nach Süden aus der Stadt geflohen sind!«, schluchzte die Dame Lucia. »Den Flammen knapp entronnen werden sie dort im Qualm ersticken!«

Lange starrten wir fasziniert hinüber, konnten uns nicht losreißen von dem in all seiner Schrecklichkeit grandiosen Anblick.

Da man die Flammen weder verprügeln noch sie fressen konnte und man sich auch wahrlich besser nicht von ihnen ficken ließ, verlor Fulmina als Erste das Interesse an ihnen und fragte praktisch:

»Wie geht es jetzt mit *uns* weiter?«

»Wenn diese Brände«, stellte Tarquinius fest, der seinen Arm schützend um die Schultern der Dame Lucia gelegt hatte, »bewusst entfacht wurden – und daran zweifle ich keinen Augenblick mehr –, so ist auch Trans Tiberim keineswegs sicher.«

Lucia sah erschrocken zu ihrem künftigen Gemahl auf:

»Du meinst wirklich …?«

»Der Tiberis ist eine mehr als breite Schneise«, versuchte der Herr Senator Aurelius Priscus – wie bei Herrn Gladius Felixianus hatte und habe ich Schwierigkeiten ihn anders als »Herrn« zu bezeichnen, geschweige ihn nur Octavius zu nennen – seine Tochter zu beruhigen. »Mit den herüberfliegenden Funken werden die Leute hier zweifellos fertig!«

Doch Tarquinius widersprach ihm:

»Mit fliegenden Funken zweifellos, doch eben nicht mit gezielt vorgehenden Brandstiftern!«

»Aber weshalb hier?«, fragte Dardanus naiv.

»Weil auch hier genug an – zugegeben hässlichen – Lagerhäusern am diesseitigen Tiberisufer herumstehen. Weil kleinbürgerliche Häuschen samt diversen Schuppen und Hühnerställen und Werkstätten auf dem Hügel, durchzogen von krummen Gässchen, durchaus die Blicke eines großzügigen ›Stadterneuerers‹ stören könnten. Weil der zweifellos penetrante Fisch- und Teergeruch am Flussufer seine Nase, das Kindergeschrei, das Hundegebell und das freie Lachen der Leute hier seine Ohren zu beleidigen vermögen!«

»Aber …«, versuchte Dardanus einzuwenden, doch Leoparda schnitt ihm das Wort ab:

»Hätte jener Jemand den Circus Maximus samt näherer Umgebung abgefackelt oder auch nur die Subura …«

»Macht die Subura nicht schlechter, als sie ist!«, warf Rattus schnell ein. »Dort gibt es einige der freundlichsten Tavernen mit dem besten, preiswertesten Essen und den süffigsten Weinen, sowie etliche der gemütlichsten Bordelle mit den nettesten Mädchen der Stadt!«

»… und vielleicht auch noch die Carinae«, fuhr Leoparda fort, »so könnte man ihn sogar verstehen. Auch noch – vielleicht – bei den Insulae im XII. und XIII. Bezirk rund um den Mons Aventinus, bei denen Gefahr bestand, dass sie sich ähnlich der Subura entwickeln würden. Aber auch den wahrhaft ordentlichen Mons Caelius?«

Tarquinius nickte so heftig, dass seine schwarzen Etruskerlocken flogen:

»Genau so sehe ich das auch!«

»Also«, resümierte der Herr Senator, »sollten wir uns schleunigst an einen sicheren Ort begeben!«

»Heim nach Puteoli!«, schloss sich ihm Pia an, der die Stadt ohnehin nicht recht behagen wollte, auch wenn Leoparda jeden erdenklichen Versuch unternommen hatte, ihr Roma von seiner schönsten und besten Seite zu zeigen.

»Geht nicht!«, stellte Lucius sachlich fest. Wir sahen unseren »Jungfeldherrn« fragend an. Und der erläuterte:

»Die Wege nach Süden zu Via Appia und Via Latina stehen in Flammen. Und weder die Porta Tiburtina noch die Porta Praenestina im Osten sind quer durch die Stadt zu erreichen.«

Das war ohne jeden Zweifel so! Selbst wenn wir unter den vor den Flammen fliehenden Massen – von Plünderern, kämpfenden Banden und allerwahrscheinlichst bezahlten Brandstiftern ganz abgesehen – ein Blutbad angerichtet hätten, wären wir kaum durchgedrungen.

»Ich hau die Typen zu Brei!«, brüllte Fulmina. Doch selbst ihr wurde klar, dass sie da keine Chance hatte mit uns allen im Tross. Sie maulte schließlich nur noch: »Dann verschafft mir wenigstens für die Zwischenzeit einen ordentlichen Kerl!«, fing einen vielsagenden Blick unseres schwarzbärtigen Neulings Bato auf – und hielt, den Göttern sei gedankt, vorläufig den Mund.

»Im Augenblick«, fuhr Lucius fort, »können wir nur nach Süden, wenn wir die Stadt hier nach Osten durch die Porta Aurelia oder im Südosten durch die Porta Portuensis verlassen und Roma außerhalb umgehen. Wobei wir dann freilich irgendwo den Tiberis überqueren müssten.«

»Wo es möglicherweise keine passierbare steinerne oder hölzerne Brücke gibt, da wird uns schon irgendein braver Fährmann über eine von Tarquinius mit Goldstücken gepflasterte ›Brücke‹ tragen«, rief Leoparda.

»Ich danke dir für diesen Vorschlag!«, erklärte unser Etrusker todernst. »Mein Vermögensverwalter wird es auch höchst dankbar registrieren, dass du sicherlich bereit bist, meine diesbezüglichen Auslagen für die Rettung einer hervorragenden *Hoplomacha* nebst ihrer Gemahlin zu ersetzen!«

Leoparda wollte gerade schon losfauchen, als sie die nach oben zuckenden Mundwinkel unseres Freundes sah, und brach selber in Lachen aus, wobei sie die ob der letzten Sätze erschreckte Pia an sich drückte.

Lucius, unser »Feldherr«, hatte das Geplänkel verständnislos mitverfolgt und fuhr fort:

»Gesetzt den Fall, wir können den Tiberis überqueren – der

Pons Neronianus im Norden ist beispielsweise augenblicklich ohne jeden Zweifel passierbar – so bleibt immer noch die Frage, auf welchem Weg wir die Stadt weiter umgehen könnten.

Der Süden kommt nicht in Frage, denn genau dahin treibt der Wind derzeit die erstickenden Qualmwolken …«

»Dann eben im Norden!«, meldete sich Purpureus zu Wort.

»Nein!«, bestimmte Lucius. »Nordwind ist in unseren Regionen eher selten. Er wird aller Wahrscheinlichkeit nach in kürzester Zeit in die gewohnte Südwestrichtung umschlagen – und dann wälzen sich die giftigen Rauchschwaden über den Norden Romas bis zu den Albaner Bergen hinauf genau in unseren Weg!«

»Dreimal aufgekochte Götterscheiße!«, murmelte Rattus inbrünstig – in Sachen Schimpfen und Beleidigen hatte Rattus zwar noch eine ganze Menge von Telemachos zu lernen, doch diesen Fluch hätte der Grieche zweifellos als vielversprechenden Anfang belobigt.

»Wenn wir zunächst nach Westen oder Nordwesten auswichen?«, schlug Herr Aurelius Priscus vor.

Sein Enkel Lucius erwog den Vorschlag einen Augenblick lang, wandte dann freilich ein:

»Selbst wenn es uns tatsächlich gelänge, über die mit Flüchtenden völlig verstopfte Via Aurelia nach Norden oder Nordwesten zu entkommen, wären …«,

»… wären die dortigen Nachbargemeinden Alsium, Caere oder Capena von Flüchtlingen bereits hoffnungslos überflutet«, schaltete sich Leoparda dazwischen, und Lucius fuhr in diesem Sinne fort:

»Diese Welle mag leicht in den nächsten Stunden bis Castrum Novum, Nepetum und Sutrium oder Namia nach Norden schwappen!«

»Was bedeutet«, ließ sich Fulmina vernehmen, »alle Gasthäuser sind überfüllt. Keine Kammer, nicht einmal ein Heuschober ist mit noch so viel Geld zu bekommen. Nicht einmal das lächerlichste Vogelnestchen weit und breit …«

»Wir haben dich begriffen!«, fuhr Purpureus hastig und sorgenvoll dazwischen. »Wir würden gewiss keine Herberge finden! Wir würden wer weiß wie viele Nächte im Freien verbringen müssen! Wir wären tatsächlich gezwungen, auf dem blanken Boden zu schlafen, allenfalls in unsere Mäntel gehüllt …«

»… und deine Speckschwarte«, höhnte Leoparda, »bekäme dadurch möglicherweise ein paar Dellen!«

»Meine ›Speckschwarte‹ ist mein Kapital!«, schrie Purpureus empört los, ohne mit dem noch weitaus essenzielleren Einwand Fulminas zu rechnen:

»Hast du schon einmal im Freien gefickt? Weißt du, wie viele Erdbröckchen und spitze Steine sich dabei in deinen Rücken bohren?«

»Dann dreh ihn doch einfach um und reite *ihn*!«, schlug Rattus vor. »Dann hat *er* die Erdbröckchen und spitzen Steine im Rücken …«

Ehe diese Diskussion ausuferte, lenkte Lucius – im Gegensatz zu den Christiani unserer Gruppe für einen Moment breit grinsend – zum eigentlichen Thema zurück:

»Augenblicklich können wir weder im Süden noch im Norden an der Stadt Roma vorbei, um nach Puteoli zu kommen. Und die Flucht nach Nordwesten ist mit erheblichen Unbequemlichkeiten verbunden …«

»Was können oder sollten wir also unternehmen?«, fragte Herr Aurelius Priscus nun mehr als beunruhigt.

»Wenn es nach meiner Überzeugung geht«, antwortete sein Enkel sachlich, »dann im Augenblick *gar nichts*!«

Als der Herr Senator verblüfft dreinsah, sprang Tarquinius ein:

»Lucius hat recht. Derzeit sind wir hier relativ sicher. Wenn der Wind dreht, so können wir im Süden die Stadt umgehen – und im schlimmsten Fall immer noch nach Nordwesten fliehen.«

»Auf jeden Fall sollten wir für entsprechende Reittiere sorgen«, warf ich ein.

»Natürlich!«, rief Tarquinius. »Daran hätte ich sofort denken müssen! Wie viele brauchen wir denn?«

»Drei Pferde für den Herrn Senator, seine Tochter und seinen Sohn«, rechnete ich. »Dann sieben Pferde oder Maultiere für die Dienerschaft …«

»Für die nicht«, widersprach mir Herr Aurelius Priscus. »Keiner von ihnen hat je auf solch einem Tier gesessen. Sie werden uns zu Fuß folgen, vielleicht gelingt es ihnen auch, irgendwo einen Karren aufzutreiben …«

»Bato?«, fragte ich den schnurrbärtigen *Murmillo*.

»In meiner Kindheit bin ich öfter auf Ackergäulen geritten. Wenn das Tier brav ist, dann wird es schon gehen.«

»Rattus?«

»Wann hätte ich je Gelegenheit gehabt, die Welt aus solchen Höhen zu betrachten?«, grinste der Mann. »Aber ich riskiere es. Wenn ich herunterfalle und mir den Hals breche, dann wird es eben nichts mit der ehrlichen Gladiatorenkarriere.«

Ausgerüstet mit einem prallen Geldbeutel, den Fix unter meinem Sitz hervorangelte – in der augenblicklichen Situation würde der jämmerlichste Klepper astronomische Preise kosten –, wurden Dardanus und Purpureus ausgeschickt, um fünf Pferde zu beschaffen. Rattus schloss sich ihnen an:

»Ich weiß schließlich, wie man mit römischen Händlern umgehen muss!«

Da wir im Augenblick nicht Besseres zu tun hatten, beschlossen wir, uns zur Ruhe zu begeben und neue Kräfte zu sammeln für das, was uns vielleicht noch bevorstehen mochte.

Ich weiß nicht, wie es den anderen ging, ich jedenfalls schlief ausgezeichnet – ein Kunststück das ich sogar seinerzeit am Abend vor Arena-Auftritten schaffte – und erwachte am frühen Nachmittag ausgeruht und erholt.

Kaum hatte ich nach Fix und Fax gerufen, erschien auch Lucius, um Meldung zu erstatten:

»Am Vormittag sind Purpureus, Dardanus und Rattus mit fünf tatsächlich recht ordentlichen Pferden zurückgekommen. Sie stehen jetzt bei unseren anderen Tieren im Stall der ›Wölfin‹.

Die Brände wüten, so weit von hier zu sehen, nach wie vor auf dem Mons Aventinus und in der Stadtmitte. Nur in der Nähe des Circus Maximus, wo das Feuer ursprünglich ausbrach, scheinen die Flammen mangels Brennstoff langsam kleiner zu werden.

Der Nordwind hat sich gelegt, und so hängt jetzt eine riesige Rauchwolke über der Stadt.

Der Strom der Flüchtlinge auf der Via Aurelia ist deutlich schwächer geworden – wer aus dem Zentrum fliehen konnte oder wollte, hat dies offenbar mittlerweile großenteils getan.

Die Männer und Frauen von Trans Tiberim haben sämtliche Herdfeuer im Bezirk gelöscht und patrouillieren mit Knüppeln, Fleischerbeilen und Wasserkübeln bewaffnet vor allem am Flussufer. Wer auch nur wagt, Feuerstein und Zunder anzurühren, wird von ihnen erbarmungslos zusammengeschlagen und zur Aburteilung auf die Polizeiwache geschleppt.

Mein Großvater, meine Mutter, Herr Tarquinius und einige andere sind droben auf der Dachterrasse, von wo man einen guten Ausblick auf die Stadt hat.«

Lucius hatte seine Meldung knapp und präzis heruntergerattert, als stünde er vor einem seiner Vorgesetzten, und es fehlte gerade noch, dass er zum Abschluss die Haken zusammenknallte und salutierte.

Es dauerte wie üblich eine Weile, bis Fix und Fax mich gewaschen, mich angekleidet, meine »Südhälfte« sorgsam in weiche Tücher verpackt, mich in meinen Stuhl gesetzt und auf die Terrasse hinaufgeschleppt hatten.

Herr Aurelius Priscus und seine Tochter Lucia, beide blass und hohläugig – offenbar hatten sie nicht so gut wie ich geschlafen, wenn überhaupt –, Tarquinius, dem man wie üblich nichts ansah, und der Rest unserer Truppe waren dort bereits versammelt.

Wieder starrten wir hinüber auf Roma:

Die lodernden Flammen waren ebenso erschreckend, wenn auch nicht ganz so beeindruckend wie in der Nacht. Dafür war die finstere Qualmwolke darüber umso bedrohlicher. Sie hing nun ebenfalls, wenn auch nicht ganz so dick und ganz so schwarz, über unseren Köpfen.

»Nein!«, flüsterte Herr Aurelius Priscus plötzlich. »Nein! Nicht schon jetzt! Das ist zu früh?«

Dann sah auch ich es:

Die riesige Rauchwolke über der Stadt begann sich unerbittlich nach Nordosten zu verschieben. Der in unseren Regionen übliche Südwestwind kam auf, setzte sich durch!

Was das bedeutete, war uns allen schlagartig klar: Wenn der Nordwestwind oder auch nur die Windstille noch einen halben Tag angehalten hätte, dann wären die Feuer nahe des Zentrums ausgebrannt und erloschen gewesen, hätte sich eine breite Schneise der Verwüstung zwischen diese und die nördlichen Viertel gelegt. So aber würden die Flammen in ein Gebiet getrieben werden, wo sie, vom Wind zusätzlich angefacht, erneut Nahrung in Häusern, Tempeln und Lagern finden würden! Jetzt waren nicht nur arme, wie die Subura und Teile des Mons Aventinus, gemischte wie die Carinae oder auch wohlhabendere Viertel Romas wie der Mons Caelius in Gefahr. Jetzt war das Herz des Imperiums, der Mons Capitolinus mit seinen Staatstempeln und das Forum, unmittelbar bedroht!

Uns allen stockte der Atem bei dieser Vorstellung.

Nur Tarquinius sah das Ganze objektiver:

»Wenn jemand mit genügend Geld, um jene Brandstifter zu bezahlen, und mit genügend Macht, um diese anschließend zu schützen, beschlossen hat, Roma niederzubrennen, dann wird ihn kein Mensch und kein Wind, woher dieser immer wehen mag, daran hindern!«

Wir verfolgten das Geschehen den Abend und die ganze anschließende Nacht hindurch.

An den verschiedenen Farben der Flammen konnten wir

manchmal erkennen, was da eben besonders heftig brannte: Öllager oder Kornspeicher oder Holz und Holzkohle für die Herde der Stadt oder Warenhäuser voller Stoffe und Kleidervorräte. Als ein riesiges Lagerhaus, in dem allerlei Nüsse und Pinienzapfen, deren Kerne vielfach als Nahrung der Armen dienen, in Brand geriet, wurden Abermillionen von brennenden Walnüssen und Mandeln emporgeschleudert und bildeten einen riesigen, rot glühenden Sternenhimmel, ehe sie, den Göttern sei Dank, verglüht zur Erde zurücksanken.

Als der Mons Capitolinus in Flammen aufging, die zu Kalk gebrannten Marmorsäulen der Tempel niederbrachen, weinte Herr Aurelius Priscus, ohne sich seiner Tränen zu schämen.

Herr Aurelius Priscus war bekennender Christianus. Der Fall der Tempel jener seiner Überzeugung nach »falschen« Götter hätte ihn, so dachte ich, eigentlich mit Freude erfüllen müssen. Doch vor allem war der Herr Senator vom Grund seiner Seele auf Römer! Die Tempel des Jupiter, der Juno und Minerva, der Schützer des Imperiums, in Schutt und Asche sinken zu sehen war für ihn beinahe ebenso, als sähe er endgültig alles, wofür er sich zeitlebens eingesetzt und gekämpft hatte, zusammenbrechen.

In den Morgenstunden, fast alle von uns hatten sich eben zurückgezogen, um doch noch ein wenig Ruhe zu finden, gellte der Schrei »Feuer!« durch Trans Tiberim.

Im östlichsten Teil des Bezirks, nahe den Pontes, den Brücken südlich der Tiberis-Insel, schlugen helle Flammen aus Lagerhäusern und kleinen Flusswerften, fraßen sich, unerbittlich und unaufhaltsam vom Südwestwind angetrieben, auch in den Teil Romas »jenseits des Flusses« hinein.

Die patrouillierenden Bürger hatten ein paar der Brandstifter erwischt und überwältigt und hatten sie zur Polizeistation geschleift. Doch ob man ihnen die Gelenke ausrenkte, sie geißelte, ihnen die Zähne mit einer Zange aus dem Mund brach, ihnen die Hoden zerquetschte oder sie schließlich ans Kreuz nagelte, über ihre Auftraggeber wussten sie nichts zu sagen, als dass man sie exzellent bezahlt habe, ohne dass sie je erfahren hätten, wer diese Auftraggeber tatsächlich seien.

Wie Ihr wisst, edler Herr Caecilius Plinius, wurde ein guter Teil des Bezirks Trans Tiberim damals gerettet.

Während zahlreiche Lagerhäuser und Schuppen nebst den anliegenden kleinen Werften und Handwerksstätten am Tiberis abbrannten, rissen die Bewohner beherzt Häuser, Ställe und Schuppen nieder, um eine Schneise zu schlagen, welche das Feuer nicht zu überspringen vermochte, und retteten so einen Großteil des Bezirks. Decurio Septimus mit seinen Mannen hat sich hier wahrlich Ruhm erworben! Wenig später ging der Decurio, völlig berechtigt, mit dem Ruhegeld eines Centurio in Pension.

Gegen Abend des 22. Juli verließen wir die »Säugende Wölfin« und zogen auf der Via Portuensis Richtung Süden. Den ganzen gestrigen Tag, die Nacht und den heutigen Tag über hatten unsere Leute, sogar der Herr Senator, Seite an Seite mit den Bewohnern von Trans Tiberim geholfen, Häuser und Nebengebäude niederzureißen, um eine Brandschneise zu schlagen, und hatten gegen das Feuer gekämpft, unterstützt von einem immer stärker auffrischenden Westwind, der die Flammen zurück Richtung Stadtmitte drängte.

Ich saß unterdessen allein, sozusagen als Wachposten, auf der Dachterrasse der »Wölfin« – auch Fix und Fax hatte ich zum Helfen geschickt. Ich verfluchte meine Beine, die mich in diese Rolle zwangen, hatte jedoch immerhin die Genugtuung, einige kleine Rauchsäulen im Viertel so rechtzeitig zu entdecken, dass die Brände gelöscht werden konnten, ehe sie größere Schäden anrichteten.

Von dort oben beobachtete ich auch, wie die ersten großen Flussschiffe den Tiberis heraufkamen, voll beladen mit Brot, Korn, Mehl und Öl, Decken und Kleidung aus Ostia, um jenen

Stadtbewohnern, die alles verloren hatten, wenigstens eine erste Unterstützung zukommen zu lassen.

Was dann freilich geschah, war nur allzu typisch für jene entsetzlichen Tage in Roma:

Kaum hatten die ersten Lastkähne am jenseitigen Flussufer beim zwar rußgeschwärzten, ansonsten jedoch unversehrten Emporium angelegt, da stürmten die Massen die Gebäude und Schiffe, um an die Vorräte zu gelangen. Im wütenden Handgemenge, in das sich unverzüglich auch die bewaffneten Banden einmischten, um möglichst viel von dem zu ergattern, was sich zweifellos in den nächsten Tagen prächtig zu Geld würde machen lassen, wurden Menschen gnadenlos niedergetrampelt und erschlagen. Das Brot wurde unter ihren Füßen zerstampft. Das Mehl aus den zerrissenen Säcken bedeckte den Boden vom Kornhaus bis zu den Triumphbögen des Drusus und Germanicus wie Schnee. Vielfarbene Öllachen aus zerschlagenen Amphoren trieben auf dem Fluss. Schließlich zogen mehrere Kohorten Prätorianer auf, um das Emporium zu schützen. Mit Schwert und Lanze trieben sie die Menge zurück, Bogenschützen jagten ihre Pfeile den zurückweichenden Massen hinterdrein. Die Blutbäche wuschen das verstreute Korn in den Tiberis hinunter, zeichneten seltsame Mäander durch das verstreute Mehl.

Niemals hätte unser Wirt auch nur eine diesbezügliche Andeutung gewagt, doch während die Diener des Herrn Aurelius Priscus darum baten bleiben und weiter helfen zu dürfen, war uns klar, dass der Mann, auch wenn sein Haus unversehrt war, nun wahrlich andere Sorgen hatte, als eben doch recht anspruchsvolle Gäste zu versorgen.

So verließen wir also gegen Abend die »Wölfin«.

Ein gutes Stück außerhalb der Porta Portuensis setzte ein Fährmann uns und unsere Tiere über den Fluss.

Als Tarquinius spöttisch Leoparda, eingedenk ihrer Diskussion kürzlich, seine Hand für den entsprechenden Überfahrtspreis entgegenstreckte, legte sie unbewegten Gesichtes eine hohe Silbermünze »für mich und mein Pferd« hinein. Und dann folgte eine Goldmünze »für Pia!« Als Tarquinius ihr die Münzen zurückgeben wollte, wandte sie sich brüsk ab – und so wurde zwei Wochen später ein wunderbar geschnittener und geschliffener Anhänger aus Bergkristall für Pia daraus …

Wir hatten die Absicht, die Stadt nun im Süden zu umgehen, um schließlich auf der Via Appia heimkehren zu können. Lucius und Tarquinius hatten übereinstimmend erklärt, dass dieser Weg, da sich der Wind gedreht hatte, nun ungefährlich und sicher sei.

Allerdings schien der Wind erneut umgeschlagen zu sein, denn so kräftig er den ganzen Tag aus Westen geweht hatte, so stark, ja noch stärker blies er nun aus Süden. Doch die Sorgen, die sich Tarquinius und auch Lucius deshalb machten, galten offenbar nicht uns, sondern weit mehr der Stadt.

Und dann begriffen wir auch weshalb: Dies war kein gewöhnlicher Wind!

Über dem Zentrum Romas erhob sich eine immer höher aufsteigende, fast senkrechte Flammensäule! Die heiße Luft in ihrem Inneren wurde wie in einem Kamin nach oben gewirbelt, und der Wind, den wir spürten, war jene neue Luft, die an ihrem Fuß nachgezogen wurde, die Brände noch wilder entfachte, sich umso schneller erhitzte und umso schneller ebenfalls nach oben gejagt wurde, um noch mehr Luftmassen nachzuziehen.

Wir hörten es auch: Das markerschütternde dumpfe Dröhnen des Feuers steigerte sich unerbittlich zu einem ohrenbetäubenden Brüllen!

Ein Höllenkreislauf!

Euer Vater, edler Herr Caecilius Plinius, hat in seinen Naturbeobachtungen derlei beschrieben und erklärte auch, dass im Zentrum solcher »Feuerstürme« solch ungeheure Temperaturen entstünden, dass Steine schmelzen, Lebewesen verkohlen würden, ohne dass sie je eine Flamme berührt hätte. Unzweifelhaft haben ihn auch der Brand Romas jener Tage auf diese wissenschaftliche Spur geführt.

Doch so schrecklich dies war, hatte Roma damit seit Tagen erstmals wieder eine echte Überlebenschance.

Der umgeschlagene Südwestwind blies zunächst die Brände nordostwärts über das Forum und den Mons Capitolinus weiter nach dem Mons Crispius, dem Collis Viminalis, dem Collis Quirinalis, nach dem Campus Agrippae und gar dem Campus Martius. Nun allerdings machten auch die Behörden Ernst damit, wenigstens den Rest der Stadt zu retten, indem sie ganze Häuserzeilen als Brandschneisen niederlegen und jedes jenseits dieser Schneisen aufflammende Feuer energisch bekämpfen ließen. Große Kontingente von Prätorianern aus ihren Lagern zwischen der Via Salaria und der Via Nomentana wurden in die Stadt geschickt, um Ordnung zu schaffen. Doch die Römer wollten keine Ordnung. Sie schrien: »Ihr habt uns alles genommen! Tötet uns doch lieber gleich!«, und leisteten erbitterten Widerstand. Umfangreiche Transporte vor allem an Lebensmitteln wurden von Ostia her in Marsch gesetzt. Ihr Schicksal glich den Szenen am Emporium.

Letztlich hätten all diese Anstrengungen der Behörden nichts mehr genutzt, wäre ihnen das Feuer nicht selbst zu Hilfe gekommen: Der Feuersturm im Zentrum der Stadt sog mehr und mehr die Luft und damit die Flammen aus den umliegenden Bezirken an sich, sog sie zurück zu ihrem Ursprung. Und je heftiger, je wilder, je heißer jener Feuersturm wütete, umso schneller verbrannte er seine Nahrung! So haben letztlich nicht Menschen oder Götter die völlige Vernichtung Romas verhindert, sondern das Feuer hat sich selbst erstickt …

Doch noch war es nicht so weit.

Als wir knapp ein Drittel der Stadt im Süden umrundet hatten, wurden wir nahe der Porta Ardeatina, etwa in der Mitte zwischen der Porta Ostiensis und der Porta Appia, in eine riesige Menschenmenge eingesogen und hilflos nach dem dort in die Stadt führenden Aquädukt, der auf hohen Bögen erbauten Wasserleitung, zugeschoben.

Die Masse war zornig! Empört! Wütend!

Immer wieder gellte der Ruf:

»Tod den Brandstiftern!«

Vereinzelt der Ruf: »Nieder mit Nero!« Jedoch weit öfter: »Tigellinus in den Tiberis!« und: »Nymphidius ans Kreuz!«

Offenkundig hatte sich die Meinung durchgesetzt, dass die beiden Prätorianer-Präfekten an dem Unheil die Schuld trügen, da man Caesar Nero, den man ja eigentlich mochte, damit nicht persönlich belasten wollte.

Unheilspropheten – bei jeder Katastrophe scheinen sie aus dem Boden zu schießen wie Pilze nach einem warmen Sommerregen – und ehrgeizige Politiker, welche die Stunde gekommen sahen, um die Macht in ihre eigenen Hände zu reißen, heizten die Stimmung weiter an.

Ein Grüppchen Christiani sang und pries die endgültige Wiederkehr ihres Messias, lautstark untermalt vom Geschrei einiger Juden, die genau eben diesen Messias unter gar keinen Umständen anerkennen wollten.

Und immer wieder wurden Rufe nach Spartacus und Gracchus laut. Der Führer des Gladiatorenaufstandes wie der einst populäre Volkstribun waren freilich schon lange tot, und echte Nachfolger waren nicht in Sicht!

Und dann entdeckte einer jener Propheten, ein hohlwangiges Knochengerüst mit verfilzten langen Haaren, wild rollenden Augen und einer bemerkenswert durchdringenden Stimme unsere Gruppe.

»Seht es dort reiten, das *Verderben Romas*!«, zeterte er. »Seht den *Stolz*!« – gemeint war damit vermutlich Herr Aurelius Priscus, der wieder seine Senatorentoga trug. »Und die *unreine Buhlschaft*!« – wohl Lucia Aurelia oder Leoparda. »Die *kriegerische Gewalt*!« – zweifellos Lucius. »Die *hemmungslose Völlerei*!« – offenbar unser dickliches Schweinchen Purpureus. »Den *habgierigen Reichtum*!« – das musste wohl ich sein, da ich in einer Pferdesänfte transportiert wurde. »*Unzucht* und *Sittenlosigkeit* und *Wahnsinn*! *Sinnlose Gewalt* und *Brand* und *Menschenmord* sind ihr Name!« – da mochte sich nun jeder der Übrigen heraussuchen, was am ehesten auf ihn passte. Das Angebot war ohnehin größer als der Rest unserer Gruppe.

Mit wild fuchtelnden Armen rannte der Mann auf uns zu, während die Menge in der Tat grimmig zu murren begann, Knüppel und Messer nach uns reckte.

»Da reiten sie!«, schrie der Prophet. »Da reiten sie, die schon Armut und Elend und Seuchen über uns gebracht haben! Da reiten sie, die nun gar Roma angezündet haben! Sie stürzten die Stadt und die Welt ins Verderben *und lachen dabei*!«

Das Murren der Massen wurde nun wahrhaft bedrohlich!

»Denn«, kreischte der Mann, »denn an ihrer Spitze reitet der *leibhaftige Tod*!« – und damit war unzweifelhaft Tarquinius in seinem Schwarz und Silber gemeint.

Inzwischen war der Prophet halb freiwillig, halb von den Leuten hinter ihm geschoben ganz nahe an uns herangekommen, geiferte seinen Hass direkt in unsere Gesichter – und das war sein Fehler.

Hätte Tarquinius eines seiner Schwerter gezogen und den Mann niedergestochen, der Mob hätte uns in Stücke gerissen.

Doch unser Etrusker ließ seine Schwerter stecken, griff stattdessen mit der linken Hand nach den verfilzten Haaren des Propheten, packte sie, hob den zappelnden Mann bis zu seiner Augenhöhe empor, verabfolgte ihm mit der Rechten zwei knallende Maulschellen – und ließ ihn fallen.

Während der Prophet noch völlig verdattert mit offenem Mund im Dreck saß, drehte sich die Stimmung der Massen vollständig. Erst lachten ein paar, dann lachten alle und ließen Tarquinius hochleben. Wenn er in diesem Augenblick gerufen hätte »Ich bin euer neuer Caesar! Folgt mir!«, wer weiß, was – durchaus mit Aussicht auf Erfolg – geschehen wäre? Doch Tarquinius begnügte sich damit, mit seinem geheimnisvollen Lächeln in den Mundwinkeln den Menschen freundlich zuzuwinken.

Ich sagte eben: »Durchaus mit Aussicht auf Erfolg.«

Das ist keineswegs nur so hingeschrieben! Ich war und bin der Überzeugung, dass Tarquinius damals fast nur mit dem Wink seiner Hand hätte Caesar Nero stürzen, sich selbst zum Caesar hätte machen können! Abgesehen vom Zorn der Massen, der ihn getragen hätte, war auch die reale Gelegenheit besser, als sie später irgendein anderer für sich in Anspruch nehmen konnte!

Denn knapp zweihundert Schritte weiter prallte die Menge auf einen, freilich keineswegs unüberwindlichen Kordon von Prätorianern, der sich nahe des Aquädukts schützend vor einer größeren Gruppe Augustalen und Mitgliedern des caesarischen Hofes aufgebaut hatte.

Und oben auf dem Aquädukt stand Caesar Nero in eigenster Person in der Pose eines griechischen Tragöden, angetan mit einer Purpurtoga und den goldenen Lorbeerkranz auf dem Haupt. Mit der Rechten schlug er in die Saiten seiner goldenen, edelsteingeschmückten Leier, starrte auf das brennende Roma und machte den Mund auf und zu. Offensichtlich sang er, begleitet von einem Chor, der ein wenig hinter ihm droben auf dem Aquädukt aufgestellt war. Wenn er die Leier kurz sinken ließ, offenbar das Zeichen, dass ein Gesang zu Ende war, applaudierten die Augustalen frenetisch.

Was für eine Posse!

Im Brüllen des Feuersturms der Innenstadt und dem pfeifenden Wind, den dieser ansog, hörte niemand den Gesang Caesars oder auch nur den des Chores – gewiss nicht einmal die Augustalen am Fuße des Aquädukts, so begeistert sie Beifall klatschen mochten, geschweige die Menschenmenge, die, mit uns in ihrer Mitte, herangedrückt wurde.

Zudem verdarb der Wind auch noch die Szene. Seine Böen bauschten die Gewänder des Chores auf, als stehe dort eine Gruppe von Hochschwangeren oder Bierfässern.

Auch Caesar Nero sah nicht besser aus. Dass die sorgsam gelegten Falten seiner Purpurtoga in Unordnung geraten waren, bemerkte kaum jemand. Auch nicht, dass die Zipfel jener Toga halt- und würdelos im Wind flatterten. Doch als er zweimal seinen Gesang unterbrechen musste, um den Lorbeerkranz festzuhalten, den ihm der Wind vom Kopf zu wehen drohte, war er nicht mehr der unerschütterliche Heros wie in Neapolis, sondern einfach eine lächerliche Figur!

Irgendjemand – Philosoph? Politiker? – hat einmal gesagt, Lächerlichkeit sei die vernichtendste Waffe, die es gäbe. Und Caesar Nero war in diesem Augenblick schlicht lächerlich.

Dass er Abertausende Unschuldiger in seinen Arenen umbringen ließ, amüsierte den Pöbel allenfalls. Dass er seine Mutter, seine beiden Gattinnen und Hunderte hochgestellter Persönlichkeiten ermorden ließ, verzieh man ihm. Selbst dass er Roma hatte anzünden lassen, war man bereit ihm nachzusehen oder schob die Schuld anderen in die Schuhe.

Doch den albernen Auftritt auf jenem Aquädukt bei der Porta Ardeatina hat ihm das Volk nie vergeben. Dies war der Anfang von seinem Ende!

Wenn nicht schon eben, so hätte spätestens hier eine einzige Handbewegung von Tarquinius genügt, um die Prätorianer, die Augustalen und Caesar Nero hinwegzufegen.

Ich kann auch heute nicht erklären, weshalb er diese Handbewegung nicht machte.

Das Wissen, dass da andere wie Otho oder Vitellius im Hintergrund auf die Macht lauerten, kann es nicht gewesen sein. Vermutlich war es ganz einfach so, dass er an dieser Macht schlicht nicht interessiert war …

Die immer schneller anwachsende Menschenmasse vor dem Aquädukt hatte zunächst fassungslos das Schauspiel dort oben verfolgt, ein paar hatten sogar über den caesarischen Komödianten in der flatternden Purpurtoga und mit dem rutschenden Lorbeerkranz gelacht.

Doch dann wurde das Gebrüll der Menge immer bösartiger. Die Rufe nach Ersäufen und Kreuzigen richteten sich nun eindeutig auch gegen Caesar selbst, wurden immer lauter! Von seiner Schuld an dem Unheil waren immer mehr Menschen überzeugt.

Herr Ofonius Tigellinus soll erst kürzlich aus einem griechischen Stück zitiert haben: »Wenn ich tot bin, mag Feuer die Erde verschlingen«, und Caesar habe ihn korrigiert, der Anfang des Satzes müsse in Wahrheit lauten: »Solange ich noch lebe ...!«

Die wildesten Gerüchte machten die Runde:

Caesar habe die Stadt niederbrennen lassen, um Italia zu verlassen und eine neue Hauptstadt in Asia oder Aegyptus zu gründen! Legionen aus dem ganzen Imperium seien aufgeboten, um die Reste von Roma dem Erdboden gleichzumachen!

Nein, wurde dem widersprochen, Caesar habe Roma nur deshalb anzünden lassen, um die Stadt als »Neronia« neu aufzubauen. Er habe bereits befohlen, die Provinzen des ganzen Reiches auszuplündern, um eine Stadt ganz aus Marmor und purem Gold zu errichten!

Riesige Hilfslieferungen seien unterwegs, und jeder Römer werde das Geld erhalten, um sein Heim größer und schöner wieder zu errichten, als es je gewesen sei!

Alles Unsinn!, wurde dagegen geschrien. »Neronia« werde ausschließlich eine Stadt für Caesar und seine Augustalen sein! Das Volk werde in ihr nichts mehr zu suchen haben! Es werde diesem sogar verboten sein, die neue Stadt überhaupt zu betreten!

Falsch! Unzählige Bestien, Gladiatoren und Wagenlenker seien bereits auf dem Weg für die glanzvollsten Spiele, die Roma je gesehen habe, um das Volk zu trösten!

»Welches Volk?«, brüllten andere. »Ein Volk von Toten?«

Wisse man denn nicht, dass Caesar längst den Befehl gegeben habe, das Wasser der Aquädukte zu vergiften, um auch den letzten Mann, die letzte Frau und den letzten Säugling der Bevölkerung auszurotten? Litten nicht schon etliche Kinder an Durchfall? Lägen nicht viele bereits sichtlich vergiftet im Sterben?

»Trinkt Wasser!«, zeterte einer der Unheilspropheten leidenschaftlich. »Dann rafft euch der Tod wenigstens schnell hinweg, und ihr müsst nicht jämmerlich an Durst und Hunger krepieren!«

Gerade das letzte Gerücht wurde am ehesten geglaubt, wie stets die schlechtesten Nachrichten, so unsinnig sie sein mögen, am meisten Glauben finden.

Die ohnehin schon aufgeheizte Stimmung schlug um in wilde Empörung:

»Ans Kreuz mit Caesar! Ans Kreuz mit seinen Augustalen! Ans Kreuz mit den Prätorianern!«, gellten die Schreie.

Erste Steine flogen in Richtung des Kordons, der den Fuß des Aquädukts schützend absperrte. Dann ging ein ganzer Hagel auf die sich hinter ihren Schilden duckenden Prätorianer nieder. Als ein Centurio, von einem Stein am Helm getroffen, betäubt von seinem Pferd kippte, wurde dies mit Begeisterungsschreien quittiert.

Die Knüppel, Äxte und Messer schwingende Menge rückte vor, drückte die Linie der Prätorianer mehr und mehr zurück. Etliche, die den Soldaten zu nahe kamen, wurden niedergestochen und von den nachrückenden, tobenden Menschen zu Tode getrampelt.

Das wütende Brüllen der Massen wurde nun so laut, dass es über das Tosen des Feuers und das Pfeifen des Windes hinweg sogar das Ohr des Göttlichen erreichte. Caesar Nero hielt in seinem Gesang inne und winkte ein paar seiner Augustalen zu sich herauf, die hastig die Treppe zum Aquädukt emporklommen. Man schien sich kurz zu beraten.

Dann stieg ein einzelner Mann die Treppe wieder herab, ließ sich einen milchweißen Schimmel bringen und saß auf.

An dem wie in Marmor gemeißelten perfekten Faltenwurf seiner Toga, dem wenigen, dafür umso kostbareren Schmuck hatten wir sofort unseren Freund Petronius Arbiter erkannt.

Mit einem lässigen Wink seiner Hand gab er den Prätorianern Befehl, ihm Durchlass zu gewähren. Völlig ruhig, als sei dies lediglich ein gemütlicher Sonntagsausritt, schob er sein Pferd – nur da und dort einen, der nicht Raum geben wollte, mit einem leichten Klaps seiner mit einem Elfenbeinknauf geschmückten Reitgerte zur Disziplin mahnend – in die tobende Menge hinein. Sie gab ihm tatsächlich Raum.

Gewiss, wenn der römische Mob einen der Augustalen schätzte, dann Herr Petronius Niger, den Arbiter Elegantiarum. Er hatte nie versucht, mit protzigen Spielen dessen Gunst zu gewinnen, hatte nie versucht, sich bei den Massen anzubiedern – und dafür achteten sie ihn. Er hatte stets nur seinem verfeinerten Lebensstil und der Kunst gelebt. Er hatte sich nie an Caesar und die Macht herangedrängt, auch wenn er wohl gerade deshalb einer der bedeutendsten Augustalen war. Das Volk liebte ihn nicht, dafür war er viel zu reich, viel zu mächtig, dafür gingen sein Witz und seine beißende Ironie viel zu weit an dessen Ohren vorbei. Doch selbst der schlimmste Pöbel respektierte ihn ob seiner Unbestechlichkeit, seiner in sich selbst ruhenden Selbstsicherheit und der unerschütterlichen Höflichkeit willen, die er auch noch dem geringsten Sklaven entgegenbrachte.

So wagte auch jetzt niemand sein Pferd, geschweige ihn selbst auch nur zu berühren.

Inmitten der Massen hielt Herr Petronius Arbiter schließlich an, hob die Rechte zum Zeichen, dass er zu sprechen wünsche. Und tatsächlich kehrte einigermaßen Ruhe ein.

Wir hörten nicht, was er sagte – seine Stimme über das Normalmaß zu erheben, empfand er als unter seiner Würde. Doch seine Worte verbreiteten sich unter den Menschen wie ein Lauffeuer:

»Neronia« oder gar eine neue Hauptstadt im Osten des Imperiums – Unsinn!

Anmarschierende Legionen, um Roma endgültig dem Erdboden gleichzumachen – dafür hatte er nur ein verständnisloses Kopfschütteln übrig.

Eine Stadt allein für Caesar und die Augustalen – wie, bitte, sollte solch eine Stadt ohne Händler und Handwerker, kurz ohne Volk, funktionieren?

Vergiftetes Wasser – Herr Petronius ließ sich aus der Menge einen Wasserkrug reichen, trank ihn aus, bemängelte lediglich, dass durch die Feuer das Wasser entschieden zu warm sei, um erfrischend zu wirken.

Kinder mit Durchfall – wie viele Kinder hätten denn gerade in den Insulae tagtäglich Durchfall?

Vergiftete Sterbende – gewiss, doch vergiftet vom Rauch, wie jeder vernünftige Mensch wisse. Würden sie denn nicht alle mehr oder weniger husten, an den Folgen des Qualms leiden?

Natürlich seien riesige Hilfslieferungen unterwegs – und so man sie nicht wieder zertrample, sei wahrlich genug vorhanden für jeden!

Roma werde wieder aufgebaut, wie es war – nur größer, schöner, sauberer. Und selbstverständlich werde es seinen alten Namen behalten!

Um dem Volk eine vorläufige Bleibe zu geben, würden die Gärten und Parks des Agrippa, des Lucullus und Maecenas, sogar Caesars eigene für das Volk geöffnet werden. Zelte und Decken seien unterwegs.

Mit jedem Satz des Arbiter Elegantiarum, der von Mund zu Mund ging, wurde das wütende Gebrüll leiser, verstummte schließlich gänzlich.

»Spiele!«, schrie da eine Stimme. »Spiele!«, wiederholten Dutzende, Hunderte sogleich.

Herr Petronius machte eine lässige Handbewegung, als wolle er diese alberne Forderung einfach wegwischen. Ob das Volk Caesar Nero tatsächlich so schlecht kenne, um nicht zu wissen, dass er gerade jetzt die glanzvollsten Spiele, die das Imperium je gesehen hatte, veranstalten würde?

Die Massen, die Caesar Nero und seine Augustalen eben noch ans Kreuz nageln wollten, heulten vor Begeisterung!

Jetzt aber, so schloss Herr Petronius Arbiter, sei es wahrlich Zeit, sich zu zerstreuen und zur Ruhe zu begeben. Morgen schon werde das Feuer endgültig besiegt sein. Roma würde in noch größerem Glanz erstehen, und jeder würde wohlhabender und zufriedener sein als je zuvor …

Dann wandte er seinen Schimmel und ritt gemächlich unter den begeisterten Hochrufen der Menge dahin zurück, woher er gekommen war.

Mehr noch als vor wenigen Minuten bei Tarquinius hätte eine einzige Handbewegung genügt, um den Schmierenkomödianten dort oben auf dem Aquädukt samt seinen Gefolgsleuten hinwegzufegen und Herrn Petronius Niger den goldenen Lorbeerkranz des Imperators, Caesars und Augustus aufs Haupt zu setzen.

Doch wie Tarquinius war er an dieser Art Macht offenbar ebenfalls nicht interessiert.

War es genau das, was diese beiden Männer letztlich so verband? Hat es Herr Petronius je bereut, dass er jenes Handzeichen nicht gab? Denn dass er es nicht gab, bedeutete seinen Tod.

Doch dass er es nicht gab, bedeutete wohl auch, dass er genau derjenige bleiben durfte und konnte, der er nach seiner innersten Überzeugung war und sein wollte …

Tatsächlich lösten sich nach seiner Ansprache die bedrohlichen Massen auf, suchten sich irgendwo einen provisorischen Schlafplatz und träumten von einer besseren, reicheren Zukunft.

Zwei trotzdem verstockte Unheilspropheten wurden verprügelt, einer gar im Tiberis ersäuft.

Für uns war damit der Weg nach Süden frei. Im roten Schein der immer noch lichterloh brennenden Stadt, welcher das Umland auf Aberdutzende von Meilen fast taghell erleuchtete, eilten wir auf der Via Appia heimwärts in Richtung Puteoli und Felix Felix.

Später bekannte uns Herr Petronius Arbiter, dass dies die schlimmste Stunde in seinem ganzen Leben gewesen sei. Natürlich habe er keine Angst gehabt, dass irgendwer Hand an ihn legen könne. »Aber wie er stinkt, dieser Mob! Nach Schweiß und Knoblauch und ungewaschenen Socken! Ich wäre beinahe ohnmächtig geworden …«

Das Feuer wütete sechs Tage und sieben Nächte.

Herr Cornelius Tacitus, damals noch ein Knabe, den ich später bei jenem berühmten Todesgastmahl des Herrn Petronius Niger kennen lernte, hatte den Brand selbst miterlebt. Obwohl als Historiker streng um Objektivität und trockene Sachlichkeit bemüht, klingt immer noch sein Entsetzen durch die Zeilen, die er vor einiger Zeit schrieb:

»Verstörte, kreischende Frauen, hilflose Alte und Kinder, Menschen, auf die eigene Sicherheit bedacht, andere, die uneigennützig den Kranken halfen und auf sie warteten, Flüchtlinge und Schaulustige – all dies steigerte die Verwirrung. Wenn die Menschen sich umdrehten, loderten drohende Flammen vor ihnen auf oder überholten sie. Wenn sie in ein anderes Viertel entkamen, folgten ihnen die Flammen – selbst als abgelegen geltende Stadtteile wurden vom Feuer erfasst. Schließlich drängten sie sich ziellos auf den Landstraßen oder lagerten in den Feldern. Manche, die alles verloren hatten, sogar die Mahlzeit auf dem Herd, hätten entkommen können, zogen es aber vor zu sterben. Desgleichen andere, denen es nicht gelungen war, ihre Familie zu retten. Niemand wagte das Feuer zu bekämpfen. Wilde Banden verhinderten jeden Versuch. Sogar Fackeln wurden offen von Männern in die Häuser geworfen, wobei sie brüllten, sie handelten auf Befehl.«

LUDUS XI

Christiani vor die Löwen!

Hoplomachus und Hoplomacha

August bis Oktober 817 *ab urbe condita*.
Im 9. und 10. Regierungsjahr
des erhabenen Caesars Nero.
(64 n. Chr.)

Wir atmeten ganz tief durch, als wir wieder in Felix Felix waren!

Natürlich hatten alle in der Schule und im Dorf bereits von dem Brand in Roma gehört und sich entsprechend Sorgen gemacht.

Herr Senator Octavius Aurelius Priscus und seine Tochter Lucia Aurelia nebst deren Sohn Lucius fanden herzliche Aufnahme bei Herrn Gladius Felixianus in der Villa.

Digna, die wegen der kleinen Philippa zu Hause geblieben war, schwor mir, mich niemals wieder alleine irgendwo hinreisen zu lassen, wenn ich »solche Sachen anstelle«!

Ich kaufte dem Ludus Julianus in Capua, wie versprochen, den *Murmillo* Bato ab, obwohl der geforderte Preis eine blanke Unverschämtheit war. Bato und Rattus schworen den Schul-Eid und wurden damit reguläre Mitglieder von Felix Felix.

Und fast augenblicklich bekamen wir Probleme mit Bato.

»Ich bin immerhin ein in einer caesarischen Schule ausgebildeter *Murmillo*!«, polterte er. »Ich habe bereits viermal in der Arena gestanden: zweimal mit Siegespalme, zweimal mit ehrenvoller *Missio*! Was also, bitte, soll der Quatsch mit ›weiterer Ausbildung‹? Gar mit dem albernen Herumgehüpfe im Gymnasium, das allenfalls für irgendwelche griechischen Schwuchteln einen Sinn macht?«

Sein Schnauzbart sträubte sich förmlich vor Empörung.

Von »Wir sind hier eben nicht im Ludus Julianus, sondern in Felix Felix!« wollte er nichts hören.

Nun denn, entschied Herr Gladius Felixianus, dann solle er eben sein überlegenes Können in Übungskämpfen mit stumpfen

Waffen zeigen und beweisen, dass er tatsächlich ebenso gut sei wie unsere Leute.

Der junge Dardanus schlüpfte in die Rüstung eines *Murmillo*. Obwohl eigentlich *Secutor*, war diese seiner üblichen Ausrüstung nahe genug verwandt, dass er sie mühelos beherrschte. Er schlug Bato nicht leicht, aber eindeutig.

Leoparda, die *Hoplomacha*, traf ihn binnen drei Minuten mit ihren Speer zweimal »tödlich«.

Fulmina verdrosch ihn so gründlich, dass Amenophis fast eine Woche benötigte, um seine Prellungen und blauen Flecken einigermaßen zu heilen. Zweifellos hatte sie dies auch getan, weil Bato neuerdings – und offenbar zu ihrer Zufriedenheit – ihr Bett teilte und sie ihn nicht verlieren wollte. Zum Schluss hatte sie sich mit ihrem dicken Hintern auf seine Brust gesetzt und ihn angebrüllt, ob er endlich begriffen habe?

Nein, er hatte nicht begriffen …

Erst als ich ihm in der nächsten Woche zuerst Aurius, dann Leo, die beiden für die Arena noch viel zu jungen Söhne des Amaranthus, gegenüberstellte und er gegen beide klar verlor, sickerte die Wahrheit über die Leistungsansprüche unserer Schule in sein Gehirn.

Seither rannte und warf und hüpfte Bato im Gymnasium wie kein anderer, drosch auf dem Übungshof oder in der Halle auf den Pfahl oder seinen Übungspartner ein, als gelte es, augenblicklich alle Feinde des Imperiums zu vernichten.

Wenn Fulmina vorbeikam, ihm unvermutet in die Kniekehlen trat, er auf den Hintern plumpste und sie dann grinste: »Benütze nicht nur deine Muskeln und jenes Anhängsel, das bei Männern unter dem Bauch hängt, sondern ausnahmsweise auch dein Gehirn!«, so war dies in ihren Augen die innigste Liebeserklärung …

Rattus machte sich, ohne irgendwelche Probleme, prächtig! Der in der dreckigsten Gosse Romas geborene, in kriminellen Banden aufgewachsene junge Mann war eisern entschlossen, einen »anständigen« Weg zu gehen, auch wenn dieser durch die Arena führte.

Die Chance, so hart und gefährlich sie sein mochte, die ihm Felix Felix bot, hatte er mit beiden Händen ergriffen und ließ sie nicht wieder los. Nie, *nie* gab es jemals irgendeine Beschwerde über Rattus von wem auch immer.

Sein einziges Problem war seine wohl angeborene Fettleibigkeit. Wenn er vor dem wie üblich mehr als reichhaltig aufgebauten Abendbüffet im Speisesaal der Schule stand, all die köstlichen Fische und Meeresfrüchte, die Vor- und Hauptspeisen sehnsuchtsvoll anstarrte, den Duft des über dem Grill brutzelnden Fleisches schnupperte, die köstlichen Torten und Puddings des Nachtisches begutachtete, wobei er selber an irgendwelchen Salatblättern knabberte, so tat er mir in der Seele leid.

Doch Rattus hielt durch! Fast acht Jahre lang als Gladiator, bis er sich den Traum verwirklichen konnte, ein respektabler Handelsherr zu werden.

Und auch jetzt, da der Mons Vesuvius sein Geschäft vernichtet hat, weiß ich, dass Rattus wieder bald fest auf seinen Beinen stehen wird.

»Wen die Subura nicht umbringen konnte, für den ist ein feuerspeiender Berg eine Lappalie«, hatte er gesagt, als er vor etlichen Tagen kurz hier aufkreuzte.

Am 4. August dieses Jahres 817 wurde Herr Gladius Sempronius Felixianus Vater – und das gleich doppelt!

In einer feierlichen Zeremonie vor dem caesarischen Prokurator von Puteoli und den gewählten Duumviri der Stadt, die eigens zu diesem Anlass nach Felix Felix gekommen waren, vor unserer vollzählig versammelten *Familia Gladiatoria* und dem ebenso vollzählig versammelten Dorf adoptierte er Tarquinius und mich als seine rechtmäßigen Söhne und bestimmte uns zu gleichen Teilen und Rechten als seine Nachfolger und Erben.

Damit hieß unser Etrusker nun offiziell »Tarquinius Sempronius Felixianus«, dem er als zweiten Beinamen noch »Dimachaerus« anhängte.

Und ich »Scorpio Sempronius Felixianus«. Natürlich hätte ich als Vornamen auch »Eppor« wählen können, doch, wie früher schon gesagt, war ich seit so vielen Jahren »Scorpio«, dass ich es gerne so beließ.

Tarquinius war ja schon seit einigen Jahren römischer Bürger, und wie mir der Prokurator versicherte, würde auch mein Name in den nächsten Tagen an der Mauer des Saturntempels – und seien es auch nur dessen ausgebrannte Reste – zu Roma auf einer Bronzetafel angeschrieben stehen, sodass, dem Wunsch von Herrn Gladius Felixianus entsprechend, auch ich künftig das volle römische Bürgerrecht besaß.

Und noch etwas änderte sich grundlegend: Herr Gladius Felixianus erklärte uns streng, dass er fortan nie mehr die Anrede »Herr« von uns hören wolle, ansonsten er uns – dazu habe er als Vater nunmehr das Recht – den Hintern versohlen würde.

Tarquinius und ich sagten im Chor:

»Ja, Papa!«

Trotzdem wird Gladius Felixianus für mich, zumindest in Gedanken, immer »Herr« Gladius Felixianus bleiben. Und so werde ich ihn auch künftig in diesen Aufzeichnungen nennen.

Der Zeitpunkt der Adoption war von Herrn Gladius Felixianus durchaus mit Bedacht gewählt, denn am nächsten Tag heiratete Tarquinius – Herr Tarquinius Sempronius Felixianus Dimachaerus – vor Gott und den Menschen die Dame Lucia Aurelia Prisca.

»Wenn du schon unbedingt eine Patrizier-Tochter aus einer der ältesten und hochgestochensten Familien Romas heiraten musst«, hatte Herr Gladius Felixianus gegrinst, »dann wenigstens unter einem ordentlichen Namen!«

Für die Hochzeit hatte sich Lucia zwei Dinge ausbedungen:

Zum einen, dass die Trauung ausschließlich von einem Priester der Christiani vollzogen werden solle, was auch bedeutete, dass diese Ehe für alle Zeiten gültig und unauflöslich sei.

Obwohl Tarquinius ein Höchstgeweihter des Mithras-Kultes war, stimmte er sofort zu.

»Wenn du überzeugte Anhängerin des karthagischen Baal wärest oder gar des Kultes unserer vergöttlichten Caesaren, so hätte ich damit zweifellos Schwierigkeiten«, meinte er. »Doch dein Christus und mein Mithras stehen sich in ihren Lehren so nahe, dass ich keine Probleme damit habe, wenn ein Geweihter deiner Richtung die Zeremonie vollzieht.«

Die Dame Lucia schien zwar keineswegs so ganz dieser Meinung zu sein, zumindest was die Gleichsetzung ihres Christus und seines Mithras anbelangte, doch sie wusste den guten Willen ihres zukünftigen Gemahls zweifellos mehr als zu schätzen.

Der Christiani-Priester, der daraufhin nach Felix Felix kam und mit allen Ehren in der Etruskervilla unseres Freundes einquartiert wurde, gefiel mir bereits auf den ersten Blick:

Er war ein knapp mittelgroßer, stämmiger Mann mit, obwohl er erst um die fünfzig Jahre zählen mochte, schneeweißem, kurzgeschnittenem Haar und Bart. Seine mächtige, gebogene Nase und die vollen Lippen deuteten auf eine Herkunft aus dem Osten hin – zusammen mit der Herkunft seiner Lehre vermutete ich, dass er Jude war. Er hatte derbe Hände und die gütigsten Augen, die ich je gesehen habe. Er war unbestreitbar klug, wenn auch gewiss nicht gebildet. Er hatte ein leicht aufbrausendes Temperament, gegen das er heroisch zu kämpfen versuchte, verfügte über eine ungekünstelte Herzlichkeit, Humor und sogar Selbstironie – eine Eigenheit, die den Geweihten fast aller anderen Kulte gründlich zu fehlen pflegt!

Er hieß Simon, was ihn eindeutig als Juden auswies. Sein Beiname war griechisch »Kephas« oder lateinisch »Petrus«, der »Fels«.

Er vollzog die Trauungszeremonie zwischen Tarquinius und der Dame Lucia zwar schlicht, doch mit großer Würde.

Die andere Bedingung konnten wir Lucia auch beim allerbesten Willen nicht erfüllen: Eine schlichte Zeremonie – »und sonst gar nichts!«

Derlei mochte – vielleicht – in der Anonymität einer Riesenstadt wie Roma möglich sein. In Felix Felix war es einfach ausgeschlossen!

Die *Familia* und das Dorf feierten Braut und Bräutigam eine volle Woche hindurch.

Sie richteten ein kleines Massaker unter Ochsen, Schweinen, Ziegen und Hammeln an, die auf langen Spießen über den Kohlen grillten. Sie verschlangen ganze Netze voller Fische und Meeresfrüchte. Sie sangen meist mehr laut als harmonisch. Sie tanzten zu Flöte, Dudelsack und Tamburin bis in den Morgen – Tänze, die sittenstrengen Altrömern Schauder des Entsetzens über den Rücken gejagt hätten. Sie soffen wie die Kamele unverdünnten Wein – diese Gewohnheit des Bräutigams Tarquinius hatte sich offenkundig durchgesetzt – und kotzten wie die Reiher …

Es war alles in allem ein fröhliches, ein harmonisches, ein lustiges Fest ohne Streit und Rauferei!

Die Dame Lucia hatte sich zwar ihre Hochzeitsfeier anders vorgestellt. Doch als sie die strahlenden Menschen sah, war sie von Herzen bereit, mit ihnen zu tafeln, fröhlich zu sein und zu tanzen – sie war eine hervorragende Tänzerin –, gar, wenn auch in Maßen, mit ihnen zu trinken.

Was offenbar ihrem Priester Simon gestattet war, das durfte zweifellos auch ihr nicht verboten sein – und Tarquinius betrachtete dies mit sichtlichem Wohlwollen.

Und Simon geriet angesichts der köstlichen Fische und Meeresfrüchte förmlich ins Schwärmen und bekannte: »Ich war auch ein Fische-Fischer, ehe ich zum Menschen-Fischer wurde. Ich wurde mit Fisch großgezogen. Ich liebe Fisch immer noch …«, und häufte sich wahre Berge auf seinen Teller.

Und wenn er genug getrunken hatte – auch wenn er niemals betrunken war –, erzählte er beispielsweise die Geschichte, wie sein *Messias* Jeshua, den die Römer »Jesus« nennen, bei einer Hochzeit tatsächlich ganz schlichtes Wasser in Wein verwandelt habe – hierzulande sei es allerdings wohl eher umgekehrt …

Ein Wermutstropfen fiel freilich auf die Feier:

Herr Plinius Caecilius, Euer hochverehrter Herr Vater, hatte einen Boten geschickt, dass sich Lucius spätestens am Mittag des 6. August im Flottenhafen von Missenum einzufinden habe! Er habe den Auslauftermin der fünf Triremen, die nach Berytus in Phoenicia abkommandiert seien, ohnehin wegen der Hochzeit um einen Tag verschoben, aber auch er stehe schließlich unter Befehl. Lucius möge also bitte unter keinen Umständen die Schiffe verpassen, wenn er sich nicht bei Herrn Gessius Florus, dem Befehlshaber der syrischen Legionen massiven Ärger einhandeln wolle!

Also begleiteten wir Lucius am Vormittag nach der Hochzeit nach Missenum, wo er sich von seiner Mutter, seinem Großvater und uns verabschiedete.

Lange schaute Lucia den Schiffen nach, die mit gleichmäßigem Riemenschlag den Hafen verließen und zunächst auf Südkurs an der Insel Capreae vorbei ihre weite Reise in den Osten des Imperiums antraten. Es würde wohl Jahre dauern, ehe Lucia ihren Sohn wiedersah. Trotzdem meinte sie, wenn auch mit Tränen in den Augen:

»Ich bin froh, dass er fort ist – weit weg von den unberechenbaren Launen Caesars!«

Und Herr Plinius Caecilius, der bei uns stand, ergänzte:

»Auch ich habe, als ich vom Brand Romas erfuhr, meinen Sohn« – Euch also, edler Herr Plinius Secundus – »unverzüglich nach Osten geschickt. Das Land, zumal Judaea, ist alles andere als ruhig und sicher, und Herr Gessius Florus gilt als ziemlicher Idiot, eine Eigenheit, die allen Legaten dort irgendwie anzuhängen scheint, seit Caesar Tiberius vor rund dreißig Jahren Herrn Pontius Pilatus wegen ›Unfähigkeit‹ abberufen musste …

Vielleicht«, seufzte er, »waren jene Männer auch gar nicht so unfähig. Vielleicht ist es auch nur die uneinsichtige Sturheit der Juden, die sich einfach nicht in das Imperium mit seiner Vielfalt an Völkern und Göttern eingliedern wollen, die also letztlich jeden Legaten vor die Wahl stellen, diesem Haufen von Wahnsinnigen völlige Freiheit zu gewähren – oder zu scheitern. Ihre antirömischen Messiasse, so zwei bis drei pro Jahr, zu kreuzigen bringt auf jeden Fall gar nichts!«

Herr Plinius Caecilius, Euer hochverehrter Vater, seufzte nochmals tief:

»Ich wollte, unsere Jungs wären nach Hispania oder Gallia gegangen, doch Herr Gessius Florus hat wenigstens den Ruf, seine Leute niemals in irgendwelche unkalkulierbaren Abenteuer zu schicken oder sinnlos zu opfern!« – was für ein Irrtum! –, und schloss: »Ich denke, unsere Buben sind bei Gessius Florus nicht schlechter aufgehoben als anderswo. Auf jeden Fall besser als derzeit in Italia!«. Womit er zweifellos teils Recht, teils allerdings ebenso Unrecht hatte …

So, wenigstens halb getröstet, kehrten wir nach Felix Felix zurück.

Aus Roma gab es Nachrichten: einige erwartete, eine persönlich gute und eine mehr als schlechte:

Die erwartete war, dass Caesar Nero sich nach seinem Auftritt auf den Aquädukt bei der Porta Ardeatina samt seinem Hofstaat fast fluchtartig zunächst nach Antium und wenig später nach Baiae zurückgezogen hatte. Von dort aus befahl er, dass, nachdem die Flammen erloschen waren, jede Hand, die Schutt schaufeln konnte, und jeder Handwerker aus ganz Italia und den umliegenden Provinzen aufgeboten wurde, um Roma schnellstmöglich wieder aufzubauen. Es sollten sogar Leute aus Gallia Narbonensis, aus Illyricum, Macedonia und Epirus und Kunsthandwerker aus Hellas unterwegs in die Hauptstadt sein.

Die gute Nachricht war, dass das Haus des Herrn Aurelius Priscus am Vicus Capitis Africae vom Feuer verschont geblieben war. Zwar hatten irgendwelche Marodeure die Eingangstür aufgesprengt. Sie hatten, da sie nichts von Wert fanden, die Möbel zertrümmert, die Wände mit obszönen Inschriften und Bildern beschmiert, die Pflanzen im Peristyl herausgerissen, an einigen Stellen gar die Mosaikfussböden aufgehackt und überall ihre Notdurft verrichtet. Dann hatten für ein paar Tage Flüchtlinge aus der Innenstadt das Haus besetzt und den Rest zerstört. Doch immerhin, das Haus stand, und die Diener des Herrn Aurelius Priscus hatten beschlossen, uns nicht nach Felix Felix zu folgen, sondern in das Haus zurückzukehren, um Ordnung zu schaffen. Unterstützt wurden sie von einem Trupp zweifellos überbezahlter Handwerker, den Tarquinius auf diese Nachricht hin unverzüglich nach dort in Marsch setzte.

Die wahrhaft schlimme Nachricht war, dass Caesar auf der händeringenden Suche nach einem Schuldigen für den Brand Romas offenbar fündig geworden war: Ausgerechnet die Christiani sollten die Stadt angezündet, sie mit Mord und Plünderung überzogen haben!

War es ein Einfall der Augusta Poppaea Sabina gewesen, die enge Kontakte zu den Juden in Roma pflegte, welche ihrerseits die Christiani nicht ausstehen konnten und sie als Gotteslästerer beschrien? Oder war es eine Idee von Caesar Nero selbst? Auf jeden Fall sollten die Christiani als Sündenböcke für alles Unheil, das die Stadt getroffen hatte, herhalten!

Zugegeben waren die Christiani für die Rolle, die man ihnen nun in die Schuhe zu schieben versuchte, geschickt ausgewählt: Sie waren eine kleine Gruppe, sodass man keine Massenproteste erwarten musste. Aber sie waren auch zahlreich genug, dass die Leute sie zumindest dem Begriff nach kannten! Sie setzten sich in der Mehrzahl aus Sklaven oder Leuten der Unterschicht zusammen. Man würde also Reichen und Mächtigen kaum auf die Zehen treten müssen! Sie waren mehr oder minder ein Geheimkult. Deren gab es in Roma zwar jede Menge, doch wer das Licht der breiten Öffentlichkeit scheute, dem mochte man leicht Übles nachsagen wie etwa das Schlachten kleiner Kinder bei irgendwelchen Zeremonien! Sie grenzten sich vielfach vom sonstigen gesellschaftlichen Leben aus, mieden beispielsweise die von den Massen so heiß geliebten Arenaspiele. Also war solchen Menschen eigentlich auch sonst jede Schandtat zuzutrauen! Sie weigerten sich sogar konsequent, den capitolinischen Staatsgöttern und dem *göttlichen* Caesar zu opfern. Damit waren sie zum einen politisch verdächtig und zum anderen dem Pöbel unverständlich, der jederzeit bereit war, irgendwelche Weihrauchkörner in die Glutbecken zu werfen, und sei es vor einem Esel, Hammel oder Krokodil, wenn er nur entsprechend reichlich mit Brot und Spielen dafür belohnt wurde. Und was unverständlich ist, das ist zweifellos auch böse!

Trotzdem wollte selbst der übelste Mob nicht so recht an ihre Schuld glauben. Die Christiani waren zweifellos Sonderlinge. Sie opferten nicht der Göttlichkeit Caesars, doch wer glaubte schon ehrlich an dessen Göttlichkeit? Selbst dass sie kleine Kinder bei ihren Zeremonien schlachteten, glaubte die Mehrheit nicht wirklich: denn wer irgendwie in der Nachbarschaft dieser Leute wohnte oder sonst wie mit ihnen zu tun hatte, der wusste nur Rühmliches über ihre Freundlichkeit und Hilfsbereitschaft zu berichten.

Selbst Herr Cornelius Tacitus, der nun wahrlich keine Sympathie für die Christiani hegt, ist bis heute von ihrer absoluten Unschuld überzeugt!

Trotzdem wurden sie nun auf Befehl Caesars zu Hunderten, ja Tausenden als die Brandstifter in Roma verhaftet und in die Gefängnisse gesteckt. Die Häscher Caesars schwärmten im ganzen Land aus, um möglichst viele Christiani einzufangen.

Und das Volk, vor allem das Romas, sah dabei zu in der frohen Erwartung, dass Caesar Nero bei den angekündigten Spielen Lustiges und Grandioses mit ihnen vorhatte!

Es war am Abend des zweiten Tages nach der Hochzeit. Wir hatten uns von der begeisterten Menge der Gäste ein wenig zurückgezogen. Herr – *Papa* – Gladius Felixianus war müde und wollte sich hinlegen. Tarquinius hatte mich und Digna noch zu einem letzten Schluck im Peristyl seiner »Etrusker«-Villa gebeten, und Lucia war zusammen mit Herrn Aurelius Priscus, ihrem Priester Simon und ein paar anderen in einem ihrer Privaträume am hinteren Ende des Peristyls verschwunden.

Da donnerte es gegen die Eingangstür der Villa unseres Freundes.

»Aufmachen im Namen Caesars!«, wurde gebrüllt.

Tarquinius gebot Digna und mir mit einem knappen Wink, da zu bleiben, wo wir waren, und schritt selbst zum Eingang.

Als die Tür geöffnet wurde, drängte mindestens ein Dutzend schwer bewaffneter Prätorianer in das Atrium.

Das »Halt!« unseres Freundes knallte wie eine Peitsche. Tatsächlich stoppten die Männer ihren Vormarsch.

Dann tauchte kein Geringerer als der caesarische Prätorianer-Präfekt Nymphidius Sabinus auf:

»Jetzt haben wir ihn!«, erklärte er mit breitem Grinsen. »Und vielleicht nicht nur ihn, sondern auch die wichtigsten seiner Anhänger!«

»Wen?«, fuhr Tarquinius den Präfekten an. »Und wieso auch noch in meinem Haus?«

»Wen?«, echote Nymphidius höhnisch. »Niemand anderen als Simon, auch Petrus genannt, den Oberpriester jener Christiani, welche nicht nur bislang zahlreiche Verbrechen begangen, sondern nun sogar Roma angezündet haben! Und wieso? Weil meine Männer ihn bis in dieses Haus verfolgt und es jetzt übrigens lückenlos umstellt haben! Leugnet, wenn Ihr könnt, dass jener Simon Petrus erst vorgestern die Trauungszeremonie zwischen Euch und Aurelia Prisca durchgeführt hat!«

»Weshalb sollte ich?«, fragte Tarquinius ruhig. »Priester ist Priester! Ich selbst habe vor einigen Monaten als Priester die Ehe zwischen unserer *Hoplomacha* Leoparda und deren Gefährtin Pia gesegnet …«

»Eure nunmehrige Gemahlin Aurelia Prisca und damit auch Ihr steht in dem dringenden Verdacht, Christiani zu sein!«, brüllte Nymphidius Sabinus, wobei sein rotes Proletengesicht noch röter wurde.

»In der Tat?«

Wenn die triefende Ironie bei dieser Frage unseres Freundes tatsächlich Flüssigkeit gewesen wäre, zwei Dutzend Schwämme und Lappen hätten sie nicht vom Boden aufwischen können.

»In der Tat!«, brüllte Nymphidius so laut, dass es bis in den hintersten Winkel des Hauses hallte.

Ich hoffte, dass es das wirklich tat! Freilich ahnte ich nicht, wie der Priester Simon aus jenem Raum hinten im Peristyl entkommen oder sich verstecken konnte, denn dieser verfügte nach außen nur über ein paar schmale Luftschlitze knapp unter der Decke und ansonsten lediglich über eine breite Doppeltür zum Peristyl heraus, aber keinen zweiten Ausgang. Wenn Nymphidius beschloss, das Haus zu durchsuchen …

Und er beschloss! Forderte vehement, dass ihm und seinen Leuten jeder Raum der Villa unverzüglich geöffnet würde.

»Dann sucht ihn!«, antwortete Tarquinius kühl. »Ich werde Euch durch jeden Winkel dieses Hauses führen! Aber zunächst haben Eure Leute hier zu verschwinden!«

»Glaubt nicht, dass Ihr mich betrügen könnt!«, röhrte Nymphidius. »Das Haus ist, wie ich sagte, lückenlos umstellt!« Trotzdem trollten sich auf sein Zeichen bis auf einen Centurio die Prätorianer, die er mitgebracht hatte, wieder nach draußen.

»Wart Ihr schon einmal im Haus von Christiani?«, fragte Tarquinius unterdessen.

»In mehr als einem!«, versicherte der Prätorianer-Präfekt höhnisch.

»Dann kennt Ihr zweifellos die Kultbilder und Götterstatuen, die dort üblicherweise aufgestellt sind«, meinte Tarquinius. »Sind das etwa jene etruskischen, wie sie dort auf dem hinteren Dach des Peristyls stehen, oder dort im Garten?«

Der Centurio flüsterte seinem Vorgesetzten ins Ohr, dass derlei absolut unüblich sei, da dessen diesbezügliche Kenntnisse offenbar nicht ausreichten.

»Oder beten sie zu Mithras?«, fragte Tarquinius weiter, indem er den schweren Vorhang vor dem Hausaltar zur Seite zog. Umringt von den Laren, den Hausgöttern, präsentierte sich dort eine prachtvoll gearbeitete Skulptur des persischen Lichtgottes, der den Stier tötet.

»Und wo ist das Standbild des göttlichen Caesars?«, blaffte Nymphidius.

Tarquinius deutete eine leichte Verbeugung an:

»Der Göttliche hat mich leider bislang nicht für würdig befunden, mir eine Statue von sich zu schenken, der ich opfern könnte …«

Der Centurio, offenbar erheblich gebildeter oder zumindest informierter als sein Vorgesetzter, schien mittlerweile überzeugt zu sein, dass es sich hier um keinen Hort der Christiani handeln könne. Doch Nymphidius Sabinus beharrte auf seinem Entschluss, das Haus bis zum letzten Winkel zu durchstöbern.

»Dann fangen wir am besten hier an«, meinte Tarquinius und öffnete die Tür zur Pförtnerloge: ein Tisch, zwei Schemel, ein schmales Bett, ein kleiner Kasten zur Aufbewahrung von Kleidungsstücken und ein über dieses Eindringen unerwünschter Gäste ausgesprochen erboster Pförtner.

Die Bibliothek auf der rechten Seite des Atriums entlockte dem Präfekten nur ein verständnisloses Grunzen, trotzdem inspizierte er jede Ecke, öffnete jede Truhe, blickte gar unter die Tische im Scriptorium, wo tagsüber die Schreiber die Bücher und Schriftrollen kopierten, hätte wohl am liebsten sogar seine Wurstfinger in die Tintenfässchen gebohrt, um festzustellen, ob sich der Gesuchte nicht in diesen verbarg.

Das »attische« Wintertriclinium und der große Empfangs- und Wohnraum am Ende des Atriums zum Peristyl hin boten wahrlich kein Versteck.

Die Gästeräume und das kleine Bad auf der linken Seite des Atriums wurden peinlichst genau durchsucht.

Dann verlangte Nymphidius, unverzüglich in den Heizkeller geführt zu werden, von wo die Röhren der Fußbodenheizung ausgingen.

Solch einen Keller gäbe es nicht, klärte ihn Tarquinius auf. Wir bräuchten ihn nicht, da die Heizung aus den heißen Quellen der Campi Phlegraei gespeist werde – so der edle Herr die kochenden Schlammlöcher dort inspiziere, werde er zweifellos auch die Zuleitungen zu diesem und den anderen Häusern von Felix Felix entdecken …

Während der Centurio im Atrium zurückblieb, um sicherzustellen, dass niemand in die schon durchsuchten Räume schlüpfen konnte, trampelte Nymphidius, gefolgt von Tarquinius, die Treppe hinauf zum Obergeschoss mit den Privat- und Sklavenzimmern. Gewiss eine Viertelstunde hörte man den Prätorianer-Präfekten dort herumrumpeln, übertönt von laut schimpfenden Stimmen und dem Weinen einer jungen Frau, die man wohl im falschen Bett aufgestöbert hatte.

Dann war das Peristyl an der Reihe: Zimmer für Zimmer wurde durchsucht, das Sommertriclinium, das zweite Bad, der Abtritt, die Küche, wo Nymphidius sogar ins Ofenloch schaute. Als er in der angrenzenden Speisekammer verlangte, dass die dort stehenden, versiegelten Amphoren zur Kontrolle geöffnet werden müssten, wurde Tarquinius ärgerlich:

»Dieser Simon, den Ihr als Oberpriester der Christiani bezeichnet, ist kein korpulenter, aber ein recht stämmiger Mann. Wie soll dieser bitte durch den kaum armdicken Hals der Amphore gekrochen sein? Aber wenn Ihr trotzdem nachprüfen wollt, dann tut Euch keinen Zwang an – ich werde dann allerdings bei Caesar erwirken, dass Ihr mir den verdorbenen Wein bis auf den letzten Sestertius ersetzt, was entschieden mehr sein dürfte, als selbst Ihr Euch leisten könnt!«

Dem Centurio war die Sache inzwischen sichtlich peinlich, als Nymphidius den Garten untersuchte, unter jeden Busch blickte, die Krone jedes Bäumchens inspizierte, schließlich gar mit seinem Schwert in der frischen Erde der neu angelegten Blumenbeete herumstocherte in der Hoffnung, dort etwas Vergrabenes zu finden.

Und dann stand der Prätorianer-Präfekt schließlich unvermeidlich vor jener Doppeltür, hinter der vor einer Weile die Dame Lucia, ihr Vater, der Priester Simon und vier andere Personen, die ich weiter nicht beachtet hatte, verschwunden waren.

Doch ehe Nymphidius die Hand nach dem Türgriff ausstrecken konnte, war Tarquinius dazwischen.

»Nein!«, fuhr er ihn an mit einer Stimme, die so kalt und scharf war wie seine Schwertklingen.

»Aha!«, grölte Nymphidius begeistert.

Statt einer Antwort schwang Tarquinius die beiden Türflügel weit auf, blieb aber auf der Schwelle stehen.

Von meinem Platz aus konnte ich alles genau beobachten: den weiten, offenen, gemütlich aber eher sparsam eingerichteten Raum. In der Mitte die Dame Lucia in einem bequemen Sessel, und um sie versammelt Olympia, die dicke Gemahlin des Telemachos, Eurydike, die Hebamme des Dorfes, und Drusilla, die Kunstschmiedin. Auch wenn die Frauen ein wenig verblüfft aufsahen, so war ihnen nicht die Spur einer Unruhe anzumerken.

Tarquinius hatte sich zu dem Prätorianer-Präfekten umgedreht:

»Dies ist einer der Privaträume meiner Gemahlin! Jeder fremde Mann, der ihn zu betreten wagt, ist ein *toter* Mann – und sei es Caesar selbst!«

Nymphidius Sabinus ließ einen langen Blick durch den Raum schweifen, doch außer den vier Frauen war da wirklich nichts zu sehen, und ganz gewiss war da auch kein Versteck, wo sich jener Simon hätte verkriechen können.

Murrend und grummelnd stapfte der Prätorianer-Präfekt, gefolgt von seinem Centurio, durch das Peristyl und das Atrium zurück zum Eingang. Ehe die Tür sich hinter ihm schloss, konnte er sich freilich nicht verkneifen zu sagen:

»Trotzdem werde ich dieses Haus unter schärfster Beobachtung halten lassen! Selbst wenn ich ihn jetzt nicht gefunden habe, ich werde diesen Christiani-Oberpriester schon noch erwischen! Und wehe jenen, die ihn zu schützen versucht haben!«

»Dazu wünsche ich Euch den göttlichen Segen Caesars!«, erwiderte Tarquinius mit einer leichten Verbeugung.

Dann schlug die Tür hinter Nymphidius Sabinus und seinem Centurio zu. Wir waren wieder unter uns, auch wenn wir keinen Augenblick daran zweifelten, dass Nymphidius längst noch nicht aufgegeben hatte.

»Wo waren Herr Octavianus und vor allem dieser Simon versteckt?«, fragte ich, als Tarquinius wieder ins Peristyl kam, neugierig.

»Die Männer klebten rechts und links neben der Tür platt an der Wand. Hätte dieser Prätorianer-Prolet auch nur einen Fuß über die Schwelle gesetzt, er hätte sie unweigerlich gesehen …«

In diesem Augenblick öffnete sich jene Tür erneut.

Lucia flog förmlich auf Tarquinius zu, schlang ihm die Arme um den Hals:

»Danke! *Danke!*«

Für einen Augenblick verschloss ihr Tarquinius mit einem leidenschaftlichen Kuss den Mund, dann raunte er:

»Da ich dich endlich gefunden habe, werde ich dich notfalls gegen hundert Caesaren und tausend Prätorianer-Präfekten verteidigen – *meine Frau!*«

Herr Aurelius Priscus schüttelte ihm mit Tränen in den Augen die Hände, umarmte schließlich unseren Etrusker herzlich und diesmal ohne jede Steifheit:

»Danke! Nicht für mich, sondern dass du Lucia …«

Tarquinius wehrte sanft, aber unmissverständlich so viel Gefühl ab – auf seine Weise konnte auch *er* ganz schön steif sein.

Auch die anderen waren inzwischen herangekommen, der Ober-Christiani-Priester Simon Petrus, Olympia, Eurydike, Drusilla und Mucius, unser Verwaltungsmann – also der auch?

Als der Priester dem Etrusker die Hand schütteln, sich bei ihm bedanken wollte, wurde er hart abgewiesen:

»Ich habe nichts, gar nichts für *Euch* getan! Ich habe einzig und ausschließlich meine Gemahlin Lucia, meinen Schwiegervater Octavius und die Leute aus Felix Felix geschützt!

Ihr geht mich nichts an! Ich mag Euch allenfalls zugute halten, dass Ihr nicht wissent- und willentlich Gefahr über die Meinen gebracht habt. Ich wünsche Euch und Eurer Gemeinde nichts Böses – wie könnte ich, da meine Gemahlin Lucia offenkundig dazugehört? Ich wünsche Euch sogar von Herzen den Segen aller Götter!«

Simon Petrus und auch Lucia, Herr Aurelius Priscus samt den

übrigen ihres Vereins, zuckten bei diesem Wunsch sichtlich zusammen, doch Tarquinius fuhr ungerührt fort:

»Trotzdem muss ich Euch, Herr Simon, bitten, noch in dieser Nacht mein – unser! – Haus zu verlassen! Es hat mit Euch persönlich nichts zu tun. Trotzdem untersage ich Euch in aller Form, jemals wieder hierher zurückzukehren! Oder auch nur mit meiner Gemahlin, meinem Schwiegervater oder auch sonst irgendeinem Menschen, der im weitesten Sinne mit Felix Felix zu tun hat, irgendwie Kontakt aufzunehmen!«

Die Anwesenden waren sichtlich entsetzt, doch Tarquinius war unerbittlich. Er verneigte sich vor Simon Petrus. Er verneigte sich tiefer, als ich das jemals sonst bei ihm erlebt habe.

»Geht jetzt! Geht für immer! Geht fort aus dem Leben der Menschen, die ich liebe und für die ich Verantwortung trage!«

Jetzt neigte auch Simon Petrus sein Haupt – auch er gewiss tiefer, als er das sonst wohl tat –, selbst wenn sein Temperament sichtlich danach verlangte, heftig zu widersprechen.

»Dann geschehe es nach Eurem Gewissen, so wie Ihr dies heute erkennen könnt«, sagte er. »Ich werde darum beten, dass der Ewige Vater, sein Mensch gewordener Sohn und sein Heiliger Geist Euch irgendwann zu noch besserem Wissen und Willen führen mögen!«

Und dann umarmte Tarquinius den kurzgewachsenen, stämmigen Juden, küsste ihn auf beide Wangen – etwas, das er selbst bei intimsten Freunden normalerweise vermied.

»Danke! Und wer immer Euer Gott sein mag, er möge Euch segnen und beschützen!«

Nach ein paar leisen Worten zwischen Olympia und Mucius verabschiedete sich der Verwalter, während die vier Frauen nochmals mit dem Priester Simon in das Zimmer am Ende des Peristyls zurückkehrten.

Etwa eine Viertelstunde später kehrten, gegen die Abendkühle in ihre Mäntel gehüllt, die Kapuzen züchtig über den Kopf gezogen, auch Drusilla, Eurydike und Olympia ins Dorf zurück.

Olympia? Die kam, ohne Mantel, zusammen mit Lucia einige Minuten später nochmals aus dem Zimmer …

»Und wenn die Prätorianer, die mit Sicherheit noch irgendwo rings um das Haus versteckt lauern, doch etwas merken?«, fragte Herr Aurelius Priscus besorgt.

Olympia lachte herzhaft. »Das wird nicht passieren! Und wenn, dann hat Mucius inzwischen die richtigen Worte in die richtigen Ohren geflüstert. Sollte auch nur ein Prätorianer versuchen, die Frauen auf ihrem Heimweg zu belästigen, dann werden Eurydike und Drusilla lauthals loskreischen – und wie ich beispielsweise Fulmina einschätze, könnte ihr gar nichts Schöneres passieren, als einmal einen Prätorianer verhauen zu dürfen!«

»Und wie geht es weiter?«, fragte der Senator noch immer besorgt.

»Darum wird sich Telemachos kümmern«, winkte Olympia ab.

»Ist der etwa auch …?«, rief ich verblüfft.

»Er *ist*«, gab Olympia bereitwillig Auskunft.

»Bei seinem Sprachschatz?«, wunderte sich Digna.

Olympia lachte noch herzhafter:

»Wenn er beim Penis des Jupiter, der Muschi der Venus oder dem Hinterteil des Mars flucht – was könnten Götter ihm übel nehmen, an die er nicht glaubt, weil es sie nicht gibt?«

Wie ich an der gerunzelten Stirn von Herrn Aurelius Priscus sah, hatte der bei dieser Erklärung zwar gewisse Vorbehalte, doch so ganz von der Hand zu weisen war diese in der Tat nicht.

Tarquinius hatte inzwischen den Arm um Lucias Schulter gelegt:

»Verzeih mir, wenn ich grob war! Ich mag diesen Simon, ehrlich«, sagte er ernst. »Aber dich *liebe* ich! Sei also bitte mein folgsames Eheweib, wie du es vorgestern geschworen hast, und lasse Simon niemals wieder näher als zehn Meilen in deinen Umkreis kommen! Und auch Euch, verehrter Schwiegervater«, fuhr er fort, »muss ich darum bitten!«

»Unser Leben liegt in Gottes Hand …«, setzte der Herr Senator an, doch Tarquinius schüttelte so heftig den Kopf, dass seine schwarzen, schweren Etruskerlocken flogen:

»… der Euch, soweit ich Eure Lehre kenne, verboten hat, Selbstmord zu begehen! In die Nähe von Simon Petrus oder einem anderen der Oberhäupter der Christiani zu kommen ist derzeit *Selbstmord!* Euch, verehrter Schwiegervater, kann ich nichts befehlen. Aber dir, Lucia, als meiner Ehefrau *kann* ich es verbieten – und das tue ich hiermit ausdrücklich und in aller Form!«

So verschwand Simon Kephas-Petrus, der Oberpriester der Christiani, still und unauffällig aus Felix Felix und aus unserem Leben.

Als uns etliche Wochen später die Nachricht erreichte, Simon sei gefangen genommen worden und in einer Arena Caesar Neros am Kreuz gestorben, trauerte Tarquinius zusammen mit Lucia und ihrem Vater um diesen »wahrlich ehrenhaften und gütigen Mann«, wie er sagte, den er unter anderen Umständen durchaus gerne näher kennen gelernt hätte.

Mitte August beehrte uns wieder einmal Herr Aulus Vitellius, der caesarische Spielegestalter. Irgendwie hatten wir ihn bereits erwartet, sodass sein Erscheinen keine Überraschung darstellte.

Wen wir wahrlich nicht erwartet hatten, war seine Begleiterin, die hinter ihm der vergoldeten Kutsche entstieg: Haica, die ehemalige »Pythia« aus Felix Felix! In kostbarste Stoffe gehüllt und überreich mit Schmuck behängt, turtelte sie um den Dicken herum, der sie »mein Lämmchen«, »mein Vögelein« und »mein Orakelchen« nannte. Für uns, zumal für mich, hatte sie nur mehr verächtliche Blicke übrig.

Zunächst fraß sich Herr Aulus Vitellius, wie gewohnt, durch ein umfangreiches Menü – Haica nippte lediglich mal hier und mal dort, stibitzte allenfalls ein Hühnerschenkelchen, eine Auster oder ein Krabbenschwänzchen, was den allzu rundlichen Formen, die sich inzwischen unter ihrem Kleid abzeichneten, zweifellos nicht abträglich war.

Dann eröffnete uns der Herr die Wünsche Caesar Neros, die freilich eindeutig den Ton von Befehlen hatten: Wie dem römischen Pöbel bei der Porta Ardeatina versprochen, sollte es im September und Oktober die gigantischsten Spiele geben, welche die Stadt je gesehen hatte. Höhepunkt würde am 10. Oktober die zehnte Wiederkehr seiner Proklamation zum *Imperator Caesar Augustus* darstellen, welche in der von ihm erbauten Arena auf dem Campus Vaticanus zusammen mit allem Volk gefeiert werden sollte.

Für diesen Tag und die beiden vorhergehenden waren Herr Gladius Felixianus, Tarquinius und ich in die Privatloge Caesars eingeladen. »Abkommandiert« hätte die Sache zweifellos genauer getroffen, denn solch einer »Einladung« konnte sich niemand entziehen, es sei denn, er hätte endgültig mit seinem Leben abgeschlossen.

Da der Göttliche wisse, so erklärte Herr Aulus Vitellius auf einem mächtigen Stück Hirschbraten mampfend, dass wir an Tierhetzen nicht interessiert seien, wäre unsere Anwesenheit erst ab Mittag, wenn die Hinrichtungen begannen – dann allerdings unbedingt! – geboten, da Caesar »hier ganz besonders Vergnügliches hat vorbereiten lassen«!

Und – ach ja – an diesen drei Tagen, schmatzte er, müssten selbstverständlich auch die Spitzengladiatoren von Felix Felix auftreten: am 8. Oktober die »interessanten« Zwillinge Kastor und Pollux. Am 9. die »hochberühmte« *Provocatora* Fulmina und der »staunenswerte« *Retiarius* Purpureus. Am 10., zum Höhepunkt, die »ebenso schöne wie gefährliche« *Hoplomacha* Leoparda und »selbstverständlich« Herr Tarquinius in eigenster Person, dem Caesar einen »wahrhaft würdigen« Gegner beschafft habe, einen in Bärenfelle gewandeten Barbaren, der Ursus genannt werde und mit seiner riesigen Axt bislang jeden Gegner niedergemetzelt und in »auffallend kleine« Stücke gehackt habe.

Am 7. Oktober trafen wir in Roma ein.

Die Stadt war eine einzige Baustelle! Tausende von Arbeitern und Sklaven waren dabei, die zerstörten oder beschädigten Tempel und öffentlichen Gebäude auf dem Mons Capitolinus und dem Forum wieder herzustellen sowie den Circus Maximus, diesmal aus Stein, neu aufzubauen. Noch schneller jedoch schossen freilich jene schlampig gebauten Insulae wieder empor, bedeckten den ganzen Mons Aventinus bis zum Mons Testaceus am Tiberis-Ufer und bis zur Porta Appia hinunter, überwucherten nun sogar den Caelius. Die neue Subura würde ohne Frage eine genauso finstere Gegend werden, wie es die alte, verbrannte Subura gewesen war.

Hatte Caesar Nero tatsächlich die Chance versäumt, Roma zu einer schöneren Stadt zu machen? Keineswegs! Die riesigste Baustelle zog sich vom Mons Palatinus hinter dem Forum, wo heute das Amphitheatrum Flavium steht, bis tief in die Carinae hinunter und den Mons Oppius hinauf: Hier entstand der neue Palast Caesars, seine *Domus aurea*, sein »goldenes Haus«, mit Dimensionen, dass das Forum allenfalls noch wie ein Vorzimmer wirkte.

Wir bezogen diesmal nicht Quartier in der »Säugenden Wölfin«, sondern im einigermaßen wieder hergestellten Haus des Herrn Aurelius Priscus, auf dessen ausdrücklichen Wunsch hin. Ihn selbst sowie Lucia und Digna, in der offiziellen »Einladung« nicht erwähnt, hatten wir in Felix Felix zurückgelassen. Uns schwante schon von Anfang an Schlimmes – wie arg wirklich es werden würde, ahnten auch wir nicht und dankten allen Göttern, dass unseren Frauen das erspart blieb, was wir schließlich mit ansehen mussten!

Der erste dieser Tage als »Ehrengäste« in der Loge Caesar Neros begann schlimm und endete noch schlimmer.

Als wir gegen Mittag – die widerwärtigen Tierhetzen waren eben vorbei – in der Loge auftauchten, wurden wir vom Göttlichen huldvoll begrüßt. Tarquinius wurde von der Augusta Poppaea Sabina, die wohl immer noch nicht vergessen konnte, dass er ihren Liebhaber Pluto erschlagen hatte, giftig angestarrt. Nymphidius Sabinus grinste höhnisch. Ofonius Tigellinus, sein Mitpräfekt beobachtete uns misstrauisch als denkbare Rivalen um die Macht. Herr Annaeus Seneca, der Philosoph und einstige

Lehrer Caesar Neros, betrachtete uns mit hochgezogenen Brauen; vermutlich hatte er mit Caesars Günstlingen so seine Erfahrungen gemacht. Herr Aulus Vitellius nickte uns zu und schmatzte genussvoll weiter. Der Rest der Augustalen und Höflinge begegnete uns mit eindeutiger Ablehnung, denn jeder Neuling mochte ihnen ja den mühsam durch unendliche Intrigen eroberten Platz streitig machen.

Herr Petronius Arbiter winkte uns schließlich an seine Seite.

»Schließt notfalls die Augen, auch wenn dies das Unerträgliche nicht wesentlich erträglicher macht«, raunte er uns zu.

Es *war* unerträglich!

An diesem Tag, in der Hinrichtungs-Mittagspause, sollte der erste »große« Auftritt der zusammengefangenen Brandstifter, Mörder, Plünderer, Gotteslästerer und Kinderschlächter – kurz: der Christiani – erfolgen:

Das Thema »Amazonen-Schlacht« war für Massenmetzeleien immer gut und wirkungsvoll in einer Arena, wurden dabei doch nicht nur Männer, sondern auch meist dürftig bekleidete Frauen und Mädchen abgeschlachtet.

Zunächst wurden die »Amazonen« in die Arena getrieben. Ihre fantasievollen, mehr als knappen Kostüme, die bemalten Schilde, die mit riesigen Rosshaar- und Federbüschen geschmückten Helme waren prachtvoll! In ihrer Mitte ritt »Penthesilea«, ihre Königin, noch pompöser aufgeputzt und mit Schmuck behängt, auf einem Schimmel ein.

Dann kamen die männlichen »Achaier«. An der Spitze rollte ihr Heros »Achill« auf einem Streitwagen, dessen unzweifelhaft unhistorische syrische Sicheln an den Radnaben dazu geeignet waren, blutige Gassen in die Abwehrfront der »Amazonen« zu pflügen. Das war wohl auch nötig, denn die »Amazonen« übertrafen an Zahl die »Achaier« bei weitem, wobei natürlich deren berühmte Bögen, wie stets in solchen Fällen, so schlapp gespannt waren, dass sie keinen Zuschauer oder auch Gegner ernsthaft zu verletzen vermochten.

Solche Massengefechte waren niemals, das wusste jeder, ernsthaft auf Sieg oder Niederlage ausgerichtet, dafür waren von Anfang an die Rollen zu eindeutig festgelegt.

Was dann allerdings tatsächlich geschah, wurde mit einem Pfeifkonzert des Pöblikums quittiert, wie ich es bis dahin noch niemals in einer Arena gehört hatte:

Als die Tubae fröhlich zum Angriff schmetterten, stiegen nicht nur »Königin Penthesilea« und »Held Achill« von ihrem Pferd beziehungsweise seinem Wagen ab. Die »Anführer« samt ihren »Truppen« legten die Waffen, Schilde und Helme nieder, eilten aufeinander zu, umarmten sich, knieten gemeinsam nieder, begannen zu beten und gar zu singen.

Die *Arenarii* mit ihren Peitschen und sogar glühenden Eisen waren gegen dieses Treiben schlicht machtlos. Hastig aufmarschierende numidische Bogenschützen und mit Schwertern und Knüppeln bewaffnete *Arenarii* beendeten schließlich diese Katastrophe.

Der vor Angst bibbernde Aulus Vitellius kroch vor den Füßen Caesars und gelobte für den nächsten Tag Besserung.

Nach dieser albern-grausigen Vorführung war der Pöbel bei den *Gladiaturae* am Nachmittag keinesfalls mehr bereit, noch einer *Missio*, mochte sie noch so verdient sein, zuzustimmen.

Das wurde beinahe auch Kastor und Pollux, den durch ein Seil verbundenen *Retiarius*-Zwillingen, zum Verhängnis.

Ihr *Secutor*-Gegner, ein höchst erfahrener Mann aus dem caesarischen Ludus in Bononia, hatte bemerkt, wie einer der Zwillinge sich immer wieder in das vom anderen gehaltene Seil fallen ließ, um einen weit ausholenden Angriff zu führen. Als die Zwillinge wieder solch eine Aktion durchführten, hieb der *Secutor* mit seinem Schwert nicht nach dem Mann, sondern nach dem Seil. Pollux, seines Haltes beraubt, purzelte in den Sand, verlor dabei sein Netz, und auch Kastor geriet heftig ins Straucheln.

Der *Summa Rudis* ging mit seinem Stab dazwischen, keineswegs um den durchaus noch unentschiedenen Kampf zu beenden, sondern nur, um ihn kurzfristig zu unterbrechen.

Der Pöbel jedoch brüllte nach der sofortigen *Jugulatio* der beiden. Doch Caesar Nero winkte weiterzumachen. Allerdings durfte Pollux sein verlorenes Netz nicht wieder aufheben. Der *Secutor* schenkte dem jetzt bis auf seinen Dolch waffenlosen Pollux kaum noch Beachtung, sondern konzentrierte sich voll auf Kastor und dessen Dreizack.

So bemerkte er nicht, dass Pollux einen kurzen Anlauf nahm und – sprang!

Mit weit ausgebreiteten Armen und Beinen landete er auf dem Schild des *Secutors*, warf den Mann um, und einen Augenblick später hatte Kastor dessen Schwerthand unter seinem Fuß im Sand festgenagelt.

Der Mob, der eben noch vehement die *Jugulatio* der Zwillinge gefordert hatte, jubelte ihnen zu. Den Stich in die Kehle des *Secutors* musste, sichtlich widerwillig, Pollux durchführen, ehe die beiden Palme und Kranz überreicht bekamen.

Nur ein Narr hätte hoffen können, dass uns nach dem gestrigen Spektakel weitere Hinrichtungen von Christiani erspart bleiben würden.

Diesmal hatte Herr Aulus Vitellius die zweifellos älteren und unattraktiveren unter ihnen in die noch blutigen Häute der bei den Vormittagskämpfen getöteten Tiere einnähen lassen, um Kampfhunde auf sie zu hetzen. Wie seinerzeit bei der »von Aktaion belauschten Diana« waren aber auch diesmal die Hunde keineswegs gewillt, das wirklich Wünschenswerte zu leisten. Zwar rissen und bissen sie an ein paar der Unglücklichen herum, fanden es, trotz harscher Befehle ihrer Trainer und sogar Peitschenhieben, jedoch spannender, sich gegenseitig an die Gurgel zu fahren. Nicht dass das römische Pöblikum etwas gegen derlei Kämpfe zwischen Hunden oder auch Hähnen gehabt hätte, setzte es doch tagtäglich Abertausende von Sesterzen auf die Gewinner bei solchen privaten Veranstaltungen. Doch in der Arena wollte der Mob entschieden noch Besseres, Blutigeres sehen!

»Die Löwen! Die Löwen! *Die Löwen!*«, brüllte die Masse.

Und jetzt war Herr Aulus Vitellius ernsthaft in der Klemme! Natürlich hatte er unzählige »Bestien« aus allen Teilen des Imperiums für die Spiele Caesars heranschaffen lassen. Doch was nach all den Tierhetzen der letzten Tage davon übrig geblieben war, war kaum noch der Rede wert. Und jener Rest an Löwen, Leoparden, Bären und Hyänen hatte sich, schlicht gesagt, am Fleisch der »erlegten« *Venatores* und *Bestiarii* vollgefressen, war müde und faul und eindeutig keineswegs mehr ernsthaft bereit, ausschließlich zum Vergnügen Caesars und des Mobs auch noch ein paar Christiani zu zerreißen.

Selbstverständlich wurden auf Wunsch der Zuschauer die entsprechenden Gatter geöffnet. Doch die wenigen Großkatzen, die daraufhin in der Arena erschienen, waren eindeutig weitaus mehr daran interessiert, sich die Pfoten zu lecken und sich auf den Rücken zu rollen, damit die Sonne ihren Bauch bescheinen konnte.

Herr Gladius Felixianus, Herr Petronius Arbiter, Tarquinius und ich konnten uns ein Grinsen kaum noch verkneifen. Der Pöbel heulte vor Empörung und warf faule Früchte sogar gegen die Caesaren-Loge. Caesar Nero und Augusta Poppaea Sabina waren sichtlich verärgert. Haica, die Expythia von Felix Felix und offenbar derzeitige Freundin des Herrn Aulus Vitellius, schlotterte vor Angst. Und dessen feistes Gesicht hatte die Farbe von Schafskäse angenommen.

Doch dann kam ihm, zweifellos im letzten Augenblick, doch noch der rettende Einfall, und er ließ drei Dutzend Kampfstiere in die Arena jagen.

Sie fraßen die Christiani zwar nicht, doch immerhin gingen sie auf alles los, was sich bewegte, spießten es mit ihren langen, spitzen Hörnern auf und warfen es in die Luft, um nochmals die Hörnerspitzen hineinzurammen. Wenn auch wiederum die *Arenarii* mit dem endgültigen Töten die Hauptarbeit hatten, befriedigte dieses Schauspiel die Masse wenigstens einigermaßen.

Die anschließende *Gladiatura* am Nachmittag hingegen war hochklassig und fand das sichtliche Wohlwollen des Pöblikums.

Fulmina und Purpureus, unsere an diesem Tag dabei eingesetzten Leute, schlugen sich wie gewohnt hervorragend, brachten nicht nur den Palmzweig des Siegers, sondern auch jeder einen Lorbeerkranz – darin war Caesar Nero unbestreitbar großzügig – mit nach Hause.

In jener Nacht schlief kaum jemand.

Der Pöbel feierte lautstark auf den Straßen und Gassen und vor allem rund um den Circus Neronis auf dem Campus Vaticanus, wo ganze Wagenladungen an frischem Weizenbrot herangekarrt wurden, sich Aberdutzende von Ochsen und ganze Herden von Schafen und Schweinen über offenen Feuern an Spießen drehten und der Wein in Strömen floss. Das alles waren Geschenke Caesars an sein »geliebtes Volk«, um die einigermaßen verpfuschten Christiani-Hinrichtungen dieser ansonsten ja wahrhaft grandiosen Spiele vergessen zu machen und die Massen wieder entsprechend fröhlich zu stimmen.

Hauptgesprächsstoff war natürlich die Lotterie, bei der man feine Kleider, Sklaven, Ochsen und Pferde, sogar Häuser, Weingüter und wilde Tiere gewinnen konnte. Zu Anfang der Lotterie vor zwei Wochen hatte es heftige Tumulte gegeben, da jeder mindestens eines der Lose ergattern wollte. Schließlich mussten die Prätorianer einschreiten, um Ordnung zu schaffen und die Verletzten und sogar einige Tote zu bergen.

Morgen sollten nun die Hauptpreise ausgespielt werden, und jeder sah sich schon als glücklicher Gewinner ungeahnter Reichtümer.

Wer in dieser Nacht zum letzten und »größten« Tag der Herbstspiele Caesar Neros ganz gewiss nicht schlief, das war ohne jeden Zweifel Herr Aulus Vitellius:

Die Spiele, so wie sie normalerweise abliefen, waren tadellos vonstatten gegangen. Doch die großartig angekündigten Massenhinrichtungen der für den Brand Romas und alle sonstigen Übel der Stadt angeblich verantwortlichen Christiani hatten sich als Katastrophe erwiesen – und derlei verzieh Caesar niemandem, nicht einmal dem »Schließmuskelkünstler« seines Vor-vor-vorgängers!

Außerdem musste man nun möglichst schnell die inhaftierten Christiani »verbrauchen«; denn in den dumpfen Massengefängnissen begannen sich Krankheiten auszubreiten – und sichtlich kranke, ausgemergelte Körper würden dem Mob kaum gefallen, den Raubtieren nicht schmecken und andere Hinrichtungsarten kaum wünschenswert lange durchstehen.

Wer ihn in jener Nacht auf den für ihn noch einzig gangbaren Weg brachte, um den Mob im Namen Caesars zu amüsieren, weiß ich nicht. Vielleicht war es sogar Haica, die Expythia von Felix Felix.

Als wir gegen Mittag, wie befohlen, die Loge Caesars betraten, konnten wir ein seltsames Treiben in der Arena beobachten:

Der himmelhohe Obelisk, den Caesar Nero in der Mitte des von ihm erbauten Circus auf dem Campus Vaticanus hatte aufstellen lassen, war vor nicht allzu langer Zeit eigens dafür aus Aegyptus herangeschafft worden.

Der Pöbel betrachtete ihn immer noch mit recht gemischten Gefühlen:

Gerüchte hatten damals verbreitet, dass das riesige Schiff, mit dem der Obelisk gebracht wurde, randvoll mit Getreide sei. Doch die gigantische Steinnadel war zu ihrem Schutz lediglich in Sand gelagert gewesen. Die wüsten Krawalle, die daraufhin ausbrachen, hatten die Prätorianer gnadenlos niedergeschlagen. Einerseits mit dem Erfolg, dass es daraufhin eine ganze Menge weniger Fresser auf Staatskosten gab. Andererseits war der Obelisk ein Symbol für einen ersten Riss zwischen Caesar und seinem Volk, der sich nun durch den Brand gefährlich verbreitet hatte und auch durch die grandiosen Spiele kaum noch wirklich zu kitten war …

Rund um diesen Obelisken und in einer geraden Straße von

der Porta Sanavivaria, dem Tor der Lebenden, bis zur Porta Libitinaria, dem Todestor, schlugen nun *Arenarii* hastig kurze Pfähle in den Boden. Dann wurden nackte Christiani herangeschafft, Leib neben Leib rücklings auf den Boden gelegt und mit Händen und Füßen an die Pfähle gebunden. Obwohl das Ganze eine gute Weile dauerte, wurde das Pöblikum nicht allzu ungeduldig, denn hier schien sich etwas wirklich noch nie Gesehenes anzubahnen.

Kaum waren die *Arenarii* mit ihrer Arbeit fertig und verschwunden, als sich unter langen Fanfarenstößen die Porta Sanavivaria öffnete.

Die Menge reckte die Hälse.

Aus dem Tor kamen hintereinander fünf riesige Elefanten. Von ihren hinter den mächtigen Köpfen sitzenden Führern kundig gelenkt, stapften sie über die Leiberstraße bis zum Obelisk, umrundeten diesen, stampften die Straße weiter bis zur Porta Libitinaria und verschwanden durch diese wieder.

War das alles gewesen?

Das zunächst über das neue Schauspiel erfreute Pöblikum zischte lautstark, und die Akrobaten und Komiker hatten alle Mühe, die Zeit zu überbrücken, welche die *Arenarii* benötigten, um die zertrampelten Körper auf Karren zu werfen, die Pflöcke wieder aus dem Boden zu zerren und den blutgetränkten Sand hinterdrein zu schaufeln.

Andere *Arenarii* hatten unterdessen rund durch die Arena gewiss fünfzig oder sechzig kleine Scheiterhaufen aus Holz, Reisig und Stroh errichtet. An den jeweils in der Mitte herausragenden Pfahl wurden ebenfalls Christiani gebunden, deren nackte Körper dick mit Petroleum eingeschmiert waren.

Auf ein Tubazeichen wurden die Scheiterhaufen in Brand gesetzt. Die Vorführung nannte sich »Die lebenden Fackeln«.

Herr Vitellius hatte aus dem »Opfer an Baal« seinerzeit gelernt, dass die Zuschauer sehr schnell sehr ungehalten werden konnten, wenn ihnen beißender, stinkender Qualm ins Gesicht schlug, und so hatte er vor dem Anzünden die schattenspendenden Sonnensegel über der Arena zurückziehen lassen, damit der Rauch ungehinderten Abzug hatte. In dieser Beziehung hatte Herr Aulus Vitellius durchaus vernünftig gehandelt. Dass die Zuschauer nun in der prallen Mittagssonne mindestens ebenso rösteten wie die Opfer in der Arena, hatte er allerdings nicht bedacht: Der Mob pfiff, schrie und warf mit faulen Früchten und leeren Weinflaschen.

Immerhin war dank der leicht brennbaren Stoffe der Scheiterhaufen und des Petroleums auf den Körpern das Ganze relativ schnell vorbei. Die Sonnensegel konnten wieder zugezogen werden und die *Arenarii* sich ans Aufräumen machen.

Das Gesicht Caesar Neros hatte in den letzten Minuten einen nachdenklichen, aber keineswegs unfreundlichen Ausdruck angenommen. Dann winkte er Herrn Vitellius zu sich.

»Würden solche ›Fackeln‹ statt am Mittag nicht besser am Abend oder in der Nacht zur Geltung kommen? Und könnte man es so einrichten, dass sie etwas langsamer und länger brennen?«

»Zweifellos beides, Göttlicher!«, beeilte sich der Dicke zu versichern. »Allerdings sind am Abend Arenaspiele …«

»Ich denke nicht an die Arena«, korrigierte Caesar. »Ich denke an die Illumination meiner persönlichen Gärten …«

Herr Aulus Vitellius stutzte einen Augenblick, dann hatte er begriffen und verneigte sich tief:

»Ich werde eine entsprechende Anzahl an Christiani dafür auswählen lassen, Erhabener!«

Caesar Nero winkte ab:

»Christiani, Sklaven, Bürger, Senatoren – Herr Ofonius Tigellinus wird Euch bei der Beschaffung des notwendigen Brennmaterials gerne hilfreich zur Seite stehen …«

Bereits zwei Abende später wurde erstmals eine derartige Beleuchtung der caesarischen Gärten mit Erfolg erprobt.

Der Göttliche rollte auf einem vergoldeten Streitwagen zwischen den langen Reihen der »lebenden Fackeln« hindurch und war sichtlich entzückt.

So entzückt, dass Herr Vitellius ihm seinen Herzenswunsch vorzutragen wagte: Es verlange ihn schon lange danach, sein eigenes Blut zum Ruhme Caesars in die Waagschale zu werfen und als Legatus der Provinz Germania Inferior das Imperium gegen die von Osten herandrängenden, gefährlichen und wilden Langobardi, Cherusci, Sugambri und Chatti zu sichern!

Ihm wurde huldvoll Gewährung seiner Bitte zugestanden, und schon am übernächsten Tag reiste Herr Aulus Vitellius fast fluchtartig nach dem hohen Norden ab.

Doch noch waren die Ludi jenes Oktobers nicht zu Ende:

Im Gegenteil, der Höhepunkt, die *Gladiaturae* – von dem anschließenden nochmaligen, von Caesar gestifteten Festgelage auf dem Campus Vaticanus nebst der Auslosung der Hauptgewinner der Lotterie ganz abgesehen, welche auch den ob gewisser Missgeschicke ärgerlichsten Mob versöhnen würden!

Während der *Prolusio*, den eher spielerischen Kämpfen und der Aufwärm- und Präsentationsphase der echten Gladiatoren drunten in der Arena kehrte Tarquinius in die Loge Caesars zurück. Er beteiligte sich grundsätzlich nicht an den *Prolusii*, ebenso wenig wie Leoparda, die ihre verwirrende Aufmachung stets erst dann präsentierte, wenn sie zum eigentlichen Kampf schritt.

Tarquinius hatte sich während der Pause umgekleidet und trug nun statt seiner schwarzen, silberbestickten Tunika und Toga seine Kampfausrüstung, doch noch ohne Helm und Waffen. Augusta Poppaea Sabina warf ihm einen interessierten, inzwischen keineswegs mehr verärgerten, langen Blick zu.

Eine *Gladiatura* wird in aller Regel von den *Eques*, den berittenen Gladiatoren eröffnet.

Diesmal freilich erschienen zunächst einmal vierzig Fechterpaare, die von den *Arenarii* mit langen Stangen und stumpfen Eisengabeln in der Mitte der Arena, rund um den Obelisk, zu einem lockeren Haufen zusammengetrieben wurden. Die Mehrzahl trug *Murmillo-* und *Thraex*ausrüstung, aber es waren auch *Provocatores*, *Essedarii* und ein paar *Hoplomachi* darunter. Sogar einige *Secutores* und einen *Scissor* konnten wir ausmachen, obwohl deren *Retiarii*-Gegner fehlten. Gar ein übergepanzerter *Crupellarius* war dabei.

Gemeinsam war ihnen allen, dass ihre Helme keinerlei Augenöffnungen hatten, die Männer also »blind« kämpfen sollten!

»*Andabatae*«, lachte Nymphidius Sabinus, »die Typen, die ›ihre Schwerter in Finsternis schwingen‹, wie einst Herr Marcus Tullius Cicero sagte.«

Für diese wahrlich strahlende Demonstration von Bildung sah er sich beifallheischend um und klopfte Herrn Vitellius gönnerhaft auf die Schulter.

»Nicht gerade ein besonders neuer Einfall, aber solche brauchen eben ihre Zeit, um auszureifen«, meinte der Prätorianer-Präfekt gönnerhaft. »Aber immer noch gut, um das Volk in Stimmung zu versetzen!«

Ich mochte Herr Aulus Vitellius nie. Aber den Hohn dieses Proleten hatte er nun, meiner Meinung nach, doch nicht verdient!

»Eine Karikatur und Schande für jede ehrliche *Gladiatura*!«, sagte in diesem Augenblick Tarquinius so laut, dass es jeder in der Caesarenloge und sogar noch in der anschließenden Loge der Vestalinnen hören musste.

Alle hielten den Atem an, denn mit dieser Bemerkung mochte sich der Etrusker um Kopf und Kragen geredet haben, fand doch alles, was in der Arena geschah, offiziell im Namen des erhabenen göttlichen Caesars statt. Jedwede Kritik, selbst wenn sie sich eigentlich nur gegen Herrn Vitellius, den Spielegestalter, richtete, musste in diesem Augenblick Caesar Nero selber treffen.

Doch dieser berührte nur mit seinem goldenen Szepter leicht den Arm unseres Freundes und lächelte:

»Mein geliebter Gott-Bruder, wenn dies tatsächlich Gladiatoren wären, so müsste ich dir zweifellos Recht geben. Aber dies sind ganz gewöhnliche Verbrecher und Sklaven – den Göttern sei gedankt, keine feigen Christiani –, die hier um ihre Begnadigung oder Freiheit kämpfen dürfen. Lass dem Mob doch seinen Spaß!«

»Trotzdem sehen sie, bis auf ihre blinden Helme, aus wie Gladiatoren«, insistierte Tarquinius. »Mir gefällt das nicht! Ich finde es widerlich und herabsetzend für jeden ehrlichen Kämpfer!«

Wollte der Mann mit seiner offenen Kritik an Caesar Selbstmord begehen und seine Schule gleich noch mit ins Verderben reißen?

Ein Tusch des Arenaorchesters verkündete unterdessen den Beginn des Kampfes. Die Männer rund um den Obelisk in der Mitte der Arena begannen herumzutappen, mit ihren Schwertern Löcher in die Luft zu schlagen.

Niemand in der Caesarenloge beachtete sie.

Und Caesar Nero nahm eine seiner mit dicken Diamanten besetzten Ketten ab, legte sie Tarquinius um den Hals:

»Trage dies als Glücksbringer heute in der Arena! Und wenn du aus dieser zurückkommst, werde ich, wie schon einmal, meinen eigenen Lorbeerkranz glücklich hinzufügen! Du bist neben Petronius Arbiter, dem Mann, der meine Kunst wahrhaft zu würdigen weiß, und neben Annaeus Seneca, meinem alten, sauertöpfischen Lehrer, der einzige *ehrliche* Mensch, den ich kenne!«

»Und was ist mit mir?«, schrie Poppaea Sabina wütend.

»Oh, gewiss!«, versicherte Caesar. »Das Loch zwischen deinen Beinen ist auch einigermaßen ehrlich!«

Der Kampf der Andabatae war inzwischen in vollem Gang.

»Rechts! Mehr *rechts!*« – »Hau drauf!« – »Gerade vor dir!« – »Links! Links! *Links!*« – »Jetzt stoss zu?« – »Schlitz ihn auf!«, brüllten die Zuschauer und vermehrten damit das Chaos in der Arena noch zusätzlich, da ja niemand wusste, wem die Rufe galten.

Wenn einer einen anderen zu ertasten oder gar zu fassen bekam, so schlug und stach er auf ihn ein, bis dieser – oder umgekehrt auch er selber – leblos im Sand der Arena lag. Und hieb oft noch weiter auf den Gefallenen ein, um sicherzugehen, dass er tot war.

Ich sah einen Mann, der auf den Sockel des Obelisken eindrosch in der Überzeugung, dort einen höchst widerstandsfähigen Gegner entdeckt zu haben. *Andabatae*, die allzu weit von dem kämpfenden Haufen abirrten, wurden von den *Arenarii* mit ihren Stangen und Gabeln zurückgetrieben.

Von den vierzig Fechterpaaren, also achtzig Kämpfern, blieben schließlich sechs übrig – zwei Sklaven und vier verurteilte Verbrecher –, die freilich nun so weit auseinander standen, dass man sie kaum noch sinnvoll aufeinander zutreiben konnte.

Caesar Nero kniff den Daumen ein.

Den sechs Überlebenden, darunter auch eine Frau, wurden die Helme abgenommen, und sie durften die Arena durch die Porta Sanavivaria, das Tor des Lebens, mit angemessenen Jubelrufen auf den gnadenvoll Göttlichen, in die Freiheit schreiten.

Die anschließende echte *Gladiatura* mit fünfzehn Fechterpaaren war wiederum exzellent besetzt. Mit so etwas kannte sich Herr Vitellius wahrlich aus!

Als Leoparda zum siebten Gefecht des Tages in die Arena stolzierte, tobte die Menge vor Begeisterung und warf statt, wie sonst so oft faules Obst und leere Weinkrüge, tatsächlich Blumen in die Arena.

Leoparda nahm daraufhin kurz noch einmal ihren Helm ab, rupfte die langen Federn aus den seitlichen Tüllen, bückte sich, hob ein paar der Blüten auf und steckte sie dort hinein, ehe sie den Helm wieder aufsetzte. Die Begeisterung des Mobs überschlug sich förmlich!

Ihr Gegner, ein *Essedarius* namens Glaucus aus dem Ludus Julianus in Capua, war nicht nur ein hervorragender Gladiator, er hatte Leoparda offenbar auch schon einmal kämpfen sehen, denn weder ihre provozierend wackelnden Pobacken, noch der Trick mit dem Brustband brachten ihn aus dem Konzept. Nur das Jubelgebrüll des Pöbels erreichte einen ungeahnten Höhepunkt, und die Ordnungskräfte hatten redlich Mühe, etliche Männer daran zu hindern, vor Begeisterung direkt in die Arena zu springen.

Doch Leoparda hatte neben solch weiblichen auch noch eine Reihe kämpferischer Tricks auf Lager.

Als sie kurz einen etwas größeren Abstand zu dem *Essedarius* gewonnen hatte, wechselte sie blitzschnell den kleinen Faustschild und den Dolch von der linken in die rechte Hand, die Lanze von der rechten in die linke – und ihr Gegner stand unvermutet einer *Scaeva*, einer Linkshänderin gegenüber, die eben noch eine Rechtshänderin gewesen war. Linkshänder sind in der Arena eher selten, doch ein guter Gladiator ist auch auf diese trainiert. Aber Glaucus verarbeitete die überraschende Umstellung nicht schnell genug, und Leoparda traf ihn mit ihrer Lanze knapp unter dem Brustbein.

Die *Jugulatio* des Besiegten überließ Leoparda einem *Arenarius*, während sie selber zur Siegerehrung schritt.

Der Mob raste vor Begeisterung und forderte vehement, dass ihr nicht nur einer, sondern zwei Siegeskränze verliehen werden sollten. Caesar Nero winkte freundlich Gewährung. Und Herr Aulus Vitellius grübelte offenkundig darüber nach, ob er sie nicht bereits im siebten, sondern im vorletzten oder gar letzten Kampf, dem absoluten Höhepunkt, hätte einsetzen sollen.

Neben den obligaten reichen Geschenken Caesars für einen Sieger wurden in den nächsten Tagen buchstäblich waschkörbeweise Präsente aller Art im Haus am Vicus Capitis Africae abgeliefert, gaben sich männliche Wesen aus allen Klassen und allen Altersgruppen die Klinke in die Hand. Leoparda nahm sämtliche Geschenke an, bedankte sich höflich, plauderte mit den Herren – selbstverständlich nur mit jenen aus besserem Stand – äußerst liebenswürdig, unverbindlich und sich zu absolut nichts verpflichtend, wies sogar die Heiratsanträge einiger wirklich vermögender und hochgestellter Persönlichkeiten so freundlich zurück, dass diese keinen Grund hatten beleidigt zu sein, sondern oftmals gar in noch heißerem Begehren zu ihr entbrannten.

In diesen Tagen hätte Leoparda mit Riesensprüngen die Rangleiter emporstürmen können, hätte sie nur einige Kompromisse gemacht. Doch sie liebte nun einmal einzig und allein ihre Pia. Und sie liebte wohl auch ihren Beruf, denn nun, als höchst wohlhabende Frau, hätte sie nie wieder eine Arena zu betreten brauchen. Doch sie blieb der *Familia Gladiatoria* von Felix Felix unerschütterlich treu – und dafür liebte *ich* sie!

Der letzte Kampf des Tages und absolute Höhepunkt der *Gladiatura* war Tarquinius vorbehalten.

Sein Gegner, jener Ursus genannte, schier unglaublich muskulöse Barbar, war nicht nur ein »Irregulärer«, sondern vor allem auch ein »Schlächter«, der bereits neun Männer in der Arena umgebracht hatte, ohne auf das Votum der Zuschauer und des Editors zu warten.

Dass Ursus statt eines Lendenschurzes ein Bärenfell um die Hüften trug und sein Gesicht aus dem aufgerissenen Maul eines Bären hervorlugte, hätten ihn allenfalls zum *Exoticus* gemacht. Doch seine Waffe war wirklich gegen jede Arena-Regel: eine Axt an einem Schaft, der fast bis Brusthöhe reichte, und mit einer halbmondförmigen, gut doppelt handbreiten und doppelt handlangen Schneide.

Kaum hatte der *Summa Rudis* den Kampf freigegeben, als Ursus zu marschieren begann. Die beidhändig geführte riesige Axt hielt er in Höhe seiner rechten Schulter und schwang sie in einem weiten Bogen bis in Höhe seiner linken Hüfte – *Wusch!* –, wobei er den rechten Fuß vorsetzte. Dann hob er das Mordinstrument bis zur linken Schulterhöhe an, drehte es leicht, sodass die Schneide wieder nach innen zeigte und schlug wieder in weitem Bogen erneut zu – *Wusch!* –, wobei er das linke Bein vorsetzte. Anheben, Schlag von rechts nach links und Schritt. Anheben, Schlag von links nach rechts und Schritt …

Ich hatte vor Jahren, ehe auch er im Flammenmeer des Brandes von Roma unterging, den »mechanischen« Brunnen des Caesars Claudius bewundert. Die riesige Bronzefigur des Hercules vollführte dabei mit ihren Armen, dem Kopf und dem Spielbein erstaunliche Bewegungen je nachdem, wie das durch komplizierte Röhren geführte Wasser die verschiedenen Schalen der Gegengewichte füllte oder diese sich wieder entleerten. Der Einfallsreichtum und die Kunstfertigkeit der Erbauer des Brunnens waren bewundernswert, seine stets gleichmäßigen, auf die Sekunde vorherberechenbaren Bewegungen bald langweilig.

Und ganz genau so bewegte sich Ursus: wie eine offenbar ungeheuer starke, jedoch hirnlose Maschine.

Es dauerte kaum zwei Minuten, bis ich seine Schwachstelle erkannte. Tarquinius, aber auch Purpureus, Leoparda und die Zwillinge hatten sie, wie sie mir später versicherten, ebenso schnell bemerkt. Wie also hatte dieser Mann jemals neun Siege feiern können?

Die Erklärung war eigentlich sehr einfach: Wir alle waren Leichtbewaffnete, die mit Geschicklichkeit und Verstand zu kämpfen wussten. Ursus war bislang offenbar nur gegen Schwerbewaffnete angetreten, und diese verließen sich auf den Schutz ihres mehr oder minder großen Schildes – gegen ein Schwert, eine Sica, einen Speer oder einen Dreizack durchaus sinnvoll. Doch eine derart wuchtig mit beiden Händen geführte Axt vermochte, auch wenn sie nur den Schild traf, einen Mann deutlich aus dem Gleichgewicht zu bringen, ihn eventuell sogar schlicht umzuhauen – und ein Kämpfer in dieser Situation war so gut wie ein besiegter Kämpfer.

Axt anheben, leicht drehen mit Schneide nach innen, Schlag von rechts nach links – *Wusch!* – und Schritt. Axt anheben, drehen, Schlag von links nach rechts – *Wusch!* – und Schritt …

Ursus war so kraftvoll und berechenbar wie der mechanische Hercules seinerzeit auf dem Brunnen. Irgendwie tat mir der Mann schon beinahe Leid.

Tarquinius hätte ihn nach längstens drei Minuten töten können, doch der Etrusker wusste, dass ein so schneller Sieg den Pöbel eher empört als begeistert hätte. So tat er, wozu er wohl verpflichtet war: Er lockte Ursus, der ihm brav Schritt um Schritt mit geschwungener Axt folgte, zweimal in weitem Kreis um den Obelisken, vollführte elegante Scheinangriffe und legte immer wieder einmal einen seiner brillanten Schwerttänze ein.

Doch nach etwa zwölf Minuten Schaustellerei – es war kein Kampf, für ungeübte Augen sah es allenfalls so aus – war sein guter Wille erschöpft.

Die schreckliche Axt des Barbaren sauste wieder einmal von seiner rechten Schulterhöhe in weitem Bogen zu dessen linker Hüfthöhe herum – *Wusch!*

Jetzt würde er rund zwei Sekunden brauchen, um sie in linke Schulterhöhe zu bringen und zu drehen.

Das war seine unverkennbare Schwachstelle, denn in diesen

zwei Sekunden verfügte er über keinerlei Deckung. Zwei Sekunden mögen wenig erscheinen, doch jeder, der es einmal nachprüft, wird ahnen, dass zwei Sekunden in einem Kampf eine kleine Ewigkeit bedeuten können!

Tarquinius stieß zu. Seine Linkhandklinge fuhr Ursus in den ungedeckten Bauch. Dessen Axt flog weit hinaus in den Sand der Arena. Die Rechthandklinge traf ihn gnädig in die Kehle. Ursus war tot, noch ehe sein Körper den Sand der Arena berührte.

Caesar Neros höchsteigener goldener Lorbeerkranz, wie versprochen, für Tarquinius.

Heute hängen die beiden goldenen Kränze Caesar Neros im Mittelpunkt einer sich immer mehr ausweitenden Spirale von Lorbeerkränzen an einer Wand im Atrium seiner »Etrusker«-Villa in Felix Felix, umgeben von dicken Büscheln von Siegespalmen, die er in den verschiedensten Arenen erworben hatte. Wenn ein Besucher vor jener Wand dann staunend stehen blieb – Ihr habt das selber erlebt, hochverehrter, edler Herr Plinius Caecilius –, so pflegte unser Freund diese Trophäen herunterzuspielen, auch wenn er, und dies wahrlich mit Recht, höchst stolz auf sie war. Diese Eitelkeit machte in meinen Augen den »Etrusker-Gott« Aplu in liebenswertester Weise menschlich!

Mit dem Anschluss der *Gladiatura* und dem triumphalen Sieg des Tarquinius hätten die monumentalen Spiele Caesar Neros zur Feier seiner zehnjährigen Caesaren-Proklamation eigentlich ein würdiges Ende finden sollen, nur noch gefolgt von den feierlichen Opfern in den Staatstempeln auf dem Mons Capitolinus.

Doch noch hielt Herr Aulus Vitellius den Göttlichen samt seinem Hofstaat im Circus zurück, da er noch eine ganz besondere Überraschung für Zuschauer und Volk vorbereitet habe, die jenen zweifellos höchstes Ergötzen bereite!

Tarquinius, wieder im »Zivil« seiner schwarzen Tunika und Toga, und auf ausdrückliche Einladung Caesar Neros auch Leoparda, zur fast allgemeinen Enttäuschung in ein äußerst züchtiges Frauengewand gehüllt, waren inzwischen wieder zu uns gestoßen.

Als *Arenarii* an die dreihundert Kreuze in die Arena schleppten und in langen Reihen im Sand niederlegten, ahnte uns bereits Schlimmstes!

Dann kamen die Christiani, wurden zu den Kreuzen geführt, nackt ausgezogen, auf den Balken ausgestreckt, angenagelt und aufgerichtet. Natürlich schrien viele auf, wenn ihnen die groben Nägel durch Handwurzeln und Füße getrieben wurden, stöhnten und wimmerten, wenn sie an den aufgerichteten Kreuzen hingen. Aber …

»Aber was soll das für ein genussvolles Schauspiel sein?«, empörten sich nicht nur die Prätorianer-Präfekten Ofonius Tigellinus und Nymphidius Sabinus lautstark. »Wenn sie sich mit allen Kräften wehren würden, wenn man sie zum Kreuz schleppt! Wenn sie schreien und zetern und um Gnade winseln würden! Noch wütend mit den Beinen strampeln würden, während man ihnen schon die Hände annagelt! Wenn sie sich selbst oder ihre Eltern, die sie geboren haben, oder gar Euch, Göttlicher, verfluchen würden! Ja dann wäre verständlich, dass der Pöbel das lustig findet.

Aber diese Christiani? Wie blöde Lämmer latschen sie ohne Widerstand zu ihren Kreuzen, küssen diese sogar noch. Sie lassen sich widerstandslos ihre Lumpen herunterreißen, legen sich artig auf die Balken und breiten die Arme aus, um angenagelt zu werden. Sie entschuldigen sich bei ihren Henkern für die Mühe, die sie ihnen bereiten! Und wenn sie hängen, versuchen sie irgendwelche Gebete zu murmeln oder sagen gar: ›Vergib ihnen Herr, denn sie wissen nicht, was sie tun …‹ Und das soll ein Spaß für das Volk sein?«

Herr Aulus Vitellius kroch bei dieser harschen Kritik förmlich in sich zusammen, wehrte sich trotzdem:

»Der eigentliche Spaß für das Volk kommt ja erst noch!«

»Welcher?«, schnauzte Nymphidius, während Caesar Nero vergnügt beobachtete, wie sich seine Augustalen bekriegten und gegenseitig in Verderben zu treiben versuchten.

»Die Wetten!«, erklärte Herr Vitellius.

»Welche Wetten?«

»Die Wetten, wer von den gekreuzigten Christiani am längsten durchhält! Das Kreuz ist ein zweifellos unangenehmer, vor allem aber ein langsamer Tod«, erklärte der Spielegestalter inbrünstig. »Ich habe zuverlässige Berichte, dass manche Gekreuzigte die Todesfolter zwei, drei, vereinzelt sogar vier Tage durchgehalten haben.«

Dann erläuterte er genauer:

»Wenn Ihr, erhabenster, göttlichster und unsterblicher Caesar, Eure Loge samt Eurem allzeit getreuen Hofstaat verlassen habt, werden die Tore der Arena für die normalen Sterblichen geöffnet. Dann können die Leute die Gekreuzigten aus nächster Nähe begutachten, sie sogar anfassen. Selbstverständlich dürfen sie nichts tun, was den Tod des einen oder der anderen beschleunigen könnte! Darauf werden die *Arenarii* streng achten! So wurden auch, um eine Chancengleichheit herzustellen, nur die erwachsenen Männer, nicht jedoch Frauen und Knaben vorher gegeißelt!

Die Lotterie war schon ein Riesenerfolg!«, erklärte Herr Vitellius überzeugt. »Wie viel mehr jetzt diese Wetten, bei denen der Gewinner ein Vermögen erobern kann, das ihm nicht nur die Bürgerschaft sichert, das ihn sogar in den Ritter-, gar in den Senatorenstand zu heben mag!«

Der strahlende Hauptgewinner dieser Wetten war ein Sklavenhändler aus der Provinz Galatia, der sich offenkundig in solchen Dingen auskannte. Er hatte auf eine krasse Außenseiterin gesetzt, ein schmales, sechzehnjähriges Mädchen, das erst am dritten Tag, gut fünfzig Stunden nachdem man sie angenagelt hatte, als Letzte starb. So wie er sie immer wieder begrapscht hatte, wäre sie ihm möglicherweise sogar lebend und unverletzt lieber gewesen …

Mitte Oktober verließen wir Roma, zufrieden mit den Siegen, Palmen und Lorbeerkränzen für die *Familia Gladiatoria* von Felix Felix. Gleichzeitig jedoch deprimiert und angewidert von allem anderen, was wir hatten zwangsläufig ansehen müssen.

LUDUS XII

Die Verschwörung

Secutor und Scissor

Das Jahr 818 bis 820 *ab urbe condita*.
Im 11. und 12. Regierungsjahr
des erhabenen Caesars Nero.
(65 bis 67 n. Chr.)

Es hätte ein so ruhiges, ein so vernünftiges, ein für uns alle gutes Jahr werden können, hätten uns die Götter einfach vergessen und in Ruhe gelassen.

Tarquinius und Lucia lebten so harmonisch und verliebt zusammen, wie ich es eigentlich nur von mir und meiner Digna kannte.

Zweifellos gab es auch zwischen ihnen gelegentliche Spannungen, welche keiner Partnerschaft in dieser oder jener Form erspart bleiben: Lucia bekennende und überzeugte Christiana. Tarquinius Höchstgeweihter des Mithras.

Manchmal debattierten sie leidenschaftlich, nahezu wütend über ihre Glaubensbekenntnisse – und lagen Minuten später einander, sich gegenseitig um Verzeihung bittend, in den Armen.

Und dann nannte Lucia ihren Gemahl lachend »Starrköpfiger Götzendiener!«, was Tarquinius lächelnd mit einem »Willst du mir verbieten, dass ich ein Gott bin?« quittierte.

Unsere Spitzengladiatoren – Fulmina, Purpureus, Leoparda, Dardanus, die Zwillinge und neuerdings auch Bato und Rattus samt einigen der besten *Secundi Pali* – gingen, nicht zuletzt, um nicht erneut in Roma auftreten zu müssen, und angeführt von Herrn Gladius Felixianus, auf eine lange Tour nach Süden und Südosten.

Auf Sicilia heimsten sie bei Spielen in Messana, Panormus, Catana und Syracusae Palmzweige und Kränze ein. Nach Africa übergesetzt, begeisterten sie die Massen in Utica, Sicca, Zama und Tapsus, dann ein gutes Stück weiter östlich in Sabrata, Oea und Leptis Magna.

Während der Ludi in Arsinoe in der Provinz Cyrene brach die Erfolgsserie ab – Herr Gladius Felixianus hatte einen Blutsturz erlitten, war rechtsseitig gelähmt, konnte nur noch mit Mühe sprechen.

Pia und Mykerinos, welche unsere Leute als Ärzte begleiteten, hatten gewichtige Bedenken, ob Herr Gladius Felixianus in diesem Zustand transportiert werden dürfe. Doch der wollte nur eines: heim!

Andererseits versuchte er die Truppe davon zu überzeugen, dass sie die Tournee, die noch Spiele in Ptolemais, Apollonia, Alexandria und Memphis vorsah, plangemäß beenden sollten. Doch davon wollten diese nichts wissen, und so kehrten sie alle zusammen Ende Juni auf einem gecharterten Schnellsegler nach Puteoli und Felix Felix zurück.

Den Göttern sei gedankt, erholte sich Herr Gladius Felixianus in den nächsten Wochen sichtlich, und im Oktober war er dann so weit, in einem Rollenstuhl ähnlich dem meinen wieder die Leitung unserer Schule zu übernehmen, soweit er diese nicht ohnehin längst an Tarquinius, mich und den fleißigen Mucius abgetreten hatte. Zwar wirkte er immer noch schmal und eingefallen und hatte den Gebrauch seines rechten Armes und rechten Beines noch nicht zurückerhalten. Dafür war sein trockener Humor zurückgekehrt. So meinte er eines Tages zu mir:

»Wir sollten uns einen Doppelstuhl bauen und uns unter die ›Exoten‹ aufnehmen lassen: der Lanista mit dem einen brauchbaren Bein und den drei brauchbaren Armen!«

»Und vor allem mit den zwei höchst brauchbaren Köpfen!«, ergänzte ich lachend.

Unsere Gladiatoren des *Secundus Palus*, immer auch wieder ergänzt von Neulingen und angeführt von je ein oder zwei unserer Spitzenleute, traten recht erfolgreich bei verschiedenen kleineren Spielen quer durch Italia, in Sicilia und sogar Dalmatia auf. Caesar Nero steckte jeden Sestertius in den Bau seiner *Domus aurea* und zeigte an pompösen Spielen derzeit wenig Interesse. Sogar die

Jagd auf Christiani hatte zwar nicht aufgehört, jedoch eindeutig nachgelassen, da sie sich für blutige Arena-Spektakel als weitgehend unbrauchbar erwiesen hatten.

So hätten wir also im Großen und Ganzen einigermaßen ruhig in die Zukunft schauen können, wäre da nicht jener Narr namens Calpurnius Piso gewesen!

Wir hatten Herrn Calpurnius Piso unter den Augustalen Caesar Neros mehrfach gesehen, waren jedoch nie mit ihm in Kontakt gekommen, was sich schließlich als Glücksfall herausstellte.

Herr Piso war ein jüngerer, höflicher, umgänglicher Mann, stammte aus bester Familie, war gebildet und hatte bereits verschiedene hohe Staatsämter bekleidet. Fraglos war er eine der erfreulichen Gestalten im Umfeld Caesars, der ihn trotz seiner eher zurückgenommenen, ruhigen Art durchaus zu schätzen schien. So sehr zu schätzen wusste, dass gewisse Gerüchte sogar munkelten, Caesar Nero denke daran, nachdem er ja seine eigene Familie, die *Gens Julia* und *Gens Claudia* vollständig ausgerottet hatte, Herrn Piso zu adoptieren und zu seinem Nachfolger zu machen. Nun, der Gerüchte gab es am Hof stets unendlich viele, und weshalb sollte Caesar, der selber noch nicht einmal dreißig Jahre zählte, sich jetzt bereits um seinen Nachfolger Gedanken machen?

Herr Calpurnius Piso schien diese Gerüchte freilich durchaus ernst zu nehmen, und es ist nicht zu bestreiten, dass er durchaus das Zeug dazu hatte, ein zwar glanzloser, aber ordentlicher Herrscher zu werden, also eher ein Claudius denn ein Gaius Caligula oder Nero. Und das kam all jenen gerade recht, die sich von Caesar Nero herabgesetzt, beleidigt oder nicht genug beachtet fühlten. Und auch deren gab es am Hof natürlich jede Menge.

So wurde Herr Calpurnius Piso zum Mittelpunkt einer Verschwörung, die zunächst noch als relativ harmloses Gedankenspiel begann, dann aber immer ernsthafter wurde und immer weitere Kreise zog – und genau deshalb hoffnungslos zum Scheitern verurteilt war!

»Eine Verschwörung, die Aussicht auf Erfolg haben will, muss klein bleiben!«, erklärte später Tarquinius. »Gewiss, wenn man einen Staatsstreich plant, so sollte man wissen, wer im Zweifelsfall zu einem stehen wird und wer nicht. Bei der Ermordung von

Gaius Julius Caesar waren etwa sechzig Leute – Senatoren, ehemalige Konsuln und Praetoren – mehr oder weniger eingeweiht; die eigentliche aktive Verschwörergruppe umfasste knapp zwei Dutzend Personen. Die Gruppe um die Prätorianeroffiziere Cassius Chaerea und Cornelius Sabinus, die Caesar Gaius Caligula beseitigte, war noch kleiner. Je mehr Leute an einer Verschwörung beteiligt sind, umso mehr Zungen können plappern, und irgendwann dringt dann unausweichlich das Geplapper an ein Ohr, für das es nicht gedacht war!«

Den ganzen Sommer über waren schon diffuse Verschwörungsgerüchte sogar bis nach Felix Felix gedrungen. Da sie uns nicht interessierten, beachteten wir sie nicht.

Doch dann, Anfang September, überbrachte der absolut vertrauenswürdige Geheimsekretär unseres Freundes Petronius Arbiter ein Schreiben seines Herrn an Tarquinius:

Das Schreiben enthielt eine Liste mit über einhundertfünfzig Namen, die sich lasen wie ein Almanach der besten politischen, familiären und finanziellen Gesellschaft Romas, angeführt von Herrn Calpurnius Piso und endend mit dem Dichter Annaeus Lucanus, einem Verwanden des Herrn Annaeus Seneca. Im beigefügten Brief bat uns Herr Petronius Arbiter dringend, diese Liste nach Kenntnisnahme unverzüglich zu vernichten, und beschwor uns, jeden Kontakt mit den dort Genannten strikt zu vermeiden, wie auch er dies, so weit als irgend möglich, tue! Zum Abschluss schrieb er: »*Ich bete zu den Göttern, dass meine Freundschaft Euch nicht zum Schaden gereiche!*«

Nachdem der Geheimsekretär wieder verschwunden war, wir die Liste praktisch auswendig gelernt und samt dem Brief vernichtet hatten, meinte Tarquinius:

»Wenn Herr Petronius, der eindeutig nichts mit dieser Verschwörung zu tun hat oder zu tun haben will, bereits über eine solch umfangreiche Liste verfügt, wie mag dann jene aussehen, die zweifellos inzwischen Tigellinus oder Nymphidius und Caesar Nero in Händen halten?«

»Würden diese dann nicht unverzüglich losschlagen und die Verschwörer dingfest machen?«

Tarquinius schüttelte den Kopf:

»Der Primitivling Nymphidius vielleicht, aber Tigellinus und zumal Caesar Nero sind dazu viel zu schlau. Solange die Verschwörer schwätzen und nicht handeln und solange Verlass auf die Prätorianer ist, so lange kann nichts passieren, und Caesar kann geruhsam abwarten, wer sich noch alles in diesem Netz verstricken mag.«

Da jene Liste keine Personen enthalten hatte, die in den letzten Jahren mit Felix Felix in irgendeiner Form zu tun gehabt hatten, vergaßen wir die Sache beinahe.

Bis sich Herr Fenius Rufus bei uns melden ließ, der in jener Liste ziemlich weit oben gestanden hatte.

Wir waren auf der Hut. So empfingen wir Herrn Fenius Rufus nicht im Haus, sondern davor auf der Terrasse. Bei dem herrlichen Blick über den Sinus Cumanus von dort aus konnte niemand etwas Böses dabei denken, wenn wir einem Gast diesen Ausblick gewähren wollten. Ganz zufällig standen die Stühle auch so, dass unsere Gesichter, von der Sonne beleuchtet, von jenem dicken Gebüsch etwas seitlich in vielleicht zwanzig Schritt Entfernung aus gut zu sehen waren. Natürlich würde man unsere Stimmen nicht bis dorthin hören, aber es gab genug Leute, die sich exzellent aufs Lippenlesen verstanden …

Edler Herr Plinius Caecilius, Ihr mögt nun einwenden, dass wir damit eindeutig bereit waren, Herrn Fenius Rufus im Zweifelsfall ans Messer zu liefern. Ich gebe unumwunden zu: Ja, das waren wir! Nicht weil wir Caesar Nero so sehr liebten, ganz sicherlich nicht. Aber unsere Fürsorge und Treue galt in allererster Linie unseren Angehörigen und Freunden und Felix Felix!

Als Herr Fenius Rufus erschien, wurde er mit aller Höflichkeit begrüßt. Gegen den exponierten Platz auf der Terrasse hatte er nichts einzuwenden – wir wären in arge Verlegenheit geraten, hätte er darauf bestanden, im Haus zu verhandeln –, bewunderte die Aussicht und hatte für das Gebüsch, in dem wir die Spitzel Caesars vermuteten, nicht einen einzigen Blick übrig.

»Wie typisch für jene Verschwörer-Dilettanten!«, ging es mir durch den Kopf, und Tarquinius schien Ähnliches zu denken.

Oder wollte Herr Fenius Rufus tatsächlich nur ein paar Gladiatoren für irgendwelche Spiele anwerben? War sein Besuch vielleicht wirklich völlig harmlos?

Er war es nicht!

Nachdem er reichlich mit Speise und Trank versorgt worden war wie all unsere Gäste, fragte er:

»Ihr verfügt über hervorragende Kämpfer?«

Wir stimmten zu.

»Zuverlässige Leute?«

»Absolut zuverlässig!«, versicherten wir.

»Wie stehen sie zu Caesar Nero?«

»Er hat einigen von ihnen Palmen und auch durchaus großzügig Lorbeerkränze überreicht …«

»Ich meine: Wie stehen sie persönlich zu ihm? Lieben sie ihn?«, hakte Herr Fenius Rufus nach.

»In aller Regel lieben Gladiatoren nur sich selbst«, erklärte Tarquinius. »Manchmal, in Felix Felix sogar erstaunlich häufig, lieben sie noch ihre Schule. Aber weshalb sollten sie den Editor irgendwelcher Spiele ›lieben‹, der sie doch nur angemietet hat? Herrn Aulus Vitellius beispielsweise hassen viele von ihnen sogar inbrünstig.«

»Ich meine nicht Herrn Aulus Vitellius«, erläuterte Herr Fenius Rufus geduldig. »Ich meine Caesar Nero persönlich!«

»Und weshalb sollten sie ihn persönlich lieben?«, fragte Tarquinius trocken.

»Er ist Caesar! Er ist ein Gott!«, rief Herr Fenius Rufus.

»Wir beten hier zu unzähligen Göttern«, mischte ich mich ein. »Herr Tarquinius Sempronius Felixianus Dimachaerus«, ganz bewusst ratterte ich den kompletten Namen herunter, »ist Höchstgeweihter des Mithras. Ich selber ziehe Epona, die Pferdegöttin meiner Kindheit vor. Unser Arzt Amenophis verehrt Thot, den ägyptischen Gott der Weisheit und Heilkunst. Andere beten zu Jupiter, dem Götterkönig, andere zu Mars, dem Schutzherrn aller

Krieger und Kämpfer, manche zu Venus, der Göttin der Liebe und Ahnfrau unseres Herrscherhauses, oder zu ihrer syrisch-babylonischen Entsprechung Astarte. Zweifellos betet auch der eine oder die andere hier zum göttlichen Caesar und streut ihm Weihrauch. Manche sehen sogar in Herrn Tarquinius den in menschliches Fleisch gehüllten Etruskergott Aplu. Geht hinüber in den Tempel der Schule, und Ihr werdet Götter finden, deren Namen Ihr nicht einmal aussprechen könnt!«

»Und was ist mit Euch, Herr Tarquinius Sempronius Felixianus Dimachaerus«, im Herunterrattern kompletter Namen war Herr Fenius Rufus offenbar ebenso gut wie ich, »und Euch, Herr Scorpio Sempronius Felixianus? Wie steht Ihr zu Caesar Nero?«

»Er ist Caesar! *Er ist ein Gott!*«, versicherte Tarquinius und wiederholte damit genau das, was unser Gast eben gesagt hatte.

Da er so offenbar nicht weiterkam, suchte Herr Fenius Rufus nach einem neuen Ansatzpunkt:

»Eure Gladiatoren folgen strikt Euren Befehlen?«

»Sofern sie Sklaven sind«, klärte ich den Herrn auf, »müssen sie das. Sofern sie sich freigekauft haben, *müssen* sie es nicht mehr, auch wenn sie es tun, solange sie noch offizielle Mitglieder der Schule sind.«

Herr Fenius Rufus fummelte einen Zettel aus seiner Toga:

»Tarquinius, *Dimachaerus*«, las er vor.

»Nur in ganz besonderen Sonderfällen zu bekommen!«, kommentierte ich sofort.

»Fulmina, *Provocator*. Purpureus, *Retiarius*. Leoparda, *Hoplomachus*. Dardanus, *Secutor*. Kastor und Pollux, *Retiarii*.«

»Derzeit unsere Spitzengladiatoren!«, bestätigte ich.

»Dann stehen da noch«, fuhr Herr Fennius Rufus fort, »Bato, *Murmillo*, und Rattus, *Scissor*, mit Fragezeichen.«

»Sie sind erst relativ kurz bei uns, machen sich aber wirklich hervorragend!«, gab ich Auskunft.

»Und alle von ihnen sind *freie* Gladiatoren«, fügte Tarquinius an. »Die Erstgenannten konnten sich schon vor einer ganzen Weile loskaufen. Rattus, wenn auch aus dem tiefsten Dreck der Subura stammend, war immer ein freier Mann. Und Bato wurde von seiner derzeitigen Liebhaberin Fulmina aufgekauft und freigelassen.«

»Was würde es kosten drei, vielleicht auch vier von ihnen für ein paar Tage anzuwerben?«, wurde Herr Fenius Rufus direkt.

»Das käme zunächst einmal darauf an, in welcher Stadt. Olispo, Londinium, Sinope am Ende der Welt, oder auch nur Alexandria sind natürlich teurer als Pisae, Ancona, Paestum oder Barium«, erklärte ich freundlich.

»Es wäre allenfalls Roma, vermutlich jedoch noch viel näher«, gab Herr Fenius Rufus Auskunft.

»Ihr wisst noch nicht genau wo Eure Spiele stattfinden sollen?«, erkundigte sich Tarquinius treuherzig.

»Nein!«, blaffte Herr Fenius Rufus, dem langsam – wer könnte ihm das verdenken – die Geduld mit uns Dummköpfen ausging. Dann aber fing er sich wieder:

»Es geht eigentlich nicht um Spiele, es ginge eher ...«

»Um Personenschutz!«, rief Tarquinius strahlend. »Ein bei ehemaligen und mitunter auch noch aktiven Gladiatoren höchst beliebtes Zubrot!«

»Ja, ja, zumindest so ähnlich ...«, brabbelte Herr Fenius Rufus.

»Nur für ein paar Tage? Maximal eine Woche?«, vergewisserte ich mich und nannte einen Preis, der angesichts der Tatsache, dass wir das Angebot ohnehin niemals annehmen würden, nicht einmal unverschämt überteuert war.

Herr Fenius Rufus akzeptierte, ohne zu handeln, erkundigte sich aber nochmals:

»Und die Leute wären wirklich zuverlässig?«

»Um jemanden, beispielsweise sogar Caesar Nero, vor Anschlägen zu schützen? Sie sind so zuverlässig wie der Sonnenuntergang!«, versicherte ich.

Herr Fenius Rufus war kaum eine Stunde bei uns gewesen, als er sich verabschiedete.

In das Innere der Etrusker-Villa zurückgekehrt und hinter zugeschlagenen Türen fragte Tarquinius:

»Ich habe in meinem Leben schon etliche Rollen gespielt,

nicht zuletzt die eines Gottes. Wie war ich als begriffsstutziger Halbtrottel?«

»Sehr überzeugend! Die Rolle deines Lebens! An deiner Stelle würde ich ernsthaft daran arbeiten …«

Wäre ich nicht in meinem Rollenstuhl gesessen, er hätte mir vermutlich seinen Fuß in den Hintern geknallt. Und dann lachten wir, dass uns die Tränen über die Wangen liefen.

Als wir wieder ernst wurden, meinte Tarquinius:

»Sind diese Leute eigentlich von allen guten Geistern verlassen? In dem Sumpf von Intrigen, Lügen, Heuchelei, Gift und Verschwörungen von jedem gegen jeden an Caesars Hof sollte man doch eigentlich meinen, dass sie wenigstens ein paar Grundbegriffe dieser Kunst erlernt hätten. Sind diese Verschwörer so hoffnungslos dumm oder schlicht todessüchtig? Und weil sie offenbar auch noch zu feig sind, selber zu Dolch oder Schwert zu greifen, spaziert dieser Unglücksmensch tatsächlich am helllichten Tag in eine Gladiatorenschule und fragt wildfremde Leute, mit denen er bislang nie ein Wort gewechselt hat, ob sie ihm nicht ein paar Meuchelmörder vermieten könnten! Was für ein jämmerlicher Haufen! Mir tun nur ihre Familien Leid, denn diese werden mit ihnen büßen müssen!«

Und so kam es denn, wie es hatte kommen müssen:

Anfang Oktober ließ Ofonius Tigellinus die Verschwörung auffliegen. Für seine Bemühungen und Erfolge hierbei wurde ihm eine Statue auf dem Mons Palatinus zugestanden, was eigentlich nur höchstverdienten Senatoren gewährt wird.

Der Kopf von Herrn Calpurnius Piso fiel als erster.

Er war das Zentrum, wenn auch kaum der tatsächliche »Kopf« der Verschwörung gewesen. Tigellinus und wohl auch Caesar Nero hätten ihn wohl am liebsten am Kreuz gesehen, doch für römische Bürger – zumindest einigermaßen prominente – war diese »Sklavenstrafe« verboten. Was immer sie getan haben mochten, die Enthauptung mit Schwert oder Beil war zwingend vorgeschrieben.

Auf dieses Recht hatte sich übrigens auch einer der wichtigsten Führer der Christiani berufen, ein gewisser Saulus oder Paulus. Der aus Tarsus gebürtige Mann, der, obwohl Jude, das Bürgerrecht besaß, durfte deshalb nicht wie Simon Kephas-Petrus gekreuzigt werden, sondern hatte das Vorrecht auf die wohl nahezu schmerzlose Enthauptung.

Die Herren Fenius Rufus, Plautius Laprantus, Flabius Scevinus und Africanus Quinetianus folgten. Aus dem innersten Zirkel Caesar Neros, seinen so genannten besten Freunden, wurden Tullius Senecio, Sabinus Flavius, Sulpicius Asper und viele andere zum Tode verurteilt, wurden hingerichtet oder zum Selbstmord gezwungen. Sie mussten sterben, weil sie Caesar zu wenig geliebt hatten – oder auch zu sehr und er ihnen deshalb misstraute.

Viele von ihnen boten Caesar einen beträchtlichen Teil ihres Vermögens an, wenn er nur ihre Familien verschone. Vergeblich, denn Caesar Nero zog die kompletten Vermögen ein und verbaute sie in seiner *Domus aurea*.

Dann waren ihre Familien an der Reihe, ihre Frauen und Kinder, Brüder und Schwestern samt deren Familien, ihre Freunde und Bekannten und sogar Freigelassene und Sklaven.

Caesar Nero hockte inzwischen in seinem »Ferienhüttlein« in Baiae und fürchtete sich. Er ließ Roma von Legionen hermetisch abriegeln und sein Domizil von Hunderten von Prätorianern bewachen.

Und je mehr er sich fürchtete, umso mehr Todesurteile gingen hinaus. Längst waren alle tatsächlichen Verschwörer samt ihren Familien und Freunden tot, doch Caesar war in einen Blutrausch verfallen, dessen Opfer jeder werden konnte, dem er irgendwie misstraute – und er misstraute inzwischen nahezu allen – oder der irgendwann und irgendwo die Andeutung einer Kritik an ihm, seiner Göttlichkeit oder seiner Kunst gemacht hatte.

Sein alter Lehrer, der hochgeachtete Philosoph Annaeus Seneca war das prominenteste Opfer. Caesar zwang ihn zum Selbstmord.

Eines Abends klopfte es an die Tür der Etrusker-Villa, wo wir noch bei einem Becher Wein zusammen saßen.

Herein schlüpfte ein etwa dreißigjähriger Mann, den wir vom Sehen kannten: Herr Marcus Cocceius Nerva. Er galt als ruhig, besonnen, grundehrlich und, obwohl vielfach am Hof, als »tugendhaft« – was immer das bedeuten mochte. Herr Petronius Arbiter hatte ihn mehrfach als eine »Lilie im Sumpf« und seinen »Freund« bezeichnet.

Er flehte uns im Namen aller Götter an, ihn wenigstens für ein paar Tage zu verstecken, bis es ihm gelänge, mit einem Schiff nach dem Orient oder nach Hispania zu entkommen. Herr Petronius Niger habe ihm diese Adresse für den äußersten Notfall genannt.

Wir waren mehr als misstrauisch und ablehnend.

Doch dann sagte er:

»Herr Petronius Arbiter meinte, ich solle Euch zwei Stichworte nennen zum Beweis, dass tatsächlich *er* und sonst niemand mich geschickt habe: ›Ephebenkopf‹ und die Zeile ›Und du bekommst Lucia nicht!‹«

Herr Cocceius Nerva konnte mit diesen Erkennungsworten sichtlich nichts anfangen. Wir dagegen umso mehr. Dass jener bronzene, griechische Kopf eines Epheben das erste Geschenk des Herrn Petronius an Tarquinius gewesen war, mochte irgendwer noch herausbekommen haben. Aber dass Herr Petronius einst geschrieben hatte, sein Freund Tarquinius könne alles von ihm haben, nur nicht seine Geliebte Eunike, und dass Tarquinius geantwortet hatte, auch Herr Petronius könne alles von ihm haben außer seiner über alles geliebten Gattin Lucia, das konnte nun wahrlich niemand wissen, denn beide schrieben ihre Briefe stets eigenhändig und vernichteten die eingehende Post nach der Lektüre sorgfältig – so hatte es seinerzeit Herr Petronius gewünscht.

So brachten wir Herr Cocceius Nerva für mehr als drei Monate als Gladiator in der Schule unter, wo er eifrig wie jeder andere im Gymnasium rannte und sprang und warf, im Trainingshof auf Pfähle und Übungsgegner einschlug. Zwar war er ein wenig alt für diesen Beruf, aber da er nach altrömischer Sitte seinen Wehrdienst abgeleistet hatte und nur mit unseren zwangsläufig eingeweihten Spitzenleuten trainierte, die ihm unauffällig allerlei Vorteile einräumten, machte er eine recht ordentliche, für ungeübte Augen durchaus glaubwürdige Figur.

Caesar Nero mordete unterdessen hemmungslos weiter:

Flavius Nepos und Statius Domitius starben, weil sie ehrlich und kühn waren. Novius Priscus war ein Freund Senecas. Thrasea war zu tugendhaft. Rufius Crispus war der geschiedene Gatte der Augusta Poppaea Sabina. Der Dichter Annaeus Lucanus war verdächtig, bessere Verse zu machen …

Und längst waren Enthauptungen Caesar Nero zu langweilig. Wem es nicht gelang, sich durch Selbstmord den Häschern zu entziehen, der wurde, gleichgültig ob Senator, einfacher Bürger oder Sklave, Mann oder Frau, Kind oder Greis, nach Baiae verschleppt und vor den Augen Caesars zu Tode gegeißelt, bei lebendigem Leib verbrannt, Raubtieren zum Fraß vorgeworfen, gepfählt, von Pferden in Stücke gerissen, gekreuzigt, in die Muränenteiche geworfen, im günstigsten Fall langsam erwürgt oder ertränkt.

»Größenwahn mag erklärbar und irgendwie auch verzeihlich sein«, sagte Tarquinius damals einmal. »Auch Verfolgungswahn. Aber beides zusammen, Größen- *und* Verfolgungswahn, ist zu viel! Ist unerträglich – auch wenn man ein Gott ist!«

Wie Recht er hatte!

Ihr wisst, edler Herr Plinius Caecilius, dass ich in manchen Dingen durchaus Sympathien für Caesar Nero hegte, auch heute noch versuche, ihm Gerechtigkeit widerfahren zu lassen. Doch seit dem Brand Romas, seit der Aufdeckung der Verschwörung des Calpurnius Piso samt deren Folgen, vermochte und vermag auch ich ihn nur noch als blutrünstigen Wahnsinnigen zu sehen!

Wären damals redliche, vernünftige Verschwörer – nicht solche Narren wie um Calpurnius Piso – an uns herangetreten, ich weiß nicht, ob wir uns nicht tatsächlich ihnen angeschlossen hätten …

Ende November wurde uns zugetragen, Caesar Nero sei dabei, zu einer großen Reise durch Hellas aufzubrechen und wolle dort in zahlreichen Städten auftreten, wo man zweifellos seine Dicht- und Sangeskunst erheblich mehr zu würdigen wisse als im kulturell dumpfen Italia.

Zwar wurde die Abreise mehrfach verschoben – Caesar fürchtete wohl die ebenso kunstsinnigen wie unerbittlich spitzen Zungen der Griechen ebenso, wie er deren Lob ersehnte –, doch Anfang Januar schien es endlich doch so weit zu sein.

Und ein Aufatmen ging durch das ganze Land!

Das Datum ist in meinen Erinnerungen unauslöschlich eingebrannt: 12. Januar des Jahres 819.

Eine Woche zuvor hatten Boten Tarquinius und mir die Einladung zu einem ganz besonderen Fest des Herrn Petronius Arbiter in seiner Villa nahe Baiae überbracht.

Manche wichtige und noch mehr halbwichtige Leute gaben allabendlich irgendwelche private Feste, und wir konnten oft kaum genügend glaubhafte Ausreden erfinden, um der Mehrzahl von ihnen zu entgehen. Doch eine Einladung von Herr Petronius Arbiter hätte niemand im ganzen Imperium ausgeschlagen! Sie waren selten und in jeder Beziehung *erlesen*. Der kleine Kreis, der solch einer Ehre teilhaftig wurde, zählte nicht nur intellektuell und kulturell zur Elite, sondern gehörte zu jenen, die Herr Petronius wahrhaftig zu seinen Vertrauten, ja Freunden zählte.

Ich war in der Zeit, die wir uns kannten, fünf Mal eingeladen gewesen, Tarquinius noch zwei oder drei Mal öfter in der Zeit, die er weitgehend in Roma verbracht hatte. Wen Petronius diesmal nicht mit eingeladen hatte, waren unsere Frauen. Weshalb begriff ich später, und Digna, erneut hochschwanger, hätte ohnehin nicht kommen können …

Als wir am Spätnachmittag ankamen, wurden wir zunächst in die Bäder geleitet, wo schon einige Gäste vergnügt herumplanschten. Unsere warmen Reisekleider – im Januar kann es auch am Sinus Cumanus empfindlich kühl werden – wurden gegen leichte Tuniken und leichte Togen ausgetauscht. Wir wurden von erlesen hübschen Sklavinnen massiert, gesalbt, eingeölt und dezent parfümiert, bis wir wohlig wie gestreichelte Katzen schnurrten.

Am Eingang des Tricliniums standen zwei riesige schwarze Sklaven, die uns allerhöflichst baten, den Raum bitte nur mit dem rechten Fuß voran zu betreten. Als sie meinen Blick auf meine Beine sahen, hastete ein Jüngling heran und hob vorsichtig meinen rechten Fuß hoch, damit ich mit ihm, der Sitte gemäß, den Raum »betreten« konnte.

Wir wurden traditionsgemäß mit Kränzen geschmückt: erste strahlende Frühlingsblüten gewunden in Weinlaub, Efeu und unvergänglichen Lorbeer, doch auch durchmischt mit kleinen Zypressenzweigen, dem »Laub des Todes« wie ebenso des »ewigen Lebens«.

Der runde Tisch in der Mitte des Tricliniums war, wie es der Tradition entsprach, von vier breiten, bequemen Polsterliegen umstanden. Der Boden war mit Veilchen und Krokusblättern bestreut. Junge, ausgesucht hübsche Sklaven legten behutsam Körnchen um Körnchen Weihrauch in kleine Glutbecken, sodass es nicht qualmte, sonder nur wunderbar duftete. Das Triclinium war wie das Haus und sein Hausherr: erlesen, dezent, zweifellos kostspielig, niemals jedoch aufdringlich und von einem Geschmack, den neureiche Protze auch dann nie erreichen können, wenn sie noch so viel Geld investieren.

Herr Petronius Niger war der »Arbiter Elegantiarum«, doch eben nicht nur der Zeremonienmeister Caesars, sondern wahrhaft der Meister eines zur Perfektion gesteigerten Lebensstils! Und er war gewiss kein blassblütiger Ästhet, sondern bot seinen Gästen gelegentlich durchaus einige griechische Fünftausend-Sesterzen-pro-Nacht-Hetären, dazu passend einen vollmundigen Rotwein aus Samos und den schweren Duft fast verblühter Rosen …

Tarquinius fand seinen Platz auf der linken Liege. Daneben stand mein Rollenstuhl. Das Lager teilte er mit Herrn Flavius Vespasianus. Dieser war ein kurzgewachsener, stämmiger Mann mit rundem Kopf, festem Mund und tiefen Lachfalten in den Winkeln seiner klugen Augen. Er stammte aus einer ordentlichen, wenn auch eher unbekannten Familie und hatte sich mit Zähigkeit, Intelligenz und unerschütterlicher Ehrlichkeit nach oben gearbeitet, war Konsul gewesen und Prokonsul der Provinz Africa.

Der Dritte auf dieser Liege war ein junger Mann, eigentlich noch ein Knabe, namens Publius Cornelius Tacitus. Zunächst fast verschreckt über die Ehre, die ihm da widerfuhr, erwies er sich in der Folge trotz seiner Jugend als überraschend kluger Kenner der römischen Geschichte mit lebhaftem Interesse an Sitten, Gebräuchen und Gewohnheiten fremder Völker. Als er erfuhr, woher ich stammte, fragte er mir buchstäblich Löcher in den Bauch. Etwa: »Lehnen sich Elche zum Schlafen tatsächlich an einen Baum, anstatt sich hinzulegen?« Ich wusste es nicht, ich hatte in meinem Leben nie einen Elch gesehen. Es tat mir Leid, dass ich seinen Wissensdurst allenfalls sporadisch zu befriedigen vermochte; als ich meine Heimat verlassen musste, war ich vierzehn Jahre alt gewesen, und inzwischen waren gut zehn Jahre in einer völlig anderen Welt vergangen …

Auch die übrigen Gäste entsprachen diesem Muster: zwei Philosophen, der eine aus der stoischen, der andere aus der epikuräischen Schule, die sich in höchst geistvoller Weise gegenseitig zu widerlegen versuchten. Ein Dichter, dessen Verse viel zu intelligent und boshaft waren, um in der Allgemeinheit Nachhall zu finden. Eine alte Tänzerin, die einst Triumphe gefeiert hatte und inzwischen längst vergessen war und von der man munkelte, sie habe Herr Petronius seinerzeit in die Kunst der Liebe eingeführt. Die Dame Herenia Sulpitia neben ihr war eine unbestreitbar gescheite und gutaussehende Frau, die ich bereits mehrfach im Haus unseres Gastgebers gesehen hatte und trotzdem nirgendwo einordnen konnte. Und schließlich Herr Volsinius, ein knochiger alter Mann mit schmalem Gesicht, einem etwas eingefallenen Mund, da er keine Zähne mehr hatte, einem dicken Busch schneeweißer Haare auf dem Kopf, die sich nach allen Seiten sträubten, und großen, fast schwarzen Augen.

Herr Volsinius war jener Haruspex, der Anfang 817 aus dem

Einschlag eines Blitzes in die Bronzewölfin auf dem Mons Capitolinus schwerstes Unheil für die Stadt vorausgesagt hatte, und da bei jenem Blitzschlag auch die bronzenen Gesetzestafeln schwer beschädigt worden waren, eine Zeit, in der Recht und Gesetz untergehen würden. Wie Recht er doch gehabt hatte! Herrn Petronius hatte er ein ebenso baldiges wie unsterbliches Ende vorhergesagt.

So waren wir zehn. Zusammen mit Herrn Petronius und der schönen Eunike auf der Liege an der Stirnseite des Tisches zwölf – die klassische Zahl für ein Symposium!

Hinter den Liegen standen ausgesucht hübsche junge Sklaven und Sklavinnen bereit mit Wasserschalen und weichen Tüchern, sodass wir uns stets sofort die Finger reinigen konnten. Ferner sorgten sie aus hohen silbernen Kannen für Nachschub in unseren Trinkschalen, wechselten unsere Kränze aus, wenn die Blüten matt zu werden drohten, putzten behutsam den stoischen Philosophen ab, wenn dieser sich wieder einmal bekleckert hatte, füllten das Öl in den weit über hundert Lämpchen mit den Schirmen aus buntem Alexandriner Glas nach, waren unauffällig zur Hand, wenn sich eine Muschel nicht sofort öffnen oder eine Garnele nicht mühelos aus dem Panzer befreien ließ, reichten mir die Speisen an, die ich auf dem Tisch nicht bequem erreichen konnte, legten dem alten Herrn Volsinius, der ja keine Zähne mehr hatte, die zartesten und weichsten Teile vor, wechselten Teller und Platten und schafften Essensreste und Abfälle weg.

Im Hintergrund spielte ein kleines Orchester, stets laut genug, um den Raum mit Wohlklang zu erfüllen, und stets leise genug, um die Gespräche nicht zu stören.

Zunächst kam traditionsgemäß die *Cena*, das Essen: sehr viel Fisch, köstliche Meeresfrüchte gebettet auf Eis und Algenblättern, jede Art von Geflügel und zartem Gemüse, dafür eher wenig Fleisch – Herr Petronius Arbiter und Tarquinius waren sich da in ihrem Geschmack, wie auch in sonst so vielem, völlig einig. Doch fehlten keineswegs saftige Braten, Wild und fette Würste, die der stoische

Philosoph und Herr Flavius Vespasianus offenbar bevorzugten, während sich die alte Tänzerin ausschließlich an die Salate hielt, die ihr in einer nicht endenden Folge an appetitlichen Variationen vorgesetzt wurden. Dem jungen Herr Cornelius Tacitus wurde eigens ein Stück Elchbraten gebracht, damit er wenigstens wisse, wie »Elch« schmecke, auch wenn dessen Schlafgewohnheiten im Dunkel blieben. Jener schwarze Fischrogen aus den Zuflüssen des Pontus Euxinus, den wir einst bei Herrn Jucundus kennen gelernt hatten, fand allgemeinen Zuspruch – der Dichter und der epikuräische Philosoph schaufelten ihn löffelweise in den Mund, Herr Volsinius, der Haruspex, schwelgte förmlich darin, und auch ich legte mir da keinerlei Zurückhaltung auf. Die Früchte zum Abschluss – Feigen, Trauben, Äpfel, Birnen, Melonenscheiben, gar Datteln und Kirschen – waren frisch wie eben gepflückt. Die Süßigkeiten waren dezent im Geschmack und nicht allzu süß, doch auch hier gab es von Honig und Sirup triefende Varianten, welche eine besondere Leidenschaft der Dame Herenia Sulpitia zu sein schienen.

Mancher Neureiche hätte das Mahl trotzdem eher als schlicht bezeichnet, weil er nicht begriff, mit welcher Raffinesse jedes der Gerichte zubereitet, geschweige, wie auserwählt es auf die ganz persönlichen Geschmäcker der Teilnehmenden ausgerichtet war.

Auch nach Ende der eigentlichen Malzeit blieb der Tisch in der Mitte reich gedeckt mit allerlei köstlichen Naschereien. Und als der Stoiker nach knapp einer halben Stunde erneut Sehnsucht nach fetten Würsten verspürte und es Herrn Cornelius Tacitus nochmals nach einem »winzigen Stückchen« Elchbraten gelüstete, bekamen sie diese unverzüglich. Als der Dichter protestierte, weil die Schale mit dem Fischrogen abgetragen werden sollte, und meinte, man solle sie lieber bis zum Rand wieder auffüllen, wurde auch dem selbstverständlich nachgegeben. Und nach dem, was die Dame Herenia Sulpitia an diesem Abend an Süßigkeiten futterte, die auf ständig wechselnden Platten unauffällig vor sie hingestellt wurden, so würde sie wahrscheinlich mindestens die nächste Woche hungern müssen, wenn sie ihre unbestreitbar gute Figur erhalten wollte.

Die Gespräche bei Tisch waren locker, leicht, vergnüglich, Hofklatsch wurde berichtet, Anekdoten erzählt. Das Stück eines ältlichen Senators, der sein Talent als Tragödienschreiber entdeckt zu haben glaubte, wurde gnadenlos verrissen, eine junge Musikergruppe aus Hispania Tarraconensis ehrlich gelobt – und fand so in der Dame Herenia Sulpitia eine Maecenin. Über einen ebenfalls jungen Bildhauer stritt man eine Weile, meinte schließlich, dass er als Handwerker und Kopist hellenischer Originale hervorragend sei, auch wenn seine eigenen Entwürfe zu wünschen übrig ließen. Es wurde viel gelacht, viel gelästert und gespottet, ohne deshalb boshaft zu werden.

Irgendwann fiel auch das Stichwort »Erziehung«.

»Man kann keinen Menschen erziehen!«, behauptete Herr Petronius. »Man kann nur das herausbringen, was in ihm tatsächlich steckt – und das ist oft das genaue Gegenteil der noch so wohlgemeinten ›Erziehung‹!«

»Nein! Nein! *Nein!*«, wurde ihm sofort von den verschiedensten Seiten vehement widersprochen.

Herr Petronius freilich beharrte auf seiner Meinung.

»Meine Mutter war Tänzerin und hat auch mich dazu erzogen! Ich hasste sie dafür!«, erklärte die alte Tänzerin bestimmt.

»Aber du *warst* von Geburt an eine Tänzerin!«, meinte Herr Petronius.

»Ich wurde aus meinem durchaus ordentlichen bäuerlichen Elternhaus herausgerissen«, warf ich ein, »als Sklave verkauft und zum Gladiator erzogen …«

»Wärest du als Bauer am Hochufer des Licias wirklich glücklich geworden?«, fragte Herr Petronius sanft. »Oder warst du nicht, als du jenes Toga-Bürschlein in den Kuhfladen tauchtest, in Wahrheit längst Gladiator?«

Was sollte ich dazu noch sagen?

Ehe der stoische Philosoph zu einer längeren Rede ansetzen konnte, fuhr Herr Petronius Arbiter fort:

»Nehmt doch Caesar Nero! Er ist das beste Beispiel für die Unmöglichkeit, einen Menschen zu erziehen! Das beste Beispiel dafür, dass noch so wohlmeinende Erziehung genau das Gegenteil hervorrufen kann!«

Für einen Augenblick waren wir wie erstarrt. Caesar Nero zu erwähnen, hatten wir alle bislang strikt vermieden, um die Harmonie dieses Abends nicht zu stören. Nur Tarquinius lächelte.

Und Volsinius, der Haruspex, forderte, vergnügt zahnlos auf einem saftigen Krabbenschwänzchen mümmelnd:

»Sag's ihnen, Publius!«

»Caesar Nero«, erklärte uns Herr Petronius Niger, »hatte die drei hervorragendsten Erzieher des Imperiums, wenn nicht gar der Welt! Und was haben sie bewirkt? Das genaue Gegenteil ihrer Erziehung, was aber das innerste Wesen Caesar Neros ist und war!«

»Drei?«, fragte die Dame Herenia Sulpitia verblüfft.

»Drei!«, bestätigte Herr Petronius Arbiter und erklärte:

»Der erste war Herr Annaeus Seneca, der Philosoph und sein Jugendlehrer: Er wollte Nero zu Weisheit, zu sanftmütiger Stärke, zur Mäßigung, kurz gesagt, zu der ›Tugend‹ erziehen, die seiner persönlichen Überzeugung nach einem Herrscher angemessen sei. Doch Nero war und ist in seinem innersten Wesen nicht weise, sanftmütig, stark, maßvoll oder tugendhaft. Eine Weile ertrug er die Vorgaben seiner Erziehung. Doch dann brach er aus – und jetzt ist sein erster Erzieher tot!«

Niemand von uns wagte sich noch zu rühren, geschweige etwas zu sagen, als Herr Petronius fast im Plauderton fortfuhr:

»Der zweite war ich. Ich wollte ihn zu wahrer Lebensart und echtem Künstlertum erziehen! Vielleicht hätte ich meine Zeit besser nutzen sollen, denn in Nero steckt durchaus auch ein Künstler. Aber weit mehr steckt in ihm eben ein Schmierenkomödiant! Damals in Neapolis war er wirklich gut! Dass er trotz des Erdbebens ruhig auf der Bühne stehen blieb, gab ihm die Kraft, in seinen Liedern und seinem Vortrag wahrlich groß zu sein. Doch auf dem Aquädukt bei der Porta Ardeatina, angesichts der brennenden Stadt Roma, führte er sich auf wie ein Hanswurst. Seine *Domus aurea*, die er sich jetzt bauen lässt, wird in ihrer Gigantomanie nur eines werden: der Gipfel aller Geschmacklosigkeiten! Und seine Lebensart besteht nun einmal aus orgiastischen Festen und bluttriefenden Spielen. Also habe auch ich versagt, ihn sogar noch tiefer in seine Unarten gehetzt, weil er mir ja Widerpart bieten wollte.«

»Und wer soll sein dritter Erzieher sein?«, fragte Herr Flavius Vespasianus interessiert.

»Natürlich Herr Ofonius Tigellinus! Er versucht Caesar Nero zu einem echten Scheusal zu erziehen, das Gaius Caligula noch weit in den Schatten stellt. Er hat ihn Roma anzünden, Ströme von Blut Unschuldiger vergießen lassen. Doch auch er wird scheitern, denn zum wirklichen Ungeheuer ist Caesar Nero zu schwach und zu feige – und so sitzt er jetzt drüben in seinem Palast in Baiae und fürchtet sich vor seinem eigenen Schatten, will nach Griechenland fliehen, um Trost in seiner ›Kunst‹ zu finden …«

Doch ehe wir das Thema weiter vertiefen konnten, lenkte Herr Petronius geschickt das Gespräch wieder in unverfängliche Bahnen, wie sie einer Cena angemessen sind.

Vor der Cena hatten wir bereits einmal ein paar Tropfen Wein zu Ehren der Götter verspritzt, auch wenn ich vermutete, dass kaum einer der Anwesenden noch an jene Götter glaubte, denen wir da opferten.

Jetzt vor dem eigentlichen Symposion vollzogen wir das Ritual nochmals.

Dann tranken wir alle einen tiefen Schluck.

»Vergebt, mir meine Freunde«, lächelte Herr Petronius, »wenn ich ausgerechnet heute gegen die guten Sitten verstoße und den Vorsitzenden des heutigen Symposions nicht wählen lasse, sondern diesen Vorsitz selbst zu führen gewillt bin.«

Wir waren überrascht, doch wen Besseren hätten wir eigentlich sonst wählen können?

»Ich habe in meinem Leben nur wenigen Menschen den Ehrentitel ›Freund‹ verliehen«, fuhr Herr Petronius Arbiter fort. »Selbst mit der Bezeichnung ›wahrhaft guter Bekannter‹ war ich geizig – Ihr seid die letzten davon, die noch am Leben sind. So möchte ich Euch bitten, die Schalen und Becher, aus denen Ihr jetzt getrunken habt, als Andenken des heutigen Abends zu behalten.«

Geschenke dieser Art sind bei den Römern zwar durchaus nicht ungewöhnlich, trotzdem erstarrten wir, denn die Gefäße, gefertigt aus massivem Gold und besetzt mit Edelsteinen waren erlesenste alte Stücke von schier unschätzbarem Wert.

Er selbst hatte zusammen mit Eunike aus einer myrrhenischen Schale von unvergleichlicher Schönheit und Vollkommenheit getrunken. Jetzt hielt er sie in der Hand, betrachtete sie nachdenklich:

»Von all meinen Besitztümern wollte ich mich von zwei nie trennen: von meiner Eunike! Und von dieser Schale, die ich allenfalls eben ihr gegönnt hätte – doch sie wollte sie nicht …«

Nochmals sah er seine Geliebte und die Schale fragend an. Eunike jedoch schüttelte lächelnd den Kopf.

»Dann sei es so!«, sagte Herr Petronius – und ließ die Schale zu Boden fallen, wo sie in tausend Scherben zersprang.

Wir waren entsetzt, doch der Hausherr beruhigte uns sofort:

»Ich habe es verstanden, aus diesem Leben, diesem kostbarsten aller Schätze, mir die erlesensten Kleinodien auszuwählen! Ich habe sogar wahre Liebe erfahren dürfen durch Eunike, die nie etwas anderes als meine Sklavin sein wollte, obschon sie, freigelassen wie ich es ihr tausendfach angeboten habe, anderswo hätte eine Königin sein können!«

Während die schöne Eunike Herrn Petronius liebevoll auf den Mundwinkel küsste, rief Herr Flavius Vespasianus nun wirklich erschrocken:

»Was hast du vor?«

»Dem Unerträglichen entgehen«, gab Herr Petronius ruhig zurück. »Ich will Wein trinken – unverwässert wie unser Freund Tarquinius! Ich will glücklich sein! Ich will mit Euch lachen und philosophieren! Ich will Eunike in meinem Arm spüren und mit blütenbekränztem Haupt einschlafen …«

Jetzt waren wir endgültig aufgeschreckt!

Doch Herr Petronius hatte für unsere Aufregung nur ein Kopfschütteln übrig:

»Ich dachte, Ihr seid meine Freunde! Wollt Ihr denn wirklich beobachten, wie formvollendet der Arbiter elegantiarum es versteht, von Löwen oder Bären in der Arena zerrissen zu werden? Wie er sich als lebende Fackel macht? Oder wie er unter unsäglichen Schmerzen am Kreuz hängt und immer noch lächelt und spottet? Oder auch wie er nur ganz einfach von den Kreaturen des Herrn Tigellinus totgeprügelt wird?«

»Aber Caesar Nero ist im Begriff, nach Griechenland zu reisen«, protestierte die Dame Herenia Sulpitia. »Er wird dir wieder seine Gnade schenken! Er wird dich brauchen!«

»Und für wie lange?«, fragte Herr Petronius zurück und lachte. »Ich weiß, dass ihm Herr Ofonius Tigellinus dort kaum etwas nützen wird, es sei denn, der lässt allen Griechen die kunstsinnigen Lästerzungen aus dem Mund reißen.

Doch keine Sorge, ich habe mich bei Caesar in angemessener Form entschuldigt!«

Der Geheimschreiber – seinen Namen habe ich nie erfahren – reichte Herr Petronius Arbiter ein Pergamentblatt, und der las vor:

»›O göttlicher Caesar!

Ich weiß, dass du meiner in Hellas nicht entbehren kannst und dass du mich für meinen Rat dort mit Ehren und Reichtümern überschütten würdest.

Trotzdem, so schwöre ich es dir bei den Schatten der von dir Ermordeten – deines Bruders Britannicus, deiner Mutter Agrippina, deiner Gemahlin Octavia, des redlichen, wenn auch dummen Calpurnius Piso, deines Lehrers Herrn Annaeus Seneca und all der anderen Senatoren und Bürger, die du hast umbringen lassen. Ich schwöre es bei all den Verbrannten in Roma und sogar bei jenen Tausenden von Christiani, die du als »Brandstifter« einem Mob, der dir trotzdem nicht glaubte, geopfert hast – dass ich deinem Ruf nicht folgen kann!

Aber es gibt Dinge, die sind wahrhaft unerträglich:

Ich vermag nicht mehr länger meine Ohren durch deinen Gesang martern zu lassen, deine Beine im Tanz gekrümmt zu sehen, deine Deklamationen und jämmerlichen Gedichte anzuhören! Dies würde hinfort wahrlich meine Kraft übersteigen!

Und so ist in mir der Gedanke gereift zu sterben.

Sei versichert: Roma möchte seine Ohren verstopfen vor dir! Die Welt lacht dich aus! Und ich ertrage es nicht länger, für dich erröten zu müssen!

Das Geheul des Cerberus, des Hundes der Unterwelt, wird leichter zu ertragen sein als dein Gesang, auch wenn es diesem gleicht. Doch nannte mich Cerberus nie seinen ›Freund‹, und so muss ich auch nicht für seine ›Kunst‹ erröten.

Lebe wohl, Göttlicher! Möge Lethe, der Fluss des Vergessens, gnädig auslöschen, was ich in deiner Gegenwart erdulden musste!

Dennoch will ich nicht hinüberschreiten in das Reich der Schatten, ohne dir einen letzten Rat zu geben:

Töte, aber singe nicht mehr! Morde, wen immer du willst, aber tanze nicht! Sei Brandstifter, aber nicht Leierspieler! Rotte die Menschheit aus, aber lass das Versemachen!

In der tröstlichen Überzeugung, dass du unter die Götter des Olymp aufgenommen und deshalb nie den Orcus, in den ich mich nun begebe, mit deiner Kunst quälen wirst, sagt dir Lebewohl:

Publius Petronius Niger, dein nunmehr wieder glücklicher Arbiter elegantiarum.«

Es war so still in dem Triclinium, dass man ein Krokusblatt hätte zu Boden fallen hören.

»Das wird Caesar vernichten!«, seufzte schließlich die alte Tänzerin.

Herr Petronius winkte unterdessen einem schlanken, ziemlich dunkelhäutigen Mann offenkundig südägyptischer Abstammung, der im Hintergrund gewartet hatte.

Mit sicherem Griff legte dieser eine Binde um den Oberarm des Arbiter elegantiarum, zog diese fest und öffnete, als diese deutlich hervortrat, mit einem langen Schnitt die Pulsader.

Herr Petronius warf einen liebevollen fragenden Blick auf Eunike. Doch diese küsste ihn nur, wobei auch sie ihren Arm dem Mediziner entgegenreckte, dass er die gleiche Prozedur an ihr vollziehen möge.

Ehe er sich wieder uns widmen konnte, hatte Herr Petronius noch eine Kleinigkeit zu regeln:

»Ruft bitte all meine Sklaven zusammen«, bat er.

Die beiden riesigen Schwarzen an der Tür beeilten sich dem Befehl nachzukommen, und schon bald drängten sich gut einhundert Personen, teils aufgeregt, teils sichtlich verschreckt am Eingang des Tricliniums.

»Ihr alle«, sprach sie Herr Petronius Niger an, »wart mir gute und treue Diener. Da Caesar und seine Kreaturen inzwischen oftmals ihre Wut sogar an den Sklaven von Menschen auslassen, die ihrer Rachsucht entkommen sind, bitte ich Euch, diesen Abend – er wird nicht mehr allzu lange dauern – noch meine Freunde so gut zu bedienen, wie ihr dies immer getan habt. Dann werdet ihr alle im Morgengrauen den Segler *Rose von Patmos* besteigen, der im Hafen von Puteoli auf euch wartet und der euch nach Dertosa in Hispania bringen wird. Dort warten auf euch die Urkunden der Freilassung nebst genug Geld, sodass jeder von euch sich eine neue Zukunft in Freiheit aufbauen kann.«

Herr Petronius hatte all seine Sklaven stets freundlich und höflich behandelt, und viele von ihnen betrachteten es als Ehre, ihm dienen zu dürfen. Jetzt breitete sich ungläubiges Staunen, vor allem aber Bestürzung unter ihnen aus. Viele hatten Tränen in den Augen, einige schluchzten gar laut.

Herr Petronius winkte sie energisch hinaus:

»Geht und tut, wie ich es gesagt habe!«, und zu uns gewandt, meinte er: »Sklaven! Wie wenig sie doch noch vom Leben wissen! Mit ihrem Geplärr hätten sie uns doch diesen wunderschönen Abend beinahe verdorben ...!«

Doch so leicht Herr Petronius dies alles zu nehmen schien, auch wir vermochten uns dem Bann des rinnenden Blutes aus den Schlagadern unseres Gastgebers und seiner schönen Geliebten nicht so leicht zu entziehen, wie er dies wohl gewünscht hätte.

Sooft auch Herr Petronius Arbiter versuchte, die Gespräche auf einer heiter-unbeschwerten Ebene mit leichtem, amüsant-geistvollem Klatsch und süffisanten Bemerkungen zu diesem oder jenem zu halten, so oft glitten die Themen eben doch in ernstere Bahnen.

»Ihr seid langweilig!«, versuchte er sich schließlich zu beschweren, doch Tarquinius widersprach sofort:

»Waren die Dialoge der Symposien, die Platon in seinen Schriften beschrieb, ›langweilig‹, auch wenn sie sich nicht ausschließlich um heiter-belanglose Dinge drehten? War Sokrates, sein großer Lehrer, ›langweilig‹, obwohl es ihm nicht nur um Kunst, neueste Moden oder verpfuschte Theaterstücke ging?«

Herr Petronius lachte herzhaft.

»Lade nie gebildete Leute zum Essen ein!«, meinte er auf diesen Einwurf. »Sie könnten dich allzu leicht widerlegen!«

Immer wieder hatten sich Herr Petronius und Eunike voll innigster Liebe angeschaut, hatten sich ebenso sanft wie liebevoll geküsst – Augenblicke die nicht einmal die beiden verfeindeten Philosophen zu stören wagten.

Während wir redeten, war Eunike immer müder geworden, hatte sich schließlich noch enger an Herrn Petronius gekuschelt und schließlich die Augen geschlossen. Sie war inzwischen so blass wie frisch gebrochener Marmor aus Carrara. Nur ein ganz leichtes Heben und Senken ihrer Brust deutete an, dass sie noch nicht endgültig von uns gegangen war.

Herr Petronius hielt sie fest in seinem blutenden Arm.

Mit dem anderen winkte er nach neuen, frischen Blütenkränzen.

Sie wurden ihm unverzüglich gereicht.

Dann fragte er äußerlich völlig ruhig:

»Wird sie leben? Werde *ich* leben – zusammen mit ihr und für immer?«

Den vernünftigen Erklärungen der beiden Philosophen und allzumal des Arztes im Hintergrund gebot er mit einer Handbewegung Schweigen.

Der junge Herr Tacitus war mit dieser Frage zweifellos überfordert.

Die Dame Herenia Sulpitia wollte dies unzweifelhaft gerne annehmen, ohne freilich dafür einen halbwegs vernünftigen Ansatz zu finden.

Der Dichter versuchte allerlei von »unsterblicher Kunst« und deren Förderer zu brabbeln und wurde in seinen weitschweifigen, wenn auch vielleicht sogar zutreffenden Argumenten schlicht abgewürgt.

Tarquinius, der Haruspex Volsinius und ich sagten:

»Ja!«

Tarquinius war Hochgeweihter des Mithras. Herr Volsinius, der Haruspex und Seher, betete vornehmlich zu Jupiter – vermutlich eher zu dessen etruskischem Vorgänger und stand damit Tarquinius wohl irgendwie nahe. Und ich verehrte Epona, die Pferdegöttin, die mit römisch-griechischen Göttern nun wahrlich nichts gemein hatte. Gemeinsam war uns allerdings die Überzeugung, dass nach dem Tod nicht alles zu Ende war. Dass es ein Weiterleben in anderer Form gab und sinnvollerweise auch geben musste, so dieses irdische Leben nicht einfach nur ein schlechter Witz sein sollte! Ein schlechter Witz *wessen*?

Die alte Tänzerin war generell unserer Meinung. Das, was sie sagte, klang – zumindest nach meinem heutigen Wissen – recht genau nach der Lehre der Christiani, die freilich eine durchaus auch sinnliche, über den Tod hinaus gehende Liebe eindeutig eher leugnet als befürwortet.

Herr Flavius Vespasianus brachte zunächst einmal das Ganze auf einen gut altrömischen Punkt:

»Die Schatten der Verstorbenen in der Unterwelt an den Ufern von Acheron und Styx werden so lange nicht vergehen, solange sich hier auf dieser Welt noch Lebende an sie erinnern. Das ist doch auch der Grund, weshalb wir unseren Verstorbenen aufwändige Monumente an den Ausfallstraßen der Städte setzen, damit sich die Vorüberkommenden ihrer erinnern sollen!«

Doch fast augenblicklich sah sich Herr Flavius Vespasianus gleich von mehreren Seiten heftigem Widerspruch ausgesetzt.

»Inschriften verwittern, Monumente zerfallen«, gab die Dame Herenia Sulpitia zu bedenken. »Selbst bei vielen der für die Ewigkeit errichteten Pyramiden in Ägypten, mit Ausnahme der drei großen nahe Memphis, wurden die Namen der Erbauer längst vergessen. Leben also von all diesen Pharaonen, die so viel für ihre Unsterblichkeit getan, von ihrem Volk dafür so viel abgefordert haben, mittlerweile nur noch Cheops, Chefren und Mykerinos im Schattenreich?«

»Nein! Niemals!«, rief der Dichter aufgeregt. »Nicht Monumente aus Stein oder Marmor könnten letztlich die Erinnerungen bewahren, das ist einzig den Taten eines Menschen vorbehalten!« Ein Gaius Julius Caesar oder ein Alexander hätten nachhaltig genug die Welt verändert, um für immer im Gedächtnis der Menschen zu bleiben. Einem Sokrates oder Platon oder Aristoteles sei nie ein aufwändiges Grabmal errichtet worden, und trotzdem kenne jeder Gebildete ihre Namen. »Die Werke von Dichtern wie Homer, Vergilius Maro oder Ovidius Naso sind unsterblich und damit auch diese!«, schrie er – wobei er natürlich auch auf die eigene Unsterblichkeit schielte …

»Demnach müsste also«, hielt Tarquinius dagegen, »ein Schmierenkomödiant, Brandstifter und tausendfacher Mörder wie Caesar Nero noch in einer halben Ewigkeit die Unterwelt mit seiner Anwesenheit beglücken, während der Schatten eines zwar dummen, jedoch grundanständigen Mannes wie Herrn Fenius Rufus schon in wenigen Jahren verweht sein wird, weil sich keiner mehr an ihn erinnert …«

Herr Petronius schüttelte über diesen Streit leise lachend den Kopf:

»Da mir Caesar Nero wohl kaum eine Pyramide bauen wird und meine literarischen Ergüsse gewiss nicht mit Homer, Vergilius oder Ovidius mithalten können, werde ich mich also auf keinen allzu langen Aufenthalt als Unterweltsschatten einzurichten brauchen …«

»Da wäre ich mir nicht so sicher!«, widersprach Tarquinius. »Solange man sich an Caesar Nero erinnert, so lange wird man sich zumindest auch an diesen Brief erinnern, den du uns vorgelesen hast!«

»Und ich muss vielleicht Jahrtausende mit ihm im Schattenreich verbringen und mir seine Gesänge anhören?«, rief Herr Petronius mit komischem Schreck. »Wenn ich diese Strafe als sein Arbiter Elegantiarum vermutlich auch verdient habe, so werde ich mich dann doch lieber Tantalus oder Sisyphus zugesellen, ewigen Hunger und Durst leiden oder Felsblöcke rollen!«

Für einen Augenblick lehnte er sich müde zurück, riss sich dann freilich wieder hoch, warf einen liebevollen Blick auf Eunike in seinem Arm, die nicht mehr atmete oder deren Atem zumindest mittlerweile so leicht geworden war, dass man ihn nicht mehr wahrnehmen konnte.

»Eines«, versprach er, »werde ich jedoch auf keinen Fall tun: Einen Schluck aus Lethe, dem Unterweltsfluss des Vergessens, trinken! Zwar würde ich dann Caesar Nero vergessen, was mir hochwillkommen wäre. Aber ich würde auch euch vergessen, meine Freunde. Und ich würde vor allem Eunike vergessen – und dies werde ich niemals zulassen, so es irgendwie in meiner Macht stehen mag!«

Die alte Tänzerin versuchte zu trösten:

»Muss die Auffassung der Griechen und Römer vom Leben jenseits des Lebens in einer mehr oder minder trostlosen Welt der Schatten denn unumstößliche Wahrheit sein?«

Herr Petronius Arbiter winkte lächelnd ab:

»Meinst du etwa den ›Schoß Abrahams‹? Glaubst du wirklich, dass ich mich im Schoß eines alten Juden wohlfühlen würde, der ohnehin nur für seinesgleichen reserviert ist?

Soll ich, wie manche Germanen und andere Barbaren«, dabei zwinkerte er mir freundlich zu, »glauben, mit einer Horde wüster Gesellen in der Halle ihres Obergottes in alle Zukunft fressen und saufen zu dürfen?

Oder meinst du die ewig dauernde, ganz und gar geschlechtslose Gottesbejubelung der Christiani?«

Wieder sank sein Kopf mit geschlossenen Augen zurück auf das Polster.

»Es gibt auch Religionen«, erklärte Herr Volsinius, der alte Haruspex, leise, »die der Auffassung sind, das irdische Leben diene allein der weiteren Vervollkommnung der Seele und des

Geistes – und deshalb würden wir wieder und wieder in diese materielle Welt geboren …«

»Wenn ich in diesem zukünftigen Leben Eunike in meinem Arm halten, euch zu Freunden haben darf …«, flüsterte Herr Petronius, ohne nochmals die Augen zu öffnen.

»Menschen, die wahrhaft zusammen gehören, verlieren sich nicht!«, erklärte Tarquinius bestimmt.

Für einen Augenblick berührte Herr Petronius die Hand unseres Etruskers.

»Dann sei es so!«, murmelte er leise.

Eine gute Stunde später trugen wir die sterblichen Hüllen von Herrn Publius Petronius Niger und seiner über alles geliebten Eunike hinaus zu dem Scheiterhaufen, den er in seinem Garten bereits von seinen Sklaven hatte errichten lassen.

Auf ein Zeichen von Volsinius, dem Haruspex, stießen wir, seine letzten zehn Gäste und Freunde, die wir den Scheiterhaufen umstanden, unsere Fackeln zwischen das Holz, das Reisig und Stroh.

Es war ein wilder, schneller Brand, genährt von den reichlich über die Toten ausgegossenen, kostbar duftenden Ölen – ganz so wie es unser Freund gewünscht hatte.

Als der Scheiterhaufen heruntergebrannt war, sammelten wir Asche und verkohlte Knöchlein in einer großen Urne.

»Genau so hatte es unser Herr gewollt – Er und Sie, untrennbar vermischt für immer!«, versicherte uns der getreue Sekretär, als er uns bat, ihm die Urne zu überlassen; denn diese solle er, gemäß dem Wunsch des Toten, draußen auf dem Meer versenken, fernab jeder denkbaren Rache Caesars.

Die beiden Philosophen, der junge Herr Cornelius Tacitus, der Dichter und die Dame Herenia Sulpitia waren danach vernünftigerweise schleunigst enteilt.

Die alte Tänzerin mussten wir zum Aufbruch drängen.

Herr Volsinius, der Haruspex, hatte in die auflodernden Flammen des Leichenbrandes gestarrt und erklärt: Niemand von uns würde verraten, dass wir die Gäste des letzten Symposions des Herrn Petronius und damit Mitwisser jenes Briefes gewesen seien. Caesar Neros Rache hätten wir daher nicht zu fürchten!

Das freilich war eine durchaus vorhersehbare Prophezeiung, denn die Sklaven, die uns bedient hatten, waren ins ferne Hispania entschwunden. Und von den Gästen würde sich wahrlich jeder hüten zuzugeben, dass er von jenem Brief, der Caesar Nero in seinem Innersten tatsächlich vernichtete, irgendwelche Kenntnis gehabt habe.

Herr Flavius Vespasianus zögerte noch, denn Herr Volsinius, der Haruspex, hatte sich plötzlich tief vor ihm verneigt mit den Worten:

»Ave Caesar!« – Sei gegrüßt, Caesar!

Herr Flavius Vespasianus war zurückgeprallt wie vor einer sich vor ihm aufbäumenden Giftschlange. Er fuhr den Seher mehr als barsch an, er möge keinen solchen Unsinn verzapfen!

Herr Volsinius freilich blieb unerschüttert: In den Flammen des Leichenbrandes – genau dort wo Herr Flavius Vespasianus seine Fackel hineingestoßen habe – sei ohne jedwede Frage und irgendwelchen Zweifel der goldene Lorbeerkranz des Imperators Caesar Augustus zu erkennen gewesen!

Ob er ihn denn für einen rettungslos Verrückten und potenziellen Selbstmörder halte, wehrte sich Herr Flavius Vespasianus vehement.

»Natürlich nicht!«, hatte Herr Volsinius geantwortet. Doch was er »gesehen« hatte, das habe er nun einmal »gesehen«! Im Übrigen »sehe« er eine gut zehnjährige Regentschaft und schließlich sogar einen für einen »Caesar« höchst ungewöhnlichen *natürlichen* Tod für ihn voraus.

Herr Flavius Vespasianus entschwand schließlich wortlos.

Zweifellos haben jene Worte des alten Haruspex sein künftiges

Leben *nicht* bestimmt! Doch jene Prophezeiung damals mag sehr wohl eben trotzdem zu jenem Weg beigetragen haben, den er schließlich ging.

Während Fix und Fax meine Rollenstuhl-Sänfte auf den braven Maultieren festzurrten und Tarquinius seinen ungeduldig scharrenden Rappen bestieg, war nur noch Herr Volsinius übrig geblieben.

Wenn auch nicht gerade elegant, so doch unbestreitbar noch recht gelenkig hatte sich der alte Mann auf den Rücken seines Apfelschimmels geschwungen. Wenn man sein zaundürres Gerippe, seinen schlohweißen Haarbusch und seine fehlenden Zähne einmal nicht zu sehr in Rechnung stellte, so mochte er tatsächlich um die sechzig zählen, war damit gewiss zwanzig Jahre jünger, als er auf den ersten Blick aussah. Im Augenblick wirkte er freilich eher verwirrt, wusste offenbar nicht so recht, wohin er sein Pferd lenken sollte.

Tarquinius trieb seinen Rappen neben das Pferd des Herrn Volsinius.

»Kann ich Euch irgendwie helfen?«, fragte er freundschaftlich, denn ein Freund des Herrn Petronius war ohne Frage auch *sein* Freund.

Der Haruspex zuckte mit den mageren Schultern. »Der schwefelfarbene Blitz im Nordwesten prophezeite Publius Petronius den baldigen Tod. Der gleichzeitige grün-blaue Blitz genau im Norden, der Heimstatt der Götter, die Unsterblichkeit – und dessen rosenrote Verästelungen wahrlich den Bestand, auch über dieses augenblickliche Leben hinaus, seiner großen Liebe …«

Wäre Herr Volsinius einer der ungezählten Wahrsager, Pythien und Propheten gewesen, die scharenweise, geschickt die Wünsche, Hoffnungen und Bedürfnisse ihres Publikums ausnützend, durch das Land ziehen und ihren Beruf gründlichst in Verruf bringen, Tarquinius hätte in solch einem Fall nur seinen Rappen abgedreht und den Seher ungerührt seinem Schicksal überlassen. Doch Herr Volsinius war offenkundig einer der weißen Raben seiner Zunft! Er hatte, wider aller bei Scharlatanen anzutreffenden Schlauheit, bei den Mächtigen und Regierenden höchst unerwünschte Vorhersagen gemacht, ohne dabei in die Kategorie der »Unheilspropheten« abzurutschen.

»Kann ich Euch helfen?«, fragte Tarquinius nochmals.

Der Haruspex starrte ihn an:

»Ja. – Aber vermutlich doch: Nein. – Vielleicht aber …«

»Also, was nun?«, fragte Tarquinius ungeduldig, denn auch wir sollten diesen Platz ja wohl schleunigst verlassen.

»Ich weiß es einfach nicht!«, bekannte Herr Volsinius. »So exakt man für andere auch zu ›sehen‹ vermag – für einen selber ist dies mehr als schwierig und ungenau!«

»Und nun?«, bohrte Tarquinius nach.

»Ich konnte vieles sehen in den Flammen des Scheiterhaufens, da jeder ja seine eigene Ecke angezündet hat«, erklärte Herr Volsinius. »Herr Flavius Vespasianus wird Caesar werden – ein guter Caesar –, auch wenn er sich jetzt noch verständlicherweise heftig gegen diesen Gedanken sperrt.

Das Andenken unseres Freundes Petronius wird ob seiner genial-vernichtenden Rache so lange andauern, wie der Name Caesar Neros genannt wird – zumindest für die nächsten dreitausend Jahre!

Der junge Herr Tacitus wird zu großer Bekanntheit gelangen.

Die Tänzerin, die beiden Philosophen, die Dame Herenia Sulpitia und auch der Dichter werden, so Leid mir das tut, sagen zu müssen, letztlich in der Bedeutungslosigkeit versinken.

Ihr, Herr Tarquinius, werdet noch lange und glücklich leben. Doch an Eurem Ende sehe ich Flammen, Steinhagel und Giftschwaden, die Ihr freilich aus Güte auf Euch nehmen werdet.«

Tarquinius schnaubte verächtlich, denn »Güte« war seinerzeit wahrlich kein Prinzip, dem er besonders anhing.

»Und Ihr, Herr Scorpio«, fuhr der Seher fort, »werdet zwar Herrn Tarquinius überleben, freilich nicht allzu lange. Zunächst allerdings wird man Euch außerordentlich freudig überraschen! Und ihr werdet jene wiedersehen, die Ihr nie vergessen habt und die Euch nie vergessen haben.«

Das übliche Sehergeschwätz, war ich in diesem Augenblick

versucht zu sagen. Dass Digna unmittelbar vor ihrer Entbindung stand, sah sogar jeder Laie. Der Arzt Amenophis und die Hebamme Eurydike waren mit dem Verlauf der Schwangerschaft äußerst zufrieden. Eine »freudige Überraschung« konnte also nahezu jeder prophezeien! Und das Wiedersehen mit jenen, die ich nie vergessen, die mich nie vergessen hatten? Sollte es mir tatsächlich vergönnt sein, noch einmal meine alte Heimat auf dem Hochufer des Licias zu besuchen?

»Und Ihr?«, fragte Tarquinius den Haruspex.

»Falls ich die Zeichen richtig deute«, antwortete dieser bedächtig, »so sollte ich meine Schritte nach Osten lenken. Das macht so weit auch Sinn; denn nicht nur jeder am Hof weiß, dass ich mit Herrn Petronius Niger eng befreundet war, ich habe in Roma und Baiae auch etlichen höchst unangenehmen Leuten recht unangenehme Dinge vorausgesagt, sodass ich diese wohl wirklich für die nächste Zeit meiden sollte. Andererseits, wenn ich mich nach Osten, also nach Hellas wende, gehe ich genau dorthin, wohin Caesar mit seinem Anhang in den nächsten Tagen aufbrechen wird ...«

»Nun«, meinte Tarquinius, »muss es denn unbedingt Hellas sein? Von hier aus gesehen liegt auch Felix Felix im Osten, und es wäre uns eine Freude, einen Freund von Herrn Petronius dort für eine Weile als Gast begrüßen zu dürfen, bis dieser sich seine weiteren Ziele überlegt hat.«

Herr Volsinius war sichtlich erleichtert über diese Einladung und schloss sich also uns an.

Mit meinem unwillkürlichen Verdacht, der Haruspex sei nach dem Tod des Herrn Petronius vielleicht auf der Suche nach einem neuen Mäzen, bei dem er unterkriechen könne, tat ich ihm freilich unrecht, denn Herr Volsinius war, wie sich schnell herausstellte, kein reicher, aber ein durchaus wohlhabender Mann, der es keineswegs nötig hatte, sich irgendwo durchfüttern zu lassen. Auch war die Einladung von Seiten meines Freundes Tarquinius keineswegs ganz selbstlos, denn Herr Volsinius war nicht nur ohne jeden Zweifel Etrusker, was in den Augen von Tarquinius stets ein Bonus war, vor allem war mein Freund von jeder Art an Hellseherei und dergleichen fasziniert, und ein alter, weiser Haruspex war da zweifellos ein höchst interessanter Gesprächspartner.

Als wir im Morgengrauen nach Felix Felix zurückkehrten, empfing uns mindestens das halbe Dorf, um uns die frohe Neuigkeit zuzuschreien:

Kurz nachdem wir gestern nach Baiae abgereist waren, hatten bei Digna die Wehen eingesetzt, und vor etwa zwei Stunden hatte ihre zweite, meine dritte Tochter das Licht der Welt erblickt.

Die Gemahlin des Tarquinius erlaubte gerne, dass wir dem Kind ihr zu Ehren den Namen Lucia gaben. Zur Unterscheidung wurde sie gewöhnlich Lucia *parvula*, Lucia »die kleine« genannt, und Parvula war dann schließlich auch der Name, mit dem sie später in der Regel gerufen wurde, auch dann noch, als sie zu einem schlanken, für eine Frau auffallend großen, Mädchen heranwuchs.

Eine Woche nach dem Tod des Herrn Petronius Arbiter verließ Caesar Nero mit seinem Hofstaat fast fluchtartig Baiae und Italia mit Ziel Griechenland.

Als seine Stellvertreter blieben Helios und Polythetes, zwei besonders üble Typen, sowie Nymphidius Sabinus zurück, deren wahres Schreckensregiment sich, den Göttern sei Dank, freilich fast ausschließlich auf Roma konzentrierte.

So verging dann ein dreiviertel Jahr in relativer Ruhe im Land, so man Roma nicht allzu nahe kam, und auch in Felix Felix lief alles seinen gewohnten Gang.

Caesar Nero eilte unterdessen in Hellas von Triumph zu Triumph, einer größer und pompöser als der andere, und ließ sich als neuer Orpheus feiern. Die Hoffnung unseres Freundes Tarquinius, dass Caesar vielleicht eines Tages, wie der Sänger der Sage, in eine Arena voll wilder Raubtiere treten würde, um diese mit seinen Liedern und seinem Leierspiel zu »bezwingen«, erfüllte sich freilich nicht.

Anfang Oktober saßen wir wieder einmal auf der Terrasse des »Delphi«: Herr Gladius Felixianus, der sich inzwischen recht gut erholt hatte, Tarquinius und ich mit unseren Frauen, Herr Volsinius, der mittlerweile ein Dauergast in der Etrusker-Villa war, und etliche andere unserer Freunde – kurz der Innere Rat der Schule samt einigen, die zwar offiziell nicht dazugehörten, doch zu unseren wahren Vertrauten zählten. Wir genossen die über offener Flamme so lecker gegrillten Bifteki und Oktapodi und schlürften den harzigen Wein aus der Heimat unseres griechischen Gastwirtes, des stets so fantasiereich fluchenden Telemachos.

Da erreichte uns ein Bote mit einem Brief des Herrn Flavius Vespasianus, welcher im Gefolge Caesars mit nach Griechenland gereist war.

Tarquinius erbrach das Siegel und las vor:

»*Ich grüße Euch, werte Freunde, und hoffe, dass es Euch gut geht!*

Leider geht die wunderbare Zeit hier in Hellas ihrem Ende entgegen, samt den wahrhaft göttlichen Konzerten, mit denen der erhabene Caesar Nero unsere Ohren zu verwöhnen beliebt!«

»Was für ein Heuchler!«, lachte ich. »Herr Flavius Vespasianus ist in vielen Dingen ein hervorragender Mann, aber von Kunst versteht er nun wirklich nichts, was er auch offen zugibt!«

»Dafür ist er klug genug, derlei Dinge in einem Brief zu schreiben, von dem er annehmen muss, dass er nicht nur einmal von Personen, an die er nicht gerichtet ist, erbrochen und gelesen wird«, meinte Tarquinius und fuhr fort:

»*Caesar wird also demnächst nach Italia zurückkehren, ob zunächst nach Baiae oder gleich nach Roma, wo sein Goldenes Haus der Vollendung entgegen geht, weiß ich nicht.*

Ich auf jeden Fall werde ihn nicht begleiten dürfen, denn er hat mich in seiner unermesslichen Huld mit der schwierigen Aufgabe betraut, in der Provinz Judaea, welche, wie Ihr wisst, seit längerem wieder einmal von Unruhen erschüttert wird,

Ordnung zu schaffen. In der Regel hat es ja bislang genügt, jährlich zwei oder drei jener jüdischen ›Messiasse‹ kreuzigen zu lassen, um das Volk ruhig zu halten, doch der inzwischen abgesetzte Legat, Herr Gessius Florus, hat bedauerlicherweise versäumt, entsprechend durchzugreifen. So haben jetzt zwei Messiasse für reichlich Unruhe gesorgt – der eine ist ein Räuberhauptmann mit Namen Simon ben Gioras, der andere, Jochanaan von Gischala, kommt aus Galilaea. Obwohl sich die beiden bis aufs Messer bekämpfen, ist es leider auch Herrn Gestius Gallus nicht gelungen, wieder für Ordnung zu sorgen – und so ist die Angelegenheit zu einem echten Aufstand ausgeufert.

Da somit meinen Legionären eine schwierige, anstrengende Zeit bevorsteht, habe ich mir gedacht, sie mit ein paar wirklich erstklassigen Gladiaturae ein wenig aufzumuntern.

Und wer wäre dafür geeigneter als die Kämpfer von Felix Felix?

So möchte ich also Euch und Eure Leute herzlich einladen, nach Tyrus oder Caesarea zu kommen!

Natürlich bin ich mir bewusst, dass Ihr eine so lange Reise nicht nur wegen dieser geplanten Spiele antreten werdet. So schlage ich Euch also vor, dass Ihr in aller Ruhe über Achaea, Macedonia, Thracia, Asia, Lycia und Pamphylia, Cilicia und Syria reist und an Palmzweigen und Lorbeerkränzen mitnehmt, was sich dort bei Spielen bieten mag. Eure Ankunft in Judaea eilt nicht, denn die Niederwerfung des Aufstandes dürfte geraume Zeit in Anspruch nehmen, und eine erfreuliche Abwechslung wird meinen Männern immer hochwillkommen sein!

So grüße ich Euch und freue mich bereits auf das brillante Schauspiel, das die Kämpfer aus Felix Felix geben werden!

Titus Flavius Vespasianus, Legat von Syria und Judaea.«

»Und was zahlt der edle Herr Flavius Vespasianus für den Spaß, uns kämpfen zu sehen?«, fragte Fulmina direkt wie immer.

»Unser Leben!«, antwortete Tarquinius ruhig.

»Unser was?«, schnappte Fulmina.

»Unser Leben!«, wiederholte Tarquinius.

Mit Ausnahme von Herrn Gladius Felixianus, Tarquinius, Herr Volsinius, mir und offenbar auch der Dame Lucia hatte der Rest unserer Runde noch nicht begriffen, was dieser Brief wirklich aussagte. Also erklärte es ihnen unser Etrusker:

»Herr Flavius Vespasianus gibt uns den dringenden Rat, mit allen, die uns lieb und teuer sind, unverzüglich aus Italia zu verschwinden, ehe Caesar Nero zurückkehrt, und für eine gute Weile aus dessen unmittelbarer Reichweite zu bleiben!

Natürlich konnte er dies so nicht schreiben in einem Brief, von dem sicher sein musste, dass er auch von unbefugten Augen gelesen wird. Also lädt er uns zu einer *Gladiatura* im fernen Judaea ein und gibt uns gleich noch den Rat, auf der Reise möglichst lange herumzutrödeln ...«

»Aber was soll Caesar Nero gegen die Schule von Felix Felix haben?«, fragte Leoparda.

»Gegen die Schule als solche wohl nichts«, meinte Herr Gladius Felixianus, »außer dass er vielleicht plant, bei den Spielen, die er anlässlich seiner Rückkehr mit Sicherheit geben wird, unsere Arena-tauglichen Leute bis zum letzten Mann und zur letzten Frau auszubluten. Auf jeden Fall kann er aber eine ganze Menge gegen bestimmte Mitglieder von Felix Felix haben: Tarquinius, Scorpio und Herr Volsinius waren gute Freunde des verstorbenen Herr Petronius Arbiter, der Caesar mit seinem Abschiedsbrief tödlich verletzt hat – es wurden Leute schon für weit weniger umgebracht. Zudem ist Tarquinius in seinen Augen ein Konkurrenz-›Gott‹, dessen er sich möglicherweise entledigen möchte, und Herr Volsinius, der ihm ein paar unbequeme Prophezeiungen machte, ist seit vielen Monaten hier ein geschätzter Gast. Auch ist nicht auszuschließen«, da wir unter uns waren, konnte er offen reden, »dass er erfahren hat, wo sich Herr Cocceius Nerva eine Weile versteckte, ehe ihm endgültig die Flucht gelang. Und vor allem: Wer kann schon ahnen, was im Gehirn eines Wahnsinnigen vorgeht? Wen er irgendeines Vergehens gegen seine Göttlichkeit oder gar seine Kunst verdächtigt? Und den er daher folgerichtig zum Tod verurteilt haben mag?«

»Scheiiiiiiiße!«, quiekte Purpureus, und Bato schrie: »Wo ist das nächste Schiff nach Achaia, Judaea oder wohin auch immer?«

Und dann redeten alle wild aufgeregt durcheinander.

Als sich der Tumult wieder einigermaßen gelegt hatte, bestimmte Herr Gladius Felixianus:

»Alle, die sich in irgendeiner Form bei Caesar denkbarerweise unbeliebt gemacht haben, werden samt ihren Familien und Freunden unverzüglich Felix Felix verlassen und sich auf eine sehr lange Reise begeben!

Die Schule umfasst derzeit rund neunzig Mitglieder an freien und noch nicht freien Gladiatoren. Außer den etwa vierzig Sklaven-Rekruten, die einwandfrei und nachweislich noch für eine Arena unreif sind, werden euch alle anderen Kämpfer begleiten!

Ich persönlich werde hier bleiben und, wie gewohnt, die Schule weiterführen. Ich bin ein alter, halbverkrüppelter Mann. Wenn Caesar glaubt, mir mein Leben nehmen zu müssen, so werde ich nur umso schneller mit meiner Agatha wieder vereint werden ...«

Auch der ebenso stille und unauffällige wie zuverlässige Mucius erklärte sich sofort bereit, die finanziellen Geschäfte der Schule wie des Privatvermögens von Tarquinius weiterzuführen. »Wer sollte sich schon an einen grauen Mäuserich wie mich erinnern?«

Pamponius, der Trainer, und Perikles, der Herr des Gymnasiums, wollten ebenfalls bleiben. »Während ihr euch in der Welt herumtreibt, muss sich schließlich jemand um den Nachwuchs von Felix Felix kümmern!«

Amenophis heulte förmlich auf bei dem Gedanken an Seereisen und längere Ritte. »Und außerdem muss schließlich irgendwer die Schrammen unserer Junggladiatoren fachgerecht verpflastern!« So kamen Mykerinos und Pia mit uns.

Gerne hätten wir auch Herrn Octavius Aurelius Priscus mitgenommen, doch der ließ uns nach einer entsprechenden Nachricht unmissverständlich wissen, er sei nicht zum Spaß Senator geworden, fühle sich für das Imperium verantwortlich und werde deshalb seinen Posten unter keinen Umständen verlassen!

Auch Digna hatte gewisse Einwände, denn Lucia Parvula sei schließlich noch so klein ...

Es war wirklich nicht meine Art, das Familienoberhaupt hervorzukehren, doch diesmal tat ich es!

Im Übrigen würde Parvula neben ihrer Mutter auch sonst in besten Händen sein, denn wir beschlossen, ohne sie lange zu fragen, außer der Schmiedin Drusilla auch die Hebamme Eurydike mitzunehmen – beide Mitglieder der Christiani und damit durchaus gefährdet.

»Und aus dem gleichen Grund auch Olympia samt allen Kindern!«, bestimmte Tarquinius kategorisch.

Telemachos zeterte, dass er sein mühsam aufgebautes »Delphi« doch nicht einfach für Monate schließen könne, und ließ dieser Anordnung des Etruskers einen deftigen, langen und komplizierten Fluch folgen, der sich in der Hauptsache mit den Arschbacken und der zwischen ihnen liegenden Körperöffnung des Kriegsgottes Mars beschäftigte.

Tarquinius war allerdings mit der Leistung des Griechen unzufrieden.

»Du beginnst dich zu wiederholen!«, monierte er. »Diesen Fluch habe ich schon einmal vor einem Jahr gehört!«

Telemachos wurde schamrot und versuchte es nochmals mit einer Variante, welche die wabbelnden Brüste Junos, den Klumpfuß von Vulcanus und die Hoden von Mercur mit dem Dreizack von Neptun, dem jungfräulichen Geschlecht von Diana und dem Bart des Göttervaters Jupiter in interessanten Zusammenhang brachte – und dieser Fluch war nicht nur ellenlang, sondern auch zugegeben eindeutig neu!

Zwar beschimpfte und beleidigte Telemachos jedweden noch immer auf Latein, doch zum Fluchen war er zu seiner griechischen Muttersprache zurückgekehrt, weil man nur in ihr, so seine Überzeugung, die wahren Feinheiten dieser Kunst herausarbeiten könne. Ich beherrschte, nicht zuletzt dank Tarquinius, Griechisch inzwischen akzentfrei – und musste so feststellen, dass Felicitas und Philippa es mit einem üblen aitolischen Akzent sprachen, wogegen unbedingt etwas unternommen werden sollte – doch die letzten Feinheiten telemachischer Flüche blieben trotzdem selbst mir verborgen …

Der Hafen von Neapolis war ein einziges Chaos.

Der Hafen von Neapolis ist immer noch ein einziges Chaos.

»Wer kein Grieche ist, versteht das nicht«, versuchte uns damals Telemachos zu trösten. Tatsächlich begriff ich diesen Ausspruch erst, als ich »echte« griechische Häfen und Städte kennen lernte, nicht nur den hauptsächlich von einst ausgewanderten Griechen betriebenen Hafen von Neapolis, der »Neustadt«.

Allein die Suche nach unserem Schiff, der *Windsbraut von Salamis* – schon der Name war ein Hohn, da die schwer gebaute *Windsbraut* oft mit Flauten oder zumindest zu schwachen Winden zu kämpfen hatte –, dauerte Stunden.

Tarquinius hatte das Schiff zunächst einmal für ein volles Jahr gechartert. Selbst wenn wir selber über Land ritten, würde es uns getreulich folgen und eine zuverlässige Heimstatt für unsere Frauen und Kinder bieten, und, so wir längere Küstenabschnitte zu bewältigen wünschten, sowohl uns als auch unsere edlen Pferde, auf die Tarquinius keinesfalls verzichten wollte, sowie die braven, auf ihre Aufgabe wohltrainierten Maultiere meiner Sänfte aufnehmen.

Alles in allem waren wir gut einhundertachtzig Personen. Rund fünfzig Gladiatoren – Freie, welche die Spitze des *Primus Palus* bildeten, und solchen, die als *Secundus Palus*, bereits gewisse Erfahrung hatten oder einen derartigen Rang zumindest in absehbarer Zeit erreichen mochten –, kurz alle, die für eine caesarische Arena auch nur entfernt interessant sein mochten. Der weitaus überwiegende Rest setzte sich aus Frauen, Freundinnen, Kindern, einigen nützlichen Hilfskräften und anderen Personen zusammen, die wir einer irgendwie gearteten Rache Caesar Neros zu entziehen gedachten.

Endlich fanden wir die *Windsbraut* doch noch und wurden von Kapitän Nikandros herzlich begrüßt. Nikandros war ein Berg von einem Menschen mit Armmuskeln, dicker als mancher Männeroberschenkel, einer gewaltigen Wampe und einer so hohen und dünnen Piepsstimme, dass gewöhnlich Apama, seine Gattin und

Erster Offizier, die Befehle an die Mannschaft übermitteln musste. Dass seine Stimme nichts mit seiner Männlichkeit zu tun hatte, bewiesen die vier Kinder im Alter zwischen etwa drei und zwölf Jahren, die uns hinter dem Paar, abwechselnd hingebungsvoll in ihren Nasen bohrend, neugierig anglotzten.

Wir hatten kaum mit der Einschiffung begonnen, da erbebte die Mole unter dem Marschtritt einer gewiss dreihundertköpfigen Kolonne, die zwei in der Nachbarschaft liegende Schiffe ansteuerte.

Die bunten Standarten und die sogar den Hafenlärm überdröhnende Musik der Arena-Kapelle wiesen die Truppe unmissverständlich als zum Ludus Julianus in Capua gehörig aus.

Als jene unser ansichtig wurden, lenkte Herr Hercules Maxissimus, der oberste Lanista des Ludus Julianus, sein Pferd auf mich zu.

Kann man sich eigentlich noch einen alberneren Namen als »Der allergrößte Hercules« für einen Gladiator ausdenken, fuhr es mir unwillkürlich durch den Kopf.

»Ihr auch?«, knackte Herr Hercules Maxissimus mit seinem Unterkiefer, aus dem der größere, auf jeden Fall bedeutendere Teil seines Gesichtes zu bestehen schien.

»So sieht es wohl aus«, grinste ich.

»Ost oder West?«, fragte er.

»Ost!«

»Wir West«, knackte er. »Also keine Gefahr, uns ins Gehege zu kommen!«

Ich konnte und kann die Leute von Ludus Julianus bis heute nicht ausstehen, doch in diesem Augenblick verspürte ich tatsächlich so etwas wie Sympathie mit ihnen, als uns Herr Hercules Maxissimus »allen Segen der Götter« wünschte.

Einen entsprechenden Gegenwunsch ließ er freilich nicht zu. Der Fluch, den er auf meinen entsprechenden Versuch hin ausstieß, war, an telemachischen Ergüssen gemessen, zwar jämmerlich, aber in klarem Latein unzweifelhaft verständlich.

Es dauerte bis zum Abend, bis wir alle und alles an Bord der *Windsbraut von Salamis* geschafft hatten: unsere Gladiatoren. Die Frauen samt all ihren Kindern, von denen immer wieder welche, begeistert kreischend, im Hafengetümmel entschwanden. Die nach Meinung von Tarquinius absolut unverzichtbaren Pferde zumindest für die hervorragendsten unserer Leute. Die für eine *Gladiatura* wirklich unverzichtbaren Waffen und Rüststücke. Das übrige Gepäck samt einem kleinen Amboss für unsere Kunst- und Waffenschmiedin Drusilla nebst all ihren speziell geformten Hämmern und Zangen. Von wild kläffenden Hunden und in ihren Käfigen empört fauchenden Familienkatzen einmal ganz abgesehen …

Als wir endlich in den Morgenstunden ablegten, unseren Kurs zwischen der Halbinsel Surrentum und der Insel Capreae ins offene Meer hinaus suchten, sichteten wir eine glitzernde Flotte, die sich auf der anderen Seite von Capreae dem Hafen von Neapolis näherte – ohne jeden Zweifel die Flotte Caesar Neros auf ihrem Heimweg!

Ich weiß heute noch nicht, bei welchem Gott oder welchen Göttern ich mich eigentlich bedanken muss. Auf jeden Fall gelangten wir vorbei an Caesars Flotte unbeschadet in Richtung Nicopolis in Epirus, von wo wir zunächst weiter nach Athenae und Corinthus zu ziehen gedachten.

LIBER TERTIUS

Die Jahre 820 bis 832 *ab urbe condita.*
Im 13. Regierungsjahr
des erhabenen Caesars Nero.
Im Regierungsjahr
der erhabenen Caesaren Galba, Otho und Vitellius.
Vom 1. bis zum 10. Regierungsjahr
des erhabenen Caesars Flavius Vespasianus.
Im 1. Regierungsjahr
des erhabenen Caesars Titus.
(67 bis 79 n. Chr.)

LUDUS XIII

Das Orakel

Summa Rudis

Oktober bis März des Jahres 820.
Im 13. Regierungsjahr
des erhabenen Caesars Nero.
(67 *bis* 68 *n. Chr.*)

Als die *Windsbraut von Salamis* in den Hafen von Nicopolis an der Küste von Epirus einlief, neigte sich der Oktober bereits seinem Ende zu; denn bei einem Zwischenaufenthalt in Messana, wo wir Proviant und Frischwasser ergänzten, waren wir zu örtlichen Spielen eingeladen worden. Da wir schließlich keine Eile hatten, sagten wir zu und segelten so erst eine Woche später weiter, um einige Palmen und Kränze vor allem für unsere jüngeren Kämpfer reicher.

Nun sind die Wintermonate von Anfang November bis Anfang März nicht gerade die ideale Jahreszeit, um mit Sack und Pack, mit Frauen und Kindern durch die Lande zu ziehen, zumal auch in den großen Städten in diesen Monaten Spiele eher die Ausnahme bilden.

So beschlossen wir, gleich hier an Ort und Stelle, unser Winterquartier aufzuschlagen.

Doch wo man eine Weile zu bleiben gedenkt, dort sollte man auch für das nötige Wohlwollen der Bevölkerung sorgen. Nun fällt derlei einer Gladiatorentruppe, zumal einer so exquisiten wie der unseren, im Allgemeinen nicht sonderlich schwer.

Die Sache hatte allerdings drei Haken: Zum einen verfügte Nicopolis zwar über ein prächtiges Theater, nicht aber über eine Arena. Doch dieses Problem ließ sich lösen, wenn man das Theater ein wenig umfunktionierte.

Zum zweiten hatten wir natürlich weder wilde Tiere noch *Venatores* und *Bestiarii* in unseren Reihen, die diese bekämpfen konnten – das obligate Vormittagsvergnügen regulärer Spiele würde also ausfallen müssen. Zum Glück waren die Griechen – ganz anders als die Römer – an derlei blutigen Spektakeln ohnehin nur mäßig interessiert, sodass auch dies kein echtes Problem darstellte.

Der dritte Haken war freilich in der Tat ernst zu nehmen: Die Mitglieder der *Familia Gladiatoria* von Felix Felix kämpfen grundsätzlich nicht gegeneinander, und was man ansonsten vielleicht an Kämpfern in den mehr oder minder benachbarten Städten hätte auftreiben können, wäre von unseren Leuten wohl schlicht nur in Stücke gehackt worden. Der Vorschlag, den Tarquinius daher machte, wurde von den Stadtvätern zunächst mit äußerst gerunzelten Stirnen zu Kenntnis genommen. Schließlich aber stimmten sie doch zu: Der »Kampf« sollte nur mit hölzernen und stumpfen Übungswaffen durchgeführt werden.

Unterstützt von etlichen Akrobaten, Musik- und Tanzgruppen aus der Stadt und der Umgebung und einigen ausnahmsweise wirklich intelligenten und witzigen Spaßmachern wurde die *Gladiatura* am 11. November des Jahres 820 im Theater zu Nicopolis zu den vielleicht schönsten und unbestritten lustigsten Spielen, die ich je gesehen habe!

Unsere *Secundi Pali* schlugen sich durchweg hervorragend mit ein paar herbeigeeilten Gladiatoren aus Kleinschulen in Nicopolis und weiterer Umgebung. Und wenn sie einige junge Burschen, »die es einfach einmal ausprobieren wollten«, gnadenlos verdroschen, so wurden am Ende des »Kampfes« Sieger und Verlierer gleichermaßen von den Zuschauern bejubelt, die einen für ihren Sieg, die anderen für ihren Mut.

Als unsere wirklichen Stars in die Theater-Arena schritten, kannte die Begeisterung keine Grenzen mehr:

Der *Secutor* Dardanus gegen die *Retiarius*-Zwillinge Kastor und Pollux – Sieger, wider Erwarten, Dardanus.

Purpureus gegen den *Scissor* Rattus. Die ersten zwei Netze zerfetzte Rattus, mit dem dritten – bei einer echten *Gladiatura* ebenso wie das zweite selbstverständlich untersagten – Netz gelang es unserem rosa Schweinchen, Rattus einzufangen und zu »besiegen«.

Fulmina und ihr Geliebter Bato prügelten so sehr mit ihren Holzschwertern aufeinander ein, dass die Zuschauer, als das fünfte Schwerterpaar zu Bruch ging, nach »*Stantes missi!*«, dem Unentschieden, brüllten.

Leoparda focht gegen einen halbberühmten Muskelprotz, der

eigens zu diesen Spielen aus Corinthus angereist war – dass sie ihn im Minutentakt »tödlich« traf, erschütterte seine Männlichkeit bis in die Grundfesten. Und dass sie ihren Brustbandtrick aufführte, hatte wahrlich nichts mit dem Kampf, sondern ausschließlich mit dem Vergnügen der Zuschauer zu tun.

Auch Telemachos ging noch einmal in die Arena. Er besiegte seinen Gegner, einen jungen Burschen aus der Stadt, eindeutig. Als Kämpfer war mit ihm, längst untrainiert und schwerfällig geworden, nicht mehr viel anzufangen. Doch seine wüsten Beschimpfungskaskaden, mit denen er den als *Murmillo* gerüsteten Burschen überschüttete, ließen das Publikum vor Begeisterung toben. Sein Gegner freilich blieb ihm nicht viel schuldig. So standen sich die beiden schließlich nur noch gegenüber und warfen sich gegenseitig immer ausgesuchtere Beleidigungen an den Kopf – doch in dieser Kunst hatte der junge Mann, bei aller Begabung, eben doch noch eine Menge zu lernen!

Wir erlaubten sogar Aurius und Leo, den Söhnen des Amaranthus, an diesem Tag erstmals in einer »Arena« aufzutreten. Sie nahmen ihre Aufgabe als *Murmillo* und *Thraex* so ernst, dass einige Frauen aus den Reihen der Zuschauer empört nach einer sofortigen Beendigung dieses Kampfes schrien – auch diese beiden wurden schließlich »*Stantes missi*« getrennt.

Tarquinius – wohl zum einzigen Mal in seinem Leben ohne »*sine Missio*« – musste dank der Begeisterung des Publikums gleich viermal in die »Arena«: Bato, den *Murmillo*, besiegte er klar. Einem *Essedarius* aus Patrae erging es noch weitaus schlechter, da zwischen dessen Angriffen Tarquinius fast gemütlich seine Schwerttänze aufführte, um dessen Attacke dann spielerisch mit einem knappen Schwertschlag abzuwehren. Dann rannte Fulmina gegen ihn an, ohne jede Aussicht auf Erfolg. Einzig Leoparda schien zumindest eine winzige, wenn auch keine realistische Chance zu haben. Das erneute »*Stantes missi*«-Unentschieden war zweifellos Tarquinius gegenüber ungerecht, dafür schrien umso mehr Zuschauer begeistert: »Fick sie!«

Schließlich wurde sogar ich von Fix und Fax in die »Arena« gekarrt. In den Händen hielt ich einen Dreizack mit abgepolsterten Spitzen, und über meinem Schoß lag das Netz. Tarquinius erklärte den Zuschauern, dass ich einst ein berühmter *Retiarius* gewesen sei, ehe ich durch einen Arena-Unfall gelähmt worden sei. Mein *Secutor*-Gegner war Dardanus, und eine spezielle Zusatzregel besagte, dass er, da ich mich ja nicht drehen konnte, in dem Halbkreis von meiner rechten bis zu meiner linken Schulter vor mir bleiben musste. Im Übungshof von Felix Felix hatte ich oft mit ihm in dieser Form bestimmte Attacken zumal mit dem Netz trainiert. Doch diesmal war es eben kein Training, diesmal war es »Ernst«!

Dardanus gab wahrlich sein Bestes. Wieder und wieder griff er wild an. Und wieder und wieder wehrte ich ihn mit Stößen meines beidhändig geführten Dreizacks ab, während Fix und Fax darauf achteten, dass mein Rollenstuhl dabei nicht umkippte.

Es waren äußerst wuchtige Stöße, denn je schmächtiger und dünner meine nutzlosen Beine trotz aller Massagen wurden, umso mehr hatten sich meine Arm-, Schulter- und Brustmuskeln entwickelt. Das Spiel dauerte fünf, zehn, zwölf Minuten, und die Zuschauer hätten mir vor Begeisterung schon jetzt am liebsten einen Lorbeerkranz für meine Leistung zugestanden, schrien sich schier nach einem »*Stantes missi*« die Lungen aus dem Leib.

Doch ich war dazu keinesfalls bereit. Ich wollte den »Sieg«!

Natürlich wusste ich, dass Dardanus auf den entscheidenden Netzwurf wartete, dass er durch die winzigen Augenlöcher seines *Secutor*-Helms scharf auf meine Linke achtete, mit der ich das Netz schleudern würde – meine Spezialität, die ich auch den anderen *Retiarii* von Felix Felix inzwischen »vererbt« hatte.

Dann warf ich! Endlich!

Und Dardanus war völlig verblüfft, als ihn das Netz von Helm bis Fuß einhüllte. Aufgebend hob er den Finger.

»Glaube nie, du würdest einen Gegner kennen, er mag böse Überraschungen für dich parat haben!«, riet ich ihm später.

Was war passiert? Dardanus hatte selbstverständlich mit meinem berühmt-berüchtigten Linkshandwurf gerechnet. Doch während ich ihn mit einem nur linkshändig geführten Stoß des Dreizacks ablenkte, hatte ich mit der *Rechten* das Netz geworfen.

Die Zuschauer tobten vor Begeisterung.

Ein dreifacher Lorbeerkranz wurde mir auf den Kopf gestülpt, meine Arme konnten die Palmzweige gar nicht mehr fassen.

Es war mein letzter, und ohne jede Frage der triumphalste Sieg meiner ganzen Gladiatoren-Karriere!

Wenn ich in diesem Winter irgendwo in einer Taverne von Nicopolis auftauchte, nur um einen Becher Wein zu trinken, oder gar ein Stück der hier mit Dutzenden von Kräutern und Quitten besonders lecker zubereiteten Lammkeule, Huhn mit Backpflaumen oder mit Pinienkernen, Zwiebeln und Korinthen gefüllte Muscheln bestellte und zum Nachtisch vielleicht Kastanienpüree mit Apfelschaum, so war es mir nahezu unmöglich, dafür auch ordnungsgemäß zu bezahlen, denn an den Nebentischen stritten sich bereits mindestens ein halbes Dutzend Männer, wer die Ehre habe, mich einzuladen.

Auch unseren anderen Mitgliedern der *Familia* erging es da kaum besser. Tarquinius »floh« samt der Dame Lucia schließlich nach Patrae; ob es ihm da so wesentlich anders erging, entzieht sich meiner Kenntnis.

Dass wir überall eingeladen wurden, dass Frauen und Männer von uns schwärmten, dass junge Mädchen ebenso wie höchst würdige, ältliche Matronen in ekstatisches, laut kreischendes Entzücken verfielen, wenn wir uns irgendwo zeigten, das hatten wir in Roma und anderswo oft genug erlebt.

»Dar-da-nus-ich-will-dich!«, »Pur-pu-re-us-fick-mich!«, »Tarqui-ni-us-mach-mir-ein-Kind!«, »Le-o-par-da-lass-dich-stop-fen!«, das hielt uns oft bis lange nach Mitternacht wach. Wir waren es mittlerweile ebenso gewohnt wie die diskreteren, wenn auch nicht weniger eindeutigen Angebote, die uns persönlich auf Zetteln oder durch Sklaven überbracht wurden. Bis auf jene wenigen, die wirklich kein Interesse daran hatten wie Tarquinius, Leoparda und ich, wurden diese Angebote zweifellos weidlich ausgenützt, zumal auch von unseren *Secundi Pali*. Seinerzeit, ehe ich Digna wiederfand, hatte ich es ja auch nicht anders gehalten. Vier davon verkauften wir sogar, natürlich mit deren Zustimmung, an entsprechend stürmische und wohlhabende Bewerber.

Es war ein höchst angenehmes Leben in Nicopolis. Trotzdem machte sich nach und nach eine gewisse Langeweile breit.

So kam mir der Vorschlag von Tarquinius, der Anfang Januar wieder mit Lucia nach Nicopolis zurückgekehrt war, durchaus recht, das Orakelheiligtum des Jupiter im nahegelegenen Dodona zu besuchen.

Die Anfänge des Orakels verlieren sich irgendwo im Dunkel der Vorgeschichte. Allerdings berichtete bereits Homer, dass Odysseus sich auf seinen Irrfahrten Rat bei der heiligen Eiche des Jupiter gesucht hätte.

Seine erste Glanzzeit hatte Dodona vor etwa dreihundert Jahren erlebt, als König Pyrrhus von Epirus das Heiligtum gewaltig ausbauen ließ.

Um das Jahr 530 *ab urbe condita* überfielen dann Aitoler, ein wildes Hirtenvolk aus der Nachbarschaft, Dodona, raubten oder zerstörten die Weihegeschenke und brannten es nieder, wobei sie allerdings das zentrale Heiligtum mit der Jupiter-Eiche verschonten.

Schon ein Jahr später begann König Philippos V. von Macedonia mit dem Wiederaufbau – noch größer, noch prächtiger, sodass Dodona sogar zu einer ernsthaften Konkurrenz für Delphi wurde.

Doch auch diese zweite Glanzzeit währte nicht lange. Im Jahre 586 kamen die Römer und zerstörten Dodona samt neunundsechzig anderen Ortschaften in Epirus.

Freilich, auch die Römer hatten nicht gewagt, Hand an die eigentliche Orakelstätte zu legen, und so blühte das Heiligtum wieder auf, wenn auch nicht mehr in dem alten, äußeren Glanz. Der Ruf seiner Zuverlässigkeit übertrifft allerdings, wie Kenner meinen, vielfach sogar den von Delphi, dem wohl bekanntesten Orakel des Imperiums.

Alle *Primi Pali* und sonst irgendwie wichtigen Leute der Truppe, die sich die entsprechenden Kosten leisten konnten, wollten uns selbstverständlich begleiten, um das Orakel zu befragen.

Ausnahme waren unsere Christiani. Nicht dass sie grundsätzlich etwas gegen Seher und Propheten gehabt hätten – ihr *Christos* Jesus war schließlich auch einer gewesen –, nur dass man in Dodona den Göttervater Jupiter verehrte, bereitete ihnen Schwierigkeiten.

Aber es gab natürlich Ausnahmen hier wie dort:

Telemachos wollte sich trotz heftigen Einspruchs seiner Gemahlin Olympia keinesfalls von dieser Befragung abhalten lassen.

Andererseits blieb Leoparda in Nicopolis zurück.

»Sagt mir, was es mir nützen kann zu wissen, ob ich in der Arena sterbe oder meine Tage als hässliche, keifende Alte beschließe? Oder weshalb, falls je meine geliebte Pia eines Tages beschließen sollte, mit einer anderen Frau oder gar einem Kerl durchzubrennen, ich mich schon heute darüber grämen soll?«

So waren wir schließlich achtzehn, die nach Dodona pilgerten: Tarquinius, Digna und ich, samt Fix und Fax, an der Spitze. Von unseren *Primus-Palus*-Gladiatoren, die sich die geforderten Kosten für eine detailliertere Auskunft leisten konnten, Fulmina und Bato, Purpureus, Rattus, Kastor und Pollux und Dardanus. Von den übrigen der Arzt Mykerinos, Telemachos und der Haruspex Volsinius, der uns ins Exil begleitet hatte. Auch Aurius und Leo, die beiden Amaranthus-Söhne, durften mitkommen.

Im letzten Moment schloss sich uns doch auch noch die Dame Lucia an. Ihr Christiani-Gewissen hatte zwar entschieden etwas gegen ein Orakel des Jupiter, aber die Fragen nach ihrem Sohn Lucius bedrängten sie dann doch allzu sehr.

Mitte Januar zogen wir los. Zunächst auf einer gut ausgebauten Straße an der Küste entlang, durch mit winterlichem Gras bestandene Wiesen und Äcker, die auf die neue Saat warteten, silbergraue Olivenhaine, kleine Wäldchen und freundliche Dörfer. Doch je weiter wir in die Berge hineinkamen, desto schlechter wurde die Straße – und desto dichter der Verkehr.

Menschen aller Sprachen – zu Pferd, in Wagen, die meisten freilich zu Fuß – waren auf dem Weg zu der Orakelstätte oder kehrten von dieser zurück. Und je zahlreicher auf der Straße die Ratsuchenden wurden, umso schäbiger wurden die Herbergen und Gasthäuser längs des Weges. Und umso unverschämter ihre Preise.

Endlich stieg die Straße steil an zu einem Pass, und dann lag Dodona vor uns, hingeschmiegt an den Abhang des hoch aufragenden Tomaros.

Der erste Blick ging natürlich hinüber zum heiligen Bezirk. Seinen innersten Teil hatten, wie gesagt, weder Aitoler noch Römer anzurühren gewagt: Inmitten eines quadratischen Peristyls mit den eher sogar kleinen Tempeln des Orakelherrn Jupiter – etwas zurückgesetzt von den Tempeln seiner Geliebten Dione, der Mutter der Venus, und Themis, der Göttin des Rechts, sowie seinen Kindern Venus und Hercules – ragte eine riesige Eiche auf. Es war der bereits viele Jahrhunderte alte Orakelbaum, der durch das Rauschen oder Flüstern seiner Blätter die Antworten des Gottes übermittelte.

Rund um diesen heiligen Bezirk war ein freier Kreis ohne jede Anzeichen ehemaliger Bebauung, allerdings inzwischen vielfach von Dorngestrüpp, Ginster und Efeu überwuchert.

Und um diesen Kreis waren mit gestürzten Säulen und Mauerresten – alle längst ebenso von der Vegetation überwuchert – die Zerstörungen, welche die Soldaten Romas einst angerichtet hatten, immer noch unverkennbar.

Tarquinius sprach schließlich aus, was zweifellos etliche von uns dachten:

»Vielleicht haben Aitoler und Römer Dodona letztlich sogar einen Dienst erwiesen, als sie überwuchernden Prunk und hohle Protzerei wegbrannten, um Dodona wieder das sein zu lassen, was es sein soll: eine Stätte, wo Menschen den Rat Gottes suchen können, ohne nun unbedingt reich, mächtig oder bedeutend zu sein!«

Natürlich bewunderten wir auch das inzwischen halb verfallene Theater, erbaut von König Pyrrhos, das zu seiner Zeit zwanzigtausend Menschen fassen konnte. Das in keinem besseren Zustand befindliche Stadion, angelegt von König Philippos, wo einst die »Naien« genannten Sportwettkämpfe stattgefunden hatten.

Und schließlich begutachteten wir die »Stadt«. Heute ist sie kaum noch größer als ein besserer Marktflecken, bestehend fast ausschließlich aus Herbergen und Wirtshäusern und den Geschäften von Devotionalienhändlern. Was ich in den nächsten Tagen, die wir uns dort aufhielten, an Kitsch und Schwindel zu sehen bekam, spottet jeder Beschreibung: Schlampig gegossene Statuetten aus Gips – als »echt Marmor« angepriesen – des Göttervaters Jupiter, nebst seinen Geliebten Dione und Themis. Venus aus Zuckerwerk und Hercules aus Brotteig. Flaschen und Fläschchen mit »Wunderwasser« gegen jedwede denkbaren Gebrechen. Venus-Öle und Hercules-Räucherwerk, »garantiert wirksam«, für lustlose Frauen und impotente Männer. Für wahrlich wohlhabende Kunden zu Extrempreisen Nachbildungen der Jupiter-Eiche, zusammengedreht aus ein paar Silberdrähten und besteckt mit kleinen Halbedelsteinen oder Perlen. Eine kaum mehr überschaubare Auswahl an Glücks-, Schutz-, Reichtums-, Potenz- und sonstigen Amuletten. Selbst fremde Götter wie der ägyptische Amon oder die babylonische Astarte haben hier ihren festen Platz und offenbar ihre Kunden. Bleifigürchen der lokalen Götter, aber auch von römischen Legionären und Soldaten sonstiger Völker finden zumal bei der Jugend reißenden Absatz, ganz abgesehen von »Dione-Reifen«, »Jupiter-Stirnbinden« oder gar »Hercules-Laufsandalen«, die in der Regel so schlampig gearbeitet sind, dass sie sich nach den ersten zehn Meilen in ihre Bestandteile auflösen …

»Ganz geheim«, besonders beliebt und tausendfach gehandelt werden selbstverständlich »originale« Blätter der heiligen Eiche! Wem es gelingt, im Herbst die abgefallenen Blätter zusammenkehren zu dürfen, der ist ein gemachter Mann. Beim Jupiter!

Wir fanden Quartier in dem Gasthaus von Rabbi Salomon.

Er war der Vorsteher der kleinen jüdischen Gemeinde in Dodona, ein freundlicher, ausgesprochen kluger und gebildeter Mann mit einem so langen Bart, dass dieser Digna einen lauten Seufzer entlockte. Seine Preise für Übernachtung und Frühstück – »könnt ihr haben natirlich auch Mittagessen und Nachtmahl!« – waren eine blanke Unverschämtheit!

Aber seine Zimmer waren blitzsauber.

Sein selbstverständlich »koscheres« Essen hervorragend. Das »Jüdeln« – sprich »Jidln« – in seiner Sprache war Masche, denn sobald er ernsthaft wurde, sprach er akzentfreies Griechisch oder Latein.

Als Stadtführer war er einfach unübertrefflich!

»Werd ich Euch zaigen, was haben gemacht die Ungaibige! A Theater hier, a Stadion dort. Und was hat gemacht daraus der Herr der Allmächtige? A Schutt! A Nix!«

Rabbi Salomon, der gemäß seinem Glauben stets eine Kopfbedeckung trug, pflegte, wo immer es ging, die Überlegenheit »seines« Gottes zu betonen. Trotzdem war er kein Sturbock oder Fanatiker; nicht einmal gegen Christiani hatte er allzu viel einzuwenden. In Roma hatte die jüdische Gemeinde schon zu Zeiten von Caesar Claudius gegen die Christiani intrigiert und gehetzt, hatte sie lautstark als »Gotteslästerer« beschimpft und wohl auch das Gerücht in Umlauf gesetzt, sie würden bei ihren Ritualen das Fleisch kleiner Kinder essen und deren Blut trinken. Rabbi Salomon hatte für derlei Glaubensstreitereien kein Verständnis.

»Was macht schon eine jüdische Sekte mehr oder minder aus?«, meinte er. »Es gibt die Pharisäer, die Strenggläubigen, die nach den mosaischen Geboten leben. Da gehöre ich dazu – na, zumindest einigermaßen. Es gibt die Sadduzäer, die zwar Juden sind und halbwegs wie solche leben, in Wahrheit aber an gar nichts glauben. Es gibt die Essener, die irgendwo in der Wüste ein vergeistigtes Leben führen wollen. Jetzt gibt es eben auch noch die Christiani, die an den Alleinzigen glauben und brave Leute sind, auch wenn sie sich von den Vorschriften Moses' weit entfernt haben. Wen *ich* fürchte, das sind die Zeloten, die Eiferer, die mit ihrem Eifer das ganze Volk noch ins Unglück stürzen werden!«

In der Tat beobachtete Rabbi Salomon mit größter Sorge den immer heftiger wütenden Aufstand in Judaea.

»A Räuberhauptmann und a Galiläer als Messiasse! Oi, was werden sie anrichten für a Schlamassel mit ihrer Mischpoke!«, jüdelte er zornig, um in bestem Griechisch fortzufahren: »ER, der Herr, der Allmächtige, bestraft nicht nur Bosheit! Manchmal bestraft ER auch allzu fanatisches Gottvertrauen, das nichts anderes ist als wirrköpfige Dummheit! ER hat mein Volk für seinen starrsinnigen Hochmut gestraft, als ER uns einst in die Hände der Babylonier gab und deren König Nebukadnezar erlaubte, den Tempel Salomons zu zerstören. Diesmal werden es wohl die Schwerter der Römer sein, die SEINEN Willen ausführen. Und ER wird es wieder und wieder tun! Solange wir nicht wirklich begreifen, dass SEIN ›auserwähltes Volk‹ zu sein nicht bedeutet, selbstherrlich über andere zu bestimmen, sondern jenen so zu dienen, dass diese die wahre Art SEINES Wirkens durch *unser* Wirken erkennen – so lange wird ER uns schlagen und schlagen und schlagen …«

Für einen Augenblick war Rabbi Salomon den Tränen nahe:

»Dankt IHM jeden Tag dafür, *nicht* zu SEINEM ›auserwählten Volk‹ zu gehören – es ist eine kaum tragbare Last …«

Rabbi Salomon blieb aber auch unerschütterlich der jederzeit hilfsbereite Gastwirt, der wusste, was seine – mehr als gut zahlenden – Gäste beanspruchen konnten.

So schleppte er schon am folgenden Tag einen der oberen Priester des Orakels herbei.

Normalerweise, so erklärte uns dieser, lief das Orakel ab wie folgt:

Nachdem man seinen als »Weihegeschenk« deklarierten Obolus an das Orakel entrichtet hatte – die Preise hielten sich in vernünftigen Grenzen, und von irgendetwas müsse der Betrieb schließlich bezahlt werden –, erhielt man ein Täfelchen aus dünn gewalztem Blei. Auf dieses Täfelchen gravierte man mit einem Stichel seine Frage ein, klappte das Täfelchen so zusammen, dass die Frage von außen nicht mehr zu lesen war, und markierte es dort nur mit seinen Initialen oder einem Zeichen, sodass man es ungeöffnet wiedererkennen konnte.

Diese Bleitäfelchen wurden in einen Korb gelegt. Wenn die Orakelpriesterin dann unter der heiligen Eiche des Jupiter saß, so wurde ihr Täfelchen und Täfelchen gereicht. Sie hielt sie in der Hand und lauschte auf die Antwort des Gottes im Rauschen der Blätter. Diese Antwort gab sie an einen Hilfspriester weiter, der diese auf der Außenseite des Täfelchens notierte und dies schließlich in einen Korb mit den beantworteten Fragen legte.

Bei einfachen, billigen Kunden beschränkte sich die Antwort gewöhnlich auf ein kurzes »Ja« oder »Nein« oder eine knappe Auskunft:

»Soll ich die Vormundschaft über den Knaben Pausanias übernehmen?« – »*Nein!*«

»Ist es besser, wenn Onasimos jetzt heiratet, oder soll er es besser sein lassen?« – »*Später!*«

»Warum bekomme ich keine Kinder von meiner Frau Meniska?« – »*Du bist impotent!*«

»Der Geschäftsmann, Herr Ariston, will wissen, ob es für ihn günstig ist, erst zu einem späteren Termin nach Syracusae zu fahren.« – »*Nein!*«

»Soll ich wirklich Klytämnestra heiraten? Ihr Name macht mir Angst.« – »*Heirate sie!*«, und unverblümt darunter: »*Trottel!*«

Andere Täfelchen, die uns der Priester zeigte, waren nicht ganz so klar in den Antworten formuliert.

»*Vertraue nichts der Erde an!*«, klang im ersten Augenblick zweifellos rätselhaft. So man aber wusste, dass der Frager ein Großgrundbesitzer war, der eventuell ins Schiffsgeschäft einsteigen wollte, wurde die Sache klarer. Er hatte sich übrigens – der Priester nannte mindestens ein Dutzend glaubwürdiger Zeugen – nicht an den Orakelspruch gehalten und im nächsten Jahr durch einen Hagelschlag seine komplette Ernte verloren.

Als die Einwohner der kretischen Hafenstadt Phoenike wissen wollten, ob sie den Standort des Tempels der Athena Polias verlegen sollten, sagte das Orakel zweifellos wirklich etwas diffus. *»Vertraut der Göttin!«*

Keinen Zweifel ließ der Priester an der Tatsache: Je kostbarer das »Weihegeschenk«, desto ausführlicher die Antwort.

Damit hatten wir generell keine Probleme. Wenn ein Zimmermann einen Nagel in die Wand schlägt, so soll er auch seinen Lohn dafür bekommen. Richtet er einen ganzen Dachstuhl auf, so muss sein Lohn ohne jeden Zweifel entsprechend höher sein – und für geistige Leistungen gilt das Gleiche!

Da unsere Gruppe nun wahrlich in Sachen »Weihegeschenke« nicht geizig war, bat uns der Priester, bis zum nächsten Neumond zu warten. Beim Wechsel vom abnehmenden zum zunehmenden Mond, im Schnittpunkt zwischen Vergehen und Werden, sei die Kraft eines Sehers unzweifelhaft am größten. Auch würde Phryne, die weitaus beste, wenngleich uralte Seherin des Heiligtums, zu diesem Zeitpunkt unter der heiligen Eiche sitzen …

Also gut!

Wir kratzten unsere Fragen in die Bleitäfelchen, die der Priester mitgebracht hatte, ein, falteten sie zusammen, sodass man die Fragen nicht mehr von außen lesen konnte, und versahen sie mit unseren persönlichen Erkennungszeichen.

Selbstverständlich würden die Priester und die »Seherin« vorab unsere Fragen lesen können, wenn sie die Täfelchen wieder auseinander bogen. Doch würde ihnen bei einem beabsichtigten Schwindel eine Frage »?« und das Signum »FF« – Fix und Fax – wirklich weiterhelfen? Oder auch Fragen wie »Die Zukunft?« mit den Initialen »KP« für Kastor und Pollux, »Pp« für Purpureus, der primitiven Zeichnung eines langschwänzigen Nagetiers für Rattus?

Oder gar eines stilisierten Fisches für Lucia, aus dem man allenfalls entnehmen konnte, dass der Frager wohl zur Gemeinschaft der Christiani gehörte – Fisch heißt griechisch »Ichthys«, und so man die Buchstaben ein wenig anders anordnete, mag man aus ihnen auch »Christos« lesen; nach einer anderen Version sind es die Anfangsbuchstaben der griechischen Worte für »Jesus Christos, Gottes Sohn, Erlöser«.

In jenen Wartetagen bis zum Neumond waren wir bei Rabbi Salomon ohne jeden Zweifel in besten – und teuersten – Händen:

Die Zimmer in seinem Gasthaus waren zwar klein, doch die Betten täglich mit frischen Laken neu bezogen. Für den, der sich waschen wollte, schleppten morgens und auch noch tief in der Nacht stets freundliche Sklaven Krüge und Becken mit angewärmtem Wasser heran. Das Frühstück mit knusprigen Brötchen, Butter, Käse, verschiedensten Marmeladen und weichen Eiern war ohne jeden Tadel – und wenn jemand »unkoscheren« Schweineschinken wollte, so runzelte Rabbi Salomon zwar missbilligend die Stirn, ließ diesen aber umgehend servieren. Mittag- und Abendessen waren von gleicher Qualität. Tarquinius und auch ich vermissten zwar allerlei leckere Meeresfrüchte, denn Moses hatte alle Wassertiere außer jenen mit Flossen und Schuppen streng verboten. Was allerdings Salomon an »koscheren« Schuppen-Flossen-Wassertieren anbot, das ließ gleichfalls nichts zu wünschen übrig!

Vor allem jedoch war Rabbi Salomon ein unvergleichlich wissensreicher Führer durch Dodona:

Jener unbebaute Ring um das Heiligtum, der uns schon bei der Ankunft aufgefallen war, war einst die Begrenzung des heiligen Bezirks gewesen, als es noch kein Peristyl und keine Mauern gab. In langer Reihe hatten dort bronzene Kessel auf Dreifüßen gestanden mit nur einem schmalen Durchgang. Wenn ein Besucher nun den Bezirk betrat, streifte er fast unwillkürlich einen der Kessel, der dann einen Ton von sich gab, dessen Schwingung sich weiter auf die anderen Bronzebecken übertrug. Auch der fast ständig wehende Wind brachte diese zum Klingen und gar Jaulen, und die vokalreiche griechische Sprache bot zweifellos den

Orakelpriestern reichlich Ansätze zu Interpretationen. Die Aitoler hatten einst die Kessel geraubt und eingeschmolzen.

Als Dodona von König Philippos neu aufgebaut wurde, schenkten die Bewohner von Korkyra dem Heiligtum ein neues Windspiel: Auf einer hohen Säule stand wieder ein großer Bronzekessel, und auf einer Säule daneben die Statue eines Jünglings mit einer Peitsche, deren drei Kettenenden in den Kessel hingen und dort je nach Wind gegen die Wände des Gefäßes klirrten und dieses zum Schwingen brachten. Jenes Windspiel wurde von den Römern geraubt und eingeschmolzen, doch im allgemeinen Sprachgebrauch nennt man heute noch einen Dauerredner »geschwätzig wie die Bronzebecken von Dodona« oder sagt, er »rede wie eine korkyräische Peitsche«.

So war das Orakel von Dodona zurückgekehrt zu seinen Ursprüngen, dem Rauschen der Blätter der heiligen Eiche des Jupiter. Und so mancher sah darin das deutliche Wirken des Gottes, der Überflüssiges und Störendes immer wieder austilgen ließ, um die Reinheit seiner Wahrsagestätte zu erhalten.

Wir hatten schon zweimal den Wahrsagebetrieb im Innersten des Tempels beobachten dürfen, sodass uns die Prozedur vertraut war, ehe wir selber an der Reihe waren.

Phryne, die »Seherin«, die sich am Morgen des 21. Januar, dem Tag des Neumonds, unter der heiligen Eiche des Jupiter nach rituellen Waschungen und Segnungen niederließ, war ein winziges, dürres Persönchen mit dünnen, schlohweißen Haaren, von Falten zerknittertem Gesicht und den größten veilchenfarbenen Augen, die ich je gesehen habe.

Während die bisherig beobachteten Seher und Seherinnen die Bleiplättchen mit den Fragen nur Sekunden in den Händen gehalten hatten, ehe sie ihre Antwort gaben, so ließ sich diese Frau sichtlich Zeit, lauschte angestrengt auf das Rauschen der Eiche über ihr. Erst dann gab sie das Täfelchen mit einer mehr oder minder kurzen, gemurmelten Antwort an einen der Hilfspriester weiter, der diese in die Rückseite gravierte.

»Also gut!«, war ich beinahe versucht zu sagen. »Bei so viel, wie wir gezahlt haben, sind wir auch einer besseren Schau wert!«

Der strafende Blick, der mich aus den Augen der Seherin traf – ganz so, als hätte sie meine Gedanken gelesen –, war niederschmetternd, das verstehende Lächeln in ihren Mundwinkeln allerdings freundlich.

»Ich bin ja schon brav!«, sandte ich gedanklich aus.

Das Lächeln der Frau wurde für einen Augenblick noch stärker, als habe sie meinen Gedanken wortwörtlich gehört, während sie leise, aber durchaus verständlich murmelte:

»Ein intelligenter Zweifler ist mir lieber als zehn gläubige Dummköpfe!«

Dann verschwand das Lächeln, und die alte Seherin konzentrierte sich wieder auf die Stimme des Gottes.

Es dauerte weit über eine Stunde, ehe das letzte unserer Täfelchen in den Korb mit den beantworteten Fragen gelegt wurde und der Hilfspriester uns nach draußen winkte, wo wir uns die mit unsern jeweiligen Initialen oder Zeichen aus dem Korb herausfischen und die Antworten lesen konnten.

Als wir die Bleiplättchen wieder in Händen hielten und die eingekratzten Antworten entzifferten, hätten die Reaktionen kaum unterschiedlicher sein können:

Mit einem groben »Steck's dir in den Arsch!« gab Fulmina ihr Plättchen dem Orakelpriester zurück. Zwar hat sie nie erzählt, was sie gefragt und wie die Antwort gelautet hatte, doch heute glaube ich dies trotzdem recht gut zu wissen.

Kastor und Pollux, die Zwillinge, waren sichtlich verblüfft, dann ehrlich besorgt, fanden nach heftigem Tuscheln aber offenbar eine Deutung des Orakels, die sie einigermaßen zu beruhigen schien. Auch ihre Frage und die Antwort darauf glaube ich heute zu kennen.

Mykerinos, unser ägyptischer Arzt nahm seine Antwort erstaunlich gleichmütig hin. »*Im dritten Jahr nach diesem Tag wirst du sterben – wie du es schon weißt«*, stand auf dem Plättchen, das er uns vorlas.

»Jenes Untier, dass einst die Dame Aemilia Salsaria tötete«, erklärte er ruhig, »frisst auch an mir. Amenophis hat das bereits vor einem Jahr festgestellt. Und weshalb sollte ich klagen und jammern, wenn ich abgerufen werde, um auf der Barke des Râ zu einem neuen Leben zu schwimmen?« Tatsächlich starb er dreieinhalb Jahre später an jener Krankheit, welche die Ärzte mangels eines zutreffenderen Namens als »Krebs« bezeichnen.

Dardanus zuckte mit den Schultern als er dem Priester sein Bleiplättchen zurückgab. »›*In den Flammen*‹? Wann und wo und in welchen ›Flammen‹?«, murmelte er dabei, hütete sich jedoch seit diesem Tag peinlichst, irgendwelchem Feuer zu nahe zu kommen.

Fix und Fax grinsten sich an.

Fax meinte: »Baum gut! Druiden auch Baum! Rest Geldverschwendung!«

Und Fix assistierte: »Römer-Griechen-Orakel auch nicht anders als Kelten-Orakel. Wir alles wissen längst ...«

Purpureus quiekte verblüfft: »Könnt ihr euch *mich* als Doctor, als Trainer in Felix Felix vorstellen?« Wir konnten. Sehr gut sogar!

»Aber da steht ›*Riesenschule*‹?«, fragte er ungläubig nach. Letztes Jahr engagierte ihn der Ludus Julianus für ein Gehalt, das selbst wir nicht mehr zu zahlen bereit waren ...

Den beiden Amaranthus-Söhnen Aurius und Leo versprach das Orakel ein *»langes, glückliches Leben«* – und sofort wurde ihre vehemente Forderung laut, sie endlich »echt« in die Arena zu lassen. Dass sie schließlich als Trainer in der Schule und im Gymnasium von Felix Felix enden würden, schmeckte ihnen zwar gar nicht – aber wem in jungen Jahren hätte derlei schon geschmeckt?

Herr Volsinius, der Haruspex, murmelte zwar: »Weiß ich längst«, war aber mit der Auskunft offenbar durchaus zufrieden.

Bato grummelte zunächst vor sich hin, zupfte an seinem schwarzen Schnauzbart und forderte dann sein Geld von dem Orakelpriester zurück, denn diese Aussage sei nun wahrlich »absoluter Blödsinn«.

Natürlich weigerte sich der Priester, und Bato behielt daraufhin sein Plättchen. Erst vor einigen Wochen hat er es mir schließlich gezeigt – und die Aussage stimmte!

Telemachos, neben Lucia, der einzige unserer Christiani, der mit nach Dodona gekommen war und das Orakel befragt hatte – ich hatte schon längst den Verdacht, dass das Taufwasser eher oberflächlich an ihm abgeplätschert war – zeigte sich durchaus zufrieden, wenn auch nicht wirklich erstaunt. »*In deinem neunundneunzigsten Lebensjahr wirst du, betrauert von einer großen Schar an Kindern, Enkeln, Urenkeln und Ururenkeln, diese Welt verlassen*«, stand auf seinem Plättchen, das er uns zeigte, zu lesen. Nur dass er die hundert nicht mehr erreichen sollte, veranlasste ihn – wer hätte anderes erwartet – zu einem überaus langen und überaus kunstreichen Fluch.

Dass Rattus einst ein wohlhabender Händler werden würde, stimmte diesen höchst zufrieden, nur der Zusatz »*in einer zerstörten Stadt*« ließ ihn heftig die Stirne runzeln.

Digna und ich hatten uns zuvor schon abgesprochen, wer welche Frage stellen sollte:

Digna nach unserem persönlichen Schicksal, ich nach dem der Schule.

Mein Orakel war unmissverständlich: »*Felix Felix wird gedeihen, bis ein neuer Gott ihm ein Ende setzen wird.*«

Mit »ein neuer Gott« mochte der Gott der Christiani gemeint sein, der *Gladiaturae* ablehnte, wie ich wusste. Doch bis dieser die Macht hatte, Felix Felix zu schließen, würden zweifellos noch viele, sehr viele Jahre und Jahrzehnte vergehen müssen!

Ich war zufrieden.

Dann Digna:

»*Trauer wird euch in euren Kindern treffen, doch auch Glück.*«

Das war ein Allgemeinplatz, den jeder beliebige Jahrmarktshellseher hätte von sich geben können.

»*Licht wird sich glückhaft mit Licht verbinden.*«

Unsre kleine Lucia Parvula mit Lucius Gordianus Balbus? Die

Namen Lucius/Lucia hatten beide schließlich mit »Licht« zu tun. Oder war da etwas ganz anderes gemeint?

Und schließlich:

»Den, den du liebst, wird, wie Achill, seine Ferse töten.«

Digna, die schließlich meinen Körper am besten kannte, Mykerinos, der Arzt, und Pia, seine mittlerweile fast ebenso kenntnisreiche Helferin, sogar Eurydike, die Hebamme, untersuchten, als wir nach Nicopolis zurückgekehrt waren, meine Fersen mehr als allzu gewissenhaft! Ohne irgendein irgendwo oder irgendwie bedrohliches Ergebnis!

Schließlich machte ich mit dem Ganzen energisch Schluss:

»Jeder Mensch stirbt irgendwann an irgendwas! Solange ich nicht als gehirnzerfressener Trottel sterbe, der den Menschen, die ich liebe, nur noch unerträgliche Last ist, akzeptiere ich jedes entsprechende Schicksal als recht und willkommen!«

Digna, meine so leicht Tränenreiche, weinte diesmal nicht, da ich sie ganz fest im Arm hielt.

Fulmina, nüchtern wie immer, fragte, ob das Orakel auch einen halbwegs verlässlichen Zeitpunkt genannt habe?

Das hatte es allerdings nicht.

»Dann mag es auch erst mit neunundneunzig bei dir so weit sein!«, stellte sie trocken fest und fuhr grimmig fort: »Wenn es nach dem Orakel geht, dann habe ich nicht mehr ganz so viel Zeit!«, und schleppte Bato an der Hand hinter sich her aus dem Zimmer.

Tarquinius hatte jenes Bleitäfelchen wortlos in seinen Gürtel gesteckt.

Und selbstverständlich lehnte er jede Auskunft nach Frage und Antwort des Orakels strikt ab. Erst später, als wir einmal allein beisammen saßen, fragte er mich:

»Was hältst du von Dodona? Wie zuverlässig ist das Orakel wirklich?«

Ich zuckte mit den Schultern:

»Da ich kein Seher bin, kann ich dazu wenig aus eigenem

echten Wissen sagen. Gefühlsmäßig würde ich meinen, dass es recht zuverlässig ist. Immerhin liegen die Mehrzahl der Vorhersagen, soweit wir sie kennen, durchaus im Bereich des Denkbaren …«

»Weshalb ich ihnen eher misstrauen würde«, warf Tarquinius ein.

»Andere sind offenkundig rätselhaft wie bei Dardanus …«

»… deren Richtigkeit erst die Zukunft weisen kann.«

»Und zumindest bei Bato scheint das Orakel voll daneben zu liegen!«, schloss ich ab.

»Weil es ihm etwas sagte, das er im Augenblick keinesfalls hören will?«, meinte Tarquinius langsam. »Vielleicht ist es aber genau das, was die Zuverlässigkeit eines Orakels ausmacht: Aussagen, die der Fragende nicht wahrhaben will – vielleicht nicht einmal die Orakelpriester selbst.«

Auf mein fragendes Gesicht hin legte er wortlos sein Bleiplättchen, das er mitgenommen hatte, vor mich hin.

Vorsichtig bog ich das dünne Blei auseinander.

Innen stand die Frage: *»Wenn die derzeitigen Götter, Jupiter und die göttlichen Caesaren, endgültig abgewirtschaftet haben, wer wird dann über die Seelen der Menschen herrschen? Mithras oder der Gott der Christiani?«*

Ich drehte das Plättchen um, wo der Orakelpriester die Antwort notiert hatte: *»Der Christos«*.

Tarquinius meinte zwar halbherzig, dass man ja schließlich auch Mithras irgendwie als »Christos« bezeichnen könne, doch im Grund waren wir uns einig, was dieser Orakelspruch bedeutete – und so recht wollte er uns beiden nicht schmecken.

Immerhin, darin waren wir uns einig, würde keiner von uns die Erfüllung dieser Prophezeiung erleben, ebenso wenig wie wir vermutlich erleben würden, ob Telemachos tatsächlich mit neunundneunzig starb oder ob die Amaranthus-Söhne sich irgendwann als Trainer und Kunstschmied in Felix Felix zur Ruhe setzen würden.

In späteren Jahren war ich mehrfach versucht, Dodona nochmals aufzusuchen, denn soweit wir das überblicken konnten, hatten sich in der Tat alle damaligen Vorhersagen erfüllt – auch die von Bato.

Ich tat es schließlich doch nicht: Jene alte Seherin, die einst die Fragen auf unseren Bleitäfelchen beantwortet hatte, mochte längst gestorben sein – und wer weiß, ob ihre Nachfolgerin über ähnliche überragende Fähigkeiten verfügte.

Und war es wirklich stets so notwendig, das Schicksal zu kennen, gar nur aus Neugier erforschen zu wollen?

Damals durchlebte das Imperium eine schwere Krise und mit ihm zweifellos auch wir. Da mochte es durchaus sinnvoll sein, einen Pfad gewiesen zu bekommen.

Doch war es wirklich vernünftig zu fragen ob das Mädchen X den Jüngling Y heiraten solle und wie viele Kinder sie bekommen oder auch nicht bekommen würden? Oder ob der Gladiator Z bei den Spielen in Sipontum siegen würde oder nicht? Für die Betroffenen mochte eine Antwort auf diese Frage von Bedeutung sein – doch würde das Wissen etwas ändern an dem, was die Zukunft brachte? Oder gab es irgendeinen wirklichen Grund zu erfragen, zu welchem Datum ich sterben würde? Ich habe meine Angelegenheiten längst geregelt. Mehr kann ich ohnehin nicht tun.

Wenn ich Dodona nie wieder eine Frage stellte, so heißt dies also nur, dass ich an meinem Lebensweg letztlich nichts auszusetzen fand.

Am eindeutig schwersten tat sich die Dame Lucia mit ihrem Orakelspruch, und das nicht nur, weil er von Jupiter stammte. Ihre Frage hatte allein ihrem Sohn Lucius gegolten.

Die Eiche von Dodona hatte geantwortet:

»Verletzungen können zum Tod führen – oder zu neuer, anderer Stärke! Die Stunde vor der Morgendämmerung ist die finsterste. Doch wenn das Licht kommt, erschafft es eben doch einen neuen Morgen!«

Niemand von uns, weder Tarquinius geschweige Lucia oder gar ich, nicht einmal der Haruspex Volsinius, verstanden den Spruch.

Lucia hasste sich selbst dafür, dass sie ein Orakel »falscher Götter« überhaupt befragt hatte.

Tarquinius hielt sie fest in seinem Arm, ohne ihr in diesem Augenblick wirklich Trost spenden zu können.

Ich selbst war einfach hilflos.

Herr Volsinius war es schließlich, der sie zu beruhigen vermochte, indem er aufzählte:

»Zum Ersten glaubst du nicht an Jupiter oder wie man ihn sonst noch nennen mag und damit an seine Prophezeiungen …«

Lucia nickte heftig, auch wenn ihr die Zweifel allzu deutlich ins Gesicht geschrieben standen.

»Die ›Verletzungen‹ mögen innerlich oder äußerlich sein. Dafür, dass man mit ihnen leben kann, dafür ist Scorpio ein beredtes Beispiel!«, fuhr er fort.

Kannte er meine schlaflosen Nächte? Wusste er, wie sehr ich meine »Südhälfte« hasste? Wusste er, wie oft ich Digna »frei« wünschte von dieser Belastung, die ich darstellte? Ahnte er, wie oft ich immer noch jenen Dolch neben meinem Bett anstarrte, den mir Tarquinius einst gebracht hatte?

»Doch eines scheint mir gewiss«, erklärte der Haruspex mit Bestimmtheit. »Lucius wird diese ›Verletzung‹ überwinden! Auch wenn er vielleicht für eine Weile durch tiefste Dunkelheit gehen muss, es wird für ihn einen ›neuen Morgen‹ geben!«

Ich sah Lucia deutlich an, dass sie Herrn Volsinius nur zu gerne geglaubt hätte. Trotzdem zweifelte sie, denn auch er war schließlich der Seher eines heidnischen Gottes …

Der meinte allerdings ruhig:

»Es hat zu allen Zeiten und in allen Kulturen Seher, Propheten und Orakel gegeben. So sie keine Schwindler sind – deren gibt es leider mehr als genug –, so haben sie sich stets einer höheren Macht verpflichtet gefühlt, in deren Namen sie sprechen. Ist es dabei so wichtig, wie man diese Macht bezeichnet? Die Ägypter nennen sie Amon oder Thot, die Griechen Apollo oder Hermes Tristmegistos, die Juden Jehova, wir Etrusker Aplu, die Germanen, wie ich erfahren habe, Odin, und in tausend anderen Ländern mag es tausend andere Namen geben.

Ich kann mir nicht vorstellen, dass da über uns eine Unzahl Götter sitzen, die jeweils eifersüchtig über ihre paar Quadratmeilen Land und ihre kleine Schar von Anhängern wachen und einander befehden, wenn einer versucht, in das Gebiet des anderen einzudringen, um ihm einen Gläubigen abspenstig zu machen!

Glaubt mir, edle Dame Lucia«, wurde der Haruspex sehr nachdrücklich, »wer immer aus der Eiche von Dodona spricht, ist der Gleiche, der auch durch den Mund der jüdischen Propheten gesprochen hat oder auch durch den Mund einiger der Jünger Eures Christos, der schließlich selber ein Seher war!«

Nicolopis liegt an der schmalsten Stelle des Mare Adriaticum hundert Meilen von Italia entfernt. Somit erreichten uns oft binnen weniger Tage die neuesten Nachrichten, was dort und insbesondere in Roma vorging, zumal uns Herr Gladius Felixianus ständig mit Briefen auf dem Laufenden hielt.

So wurde Ende Februar klar, dass wir eigentlich unbeschadet und ohne Sorge hätten nach Puteoli und Felix Felix zurückkehren können. Denn Caesar Nero hatten wahrlich andere Sorgen, als sich an irgendwelchen Leuten zu rächen, die einmal vielleicht seine Göttlichkeit nicht ganz so zu würdigen gewusst hatten, wie er dies wünschte. Und auch auf bluttriefende Spiele war ihm wohl gründlich die Lust vergangen.

Zunächst war Caesar Nero, zwei Tage nach unserer »Flucht«, mit ungeheurem Pomp in Roma eingezogen als einmaliger und unvergleichlicher Triumphator seiner Tanz- und Sangeskünste in Hellas.

Dann hatte er seine *Domus aurea* besichtigt, die sich nun über fast drei der sieben Hügel Romas erstreckte. Wohlgefällig hatte er seine rund einhundertachtzig Fuß hohe Porträtstatue in der Pose des Sonnengottes mit einem goldenen Strahlenkranz auf dem Haupt in der Eingangshalle betrachtet, war durch die endlose Flucht der Gemächer, der Hallen, Säle und Säulenarkaden, von denen eine fast zwei Meilen lang war, gewandelt, hatte die Gärten mit ihren Seen, Wildgehegen und Wäldern inspiziert. »Jetzt kann ich endlich wie ein menschliches Wesen zu leben beginnen«, soll er dabei gesagt haben.

Lange währte die Freude freilich nicht. Denn dann wurde bekannt, dass Herr Julius Vindex, der Legat von Gallia Lugdunensis, sich gegen ihn erhoben hatte und dabei Unterstützung von Herrn Servius Sulpicius Galba, dem Legaten von Hispania Tarragonensis, erhielt.

Caesar Nero schäumte vor Wut. Und als ihm seine hochschwangere Gattin Poppaea Sabina wegen irgendeiner Lächerlichkeit ein Widerwort zu geben wagte, trampelte er sie buchstäblich zu Tode.

Zwar starb Herr Julius Vindex wenig später, und seine Truppen wurden von den am Rhenus stationierten Legionen unter Herrn Verginius Rufus, der es ablehnte, sich zum Caesar ausrufen zu lassen, geschlagen.

Doch Herr Sulpicius Galba machte eindeutig weiter, und auch Herr Marcus Salvius Otho, der Exgatte der Poppaea Sabina, einstige Busenfreund von Caesar Nero und derzeitiger Legat von Lusitania schien sich auf dessen Seite schlagen zu wollen.

Sogar dem dicken Herrn Aulus Vitellius, dem ehemaligen »Schließmuskelkünstler«, Spielegestalter und jetzigen Legaten von Germania Inferior, wurde nachgesagt, er liebäugele, unterstützt von seinen Legionen, mit dem goldenen Lorbeerkranz Caesars. Selbst Ofonius Tigellinus und Nymphidius Sabinus verdächtigte man ähnlicher Ambitionen.

Für uns war damit die Lage ein wenig verzwickt:

»Einerseits besteht für uns keine unmittelbare Gefahr mehr, sodass wir heimkehren könnten«, führte Tarquinius aus. »Andererseits, wenn sich die verschiedenen Herren gegenseitig an die Gurgel fahren, so bedeutet das Bürgerkrieg – und da mag auch ein völlig Unbeteiligter sehr schnell zwischen die streitenden Parteien geraten.

Im Übrigen«, meinte er, und das gab den Ausschlag, »hat in

einem Land, in dem Soldaten einander bekämpfen und Schlachten schlagen, niemand Interesse an Gladiatorenspielen.«

So beschlossen wir denn einmütig, unsere Reise erst einmal wie geplant fortzusetzen und abzuwarten, wie sich die Dinge in der Heimat entwickeln würden.

Am 4. März brachten wir von Nicopolis nach Osten auf, zunächst einmal nach Patrae, Corinthus und Athenae.

INTERLUSIO

Die Caesaren

Crupellarius

Hochedler Herr Caecilius Plinius, ganz gewiss möchte ich Euch nicht langweilen mit Dingen, die Ihr selbstverständlich wisst.

Doch habt bitte Nachsicht mit mir, wenn ich die Geschehnisse der nächsten Monate, samt deren Vorgeschichte, für mich selber ein wenig zu entwirren versuche, zumal ich damals mit meinen Freunden weitab des Geschehens im Osten des Imperiums weilte. Ich habe sie also nicht selber erlebt, bezweifle allerdings, ob sie mir auch unter diesen Umständen damals sehr viel klarer gewesen wären …

Zunächst wird es wohl nicht zu vermeiden sein, wenigstens einen kurzen Blick auf das bisherige Herrscherhaus, die *Gens Julia* und *Gens Claudia*, zu werfen:

Als Gaius Julius Caesar an den Iden des März des Jahres 709 *ab urbe condita* von Junius Brutus, Cassius Longinus und deren Mitverschwörern ermordet wurde, hatte er keinen legitimen Sohn – sein unehelicher Sohn Caesarion mit der Ägypterin Cleopatra war fast noch ein Kind und wurde kurz danach ermordet.

Sein Nachfolger wurde sein Neffe Octavianus, den er per Testament adoptiert hatte. Nach schweren Kämpfen zunächst gegen die Mörder Caesars, dann gegen Marcus Antonius beendete er die Bürgerkriege. Als Imperator, allein an der Spitze des Staates stehend, führte er das Imperium in eine bislang einzigartige Friedens- und Blütezeit. Der dankbare Senat verlieh ihm dafür den Titel *Augustus*, der »Erhabene«, den die Caesaren immer noch tragen.

Doch auch er hatte keinen Sohn, und so starb mit ihm 767 die *Gens Julia* im männlichen Stamm aus, und die *Gens Claudia* kam zum Zug.

Sein Nachfolger wurde sein Stiefsohn Tiberius, Kind seiner dritten Gemahlin Livia mit deren erstem Gatten Tiberius Claudius Nero und in zweiter Ehe verheiratet mit Julia, der Tochter des Augustus. Imperator Augustus Caesar Tiberius scheint ein schwieriger Mensch gewesen zu sein, eigenbrötlerisch und mit zunehmendem Alter misstrauisch gegen jedermann. Aber er war auch ein erstklassiger Feldherr, der sich in Germanien vielfach ausgezeichnet hatte, und er war unbestritten ein hervorragender Herrscher! Seinen mitunter schlechten Ruf mag er sich freilich auch damit verdient haben, dass er Roma und dessen Pöbel nicht mochte, stattdessen lieber von seinem eher bescheidenen Palast – ich durfte ihn vor etlichen Jahren besichtigen, liegt er doch fast vor unserer Haustür – in Capreae im Sinus Cumanus aus regierte.

Und das Schicksal wiederholte sich, denn auch Caesar Tiberius hinterließ bei seinem Tod 790 keinen lebenden Nachkommen.

So wurde Gaius, genannt »Caligula«, Caesar. Einerseits war er der Enkel der Augustus-Tochter Julia – die in zweiter Ehe Tiberius geheiratet hatte – aus der Ehe mit ihrem ersten Mann Marcus Vipsanius Agrippa, dem zweifellos besten und treuesten Freund des Augustus. Andererseits war er ein Enkel von Drusus, dem allzu früh verstorbenen Bruder des Tiberius, und Sohn des berühmten Germanicus. Doch trotz seiner Abstammung von wahrlich hervorragenden Männern hätte man wohl keinen schlechteren Griff tun können! War er zu Anfang seiner Regierung nur hochfahrend, uneinsichtig und zweifellos auch ein wenig vom Pech verfolgt, artete er nur zu schnell zu einem größenwahnsinnigen, bösartigen Irren aus. Der Begriff »Cäsarenwahn« machte damals erstmals die Runde, und als er von den Prätorianer-Offizieren Cassius Chaerea und Cornelius Sabinus 794 erschlagen wurde, atmete das Imperium auf.

Da auch Gaius Caligula keinen legitimen Sohn hatte, geriet sein Onkel Claudius, Sohn des Tiberius-Bruders Drusus, an die Macht. »Geriet« ist in diesem Fall zweifellos die einzig richtige Bezeichnung, denn Claudius war ein stiller Gelehrter, der viel lieber an seiner Grammatik der etruskischen Sprache bastelte, als sich um Politik zu kümmern. Als er vom Tod Caligulas hörte, verkroch er sich in einen entfernten Winkel des Palastes, versteckte sich gar hinter einem Vorhang, ehe ihn die Prätorianer dort herauszogen und zum Caesar proklamierten.

Claudius war kein schlechter, wenngleich zweifellos ein schwacher Herrscher, der das Pech hatte, immer an die falschen Frauen zu geraten. Messalina, seine erste, war nicht nur eine Nymphomanin, sondern auch eine so schlimme Intrigantin und Verschwörerin, dass dem sanften Claudius schließlich keine andere Wahl blieb, als sie verhaften, verurteilen und hinrichten zu lassen. Seine Zweite, Agrippina, Enkelin der Augustus-Tochter Julia, war letztlich um kein Haar besser. Sie vergiftete ihn 807, um Domitius, ihren Sohn aus erster Ehe mit Gnaeus Domitius, an die Macht zu bringen, der sich fortan Tiberius Claudius Nero, kurz »Nero«, nannte.

Nach seinen Jugendjahren unter der Leitung des Philosophen Annaeus Seneca und des Feldherrn Africanus Burrus beschloss er allerdings, niemanden mehr am Leben zu lassen, der irgendwie einen Anspruch auf den goldenen Lorbeerkranz des Imperators Augustus Caesar erheben könnte: So ließ er seine Mutter Agrippina, die ja aus der *Gens Julia-Claudia-Agrippa* stammte, ermorden – kein wahrer Schaden für die Menschheit. Dann aber auch seine Gemahlin Octavia und seinen Halbbruder Britannicus, beide aus der Ehe des Caesars Claudius mit Messalina stammend und der *Gens Claudius* zugehörig – zweifellos überflüssig, da beide niemals echte politische Ambitionen zeigten.

So waren die *Gens Julia* ausgestorben und die *Gens Claudia* ausgerottet.

So war, wie wir alle wissen, die Situation bereits im Jahr 818. Die *Gens Julia-Claudia* würde also allenfalls weiterbestehen, wenn Caesar Nero einen entsprechenden männlichen Erben zeugte oder zumindest einen Nachfolger adoptierte.

Freilich hatte Caesar Nero nur eine früh verstorbene Tochter gehabt. Einen weiteren Nachkommen hatte er mitsamt Poppaea Sabina buchstäblich totgetrampelt.

Und von einer Adoption, worauf wohl einst Calpurnius Piso, ehe er zum Verschwörer wurde, gehofft hatte, wollte er keinesfalls etwas wissen – vielleicht gar nicht einmal so zu Unrecht, denn Caesar zählte immer noch kaum mehr als dreißig Jahre, und welcher »Gott« mag sich in diesem Alter Gedanken um einen Nachfolger machen?

Dies allerdings war eine Situation, die eine ganze Menge Leute, die nicht das Mindeste mit der *Gens Julia-Claudia* zu tun hatten, veranlasste, vom goldenen Caesaren-Lorbeer zu träumen oder sich gar nachdrücklich zu bemühen, sich diesen aufs Haupt zu setzen.

Von halbherzigen Empörern wie Julius Vindex, Sulpicius Galba und Salvius Otho abgesehen, war es schließlich der Prätorianer-Präfekt Nymphidius Sabinus, der im Sommer des Jahres 821 den Stein endgültig ins Rollen brachte.

Dank ungeheurer Versprechungen an etliche Senatoren und vor allem aber an die Prätorianer, der Leibgarde Caesars, gelang es ihm, sich am 8. Juni dieses Jahres zum neuen Imperator Augustus Caesar ausrufen zu lassen. Mit der Behauptung, ein unehelicher Sohn des Caesar Gaius Caligula zu sein, verschaffte er sich zwar keinerlei Sympathien, doch immerhin einen Hauch von Legitimität, auch wenn jeder wusste, dass dies gelogen war.

Während Caesar Neros »triumphaler« Reise nach Griechenland war Nymphidius in Roma geblieben. Er hatte in dieser Zeit sorgsam darauf geachtet, alle Leute zu beseitigen, die ihm bei einer Machtergreifung im Wege stehen mochten, hatte damit sogar seinen Prätorianer-Mitpräfekten Ofonius Tigellinus, der Caesar begleitet hatte, ins politische Aus manövriert.

Die Ausrufung des Nymphidius Sabinus zum neuen Caesar durch die Prätorianer und ein paar Senatoren war das Ende für Caesar Nero.

Dabei hätte es dies keineswegs zu sein brauchen!

Noch immer hatte Caesar Nero die Massen des Volkes von Roma – was immer er ihnen angetan hatte und woran sie trotz aller so genannter »Augenzeugen« nicht glauben wollten – hinter sich! Beredtes Beispiel dafür ist, dass heute noch Blumen an seinem Grab niedergelegt werden. Noch viel beredteres Beispiel ist, dass seine einhundertachtzig Fuß hohe Kolossalstatue im Gewand des Sonnengottes, die im Vorraum seiner *Domus aurea* stand, nicht gestürzt wurde, sondern heute dort noch unbeschadet steht – und dem dort erbauten »Amphitheatrum Flavium« im Volksmund den Namen »Colosseum« gab.

Hätte Caesar Nero in jener Nacht vom 8. zum 9. Juni des Jahres 821 nicht die Nerven verloren, als er sah, dass seine *Domus aurea*, sogar seine privatesten Räume, von seinen Leibwachen verlassen waren, wäre er, anstatt zu fliehen, auf das Forum Romanum gegangen und hätte tausend oder zweitausend oder auch fünftausend Männer aus dem Dreck der Subura zu seinen »neuen« Prätorianern ernannt – er würde heute noch unangefochten regieren!

Doch »hätte« und »wäre« sind nur verlockende Gedankenspiele von Geschichtsschreibern …

Und so – wenn man den Christiani-Gott nicht als kleinlichen »Rächer« hinstellen mag – starb Caesar Nero jämmerlicher, als es ihm bei all seinen Fehlern zugestanden hätte:

Als sie ihn durch die verlassenen Zimmer, Säle und Hallen irren sahen, nahmen ihn seine letzten Getreuen in die Mitte: Sporus, jener junge Mann, den er hatte kastrieren lassen, um ihn als »Gemahlin« zu heiraten, und seine beiden Freigelassenen Epaphrodiacus und Phaon.

Phaon hatte ein Sommerhaus außerhalb von Roma, etwa sechs Meilen vom Palast entfernt. Dorthin wollten sie Caesar Nero bringen. Sie flohen in einfache Kleider gehüllt und mit übergezogenen Kapuzen, damit sie niemand erkennen möge.

In einer Seitengasse nahe des Landhauses ließen sie die Pferde zurück, bahnten sich ihren Weg durch Gestrüpp, Brombeerranken und Schilflöcher.

An der Mauer des Anwesens bat Pharon, dass Caesar Nero sich in einer Sandgrube verstecken möge, bis er selber sich überzeugt habe, dass das Haus nicht beobachtet werde und man ihn ungefährdet dorthin bringen könne. Doch Caesar Nero weigerte sich, »lebendigen Leibes in die Erde hinabzusteigen«, und wartete deshalb lieber in einem Wasserloch.

Schließlich wurde er in das Haus gelotst. Er ruhte auf einer einfachen Matratze aus und trank einen Becher lauen Wassers. Das grobe, braune Brot, das ihm angeboten wurde, lehnte er ab.

Doch war ihm ohne jeden Zweifel klar, dass er jenen, die sich um seinen goldenen Lorbeerkranz balgten, nicht mehr würde entkommen können. So bat er seine letzten Getreuen, ihn zu töten, doch diese weigerten sich.

»So bleibt mir denn kein einziger wahrer Freund mehr!«, soll er daraufhin geklagt haben.

Dann erreichte durch einen Boten Pharon die Nachricht, der neue Caesar Nymphidius habe zusammen mit dem Senat beschlossen, Caesar Nero nach Art eines »Volksverräters« hinrichten zu lassen: Man würde ihn also zunächst nackt ausziehen, seinen Hals sodann in eine hölzerne Gabel zwängen, ihn damit an eine Säule auf dem Forum binden, ihn langsam zu Tode geißeln und seine Reste schließlich in den Tiberis werfen.

Caesar Nero schnappte sich daraufhin zwei Dolche, prüfte ihre Schärfe, ohne freilich Hand an sich zu legen.

Zweifellos verabscheute er sich selbst für seine Feigheit, denn er murmelte: »Das passt nicht zu Nero! Reiß dich zusammen!«

Erst als er erneut hörte, dass sich Reiter der Villa näherten, stach er sich einen der Dolche in die Kehle mit den Worten: »Welch ein Künstler stirbt in mir!«

Der Stich, zaghaft geführt, war keineswegs tödlich.

Epaphrodiacus oder Sporus – die Aussagen gehen da auseinander – beendeten schließlich, was Caesar Nero allzu zögerlich begonnen hatte.

Caesar Nero wurde schließlich im Grab der Domitier auf dem Pincius beigesetzt, in einem Sarkophag aus Porphyr mit einem Altar aus Marmor, der heute noch vom einfachen Volk mit Blumen geschmückt wird.

Wir hatten zu diesem Zeitpunkt Hellas bereits mit höchst befriedigendem Ergebnis verlassen, hatten in Thessalonice zwei, allerdings auch nur mäßig begabte, Secundus Palus-Männer verloren und bereiteten uns auf die Spiele in Philippi an der Grenze zwischen Macedonia und Thracia vor, wo einst die Mörder des göttlichen Gaius Julius Caesar ihr Schicksal ereilt hatte.

Nymphidius Sabinus war ein kurzes Caesaren-Schicksal beschieden.

Als die Prätorianer begriffen, dass Sulpicius Galba offensichtlich der Stärkere war, gelang es Ofonius Tigellinus, sie wieder ganz unter seine Kontrolle zu bringen und sie auf Galba einzuschwören.

Caesar Nymphidius versuchte zu fliehen, wurde abgefangen und zu Tode geprügelt. Sein abgehackter Kopf wurde auf einen Pfahl an der Pons Aurelius aufgesteckt, sein Körper in den Tiberis geworfen. Seine Herrschaft hatte kaum zwei Wochen gedauert.

Als uns diese Nachricht erreichte, waren eben die Spiele in Philippi mit glatten Triumphen für unsere *Primi Pali* und nur einem ernsthaft Verletzten – er würde wohl nicht mehr in eine Arena gehen können – aus der Reihe unserer *Secundi Pali* beendet.

Herr Sulpicius Galba war über siebzig, als er von den hispanischen Legionen zum Caesar ausgerufen wurde. Er stammte aus einer einflussreichen römischen Familie, und da er stets die altrömische Disziplin hochgehalten hatte, traute man ihm durchaus zu, wieder Ordnung zu schaffen. So bestätigte der Senat bereits am 8. Juni, einen Tag vor Caesar Neros Tod, seine Proklamation zum Caesar durch die Legionen.

Ende September betrat er in Begleitung von Herrn Salvius Otho, der sich ihm angeschlossen hatte, Roma und wurde dort feierlich empfangen.

Doch von Anfang an ging alles schief, und daran war zweifellos nicht zuletzt er selber schuld: dass er, von Natur aus sparsam bis geizig, als Erstes die noch von Caesar Nero versprochenen Ausgaben und Zuwendungen für den Pöbel rückgängig machte und die geplanten Spiele unverzüglich absagte, verdross den Mob über alle Maßen. Ofonius Tigellinus, der die Römer schließlich kannte, riet ihm dringend von dieser Maßnahme ab – vermutlich der einzige gute Rat, den Herr Tigellinus je irgendeinem Menschen gegeben hat –, doch Caesar Galba blieb unerbittlich.

Die kräftige Steuererhöhung, welche die Staatsfinanzen sanieren sollte, machte ihm die Wohlhabenden und Reichen zum Feind, traf aber auch den Mittelstand hart.

Dass er sich weigerte, den Soldaten der Armee am Rhenus und den Prätorianern einen Extrasold anlässlich seiner Thronbesteigung zukommen zu lassen, entfremdete ihm das Militär.

Zweifellos waren diese Maßnahmen vernünftig, vielleicht sogar notwendig angesichts der leeren Kassen – klug waren sie jedenfalls nicht!

Und dann machte er seinen gröbsten Fehler, indem er Herrn Calpurnius Piso, einen Sohn des von Caesar Nero getöteten »Verschwörers« Calpurnius Piso, zu seinem Nachfolger ernannte. Generell wäre gegen diesen wie sein Vater durchaus »tugendhaften« Mann nichts einzuwenden gewesen, außer dass er, ebenfalls wie sein Vater, von Politik keine Ahnung hatte. Mit dieser Entscheidung freilich machte sich Caesar Galba Herrn Salvius Otho, seinen bisherigen Verbündeten, zum Todfeind, da dieser selbst mit jener Würde gerechnet hatte.

Herr Salvius Otho und Herr Ofonius Tigellinus hetzten systematisch das Volk und vor allem die Prätorianer auf, und am 15. Januar 812 brach der Aufstand offen los.

Man hatte Caesar Galba geraten, sich im Palast auf dem Mons Palatinus zu verschanzen, Sklaven zu bewaffnen und erst einmal abzuwarten.

Doch dies war nicht die Art des alten Mannes, und so ließ er sich in einer Sänfte zum Forum tragen, um persönlich zum Volk zu sprechen.

Doch dazu kam es nicht mehr. Prätorianer riegelten das Forum, kaum dass es Caesar Galba erreicht hatte, ab und rissen öffentlich das Medaillon mit seinem Bild von ihren Standarten. Ein Pfeilhagel vertrieb die Menschen. Caesar Galbas Sänfte kippte in dem Durcheinander um.

»Stich zu, wenn es für Roma das Beste ist!«, sollen seine letzten Worte gewesen sein, als er seine Kehle den Schwertern der aufständischen Soldaten darbot, in der festen Überzeugung, stets allein im Interesse des Imperiums gehandelt zu haben.

Seine Leiche wurde zerstückelt auf dem Forum vor der Basilica Julia liegen gelassen, sein abgetrennter Kopf auf eine Stange gesteckt und im Prätorianerlager, wo sich inzwischen auch Herr Salvius Otho aufhielt, triumphierend herumgetragen.

Argius, ein Freigelassener Caesar Galbas, barg schließlich den Leichnam und begrub ihn im Garten eines Anwesens seines ehemaligen Herrn an der Via Aurelia. Am folgenden Tag wurde auch sein Kopf gefunden und ebenfalls dort beigesetzt.

Dem unglücklichen jüngeren Calpurnius Piso war es zunächst gelungen, sich in den Vesta-Tempel, einer der heiligsten Stätten Romas, zu retten, doch kurz darauf wurde er herausgezerrt und gleichfalls getötet.

Dieser Herbst des Jahres 821 war nicht allzu ertragreich für uns, denn auch in Asia wurden die meisten Spiele wegen der Unruhen im Imperium abgesagt, sodass wir nur in Alexandria Troas, nahe den Ruinen jener Stadt Ilion oder Troja, deren Untergang einst der Dichter Homer besungen hatte, in Ephesus und Miletus auftreten konnten und dann beschlossen, direkt nach Antiochia zu segeln und dort unser Winterquartier aufzuschlagen.

Noch am Abend jenes 15. Januar wurde Herr Salvius Otho von den Prätorianern zum Caesar proklamiert und, notgedrungen, vom Senat in dieser Würde bestätigt.

Caesar Otho hatte nicht den besten Ruf, galt er doch lange als ein Mann von Ausschweifung und Müßiggang mit einem Hang zu ausuferndem Luxus. Er war einer der bevorzugten Saufkumpane Caesar Neros gewesen, der diesem sogar seine Gattin Poppaea Sabina »abgetreten« hatte. Zudem gehörte er nicht zum alten Adel der Stadt; denn erst seinem Großvater war es gelungen, zum Senator ernannt zu werden.

Die Jahre als Legat von Lusitania schienen ihn freilich geläutert zu haben, sodass er vielleicht sogar ein ordentlicher Caesar geworden wäre.

Einer seiner ersten, und zweifellos klügsten Maßnahmen, war, Herr Ofonius Tigellinus zum Selbstmord zu zwingen.

Doch das Schicksal ließ ihm nicht die nötige Zeit!

Das »Schicksal« hieß Aulus Vitellius, der ehemalige »Schließmuskelkünstler« und Spielegestalter. Bereits am 2. Januar hatten ihn seine Truppen in Germania Inferior zum neuen Caesar ausgerufen, und die Legionen in Germania Superior am Rhenus sowie jene aus Raetia, meiner alten Heimat, hatten sich angeschlossen.

Während Herr – *Caesar* – Vitellius sicherheitshalber in Colonia Agrippina zurückblieb, trampelten seine Soldaten über die Alpen.

Am 14. April kam es zwischen Bedriacum und Cremona in der Ebene des Padus zu einem ersten Zusammenstoß zwischen den Truppen der beiden konkurrierenden Caesaren. Die Legionen Caesar Othos wurden von der eindeutigen Übermacht seines Gegners zurückgetrieben.

Caesar Otho gab daraufhin auf.

Zwar war er nicht ernsthaft geschlagen, und seine Vertrauten beschworen ihn, sich zwar für den Augenblick noch ein wenig weiter zurückzuziehen, um dann allerdings mit den Legionen aus Noricum und Pannonia, die zu seiner Unterstützung im Anmarsch wären, erneut vorzustoßen.

Doch der Gedanke, dass weiterhin Römer Römer nur um des goldenen Lorbeerkranzes ihres jeweiligen Befehlshabers willen erschlagen würden, war ihm unerträglich.

Vielleicht war ihm der Tod eines jungen Centurio Beispiel: Als dieser die Nachricht von der Niederlage des Kampfes zwischen Bedriacum und Cremona ins Hauptquartier gebracht hatte, sollen einige Leute angemerkt haben, er habe sich nur deshalb mit dieser Nachricht vom Schlachtfeld abgesetzt, um sein eigenes Leben zu retten. Der junge Mann zog daraufhin sein Schwert und stürzte sich hinein, um mit seinem Tod zu zeigen, dass er kein Feigling oder gar Fahnenflüchtiger sei!

Am Abend jenes 15. April 821 hielt Caesar Otho eine Ansprache an seine Truppen, in der er betonte, dass sich niemand dem »Willen der Götter« und dem »wahrhaften Heil Romas und des Imperiums« widersetzen dürfe! Er endete mit den Worten »Verlasst mich, meine Getreuen! Kämpft auf der Seite jener, die das Heil Romas fördern!«.

Nachdem er von seinen Freunden Abschied genommen und in der Nacht noch einige Briefe geschrieben hatte, stieß sich Caesar Otho am Morgen des 16. April einen Dolch ins Herz.

Über seinem Grab sollen einige seiner treuesten Soldaten, überwältigt von der Trauer um ihren Caesar, sich ebenfalls das Leben genommen haben.

Nun also Caesar Vitellius:

Zunächst hatte er es ja vorgezogen, in der Sicherheit von Colonia Agrippina sitzen zu bleiben und seine Truppen für sich die Kastanien aus dem Feuer holen zu lassen. Die Siegesnachricht feierte er zunächst mit einem zweiwöchigen Fress- und Saufgelage, ehe er sich gemächlich auf den Weg machte und sich an den Flussläufen von Mosella und Rhodanus über Augusta Trevorum, Vesontio, Lugdunum und Vienna nach Massilia und schließlich nach Genua durchprasste.

Der direkte Weg hätte nun über Pisae direkt nach Roma geführt, doch Caesar Vitellius konnte es sich nicht verkneifen, zunächst einmal noch den Ort »seines« Sieges bei Cremona zu besichtigen. Als er in seiner Sänfte über das Schlachtfeld geschleppt wurde, wo noch immer teilweise die unbeerdigten Leichen der

Gefallenen lagen, schockierte er seine Begleiter mit der Bemerkung, dass der Geruch toter Feinde angenehm sei, noch angenehmer allerdings derjenige getöteter Bürger!

Mitte Juni 822 zog er schließlich in Roma und die *Domus aurea* Caesar Neros ein.

Herr Aulus Vitellius hatte immer schon den Ruf als Fresssack und Trunkenbold gehabt. Er galt keinesfalls als klug, war jedoch mit einer gewissen praktischen Schläue ausgestattet und hatte als Spielegestalter Caesar Neros, zumindest in der Regel, ein geschicktes Händchen bewiesen, wenn es um die Wünsche des Pöblikums ging. Bei Caesar Gaius Caligula und Caesar Nero hatte sich der »Caesarenwahn« im Laufe etlicher Jahre entwickelt, über Caesar Vitellius schien er bereits in dem Augenblick gekommen zu sein, als sich der goldene Lorbeerkranz auf seinen dicken Kopf gesenkt hatte.

»Brot und Spiele!«, das war die unabänderlich lautstarke Forderung all jener Römer, die nichts besaßen außer ihrer – käuflichen – Wählerstimme. Die Beliebtheit, bis heute, Caesar Neros bei den breiten Massen resultierte aus den reichlichen Staatsgeschenken an Korn, Brot, Wein, Öl und Kleidern sowie den zahlreichen prunkvollen Spielen, die er dem Pöbel geboten hatte. Und jetzt erwartete der Pöbel natürlich, dass mit Caesar Vitellius, dem ehemaligen Spielegestalter, wieder »neronische« Zeiten anbrechen würden. Den allerdings kümmerte das Volk inzwischen einen Dreck, und er bevorzugte es, die ohnehin schon marode Staatskasse höchstpersönlich und buchstäblich leer zu fressen!

Mit dem Tod von Caesar Nero gäbe es niemanden mehr, der uns vielleicht Übles wollen könne, und dessen Nachfolger seien zweifellos anderweitig genug beschäftigt, um sich an irgendwelche Gladiatoren zu erinnern – das dachten wir zumindest.

Dann freilich hatten wir allen Grund, uns zu beglückwünschen, vorläufig nicht nach Felix Felix zurückgekehrt zu sein!

Es war während der Spiele in Berytus, als ein Centurio der Prätorianer in unserem Quartier erschien und Tarquinius als dem

Chef unserer Truppe ein pompöses Schriftstück überreichte, das kein Geringerer als Caesar Vitellius persönlich gesiegelt hatte:

Der Trainer Amaranthus sowie die Gladiatoren Nigeralbus, Telemachos, Scorpio, Serapis und Vercingetorix seien zu verhaften und unverzüglich in Ketten nach Roma zu schaffen, wo sie sich für ihr beleidigendes Verhalten, begangen gegen die Augusta Haica, zu verantworten hätten!

Tarquinius war zunächst völlig perplex. Amaranthus, Nigeralbus, Serapis und Vercingetorix waren seit Jahren tot. Was hatten wir überhaupt mit der Geliebten des Vitellius zu schaffen? Wann, wie und wo hatten wir sie beleidigt? Und wieso führte sie den Titel *Augusta*, welcher doch nur der Gemahlin Caesars zukam?

Um zunächst einmal Zeit zu gewinnen fragte Tarquinius also den Centurio, ob denn Caesar Vitellius mittlerweile die Dame Haica geheiratet habe, da sie den Titel »Augusta« führe.

»Nein, hat er nicht«, gab dieser bereitwillig Auskunft. »Kann er auch gar nicht! Denn verheiratet ist er immer noch mit seiner rechtmäßigen Ehefrau, auch wenn sich diese längst von ihm zurückgezogen hat und allein in einer Villa auf dem Mons Aventinus wohnt. Das war zumindest der Stand der Dinge, als ich von Roma abreiste.«

»Dann führt die Dame Haica also den Titel ›Augusta‹ zu Unrecht?«, hakte Tarquinius nach.

Der Centurio zuckte mit den Schultern:

»Was die ›Augusta‹ Haica«, so wie er dabei die Nase kraus zog gehörte er offenkundig nicht eben zu ihren begeisterten Anhängern, »berechtigt oder unberechtigt als Titel führt, ist allein die Sache Caesars, und«, fügte er bissig hinzu, »bei Caesaren ist ja wohl kein Ding mehr unmöglich …«

Der Mann begann uns zu gefallen.

Telemachos und ich hatten unterdessen bedeutsame Blicke gewechselt, bis der Grieche in brüllendes Gelächter ausbrach. »Du auch?«, japste er schließlich.

»Genau wie du offenbar!«, stimmte ich in das Lachen ein.

Der Centurio war sichtlich über diesen Heiterkeitsausbruch von Leuten, die er doch in Ketten nach Roma schleppen sollte, irritiert.

Telemachos drechselte einen kunstvollen Fluch, der sich hauptsächlich mit den körperlichen Eigenheiten von Haica beschäftigte, und klärte den Prätorianer-Offizier dann auf:

Haica habe sich einst in Felix Felix als Hellseherin betätigt, »eine recht mäßige Pythia«, betonte er. Vor allem aber habe sie wohl allen einigermaßen ansehnlichen Männern nachgestellt, um sich einen Ehegatten zu angeln – und sei bei den in dem Schriftstück Genannten offenkundig abgeblitzt. Wutschnaubend sei sie schließlich aus Felix Felix abgezogen.

Um die Mundwinkel des Prätorianers hatte es bei dem Bericht zunächst verdächtig gezuckt, bis sich diese schließlich zu einem breiten Grinsen auseinander zogen.

»Nicht einmal wirkungsvoll verwünschen konnte sie – eine der ersten Künste einer ordentlichen Pythia, die sich mit den Unterirdischen im Bunde weiß«, setzte Telemachos drauf. »Ich weiß nicht, wie das bei dir war, Scorpio. Mir jedenfalls hat sie damals nachgebrüllt, mein Schwanz möge mir abfaulen! Wenn ich mir allerdings die stetig wachsende Zahl meiner Kinder ansehe …«

Nachdem sich das allgemeine Gelächter gelegt hatte, fragte Tarquinius, in welcher Art der Herr Centurio nun seinen Befehl auszuführen gedenke.

»Gar nicht«, gab dieser offen zu. »Wenn Ihr Euch in Puteoli befinden würdet, so hätte mir die ›Augusta‹ zweifellos eine ganze Kohorte Prätorianer mitgegeben. Hier in Berytus jedoch, weit weg von Roma, bin ich mit diesem wunderbaren caesarischen Schreiben – allein!«

Nein, die örtlichen Behörden würde er nicht um Amtshilfe bitten. Nur um seinen Kopf machte er sich berechtigte Sorgen. Es lag für ihn daher nahe, einfach hier zu bleiben und sich den Legionen des Herrn Flavius Vespasianus anzuschließen. Zwei Jahre später sahen wir ihn nochmals, zum Tribun aufgerückt, während des Triumphzuges von Herrn Titus Flavius über das Forum reiten.

Von all den Caesaren jener Epoche war Aulus Vitellius ohne jede Frage der unfähigste!

Wen mag es daher wundern, dass nicht nur das Militär, das Caesar Vitellius ohnehin verachtete, sondern auch das Volk Romas in Scharen zu jenem »Caesar« überlief, der am 1. Juli 822 von den Legionen zunächst in Aegyptus, zwei Tage später auch in Syria und Judaea ausgerufen wurde, zumal sich nicht allzu lange danach auch noch die Legionen entlang des Flusses Danuvius in Raetia, Noricum und Pannonia, mit durchaus höchst wohlwollender Duldung der Truppen in Moesia, Dacia und Illyricum, für ihn erklärten.

Herr Flavius Vespasianus, wir hatten ihn beim letzten Symposion des Herrn Petronius Arbiter kennen gelernt, galt als aufrechter, kluger, sparsamer – wenn auch nicht geiziger – und vor allem als außerordentlich tatkräftiger Mann. Zwar stammte er nicht aus den ersten Familien Romas, doch seine Legionen trugen ihn auf Händen.

Aus den Rangeleien des letzten Jahres um den goldenen Lorbeerkranz Caesars hatte er sich herausgehalten. Erst als ihn seine Vertrauten und Soldaten buchstäblich auf Knien bestürmten, das Ruder des übel schlingernden Staatsschiffes in die Hände zu nehmen, gab er deren Ansinnen nach.

Im Augenblick allerdings war »Caesar« Vespasianus mehr als beschäftigt mit dem jüdischen Aufstand, der von Tag zu Tag schlimmer ausuferte. So schickte er zunächst nur seinen besten und zuverlässigsten Legaten, Herrn Aemilianus Mucianus, nach Italia, doch als dieser ankam, hatten die Danuvius-Legionen bereits alles geklärt:

Bei Cremona, ausgerechnet dem Ort seines Sieges über Caesar Otho, erlitten am 24. Oktober die Truppen des Caesar Vitellius – sofern sie nicht ohnehin schon desertiert und übergelaufen waren – eine vernichtende Niederlage. Der Vorschlag, wenigstens die Pässe des Apennin sperren zu lassen, war mangels noch loyaler Soldaten undurchführbar.

Am 20. Dezember stürmten die Danuvius-Legionen über die Via Flaminia, entlang dem Ufer des Tiberis und über die Via Salaria nach Roma hinein.

Caesar Vitellius wollte zunächst durch einen Hinterausgang des Palastes in das Haus seiner Gemahlin auf dem Mons Aventinus flüchten, zog es dann aber vor, sich in einer Pförtnerkammer zu verkriechen, deren Tür er mit einem Bett und einer Matratze verbarrikadierte.

Wenig später wurde er dort aufgestöbert. Seine wimmernden Bitten um »Verhandlungen« verhallten ungehört. Man riss ihm die Kleider herunter, band ihm einen groben Strick um den fetten Wanst, schleppte ihn so durch die Stadt und über das Forum. Er wurde getreten und blutig geschlagen. Man zwang ihn zuzusehen, wie seine Statuen gestürzt und in Stücke geschlagen wurden. Er wurde vom Volk mit Pferdeäpfeln und Straßenkot beworfen. Frauen piekSten ihm ihre langen Haarnadeln tief ins Fleisch und schnitten ihm die Hoden ab. Als man Caesar Vitellius endlich den Kopf abhackte und seinen Leib mit einem Fleischerhaken in den Tiberis zerrte, war dies zweifellos sogar eine letzte Gnade.

Die »Augusta« Haica wurde zwei Tage später aus einem Kellerloch gezogen, des Hochverrats angeklagt und auf dem Forum öffentlich zu Tode gegeißelt – ein Schicksal, das wir ihr, bei allen Vorbehalten, wahrlich nicht gewünscht haben.

LUDUS XIV

Im Schatten des Aufstands

Retiarius

März des Jahres 821 bis Oktober des Jahres 822 *ab urbe condita*.
Im einzigen Regierungsjahr des erhabenen Caesars Vitellius
und im 1. Regierungsjahr des erhabenen Caesars Vespasianus.
(69 n. Chr.)

Herr Volsinius, der Haruspex, hatte aus Blitzen, Vogelflug und der Leber eines geopferten Schafes für das Jahr 821 *ab urbe condita* Übelstes vorhergesehen; erst in den letzten Monaten würde ein Hoffnungsschimmer aufleuchten. Um diesen Teil der Prophezeiung vorauszusagen, hätte es freilich keiner Sehergaben bedurft. Für 822 sah er allerdings den Anbruch ausgesprochen »goldener« Zeiten voraus.

Für uns von Felix Felix, hatte er gewarnt, würden sich in diesem Zeitraum die Dinge jedoch ausgesprochen schlimm gestalten.

Ende März konnten wir zwar noch keinen Silberstreif am politischen Horizont entdecken, uns aber traf tatsächlich der erste brutale Schlag bei den Spielen in Antiochia:

Fulmina ist tot!

Sie starb an ihrem eigenen Hochmut.

Fulmina Britonica Felix, wie ihr kompletter Arena-Name hieß, das weibliche Kampfmonster, das mit mir zusammen einst nach Puteoli kam und bald schon zum Schrecken aller Ludi wurde.

Und in gewissem Sinne auch zum Schrecken aller jungen und auch nicht mehr ganz so jungen Männer, die in ihre Klauen gerieten – ich weiß es, denn ich hatte es seinerzeit sogar drei Nächte ausgehalten – und die sie unbarmherzig auslaugte, bis sie am nächsten Morgen mit wackelnden Knien aus ihrem Schlafgemach wankten. Erst der schnauzbärtige Bato hatte es geschaft, mit ihr eine echte, dauerhafte Beziehung aufzubauen.

Wenn Fulmina, das lange, an der Spitze stumpfe Hauschwert – das eigentlich zu einem *Essedarius* gehört – und ihren großen Schild schwingend, in eine Arena stürmte, dass der feuerrote Haarwust unter dem Helm hervorflatterte und die üppigen Brüste, nur notdürftig unter dem Pectorale eines *Provocator* verborgen, wogten, heulte die Menge vor Begeisterung!

Sie hatte, entgegen all unseren Regeln, nur knapp ein halbes Jahr in der Schule von Felix Felix trainiert, ehe sie erstmals in eine Arena polterte.

Zwei Jahre später brüllte der Pöbel so laut, dass dem Veranstalter jener Spiele keine Wahl blieb, als sie offiziell freizukaufen und ihr das »Stockschwert« zu überreichen.

Sie lachte damals und machte als »Freie« – nur kurz durch Schwangerschaft und Geburt ihres Sohnes Fulmen behindert – unbarmherzig weiter, und der Mob johlte vor Vergnügen, wenn sie einen schwerbewaffneten *Murmillo* oder *Thraex* zusammendrosch.

Fünfzehn Jahre – mit Ausnahme von Tarquinius länger als irgendein Gladiator, den ich kenne oder von dem ich gehört habe – war sie dabei, und ihre Siegespalmen und Kränze waren längst nicht mehr zu zählen.

»Prügeln, fressen, ficken«, das war ihr Lebensinhalt, in ihrer Freizeit garniert mit kostbaren Kleidern und noch kostbarerem Schmuck, die ihr, wie schon gesagt, nicht standen und nicht zu ihr passten – was ihr zu sagen nie jemand von Felix Felix übers Herz gebracht hatte.

Auch jener *Provocator*, ein Typ ihrer eigenen Klasse, bei den Spielen in Antiochia im März des Jahres 821 hatte sich, nach mehreren schweren Schlägen auf seinen Helm, jämmerlich im Sand der Arena kniend, hinter seinem Schild verkrochen.

Jedem im Rund der Arena war klar: Der ist erledigt! Und da er in seinem Kampf nicht allzu viel Mut oder Können bewiesen hatte, brüllten viele: »*Jugula!*« – »Stich ihn ab!«, manche bereits gar schon: »*Hoc habet!*« – »Der hat's!«, der Schrei, der beim Tod eines Gladiators stets aufbrandet.

Doch noch hatte der Mann nicht Schild und Waffe weggeworfen. Noch hatte er nicht seinen Zeigefinger als Zeichen der Ergebung ausgestreckt. Noch hatte der *Prima Rudis*, der Schiedsrichter, nicht seinen schützenden Stab über ihn gestreckt.

Fulmina freilich war sich ihres Sieges gewiss! Sie wandte sich um, schwang ihre Waffen dem begeistert kreischenden Publikum entgegen – und vergaß dabei eine der Grundregeln jedes Gladiators, die da heißt: »Hüte dich vor den Verwundeten! Denn einer, der nichts mehr zu verlieren hat, ist doppelt gefährlich!«

So rappelte sich auch dieser offenkundig, jedoch nicht offiziell Besiegte noch einmal auf und stieß sein Schwert der vermeintlichen Siegerin tief in den Rücken.

Fulmina war vermutlich schon tot, ehe ihr Körper in den Sand stürzte, und ganz gewiss, ehe ihr der besiegte Sieger seine Klinge durch die Kehle zog.

Hatte das Orakel von Dodona ihr dieses Ende vorausgesagt? Höchstwahrscheinlich!

Aber hatte die Seherin ihr dieses Ende prophezeit, weil sie es so kommen sah? Oder nahm Fulmina dieses Ende, weil es das Orakel ihr so vorhergesagt hatte? Wer soll das schon wissen?

Die Urne mit ihrer Asche bargen wir zunächst im Laderaum der *Windsbraut von Salamis*, um sie daheim im Totenhain von Felix Felix mit allen gebührenden Ehren beisetzen zu können.

Ein Laderaum, der, nebenbei bemerkt, inzwischen zu mehr als der Hälfte mit erlesensten Kunstschätzen gefüllt war, die Tarquinius auf der Reise erworben hatte …

In jenen Märztagen in Antiochia verloren wir übrigens mit Fulmina nicht nur einen, sondern gleich zwei unserer *Primi Pali*:

Mit Bato, ihrem Geliebten, war seit Fulminas Tod nichts mehr anzufangen!

Dass er aufhörte sich zu waschen und bald schon stank wie ein Aas, dass er sich neben seinem buschigen Schnauzbart einen struppigen Vollbart stehen ließ, dass sein Haupthaar in verfilzten Strähnen um seinen Kopf flatterte, all das hätten wir hingenommen.

Aber Bato trank seit jenem Tag nicht, er *soff*! Hemmungslos! Er schüttete den aus Weintrauben und Weintrester gebrannten, von den Griechen als »Usos« bezeichneten Schnaps nicht nur becher-, sondern flaschenweise in sich hinein und erschien bereits zum Frühstück torkelnd und lallend – wobei nur nicht ganz klar erschien, ob er *noch* oder *schon wieder* betrunken war.

Solch einen Mann in einen Kampf zu schicken war für uns undenkbar!

So war auch Tarquinius eindeutig und unerbittlich:

Wenn sich Bato umbringen wolle, dann sei das seine persönliche Entscheidung. Allerdings solle er sich dann – bitte! – einen Dolch ins Herz stoßen, sich die Pulsadern aufschneiden oder sich aufhängen. Auf jeden Fall aber sei eine Arena, wo er Felix Felix blamieren würde, eindeutig der falsche Platz!

Damals rülpste Bato nur und genehmigte sich einen weiteren langen Schluck Usos.

Eine Arena hat er tatsächlich nie wieder betreten.

Heute ist er so trocken wie die Wüsten in Aegyptus und Cyrene, und trotz aller Meinungsverschiedenheiten ein gern gesehener Gast in Felix Felix.

Das Orakel von Dodona hatte auch bei ihm die Wahrheit gesagt …

Zunächst tingelten wir über Apamae, Palmyra und Emesa nach Tripolis. Der Alltag schien wieder eingekehrt, auch wenn wir Fulmina schmerzlich vermissten – und auch Bato, der, ehe er in die Schnapsflasche fiel, ein durchaus erstklassiger *Murmillo* gewesen war.

Unsere *Primi Pali* – Purpureus, Leoparda, Dardanus, Rattus und die Zwillinge Kastor und Pollux – waren allemal für einen Kranz oder wenigstens eine Palme gut. Unsre inzwischen hervorragend trainierten und Arena-erfahrenen *Secundi Pali* schlugen sich tadellos, auch wenn keiner davon das persönliche Format hatte, in die Gruppe der *Primi Pali* aufzurücken.

Schon in Antiochia war der jüdische Aufstand weiter südlich in aller Munde gewesen.

Vor allem wurde darüber spekuliert, ob die bis aufs Messer verfeindeten Parteien in Jerusalem irgendwie doch noch zu einer Einigung kommen oder sie sich gegenseitig bis zum letzten Mann ausrotten würden, ehe die Römer ernsthaft eingreifen mussten?

Und wer würde, wenn überhaupt, die Oberhand behalten?

Die Herodianer, die jüdischen Schattenkönige von Romas Gnaden? König Herodes Agrippa war ein schwächlicher Dummkopf und seine Schwester Drusilla eine verschreckte Maus in prächtigen Gewändern. Seine andere Schwester, Berenice, hingegen galt nicht nur als eine ungewöhnlich schöne, sondern auch als kluge und willensstarke Frau. »Ein wahrer König im falschen Körper!«, sagten viele. Ob der Körper denn wirklich so falsch war, bleibe dahingestellt, denn wie es einst die Ägypterin Cleopatra verstanden hatte, Gaius Julius Caesar und Marcus Antonius – immerhin zwei der mächtigsten Männer ihrer Zeit – in ihren Bann zu schlagen, so war nunmehr Herr Titus Flavius, der Sohn des Herrn Flavius Vespasianus, offenbar rettungslos der schönen Jüdin verfallen. In Jerusalem hatten die Herodianer freilich längst nichts mehr zu melden, und wer nicht als erklärter »Römerfreund« umgebracht worden war, der war längst nach Caesarea, Antiochia oder noch weiter geflohen.

Die liberalen Sadduzäer, aus denen sich noch vor kurzer Zeit der größte Teil des »Hohen Rates« und der »Ältesten« zusammengesetzt hatte, waren von den Extremen so gut wie ausgerottet worden, sofern sie nicht hatten fliehen können. Sie setzten eindeutig auf einen Frieden mit Roma, wie er auch lange bestanden hatte. Gewiss, so ihre Meinung, würde man das eine oder andere Recht opfern müssen, vielleicht sogar die eine oder andere Person, wenn nur das Volk und dessen wesentliche Eigenheit überlebten. Vor rund vierzig Jahren waren sie schon übereingekommen, dass man besser einen Schuldlosen kreuzigen lassen solle, als dass »das Volk zugrunde gehe«.

Aus der Sicht von Rabbi Salomon aus Dodona waren diese *halb*-, wenn nicht in Wahrheit gar ungläubigen Sadduzäer für einen echt strenggläubigen Pharisäer wie ihn ein massives Ärgernis! Trotzdem hätte er sie damals tausendmal lieber an der Macht gesehen als jene, welche tatsächlich die Macht hatten oder sie zumindest beanspruchten – die Fanatiker und jene, die sich bei einem Sieg reichlich Beute und Ehrenstellen versprachen:

In der Lautstärke allen voran waren dies die fanatischen Zeloten, die »Eiferer«, an deren Spitze zwei Männer namens Dalai, einer der »Ältesten«, und Meir ben Belga standen, die von ihrer militanten Geheimorganisation, den »Sicarii« – genannt nach der Sica, dem Krummschwert –, jedweden aus dem Weg räumen ließen, der irgendwie im Verdacht stand, nicht ihrer Meinung zu sein.

Ihnen nahe stand wohl, wenn auch nicht ganz so wütend religiös, der Befehlshaber der »Tempelwache«, dessen Name als Eleazar genannt wurde und der wohl Sohn und Enkel von Hohenpriestern war.

Die Zeloten und die weitgehend gleichgesinnten Tempelwachen nebst den Sicarii hielten vor allem den inneren Teil des Tempelbezirks zu Jerusalem mit dem Allerheiligsten und den umliegenden Höfen und Hallen besetzt.

Extrem glaubensstreng waren auch die Pharisäer, wie Rabbi Salomon in Dodona uns schon berichtet hatte. Sie bemühten sich, die Lehren des Moses – samt all den über die Jahrhunderte dazu gekommenen Meinungen und manchmal sogar zweifelhaften Auslegungen – aufs Genaueste zu befolgen. Sie waren wohl wahrhaft »Gerechte«, worauf sie sich eine Menge einbildeten, aber ohne jeden Zweifel in ihrer Sturheit auch *ehrliche* Leute. Doch ohne »den Dolch im Kaftan«, wie sich Rabbi Salomon ausgedrückt hatte, waren die »Rechtgläubigen« im Machtspiel zu Jerusalem chancenlos.

Splittergruppen wie die friedfertigen Essener oder auch die Christiani – genau genommen ja auch nur eine jüdische Sekte – spielten in Jerusalem keine Rolle.

»Galiläer«, die Bewohner des nördlichen Teils der Provinz Judaea, waren – obwohl sie den gleichen Gott anbeteten, ihm die gleichen Opfer im gleichen Tempel zu Jerusalem darbrachten – von den »jüdischen Juden« im Kernland stets mit heftigstem Misstrauen beobachtet worden. Selbst den Leuten aus Samaria, zwischen Judaea und Galiläa gelegen, traute ein ›echter‹ Jude nicht über den Weg.

Jeshua – lateinisch »Jesus« – der jüdische Rabbi, den die Christiani als Gottessohn und Erlöser verehren – was immer das bedeuten mag –, hatte sich seinerzeit mit einer Parabel gewaltig in die Nesseln gesetzt:

Ein Priester und ein Levit seien an einem unter die Räuber gefallenen Schwerverwundeten hochmütig vorübergerauscht, bis sich ein Samariter schließlich des Mannes erbarmte und ihn, sogar finanziell durchaus großzügig, rettete.

Eine von den Christiani nur zu gerne zitierte Geschichte! Christiani, die nicht aus dem Jüdischen zu dieser Glaubensgemeinschaft gestoßen waren, erzählten die Geschichte als die eines braven Mannes aus einer scheel angesehenen Volksgruppe. Rabbi Salomon freilich hatte uns erklärt, dass der Priester und der Levit gar keine andere Wahl gehabt hätten, als vorüberzugehen; denn sie waren auf dem Weg zum Tempeldienst, und da war es ihnen streng verboten, beispielsweise Blut zu berühren, wenn sie für dieses Jahr nicht vom heiligen Dienst ausgeschlossen werden wollten. Was damals die Strenggläubigen so empört habe, war also die indirekte Aufforderung des Rabbi Jeshua, den Dienst am Nächsten höher zu stellen als den Dienst im Tempel Gottes!

Die Galiläer mit ihrem »Messias« Jochanaan von Gischala an der Spitze, stellten in Jerusalem derzeit wohl die stärkste Fraktion. Sie hielten nicht nur Teile der Stadt, sondern vor allem die äußeren Säulenhallen des Tempelbezirks und die mächtige Festung Antonia an dessen Nordwestecke besetzt, von wo aus sie sich in den äußeren Tempelhöfen fast täglich heftige Kämpfe mit den Zeloten lieferten.

Der Räuberhauptmann Simon ben Gioras war seinerzeit ebenfalls zum »Messias« ausgerufen worden, schließlich aber etwa vor Jahresfrist gegen Zahlung einer immensen Summe samt seinen disziplinlosen Banden aus Jerusalem abgezogen. Mit dem Versprechen einer noch viel gewaltigeren Summe hatten ihn die Zeloten nun wieder nach Jerusalem zurückgeholt, als Hilfe wider die Galiläer. Und Simon ben Gioras kam mit zwanzigtausend Mann nur zu gerne, dachte aber gar nicht daran, den Zeloten zu helfen, sondern nistete sich in der Oberstadt und dem Palast der Herodianer ein, von wo aus er mit Raub, Plünderung und Vergewaltigung die Bürger terrorisierte.

So waren es nun in Jerusalem drei, statt zwei sich bekämpfende Parteien.

Als wir Mitte Juni in Berytus ankamen, waren wir offenkundig genau im rechten Augenblick am rechten Platz!

Die ohnehin reiche und geschäftige Stadt, einst wie Tripolis und Tyrus von den Phöniziern gegründet, schwappte förmlich über von Menschen und Waren und Lärm.

»Der Legat in Judaea, Herr Flavius Vespasianus, ist am 1. des Monats von den Legionen in Aegyptus zum Caesar ausgerufen worden!«

»Schon am 3. haben sich seine eigenen Legionen in Caesarea angeschlossen!«

»König Herodes Agrippa hat sich bedingungslos an seine Seite gestellt!«

»Die Fürsten des Landes stehen fest und treu zu ihm!«

Nun ja, zumindest solange er Erfolg hat, schränkte ich in Gedanken ein.

»Und am 15. Herr Aemilianus Mucianus, der Legat von Syria mit seinen vier Legionen!«

So schrie man uns von allen Seiten die neuesten Neuigkeiten zu. Und überall brüllten die Leute begeistert: »*Ave Caesar*! Hoch lebe Caesar Vespasianus!«

Ohne jeden Zweifel war dies die beste politische Nachricht, die wir seit langem gehört hatten!

Nach den bemühten, aber glücklosen Caesaren Galba und Otho, und den unfähigen Caesaren Nymphidius und Vitellius, hatte Herr Flavius Vespasianus zweifellos das persönliche Format zu einem wahrhaft guten Caesar! Ein fraglos besseres als all die

Caesaren aus der *Gens Julia* und *Gens Claudia* – natürlich mit Ausnahme von Caesar Octavianus Augustus und Caesar Tiberius – zusammen genommen!

Und er hatte eine echte Machtbasis!

Hinter ihm standen die Truppen aus dem Osten und dem Südosten des Imperiums, nicht nur ein paar Legionen aus Hispania wie bei Galba und Otho, ein paar entlang des Rhenus wie bei Vitellius, oder gar nur die ohnehin wankelmütigen und ausschließlich auf Geld erpichten Prätorianer wie bei Nymphidius. Als nicht allzu lange später bekannt wurde, dass sich auch die Legionen aus Raetia, Noricum und Pannonia auf seine Seite geschlagen hatten, war jedermann klar, dass der goldene Lorbeerkranz auf seinem Haupt nicht mehr wackeln würde.

Das größte Problem für Caesar Vespasianus stellte jedoch der jüdische Aufstand dar, der den größten Teil seiner loyalen Truppen band.

Die Machtverhältnisse in Roma klärten zwar die Danuvius-Legionen. Doch die echte »Bewährungsprobe« stand und fiel für den neuen Caesar mit der Frage, ob er den jüdischen Aufstand im Sinne Romas in den Griff bekommen konnte oder nicht.

Und das war mehr als schwierig: Er stand nicht nur einer fanatisierten Masse gegenüber, welche zahlenmäßig weit über das Doppelte seiner eigenen Leute ins Feld zu bringen vermochte. Jerusalem, die Hochburg der Aufständischen, war, geschützt von tiefen Tälern und steilen Felsabbrüchen, von drei Seiten militärisch schlicht unangreifbar. Allenfalls von Norden mochte sich ein zu allem entschlossener Angreifer Bahn in die Stadt brechen, die dort allerdings mit zwei gewaltigen Festungsmauern geschützt war.

Und selbst wenn ihm dies gelingen sollte, so hatte er noch lange nicht die Hoheit über den Tempelberg – halb Gotteshaus, halb Festung und nach Meinung aller Experten absolut »uneinnehmbar«!

Vor gut einem Menschenalter hatte König Herodes, genannt »der Große«, es verstanden, zunächst stets auf der »falschen«

Seite zu stehen – gegen Gaius Julius Caesar auf der Seite des Gnaeus Pompeius, gegen Octavianus Augustus auf der Seite des Marcus Antonius. Nicht durch Kriecherei, sondern dadurch, dass er sich hinstellte und offen bekannte: »Ich habe auf die falsche Seite gesetzt, jedoch nur, um für mein Volk das Beste zu erreichen«, erwarb er sich Sympathien und mit seiner dann geschworenen und tatsächlich unverbrüchlichen Treue das Vertrauen der Sieger.

So hatte er, ehe ihn »Würmer bei lebendigem Leib zerfraßen« – eine Krankheit, die auch seine Nachfolger ereilte –, die Erlaubnis erhalten, den jüdischen Tempel in Jerusalem in neuem Glanz wiederaufzubauen, nachdem sich der von König Salomon erbaute Tempel Jahrhunderte lang, nach der Zerstörung durch die Babylonier, eher bescheiden dahingefrettet hatte.

Der Tempel des Herodes war größer, prachtvoller und vor allem wehrhafter als alles, was seinerzeit König Salomon gebaut haben mochte.

Mit der Burg »Antonia« in der Nordwestecke des Tempelbezirks schuf er freilich auch ein unerbittlich kontrollierendes, den Tempel beherrschendes Bollwerk für seine römischen Freunde. Dass dieses nunmehr durch die Fehler der Legaten Gessius Florus und Gestius Gallus vor nicht allzu langer Zeit in die Hand der Juden geriet, war nicht seine Schuld …

So hing letztlich der goldene – und vor allem nicht alsbald welkende – Lorbeerkranz eines Caesars für Herrn Flavius Vespasianus an einer schwer eroberbaren Stadt und an einem, nach Expertenmeinung, absolut unmöglich eroberbaren Tempelberg!

Der Hoffnung, die verschiedenen jüdischen Fraktionen in der Stadt würden sich so weit gegenseitig zerfleischen, dass damit eine Rückeroberung und erneute Besetzung Jerusalems wesentlich erleichtert würde, gab sich Herr Flavius Vespasianus nicht hin. Der Kampf um Jerusalem würde hart, blutig, brutal und grausam werden. Und die Stadt würde eher durch Hunger als durch die Schwerter noch so tapferer Legionäre fallen.

So war zunächst die Strategie des Herrn Flavius Vespasianus eine doppelte:

Seine Truppen schnürten die Schlinge um Jerusalem enger und enger. Jeder, der in die Stadt hinaufwollte, durfte ungehindert passieren – doch niemand durfte mehr zurück! Je mehr Menschen sich in der Stadt sammelten, umso schneller mussten dort die Vorräte ausgehen!

Und er rollte eine bisher noch nie gesehene Kriegsmaschinerie an: Waffen aller Art, Zelte und Proviant für die Truppen, Katapulte und anderes Belagerungsgerät wurden ohne Rücksicht auf Kosten herangeschafft.

Und da die Häfen von Tyrus und Caesarea die Masse der Schiffe samt ihrer Ladung nicht mehr fassen konnten, wimmelte es auch im Hafen von Berytus von Frachtern, die, sehr zur Freude der ansässigen Kaufleute, tagtäglich ihre Ladung an Land spien, um sie auf dem Landweg entlang der Küste nach Caesarea zu bringen, wo sich die Truppen des Herrn und nunmehrigen Caesar Vespasianus sammelten.

Für uns natürlich war von besonderem Interesse, dass Herr Vespasianus – genauer gesagt, sein »Verbündeter«, der Judenkönig Herodes Agrippa – anlässlich der Caesaren-Proklamation überall im Land für das Volk, insbesondere jedoch selbstverständlich für die schon versammelten Truppen, glanzvolle Spiele veranstalten ließ.

Kämpfer aus einer allgerühmten Schule wie Felix Felix waren da nahezu unbezahlbar!

Und wo es derart viel Geld zu verdienen gab, dort fehlten natürlich auch die Leute vom Ludus Julianus aus Capua nicht!

»Geier, die sich um ein Aas sammeln!«, knirschte Rattus.

Er musste sich dann freilich von Tarquinius korrigieren lassen: »Und wir sind dann wohl sanfte Spätzlein, welche die Körnchen picken, die unter die Tische der Reichen fallen?«

Die Spiele in Berytus Mitte August verliefen für uns wie gewohnt mit Palmen und Kränzen für unsere *Primi Pali*.

Erstmals bei diesen Spielen durften auch die beiden Amaranthus-Söhne, Aurius und Leo, als *Murmillo* und *Thraex* »ernsthaft« in eine Arena.

Sie waren so brillant, dass das Publikum ihnen sogar verzieh, den Kampf bereits nach jeweils knapp fünf Minuten für sich entschieden zu haben. Daran würden wir entschieden noch arbeiten müssen! In einem Gladiatorenkampf ging es schließlich nicht nur um Sieg oder Niederlage, sondern auch um ein für den Pöbel ergötzliches Spektakel!

Die *Jugulatio*, den Todesstich in die Kehle des unterlegenen Gegners, hatten beide präzis und emotionslos gesetzt. Wurde ich langsam »weich«, weil mich das irgendwie störte?

Ich hatte unwillkürlich zu Tarquinius hinübergesehen, der neben mir in der Lanista-Loge saß, und ahnte in seinem undurchschaubaren Gesicht ein ähnliches Empfinden.

Folgen hatte der Kampf zwischen Leoparda und einem *Provocator* mit dem Arena-Namen Hannibal aus dem Ludus Julianus:

Leoparda hatte mit ihrer Lanze das Augengitter des *Provocator*-Helms durchstoßen und den Mann voll ins rechte Auge getroffen.

Während Leoparda ihren Sieg feierte, erhielt Hannibal seine *Missio*, da er bis zu diesem Zeitpunkt wahrlich mehr als tapfer gekämpft hatte.

So weit so gut und völlig normal im Gladiatorenalltag.

Keineswegs üblich war, dass Hannibal, sein rechtes Auge dick verbunden, nach knapp drei Tagen in unserem Quartier erschien und fragte:

»Habt ihr irgendeine ehrlich bezahlte Arbeit für mich?«

Er war neunzehn Jahre alt. Seit gut drei Jahren war er dabei mit sechs Palmen und zwei Kränzen, einem »*Stantes missi*«, also einem Unentschieden, und nur einer *Missio*, eben in jenen letzten Kampf vor drei Tagen.

»Sie«, – das waren die Leute von Ludus Julianus – »haben

mich ›freigelassen‹«, berichtete er. »Anders ausgedrückt: Sie haben mich auf die Straße gesetzt, weil ich ihnen nicht mehr nutze! Die ›Freilassung‹ ist nichts als ein schäbiger Trick, sich nicht mehr um mich kümmern zu müssen!«

Dass sich manche Schulen auf diese Weise ihrer verletzten, nicht mehr Arena-tauglichen Gladiatoren entledigten, war uns bekannt, und dass die Julianus-Leute dazugehörten, wunderte uns eigentlich kaum.

»O ja«, fuhr Hannibal inzwischen fort, »sie haben mir angeboten, als ›freier und für seine Dienste bezahlter‹ *Platzwart* – das ist der, der im Übungshof den Sand wieder glattrecht – oder als *Hauswart*, der Stockwerk für Stockwerk die vollen Scheißekübel auslehren darf, weiter in Ludus Julianus zu arbeiten!

Ich bin bereit, Böden zu schruppen und Scheißekübel zu leeren!«, schrie er. »Aber nicht bei den Julianus-Arschlöchern!«

»Was hast du denn gelernt? Ich meine, außer zu kämpfen?«, fragte Purpureus ruhig.

»Irgendwelchen Kerlen meinen Hintern hinhalten!«, fauchte Hannibal und erklärte: »Ich war sieben, als mich Julianus gekauft hat. Wenn ich nicht gerade als Lustknabe benötigt wurde, durfte ich in der Küche Geschirr abspülen. Mit vierzehn hat man mir das Kämpfen beigebracht und mich mit fünfzehn erstmals in die Arena geschickt. Das ist alles, was ich ›gelernt‹ habe!«

»Nun, Hannibal …«, setzte Telemachos freundlich an, doch der junge Mann fuhr aufgebracht dazwischen:

»Nenne mich nicht so! Ich will diesen verdammten Julianus-Namen nie wieder hören!«

»Soll ich dich dann vielleicht *Monophthalmos*, ›Einauge‹, nennen?«, fragte Telemachos.

Bei dem offenbar hitzigen Temperament des jungen Mannes hatten wir eigentlich mit einem wütenden Protest gerechnet, doch der blieb überraschend ruhig.

»Ja, weshalb eigentlich nicht?«, meinte er nachdenklich. »Zumindest ist der Name durchaus passend«, und fuhr dann, an Telemachos gewandt, fort: »Vergib, ich habe dich unterbrochen …«

»Nun, ich wollte sagen: Um beispielsweise Wein auszuschenken«, erklärte dieser freundlich, »und dir dabei die kleinen, alltäglichen Sorgen und Probleme deiner Kunden anzuhören, braucht man nichts ›gelernt‹ zu haben. Mach doch irgendwo eine kleine Taverne auf und …«

»Und mit welchem Geld soll ich das bezahlen?«, blaffte Monophthalmos zurück.

»Du hast bislang acht tadellose Siege, ein ›*Stantes missi*‹ und nur eine Niederlage zu verbuchen«, mischte sich Tarquinius in das Gespräch. »Da dürfte doch einiges an Prämien, Preisgeldern und Geschenken angefallen sein, zumindest auf einen Teil deren du Anspruch hast. Vor ein paar Jahren hat Caesar Nero sogar ein entsprechendes Gesetz erlassen …«

»An welches man sich selbstverständlich im Ludus Julianus buchstabengetreu hält!«, bestätigte Monophthalmos zornig. »Selbst für meine Dienste als Lustknabe mussten die Gladiatoren – natürlich nicht die großen Tiere – bezahlen.«

»Und?«, munterte ich Monophthalmos auf weiterzusprechen, als er stockte.

»Und deswegen«, schrie der junge Mann, »schulde ich Ludus Julianus nur noch rund fünfzigtausend Sesterzen, wie man mir gestern vorrechnete, die man mir jedoch großzügig bei meiner Freilassung erließ! Man hat mir sogar fünfhundert Sesterzen ›Überbrückungsgeld‹ geschenkt, damit ich mir ›eine neue Zukunft‹ aufbauen kann!«, rief er, wobei er ein mehr als schmalbrüstiges Geldbeutelchen auf den Tisch warf.

»Langsam! Langsam!«, fiel Purpureus wieder ein. »Wieso *schuldest* du Julianus etwas? Noch dazu eine derartige Summe?«

»Hast du eigentlich eine Ahnung«, fragte Monophthalmos mit mühsam verhaltener Stimme, »was das alles kostet: all das Essen – Bohnen- und Linseneintopf oder zur Abwechslung Linsen- und Bohneneintopf? Und die Pritsche im Schlafsaal, die so kurz ist, dass man sich darauf kaum ausstrecken kann? Gar das Kämmerchen von fünf Halbschritt Länge und drei Halbschritt Breite, auf die man als erfolgreicher Gladiator Anspruch hat? Die Ausbildung? Die Ärzte, welche die unvermeidlichen Schürfwunden und blauen Flecken verpflastern oder eine Darmgrippe kurieren? Die zerbrochenen Übungsschwerter und verkratzten Schilde, von Schäden an der teuren Arena-Ausrüstung ganz zu schweigen? Die

Reisekosten zu irgendwelchen Spielen? Der Anteil für das Arenaorchester, die Fahnen, die Geschenke an die Editores und alles andere, was zur optimalen Darstellung einer Schule und damit auch ihrer Gladiatoren gehört?«

»Und das alles hat man *euch* aufgerechnet?«, entsetzte sich Tarquinius.

»Fragt doch Bato!«, rief Monophthalmos. »Der kennt schließlich den Laden gut genug!«

Bato, den Göttern sei gedankt in diesem Moment nahezu nüchtern, bestätigte dies in vollem Umfang. Männer, die unter Umständen sechs, sieben oder acht Jahre für Ludus Julianus gekämpft und gesiegt hatten, wurden, wenn sie verletzt oder einfach zu alt waren, in die »Freiheit« entlassen, genauer gesagt mittellos auf die Straße geworfen. »Weshalb«, meinte er, »rekrutieren sich beispielsweise die Verbrecherbanden in Roma zu einem so hohen Anteil aus ehemaligen Gladiatoren? Weil diese von Natur aus so bösartig sind oder weil sie schließlich von irgendetwas leben müssen?«

Dass sich die Lanistae in manchen Schulen und Kasernen schamlos bereicherten, während sie ihre Männer schlechter hielten als ihre Pferde und Hunde, hatten wir gewusst. Aber dass es beispielsweise im Ludus Julianus *so* schlimm war, hatten nicht einmal wir geahnt.

»Ich strecke dir das Geld für eine Taverne vor – zahl es zurück, wann du kannst!«, bot Leoparda spontan an.

Monophthalmos explodierte förmlich. Er sprang auf, drosch die Faust auf den Tisch und brüllte:

»Ich will dein Geld nicht! Und schon gar nicht dein Mitleid, blöde Fotze!« Sich dann etwas mäßigend: »Ich will eine ehrliche Arbeit, und wenn es Scheißekübel leeren ist! Aber verschont mich mit Almosen!«

Schließlich fuhr er achselzuckend fort:

»Verzeiht, wenn ich eure Zeit gestohlen habe. Irgendwo werde ich schon etwas finden …«

Damit wandte er sich zum Gehen, als Herr Volsinius ruhig fragte:

»Weshalb tust du nicht ganz einfach weiter das, was du kannst?«

»Was *kann* ich denn?«, blaffte Monophthalmos.

»Als Gladiator kämpfen. Du bist jung, frei und kannst innerhalb von ein paar Jahren zweifellos damit ein kleines Vermögen erwerben.«

»Was ist denn der für ein zahnloser Komiker?«, zischte Monophthalmos wütend.

»Dieser ›Komiker‹«, gab Tarquinius Bescheid, »ist Herr Volsinius, ein hochberühmter Haruspex und Seher. Er mag zwar keine Zähne mehr haben, aber sei versichert, sein Verstand hat dafür umso mehr Biss!«

Der junge Mann machte eine kleine, leicht ironische Verneigung in Richtung des Herrn Volsinius:

»Vergebt mir den ›Komiker‹, aber es scheint Euch entgangen zu sein, dass ich nur noch ein Auge habe.«

»Mitnichten!«, lächelte der Haruspex freundlich. »Und ich darf Euch versichern, dass im Gegensatz zu meinen Zähnen mit meinen Augen – und auch meinen inneren Augen! – alles in bester Ordnung ist!«

»Setz dich wieder hin!«, forderte Leoparda den Einäugigen auf und tätschelte kameradschaftlich seinen Arm. Auf seinen überrascht freudigen Blick hin schränkte sie allerdings sofort ein:

»In den Ausschnitt gucken ist erlaubt. Anfassen streng verboten! Ich sehe aus wie eine Frau, aber ob ich eine bin, wissen vermutlich nur die Götter. Für den, der das respektiert, bin ich jedoch ein durchaus akzeptabler Kamerad …«

Monophthalmos lief in der Tat dunkelrot an und murmelte: »Entschuldige das wegen der ›Fotze‹ eben …«

»Das habe ich gar nicht gehört«, lachte Leoparda freundlich.

»Die Idee von Herrn Volsinius ist doch eigentlich ganz vernünftig«, kam Purpureus auf das eigentliche Thema zurück.

»Mit Ausnahme, dass ich nur noch ein Auge habe!«, wandte Monophthalmos ein.

»Na und?«, wollte Dardanus wissen und erklärte: »Herr Scorpio hier war ein berühmter *Retiarius*, ehe er vor Jahren durch einen Arena-Unfall vom Becken abwärts vollständig gelähmt wurde. Ich bin derzeit der beste *Secutor* der Schule Felix Felix – und das will wahrlich etwas heißen! Und weißt du, was erst vor kurzer Zeit in Nicopolis passiert ist?«, fragte Dardanus grinsend. »Er hat mich von seinem Rollenstuhl aus so gründlich fertig gemacht, dass ich am liebsten jetzt noch unter den Sand der Arena kriechen würde!«

Monophthalmos glotzte Dardanus, dann mich, dann nochmals Dardanus und wieder mich an.

»Du hast zwar nur noch ein Auge«, meinte ich. »Allerdings das richtige, das linke, mit dem du den Schwertarm deines Gegners ungehindert beobachten kannst. Dein eigenes Schwert ›blind‹ zu führen lässt sich mit dem entsprechenden Training erlernen. Nur vor einem *Scaeva*, einem Linkshänder, solltest du dich in Acht nehmen – aber auch das ist letztlich nur eine Sache der Übung …«

»Ihr meint damit doch sicherlich nicht …«, stotterte der junge Mann.

»Doch! Wir meinen!«, erklärte Tarquinius fest. »Falls du dich entschließen solltest, nicht Scheißekübelausleerer zu werden, sondern Gladiator zu bleiben, so ist die *Familia Gladiatoria* von Felix Felix bereit, dich, natürlich zunächst probeweise, in ihre Reihen aufzunehmen, auszubilden und auf deine neue Sichtweise zu trainieren.«

»Und was den finanziellen Aspekt anbelangt«, fügte ich hinzu, »so gelten für dich selbstverständlich die gleichen Regeln wie für alle Mitglieder, die unter dem Banner des schwarzen Katzenherrn kämpfen – und jene, die beispielsweise an diesem Tisch versammelt sind, können sich alle längst als mehrfache Sesterzen-Millionäre bezeichnen.«

Ich konnte nicht verhindern, dass Monophthalmos, ›Einauge‹, vor meinem Stuhl niedersank und meine Füße zu küssen versuchte. Tarquinius packte ihn am Kragen und stellte ihn schleunigst wieder auf die Beine. Nicht verhindern konnte er, dass der junge Mann ihm selbst, Herrn Volsinius, Dardanus, Rattus und Purpureus um den Hals fiel, während dicke Tränen über seine Wangen kullerten.

Erst Leoparda brachte ihn mit einem schmerzhaften Tritt gegen sein Schienbein wieder auf den Boden.

»*Anschauen*! Nicht an*fassen*!«, grinste sie und nahm ihn dann doch herzlich in den Arm.

Monophthalmos wurde zu einem der brillantesten Gladiatoren von Felix Felix. Er besitzt eine angesehene Weinhandlung nebst Tavernen und Lokalen in allen größeren Gemeinden rund um den Sinus Cumanus. Dazu mittlerweile drei wohlgeratene Kinder – das Nasebohren haben diese allerdings vermutlich von seiner Frau, der ältesten Tochter unseres quieksstimmigen *Windsbraut-von-Salamis*-Kapitäns Nikandros und dessen Frau Apama, die Tarquinius weiter Jahr um Jahr charterte und die ohnehin längst zu *Familia* gehörten, gelernt! Wie viele andere Kinder darüber hinaus aus bürgerlicher, guter und bester Gesellschaft den »aufregenden Mann mit der Augenbinde« allerdings als »Pappi« bezeichnen müssten, wissen allein die Götter.

Doch trotz finanzieller und gesellschaftlich Sicherheit marschiert Monophthalmos immer noch unerschütterlich in eine Arena, wenn Felix Felix ihn ruft, obwohl Dankbarkeit, das wissen wir längst, sonst zu den eher seltenen Tugenden gehört.

Noch in Berytus hatten uns drei Schreiben aus Caesarea erreicht, wo Caesar Vespasianus derzeit seine Armee gegen Jerusalem sammelte.

Das erste davon war über alle Maßen pompös und mit einem halben Dutzend Siegeln versehen:

Herodes Agrippa, König von Judaea und Idumaea, Vierfürst von etc., gebe sich die Ehre, anlässlich der Proklamation des Herrn Flavius Vespasianus – seines überaus geschätzten Freundes und Verbündeten wider die aufständischen Juden etc., etc. – zum Imperator Augustus Caesar, Mitte September glanzvolle Spiele in Caesarea zum Ergötzen von Heer und Volk auszurichten, wobei selbstverständlich die hochberühmten Kämpfer der noch hochberühmteren Schule von Felix Felix unter gar keinen Umständen fehlen dürften. Zumal nicht das Auftreten des allerhöchstberühmten Herrn Tarquinius, für den man sogar bereits einen würdigen Gegner aus dem fernen Indien herangeschafft habe etc., etc., etc. …

So – in äußerst dürre Worte übersetzt – der Inhalt des Schreibens, das selbst Tarquinius zweimal lesen musste, um zwischen all den blumigen Wortkaskaden den eigentlichen Inhalt herauszufiltern. Die angebotenen Prämien und Preise waren allerdings in der Tat als »königlich« zu bezeichnen!

Das zweite Schreiben, sehr viel schlichter und klarer, stammte von Berenice, der schönen Schwester des Königs Agrippa und Geliebten des Sohnes von Caesar Vespasianus, Herrn Titus Flavius. Als »nüchterne Römer« möchten wir bitte den orientalischen Bombast ihres Bruders entschuldigen. Seiner Bitte würde sie sich allerdings unbedingt anschließen! Auch die Bemerkungen über jenen Inder, gegen den Tarquinius antreten solle, entsprächen der Wahrheit. Und die Prämien und Preise würde sie, so wir ihr dies gestatten würden, aus eigener Tasche gerne verdoppeln!

»Endlich einmal eine einigermaßen angemessene Form, einen ›Gott‹ zu Spielen einzuladen!«, erklärte Tarquinius nach der Lektüre mit todernstem Gesicht – bis wir beide zu lachen anfingen.

Das dritte Schreiben war eigentlich fast nur ein Zettel, auch wenn er das Siegel des neuen Caesars trug:

»Vespasianus grüßt von Herzen seine Freunde Tarquinius und Scorpio!

Ich würde mich freuen, wenigstens einen Abend lang nichts von Truppenaufstellungen, Belagerungsmaschinen und Nachschubproblemen zu hören, sondern mich im Sinne unseres gemeinsamen, verstorbenen Freundes Petronius Arbiter wie ein zivilisierter Mensch mit zivilisierten Menschen zu unterhalten!

Auch meinem Sohn Titus würde das ganz gut tun!

Nehmt also das Geld des Juden und kommt!

Auch würde sich Lucius Gordianus Balbus, Centurio der 1. Kohorte in der X. Legion, freuen, seine Mutter wiederzusehen!«

So trafen wir in den ersten Septembertagen in Caesarea ein.

Wenn wir geglaubt hatten, Hafen und Stadt von Berytus würden von Schiffen, welche ihre Ladung löschten, von Händlern und Handelsgütern mit Kriegsmaterial aller Art überquellen, so war dies kein Vergleich zu Caesarea!

An den Hafenmolen drängelte sich Frachtschiff hinter Frachtschiff aus allen Teiles des Imperiums – von Asia, Bithynia und Pontus über Aegyptus, Cyrene und Mauretania bis Hispania und Gallia Narbonensis –, voll beladen mit allem, was eine Armee benötigte: Pferde für die Reiter. Maultiere, Ochsen und Esel für den Transport. Schilde und Kochgeschirre. Noch zerlegte Katapulte und Belagerungstürme. Zelte. Ganze Schiffsladungen voll Pfeile und Speere und Bleistücke für die Schleuderer. Holz für Belagerungsdämme, auf denen die hölzernen Türme an die Mauern Jerusalems herangerollt werden sollten. Kleine Gebirge von stinkenden Tierhäuten, welche, gründlich durchnässt, über die Maschinen gehängt werden, um diese vor Brandpfeilen des Gegners zu schützen. Steinkugeln – mitunter wahre Felsbrocken – und balkendicke Speere für die Katapulte. Sturmleiter. Schaufeln, Äxte und Pickel für die Pioniere und Mineure. Fässer mit Pech, Öl, Schwefel und Salpeter für die Brandgeschosse.

Und Proviant, Proviant und nochmals Proviant für die Armee, welche inzwischen rund sechzigtausend Legionäre zählte. Dazu kamen nochmals rund fünfzigtausend Mann herodianische, syrische und sonstige Hilfstruppen. Von letzteren hielt man zwar im Hauptquartier von Caesar Vespasianus und seinem Sohn, Herrn Titus Flavius, dem er zwar noch nicht offiziell, jedoch faktisch bereits den Oberbefehl übergeben hatte, nicht viel, doch sie zurückzuweisen wäre politisch mehr als unklug gewesen.

In Antiochia oder auch in Berytus mochte man sich noch die Köpfe darüber heiß reden, ob der jüdische Aufstand vielleicht doch noch ganz von selber in sich zusammenbrechen und die gewohnte, stets eher wackelige Ordnung wieder einkehren könnte.

Ein Blick auf den Hafen, die Stadt und die Umgebung von

Caesarea in jenen Herbsttagen des Jahres 822 hätte jene zweifellos eines Besseren belehren müssen!

Das war keine »Drohgebärde«, das war der Wille, ein schwärendes Problem für alle Zeiten aus der Welt zu schaffen!

Herr Titus Flavius, der Sohn Caesars und designierte Feldherr des Feldzuges gegen Jerusalem, drückte es so aus:

»Ein Staat im Staate mit eigenen Gesetzen und einem intoleranten Gott ist ein Unding im Imperium Romanum! Wir respektieren lokale Gewohnheiten und sogar die abstrusesten Götter – solange sie bereit sind, sich in den großen Konsens des Imperiums einzufügen! Wir sind sogar bereit, Splittergruppen wie die Christiani zu tolerieren, solange sie nicht nachweislich kleine Kinder fressen und Städte anzünden.

Aber diese Juden mit ihrer fanatischen Intoleranz, die sich hochmütig über jedes andere Volk erhebt, und gar dem Alleinherrschaftsanspruch ihres Jehova, die können und dürfen wir nicht gewähren lassen!

Wenn ein eiterndes Geschwür Gesundheit und Leben eines Patienten bedroht, so schneiden und brennen es die Ärzte heraus, auch wenn dies zunächst ein noch so schmerzlicher Vorgang sein mag!

Und genau so werde ich das Geschwür namens Jerusalem aus dem Körper des Imperiums herausschneiden und -brennen!«

Hätte nicht König Herodes Agrippa und seine Schwester Berenice für eine angemessene Unterbringung gesorgt, so hätten wir auf der Straße schlafen müssen. So jedoch waren im »Imperialen Sestertius«, dem zweitbesten Haus am Platz – kürzlich noch »Heiliger Schekel«, nach der Tempelwährung in Jerusalem, genannt – ausreichend Zimmer für uns »Offizielle« nebst unseren *Primi Pali* reserviert. Die *Secundi Pali* samt dem Rest unserer Truppe fanden Aufnahme im »Entflohenen Sündenbock«, ebenfalls einem der wirklich guten Gasthäuser der Stadt.

Unsere Frauen und Kinder blieben »zu Hause«, das heißt unter der getreulichen Obhut von Kapitän Nikandros auf der *Windsbraut von Salamis*, die wegen mangelnden Platzes an den Molen etwas weiter draußen auf der Reede von Caesarea ankerte.

Mit an Land gekommen war auch Digna, wenn auch erst nach gewissem Zögern. Es war nicht die Sorge um die jetzt dreieinhalbjährige Parvula, denn die war längst der erklärte Liebling des ganzen Schiffes. Selbst bei kräftigem Seegang rannte sie auf ihren kurzen Beinchen, ohne zu stolpern, kreuz und quer über die Decks und war allenfalls auf festem Boden ein wenig unsicher.

»So hat sie eben das Laufen gelernt!«, piepste Kapitän Nikandros dazu, und es gab kein herrlicheres Vergnügen für die Kleine, als auf den Schultern des riesigen Kapitäns sitzend und vor Begeisterung laut kreischend »Masttopp« zu spielen, während dieser wild hin und her schwankte und »Sturm« heulte und pfiff. Sorgen machte uns ein wenig Philippa: Sie hatte wahrlich keine einzige denkbare Kinderkrankheit ausgelassen und war auch sonst von zarter Konstitution. Als freilich Olympia, die ewige Mutter, beim Heil all ihrer eigenen Kinder schwor, sich ganz besonders um Philippa zu sorgen, und auch Felicitas, unsere Älteste – inzwischen zu einem bildhübschen, temperamentvollen, liebenswerten Mädchen heranwachsend – »Beim göttlichen Arsch des …« – aber lassen wir das lieber, denn sie fluchte mittlerweile fast so fantasiereich wie ihr Ziehvater Telemachos –, gelobte, sich ganz besonders um ihre jüngeren Schwestern zu kümmern, gab es für Digna keinen Grund mehr, uns nicht zu begleiten.

Trotz ihrer Kinder war ich für Digna der Mittelpunkt ihres Lebens geblieben, auch wenn seit dem Orakelspruch von Dodona ein wesentlicher Teil dieses Mittelpunktes in meine Fersen gerutscht zu sein schien, die sie mindestens zweimal täglich minutiös kontrollierte. Da traute sie nicht einmal Pia, mit der sie ansonsten eine herzliche Freundschaft verband.

Ein weiterer Grund, mit an Land zu kommen, waren die optimalen Arena-Farben – »gefährlich und doch ansprechend!« – unserer Junggladiatoren Aurius und Leo.

Das tiefe Schwarz der Haut des Nubiers Amaranthus und das

fast Alabasterweiß seiner germanischen Gattin Freia hatte interessante Kombinationen erzeugt:

Die Haut von Aurius, dem *Murmillo*, war allenfalls so gebräunt wie die eines blonden griechischen Athleten, der sich viel im Freien aufhielt. Digna hatte für ihn ein dunkles, unheildrohendes Blutrot für Helmbusch, Lendentuch und Schild ausgewählt, während die Bronze der Metallteile seiner Ausrüstung goldene Reflexe auf seine Haut zauberte.

Leo hingegen, der *Thraex*, war fast so dunkelhäutig wie sein Vater.

»Ein leuchtendes Sonnengelb in Kombination mit goldfarbenem Messing«, entschied Digna schließlich, »setzt den idealen Kontrast zu seiner dunklen Haut – und unterstreicht seinen Namen *Leo*, der ›Löwe‹.«

An den Farben der beiden Amaranthus-Söhne gab es eigentlich nichts mehr zu verbessern, trotzdem wollte sich Digna von ihrer Wirkung überzeugen.

Sehr viel mehr Kopfzerbrechen machte ihr Monophthalmos. Dass er demnächst zu den Spitzenleuten von Felix Felix gehören würde, war für sie überhaupt keine Frage.

»Da ist sehr viel Grün in seinen Seelenfarben! Anders gesagt: So wild wie er sich gelegentlich aufführt, ist er in Wirklichkeit gar nicht!«, erklärte Digna. »Aber mit einer Palette von Lindgrün bis Moosgrün kann niemand einen Gegner erschrecken!«

Schwarz, die allenfalls nächste Farbmöglichkeit, kam nicht in Frage: Schwarz und Silber waren die Farben von Tarquinius, dem unumstrittenen *Maximus Palus* unserer Schule. Irgend jemand Nachrangigen mit Schwarz-Silber oder auch Schwarz-Gold in die Arena zu schicken verbot sich deshalb ohne jeglichen Zweifel.

»Dunkelgrün, das ist nun einmal seine vorherrschende Seelenfarbe«, so entschied Digna schließlich. »Allerdings mit ein paar harten, roten Tupfern, die schließlich auch in seiner seelischen Farbpalette vorkommen!«

So kleidete sich Monophthalmos zukünftig, nicht nur in der Arena, in Dunkelgrün. Auf seinen *Provocator*-Helm steckte er freilich lange, scharlachrote Federn. Und auch privat war die Binde über seinem rechten Auge nicht mehr weißlich-schmutzfarben, so wie wir ihn kennen gelernt hatten, sondern scharlachrot! Und wenn er dann seinen Helm aufsetzte, leuchtete diese Binde durch das rechte Visiergitter wie ein böses rotes Auge!

Selbstverständlich war auch die Dame Lucia mit an Land gekommen, um ihren Sohn zu treffen.

Der junge Herr Lucius Gordianus Balbus war seit unserem Abschied in Missenum endgültig vom Jüngling zum Mann gereift.

Äußerlich war dies unübersehbar: Groß wie ein Germane, muskulös wie ein griechischer Sportler, schlank und stark wie eine junge Eiche, dabei geschmeidig und elegant in seinen Bewegungen wie eine große Raubkatze, hätte er den größten hellenischen Bildhauern wie Phidias, Polykletos oder Praxiteles Modell stehen können.

Doch er hatte sich nicht nur äußerlich, sondern auch innerlich entwickelt:

Dass er zum Centurio der 1. Kohorte der X. Legion, einer der besten im ganzen Imperium, befördert worden war, hatte nichts mit der gesellschaftlichen Stellung seiner Eltern zu tun. Eine derartige Auszeichnung, verbunden mit der demnächst anstehenden Beförderung zum Tribun, hatte er ausschließlich seinen eigenen Fähigkeiten zu verdanken – und Oberbefehlshabern wie Flavius Vespasianus und Titus Flavius, die auf Herkunft und gesellschaftlichen Rang keinen Deut gaben und Beförderungen allein nach Leistung bestimmten.

Zu der nie bezweifelten strategischen Intelligenz des »jungen Feldherrn« während des Brandes in Roma war mittlerweile ein tiefes Verantwortungsbewusstsein gekommen: Auf sein Kommando hin waren Gegner getötet worden, Kameraden gefallen. Stets an der Spitze seiner Männer marschierend oder kämpfend, hatte er kein Problem, solche Befehle zu geben, wollte aber davon überzeugt sein, dass diese sinnvoll und notwendig waren. Weder für seine Untergebenen noch für seine Vorgesetzten war er ein bequemer Offizier, aber alle wussten seine Klugheit, seine Tapferkeit und seine rücksichtslose Ehrlichkeit zu schätzen.

Der Legat Larcius Lepidus, nach Herrn Titus Flavius ranghöchster Befehlshaber in der Armee Caesars, meinte: »Wenn er diesen verdammten Judenkrieg überlebt, wird er eines Tages an der Spitze aller Legionen Romas stehen!«

Und Herr Cocceius Nerva, den wir einst vor Caesar Nero in Felix Felix versteckt hatten und der nun als Tribun in der X. Legion Dienst tat, wurde gar noch deutlicher:

»Einen Besseren als Herrn Titus, den sein Vater, Caesar Vespasianus, bereits offiziell zu seinem Nachfolger bestimmt hat, kann sich Roma gar nicht wünschen! Dessen jüngerer Bruder Domitianus freilich scheint eher das Format eines Nero zu haben. Geachtet, wie der junge Herr Lucius Gordianus heute schon unter seinen Männern ist, wäre sein Griff nach dem goldenen Lorbeerkranz dereinst zweifellos kein Missgriff!«

Von Lucius, dem Caesar Vespasianus eine Woche Sonderurlaub zugestanden hatte, erfuhren wir auch eine Menge über den aktuellen Stand des Judenkriegs. Nichts, das irgendwelcher Geheimhaltung unterlag – derlei hätte er nie ausgeplaudert –, nur Dinge, die jedermann sehen und wissen konnte. Doch in ihrer klaren, schonungslosen Zusammenfassung waren sie erschreckend und brutal:

Seit gut einem Jahr zogen die römischen Truppen und die ihrer örtlichen Verbündeten die Schlinge um Jerusalem enger und enger.

Natürlich, so gab er unumwunden zu, gab es unzählige ländliche Schleichwege, die vorläufig unkontrollierbar waren. Und gegen einen entsprechenden Obolus an die einheimischen Hilfstruppen – »dieses erbärmliche Gelichter, dem es ausschließlich um Geld und Beute geht« – konnte man sogar noch die offiziellen Straßen benutzen. Doch die Mehrzahl der frommen Pilger saß in der Stadt fest und fraß die angelegten Vorräte auf, sofern diese nicht bereits in den Machtkämpfen der verschiedenen Parteien in Flammen aufgegangen waren.

Und dann verriet uns Lucius doch noch ein militärisches Geheimnis:

»Herr Titus, der ohne Zweifel letztlich den Feldzug anführen wird, würde am liebsten sofort losschlagen. Aber sein Vater, Caesar Vespasianus, hält ihn noch eisern am kurzen Zügel. Die Befestigungen der Stadt Jerusalem, insbesondere die des Tempelberges, zu überwinden, gilt als fast unmöglich! Auch wenn ich Herrn Titus dieses Kunststück durchaus zutraue, so mag sein Vater dennoch Recht haben, wenn er meint, die Stadt werde eher durch Hunger als durch Schwerter fallen. Augenblicklich zählt die freiwillige wie unfreiwillige Bevölkerung von Jerusalem, entsprechend den Informationen unserer Spione, schon fast eine Million Menschen. Zum Passah-Fest, gleich nach dem nächsten Frühlingsvollmond, werden nochmals Hunderttausende Pilger nach Jerusalem ziehen – und dort, so weit möglich, eingesperrt.«

So brutal diese Taktik war, so zielgerichtet war sie zweifellos.

Aus dem einen Abend, zu dem uns Caesar Vespasianus in seinem Brief eingeladen hatte, wurden drei.

Caesar genoss es sichtlich, bei Cena und Symposion einmal nicht über Kriegsvorbereitungen, Juden oder den Bürgerkrieg daheim in Italia reden zu müssen, sondern sich im Geiste unseres verstorbenen Freundes Petronius Arbiter unterhalten zu können.

Es waren angenehme, vergnügliche und entspannende Abende, auch wenn sie natürlich niemals das Niveau ihres großen Vorbildes erreichten. Das Essen war eher deftige Hausmannskost, tadellos zubereitet, aber ohne Raffinesse, und in den Gesprächen hatten auch damals nur Tarquinius und allenfalls Herr Volsinius intellektuell mit dem Arbiter Elegantiarum mithalten können.

Es war gewiss nicht so, dass Caesar Vespasianus ungebildet gewesen wäre, sonst hätte er nie eine Chance gehabt, in den engen Freundeskreis des Herrn Petronius aufgenommen zu werden. Auch verfügte er über eine Menge trockenen Humor und Witz, aber sein Verstand war nun einmal eher praktisch ausgerichtet.

Auch sein Sohn, Herr Titus Flavius – ziemlich kurzgewachsen, stämmig, kugelköpfig und vor Energie schier platzend –, hatte eine solide Bildung genossen. Gebrauch machte er von dieser freilich eher selten, und so verschwand er stets mit einer mehr oder minder guten Erklärung gleich nach der Cena aus der Runde. Dass er anstatt mit Vornehmen und Intellektuellen sehr viel lieber mit einfachen Soldaten und Handwerkern, Strichjungen, Lagerhuren und Gladiatoren feierte – Purpureus, Rattus und die Zwillinge Kastor und Pollux zählten schnell zu seinen »Freunden« – und diese großzügig aushielt, akzeptierte Caesar Vespasianus, machte dies Herrn Titus doch endgültig zum Gott seiner Legionäre. Selbst wenn er zu seiner Geliebten, der schönen Herodianer-Prinzessin Berenice, eilte, tolerierte das sein Vater, wenn auch mit leichtem Stirnrunzeln und: »Solange er nicht auf die Wahnsinnsidee kommt, das Weib zu heiraten!«

Am ehesten zu einem echten Petronius-Symposion hätte ein dünner, schmalgesichtiger, schwarzbärtiger Jude mit leicht verschleiertem Blick gepasst: Herr Joseph ben Matthias, der sich nun ›Flavius Josephus‹ nannte. Er war ein Schleimer und Kriecher und zudem mit einer schier unerträglichen Eitelkeit gesegnet. Aber er war unbestritten hochintelligent, gebildet und verfügte manchmal über eine keineswegs immer freiwillige Komik.

Natürlich habt Ihr, edler Herr Plinius Caecilius, sein Buch *De bello Judaico* gelesen, das er über den Judenkrieg, die Belagerung und Eroberung Jerusalems geschrieben hat. Einen ebenso wahrheitsgetreuen wie entsetzlichen Bericht! Als Chronisten wird ihn dieses Buch ohne Zweifel in die Gruppe der großen und glaubwürdigen Geschichtsschreiber einreihen!

Wenn er uns dann freilich bei den Symposien erzählte, wie er zunächst eine jüdische Hunderttausend-Mann-Armee auf die Beine gestellt, danach, von Jochanaan von Gischala, dem Galiläer, verraten und im Stich gelassen, seine restlichen Truppen in die Bergfestung Jotapata geworfen und dort dem gesamten Heer der Römer unter Caesar Vespasianus siebenundvierzig glorreiche Tage widerstanden habe, dann kribbelte ein Lachen in unseren Kehlen. All die klugen, ja weisen Verteidigungsmaßnahmen seiner vierzigtausend Verteidiger gegen den Ansturm von siebzigtausend Römern wusste Herr Joseph ben Matthias, alias Flavius Josephus, überaus eindringlich zu schildern. Und wären ihm nicht nächtlicherweile seine Leute scharenweise davongelaufen, so hätte er unzweifelhaft obsiegt!

Freilich wäre er dann auch nicht in den Genuss gekommen, gefangen genommen zu werden und nunmehr als Chronist die Heldentaten der Herren Flavius Vespasianus und Titus Flavius aufzuzeichnen und der staunenden Nachwelt überliefern zu dürfen!

Wir bogen uns innerlich vor Lachen bei diesen Schilderungen des offenbar größten Feldherrn aller Zeiten, und auch Caesar Vespasianus sah gnädig darüber hinweg, dass jede Art militärischer Themen bei diesen Symposien eigentlich streng verboten war.

Nach dem Fall von Jotapata hatte sich Herr Flavius Josephus die Gunst des Siegers erschlichen, indem er eine Vorhersage aus seinen heiligen Schriften kühn auf Herrn Flavius Vespasianus deutete:

Der Prophet Daniel habe von einem großen König gesprochen, der in Judaea entstehen und die ganze Welt beherrschen solle – und alle Anzeichen deuteten klar auf diese unsere Tage!

»Und Ihr, ein jüdischer Schriftgelehrter, deutet diese Messias-Wahrsagung auf einen Römer?«, stichelte Tarquinius. »Und das, obwohl Herr Daniel ausdrücklich von einem ›Sohn Davids‹ sprach, was Caesar Vespasianus nun gewiss nicht ist?»

»Ein ›Sohn Davids‹ im Geiste! *Im Geiste!* Der Prophet Daniel benutzte da offenkundig nur eine Formel, so wie man sie eben damals verstand!«, versicherte Herr Flavius Josephus hastig und trumpfte dann auf, dass sich diese Vorhersage ja nun zweifellos bewahrheitet habe, nachdem Herr Flavius Vespasianus tatsächlich zum Caesar ausgerufen worden sei!

Mitunter waren die Lachfalten in den Augenwinkeln des Caesar Vespasianus ebenso schwer zu deuten wie das Lächeln in den Mundwinkeln von Tarquinius: Freute er sich echt über die freche Umdeutung des Spruches eines jüdischen Propheten? Glaubte er sogar daran? Oder amüsierte er sich nur über die Lobhudelei eines ansonsten unzweifelhaft klugen Mannes, der dazu bestimmt war, künftig seinen eigenen Ruhm und den seines Sohnes in die Welt hinauszutrompeten?

Auch bei König Herodes Agrippa wurden wir zu Cena und Symposion eingeladen. Diese waren überaus prunkvoll und überaus verkrampft. Der König fühlte sich einerseits zweifellos verpflichtet, Leute, die nahen Umgang mit Caesar pflegten, entsprechend zu würdigen und zu bewirten. Andererseits verbot es ihm seine königliche Würde, mehr als unbedingt erforderlich mit solch primitivem Geschmeiß wie Gladiatoren zu tun zu haben.

Ganz anders die Einladung bei seiner Schwester Berenice: Sie war nicht nur eine wahrhaft schöne, kluge und hochgebildete Frau. Die Cena, bei der sie, die Jüdin, uns sogar Schweinefleisch vorsetzen ließ, und das Symposion, welche sie für uns veranstaltete, wären beinahe eines Herrn Petronius würdig gewesen, wenn dahinter nicht allzu deutlich der Wunsch gestanden hätte, sich um jeden Preis bei den »Römern« beliebt zu machen …

Dass Dardanus schon wieder einmal bis über beide Ohren verliebt war, störte uns nicht – das war beinahe in jeder Stadt der Fall.

Diesmal war es die knapp zwanzigjährige Witwe eines reichen Kaufmanns, der im fortgeschrittenen Alter einem Herzschlag erlegen war.

Natürlich hielten wir unsere Neulinge und Rekruten unter strenger Zucht und Kontrolle. Bei den *Secundi Pali*, zumal wenn sie sich freigekauft hatten, sahen wir das entschieden lockerer. Und einem *Primus Palus* vorzuschreiben, wie er seine Freizeit gestaltete, wäre uns niemals eingefallen. Solange einer unserer Männer aus dieser Klasse sein Training nicht sträflich vernachlässigte oder zumindest, wie seinerzeit Nigeralbus, in der Arena nach wie vor Bestleistungen brachte, kümmerten wir uns grundsätzlich nicht um sein sonstiges Tun und Treiben.

Die Spiele in Caesarea Mitte September erstreckten sich über eine ganze Woche und waren für Felix Felix ein einziger Triumphzug!

Unsere *Secundi Pali*, mittlerweile erfahrener als die Mehrzahl der *Primi Pali* anderer Schulen und Kasernen, schlugen sich souverän. Palmen, zwei Kränze und sogar ein Stockschwert.

Die Zwillinge Kastor und Pollux am dritten Tag waren unübertrefflich.

Rattus am vierten Tag einfach brillant.

Am fünften Tag bekamen wir die neue Flamme von Dardanus zu Gesicht – sie war wirklich bildhübsch! Und dass sie sich einen Platz in der ersten Zuschauerreihe unmittelbar an der Brüstung zur Arena leisten konnte, zeugte davon, dass sie auch äußerst wohlhabend sein musste. Caesar Augustus hatte bestimmt, dass Frauen oben im dritten Rang zu sitzen hatten, während die beiden unteren, der Arena näheren Ränge den freien männlichen Bürgern vorbehalten waren. Im Orient sah man dies nicht so eng, und so konnte Dardanus nach der allgemeinen Begrüßung des Publikums direkt vor ihren Sitzplatz stolzieren, sie persönlich mit erhobenen Waffen grüßen und sich ein Schleiertuch, das sie in die Arena geworfen hatte, demonstrativ um den linken Oberarm binden, ehe er zum eigentlichen Kampf antrat.

Derlei Possen mochten weder Tarquinius, wie ich ihm deutlich ansah, noch ich. Doch was hätten wir dagegen tun sollen?

Auch vor dem Kampf hatte es schon kurz Unstimmigkeiten gegeben:

Bei der offiziellen Kontrolle der Waffen hatte der *Summa Rudis* – übrigens ein hervorragender und wirklich unparteiischer Schiedsrichter – moniert, dass der Dreizack von Sedulatus, dem *Retiarius*-Gegner von Dardanus, »verrostet« sei. Sedulatus – fünf Palmen, ein Kranz, eine *Missio* – wehrte sich vehement: Dies sei kein »Rost«, sondern das Blut früherer Gegner, das er als Glücksomen keinesfalls abzuwischen bereit sei!

Außer Seeleuten gibt es, wie auch schon erwähnt, zweifellos keinen so abergläubischen Berufsstand wie Gladiatoren! Sich während der Gesamtdauer von Spielen keinesfalls zu rasieren oder sich im Gegenteil eine Glatze scheren zu lassen gehört zu den harmlosesten Verrücktheiten. Ich selber trug seit Jahren Tag und Nacht das Amulett, das mir einst Herr Gladius Felixianus umgehängt hatte, und würde es erst abnehmen, wenn ich es einem würdigen Nachfolger für die Führung von Felix Felix übergeben konnte. Purpureus, so wusste ich, hatte in seinen Gürtel mindestens zwei Dutzend Glücksbringer und Amulette eingenäht. Leoparda besaß einen kleinen, zusammenklappbaren Hausaltar, an dem sie vor jedem Kampf intensiv betete. Und Rattus weihräucherte seine Waffen, Helm und Ausrüstung oftmals so stark, dass sie schier unerträglich stanken.

Altes Blut an den Zinken eines Dreizacks war nicht eben appetitlich, aber im Aberglauben-Rahmen zu akzeptieren, befand der *Summa Rudis*. Tarquinius und ich, hinzugerufen, mussten uns seiner Meinung anschließen.

Der Kampf, den sich Dardanus dann mit Sedulatus lieferte, war freilich alles andere als in unserem Sinne. Dardanus, im Kampf eher ruhig, vorsichtig, manchmal fast zögerlich – bis er dann unvermutet siegreich vorstieß –, war diesmal, offenbar um seiner neuen Geliebten zu imponieren, ungewohnt aggressiv, ja tollkühn.

Dass er Sedulatus schließlich sein Schwert zwischen die Rippen rammte, ihn im Kampf tötete und so seinen unbezweifelbaren Sieg sicherte, war *eine* Sache und zweifellos einen Kranz wert.

Dass er sich zuvor einen Stich des Dreizacks in den rechten Oberschenkel einfing, *eine andere*. Die beiden Einstiche, die dritte Zinke hatte ihn verfehlt, waren zwar tief, aber kaum fingernagelgroß.

Dardanus lief nicht wie üblich nur *eine* Ehrenrunde durch die Arena sondern deren *drei* und bezeugte jedes Mal vor dem Platz seiner Angebeteten, dass er ausschließlich für sie gekämpft und gesiegt habe.

Schließlich in unserem Aufenthaltsraum unter der Arena angekommen, wickelte er sich nur hastig ein sauberes Leintuch über die Wunde – und weg war er zu seiner Flamme.

Am gleichen Tag ging Monophthalmos wieder in die Arena.

Jeder von uns hatte ihn mit vernünftigen Argumenten versucht davon abzuhalten, doch sein angeschlagenes Ich brauchte dies einfach.

Als er mit Palme und Kranz aus der Arena zurückkehrte, liefen nicht nur mir Freudentränen über die Wangen.

Das schönste Kompliment machte ihm freilich Leoparda: »Wenn ich nicht ein ›Kerl‹ wäre, würde ich sofort mit dir ins Bett kriechen!«

Am vorletzten Tag dieser Spiele in Caesarea waren Purpureus und Leoparda an der Reihe.

Purpureus warf mit seiner Schleppnetz-Technik seinen *Secutor*-Gegner einfach um. Aus und Ende für den *Secutor*. Sieg für Purpureus!

Leoparda, ihre Waffen blitzschnell von rechts nach links wechselnd – und ohne Brustbandtrick, den sie letztmalig bei den lustigen Spielen in Nicopolis eingesetzt hatte –, stieß ihre Lanze kalt in den Bauch ihres Gegners.

Zwei Kämpfe. Zwei Siege. Zwei Kränze.

König Herodes Agrippa und seine schöne Schwester Berenice hatten nicht zu viel versprochen:

Der Inder, den sie als Gegner für Tarquinius aufgetrieben hatten, war ein Hohn für jede echte *Gladiatura*! Selbst ein *Crupellarius* war gegen diese wandelnde Festung ein harmloser Witz. Der Mann war buchstäblich vom Scheitel bis zur Sohle in stählerne, fugenlos sich überlappende Lamellen eingepanzert. Nicht einmal den schmalen, vom Schild gedeckten freien Bauchstreifen eines *Crupellarius* gab es, denn der Inder führte keinen Schild, sondern in der Rechten ein gewaltiges Hauschwert und in der Linken eine gewichtige Doppelaxt.

Bei der *Pompa* hatte ich dieses Ungeheuer fassungslos angestarrt. Wenn man ihn am Boden festband und mit einem schweren Vorschlaghammer auf ihn eindrosch, so mochte dieser Panzer zu knacken sein, zumal auch sein Helm, ähnlich dem eines *Crupellarius*, nur zahlreiche winzige Sichtlöcher aufwies, durch die kein Schwert einzudringen vermochte.

Wie sollte das Tarquinius jemals schaffen?

Auch er hatte bei der *Pompa* seinen künftigen Gegner genau gemustert und schließlich mit seinem berühmten Aplu-Lächeln in den Mundwinkeln gemeint: »Wie ein noch so gut gepanzerter Hummer oder eine Languste oder auch die angeblich stärkste Festung der Welt hat er irgendwo einen Schwachpunkt!«

»Vermutlich genauso wie der Tempelberg in Jerusalem«, murrte ich besorgt.

Tarquinius war sich allerdings seiner Sache sicher. Nur wie er es anstellen wollte, dieses Monstrum zu knacken, verriet er auch mir nicht.

Als der Inder schwergewichtig in die Arena rasselte, ging ein lautes Stöhnen durch die Reihen der Zuschauer. So etwas hatten sie wahrlich noch nie gesehen, und sie waren fair genug, um zu begreifen, dass eine derart lückenlose Panzerung schlicht unfair war!

Ein zweites, noch viel lauteres Stöhnen war zu hören, als Tarquinius in das Arenarund schritt. Gewiss, in seinem Schwarz und Silber sah er wahrlich aus wie ein inkarnierter Totengott, doch was wollte er in seiner leichten Ausrüstung gegen solch eine wandelnde, schwerstbewaffnete Festung ausrichten?

Vielleicht war ich der Einzige, der nicht stöhnte, denn Tarquinius hielt nur in seiner Linken eines seiner Schwerter, in der Rechten jedoch jene lange Lederpeitsche, die, gewöhnlich unter meinem Rollenstuhl versteckt, in Notfällen von Fix eingesetzt wurde. Er hatte also offenbar einen Plan, und solche Pläne erwiesen sich bislang stets für seine Gegner als tödlich …

Sobald der *Summa Rudis* – auch ihm schien bei dieser Paarung höchst unwohl zu sein – den Kampf freigab, zeigten sich sofort die Schwächen des Inders: Er war, von seiner gewichtigen Rüstung behindert, extrem langsam und schwerfällig, und unter seinem Helm sah er offenkundig auch ausgesprochen schlecht.

Gut zehn Minuten umkreiste Tarquinius leichtfüßig das Monstrum, wobei er die Peitsche knallen ließ und dann und wann in

Richtung Helm und Halsansatz seines Gegners schlug, freilich ohne jedes brauchbare Ergebnis. Auch stand der Inder fest auf seinem Platz, drehte sich wie ein *Crupellarius* nur mit seinem Angreifer mit und ließ sich auf keinerlei atemraubende Verfolgungen ein.

Doch dann schlug Tarquinius überraschend mit der Peitsche nach den Beinen des Inders. Das Leder wickelte sich um dessen Fußknöchel, Tarquinius zog ruckartig an – den Trick hatte er sich offenkundig von Purpureus abgeschaut –, und der Koloss krachte in den Sand.

Da lag er nun wie ein auf den Rücken gefallener Käfer – zappelnd, aber noch keineswegs besiegt. Im nächsten Augenblick drehte er sich auch schon mit einem kräftigen Schwung auf alle viere herum, um so wieder auf die Beine zu kommen.

Die Zuschauer schrien auf, als Tarquinius sprang und bäuchlings auf dem gepanzerten Rücken des Inders landete.

Und im nächsten Augenblick stieß er sein Schwert tief in die um der Beweglichkeit der Arme willen ungepanzerte Achselhöhle des Gegners!

Der sackte zusammen, zuckte noch ein paar Mal mit den Beinen, doch bis sich Tarquinius wieder erhoben hatte, lag er still im Sand. Als ihm die *Arenarii* schließlich den Helm abgenommen hatten, konnten sie nur noch seinen Tod feststellen.

Später, nachdem ihm König Herodes Agrippa mit höchst säuerlicher Miene – seine verlorene Wette auf den Inder muss ihn ein Vermögen gekostet haben – den Lorbeerkranz überreicht und Königin Berenice – sie hatte mit einer Wette auf ihn wohl ein ähnlich großes Vermögen gewonnen – Tarquinius vor aller Augen begeistert geküsst hatte, meinte er zu mir: »Ich habe dir doch gesagt, dass auch die stärkste Festung irgendwo einen Schwachpunkt hat!« Und an Herrn Titus Flavius gewandt: »Selbst der uneinnehmbare Tempelberg in Jerusalem!«

»*Accipio Omen!* – Ich akzeptiere das Omen!«, lachte dieser und lud uns ein zu einer Cena, schlicht einer hemmungslosen Fresserei, und einem Symposion, einem ebenso hemmungslosen Besäufnis, nach seinem persönlichen Geschmack mit tapferen Legionären, kleinen Dieben und ehrlichen Händlern, Straßenhuren, schlichten Handwerkern, Eseltreibern, unterbezahlten Schreiberlingen, verkrachten Künstlern und braven Seeleuten – kurz: dem Volk, das er so sehr viel mehr liebte als hochnäsige Aristokraten oder intrigante Hofschranzen.

Wir haben selten so viel gelacht wie an jenem Abend. Und als wir in den frühen Morgenstunden in den »Imperialen Sestertius« zurückkehrten, waren nicht nur Tarquinius, sondern sogar Fix und Fax nicht mehr so ganz spursicher …

Am nächsten Nachmittag setzten wir uns zusammen, um unsere weitere Reise zu planen.

Zunächst würden wir wohl noch mindestens zwei Wochen in Caesarea bleiben, denn erneut hatten uns Caesar Vespasianus, Königin Berenice und Herr Titus Flavius eingeladen. Schließlich hatte sich sogar König Herodes Agrippa durchgerungen, ein »guter Verlierer« zu sein, und uns ebenfalls zu einem Fest gebeten – uns graute zwar davor, aber es gibt nun einmal Einladungen, die man nicht ausschlagen darf.

Somit hatten sich nun Lucia und Digna, weiter unsere *Primi Pali* Purpureus, Leoparda, Rattus, die Zwillinge Kastor und Pollux und erstmals Aurius und Leo, ferner der Arzt Mykerinos, Telemachos und der auffallend nachdenkliche Herr Volsinius um Tarquinius und mich um den Tisch in einem Nebenzimmer des »Imperialen Sestertius« versammelt.

Wir waren nun fast zwei Jahre unterwegs, doch obwohl wir ja von unseren Angehörigen auf der *Windsbraut von Salamis* nicht getrennt waren, so hatten wir doch alle langsam, mehr oder minder, Heimweh nach dem Sinus Cumanus und unserem ›Zuhause‹ in Felix Felix, unseren Freunden und Bekannten, die dort zurückgeblieben waren.

So beschlossen wir, von Caesarea aus zunächst nach Alexandria zu segeln, die dortigen, schon angekündigten Spiele zu bestreiten, vielleicht auch solche in Pelusium, Memphis, Arsinoe oder Oxyrhychnus noch mitzunehmen, um dann endgültig heimzukehren.

»Ich sehe euch aber niemals in Aegyptus ankommen …«, murmelte Herr Volsinius.

Ein Schiffbruch?

Wir waren entsetzt, doch der Haruspex beruhigte uns sofort: »Kein Wasser! Kein Schicksal aller! Es wird nur einige treffen, auch wenn dies das Gesicht von Felix Felix wandeln wird …«

Nur halbwegs beruhigt, beschlossen wir trotzdem an der Reiseroute festzuhalten, auch wenn Herr Volsinius nochmals betonte, er »sehe« uns nicht in Aegyptus.

Wie wahr!

Der Keulenschlag traf uns zwei Tage später am Morgen nach der Einladung bei Königin Berenice:

Ein Bote überbrachte uns die Nachricht, Herrn Gladius Felixianus habe ein weiterer Schlaganfall getroffen und er liege wohl im Sterben.

Unsere augenblickliche Reaktion war, sofort auf die *Windsbraut* zu stürmen und Segel Richtung Puteoli zu setzen!

Während unsere Leute ihre Sachen zusammenpackten und sich von Booten auf die *Windsbraut* hinausrudern ließen, machten Tarquinius und ich uns auf eine Runde durch die Stadt, um uns überall offiziell zu verabschieden. Es war ein beschwerliches Unterfangen, das uns weit mehr Zeit kostete, als wir je vermutet hatten:

Bei Caesar Vespasianus hetzte eine wichtige militärische oder politische Besprechung die andere. Es wurde Mittag, ehe wir ihm Lebewohl und »Bis bald in Roma!« sagen konnten.

Bei Herrn Titus Flavius war es noch weit schlimmer. Erst gegen Abend hatte er Zeit für uns.

»Du hast mir ein Omen gesetzt, Tarquinius«, lachte dieser zum Abschied, »dass ich ebenso die Schwachstelle der Tempelfestung in Jerusalem finden werde wie du die Schwachstelle in der

Rüstung jenes Inders. Aber hüte dich! Wenn ich sie nicht finde, wirst du es mit deinem Kopf büßen!«

»Man kann zwar göttliche Caesaren köpfen«, gab dieser lächelnd zurück, »aber keinen ›Gott‹ – davor schützen mich meine dicken Locken ebenso wie dein militärisches Können!«

So war der Tag herum, und wir übernachteten notgedrungen nochmals im »Imperialen Sestertius«.

Königin Berenice empfing uns schon nach nur knapp eineinhalb Stunden offizieller Wartezeit – allerdings erst nachdem sie aufgestanden war und sich entsprechend hatte herausputzen lassen – am nächsten, sehr späten Vormittag. Sie zeigte sich – ob gespielt oder echt – besorgt über den Schlag, der uns getroffen hatte, und versprach, die besten jüdischen und ägyptischen Ärzte nach Felix Felix in Marsch zu setzen. Verblüffenderweise hielt sie sogar Wort, auch wenn jene Ärzte erst im nächsten März in Puteoli eintrafen.

Auf eine wahrhaft schlimme Geduldsprobe stellte uns der Abschiedsbesuch bei König Herodes Agrippa. Bis all das verwickelte Protokoll und Zeremoniell durchgestanden war und wir uns vor dem König verneigten – als »Römer« nicht zu tief – und seine Segenswünsche für die Reise entgegennehmen durften, vergingen volle sieben Stunden!

Müde und einigermaßen gereizt beschlossen wir, noch eine letzte Nacht im »Sestertius« zu verbringen.

In all der Aufregung und Hektik hatte niemand mehr an Dardanus gedacht, der seit dem Spätnachmittag der Spiele zu seiner Geliebten entschwunden war.

Das hieß: Ganz so stimmte das auch nicht, denn es war durchaus wiederholt die Frage nach seinem Verbleib aufgekommen. Rattus hatte schließlich gemeint, falls er sich unauffindbar zwischen den Schenkeln seiner augenblicklichen Geliebten verkrochen habe, so sei er wohl alt genug, um uns mit einem anderen Schiff nach Puteoli zu folgen.

Wir wollten soeben zum Hafen aufbrechen, als zwei Sklaven

Dardanus auf einer Bahre in den »Imperialen Sestertius« schleppten.

Er sah furchtbar aus. Seine Tunika war klatschnass, sein Gesicht feuerrot, Schweißbäche rannen über sein Gesicht und seinen Körper. Er war offensichtlich nur noch halb bei Bewusstsein, wimmerte vor Schmerzen und stöhnte immer wieder die Worte des Orakels von Dodona:

»In den Flammen! *In den Flammen …*«

Und in der Tat schien sein Leib zu glühen, während ihn zugleich immer wieder Schüttelfrost beutelte.

Ich befahl, Dardanus sofort in eines der Zimmer zu bringen, dass wir eben geräumt hatten. Den Wirt, der erklärte, dieses sei bereits wieder vermietet worden, brachte Tarquinius mit einem einzigen Blick zum Schweigen.

Als Fix und Fax Dardanus vorsichtig auf das Bett hoben und dabei sein rechtes Bein berührten, schrie der Mann vor Schmerz auf.

Uns war sofort beim Anblick des Gladiators ein schlimmer Verdacht gekommen: schließlich waren wir lange genug mit Verletzungen aller Art vertraut, obwohl der Verband um den verletzten Oberschenkel tadellos sauber erschien. Als Tarquinius diesen jedoch vorsichtig löste, kam unter diesem jener alte zum Vorschein, den sich Dardanus nach dem Kampf hastig über die beiden Einstiche des gegnerischen Dreizacks gewickelt hatte, ehe er zu seiner Geliebten entschwunden war. Und dieser war alles andere als sauber, sondern mit halb getrocknetem Blut verkrustet.

Nachdem der Etrusker auch diesen behutsam abgenommen hatte, wobei Dardanus kläglich wimmerte, bot sich uns ein entsetzliches Bild: Um die Verletzungen war, fast handgroß, das Fleisch dunkelblaurot aufgeschwollen, und aus den beiden Einstichen sickerte immer noch Blut und vor allem dicker gelber Eiter.

»Schafft sofort Mykerinos und Pia zur Stelle!«, befahl ich meinen Trägerzwillingen.

Wie es den beiden gelang, unseren Arzt und seine mittlerweile fast ebenso heilkundige Helferin binnen kaum einer Stunde von der *Windsbraut*, wo sie sich inzwischen schon wieder eingeschifft hatten, in den »Sestertius« zu bringen, mögen die Götter wissen.

Bis sie kamen, hatte Tarquinius versucht, die Wunden mit Wein vorsichtig ein wenig zu reinigen, doch Dardanus schrie bei der leisesten Berührung laut auf. Fast augenblicklich erschien der Wirt, um zu erklären, die übrigen Gäste fühlten sich bei diesen Schreien in ihrer Ruhe gestört. Unser Etrusker versicherte ihm allerdings, jene Gäste müssten sich noch an ganz andere Schreie gewöhnen, wenn er ihm, so er noch einmal erschiene, bei lebendigem Leib die Gedärme aus dem Wanst reißen und ihn an diesen aufhängen würde. Der Mann wagte es später nicht einmal mehr, die zusätzlich angefallenen Kosten für das Zimmer einzufordern.

Mykerinos und Pia begutachteten ebenso entsetzt wie wir die Wunde.

Zunächst einmal mischte der Ägypter einen Trank aus verschiedenen Phiolen in seiner kleinen Arzneitruhe, welche er fast überall mit sich herumschleppte, und flößte diesen Dardanus vorsichtig ein.

»Das Mittel, aus Mohnkapseln gewonnen, ist stark, fast *zu* stark, aber es wird zunächst einmal die Schmerzen lindern«, erklärte er dazu. Tatsächlich schlief Dardanus kurz danach fest ein.

Dann waren die beiden Mediziner freilich ziemlich ratlos.

Wir hatten oft Wein oder sogar den Griechenschnaps »Usos« in Wunden gegossen. Das tat zwar höllisch weh, half aber in vielen Fällen.

»Hätten wir ja getan«, murrte Mykerinos, »aber Dardanus wollte davon nichts wissen und stürmte davon zu seiner Geliebten, ehe wir überhaupt einen ordentlichen Verband anlegen konnten.«

»Die Wunde ausbrennen?«, fragte Pia.

Ich hatte diese Behandlung seinerzeit bei meiner Schenkelwunde während meiner ersten Spiele in Volaterra selber über mich ergehen lassen müssen – es tat brutal weh, aber die Wunde war tadellos geheilt, hatte nur eine derbe Narbe hinterlassen.

»Vor drei Tagen noch hätte das vielleicht Sinn gemacht …«, seufzte Mykerinos.

»Wenn man das brandige Fleisch wegschneidet – ich meine bis zum Knochen wegschneidet?«, versuchte ich vorzuschlagen. »Ich weiß, dass derlei schon mit Erfolg gemacht wurde. Dardanus würde zwar niemals mehr in eine Arena gehen können, aber sein Leben …«

»Zu spät!«, seufzte der Ägypter. »Das Gift der Wunde hat sich längst zu weit ausgebreitet …«

»Und das ganze Bein amputieren?«, fragte Tarquinius verzweifelt.

»Stoße ihm lieber gleich eines deiner Schwerter in die Kehle, das ist gnädiger!«, gab Pia zurück. »Wir müssten das Bein an der Leiste abnehmen. Selbst für den unwahrscheinlichen Fall, dass er das überleben sollte, wäre Dardanus …«, und dann brach sie in hemmungsloses Weinen aus.

So saßen wir denn hilflos um das Bett unseres Gefährten. Seine Hautfarbe wechselte irgendwann von hochrot zu kreidebleich. Wieder und wieder flößten ihm Mykerinos und Pia jenes schmerzstillende Mittel ein. Von Mal zu Mal in stärkerer Dosierung.

»Warum nur hat er sich nach der Verwundung nicht einmal zehn Minuten Zeit genommen? Er würde jetzt gesund und munter wie immer herumlaufen«, weinte Pia leise.

Hätte jetzt jemand etwas von »Schicksal« oder dem »Willen der Götter« gesagt, ich wäre in lautes Schreien ausgebrochen!

So aber meinte Mykerinos nur trocken: »Weil ihm vermutlich sonst sein Schwanz geplatzt wäre!«

Einige Male erwachte Dardanus noch halb, kämpfte im Fieberwahn mit irgendwelchen Gegnern, fuchtelte mit unsichtbaren Palmen, rückte ebenso unsichtbare Kränze auf seinem Haupt zurecht, brabbelte die Namen irgendwelcher Frauen und Mädchen. Dazwischen entsetzte er sich freilich immer wieder vor den »Flammen« des Orakels, jenen Flammen des Fiebers, die ihn nun wahrlich verbrannten.

Ob man nicht wenigstens gegen jene Fieberflammen etwas tun könne, fragte Tarquinius.

Ja, man könne, bestätigen Mykerinos und Pia einstimmig. Aber: »Willst du wirklich seine Leiden noch verlängern?«, hatten sie gefragt.

Dardanus war stark! Ein echter *Primus Palus* der Schule von Felix Felix. Er kämpfte den ganzen Tag und noch fast die ganze darauf folgende Nacht, ehe er in den Morgenstunden verstarb.

Wir ließen ihn feierlich einäschern. Die Urne mit seinen Überresten bargen wir zunächst im Bauch der *Windsbraut von Salamis* neben jener von Fulmina, um sie im Totenhain von Felix Felix würdig beisetzen zu können.

Noch einen Verlust – eigentlich zwei – hatten wir damals in Caesarea zu beklagen.

Am Morgen nach dem Fest bei Königin Berenice waren die Zwillinge Kastor und Pollux zu uns gekommen:

Die Königin sei von ihrer Leistung in der Arena begeistert gewesen und habe sie deshalb gefragt, ob sie nicht als ihre ganz persönlichen Leibwächter in ihre Dienste treten wollten? Fraglos gehöre ihre Treue zunächst einmal Felix Felix, aber Stellung und gar Bezahlung …

Viele in die Jahre gekommene Gladiatoren nehmen ähnliche Angebote bei weit unbedeutenderen Personen nur zu gerne an. Dass die Zwillinge uns überhaupt fragten, war eine mehr als höfliche Geste, denn als freie Männer konnten sie schließlich ungebunden über ihr Schicksal entscheiden.

Wir wünschten ihnen von Herzen alles Glück der Erde für ihre Zukunft, und so verschwanden sie aus unserem Leben.

Auch Herr Volsinius blieb in Caesarea zurück.

Caesar Vespasianus war ein zutiefst religiöser Mann. Solange sie nicht die Staatsordnung störten, wie derzeit die Juden, war er bereit, Anhänger jeder Glaubensrichtung zu akzeptieren und zu tolerieren und sich höflich vor Amon und Baal, Mithras, Epona, Odin oder sogar dem Gott der Christiani zu verneigen. Nur Nichtsgläubige verachtete er schlicht als Dummköpfe.

Persönlich betete er unerschütterlich zu Jupiter und den anderen Olympiern, die schließlich Roma groß gemacht hatten.

Ein wahrhaft ehrlicher »Seher«, ein Haruspex wie Herr Volsinius, der es auch wagte, hochgestellten Personen unangenehme Dinge zu sagen, musste ihm da zweifellos wie ein Fingerzeig der Himmlischen erscheinen.

Und vielleicht war Herr Volsinius das in der Tat. Nie traf Caesar Vespasianus fürderhin eine Entscheidung, ohne die Meinung des Haruspex eingeholt zu haben. Es waren nicht immer populäre, jedoch immer kluge Entscheidungen, die Roma und das Imperium nochmals in ein »goldenes Zeitalter« führten!

Am nächsten Tag lichtete die *Windsbraut von Salamis* die Anker, um uns nach Hause zu bringen.

LUDUS XV

Ende und Neubeginn

Dimachaerus

Oktober des Jahres 822 bis November des Jahres 824 *ab urbe condita*.
Im 1. bis 3. Regierungsjahr
des erhabenen Caesars Vespasianus.
(69 *bis* 71 n. Chr.)

Wir kamen nicht zu spät!

Als wir in den ersten Dezembertagen in Puteoli landeten und nach Felix Felix eilten, war Herr Gladius Felixianus noch am Leben.

Er konnte nicht mehr sprechen, sich kaum mehr bewegen. Er war müde, schlief fast nur noch, doch wenn sich seine leuchtend blauen Augen öffneten, so waren sie so intensiv und lebendig wie immer.

Gegen Ende Dezember, es war Sonnenwende, krabbelten seine Finger nach rechts und links den Händen von Tarquinius und mir, die wir neben seinem Bett saßen, entgegen. Wir nahmen seine Hände in die unseren und konnten von seinen Lippen ablesen:

»Meine Söhne …«

Dann schloss er wieder die Augen.

Wenige Tage später entzifferten wir: »Heim!« und »Agatha!«

In den Morgenstunden zum 1. Januar schreckte die Dame Lucia auf. Sie hatte von einem Taubenschwarm geträumt, der in einen kristallklar blauen Himmel flog.

Amenophis, Mykerinos und Pia, die Herrn Gladius Felixianus in seinen letzten Wochen aufopfernd gepflegt hatten, waren nur für wenige Minuten aus dem Zimmer gegangen.

Und in diesem Augenblick war Herr Gladius Felixianus für immer eingeschlafen.

Auf seinen Füßen lag Kater Felix Felix III. Auch er war tot, zusammen mit seinem Herrn hinübergegangen in jene andere Welt. Wie freilich der damals bereits hochbetagte Katzenherr überhaupt in das Zimmer gekommen war, wusste niemand zu sagen.

Nicht einmal eine Woche später folgte ihnen Philippa. Begonnen hatte es mit einer Erkältung, wie sie sich unsere Tochter so gut wie jeden Winter zuzog, welche diesmal jedoch zu einer Lungenentzündung ausgeartet war …

Unmittelbar nach unserer Rückkehr hatten wir die Urnen mit der Asche von Fulmina und Dardanus im Totenhain beigesetzt.

Vor wenigen Tagen dann die von Herrn Gladius Sempronius Felixianus und Kater Felix Felix III.

Und nun unserer kleinen Philippa.

Beim ersten traditionellen Totenmahl hatten wir rühmend der beiden Verstorbenen gedacht, wie dies Sitte ist.

Beim zweiten hatten wir mit unseren Tränen gekämpft, und Tarquinius hatte den letzten Teil seiner Ruhmesrede nur noch mit heiserer, stockender Stimme herausgebracht.

Beim dritten fehlten uns allen einfach die Worte.

Doch das Leben ging weiter.

Der Januar ging zu Ende. Der Februar folgte. Dann der März …

Ende Dezember hatten die Wellen des Tiberis für immer die geschändeten und zu Tode gemarterten Leichen von Caesar Vitellius und der Expythia und »Augusta« Haica verschlungen.

Flavius Vespasianus feierte Anfang April unangefochten als Imperator Augustus Caesar triumphalen Einzug in Roma.

Und noch am gleichen Tag nahm er die Regierungsgeschäfte fest in seine starken Hände und behielt sie dort bis zu seinem Tod neun Jahre später. Unterstützt wurde er dabei unverbrüchlich durch seine Söhne, Herrn Titus Flavius, der allgemein so beliebt war, dass man ihn bald nur noch als »Vorbild und Liebling der ganzen Menschheit« bezeichnete, und Herrn Domitianus Flavius, der zwar ein schwieriger Charakter war, jedoch, und sei es nur aus Eigennutz, treu zu seinem Vater hielt.

Der Senat, eifersüchtig auf seine Privilegien bedacht, sah generell keinen Caesar, wie immer er heißen mochte, gern und hatte nur der Not – sprich: dem massiven Druck der siegreichen Legionen – gehorchend Herrn Vespasianus ebenso wie auch seine Vorgänger anerkannt. Die wahre Liebe wurde es nie, doch der Senat erkannte an, dass Caesar Vespasianus die Rechte des Senats nicht über Gebühr beschnitt und vor allem keine Senatoren ermorden ließ, weil ihm ihre Gesinnung oder auch nur ihre Nase nicht passte.

Die Gunst der Massen gewann Caesar Vespasianus im Sturm, da er bereits eine Woche nach seinem Einzug in Roma Spiele ansetzte, welche der Pöbel während der Epoche des geizigen Caesars Galba, des glücklosen Caesars Otho und des eigensüchtig verfressenen Caesars Vitellius so schmerzlich hatte vermissen müssen! In ihrem Glanz erinnerten sie an die Zeiten Caesar Neros. Die Wagenrennen im diesmal aus Stein wiederaufgebauten Circus Maximus, die Tierhetzen und Gladiatorenkämpfe in den anderen Arenen, die »Seeschlachten« in der Naumarchia waren perfekt inszeniert und mit hochklassigen Stars besetzt! Selbst für die Mittagpausen waren beste Tanz- und Akrobatengruppen zur Unterhaltung engagiert. Nur blutrünstige Hinrichtungen, von denen der neue Caesar wenig hielt, wurden seltener, auch wenn sie keineswegs aufhörten. Und wenn die Witze der Spaßmacher genauso dumm und zotig waren wie bisher, so lag das einzig am Geschmack des Pöblikums.

Handwerk und Handel erlebten eine Blüte, denn überall wurden riesige staatliche Bauaufträge vergeben, etwa bei den vielfach beschädigten Aquädukten, den Wasserleitungen nach Roma, und bei der Neugestaltung des Mons Capitolinus, dessen nach dem großen Brand gerade erst restaurierte Tempel bei den Kämpfen gegen Caesar Vitellius nochmals in Flammen aufgegangen waren. Das gewaltigste war aber zweifellos das Amphitheatrum Flavium, im Volksmund nach der Riesenstatue Caesar Neros »Colosseum« genannt, das von rund siebzigtausend Sklaven aus dem Judenkrieg in einer Zeit von fast zehn Jahren erbaut wurde – die größte Arena der bekannten Welt, errichtet im Becken eines künstlichen Sees der ehemaligen *Domus aurea*.

Auch für die Stadt und ihre Bevölkerung tat er eine Menge:

Zwar wurden die ungezählten Habenichtse keineswegs mehr so großzügig wie einst mit Nahrungsmitteln und Kleidern aus der Staatskasse beschenkt wie unter Caesar Nero, dafür bot er ihnen zahllose ordentlich bezahlte Arbeitsplätze. »Wer wirklich sein Brot nicht selber verdienen kann, dem ist der Staat verpflichtet zu helfen«, erklärte der neue Caesar unmissverständlich. »Wer dies aber kann, der hat das auch gefälligst zu tun! Der Staat *muss* Bedürftige unterstützen, *nicht* aber Faulheit belohnen!«

In Erinnerung an die entsetzliche Brandkatastrophe unter Caesar Nero, erließ er auch neue Bauvorschriften: Jedes Haus innerhalb des Stadtbezirkes hatte aus Stein oder zumindest Ziegeln erbaut zu sein. Kein Haus – speziell auf die »Insulae« gemünzt – durfte höher als sechs Stockwerke sein. Hölzerne Auf-, An- und Nebenbauten wurden strikt verboten. Gemauerte Treppen als Fluchtwege wurden Vorschrift. Dafür würde es auch staatliche Zuschüsse geben. Trotzdem heulten die Besitzer und Mietherren der Insulae auf vor Entsetzen, doch Caesar Vespasianus blieb unerbittlich.

Natürlich kostete all dies Unsummen, und die Kassen waren leer.

So dachte Caesar Vespasianus gar nicht daran, die von Caesar Galba verordneten Steuererhöhungen zurückzunehmen. »Wer ordentlich verdient, der kann auch ordentlich zahlen«, erklärte er seinen Beratern.

Im Gegenteil, er setzte noch eine Steuer drauf: Die »Latrinensteuer«, die jeden traf und die jeder entrichten musste, der eine private Latrine besaß oder eine öffentliche benutzte.

Seine Berater waren entsetzt ob dieses fäkalen Einfalls!

Caesar Vespasianus soll daraufhin eine Sestertius-Münze hervorgezogen und ausführlich daran geschnüffelt, sie auch seinen Beratern zur Nasenprobe weitergegeben haben.

»*Non olet!*« – »Sie stinkt nicht!«, lautete schließlich das Urteil.

Dass er selbst ausgesprochen bescheiden war, sicherte ihm letztlich dann doch wieder die Sympathie der Menschen.

Zwar ließ er die Caesarenpaläste auf dem Mons Palatinus restaurieren: »Sie sind ein Stück Geschichte der Größe Romas!« Die gigantische *Domus aurea* Caesar Neros verschwand hingegen so schnell, wie sie entstanden war: Der tief ausgehobene künstliche See wurde, wie schon gesagt, zum Unterbau des »Colosseums«. Teile des Palastes wurden abgerissen oder in öffentliche Gebäude umgewandelt. Die schönsten Parks und Wäldchen wurden zu öffentlichen Gärten. Der Rest wurde an Privatleute verkauft, die dort ihre Villen errichteten – manchmal freilich auch wieder Mietshäuser.

Caesar Vespasianus selber residierte in einem Palast, der eigentlich kaum mehr war als eine große Villa in den Horti Sallustiani, einem ausgedehnten Park im Norden Romas. Hier hatten auch seine Söhne ihre Villae, wobei man Herrn Domitianus Flavius freilich nachsagte, dass er einen Palast auf dem Mons Palatinus sehr wohl vorgezogen hätte.

Die neuen Regierungsmaßnahmen des Caesar Vespasianus trafen selbstverständlich auch die Schule von Felix Felix.

Da waren auf der einen Seite die Spiele, sowohl jene Caesars als auch alle anderen, die nach der Zeit der Wirren wieder auflebten.

Schon bei den Spielen, die der neue Caesar unmittelbar nach seinem Einzug in Roma ansetzte, waren wir glanzvoll vertreten – Palmen und drei Kränze für unsere *Secundi Pali*. Für unsere *Primi Pali* durchweg Kränze, mit Ausnahme von Tarquinius, der mangels eines entsprechenden Gegners überhaupt nicht in die Arena ging. Und mit Ausnahme von Leoparda, die sich entsprechend dem Gebrüll des Mobs trotz überragender Leistung mit nur einer Palme zufrieden geben musste, weil sie nicht ihren berühmten Brustbandtrick vorgeführt hatte. Dafür avancierten Aurius und Leo und der einäugige Monophthalmos zu ausgesprochenen Publikumslieblingen.

Natürlich stellten die caesarischen Kasernen in Roma, Capua oder Bononia nach wie vor die Masse der Gladiatoren. Caesar Vespasianus legte freilich ungeheuer Wert auf »Glanzlichter« aus kleinen, elitären Schulen wie eben Felix Felix – die Prämien für diese waren entsprechend hoch!

Aber da waren auf der anderen Seite natürlich die Steuern:

»Grundbesitzsteuer«, »Haussteuer«, personelle »Kopfsteuer«, »Wassersteuer«, »vulkanische Schwefelquellen Heil- und Heizsteuer« oder »Gewerbesteuer« für alles, was wir hatten und taten.

»Getreidesteuer«, »Viehsteuer« – beamtisch korrekt aufgeteilt in »Rinder-, Schweine-, Ziegen-, Schaf-, Gänse-, Enten-« und »Hühnersteuer« – nebst »Eier-« und »Schafwollsteuer«. Weiter »Milchsteuer«, »Käsereisteuer«, und »Schlachtsteuer« sowie »Gemüsesteuer«, »Weinsteuer«, »Fischfangsteuer« und so weiter für die zu unserer Schule gehörigen landwirtschaftlichen Betriebe.

Und natürlich die neue »Latrinensteuer« – ich hatte gar nicht geahnt, wie viele entsprechende Örtchen es in unserer Schule, dem Dorf und auf den Landgütern gab!

»Luxussteuer« – besonders betroffen: Tarquinius – und »Vergnügungssteuer« – wir waren schließlich ein Betrieb, der dem Vergnügen der Massen diente – schröpften gerade uns noch außerdem.

Wenn der brave Mucius, der längst den geistig immer mehr verfallenden Phiops abgelöst hatte, anfing, über Steuern zu reden, ging ein leises Winseln durch den »Inneren Rat« von Felix Felix, denn allein die Aufzählung dauerte mindestens eine halbe Stunde.

»Könnte man dies nicht alles auch ein bisschen einfacher gestalten?«, fragte Tarquinius einmal.

Mucius zog leicht verzweifelt die Schultern hoch und fragte dagegen:

»Womit sollten diese ›Diener des Volkes‹ sonst ihre wohlbezahlten Stellen rechtfertigen? Ich fürchte, sollte ihnen wirklich nichts mehr einfallen, womit sie ihre Existenz begründen können, so werden sie eine Vorschrift für den Krümmungsradius einer Gurke herausgeben …«

Sein Vorgänger und Lehrmeister Phiops starb im August 823 *ab urbe condita*.

Wir betrauerten ihn und setzten ihn an einem Ehrenplatz im Totenhain bei, als einen Mann, der viele, viele Jahre treu, selbstlos und klug Felix Felix gedient hatte.

Für seine Familie und jene, die ihn gepflegt hatten, war sein Hinscheiden unzweifelhaft eine Erlösung, denn in seiner geistigen Verwirrung war er zunehmend bösartig geworden, hatte seinen Körper nicht mehr unter Kontrolle gehabt und Dinge getan, die ihm einst bei wachem Verstand nicht einmal im Traum eingefallen wären.

Amenophis hatte diese geistige Verwirrung als eine unerbittlich fortschreitende Krankheit diagnostiziert, für welche Phiops nicht verantwortlich sei. Trotzdem ließ sein Tod seine Familie letztlich mehr aufatmen als trauern.

Das Gesprächsthema schlechthin dieses Sommers war natürlich der Krieg in Judaea, genauer gesagt, die Belagerung von Jerusalem.

Zwar hatte nach dem Ende von Caesar Vitellius niemand mehr gewagt, gegen Caesar Vespasianus zu rebellieren, doch eine Niederlage in Judaea mochte seine Herrschaft durchaus wieder erschüttern, während ein Sieg ohne jeden Zweifel den goldenen Lorbeerkranz der Caesaren für die *Gens Flavia* auf Jahrzehnte hinaus sichern würde.

Mitte April war der Imperator, der Oberbefehlshaber, Titus Flavius mit seiner Armee von Caesarea aufgebrochen: sechzigtausend Mann römische Legionäre, darunter so ruhmreiche Legionen wie die V. unter Legat Larcius Lepidus, die X. unter Legat Sextus Cerealis, in der Lucius Dienst tat, und die XII. unter Legat Tiberius Alexander, einen zum Römer bekehrten Juden, dem besonders unnachsichtige Härte gegen seine Landsleute nachgesagt wurde. Dazu kamen dreißigtausend Mann Hilfstruppen des Königs Herodes Agrippa aus Syria, Phoenicia und Arabia, von deren Kampfkraft man freilich nicht übermäßig viel hielt. Die Ingenieurtruppen, zuständig für die Hunderte von Katapulten und anderen Belagerungsmaschinen, die Zimmerleute, Pioniere und

Mineure und sonstigen Techniker zählten nochmals gut zehntausend Mann. Und der Legat Liternius Fronto sorgte mit seiner Legion für den stetigen Nachschub an Proviant und Material der Armee von Caesarea herauf.

Der Zeitpunkt des Abmarsches war genial gewählt. Am 22. April würden die Juden das Passah-Fest, ihren höchsten Feiertag begehen, zu dem trotz der gefährlichen Situation nochmals Hunderttausende an Gläubigen nach Jerusalem pilgern würden – um dann in der Stadt eingeschlossen zu werden. Niemand weiß genau, wie viele Menschen zu Beginn der Belagerung sich in Jerusalem aufhielten – Schätzungen sprechen von eineinhalb bis sogar zwei Millionen!

Die unbestreitbar beste Chance der Juden hätte darin bestanden, die anrückende Armee in den Engpässen der Berge aufzuhalten oder gar zu besiegen, wie die Zeloten vorgeschlagen hatten, denn die Zahl der waffenfähigen Juden übertraf die der Römer um weit mehr als das Doppelte. Doch die beiden Messiasse und sich nach wie vor bekämpfenden Befehlshaber der größten Gruppierungen, der Galiläer Jochanaan von Gischala und der Räuberhauptmann Simon ben Gioras, wollten keinesfalls ihre eifersüchtig bewachten Stellungen in der Stadt riskieren. Und so rührten sie sich nicht vom Fleck, verspielten diese Möglichkeit.

Und noch einmal scheint der Judengott seinen Leuten eine allerletzte Chance gegeben zu haben, ehe er sich endgültig von ihnen abwandte:

Am Abend des 21. April rückte die Spitze der römischen Armee von Norden über die Straße von Sichem her vor die Stadt.

Herr Titus Flavius, der Imperator, war ihnen ein Stück vorausgeeilt, und ungeduldig wie er war, beschloss er sogleich, jenen schwächsten Teil der äußersten Mauer zwischen dem so genannten »Frauentor« und dem Psephinos-Turm, wo als Erstes die Rammböcke angesetzt werden sollten, persönlich mit einem kleinen Trupp Berittener zu inspizieren.

Ein wilder Ausfall der Zeloten unter dem Tempelhauptmann Eleazar schnitt ihn von den meisten seiner Reiter ab, die sich ohnehin in dem von Gartenmauern vielfach durchschnittenen Gelände nicht recht entfalten konnten.

Hätte Jochanaan von Gischala, der von der Mauer aus zusah, den Zeloten Hilfe geschickt, der jüdische Krieg wäre möglicherweise an diesem Abend entschieden gewesen. So aber konnten die ersten Kohorten der an der Spitze der Armee marschierenden X. Legion Herrn Titus Flavius unverletzt heraushauen und die Zeloten in die Stadt zurückjagen. Ein gewisser Lucius Gordianus Balbus soll sich dabei besonders ausgezeichnet haben – auf jeden Fall wurde er bereits am nächsten Tag zum Tribun befördert.

Lucia erbebte bei solchen Nachrichten, war aber auch sichtlich stolz auf ihren Sohn!

Auch die nächsten Meldungen von der Belagerung Jerusalems waren überaus erfreulich:

Am 7. Mai, zwei Wochen nach dem Eintreffen der Legionen, brach unter den Stößen der »Widder« – gewaltigen, an Ketten aufgehängten und von Hunderten von Armen in Schwung gesetzten riesigen Eichenbalken mit einem bronzenen Widderkopf an ihrem Vorderende – ein Teil der äußersten Stadtmauer zusammen.

Dem Ansturm der Belagerer hatten die zerstrittenen Horden des Jochanaan von Gischala und des Simon ben Gioras nichts entgegenzusetzen, und so zogen sie sich hinter den zweiten Verteidigungswall zurück. Die so genannte »Neustadt« wurde dem Erdboden gleichgemacht, um Raum für die Belagerungsmaschinen zu schaffen.

Kaum zwei Wochen später brachen auch die Mauern der alten »Vorstadt« unter den Rammstößen der Widder zusammen. Die Belagerten schlossen so hastig die Tore zum Tempelberg, der Burg Antonia und der Oberen Stadt, dass Tausende ausgesperrt und von den stürmenden Legionären gnadenlos niedergehauen wurden.

Mit der Eroberung der alten »Vorstadt« war endgültig der Weg frei zu den Fundamenten der Festung Antonia, welche über den als uneinnehmbar geltenden Tempelberg wachte.

Mag sein, dass sich Imperator Titus Flavius allzu sehr auf den Tempelberg konzentrierte, dessen Eroberung ohne jeden Zweifel das Meisterstück seiner Kunst als Feldherr sein würde.

Der Weg dorthin führte freilich nur aus Norden, über die Eroberung der Antonia, deren Fundamentquadern zwanzig Ellen lang und fünf Ellen dick waren, welche auch der Stoß des mächtigsten Widders kaum würde erschüttern können – die anderen Seiten des Tempelberges waren durch die Steilabfälle in die Täler Kedron und Tyropoion unangreifbar geschützt.

Herr Titus Flavius befahl unverzüglich, die Antonia anzugreifen.

In nur siebzehn Tagen wurden auf den Trümmern der einstigen Neustadt vier Dämme errichtet, über welche die mächtigen Türme und Widder an die Mauern herangerollt werden konnten, obschon die Männer pausenlos von Pfeilen, Speeren, Steinen und vor allem den Geschossen der über dreihundert jüdischen Katapulte überschüttet wurden.

Die Katastrophe geschah, als die Belagerungsmaschinen beinahe ihr Ziel erreicht hatten: Rauch quoll aus dem Boden, drei der Dämme samt den Maschinen brachen in die Tiefe hinunter, Flammen prasselten empor und verschlangen das mühsam errichtete Werk.

Die Zeloten unter dem Kommando des Tempelhauptmanns Eleazar hatten unter den Dämmen Stollen gegraben und zunächst mit wuchtigen Balken abgestützt. Dann hatte man diese Minen, sie waren fast dreihundert Schritt lang, mit Reisig, Werg und ölgetränkten Lumpen vollgestopft und das Ganze angezündet, um die Stützbalken zu verbrennen. Als die Stollen, so ihres Haltes beraubt, zusammensackten, rissen sie die Dämme, die Belagerungstürme und Widder samt deren Besatzungen mit sich in die Tiefe und ins Verderben.

Ein wütender Ausfall der Zeloten und der diesmal mit ihnen zusammenspielenden Galiläer setzte nicht nur den vierten Damm, dessen Mine nicht gezündet hatte, in Brand, es gelang ihnen sogar, bis zum befestigten Römerlager vorzudringen. Aberdutzende der Zeloten sprangen sogar in den umgebenden Graben hinunter, um dann mit den Köpfen gegen den Wall zu schlagen, den sie nicht erklimmen konnten, wie Flavius Josephus in seinem Buch *De bello Judaico* später berichtete.

Pardon wurde an jenem Tag von beiden Seiten weder erwartet noch erbeten, und auch nicht gegeben. Hätte sich Simon ben Gioras mit seinen Räubern und Idumäern dem großen Ausfall angeschlossen, wer weiß, wie der Tag geendet hätte. So aber siegte römische Disziplin letztlich über jüdischen Fanatismus und trieb Zeloten und Galiläer wieder hinter die Mauern der Stadt zurück.

Die Verluste an Männern, sowohl bei den hochspezialisierten Ingenieuren als bei den sie verteidigenden Legionären an den verbrannten Dämmen, waren gewaltig!

»Noch ein solcher Erfolg der Juden, und wir müssen mit eingekniffenem Schwanz abziehen!«, soll Herr Titus Flavius gesagt haben.

So mag man auch seine nächste Reaktion verstehen: Während der große Ausfall im Norden der Stadt nahezu alle römischen Streitkräfte band, hatten im Süden durch das »Essener-Tor« fast tausend jüdische Zivilisten die Flucht gewagt, waren aber herodianischen Hilfstruppen in die Hände gefallen.

»Kreuzigen!«, hatte die knappe Anweisung des Imperators gelautet. So wurden die Flüchtlinge – Männer, Frauen, Kinder – samt und sonders an Kreuze genagelt, die man in Sichtweite der Stadt auf den umgebenden Höhen aufstellte. Die erwünschte moralische Wirkung blieb freilich aus, denn täglich suchten trotzdem Hunderte aus der belagerten Stadt zu entkommen, sodass sich bald ein Ring von Kreuzen um Jerusalem zog.

Flavius Josephus schrieb dazu:

»Der Hunger zwang sie, aus der Stadt herauszukommen. Sie wurden gegeißelt, durch alle erdenklichen Foltern gejagt und in Sichtweite der Mauern gekreuzigt. Ti-

tus sah es mit Schmerz, wie an einem Tag fünfhundert und oft auch mehr gefangen wurden. Die Soldaten nagelten aus Hass und Erbitterung den einen so, den anderen so in grotesken Verrenkungen an. Wegen der Menge fanden die Kreuze nicht Raum und die Gefangenen nicht Kreuze genug.«

Diese Art des Grauens endete erst, als Imperator Titus Flavius befahl, eine mit Türmen bestückte Mauer um die ganze Stadt zu ziehen, die jeden Ausbruchs- oder Fluchtversuch vereitelte.

Der Hunger in Jerusalem war inzwischen, wie kalt vorausberechnet, grausam!

Noch einmal darf ich Herrn Flavius Josephus, den bei aller Römer-Lobhudelei in diesem Fall objektiven Augenzeugen zitieren:

»Öffentlich war nirgends mehr Getreide zu haben; die Empörer drangen daher in die Häuser und durchsuchten sie. Fanden sie etwas, so schlugen sie die Besitzer grausam, weil sie es verheimlicht hatten; fanden sie nichts, so marterten sie dieselben. Viele gaben ihr ganzes Vermögen hin, die Reichen für einen Scheffel Korn, die Armen für einen Scheffel Gerste; mit diesem Schatz verkrochen sie sich in den verborgensten Winkel ihrer Häuser und verzehrten das Getreide in ihrem Heißhunger oft ungemahlen. Bedauernswert war die Kost und jammervoll der Anblick. Die Gewaltmenschen schwelgten immer noch im Überfluss, die Schwachen litten. Jedes besseren Gefühls spottete der Hunger; vor allem ertötete er die Liebe: Frauen rissen den Männern, Kinder den Eltern, Mütter den eigenen Kindern die Speisen aus dem Mund, den in ihren Armen dahinwelkenden Säugling scheuten sie sich nicht den letzten Tropfen Milch zu entziehen. Viele arme Bürger schlichen sich nachts bis an die römischen Posten, um Feldfrüchte und Kräuter zu sammeln; allein, wenn sie den Feinden entkamen, fielen sie damit den Ihrigen in die Hände, die ihnen alles entrissen, mochten sie auch beim Namen Gottes flehen, ihnen wenigstens etwas zu lassen. Im Einzelnen ihre Freveltaten aufzuzählen ist unmöglich. Mit einem Worte: Nie hat eine Stadt so Schreckliches erduldet!«

Da man die Hungertoten längst nicht mehr dem jüdischen Ritus gemäß bestatten konnte, wurden sie über die Mauern geworfen oder aus den Toren – ein Wächter will an einem einzigen Tor vom Beginn der Belagerung an bis Anfang Juli 115880 Leichen gezählt haben. Man mag solchen Zahlen im Einzelnen glauben oder auch nicht, die Tatsache bleibt bestehen, dass seinerzeit durch Hunger und sonstige Kriegseinwirkungen rund eine Million Menschen ums Leben kamen, deren unbestattete Leichen die Täler Kedron und Ben-Hinnom um Jerusalem füllten und mit ihrem Pesthauch auch die Belagerer bedrohten.

Am 15. Juli begannen die Widder, auf neu gebauten Dämmen herangeführt, gegen die Mauern der Burg Antonia zu donnern.

Horchposten hatten keine erneuten Aktivitäten der belagerten Juden ausmachen können. Jochanaan von Gischala hatte es nach dem Tod des Zelotenhauptmanns Eleazar beim großen Ausfall verboten, die Riesenquader der Festung weiter zu »unterwühlen« – ein verhängnisvoller Beschluss, denn ein nochmaliges Einbrechen in Rauch und Feuer der Dämme und Maschinen hätte das endgültige Aus für die Belagerer bedeutet.

Im Gegenteil: Römische Mineure, allgemein besser bekannt unter dem Begriff *Talpae* – »Maulwürfe« –, hatten mit ihren Stollen das nördliche Fundament der Burg untergraben. Zwar stürzte nur ein schmaler Teil der Festungsmauer am 16. Juli ein, und das Siegesgeschrei der Legionäre verlor sich schnell beim vergeblichen Ansturm auf eine hastig dahinter errichtete Mauer des Jochanaan von Gischala – auch er hatte schließlich seine Horchposten, die das Scharren und Kratzen der Römer gehört hatten.

Doch in der Nacht zum 17. Juli erkletterte ein Trupp beherzter Soldaten jene Mauer, hieb die ebenso siegestrunkenen wie verschlafenen Galiläer nieder und behauptete seine Stellung so lange, bis der Rest der Legion, es war wieder die X., über die provisorische Mauer stieg, die Galiläer aus der Festung warf und sogar bis zur äußeren Umrandung des Tempels vorzudringen vermochte.

Dass dabei der Name des Tribuns Lucius Gordianus Balbus erneut mehrfach höchst ehrenvoll genannt wurde, erschreckte die Dame Lucia diesmal freilich mehr, als es sie andererseits erfreute.

Wer nun auf einen ganz schnellen Sieg gesetzt hatte, sah sich zweifellos enttäuscht.

»Wer die Antonia hat, der hat auch den Tempel!«, war gesagt worden. Tatsache freilich war: Von beiderseits leidenschaftlich geführten Scharmützeln hin und her abgesehen dauerte es fast zwei Wochen, ehe die riesigen Vorhöfe und die sie umgebenden Säulenhallen von Juden gesäubert und genug Platz geschaffen war, um das äußere, mit Inschriften bedeckte, Steingitter zu durchbrechen und die Widder gegen den »Zwinger«, die eigentliche Umfassungsmauer des Tempels anzusetzen.

Herr Titus Flavius hatte unmissverständlich klar gemacht, er wünsche bei der Eroberung des eigentlichen Tempels so wenig Zerstörungen als irgend möglich. Der Legat Tiberius Alexander widersprach zwar heftig, denn nur mit der Zerstörung des Tempels würden die Juden aufhören, eine aufsässige Minderheit im Imperium Romanum zu bilden und wie andere Völker aufgesogen werden, ohne Spuren zu hinterlassen. Doch der Imperator setzte sich durch.

Weshalb Herr Titus Flavius den Tempel unbedingt erhalten wollte – natürlich sollten jegliche Befestigungen bis zu den Grundmauern geschleift werden! –, darüber gehen die Meinungen auseinander: Wollte er damit seiner Geliebten, der schönen Königin Berenice, einen Gefallen tun, deren Großvater schließlich den Tempel in seiner jetzigen Form errichtet hatte? Scheute er sich grundsätzlich, den Tempel eines Gottes, auch wenn er nicht an diesen glaubte, zu zerstören? Wollte er ganz einfach diesen als Weltwunder gepriesenen Bau der Nachwelt erhalten? Vielleicht gar als ewiges Monument seines Sieges? Es wurde sogar gemunkelt, er habe so die Christiani – denen er zutiefst misstraute, auch wenn er sie nie verfolgte – zum Verschwinden bringen wollen, indem er ihren Gründer Jesus offen widerlegte, der einst die völlige Zerstörung des Tempels prophezeit hatte.

Zunächst freilich donnerten die Widder völlig wirkungslos gegen die riesigen Marmorquadern des Zwingers an, und durch den gewachsenen Fels des Untergrundes würde es viele Wochen dauern, ehe sich die Maulwürfe bis unter die Fundamente gewühlt hatten.

Herrn Titus Flavius jedoch begann die Zeit davonzulaufen: Es war jetzt August, und unter der glühenden Sommersonne verwesten Hunderttausende unbestatteter Leichen, verpesteten mit ihrem Gestank in weitem Umkreis die Luft, vergifteten das Trinkwasser, und es war ein reines Wunder, dass nicht längst überall Seuchen ausgebrochen waren.

So befahl der Imperator, Holz vor einem der nördlichen Tempeltore aufzuschichten und dieses durch Feuer zu öffnen. Die Glut brachte die dicken Silberplatten, mit denen die Zedernbalken des Tores überzogen waren, zum Schmelzen, die Flammen zerstörten das Tor, und die Legionäre brachen ein in die Innenhöfe des Tempels und richteten ein unbeschreibliches Blutbad unter den Abertausenden an, die sich hierher gerettet hatten.

Wie es genau geschehen konnte, wird wohl nie mehr zu klären sein: Herr Titus Flavius hatte, nachdem das Tor durch die Flammen zerstört worden war, befohlen, das Feuer unverzüglich zu löschen. War dies in dem darauf folgenden Kampfgetümmel und Morden nur ungenügend oder gar nicht geschehen? Hatten die Soldaten versucht, auch ein anderes Tor auf diese Weise aufzusprengen? Hatten gar irgendwelche jüdischen Fanatiker, deren es ja genug gab, im Inneren des Tempels Feuer gelegt, um ihr Heiligtum nicht in die Hände der Römer fallen zu lassen?

Wie dem auch sei: Wenige Stunden später stand der gesamte Tempel in hellen Flammen. Herr Titus versuchte noch Löschmannschaften zu organisieren, doch selbst die diszipliniertesten Legionäre, angestachelt durch den erbitterten Widerstand der Juden, ihre eigenen grausamen Verluste und zweifellos auch getrieben von Beutegier, wollten diesmal auf ihren Oberbefehlshaber nicht mehr hören. Lediglich mit Hilfe etlicher Männer der Elite-Kohorten der X. und V. Legion gelang es noch, einige der wichtigsten Kultgegenstände wie den riesigen, siebenarmigen Leuchter, den massiv goldenen Schaubrottisch, die silbernen Posaunen, mit denen zum Beginn des Sabbats und der Feste geblasen worden war, und einen Teil der goldenen, mit Edelsteinen überkrusteten Weihegeschenke zu retten.

Alles andere ging in dem flammenden Inferno unter, und mit ihm nicht wenige der Plünderer, deren Gier sie am rechtzeitigen Rückzug gehindert hatte. »*Es war*«, schrieb Herr Flavius Josephus später, »*als ob der ganze Tempelberg von seinen Wurzeln heraus brenne.*«

Es dauerte viele Tage, ehe die Trümmer so weit abgekühlt waren, dass man sie endgültig niederreißen – hiermit hatte sich der Legat Tiberius Alexander nun zweifellos durchgesetzt – und die Klumpen des in der Hitze geschmolzenen Goldes hervorwühlen konnte.

Man schrieb den 10. August des Jahres 823 im zweiten Jahr der Regierung des erhabenen Caesars Vespasianus.

Die Oberstadt hielt sich noch kurze Zeit. Nochmals donnerten die Widder gegen die »Lange Mauer« beim Tor Genath, schleuderten die römischen Katapulte Steine und Brandgeschosse. Dann brach der Widerstand endgültig zusammen, und das Tor wurde von Menschen mit Ölzweigen als Zeichen der Übergabe geöffnet. Herr Titus Flavius ließ sie gnadenlos niedermachen, und die Legionäre drangen in die letzte Bastion Jerusalems ein.

Wer an Juden bei dem Sturm nicht erschlagen wurde, den legte man in Ketten und übergab ihn dem Legaten Fronto, der alle als Sklaven nach Caesarea schaffte. Rund siebzigtausend von ihnen würden in den Folgejahren am Amphitheatrum Flavium, dem »Colosseum«, bauen.

Jochanaan von Gischala und Simon ben Gioras, die konkurrierenden Messiasse, hatten sich zunächst, als sich die Eroberung des Tempels als unabwendbar erwies, mit den Besten ihrer Horden unbezweifelbar heldenhaft durch die Reihen der Legionäre, den südlichen Tempelvorhof und über die Brücke zur Oberstadt durchgekämpft.

Als die Oberstadt fiel, waren sie zunächst unauffindbar.

Simon ben Gioras wurde schließlich, schmutzig, mit verfilztem Haar und Bart, mehr als jämmerlich und alles andere als der große Bandenführer, der er einst gewesen, aus einem Kellerloch hervorgezogen, wo er sich versteckt hatte.

Wenige Tage später taumelte ein Mann, angetan mit königlichem Purpur, durch die Trümmer. Es war Jochanaan von Gischala, den der Hunger aus seinem Versteck getrieben und der offenkundig den Verstand verloren hatte.

Herr Flavius Josephus beziffert die Zahl der »brauchbaren« Kriegsgefangenen auf einhundertsiebenundneunzigtausend, die der während der Belagerung Getöteten, der an Hunger und Krankheit in Jerusalem gestorbenen Juden hingegen auf über eine Million – und es gibt keinen Grund, ihm nicht zu glauben.

Der Tempelberg und die Stadt wurden buchstäblich dem Erdboden gleichgemacht, und ein Gesetz wurde erlassen, dass sich dort niemals wieder Juden ansiedeln dürften! Nur die drei Türme Hippikus, Phasael und Mariamne der Königsburg blieben stehen, vielleicht als kleiner Trost für Berenice.

Unsere Christiani in Felix Felix triumphierten nicht ob dieses Endes von Jerusalem! Zwar hatte sich damit eine Vorhersage ihres »Christos« Jesus buchstabengetreu erfüllt, doch sie waren, wenn auch nur noch im weitesten Sinne, eine jüdische Sekte, und das grauenvolle Leid, das ihre »Brüder und Schwestern« in Jerusalem getroffen hatte, war, gemäß ihrem sanften Glauben, zweifellos mehr der Tränen wert als der Freude.

Die Christiani!

Obwohl nach wie vor eine zahlen- und bedeutungsmäßig kleine Minderheit, haben sie auch in Felix Felix inzwischen ihre Spuren hinterlassen:

Wir waren erst kurz zurück von unserer großen Fahrt durch den Osten des Imperiums, hatten eben erst Fulmina und Dardanus beigesetzt, Herrn Gladius Felixianus und Kater Felix Felix III. begraben, und schließlich auch unsre kleine Philippa.

Wir waren eben dabei, nach so langer Abwesenheit unsere Leben und unsere Schule mit allem, was dazu gehört, neu zu ordnen, als Lucia vor dem »Inneren Rat« erschien.

Ihre kategorisch vorgetragene Forderung: »Keine Sklaven mehr in Felix Felix!«

Außer Tarquinius, der wohl schon auf derlei gefasst war, blieben uns buchstäblich die Worte im Hals stecken. Und so konnte Lucia ungehindert fortfahren:

»Ein Sklave ist per gesetzlicher Definition eine ›Sache‹! Wart ihr – du, Scorpio, du, Digna, ihr, Mykerinos und Pia, du, Purpureus, du, Leoparda, ihr, Mucius und Perikles und Drusilla, oder etwa auch du, Tarquinius – ›Sachen‹? Ihr alle wart mehr oder minder viele Jahre Sklaven. Wart ihr in dieser Zeit nur ein ›Ding‹, etwa wie dieser Tisch? Seid ihr wirklich erst ›Menschen‹ geworden, als ihr das nötige Geld hattet, um euch freikaufen zu können?«

Natürlich protestierten wir energisch! Menschen seien wir immer gewesen, als Freie ebenso wie als Sklaven, auch wenn wir zugeben mussten, dass ein Sklave rein juristisch gesehen in der Tat keine anderen Rechte hatte als ein Tisch, den sein Besitzer ganz nach Gutdünken benutzen, verkaufen, wegwerfen oder auch zerschlagen und im Ofen verbrennen konnte.

»Dann dürft ihr – gerade ihr – aber auch Menschen nicht wie Tische behandeln!«, trumpfte Lucia auf.

Bis zu einem gewissen Grade konnten wir ihr da nicht widersprechen. Ich erinnerte mich mit Grausen daran, wie Herr Caecilius Jucundus, der Bankier, in Pompeii von »menschenähnlichen Sklavenwesen« gesprochen hatte, denen die Götter »eine gewisse Merkfähigkeit« und vor allem »Schmerzfähigkeit« mitgegeben hätten, sodass man nur von Zeit zu Zeit eines dieser »Sklavenwesen« an ein Kreuz nageln müsse, um sich der zuverlässigen Dienstbarkeit der übrigen zu versichern. Aber derlei Einstellung hatte es in Felix Felix noch nie gegeben, und die würde es auch nie geben, versicherten wir vehement!

»Aber ihr schickt, ohne mit der Wimper zu zucken, junge Männer und gelegentlich auch junge Frauen zu blutigen und tödlichen Spektakeln in die Arena!«, hielt Lucia dagegen.

Ja, das taten wir, denn dies war schließlich Sinn und Zweck und Einkommen einer Gladiatorenschule, erklärte ich. Allerdings sei zum einen die *Gladiatura* keineswegs immer so blutig und tödlich, wie sich der Laie das im Allgemeinen vorstelle, denn auch die Unterlegenen erhielten, so sie nicht wirklich schlecht gekämpft hatten, in der Regel die *Missio*. Zum anderen seien dank der hervorragenden Ausbildung die Überlebenschancen gerade der Kämpfer von Felix Felix weit höher als bei nahezu jeder anderen uns bekannten Schule. Zum Dritten würden wir grundsätzlich niemanden in die Arena schicken, der dies nicht letztlich selber wolle, denn ein feiger Gladiator ist ein schlechter Gladiator, und ein schlechter Gladiator blamiert die Schule – derlei käme nicht oft, aber durchaus regelmäßig vor. Und viertens und letztens seien die Mehrzahl unserer Kämpfer ohnehin »Freie«, also auch Freiwillige – die *Primi Pali* sowieso und von den *Secundi Pali* mindestens die Hälfte!

Als Lucia dann allerdings fragte, ob wir denn, angesichts der riesigen Landgüter, Viehherden und Weinberge nebst aller anderen zu Felix Felix gehörenden Betriebe, überhaupt noch auf die Einnahmen aus der Schule angewiesen seien, wurde auch Tarquinius heftig:

»Scorpio und ich haben hier von Herrn Gladius Felixianus eine Aufgabe übernommen und damit auch eine Verpflichtung! Du weißt, wie sehr ich dich liebe und wie sehr ich auch deinen Glauben respektiere! Aber die Schule von Felix Felix ist ausschließlich die Sache von Scorpio und mir! Sollten wir dabei irgendwelche ›Schuld‹ auf uns laden, dann ist es *unsere* Schuld – nicht deine!«

Ehe das Ganze eskalieren konnte, meldete sich Mucius, stets auf sachliche Ruhe bedacht, ein wenig schüchtern zu Wort:

»Wenn wir einmal das Thema der Schule außer Acht lassen, wie soll es beispielsweise auf den Gütern weitergehen, wenn wir alle Sklaven freilassen? Wahrlich, verehrte Dame Lucia, es ist gewiss nicht so spöttisch gemeint, wie es vielleicht klingen mag, aber wollt Ihr auf den Gütern hinfort selber die Ziegen melken, die Kühe füttern, das Korn dreschen oder Rüben aus dem Acker buddeln? Oder wollt Ihr zu Hause eigenhändig die Böden putzen, die Gärten jäten und das Brot backen?«

»Auch wenn keine ehrliche Arbeit der Würde eines Menschen abträglich ist«, lachte sie freundlich, »so habe ich gewiss nichts dergleichen im Sinn!«

»Aber ohne Sklaven …«, meinte Mucius.

»Ohne *Sklaven*!«, stellte Lucia richtig. »Aber keineswegs ohne Diener oder Pächter!«

Was Lucia dann erklärte, ließ auch unseren Verwaltungsfachmann genauer zuhören:

Ein Sklave, so argumentierte sie, tue fast immer nur genau so viel, dass er nicht unangenehm bei seinem Herrn oder dessen Verwalter auffiel und sich Strafen einhandelte. Ein freier Diener oder auch Landarbeiter hingegen sei daran interessiert, sich eine ordentlich bezahlte Stelle zu erhalten, war also zwangsläufig bereit, dafür auch Entsprechendes zu leisten. Einem Sklaven wäre es letztlich egal, ob das Korn rechtzeitig geerntet werde oder ob die Tiere einer Herde gesund seien. Wäre dies jedoch, nach Abzug der Pacht, *sein* Korn und *sein* Vieh, so würde er sich sehr wohl darum kümmern.

Lucia redete fast eine halbe Stunde lang, und an aufmerksamen Zuhörern fehlte es ihr wahrlich nicht.

Schließlich wurde beschlossen, die Sklaven in ihrem eigenen Haus sowohl in Felix Felix wie in Pompeii und auf zwei Gütern bei Liternum an der Küste nördlich von Cumae und Massa an den Hängen des Mons Vesuvius als Versuch in die Freiheit zu entlassen.

Heute gibt es nirgendwo in Felix Felix und allem, was dazugehört, noch einen einzigen Sklaven, und ich kann Euch, hochverehrter Herr Caecilius Plinius nur empfehlen, diesem Beispiel zu folgen – gewiss nicht aus irgendwelchen religiösen Gründen, sondern aus reinen wirtschaftlichen Interessen!

Wenn ich sagte »nirgendwo«, so ist die Schule davon selbstverständlich ausgeschlossen.

Hier gibt es nach wie vor Sklaven – junge Männer und dann und wann auch junge Frauen, die wir gekauft haben und als Gladiatoren ausbilden. Wenn wir sie sofort in die Freiheit entließen, sie würden schneller verschwinden, als Wasser in der Wüste versickert. Ehe sie begreifen, dass eine Arena keineswegs das gnadenlose Schlachthaus ist, als das es meist dargestellt wird, dass man hier mit Mut und Können sehr wohl überleben, sogar Triumphe feiern kann, dass man in diesem, nach wie vor unbestritten gefährlichen, Geschäft sogar reich zu werden vermag, müssen sie erst ein paar Mal den heißen Sand unter ihren Füßen gespürt, das Blöken des Arenaorchesters und das Grölen des Pöbels gehört, einen Palmzweig in den Arm genommen, vielleicht gar einen Lorbeerkranz auf ihrem Kopf gespürt haben. Erst dann sind sie reif für die Entscheidung, ob sie »frei« aufhören oder weitermachen wollen.

Rattus, der ehemalige Straßenbandit, beispielsweise hörte nach den Spielen zu Ehren der Inthronisation des Caesar Vespasianus auf. Nun war er reich genug, um in Pompeii, Herculaneum und Neapolis Geschäfte für kostspielige Stoffe, Bänder und Parfüme zu eröffnen, seine wohl gerundete Geliebte heiraten und all jene Köstlichkeiten in sich hineinstopfen zu dürfen, die er bislang, an irgendwelchen Salatblättern knabbernd, nur neidvoll angestarrt hatte.

Unsere besten Wünsche begleiteten ihn in sein neues, drittes Leben, und wenn er ab und an hier vorbeischaut, ist er ein gern gesehener alter Kamerad.

Auch Purpureus dachte ernsthaft ans Aufhören. Zehn Jahre war er jetzt dabei, und die Farben Dignas, die den immer schon korpulenten *Retiarius* einst richtig »dick« machen sollten, trug er zwar immer noch – doch nötig waren sie längst nicht mehr, denn Purpureus war inzwischen nahezu unförmig dick.

»Wenn einem *Retiarius*«, so erklärte er, »schneller die Puste ausgeht als dem *Secutor*, dann sollte er schleunigst aus der Arena verschwinden, ehe er mit einem Eisen in der Kehle endet!«

Pamponius war seinerzeit noch von Amaranthus in seine Aufgabe eingearbeitet worden und hatte diese treu und tadellos erfüllt – der wirklich motivierende oder gar begeisternde Trainer war er freilich nie geworden. So war er froh, als Purpureus diese Aufgabe auf seine Schultern lud, die er schon bei unserer zweijährigen Orientreise übernommen hatte.

Von offenkundigen Katastrophen waren Felix Felix und seine Mitglieder im weiteren Verlauf des Jahres, entgegen den Vorhersagen des Herrn Volsinius, verschont geblieben.

So reiste Tarquinius nach Roma, um den Haruspex zur Rede zu stellen.

Der Seher inspizierte die Leber eines geopferten Lammes, dann die eines Opferstiers, er beobachtete den Vogelflug, starrte in eine Kristallkugel und in ein Wasserbecken und hockte zusammen mit Tarquinius etwas außerhalb von Roma in strömendem Gewitterregen auf einem Hügel, um die Blitze zu begutachten.

Das Ergebnis blieb sich unerschütterlich gleich:

»Über Felix Felix hängen dunkle Wolken! Nur ihr selber könnt sie zerstreuen und die Sonne zum Durchbruch bringen, wenn ihr sie erkennt!«

Näheres konnte uns Herr Volsinius nicht sagen, so ehrlich er sich bemühte.

»Ihr wisst es – wollt es nur nicht erkennen!«, meinte er und murmelte schließlich etwas von »Mittelmäßigkeit«.

In der Tat wollten wir »es« nicht erkennen und bedurften eines brutalen Schlages, um die »dunklen Wolken« über Felix Felix zu »zerstreuen«.

Am 7. April des Jahrs 824 feierten Caesar Vespasianus und Imperator Titus in Roma ihren Triumphzug.

Die Via Triumphalis, der Weg, den der Zug von der Porta Appia zum Circus Maximus, dann in nördlicher Richtung zum Forum nahm, dieses selber bis zum Mons Capitolinus, wo in den Staatstempeln mit einem großen Opfer die Feier ihren Abschluss finden würde, war überreich geschmückt. Die Hausfassaden waren mit Teppichen und bunten Tüchern behängt, Fenster und Türen mit Blumengirlanden und bunten Bändern umwunden, von den oberen Stockwerken aus waren Schnüre mit Fähnchen und Blütengirlanden quer über die Straßen gespannt, und immer wieder hatte man aus Holzgerüsten reich geschmückte Triumphbogen errichtet.

Seit den frühen Morgenstunden war ganz Roma auf den Beinen, drängelten sich die Massen der Menschen auf allen Straßen und Plätzen, auf Haus- und Tempeldächern und in allen Fenstern – geschäftstüchtige Fensterbesitzer hatten diese zu Preisen von bis zu tausend Sesterzen pro Person vermietet –, und rechts und links der Via Appia standen Menschenmauern bis sicherlich acht Meilen vor die Stadt hinaus. Alle trugen ihre besten Kleider, viele hatten Blumenkränze auf dem Kopf und schwenkten Palmzweige. Straßenhändler mit allem, was ess- oder trinkbar war, machten das Geschäft ihres Lebens. Selbst der jämmerlichste Bettler konnte an diesem Tag mit mehr als einem tiefen Schluck Wein und einem Würstchen oder Käse zum Brot rechnen.

Ein Triumphzug! Derlei hatte es seit vielen, vielen Jahren nicht mehr gegeben, und selbst das abgebrühteste Mitglied des römischen Pöbels wollte sich solch ein Schauspiel nicht entgehen lassen.

Tarquinius, unsere Damen und ich hatten einen Platz auf einer Tribüne nahe dem Forum zugewiesen bekommen, wo wir den Zug, ohne von den Massen herumgeschubst zu werden, gut beobachten konnten – Caesar sei dafür gedankt!

Es war fast Mittag, und wir begannen langsam in der Sonne dieses wolkenlosen Tages zu braten, als die Spitze des Zuges in Sichtweite kam.

Voran schritten hundert Liktoren mit den Fasces, den in Rutenbündeln eingeschnürten Beilen, auf der Schulter, als Demonstration der Macht des Staates und seiner höchsten Vertreter über Leben und Tod.

Ihnen folgten stimmgewaltige Herolde, welche die Siege und Großtaten der beiden Triumphatoren verkündeten.

Dann eine Abteilung Reiter in Paraderüstungen mit kostbar getriebenen Helmen auf dem Kopf, die Gesichter hinter bronzenen Maskenvisieren verborgen, die Lanzen mit Lorbeerzweigen umwunden.

Sodann schritten die Senatoren vorüber – manche unter ihnen, zumal die älteren, schlurften oder humpelten zwar eher, einige mussten gar von Sklaven nahezu getragen werden –, aber es waren fast alle sechshundert zugegen außer ein paar Unglücklichen, die schwere Krankheiten ans Bett fesselten. Herr Octavius Aurelius Priscus war selbstverständlich unter ihnen und winkte uns freundlich zu, als er uns auf der Tribüne entdeckte. Alle trugen sie die weiße Toga mit den breiten Purpurstreifen und die roten Stiefel mit den Silberschnallen, Zeichen ihres Ranges. Ihnen folgten die anderen hohen Staatsbeamten mit den Abzeichen ihrer Ämter und Würden, die Prokuratoren und Quästoren, die Ädilen und Censoren.

Sklaven mit riesigen Körben im Arm warfen händeweise die eigens zu diesem Anlass geprägten silbernen Gedenkmünzen ins Volk. Wir brauchten uns nicht wie der Mob darum zu prügeln, denn unsere hatten wir schon vorher überreicht bekommen. Die Münzen zeigten auf der einen Seite das lorbeergekrönte Haupt des Imperators Titus Flavius, auf der anderen Seite eine trauernde Frau unter einer Palme mit der Umschrift »IVDAEA CAPTA«.

Ehrfürchtiges Staunen ergriff die Menge, als die Beutestücke vorübergetragen wurden: der riesige siebenarmige Leuchter, der im Allerheiligsten des Tempels zu Jerusalem gestanden und dessen Flammen Tag und Nacht gebrannt hatte. Der schwergoldene Schaubrottisch. Riesige Rollen an goldenen Stäben, auf denen die Gesetze des Moses und die heiligen Schriften der Juden aufgezeichnet waren. Goldene Krüge und Schalen aus dem Tempelschatz, getriebene Prunkschilde aus Silber und Gold, welche als Weihegeschenke von Königen die Tempelmauern geschmückt hatten. Die silbernen Tempelposaunen. Halbverkohlte, mit Goldblech und Edelsteinen verzierte Balken aus dem Allerheiligsten. Aber auch zahllose, oft kopfgroße, zur Unkenntlichkeit zusammengeschmolzene Goldklumpen. Nach all dem, was wir von der Eroberung und dem Brand des Tempels zu Jerusalem gehört hatten, waren wir überrascht, wie viel trotzdem noch hatte einigermaßen heil geborgen werden können!

Soldaten trugen mächtige Tafeln vorbei, auf denen in grellbunten Farben Szenen der Belagerung und Erstürmung Jerusalems gemalt waren. Ein letztes, riesiges Bild zeigte den brennenden Tempel. Die Massen grölten vor Begeisterung!

Nun folgten, von Jünglingen geführt und von den Jupiter-Priestern geleitet, die Opferstiere, schneeweiß mit vergoldeten Hörnern und über und über mit Bändern und Blumen geschmückt.

Ohrenbetäubendes Hohngebrüll empfing die nächste Gruppe.

An ihrer Spitze schritten drei schwer gefesselte Männer, zwei davon als Juden-Könige herausgeputzt: Der eine war zweifellos Simon ben Gioras, der Räuberhauptmann, der sich vor noch nicht allzu langer Zeit als »Sohn Davids« und Messias hatte feiern lassen. Er war ein unbestreitbar tapferer und kühner Mann gewesen, mit Ausnahme des einen Augenblicks, als er sich ohne Gegenwehr hatte gefangen nehmen lassen. Jetzt schritt er gefasst seinem Tod durch Erwürgen entgegen, der ihn auf dem Mons Capitolinus erwartete. Der andere »König« war zweifellos Jochanaan von Gischala, eine jämmerliche Figur, kreischend und sabbernd und offenbar mit nassen Hosen, den seine Niederlage ganz offensichtlich den Verstand gekostet hatte. Der dritte war ein Niemand, den man mit den hohenpriesterlichen Gewändern und dem goldenen Brustschild mit den zwölf Edelsteinen, auf denen die Namen der Stämme Israels eingraviert waren, herausgeputzt hatte. So fassungslos wie er ob dieser Kostümierung in die Menge glotzte, war ihm wohl nicht einmal bewusst, dass man auch ihn gleich auf dem Mons Capitolinus erdrosseln würde.

Die jüdischen Gefangenen, schwer mit Ketten beladen und eigens nach Ansehnlichkeit von dem Legaten Liternius Fronto ausgewählt, die in einem schier endlos langen Zug folgten, wussten hingegen sehr wohl, was sie erwartete: der Tod in der Arena in inszenierten Massenkämpfen oder gegen wilde Tiere.

Ein Orchester mit Flöten, Oboen, Corni- und Tubaebläsern, ähnlich einem Arenaorchester, bildete eine deutliche Zäsur.

»*Io triumphe! Io triumphe!*«, hallte der Siegesschrei der Legionäre von den Hausmauern wider.

Im abgezirkelten Paradeschritt, die Helme mit Lorbeer umwunden, die Waffen mit Blüten bekränzt, klirrten sie vorbei, dass der Boden bebte: die für den Triumphzug ob ihrer besonderen Tapferkeit und Leistung auserwählten, von ihren stolzen, mit Auszeichnungen bedeckten Centurionen und Decurionen angeführten Kohorten der V., der X. oder XII. Legion und auch die Centurien der Ingenieure, der Pioniere, der *Talpae*, ohne deren Können dieser Zug nie stattgefunden hätte. Stolz waren sie, Mann für Mann, und das mit Recht!

Im gleichen Paradeschritt stampfen die *Signiferi*, die Feldzeichenträger mit ihren Fahnen und Standarten, den *Aquilae* und *Vexilli*, vorüber. Sie sahen aus wie ein riesiges Wolfsrudel, denn in Erinnerung an jene Wölfin, welche einst Romulus und Remus, die Gründer Romas, gesäugt hatte, trugen sie traditionell ausgestopfte Wolfköpfe über ihren Helmen, während das Fell der Tiere über ihren Rücken flatterte.

Als nächste Gruppe kam eine Kohorte Prätorianer in ihren prunkvollen Rüstungen, Helmen und Waffen anmarschiert.

Dann folgte die Quadriga, gezogen von vier Schimmeln, des ersten Triumphators. Wie ein Götterbild stand Caesar Vespasianus, der ja den ersten Teil des Judenkriegs erfolgreich geführt hatte, auf dem vergoldeten Wagen, bekleidet mit den Gewändern des Jupiter Capitolinus, in purpurner Tunika und goldbestickter Toga, den goldenen Lorbeerkranz auf dem Haupt.

Unter seinem persönlichen Gefolge fiel uns Herr Domitianus Flavius auf. Der jüngere Sohn Caesars war nicht gerade gelb vor Neid, aber man sah ihm nur zu deutlich an, wie sehr es ihn verdross, an diesem Tag kaum mehr als ein Statist sein zu müssen – sollte er je den goldenen Lorbeerkranz tragen, so würde er ein höchst unerfreulicher Caesar werden, darüber waren wir uns einig. Auch Herrn Flavius Josephus entdeckten wir in dieser Gruppe, der trotz seines sonst so hemmungslosen Opportunismus heute höchst bedrückt aussah, und auch den breit grinsenden Herrn Volsinius, auch wenn er wie ein Mehlsack auf seinem Pferd hing.

Geschart jeweils um ihre Legaten ritten nun die Tribune und anderen hohen Offiziere des Heeres vorbei, ein Gewimmel von wunderbaren Pferden, prächtigen Harnischen, wehenden Mänteln, wippenden Federn und Helmbüschen. Unter den strahlenden Gesichtern waren freilich auch manche, die ernster und nachdenklicher wirkten. Eines davon gehörte Lucius, der einen herrlichen Fuchshengst ritt und der uns freudig zuwinkte, als er uns auf der Tribüne sah, doch uns entging nicht, wie schmal sein Gesicht geworden war und welch tiefe Schatten sich unter seine Augen gelegt hatten.

Dann rollte die Quadriga, diesmal von Rappen gezogen, des zweiten Triumphators vorüber. Herr Titus Flavius in der vergoldeten Rüstung eines Imperators, den purpurnen Feldherrnmantel kunstvoll über die Schultern drapiert, den elfenbeinernen Kommandostab in der Rechten und den goldenen Kranz des Siegers auf dem unbehelmten Kopf, wurde von der Menge mit wahren Begeisterungsstürmen begrüßt und mit Blumen förmlich überschüttet.

Den Abschluss des Zuges bildeten nochmals drei Kohorten Prätorianer. Und Roma hatte Gesprächsstoff für mindestens eine Woche.

Dass König Herodes Agrippa an dem Zug nicht teilnehmen würde, war logisch. Doch dass nicht einmal eine einzige Centurie der »Verbündeten« und »Hilfsvölker« mitmarschiert war, fiel wohl nicht nur uns allein auf und ließ durchaus Rückschlüsse auf deren Tapferkeit und Leistungen während des jüdischen Krieges und der Belagerung von Jerusalem zu …

Die Spiele, welche die beiden Triumphatoren in der anschließenden Woche veranstalteten, waren noch aufwändiger als jene zum Einzug Caesars in Roma vor einem Jahr, und natürlich erhielt Felix Felix dabei seinen gebührenden Anteil an Palmen und Kränzen.

Zwei Wochen später traf Lucius bei uns in Felix Felix ein.

Er ritt den prachtvollen Fuchshengst wie beim Triumphzug, doch die blinkende Rüstung mit all den Auszeichnungen, der wippende Helmbusch fehlten – er hatte sie mit seinem restlichen Eigentum auf ein Packpferd geschnallt.

Dass er graugesichtig und mager geworden war, hatten wir bereits beim Triumphzug nur zu deutlich bemerkt. In dem graubraunen Kittel, den er nun trug, war dies mehr als offenkundig.

Die begeisterte Begrüßung der Bewohner des Dorfes wehrte er so höflich ab, dass niemand beleidigt sein konnte. Bei dem anschließenden, unvermeidlichen Fest erschien er selbstverständlich, umarmte Telemachos, Purpureus, Rattus, Mucius und viele andere, schäkerte mit Leoparda, küsste, wenn auch eher pflichtgemäß, Olympia und Drusilla und ein paar hübsche Mädchen des Dorfes nicht ganz so pflichtgemäß. Und dann gelang es ihm, aus dem Trubel der Feier so unauffällig zu entkommen, dass niemand sein Verschwinden bemerkte.

Als Lucius ein paar Stunden zuvor, endlich daheim, beinahe von seinem Pferd in die Arme von Tarquinius gefallen war, wussten wir, was die Eiche von Dodona mit »Verletzungen« gemeint hatte.

Äußerlich war er bis auf eine kleine Narbe neben der rechten Augenbraue und einer ebenso unbedeutenden am Kinn unversehrt aus den Kämpfen um Jerusalem hervorgegangen obwohl er stets in der ersten Reihe seiner Männer gestanden hatte. Doch innerlich, seelisch hatte ihn das Grauen, das er erlebt hatte, beinahe zerstört.

Als er nach Felix Felix kam, war er nicht mehr Tribun.

Er hatte bis zum Triumphzug nicht nur untadelig, sondern ganz hervorragend seine Pflicht getan, um dann dem Imperator Titus und seinem Caesaren-Vater Vespasianus seinen Abschied einzureichen.

Weder der eine noch der andere verstand ihn. Ob man ihn nicht ausreichend genug für seine unbestreitbaren Verdienste geehrt habe? »Nein!« Man werde ihn unverzüglich, sobald ein entsprechender Posten frei sei, zum Legaten und Legionskommandanten ernennen? »Nein!« Man werde ihn mit riesigen Gütern, in welcher Provinz des Imperiums er immer wünsche, belohnen. Zweimal »Nein!« Man würde ihn in den Senat berufen. »Nein!« Ihn sogar in einem der nächsten Jahre zum Konsul ernennen lassen. Wieder: »Nein!«

Was man denn sonst noch tun könne, um ihn der Armee, dem Staat und dem Caesar, denen er bislang doch so brillant gedient habe, auch weiterhin zu erhalten? »Nichts!« Das Einzige, was man für ihn tun könne, sei »ihn vorläufig in Ruhe zu lassen«!

Lucius war auch früher schon ein sehr verschlossener junger Mann gewesen, wie wir bemerkt hatten und wie seine Mutter bestätigte.

Das hieß nicht, dass er nicht gerne mit anderen plauderte, lachte, sich über militärische Dinge regelrecht in Feuer zu reden vermochte, geistvoll zu erzählen, andererseits aber auch gut zuzuhören wusste. Nach ein paar Bechern Wein sprühte er mitunter förmlich von Witz und gelegentlicher Ironie, und wir bedauerten, dass er Herrn Petronius Arbiter nicht mehr persönlich kennen gelernt hatte.

Als er ein paar Wochen nach seiner Ankunft immer öfter nach Baiae, dem eleganten Badeort in unserer Nachbarschaft, ritt und über Nacht, manchmal sogar tagelang ausblieb, waren wir uns wenigstens sicher, dass er dort eine Geliebte gefunden hatte, die ihn mit Körper und Geist über seine Erlebnisse hinwegzutrösten verstand.

Er sah auch wieder besser aus, nicht mehr so grau und eingefallen, zumal sich Olympia heftig darum bemühte den »armen Jungen« wieder ordentlich herauszufüttern – wer immer irgendwie in Not schien, gleichgültig ob Mensch oder Tier, dem war es nahezu unmöglich, sich ihrer überschäumender Mütterlichkeit zu entziehen! Auch die dunklen Schatten unter seinen Augen waren verschwunden.

Irgendwann begann er auch im Gymnasium und im Übungshof der Schule zu trainieren. Natürlich lag ihm nichts ferner, als Gladiator werden zu wollen oder auch nur Trainer, was zumal

Purpureus gerne gesehen hätte, denn gerade einem schwerbewaffneten *Murmillo, Thraex* oder *Provocator* konnte der erfahrene Soldat noch eine Menge beibringen. Lucius tat es vorläufig ausschließlich, »um wieder in Form zu kommen«. Wir werteten das als gutes Zeichen – alles andere würde die Zukunft bringen müssen.

Schließlich konnte ihn Digna sogar dazu bewegen, den scheußlich graubraunen Kittel abzulegen und wieder Farben zu tragen, die wirklich zu ihm passten. Als hauptsächlichste »Seelenfarbe« von Lucius ermittelte sie das gleiche Rostrot, wie es Herr Gladius Felixianus getragen hatte, wenn auch mit ein paar anderen farblichen Akzenten.

Wir waren überrascht, doch Digna erklärte:

»Natürlich nicht vom Blut her und auch nicht von der äußeren Erscheinung, aber von ihrem inneren Wesen her könnten die beiden durchaus Vater und Sohn sein!« Allerdings, so meinte sie, könne es durchaus sein, dass sich der »Sohn« letztlich sogar als der noch Stärkere erweisen würde.

Was freilich in seinem Inneren wirklich vorging, das verstand Lucius meisterlich für sich zu behalten!

So dauerte es Wochen, ja Monate, ehe wir ganz begriffen, wie tief die Ereignisse bei der Belagerung von Jerusalem seine Seele wirklich verletzt hatten.

Es war vor allem Tarquinius mit seiner ruhigen, verständnisvollen, auf seine Weise ebenso verschlossenen Art, dem sich Lucius schließlich zögerlich öffnete:

Es war ihm immer klar gewesen, dass er als Soldat möglicherweise eine Tages würde Menschen töten müssen. Das war ihm letztlich sogar leichter gefallen, als er gedacht hatte.

»Wenn da einer mit Schwert oder Lanze auf dich losgeht«, meinte er, »dann reagierst du nur noch, tötest ihn, weil er sonst dich töten würde.«

Weit schwerer war es, wenn Kameraden, Männer mit denen man wochenlang im gleichen Zelt geschlafen, aus dem gleichen

Kessel sein Essen gefasst, mit denen man Seite an Seite gekämpft und sich dabei blind auf ihren unverbrüchlichen Beistand verlassen hatte, fielen.

»Wenn du nach einem Gefecht oft mehr mit dem Blut deiner Kameraden als mit dem Blut des Gegners besudelt ins Lager zurückwankst; wenn deinem Decurio, der dir ein echter, verlässlicher Freund geworden ist, unmittelbar an deiner Seite von einem Katapultgeschoss buchstäblich der Kopf vom Rumpf gerissen wird; wenn ein junger Kerl, mit dem du am Vorabend noch Würfel gespielt hast, mit aufgeschlitztem Bauch in Todesqual nach seiner Mama schreit und du ihm nicht helfen kannst, weil du selber im dicksten Kampfgewühl steckst ...«

Tarquinius und auch wir anderen verstanden nur zu gut, hatten wir doch selber nur zu oft Ähnliches erlebt! Man wusste von vornherein, dass derlei geschehen konnte und geschehen würde – und mit diesem Wissen kam man letztlich irgendwie darüber hinweg.

Was Lucius tatsächlich beinahe seelisch zerstört hatte, das waren ganz andere Dinge, die er während der Belagerung und Einnahme von Jerusalem hatte sehen und ertragen müssen:

»Wenn Soldaten oder Gladiatoren andere Soldaten und Gladiatoren erschlagen, so ist das ihr Beruf«, erklärte er. »Aber die Eroberung von Jerusalem war vor allem ein Krieg von Soldaten gegen Zivilisten, gegen Wehrlose, gegen Frauen, Kinder, Greise!«, und das ging Lucius gegen alles, was er unter seiner »Soldatenehre« verstand!

Militärisch akzeptierte er durchaus, dass Herr Titus Flavius so viele Menschen als irgend möglich in die zu belagernde Stadt hatte strömen lassen, um sie dann dort in der Hoffnung einzuschließen, der Hunger würde sie bald zwingen, die Tore zu öffnen. Dass wütender Fanatismus dies rund vier Monate verhindert hatte, mochte er dem Imperator nicht ankreiden, auch nicht die grauenhaften Exzesse, die sich dadurch in der Stadt abgespielt hatten. So hatte etwa eine Frau, halb wahnsinnig vor Hunger, ihr eigenes Kind geschlachtet und die kleine Leiche gebraten. Von dem Geruch angelockt, waren Männer des Simon ben Gioras in das Haus gestürmt und hatten die Herausgabe des Mahls gefordert. Als die Frau den Räubern die grausige Speise vorsetzte, soll sie gerufen haben: »Da nehmt und esst! Mein ist das Kind und mein ist die Tat! Auch ich habe gegessen! Seid nicht zartfühlender als die Mutter!«

Auch Herr Flavius Josephus hat die Episode gehört, geprüft, für wahr befunden und in seinem *De Bello Iudaico* veröffentlicht.

Die Täler Kedron und Ben-Hinnom zu Füßen des Tempelberges und der Oberstadt, die teilweise bis zu fünf Klafter hoch mit den verwesenden Leichen der Verhungerten und Getöteten gefüllt waren, verfolgten Lucius noch im Schlaf.

»An den Gestank«, meinte er »kann und muss man sich gewöhnen – ein kotzender Soldat macht schließlich nicht gerade ein heroisches Bild. Nicht gewöhnen kann man sich an den Anblick!«

Noch viel weniger hatte er sich an die Abertausende von Kreuzen gewöhnen können, die auf den Höhen rund um die Stadt standen und an die man jene Menschen genagelt hatte, die versucht hatten, aus Jerusalem zu fliehen.

»Mindestens zweimal täglich, wenn wir vom Lager zu den Dämmen und den Maschinen und zurückmarschierten«, berichtete er, »mussten wir zwischen den endlosen Reihen der Kreuze hindurch, an denen sich schreiend, stöhnend und wimmernd die bluttriefenden Körper der Unglücklichen in grausigsten Todesqualen wanden! Wir Römer sind nun wahrlich nicht ein zartbesaitetes Volk«, kommentierte er, »wenn ich daran denke, wie sich die Menge bei Arenaspielen aufgeilen kann, aber bei diesem Anblick habe ich auch härteste Legionäre würgen sehen.«

So es Lucius gelang, überhaupt über die Taten der herordianischen, syrischen und arabischen Hilfstruppen zu sprechen, so wechselte seine Gesichtsfarbe vom Hochrot des Zornes bis zum Grünlich der Übelkeit hin und her. Für irgendwelche Formen von Tapferkeit waren diese Truppen ohnehin nicht bekannt, dafür umso mehr für ihre Beutegier und Grausamkeit. Bei all dem, das was Lucius schließlich über sie ausspuckte, sträubt sich selbst meine Schreibfeder!

Und so erlaube ich mir, edler Herr Caecilius Plinius, Herrn Josephus Flavius zu zitieren:

»Die Flüchtlinge pflegten Gold und Juwelen zu verschlucken, um sie so zu retten. Als jene Hilfstruppen die List bemerkten, schnitt man den Unglücklichen einfach den Leib auf, um in den Eingeweiden nach Schätzen zu suchen. Ärgeres als diese Qual ist den Juden wohl nicht begegnet. Allein in einer Nacht wurden gegen zweitausend aufgeschnitten.«

Aber es war noch anderes, was den jungen Mann quälte:

Seine Mutter Lucia bekannte sich rückhaltlos zu den Christiani. Auf Wunsch und Anordnung seines von Caesar Gaius Caligula ermordeten Vaters, Publius Gordianus Balbus, war er aber streng im Glauben an die Staatsgötter Romas erzogen worden.

Jetzt war er in einen tiefen Zweifel gestürzt.

»Wusstest du«, fragte er einmal Tarquinius, »dass an jenem Tag, als der Tempel in Flammen aufging, Zehntausende Juden auf der westlichen, dem Tempel zugewandten Mauer der Oberstadt standen und so laut heulten und schrien, dass sie sogar das Prasseln der Flammen und das Krachen der stürzenden Balken übertönten? Dass sich Hunderte von ihnen vor Verzweiflung über die Mauern hinab in den Tod stürzten?«, um sehr nachdenklich fortzufahren: »Als seinerzeit beim großen Brand Romas die capitolinischen Staatsheiligtümer verbrannten – hast du deshalb bei irgendwem auch nur eine einzige Träne gesehen?«

Natürlich versuchte Lucia ihm nun ihren »Christos« nahe zu bringen, der schließlich genau dieses Ende für Jerusalem vorhergesagt habe. Lucius stritt auch keineswegs ab, dass jener Rabbi Jesus ein großer Wahrsager, Seher und Prophet gewesen sein muss. Doch schon deshalb seine gesamte »halbjüdische« Lehre anzunehmen, weigerte er sich nachdrücklich.

Tarquinius bot ihm die Einweihungen des Mithras an, dessen Höchstgeweihter er schließlich selber war, und Lucius stürmte die Stufenleiter vom ›Raben‹ bis zum ›Sonnenläufer‹, jenen zweithöchsten Rang, den Leoparda nach Jahren inzwischen erreicht hatte, in kürzester Zeit empor – und warf dann hin.

Der griechische Hermes Trismegistos, dem Telemachos in Wahrheit mehr anhing als dem Taufwasser der Christiani, welches ihm seine Gemahlin Olympia über seinen Kopf geschüttet hatte? Die uralten ägyptischen Götter Isis, Osiris und Serapis? Die babylonisch-phönizische Astarte mit der zähnebewehrten Muschi? Oder die Germanengötter Odin und Thor von Germanicus, einem Junggladiator der Schule aus dem Norden und durchaus zur Freude von Freia, der Witwe des Amaranthus?

Digna und ich hatten es mit unserer Pferdegöttin Epona nicht einmal ernsthaft versucht.

Wir scheiterten alle.

»Ich glaube an Gott!«, hatte Lucius sehr bestimmt erklärt. »Doch unter welchem Namen ich ihn verehren soll, das kann und will ich derzeit nicht wissen!«

Am schlimmsten hatte es Lucius freilich getroffen, dass Menschen, Kameraden, vertraute Freunde, sogar militärische Vorbilder von kühl denkenden, notfalls auch hart entscheidenden Offizieren sich einfach in wütende, blutrünstige Monster verwandeln konnten – hochverehrte Imperatoren keineswegs ausgeschlossen!

Herr Titus Flavius hatte wohl damit gerechnet, dass der Hunger und der relativ schnelle Fall der Neustadt und der Vorstadt Jerusalem schnell zur Aufgabe bewegen würde. Natürlich machte der fanatische und erbitterte Widerstand, den die Juden jedoch weiterhin leisteten, den Feldherrn, die Offiziere und Legionäre immer gereizter, zumal die eigenen Verluste an Gefallenen und Verwundeten gleichzeitig immer höher kletterten. Dass schon bei der Eroberung der Neu- und Vorstadt Tausende an Zivilisten, die sich nicht mehr rechtzeitig hinter die nächsten schützenden Tore hatten retten können, einfach niedergemetzelt wurden, hatte Lucius mit tiefem Unbehagen erfüllt.

»Doch derlei kann im Kampfgetümmel geschehen«, meinte er, »auch wenn es eigentlich nicht geschehen sollte!«

Selbst den Befehl des Imperators, die gefangenen Flüchtlinge in Sichtweite der Mauern der belagerten Stadt zu kreuzigen, vermochte er noch irgendwie zu entschuldigen angesichts der nur wenige Stunden zuvor verbrannten Dämme und Maschinen samt deren Mannschaften und den schweren Verlusten bei dem damit verbundenen großen Ausfall, welcher zahllose Soldaten das Leben gekostet hatte.

Nicht mehr verstehen und entschuldigen konnte Lucius, dass dieses Kreuzigen wochenlang weiterging, dass es nicht nur die Hilfsvölker waren, sondern brave römische Legionäre, die, ungehindert von ihren Offizieren, zum Spaß in ihrer Ruhezeit Flüchtlinge fingen, sie grausam folterten und in den oft seltsamsten Verrenkungen an Kreuze nagelten.

Ebenso wenig verstehen und entschuldigen konnte und wollte er, dass weder Herr Titus Flavius noch seine Legaten dagegen einschritten, wenn Herodianer oder Syrer Nacht für Nacht Flüchtlinge bei lebendigem Leib buchstäblich »schlachteten«, um in ihren Eingeweiden nach Schätzen zu wühlen, es bei allenfalls laschen Ermahnungen bewenden ließen.

»Bei der Eroberung des inneren Tempelbezirks floss das Blut buchstäblich in Bächen die Tempelstufen hinunter. Die wehrfähigen Männer hatten sich mit ihren Anführern in die Obere Stadt gerettet. Es blieben so ausschließlich Männer, die nie eine Waffe berührt hatten, Frauen, Kinder und Greise übrig. Ihr einziges Vergehen bestand darin, auf ein Wunder jenes Gottes zu hoffen, der sie offenkundig längst verlassen hatte! Als die Priester für sich und jene um Schonung flehten, erwiderte Herr Titus Flavius kalt, dass seine Geduld erschöpft sei. Er ließ die Priester zur Hinrichtung abführen und die übrigen Menschen massakrieren. Den Befehl führten nicht irgendwelche Syrer oder Herodianer aus, sondern ehrenwerte Legionäre der V., XII. und meiner X. Legion!«

Den letzten Ausschlag hatte freilich die Eroberung der Oberstadt von Jerusalem gegeben:

Dass der Imperator Titus Flavius jene Leute, die das Genath-Tor mit Ölzweigen als Zeichen der Übergabe in den Händen geöffnet hatten, in seinem Zorn niederhauen ließ, mochte ja auch noch irgendwie erklärbar sein.

»Aber könnt ihr euch vorstellen, dass Decimus, Apuleus und

Caeso, mit denen du gestern noch dein Abendessen eingenommen hast, heute die abgeschlagenen Köpfe irgendwelcher Juden triumphierend auf ihre Lanzen gespießt herumschleppen? Dass der Decurio Quintus Marmulus, dem du im Kampf bedingungslos getraut hast, samt seinen Männern eine junge Frau und deren nur achtjährige Tochter zu Tode vergewaltigten? Dass der gemütliche Secundus Laelius einem alten Mann die Füße ins Feuer gesteckt hat, um ihn zur Herausgabe seiner »Schätze« zu zwingen, die jener gewiss gar nicht hatte? Dass Publius, an dessen dümmlichen Germaninnen-Witzen das einzig Witzige war, dass er regelmäßig die Pointe vermurkste, den Kopf eines Säuglings unter seinem Stiefel zerquetschte, als sei dieser nur ein lästiges Insekt?«

Die Beispiele aus jenen Schreckenstagen, die Lucius schließlich Tarquinius, und dann auch zunehmend mir, anvertraute, gingen in die Dutzende, schließlich in die Aberhunderte …

Der sanfte Glaube der Christiani seiner Mutter und seines Großvaters hatte, außer einem eher nüchternen Respekt vor anderen Meinungen, kaum Spuren in seiner Seele hinterlassen. Doch auch der »harte Römer« in ihm war einfach nur noch entsetzt in dem, was seine »Ehre« ausmachte – war in ihrem tiefsten Kern verletzt:

»Wie soll ich jemals wieder mit diesen Männern um ein abendliches Feuer hocken und mir ihre ewig gleichen Themen – Feinde, Fressen, Weiber, unabänderlich, allenfalls in wechselnder Reihenfolge – zumuten, ohne unwillkürlich jene Bilder aus Jerusalem vor meinen Augen zu sehen? Wie kann ich ihre dummen Witze und Angebereien anhören, ohne das verzweifelte Schreien ihrer Opfer im Ohr zu haben? Wie kann ich Männern vertrauen, die sich binnen Augenblicken von pflichtbewussten, tapferen Legionären in raub- und mordlüsterne Bestien verwandeln?«

O ja! Es hatte gewiss Legionäre, sogar ganze Centurien – auch die 1. der *Legio X. Fretensis*, die Lucius eine ganze Weile befehligt hatte – gegeben, die zwar Beute keinesfalls verschmähten, die jedoch viel zu diszipliniert waren, um sich an Mordorgien zu beteiligen; man hatte sie allerdings lieber von vornherein als Wachmannschaften im Lager eingesetzt …

Endgültig verstört hatte Lucius das Verhalten seiner Offizierskameraden und gar seiner Vorgesetzten:

»Von einem Decurio, einem zehn Mann befehligenden Unteroffizier«, so meinte Lucius, »kann ich in der Regel kaum mehr erwarten als von dem einfachen Soldaten, dessen Rang er eben erst entwachsen ist.

Wenn aber ein Centurio, ein junger Offizier der immerhin hundert Mann anführt, oder ein Tribun, der tausend Mann kommandiert, oder gar ein Legat mit Befehlsgewalt über eine ganze Legion bei solchen Exzessen wegsieht, entweder weil er seine Männer nicht mehr in den Griff bekommt, oder weil er derlei Ungeheuerlichkeiten sogar billigt, dann ist das eine Schande und besudelt die Ehre Romas und seiner Armee!«

Und genau so war es gewesen in Jerusalem:

»Unsere Pferde konnten keinen Huf aufsetzen, ohne auf die Leichen von Männern und Frauen, von Kindern und Greisen zu treten. Und ringsum tobte die Soldateska, plünderte und brandschatzte, vergewaltigte, folterte und mordete, watete manchmal buchstäblich knöcheltief im Blut!

Und keiner, *kein einziger* der höchsten Offiziere unserer Armee gebot Einhalt, gab auch nur durch ein Stirnrunzeln zu verstehen, dass er irgendetwas missbilligte, was nicht im offiziell erklärten Sinne des Imperators war!«

Und dessen Verhalten war für Lucius das allerschlimmste gewesen:

»Man hat mittlerweile Herrn Titus Flavius als ›Vorbild und Liebling der ganzen Menschheit‹ gepriesen. Als er in die Stadt Jerusalem einritt, widmete er allerdings seine ausschließliche Aufmerksamkeit den gigantischen Quadern der Befestigungen.

Seine Legaten und Stabsoffiziere schwiegen ehrfurchtsvoll und ohne auf die Gräuel recht und links zu achten. Und der ruhm- und siegreiche Imperator Titus Flavius bastelte ausschließlich an den Formulierungen der Siegesmeldungen, welche ›Ewigkeitswert‹ haben und von Herr Flavius Josephus getreulich aufgezeichnet werden mussten:

›Wahrhaftig, wir haben mit Gottes Hilfe gesiegt! Ihr Gott selbst hat die Juden aus diesem Bollwerk vertrieben, denn was vermöchten Hände und Maschinen von Menschen gegen solche Steinmassen?‹«

Lucius war mit Leib, Seele, Geist und aus tiefster, innerster Überzeugung Soldat gewesen. Um so tiefer hatten ihn jene Tage in Jerusalem in seinem Wesen und seiner Ehre verwundet!

Tarquinius – und ein wenig auch mir – gelang es zwar nie, auch in den Jahren darauf, diese Wunden gänzlich zu schließen. Aber zumindest erreichten wir, dass sie nicht, heimlich schwärend und eiternd, letztlich den Geist unseres jungen Freundes vergifteten!

Von den Sorgen um Lucius abgesehen, war das Jahr 824 bislang ein erfreuliches, ja sogar gutes Jahr gewesen. Von den »dunklen Wolken«, von denen Herr Volsinius so nachhaltig gesprochen hatte, konnten wir nichts erkennen, bis es uns wie ein Blitzschlag aus eben jenen »dunklen Wolken« traf.

Und es war nicht einmal der Blitzschlag selbst, sondern sein Nachleuchten, das uns schließlich die Augen öffnete:

Es war der 15. November, als Pia in die Villa gestürzt kam und mir schreckensbleich ein Schreibtäfelchen in die Hand drückte, das sie an die Tür von Leopardas Schlafraum genagelt gefunden hatte.

»Betrete dieses Zimmer nur in Begleitung von Tarquinius und Scorpio!«

Minuten später hasteten wir zu dem fast völlig von Weinlaub und Clematis überwucherten Haus, in dem Leoparda und Pia schon seit etlichen Jahren wohnten.

Schon vor dem Zimmer schnupperten wir intensiven Weihrauchduft, und als Tarquinius die Tür öffnete, wurde dieser Geruch fast betäubend stark.

Und dann sahen wir sie: Leoparda lag lang ausgestreckt auf ihrem breiten Bett. Sie trug ihre ebenso knappe wie kostbare Arena-

Ausrüstung. Zu ihrer Linken lagen der kleine *Hoplomachus*-Schild und der Langdolch, zu ihrer Rechten die Stoßlanze. Den Helm hatte sie neben sich auf das Kopfkissen gestellt, über welches sich ihre blonden Locken ringelten. Das Blut aus ihren lang aufgeschnittenen Pulsadern hatte das Bettzeug weitgehend aufgesogen und war kaum zu sehen. Ihre Augen waren sanft geschlossen, und ihren Mund schien fast ein Lächeln zu umspielen.

Pia schrie fassungslos auf, und wenn sie Tarquinius nicht ganz fest in seinen Arm genommen hätte, wäre sie zusammengebrochen.

Mykerinos, den wir, Schlimmes ahnend, benachrichtigt hatten, kam Augenblicke später. Er betrat als Erster das Zimmer, reichte mir einen Brief, den Leoparda zu ihren Füßen platziert hatte.

Der erste Satz klang genauso drohend, wie wir Leoparda manchmal kannten:

»Höre sofort auf zu heulen, Weib, *wenn du nicht willst, dass ich als Gespenst zurückkomme!«*

Pia schluckte, schniefte – und riss sich zusammen, wie sie es wohl immer bei Befehlen ihres »Mannes« getan hatte.

Der Rest des Schreibens klang freilich weitaus versöhnlicher:

»Ich liebe dich, meine Pia! Und so es ein Leben nach dem Tod gibt, so werde ich dich immer lieben!

Und deshalb akzeptiere – bitte *– den Weg, den ich nun gehe!*

Ich habe kein Talent zum Hausmütterchen, das wohlschmeckende Süppchen kocht, Teller abwäscht und Kinder großzieht, welche wir ohnehin nie haben werden.

Vielleicht hätte ich Begabung zur ›keifenden Alten‹. Doch dies mag ich nun wahrlich nicht!

Ich habe – im Gegensatz zu dir! – nie etwas anderes lernen dürfen, als in der Arena zu kämpfen.

Gewiss hätte ich den Tod dort suchen können, doch der niemals besiegten Leoparda hätte diese ›Niederlage‹ *so wenig angestanden wie der Schule von* Felix Felix!

Weißt du, weshalb ich meinen ominösen Brustband-Trick seit Nicopolis nicht mehr vorgeführt habe? Weil ich dort merkte, dass zwar straffe, glatte Brüste einen Gegner hoffnungslos verwirren können, nicht aber solche, die altersgemäß mehr und mehr der Zugkraft der Erde folgen …

Und jener Kratzer an meinem Oberschenkel bei den Spielen in Roma: Es war wirklich nur ein ›Kratzer‹, den du, an Dardanus denkend, versorgt hast wie eine schwerste Verwundung. Er hat weniger mein Bein als meine Seele getroffen, denn er bewies mir, dass ich nicht mehr so reaktionsschnell bin wie früher, dass ich beginne alt zu werden …

Ich liebe dich, meine Pia!

Und ich liebe euch, meine Freunde von Felix Felix!

Und deshalb lasst mich ohne Tränen jenen Weg gehen, den ich nun für mich gewählt habe!«

Es war, wie gesagt, das Nachleuten des Blitzes, der uns beim Leichenbrand, der Beisetzung ihrer Asche und dem Leichenschmaus mit den traditionellen Lobreden auf Leoparda die Augen öffnete:

Die »dunklen Wolken«, von denen Herr Volsinius gesprochen hatte, welche über Felix Felix hingen und welche wir uns weigerten erkennen zu wollten, sahen wir plötzlich überdeutlich: Tarquinius sprach es schließlich aus:

»Wir sind dabei, in die Mittelmäßigkeit abzurutschen!

Gute Mittelmäßigkeit ist das Rezept der großen, zumal der caesarischen Schulen und Kasernen: ordentliche Leistung gegen ordentliches Geld.

Für eine eher kleine Eliteschule wie Felix Felix jedoch darf dies keinesfalls gelten!

Natürlich brauchten wir einen Stamm an zuverlässigen *Secundi Pali*. Wir verfügten derzeit über gut sechzig von ihnen, darunter noch viele jener erfahrenen ›Orientalen‹, die in Hellas, in Asia und Syria dabei gewesen waren, und die in anderen Schulen zweifellos längst den *Primus Palus* erreicht hätten.

Sie sind ohne jede Frage das Fundament der Schule!

Doch kleine Schulen wie Felix Felix lebten letztlich von ihren Spitzen: Gladiatoren wie beispielsweise Fulmina, Purpureus oder Leoparda, welche mit ihren Leistungen das Pöblikum zu Begeisterungsstürmen hinreißen können.«

»Wir *sind* gut!«, ließ Tarquinius bei der nächsten Sitzung des »Inneren Rates« keinen Zweifel.

Doch nach dem Tod von Fulmina, Dardanus und nun Leoparda, dem Ausscheiden von Purpureus, Rattus, Bato sowie der Zwillinge Kastor und Pollux waren unsere *Primi Pali* auf Monophthalmos, die Amaranthus-Söhne Aurius und Leo und Tarquinius selbst zusammengeschrumpft, wobei Letzterer sich nach wie vor strikt weigerte, außer gegen »Schlächter« oder allzu exotische Exoten in die Arena zu gehen.

Durch Training und Erfahrung kann man zweifellos hervorragende Gladiatoren »züchten«. Im Sinne von Felix Felix können daraus erstklassige *Secundi Pali* werden.

»Aber um bei uns zum *Primus Palus* aufzurücken«, stellte Tarquinius sachlich fest, »bedarf es mehr als Mut und ausgefeilte Technik. Es bedarf dazu einer ausgeprägten Persönlichkeit!«

Ja, genau das war das Schlüsselwort!

Ob der bis zum Leichtsinn tollkühne Nigeralbus, der fluchende Telemachos, das Prügelmonster Fulmina, der verbissene Rattus, die schöne, manchmal recht schwierige Leoparda, der humorvolle Purpureus, der einäugige Monophthalmos – all unsere Kämpfer, die den Rang eines *Primus Palus* erreicht hatten, verfügten über dieses kaum zu definierende, aber unzweifelhaft vorhandene ›Etwas‹, dass sie aus den Reihen der anderen, gewiss tapferen und handwerklich perfekten Gladiatoren hervorhob.

Das Problem war also erkannt – gelöst war es damit freilich noch längst nicht!

Tarquinius sah es eher philosophisch:

»Ein Neubeginn ist niemals einfach! Wichtig ist dabei eigentlich nur, dass man sich entschließt, überhaupt einen ersten Schritt zu tun!«

LUDUS XVI

Jenseits der Alpen

Murmillo und Thraex

November des Jahres 825 bis Januar des Jahres 827 *ab urbe condita.*
Im 3. bis 6. Regierungsjahr
des erhabenen Caesars Vespasianus.
(71 *bis* 75 n. Chr.)

Das Jahr 825 *ab urbe condita* war ein ruhiges, ein friedliches Jahr: Caesar Vespasianus hielt, tatkräftig unterstützt von seinem Sohn, Herrn Titus Flavius, die Macht fest und mit Vernunft in seinen Händen.

Nach der Zeit der Bürgerkriege und des Chaos blühte das Land wieder auf. Auch in den Provinzen herrschte nun, nach dem grausigen Ende des jüdischen Aufstandes, Ruhe und Ordnung.

Allerorts wurden wieder Spiele abgehalten. Die Männer unserer Schule schlugen sich tadellos. Das Geschäft blühte.

Tarquinius widmete sich unterdessen seinen großen Leidenschaften des Sammelns und Bauens:

In Pompeii baute er an seiner Villa »sursum muro« – »auf der Mauer«. Vor allem aber baute er in Felix Felix: geräumigere, bequemere Gladiatorenunterkünfte. Zusätzliche Badebecken in unseren privaten Thermen, eines davon so groß, dass ich fast zwei Minuten brauchte, um mit meinen Armen, die nutzlosen Beine hinterher schleppend, von einem Ende bis zum anderen zu paddeln – trotzdem schwimme ich immer noch am liebsten drunten am Strand von Puteoli im Meer, während Digna, der ich nach anfänglicher Wasserscheu das Schwimmen überhaupt erst beigebracht habe, wie ein Delphin um mich herum tummelt. Eine neue Trainingshalle für schlechtes Wetter, deren Belüftung so geschickt gestaltet war, dass der bislang oft wirklich unerträgliche Mief nach vergossenem Schweiß abziehen konnte, ohne deshalb gleich auch die Wärme mitzunehmen. Auch etliche der Werkstätten wurden modernisiert, der Kinderspielplatz im Dorf beträchtlich erweitert.

Nach dem Tod von Herrn Gladius Felix hatte Tarquinius Digna und mich faktisch genötigt, von unserem gemütlichen, kleinen Häuschen im Dorf in die »Villa« zu übersiedeln, wie es nun einmal einem Lanista von Felix Felix angemessen sei.

Und ab diesem Moment lebten wir in einer permanenten Baustelle! Ich gebe ja zu, dass die Säulengänge, die Peristyle, die Gartenanlagen, die Tarquinius zwischen der alten, um viele Räume vergrößerten Villa und seiner eigenen »Etrusker«-Villa anlegen ließ, an Schönheit und Eleganz ihresgleichen suchen – trotzdem wäre mir und Digna unser altes Häuslein lieber gewesen …

Heftige Auseinandersetzungen hatte es um all jene Standbilder aus Marmor oder Bronze gegeben, mit denen unser Etrusker die Gärten, Hallen, Peristyle und sogar Dächer schmückte. Die Dame Lucia empörte sich gegen eine derartige Anhäufung von »Göttern«, bis Tarquinius ihr klar machte, dass es sich hierbei keineswegs um anbetungswürdige Gottheiten, sondern lediglich um Meisterwerke griechischer, ägyptischer, babylonischer oder sogar römischer Kunst handelte …

In diesem Sinne hatte er nicht einmal das Haus seines Schwiegervaters, des Herrn Senators Octavius Aurelius Priscus, verschont und es zu einem der an Geschmack bewundernswertesten Häuser Romas ausgebaut.

Am Kernproblem unserer Schule änderte dies alles freilich nicht das Mindeste!

Spitzengladiatoren wachsen leider nicht auf Bäumen, wo man sie nur abzuschütteln braucht …

Ein wenig enttäusch waren wir von Fulmen, dem Sohn unseres unvergessenen Prügelmonsters Fulmina, auch wenn wir ihn das nie merken ließen. Zwar hatte er von seiner Mutter die Statur, die brandroten Haare und ein nettes Vermögen geerbt, doch offenbar von seinem unbekannten Vater ein überaus sanftes Gemüt. So nahm er eines Tages sein Geld, kehrte Felix Felix den Rücken und zog in die Provinz Pannonia, wo er nun auf seinem ausgedehnten Landgut Schafe mit besonders feiner, seidiger Wolle züchtet.

Von unseren *Secundi Pali* zeigte nur einer die Qualitäten, die ihn zum *Primus Palus* aufrücken ließen:

Germanicus stammte aus einem jenen Völkerstämme jenseits des Rhenus, die sich Frisii, Chauci, Langobardi, Cherusci, Sugambri oder Chatti nannten. Groß, muskulös, blauäugig und strohblond war er eigentlich fast das Urbild des Roma-Feindes. Trotzdem kämpfte er als *Murmillo*, also als der »Gute« im Bild des Pöblikums.

Wenn er auf seinen extremen Plattfüßen in die Arena watschelte, mochte er zunächst manchen zum Lachen reizen – wenn er mit Palme oder gar Kranz die Arena verließ, lachte niemand mehr! Und als ihn Digna erst einmal richtig ausstaffiert hatte, gab es überhaupt keinen Grund zum Lachen.

Er selbst verfügte durchaus über eine gewisse Art von Humor, wenn er bemerkte, dass es sein größtes Glück gewesen sei, nach Italia als Sklave verkauft zu werden, da man in seiner Heimat kein Verständnis für »Knabenliebe« habe. Was mich manchmal erschreckte, war ein gewisser Zug von Grausamkeit um seinen Mund – nun bei einem Mann, der wahrlich mit Leib und Seele Gladiator war, zumindest nicht unbedingt besorgniserregend.

Und er verfügte zweifellos über Geschichtsbewusstsein:

»Müsst ihr mich denn unbedingt ›Germanicus‹ nennen? Das war doch der Caesaren-Neffe, der reichlich erfolglos in unserem Gebiet herumgepoltert ist. Wollt ihr mich nicht gleich ›Varus‹ nennen nach jenem römischen Feldherrn, der von dem Cherusker Arminius Prügel bezog?«

Digna holte seine Persönlichkeit heraus: ein zotteliges Bärenfell um seine Hüften, gehalten von einem Gürtel, der mit allerlei »germanischen« Bronzen beschlagen war.

Auf seinem Helm trug er nicht den traditionellen Kamm seiner Klasse mit dem langen Rossschweif, sondern zwei gewaltige Kuhhörner.

Germanicus glotzte uns fassungslos an, als die Schmiedin Drusilla das Kunstwerk präsentierte. Ob wir Römer tatsächlich der Meinung seien, dass die Germanen mit einem derartigen Unsinn auf dem Kopf in den Kampf zögen?

Dies sei in der Tat so, bestätigten wir.

Germanicus wusste nicht so recht, ob er vor Empörung oder vor Lachen platzen sollte: Für einen ausschließlich bei kultischen Zeremonien benutzten Helm sei dies ja vielleicht angemessen, erklärte er. Im Kampf sei derlei freilich absolut tödlich, denn der Schlag einer Axt, welcher am normalerweise gerundeten Helm abglitte, würde vom Ansatz jener Hörner unweigerlich aufgefangen und direkt in den Schädel des Helmträgers geleitet!

Erst als Tarquinius ihn darauf aufmerksam machte, dass in der Arena keine Äxte, sondern nur Schwerter – auch diese eher zu Stich als Hieb geeignet – eingesetzt würden, war Germanicus unter Vorbehalten einverstanden, sich mit der für ihn entworfenen Ausrüstung abzufinden.

Lucius war nun wirklich nicht der Typ, der sich hängen ließ oder gar sich in seinem Schmerz irgendwie »wohlfühlte«!

Nikandros, der quieksstimmige Kapitän der *Windsbraut von Salamis* hatte sich nach unserer Rückkehr als wohlhabender Reeder und Besitzer von nunmehr fünf Schiffen samt seiner Frau Apama und seinen nasebohrenden Sprösslingen in Pompeii niedergelassen. Bei ihm hatte Lucius einen kleinen Schnellsegler, die *Hirundo* – »Schwalbe« – mit acht Mann Besatzung gechartert, mit dem er zeitig im Frühjahr Richtung Africa aufgebrochen war, um die dortigen Sklavenmärkte und Schulen nach brauchbarem »Material« abzusuchen. Er müsse endlich wieder etwas Vernünftiges tun, so hatte er erklärt, und als ehemaliger Tribun verstehe er schließlich ein bisschen etwas von Kämpfern.

In der Tat schickte er uns im Laufe des Sommers etliche durchaus brauchbare Leute und zunehmend begeisterte Briefe über seine Reise durch Numidia, wo er Utica und die Ruinen des einst von Herrn Scipio Africanus zerstörten Carthago besucht, und Mauretania, wo er einige Wochen in Icosium, Rusaddir, Lixus und Tingis Station gemacht hatte. Gelegentlich verschrieb er sich in seinen Briefen, wenn er vom Singular »ich« in den Plural »wir« verfiel, was uns vermuten ließ, dass ihn seine Freundin aus Baiae begleitete.

In Rusaddir machte Lucius seine große Entdeckung:

Mauritius war ein schlanker, freier und ungemein stolzer Mann aus den Bergen des Atlas, welcher der Verlockung des in der Arena zu verdienenden Geldes nicht hatte widerstehen können.

Er war ein durchtrainierter Kämpfer, der binnen Wochen zum *Primus Palus* aufstieg.

Ein reichlich schwieriger Mann war er freilich auch!

Mit irgendeiner Form der traditionellen Gladiatoren-Ausrüstungen mochte er sich nicht anfreunden. Dass er statt eines Helmes ein kunstvoll gewundenes Kopftuch mit einem Stoffstreifen, den er so vor sein Gesicht zog, dass nur noch seine schwarzen, funkelnden Augen darüber herausblitzen, und einen von seinen Schultern über den Rücken wehenden Mantel trug – wie sein Lendentuch alles schneeweiß –, verstieß gegen keine gängige Regel. Auch nicht, dass er neben der gebogenen Sica eines *Thraex* linkshändig eine kräftige Lederpeitsche führte, welche gewöhnlich nur bei den Tierhetzen benutzt wird – Tarquinius hatte solch eine Peitsche schließlich auch seinerzeit gegen jenen übergerüsteten Inder eingesetzt. Als Klassifikation blieb uns schließlich nur der Typ *Exoticus*.

Dies waren freilich nur Nebensächlichkeiten, denn sein Stolz nahm mitunter geradezu groteske Züge an:

Dass Mauritius seine beiden Gattinnen, die er mitgebracht hatte, und eine junge Frau als Neapolis, die er recht bald nach seiner Ankunft heiratete, ausschließlich in unförmigen schwarzen Kutten auf die Straße ließ, um sie vor den lüsternen Blicken anderer Männer zu schützen, war letztlich allein Privatsache von ihm und den drei Frauen.

Eine ganz andere Sache war, als Mauritius nach zwei »Niederlagen« im Trainingshof zu einem scharfen Messer griff, um seine »Ehre« zu verteidigen! Tarquinius musste ihm da unmissverständlich klar machen, dass er ihn gnadenlos aus Felix Felix hinauswerfen würde, sollte derlei nochmals vorkommen:

»Du darfst Arena-Gegner erstechen. Aber ganz gewiss nicht einen Übungsgegner, der dir doch nur zeigt, wo du im Kampf noch irgendwelche Schwächen hast!«

»Schwäche« war ein Begriff, der, auf ihn selber bezogen, eigentlich im Wortschatz von Mauritius nicht vorgesehen war. Zunächst verschwand er erst einmal für drei Wochen spurlos, ehe er wieder auftauchte und vor Tarquinius mühsam und stockend zugab, dass selbst er unter gewissen widrigen Umständen, denkbarerweise und eventuell einen in Wirklichkeit völlig unbedeutenden, allenfalls sekundenlangen Konzentrationsfehler im Kampf begangen haben mochte …

Tarquinius setzte daraufhin seine ernsteste Miene auf und erklärte Mauritius, dass »derartige, unter gewissen widrigen Umständen, denkbarerweise und eventuell, in Wirklichkeit völlig unbedeutende, allenfalls sekundenlange Konzentrationsfehler« in einer Arena absolut tödlich sein könnten, weshalb man seinen Übungsgegnern sogar dankbar sein müsse, wenn diese auch die unbedeutendsten Schwächen aufdeckten …

Mauritius war ein Mann von Ehre! Ich habe nie prachtvollere Feste im Dorf gesehen, als Mauritius für jene gab, denen es gelungen war, ihn im Übungshof zu besiegen – viele waren es freilich nicht!

Tarquinius reiste im Sommer nochmals nach Macedonia, Epirus und Achaea. *Primus-Palus*-Talente konnte er freilich nirgendwo entdecken, wenn er auch etliche begabte junge Leute aufstöberte, die sich durchaus zum *Secundus Palus* eigneten.

Solche Leute waren uns stets willkommen, auch wenn wir davon mittlerweile fast mehr als genug hatten.

Der Ruf von Felix Felix lockte inzwischen scharenweise junge Männer und auch Frauen an, welche mit unserer Hilfe an Ruhm und vor allem Geld zu gelangen hofften. Es waren vor allem jüngere Söhne und Töchter von freien Bauern, Handwerkern, kleinen Geschäftsleuten oder auch Fischern, die keine Chance sahen, in den elterlichen Betrieb einzusteigen.

Außer entflohenen Sklaven wiesen wir keinen Bewerber grundsätzlich ab, es sei denn, dass seine körperlichen und geistigen Fähigkeiten ihn definitiv ausschlossen. Monophthalmos hatte nur noch ein Auge und war trotzdem ein *Primus Palus*! So waren auch ein Klumpfuß oder Zwergwüchsigkeit zunächst kein Ablehnungsgrund. Geistesschwäche jedoch durchaus, denn ein *dummer* Gladiator ist sehr schnell ein *toter* Gladiator, selbst wenn er die Muskeln eines Hercules besitzt.

Wir drehten die Kandidaten durch eine erbarmungslose Mühle:

Da gab es zunächst die Bewerbung, welche die Mannen unseres braven Mucius durchführten: Name, Geschlecht, Herkunft etc. Wenn sich etwa ein entlaufener Sklave meldete, kamen sie ihm fast immer auf die Sprünge.

Dann waren Amenophis, Mykerinos – dem es sichtbar nun täglich schlechter ging – und Pia mit einer gesundheitlichen Begutachtung an der Reihe.

Waren diese Hürden geschafft, musste der Kandidat zu einem persönlichen Gespräch mit Tarquinius, Purpureus als Trainer, mir und immer öfter auch Lucius antreten.

Dann wurde der Kandidat für drei Monate probeweise aufgenommen, in den Grunddisziplinen der *Gladiatura* ausgebildet – und als Abschluss in einem so genannten »Übungskampf« von einem unserer erfahrenen Gladiatoren buchstäblich grün und blau geprügelt!

Wenn dann dieser oder diese wieder aus dem Sand emporkroch, nach den verlorenen Waffen angelte, gar etwas keuchte wie »Irgendwann zahle ich dir das heim, du Aschloch!«, dann war der Kandidat Mitglied unserer *Familia Gladiatoria*. Der Rest wurde dahin zurückgeschickt, woher er gekommen war.

Das folgende Jahr war geprägt von zwei Hochzeiten, die eine unstandesgemäß und glücklich, die andere standesgemäß und eine Katastrophe.

Herr Octavianus Aurelius Priscus hatte seinen Enkel Lucius schon seit längerem bedrängt, endlich zu heiraten und für entsprechende Urenkel so sorgen, auf dass die *Gens Aurelia* und *Gens Gordiana* nicht aussterbe.

Lucius, der im Spätherbst nach Felix Felix zurückgekehrt war, zeigte sich freilich nur mäßig begeistert von diesem Gedanken. So ganz verstanden wir ihn da nicht. Vor allem verstanden wir nicht, weshalb er nicht seine Geliebte in Baiae heiratete, die er regelmäßig besuchte und die ihn offensichtlich auch auf seine Reise nach Africa und das südliche Hispania, wo er zuletzt gewesen war, begleitet hatte. Wir haben die Frau nie gesehen – es war ganz eindeutig eine Frau und kein Mann –, trotzdem konnten wir uns einiges über sie zusammenreimen: So wie wir Lucius kannten, musste sie zweifellos schön und intelligent sein. Und da sie sich einen Wohnsitz im eleganten und teuren, selbst von den Caesaren als Sommerresidenz bevorzugten Badeort Baiae leisten konnte, war sie gewiss auch nicht arm – selbst wenn sie es gewesen wäre, hätte dies für Lucius keine Rolle gespielt. War sie verheiratet? Eine Scheidung wäre schnell durchführbar gewesen. War sie krank, oder hatte sie irgendeinen gravierenden körperlichen Mangel? Dann hätte sie ihn aber kaum auf der langen und anstrengenden Reise begleiten können. Oder hatte sie einen schwerwiegenden Charakterfehler, der Lucius von einer Heirat zurückschrecken ließ? Weshalb dann hielt ihr Verhältnis fast acht Jahre? So verschwiegen wie Lucius in manchen Dingen war, haben wir es nie erfahren …

Da Lucius selber also nichts Entsprechendes unternahm, arrangierte Herr Octavianus Aurelius Priscus eine entsprechende Heirat für seinen Enkel.

Die auserwählte Dame, Corinna, war die Tochter jenes Senators Corinnus Alveus, der uns seinerzeit beim großen Brand zu Roma, mehr aufgelöst als würdig, vor dem Heranrücken der Flammen gewarnt hatte. Hübsch war die Dame Corinna ohne jeden Zweifel, auch wenn ihr Mund für meinen Geschmack ein wenig zu dünnlippig und ihre schmalen Hände ein wenig zu krallenähnlich waren. Mit ihren achtzehn Jahren hatte sie bereits drei Ehen hinter sich. Ihr erster, fast siebzigjähriger Gatte hatte sich wohl in der Hochzeitsnacht übernommen und war an einem Herzschlag gestorben. Die beiden nächsten Ehen hatten auch nicht wesentlich länger gehalten und hatten mit einer Scheidung geendet, wobei die gezahlten Abfindungen der Ex-Ehemänner der *Gens* »Corinnus« gewiss nicht geschadet hatten.

Die Dame Corinna liebte Prunk und Luxus in jeder Form, und so wurde die Hochzeitsfeier, natürlich von Tarquinius bezahlt, ein wahrlich rauschendes Fest – selbstverständlich in Roma, denn in die ländlichen Niederungen von Puteoli oder gar Felix Felix würde sich die Dame samt ihrer vornehmen Familie und den zahllosen verwöhnten Söhnchen und Töchterchen aus besten Familien, die sie ihre Freunde nannte, niemals herabbegeben haben. Hinzu kam, dass die Dame Corinna und ihrer Horde Probleme mit dem »gesellschaftlichen Hintergrund« hatten. Nicht dass sie etwas gegen Gladiatoren hatten – aber nur in der Arena oder eventuell auch im Bett. Der künftige Stiefschwiegervater Tarquinius war *akzeptabel*, schließlich war er ein »Gott«. Nach sehr klaren Worten von Herrn Octavianus, Lucia und Lucius wurden auch noch Digna und ich eingeladen. Auch wenn ehemals Sklaven, verfügten wir durch Adoption über einen »anständigen« Namen und vor allem Geld, zudem über die Freundschaft des Caesars Vespasianus und seines Sohnes Titus Flavius – Dinge, die man schließlich nicht außer Acht lassen sollte!

Die Hochzeitsfeier war, wie gesagt, überaus prächtig. Danach trennten sich faktisch die Wege des »Ehepaares« wieder. Die Dame Corinna verbrachte die kühlere Jahreszeit in Roma, die heißere mit ihren Freunden auf den Landgütern in den Albaner Bergen oder in den mondänen Badeorten am Mare Tyrrhenum, während Lucius nach Felix Felix und Baiae zurückkehrte. Da die Hochzeitsnacht auch nicht dazu ausgereicht hatte, den erwünschten Stammhalter der *Gens Aurelia-Gordiana* zu zeugen, musste sich Herr Aurelius Priscus damit abfinden, dass die Ehe nach knapp zwei Jahren wieder geschieden wurde, mit einer standesgemäß deftigen Abfindung an die Dame Corinna.

Ein Gutes hatte diese Hochzeit allerdings doch:

Unter den jungen Leuten, die aufgrund der Stellung ihrer Eltern eingeladen waren, befand sich auch Decimus Selenus Celestianus, der in seiner stillen und bescheidenen Art überhaupt nicht zu der restlichen Horde passte. Als er von den Schätzen hörte, die

Tarquinius in seiner Bibliothek inzwischen angesammelt hatte, begannen seine Augen zu strahlen.

Natürlich lud ihn Tarquinius nach Felix Felix ein, und Selenus Celestianus kam begeistert.

Irgendwann, als er kurzfristig zwischen Papyri und Pergamenten auftauchte, entdeckte er an einem der Lesepulte meine »große« Tochter Felicitas.

Und irgendwo zwischen Vergilius Maro und Thales von Milet verliebten sich die beiden unsterblich ineinander.

Als er Felicitas seinen Heiratsantrag machte, rutschte dieser zunächst ein gewiss zweiminütiger, höchst telemachischer Fluch heraus. Als Selenus daraufhin nur in schallendes Gelächter ausbrach, sagte sie: »Ja!«

Seine neureich-senatorische Familie war entsetzt ob dieser Wahl, doch der sonst so zurückhaltende junge Mann konnte auch ausgesprochen stur sein, wenn er wirklich etwas wollte – und Felicitas *wollte* er!

Knapp drei Monate später heirateten die beiden.

In Felix Felix.

Das Fest, welches das Dorf und die Schule dem jungen Paar ausrichteten, konnte natürlich nicht an Prunk mit jenem in Roma mithalten, dafür umso mehr an herzlicher Wärme.

Fernab des politischen Getriebes, das Selenus Celestianus ohnehin nie interessiert hatte, leben die beiden mit ihren nunmehr zwei Kindern in Carteia am Südzipfel von Hispania und schreiben begeisterte Dankesbriefe, wenn ihnen Tarquinius die Abschriften seiner neuesten literarischen Erwerbungen zukommen lässt.

Auch die Fluch-Kunst unseres Telemachos wird dort wohl nicht aussterben, hat mir Felicitas doch erst kürzlich berichtet, ihr älterer Sohn habe wütend gekräht:

»Wo hat das verfickte Arschloch Jupiter – wer ist das eigentlich, Mama? – meinen bekotzten Scheißball versteckt?« Für einen Dreijährigen eine durchaus beachtliche Sprachleistung …

Wir hatten, abgesehen von unserm hervorragenden Stamm an *Secundi Pali*, inzwischen wieder ein paar hervorragende *Primi Pali*: Aurius und Leo, Monophthalmos, Germanicus und Mauritius. Das war gut so! Ausreichend war es freilich noch immer nicht wirklich.

Mir diente dies im Jahr 827 auf jeden Fall als hervorragende Ausrede, das zu tun, was ich längst hatte tun wollen: noch einmal den grün-blauen, manchmal so ungestümen Licias zu sehen. Abodiacum, wo ich einst ein albernes Centurionensöhnchen in einen Kuhfladen getaucht und damit mein Leben entschieden habe. Die Via Claudia, die Digna und ich, an einen Karren gekettet, entlang gestapft waren und wo unsere Liebe begonnen hatte. Ich wollte auch Augusta Vindelicum besichtigen, auf dessen, wie mir inzwischen bewusst war, lächerlich kleinem Sklavenmarkt ich einst verkauft worden war.

Vor allem aber wollte ich hinauf auf das Hochufer des Licias nach Cimiacum, wie es die Römer nannten.

Zwanzig Jahre war ich nun fort. Nach den ersten zwei, drei Jahren war das Heimweh nicht mehr so schlimm gewesen, doch so gänzlich aufgehört hatte es nie. Und es blieben die Fragen: Lebte mein großer Bruder Cimiar noch? Unsere Mutter? Meine Geschwister? Wie war es ihnen ergangen? Gab es unseren Hof überhaupt noch?

In Meilen gemessen lag Abodiacum und Cimiacum weit näher als Caesarea, Alexandria oder Valentia, wohin Nachrichten oft nicht einmal eine Woche brauchten – eine Eilnachricht von Caesar Tiberius hatte seinerzeit durch ein Signalsystem von Leuchttürmen bis ins ferne Trapecus am Pontus Euxinus sogar einmal nur neunzehn Stunden benötigt! Doch die Alpen mit ihren wenigen halbwegs vernünftig passierbaren Straßen bilden noch immer eine schwer überwindbare Sperre nach Norden, und so liegt Raetia tatsächlich immer noch weiter entfernt als Aegyptus. Seit ich frei war, hatte ich öfter mit reisenden Händlern, die nach Raetia zogen, Briefe und auch Geld nach Cimiacum geschickt, in der Hoffnung, dass diese ehrliche Leute waren – eine Antwort hatte ich freilich nie erhalten …

Pia und auch der alte, weise Amenophis hatten mir von der Reise dringend abgeraten, denn mit meiner Gesundheit stand es mittlerweile nicht mehr zum Allerbesten. Zwar hatte Digna meine »Südhälfte« gut im Griff, aber die Lähmung hatte mittlerweile auch unerfreuliche Auswirkungen auf den Rest meines Körpers, von denen Abszesse und Furunkel, Darmprobleme und gelegentliche Atemnot noch die eher harmlosen waren. Doch neben gelähmten Beinen hatte ich eben auch immer noch meinen harten Licatier-Schädel!

So zogen wir denn mit Anbruch des Jahres 827 los.

»Wir«, das waren zum einen Digna und ich, zum anderen Tarquinius und Lucia sowie Pia als Ärztin. Lucius, Purpureus und der zuverlässige Mucius würden in Felix Felix unterdessen die Stellung halten. Begleitet wurden wir von unseren *Primi Pali* und zwei Dutzend unserer *Secundi Pali*. Da es in diesem Jahr in Italia kaum nennenswert interessante Spiele geben würde, mochte es vielleicht in den nördlichen Provinzen Palmzweige und Lorbeerkränze zu ernten geben.

Offiziell waren wir auf der Suche nach weiteren *Primus-Palus*-Kandidaten. Tatsächlich war es so, dass ich einfach noch einmal meine Heimat sehen wollte. Und Tarquinius wurde es am Sinus Cumanus, so herrlich dieser auch immer sein mochte, schlicht zu langweilig. Bis Abodiacum würden wir gemeinsam reisen, dann sollte ich mich mit der einen Hälfte unserer Leute nach Nordwesten wenden, nach Germania, Belgica und Gallia, während Tarquinius ostwärts mit der anderen Hälfte durch Noricum, Pannonia und Illyricum reisen sollte, ehe wir uns zu Winterbeginn in Felix Felix wieder treffen würden.

So zogen wir auf der Via Aurelia nordwärts. Tarquinius auf seinem feurigen Rappen, daneben Lucia auf einem nicht ganz so temperamentvollen Schimmel und in Hosen, denn unser Etrusker hatte seine Gemahlin längst davon überzeugen können, dass Sitte und Anstand nicht davon abhingen, ob eine Frau zugab, Beine zu besitzen, selbst wenn diese sehr lang und zweifelsfrei höchst wohlgeformt waren. Ich reiste in meiner zwischen zwei von Fix und Fax gelenkten Pferden aufgehängten Sänfte. An meiner Seite ritt Digna, ebenfalls in Männerhosen, jedoch auf einem braven Maultier, da sie Pferden nach wie vor ein wenig misstraute.

Unmittelbar hinter uns kamen die beiden Bannerträger mit den Fahnen, auf denen unser schwarzer, weißbrüstiger und weißpfotiger Katzenherr abgebildet war – zwei, da wir uns in Abodiacum ja trennen wollten und jeder von uns schließlich ein Banner benötigte.

Dann folgten unsere *Primus-Palus*-Kämpfer auf edelsten Pferden, die *Secundus-Palus*-Männer auf nicht ganz so hochgezüchteten, und schließlich der Tross unserer Diener mit den Packpferden am langen Zügel. Auch dies waren immer noch kraftvolle und ausdauernde Tiere, um die uns jeder beneiden konnte, auch wenn es ihnen – vernünftigerweise – an Temperament fehlte. Mit ihnen ritt auch Pia, froh um alles, das sie ein wenig von ihrer Trauer um Leoparda ablenken konnte.

O ja! Wir waren eine prächtige Truppe, die in den Dörfern und Marktflecken, die wir durchquerten, angestarrt wurden wie seinerzeit der Triumphzug Caesars und seines Sohnes in Roma. Und genau so sollte es ja auch sein!

Es war irgendwie eine Reise in die Vergangenheit.

Und das nicht nur für mich.

Volaterra: die Arena, in die ich erstmals in meinen Leben als Gladiator geschritten war und, obschon verwundet, mir meinen ersten Lorbeerkranz geholt hatte. Der Sklavenmarkt, wo wir in menschlicher Hülle den Etruskergott Aplu entdeckt und gekauft hatten …

Weiter hinauf die Via Aurelia nach Pisae, durch den Apennin nach Parma, über den Padus und weiter nach Verona.

Verona: Ich bin nun wirklich kein rührseliger Typ, doch als ich den Platz wiedersah, an dem das Podest jenes Sklavenhändlers mit Digna darauf gestanden hatte, und ihr nie vergessner Ruf

»Eppor!« in meinen Ohren nachklang, da müssen mir wohl tatsächlich Fliegen in beide Augenwinkel geraten sein …

Den weiteren Weg der Via Claudia hinauf in die Berge brauchte ich diesmal freilich nicht nur mit den Augen zu verfolgen.

Wenig später war ich auf diesem Weg.

Er war, bis ein Stück über Tridentum hinaus, noch recht angenehm, doch dann, je mehr wir in die Berge kamen, zunehmend steil, schroff und eng! So eng schließlich, wenn sich die Straße in engen Serpentinen zu den Pässen hinaufwand, dass sich mit Ochsen bespannte Karren und Wagen, sogar elegante Reisekutschen oft nur noch mühsam um die Kurven zwängen konnten. Unser Reitertrupp hatte es da, selbst mit meiner Sänfte, erheblich leichter, vor allem als Mauritius mit seiner knallenden Peitsche den Vorreiter machte und alle sonstigen Weggenossen in irgendwelche Ausweichstellen verwies. Wenn wir dann doch noch am Abend in einer Raststation mit jenen aus dem Weg gescheuchten Leuten zusammentrafen, und sie versuchten sich zu beschweren, zückte Mauritius einen überaus scharf geschliffenen Krummdolch und versicherte, er werde jeden aufschlitzen, der noch ein Widerwort wage!

Je weiter wir nach Norden kamen, umso mühsamer und ungemütlicher wurde die Reise. Wir hatten Ende April, doch ich hatte vergessen, wie kalt und nass das Wetter um diese Jahreszeit oft noch sein konnte. Manchmal regnete es tagelang, sogar noch mit kräftigen Schneeschauern dazwischen, und wir waren trotz unserer schweren Loden- und Ledermäntel am Abend einer Tagesstrecke bis auf die Knochen durchnässt. Überall lagen noch reichlich Reste an Schnee. Wir froren erbärmlich. Drei unserer Pferde fielen aus. Eines hatte sich auf einer glitschigen Felsplatte den Fuß verletzt, die beiden anderen hatten sich einen Husten zugezogen. Wir mussten sie schließlich in einer der Herbergen zurücklassen. Zwar hatten wir genügend Ersatz dabei, aber es tat uns leid, die edlen Tiere für einen Spottpreis verkaufen zu müssen. Doch der weitere Marsch war ihnen einfach nicht mehr zuzumuten.

Natürlich klagte keiner unserer Leute, dafür waren sie viel zu diszipliniert. Aber alle litten mehr oder minder sichtbar. Etliche hatten Husten und viele rote, triefende Nasen.

Nun, alle bis auf vier: Tarquinius war von Äußerlichkeiten unerschüttert wie immer – Gott müsste man eben sein! Auch Germanicus, der sich inzwischen einen kurzen Vollbart hatte wachsen lassen, um noch »germanischer« auszusehen, schienen Wetter und Anstrengungen nicht zu kümmern – wahrscheinlich war er aus seiner Heimat noch weit Übleres gewohnt. Mauritius war von dem vielen Wasser und dem ihm unbekannten Weiß einfach hingerissen, versuchte die glitzernden Flocken mit Händen und Mund zu fangen und tollte während der Rastpausen im Schnee, wo immer er einen Flecken finden konnte, herum wie ein kleiner Junge. Als ihm Digna dann auch noch zeigte, wie man Schneebälle formt und Schneemänner baut, war er überhaupt nicht mehr zu halten.

Ja, und der Vierte war *ich*! Digna und Pia hatten gefordert, wenigstens den Mai im geschützten Tal beispielsweise in Tridentum abzuwarten, bis sich die Reisebedingungen gebessert hätten, denen meine Gesundheit sonst kaum gewachsen sei.

Tarquinius war augenblicklich einverstanden gewesen – *aber ich nicht*! Jetzt, endlich auf der Straße, von der ich so oft geträumt hatte, wollte ich nur eines: vorwärts!

»Du wirst es möglicherweise bitter bezahlen müssen!«, hatte mich mein Freund dringend gewarnt.

»Dann zahle ich eben!«, hatte ich zurückgeblafft.

»Macht nach zwanzig Jahren ein Monat einen so großen Unterschied?«, hatte er gefragt.

»Vernünftigerweise natürlich nicht«, hatte ich zugegeben. »Aber hast du in deinem Leben immer vernünftig gehandelt?«, fragte ich dagegen.

So waren wir am nächsten Tag weitergezogen. Und entgegen allen Vorhersagen ging es mir mit jeder Meile, die wir nach Norden vorankamen, offensichtlich besser: kein Husten, kein Schnupfen, keine wundgescheuerten Stellen, keine Darm- oder sonstigen Probleme.

Wir rückten über das Städtchen Main und die Quellen der

Atesis hinauf zum Venosti-Pass, überquerten den Oberlauf des Aenus.

Als dann auf der letzten Höhe des Breuni-Passes endgültig die Sonne durchbrach, rund um uns her die Schnee- und Gletscherfelder auf den Spitzen und Steilhängen der Berge in tausendfachem Funkeln aufleuchteten, während die Mulden und Einschnitte in tiefstem Dunkelblau versanken, rechts und links der Straße zahllose Bächlein sprudelten und gurgelten, an deren Ufern sich ungezählte Kräuter und Blüten in weiß, blau, rosa und violett den Weg zum Licht bahnten, und der Blick weit in die von Licias, Isara und den anderen Flüssen durchschnittene grüne Ebene hinausschweifte, da hielten wir unwillkürlich an.

Eine Viertelstunde, vielleicht auch eine halbe, saßen wir dort oben auf unseren Pferden und ich in meiner Sänfte, schauten, sogen die frische, duftende Luft in unsere Lungen.

»Sie ist schön, deine Heimat!«, sagte Tarquinius schließlich. »So ganz anders als meine, aber wunderschön!«

Lucia sagte leise: »Danke, Sorpio!«

Und Digna rannen Tränen über ihr vor Glück strahlendes Gesicht.

Dann war das Wutgeschrei der Händler und Kutscher vor und hinter uns, die unsere Leute mit grimmigen Mienen und sogar halbgezückten Waffen aufgehalten hatten, wirklich nicht mehr zu überhören.

In leichtem Trab auf der gut ausgebauten Via Claudia abwärts setzte sich unser Trupp wieder in Bewegung. Wir ernteten zwar jede Menge finsterer Blicke von jenen Transporteuren, die nun mit ihren Karren, Wagen und Gespannen ihr Tagesziel wohl nicht mehr pünktlich erreichen würden – aber wer legt sich schon freiwillig mit einem Trupp Gladiatoren an, mochten diese auch noch so seltsame Launen haben?

Foetibus: Wenn wir einigermaßen voran kamen – und nichts sprach dagegen –, dann waren wir am morgigen Abend in Abodiacum!

Ich schlief in dieser Nacht schlecht. Um ehrlich zu sein: Ich schlief in dieser Nacht überhaupt nicht …

Digna versuchte mich zu beruhigen.

Natürlich völlig vergeblich, denn sie war innerlich nahezu ebenso aufgewühlt wie ich.

Ich war am Hochufer des Licias über Abodiacum geboren und aufgewachsen und hatte dort seinerzeit meine Familie zurücklassen müssen, als ich in die Sklaverei ging.

Digna hat nie eine Familie gehabt. Sie war als Kind an den Centurio Quintus Fabricius verkauft worden. Aber auch für sie war Abodiacum trotzdem so etwas wie Heimat gewesen.

Wir versuchten zu reden, vergeblich unsere Gefühle in Worte zu fassen, kuschelten uns schließlich nur eng aneinander und warteten auf den Morgen.

Abodiacum hatte sich im Kern nicht wesentlich verändert: jede Menge Gasthäuser aller Klassen für die durchfahrenden Händler. Ställe für ihre Zugtiere. Schmiede und Sattler und Wagner zur Reparatur verschlissener und zerbrochener Wagenteile. Tier- und sonstige Ärzte. Die Therme zur Entspannung müder Reisender. Die Opferstätte und der kleine Tempel zur Verehrung der Götter. Ein kleines »vornehmes« Bordell und ein ganz erheblich größeres »ordinäres«. Ein paar grauhaarige Legionäre, welche die Brücke über den Licias »bewachten«, für »Ruhe und Ordnung« sorgten und in Wahrheit nur noch die letzten Monate bis zu ihrer Pensionierung abrissen – wobei wahrscheinlich auch nicht mehr von ihnen erwartet und verlangt wurde. Geschäfte aller Art mit einem Angebot vom Reiseproviant über Viehfutter bis zu »original-licatischen« Andenken wie schlampig geschnitzten Figürchen, filzenen *Licatier-Hüten* – die kein echter Licatier trägt – und grell bemalten Tonkrügen mit der Aufschrift *»Gruß aus Abodiacum«*, welche in Lusitania, Bithynia oder Aegyptus zweifellos höchstes Aufsehen erregten.

Absolut gleich geblieben waren sich kreischende Kinder, kläffende Hunde, besoffene Männer und deshalb keifende Ehefrauen.

Davon abgesehen, dass Abodiacum dank des florierenden Handels an der Kreuzigung der Via Claudia mit der Via Salina nebst der Brücke über den Licias eindeutig größer geworden war, hatte sich auch die Umgebung geändert. Statt der einstmals nur drei größeren Landgüter gab es deren nunmehr gewiss acht.

Wir mieteten uns im besten Haus am Ort, dem »Schwarzen Schaf«, ein.

Vor zwanzig Jahren war Septimius Vacus als Besitzer des Gasthofes der reichste Mann in Abodiacum gewesen – bei seinen Preisen recht begreiflich. Sein Sohn, der nunmehr das Geschäft führte, war um kein Haar weniger habgierig. Als Tarquinius mit der entsprechenden Anzahl an Sesterzen winkte, warf er kurzerhand zwei Dutzend anderer Gäste auf die Straße, um für uns Platz zu schaffen.

Digna und ich schliefen in dieser Nacht, falls überhaupt möglich, noch schlechter.

Am nächsten frühen Vormittag kam es zu einem Auftritt, für den ich mich irgendwie schäme, obwohl ich ihn trotzdem in vollen Zügen genossen habe:

Jener Centurio Quintus Fabricius war vor etlichen Jahren gestorben. Seither fühlten sich sein Sohn Gaius Fabricius, jenes Bürschlein, das ich einst in den Kuhfladen getaucht hatte, und seine Mutter, die Dame Lulla, welche Digna einst wegen einer schuldlos verpfuschten Haarfarbe hatte verkaufen, beinahe hatte kreuzigen lassen, als die Minicaesaren von Abodiacum. Wenn solch berühmte Freunde des in Roma regierenden Caesars, gar möglicherweise ein »Gott« in Abodiacum Einkehr hielten – unsere Leute sorgten für die Propaganda –, dann war es zweifellos ihr gutes Recht, sich mit einer entsprechenden Begrüßungszeremonie in das von ihnen erwünschte Licht zu rücken!

Tarquinius inszenierte für uns den perfekten Auftritt:

Im Halbbogen um den Eingang des »Schwarzen Schafes« waren unsere Diener, die *Secundi Pali* und davor unsere *Primi Pali* scheinbar zwanglos aufgebaut. Neben dem Eingang standen unsere *Signiferi*, deren Banner im Wind knatterten. Auf dem Rest des Platzes hatte sich eine beachtliche, neugierige Menge an Einheimischen und Durchreisenden versammelt.

Erst als sich Gaius Fabricius und seine Mutter Lulla dem Portal des Wirtshauses auf knapp fünfzehn Schritt genähert hatten, erschienen Tarquinius, Digna und ich auf der obersten Treppenstufe, während sich Lucia im Hintergrund hielt.

Sofort begann Gaius Fabricius eine Begrüßungsrede zu intonieren, die er gewiss schon hundertmal, nur mit wechselnden Namen, vor irgendwelchen prominenten und halbprominenten Durchreisenden gehalten hatte.

Gerade als er so richtig schön im Zuge war, fragte mich Tarquinius so laut, dass es viele der Neugierigen deutlich hören konnten:

»Ist das der Jüngling, den du damals in die Kuhscheiße getunkt hast?«

Gaius Fabricius blieb das nächste Wort im Hals stecken, und einige der Einheimischen begannen zu kichern und zu tuscheln – die Geschichte war also keineswegs vergessen …

»Als ich ihn das letzte Mal sah«, gab ich ebenso laut zurück, »hatte sein Gesicht zwar eine etwas andere Farbe, aber zweifellos: Er ist es!«

»Das muss ein denkwürdiger Anblick gewesen sein!«, meinte Tarquinius. »Ich will das sehen!«

Zwanzig Jahre sind zwar eine lange Zeit, doch inzwischen hatten uns etliche der Umstehenden wiedererkannt. »Das ist doch Eppor!«, riefen einige Stimmen. »Und das Digna!«, einige andere.

Jetzt hatten offenbar auch Gaius Fabricius und seine Mutter begriffen, wen sie da vor sich hatten. Die Dame Lulla stieß ein helles Quieken aus und fiel klugerweise in Ohnmacht.

Als sie von ein paar Sklaven abtransportiert wurde, hätte sich ihr Sohn vernünftigerweise anschließen sollen, doch Geistesgegenwart war wohl noch nie seine Stärke gewesen.

So also blieb er stehen und wurde von Tarquinius angeherrscht: »Ich will es sehen! Das *Scheißegesicht*! Jetzt!«

Tatsächlich plumpste Gaius Fabricius auf die Knie, tauchte seine Hände in einen frischen Kuhfladen, von denen es auf einer Straße – auch wenn sie sich Via Claudia nennt – stets reichlich gab, und strich sich über das Gesicht. Dann erst merkte er wohl, was er da tat, sprang auf und rannte davon.

Die Zuschauer grölten und pfiffen, bis irgendwer rief: »Fabricius Stercus!«

Die Menge brüllte es hinter dem Flüchtenden her: »*Fabricius Stercus!*«

Die Römer waren noch nie sonderlich zartfühlend mit Beinamen wie *Crassus*, »Fettwanst«, *Imperitus*, »Stümper«, oder *Brutus*, »Dummkopf«, gewesen.

Gaius Fabricius würde der Beiname *Stercus* – »Mist, Dung, Kuhfladen« – erbarmungslos hängen bleiben …

Nachdem Tarquinius noch einige freundliche Worte an die Zuschauer gerichtet und sie des besonderen Wohlwollens von Caesar Vespasianus und dessen Sohn Titus versichert hatte – die beiden wussten zwar vermutlich nicht einmal genau, wo Abodiacum lag, doch derlei machte sich immer gut und war durchaus in deren Sinne –, nachdem er zudem für den Abend Freibier für alle versprochen und sogar erklärt hatte, er werde im kleinen Tempel eine Gedenkstele für den bedeutendsten Sohn der Gegend, den hochberühmten Herr Scorpio-Eppor nebst seiner hochedlen Gemahlin Digna, errichten lassen, kehrten wir unter dem lautstarken Jubel der Anwesenden ins Innere des »Schwarzen Schafes« zurück.

Als Lucia vorsichtig anmerkte, ob eine derart demütigende Rache tatsächlich notwendig gewesen sei, reagierte Tarquinius fast ungehalten:

»Das war keine Rache! Das war allenfalls ein winziges Stückchen Gerechtigkeit! Wenn es die Götter – schon gut, also: *Gott!* – nicht anders bestimmt hätten, so wären nach dem Willen von

›Stercus‹ und seiner Mutter unser Scorpio und Digna längst irgendwo in einer stinkenden Sklavenbude oder an einem Wegrand, vielleicht gar an einem Kreuz jämmerlich verreckt!«

Rache und menschliche Vergeltung waren ein Streitpunkt, in dem sich die Christiani-Überzeugte Lucia und der Mithras-Höchstgeweihte Tarquinius wohl nie würden einigen können …

Ich wollte allein hinauf nach Cimiacum.

Zumindest beim ersten Mal, und so begleiteten mich nur Digna und, unvermeidlich, Fix und Fax.

Ich hielt vermutlich die Luft länger an, als es die Korallentaucher entlang der calabrischen Küste können, als wir um die letzte Wegkehre bogen.

Und da lag er: unser Hof! Das Haupthaus aus schweren Balken gefügt, die Eingangstür und die langen Giebelbretter mit dem Ornament des »laufenden Hundes« in Schwarz, Weiß und Rot frisch bemalt, die Pfettenbretter kunstvoll geschnitzt und oben am Giebel die gekreuzten Pferdeköpfe der Göttin Epona. Der weite Hofraum mit dem Brunnen in der Mitte und der riesigen Eiche daneben war umstanden von Ställen, Scheunen, stabilen Verschlägen für Hühner, Gänse und Enten – bekanntlich zimmern Bauern »um jedes Huhn einen eigenen Stall« – und den Häusern, in denen die Knechte und Mägde wohnten. Nur größer, zahlreicher waren diese Gebäude geworden! Ich entdeckte eine Schmiede, ein Sägewerk, eine Käserei, eine Braustube und sogar eine kleine Bronzegießerei, die es früher nicht gegeben hatte. Es gab ein geräumiges Ziegengatter, und dort wo einst noch dichter Wald gestanden hatte, erstreckte sich nun eine Wiese, auf der gewiss an die hundert Schafe grasten. Die Hofhunde – es waren fünf –, die sofort erschienen, waren so riesig und zottelig, wie ich sie in Erinnerung hatte. Mit ihrem Gebiss, das jedem Arena-Löwen zur Ehre gereicht hätte, konnten sie mühelos unerwünschte Eindringlinge in maulgerechte Stücke reißen. Wen sie allerdings als »Freund« akzeptierten, der durfte sie hinter den Ohren kraulen, und nur Fax stöhnte einmal gequält auf, als ihm einer der Hunde mit seinem ganzen Gewicht liebevoll auf den Fuß trampelte.

Fix und Fax waren noch dabei, mich aus meiner Reisesänfte in meinen Rollenstuhl, der auf einem Handpferd verpackt gewesen war, zu hieven, als eine Frau aus dem Haupthaus auf uns zueilte.

»Eppor?«

»Ardia?«

Damals war sie die Göttin sämtlicher männlicher Wesen mindestens im Umkreis von fünfundzwanzig Meilen gewesen. Zwar nicht übermäßig groß und, für den Landesgeschmack vielleicht ein wenig zu schmalhüftig, doch ansonsten mit einem langbeinigen, perfekten Körper, streng in den Nacken gekämmten Haaren und dunkelblauen Augen hatte die Tochter eines Zimmermanns aus der Nachbarschaft Anlass für eine nicht geringe Anzahl an Schlägereien zwischen den jungen Männern der Umgebung geboten.

Selbstverständlich hatte auch ich Ardia angehimmelt, gegen meinen großen Bruder jedoch nie eine Chance gehabt. Ich freute mich herzlich, dass auch alle anderen Mitbewerber gegen Cimiar offenkundig keine Chance gehabt hatten.

Natürlich war auch Ardia inzwischen zwanzig Jahre älter, war nach der Geburt von, wie ich später erfuhr, drei Kindern eine Spur rundlicher geworden, und es hatten sich in den Winkeln ihrer dunkelblauen Augen Fältchen eingenistet. Trotzdem war sie immer noch wunderschön!

»Scorpio«, mahnte Digna leise, »du bist verheiratet! Angeblich sogar glücklich!« – Und dann mussten wir alle drei herzlich lachen.

Hinter Ardia kam mein großer Bruder Cimiar aus dem Hauseingang gerumpelt. Wuchtig wie ein Bär und je nach Anlass gefährlich oder freundlich wie seine Hunde, hatte er sich in den Jahren kaum verändert, außer dass in seinem Bart eine ganze Menge grauer Fäden sichtbar wurden.

»Was für ein feiner Pinkel bist du geworden, Eppor«, brüllte er, »dass du dich nur noch von Sklaven in Sänften herumschleppen lässt!«

Ehe er mich aus meinem Stuhl in seine Umarmung reißen konnte wehrte ihn Digna ab und klärte ihn auf, dass ich nicht so ganz freiwillig in diesem Stuhl saß und mich herumschleppen ließ.

Bei dem Bericht liefen Cimiar Tränen über sein gutes Gesicht, und beinahe hätte er mich gleich wieder aus dem Rollenstuhl gezerrt, um mich zu umarmen und mir sein Mitgefühl zu zeigen.

»Mama?«

Ihre Haare waren schlohweiß geworden, und sie humpelte auf eine Krücke gestützt, doch ihre Augen und ihr Gehirn waren so rege wie eh und je.

Als sie wenig später auch Digna, die bislang kaum beachtet worden war, in den Arm nahm und »Danke, *Mädle*!« murmelte und sogar Fix und Fax mit einem »Vergelt's euch die Göttin!« umarmte, rannen schon wieder Tränen.

Später saßen wir alle um den Tisch aus mächtigen Eichenbohlen, den Ardias Vater zu ihrer Hochzeit gefertigt hatte.

Fragen, Erzählungen, Berichte.

Der größte Teil davon war unabwendbar Digna und mir gewidmet: Fremde Länder, unbekannte Sitten und Gebräuche, wilde Kämpfe und seltsame Schicksale, aus all dem waren jene Geschichten gestrickt, die man in den winterlichen Spinnstuben und an den Stammtischen der Wirtshäuser noch jahrelang nachkauen konnte!

Zwischen unseren, so weitaus spannenderen, Geschichten erfuhr ich auch das Schicksal meiner Geschwister:

Cimiar, mein großer Bruder, hatte die umschwärmte Ardia geheiratet und mit ihr unterdessen drei Kinder, ein viertes war, wenn auch noch nicht äußerlich sichtbar, im Anmarsch. Es war eine Heirat aus Liebe gewesen. Cimiar war damals zwar schon ein höchst wohlhabender Mann, aber eben doch nur ein Bauer. Hätte Ardia die tagtägliche Arbeit in Stall und Feldern gescheut, sie hätte wahrlich andere Freier finden können, welche bereit waren, ihr ein sorgenloses Faulenzerleben zu garantieren, nicht zuletzt der Minicaesar aus Abodiacum, Gaius Fabricius »Stercus«.

Von unseren beiden Schwestern war die ältere im Kindbett gestorben.

Die jüngere hatte einen Fischer am nur wenige Meilen östlich gelegenen großen Ambra-See geheiratet. Eines Nachts war ihr wie üblich besoffener, Frau und Kinder prügelnder Mann über Bord gefallen – es gab Leute, die überzeugt waren, sie hätte ihn gestoßen – und ertrunken. Seither kämpfte sie sich als Fischerin und Mutter ihrer beiden Kinder durchs Leben.

»Geh nicht zu ihr!«, warnte mich Cimiar. »Sie ist so stolz und dickköpfig wie wir alle. Sie ist zu oft und zu lang verletzt worden, um Mitleid noch ertragen zu können!«

Von unseren »kleinen« Brüdern war zu berichten, dass der ältere in ein riesiges Landgut nahe Campodunum eingeheiratet hatte, wo er als Befruchter der dortigen Erbin mit immerhin nunmehr elf Kindern seine erwünschte Pflicht leistete.

Der jüngere war »unter die Soldaten gegangen«. Die letzte Nachricht, die man von ihm gehört habe, war, dass er als Decurio in der ersten Kohorte des X. Legion bei der Eroberung der Judenfestung »Rusale« oder »Jerusel« – die Schrift des Jungen sei wirklich eine Katastrophe! – beteiligt gewesen sei. Das wäre wohl wahrlich eine schlimme Sache gewesen, doch er sei wegen besonderer Tapferkeit zum Centurio befördert worden …

Wie klein doch die Welt ist!

Mein jüngerer Bruder hatte also unmittelbar unter Lucius gekämpft, hatte vermutlich mit ihm viele Nächte am Lagerfeuer gesessen, aus dem gleichen Essnapf gefuttert, die ewig gleichen Feind- und Weiberangebereien der Kameraden gehört, im Kampf an seiner Seite gestanden, war zweifelsfrei von Lucius zur Beförderung vorgeschlagen worden …

Als ich weit nach Mitternacht und, zugegeben, stockvoll des hauseigen gebrauten Bieres in jenes Bett unter der Dachschräge, wo ich in meinen Kinder- und Jugendtagen geschlafen hatte, verfrachtet wurde – selbstverständlich von Digna, Fix und Fax mit den nötigen Decken, Kissen und Polstern weichst ausgestopft –, schlief ich so tief und fest wie seither niemals mehr. Ich berührte seit vielen Jahren vor dem Einschlafen nicht einmal mehr die Hand Dignas, sagte ihr nicht mehr, wie sehr ich sie liebte, so schnell war ich fort im Reich der Träume mit einem kristallklaren See, in dem ich schwamm, und einer Ebene, wo ich mich nur mit den Zehen vom Boden abstoßen musste, um schwerelos wie ein Vogel zu fliegen ...

Am nächsten Morgen schwärmte ein Teil der Knechte und Mägde Cimiars als Kuriere in allen Richtungen aus, während der Rest unter Hühnern, Enten, Schweinen, Ziegen, Hammeln und Lämmern ein wahres Massaker anrichtete. Schon gegen Mittag brodelten die Wurstkessel, wurden Bierfässer aus den Kellern gehievt und Amphoren mit teurem Südwein. Frauen putzten Frühgemüse, schnitten Zwiebeln, zerstampften getrocknete Kräuter, buken Brote, rührten in Kesseln mit köstlich duftenden Eintöpfen und richteten gigantische Käseplatten her. Ganze Schweine drehten sich über offenen Feuern, und überall wurden provisorische Tische und Bänke aufgebaut, versammelten sich Flöten- und Dudelsackbläser und Trommler:

Cimiar von Cimiacum gab ein Fest, zu dem alle Freunde und Verwandte und Nachbarn aus der gesamten Umgebung geladen waren!

»*Der kleine Eppor, der gar nicht mehr klein, sondern jetzt ein bedeutender Mann ist und sogar ein Freund Caesars, der ist nach zwanzig Jahren des Schweigens für ein paar Tage heimgekehrt! Samt seinen Freunden und besonders dem Herrn Tarquinius, der gestern den Herrn Gaius Fabricius so richtig ›eingetaucht‹ hat! Es gibt Bier und Wein und jede Menge Fleisch! Es gibt Musik und Tanz! Kommt, Freunde! Kommt!*«, so lautete die Botschaft.

Und sie strömten herbei, die Freunde, Bekannten und Nachbarn von nah und ferner, und als die Sonne zu sinken begann, waren gewiss vierhundert Personen versammelt.

An der Ehrentafel in der Mitte des Hofes saßen, unmittelbar neben den Gastgebern, Digna und ich und natürlich Tarquinius und Lucia zwischen der Lokalprominenz und unseren *Primi Pali*, die von Abodiacum heraufgekommen waren. Pia und ein halbes Dutzend unserer *Secundi Pali* hockten etwas mehr im Hintergrund.

Dudelsäcke und Flöten quiekten, und eine Gruppe von Burschen und Mädchen zeigte einen traditionellen Festtanz. Ein paar Barden stimmten Lieder an, die von wilden, tragischen Rebellen gegen die staatliche römische Ordnung erzählten. Vor allem wurde bis zum Platzen gefressen und gesoffen. Und die gelegentlichen Raufereien waren keineswegs böse gemeint, sie gehörten einfach dazu, und Pia hatte im Laufe des Abends genug Patienten zu verpflastern, ehe sich diese wieder ins Vergnügen stürzen konnten!

Eine besondere Freude war für mich, unseren alten Lateinlehrer Decimus Apulleus wiederzusehen. Er war mit seinen rund achtzig Jahren munter und rege wie eh und je. Und seine hübsche Frau sah mit Mitte fünfzig höchstens wie eine gut erhaltene Vierzigerin aus.

»Diese Jugend von heute hält auch nichts mehr aus!«, frotzelte er mich. »Ich brauche keinen Tragestuhl oder auch nur einen Stock!« Und dann brummte er: »Wozu habe ich mich eigentlich jahrelang bemüht, dir ein anständiges Latein beizubringen, Eppor? Etwa damit du es jetzt mit einem Akzent sprichst wie ein Fischhändler vom Sinus Cumanus? – Stell dich in die Ecke und schäme dich!«

Später fragte er mich stundenlang nach Roma aus. Was war dem großen Brand und den Zerstörungen während der Bürgerkriege zum Opfer gefallen? Was war erhalten geblieben? Wie sahen die Neubauten aus? Gab es die Taverne zum »Kläffenden Hund« bei der Porta Esquilina noch? Und – da wurde seine Stimme ganz leise, sodass ihn seine Frau nicht hören konnte – die »Brüste der Venus« am Clivus Publicius, jenes Bordell, wo er vor zahllosen Jahren seine Unschuld verloren hatte? *Et cetera, et cetera* …

Ich antwortete so gut ich konnte. Vieles wusste freilich auch ich nicht. Der »Kläffende Hund« mochte durchaus noch bestehen, die »Brüste der Venus« gewiss nicht mehr, zumindest nicht in alter Form, denn alles am Clivus Publicius, südlich des Circus Maximus, war seinerzeit den Flammen zum Opfer gefallen …

Viel später am Abend, wir hatten inzwischen etliche Krüge von Cimiars hervorragendem Bier geleert, fragte er mich:

»Hattest du immer Heimweh, Eppor? Ist der heutige Abend die Erfüllung eines ewigen Traumes für dich?«

Ja, ich hatte immer Heimweh gehabt – nach ein paar Jahren nicht mehr schlimm, aber irgendwie ganz leise eben doch. Die Erfüllung eines »ewigen Traumes« war, zumindest im engeren Sinne, mein Besuch in Cimiacum zweifellos nicht, aber ich war glücklich, noch einmal hier sein zu dürfen.

»Weißt du, Eppor«, gestand Decimus Apulleus, »irgendwie geht es mir auch so: Manchmal habe auch ich Heimweh nach Roma. Es hätte durchaus auch Möglichkeiten gegeben, noch einmal dorthin zu reisen. Aber da gibt es einen Unterschied: Als du hierher kamst, war alles, mehr oder minder, so, wie du es kanntest – oder es wäre *gar nichts* mehr da gewesen. Das war dein Risiko. Wenn ich aber heute nach Roma reise, dann weiß ich, dass kaum noch etwas so sein wird, wie ich es kannte – und da belasse ich es lieber so, wie ich es in Erinnerung habe …«

Natürlich leisteten auch wir unseren Beitrag zur allgemeinen Erheiterung und boten eine unblutige *Gladiatura* im Sinne von Nicopolis. Die Leute rissen vor Staunen Mund und Augen auf und applaudierten frenetisch, denn derlei hatte noch niemand von ihnen gesehen – und würde es wohl auch nie mehr zu Gesicht bekommen: Sechs Gladiatorenpaare einer der berühmtesten und besten Schulen der Welt!

Aurius und Leo nutzen hemmungslos die Gelegenheit, wieder einmal mit stumpfen Waffen als *Murmillo* und *Thraex* aufeinander einzudreschen. Ergebnis: *Stantes Missi* – Unentschieden.

Unser Bärenfell-geschürzter, Kuhhorn-behelmter »Germane« Germanicus war stocksauer, als ihn unserer »Burnus-umflatterter« Africaner Mauritius elegant schlug.

Da Monophthalmos, unserem fünften *Primus Palus*, somit kein

Gegner übrig blieb, trat Tarquinius selber in die »Arena«. Nach einer Reihe seiner »Schwerttänze« siegte Tarquinius souverän. Und Monophthalmos bekam gleich auch noch einen Kranz aus Eichenlaub – Lorbeer gibt er hier schließlich nicht – für seine tapfere Gegenwehr auf den Kopf gestülpt.

Das Fest machte Cimiar endgültig zum ungekrönten *Caesar* des Landkreises, und es wäre verlogen, wenn ich behaupten würde, dass er dies nicht in vollen Zügen genoss!

Und weil man die »Reste« an Fleisch, Brot, Bier, Käse und Wein nicht verkommen lassen durfte, ging das Fest gleich noch am nächsten Tag weiter und zog sich bis zum opulenten Frühstück des übernächsten Tages hin, ehe sich die Gäste so nach und nach wieder auf den Heimweg machten.

Zweifelsfrei haben solche Feste mitunter ihre guten Seiten:

Am zweiten Tag war tatsächlich doch noch meine jüngere Schwester Amra mit ihren beiden Kindern aufgetaucht, ein dickes Netz voll frisch gefangener Fische über der Schulter. Mir und zumal Cimiar gegenüber hatte sie sich ausgesprochen kratzbürstig gegeben, während sich ihre Kinder, ein elfjähriger Junge und ein achtjähriges Mädchen, sich schnell und gern in die entsprechende »Jugend« eingefunden hatten.

Um so erstaunter waren wir, als wir Amra gegen Abend, eingerahmt von Fix und Fax, beobachteten, welche heftig auf sie einredeten und sie, sogar lachend, ihnen Antwort gab. Wenn auch mit deftigem Akzent und zudem gewissen Problemen bei Hauch- und Zischlauten war das Licatisch meiner beiden Träger offenbar sonst perfekt, zumindest absolut verständlich. – Also, das hätten sie mir ja irgendwann wirklich sagen können, wenn ich mich mit ihrem grauenhaften Latein herumquälte! Nun ja, ich war eben keine immer noch gut aussehende, aparte, wenn auch recht eigenwillige Frau …

Kurz: Amra ließ See und Fischerboot schließlich hinter sich und kam mit uns. Als sie im darauffolgenden Frühjahr heiratete – Fix? Fax? Beide? –, gab Tarquinius, wie schon bei Leoparda und Pia, großzügig, seinen priesterlichen Segen. Streitpunkt blieb allerdings, wer von den Zwillingen welches ihrer Kinder offiziell anerkennen dürfe, eine Frage, die nach wie vor ungelöst ist.

Drei Tage nach dem Fest verabschiedeten sich Tarquinius und Lucia, um mit der Hälfte unserer *Secundi Pali*, den Amaranthus-Söhnen und Germanicus, wie vereinbart, weiter nach Osten, nach Noricum, Pannonia und Illyria zu ziehen.

Ich wollte noch mindestens eine Woche in Cimiacum bleiben, um mich dann mit Digna, Pia, Monophthalmos, Mauritius und dem Rest der Truppe Richtung Nordwesten zu bewegen.

Telemachos hatte es einen »Fluch« genannt, der über Felix Felix und ganz speziell über ihm und möglicherweise auch über mir hänge, denn je glücklicher und zufriedener wir mit einem Ereignis seien, umso brutaler und gnadenloser seien die Rückschläge, die wir wenig später erdulden müssten.

Ich bin – zumindest *war* ich – Gladiator, und damit extrem anfällig für jede Form des Aberglaubens. Schutz- und Glücksamulette jedweder Art, die Prophezeiungen aller denkbar seriösen und unseriösen »Seher« werden von uns grimmig ernst genommen. »Segnungen« und »Erfolgszauber« gehören zu unserem Berufsstand wie Schwert, Helm, Schild, Netz und Dreizack, ebenso wie »Fluch«, »Verwünschung«, und Beeinflussung durch »schwarze Schadensmagie«.

Wie all meine Kameraden hatte und habe ich diese Dinge stets äußerst ernst genommen und an ihrer Realität nie gezweifelt, auch wenn sie mitunter recht seltsame Blüten trieben. Andererseits gibt es da den klaren Verstand des geborenen Zweiflers in mir – in Dodona hatte ich mir dafür absolut berechtigt eine Rüge eingehandelt!

Verwünschungen und schwarze Magie, das sind fernab aller Zweifel Realitäten! Ebensolche Realitäten wie Segnungen und weiße Magie! Und daran lasse ich ebenso wenig rütteln wie daran, dass es Menschen gibt, die tatsächlich einen Blick in die Zukunft werfen können! Ob sich das *Fatum*, das Schicksal eines Menschen, ändern lässt, ist eine andere Frage – aber wenn, dann gewiss nicht durch die Hilfe von Medien, dümmliche Gläubigkeit und ohne eigenen Einsatz!

Tarquinius, mit dem ich oft über dieses Thema sprach, war da sogar noch radikaler:

»Eigene Blind- oder Dummheit den Göttern oder dem ›Schicksal‹ in die Schuhe zu schieben ist äußerst bequem! Sämtliche Missgeschicke des Lebens, die jeden nun einmal mehr oder minder heftig treffen, auf böse Mächte zu schieben ist eine billige Ausrede für eigenes Versagen!«

Andererseits war Tarquinius unerschütterlich davon überzeugt, dass Verwünschungen – »Du sollst bald genauso hilflos in diesem Stuhl sitzen wie ich!« – oder Flüche – »Ich hasse dich! Nie sollst du mit meinem Sohn glücklich werden und Kinder von ihm bekommen!« – sehr wohl ihre Wirkung haben konnten. Auch an einer aus »schwarzen«, bösartigen, meist aus Blutopfern gesaugten Kraft zweifelte er nicht – ebenso wenig wie an einer positiven Macht, die sich in Segnungen, Heilung, Lichtkraft und Liebe ausdrückt.

Die Tage in Cimiacum zählten zweifellos zu den glücklichsten und harmonischsten in meinem Leben.

Und wie brutal mir und uns allen die Erinnerung daran verdorben wurde, lässt mich tatsächlich beinahe an jenen »Fluch« glauben, von dem Telemachos gesprochen hatte.

Bei all dem Feiern, dem Schmausen und Trinken, dem Erzählen, der Musik und dem Tanzen, den Massen an Gästen, ihrer Ankunft und ihrer Abreise, war niemandem aufgefallen, dass ein etwa neunjähriger Junge, der sonst die Ziegen hütete, verschwunden war. Erst als sich auch Tarquinius mit seinem Trupp auf den Weg gemacht hatte, wurde sein Fehlen bemerkt.

Vielleicht war er ja nur schnell zu seinen Eltern, Kleinbauern in der Nachbarschaft, gelaufen? Ein Knecht wurde losgeschickt und kehrte wenig später mit dem Vater des Jungen zurück: Nein, dort war er nicht.

Vielleicht hatte er die Kinder irgendwelcher anderer Gäste noch ein Stück begleitet? Ein paar weitere Knechte und Mägde schwärmten aus: Nein, auch dort war er nirgends.

Hatte er sich beim Versteckspielen der Kinder irgendwo verkrochen und saß da, immer noch stolz darauf, dass er nicht gefunden worden war? Der hellste Kopf war er schließlich nicht, wie auch sein Vater zugeben musste. Oder hatte er sich verletzt und lag irgendwo hilflos? Oder war er vielleicht in den Wald gelaufen und hatte sich verirrt?

Cimiar trommelte sämtliche Männer und Frauen aus der Nachbarschaft zu einer groß angelegten Suche zusammen, sogar der alte Decimus Apulleus beteiligte sich.

Gegen Abend stöberten ihn schließlich die Hunde Cimiars in einem nahen Waldstück auf, knapp verborgen unter einem Reisighaufen und altem Laub, nackt und tot, sein zerfetzter Kittel neben ihm.

Als Pia wenig später die kleine Leiche untersuchte, wurde zur Gewissheit, was alle beim Fund schon geahnt hatten: Der Junge war schwer misshandelt, vergewaltigt und schließlich erwürgt worden!

Trotz unseres Entsetzens behielt Cimiar einen klaren Kopf. Nochmals schwärmten seine Leute aus, um alle, die an dem Fest teilgenommen hatten, nach Cimiacum zu rufen. Tarquinius, dem ich Mauritius nachgeschickt hatte, kehrte mit seinen Leuten noch in der Nacht zurück, und am nächsten Mittag waren praktisch wieder alle versammelt, mit denen wir eben noch so fröhlich gefeiert hatten.

Unsere erste Pflicht bestand darin, den armen Jungen würdig beizusetzen.

Und dann begann das große Fragen: Wer hatte ihn zuletzt wann und wo und mit wem gesehen?

Unsere Männer hatten ihn, da sie ihn ja nicht kannten, überhaupt nicht bemerkt. Für sie war er eines der zahllosen, kreischenden, lachenden, spielenden Kinder gewesen, die überall herumgewimmelt waren. Auch die Aussagen der anderen Erwachsenen waren nicht hilfreicher. Natürlich kannten ihn viele zumindest vom Sehen, aber schließlich war er kein Vierjähriger mehr, den man auf Schritt und Tritt im Auge behalten musste. Die jüngeren Leute hatten nur Augen für die entsprechenden Mitglieder des anderen Geschlechts gehabt. Die älteren Frauen hatten beim Kochen geholfen, den neuesten Dorftratsch ausgetauscht und unsere Gladiatoren angeschwärmt. Und die älteren Männer waren auf ihren Bänken festgewachsen gewesen, hatten unseren Berichten aus der großen Welt gelauscht, über die kommende Ernte und die Kosten für einen neuen Hühnerstall spekuliert, über die Politik im Allgemeinen und die viel zu hohen Steuern im Besonderen geschimpft und sich ansonsten mit ihren Bierhumpen beschäftigt.

Am ergiebigsten waren noch die Kinder, aber auch da kam nicht viel zutage: Am ersten Abend hatten sie alle zusammen gespielt und dann gemeinsam die Nacht im Heu der großen Scheune geschlafen. Auch am nächsten Vormittag war er noch da gewesen, ja, auch noch Mittag, doch dann verlor sich seine Spur.

»Mit wem hat er länger gesprochen?«, hakte Cimiar nach.

Decimus Apulleus hatte ihm eine längere Predigt gehalten, dass er nicht ganz so laut kreischen solle. Mauritius hatte ihn auf sein heftiges Drängen hin den langen, scharfen Krummdolch bewundern lassen, den er im Gürtel stecken hatte. Cimiar selbst hatte ihn reichlich harsch angefahren, dass er, bei aller Festfreude, sich gefälligst um das Futter für die Ziegen kümmern solle, die ihm anvertraut seien – aber das war am Morgen gewesen. Aurius und Leo hatten ihm und ein paar anderen Jungen Waffen,

Ausrüstung und Kampfweise eines *Murmillo* gegen einen *Thraex* erklärt, worauf »Gladiator« einen halben Tag lang für diese *das* Spiel schlechthin gewesen sei – Pia hatte mehr als eine Platzwunde dieses Spiels versorgt. Und natürlich hatten alle Kinder unsere Männer umschwärmt wie Bienen die Kleeblüten! Und, ach ja, irgendwann um Mittag herum hatte ihm sein Vater eine gewaltige hinter die Löffel gehauen, weil er im Eifer des Herumrennens dessen Bierkrug umgestoßen hatte …

Wir selber waren in einer mehr als scheußlichen Situation, und als wir am späten Abend in kleiner Runde bei Cimiar an dem wuchtigen Eichentisch in der Stube saßen, sprach ich es aus:

»Ohne jeden Zweifel kann diese abscheuliche Tat nur jemand begangen haben, der auf dem Fest war! Und es muss, ebenso zweifellos, ein Mann gewesen sein.«

Da stimmte mir Cimiar rückhaltlos zu.

»Wir *sind* wilde Männer, die gewohnheitsmäßig andere wilde Männer in Arenen umbringen«, fuhr ich fort. »Vor allem aber sind wir Fremde und damit selbstverständlich nun die Hauptverdächtigen in den Augen aller.«

Hier widersprach mir Cimiar allerdings energisch: »Vielleicht denken Römer so simpel, aber wir sind schließlich Licatier. Im Gegenteil seid ihr sogar weniger verdächtig als die meisten anderen: Ihr habt, gerade weil ihr Fremde seid, ständig im Mittelpunkt der Aufmerksamkeit gestanden. Die Weiber, junge wie alte, haben beispielsweise Aurius und Leo auf Schritt und Tritt mit sehnsüchtigen Kuhaugen angeglotzt, und außerdem seid ihr alle viel zu auffallend. Irgendjemand hätte es gewiss bemerkt, wenn Ihr, Herr Tarquinius in Eurem Schwarz und Silber, Herr Monophthalmos mit seiner scharlachroten Augenbinde oder Herr Mauritius in seinem weißen Burnus in Richtung Wald gegangen wärt, und hätte ihn, schon aus purer Höflichkeit, aufgehalten, denn die Wälder sind für jemanden, der sie nicht kennt, schließlich nicht ganz ungefährlich.«

Dieses Argument war nicht von der Hand zu weisen.

»Nein«, fuhr Cimiar fort, »es muss jemand gewesen sein, der niemandem sonderlich auffiel, jemand, der aussah und so gekleidet war wie jedermann hier. Wenn dergleichen passiert«, fuhr er nachdenklich fort, »und es passiert immer wieder einmal in schlimmerer oder weniger schlimmer Form, dann stellt sich fast unweigerlich heraus, dass der Täter ein Verwandter oder Nachbar war …«

Auch dies war leider die Wahrheit.

»Erst vor wenigen Jahren hatten wir drunten in Abodiacum solch einen Fall«, berichtete Cimiar. »Drei Mädchen im Alter zwischen sieben und elf Jahren verschwanden spurlos. Man vermutete skrupellose Sklavenhändler dahinter, bis die Leiche eines der Mädchen, nackt, geschändet und erschlagen, aus dem Licias gezogen wurde, wo sie sich zwischen den Wurzeln einer Weide verfangen hatte. Auf den Täter wäre niemals auch nur der geringste Verdacht gefallen, wenn ihm nicht sein nächstes Opfer, eine Neunjährige, entwischt wäre: Es war ein eher stiller, verheirateter Maurer aus dem Ort, den jedermann als zuverlässigen Handwerker schätzte!«

»Und was geschah mit ihm?«, fragte Tarquinius.

»Da ihm konkret nur der Vergewaltigungsversuch an dem vierten Mädchen nachzuweisen war, zeigten sich die Römer an der Sache desinteressiert und ließen ihn laufen.«

»Aber das ist ja unerhört!«, empörte sich Digna. »Da schändet ein Kerl drei kleine Mädchen, bringt sie um und – kommt ohne Strafe davon!«

»Die Behörden konnten nach Lage der Gesetze nicht anders«, meine Cimiar. »Doch seine Strafe bekam er trotzdem …«

»Wir haben die Sache nach Licatier-Art geregelt«, mischte sich Decimus Apulleus mit hartem Grinsen ein. »Wir haben ihn uns geschnappt, ehe er fliehen konnte, und hinaus zum Grab der Kleinen geschafft, die wir gefunden hatten. Wir durften ihn nach geltendem Recht nicht töten, sonst hätten wir uns selber in größte Schwierigkeiten gebracht. Also haben wir ihm vom Hals bis zu den Fußknöcheln die Haut abgezogen und ihn dann laufen lassen. Irgendwie hat er es fast noch bis zur Licias-Brücke geschafft, ehe er in einem Graben liegen blieb. Die Brückenwache will ihn noch bis in die Morgenstunden des nächsten Tages schreien und wimmern gehört haben.«

Wir blieben noch drei Wochen in Cimiacum.

Zum einen hatte uns mein großer Bruder darum gebeten, um vor aller Welt zu demonstrieren, dass wir nichts mit dieser scheußlichen Sache zu tun hatten und »flohen« – und das Wort eines Familienoberhauptes ist schließlich ein Befehl, dem man nicht widersprechen sollte. Zum anderen waren wir selber daran interessiert, ob sich nicht doch noch ein Hinweis auf den Täter ergeben mochte, vielleicht sogar bei dessen Ergreifung helfen zu können – dies leider vergeblich.

Es hätten so schöne Wochen sein können, wenn der Schatten des kleinen Ziegenhirten nicht so drückend über allem gelegen hätte!

Trotzdem gab es auch gute Momente:

Die langen Gespräche mit Decimus Apulleus beispielsweise. Er war kein wirklich gebildeter Mann wie etwa Herr Petronius Arbiter, Tarquinius, der Haruspex Volsinius oder auch Euer Vater, edler Herr Caecilius Plinius, aber er war erfahren und lebensklug. Er betonte zwar stets, eines der letzten Exemplare eines gebürtig echt »römischen Römers« zu sein, war aber in Wahrheit längst zum Licatier geworden. So konnte er manchen Zwist in mir, dem zum »Römer« gewordenen Licatier, heilen, auch wenn er nach wie vor gnadenlos an meinem Akzent des Lateinischen herummäkelte.

Tarquinius und Cimiar wurden echte Freunde. Intellektuell lagen Welten zwischen ihnen, doch ihre starken Seelen hatten zueinander gefunden.

Unsere Gladiatoren balgten sich begeistert mit der männlichen Jugend aus Cimiacum und den Nachbargehöften, die sich alle nichts Wunderbareres vorstellen konnten, als Gladiator zu werden. Mitgenommen haben wir keinen Einzigen von ihnen, denn diese momentane Begeisterung auszunutzen wäre uns wahrhaft unanständig erschienen.

Eine andere Sache war der weibliche Teil der Bevölkerung. Ich möchte lieber nicht so genau wissen, wie viele kleine Auriusse, Leos, Monophthalmosse, oder Mauritiusse es in neun Monaten geben würde. Einzig Germanicus, ausschließlich auf Knaben ausgerichtet, blieb da »keusch«.

Am schönsten freilich war zuzuschauen, wie Amra mit Fix und Fax turtelte, zweifellos auch bereits in das Bett der Zwillinge gekrochen war. Cimiar konnte nur noch verwundert den Kopf schütteln über diese Verwandlung unserer kleinen Schwester.

Es war ein schmerzhafter Abschied, als wir endlich abreisten, mit vielen fließenden Tränen.

Da lastete nicht nur noch immer der jammervolle, nach wie vor ungeklärte Tod des kleinen Jungen über uns.

Es war ein Abschied für immer:

Unsere Mutter. Meinen starken, »großen« Bruder Cimiar. Meine Jugendliebe, die schöne Ardia. Meinen ehemaligen Lateinlehrer, Decimus Apulleus. Meine damaligen Spiel- und gelegentlichen Raufkameraden, heute alles gestandene Männer und Familienväter. Den Hof mit dem gemalten »laufenden Hund« um Tür und Firstbretter. Den Brunnen mit der riesigen Eiche daneben. Die Wälder ringsum. Nicht einmal Abodiacum drunten im »Römertal« … Ich würde niemanden und nichts mehr davon wiedersehen!

Zumindest nicht in diesem Leben …

Wir erreichten mit knapper Mühe noch Augusta Vindelicum, ehe ich zusammenbrach.

Waren es all die Aufregungen der letzten Wochen, die ich nicht verkraftet hatte? Hatte ich mich bereits mit den Strapazen der eigentlich im Jahr zu frühen Überquerung der Alpen übernommen? Brach nur ganz einfach meine Gesundheit, auf die ich seit meinem Beschluss weiterzuleben bewusst und dickköpfig niemals Rücksicht genommen hatte, so zusammen, wie es Amenophis schon lange befürchtet hatte?

Ich weiß es nicht und will es auch nicht wissen.

Tatsache ist, dass ich gut einen Monat geistig nicht mehr zurechnungsfähig war, zeitweise in tiefe Bewusstlosigkeit versank oder von wilden Fieberträumen gequält wurde. Dann wieder schien ich zwar wach und bei klarem Verstand zu sein, doch mir fehlt jegliche Erinnerung daran.

Irgendwie hatte ich zudem meinen rechten Unterschenkel, natürlich ohne es zu merken und trotz aller Vorsicht und Fürsorge von Digna und Pia, so unerkennbar und hinterhältig verletzt, dass Pia schließlich keine Wahl mehr blieb, als ihn zu amputieren, ehe Wundbrand meinen ganzen Körper vergiftete. Ich erinnere mich nicht an die Operation, auch wenn mir glaubhaft versichert wurde, ich sei hellwach gewesen, hätte, da ich dort ja ohnehin seit vielen Jahren nichts mehr fühlte, interessiert zugeschaut und sogar mit blöden Witzen Pia ein paarmal so aus dem Konzept gebracht, dass sie sich erst die Augen auswischen musste, ehe sie überhaupt weitermachen konnte.

Ich erinnere mich an jene Zeit allenfalls bruchstückhaft.

Da waren Träume.

Manche so schön, so verlockend, dass ich am liebsten mit ihnen davongeflogen wäre. Und andere so grauenerregend, dass ich nur noch wild an die Oberfläche meines Bewusstseins ruderte.

Da war das Gesicht von Pia, das sich über mich beugte. Konzentriert, besorgt, freundlich und trotzdem irgendwie fern.

Da war stets das Gesicht von Digna, so voller Liebe und Zärtlichkeit, wie ich es in unseren schönsten Augenblicken gesehen habe!

Da waren die Gesichter von Monophthalmos und Mauritius, besorgt und krampfhaft heiter.

Cimiar, trotz all seiner Stärke so hilflos brummelnd wie seinerzeit, als ich im Römergefängnis zu Abodiacum saß.

Die schöne Ardia, meine Jugendliebe, presste unvermutet heftig ihre Lippen auf die meinen, sprang auf und war verschwunden.

Das verstehende Lächeln auf den Lippen meines großen Bruder Cimiar war das Letzte, was ich von ihm sah …

Und da war Tarquinius!

Aus seinen Schultern wuchsen riesige Flügel.

Es war nicht so albern weiß-silbrig-goldiges Zeug, mit dem manche Kulte ihre »höheren Wesen« auszustatten belieben. Die Federn der Flügel waren braun, grauschwarz mit kleinen Einschüssen von Weiß und Gold – die Flügel eines großen Falken oder Adlers! Außer einer leichten auf den Arm gelegten Hand hat Tarquinius fast niemals jemanden, natürlich außer Lucia, berührt, sogar die in Italia üblichen Umarmungen möglichst vermieden. Auch diesmal hüllte er mich, ohne mich zu berühren, in seine riesigen Flügel ein.

»*Noch* nicht!«, flüsterte er dabei in mein Ohr.

Real war Tarquinius zu diesem Zeitpunkt Hunderte von Meilen östlich unterwegs gewesen, auf dem Weg durch Noricum und Pannonia. Seine Truppe hatte an Spielen in Lauriacum, Vinbobona, Carnuntum und Sirmium teilgenommen, ehe sie im Spätherbst über Narona heimkehrte …

Und doch war er bei mir gewesen! Mit seinen riesigen Flügeln. Und auch diese waren »echt« gewesen, waren so real wie das Pergament, das jetzt vor mir liegt und auf das ich diese Worte schreibe!

Hochedler Herr Caecilius Plinius, wir kennen uns seit etlichen Jahren, und Ihr wisst genau, dass ich zwar teilweise abergläubisch, aber gewiss kein Mystiker, sondern eher das Gegenteil bin!

Wie aber kam jene prachtvolle Greifvogelfeder – ich besitze sie noch heute und habe sie Euch auch gezeigt – damals, unmittelbar nach jenem »Gesicht«, auf das Kissen neben meinem Kopf?

Natürlich hätten Digna, Pia oder die anderen, die rund um die Uhr an meinem Bett Wache hielten, die Feder dort hinlegen können. Doch weshalb, wenn sie meinen »Traum« von Tarquinius doch nicht kannten?

Tatsache ist: Seit jener Stunde ging es mir gesundheitlich eindeutig besser.

Anfang September hatte ich mich so weit erholt, dass wir die Reise nach Hause wagen konnten. An eine nochmalige Überquerung der Alpen, selbst jetzt bei Sommerwetter war nicht zu denken. Behutsam, stets nur in kleinsten Etappen mit immer wieder Ruhetagen dazwischen, zogen wir also zunächst entlang des Flusses Danuvius nach Westen, schlängelten uns am Nordrand der Alpen entlang des Lacus Venetus über Vesontio zum Fluss Rhodanus hinüber, um diesem südwärts bis Massilia zu folgen. Mauritius war unterdessen auf dem kürzeren Weg über die Alpen nach Pompeii geeilt, und so wartete bereits ein Schiff von Nikandros in Massilia auf uns, um uns die letzte Wegstrecke nach Puteoli zurückzubringen, wo wir Mitte Dezember ankamen.

Die Begrüßung war so herzlich wie immer, zumal durch Tarquinius und Lucia, die zwei Wochen früher zurückgekehrt waren. Als ich Tarquinius auf jenes seltsame Erlebnis in Augusta Vindelicum ansprach, setzte er sein geheimnisvolles Aplu-Lächeln auf, meinte spöttisch, dass »Göttlichkeit« schließlich zu irgendetwas nütze sein müsse – und würgte das Thema rigoros ab, wenn ich nochmals versuchte, darauf zu sprechen zu kommen.

Lucius, Purpureus und Mucius hatten ihre Aufgaben in Felix Felix tadellos gemeistert, wie wir auch nicht anders erwartet hatten.

Auch in einer durchaus heiklen Situation waren sie souverän Herr der Lage geblieben:

Wir hatten schon Ende des letzten Jahres Caesar Vespasianus und Herrn Titus Flavius mitgeteilt, dass sie für das Jahr 827 nicht mit Kämpfern unserer *Familia Gladiatoria* rechnen dürften, da wir mit unseren besten Männern auf einer längeren Reise in die Provinzen nördlich der Alpen unterwegs seien. Caesar hatte dies akzeptiert, auch wenn er bei den Spielen, die er in Roma regelmäßig abhalten musste, um den Pöbel bei Laune zu halten, das Banner mit dem großen Katzenherrn nur höchst ungern vermisse.

Ende August war dann trotzdem ein hoher Prätorianer-Offizier nach Felix Felix gehetzt mit einem Brief Caesars: Zwei für die Spiele Mitte September vorgesehene Schulen aus Hispania seien ausgefallen, da dort eine Pocken-Epidemie wüte, und so würde er von ganzem Herzen bitten, dass Felix Felix, wenn auch nur mit einem kleinen Trupp, sich eben doch bereit finden würde … *et cetera* …

»Solch eine ›Bitte‹ ist eben keine Bitte, sondern ein Befehl, auch wenn der Caesar Vespasinus und nicht Nero heißt«, erläuterte Lucius. Wie wahr!

Also hatte er zunächst fünfzehn der zurückgebliebenen *Secundi Pali* aufgestellt, denen zuzutrauen war, dass sie in der Arena eine einigermaßen ordentliche Figur machten. Dass immerhin sechs davon mit Palmen und drei mit *Missio* wieder heimgekommen waren, bedeutete ein weit besseres Ergebnis, als er es sich erhofft hatte, und zeugte von seinem Scharfblick für gute Leute.

Doch fehlten natürlich die Glanzlichter, denen Felix Felix schließlich seinen Ruhm verdankt. Purpureus dazu zu bringen, dass er noch ein letztes Mal in die Arena ging, war nur mäßig schwer gewesen. Dass es ihm jedoch gelang, auch Rattus, trotz zahlloser Ausreden und wilder Proteste, dazu zu bewegen, war eine echte Meisterleistung! Als die beiden sich ihre Siegeskränze bei Caesar Vespasianus abholten, strahlten sie natürlich übers ganze Gesicht, war damit doch bewiesen, dass selbst die »alten Säcke« von Felix Felix noch immer besser waren als die Gladiatoren aller anderen Schulen!

Und da das Glück, zumindest oftmals, dem Tüchtigen hilft, war es Lucius zudem gelungen, von einer sonst unbedeutenden Schule aus Gerosiacum in Belgica einen hervorragenden Mann abzuwerben:

Pictus, der »Bemalte«, wie sich der Mann nannte, war genau der richtige Name für ihn. Aus dem höchsten Norden der Provinz Britannia stammend war der eher kleine, stämmige und muskulöse

Mann freilich nicht nur mit Farbe »bemalt«. Vielmehr hatte man ihm von der Ferse bis zur sorgsam enthaarten Glatze mit Nadeln kunstvollst verschlungene Drachen und Ornamente in die Haut gestochen und diese mit einer unvergänglichen, blauschwarzen, tintenähnlichen Flüssigkeit eingetränkt. Pictus kämpfte als *Essedarius*, um möglichst viel von seiner so wunderbar dekorierten Haut zeigen zu können, und wäre am liebsten völlig nackt aufgetreten, denn, wie wir in der Therme feststellten, war sogar sein bestes Stück mit derlei Hautbildern geschmückt. Privat eher still und mit einem skurrilen Humor gesegnet, konnte er in der Arena zur brüllenden Bestie werden, die alles fast mühelos hinwegfegte, was sich ihm in den Weg zu stellen wagte.

Schließlich war Lucius, mangels weiterer *Primi Pali* sogar selber in die Arena gegangen, hatte unter dem Namen »Felixinulus« zum ersten und einzigen Mal dort als Gladiator gekämpft.

»Die *Murmillo*-Ausrüstung«, so vertraute er Tarquinius und mir an, »ist der eines Legionärs nicht so unähnlich, und mit Schwert und Schild zu kämpfen habe ich schließlich gelernt.«

Doch ohne schützenden Ketten- oder Spangenpanzer, halbnackt, von Abertausenden angegafft, dort zu stehen …

Die *Jugulatio* an seinem unterlegenen Gegner durchzuführen hatte er sich, sehr zum Ärger des Pöblikums, allerdings strikt geweigert, und Caesar Vespasianus hatte ihm den verdienten Lorbeerkranz auf den Helm mit dem fest verschlossenen Visier drücken müssen, da der ehemalige Tribun keinesfalls als Gladiator erkannt werden wollte.

LUDUS XVII

Der Fluch

Essedarius und Provocator

Januar des Jahres 827 bis April 829 des Jahres *ab urbe condita*.
Im 6. bis 8. Regierungsjahr
des erhabenen Caesars Vespasianus.
(75 bis 77 n. Chr.)

Die Gangart im Gladiatorengeschäft war in den letzten Jahren zunehmend härter und teilweise sogar ausgesprochen ruppig, mitunter regelrecht hinterhältig geworden.

Natürlich hatten sich die verschiedenen Schulen und Kasernen in der Arena gegenseitig nie etwas geschenkt.

Das galt zumindest für die großen und berühmten Schulen, die sich möglichst wenige rufschädigende Niederlagen leisten konnten oder wollten, geschweige Skandale! Falls irgendwelche Schiebereien eben doch aufflogen, dann konnten darauf das Publikum und damit auch die Editores, die Ausrichter der jeweiligen Spiele, ausgesprochen ekelhaft reagieren!

Unter den Lanistae kleiner Provinzschulen bei unbedeutenden Spielen gab es bekanntermaßen jedoch, wenn auch niemals eingestanden, durchaus immer wieder geheime Absprachen in der Art: »Ludus – beispielsweise Julianus – hat mir für den *Murmillo* Prosodus zweihunderttausend Sesterzen geboten, falls er morgen in der Arena eine gute Vorstellung gibt. Wenn du ihm morgen also einen zwanzigtausend-Sesterzen-*Thraex* entgegenstellst, den er glanzvoll besiegen kann, dann gehört die Hälfte der Kaufsumme dir …!«

Nur einmal war derlei sogar an Felix Felix herangetragen worden. Ich weiß das Jahr nicht mehr genau, aber es muss in der späten Regierungszeit Caesar Neros gewesen sein, und ich erinnere mich, dass es um Spiele in Syracusae auf Sicilia ging: Jener Lanista hatte eine Million Sesterzen angeboten, wenn sich Fulmina von einem seiner Leute ganz knapp – selbstverständlich mit »*Missio*« oder auch »*Stantes Missi*« – schlagen ließ.

Tarquinius und Fulmina hatten sich nach dieser, zugegeben höchst großzügigen, Offerte kurz zu einer »Beratung« zurückgezogen. Als die beiden wieder erschienen, hatte Fulmina eines ihrer hölzernen Übungsschwerter in der Hand und Tarquinius eine lange Lederpeitsche.

Sie prügelten den Mann die drei Meilen des Wegs hinunter bis in den Hafen von Puteoli.

Das jetzige Problem lag freilich anderswo:

Zu Zeiten von Caesar Nero hatten sich, allein auf Roma gerechnet, prachtvolle Spiele oft über ein Drittel des Jahres hingezogen, und wir konnten gar nicht so viele Gladiatoren auftreiben, wie dort verschlissen wurden. Das Geschäft blühte, und viele Schulen und Kasernen hatten hemmungslos expandiert. Doch Caesar Vespasianus hatte, wenn auch nicht geizig wie einst Caesar Galba, so durchaus vernünftig sparsam, die Spiele für die Hauptstadt auf drei bis vier pro Jahr von maximal zwei Wochen Dauer eingeschränkt.

So saßen nicht wenige Schulen auf einem Haufen von Männern, die kaum noch vermittelbar waren, zudem in riesigen Neubauten von kreditfinanzierten Kasernen- und Trainingsgebäuden für Tausende von Gladiatoren, die eigentlich niemand mehr benötigte.

Natürlich gab es nach wie vor – und sogar mehr denn je – Spiele in den Städten Italias und in den Provinzen, doch dort waren eher Spitzenkämpfer als Massenaufgebote gefragt.

Also blieb den großen Schulen fast nur die Wahl, ihre Leute billigst an die durchaus nach wie vor beliebten Massenspektakel in der Arena oder Naumarchie abzugeben, oder völlig auf ihnen sitzen zu bleiben.

Einige kleine Schulen versuchten sich durch den Verkauf ihrer Spitzenleute zu retten, etwa jene, von der Lucius den von Kopf bis Fuß tätowierten Pictus abgeworben – genauer gesagt: abgekauft – hatte. Die Mehrzahl dieser Schulen musste trotzdem aufgeben.

Besonders hart traf es allerdings die großen Kasernen, vor allem die caesarischen Schulen in Roma und Capua, wo nun Tausende von mittelmäßigen Gladiatoren einigermaßen beschäftigungslos herumlungerten, nach wie vor Geld kosteten, jedoch kaum noch etwas einbrachten. Der Versuch, Spiele dadurch noch attraktiver zu machen, indem man mehr und mehr Veranstaltungen *›sine Missio‹* durchführte, verringerte zwar die Zahl der Männer, änderte aber kaum etwas an den Schulden, die man für nun halb leer stehende Unterkünfte und nicht benötigte Trainings- und Versorgungsgebäude angehäuft hatte.

So gut wie unberührt von dieser Entwicklung blieben kleine Eliteschulen wie Felix Felix. Wir hatten stets auf Qualität und nicht auf Quantität gesetzt. Diese Qualität war nach wie vor gefragt, vielleicht sogar mehr denn je, zumal Caesar Vespasianus und seine Söhne echte Kenner der *Gladiatura* waren, die sich sehr viel lieber Spitzenkämpfe ansahen als mittelmäßiges Herumgeprügel, und auch den Mob vor allem Romas in diesem Sinne zu »erziehen« versuchten.

So war es denn nicht wirklich verwunderlich, wenn beispielsweise unseren Intimfeinden vom Ludus Julianus in Capua jedes Mittel recht war, um gegen Felix Felix zu stänkern. Der geradezu fanatische Hass und die Heimtücke, mit der dies jedoch geschah, überraschte uns trotzdem.

Tarquinius hatte seinerzeit Caesar Nero dazu überreden können, eine Kommission zu gründen, welche darüber wachen sollte, dass *Gladiaturae* nach klaren Regeln und mit echter Chancengleichheit ausgetragen wurden. Viele Jahre war Tarquinius Vorsitzender dieser Kommission gewesen und hatte erst im letzten Winter das Amt an Senator Marcus Silvestrianus Barbatus abgegeben, einen klugen und gerechten Mann mit beachtlichem Sachverstand bei allem, was mit Gladiatoren und *Gladiaturae* zu tun hatte.

Genau vor diese Kommission wurden wir nun zitiert, namentlich »*Die Herren Tarquinius Sempronius Felixianus und Scorpio Sempronius Felixianus als Lanistae von* Felix Felix. *Ferner die Gladiatoren Monophthalmos, Mauritius, Germanicus und Pictus, die Ärzte Amenophis und Pia sowie die Trainer Purpureus und Perikles nebst der Waffenschmiedin Drusilla und dem Chefkoch der Schule Constantinos. Selbige sollen auch als Zeugen gehört werden wie die Dame Lucia und die ehemaligen Gladiatoren Telemachos, Rattus und Bato.*«

So konnten wir es dem offiziellen Schreiben entnehmen.

Anklagepunkte waren *»nicht zulässige Bewaffnung und Ausrüstung«*, *»die Verwendung unzulässiger Mittel zur Stärkung der Kampfkraft«*, und vor allem *»negative Beeinflussung der Gegner mit Hilfe schwarzer Magie, welche in der Schule Felix Felix bei Puteoli bekanntermaßen praktiziert wird«*!

Ankläger war kein anderer als Herr Hercules Maxissimus, der Lanista des Ludus Julianus.

Die noch von Gaius Julius Caesar gegründete Gladiatorenkaserne in Capua war in jeder Hinsicht das genaue Gegenteil von Felix Felix. Dass sich ihr Lanista, Hercules Maxissimus, der Mann mit dem wahrhaft überdimensionierten Unterkiefer, jedoch zu solch einer wirren Anklage hinreißen ließ, überraschte auch uns.

Constantinos, seit dem Tod von Pamenius Chefkoch der Schule, war einfach fassungslos. Purpureus schlicht wütend. Monophthalmos und Pictus völlig ratlos. Rattus sichtlich verärgert. Mauritius vor Schreck auch privat äußerst aggressiv. Germanicus behielt immerhin Haltung. Lucia war deutlich besorgt. Pia schien die Vorwürfe überhaupt nicht zu begreifen. Bato war für uns zunächst unauffindbar. Telemachos ließ einen so langen, so kunstreichen Fluch los, dass wir uns sein Ende nicht mehr anhörten. Amenophis winkte nur ab und kramte weiter in irgendwelchen Salbentiegeln. Drusilla haute so wütend auf ein Bronzestück ein, dass sie dessen feine Treibarbeiten beschädigte. Und Perikles, der in jeder Weise überzeugte Grieche, knurrte: »Römer-Barbaren!«

Tarquinius zuckte nur mit den Schultern …

»Hercules Maxissimus mag ein Widerling sein«, drang ich in meinen Freund, »aber wenn er solch eine Anklage wagt, dann muss er irgendetwas in der Hand haben!«

Tarquinius setzte sein ominöses Aplu-Lächeln auf und meinte: »Vor wenigen Monaten sah ich in Abodiacum einen Mann, der auch etwas in der Hand hatte – Kuhscheiße!«

Ich habe bekanntlich nichts gegen Kuhscheiße! Ganz besonders nicht in solchen Fällen.

Wohl war mir trotzdem nicht, als wir in Roma vor der Kommission erschienen – vollzählig, denn auch Bato – zwar in schlichten Kleidern, doch sauber rasiert und mit geschnittenen Haaren und keineswegs mehr die »Usosleiche« wie nach dem Tod von Fulmina – war noch aufgetaucht; Lucia hatte offenbar gewusst, wo man ihn auftreiben konnte.

Herr Marcus Silvestrianus Barbatus, der neue Vorsitzende der Kommission, machte von Anfang an klar: Sollte sich herausstellen, dass die Anklagen zu Recht bestünden, dann könnten wir Felix Felix zumachen! Wenn sich die Anklagen jedoch als haltlos erwiesen, so habe Ludus Julianus ebenso mit härtesten Strafen zu rechnen!

Herr Hercules Maxissimus knackte zwar ein paar Mal mit seinem gewaltigen Unterkiefer, doch dann legte er in langer, wohlvorbereiteter Anklagerede gegen uns los, wiederholte die verschiedenen »Verbrechen« unserer Schule und versprach wortgewaltig den Beweis seiner Behauptungen.

Nachdem wir vorläufig auf eine Erwiderung verzichtet hatten, zerlegte der Senator den fast zweistündigen Wortschwall des Anklägers in verdaubare Brocken:

»Beginnen wir mit dem Einfachsten, der *»nicht zulässigen Bewaffnung und Ausrüstung«*. Wer hat wann und wo dagegen verstoßen?«

Germanicus, Monophthalmos, Pictus und Mauritius wurden ausführlich und gründlichst verhört.

Die Hörner auf dem Helm von Germanicus:

Drusilla, unsere Waffenschmiedin, erklärte, dass jene Hörner im Gegensatz zu einem Kampfstier nicht von Knochen verstärkt sondern, schon wegen des Gewichtes, hohl seien und damit, so gefährlich sie aussähen, in Wahrheit völlig harmlos wären!

»Hat er damit je versucht einen Gegner aufzuspießen?«, fragte Herr Silvestrianus Barbatus. »Nein? Dann mag er sie behalten.«

Monophthalmos:

»Nur *ein* Auge zu haben erscheint mir eher als Nach- denn als Vorteil!«

Pictus:

Herr Silvestrianus Barbatus ließ ihn sich bis auf den knappen Lendenschurz nackt ausziehen und bewunderte die Kunst seiner Körperbemalung. Dass diese einen Einfluss auf das Kampfgeschehen haben konnte, verneinte er entschieden. Auch den Brustbandtrick unserer verstorbenen Leoparda anerkannte er als erlaubt an und meinte: »Wenn sich professionelle Gladiatoren von derlei ablenken lassen, dann sind sie an ihrem Schicksal selber schuld!«

Mauritius:

Sica und Peitsche? Die Sica war ohnehin regulär. Die Peitsche zwar normalerweise nur in den *Prolusii*, den Vorspielen, gebräuchlich, doch auch bei einer echten *Gladiatura* keineswegs verboten. Und anstatt eines stabilen Helms nur ein gewundenes Kopftuch …? Der Ankläger möge bitte mit derlei Albernheiten nicht die Geduld der Kommission strapazieren!

Als Hercules Maxissimus auch noch anzweifelte, ob ein *Dimachaerus*, ein Zweischwert-Kämpfer wie Tarquinius, überhaupt »regulär« sei, fing er sich eine harsche Rüge des Senators ein. Mit Helm, Manica und allenfalls Beinschienen gepanzert, sei ein *Dimachaerus* eher den »Leichten« zuzurechnen. Und wenn er anstatt auf einen schützenden Schild auf eine zweite Schwertklinge vertraue, so sei das wirklich seine ganz persönliche und keinesfalls regelwidrige Sache. Im Übrigen möge sich der Herr Ankläger, bitte, auf den Sachverhalt konzentrieren!

Der erste Anklagepunkt war überzeugend abgeschmettert.

Nun ging es um *»die Verwendung unzulässiger Mittel zur Stärkung der Kampfkraft«.*

Constantinos, der Nachfolger von Pamenius, war unbestreitbar ein Meister des Kochlöffels, nicht jedoch unbedingt des Wortes. Seine Befragung dauerte über eine Stunde. Dann stand fest: Natürlich würde er die Muskeln unserer Männer mit reichlich Fleisch und Fisch und Meeresfrüchten aufbauen und das Fehlende ebenso reichlich mit Salaten, frischem Gemüse, Obst und Fruchtsäften ergänzen. »Irgendwelcher Linsen-Erbsen-Getreidemampf, wie er wohl hauptsächlich in den caesarischen Kasernen verfüttert wird, kann dies freilich kaum leisten!«, erklärte er. In diesem Sinne müsse er sich allerdings tatsächlich der Ausgabe von »*Mitteln zur Stärkung der Kampfkraft*« für schuldig bekennen! Der Herr Senator und die anderen Mitglieder der Kommission hatten sichtliche Mühe, würdig-ernste Mienen beizubehalten …

Dann waren Amenophis und Pia an der Reihe. Das Reden übernahm der alte Ägypter:

»O ja, es gibt neben den natürlichen, von Constantinos genannten Methoden eine ganze Menge medizinischer Mittel pflanzlicher und auch tierischer Herkunft, welche die Leistungsfähigkeit eines Mannes in jeder erdenklichen Richtung kurzfristig steigern können!«, versicherte er. »So aus dem Handgelenk, ohne in meinen Papyri nachzusehen, könnte ich beispielsweise folgende Rezepturen beschreiben: das Sekret zerstampfter roter Schildläuse vermischt mit …«

Trotz der durchaus interessierten Mienen einiger Kommissionsmitglieder bat ihn Herr Silvestrianus Barbatus, sein Wissen besser für sich zu behalten.

»Auf Dauer sind derlei Mittel allerdings durchweg für die Gesundheit mehr als fatal!«, fuhr Amenophis fort, und da liege auch das Problem, das auch er bislang leider nicht habe lösen können, denn »der echte Erfolg eines Gladiators – oder auch eines anderen Mannes – misst sich nun einmal nicht nur in Stunden, Tagen oder Wochen, sondern fast immer in Jahren!«

»Gewiss«, schrie Pia dazwischen, »können wir einen Kerl mit unseren Mitteln so aufheizen, dass er morgen bei den Spielen in Roma einen Lorbeerkranz gewinnt! Doch was nützt dem Lanista und der Schule übermorgen eine gesundheitliche Ruine?«

Genau so sei es, betonte Amenophis nochmals: Kurzfristige Spitzenleistungen seien mit Hilfe von Medikamenten und Drogen – er scheute sich keineswegs, dieses Wort zu verwenden – durchaus erreichbar! Sowohl in der Arena einer *Gladiatura* als der Arena eines mehr oder minder ehelichen Bettes. Jedoch Spitzenleistungen mit derlei Mitteln über viele, viele Jahre hinweg, das könne man getrost und ganz schnell vergessen! Denn jedwede bisherige Erfahrung der Medizin belege das genaue Gegenteil!

Die Kommission glaubte ihm, auch wenn einige der älteren Mitglieder dabei traurige Gesichter schnitten.

Purpureus war über seiner Verhörung ganz einfach wütend:

Natürlich nehme er seine Männer beim Training hart ran! Selbstverständlich zeige er ihnen Kampftricks, »manche davon von mir selber oder auch Herrn Scorpio, etwa der Linkhandwurf des Netzes, jahrelang erprobt!« Doch wenn die Herren Trainer von Ludus Julianus dies bislang nicht begriffen hätten, so sei das nun wahrlich nicht die Schuld von Felix Felix. Als Purpureus gar anbot, einen unserer *Secundi Pali* – natürlich gegen entsprechendes Entgelt – nach Ludus Julianus auszuleihen, um deren Kämpfern wenigstens die Grundbegriffe der *Gladiatura* beizubringen, hatten die Kommissionsmitglieder erneut Mühe, ihre Mienen in Zaum zu halten.

Die Krönung dieses Verhörabschnittes war aber unzweifelhaft Perikles, der Trainer unseres Gymnasiums:

Er trainiere Männer – im Extremfall sogar Frauen – ausschließlich nach jenen, seit vielen Jahrhunderten überlieferten und erprobten Methoden, mit denen seit jeher Athleten, die in Olympia oder bei anderen sportlichen Spielen in Hellas auftraten, um einen Oliven- oder Lorbeerkranz zu erringen, ausgebildet worden seien. Er habe auch nie ein Geheimnis daraus gemacht, dass er hübsche Jünglinge und knackige Kämpfer eindeutig jeder Frau vorzöge. Bei ihm habe diese Methode zwar nicht so recht funktioniert, denn die besten der also »Trainierten« seien allenfalls in die Klasse der *Secundi Pali* aufgerückt. Aber Herr Hercules Maxissimus solle ruhig versuchen, all seine Leute in den Hintern zu vögeln, um deren Leistungskraft zu steigern – für die Ehre seiner Schule würde er diese »aufreibende« Tätigkeit sicherlich gerne übernehmen …

Diesmal konnten sich einige Kommissionsmitglieder schallendes Gelächter nicht mehr verbeißen.

So locker wir die ersten beiden Beschuldigungen hatten abwehren können, da man ihnen mit realen Beweisen und logischer

Vernunft hatte beikommen können, so schwer taten wir uns beim dritten Anklagepunkt, der da lautete: »*Negative Beeinflussung der Gegner mit Hilfe schwarzer Magie, welche in der Schule* Felix Felix *bei Puteoli bekanntermaßen praktiziert wird*«!

Niemand von uns, weder abergläubische Gladiatoren noch nüchterne Kommissionsmitglieder, zweifelten an höheren Mächten, guten, neutralen und auch bösen, die man mit entsprechenden Ritualen dahingehend beeinflussen kann, in das Leben der Sterblichen einzugreifen. Andererseits sind derlei Einflüsse zwar mitunter sehr deutlich fühlbar, von ihrem Ursprung her jedoch nur äußerst schwierig, falls überhaupt, zu ermitteln. Es gibt wohl weltweit keine einzige Gladiatorenschule, die nicht über Priester, Pythien, Wahrsager, Haruspices, Propheten und ähnliche, allen möglich denkbaren Göttern verpflichtete Personen verfügt, die Segen für die eigenen Leute erflehen, die Zukunft zu deuten versuchen oder auch Gegnern mit Flüchen, Verwünschungen und finsterer Magie zu schaden gewillt sind.

Natürlich bildet auch Felix Felix da keine Ausnahme! Priester und Geweihte von mindestens drei Dutzend Konfessionen beten und opfern in unserem Tempel in der Nordostecke der Schule. Und jene Haica, wenig erfreulichen Angedenkens, war nicht die letzte, vor allem jedoch nicht die einzige all jener Kristallkugel- und Wasserschalengucker, Stäbchen- und Knöchelwerfer, welche das Dorf bevölkerten.

Seit die Dame Lucia – übrigens selber hellseherisch begabt, wie sie freilich nur höchst ungern eingestand – und ihre Christiani-Freunde Einfluss in Schule und Dorf gewonnen hatten, war eines freilich streng verpönt: irgendwelche Rituale zum Schaden anderer Personen durchzuführen!

Doch wie sollte man dies der Kommission klar machen?

So nahm der Prozess vor der Spiele-Kommission seinen unerbittlichen Gang, auch wenn Herrn Senator Silvestrianus Barbatus, dem Vorsitzenden, bei diesem umstreitbaren Punkt selber nicht so recht wohl zu sein schien.

Zeuge Rattus, höchst eindeutig:

»Ja, ich komme aus der verkommensten Gosse von Roma.« – »Ja, ich habe dort Straßenbanden angehört.« – »Ja, ich war ein Krimineller, bis mir Felix Felix eine andere Chance bot!« – »Ja, dort gab es genug Leute, die mit ›schwarzmagischen‹ Praktiken lockten. Angesichts ihrer widerwärtigen Rituale und ihrer letztlich doch nur mäßigen Erfolge habe ich mich ihnen nie angeschlossen.« – »Nein, in Felix Felix habe ich derlei nie bemerkt.« – »Um ein *Retiarius*-Netz zu verfetzen, braucht ein *Scissor* keine Magie, sondern nur Können. Und falls der Herr Ankläger keine weiteren, wirklich zweckdienlichen Fragen hat, so bitte ich, mich nach Hause zu meiner Familie und meinem Geschäft zu entlassen!«

Zeugin Drusilla, unmissverständlich:

»Ja, ich bin Schmiedin – *Kunst*schmiedin! Wenn der Herr Ankläger auf einer einzigen der von mir gestalteten Waffen und Rüstteile ein anderes Motiv findet als auf jenen aller anderen Schmiede des Imperiums, dann mag er mir dies zeigen! Dass ich technisch *besser* bin als fast alle anderen, kann ja wohl kaum als ›Bosheitszauber‹ ausgelegt werden!«

Der Stinke-Finger, den sie Hercules Maxissimus zeige, trug ihr eine milde Rüge der Kommission ein.

Zeuge Pictus, mehr als eifrig:

»Hier der Drachenkopf genau auf meinem Herzen! Sein Leib windet sich – hier, hier und hier ganz deutlich zu sehen – um meinen Leib, taucht hinab um meinen linken Ober- und Unterschenkel bis zu den Zehen. Dann windet er sich mit aller Macht kraftspendend von dort wieder empor und um mein Geschlecht …«, er zog tatsächlich sein Lendentuch herunter, um dies zu demonstrieren, »und steigt erneut auf …«

Die Kommissare verzichteten auf weitere Erklärungen und Demonstrationen. So befremdlich diese unauslöschlich in die Haut eingestochenen Bilder auch seien, so mochten sie vielleicht mit *Schutz-*, aber doch wohl kaum mit *Schadens*magie zu tun haben.

Zeuge Telemachos:

Ihm wurde vorgeworfen, er habe viele Jahre seine Gegner

mit schwarzmagischen Flüchen und Verwünschungen gelähmt und …

Telemachos ließ den Lanista von Ludus Julianus nicht einmal ausreden, sondern demonstrierte an ihm eine gut zehnminütige Kostprobe seiner Beschimpfungskunst. Die Mitglieder der Kommission bestätigten anschließend zwar die selbst für einen Griechen erlesene Wortwahl und die Beleidigung nahezu aller denkbaren Götter, konnten aber absolut nichts »Magisches« in ihr entdecken.

Zeugin Pia, unbeirrbar und wütend:

Es sei allgemein bekannt, so hatte Herr Hercules Maxissimus argumentiert, dass Pia viele Jahre in einer »widernatürlichen Gemeinschaft« gelebt habe …

»Und wenn du deinen dreckigen Schwanz in den Arsch eines Bübleins steckst, ist das wohl ›natürlich‹?«, blaffte Pia sofort zurück. Was war denn da aus der kleinen Wäscherin mit den ständig geröteten Armen geworden, amüsierte ich mich heimlich.

Außerdem sei sie Mitglied eines Geheimkultes, der seinen Hauptsitz im griechischen Eleusis habe, wetterte der Ankläger.

»Nicht nur Mitglied«, fauchte ihn Pia an, »sondern seit etlichen Jahren sogar *leitende Priesterin*! Doch wenn du jemals mehr wissen willst über die Mysterien der Demeter, Persephone und Magna Mater, dann musst du dir schon deine Männlichkeit absäbeln und einen Schlitz zwischen deine Beine schneiden lassen!«

Tarquinius, Höchstgeweihter des Mithras, und ich, Anhänger meiner Heimatgöttin Epona, sowie Bato wurden gar nicht mehr aufgerufen.

Die bisherige Vernehmung grenzte in ihrem Resultat an eine Farce.

Doch plötzlich wurde doch noch Ernst daraus:

»Ich bin wahrhaft kein Freund von Isis und Astarte und Baal und Mithras und all jenen anderen Göttern, die sich mittlerweile bei uns eingeschlichen haben!«, knackte Herr Hercules Maxissimus. »Immerhin erkennen sie alle jedoch die Oberhoheit der römischen Staatsgötter Jupiter, Juno und Minerva an sowie ganz besonders die Göttlichkeit unserer Caesaren!«

Nur die Juden hätten dies nicht getan und seien dafür erst kürzlich von Caesar Vespasianus und seinem Sohn Titus, dem »Liebling der Menschheit«, exemplarisch bestraft worden!

Und, schlimmer noch, täten dies auch nicht die Christiani, die Repräsentanten alles Bösen und aller schwarzen Magie, die bekanntlich bei ihren widerwärtigen Ritualen Kleinkinder schlachteten, ihr Blut tränken und …

»… die seinerzeit Roma angezündet haben!«, ergänzte der Herr Senator ärgerlich, nur dass leider bis heute der Nachweis fehle, dass Caesar Nero ein Christianus gewesen sei.

Jedermann wisse, schrie der Lanista von Ludus Julianus, dass diese Ungeheuer in Menschengestalt die schlimmsten Verbrecher und Schwarzmagier seien und somit …

»Kein Geschwätz, bitte!«, schnitt ihm Herr Silvestrianus Barbatus barsch das Wort ab. »*Be-wei-se* bitte!« – und im Übrigen sei ihm unklar, was das Ganze mit Felix Felix zu tun habe!

»Weil«, trumpfte Hercules Maxissimus auf, »Felix Felix eine Brutstätte dieser Christiani und ihrer unheilvollen Machenschaften ist!«

Herr Silvestrianus Barbatus zog fragend die Augenbraue hoch.

»Ist es nicht wahr«, donnerte Hercules Maxissimus und stieß seinen mächtigen Unterkiefer noch ein Stückchen weiter vor, »dass die Gemahlin eines der Lanistae von Felix Felix, die Dame Lucia Aurelia Prisca, zur Gemeinschaft der Christiani gehört? Dass sie durchgesetzt hat, dass dort die wirtschaftlich absolut unumgängliche Sklaverei abgeschafft wurde? Dass …«

Herr Silvestrianus Barbatus unterbrach ihn grob:

»Die Behauptung, die Tochter meines höchst geschätzten Senatorenkollegen Aurelius Priscus gehöre zu den Christiani, ist …«

»Zutreffend!«, vollendete Lucia ruhig, während sie aufstand.

Alle im Saal schnappten nach Luft.

Dass die »wirtschaftlich absolut unumgängliche« Sklaverei auf den Gütern von Felix Felix abgeschafft worden sei, so bekenne sie sich in diesem Punkt eindeutig für schuldig – allerdings auch dessen, dass eben diese Güter seither gut ein Drittel mehr Ertrag erwirtschafteten!

»Für meine Beteiligung an schwarzer Magie und Schadenszauber sollte der Herr Lanista von Ludus Julianus allerdings wirklich stichhaltige Beweise vorlegen!«, sagte sie, wobei sie »Be-wei-se!« ebenso aussprach wie eben der Senator.

»Ist es nicht wahr«, eiferte Hercules Maxissimus, »dass auch die Schmiedin Drusilla zur Gemeinschaft der Christiani gehört? Dass sie die Rüstteile der Gladiatoren von Felix Felix mit magischen Zeichen ausstattet, etwa dem Fisch, dem Erkennungssymbol dieses widerwärtigen Glaubens?«

Ja, ihr sei die Gnade zuteil geworden, schon seit Jahren der Gemeinschaft der Christiani angehören zu dürfen, erklärte Drusilla und stellte sich neben Lucia. Und die Schulterschirme speziell der *Retiarii* dekoriere sie in den Tat mit Fischen – und mit Dreizacken, Ankern, Steuerrudern von Schiffen, Krabben, Oktapodi, kurz allen maritimen Symbolen, welche dieser aus Fischern hervorgegangenen Gladiatorenklasse angemessen seien. »So Ihr denn, höchsterhabener Herr Überhercules, die Zeit findet, die *Galeri*, die Schulterschirme der *Retiarii* Eurer eigenen Schule zu begutachten«, spottete sie, »so werdet Ihr darauf gewiss die absolut gleichen ›finstermagischen‹ Embleme entdecken!«

»Magisch, magisch, magisch!«, polterte Herr Silvestrianus Barbatus ungehalten los. »Schutzmagie und Schadensmagie und weiße-schwarze-hellblaugetüpftelte Magie und Garnichts-Magie oder …! Herr Hercules Maxissimus, ich gebe Euch jetzt genau noch fünf Minuten Zeit, um zu beweisen – *be-wei-sen* – dass die Schule von Felix Felix Christiani-Magie oder welche auch sonst immer zum Schaden anderer anwendet! Anderenfalls werde ich Euch so lange in Ketten legen lassen, bis Ludus Julianus eine Million Sesterzen Strafe für die Belästigung dieser Kommission gezahlt hat!«

»Das werde ich! *Das werde ich!*«, knackte Hercules Maxissimus verbissen.

»Dann tut es endlich!«, fuhr ihn der Senator an.

»Jedermann weiß, dass Schwarzmagier mit Sexual- und Blutritualen arbeiten!«, begann er.

»Ja.«

»Sexual- und Blutrituale!«, betonte Hercules Maxissimus nochmals und rammte seinen Unterkiefer noch ein paar Millimeter weiter nach vorn.

»Jaaaa! Weiter …«

»Im Lauf der letzten Monate wurden nicht weniger als drei Knaben, nackt, schwer misshandelt, vergewaltigt und schließlich erwürgt aus den Hafenbecken von Neapolis und Puteoli gezogen, ein vierter nahe einem Schlammloch der Campi Phlegraei, kaum eine Meile von Felix Felix entfernt, gefunden! Und ist nicht genau das Gleiche in Abodiacum passiert«, donnerte er, »genau zu jenem Zeitpunkt, als sich dort die Felix Felix-Leute aufhielten?«

Der Herr Senator Silvestrianus Barbatus blieb sachlich:

»Für ›Blutrituale‹, wie sie beispielsweise den Christiani nachgesagt werden, braucht man Blut. Hatten die armen Jungen Verletzungen, aus denen man schließen kann, dass ihnen Blut abgezogen wurde?«

»Nein …«

Der Vorsitzende der Kommission entließ uns schließlich mit freundlichen Worten.

Doch auch Herr Hercules Maxissimus wurde wegen Verleumdungen nicht abgestraft.

So blieben die giftigen Angriffe von Ludus Julianus mehr oder minder in der Luft hängen.

Wir waren somit einigermaßen heil und unbeschädigt aus der Verhandlung herausgekommen.

Trotzdem hatte die Sache für uns ein internes Nachspiel, als wir wenige Tage später im innersten Kreis bei einem Becher Wein in der Villa zusammensaßen: Tarquinius und Lucia, Lucius, Purpureus, Mucius, Amenophis und Pia, Telemachos, Drusilla, Digna und ich.

Etwas im Hintergrund saß Bato, den Lucia dazugebeten hatten. Der Ex-*Murmillo*, Ex-Liebhaber von Fulmina und Ex-Usos-Säufer hatte eine verblüffende Verwandlung durchgemacht. Dass er sich einfach, aber wieder ordentlich kleidete, die Haare sauber geschnitten und bis auf seinen langen Schnauzbart das wüste Gestrüpp an seinem Kinn abrasiert hatte, war uns schon bei der Verhandlung aufgefallen. Jetzt stellten wir fest, dass er auch nicht mehr trank, allenfalls zwei oder drei Becher Wein, und auch diese nach Römerart stark mit Wasser verdünnt.

Nachdem wir reichlich mit Getränken und Tabletts voll köstlichster Naschereien versorgt waren und sich unsre Diener zurückgezogen hatten, erklärte Tarquinius:

»Wir haben einen Verräter unter uns! Jemanden, der Ludus Julianus mit internen Informationen versorgt!«

»Ein Plappermaul vielleicht«, versuchte Purpureus abzuschwächen. »Aber einen regelrechten *Verräter?*«

Doch Tarquinius blieb unbeirrt, setzte sogar noch drauf: »Und er muss dem inneren Zirkel unserer Schule nahe stehen!«

Jetzt waren wir schockiert!

»Wenn du damit behaupten willst, dass jemand von uns …«, brüllte Telemachos aufgebracht los, doch Tarquinius ließ ihn nicht weiterreden:

»Ich habe nicht gesagt, ›jemand von uns‹, aus dem innersten Kreis!«, korrigierte er. »Ich habe gesagt, jemand, der diesem Kreis ›nahe steht‹!«

»Undenkbar!«, beharrte Telemachos vehement, und Purpureus forderte im Ton des Herrn Senators Silvestrianus Barbatus: *»Be-wei-se!«*

So begann Tarquinius aufzuzählen:

»Dass Lucia eine Christiana ist, weiß hier jedes Kind, weil sie nie aus ihrer Überzeugung ein großes Geheimnis gemacht hat. Aber woher wusste der Knackkiefer aus Capua, dass auch Drusilla, die darüber gewöhnlich nur im engsten Kreis spricht, dieser Gemeinschaft angehört?«

»Und woher«, stimmte Pia zu, »dass ich Eingeweihte der Mysterien von Eleusis bin? Unsere Frauen sind außerordentlich stolz darauf, wenn sie als Mitglieder aufgenommen werden! Trotzdem tratschen sie dies nicht an jeder Straßenecke herum, und nur jemand, der sie besser kennt, pflegt davon zu wissen oder es zumindest zu ahnen …!«

Wir waren nachdenklich geworden, doch so leicht überzeugen ließen wir uns deshalb noch lange nicht.

Das gewichtigste Argument von Tarquinius schien zunächst das am leichtesten erklärbare zu sein, und dem Etrusker war dies auch durchaus klar, als er fortfuhr:

»Dass es hier im Umkreis von Felix Felix in letzter Zeit vier Fälle von grausam ermordeten Knaben gab, kann Knackkiefer zweifellos aus tausend Quellen erfahren haben.«

»Eben!«, rief Purpureus sofort. »Und leider passiert gerade im Umkreis von Hafenstädten mit dem zahllosen einheimischen und fremden Gesindel, das sich dort herumtreibt, derlei immer wieder einmal!«

»Und genau deshalb frage ich mich«, erklärte Tarquinius, »woher Maxissimus wusste, dass er ausgerechnet auf solche Vorfälle achten musste? Woher hatte er Kenntnis, dass just zu der Zeit, als wir in Cimiacum waren, dort das Gleiche passiert ist?«

»Wir waren über dreißig Leute in Cimiacum«, mischte ich mich ein, »und da wurde natürlich nach unserer Rückkehr eine Menge erzählt und getratscht …«

»Natürlich wurde erzählt und getratscht«, blieb Tarquinius unbeirrt, »das wird es pausenlos. Aber wenn Knackkiefer sich all dieses Geschwätz nach Capua melden ließe und dem dann auch noch nachginge, dann bräuchte er nichts mehr anderes zu tun. Nein, er muss da schon einen Tipp bekommen haben, dass es da möglicherweise einen Zusammenhang gibt!«

»Und gibt es einen Zusammenhang?«, wollte Lucius wissen.

»Ich kann es zumindest nicht ausschließen«, gab Tarquinius zurück.

Und Pia warf ein: »Ich habe den Jungen, der auf den Campi Phlegraei gefunden wurde, gesehen und untersucht. Sein Mörder hat zwar versucht, die kleine Leiche in einem der brodelnden Schlammlöcher verschwinden zu lassen, und so waren seine

Haut und auch sein Fleisch teilweise zerstört. Trotzdem bin ich mir nahezu sicher: Die Bestie, die das getan hat, war die gleiche wie in Cimiacum!«

Der Fluch, den Telemachos diesmal ausstieß, war nicht kunstvoll, dafür umso deftiger und sprach uns allen aus der Seele!

»Dann haben wir also nicht nur ein, sondern zwei Probleme«, stellte Lucius fest. »Einen Verräter, der Ludus Julianus mehr oder minder interne Informationen zukommen lässt, und einen Mörder, der kleine Jungen grausam umbringt!«

»Zwei Probleme vermutlich in einem«, meinte Tarquinius langsam. »Es ist zwar nur ein Gefühl, doch ich habe gelernt, auf meine Gefühle zu vertrauen, und dieses Gefühl sagt mir, wenn wir den einen erwischen, werden wir auch den anderen gefunden haben …«

»Aber weshalb sollte jenes Ungeheuer, so es denn wirklich in Felix Felix ist, uns auch noch an Ludus Julianus verraten?«, rief Mucius, unser unermüdlicher Prokurator.

»Weil er sich dort vielleicht ein gemütliches Plätzchen erhofft, falls ihm hier der Boden unter den Füßen zu heiß wird«, antwortete Amenophis, unser weiser Ägypter, ruhig.

»Womit wir auch nicht wesentlich klüger sind als vor Monaten in Cimiacum, wo wir alle denkbaren Möglichkeiten nächtelang durchgespielt haben«, seufzte Lucia.

»Doch, das sind wir!«, widersprach Lucius seiner Mutter. »Ihr alle wart damals viel zu aufgeregt! Zudem wollte keiner wahrhaben, dass ein Mitglied unserer *Familia Gladiatoria* mit der Sache etwas zu tun haben könne!«

Ja, so war es zweifellos gewesen, musste nicht nur ich zugeben.

»Wenn wir«, fuhr Lucius fort, »nun aber davon ausgehen, dass dieses Ungeheuer tatsächlich ein Mitglied von Felix Felix ist, dann können wir zweifellos auch herausbekommen, um wen es sich handelt! Was also wissen wir von ihm?«

Zum ersten Mal seit dem Brand von Roma damals sah ich Lucius wieder ganz in seinem Element: strategisch, analytisch, mit streng von Logik gezügelter Leidenschaft!

»Es ist ein Mann!«, meldete sich Pia sogleich zu Wort.

Auf die leicht fragend hochgezogene linke Augenbraue von Lucius erklärte sie vehement:

»Eine Frau, mag sie noch so männlich sein, hinterlässt keine Spermaspuren wie eindeutig bei dem kleinen Ziegenhirten in Cimiacum und jenem hier auf den Campi Phlegraei! Glaube mir, ich kenne mich da aus!«

»Und es ist keiner, der im Augenblick hier im Raum sitzt!«, stellte ich fest.

Als ich das generelle Misstrauen sah, das sich nun seit Minuten in allen Gesichtern abzeichnete, ergänzte ich:

»Weil einerseits etliche in diesem Raum niemals in Cimiacum waren, andererseits jener Verräter so manche Interna eben *nicht* weiß, die aber *wir* wissen. Beispielsweise, dass auch Mucius und sogar Telemachos zu den Christiani gehören. Ich kann mir kaum vorstellen, dass ›Knackkiefer‹, wie Tarquinius ihn zutreffend nennt, dies vor der Kommission nicht erwähnt hätte, wenn ihm ein entsprechendes Wissen zugekommen wäre!«

»Ich habe ja gesagt«, wiederholte Tarquinius, »nicht aus dem inneren Zirkel, sondern jemand, der diesem Kreis nahe steht!«

»Kurz: einer der Gladiatoren, die in Cimiacum dabei waren«, fasste Lucius zusammen.

»Und offenbar einer«, ergänzte Mucius, »der noch nicht genügend Ruhm und vor allem Geld angesammelt hat und deshalb eventuell eine ›zweite Heimat‹ im Ludus Julianus benötigt …«

Das galt natürlich weitgehend für unsere *Secundi Pali*. Aber mit Ausnahme von Aurius und Leo, die das keineswegs unbedeutende Vermögen ihres Vaters Amaranthus im Rücken hatten, konnte man dies auch mehr oder minder unseren derzeitigen *Primi Pali*, Monophthalmos, Mauritius und Germanicus unterstellen. Gewiss auch Pictus, aber der war in Cimiacum ja noch nicht dabei gewesen.

»Vor allem«, ergriff Lucius wieder das Wort, »müssen wir wohl nach jemandem suchen, der eine Vorliebe für Knaben hat!«

Amenophis nickte bedächtig und meinte, von dieser Sorte gäbe es hier durchaus etliche, beispielsweise Perikles, den Trainer im Gymnasium.

»Undenkbar!«, widersprach ich sofort. »Ich kenne Perikles, seit ich vor zwanzig Jahren nach Felix Felix kam! Ja, er steht auf ›Epheben‹, schöne junge Männer, und als wir seinerzeit jenen Eros genannten Gladiator wegen Feigheit hinauswarfen, hatte er tagelang vom Weinen verquollene Augen. Aber kleine Jungen oder gar Gewalt sind nicht sein Stil!«

»Weißt du das bestimmt?«, fragte Lucius trotzdem.

»Ja, ich weiß es!«, gab ich zurück. »Auch mir hat er damals einen Antrag gemacht. Er hat gebettelt und gefleht, nie jedoch gewagt, mich auch nur mit einer Fingerspitze zu berühren! Einmal hat er mich sogar voll in den Dreck fallen lassen, weil er Angst hatte, ich könne es missverstehen, wenn er mich bei dem Sturz mit seinen Armen auffing …«

»Ich kann mich daran erinnern«, schob Amenophis ein. »Du hast dir dabei ein gebrochenes Schlüsselbein zugezogen, und ich habe Perikles deswegen gründlich zur Schnecke gemacht!«

»Und außerdem«, vollendete ich, »weiß er vermutlich nicht einmal genau, wo Cimiacum liegt!«

»Muss es denn wirklich unbedingt jemand aus Felix Felix sein?«, kämpfte Purpureus noch immer verzweifelt um die Ehre unserer *Familia Gladiatoria*. »Sind denn irgendwann in letzter Zeit irgendwelche Jungen hier aus dem Dorf verschwunden oder auch nur gewaltsam belästigt worden?«

»Mir ist kein einziger Fall bekannt, dass ein Knabe als verschwunden gemeldet worden wäre!«, stellte Mucius sofort fest.

»Aber andere wurden gewalttätig belästigt, ehe sie fliehen konnten!«

Das war Bato, der sich da mit ruhiger Stimme aus seiner Ecke meldete.

»Und warum weiß ich davon nichts? Weshalb hat sich keiner der Jungen bei uns unverzüglich danach beschwert?«

Tarquinius, Mucius und ich riefen dies fast wie aus einem Mund.

»Weil«, erklärte Bato, »sie Angst hatten. Weil sie sich schämten. Weil sie fürchteten, bestraft zu werden. Weil sie glaubten irgendwie diese Angriffe selbst provoziert und verschuldet zu haben!«

»Aber das ist doch blanker Unsinn!«, fuhr Lucius dazwischen.

»Gewiss ist es das!«, sagte Bato leise. »Aber weißt du, wie schwer es ist, Kinder davon zu überzeugen, dass Erwachsene nicht eisern zusammenhalten und immer Recht haben?«

Für einen Augenblick umspielte ein Lächeln den Mund von Lucius, als er meinte: »Dafür habe ich mir wohl die falsche Mutter und den falschen Großvater ausgesucht.«

Doch dann wollte er unerbittlich wissen: »Wer? Wann? Wo? Wie? – Namen! Daten! Umstände! – Jetzt und sofort!«

Bato schüttelte traurig den Kopf:

»Keine Namen, keine Einzelheiten – das habe ich geschworen! Schon als ich sagte, dass derlei hier überhaupt geschehen ist, habe ich vermutlich mehr gesagt, als ich eigentlich dürfte …«

Lucius sprang auf, drosch die Faust so wütend auf den Tisch dass unsere Becher hüpften und brüllte: »Maul auf! Jetzt und sofort, wenn du etwas weißt, das uns helfen kann, dieses Ungeheuer zu erwischen und auszuschalten!«

Bato schlug die Hände vors Gesicht und stöhnte:

»Ich möchte doch! Aber ich darf nicht! Ich habe einen Eid geschworen …«

»Was für einen Eid und wem?«, fragte Lucius, sein Temperament zügelnd, etwas ruhiger.

»Fulmina«, erklärte Bato inbrünstig, »war nicht nur das Prügel-Fress-und-Fickmonster, als das ihr alle sie gekannt habt. Irgendwo unter ihrer rauen Schale steckte ein empfindsames, liebebedürftiges kleines Mädchen. Und dieses habe ich geliebt und werde es immer lieben! Nach ihrem so sinnlosen Tod versuchte ich all das, was ich für sie empfand, in Usos zu ersäufen – natürlich vergeblich. Und dann bin ich einem Christianus begegnet, der mich buchstäblich aus einem Straßengraben gezogen hat. Während ich mich erholte, hörte ich ihm, zunächst aus Trägheit oder reiner Höflichkeit, zu. Und dann begann ich zu begreifen, was jener mir tatsächlich erzählte. Etliche Monate später – ich rührte inzwischen keinen Usos mehr an – ließ ich mich taufen. Und vor einem halben Jahr erwiesen mir Gott, Christos und seine Vertreter auf dieser Erde die Gnade, mich sogar in den Stand eines ihrer Diakone zu berufen und zu weihen!«

Doch ehe Lucius nach diesem eher weitschweifigen Bekenntnis ungeduldig werden konnte, fuhr Bato fort:

»In dieser Eigenschaft als Diakon der Christiani wandere ich nun durchs Land. Die Menschen vertrauen mir ihre Sorgen, Nöte und auch manchmal Sünden an in der unbedingten Gewissheit, dass ich über das Gesagte absolutes Stillschweigen bewahren werde, wie ich es vor Gott geschworen habe!

Verzeih mir, Lucius, wenn ich unter diesem Schweigesiegel wohl schon mehr gesagt habe, als ich es eigentlich dürfte!«

So waren wir letztlich wieder auf das zurückgeworfen, was wir ohnehin schon wussten oder zu wissen glaubten.

Lucius sagte schlicht: »Danke! Danke, dass du uns auf dem richtigen Pfad gehalten hast, so unangenehm er uns sein mag, Bato!«

Der *Ex-Murmillo* hatte wieder die Hände vor sein Gesicht geschlagen und stöhnte: »Ich weiß nicht mehr, was ich tun und sagen soll! Spreche ich, so breche ich meinen Eid. Spreche ich nicht, so mag jenes Monster …«

Lucius legte beruhigend seinen Arm um die zuckenden Schultern Batos.

»Schweig!«, befahl er. »Dein Eid ist uns heilig! Und doch wird es, wenn wir diesen Schänder und Mörder finden, ganz entschieden auch dein Verdienst sein!«

»Wenn also nicht so, dann eben anders!«, erklärte Lucius. »Was wissen wir also nun?«, und zählte auf:

»Erstens: Es ist ein Mann!

Zweitens: Er ist nicht scharf auf ›Epheben‹, also schöne junge Männer, sondern auf noch kaum entwickelte Buben zwischen sieben und höchstens zwölf Jahren.

Drittens: Was ihn antreibt, das ist nicht philosophisch verbrämte ›Knabenliebe‹, wie sie beispielsweise Plato literarisch verherrlicht, sondern schlicht sexuelle Gewalt – Gewalt, die erst im Tod des Opfers ihre Erfüllung findet!

Viertens: Er gehört zu unserer *Familia Gladiatoria*! Das mag keinem von uns schmecken, aber eindeutige Hinweise dürfen wir nun einmal nicht leugnen!

Fünftens: Er gehört nicht zum innersten Kreis, steht diesem aber nahe genug, um gewisse Interna aufgeschnappt zu haben.

Sechstens: Er versucht sich bei Ludus Julianus mit seiner Verräterei einen guten Platz zu sichern, falls er hier verschwinden muss, oder anders gesagt: Er muss noch eine Weile als Gladiator kämpfen, ehe er genug Geld für einen geruhsamen, zweiten Lebensabschnitt zusammengerafft hat.

Siebtens: Das bedeutet, er ist noch nicht lange bei uns.

Achtens: Er war in Cimiacum dabei.«

Lucius hielt einen Augenblick inne und fragte dann: »Habe ich etwas vergessen?«

Nein, das hatte er nicht, und aufgrund seiner klaren Aufstellung blieben sehr schnell nur noch drei Namen übrig: Monophthalmos, Germanicus und Mauritius.

»Da wir über die näheren Umstände der vermutlich vier Morde hier in der Umgebung von Puteoli so gut wie gar nichts wissen, sollten wir uns nochmals mit Cimiacum beschäftigen, wo jener seine Untat ja fast unter unseren Augen begangen hat«, schlug ich vor.

»Wir haben doch schon festgehalten, dass jener, der den kleinen Ziegenhirten in den nahe gelegenen Wald lockte, niemandem aufgefallen ist«, warf Lucia ein und betonte nachdrücklich. »Er muss also ausgesehen und sich bewegt haben wie jedermann in Cimiacum. Jedoch unsere Gladiatoren entsprechen nun wahrlich nicht diesem Bild! Selbst die *Secundi Pali* sind so auffällig wie Paradiesvögel im Balzkleid inmitten eines braven Hühnerhofs!«

Das war ohne jede Frage zutreffend!

»*Wir* beispielsweise wären niemandem aufgefallen!«, erklang in diesem Augenblick die Stimme von Fix aus dem Hintergrund – wie üblich hatte die Anwesenheit der Zwillinge kaum jemand wahrgenommen – und da die Sache ihm wahrhaft wichtig erschien, sprach er fehlerfreies Latein …

»Wir sind in mittlerem, fast undefinierbaren Alter«, fuhr sein Bruder Fax in ebenso gutem Latein fort, »dunkelblond, mittelgroß und ein wenig stämmig. Einem Licatier wären wir damit gewiss nicht als ›Exoten‹ aufgefallen!«

»Getragen haben wir, wie auf dieser Reise üblich«, wieder Fix, »lederne Reithosen und geschnürte Stiefel, eine langärmlige, grobleinene Tunika mit einer Leder- oder Lodenweste darüber, eben genau das, was Licatier in der Mehrzahl vernünftigerweise auch tragen.«

»Wir waren es wirklich nicht!«, versicherten die Zwillinge inständig, und meine Schwester Amra sei ihre beste Zeugin dafür! Doch wenn sie es gewesen wären, so hätte sie zweifellos kein Mensch wirklich wahrgenommen.

Und die anderen Gladiatoren, zumal unsere drei Hauptverdächtigen?

Wie wir zugeben mussten, waren auch sie aus Gründen der Bequemlichkeit gar nicht so wesentlich anders gekleidet gewesen, auch wenn sich jeder bemühte, durch irgendwelche Details der Kleidung hervorzustechen.

Monophthalmos? Er kam einst von Ludus Julianus und hatte mächtig über diese Kaserne geschimpft – doch musste das alles wahr sein, was er gesagt hatte? Und wenn er seine auffallende scharlachrote Augenbinde abnahm …

»Nein!«, erklärte Pia bestimmt. »Sein zerstörtes Auge ist wahrlich kein schöner Anblick und hätte den kleinen, dummen Ziegenhirten viel zu sehr erschreckt, als dass er mit ihm in den Wald gegangen wäre!«

Mauritius? Sein weißer Burnus und das Kopftuch wären schnell abgenommen und irgendwo auf dem Hof versteckt gewesen, und dem kleinen Ziegenhirten hatte er früher am Tag seinen Krummdolch gezeigt. Aber Mauritius war noch niemals an männlichen Wesen, gleichgültig welchen Alters, interessiert gewesen, sondern ausschließlich an Frauen – da freilich durchaus auch an mehreren gleichzeitig.

Germanicus? Zwar putzte er sich gerne mit schwerem, »germanischem« Schmuck heraus, doch auch dieser war schnell abgenommen, und dann sah er in seiner bevorzugten Lederkleidung, mit dem blonden Haar und Bart wahrlich aus wie hundert andere Licatier auch. Und er war bekanntermaßen ein Männerliebhaber, der, das wusste Pia von einigen Verletzten, durchaus auch einmal grob werden konnte!

»Das sehen wir uns näher an!«, bestimmte Tarquinius aufstehend.

Kurz entschlossen hängte er drei Schwerter von der Wand ab, wo sie als Schmuck dienten, und warf Lucius eines davon zu:

»Sag Aurius und Leo Bescheid! In zehn Minuten treffen wir uns vor dem Haus von Germanicus und holen ihn her!«

Knapp zwanzig Minuten später waren sie zurück.

»Er ist weg!«, schimpfte Lucius.

Als sie in das Haus eingedrungen waren, hatten sie nur noch ein ziemliches Durcheinander vorgefunden – Germanicus hatte offenbar in aller Eile zusammengerafft, was irgendwie Wert hatte.

»Und sein Pferd ist aus dem Stall verschwunden«, berichtete Leo.

Der Fluch, den Telemachos ausstieß, war schon wieder äußerst kunstlos, dafür hätten wir ihn zweifellos alle gerne im Chor mitgesprochen!

Die beiden Amaranthus-Söhne boten sofort an: »Wir wissen, wohin er will: nach Capua! Wir können ihm nachreiten und …«

»Nein!«, schnitt Tarquinius den Vorschlag ab. »Das ist Sache der Lanistae von Felix Felix! Lasst ihn für den Augenblick laufen. Scorpio und ich kriegen ihn! Und es wird kein angenehmer Tod sein, den er sterben wird!«

Selbst Lucia, sonst mehr als entschieden gegen derartige Rachezüge, erhob diesmal keine Einwände.

Sein Versprechen wahr zu machen erwies sich für Tarquinius freilich als weitaus schwieriger, als er sich das offensichtlich gedacht hatte.

Natürlich hatte unser Freund gehofft, das schändende und mordende Ungeheuer demnächst in einer Arena vor die Klingen zu bekommen und mit ihm entsprechend abrechnen zu können.

Doch Germanicus stolzierte unbehelligt in Capua herum, war dort einer der angesehensten *Primi Pali* und hatte sich, wenn er, was ohnehin überraschend selten geschah, in eine Arena trat, als *Crupellarius* eingepanzert. Die Hörner auf seinem Helm hatte er allerdings beibehalten – freilich waren diese wohl inzwischen metallverstärkt, denn bei Spielen in Ancona Ende jenes Jahres hatte er mit ihnen seinen Gegner zum Gaudium des Pöbels buchstäblich zu Tode gestochen …

Tarquinius war bereit, auch noch im letzten Provinznest und ohne jegliches Honorar gegen Germanicus anzutreten, doch Hercules Maxissimus »Knackkiefer« wusste dies konsequent zu verhindern – offenbar ein Teil jenes Vertrages, den Germanicus mit Ludus Julianus geschlossen hatte.

So verging über ein Jahr, ohne dass sich in dieser Sache etwas Neues getan hätte.

Aurius und Leo schlugen zwar mehrfach vor, Germanicus einfach zu entführen und nach »Licatier-Art« zu behandeln, doch Tarquinius wollte davon nichts wissen. »Wir kriegen ihn schon noch! Drängt also die Götter nicht!«, pflegte er dann zu sagen und setzte sein Aplu-Lächeln auf.

Das hinderte Aurius und Leo freilich nicht, Germanicus nach und nach das Leben zur Hölle zu machen. Wann immer sie Zeit fanden, ritten sie, oftmals begleitet von Monophthalmos, Mauritius und Pictus, sogar von Purpureus und Rattus, nach Capua, stolzierten auf dem Forum umher oder schwangen in den Tavernen bedrohliche Reden, während Mauritius mit seinem Krummdolch spielte. Vor allem Rattus leistete hier Bemerkenswertes: Wenn er sein finsterstes Bandenmitglied-Gesicht aufsetzte, gedankenverloren ein Messer auf seinem Handballen schliff und mit den anderen »Geheimzeichen« austauschte, dann wurde es selbst den bravsten Bürgern unwohl in ihrer Haut. Fast noch schlimmer war, wenn sie ungemein »unauffällig« rund um Ludus Julianus in irgendwelchen Büschen herumkrochen und Möglichkeiten zum Eindringen in die Schule »ausspähten«, mit dem Resultat, dass Germanicus es nicht mehr wagte, einen Fuß vor das Tor der Kaserne zu setzen, es sei denn, er war von einer mindestens zwanzig Mann starken Leibwache umringt.

Natürlich beschwerte sich Hercules Maxissimus über dieses Treiben, erschien eines Tages sogar höchstpersönlich in Felix Felix. Er musste sich allerdings sagen lassen, dass man zum einen freien Männern nicht vorschreiben könne, wie sie ihre Freizeit gestalten, allzumal sie ja nichts Gesetzwidriges täten. Zum anderen, dass Ludus Julianus ja keinen Kinderschänder und Mörder in seinen Mauern zu beherbergen brauche. Und schließlich, dass »Knackkiefer« dieses Subjekt nur zu einem ehrlichen Kampf gegen Tarquinius in die Arena schicken müsse, wenn derlei Belästigungen aufhören sollten!

Ansonsten gingen die Zeit und das Leben in Felix Felix ihren gewohnten Gang: Unsere Männer sammelten bei verschiedensten Spielen, auch caesarischen in Roma, Trophäen ein. Auch war es zwei unserer *Secundi Pali* gelungen, in die seit der Flucht von Germanicus schon wieder recht klein gewordene Gruppe der *Primi Pali* aufzurücken: Einem kleinen, quirligen Kerlchen, das als *Retiarius* mit Netz und Dreizack kämpfte, in der Arena herumsprang wie ein Floh und folgerichtig *Pulex* hieß. Und *Aries*, dem »Widder«, genannt nach den Mauerbrechern der Armee, einem

Koloss von einem Mann, der zwar nicht übermäßig intelligent war, aber als *Murmillo* mit Kraft und Masse schlicht jeden Gegner überrollte.

Im Winter jenes Jahres wurde ich erneut krank. Mein rechter Beinstumpf musste nochmals, bis zur Mitte des Oberschenkels, gekürzt werden. Es war noch schlimmer als in Augusta Vindelicum …

Doch ich bin zäh! Und Mitte des Jahres 828 *ab urbe condita* war ich wieder so weit hergestellt – sofern man davon bei mir überhaupt sprechen kann –, dass ich sogar wieder unsere Thermen besuchen konnte.

Die Thermen …

Sie sind generell ein merkwürdiger Ort! Und selbstverständlich damit auch jene von Felix Felix, die Tarquinius erst in letzter Zeit hatte ausbauen lassen.

Wenn man, im Waschraum von den Dienern mit etlichen Kübeln Wasser überschüttet, mit Schabern und Bimsstein von Schmutz und Schweiß des Tages gründlich gereinigt, den Hauptraum mit seinen lauwarmen bis heißen Wasserbecken betritt – dank unseres heißen Untergrunds gibt es kein wirklich kühles Becken –, dann kommt man in eine andere Welt. Man lacht, scherzt, flirtet oder philosophiert gelegentlich, erholt sich und lässt ganz einfach die Seele baumeln. Einige schwitzen mit hochroten Köpfen im Dampfbad, andere lassen sich von kundigen Händen massieren, einige Ehrgeizlinge versuchen sich im kühlsten der Becken damit zu übertrumpfen, dass sie die schnellsten Bahnen schwimmen, und die Mehrzahl genießt es einfach teils im, teils außerhalb des Wassers – oder irgendwo dazwischen – belanglos zu plaudern und die Sorgen des Alltags zu vergessen.

Wie schon früher gesagt, schwimme ich nach wie vor leidenschaftlich gern, freilich eher im Meer als in einem allzu gebändigten Planschbecken. Trotzdem trugen mich Fix und Fax tagtäglich in die Therme – mein Rollenstuhl wäre dort wahrlich verfehlt – und legten mich gewöhnlich im flachen Teil des mittelwarmen

Beckens ab, ehe sie ihren eigenen Vergnügungen nachgingen, die sich inzwischen hauptsächlich mit meiner »kleinen« Schwester Amra beschäftigten. Und ich schwätzte und lachte mit Nachbarn, die ich sonst kaum zu Gesicht bekommen würde. Ich hörte mir die Sorgen einiger Junggladiatoren an. Ich erzählte Anekdoten aus jener Zeit, als ich noch ebenso jung und unversehrt war wie diese. Tarquinius setzte sich eine Weile neben mich und berichtete begeistert von einem fast fünfhundert Jahre alten Originalmanuskript des sophistischen Philosophen Hippias von Elis über die Unabhängigkeit des Menschen von seiner Umgebung, das ihm zu erwerben gelungen sei. Pictus erzählte mir die neuesten seiner Witze: »Kommt ein Gladiator in die Arena, nimmt seinen Kopf ab und stellt ihn vor die Ehrenloge, ehe er sich in die Mitte des Ovals zum Kampf begibt. Als ihn sein Gegner fragt, was denn das soll, meint er: ›Dann versuche doch mal eine *Jugulatio*!‹«, oder: »Treffen sich ein Gespenst und ein Gladiator. Fragt das Gespenst: ›Was ist der Unterschied zwischen uns?‹ Der Gladiator ist ahnungslos. ›Ganz einfach‹, sagt das Gespenst: ›Keiner! Du weißt es nur noch nicht!‹« Nun ja, für den Humor von Pictus muss man wohl eine ganz besondere Ader haben. Digna, längst eine ebenso begeisterte Wasserratte wie ich, tauchte kurz vor mir auf, sah nach, ob alles in Ordnung war. Ich machte der dicken Olympia, die schon wieder einmal sichtbar schwanger war, ein Kompliment. Oder ich döste mit wohlig geschlossenen Augen ganz einfach ein bisschen vor mich hin …

Die Thermen sind wahrhaft ein merkwürdiger Ort! Nacktheit, den Griechen so selbstverständlich, ist den Römern bekanntlich mehr als suspekt und im Zweifelsfall Ausdruck von Dekadenz und »Verderbtheit«. Die Römer haben die Thermen zwar nicht erfunden – das waren, zumindest laut Tarquinius, die Etrusker –, doch wo immer Römer hinkommen, sind nach umwallten Militärlagern die Thermen das Erste, was sie errichten – selbst im kleinen Abodiacum meiner Kindheit. Und in diesen Bädern hat offenbar auch der puritanischste Römer kein Problem mit Nacktheit!

In den Thermen von Felix Felix gibt es eine eingespielte Zweiteilung: die Frauen am Nachmittag, die Männer gegen Abend.

Das hat freilich nicht das Mindeste mit irgendwelcher Prüderie zu tun. Wenn gegen Abend, nach Ende ihres Trainings, die Kämpfer der Schule die Thermen stürmen, dann kann es, trotz der neuen Ausbauten, ganz schön eng werden. So zieht es die Mehrheit der Dorfbewohner ganz einfach vor, früher am Tag die Thermen aufzusuchen. Männer hier, beispielsweise Telemachos, der abends seine Gäste versorgen muss, oder Frauen da wie Drusilla und Pia, die einen »Männertag« absolvieren wie seinerzeit auch Leoparda, sind dabei völlig normal.

Am meisten hat mich diese römische Bewusstseinsspaltung, was das Leben inner- und außerhalb der Thermen anbelangt, bei Lucia verblüfft. Ich weiß noch zu gut, wie sie sich beim Brand von Roma geziert hatte, ihr langes, der Situation wirklich unangemessenes Kleid gegen »unzüchtige« Männerhosen zu tauschen. Und natürlich hatte sie, in Felix Felix angekommen, gefragt, ob es eine spezielle *Frauen*-Therme gäbe. Doch als Tarquinius dies verneinte, hatte sie nicht die mindesten Probleme, splitternackt zwischen Dutzenden ebenso nackter Kerle zu schwimmen oder herumzulaufen. Wenn dann einer davon eine Bemerkung über ihre immer noch straffen Brüste oder ihren knackigen Po machte, dann lachte sie – nur ein paar Schritte weiter, außerhalb der Therme und züchtig gekleidet, würde sich der Mann zumindest eine schallende Ohrfeige einhandeln!

Ihr, edler Herr Caecilius Plinius, kennt das seit Kindestagen. Mich, den »Barbaren«, verblüfft dies manchmal auch noch nach über zwanzig »römischen« Jahren!

Weshalb ich dies überhaupt erwähne?

Weil sich im Spätherbst 828 meine damals zehnjährige Tochter Lucia Parvula vor mir aufbaute, sich vor mir hin und her drehte, als sei ich der legendäre Trojaner Paris, dem zugemutet wurde, den Schönheitspreis zwischen den wettstreitenden Göttinnen Juno, Minerva und Venus zu vergeben.

»Bin ich schön?«, forderte sie energisch zu wissen.

Kinder sind, zumeist wohl, »niedlich«. Junge Erwachsene, wenigstens gelegentlich, tatsächlich »schön«. Aber wie drückt man das bei einer Altersgruppe zwischen Kind und Jungerwachsenem aus? Was für ein Wort benützt man da?

Natürlich habe ich meine jüngste Tochter tausendmal auch nackt gesehen, doch nach dieser eindeutigen Aufforderung betrachtete ich sie erstmals mit »Männeraugen«. Und das, was ich da sah, war unbestreitbar wohlgefällig:

Parvula war groß und, wenn sie voll ausgewachsen war, würde sie gar noch ein gutes Stück größer sein – *zu* groß für eine Frau nach römischen Idealen? Das war ohne Zweifel ein Erbteil ihrer Eltern, denn ich bin nun wahrlich kein Zwerg, und Digna ist fast genau so groß wie ich.

Die schier endlos langen Beine, die schmalen Hüften und das kleine, knackige Hinterteil hatte Parvula ohne jeden Zweifel von ihrer Mutter geerbt. Ihr Bauch war flach wie ein Brett und würde sich auch in Zukunft kaum nennenswert wölben, so sie nicht den Ehrgeiz hatte, wie Olympia Jahr für Jahr ein Kind zu bekommen. Ihre Brüste waren natürlich noch kaum erwähnenswerte Hügelchen. Wenn ich an Digna dachte, so würden diese einmal vielleicht nicht allzu üppig, jedoch ausgesprochen delikat sein. Schultern und Arme waren für ein Mädchen überraschend kräftig. »Ich will nicht Leoparda nacheifern«, sagte Parvula. »Aber selbst kräftemäßig einem Mann Paroli bieten zu können kann doch wohl kein Schaden sein …«. Über einem langen, schlanken Hals saß ein katzengleich dreieckiges Gesicht mit kleinem, festem Kinn und einem großzügigen, volllippigen, aber keineswegs weichlichen Mund. Eine möglicherweise zu große, schmale, von Stirn bis Nasenspitze ausgesprochen »griechische« Nase stand zwischen dunkelblauen großen Augen mit langen Wimpern und fein gezogenen Augenbrauenbögen unter einer klaren Stirn. Die lässig zu einem kleinen Pferdeschwanz zurückgekämmten Haare waren dunkelbraun. Noch hatte sie die Schlaksigkeit eines Fohlens, das allerdings bereits die vollendeten Formen eines kostbaren Pferdes durchscheinen lässt.

»Ja, du bist schön, Mädchen! Und wenn du ganz ausgewachsen bist, wirst du vermutlich noch schöner sein!«

»Das ist gut so!«, seufzte Parvula beruhigt. Dann kauerte sie sich neben mich, um nicht so laut sprechen zu müssen, und fragte: »Und wann kann ich heiraten?«

»Also damit wirst du dir sicher noch drei, eher vier Jahre Zeit lassen müssen – mindestens!«

Parvula zog einen Schmollmund.

»Wer ist denn der Glückliche?«, fragte ich.

Meine kleine Tochter starrte mich an, als sei ihr eben klar geworden, dass ich mein letztes Restchen an Verstand verloren habe.

»Natürlich Lucius – wer denn sonst? Hat nicht das Orakel von Dodona schon etwas von ›Licht zu Licht‹, ›Lucius zu Lucia‹ gesagt?«

Woher wusste sie *das* eigentlich? Ich wollte selbstverständlich nicht ihre Mädchenträume brutal zerstören, doch ich musste einwenden:

»Dir ist hoffentlich klar, dass Lucius fast doppelt so alt ist wie du?«

»Na und?«, meinte Parvula und ergänzte altklug: »Männer sind schließlich bis ins hohe Greisenalter zeugungsfähig!« – Als »Greis« würde ich Lucius allerdings wohl kaum bezeichnen! – »Bei uns Frauen ist dies allerdings wohl etwas anderes, es sei denn man ist Olympia …«

Jetzt hatte ich wirklich Schwierigkeiten, mir ein Grinsen zu verkneifen …

Parvula seufzte nochmals, offenbar in ihr Schicksal ergeben. Im Aufstehen befahl sie mir dann freilich streng:

»Pass auf Lucius auf, dass er nicht inzwischen noch einmal solch ein hochnäsiges Dummhuhn heiratet wie jenes, von der er sich gerade erst wieder hat für viel Geld scheiden lassen! Sag ihm, dass ich hübsch bin! Und auch, dass ich jeden Tag viele Stunden in den Schreibstuben von Tarquinius verbringe, Griechisch, Ägyptisch, Hebräisch und noch etliche andere seltsame Sprachen büffle. Vertrocknete Philosophen, interessante Dichter und Historiker ebenso wie langweilige Städte- und Landschaftenbeschreiber lese. Mit einem Stift mir unverständliche Schriftzeichen säuberlich auf Wachstafeln kratze. Und das alles nur, um ihm einmal eine würdige Gemahlin zu sein!«

Dann sprang Parvula auf und hechtete, ohne meine Antwort abzuwarten, Hände und Kopf voran, mit einen kühnen Sprung und fast ohne zu spritzen in das große Schwimmbecken …

Telemachos hatte immer wieder von einem Fluch gesprochen, der Felix Felix und ganz besonders mich und ihn treffe!

Ich zweifle, wie ich früher schon sagte, im Prinzip nicht an »Flüchen«. Doch die Vorstellung, selber von derlei betroffen zu sein, wies ich, vermutlich genau deshalb, vehement zurück! Ich war doch kein abergläubisches Marktweib! Wie konnte es mir oder Felix Felix schaden, wenn irgendwo irgendwer bei Neumond irgendwelche geheimnisvollen Kräutlein zupfte und sie unter Abmurmeln irgendwelcher dummer Sprüche in einem Kessel kochte oder wie dergleichen Riten sonst vollzogen werden mochten? Ja, über Felix Felix hing immer noch letztlich ungeklärt die dunkle Rauchwolke des Knabenschänders und -mörders, eifrig geschürt von den Leuten aus Ludus Julianus, obwohl die mittlerweile doch am besten wissen mussten, wer dafür verantwortlich war. Auch gab es immer wieder allerlei Unglücksfälle im Dorf und auf den Gütern – halbe Herden verreckten an einer unbekannten Tierseuche, ein Schlachter stolperte und fiel in sein eigenes Messer, zwei Fischerboote gingen eines Nachts bei eigentlich gutem Wetter mit Mann und Maus unter, Insekten fielen über die Weinberge her und vernichteten einen Großteil der Ernte, bei einem Brand sanken acht Häuser des Dorfes und etliche Ställe und Scheunen in Schutt und Asche, ehe die Flammen gelöscht werden konnten – aber alles Dinge, die, wenn vielleicht auch nicht gerade in dieser Häufung, durchaus eben vorkommen konnten.

Meine schweren Krankheiten? Nun, ich war seit vielen Jahren nicht »gesund«, und es war eher erstaunlich, dass ich dies bislang so relativ gut überstanden hatte.

Im Winter überzog eine bösartige Erkältung Felix Felix und hinterließ sechzehn Tote, zumeist ältere Menschen, aber ausgerechnet bei Telemachos starben nicht nur drei seiner Kinder, sondern auch die gute, dicke Olympia!

Aber wer sollte uns derart hartnäckig mit irgendeinem »Fluch« verfolgen?

Es gibt Feste, an denen man teilnehmen muss, obwohl man genau weiß, dass man dort fast nur Leute trifft, welchen man am liebsten in ganz weitem Bogen aus dem Weg geht.

Solch eine Festivität wurde Anfang März zum Jahreswechsel 828/829 anlässlich des einhundertfünfundzwanzigjährigen Bestehens der Gladiatorenschule Ludus Julianus in Capua gegeben.

Wirtschaftlich ging es der Kaserne nicht wirklich gut, wie wir wussten. Und vermutlich genau aus diesem Grund stellten Knackkiefer und seine Mannen eine einwöchige Feier auf die Beine, die sich wahrlich sehen lassen konnte und zu der jedwede echte und weniger echte Prominenz aus ganz Italia nebst angrenzenden Provinzen geladen war. Sogar Caesar Vespasianus mit seinen Söhnen Titus und Domitianus Flavius hatte für einen Tag ihr Erscheinen zugesagt.

Als wir – Tarquinius und ich mit unseren Frauen sowie unseren nunmehr sieben *Primi Pali* nebst Begleitmannschaft – in Capua einritten und im besten Haus am Platz das Quartier bezogen, das Knackkiefer für uns reserviert hatte, waren wir durchweg beeindruckt. Die Fassaden der Häuser waren mit Teppichen und bunten Tüchern geschmückt, überall »Triumphbögen« aus Blumengirlanden, an den Leinen kreuz und quer über den Straßen wedelten – nicht wie normalerweise trocknende Wäsche – Fähnchen in den Wappenfarben des Ludus. Musikanten spielten an allen Straßenecken auf. In den Tavernen und den zahllosen, hastig aufgeschlagenen Würstchen-, Grillfisch- und Weinbuden gab es kostenlos Speis und Trank – zumindest dann, wenn man jene eigens zu diesem Anlass geschlagene und nur an Prominente vergebene Kupfermünze vorweisen konnte, die auswies, dass man ein »geladener« Gast war und die Rechnung abzeichnete oder siegelte, damit der Wirt diese später zur Begleichung beim Ludus einreichen konnte.

Natürlich gab es an jedem Tag Spiele – eine für Kenner eher

kümmerliche Angelegenheit, bei der vor allem überschüssige Gladiatoren aufgebraucht wurden. Nur an jenem Tag, als Caesar mit seinen Söhnen Ludus Julianus mit seiner Anwesenheit beehrte, wurde echt Qualität geboten.

Das Ganze wäre nicht der Erwähnung wert, edler Herr Caecilius Plinius, wären wir dort nicht unserem »Fluch« begegnet.

In lang nachschleifenden, mit kostbarem Purpur gefärbten und mit Gold und Silberfäden in geheimnisvollen Zeichen bestickten Gewändern, begleitet von einem Dutzend schwer bewaffneter Sklaven, schlurfte die Frau die Straße zur Kaserne hinauf.

Dann, als hätte sie unseren Blick im Rücken gespürt, fuhr sie herum, schob ihre Bewacher zur Seite und kam direkt auf mich zu.

Der sinnliche, jetzt hassverzerrte Mund, die immer noch fast farblos grauen, trotzdem intensiv funkelnden Augen.

»Haica! Ich dachte, du bist tot …«

Sie kicherte. Ein schreckliches Geräusch!

»Das dachten jene auch, als sie mich nach der Geißelung auf dem Forum liegen ließen, meinen Körper dann mit Fleischerhaken zum Tiberis schleiften und mich schließlich ins Wasser warfen. Aber ich bin sehr lebendig, wie du siehst, Scorpio! Und ich werde noch sehr lebendig sein, wenn ihr, du und all deine Freunde, längst tot seid! Und dann werde ich auf euren Gräbern sitzen und lachen!«

Obwohl Haica mir ihren Hass förmlich ins Gesicht spie, blieb ich gelassen.

»Warum?«, fragte ich nur.

»Weil du und deine Freunde mein Leben zerstört haben!«, geiferte sie. »Wenn du oder einer der anderen mich damals geheiratet hätte, dann wäre ich heute eine glückliche Hausfrau mit einer Schar von Kindern und Enkeln! So aber musste ich Vitellius treffen, dieses fette, widerliche Schwein! Auch er wollte mich letztlich nicht heiraten, und dafür haben sie ihn elend umgebracht! Mir haben sie für die paar Wochen, die ich Augusta spielen durfte, das Fleisch in Fetzen gegeißelt und versucht, mich zu ertränken! Aber ich lebe! Und ich werde euch gnadenlos mit meinen Flüchen quälen! Und dann werdet ihr elend verrecken wie dieser Versager Vitellius! Und ich werde mich an eurem Elend weiden und lachen!«

Es war seltsam. Während Haica ihr Gift und ihre Gemeinheiten verspritzte, wurde ich selber immer ruhiger. Da standen Tarquinius und Lucia neben mir, Digna, Lucius und meine Trägerzwillinge. Was hatten wir mit dieser geifernden Frau zu tun? *Nichts!* Es war, als stiege eine unsichtbare Wand zwischen uns und Haica auf, an der all ihre Flüche und ihr Hass wirkungslos abprallten.

»Du warst immer schon eine schlechte Prophetin, Haica«, sagte ich nur noch, »und offenbar bist du im Lauf der Jahre keine bessere geworden …«

Dann wandten wir uns ab und verließen den Platz.

Vier Monate nach dem Fest von Ludus Julianus zu Capua erhängte sich Haica mit einem Strick.

Und diesmal war sie wirklich tot!

Wir aber – ich, meine Freunde und all jene, die mir nahe standen – lebten! Haica lachte nicht auf unseren Gräbern, wie sie es angekündigt hatte.

Sie war in der Tat zeitlebens eine miserable Prophetin …

Mir aber ging es durch den Kopf:

War sie immer nur eine eitle Schwindlerin gewesen, die kurzfristigen Aufstieg und endgültigen Niedergang nicht ertragen wollte?

War sie letztlich nur ein Dummchen, das zu viel gewollt und zu wenig erreicht hatte? Ich habe seinerzeit nicht einmal etliche Nächte mit ihr geschlafen wie Telemachos und andere wohl auch – Nächte, die vermutlich nicht einmal die langweiligsten in deren Leben gewesen waren. Doch mehr, gar eine Ehe, waren weder für meine Freunde noch mich vorstellbar. Wir wollten schließlich nicht unser Leben mit einer auch damals schon Gift spuckenden »Pythia« verbringen! Die Wunschrolle des artigen

Hausmütterchens war ohnehin reichlich absurd für jeden, der sie auch nur flüchtig kannte!

Außer einem sanften Mitleid regte sich bei dieser Nachricht darum nichts in mir.

Friede also ihrer Asche, und mögen die Götter, oder wer sonst da zuständig ist, nicht allzu hart mit ihr ins Gericht gehen und ihr trotz aller Bosheit gnädig sein.

Tatsächlich ereigneten sich in Felix Felix seither keine Unglücksfälle mehr, die letztlich nicht auch ganz normal erklärt werden konnten.

Tarquinius meinte, das Gefährlichste an einem Fluch sei, wenn man sich vor ihm fürchte.

Telemachos verkündete überall, dies sei vor allem Lucia zuzuschreiben! Vielleicht hatte er damit nicht einmal so Unrecht, denn Lucia hatte uns in ihrer ruhigen, klaren Art und ihrer nicht lauthals propagierten, sondern gelebten Christani-Lehre bewusst gemacht, dass es weit klüger war, nicht Hass mit Hass zu beantworten, sondern sich abzuwenden und das Böse sich selber zu überlassen; denn, so meinte sie, ohne konkretes Ziel fresse sich dieses über kürzer oder länger selber auf.

Die Bewohner des Dorfes und die Männer der Schule hatten Lucia immer schon ob ihrer Freundlichkeit und Hilfsbereitschaft geschätzt. Jetzt wurde sie, je nach Glaubensrichtung, als eine »Göttin« oder »Heilige« verehrt – was Lucia sichtlich peinlich war! Nicht peinlich war ihr, dass offenkundig nicht zuletzt durch die entsprechenden Reden von Telemachos die Gemeinde der Christiani in Felix Felix stetig wuchs.

Bato zog schließlich fest als ihr »Priester« hierher, denn wer konnte unsere Leute besser verstehen als dieser Ex-*Murmillo*?

Vor noch nicht langer Zeit drückte mir Bato, als wir wieder einmal zusammensaßen, dann ein dünnes Bleitäfelchen zum Lesen in die Hand. Es war jenes Täfelchen aus Dodona, das er seinerzeit als völligen Blödsinn abgelehnt hatte und auf dem jedoch in Stichworten genau der Weg verzeichnet war, den er seither ging …

»Wieso konnten heidnische Götter – allzumal der heidnische Gott Jupiter –, das Rauschen der Eiche von Dodona oder auch nur die Pythia damals dies wissen?«, fragte er.

»Weil die ›Götter‹ aus Roma, Hellas, Aegyptus oder woher sonst, die ›Elohim‹ der Juden und die ›Angeloi‹ der Christiani vielleicht ganz einfach letztlich die gleichen sind?«, fragte ich dagegen.

Natürlich akzeptierte Bato dies nicht!

Doch mag es nicht trotzdem so sein?

LUDUS XVIII

Auf der Mauer

Hoplomachus und Hoplomacha

April des Jahres 829 bis August des Jahres 832 *ab urbe condita.*
Im 8. bis 10. Regierungsjahr des erhabenen Caesars Vespasianus
und 1. Regierungsjahr des erhabenen Caesars Titus.
(75 bis 79 n. Chr.)

In den letzten rund 15 Jahren seit dem großen Erdbeben hatte sich in Pompeii nicht allzu viel verändert.

Das heißt: Im privaten Bereich, also an den Luxusvillen, den bürgerlichen Wohnhäusern, den Geschäften und Handelskontoren, den Tavernen und Bordellen war längst keine Spur der damaligen Katastrophe mehr zu bemerken.

Um so schäbiger sah es mit den öffentlichen Gebäuden aus: Die Arena, die alten Thermen nordwestlich des Forums und das Gymnasium vor dem großen Theater hatte man sofort nach dem Beben wieder instand gesetzt. Der Isistempel, privat finanziert, erstrahlte ebenfalls längst wieder in altem Glanz. Die großen neuen Thermen und die Stabianer Thermen, beide mitten in der Stadt an der Via Stabiana gelegen, gingen immerhin ihrer Vollendung entgegen. Das »gedeckte« kleine Theater hatte zwar immer noch kein neues Dach, war aber wieder voll bespielbar, während am großen Theater eher lustlos herumgeklopft wurde, da sich die Stadtväter fragten, ob derart viel »Kultur« denn überhaupt nötig und sinnvoll sei.

Den großen Wasserturm bei der Porta Vesuviana hatte man seinerzeit schleunigst wieder aufgebaut, doch die Wasserversorgung durch die unterirdisch verlegten Bleiröhren funktionierte immer noch nicht zuverlässig. Die nördlichen Stadtteile hatten wieder ausreichend frisches Trinkwasser, auch die südlichen »auf der Mauer«, wo die wirklich Reichen wohnten. Im Rest des Stadtgebietes war es eher dem Zufall überlassen, ob das Beben die Rohre zerstört hatte oder nicht …

Den Tempel des Apollo, der schließlich Schutzherr der Stadt war, hatte man mittlerweile weitgehend restauriert, dafür war am Tempel der Venus, einst weithin sichtbares Wahrzeichen Pompeiis, bislang nur wenig geschehen. Von den einst drei Tempeln zur Verehrung der göttlichen Caesaren der *Gens Julia-Claudia* und deren Familien war nur einer halbwegs zusammengeflickt und für die nun regierende *Gens Flavia* umgewidmet worden.

Und eine schlichte Schande war das Forum, eigentlich Mittelpunkt des politisch-wirtschaftlichen Geschehens einer Stadt! Die einst so eleganten, mit schlanken Säulen und Statuen geschmückten doppelstöckigen Arkaden nebst der Basilica, wo Recht gesprochen wurde, der Jupiter-Tempel im Norden und die Magistratsgebäude im Süden sahen immer noch so aus wie wenige Wochen nach dem »Zucken der Giganten« – man hatte zwar die Trümmer weggeräumt, doch auch nicht mehr getan. Mittlerweile war das »Herz von Pompeii« eine mehr oder minder wirre Ansammlung von hölzernen Verschlägen und Ständen, einst in der Not provisorisch aufgeschlagen, inzwischen freilich längst feste Einrichtungen …

Natürlich gab es für all dies plausible Gründe:

Caesar Nero hatte einst für den Wideraufbau der Stadt sogar gesungen! Die dabei eingegangen Gelder waren allerdings großteils in den Taschen der »Offiziellen« – nicht zuletzt seinen eigenen – versickert.

Dann war mit den Caesaren Galba, Otho und Vitellius das totale Chaos ausgebrochen.

Und Caesar Vespasianus – zwar nicht geizig, doch unerschütterlich sparsam – befand, dass Staatsgelder nicht für etwas eingesetzt werden müssten, wofür die »Communitas«, die Gemeinschaft aller Bürger zuständig sei!

»Wenn ihr«, so soll er zu den Stadtoberen gesagt haben, »mehr ausgebt als einnehmt, so sollte man euch aus euren Ämtern jagen, weil ihr offenkundig dort fehl am Platz seid! Katastrophen können geschehen – und ich bin der Letzte, der da nicht zu helfen bereit ist! Aber kommt mir nicht wimmernd angekrochen mit einem Problem, das ihr schon vor mindestens einem Jahrzehnt hättet in den Griff bekommen müssen! Gebt eure Hilfe jenen, die wahrlich bereit sind, sich wider alle Schicksalsschläge und auch eigene Fehler erneut hochzurappeln – und nehmt es jenen Faulen weg, die nur nach ›Brot und Spielen‹ plärren!«

Doch so jämmerlich das »offizielle« Pompeii war, dem »bürgerlichen« Teil der Stadt ging es unbestreitbar gut, und die Wohlhabenden und Reichen hatten über der unter Diktator Sulla teilweise geschleiften und abgetragenen, dann dahinter aufgeschütteten Südmauer der Stadt, mit von ihren Terrassen aus ungehindertem Blick über den Sinus Cumanus, eine traumhaft schöne – wenn auch traumhaft teure – Bleibe gefunden.

Felix Felix besaß unterdessen zwei Häuser in Pompeii: das alte, erwiesen erdbebensichere, nahe der Porta Stabiana, verwaltet vom Ex-*Hoplomachus* Maurus und seiner Familie, wo unsere *Secundi* und auch *Primi Pali* abzusteigen pflegten, wenn sie nach Pompeii kamen.

Die Villa *sursum muro*, das Haus auf der Mauer, gehörte zwar genau genommen ihm persönlich, doch Tarquinius machte da keinen so genauen Unterschied, wenn es um Verwandte wie seinen Schwiegervater, Herrn Senator Octavius Aurelius Priscus, oder Freunde wie mich und Digna oder Euren Vater, Herrn Gaius Plinius Caecilius, ging, wie Ihr wisst.

Seine Villa *sursum muro* hatte er zu einem wahren Schatzkästchen gemacht: Die hervorragendesten Maler hatten die Fresken der Wände gepinselt, erlesene Kunstwerke aus dem ganzen Imperium schmückten die Räume, sein Koch, ein unerschütterlich grinsender Aquitanier wäre eines Petronius Arbiter würdig gewesen, die kleine Bibliothek enthielt Abschriften der seltensten Manuskripte dieser Erde – und der Ausblick von der gemauerten Terrasse mit dem vielfarbigen Mosaikboden über den Sinus Cumanus von Surrentum über Capreae und Aenaria bis Misenum und Puteoli hinüber war zu jeder Tageszeit, sogar bei Sturm und Regen, einfach umwerfend schön!

Dabei hatte Tarquinius seiner über alles geliebten Lucia in der Villa »auf der Mauer« Rechnung getragen, denn es gab dort keine einzige Götterstatue, nicht die winzigste Götterabbildung! Und doch hatte er es verstanden, das Haus in erlesenstem, klassischem Geschmack auszustatten!

»Zeige mir einen Fehler, der dein Christiani-Empfinden beleidigt«, hatte er gesagt, als er erstmals Lucia herumführte, »und ich werde das Stück unverzüglich in Scherben schlagen lassen!«

Lucia liefen Tränen des Glücks über dieses Einfühlungsvermögen ihres Gatten über die Wangen – und zu beanstanden hatte sie wahrlich nichts!

Die Villa *sursum muro* wurde zu einem Tempel von Geschmack und Geist.

Unzweifelhaft war Herr Petronius Arbiter ein Vorbild, doch Tarquinius war viel zu klug, um jenem nur nacheifern zu wollen. So erschuf er für die Jahre, die ihm noch blieben, etwas ganz Eigenständiges und – so sage ich es ganz ehrlich – gewiss nicht weniger Wertvolles als unserer verstorbener Freund …

Ihr, edler Herr Plinius Caecilius, wart an jenen Symposien – vier im Jahr und auf die jeweilige Jahreszeit ausgerichtet –, welche Tarquinius in seinem Haus auf der Mauer gab, fast immer beteiligt.

Doch ehe ich auf jene zu sprechen komme, schnitt ein ganz anderes Thema in unser Leben.

»Wir haben ihn!«, triumphierte Tarquinius.

»Wen?«

»Knackkiefer«, Tarquinius nannte den leitenden Lanista von Ludus Julianus wegen seines überwuchtigen Unterkiefers schon lange nur noch so, »ihn und damit den Knabenschänder und -mörder Germanicus!«

Wenn das stimmte, dann war diese Nachricht nicht nur gut, dann war sie ganz einfach wunderbar, denn wie lange hatten wir alle auf diesen Tag gewartet und gehofft, dass er irgendwann doch noch kommen möge!

»Wie?«, fragte ich gespannt.

Tarquinius setzte sich neben mich und erklärte:

»Knackkiefer ist schon seit langem Mitglied des Mithraskultes. Er hat sich in den Einweihungen eher mühsam bis zur zweithöchsten Stufe des *Heliodromos*, des ›Sonnenläufers‹, hochgedient. Ich erinnere nur daran, dass Lucius das in kürzester Zeit geschafft hat, von Leoparda damals ganz zu schweigen. Und jetzt möchte Knackkiefer unbedingt *Pater*, also Höchstgeweihter, werden …«

»Und?«

»Um das zu schaffen, braucht er die Stimmen der *Patres* und die Mehrzahl der Stimmen der ›Sonnenläufer‹. Wenn Knackkiefer sie nicht allzu hoch besticht, dann ist mir die Stimme von *Pater* Adriana Ferra, der »Eisernen«, der Lanista der Schule von Brundisium, einer in jeder Weise bemerkenswerten Frau, sicher. Aber ich brauche noch mindestens zwei sichere Stimmen aus dem Rang der ›Sonnenläufer‹! Die von Lucius habe ich. Aber ich brauche noch eine weitere – *deine*!«

Der Antrag war mir entschieden unangenehm.

»Du hast mich früher schon zum Mithraskult zu bekehren versucht«, meinte ich, »und ich habe dir damals schon gesagt, dass das nicht meine Sache ist. Allein die Vorstellung der blutigen Ermordung eines Stieres, wie bei den Riten üblich, ist nun einmal nicht nach meinem Geschmack!«

Tarquinius winkte ab:

»Ich habe nicht gesagt, dass du dich zu Mithras bekehren sollst. Bei der bewussten Versammlung wird auch kein Stier geopfert werden – und wenn das Glaubensbekenntnis gesprochen wird, so musst du nicht einmal mitmurmeln, wenn dir das widerstrebt.

Ich werde dir die Zeichen – bestimmte Griffe beim Händeschütteln und entsprechenden Erkennungsworte der unteren Ränge – *Corvus*, der ›Rabe‹, *Cryphius*, der ›Verborgene‹, *Miles*, der ›Soldat‹, *Leo*, der ›Löwe‹, *Perses*, der ›Perser‹, und schließlich den des *Heliodromos*, des ›Sonnenläufers‹ – im Schnellverfahren beibringen. Dann wirst du in die üblichen Zeremonialgewänder gehüllt und mit den Insignien eines *Heliodromos* geschmückt dasitzen und im richtigen Augenblick deine Bedenken anmelden, dass Knackkiefer zum *Pater* berufen wird, obwohl er einen Mörder und Kinderschänder in seinem Ludus versteckt.«

»Muss ich das so verstehen«, fragte ich verblüfft, »dass du dein hohes geistliches Amt schamlos dazu ausnützen willst, um …«

»… Knackkiefer ein wenig zu erpressen?«, vollendete Tarquinius lächelnd den Satz. »Seinen Ehrgeiz gegen die Herausgabe eines Scheusals ausspielen? Oder einen Glaubensbruder nur wieder auf den moralisch richtigen Weg zurückführen? Nenne es wie du willst, Scorpio, aber genau das ist meine Absicht!«

Dann nahm Tarquinius ganz einfach meine Hand.

»Hast du die zwei kurzen Schläge mit dem kleinen Finger bemerkt? Das zugehörige Kennwort heißt ›Sommer‹. Antworte mit einem kurzen Druck deines Mittelfingers und baue in irgendeinen noch so blödsinnigen Satz das Wort ›Himmelsblau‹ ein – nicht ›himmelblau‹, sondern ›Himmelsblau‹! Damit wisst ihr beide, dass ihr ›Raben‹ seid, die niedrigste Einweihungsstufe des Mithras.

Solche Zeichen und Worte setzen sich weiter fort bis zum höchsten Grad. Weshalb, glaubst du, schütteln sich manche wildfremde Leute minutenlang die Hände, klopfen sich auf die Schultern, umarmen sich gar und schwätzen dabei völlig belangloses Zeug? Weil sie dadurch herauszubekommen versuchen, wer welchen Grad welcher Einweihung besitzt, was für weitere Gespräche und Verhandlungen durchaus von Wichtigkeit sein kann, und wer wem letztlich Anweisungen erteilen darf!

Und nun bitte das Zeichen für den ›Raben‹!«

Also gut: zweimal den kleinen Finger und »Sommer«?

»Bau den ›Sommer‹ in einen Satz ein! Du kannst nicht einfach ›Sommer‹ sagen. Rede irgendetwas vom letzten oder diesigen Sommer.«

Dann die Antwort: einmal Mittelfinger und »Das Himmelsblau war überwältigend!«.

Und umgekehrt.

Und weiter hinauf die Rangleiter der Mithrasleute. Tarquinius und Lucius drillten mich auf der Reise nach Roma unerbittlich, denn dies mochte die einzige kritische Prüfung meines Ranges als ›Sonnenläufer‹ und damit Mitglieds im zweithöchsten Range des Kultes werden.

»Und solltest du trotzdem irgendeinen Fehler machen, dann schiebe es auf deine gelähmten Beine. Sie könnten ja auch dein Gehirn gelähmt haben …«

»Danke!«, sagte ich nur. »Wie nachsichtig bist du doch mit einem alten Krüppel …«

Das Hauptheiligtum des Mithras in Roma liegt nur ein paar hundert Schritt weiter östlich jenes inzwischen beinahe vollendeten riesigen Amphitheatrum Flavium, an dem seit Jahren siebzigtausend Gefangene des jüdischen Krieges schufteten.

Grundstück und Haus, beide durchaus großzügig bemessen, gehören Herr Clemens Flavius, dem Bruder Caesars, einem freundlichen Herrn mit Halbglatze, Bäuchlein und dem verklärten Blick eines hoffnungslosen Idealisten – wie extrem unterschiedlich doch die Natur die Eigenschaften auch leiblicher Geschwister mitunter anordnet!

Dann schleppten mich zwei *Milites* – Uneingeweihten wie Fix und Fax war dies selbstverständlich untersagt – über steile Treppen und höchst beunruhigend wackelnd und schwankend hinab in den Kultraum. Immerhin würde man ganz gewiss über diese steilen Stufen keinen Opferstier hinabbringen können, tröstete ich mich.

Der Raum war überraschend klein, jedoch von Hunderten von Wachskerzen und Öllampen erleuchtet. An seiner Vorderseite stand ein Altar mit dem eingemeißelten Relief, auf dem der Gott, zeremoniell mit einem Bein auf dem Rücken des Tieres kniend, dem Stier sein schlankes Schwert in das Herz stößt, um mit dessen Blut die Welt zu entsühnen und zu weihen – und aus diesem Blut sprießen Ähren auf, die Erde verjüngend und erlösend durch die Tat des göttlichen Mithras.

Vor dem Altar standen die vier Sitze der augenblicklichen *Patres*, und dahinter der Sitz des *Pater Patrum*, des Allerhöchstgeweihten, den niemand kennt außer den *Patres* – und neuerdings auch Caesar, der ihn in seinem Amt bestätigen muss. Trotz verhüllenden Gesichtsschleiers, keines gesprochenen Wortes und allenfalls knapper Gesten war dies zweifellos Herr Clemens Flavius, der Hausherr und Caesarenbruder.

Ganz im Hintergrund erhob sich eine Statue des jungen Mithras, geboren in einer Höhle aus der jungfräulichen Erde.

Längsseits des Raumes waren Steinbänke aufgemauert und nun mit weichen Kissen ausgepolstert. Gekleidet in meine reinweiß und blutrote Robe, das Pectorale meiner Würde als *Heliodromos* auf der Brust, wurde ich von den *Milites* aus meinem Trage-Rollenstuhl gehoben und sorgsam, mit aller gebotenen Ehrfurcht, zwischen einen Berg weicher Kissen auf eine der Bänke gebettet.

Schnell füllten sich auch die Plätze mit den anderen ›Sonnenläufern‹. Die minderen Ränge verschwanden. Die vier *Patres* und der *Pater Patrum* nahmen auf ihren Sitzen Platz.

Mit *Pater* Adriana Ferra, – müsste man da nicht korrekt eigentlich ›*Patra*‹ sagen –, einer zierlichen Person mit erheblich mehr Temperament, als man hinter ihrer kühlen und beherrschten Fassade ahnen mochte, hatte ich schon zu tun gehabt. Ihre kleine Schule Homines ferreï, »Eisenmänner«, in Brundisium war ähnlich klein und elitär wie Felix Felix. Wir achteten uns und gingen uns, wo immer möglich, zur gegenseitigen Schadensbegrenzung in Arenen aus dem Weg. Sie begrüßte mich mit einem flüchtigen Kuss auf die Wange und einem verschwörerischen Augenzwinkern. *Pater* Sextus Cerealis, Legat der X. Legion »Fretensis« hier zu sehen überraschte mich nicht wirklich. Fast überschwänglich schüttelte er Lucius, seinem ehemaligen Tribun, die Hände, wobei er mit ihm zweifellos nochmals »Griffe« und »Worte« austauschte. Herr Larcius Lepidus, der Kommandeur der »alexandrinischen« V. Legion würde demnächst in Ruhestand gehen und ob Lucius nicht vielleicht eben doch Lust hätte, dessen Stelle einzunehmen …?

Auch unter den ›Sonnenläufern‹ kannte ich einige, manche besser, andere nur vom Sehen, durchweg jedoch Männer – und auch zwei Frauen –, die in der militärischen oder gladiatorischen, kurz also »kämpferischen« Szene, eine Rolle spielten. Die Begrüßungen waren betont herzlich und zwanglos und genau aus diesem Grund in Wahrheit zumeist reichlich gekünstelt und verkrampft.

Für einen Augenblick drückte mir Lucius, der rechts neben mir saß, beruhigend die Hand. Und wie gerne hätte ich jetzt auch Leoparda gespürt, die ja auch ein *Heliodromos* gewesen war! Sie hätte mir knallend auf meinen linken, noch vorhandenen Oberschenkel gehauen, mich angegrinst und mir vielleicht sogar einen Kuss auf mein linkes Ohr gegeben. Ich vermisste sie und werde sie wohl immer vermissen! Seit klar war, dass Leoparda ein »Kerl« war – und mit Kerlen habe ich nun einfach nichts im Sinn –, war sie einer der besten und treuesten Freunde meines Lebens gewesen …

Als sich der allgemeine Begrüßungstumult gelegt und alle ihre angemessenen Plätze eingenommen hatten, erhob sich *Pater* Claudianus, der derzeit älteste der *Patres*. Er war ein hagerer Strohhalm, und um seine Stirn trug er eine seidene Binde und über seiner goldbestickten Robe eine breite, purpurfarbene Stola.

Feierlich intonierte er das Glaubensbekenntnis – die einzige religiöse Zeremonie dieser Versammlung:

»Ich glaube an den einen Gott des Lichtes, der das Licht ist, das im Anfang war. Und dieses Licht ist Gott. Alles ist durch das Licht geworden, und ohne das Licht ist nichts geworden, was geworden ist. Geschieden ward das Licht von der Finsternis, und die Finsternis hat das Licht nicht begriffen.

Ich glaube an den Sohn des Lichts, geboren aus der jungfräulichen Erde: An Mithras glaube ich, den Mittler zwischen dem Licht und der Finsternis, die zum Licht werden soll. Und das Licht und der Geist des Lichtes und Mithras, der Mittler, sind eins.

Herabgestiegen ist Mithras, um unsertwillen das Blut zu vergießen im Zeichen des Stieres. Gekommen ist er, um den Tod zu bringen, in dem das Leben sich zeugt. Und die Zeugung und das Blut und Mithras, der Mittler, sind eins.«

Dieses Glaubensbekenntnis! – Habe ich nicht durchaus ähnliche Formulierungen bei den Christiani gehört?

Die Überzeugungen der Christiani und des Mithras waren

nicht nur irgendwie ähnlich, sie waren bis auf wenige, freilich essentielle Einzelheiten nahezu austauschbar.

War das der Grund, weshalb Tarquinius, trotz Lucia, am Mithras-Kult so unerschütterlich festhielt? Der gewaltlosen Lehre der Christiani konnte er sich als Lanista einer Gladiatorenschule zweifellos unmöglich anschließen. Allerdings durchaus Mithras, der generell das Gleiche verkündete, Kampf, Blut und Gewalt jedoch nicht generell verdammte ...

Eine Schale mit Broten wurde gesegnet und geweiht, dann ein Kelch mit Wein und an die Anwesenden als »Liebesmahl« herumgereicht, dass jeder davon esse und trinke – soviel mir bekannt ist, eine Zeremonie, die auch bei Christiani gepflegt wird ...

Als einer, dem ja nicht das »Taufwasser« der ersten Einweihungsstufe des Kultes über den Kopf geronnen war, zögerte ich Bruchteile von Sekunden. Ich aß und trank dann, nach einem strengen Blick von Tarquinius, aber doch.

Ich hatte dagegen Einspruch erhoben, mich als »Hochstapler« in die Runde der Geweihten des Mithras einzuschleichen, doch Tarquinius hatte mich beruhigt:

»Wenn es eine geistige Welt gibt, dann sind ihre Götter oder wie immer du sie nennen willst, letztlich die gleichen, und es ist egal, ob du sie Mithras, Aplu oder Epona nennst!«

Ganz so konnte und wollte ich dem zwar nicht zustimmen, denn da gab es zweifellos sogar ganz gewaltige Unterschiede!

Doch in diesem Fall tat ich, was von mir erwartet wurde ...

Dann endlich kam *Pater* Claudianus, der offiziell Älteste, zur Sache:

Der ›Sonnenläufer‹ Hercules Maxissimus aus Capua solle in den Stand des »*Paters*« erhoben werden.

Sofort erhob sich *Pater* Tarquinius von seinem Sitz. Die gut viertelstündige Lobrede, die er auf Knackkiefer hielt, war beeindruckend, so man nicht sehr feine Ohren für Ironie hatte. Doch am Ende stellte er unmissverständlich in den Raum, dass ein Mensch, der Schänder und Mörder schütze, bei »all seinen sonstig hervorragenden Eigenschaften und Verdiensten« einer derartigen Würde keinesfalls würdig sei!

»Unwürdig!«, brüllte Lucius theatralisch.

»Unwürdig!«, schloss ich mich sogleich, nicht nur erwünscht, sondern auch durchaus überzeugt, an.

Die übrigen ›Sonnenläufer‹ folgten weitgehend unserem Beispiel. Lucius und ich hatten sie, genau wie Tarquinius vorhersagte, auf unsere Seite gebracht – »Widersprich einem jungen Mann, und man wird das völlig normal finden. Aber die meisten Leute scheuen sich, einem – verzeih! – Krüppel zu widersprechen«, hatte Tarquinius gesagt, ein Phänomen, das auch mir schon öfter aufgefallen war und der Grund, weshalb er mich so unbedingt dabei haben wollte.

Auch *Pater* Adriana Ferra sprach sich unter diesen Umständen entschieden gegen einen »*Pater*« Hercules Maxissimus aus.

Den Ausschlag gab *Pater* Sextus Cerealis, der Knackkiefer anblaffte: »Bringt Euer Haus in Ordnung! Für Kinderschänder und -mörder samt jenen, die sie schützen, ist hier kein Platz!«

Herr Sextus Cerealis, Legat der X. Legion, meinte das grimmig ernst – dass er selber solche Leute bei der Eroberung von Jerusalem geduldet hatte, war offenkundig aus seinem Gedächtnis entschwunden.

Hercules Maxissimus warf sich vor den *Patres* und uns auf die Knie. Natürlich log er. Aber er log gut.

»Hätte ich gewusst …« – »Hätte ich geahnt …« – »Hätte mich jemand darauf aufmerksam gemacht!«, niemals hätte ein solcher Mensch die Schwelle von Ludus Julianus überschritten …!

»Gib ihn mir bei den nächsten Spielen!«, forderte Tarquinius kalt.

Nichts lieber als das würde er tun, versicherte Knackkiefer inbrünstig. Das Wo und Wie möge *Pater* Tarquinius nach Belieben bestimmen. Und er schwöre feierlich bei Mithras und allen anwesenden Zeugen, dass er …

Pater Claudianus, der Älteste, fasste das Ergebnis der Beratung zusammen: Der *Heliodromos* Hercules Maxissimus sei zweifelsfrei würdig und geeignet, in den Rang eines *Pater* erhoben zu werden, allerdings erst, wenn er sich von dem Scheusal Germanicus getrennt und diesen *Pater* Tarquinius in der Arena überantwortet habe!

Bei den nächsten caesarischen Spielen zu Roma Mitte Juli, zu welchen Tarquinius den Schänder-Mörder als Arenagegner angefordert hatte, wand und drehte sich Knackkiefer vor Verzweiflung:

Da hatte er einerseits einen bindenden Vertrag mit Germanicus, der ihn wohl am wenigsten scherte. Da war andererseits sein Aufstieg zum *Pater* des Mithraskultes, was ihm fraglos weit wichtiger war. Vor allem jedoch hatte er das Problem, wie er Germanicus, immerhin ein freier Gladiator, der selber mitbestimmen konnte, ausgerechnet gegen Tarquinius in eine Arena bekommen sollte.

Knackkiefer verfiel schließlich auf einen mit Felix Felix abgesprochenen Trick – noch vor Jahresfrist hätte er dergleichen ins Reich wirrer Fantasien abgeschoben:

Germanicus sollte gegen unseren einäugigen *Provocator* Monophthalmos nominiert werden, einen schwierigen, jedoch für einen *Crupellarius* zweifellos bezwingbaren Gegner. Monophthalmos würde dann – erst, wenn Germanicus in der Arena stand – von irgendeinem Unwohlsein befallen werden und Tarquinius als »Ersatzmann« auftreten.

Knackkiefer rang, als er uns diesen Vorschlag machte, sichtlich zwischen gesellschaftlichem Ehrgeiz und zu erwartender Demütigung seiner Kaserne durch die schmähliche Niederlage – und dass sie dies werden würde, daran ließ Tarquinius nicht den mindesten Zweifel – eines seiner Spitzengladiatoren. Natürlich behielt der Ehrgeiz die Oberhand, zumal ich ihn mehrfach in vorauseilendem Gehorsam mit »Pater«, »Erhabener« und einmal sogar mit »Heiligkeit« anredete. Und Tarquinius war ohnehin jeder Trick recht, um Germanicus vor seine Klingen zu bekommen.

Allerdings musste da auch noch eine formale Hürde überwunden werden:

Die Paarungen in der Arena auszuhandeln war allein Sache der Lanistae. Der Editor, der Veranstalter, konnte zwar Empfehlungen geben und Wünsche äußern, die in der Regel auch berücksichtigt wurden. Einen echten *Einfluss* hatte er jedoch nicht. Wenn dann allerdings die Liste stand und vom Editor genehmigt war, dann bedurfte jede Änderung – also auch die Aufstellung eines »Ersatzmannes« – seiner ausdrücklichen Zustimmung. Nicht auszudenken, was geschehen würde, wenn Germanicus feststellte, dass nicht Monophthalmos, sondern Tarquinius gegen ihn antreten sollte, er dagegen Einspruch erhob – das Recht hatte er als freier Gladiator – und diesem Einspruch stattgegeben wurde.

So baten Knackkiefer und ich bei Imperator Titus Flavius, der zusammen mit seinem Vater die Spiele ausrichtete, um eine Audienz. Eingedenk der guten Beziehungen von Tarquinius und mir zu seinem Vater, Caesar Vespasianus – und einem höchst vergnüglichen gemeinsamen Fest damals in Berytus –, wurde sie selbstverständlich gewährt.

Mit kurzen Worten erklärten wir die Sachlage. Knackkiefer wand sich zwar wieder mit Ausreden wie »nicht gewusst« und »nicht geahnt«, was ihm Herr Titus zweifellos nicht glaubte. Doch als der Imperator schallend loslachte und meinte, er würde liebend gern den Göttern das kostbarste Opfer darbringen, wenn sich die Intrigen am Hof nur ein einziges Mal mit so einer vernünftigen Sache beschäftigen würden, da war auch ihm sichtlich wohler.

»Und selbstverständlich werde ich Herrn Tarquinius als ›Ersatzmann‹ akzeptieren!«, versicherte Herr Titus Flavius. »Schon im eigensten Interesse: denn, so unwahrscheinlich das klingt, ich habe diesen seit langem als überragend gerühmten Herrn erst einmal in Caesarea in der Arena kämpfen sehen! Ich fiebere förmlich seinem Auftritt entgegen!«

Es wurde in der Tat ein denkwürdiger Auftritt. Ich kann nur hoffen, dass Imperator Titus Flavius seinen Spaß daran hatte!

14. Juli des Jahres 829 *ab urbe condita*. Letzter Tag der caesarischen Spiele im soeben neu eröffneten Amphitheatrum Flavium, im Volksmund »Colosseum« genannt.

Letzte Paarung und, wie üblich, absoluter Höhepunkt der *Gladiaturae*.

»Der *Crupellarius* Germanicus!«, brüllten die Arenasprecher, und jetzt hätte eigentlich die Nennung der Schule folgen müssen, für die er kämpfte, doch Knackkiefer hatte die Herolde beschworen – und vermutlich mehr als gut dafür bezahlt –, dass sie Ludus Julianus wenigstens dies ersparen möchten.

Während die Sprecher nun seine Siegespalmen und sogar Kränze aufzählten – in der Tat eine beeindruckende Auflistung – und das Arenaorchester einen Tusch schmetterte, stapfte Germanicus in das Sandoval.

Das Pöblikum reckte neugierig die Hälse. Einen *Crupellarius* bekommt man selten genug zu sehen, und Germanicus war ohne jeden Zweifel eine beeindruckende Erscheinung: Die Stahllamellen seiner Beinpanzerung reichten bis unter den Fell-Lendenschurz hinauf. Ebenso waren seine Schultern sowie Brust, Rücken und der rechte Arm gepanzert, sodass nur ein schmaler Streifen nackter Bauchhaut zwischen Gürtel und Oberkörperpanzerung frei blieb, den er mit seinem Schild decken musste. Am meisten Eindruck machte freilich sein schwerer, topfartiger Helm mit den vielen kleinen Sichtlöchern, der auf der Schulterpanzerung festgeschnallt war und von zwei mächtigen Stierhörnern gekrönt wurde. Als Waffe führte er ein schweres, langes *Essedarius*-Schwert.

»Der *Provocator* Monophthalmos aus der Schule Felix Felix in Puteoli!«, dröhnten die Arenasprecher. Erneuter Tusch des Arenaorchesters.

Alle Augen richteten sich neugierig auf das Tor, aus dem nun jener Mann treten musste, der sich zutraute, gegen das schwerstgepanzerte *Crupellarius*-Monster zu kämpfen. Doch nichts geschah. Das Pöblikum wurde unruhig.

Inzwischen versicherte ich Caesar Vespasianus eifrig, dass Monophthalmos sich eine schlimme Darmgrippe zugezogen habe. Er würde damit zwar unbedingt einen bedeutenden Beitrag zur caesarischen Latrinensteuer leisten, jedoch in eine Arena zu gehen sei er eindeutig »verhin-t-ert« …

Caesar kniff seine schlauen Augen noch ein wenig mehr zusammen, sodass seine Lachfältchen noch deutlicher sichtbar wurden, und meinte, dies sei unzweifelhaft ein höchst wertvoller Beitrag für das Allgemeinwohl und die Staatskasse. Aber ob wir vielleicht auch einen brauchbaren Ersatz hier für die Arena hätten?

»Kein Geringerer als Herr Tarquinius ist bereit einzuspringen!«, verkündete ich lauthals.

»Dann sei es so!«, erklärte Caesar Vespasianus.

»Als Ersatzmann«, blökten die Arenasprecher, »der *Dimachaerus*, Herr Tarquinius Sempronius Felixianus, Lanista und *Summus Palus* der Schule Felix Felix in Puteoli!«

Der Mob tobte vor Begeisterung, als Tarquinius in seiner schwarz-silbernen »Totengott«-Aufmachung die Arena betrat. Es gibt Arena-Legenden, und Tarquinius war längst eine davon. Solch eine Legende mit eigenen Augen im Kampf sehen zu dürfen überschritt alles, was den Massen bei diesen wahrlich schon mehr als prachtvollen Spielen geboten worden war! Männer brüllten und konnten ihr Glück kaum fassen, Frauen rissen sich gar ihre Kleider von den Brüsten und kreischten in Ekstase …

Auch Germanicus kreischte! Protestierte wild.

Unter seinem nahezu geschlossenen, auf seinen Schultern fest verankerten Helm war dies freilich kaum verständlich.

Er warf sich vor der Caesarenloge gar auf die Knie, doch eine knappe Handbewegung des Imperators Titus scheuchte ihn zurück in die Mitte der Arena, wo die beiden Schiedsrichter und Tarquinius zur offiziellen Einleitung des Kampfes bereits auf ihn warteten.

Jetzt waren die Hymnen der Schulen an der Reihe: Erst schmettern die Musiker unsere Hymne von Felix Felix, und dann eine flotte Melodie, die freilich nicht das Mindeste mit der Hymne von Ludus Julianus zu tun hatte. Die Fahnen wurden herumgetragen. Unsere wie immer mit dem Bild des großen Katzenherrn Felix Felix Magnus geschmückt, die andere mit einem Ochsenkopf, einem Symbol, das niemand kannte – Knackkiefer muss das Unsummen gekostet haben!

Endlich gab der *Summa Rudis* den Kampf frei.

Und Germanicus rannte.

Der überschwer gerüstete *Crupellarius* rannte!

Rannte kreuz und quer durch die Arena um sein Leben!

»Weshalb sind Bestien eigentlich auch noch immer solch klägliche Feiglinge?«, so fragte ich mich bei diesem Anblick. Und dann wurde mir klar: Eben genau weil sie so elend jämmerliche Feiglinge waren, vergriffen sie sich an wehrlosen Kindern!

Tarquinius tat wahrlich alles, um den Pöbel zu unterhalten: Minutenlange Schwerttänze – ich hatte ihn noch nie brillanter gesehen! Atemraubende Verfolgungsjagden! Gesten – mehr verächtlich als witzig, die ich bei ihm noch nie gesehen hatte –, die aber die Masse in johlendes Gelächter ausbrechen ließen!

Dann war er im Rücken von Germanicus. Er hätte ihm mühelos eines seiner Schwerter tödlich in die Nieren stoßen können. Doch er begnügte sich damit, das linke Horn von dessen Helm zu schlagen.

Minuten später die gleiche Situation. Nur löste sich das rechte Horn nicht völlig, hing albern verdreht über den Topfhelm des *Crupellarius* herunter.

Und das Pöblikum – nein, diesmal war die Bezeichnung falsch! – das *Publikum* hatte begriffen: Hier ging es nicht um Sieg oder Niederlage. Hier ging es darum, dass Tarquinius seinen Gegner bis ins Mark hinein demütigen wollte. Und wenn eine lebende Legende dies wollte, dann wollten das auch gnadenlos alle, die im Rund des neuen Colosseums saßen!

Gut eine halbe Stunde spielte Tarquinius mit seinem Gegner. Völlig ausgepumpt und vor Todesangst halb wahnsinnig warf sich Germanicus schließlich vor der Caesarenloge auf die Knie, schleuderte Schild und Schwert von sich und hob nicht nur einen, sondern beide Zeigefinger als Zeichen, dass er sich ergebe – was für ein Unsinn bei einem Kampf *sine Missio*!

Cesar Vespasianus und Imperator Titus drehten denn auch nur ungerührt den Daumen nach unten.

Doch wie vollzieht man an einem *Crupellarius*, dessen Kehle und Rücken fest eingepanzert sind, die *Jugulatio*? Tarquinius nutzte die einzige Blöße des Monsters und schlitzte ihm mit einem langen Querschnitt den Bauch auf.

»Lauf!«, rief er dabei. »Lauf! Und wenn du die Porta Sanavivaria erreichst, bist du frei!«

Und Germanicus kam tatsächlich auf die Beine. Er lief, vor Schmerz laut heulend, während er mit seinen Händen irgendwie versuchte, die herausquellenden Eingeweide in seinem Bauch festzuhalten. Er schaffte es bis etwa zehn Schritt vor der Porta Sanavivaria. Dann verfing sich sein Fuß in einer entschlüpften, heraushängenden Darmschlinge. Er stürzte, und auch die *Arenarii* vermochten ihn nicht mit einem gnädigen Stich zu erlösen, da es ihnen nicht gelang, seinen auf den Schultern festgezurrten Helm zu lösen oder seinen gepanzerten Rücken mit einem gnädigen Herzstoß zu durchstechen. So verreckte der Kinderschänder und -mörder qualvoll unter dem Hohngeschrei der Massen.

Tarquinius selber lehnte Palme und Kranz ab. Er sei nicht »Sieger«, sondern nur Vollstrecker einer Notwendigkeit gewesen, die jeder anständig denkende Mensch vollzogen hätte, so ihm das möglich gewesen sei ...

Wir wussten es damals noch nicht, doch dies war das letzte Mal, dass unser Etrusker in eine Arena geschritten war.

Zweifellos kein kämpferisch brillanter Abschluss seiner Gladiatoren-Karriere!

Trotzdem ein wahrhaft guter Abschluss all dessen, wofür er sich so viele Jahre eingesetzt hatte!

Diese caesarischen Spiele zu Roma zeitigten noch ein zweites, äußerst erfreuliches Resultat für Felix Felix: Unser über und über tätowierter Pictus wurde zum absoluten Publikumsliebling!

Von seiner Bewaffnung her ist ein *Essedarius*, wie schon gesagt, eine verrückte Mischung aus schwer und ganz leicht Bewaffnetem. Der eiförmige Helm mit den kleinen Augenlöchern, wenn auch mit hoch aufragenden Federn, ist nahezu mit einem *Secutor*-Helm identisch. Dazu trägt er den großen Schild, das Spatha genannte lange Hauschwert sowie drei Wurfspeere. Dazu trägt er allerdings nur noch eine kleine Manica am rechten Unterarm und natürlich Gürtel und Lendentuch. Letztere zumindest normalerweise, denn um seine Tätowierungen richtig zur Geltung zu bringen, war bei Pictus der Gürtel zu einem dünnen Metallkettchen verkommen, und sein Lendentuch ... es war mittlerweile so winzig, dass selbst ein Akanthusblatt, wie es die Römer griechischen Statuen aufs Geschlecht kleben, noch als üppige Bekleidung gelten konnte. Digna hatte das Stückchen blauschwarzen Stoffs trocken als »Zipfelbändiger« charakterisiert.

Essedarii, die ihre Waffengattung aus Gallia herleiten, rollen gerne auf einem Wagen in die Arena, auch wenn sie selbstverständlich zu Fuß kämpfen. Pictus – obwohl gar nicht aus Gallia stammend, sondern ein Scote aus Caledonia, dem nördlichsten Teil der Insel Britannia – hatte sich einen vierrädrigen, »altgallischen« Wagen nachbauen lassen und auch einen jungen Lenker für die zwei Pferde gefunden, der fast so fantasiereich tätowiert war wie er selber.

Der Gegner von Pictus im vorletzten Gefecht jenes letzten Tages der caesarischen Spiele zu Roma war ein *Murmillo* namens Rotundus aus Archelais in der Provinz Cappadocia in Asia minor. Er war gut einen Kopf größer als der kaum mittelgroße, wenn auch äußerst kräftige Pictus, und ein wie dort wohl üblich mit Bohnen und Linsen aufgemästeter Fleischberg. Mit sechzehn Palmen und vier Kränzen war er freilich auch ein durchaus erfolgreicher, ernst zu nehmender und gefährlicher Gegner. Mit seinen achtunddreißig Jahren allerdings auch fast allzu alt für dieses Geschäft.

Als Pictus aufgerufen wurde, es war der vorletzte Kampf der Spiele, brauste er zunächst auf seinem Wagen in die Arena und drehte eine Ehrenrunde. Dann sprang er ab für die üblichen Eröffnungszeremonien.

Als der *Summa Rudis* den Kampf freigab, schwang sich Pictus erneut auf seinen Wagen, der im Galopp um das Rund der Arena donnerte, während Rotundus ruhig in der Mitte stehen blieb und sich lediglich langsam um die eigene Achse drehte, um seinen Gegner im Auge zu behalten. Der erste Speer, den Pictus schleuderte, landete etwa acht Schritt neben dem *Murmillo* im Sand der

Arena. Die Zuschauer applaudierten trotzdem. Die Speerwürfe eines *Essedarius* haben reinen Schauwert, das weiß jeder, denn es ist schon ein Kunststück, auf einem holpernden und rumpelnden Wagen stehend, durch die kleinen Augenlöcher seines Helms zusätzlich beim Zielen behindert, überhaupt einen brauchbaren Wurf zustande zu bringen. Der nächste Speer jedoch riss die Massen buchstäblich von den Sitzen, denn er traf tatsächlich sein Ziel, auch wenn ihn Rotundus mühelos mit seinem Schild abwehren konnte. Der dritte Speer traf auch beinahe, allerdings den *Secunda Rudis*, der sich eben noch mit einem Satz in Sicherheit bringen konnte. Das Pöblikum grölte vor Vergnügen.

Da seine Fernwaffen nun verbraucht waren, sprang Pictus vom Wagen ab, der vor der Porta Sanavivaria wartend anhielt, und stürmte laut brüllend auf seinen Kontrahenten los.

Der Zusammenprall der beiden hätte eigentlich ein mittleres Erdbeben auslösen müssen. Jeder hatte geschickt Waffe und Schwertarm des Gegners mit dem großen Schild abgefangen, und jetzt standen sie da, Schild an Schild, Brust an Brust, fast Helm an Helm und versuchten den anderen wegzudrücken. Natürlich versuchte Rotundus seine überlegene Körpergröße und sein wahrhaft beachtliches Gewicht entsprechend einzusetzen. Doch Pictus stemmte sich dagegen.

Fast fünf Minuten verharrten die Kämpfer in dieser Position, ohne etwas anderes zu erreichen, als dass der Cappadocier unseren Pictus um gut drei Ellen rückwärts durch den Sand schob – und auch das wohl nur, weil Pictus mit seinen Füßen wieder und wieder versuchte ein Bein seines Gegners zu erwischen, um diesen eventuell so aus dem Gleichgewicht zu bringen.

Solche nahezu bewegungslosen Aktionen erregen schnell den Unmut der Massen, doch diesmal blieben sie mucksmäuschenstill. So sah der *Summa Rudis* auch keinen Anlass, dazwischen zu gehen.

Dann, urplötzlich, gab Pictus mit einer eleganten Linksdrehung nach, sodass Rotundus, seinem eigenen wuchtigen Vorandrängen folgend, an ihm vorbeistolperte. Der Schlag des nun wieder freigewordenen *Essedarius*-Schwertes traf allerdings nur dröhnend den Helm des *Murmillo*, schnitt den langen Rosshaarschwanz ab.

Gewiss zwei, drei Minuten umschlichen sich die beiden Gegner nun vorsichtig und abtastend.

Dann krachten sie wieder zusammen und boten das gleiche Bild wie eben mit Drücken, Schieben, erfolglosen Beintricks – Masse gegen Muskeln.

Wieder einmal erwies sich, dass das Pöblikum, allzumal der römische Mob, unberechenbar ist:

Bei einem zweiten solchen »Stehkampf« wären in der Regel endgültig wütende Proteste laut geworden. Es wären faules Obst und leere Weinkrüge in die Arena geflogen. Der Pöbel hätte nach der sofortigen *Jugulatio* beider Kämpfer und der Kreuzigung des *Summa Rudis* geplärrt, weil er sich langweilte.

Doch Rotundus war ein berühmter Gladiator, siegreich in vielen Gefechten. Deshalb schätzten ihn die Römer – allzumal jene, die auf ihn oft erhebliche Summen gewettet hatten. Pictus hatte mit seinen überraschend genauen Speerwürfen die Menge zu begeistern vermocht und kam zudem aus der anerkannten Eliteschule Felix Felix. So hatten fast ebenso viele auch auf ihn gewettet. Jetzt warteten die Menschen also auf den Ausgang des Kampfes ebenso gespannt wie auf den tatsächlichen Gewinner eines Wagenrennens im Circus Maximus, auch wenn man auf die »Roten«, »Blauen« oder »Grünen« und nicht auf die letztlich siegreichen »Weißen« gesetzt hatte.

Bei dem neuen Clinch achtete Rotundus darauf, nicht übermäßig viel Wucht mit seiner rechten Schwertarmseite auf den Schild des *Essedarius* zu legen, damit ihn dieser nicht wieder mit einem plötzlichen Nachgeben austrickste und ihm einen Schlag auf den Helm – oder gar in den ungeschützten Rücken! – geben konnte, wenn er an ihm, plötzlich des Widerstands beraubt, erneut vorbeitorkelte.

Was der dicke Cappadocier nicht ahnen konnte, war, dass Pictus ein »Schildkämpfer«, »Schildstoßer«, ein »Kantenhauer« war. Einen relativ leichten Gladius oder auch eine Spatha zu schwingen ist eine Sache. Den doch durchaus gewichtigen Schild als »Waffe« zu führen eine ganz andere. Denn dazu ist, zumal mehrfach eingesetzt, extrem viel Muskelkraft des linken Schildarms erforderlich. Pictus war eigentlich ein *Scaeva*, ein Linkshänder, der nur auf Rechtshändigkeit trainiert worden war, sodass er seinen links geführten Schild mit der gleichen Geschicklichkeit und Kraft führen konnte wie sein rechtshändiges Schwert.

Als Pictus den nur relativ schwachen Druck seines Gegners auf seinem Schild fühlte, riss er diesen plötzlich zurück und traf mit ihm zuschlagend die rechte Flanke seines Gegners.

Rotundus keuchte auf und taumelte zurück. Als ihm Pictus mit einem zweiten, wuchtigen Schlag seinen *Essedarius*-Schild gegen den Helm donnerte, ging er zu Boden.

Doch Rotundus war nicht nur ein extrem dicker, er war auch ein extrem tapferer Mann. Er wusste, dass er erledigt war, trotzdem versuchte er, wie ein Betrunkener torkelnd, wieder auf die Beine zu kommen.

Da er weder seine Waffen weggeworfen, geschweige den Finger gehoben hatte, konnte der *Summa Rudis* nicht einschreiten, und so war es an Pictus, den Mann endgültig fertig zu machen, ihm den Gnadenstoß zu geben.

Doch der Pictus dachte gar nicht daran, sondern trat ein paar Schritte zurück, wechselte sein Schwert in die linke Hand und reckte seine rechte Faust mit deutlich eingekniffenem Daumen den Massen entgegen zum Zeichen, dass er für seinen unterlegenen Gegner um die *Missio* bitte!

Der Mob, allzumal der römische, will in der Arena Blut sehen – möglichst viel Blut! Aber er kann sich – ab und an zumindest – auch an offenkundiger Großherzigkeit begeistern. Rotundus erhielt seine *Missio* und wurde, von vier *Arenarii* gestützt, zur Porta Sanavivaria hinausbegleitet, während Pictus Palme und Lorbeerkranz entgegennahm und, wieder auf seinem Wagen, unter dem frenetischen Beifall der Menge seine Ehrenrunden drehte.

Das Ganze hatte auch noch aus anderer Sicht ein freundliches Ende:

Am nächsten Tag schleppten Pictus und die Amaranthus-Söhne Aurius und Leo den sturzbetrunkenen Rotundus, den sie in einer Kneipe aufgegriffen hatten, in unser Quartier.

Die Geschichte, die er uns später, wieder ausgenüchtert, erzählte, glich nur zu sehr jener des Monophthalmos: Da man aufgrund seines Alters keine weiteren, gewinnbringenden Einnahmen mehr von ihm erwartete, hatte man ihn »in die Freiheit entlassen«, anders ausgedrückt: auf die Straße geworfen. Das ausgezahlte Geld nach all den Jahren, Palmen und Kränzen, das man ihm letztlich nach Abzug der »Spesen« ausgezahlt hatte, reichte gerade dazu, sich einen gewaltigen Rausch anzutrinken. Felix Felix ist gewiss kein Asyl für ausgemusterte Gladiatoren, doch dieser Sohn eines Viehsklaven verstand offenkundig etwas von Haltung und Zucht von Milchkühen. So gaben wir ihm also eine Chance als Milchbauer einer unserer Herden, die auf den Hängen des Mons Vesuvius graste. Unser Vertrauen rechtfertigte er in vollem Umfang – und Rotundus ist heute samt der Herde verschollen und höchstwahrscheinlich tot.

Pictus selber kroch etwa zwei Monate später nach Felix Felix zurück, ausgelaugt, abgemagert und am Ende seiner Kräfte – hat sich seither allerdings wieder prächtig erholt. Als klar wurde, dass sich seine Hautbilder nicht auf eventuelle Nachkommen übertragen würden, hatten Damen der guten, besseren und besten Gesellschaft das unwiderstehliche Bedürfnis verspürt, jene Tätowierungen auch auf jenem Körperteil genauestens zu inspizieren, das er in der Arena unter seinem »Zipfelbändiger« verbarg.

Die Villa *sursum muro* wurde nach und nach zu einem Kulturzentrum der Region: Begabte Maler und Mosaikleger waren Stammgäste. Dichter, Schriftsteller, Schauspieler und Philosophen der unterschiedlichsten Schulen fanden hier, zumindest für ein paar Wochen, herzliche Aufnahme. Und auch alle anderen Künstler und Wissenschaftler waren willkommen, hatten Zugang zur umfangreichen Bibliothek, wurden auch finanziell großzügig gefördert.

Allerdings war Tarquinius äußerst kritisch. Mit seiner umfassenden Bildung entlarvte er sehr schnell Schwätzer und Scharlatane – und warf sie gnadenlos wieder hinaus. Vor allem hatte er etwas gegen Leute, die mit einer augenblicklichen Mode das schnelle Geld zu verdienen suchten!

»Wahre Kunst ist ewig!«, so seine Überzeugung. »Man mag Kunst so oder so oder anders formen. Ob in Bauwerk, Bild, Wort, auf der Theaterbühne oder sonstwie. Ihr Ziel ist es aber stets, einen zu erfreuen, zu unterhalten, mitunter auch nachdenklich zu machen – hier wusste er sich völlig einig mit der hellenischen Auffassung der »Kalokagathia«, des »Schönen und Guten«. Wenn Kunst einen aber erschrecke oder nur schlicht unverständlich werde, dann ginge sie an ihrem Ziel vorbei! Eigenwilligkeit, sogar Hässlichkeit, sei mitunter zu akzeptieren. Doch dergleichen allein um ihrer selbst willen – gar nur, um aufzufallen – sei jedoch widerliche Perversion!

Gerne deutlich machte er diese, seine Meinung, anhand der Literatur.

»Aristophanes, der große hellenische Komödiendichter«, so sagte er einmal, »hat seine humorvollen, oft beißend ironischen Stücke in einem Griechisch geschrieben, das um kein Haar schlechter war als das der bedeutensten Tragödienschreiber Aischylos, Sophokles oder Eurypides!

Der Römer Plautus hat später sehr viel deftigere, oft sogar ordinäre Töne in seinen Komödien angeschlagen. Doch er tat es, um entsprechende Figuren und Situationen darzustellen.

Wer aber ohne Notwendigkeit derartige Ausdrücke benützt, nur um sich von anderen abzuheben oder ›modern‹ zu sein, der ist für mich kein Dichter, sondern ein Ferkel!«

Ähnliches galt für ihn in der bildenden Kunst:

»Nackte menschliche Körper, so wie sie Praxiteles, Phidias, Lysippos oder Alkamenes in Marmor schlugen, sind einfach schön, ohne jedes verklemmte Schamgefühl, und mitunter durchaus auch erotisch anregend.« Beispiele dafür standen dutzendweise in den Gärten seiner Etrusker-Villa in Felix Felix und der Villa *sursum muro*.

»Ich habe sogar«, war er fortgefahren, »in einigen Nobelbordellen Pompeiis und Romas Darstellungen nackter Frauen und Männer in herausfordernder Pose und gar solche kopulierender Paare gesehen, die dank dem Können der Maler, unzweifelhaft

Kunst sind!« Einige davon hatte er sogar in einem der Schlafzimmer der Villa *sursum muro*, wenn auch wider das Stirnrunzeln Lucias, kopieren lassen.

»Die Mehrzahl solcher Darstellungen«, so sagte er allerdings, »sind freilich nichts anderes als pornographische Schmierereien!« – und damit um kein Haar günstiger zu bewerten als die Grafitti, welche die unteren Teile der Hauswände fast überall in Roma bedeckten!

Herr Cocceius Nerva, den wir einst vor Caesar Nero versteckt hatten und der inzwischen politisch wieder eine bedeutende Rolle spielte, mittlerweile sogar öfter Gast »auf der Mauer« war, hatte gefragt:

»Und wo zieht Ihr die Grenze?«

Tarquinius hatte auf diese ungemein komplizierte Frage eine überraschend simple Antwort:

»Alles, was einen Betrachter oder Leser im weitesten Sinne ›erhebt‹, ihn erfreut, ihn aktiviert – in welchem Sinne auch immer –, ihn klüger oder auch nur nachdenklicher macht: Das ist erlaubt! Was ihn jedoch verdummt, das sollte umgehend verboten werden!«

Als Gladiator war Tarquinius längst Legende.

Mit ganz anderer Ausrichtung wurden es auch seine »Symposien auf der Mauer«. Tarquinius hat nie versucht mit Herrn Publius Petronius Niger, dem verstorbenen Arbiter Elegantiarum, zu konkurrieren, doch der Geist unseres toten Freundes wehte eben doch durch die Säle und Gärten der Villa *sursum muro*.

Feste Gäste bei diesen Symposien waren seine Gemahlin Lucia, ihr Sohn Lucius, Digna und ich.

Und unabdingbar fester Gast »auf der Mauer«, ebenso wie häufig in der Etrusker-Villa, war Paullina Aurelia Gallina, Lucias Tante, die in Pompeii in der Via Theatri zwischen dem großen und dem dreieckigen Forum in einem eher bescheidenen, aber gemütlichen Haus lebte. Mit ihren gut siebzig Jahren wirkte die kleine, zierliche Frau, als müsse man sie ganz vorsichtig zwischen

Seidenkissen packen – »dabei bin ich zäh wie die Sohle eines Soldatenstiefels«, sagte sie. Nach dem frühen Tod ihres Gemahls, »eines schrecklich lieben Eselchens«, und kinderlos hatte sie einen bedeutenden Teil ihres Lebens in öffentlichen Bibliotheken zugebracht, beherrschte neben Latein, Griechisch, Ägyptisch und Hebräisch ein weiteres halbes Dutzend Sprachen in Wort und Schrift und war neben Herr Petronius Arbiter und Tarquinius sowie Eurem Vater, edler Herr Plinius Caecilius, der wohl gebildetste Mensch, dem ich je begegnet bin. Obwohl mit materiellen Gütern nur sehr mäßig gesegnet, lehnte sie jegliche diesbezügliche Zuwendungen von Tarquinius kategorisch ab.

»Ich habe zu essen und zu trinken, ein nettes Dach über dem Kopf und muss nicht nackt herumlaufen – einen Anblick, den die Pompeiianer mittlerweile eher mit dem Werfen verrotteter Fische als mit vor Geilheit heraushängenden Zungen zu würdigen wüssten!« – Was Letzteres diese vor gar nicht allzu vielen Jahren wohl sogar noch getan hätten. »Mehr brauche ich nicht«, erklärte sie.

Nur als sie nach und nach erblindete, war sie glücklich, als Tarquinius ihr einen jungen Mann, der bis dahin in seinem Scriptorium gearbeitet hatte, als Vorleser abstellte.

Tante Paullina war es seinerzeit auch gewesen, welche die Lehre der Christiani in die Familie des Aurelius Priscus eingeschleppt hatte. Ihr »Eselchen« war seinerzeit Quästor unter dem Legaten Pontius Pilatus in Judaea gewesen, und sie war als Agentin der Römer zu einigen Predigten des Rabbi Jeshua ben Joseph geschickt worden, weil die Besatzungsmacht solch erfolgreiche Volksredner im Auge behalten wollte. Sie war tief beeindruckt gewesen von dem Mann und einige Jahre später, nach dem Tod des »Eselchens«, als eine der ersten Nichtjüdinnen in die Gemeinschaft aufgenommen worden …

Ein unbedingt fester Gast in der Villa *sursum muro* war Herr Gaius Plinius Caecilius Primus, Euer hochedler Herr Vater! Er und Tarquinius hatten sich einst durch Herrn Petronius Arbiter kennen und schätzen gelernt. Als Euer Herr Vater vor Jahren das Kommando über die Tyrrhenische Flotte übernahm, deren Haupthafen Misenum ist, wurde er sozusagen unser Nachbar, und es war nahezu unvermeidlich, dass sich zwischen diesen beiden hochgebildeten Männern eine innige Freundschaft entwickelte.

Bald verging kein Monat, Ihr wisst es selbst, in dem sie sich nicht trafen und mit funkelnden Augen nächtelang über den Ursprung des Universums, seinen Sinn und seine Ordnung oder die Existenz von Göttern diskutierten.

Herr Plinius Caecilius, Euer Vater, war dabei mehr der philosophische Naturwissenschaftler, der es mit Pythagoras von Samos hielt, welcher mit Hilfe von Mathematik, Physik, Akustik, Astronomie, Zahlenlehre und Musik die Harmonie und Ordnung der Welt zu ergründen gesucht hat. Die pythagoräische Lehre der Seelenwanderung lehnte er freilich eher ab, ebenso wie das Einwirken von Göttern.

Für beide trat Tarquinius, mehr naturwissenschaftlicher Philosoph, vehement ein, und beim Ursprung des Universums hielt er es eindeutig mit den frühen griechischen Naturphilosophen wie Thales, Anaximander oder Anaximenes, welche diesen aus dem Wasser, der Luft, dem *Apeiron*, einem grenzenlosen und unbestimmbaren Urstoff, oder auch aus dem Feuer oder den *Atomoi* genannten winzigsten Urteilchen zu erklären versuchten.

Was waren das für herrliche Nachmittage, Abende und Nächte, in denen Ihr, ich und alle anderen manchmal einfach still dasaßen und begeistert zuhörten, wie sich die beiden Giganten Theorien, Meinungen und Erkenntnisse nebst Zitaten aus allen uns bekannten Länder, Völkern, Kulturen und Zeiten gegenseitig um die Ohren fetzten! Wie sie miteinander rangen und stritten und trotzdem niemals den Grundsatz des Aristoteles, des *Dialogos*, des »gemeinsamen Wortes«, des »gemeinsamen Bemühens«, vergaßen!

Und wenn sie sich wirklich einmal festgerannt hatten, dann einigten sie sich in ihrer Verachtung für das, was die Römer als »ihre Kultur« priesen und was jene letztlich doch nur zusammengestohlen hatten: die Götter und die Vorgaben jedweder Kunst von den Griechen. Bautechnik, Zeremoniell und wesentliche Teile der Staatsform von den Etruskern.

»Nur den Kommissstiefel haben sie selber erfunden!«

Und dann hatte Tarquinius stets irgendwie Oberwasser, denn Herr Plinius Caecilius war nun einmal selber *Römer*. Tarquinius dagegen – *Etrusker* …

Weitere regelmäßige Gäste waren unser alter und weiser ägyptischer Arzt Amenophis samt Pia, die sich immer noch bescheiden als seine »Assistentin« bezeichnete, obwohl sie längst weit mehr Wissen hatte als viele Leute, die sich stolz »Ärzte« nennen.

War der inzwischen seit langem »caesarische« Haruspex Volsinius zu Gast, der zahnlos auf eigens für ihn zubereiteten Leckereien herummümmelte und mit scharfem Biss irgendwelche logischen Ungereimtheiten zu entlarven verstand, so bekamen die Gespräche oft einen Zug ins Metaphysische: Es wurde über Götterlehren oder verschiedene Orakel diskutiert, und Lucia und Paullina verteidigten dabei durchaus klug und wortgewandt ihren Christenglauben gegen den geschworenen Heiden Volsinius, während Tarquinius Parallelen zu Mithras aufzeigte und Amenophis energisch auf die wahren Quellen dieses Glaubens im Ägyptischen hinwies, welche ja von den Juden – letztlich nur leicht verändert – weitergegeben worden seien, und dazu religiöse und weltliche Gesetzte, Hymnen und Psalmen, Sprüche, Lebensweisheiten wie Märchen zitierte, welche das »auserwählte Volk Gottes« nahezu wörtlich in seine »Heiligen Schriften« übernommen hatte …

Ausgesprochen vergnüglich waren die Abende, wenn sich Herr Junius Juvenalis einfand, ein noch relativ junger Dichter, der sich zunehmend als Satiriker einen Namen machte. Wenn er geistreich mit seiner mehr als spitzen Zunge Politiker, gesellschaftliche Zustände oder provinzielle Möchtegern-Größen aufspießte, dann liefen uns manchmal Lachtränen übers Gesicht.

Geistreich war zweifellos auch Herr Valerius Martialis. Seine Epigramme, die er zu einer echten Kunst entwickelt hatte, waren erstklassig! Persönlich freilich war er uns ein wenig zu verbohrt, und irgendwelche noch so vorsichtige Kritik an seinen Versen, geschweige denn an seiner Person nahm er grimmig übel. Nach zwei Besuchen strich ihn Tarquinius daher wieder aus der Gästeliste.

Dafür war der junge Herr Cornelius Tacitus, den wir beim letzten Symposion des Herrn Petronius Arbiter kennen gelernt hatten, öfter Gast *sursum muro*. Dann ging es vornehmlich um Geschichte, auch um die anderer Völker und deren Sitten und Gepflogenheiten – ob allerdings Elche sich zum Schlafen hinlegten oder sich dazu an Bäume lehnten, hatte er immer noch nicht herausbekommen.

Wenn Herr Athanodoros in seiner griechischen Heimatsprache große Monologe aus den alten Tragödien rezitierte, dann war er schlichtweg genial, was auch die Besucher des Theaters oft mit minutenlangen Ovationen zu würdigen wussten. Ansonsten geriet der selbstgefällige Schauspieler – bei jedem Symposion von einer anderen, ebenso jungen und hübschen wie strohdummen Geliebten begleitet – nur zu leicht und höchst unfreiwillig in die Rolle des Hofnarren.

Einmal beehrte sogar Imperator Titus Flavius die Villa »auf der Mauer«!

Das Symposion artete natürlich fast augenblicklich zu einem Volksfest aus, welche Herr Titus Flavius nun einmal erheblich mehr liebte als irgendwelche intellektuellen Diskussionen! Mindestens halb Pompeii feierte bei kostenlosem Fraß und Trank, bei Musik und Tanz und mehr …

Und eine Sechzehnjährige behauptete später – keineswegs unglaubhaft –, vom Imperator bei dieser Gelegenheit geschwängert worden zu sein, was ihr ein Jahreseinkommen von fünfzigtausend Sesterzen sicherte, welche Tarquinius als offizieller Gastgeber, ohne mit der Wimper zu zucken, bezahlte.

Einmal lud sich auch Herr Clemens Flavius, der Bruder Caesars, selber ein. Wie hätte man eine derart hochgestellte Persönlichkeit abweisen können? – Auch wenn wir ahnten, was uns erwartete.

Tatsächlich versuchte er uns einen endlosen Frühlingsabend

lang wortreich von seiner »römisch-katholischen« Kirche zu überzeugen:

»Römisch« selbstverständlich, weil Roma den bekannten Erdkreis beherrsche und den derzeit noch nicht beherrschten Teil unter allen Umständen ebenfalls kontrollieren müsse!

»Katholisch« hieße im Griechischen »allgemein« und sei daher für alle Völker des Imperiums zwingend vorgegeben.

Was die für dieses Universalimperium zuständigen Götter anbelange – und das war seine Botschaft! –, müsse man mehr als tolerant sein! Den griechischen »Hermes-Psychopompos«, den Seelenführer, mit dem ägyptischen Totengott Anubis oder dem germanischen Odin gleichzusetzen, habe er keine Probleme, erklärte Herr Clemens Flavius. Auch nicht Ägyptens kriegerische Löwengöttin Sachmet mit dem griechischen Ares, dem römischen Mars oder dem germanischen Thor …

Auch weitere Parallelen ließen sich mühelos ziehen …!

»Wir müssen nur allgemeinverbindliche Namen finden!«, rief Herr Clemens Flavius aufgeregt. Wenn man *neue Namen* benutze, so sei das Problem zwischen den vielen Völkern des Imperiums doch gelöst!

»Nicht Jupiter oder Amon oder wie auch immer!«, ereiferte er sich. »*Pater omnipotens*, ›allmächtiger Vater‹! Das kann jeder anerkennen und anbeten!

Juno-Demeter-Cybele-Isis könne man als *Dea Mater*, ›Gottesmutter‹, bezeichnen.

Und Minerva, die ebenso keusche wie kluge Tochter des Jupiter? Nennt sie *Spiritus sanctus*, ›Heiliger Geist‹, dann wird jeder intelligente Mensch sich zu ihr bekennen können!«

Dessen war sich zumindest Herr Clemens Flavius unumstößlich klar.

In jener Basilika, die der Herr auf seinem Grundstück östlich des Colosseums hatte errichten lassen, und in dessen Untergrund sich das Mithrasheiligtum befand, hatte Herr Clemens Flavius bereits Dutzende von vorwiegend griechisch-römischen Götterstatuen aufrichten lassen, auf deren Sockel allerdings die von ihm initiierten neuen, »römisch-katholischen« – nach seinen Vorstellungen also hinfort allgemeinverbindlichen – Namen prangten.

Ich möchte nicht ungerecht erscheinen, denn Herr Clemens Flavius war zweifellos kein Dummkopf. Doch in seiner aus allen Glaubensrichtungen zusammengewürfelten, so gut gemeinten und zweifellos sogar finanziell ordentlich ausgestatteten Kirche, die niemals um irgendwelche Spenden bettelte, war er freilich nicht nur der Gründer, sondern auch wohl nach wie vor einziges Mitglied.

Dass er auch bei uns auf Ablehnung oder zumindest Skepsis stieß, verwunderte ihn nicht – er sei derlei längst gewohnt, versicherte er freundlich.

Natürlich war Tante Paullina ebenso wie ihre Nichte Lucia strikt gegen solch eine »Kirche«.

Tarquinius lehnte ebenfalls diese Religionsform ab:

»Wenn das Imperium nicht bei den traditionellen Göttern bleiben will, dann braucht es etwas *wirklich* Neues! Nicht neuen Wein in alten Schläuchen oder, wie hier zu vermuten, alten Wein in neuen! Zweifellos sind etliche der Namen und Bezeichnungen gut wie ›Allmächtiger Vater‹ oder ›Heiliger Geist‹. Aber neue Bezeichnungen machen eben keine neue Religion oder gar ein neues Bewusstsein!«

Herr Clemens Flavius lächelte traurig, war aber keineswegs gekränkt oder beleidigt – Gefühle, zu denen er vermutlich gar nicht fähig war.

Eines konnte er sich allerdings dann doch nicht versagen, nämlich zu bemerken, dass das Orakel von Dodona – er wusste wie viel wir von ihm hielten – ihm geweissagt hatte, dass es in der Zukunft sehr wohl eine äußerst mächtige und weitverbreitete »römisch-katholische Kirche« geben werde!

Die Schule lief unterdessen hervorragend, und unsere Männer, zumal unsere *Primi Pali*, sammelten nicht nur landauf, landab Palmen und Kränze ein, sondern auch in Hispania, wohin sie im Sommer 831 eine mehrmonatige Reise unternahmen.

Der zuverlässige Mucius kümmerte sich um die Finanzen, und Lucius wurde mehr und mehr zum dritten Lanista von Felix Felix.

Die Aufgabe machte ihm sichtlich Freude: Mit Menschen hatte er immer schon gut umgehen können, und vom Kämpfen verstand der ehemalige Tribun mehr als genug. Seine ruhige, aber bestimmte Art kam bei den Männern hervorragend an, zumal er im Gymnasium und im Übungshof regelmäßig genauso schwitzte und sich quälte wie sie selber auch.

»Eigentlich ist es ganz einfach«, erklärte Lucius einmal. »Ich verlange von den Leuten – außer dem Kampf bei Spielen natürlich – nichts, was ich nicht selber zu tun bereit wäre. Ich erwarte nicht, außer gelegentlich in der Arena, dass sie über sich selber hinauswachsen. Ich kann Aries keinen Verstand einbläuen, den er nicht hat, oder Pulex die Muskeln eines Hercules verleihen. Aber ich erwarte von ihnen, dass sie sich anstrengen und ihr Bestes geben!«

Wehe freilich jenem, der dies nicht tat! Purpureus war ein harter Trainer. Lucius war noch erheblich härter. Ich habe ihn Faulpelze und Drückeberger im Übungshof noch bis lang nach Mitternacht so »schleifen« sehen, dass diesen Hören und Sehen verging!

»Mir macht das nichts«, hatte er mir grinsend versichert. »Ich bin sowieso ein Nachtmensch. Und *ich* komme notfalls auch mit drei Stunden Schlaf aus – gepriesen seien dafür Imperator Titus Flavius und Legat Sextus Cerealis! Aber *die* überlegen es sich spätestens nach der zweiten einschlägigen Lektion, ob sie sich dem nochmals aussetzen wollen oder ob sie in den normalen Zeiten nicht doch lieber entsprechende Leistungen bringen sollten …«

Und dann entschuldigte er sich beinahe:

»Ich versuche den Kerlen doch nur ihr Leben zu erhalten! Es mag im Augenblick wehtun, aber ein schlecht ausgebildeter Gladiator steht, ebenso wie ein schlecht ausgebildeter Soldat, mit einem Bein bereits im Grab!«

Im Dorf ging alles seinen gewohnten Gang, nur das »Delphi« hatte, bis auf die Bifteki und Oktapodi, welche Telemachos nach wie vor eigenhändig zubereitete, mit seiner Küche etwas nachgelassen, wo jetzt, nach dem Tod Olympias, zwei ihrer Töchter walteten. Doch dies bemerkten eigentlich nur Kenner.

Leo war unterdessen, wenn er nicht gerade unterwegs war, für den sichtlich alternden Perikles ein nahezu unentbehrlicher Helfer.

Und Aurius war, ebenso wenn nicht gerade auf *Gladiatura* unterwegs, unter der Anleitung von Drusilla – auch die nicht mehr ganz die Jüngste – zu einem geradezu unvergleichlichen Kunstschmied geworden.

Ich begriff nun die Probleme, die Herr Gladius Felixianus wohl einst mit mir selber gehabt hatte: Die beiden Amaranthus-Söhne waren einfach zu wertvoll, um sie noch in eine Arena zu schicken! Aber genau das wollten sie!

Ich gebe zu, dass ich mich schließlich von Fix und Fax hinaus in den Totenhain tragen ließ und vor dem Grab von Herrn Gladius Felixianus betete:

»So du mich hören kannst, vergib mir, wenn ich dir seinerzeit ähnliche Sorgen gemacht habe wie Aurius und Leo jetzt mir! Halte schützend deine Hand über sie! Hilf, dass sie nicht so brutal ihren Weg finden müssen, wie ich dies seinerzeit tun musste!«

Und dann:

»*Miau!*«

Zwischen den Grabmonumenten tauchte der regierende Katzenherr Felix Felix IV. auf und sprang elegant auf meinen Schoß, um sich kraulen zu lassen.

Eine Antwort? Ich verstand es auf jeden Fall so. Auch wenn Aurius und Leo, der eine in bedrohlich dunklem Blutrot, der andere in Löwengelb, noch immer kämpfen, so tun sie es, den Göttern sei gedankt, zumindest nicht mehr ganz so häufig wie früher.

Fix und Fax gingen damals übrigens schwanger. Natürlich nicht selber, auch wenn sie sich so aufführten, sondern ihre Gemahlin, meine »kleine« Schwester Amra – wie mir zu diesem Zeitpunkt erst bewusst wurde, für solch ein Unternehmen auch nicht mehr unbedingt die Jüngste …

Als ihr Sohn geboren wurde – »Mutter und Kind gesund!« – veranstalteten die beiden für das Dorf ein Fest, das jeden Rahmen sprengte! Tarquinius bezahlte es schließlich, denn die Kosten hätten vermutlich nicht nur meine beiden Getreuen, sondern auch noch den Sprössling finanziell ruiniert …

Und auch die zu Felix Felix gehörenden Güter florierten. Die dank Lucia nunmehr freien »Pächter« erwirtschafteten Traumerträge! Ich hatte zwar den Verdacht, dass die vielfach zu den Christiani übergetretenen Pächter nur die Überlegenheit von Lucias Vorstellungen beweisen wollten, doch uns konnte das letztlich egal sein, sofern die Ergebnisse stimmten.

Leider waren jene Jahre nicht immer ganz so ruhig und harmonisch, wie wir uns alle diese gewünscht hätten.

Herr Octavius Aurelius Priscus war ein unbedingt ehrlicher, aufrechter und unbeugsamer Mann, der seine Überzeugung einst auch wider caesarische Wünsche vorzutragen gewagt hatte und dabei beinahe sein Leben eingebüßt hätte. Als Senator hatte er sich stets für Ordnung und Gesetz stark gemacht. Zudem war er überzeugter Christianus und der sanften Lehre des jüdischen Rabbi bedingungslos ergeben.

Zwar behielt er seinen Posten als römischer Senator, doch zog er sich im Jahr 830 aus Altersgründen weitgehend aus dem politischen Leben zurück und übersiedelte nach Felix Felix, was ihm Lucia und Tarquinius schon seit geraumer Weile angeboten hatten.

Mit ihm hielten freilich mitunter auch recht lautstarke Diskussionen – ich will hier gewiss nicht den Ausdruck »Streitereien« verwenden – Einzug in die »Etrusker-Villa«.

Herr Aurelius Priscus war, wie gesagt, überzeugter Christianus. Wenn er nun aber von Tarquinius heftig forderte, er möge sich endlich offiziell zu dieser Lehre bekennen, deren soziale Gebote der Mildtätigkeit und allumfassenden Nächstenliebe er ohnehin schon seit langem befolge, dann wurde der Etrusker mehr als bockig.

»Nächstenliebe!«, insistierte er. »Was ist eigentlich diese ominöse Nächstenliebe? Wer vor allem ist dieser oder jener Nächste?

Für mich ohne jede Frage: Lucia!

Und dann unbezweifelbar ihr Sohn Lucius – und damit wohl auch du, Schwiegervater, als wiederum deren Nächster!

Scorpio ist das ebenso unbedingt, wie es der verstorbene Herr Gladius Felixianus gewesen ist!

Das sind zweifellos auch die Leute unserer *Familia Gladiatoria*, die Kämpfer, die Trainer und all die anderen, welche für jene drüben in der Schule und bei Spielen sorgen.

Das sind wohl auch die Leute im Dorf und auf den Gütern oder auch meine Gäste hier und »auf der Mauer«.

Natürlich sind das meine Nächsten, denn es sind Menschen, die ich kenne und die mich kennen, auf die ich mich verlasse und die mir vertrauen. Ich mag sie, zumindest die meisten, und etliche davon liebe ich in der Tat! Aber das hat nicht das Mindeste mit diesem schwammigen Begriff der »Nächstenliebe« zu tun, sondern mit ganz persönlichen Gefühlen!

Aber weshalb sollte ich irgendwelche wilden Völker in Germania oder Armenia oder Mauretania lieben, die mich schlicht nichts angehen?«

Herr Aurelius Priscus freilich beharrte auf seiner Christiani-Meinung, die eine alle und jeden umfassende Nächstenliebe gebot.

»Wann warst du das letzte Mal bei Arena-Spielen?«, fragte Tarquinius leise – und wenn er so leise wurde, dann wurde er gefährlich. »War das vor fünfzehn Jahren? Vor zwanzig? Oder ist das noch länger her?«

So zwanzig Jahre, das dürfte hinkommen, gab sein Schwiegervater zu, da er seit seiner Bekehrung selbstverständlich jede Form dieser Grausamkeiten strikt ablehnte – nun ja, nahezu alle, denn für Wagenrennen etwa im Circus Maximus konnte er sich immer noch begeistern …

»Dann besuche die nächsten Spiele in Roma im neuen Colosseum!«, riet ihm Tarquinius. »Sieh dir mit eigenen Augen an, wie das Pöblikum jubelt, wenn einem unterlegenen Gladiator das Eisen in die Kehle gestochen wird! Beobachte den Mob, wie er vor Begeisterung grölt und kreischt, wenn in der Mittagspause irgendein armes Schwein – als Verbrecher schuldig oder nicht – bei lebendigem Leib langsam verbrannt, genüsslich in

Stücke geschnitten oder ans Kreuz genagelt wird! Sieh sie vor Geilheit förmlich sabbern, wenn eine hübsche Frau oder gar ein Mädchen derart zu Tode gequält wird!

Und dann *liebe* dieses blutrünstige Geschmeiß!

Wenn du das ehrlich schaffst, dann bist du mindestens so ›nächstenliebend‹ wie euer Christos, und ich werde mein Haupt demutsvoll unter eurem Taufwasser beugen – jedoch keine Stunde früher!«

Wenn dann Herr Aurelius Priscus, von diesem heiklen Thema ablenkend, auf die Christiani-gerechte Mildtätigkeit zu sprechen kam, die Tarquinius doch seit Jahren pflegte, so konnte Tarquinius fast noch aggressiv werden:

Dann rechnete er seinem Schwiegervater vor, wie viel er eben für einen bronzenen Originalabguss des Hermes von Lysippos »hinausgeworfen« oder was er für die Manuskriptabschrift der Werke des Geschichtsschreibers Herodot von Halikarnassos bezahlt habe. Das waren, wie üblich, horrende Summen, die Mucius verbuchte, von denen ich wusste und die Tarquinius keineswegs verheimlichte!

An solche Zahlen ohnehin nicht gewohnt, pflegte der Herr Senator erschrocken zu verstummen. Dabei hatte Herr Aurelius Priscus in diesem Punkt gar nicht so unrecht, auch wenn nur Lucia, Mucius, ich und allenfalls Bato, über den diese Gelder gewöhnlich flossen, tatsächlich wussten, wie vielen schuldlos in Not geratenen Familien er half, wie viele wohltätige Einrichtungen er unterstützte – die Summen überstiegen um ein Vielfaches jene, die er für Kunstschätze oder sogar Bücher und Manuskripte ausgab! Tarquinius hatte allerdings die strikte Anweisung gegeben, dass niemals und unter gar keinen Umständen sein Name mit derlei Aktivitäten in Verbindung gebracht werden dürfe! Fast war es so, als schäme er sich dafür, und dass sein Schwiegervater überhaupt davon etwas ahnte, war ihm schon peinlich.

Ich darf es hier einmal so deutlich aussprechen: Wenn ich je einen praktizierenden Christianus gesehen habe, dann war das Herr Tarquinius Sempronius Felixianus in jenen Jahren!

Und ich habe keinen erlebt, der sich so vehement, ja wütend gegen diesen Ruf wehrte!

Der Grund dafür?

Ich hörte ihn, als die Auseinandersetzungen wieder einmal so laut wurden, dass sie durch die ganze Villa hallten:

»Ich bin Lanista!«, brüllte Tarquinius, der eigentlich niemals brüllte, seinen Schwiegervater an. »Ich schicke Menschen in irgendwelche Arenen, damit diese dort zum Gaudium des Pöbels bis aufs Blut kämpfen und im Zweifelsfall mit einem Stich in die Kehle elend verrecken!

Kannst du das mit deiner friedfertigen Christiani-Lehre vereinbaren?

Nein?

Ich auch nicht!«

Dann fuhr er in versöhnlichem Tonfall fort:

»Octavianus, du weißt, wie sehr ich Lucia liebe und auch dich schätze! Bitte! Versuche nicht weiter, mich zu jemandem zu machen, der ich einfach nicht sein *kann*!«

Herr Senator Aurelius Priscus war kein dummer und ganz gewiss auch kein bösartiger Mann!

Doch als er zähneknirschend aufhörte – derlei hatte er oft genug im Senat Romas geübt –, Tarquinius zur Lehre der Christiani bekehren zu wollen, kehrte keineswegs Ruhe in der »Etruskervilla« ein.

Sein Augenmerk richtete sich nun auf Lucius.

Die von ihm eingefädelte Ehe mit Corinna Alvea sei wohl nicht der rechte Erfolg gewesen – was für eine Untertreibung! –, jedoch seien schließlich nicht alle jungen Damen der besten Gesellschaft solche »Du-weißt-schon-was-ich-meine« …

Herr Aurelius Priscus war hier zweifellos in einem Konflikt: Als Christianus musste er eine Ehe als ein »im Himmel und vor dem einzigen, allmächtigen und allewigen Gott für alle Zeiten und Ewigkeiten geschlossenes« Bündnis betrachten. Als Römer freilich allenfalls als einen Zweckvertrag zur Hervorbringung legitimen Nachwuchses für die *Gens*, die Familie – im Glücksfall zwar auch lebenslang, in der Praxis jedoch eher nur auf begrenzte Zeit …

Lucius erwies sich in diesem Punkt als mindestens so bockbeinig wie Tarquinius, wenn es um dessen »Bekehrung« ging!

Zudem behagte es Herrn Aurelius Priscus überhaupt nicht, dass sich sein Enkel mehr und mehr als Lanista einer Gladiatorenschule betätigte, anstatt beim Militär oder vor allem in der Politik Karriere zu machen!

Ich möchte den Herrn Senator Octavianus Aurelius Priscus wahrlich nicht irgendwelcher geheimer, wenn auch gut gemeinter Machenschaften verdächtigen.

Trotzdem fällt es mir schwer, an einen bloßen Zufall zu glauben, als eines schönen Sommertages 831 der halbe Gordianus-Balbus-Clan, also die Anverwandten väterlicherseits von Lucius, in Felix Felix anrückte, um diesem ins Gewissen zu reden.

Angeführt wurde die Delegation von Marcus und Quintus, zweien seiner Onkel. Als Lucius' Vater, Publius, Caesar Gaius Caligula mutig widersprach und dafür mit seinem Kopf hatte büßen müssen, hatten sie sich irgendwo in den Provinzen verkrochen und bekleideten nun, seit langem »politisch unbelastet«, allda Ämter, die sie als höchst bedeutungsvoll bezeichneten. Verstärkt wurde die Delegation von drei Vettern, von denen man bislang überhaupt noch nie gehört hatte, die aber zweifellos die Ämter ihrer Väter erben würden. Dazu ihre Gemahlinnen, die förmlich von Vornehmheit troffen und sich in der Nähe von Gladiatoren – es sei denn, diese lägen in ihrem Bett – sichtlich unwohl fühlten, zusammen mit einer verknöcherten Tante, die ihren Gatten allzu früh unter die Erde gebracht hatte und seither in überzeugter Enthaltsamkeit lebte.

»Vornehmheit« ist eine Sache, die vielen Kriterien unterliegt: Sie kann eine Sache der Geburt sein, wenn sich entsprechend viele Vorfahren um entsprechende Verdienste bemüht haben. Sie kann – angeblich! – auch aus angehäuftem Geld erwachsen. Und in allzu vielen Fällen ist sie allein das Produkt von Aufgeblasenheit!

Wahre Vornehmheit kommt freilich aus einer inneren Haltung!

So denke zumindest ich, der ich aus einem licatischen Bauerngeschlecht stamme. Und nicht nur in Felix Felix, sondern auch unter unseren echten Freunden, von Herrn Petronius Arbiter bis zu Eurem hochedlen Vater, Herrn Plinius Caecilius, scheint man offenkundig ähnlicher Meinung zu sein!

Die Delegation der mehr oder minder entfernten Verwandten von Lucius väterlicherseits war da allerdings restlos anderer Überzeugung:

Ein Nachkomme und Namensträger des glorreichen Stammes und Gens der Gordianus Balbus, der sich seit einer Weile als Leiter einer Gladiatorenschule betätige, sei für die sorgsam gehegte Familienehre schlicht unerträglich!

Mit derartigem »standeswidrig erworbenem Blutgeld« dürfe ein »wahrer Gordianus Balbus«, so ihre Ausdrucksweise, sich unter keinen, wie auch immer gearteten Umständen beschmutzen! Eher müsse ein achtbares Mitglied der glorreichen Gens lieber Hunger leiden, bevor es sich in solche gesellschaftlichen Niederungen herablasse!

Lucius war weiß wie die gekalkte Mauer hinter ihm bei dem Geschrei der väterlichen Gens, doch er wusste sich zu wehren:

Sei das gar nichts, wollte er wissen, dass er mit dem Geld, das er als »Lanista« verdiene, Onkel Quintus und Vetter Gaius vor dem durch eigene Dummheit verschuldeten Konkurs gerettet habe? Dass er Tante Cilla Gordiana und Tante Beata und Cousine Nymphia und Nichte Balba mit insgesamt gut vierzigtausend Sesterzen monatlich aus dem, was ihm aus seiner Arbeit zufließe, unterstützt habe?

Reiche es nicht, dass er nach Wunsch jene »standesgemäße« Corinna Alvea geheiratet habe, jenes finanzielle »Fass ohne Boden«, von dem er, den Göttern sei Dank, wieder geschieden sei?

Als ihn die Horde ob solcher unsinnigen Argumente nur verblüfft anglotzte und auf Kosten jener, ja doch so verachtungswürdigen Gladiatoren-Spezies weiterfraß wie die Raupen, wurde Lucius ebenso leise und scharf, wie er das von Tarquinius gelernt hatte:

»Raus!«, sagte er. Und, als seinen Anverwandten allenfalls überrascht aufsahen, nochmals ganz deutlich: *»Raus!«*

Doch erst, als er ihnen Peitschen und bissige Hunde androhte, begriff die Gordianus-Balbus-Horde und verschwand mit Staub unter ihren Füßen aus Felix Felix.

Am nächsten Vormittag ersuchte Lucius den Familienrat – Lucia und Tarquinius, mich und Digna und auch Herrn Aurelius Priscus – zusammenzukommen.

»Ich mache nicht weiter so!«, erklärte er uns kategorisch.

Dann wandte er sich an seine Mutter:

»Publius Gordianus Balbus, mein Vater, war zweifellos ein aufrechter und tapferer Mensch, auf den ich stolz sein kann! Nach allem, was du erzähltest, hast du ihn aufrichtig geliebt. Du hast ihn nie vergessen. Und doch hast du mit Tarquinius eine neue Liebe und ein neues Leben gefunden!

So erlaube auch mir, bitte, ein neues Leben! Ein Leben fernab jener dummdreisten Horde, die sich meine Verwandtschaft nennt und mit der ich in Wirklichkeit nicht mehr zu tun habe, außer dem Geld, das ich ihr zukommen lasse.«

Dann beugte Lucius vor Tarquinius das Knie:

»Akzeptiere, *adoptiere* mich bitte als deinen Sohn!«

Lucia war einfach glücklich! Ebenso Digna.

Tarquinius und ich machten, noch halbherzig, Einwände geltend in dem Sinne, ob sich Lucius diesen unumkehrbaren Schritt auch wirklich reiflich überlegt habe …

Dem selbstbewusst und unmissverständlich erklärten Wunsch

von Lucius wollten und mochten wir jedoch nichts entgegenzusetzen.

Herr Aurelius Priscus knabberte an seiner Unterlippe, brachte es jedoch auch nicht über sich, sich seinem Enkel in den Weg zu stellen.

So wurden denn Dokumente aufgesetzt und gesiegelt. Reitende Boten hasteten zwischen Puteoli und Felix Felix hin und her. Und am Abend des 14. Oktobers 831 wurde aus Lucius Gordianus Balbus durch Adoption Herr Lucius Sempronius Felixianus.

Herr Senator Octavianus Aurelius Priscus hatte den Hinauswurf und Bruch mit dem Gordianus-Balbus-Haufen, wenn auch nur mühsam, geschluckt. Er hatte der Adoption seines Enkels durch Tarquinius, sichtlich zähneknirschend, zugestimmt. Und auch was eine so genannte »standesgemäße« Heirat von Lucius anbelangte, erlitt er Schiffbruch:

Wieder einmal waren die Stimmen in der Villa reichlich laut geworden. Herr Aurelius Priscus erklärte zweifellos in bester Absicht:

»Lucius! Du bist kein Kastrat und auch kein Knabenliebhaber, wie mir glaubhaft versichert wurde! Pollia Mula ist in gebärfähigem Alter, erklärtermaßen sittsam, aus bester Familie und Tochter meines Senatorkollegen Pollius Mulus! Sie wäre für dich damit eine ideale Frau und Mutter deiner Kinder! Sogar körperlich – was ja nun vor Gott wahrlich keine Rolle spielen sollte – müsste sie für dich akzeptabel sein: kaum zwei Köpfe kleiner als du und noch keineswegs fettleibig, allenfalls nur ein wenig rundlich, also ›fraulich‹ …«

Noch ehe Lucius diesen neuesten Vorschlag seines Großvaters abwehren konnte, stand, offenbar von dem Lärm angelockt, meine Tochter Parvula, die seit vielen Monaten verbissen im Scriptorium arbeitete und lernte, in der Tür. »Opa!?«, schnitt sie ihm energisch das Wort ab.

Natürlich war er nicht ihr leiblicher Großvater, doch alle Leute, zumal die jüngeren, in Felix Felix nannten ihn ob seiner normalerweise freundlichen und leutseligen Art so, auch wenn sie vor seiner etwas steifen Art gehörigen Respekt hatten.

»Was willst du, Kind?«, fragte Herr Aurelius Priscus leicht ungehalten, da er sich höchst ungern in seinem Redefluss unterbrechen ließ.

»Ich will nur sagen«, erklärte Parvula, »dass Lucius keine Frau braucht, weil er schon eine hat! *Mich*!«

Herr Aurelius Priscus starrte seinen Enkel fassungslos an:

»Du hast …«

»Nein! Er hat *nicht*!«, unterbrach Parvula erneut. »Aber er *wird*, wenn ich meinen vierzehnten Geburtstag feiere, und der ist nächstes Jahr! Das Orakel von Dodona hat uns schließlich füreinander bestimmt!«

»Weil ein heidnisches Orakel …«, stotterte der Herr Senator.

Diesmal war es Lucius, der seinen Großvater unterbrach. Zwar war Lucius offenkundig überrascht von dem Auftritt Parvulas, doch allzu erstaunt schien er trotzdem nicht zu sein. Wusste er, oder hatte er zumindest geahnt, wie unerschütterlich hingebungsvoll ihn meine kleine Tochter liebte, seit sie das Laufen gelernt hatte? Natürlich kannte auch er den Orakelspruch. Und war das etwa der Grund, weshalb er seit der gescheiterten Ehe mit Corinna Alvea sich jeder neuen Ehe entgegengestemmt hatte?

Lucius streckte wortlos seine Hände Parvula – ab jetzt muss ich sie wohl bei ihrem richtigen Namen *Lucia* Parvula nennen – entgegen. Und diese warf sich mit einem kleinen Freudenschrei in seine Arme.

»Auch wenn wir noch ein Jahr mit der Hochzeit warten müssen«, meinte Lucius, »so könnten wir ja immerhin jetzt schon einmal unsere Verlobung offiziell bekannt geben …«

Herr Aurelius Priscus war kein besonders guter Verlierer – wer ist das schon? –, doch die strahlenden Gesichter von Lucius und Lucia machten ihm die Sache diesmal wenigstens nicht allzu schwer.

Im Frühjahr 832 starb Herr Aurelius Priscus. Er hatte mittags noch eine Kleinigkeit gegessen und sich dann auf seiner Polsterliege zurückgelehnt, um ein wenig zu ruhen. Als Pia am frühen Nachmittag nach ihm sehen wollte, war er für immer eingeschlafen. Da er schon seit einer Weile mit seinem Herzen Probleme gehabt hatte, vermutete Pia, dass er an einem Herzschlag gestorben sei.

Wir haben überlegt, ob wir die Urne mit seiner Asche im Grab der *Gens Aurelius* bei Roma oder hier in Felix Felix beisetzen sollten. Wenn, wie die Römer glauben, ein Weiterleben nach dem Tod davon abhängig ist, dass sich irgendwer noch an den Verstorbenen erinnert, so war er hier im Totenhain zweifellos besser aufgehoben. Und so machten wir es dann auch.

Die traditionellen Leichenreden beim Totenmahl waren voll der Bewunderung für diesen stets aufrechten und unbeirrbar ehrlichen Mann. Doch sie verhehlten auch nicht, dass er vielleicht gerade deshalb Enttäuschungen und Niederlagen hatte hinnehmen müssen.

Sein Christiani-Glauben hatte ihn gestützt. Trotzdem war er am Ende seines Lebens verbittert gewesen. Er hatte alles doch nur so gut gemeint – und war damit sogar im privaten Bereich gescheitert.

Wir haben ihn, Christianus und Nicht-Christianus, ob seiner unbeugsamen Ehrlichkeit respektiert und geschätzt! Ob wir ihn ob seiner Christiani-Rechthaberei wirklich geliebt haben? Ich weiß es nicht und will es vermutlich ebenso wenig wissen wie Lucia, seine Tochter, Lucius, sein Enkel, und Tarquinius – sein zweiter und daher stets mit gewissem Misstrauen betrachteter – Schwiegersohn.

Und weil wir damals im Oktober 831 schon dabei waren, die Zukunft zu gestalten, wurde Lucius auch zum offiziellen Lanista der Schule von Felix Felix ernannt.

Weiterhin setzten ihn Tarquinius und Lucia testamentarisch als Erben sowohl ihres Privatvermögens als all ihrer Anteile an der Schule samt deren Gütern ein.

Selbstverständlich sicherte ich im Zuge der Ereignisse meinen lebenden Töchtern Felicitas und Lucia Parvula mein persönliches Vermögen zu. Doch die Anteile an Felix Felix sollten, nach meinem und Dignas Willen, ebenso an Lucius fallen.

Dann nahm ich das Amulett ab, das mir einst Herr Gladius Felixianus gegeben hatte, und hängte es Lucius um den Hals mit der Maßgabe, dass auch er es einst an einen würdigen Nachfolger für Felix Felix weitergeben solle.

Spät an diesem Abend saßen Tarquinius und ich allein zusammen, während draußen Schule und Dorf begeistert und lautstark die Verlobung unserer Kinder und die Ernennung von Lucius zum Lanista feierten.

Tarquinius legte seine Hände auf die meinen, und es war nicht nur jene federleichte Berührung, die bei ihm sonst gewöhnlich mehr galt als vielen eine feste Umarmung. Diesmal war es ein fester und herzlicher Händedruck!

»Nachdem heute die Zukunft begonnen hat«, meinte er dabei, »können wir beiden alten Esel mit gutem Gewissen abtreten!«

Ja, ich würde wohl in nicht allzu ferner Zukunft die Arena dieses Lebens verlassen müssen. Trotz aller Fürsorge von Digna hatte sich an meiner Ferse ein Geschwür gebildet – der Ferse, wie es die heilige Eiche in Dodona vorausgesagt hatte. Zwar hatten Amenophis und Pia versichert, das Ding sei harmlos, doch was ist bei mir schon »harmlos«? Ich nahm es gelassen, hatte doch Epona, meine Pferdegöttin, mir weit mehr Jahre geschenkt, als irgendein Mensch je hatte vermuten können!

»Wann?«, fragte ich meinen Freund, dem ich in solchen Dingen längst weit mehr Wissen zutraute als allen Ärzten des Imperiums zusammen.

»Nicht ehe *ich* wieder abgetreten bin …«

Tarquinius? In den über fünfzehn Jahren, die wir nun gemeinsam verbracht hatten, schien er nicht um einen Tag gealtert zu sein. Er war so kräftig, beweglich und unerschütterlich gesund wie seit jeher. Vor kurzem erst hatte er jenen unseligen Germanicus in der Arena fast spielerisch fertig gemacht. Nicht ein einziges graues Haar war in seinen schweren, schwarzen Etruskerlocken zu entdecken, und das hatte nichts mit der Kunst Dignas zu tun. Dass Tarquinius krank oder auch nur alt werden könnte, dass er gar sterben könnte, erschien einfach absurd!

»Habe ich irgendetwas von Alter und Krankheit gesprochen?«, fragte er, als ich ihm das sagte, und lächelte sein geheimnisvolles Aplu-Lächeln. »Ich sagte doch nur ›abgetreten‹!«, und dann: »Götter sterben bekanntlich nicht! Aber manchmal verschwinden sie, wenn ihre Aufgabe erfüllt ist …!«

FINIS LUDI

Der Mons Vesuvius

Secutor und Scissor

August des Jahres 832 *ab urbe condita.*
Im 1. Regierungsjahr
des erhabenen Caesars Titus.
(79 n. Chr.)

Im Juni war Caesar Vespasianus nach langer, von ihm niemals offiziell eingestandener Krankheit, verstorben. Bis zu seinem Ende hatte er die Zügel des Staates fest in seinen starken Händen gehalten. Und auch seinen trockenen Humor hatte er offenbar nicht eingebüßt, als er kurz vor seinem Tod stöhnte: »Weh mir! Ich fürchte, ich werde ein Gott!«

Caesars goldener Lorbeerkranz ging ohne irgendwelche Unruhen auf seinen Sohn Titus Flavius, den »Liebling der Menschheit«, über.

Herr Titus Flavius war unbezweifelbar der beste Caesar, den Roma und das Imperium gehabt hat und vermutlich je haben wird! Wie sein Vater tatkräftig, klug und sinnvoll sparsam, verstand er gleichzeitig, nicht zuletzt dank seiner geliebten Straßenfeste, einerseits die Nöte und Ängste des einfachsten Volkes zu begreifen wie andererseits wirtschaftliche Notwendigkeiten zu respektieren und einen sinnvollen Ausgleich zwischen den Interessen der Reichen und den Bedürfnissen der Minderbemittelten zu schaffen.

Roma und das Imperium hätten nun einem wahrhaft »Goldenen Zeitalter« entgegengehen können, wenn Caesar Titus nicht mittlerweile sichtlich – auch wenn er dies ebenso vehement leugnete wie sein Vater – schwer krank gewesen wäre! Dazu gab es die verschiedensten Gerüchte:

Durch die Strapazen des jüdischen Feldzuges nebst seinen exzessiven Fress-, Sauf- und Hurorgien sei seine Gesundheit stark angeschlagen – das war die wohl vernünftigste Erklärung.

Seine Geliebte, Königin Berenice, die er letztlich natürlich doch nicht geheiratet hatte, habe ihn mit einem Fluch belegt – persönlich hielt ich nichts von dieser Behauptung.

Die Juden hatten natürlich ihre ganz eigene Erklärung: Zur

Strafe für die Zerstörung ihres Tempels habe Jehova dem Herrn Titus »eine Fliege in den Kopf gesetzt«, welche nun von Stunde zu Stunde, von Woche zu Woche, von Monat zu Monat größer werde und den Caesar systematisch in Wahnsinn und schließlich Tod treibe – ich hielt von dieser Geschichte nichts, auch wenn Tatsache war, dass Herr Titus seit geraumer Zeit an schlimmsten Anfällen von Kopfschmerz litt.

Herr Clemens Flavius behauptete schließlich, kein anderer als der jüngere Bruder Caesars, Herr Domitianus Flavius, vergifte diesen langsam, aber systematisch, um selber an die Macht zu kommen – wer Herrn Domitianus Flavius kannte, der mochte diese Möglichkeit durchaus in Betracht ziehen.

Der Sommer 832 *ab urbe condita* war eigenartig:

Das Wetter hätte kaum besser sein können: Fast immer strahlte die Sonne, doch genau im richtigen Augenblick spendeten Wolken den notwendigen Regen für die Feldfrüchte. Weizen, Roggen, Gerste und Hafer platzten schier vor reifen, dicken Körnern. Die Ochsen und Jungbullen strotzten vor Fleisch, und die Kühe konnten ihre prall gefüllten Euter kaum noch tragen. Die Lämmer gediehen prachtvoll, und ihre Mütter mussten sogar vorzeitig von ihrem überdicken Haarkleid befreit werden. Die Rebstöcke verhießen einen Jahrhundertwein! Und die Netze der Fischer waren so voll, dass diese mitunter beim Verkauf an den Hafenmolen Schwierigkeiten hatten, noch einen angemessenen Preis zu erzielen.

Es war ein von allen Göttern gesegnetes Jahr!

Zwar hatten die Giganten unter der Erde wieder einmal ein wenig mit den Beinen gestrampelt, doch außer einer heftig schaukelnden Deckenampel und allenfalls einem vom Tisch gefallenen Krug war nichts passiert. Auch die Fischer berichteten vom plötzlichen und völlig unvermuteten Aufwallen des Meeres, doch da anschließend ihre Netze oftmals mit am Meeresboden lebenden Krustentieren reich gefüllt waren, maßen sie dies allenfalls dem besonders hilfreichen Einfluss der Meeresgötter zu.

Und trotzdem war dieses Jahr seltsam.

Die Bienen, die sonst zu Millionen über die Blüten im Peristyl der Villa *sursum muro* herfielen, blieben weitgehend aus – es würde ein schlechtes »Honigjahr« werden. All die Vögel, die im Geäst und Gesträuch der Büsche zwitscherten, sangen und tschilpten, blieben mehrheitlich stumm. Auf den Weiden rannten Kühe und Schafe plötzlich kopflos herum und waren nur mit Mühe wieder zu beruhigen. Dafür forderten Katzen mitten in der Nacht plötzlich laut kreischend, hinausgelassen zu werden, und Hunde begannen zur Schlafenszeit wild, ja fast verzweifelt zu kläffen.

Am 21. August bebte die Erde ein wenig stärker, ohne allerdings Schaden anzurichten, und beruhigte sich dann wieder. Die Tiere freilich waren nun noch unruhiger, und die Bauern blickten ängstlich in den Himmel, ob sich nicht dort etwa ein übles Hagelwetter zusammenzöge, das ihre Ernten vernichten mochte – doch der Himmel war klar wie ein blank geputzter Spiegel.

Zweifellos werdet Ihr Euch, edler Herr Plinius Caecilius, noch genau an den Abend jenes 21. August erinnern, denn die Cena war noch nicht ganz beendet, und das Sommer-Symposion »auf der Mauer« hatte noch nicht richtig begonnen, als der Erdstoß kam.

Ein paar frisch gefüllte Trinkschalen schwappten über.

Fix und Fax sprangen herbei, um meinen Rollenstuhl zu sichern, doch der hatte sich nicht einmal eine Handbreit bewegt.

Ihr selbst wart ein wenig blass geworden, da Ihr unseren stets ein wenig unruhigen Boden noch nicht genug kanntet.

Herr Volsinius meckerte, wir sollten unseren »jämmerlichen Sklaven gefälligst beibringen, die Teller ruhig zu halten!«.

Als ihn Tante Paullina darauf aufmerksam machte, dass es »auf der Mauer« schon lange keine Sklaven mehr gab, lachte er schallend.

Lucia und Digna sahen ein wenig besorgt aus.

Lucius ignorierte den Vorfall einfach – als bei der Belagerung von Jerusalem die Dämme mit den Maschinen in Rauch und

Flammen in die feindlichen Minen hinabgebrochen waren, hatte er wahrlich Schlimmeres erlebt!

Herr Athanodoros, der Schauspieler, kramte sichtlich in seinem Gedächtnis nach einem klassischen Monolog, der auf dieses Ereignis passen könne, ohne fündig zu werden. Seine augenblickliche Geliebte – noch jünger, noch hübscher und noch dümmer als üblich – glotzte ihn dabei hingebungsvoll an.

Und Tarquinius nahm mit leichtem Stirnrunzeln einen feinen Riss zur Kenntnis, der sich schräg von oben bis unten in dem Fresko der Rückwand des Tricliniums gebildet hatte.

So schnell und letztlich harmlos dieser Stoß vorbei war, so bestimmte er doch den weiteren Verlauf der Gespräche des Abends: dass einst die siegreichen olympischen Götter die aufständischen Giganten unter der Erde eingeschlossen hätten und diese im Kampf mit ihren Fesseln ab und an solche Beben der Erde auslösten, glaubte allenfalls die derzeitige Geliebte des Herrn Athanodoros. Doch der hätte man vermutlich auch eine Sardine für einen Schwertfisch verkaufen können …

Tarquinius, leidenschaftlicher Anhänger der alten griechischen Naturphilosophen, meinte:

»Wenn die Erde aus Feuer entstanden ist, dann muss es dieses Feuer noch immer geben! Wenn man eine Kerze ausbläst, so erstarrt das Wachs zunächst an ihren Rändern, während die Mitte noch flüssig-heiß bleibt. Vielleicht leben wir ganz einfach nur auf diesen erkalteten und erstarrten ›Rändern‹? Und wer sagt uns, dass die ›Kerze‹ unseres Erdballs überhaupt ›ausgeblasen‹ ist?«

Herr Plinius Caecilius, Euer hochedler Herr Vater, der Tarquinius sonst so gerne widersprach, stimmte diesmal voll in diese Vorstellung ein, erweiterte sie sogar:

»Nehmt das ›kalte‹ Beispiel: Im Winter friert ein See zu. Es entstehen zunächst Schollen, diese verbinden sich nach und nach, und schließlich entsteht eine feste Kruste. Trotzdem schwimmt diese Kruste in Wirklichkeit nur auf dem Wasser darunter. So ähnlich stelle ich mir vor, dass die feste Erdkruste auf dem Feuerozean weit unter uns schwimmt.«

Das war logisch gedacht und einsichtig!

»Auch hier in unserer Gegend wachsen offenbar zwei solche Schollen zusammen. Und wie zwischen zwei Eisschollen immer noch ein wenig Wasser empordringt, ehe sie endgültig fest verbunden sind, steigt auch hier immer noch da und dort Feuer aus dem Erdinneren«, dozierte Herr Plinius Caecilius. »Die Zone reichte einst vom Mons Aetna auf Sicilia über die Insulae Liparaeae und den Sinus Cumanus bis weit nördlich von Roma hinauf, denn der Mons Albanus zum Beispiel war ohne Frage früher ein Vulkan. Auch der Lacus Trasimenus und Lacus Volsiniensis müssen einst gigantische Krater gewesen sein, so rund wie sie sind.«

Eine höchst beunruhigende Vorstellung!

»Doch offenbar ›friert‹, um im Bild zu bleiben, diese Schollenspalte von Norden her zu«, fuhr Herr Plinius fort, »wobei von den Vulkanen einer nach dem anderen endgültig erlischt. Der Mons Aetna ist zweifellos der noch aktivste, auch der Mons Vulcanus auf den Insulae Liparaeae bricht immer wieder einmal aus, während sein Bruder, der Mons Strombolius etwas weiter nördlich, zwar noch immer vor sich hinspuckt, aber eigentlich schon recht harmlos ist. Hier am Sinus Cumanus blubbern die Campi Phlegraei noch ein wenig, werden jedoch in höchst absehbarer Zeit ebenfalls für immer erloschen sein. Und nördlich davon hat man nie gehört, dass einer der alten Vulkane nochmals Ärger gemacht hätte.«

»Und der Mons Vesuvius?«, fragte Digna.

»Ist so tot und erloschen wie der Mons Albanus!«, erklärte Herr Plinius Caecilius bestimmt.

»Aber das verheerende Erdbeben im Jahre 815 ist zweifellos vom Mons Vesuvius ausgegangen. Und auch bei dem Erdstoß eben, da bin ich ganz sicher, habe ich ein unheimliches Grollen aus der Richtung des Berges gehört!«

»Ja«, gab Herr Plinius Caecilius bereitwillig zu, »ehe das Innere des Berges für alle Zeiten erkaltet und erstarrt ist, da mag es durchaus dann und wann noch Erdstöße auslösen.« Aber dies werde, so versuchte er meine Frau zu beruhigen, auch immer seltener und in absehbarer Zeit schließlich völlig aufhören.

Doch so leicht war Digna nicht zufrieden zu stellen, und so berichtete sie, was ich ihr über das Beispiel der »offenen und verschlossenen Kochtöpfe« Urbanas erzählt hatte.

»Eine höchst vernünftig denkende Frau!«, gab Herr Plinius Caecilius sofort zu. »Allerdings«, so schränkte er ein, »haben wir es hier nicht mit einem wirklich ›geschlossenen‹ Topf zu tun, denn wenn solch ein Überdruck entsteht, kann er problemlos etwa durch die Lipparaeae-Vulkane oder auch die Campi Phlegraei entweichen! Gefährlich im Sinne der Dame Urbana mag es erst dann werden«, so versicherte er, »wenn auch der Mons Aetna für immer seinen Krater schließt. Doch bis dahin«, lächelte er beruhigend, »werden wohl noch ein paar Jahrhunderte vergehen! Macht Euch also keine Sorge deswegen!«

Herr Lucius Caecilius Jucundus, der Bankier, mit dem wir immer wieder einmal Geschäfte zu gegenseitigem Nutzen gemacht hatten, hatte sich vor einigen Jahren offiziell vom Geschäft zurückgezogen, um nur noch seinen Ischias, seine Verdauungsprobleme und sonstigen Wehwehchen hingebungsvoll pflegen zu können. Doch seine Söhne Quintus und Sextus waren ihm würdige Nachfolger: Mit seiner Knollennase und seinen Segelohren war Herr Quintus ebenso schön wie sein Vater, und er war ein mindestens genauso großer Gierschlund.

Für uns hatte er im Augenblick allerdings einen wahren Leckerbissen parat: Herr Chefren Kalimachos Niger – was für eine abenteuerliche Sprachmischung! – war Ägypter und besaß irgendwo ganz im Süden seines Landes mehrere Goldminen, die ihm sein wahrlich astronomisches Vermögen garantierten. Aus irgendwelchen Gründen war er auf die Idee verfallen, in Thebae, der uralten Hauptstadt Ägyptens, Spiele abzuhalten, zu denen die besten Gladiatoren der Welt geladen sein sollten.

Herr Quintus Caecilius Jucundus trat als Agent des Ägypters auf, und, starr das Auge auf seine Provision gerichtet, versuchte er die Preise in schwindelerregende Höhen zu treiben. Für Herrn Chefren Kalimachos Niger spielte Geld zwar offenkundig keine Rolle, ein Narr war er trotzdem nicht, und so wollte er doch jene Gladiatoren, die bei seinen Spielen auftreten sollten, persönlich kennen lernen und begutachten – ein durchaus berechtigter Wunsch, den viele Editores hatten.

Tarquinius blieb darum in Pompeii zurück, um die Verhandlungen weiter zu führen, und mit ihm Lucia.

Wir anderen waren eigentlich ganz froh, uns auf den Heimweg machen zu können: Euer hochedler Herr Vater und Ihr selbst, um nach Misenum zurückzukehren. Ich, um unsere *Primi Pali* unverzüglich nach Pompeii in Marsch zu setzen, und Lucius, um ein Dutzend unserer *Secundi Pali* auszuwählen, die den Wünschen des Ägypters entsprechen mochten.

Am späten Abend des 22. August trafen wir in Felix Felix ein, und schon am nächsten Morgen sprengten Mauritius, Pictus, Aries und Pulex auf ihren edlen Pferden gen Pompeii. Aurius und Leo waren derzeit bei Spielen in Paestum, doch das machte nichts, da Herr Chefren Kalimachos Niger sie ohnehin schon einmal in einer Arena gesehen hatte. Und Monophthalmos würden unsere Leute in Herculaneum mitnehmen, wo dieser eben eine neue – seine inzwischen fünfte – Taverne einrichtete.

Sie erreichten Pompeii am späten Abend des 23. August und bezogen wie üblich Quartier in dem Haus nahe der Porta Stabiana, das nach wie vor von dem Ex-*Hoplomachus* Maurus samt dessen Familie verwaltet wurde.

Hochverehrter Herr Gaius Plinius Caecilius Secundus, was nun geschah, das kann ich nicht aus eigenem Wissen, geschweige eigener Anschauung berichten. So erlaube ich mir hier die Schilderungen von Augenzeugen zu zitieren.

Bericht des Pulex, »Floh«, genannten *Retiarius* und *Primus Palus* der Schule Felix Felix bei Puteoli:

»Wir – Monophthalmos, der einäugige *Provocator*, Mauritius, der Burnus-umflatterte *Exoticus*, Pictus, der über und über tätowierte *Essedarius*, ich und schließlich der *Murmillo* Aries, dessen Gehirn wohl so klein – mit Ausnahme in der Arena, wo er über verblüffende Intelligenz im Kampf verfügt – ist wie sein Körper groß – kamen erst gegen Mitternacht des 23. August 832 im Haus an der Via Stabiana an. Wir wurden, trotz der späten Stunde, wie immer von Maurus, seiner Frau und seinen Kindern herzlichst empfangen und reichlichst bewirtet.

Am nächsten Tag, etwa zwei Stunden vor Mittag, traten wir weisungsgemäß in der Villa *sursum muro* zur Begutachtung an. Nur Aries hatten wir vorläufig im Haus an der Porta Stabiana zurückgelassen, denn bei ihm wusste man nie so ganz genau, was er in seiner Einfalt plötzlich daherschwätzen mochte …

Herrn Quintus Caecilius Jucundus, den Vermittler und Bankier, konnte ich auf Anhieb nicht ausstehen.

Herr Chefren Kalimachos Niger hatte zwar eine Hautfarbe, als sei er in ein Rußfass gefallen, doch so ähnlich soll ja auch Herr Amaranthus, der verstorbene Trainer von Felix Felix, ausgesehen haben. Auch wenn er sich offenbar auf Herrn Jucundus verließ, war er zweifellos ein freundlicher und kluger Herr.

Herr Tarquinius erzählte jeweils von unseren Arena-Leistungen, von unseren Palmen und Kränzen, ließ uns ein paar Übungsschritte und Scheinattacken durchführen – also das, was ein Lanista stets für einen entsprechend wohlhabenden Kunden vorführen lässt.

Herr Chefren Kalimachos Niger nickte äußerst zufrieden. Und Herr Quintus Jucundus feixte hinter dem Rücken des Ägypters über das ganze Gesicht.

Unterdessen war es Mittag geworden, und ich hatte mich

eben vor den Augen unseres zukünftigen Auftraggebers zu produzieren.

Ich weiß, dass ich von der Erscheinung her nicht beeindruckend bin. Ich bin weder groß noch muskulös, sondern ausgesprochen klein und dünn. Aber ich bin beweglich und flink, und mit Netz und Dreizack, mit denen ich als Fischerjunge aufgewachsen bin, macht mir keiner etwas vor! Als ich mit dem Netz einen provisorisch aufgerichteten Pfahl punktgenau binnen weniger Augenblicke sechsmal traf – zweimal mit der rechten, dreimal mit der linken Hand und einmal sogar rückwärts schleudernd –, da sprang der Herr Ägypter wahrlich auf, klopfte mir anerkennend auf die Schultern und erklärte, dass ich ›sein Mann‹ sei. Herr Quintus Jucundus war einfach glückselig. Und das hieß vermutlich, dass er noch mehr aus einem Kontrakt mit mir herausschlagen konnte, als er dies ohnehin vorgehabt hatte …«

»Der Donnerschlag warf uns beinahe zu Boden und dröhnte stundenlang noch in unseren Ohren nach!

Und dann folgten schon ein zweiter, ein dritter, ein vierter Schlag!

Die Erde unter unseren Füßen bebte und schwankte!

Herr Publius Caecilius Jucundus kreischte:

›Meine Truhe! Meine Papiere!‹, und rannte taumelnd dem Ausgang des Hauses zu.

Der Ägypter warf uns einen entschuldigenden Blick zu und folgte ihm im Laufschritt.«

»Als gebürtiger Fischerjunge bin ich mit schwankendem Untergrund wahrlich vertraut. Doch der zweite Stoß hatte auch mich brutal auf den Hosenboden gesetzt.

Doch das war kein Erdbeben!

Sprachlos und nur mit entsetzt ausgestrecktem Zeigefinger wies ich nach Nordwesten!

Nach dem Mons Vesuvius!

Seine Spitze hatte sich gespalten!

Und aus diesem Spalt schoss eine riesige, grelle Feuersäule!

Minuten später war diese fast verschwunden und eine Rauchwolke quoll empor – grauschwarz, gigantisch, pilzförmig und vom derzeit wehenden Nordwestwind unverzüglich Richtung Pompeii getrieben!«

»›Weg! Bloß weg!‹, brüllte ich. ›Pompeii ist tot! Und damit alle, die hier bleiben!‹

Als mich ein paar fragende Blicke trafen, schrie ich:

›Ich komme von Strombolius! Ich bin auf einem Vulkan aufgewachsen! Ich weiß, wann es genügt, sich unter ein Dach zu ducken. Aber ich weiß auch, wann man schleunigst verschwinden sollte!

Und das hier, das ist tausendmal schlimmer als das Schlimmste, was ich je erlebt habe!‹«

»Fast schlagartig wurde es Nacht.

Die ausgespienen Qualmwolken des Vulkans verschluckten die Sonne. Nur wütende Blitze, begleitet von krachendem Donner, der sogar sekundenlang das Gebrüll der Eruption übertönte, erleuchteten noch die Szene.«

»Dann begann es zu regnen!

Nein, nicht zu ›regnen‹, nicht einmal zu ›schütten‹ im Sinne des gewöhnlichen Sprachgebrauchs!

Was da auf uns herunterkam, war eine Mischung aus vulkanischer Gesteinasche, feinst zermahlener Lava und kondensiertem Dampfwasser, die sich in den Höhlungen des Berges seit vielleicht sogar Jahrzehnten angesammelt hatten, vielleicht auch erst durch die Eruption entstanden waren. Es war ein nasser, schmieriger, klebriger, grauer Kleister, der auch noch die Tendenz hatte, sich binnen Minuten zu einer harten Kruste zu verfestigen!

Noch schlimmer als dieser ›Schlammregen‹ waren die *Lapilli*!

Das sind kaum daumennagelgroße, fast federleichte Bimssteinbröckchen. Einen einzelnen Treffer nimmt man kaum wahr. Tausend Treffer sind unangenehm, röten die Haut und beginnen wehzutun. Hunderttausend Treffer bringen auch einen starken Mann zum Schwanken, und eine Million können ihn töten – und es waren *Milliarden* Lapilli, die auf uns herunterprasselten!

Ein einzelnes solches Bimssteinbröckchen wiegt fast nichts. Aber wenn sich solche Bröckchen vier, acht und sogar zwölf Ellen hoch auftürmen, dann drückt ihre Masse auch das stabilste Dach ein, unter dem Menschen vielleicht Zuflucht gesucht hatten!

Die ›Bombas‹, mächtige Brocken aus Stein oder halbfester Lava, welche immer wieder dazwischen einschlugen, waren dagegen relativ harmlos. Wen sie trafen, den erschlugen sie. Aber diese Gefahr konnte man gegenüber Lapilli und Schlammregen vernachlässigen.

Und natürlich forderte die nun beständig zuckende Erde unter stürzenden Mauern und Säulen ihre Opfer.

Wer im Haus blieb, der mochte von seinen fallenden Wänden erschlagen, unter seinen zusammenbrechenden Dächern begraben werden. Wer nach draußen eilte, den trommelten, so er den Bombas entkam, Milliarden Lapilli zu Tode, oder er erstickte im Schlammregen.

Das mit weitem Abstand gefährlichste sind freilich die schwefeligen, absolut giftigen Dämpfe, die solch ein Ausbruch ausspeit!

In Wolken wälzen sich diese Gase vom Eruptionskrater aus die Hänge des Vulkans hinab oder treiben mit dem gerade vorherrschenden Wind. Die hochgiftigen Schwaden sind unberechenbar! Daheim, auf der Insula Strombolius, waren sie das Einzige, wovor wir echte Angst hatten! Manchmal ziehen sie dort ganz einfach harmlos ab auf das Meer hinaus und treffen weit draußen vielleicht ein einzelnes Fischerboot, das sich in Sicherheit wähnt.

Oder sie vergiften gnadenlos ein Haus oder ein Dorf, während nicht einmal hundert Schritt daneben, von Schlamm- und Ascheregen abgesehen, relativ saubere Luft herrscht.«

»Mein Ruf ›Raus! Raus! *Raus!*‹ verhallte nicht ungehört«, so berichtete Pulex weiter. »Man glaubte mir.

Herr Tarquinius befahl den *Primi Pali* Monophthalmos, Mauritius, Pictus und mir, samt allen seiner Dienern und Dienerinnen unverzüglich die Stadt zu verlassen. Da es ungewiss war, ob die Stadttore bei der zweifellos aufgekommenen Panik passierbar sein würden, ordnete Herr Tarquinius an, eine improvisierte Strickleiter zu benützen, welche man von der ›Mauer‹ unmittelbar ins unbebaute Vorfeld der Stadt lassen konnte.

Sie sollten versuchen, ein Boot aufzutreiben, mit dem sie hinaus auf den Sinus Cumanus flüchten konnten. Oder sich, so dies nicht möglich sei, strikt nach Osten halten, weg aus der Richtung, in welche der Wind die Wolken giftiger Dämpfe treiben würde!«

»Herr Tarquinius und seine Gemahlin Lucia blieben zurück.

Die Dame Lucia hatte nur ›Paullina!‹ gerufen, als feststand, dass man sich keinesfalls ohne die alte, nahezu blinde Dame aus Pompeii retten würde!

Auch ich blieb. Ich wollte meine Freunde im Haus an der Porta Stabiana nicht im Stich lassen – und, so mich nicht eine vorzeitige Giftgaswolke erwischte, hatte ich nach meiner Erfahrung mit Vulkanen dazu gerade noch Zeit.«

»Einfach blindlings loszustürzen war freilich ganz gewiss nicht die Art des Herrn Tarquinius.

Etliche der Diener hatten sich gegen den prasselnden Hagelschlag der Lapilli Kissen auf den Kopf gebunden, ehe sie sich ›über die Mauer‹ abseilten.

Herr Tarquinius fand eine bessere Lösung. Um eine gute Sicht zu haben, riss er von einem seiner Gladiatorenhelme – Rüststücke waren stets in der Villa *sursum muro* reichlich vorrätig – das Visier herunter und hatte damit einen idealen Kopfschutz.

Ich persönlich habe etwas gegen Helme. Für die Dame Lucia fand sich kein passender.

Aber zwei kleine, metallene *Hoplomachus*-Schilde würden, über den Kopf gehalten, zweifellos den gleichen Zweck erfüllen. Und um unsere linken Arme, die jene Schilde über unsere Köpfe halten sollten, gegen den Lapilli-Schlag zu schützen, steckte Tarquinius diese rasch noch in gepolsterte Manicae.

Zum Umziehen blieb keine Zeit, also säbelte Herr Tarquinius blitzschnell den langen Rock von Dame Lucia ab, verkürzte ihn derart in eine knapp knielange Tunika. Seinerzeit beim Brand von Roma, so war mir berichtet worden, hätte die Dame Lucia dagegen noch wild protestiert. Diesmal jedoch lächelte sie nur. Selbst dieser überzeugten Christiana schien klar zu sein, dass es Situationen gab, wo auch Frauen ihre Beine zeigen dürfen – ausgesprochen hübsche Beine in diesem Fall, wie ich anfügen darf! Als Letztes legten wir noch schwere Mäntel um; auch diese mochten uns ein wenig schützen.

Tarquinius selbst war wohl zeitlebens nie mehr als drei Schritte von seinen beiden *Dimachaerus*-Schwerten entfernt gewesen. Mir warf er eine *Thraex*-Sica zu, und der Dame Lucia steckte er einen langen Dolch in den Gürtel – nur für alle Fälle. Herr Tarquinius kannte die gewaltlose Christiani-Lehre gewiss gut genug, doch seit dem Brand von Rom war er auch überzeugt, dass seine Gemahlin im äußersten Notfall durchaus mit einem solchen Gerät umzugehen wusste …«

Ehe ich in dem Bericht von Pulex fortfahre, muss ich wohl die Aussagen unseres alten *Primus-Palus-Scissor* Rattus einfügen:

»Nachdem uns mittags der erste Knall des Mons Vesuvius

schier aus den Sandalen gehauen hat, sich das Krachen und Donnern nicht beruhigte, sondern gar verstärkte, steckte ich meine Frau samt Anhang in einen Wagen und schwor dem Kutscher höchst glaubhaft, ich würde ihm den Bauch aufschlitzen und seine Gedärme anmutig über die nächsten drei Häuserblocks ausspannen, so er nicht augenblicklich meine Familie nach Neapolis, besser noch nach Roma, oder noch besser an die Ufer des Padus schaffe! Meine Drohung und mein am Handballen gewetztes Messer müssen dem Kutscher so viel Angst eingejagt haben, dass ich heute Probleme habe, meine Nächsten wenigstens wieder bis Capua zurückzulocken ...

Natürlich blieb ich selber in Herculaneum!

Unser Geschäft mit Bändern, Putz und erlesenen Stoffen begann soeben richtig zu florieren. Unter den Damen der besten Gesellschaft, nicht nur aus Herculaneum, sondern auch aus Pompeii und Neapolis, hatte sich unsere Adresse endlich herumgesprochen!

Derlei gibt man nicht auf, auch wenn die Erde zittert und ein Berg rülpst!

Doch dann kam sie!

Jene Lawine aus Lava, Steinen, Dreck und Schlamm, die der Mons Vesuvius in unsere Richtung von seinem Bergkegel abgesprengt hat!

Die Scheißeflut drückte die Szenenwand des Theaters um, begrub Haus für Haus und Straße für Straße unter sich.

Das sah jeder trotz der hereingebrochenenFinsternis im Schein der Blitze!

Und da rannten wir um unser Leben!

Alle! Und ich an der Spitze!

Ich sah, wie die Dreckflut den erst kürzlich von Caesar Vespasianus wieder hergestellten Tempel der Göttermutter Cybele verschlang, wie sie jeden Hohlraum ausfüllte, das Forum mit den stolzen Reiterstatuen der Familie Balbi überflutete, die prachtvolle Villa des Philosophen Philodemus, eines guten Bekannten von Herrn Tarquinius, mit ihrer wertvollen Sammlung an Statuen und Bronzen und der Bibliothek unter sich begrub.

Wer Pferd und Wagen hatte, der schwang sich hinauf, versuchte wenigstens eine Fackel am Brennen zu erhalten oder eine Öllampe und hieb wie wahnsinnig auf die Tiere ein. Viele kamen freilich um, weil sie vom Weg abkamen oder in durch die Erdstöße aufreißende Spalten gerieten.

Aberhunderte wurden noch auf freiem Feld von Lavabrocken erschlagen oder vom Lapillihagel zu Tode gegeißelt.

Und doch danken die Bewohner von Herculaneum heute inbrünstig den Göttern für jene Flut! Sie hat uns alles genommen, was wir in langer Arbeit aufgebaut hatten. Doch sie hat der überwiegenden Mehrzahl der Menschen wenigstens das nackte Leben gerettet, denn in der Stadt selbst waren nur etliche Kranke und Greise und verirrte Kinder zurückgeblieben und in den Schlammmassen umgekommen!«

Anzumerken wäre hier, dass es in Herculaneum in der Tat überraschend wenige Todesopfer gegeben hat. Die Stadt existiert zwar nicht mehr. Sie ist heute unter einer teilweise bis zu dreißig Ellen hohen, steinhart zusammengebackenen Schlamm- und Steinschicht verschwunden. Doch die anrollende Woge aus den Felstrümmern des auf dieser Seite geborstenen Kraters, Lava und Asche-Schlamm, war so bedrohlich, dass nahezu alle Bürger von Herculaneum in der Tat die Stadt fluchtartig verlassen hatten, ehe es zu spät war.

Was zweifellos Abertausenden von Leuten in Herculaneum das Leben rettete, wurde anderenorts den Menschen zum Verhängnis, eben weil es dort *keine* Stein- und Schlammlawine gab!

Bericht des Pertinax, Freigelassener und Kellermeister des musikliebenden Herrn Lucius Herrenius Florus, ebenfalls eines guten Bekannten von Tarquinius:

»Unser Haus liegt – ich muss wohl sagen: *lag* – inmitten unserer ausgedehnten Weinberge am Fuß des Mons Vesuvius in Richtung Pompeii. Das große Erdbeben von 815 hatte das Haus schwer beschädigt, zumal das herrliche Peristyl mit seinen zwanzig original korinthischen Säulen. Zwar wurden die Weinkeller und die Pressen schnell wieder instand gesetzt, doch Herr Lucius Herrenius Florus und seine Gemahlin zögerten lange, das Haus an diesem ›gefährlichen Berghang‹, wie sie sagten, wieder als ihre Sommerresidenz einzurichten. Doch als all die Jahre nichts mehr geschah, entschlossen sie sich zu diesem Schritt, und seit letztem Jahr waren die Restaurierungsarbeiten in vollem Gang.

An jenem schrecklichen Tag war der Wein des Vorjahres fast vollständig ausverkauft, der Rest in Amphoren abgefüllt und die Keller leer. Dafür war die Herrin des Hauses erschienen, um die letzten Arbeiten an Bade- und Schlafzimmern persönlich zu überwachen. Die Handwerker stöhnten, wenn sie diese äußerst kritische und – nennen wir es ›sparsame‹ – Dame nur von weitem erblickten …

Als der Mons Vesuvius explodierte, sahen wir zunächst fassungslos zu, wie die Erdstöße das eben wieder aufgebaute Peristyl erneut zum Einsturz brachten.

Natürlich wollten wir fliehen, doch als die Finsternis, der Asche- und Lapilliregen einsetzte, befahl uns die Herrin zurück ins Haus, wo wir zweifellos vor diesen Unbilden geschützt seien. Außerdem wünsche sie nicht, sich verunstaltende blaue Flecke an Schulter, Armen und Brust zu holen, welche ihren Gemahl veranlassen könnten, sich noch intensiver mit seiner jungen Gespielin, einer Harfenistin, zu befassen!

So ganz sicher, ob dies alles gut ausgehen würde, war freilich auch sie nicht. So befahl sie, Schmuck, silbergetriebenes Prunkgeschirr und über tausend funkelnde Goldmünzen zusammenzutragen und im unteren Teil des Hauses in Sicherheit zu bringen.

Als der damit beauftrage Sklave nicht wieder erschien, schickte mich die Herrin los, ihn zu suchen.

Ich sah ihn im Weinreservoir inmitten der Schätze tot und offenbar erstickt auf Händen und Knien kauern.

Als ich in den Hof mit den Weinpressen zurückkehrte, lagen dort die Dame und zwei weitere Sklaven tot übereinander gefallen.

Wir hatten uns zwar alle nasse Tücher auf den Mund gepresst, doch vielleicht bin ich als Kellermeister ›Dämpfe‹ besser gewohnt.

Irgendwie erreichte ich Nuceria – nicht mit heiler Haut, die hatten mir die Lapilli buchstäblich in Fetzen von Schultern und Armen geschlagen – doch immerhin lebend …«

Ich habe es schon gesagt, edler Herr Plinius Caecilius: Herculaneum, unmittelbar am Fuß des Mons Vesuvius gelegen und von der heranwalzenden Schlammlawine unmittelbar sichtlich bedroht, hatte letztlich noch Glück im Unglück!

Die Leute von Herculaneum danken, zumindest mehrheitlich, heute den Göttern dafür! Genau eben jenen Göttern, die Pompeii nur allzu sichtlich im Stich gelassen haben!

Hatten die Pompeianer den Tempel ihres Stadtgottes Apollo nach dem Erdbeben allzu langsam wieder aufgebaut? Hatten sie Jupiter beleidigt, da sein Tempel auf dem Forum noch immer ein jämmerlicher Trümmerhaufen war? Oder Venus, deren Tempel »auf der Mauer« einst Wahrzeichen der Stadt gewesen war und an dem die Restaurierungsmaßnahmen noch kaum ernsthaft begonnen hatten? Oder die vergöttlichten Caesaren, von deren einst drei Tempeln am Forum allemal einer halbwegs repariert war?

Ich weiß es nicht.

Vielleicht will ich es gar nicht so genau wissen …

Entsprechend Eurem Wunsch, edler Herr Plinius Caecilius, habe ich Hunderte Aussagen über jenen Tag des Schreckens zusammengetragen.

Manches stammt aus Berichten von Augenzeugen, manches erfuhr man durch Funde, als sich überlebende Einwohner nach dem Ende des Ausbruchs, nachdem sich Lava, Asche und Schlamm einigermaßen abgekühlt hatten, durch zusammengebrochene Dächer und verschüttete Häuser wühlten, um wenigstens einige ihrer verlorenen Habseligkeiten zu retten.

Zahllose Pompeiianer sahen in dem Lapillihagel und dem Ascheregen die einzige Gefahr für Leib und Leben. Sie dachten nicht an die giftigen Dämpfe, die sich in riesigen Schwaden über die Hänge des Berges herabwälzten und mit dem Wind über die unglückliche Stadt zogen. So blieben die Leute vielfach in ihren Häusern, suchten in geschlossenen Räumen Schutz, verkrochen sich in den gemauerten Kellern. Es entkam keiner von ihnen. Andere erkannten zu spät die Gefahr, und als sie doch noch fliehen wollten, blockierten mittlerweile sechs bis acht Ellen hohe Berge von Lapilli Türen, Treppen und Zugänge. Andere verloren zu viel Zeit, während sie noch Schmuck und Geld und Wertgegenstände zusammensuchten, und kamen unter zusammenbrechenden Dächern ums Leben.

Doch auch von denjenigen, die zu fliehen versuchten, kamen viele um. Die Berge der Lapilli türmten sich von Minute zu Minute höher auf, der nasse Ascheschlamm klebte am ganzen Körper und vor allem an den Füßen, machten jeden Schritt zur Qual. Manche wurden von »Bombas« erschlagen, viele erstickten, etliche brachen einfach entkräftet zusammen und wurden binnen Kürze von den Lapilli begraben.

Das ganze Ausmaß des Unglücks kann und will ich nicht beschreiben. Allenfalls sind es Bilder im Feuerschein, der immer wieder von der Spitze des Mons Vesuvius herabloderte, im Zucken der Blitze, die in den ausgespienen Qualmwolken des Berges tobten:

In der Villa des Fauns, einer der größten und reichsten im Westen der Stadt, hatte die Dame des Hauses all ihren kostbaren Schmuck zusammengerafft und sich dann ins Tablinum, den Prunksaal des Hauses geflüchtet. Sie wurde samt ihren Schätzen unter dem herunterbrechenden Dach begraben.

Im Haus des Pansa hatte man eine kleine, überaus kostbare Bronzegruppe, Bacchus mit einem Satyr darstellend, in weiche Tücher gewickelt. Doch schon im Garten erkannte Herr Pansa, dass man die Kostbarkeit nicht würde mitschleppen können, und ließ sie liegen. Das war klug, denn er entkam samt seinen Angehörigen, während vier vornehme Damen, die bei ihm zur Miete wohnten, zu lange zögerten und erstickten, als sie noch ihren Schmuck zusammensuchten.

Auch eine andere Dame jenes Viertels verlor zu viel Zeit, brach wenige Schritte von ihrem Haus entfernt zusammen und versank zusammen mit ihren drei Dienerinnen in der heißen, klebrignassen Asche.

An der Porta Herculanaea herrschte ein unglaubliches Gedränge von Flüchtenden, die aus der Stadt zu kommen versuchten. Alle schrien, viele beteten, manche fluchten den Göttern. Hunderte fanden allein hier den Tod, erstickt, entkräftet zusammengebrochen, vielfach in der Panik der Massen zu Boden gestoßen und zu Tode getrampelt.

An der Gräberstraße vor dem Tor war gerade eine Totenfeier im Gang, als die Katastrophe geschah. Die Teilnehmer beim Leichenmahl in dem wunderschön ausgemalten Triclinium erstickten auf den Kissen der Liegebetten ausgestreckt und hatten so nicht nur das Begräbnis ihres Anverwandten, sondern ahnungslos auch ihr eigenes gefeiert.

Ein reicher Weinhändler befahl seiner Frau, seiner Tochter und seinen Sklaven zunächst, unter dem stabil gemauerten Kreuzgewölbe des Weinkellers seiner Villa Schutz zu suchen. Er ließ dort, vorausblickend, auch noch Brot und Früchte hinunterbringen. Selber eilte er, tatkräftig wie er war, mit seinem Leibsklaven zur Haustür, um zu sehen, ob es vielleicht über das nahe Meer eine Rettungsmöglichkeit gäbe. Die beiden Männer schafften den Rückweg zum Keller nicht, brachen von den Schwefeldämpfen erstickt zusammen. Die Menschen im Keller, über dreißig an der Zahl, ereilte das gleiche Schicksal, noch ehe sie die heruntergebrachten Lebensmittelvorräte anrühren konnten.

Die herrliche »Mysterien-Villa«, wo wir früher oft zu Gast gewesen waren, hatte der reiche Prolet Rufius, dessen bissige Graffito-Karikatur noch immer eine der Wände zierte, zwar weitgehend zum Bauernhof umfunktioniert. Doch genau an jenem Unglückstag war er mit seiner Familie anwesend. Auch sie suchten samt Sklaven und anwesenden Landarbeitern zunächst Schutz im stabilen Kryptoporticus, den riesigen Kellerräumen der Weinlager. Als durch die schmalen Fensterschlitze Aschenschlamm und Gase eindrangen, war es zu spät zur Flucht, denn der einzige Treppenaufgang war mit Lapilli verschüttet.

Im besten Viertel der Stadt, »auf der Mauer« und in ihrer nächsten Nachbarschaft, spielten sich nahezu identische Dramen ab.

Im Haus des Herrn Trebius Valens, dessen höchste politische Ambitionen zahlreiche Wahlaufrufe an dessen Außenmauer dokumentierten, wurden vier Personen, darunter seine Frau und sein Sohn vom einstürzenden Dach des Atriums erschlagen, eben als sie doch noch zu fliehen versuchten.

Herr Publius Cornelius Tegete versuchte zunächst zwar, die mit Gold überzogene Bronzestatue eines Epheben ins Atrium seines Hauses zu schaffen und zusätzlich mit schützenden Tüchern zu umhüllen. Doch dann wurde ihm die Situation zu unheimlich, und er befahl die Flucht. Er überlebte samt seiner Familie und seinen Sklaven.

Im benachbarten Haus des Priesters Amandus war man nicht so klug. In einem Vorzimmer, dicht zusammengedrängt, ereilte alle neun Mitglieder der Familie der Erstickungstod.

Nur wenige Schritt von diesem Haus entfernt fiel ein Leibsklave, ein Riese von einem Mann, plötzlich röchelnd auf seinen Rücken. Ohne dessen Hilfe brach auch seine hochschwangere Herrin in den Giftdämpfen zusammen. Und hinter ihr deren 14-jährige Tochter, die sich, in ihrer Angst jede Scham vergessend, den Rock zum Schutz gegen die Lapilli über den Kopf geschlagen hatte.

Alte, Kranke und irgendwie Behinderte hatten ohnehin keine Chance.

Quintus und Sextus, die Söhne des Bankiers Caecilius Jucundus, ließen Geldtruhen und Geschäftspapiere im Stich und rannten, erfolgreich, um ihr Leben. Der Verlust von Schuldverschreibungen, Quittungen und sonstigen Unterlagen ruinierte sie nicht, dafür waren ihre Investitionen quer durch Italia zu breit gestreut, doch ein großer Teil des Vermögens, das ihr Vater im Laufe vieler Jahre zusammengescharrt hatte, war unwiederbringlich verloren. Herr Lucius Caecilius Jucundus selbst gilt als verschollen und hat es höchstwahrscheinlich nicht geschafft.

Nicht weit davon, im Haus des Herrn Paquius Proculus, waren sieben Kinder zum Spielen versammelt gewesen. Die unter dem Gewicht der inzwischen mindestens zehn Ellen hoch liegenden Lapilli einstürzende Decke erschlug sie alle.

Ein Diener des Isis-Tempels war hinter deren Küche von einstürzenden Mauern eingeschlossen worden. Mit einem Fleischerbeil versuchte er sich einen Weg ins Freie zu bahnen und hatte schon zwei Wände durchschlagen, als ihn der Schwefelbrodem erstickte.

Offenbar ein Jude kratzte vor seinem Tod in die Mauer seines Zimmers die Worte »*Sodoma und Gomorrah*«.

Angesichts dessen, was damals real geschah, kann ich diese Worte nur allzu zu gut verstehen.

Doch was sie wohl auch auszudrücken versuchen – Jehovas Rache für die Zerstörung Jerusalems und seines Tempels an einer Stadt, die nur den Makel hatte, »römisch« zu sein –, diese Gedankenverbindung kann, will und werde ich nicht nachvollziehen!

Trotz Schrecken, Chaos und Tod bewahrten etliche ihre Würde:

Die Priester des Isis-Tempels waren eben bei ihrer Mittagsmahlzeit, als das Unheil hereinbrach. Sie ruhten wie jeden Tag um diese Zeit auf ihren Polsterliegen rund um den mit Brot, Wein, gebratenen Hähnchen, Eiern und Fischen gedeckten Tisch im Triclinium des Tempels.

Einer wurde ausgewählt, die kostbarsten Opfergefäße, heiligste Dinge und eine höchst beträchtliche Geldsumme des Tempels in Sicherheit zu bringen. Er schaffte es bis zum großen Forum, ehe er zusammenbrach und die Kostbarkeiten aus dem Sack, den er sich auf den Rücken gebunden hatte, unbeachtet zwischen Steine und Schlamm rollten.

Der Rest der Priester lehnte sich gleichmütig und ergeben in den Willen ihrer Göttin, die sie zu einem neuen Leben führen würde, in die Polster ihrer Liegen zurück – und erstickte im Schwefeldampf.

Andererseits gab es da natürlich Plünderer, die in verlassene Häuser und Geschäfte einbrachen. Leichenfledderer, die emsig Toten und Sterbenden Ringe, Halsketten und Armreifen herunterrissen und deren bisschen Gepäck nach Wertgegenständen durchwühlten. Wüstlinge, die über Mädchen und junge Frauen herfielen.

Dass nicht wenige von ihnen dabei die letzte Chance zur eigenen Rettung versäumten und ebenso elend starben wie ihre Opfer, ist allenfalls ein geringer Trost.

Es gab Männer und auch nicht wenige Frauen, die ihre kleinen Kinder einfach auf der Straße stehen ließen. Einige, die gar ihre Säuglinge einfach auf einen der stetig wachsenden Lapilli- und Schlammberge schleuderten, nur um selber schneller auf ihrer Flucht vorankommen zu können.

Aber es gab mindestens ebenso viele Szenen selbstloser Hilfsbereitschaft, wenn Menschen ihr Weniges an geretteter Habe achtlos wegwarfen, um dafür eine schwangere Frau oder einen alten Mann zu stützen oder auf ihren Armen ein ihnen völlig fremdes Kind aus dem Chaos zu tragen.

Die Polizei, die Feuerwehren und die kleine Garnisonstruppe der Stadt, das muss zu ihrer großen Ehre gesagt werden, leisteten im Bewusstsein ihrer Verantwortung bei dem fast immer vergeblichen Versuch zu helfen, zu ordnen, zu dirigieren, zu retten, schier Übermenschliches. Soweit mir bekannt ist, überlebte nur ein knappes Dutzend dieser braven Männer.

Und manche Leute trieben ihr Verantwortungsbewusstsein wohl entschieden ein wenig zu weit:

Im Haus des reich gewordenen Freigelassenen Quintus Poppaeus traute sich der Vorsteher der Sklaven mit zehn anderen Leibeigenen erst aus ihren Quartieren im ersten Stock die Treppe zum herrschaftlichen Atrium herab, als oben die Decke endgültig einzubrechen drohte und das Atrium bereits gut fünf Ellen mit Lapilli gefüllt war. Keiner von ihnen erreichte mehr den vielleicht rettenden Ausgang.

Der Verwalter des gleichen Hauses wagte ebenfalls nicht zu fliehen. Zusammen mit seiner kleinen Tochter zog er sich in das Kämmerchen zurück, in dem er die Geräte für die Arbeiter und vor allem die Siegel seiner Herrschaft aufbewahrte. Er setzte sich auf das Bett, versuchte noch, sich und die Kleine mit über den Kopf gezogenen Tüchern vor den giftigen Dämpfen zu schützen – natürlich vergebens.

Nahe der alten Thermen sank eine Frau sterbend in jene Mischung aus heißen Lapilli und Ascheschlamm, die Hand fest um den Schlüssel ihrer Haustür gekrampft, den sie wohl allzu lange gesucht hatte.

Mehr als ein Haus- oder Gutsverwalter wagte nicht, die Türen der Sklavenunterkünfte rechtzeitig zu öffnen, geschweige selber zu fliehen. Sie erstickten alle in den giftigen Wolken oder wurden von einstürzenden Decken, Dächern und Mauern erschlagen.

Der wohl groteskeste Fall von Pflichterfüllung:

Manche Leute sagen, es war an der Porta Stabiana, andere an der Porta Herculanaea.

Wie dem auch sei:

Dort stand ein Soldat. Er hatte den Befehl, das Tor zu bewachen. Und weil niemand den Befehl zurückzog, stand er da mit grimmig verbissenem Gesicht, den Unterkiefer trotzig vorgereckt, den Schild am linken Arm, das Pilum, die Wurflanze, stramm in der Rechten.

So stand er, als ihm Lapilli und Ascheschlamm bis zu den Waden reichten.

So stand er, als diese ihm bis zur Brust reichten.

So steht er wohl immer noch dort – links den Schild, rechts das Pilum und das Kinn in unerbittlicher Pflichterfüllung vorgereckt – unter dem Berg von Lapilli und Dreck, der sein Tor bis zu vierundzwanzig Ellen hoch verschüttet hat.

Und natürlich fehlte auch nicht die Komik im Grausen: Etwa als Herr Gaius Gavius Rufus, einer der beiden gewählten Duumviri, einen eisernen Kopftopf auf dem Haupt, eine kleine, marmorne Jupiter-Statuette, der inzwischen der Kopf fehlte, im Arm und mit bis über den blanken Hintern hochgeraffter Toga, damit diese nicht würdelos im Dreck schleife, durch die Straßen stolperte. Jupiter belohnte die Treue seines Anhängers und erhielt ihm das Leben.

Und es gab, so unwahrscheinlich dies klingt, sogar Szenen der Liebe in diesem Weltuntergang.

Bericht des *Retiarius* Pulex:

»Als ich, immer mühsamer durch Lapilliberge und Ascheschlamm watend, endlich unser Haus bei der Porta Stabiana erreichte, war die Eingangstür fast bis zum oberen Türsturz verschüttet.

Was sollte und konnte ich da noch tun? Wer in dem Haus gewesen war, der war entweder tot oder längst geflohen.«

Tatsächlich überlebte keiner. Weder Maurus noch seine Frau und seine Kinder, noch Aries, der *Murmillo*.

»Dann sah ich die kleine Katze, höchstens ein halbes Jahr alt. Wie ich heute weiß, ist sie pechschwarz mit einem weißen Schnäuzchen. Damals war sie nur nass, vom Ascheregen grau verdreckt und hockte völlig verstört auf einem Lapilliberg in die schützende Ecke des obersten Türrahmens gedrückt.

Ich nannte die Kleine, dem Tag angemessen, Vulcana, kurz *Vula*, und barg sie in meinem rechten Arm unter meinem festen Mantel. Wie sich inzwischen herausgestellt hat, war der Name gut gewählt, denn Vula hat ein wahrhaft vulkanisches Temperament. Wenn sie faucht, dann mag man tatsächlich glauben, Flammen aus ihrem Mäulchen hervorzüngeln zu sehen. Und bei ihrem Aussehen und Temperament mag sie eines Tages durchaus die Mutter von Felix Felix V. werden …

Dann rannte ich weiter, meinen kleinen aber stabilen *Holomachus*-Schild über den Kopf haltend, zum Tor hinaus auf das freie Feld.

Irgendwann war meine Fackel ausgebrannt, doch der Feuerschein des Berges und die unausgesetzt zuckenden Blitze ließen mich wenigstens die nächsten Schritte erkennen, die ich zu tun hatte. Solange ich das Donnern des Ausbruchs zu meiner Linken hatte und den Nordostwind links in meinem Gesicht fühlte, so lange war ich auf dem Weg in die Sicherheit. Vielleicht kam ich dem Berg gefährlich nahe, doch die giftigen Schwefelschwaden würden mich nicht erwischen!

Und dann stolperte ich fast buchstäblich über mein zweites Kätzchen dieses Tages:

Sie kauerte am Fuß eines mächtigen Olivenbaumes, dem der Lapillihagel unterdessen alle Blätter heruntergeschlagen hatte. Sie hatte die blutenden Arme schützend über ihren Kopf gelegt. Ihre Haare – eigentlich so schwarz wie die meines Kätzchens und im Augenblick ebenso grau und verklebt wie diese – hingen lang über ihren Rücken herunter. Ihr rotes Seidenkleid war nur noch Fetzen, doch an Armen, Ohren und Hals schimmerte kostbarster Schmuck.

Ich hockte mich daneben und hielt meinen Schild über sie.

Als sie aufsah, erkannte ich sie augenblicklich: Wer in Pompeii hatte Artemisia, der jüngsten und schönsten Hetäre aus dem Luxusbordell der Dame Pollia Procula, nicht schon hinterhergestarrt? Herr Gnaeus Gavius Rufus, der Sohn des Duumvir, hatte sie und fünf weitere Mädchen am Vormittag mit einem Wagen in die Villa seines Vaters vor den Toren der Stadt holen lassen, wo am Abend ein vergnügliches Symposion stattfinden sollte. Als der Berg explodierte, war der junge Herr in den Wagen gesprungen und war nach Pompeii zurückgeprescht. Die zurückgelassenen Mädchen hätten ebenfalls versucht, die Stadt zu Fuß wieder zu erreichen, hatten sich aber verirrt und in der Dunkelheit aus den Augen verloren, berichtete sie

Ich drückte ihr die kleine Vula in den Arm, half ihr auf die Beine, barg auch sie unter meinem stabilen Mantel. Meine Rechte fest um ihre schlanke Taille gelegt, mit der Linken den *Hoplomachus*-Schild über uns haltend, stolperten wir zu dritt weiter.

Mein guter Orientierungssinn verließ mich nicht. Als nach ein, zwei, vielleicht auch drei Stunden der Schwefelgeruch im Wind, der uns entgegenwehte, deutlich nachließ, da wussten wir, dass wir tatsächlich gerettet waren. Gegen den Lapillihagel verkrochen wir uns in einem Ziegenstall. Und während uns der Bock mit seinen gelben Augen ungnädig anstarrte, lieferten uns die Geißen mit ihrer Milch wenigstens etwas zu trinken – auch das Kätzchen bekam seinen Anteil.

Fünf Tage später erreichten wir Neapolis. Wir hatten, wie Tausende anderer Flüchtlinge aus der Umgebung – etwa aus den Marktflecken Oplontis und Taurania – den feuerspeienden Berg im Norden umgangen.

Viele der Bauern dort waren ehrlich hilfsbereit gewesen! Andere plünderten allerdings die Flüchtlinge schamlos aus: hundert Sesterzen für ein Stück Brot, zweihundert Sesterzen für ein bisschen Käse, tausend Sesterzen für ein abgetragenes Kleid als Ersatz für Artemisias dünnes, ramponiertes Seidenfähnchen, gar anderthalbtausend Sesterzen für ein Paar grobe Sandalen – die eine ihrer eigenen hatte sie auf der Flucht verloren, die andere, bestenfalls zum Tanzen auf einem Marmorboden geeignet, hing in Fetzen.

Die Erdstöße hatten auch in Neapolis üble Verwüstungen angerichtet, doch von Lapilli und Schlammregen war die Stadt verschont geblieben.

In der dortigen Taverne des Monophthalmos trafen wir auf Rattus, der schließlich dafür sorgte, dass wir hierher nach Felix Felix zurückkehren konnten.

In Neapolis schlief ich auch zum ersten Mal mit Artemisia.

Aber erst nachdem wir offiziell den Ehebund fürs Leben geschlossen hatten!

So wollte es Artemisia. *Und so wollte es auch ich!*

Rattus und der Taverne-Pächter waren die Trauzeugen. Zu welchen Göttern jener Priester betete, der unseren Bund segnete, weiß ich nicht. Aber schließlich hatten wir unsere eigenen Götter, die uns beschützt und zusammengeführt hatten!

Sollte die Dame Pollia Procula, die Bordellherrin, noch am Leben sein und ihren Preis für Artemisia fordern, dann werde ich notfalls noch zehn Jahre in die Arena gehen!

Aber *hergeben* werde ich Artemisia nie mehr!«

Das Wichtigste freilich war mir, wie Ihr Euch denken könnt, edler Herr Plinius Caecilius, irgendetwas über das Schicksal von Herrn Tarquinius und der Dame Lucia zu erfahren!

Bericht des Monophthalmos, *Provocator* und *Primus Palus* der Schule Felix Felix bei Puteoli und Besitzer etlicher Tavernen am Sinus Cumanus:

»Auf Befehl des Herrn Tarquinius hatten Mauritius, Pictus und ich nebst den meisten Dienern der Villa *sursum muro* über eine Strickleiter das Meeresufer erreicht. Herr Tarquinius hatte uns angeraten, mit einem Boot möglichst weit hinaus auf den Sinus Cumanus zu fliehen.

Das Meer jedoch tobte und schäumte durch die entfesselten Naturgewalten, warf bis zu acht Ellen hohe Wellenberge auf. Der Strand war bedeckt mit den Kadavern von Fischen und anderem Meeresgetier.

Kaum ein Fischer wagte sich daher hinaus in dieses Toben, auch wenn Herr Tarquinius versichert hatte, dass draußen zumindest die Wogen ruhiger sein würden.

So klaute Mauritius schließlich ein Boot. Es war eine Nussschale. Trotzdem bestieg er zusammen mit vier weiblichen und zwei männlichen Dienern des Hauses das Gefährt und versuchte, in sichere Gewässer hinauszurudern. Das Letzte, was ich von ihnen sah, war der in einem Blitzschein weiß aufleuchtende Burnus von Mauritius.«

Generell hatte Tarquinius zweifellos Recht, doch jene »Nussschale« schaffte es wohl nicht, heil durch die Brandung an der

Küste zu kommen. Von keinem ihrer Insassen erhielt ich je wieder Kunde.

Doch weiter im Bericht von Monophthalmos:

»Pictus und ich und zwei Diener und eine Dienerin des Tarquinius-Hauses ›auf der Mauer‹ rannten zunächst an der Küste weiter. Wir stießen dann auf eine Straße. Diese führte uns freilich nicht nach Nordosten, wie Herr Tarquinius geraten hatte, sondern nach Südosten und direkt nach Stabiae.

Ich erkannte zwischen den Blitzen das ausgedehnte Anwesen des Herrn Pomponianus, der auch schon bei Herrn Tarquinius zu Gast gewesen war. Als wir an die Tür klopften, wurde uns sofort aufgetan. Ich war nicht wenig überrascht, als ich dort auch Herrn Admiral Gaius Plinius Caecilius erblickte.

Der erklärte uns, dass er sich als leidenschaftlicher Naturforscher es einfach nicht entgehen lassen könne, einen Vulkanausbruch zu untersuchen – und das möglichst hautnah! Außerdem gebot es ihm seine Menschlichkeit, Hilfe zu bringen, wo dies erforderlich sein mochte – und zu Füßen des feuerspeienden Berges schien diese dringendst geboten!

Herr Plinius Caecilius hatte unverzüglich die Schiffe der *Tyrrhenische Flotte* von Misenum auslaufen lassen. Ihr Auftrag: Helfen! Retten! Bergen!

Für sich privat: gucken und lernen!

Wegen des wilden Wellengangs am Ufer konnten die Biremen und Triremen nicht in die Häfen von Pompeii und Herculaneum einlaufen. Der Hagel von Lapilli und Ascheschlamm ließ die Kapitäne ihren Oberbefehlshaber sogar dringlichst bitten, unverzüglich abzudrehen und sichere Gewässer aufzusuchen.

Herr Plinius Caecilius fand einen Kompromiss:

Die Schiffe der Flotte sollten außerhalb der schlimmsten Gefahrenzone ankern und all jene retten, die sich trotz der wilden Küstenwellen auf das Meer hinauszuretten gewagt hatten. Er selber ließ sich in einem Beiboot an den Strand von Stabiae bringen, wo die Wogen erheblich harmloser waren, und begab sich zum Gut seines Freundes Pomponianus.

So also trafen wir ihn dort an.

Da Herr Plinius Caecilius nicht mehr der Jüngste und aufgrund seines Leibesumfangs kurzatmig und rasch ermüdet war – zudem offenbar keine unmittelbare Gefahr drohte –, wünschte er sich nach den Anstrengungen des letzten Tages zunächst einmal, sich hinlegen und ausruhen zu dürfen.

Nachdem Herr Plinius Caecilius am nächsten Morgen – zumindest vermute ich, dass es Morgen war, denn durch die alles verfinsternden Qualmwolken war keine Tageszeit zu erkennen – ausgeschlafen hatte, der Regen aus Lapilli und Ascheschlamm noch nicht abgeklungen war, beschloss man, sich vorläufig auf eines der Schiffe zurückzuziehen.

Herr Taquinius, Pictus und ich hatten uns durch unsere Gladiatorenhelme wohl geschützt. Herr Plinius Caecilius, Herr Pomponianus und die anderen banden sich nun als Schutz Kissen auf den Kopf, was unter anderen Umständen zweifellos ganz schön albern ausgesehen hätte.

Doch dann, als wir alle zum Ufer hasteten, fiel Herr Plinius Caecilius einfach um!

Natürlich rannten wir alle, unsere eigene Sicherheit vergessend, sofort zu ihm!

Wir schüttelten ihn. Herr Pomponianus versuchte ihn gar auf die Beine zu stellen, und dessen Gemahlin kreischte ihn hysterisch an, er solle sofort aufhören solch schlechte Witze zu machen. Pictus, unsere ›bemalte‹ Essedarius, versuchte ihm, Mund zu Mund, Luft in die Lungen zu blasen.

Doch es war alles vergeblich. Herr Gaius Plinius Caecilius war tot!«

Edler Herr Plinius Caecilius, es mag Euch ein nur jämmerlicher Trost sein:

Doch Euer hochedler Vater starb zweifellos nicht qualvoll an den giftigen Dämpfen des Mons Vesuvius, denen so Unzählige zum Opfer gefallen waren. Wie Monophthalmos sagte, war Euer Herr Vater ja nicht mehr eben der Jüngste und auch nicht mehr ganz jugendlich schlank. Zweifellos haben die Aufregungen des letzten Tages und der Lauf hinab zum Ufer ganz einfach sein Herz überfordert, und er starb so einen sekundenschnellen, gnädigen Tod …

Doch trotz dieses für Euch, edler Herr Plinius Caecilius Secundus, zweifellos schmerzlichen Verlustes habe ich noch immer versucht, das Schicksal von Herrn Tarquinius und seiner Gemahlin Lucia zu entschlüsseln.

Fest steht, dass die beiden sich nicht über die Strickleiter der Villa *sursum muro* retteten, sondern zusammen mit dem *Retiarius* Pulex zurückblieben, um einerseits Paullina Aurelia Gallina, die nahezu blinde Tante Lucias, in Sicherheit zu bringen, andererseits auch die Bewohner des Hauses an der Porta Stabiana zu warnen – beides vergeblich!

Als Pulex am Haus bei der Porta Stabiana eintraf, war wohl niemand mehr zu retten, außer dem Kätzchen Vula.

Als Tarquinius und Lucia beim Haus der Tante Paullina eintrafen, war auch *niemand mehr zu retten*, freilich aus einem ganz anderen Grund.

Bericht Paullina Aurelia Gallina:

»Ich bin alt.

Ich bin nahezu blind.

Aber ich bin weder vertrottelt noch taub!

Als mich der Donnerschlag an jenem Mittag fast aus dem Stuhl warf, fragte ich Harmodios, den netten jungen Mann aus Hellas, den mir Tarquinius als Vorleser geschickt hat, was passiert sei.

Er schilderte mir, wie sich die Spitze des Mons Vesuvius gespalten habe. Wie dort zunächst eine gigantische Flamme und dann eine riesige, schwarzbraune Rauchwolke emporschossen.

Natürlich habe ich selber nie einen Vulkanausbruch erlebt. Doch ich habe eine Menge darüber gelesen. Etwa über die Explosion des Inselvulkans Thera, der vor rund eineinhalbtausend Jahren die minoische Kultur auf Creta vernichtet hat.

›Lasst augenblicklich alles stehen und liegen!‹, befahl ich mit der strengsten Stimme, deren ich fähig bin. ›Hinunter zum Hafen! Und dann schafft mir Marcus zur Stelle!‹

Ich habe als Christiana schon lange keine ›Sklaven‹ mehr! Doch wenn ich mit dieser ›Herrinnen-Stimme‹ spreche, so parieren meine freien Diener immer noch aufs Wort!

Marcus war Fischer und besaß ein sogar eher größeres Boot. Ein Held war er gewiss nicht, aber ein überzeugter Christianus.

Ich erklärte ihm: Wenn er hier bliebe, dann würden er und alle, die ihn liebten und ihm vertrauten, sterben! Wenn er sie aber auf sein Boot packe und versuche, durch die am Strand haushohen Wogen zu segeln, dann würde der Herr Christos Jesus, der auf dem See Genezareth den Sturm gestillt hatte und gar auf den Wellen gewandelt war, auch vielleicht ihn, seine Lieben und uns erretten!

Marcus wimmerte vor Angst.

Aber er tat, was ich anordnete.

Als ihm eine Woge beinahe das Steuerruder aus der Hand schlug, brüllte er:

»Jesus, rette uns! Sonst bekenne ich mich sofort wieder zu Jupiter und Neptunus!«

Diese grässlich-lästerliche Drohung muss irgendwie gewirkt haben!

Marcus konnte das Ruder halten.

Am nächsten Tag fischte uns ein Schiff der Flotte des Herrn Plinius Caecilius auf und brachte uns wohlbehalten nach Puteoli.«

Bericht des *Retiarius* Pulex:

»Während Monophthalmos, Mauritius, Pictus und die Diener zur Küste hinabkletterten, waren auch Tarquinius, die Dame Lucia und ich fertig. Einigermaßen geschützt durch die Schilde und Manicae, Tarquinius durch seinen Helm und alle durch die schweren Mäntel, traten wir auf die Straße, jeder mit einer brennenden Fackel in der Hand; eine weitere hatten wir als Reserve im Gürtel stecken.

Das Gedränge auf der Straße war nicht so groß, wie wir befürchtet hatten, denn viele Pompeiianer hatten sich in ihren Häusern verkrochen, doch die rasch ansteigende Masse der Lapilli und des Ascheschlamms machten ein Vorankommen zunehmend schwerer.

So erreichten wir das Forum.

Und dort trennten wir uns.

Herr Tarquinius und die Dame Lucia eilten in die winklige Via Theatri. Ich hastete in die Via Maritima Richtung unseres Hauses an der Porta Stabiana – was dort weiter geschah, wisst Ihr bereits.

Herr Tarquinius wollte mir offenbar noch etwas zurufen, doch in dem unbeschreiblichen Lärm, und da wir uns nasse Tücher als Schutz gegen die Schwefelschwaden vor Mund und Nase gebunden hatten, konnte ich ihn nicht verstehen.

Das Letzte, was ich von Herrn Tarquinius und der Dame Lucia sah, war, wie sie mir kurz aufmunternd zuwinkten, ehe sie in die Via Theatri einbogen.

Und für einen Augenblick glaubte ich nochmals seinen silbernen Gladiatorenhelm aufblitzen zu sehen.«

EPISTULA

21. Oktober im Jahr 832 *ab urbe condita.*
Im ersten Regierungsjahr
des erhabenen Caesars Flavius Titus.
(79 n. Chr.)

Scorpio Sempronius Felixianus
grüßt den edlen Herrn Gaius Plinius Caecilius Secundus.

Der Mons Vesuvius wütete noch den ganzen 25. August, ehe er sich langsam beruhigte und am 26. eine bleiche Sonne wieder zwischen den schwarzen Qualmwolken, welche zwei Tage lang alles in finsterste Nacht getaucht hatten, hervorblinzelte.

Pompeii und Herculaneum sowie all die kleinen Ortschaften und Villen zumal im Süden des Mons Vesuvius gab es nicht mehr. Sie lagen stellenweise unter mehr als dreißig Ellen hohen Bergen von Lapilli und Schlamm begraben und mit ihnen nach vorsichtigen Schätzungen mindestens dreißigtausend ihrer einstigen Bewohner.

Die Hilfsbereitschaft sowohl der staatlichen Stellen wie auch von privater Seite für die Überlebenden wie auch für die schwer getroffenen Städte Neapolis, Stabiae und viele andere Gemeinden war überwältigend!

Caesar Titus selbst hatte sich persönlich, wie Ihr wisst, rückhaltlos an die Spitze dieser Hilfe gestellt und sich auch damit wahrlich endgültig den Ehrentitel »Liebling der Menschheit« verdient!

Sogar »Knackkiefer« vom Ludus Julianus in Capua schickte einen Boten nach Felix Felix mit der Anfrage, ob er uns in irgendeiner Form helfen könne. Natürlich hat auch uns die Katastrophe schwer getroffen. Die Ernten unserer Güter waren weitgehend vernichtet, etliche davon am Mons Vesuvius für immer verloren. Aber wir werden das überleben – aus eigener Kraft!

Der furchtbarste Verlust war natürlich das Verschwinden von Herrn Tarquinius und seiner Gemahlin Lucia!

Wir können es immer noch nicht fassen!

Zwar müssen wir davon ausgehen, dass die beiden tot sind. Doch manchmal glaube ich, im nächsten Augenblick müsse Herr Tarquinius, sein geheimnisvolles Aplu-Lächeln in den Mundwinkeln, zur Tür hereintreten …

Vergebt, edler Herr Plinius Caecilius, dass mein Bericht über das Leben unseres Freundes Tarquinius Sempronius Felixianus also keinen rechten Schluss hat.

Der Gladiator Pulex war offenbar der letzte Mensch, der ihn und die Dame Lucia leben sah, als die beiden an jenem Schreckenstag ihm auf dem Forum noch zuwinkten und dann in die Via Theatri zum Haus der Dame Paullina eilten.

Was dann geschah, weiß offenkundig niemand!

Wir mögen dieses oder jenes vermuten. Doch sein Ende wird wohl für immer ebenso ungewiss bleiben, wie es sein Leben blieb, ehe er auf dem Sklavenmarkt von Volaterra »geboren« wurde.

»Götter sterben nicht, sie verschwinden mitunter«, hatte er vor nicht allzu langer Zeit gesagt.

Götter?

Manchmal denke ich an jenen seltsamen Traum, den ich damals während meiner Krankheit in Augusta Vindelicum hatte …

Als Herr Tarquinius damals das Haus der Dame Paullina leer fand – hat er da vielleicht ganz einfach die Dame Lucia in den Arm genommen, seine riesigen Falkenflügel ausgebreitet und ist dahin zurückgekehrt, woher er einst gekommen war?

Wer kann das wissen?

Er ist ebenso geheimnisvoll verschwunden, wie er seinerzeit geheimnisvoll »geboren« wurde …

So hat die Geschichte seines Lebens – zumindest soweit wir sie kennen – vielleicht eben doch den richtigen Schluss.

Tarquinius hätte dieser Schluss gewiss gefallen.

Er hätte ihm zweifellos sogar ganz ausgezeichnet gefallen!

APPENDIX

DIE GLADIATOREN

Die allgemeine Vorstellung von Gladiatorenkämpfen – geprägt von Romanen und vor allem einschlägigen Filmen – ist die von mehr oder minder wohlgepanzerten Kerlen, die, um der Wirkung willen meist in Gruppen, wild und ziemlich planlos mit allem, womit man hauen und stechen kann, aufeinander einprügeln. Das ist ungefähr so realistisch, als würde man ein paar Catcher und Sumo-Ringer gegen eine Rockerbande antreten lassen und das Ganze als »Boxsport im 21. Jahrhundert« bezeichnen.

Die historische Wahrheit hingegen ist, dass die *Gladiatura* ein zwar oft recht blutiger, aber nach genauen Regeln ablaufender »Kampfsport« war.

Grundsätzlich wurde in genau vorher festgelegten, dem Reglement entsprechenden Paarungen gekämpft.

Dass drei oder vier solcher Paare gleichzeitig kämpften, war die Ausnahme. Einem *Tiro* oder *Spectatus*, also den untersten Rängen, mochte das vielleicht zumutbar sein, doch jeder *Palus* forderte, und das zu Recht, die Arena und die Aufmerksamkeit der Zuschauer für sich und seinen Gegner allein.

Dafür, dass der Kampf auch wirklich den Regeln entsprechend verlief, sorgten jeweils zwei Schiedsrichter. Verstöße gegen die Regeln – beispielsweise ein absichtlicher Stich oder Schlag »ins Lendentuch« des Gegners – wurden streng geahndet bis hin zur Disqualifikation, welche mit einer Niederlage identisch war und die *Jugulatio*, den hinrichtungsmäßigen Todesstich in Kehle oder Rücken des Verlierers nach sich ziehen konnte.

So blutrünstig das römische Publikum sein mochte, so wurde doch streng auf eine Chancengleichheit der Kontrahenten geachtet, denn nur diese machte einen Kampf ja wirklich spannend.

Dementsprechend gab es festgelegte Gruppen und Waffengattungen – ein wenig mit unseren heutigen »Gewichtsklassen« vergleichbar –, die gegeneinander antraten.

Die Ausrüstung

Vorab einige Bemerkungen und Fachausdrücke zur Ausrüstung:

Der Helm: Mit Ausnahme des *Retiarius* trugen alle Gladiatoren Helme. Sie hatten verschiedenste Formen, verfügten aber seit der Zeitenwende grundsätzlich über ein Visier, welches das Gesicht schützte, es aber auch unkenntlich machte – zweifellos auch ein Vorteil, wenn der Sieger seinem Opfer beim Todesstich nicht in die Augen sehen musste.

Der Schild: In der Regel gefertigt aus mit Leder bezogenem Holz. Großer, viereckiger oder leicht ovaler, halbrund gewölbter Schild (dem Schild der römischen Legionäre nachgebildet): *Scutum*. Relativ kleiner, viereckiger, nur leicht gewölbter Schild: *Parma*. Der *Hoplomachus* benutzte einen kleinen, runden Metallschild. Größere Rundschilde wurden ausschließlich von den *Eques* verwendet.

Die Manica: Meist aus gepolstertem Stoff oder Leder, manchmal auch aus Kettengeflecht, Metallschuppen oder Metalllamellen. Außer vom *Retiarius* wurde die Manica am rechten Arm getragen, um einen Aufprall am gegnerischen Schild abzufedern.

Die Schwerter: Es gab drei Typen. *Gladius*, mittellang (Klinge etwa Unterarmlänge), gerade mit Spitze – weniger zum Schlag als zum Stich verwendet. *Sica*, wie ein Gladius gebaut und eingesetzt, jedoch mit gekrümmter oder geknickter Klinge. *Spatha*, lang (Klinge manchmal fast armlang), gerade mit stumpfer Spitze – ausschließlich zum Schlag geeignet.

Die komplette Ausrüstung eines *Murmillo* lag bei etwa 15-18 kg.

Die Gladiatorenklassen kann man in drei Gruppen einteilen:

Gruppe A

Eques. (›Reiter‹)

Helm: hatte keinen Kamm, jedoch einzeln aufgesteckte Federn (*Pinnae*). Rüstung: Als einzige Gladiatorenklasse trugen sie regulär eine Tunika, manchmal auch einen leichten Schuppen- oder Kettenpanzer. Keine Manica. Schild: mittelgroßer Rundschild. Waffen: Lanze und Schwert (meist Gladius, gelegentlich auch Spatha).

Eques waren berittene Gladiatoren. Zunächst versuchten sie sich mit den Lanzen vom Pferd zu stoßen. Die Entscheidung jedoch fiel im Kampf zu Fuß mit dem Schwert.

Eques eröffneten gewöhnlich eine *Gladiatura*. Sie kämpften ausschließlich untereinander und mit keiner der anderen Gruppen.

Gruppe B

Murmillo. (›Schwertfische‹)

Helm: mit hohem, eckigem Kamm, geschmückt mit Rosshaarbusch und Pinnae. Rüstung: Manica und kurze Beinschiene am linken Bein. Schild: viereckiges Scutum. Waffen: Gladius.

Der *Murmillo* (gelegentlich auch *Myrmillo* geschrieben) ist der »klassische« Typ des Gladiators, dessen Ausrüstung stark jener der römischen Legionäre nachempfunden war. Bis zur Zeitenwende war er eindeutig »der Gute« in der Arena. Wie er zur Bezeichnung ›Schwertfisch‹ kam, ist ungeklärt.

Provocator. (›Herausforderer‹)

Helm: ohne Kamm mit Pinnae. Rüstung: Manica, kurze oder kniehohe Beinschiene am linken Bein, ein auf dem Rücken mit Riemen verschnalltes Brustblech (*Pectorale*). Schild: großer, viereckiger, halbrund gewölbter Schild. Waffen: Gladius.

Der *Provocator* war eigentlich nur eine optische Spielart des *Murmillo*.

Essedarius: (›Wagenkämpfer‹)

Helm: ohne Kamm, jedoch mit Pinnae und bis auf kleine Sichtlöcher völlig geschlossenes Visier. Rüstung: nur kurze Manica. Schild: großer, halbrund gewölbter, jedoch eher ovaler Schild. Waffen: Spatha und ein bis drei Wurfspeere, die allerdings wohl fast nur der Schau dienten.

Dieser angeblich aus Gallia stammende Gladiatorentyp liebte es, auf Streitwagen in die Arena zu rumpeln – kämpfen tat er natürlich wie alle anderen zu Fuß.

Thraex: (›Thraker‹)

Helm: mit gerundetem Kamm, geschmückt mit Federn und manchmal Pinnae. Rüstung: Manica, Oberschenkel-hohe Beinschienen und lange, gepolsterte Hosen. Schild: Parma. Waffen: Sica.

Vermutlich durch Gefangene in den Thrakerkriegen (*Thraex* = Thraker) kam dieser Gladiatorentyp auf und wurde zum »klassischen« Gegner des *Murmillo*.

Hoplomachus: (›Lanzenkämpfer‹)

Helm und Rüstung: wie *Thraex*. Schild: runder, metallener Faustschild. Waffen: Stoßlanze und Langdolch.

Der Typ lehnt sich ein wenig an die Hopliten, die schwerbewaffneten Krieger des klassischen Griechenlands, an und wurde um die Zeitenwende als Gladiatorentyp beliebt. Eine der ältesten Darstellungen eines Gladiatorenkampfes zeigt allerdings bereits eine ähnliche Ausrüstung, wenn auch mit größerem Schild und außer diesen und dem Helm ohne jedweden Körperschutz oder sonstige Bekleidung.

Dimachaerus: (›Zweischwertmann‹)

Helm: wie *Thraex*. Rüstung: metallene Manica als Schildersatz am linken Arm und Stoff-Manica oder metallener Unterarmschutz am rechten Arm, halbhohe Beinschienen. Schild: keiner. Waffen: zwei Schwerter von Typ Gladius.

Dieser Typ war zweifellos extrem selten. Da er keinen Körperschutz wie einen Schild hatte, musste sich der Kämpfer ausschließlich auf seine beidhändige Geschicklichkeit mit den Schwertern verlassen.

Die Kämpfer der Gruppe B konnten sowohl waffengleich – etwa *Hoplomachus* gegen *Hoplomachus* – als auch gegen jeden anderen Kämpfer dieser Gruppe – beispielsweise *Hoplomachus* gegen *Murmillo*, *Thraex* etc. – gestellt werden. Im 1. Jahrhundert n. Chr. war diese Gruppe zweifellos die größte und beliebteste bei Spielen.

Gruppe C

Retiarius: (›Netzkämpfer‹)

Helm: keiner. Rüstung: Manica am linken Arm mit Schulterschild (*Galerus*). Schild: keiner. Waffen: Netz, Dreizack und Langdolch.

Dieser extrem leicht bewaffnete Typ tauchte kurz vor der Zeitenwende auf und wurde zu einem der beliebtesten der *Gladiatura*.

Seine – ausschließlichen! – Gegner waren:

Secutor: (›Verfolger‹)

Helm: glatt und eiförmig mit kleinen Augenlöchern, manchmal einem hohen, runden Kamm doch ohne sonstigen Schmuck, um dem Netz des *Retiarius* möglichst wenig Halt zu bieten. Der Rest der Ausrüstung und Bewaffnung entsprach der eines *Murmillo*.

Man unterschied zwischen »schweren« und »leichten« *Secutores*. Davon abgesehen, dass die »leichten« keinen Helmkamm hatten und mitunter statt des großen Scutum die kleinere Parma führten, lag der Unterschied wohl vor allem in Größe und Körpergewicht.

Scissor: (›Schlitzer‹)

Helm: wie *Secutor*. Rüstung: Metallmanica links, Stoffmanica rechts, Kettenhemd als Schildersatz, kurze Beinschiene(n). Schild: keinen. Waffen: Gladius und linkshändig eine auf eine Armtülle geschweißte, halbmondförmige Sichel.

Der Typ war regulär, konnte sich aber trotzdem letztlich nicht wirklich breit durchsetzen.

Hatte im ersten Jahrhundert die Gruppe B die *Gladiaturae* dominiert, so war es im 3. Jahrhundert bis zu ihrem Ende die Gruppe C.

Sonstige:

Scaeva: (›Linker‹)

So wurden Linkshänder bezeichnet. Sie konnten natürlich allen Waffengattungen angehören und waren so unangenehm zu bekämpfen, wie sie dies auch im modernen Box- oder Tennissport sind.

Gladiatora: (›Gladiatorin‹)

Frauen als Gladiatoren waren zweifellos eher eine Seltenheit. Sie konnten in jeder regulären Ausrüstung auftreten, bevorzugten jedoch verständlicherweise die »leichteren« Waffengattungen wie *Eques*, *Retiarius* und *Hoplomachus*.

Exoticus: (›Fremdländer‹)

Die Veranstalter liebten sie, brachten sie doch noch mehr Farbe ins Bild. So lange sie sich in Rüstung und Bewaffnung an das Gebot der Chancengleichheit hielten, war grundsätzlich nichts gegen sie einzuwenden – etwa wenn sich einer als »Hercules« ein Löwenfell auf den Kopf stülpte und statt eines Schwertes einen Holzprügel schwang, oder wenn einer statt des üblichen Visiers eine getriebene Metallmaske vor seinem Gesicht trug, wie sie bei den Paradehelmen der römischen Reiterei üblich war.

Problematisch wurde die Sache, wenn der Exoticus durch überschwere Rüstung oder Bewaffnung – z. B. Äxte – die Chancengleichheit allzu sehr verzerrte. Da sich in der Regel die freien Gladiatoren der oberen Ränge weigerten, gegen solche Monster anzutreten, blieb diesen nichts anderes übrig, als noch weitgehend unerfahrene Sklaven-Gladiatoren der unteren Ränge abzuschlachten – und daran verlor das Publikum, das ja einen »echt spannenden Kampf« sehen wollte, sehr schnell das Interesse.

Generell konnten sie untereinander und gegen alle Waffengattungen der Gruppe B kämpfen.

Crupellarius: (›?‹)

Helm: topfartig mit kleinen Sichtlöchern, wegen seines Gewichts auf der Schulterpanzerung befestigt. Rüstung: metallene Schulter- und Brustpanzerung, metallene Manica am rechten Arm, hohe Beinschienen oder sonstige bis unter das Lendentuch reichende Beinpanzerung. Schild: Parma. Waffe: Gladius oder Spatha.

In der Literatur gelegentlich erwähnt konnte sich dieser Typ jedoch aus den eben genannten Gründen nie wirklich durchsetzen. Die Typenbezeichnung kommt wohl aus dem Gallischen, wo es bei den Aeduern solch überschwer gepanzerte Krieger gab.

Tunicatus: (›mit Tunika Bekleideter‹)

Außer *Eques* und *Scissor* gingen Gladiatoren grundsätzlich mit nacktem – oder wie der *Provocator* fast nacktem – Oberkörper in die Arena. Wer hingegen eine Tunika anlegte – unter der man ja auch eine unerlaubte Panzerung verstecken konnte –, galt als weibisch und verachtungswürdig.

Bustuarius (Samnis): (›Leichenfeierkämpfer‹, ›Samnit‹)

Helm: keiner. Rüstung: oft Brustpanzer, halbhohe Beinschienen. Schild: Scutum. Waffen: Wurfspeere, Gladius.

Der Begriff des »Samniten« geistert zwar vielfach durch die einschlägige Literatur, war aber schon um die Zeitenwende aus den Arenen verschwunden.

Veles: (›Plänkler‹)

Kaum dokumentierte Gladiatorenklasse, die sich mit Speeren bekämpfte, vermutlich eine leicht bis gar nicht gepanzerte Version des Bustarius und wie dieser um die Zeitenwende aus den Arenen verschwunden.

Paeginarius: (›Spaßkämpfer‹)

Keine ernsthafte Gladiatorenklasse. Sie trugen Tunika und Hosen aus Stoff, keine Helme und schmale, am Arm befestigte Schilde. Sie kämpften mit Stöcken und Peitschen. Auftreten durften sie nur bei den »unblutigen« Vorspielen (Praeludi), wo Junggladiatoren die Gelegenheit bekommen mochten, ein wenig »Arena-Luft« zu schnuppern.

Anabata: (›Blinder‹)

War ausgerüstet wie die Kämpfer der Gruppe B. Allerdings wurden ihnen die Augen verbunden, oder sie trugen Visiere ohne Sichtöffnungen, mussten also »blind« kämpfen.

Außer ihrem Aussehen hatten sie mit echten Gladiatoren nichts zu tun.

Venator und Bestiarius: (›Jäger‹ und ›Tierkämpfer‹)

»Jäger« und »Tierkämpfer« gehörten ins Vormittagsprogramm. Ihre Ausrüstung sah zwar jener der Gladiatoren oft sehr ähnlich, doch mit der eigentlichen *Gladiatura* hatten sie nichts gemein.

Beim Publikum beinahe ebenso beliebt wie echte Gladiatoren, waren sie diesen vielfach eine verachtete und verhasste Konkurrenz.

Gruppen- und Massenkämpfe:

In der Arena wurden mitunter »Schlachten«, in der Naumarchia »Seegefechte«, oft mit Tausenden an Mitwirkenden, inszeniert. Da extrem aufwendig und damit teuer, waren solche Spektakel eher selten. Prunkvolle Aufmachung musste darüber hinwegtäuschen, dass die Kämpfer schlecht – falls überhaupt! – ausgebildet waren, zudem oftmals ihre Waffen manipuliert wurden, um der »richtigen« Seite den »Sieg« zu garantieren.

Mit *Gladiatura* hatte auch dies nicht das Mindeste zu tun.

Die Rangleiter

Natürlich gab es entsprechend Erfahrung und Können eine Rangordnung unter den Gladiatoren:

Tiro: (›Neulinge‹)

Der Anfänger in der Arena.

Spectatus: (›Gesehener‹)

Er hatte seinen Erstkampf überlebt und sammelte bei weiteren Kämpfen Erfahrungen.

Tiro und Spectatus waren in aller Regel Sklaven.

Secundus Palus: (›zweiter Pfahl‹)

Die solide Mittel- bis »gehobene« Mittelklasse der Gladiatoren. Sie hatten siegreich, oder zumindest mit *Missio*, eine Reihe von Kämpfen überstanden, waren Arena-erfahren und bildeten das stabile Rückgrat jeder Galdiatorenschule.

Viele *Secundi Pali* hatten sich inzwischen freikaufen können und machten als »freie« Gladiatoren für entsprechendes Geld weiter.

Primus Palus: (›erster Pfahl‹)

Das waren die Spitzenleute und Stars einer Schule.

Dies waren durchweg freie Gladiatoren, für die der Lanista nicht als »Besitzer«, sondern als »Agent« auftrat, und die ein höchst gewichtiges Wort dabei mitzureden hatten, wo, wann und gegen wen sie zum Kampf antraten.

Summus Palus: (›höchster Pfahl‹)

Der Spitzengladiator einer Schule; ein nur selten vergebener Titel, denn wenn *er* geschlagen wurde, war die Schule wirklich bis auf die Knochen blamiert.

Arena-Personal

Summa Rudis: (›Erster Stab‹)

Oberschiedsrichter, genannt nach dem Stab, den er in Händen hielt und mit dessen Dazwischenhalten er einen Kampf unterbrechen oder beenden konnte. Mit dem Hochrecken des Stabes unmittelbar neben einem Kämpfer zeigte er dessen Sieg an.

Secunda Rudis: (›zweiter Stab‹)

Assistent des Schiedsrichters, obwohl dieser real keinen ›Stab‹ führte.

Arenarius: (›Arenahelfer‹)

Das waren die Leute, die Feiglinge oder auch Säumige mit eisernen Gabeln oder auch glühenden Eisen in den Kampf trieben – bei echten Gladiatoren überflüssig, dafür bei Massengefechten und ähnlichem um so öfter benötigt –, spektakuläre Hinrichtungen vollzogen, »Bestien« wieder einfingen oder töteten, und hinterher den »Dreck aufräumten«, und – wenigstens einigermaßen – für Ordnung im Arena-Rund sorgten.

Orchestra:

Das Arena-Orchester wurde teils vom Editor (Veranstalter), teils von den beteiligten Schulen gestellt. Nüt Cornu und Tuba, Oboe, Flöte und Wasserorgel spielten sie anfangs die »Schulhymnen«, am Ende die Hymne des Siegers. Zwischendrin begleitete das Orchester, triumphierend blökend oder jämmerlich jaulend, akustisch das Kampfgeschehen.

Wer noch mehr über Gladiatoren wissen möchte, dem sei dringend das Buch von Dr. Marcus Junkelmann *Das Spiel mit dem Tod*, Verlag Philipp von Zabern, Mainz am Rhein, empfohlen.

PERSONENVERZEICHNIS

Gaius Plinius Caecilius Secundus (Plinius d. J.)	Empfänger des Berichts

Die Caesaren

Nero (Gnaeus Domitius alias Tiberius Claudius Nero)	Caesar 13.10.54 bis 9.6.68 (moderner Zeitrechnung)
Poppaea Sabina	seine zweite Frau
Servius Sulpicius Galba	Caesar 8.6.68 bis 15.1.69, zuvor Legat in Hispania Tarragonensis
Marcus Salvius Otho	Caesar 15.1.69 bis 16.04.69, zuvor Exgatte der Poppaea Sabina und Legat in Lusitania
Aulus Vitellius	Caesar 2.1.69 bis 20.12.69, zuvor »Schließmuskelkünstler«, Spielegestalter und Legat in Germania Inferior.
Haica	Expythia in Felix Felix und seine »Augusta«
Flavius Vespasianus	Caesar 1.6.69 bis 23.6.79, zuvor Legat von Syria und Judaea.
Titus Flavius	sein Sohn, Caesar 24.06.79 bis 13.9.81, zuvor Imperator und Eroberer Jerusalems.

Erzähler und Familie

Scorpio Sempronius Felicianus (vormals Eppor)	Erzähler, *Retiarius*, später Prokurator und Lanista von Felix Felix
Urbana	seine erste Frau
Digna	Farbenseherin und -gestalterin, seine zweite Frau
Felicitas, Philippa und Lucia Parvula	seine Töchter
Cimiar der Ältere	sein Vater
Cimiar der Jüngere	sein älterer Bruder
Amra	seine Schwester, später Gemahlin von Fix und Fax

Tarquinius und Familie

Tarquinius Sempronius Felixianus	*Dimachaerus*, später auch Lanista
Aemilia Salsaria	seine langjährige Geliebte
Lucia Aurelia Prisca	seine Gemahlin
Lucius Gordianus Balbus	deren Sohn aus erster Ehe, Tribun, später Lanista
Corinna	dessen erste Frau
Lucia Parvula	dessen zweite Frau
Octavius Aurelius Priscus	Senator und Lucias Vater

Die Schule Felix Felix

Gaius Sempronius Felix	verstorbener Gründer der Gladiatorenschule
Gladius Sempronius Felixianus	sein Adoptivsohn, Lanista der Gladiatorenschule
Felix Felix Magnus	der große Katzenherr, Wappentier der Schule und Stammvater einer Dynastie
Amaranthus	Cheftrainer, ehemals *Murmillo*
Freia	seine Gemahlin
Pamponius	Ersatztrainer, später Trainer
Purpureus	*Retiarius*, später Trainer
Perikles	Trainer im Gymnasium
Phiops	Prokurator in Felix Felix
Mucius	dessen Nachfolger, ehemals *Provocator*
Amenophis	Arzt
Mykerinos	Arzt
Pia	Gemahlin von Leoparda, erst Wäscherin, dann Ärztin
Fix und Fax	die treuen Träger des Erzählers
Eurydike	Hebamme
Drusilla	Kunstschmiedin
Pamenius	Chefkoch der Schule
Constantinos	sein Nachfolger
Nikandros	Befehlshaber eines gecharterten Schiffes

Wichtige Gladiatoren von Felix Felix

Nigeralbus	*Thraex*, Sohn des Amaranthus
Fulmina	*Provocatora*
Serapis	*Murmillo*

Telemachos	*Hoplomachus*, später Wirt
Olympia	dessen Frau
Vercingetorix	*Essedarius*
Dardanus	*Secutor*
Purpureus	*Retiarius*, später Trainer
Leoparda	*Hoplomacha*
Kastor und Pollux	*Retiarius*-Zwillinge, später Leibwächter
Bato	*Murmillo*, später Priester
Rattus	*Scissor*, später Stoffhändler
Aurius	*Murmillo*, Sohn des Amaranthus
Leo	*Thraex*, Sohn des Amaranthus
Monophthalmos	*Provocator*, später Wirt
Germanicus	*Murmillo*
Mauritius	*Exoticus*
Pictus	*Essedarius*
Pulex	*Retiarius*

Einige wichtige Gegner

Hercules Maxissimus, gen. »Knackkiefer«	Lanista, Ludus Julianus
Hirennius	*Secutor*, Gegner von Scorpio
Julius Valerianus	*Secutor*, Gegner von Scorpio
Felicissimus	*Thraex*, Gegner von Tarquinius
Hercules	*Murmillo*, Gegner von Tarquinius
Pluto	*Crupellarius*, Liebhaber Poppea Sabinas, Gegner von Nigeralbus und Tarquinius
Ursus	*Exoticus*, Gegner von Tarquinius
Germanicus	*Murmillo / Crupellarius* und Knabenschänder, Gegner von Tarquinius

Politische Größen und Personen des Hofes

Publius Petronius Niger (kurz Petronius Arbiter)	Arbiter elegantiarum
Lucius Annaeus Seneca	Philosoph, Lehrer Neros
Nymphidius Sabinus	Prätorianer-Präfekt
Ofonius Tigellinus	Prätorianer-Präfekt
Clemens Flavius	Bruder von Vespasianus, Gründer der »römisch-katholischen Kirche«
Marcus Cocceius Nerva	anständiger Höfling
Publius Cornelius Tacitus	Geschichtsschreiber
Flavius Josephus	Geschichtsschreiber

Corinnus Alveus	Senator, kurzzeitig Schwiegervater von Lucius
Corinna Alvea	seine Tochter
Calpurnius Piso	Verschwörer
Fenius Rufus	Verschwörer
Volsinius	Haruspex
Marcus Silvestrianus Barbatus	Senator, Vorsitzender der Gladiatorenkommission
Claudianus	*Pater* des Mithras

Militärs oder Führer des jüdischen Aufstandes

Gaius Plinius Caecilius (Plinius d. Ä.)	Kommandeur der »tyrrhenischen Flotte« in Misenum, Naturforscher und Philosoph
Larcius Lepidus	Legat, V. »alexandrinische« Legion
Sextus Cerealis	Legat, X. Legion »Fretensis"
Tiberius Alexander	Legat, XII. Legion
Jochanaan von Gischala	Jüdischer Anführer und »Messias«
Simon ben Gioras	Jüdischer Anführer / Räuberhauptmann und »Messias«

Einige Bewohner von Abodiacum

Quintus Fabricius	Centurio in Abodiacum
Lulla	seine Frau
Gaius Fabricius »Stercus«	deren Sohn
Clemens	Sklavenhändler
Decimus Apulleus	Ex-Kanzleischreiber, Lateinlehrer

Einige Bewohner von Pompeii

Lucius Caecilius Jucundus	Bankier
Quintus und Sextus Caecilius Jucundus	seine Söhne
Paullina Aurelia Gallina	fast blinde Tante Lucias
Antonia Vettia	Dionysos-Priesterin
Gaius Gavius Rufus	Duumvir (Bürgermeister)
Pompidius Ampliatus	Finanzier des Isis-Tempels
Maurus	Hausverwalter, ehemals *Hoplomachus*
Rufus Rufius	eine Karikatur

IMPERIUM ROMANUM

Das Römische Reich zur Zeit Neros
(um 60 n. Chr.)

CAMPI PHLEGRAEI
Ludus Felix Felix
MONS VESUVIUS
Cumae
Neapolis
Baiae
Puteoli
Herculaneum
Pompeii
Misenum
SINUS CUMANUS
Stabiae
Surrentum
MONS VESUVIUS
Vesuv und Umgebung
Capreae
Meilen
0 5 10
ndobona
Carnuntum
PANNONIA
Sirmium
ILLYRICUM
DALMATIA
MOESIA SUP.
Danuvius
M. INF.
PONTUS EUXINUS
Sinope
Trapezus
arona
THRACIA
BITHYNIA & PONTUS
Byzantium
Euphrates
Barium
MACEDONIA
CAPPADOCIA
Pergamum
Melicene
Dodona
ASIA
Nicopolis
Ephesus
GALATIA
Tarsus
Athenae
Patrae
Corinthus
Miletus
LYCIA
CILICIA
Antiochia
ACHAEA
SYRIA
CYPRUS
Salamis
Palmyra
Berytus
Creta
PHOENICIA
Tyrus
INTERNUM
Caesarea
JUDAEA
Hierosolyma
Arsinoe
CRETA & CYRENE
Alexandria
AEGYPTUS
Pesch 05

DANKSAGUNG

Niemand schreibt ein Buch allein.

Und schon gar nicht eines, das Anspruch auf einen historisch-wissenschaftlichen Hintergrund erhebt!

Da fällt die Frage oft schwer, wen man bei solch einem »Dankeschön« besonders hervorheben sollte – und wer sich beleidigt fühlt, wenn man dies nicht tut.

Trotzdem wollen wir uns kurz fassen:

Unser erstes »Danke« gilt Frau Anastasia Eder. Ohne ihren Anstoß wäre dieses Buch nie entstanden, auch wenn sie sich mit seinem oftmals brutal-blutigen Inhalt – aber so war das eben – keinesfalls identifizieren mag.

Dank auch an unseren Sohn, Wolfram Michael Prinz zu Löwenstein-Wertheim-Freudenberg, der, wie schon mehrfach, ein erster, ebenso kompetenter wie kritischer Leser war.

Dank ebenfalls an Frau Eva Große vom Jüdischen Kulturmuseum in Augsburg, die uns exakte jüdische Ausdrücke und Namen heraussuchte – gewiss zwar nur Kleinigkeiten, aber davon lebt ein solches Buch!

Und an Dr. Lothar Bakker vom Römischen Museum in Augsburg, der uns ebenfalls an einigen schwierigen Stellen geholfen hat.

Schließlich den Vereinen in Epfach, die in ihrem kleinen Museum eine erstaunliche Fülle an Material und Informationen über Abodiacum und Cimiacum zusammengetragen haben.

Ein ganz besonderer Dank gilt Frau Herta Hirt, deren überragende Kenntnisse über »Persönlichkeits-Farben« nicht nur von Digna übernommen wurden, sondern die uns, etwa im Fall von Purpureus, aktiv beriet – eine wahre »Kennerin der Farben«.

Dank endlich an Frau Dr. med. Helga Holzfurtner in Reichling, die uns großzügig ihr medizinisches Wissen von Querschnittlähmung bis Blutvergiftung zur Verfügung gestellt hat.

Unser ganz besonderer und spezieller Dank gilt jedoch vor allem unserem Vetter, Dr. Marcus Junkelmann! Ohne seine jahrelangen historisch-wissenschaftlichen Forschungen, ohne seine »praktischen« Erprobungen, ohne sein daraus resultierendes Buch *Das Spiel mit dem Tod* wären unsere Beschreibungen von Gladiatoren und *Gladiatura* vermutlich auf ähnliche Irrwege geraten, wie ihn Bücher, Gemälde und Filme seit gut hundert Jahren fälschlich gezeichnet haben. Wenn unser Buch weitestgehend die historische Wirklichkeit wiedergibt, dann ist das vor allem und ohne jeden Zweifel *sein* Verdienst!

»Traue nie einem Autor! Du weißt nicht, wie du dich unvermutet in seinem nächsten Buch wiederfindest«, hat einmal ein schlauer Mensch gesagt. In diesem Sinne danken wir allen, die wissentlich und auch unwissentlich Vorlagen für die Figuren dieses Romans geliefert haben.

Und wie immer danken wir von ganzem Herzen Dr. Helmut Pesch, dem Lektor des Verlages, der mit kritischem Verstand, Liebe und Einfühlungsvermögen auch dieses Manuskript zu »Buchreife« gebracht hat.